KB034499

중국 고대소설과 소설 평점

행간 읽기와 쓰기

| 한국의 독자들에게 |

저자에게는, 어떤 독자가 자신의 책을 집어드는 것은, 비록 그 책이 이내 원래의 자리로 되돌려진다 하더라도, 영예로운 일이 될 것이다. 나아가 누군가가 그대의 책이 외국어로 옮겨질 만한 가치가 있다고 생각한다면, 그것은 곱절로 영예로운 일이 될 것이다. 그렇다면 조관희 교수가 독자의 손에 들려져 있는 이 책을 번역하기 위해 그토록 많은 시간과 노력을 기울였다는 사실이 나에게 얼마나 영예로운 일이겠는가 하는 것은 쉽게 상상할 수 있을 것이다. 하지만 이 책은 원서를 한국어로 옮긴 것일 뿐 아니라 원서의 교정본이기도 하다. 그것은 조교수가 영어 원서에서 찾아낸 수없이 많은 잘못들을 바로잡았기 때문이다. 나를 비롯해 이 책을 편집하고 검토하는 데 참여했던 사람들이 저지른 잘못들을 바라보는 일은 당혹스러운 것이긴 하지만, 그것들을 확인하고 바로잡은 것은 조교수가 원서를 얼마나 주의 깊게 그리고 박식하게 읽어낸 뒤 한국어로 옮겼는가 하는 것을 증명해 주는 여러 사례 가운데 하나일 뿐이다.

이 책을 번역하는 초기 단계에 조교수는 반 년 여의 시간을 앤아버에서 머물렀다. 그 시간 동안 우리는 정기적으로 만나 이 책의 내용에 대해 이야기를 나누었다. 나는 기꺼운 마음으로 우리가 좋은 친구가 되었다고 생각하지만, 그 이후로 조교수는 앤아버로 다시 올 수 없었고, 나 역시 그와의 인연을 이어가거나 몇 차례나 한국에 오라는 그의 초청에 응할 수 없었던 것은 아쉬움으로 남는다.

조교수와 미시간대학교에 와서 중국문학을 공부한 바 있는 몇몇 대학원생들을 통해, 나는 한국에 대해 몇 가지 사실을 배울 수 있었고, 근대 이전과 이후의 한국에서 중국문학을 어떻게 읽고 이해했는가 하는 것을 알 수 있었다. 이제 내 책이 한국어로 번역되었다. 비록 나는 한국어를 읽을 수 없지만, 조교수와의 대화나 편지를 통해 번역의 질에 대해서는 그 어떤 우려도 하지 않는다. 그래서 이제까지 물리적으로 한국에 가는 데에는 꾸물거리고 있지만, 이제 내 자신을 이루고 있는 어떤 본질적인 측면이, 이 책에서 드러나 있는 대로, 한국에 갈 수 있게 되었다는 사실에 안도감을 느낀다. 나는 그곳에서 많은 친구를 만들고 그들을 거스르지 않게 되기를 기대한다.

2008년 1월 22일, 앤아버에서 데이비드 롤스톤

| 옮긴이의 말 |

이 책은 중국의 고대소설 평점에 대한 국내 최초의 소개서이자 본격적인 연구서이다. 평점은 근대 이전에 사람들이 소설을 읽으면서 그 나름의 생각을 적어놓은 것으로, 비록 그 형태는 산만하고 통일된 형식과 내용이 결여되어 있지만, 당시 사람들의 소설에 대한 생각을 읽어낼 수 있다는 점에서 당대의 소설이론을 대표한다고 할 수 있다. 명대와 청대는 이러한 평점이 특히 성행했던 시기로 현재까지도 많은 평점들이 남아 있다. 하지만 이런 중요성에 비해 이에 대한 본격적인 연구는 아직까지 제대로 이루어지지 않고 있다고 해도 과언이 아닌데, 이것은 우리나라 학계뿐 아니라 중국 역시 사정이 크게 다르지 않다. 그런 의미에서 평점을 전면적이면서도 심도 있게 다루고 있는 롤스톤의 이 책은 중국 고대소설 평점 연구에 큰 획을 그은 의미 있는 저작이라 할 수 있다.

한편 이 책의 제목에 쓰인 '중국 고대소설'이라는 말은 약간의 논란의 여지가 있는 용어다. 요즘에는 '고대소설'이라는 말이 보편적으로 쓰이고 있지만, 이전에는 서구나 중국을 막론하고 '고전소설'이라는 용어가 더 보편적으로 쓰였다. 원래 '고전소설'이라는 말은 중국 출신으로 미국에서 주로 활동한 유명한 중국소설 연구가인 샤즈칭夏志清, C. T. Hsia이 1970년대에 『중국고전소설』[1]이라는 책을 낸 뒤 널리 쓰였는데, 여기에서 '고전'이라는 말 자체는 '오랫동안 많은 사람에게 널리 읽히고 모범이 될 만한 문학이나 예술 작품'을 가리키기도 하지만, 단순히 '오래된 책이나 작품'을 의미하기도 한다. 문제는 '중국 고전소설'이라고 할 때는 전자의 용례보다는 후자의 용례에 더 가깝게 뜻 새김을 할 수 있다는 데 있다. 그래서 요즘 중국 학자들은 '고전소설'이라는 말 대신 '고대소설'이라는 용어로 대신하는 경향이 있다. 아울러 미국을 비롯한 서구에서도 최근에는 '고전'이라는 뜻으로 'classic'보다 'premodern'이나 'traditional'이라는 용어를 더 선호하는 경향이 있다. 나아가 '소설'이라는 용어 역시 최근에는 'novel'보다 'fiction'이라는 말이 더 흔하게 쓰이고 있는데, 이렇게 볼 때, 이 책의 원래 제목을 '중국 고대소설Traditional Chinese Fiction'이라 붙인 것은 저간의 사정을 잘 반영한 것이라 하겠다.

이 책의 저자인 데이비드 롤스톤은 미국 미시간대학교 교수로, 중국 고대소설이론을 전문적으로 연구하는 중견 학자다. 현재는 고대희곡 쪽으로 관심사가 옮겨갔지만, 중국의 대표적인 고대소설에 붙여진 평점들을 모으고 번역한 『중국 소설 독법*How to read the Chinese Novel*』의 주요 편자이기도 하다. 그의 학문적 성실성은 이 책에 잘 나타나 있는데, 많은 자료를 충실히 찾아내고 꼼꼼하게 읽어 내려간 흔적이 행간에 역력하게 남아 있다.

내가 그의 책을 처음 접한 것은 약 10여 년 전으로 기억하는데, 이 때 받았던 강렬한 인상으로 그 뒤 안식년을 보낼 학교를 선정할 때 주저 없이 미시간대학교를 선택했다. 그런데 공교롭게도 안식년이 시작되었

1) [옮긴이 주] 자세한 서지사항은 다음과 같다. C. T. Hsia夏志清, *The Chinese Classic Novel*, New York : Columbia University Press, 1968.

던 2002년 가을 학기에 롤스톤은 다른 모종의 연구를 진행하기 위해 베이징에 머물고 있었다. 따라서 나 역시 그를 따라 베이징으로 날아갔으나 정작 그와 연락이 닿지 않아 직접 만날 수는 없었고, 결국 그 이듬해 2월 초가 되어서야 미시간대학교 그의 연구실에서 처음 만나게 되었다.

첫 대면에서 나는 단도직입적으로 내 생각을 펼쳐 보였다. 원래 내 전공은 『수호전』이나 『유림외사』와 같은 개별 작품에 대한 연구였으나, 시간이 지나면서 소설사와 소설이론 쪽에 흥미를 갖게 되어 평점을 공부하기 시작했는데, 당신의 책이 훌륭한 길잡이가 되어 주었다. 하지만 내 영어 실력이 부족해 제대로 이해하지 못하고 넘어간 부분들도 많으니, 이번 기회에 이 책을 꼼꼼하게 번역하면서 대충 넘어갔던 부분들을 바로잡으려 한다. 그러니 내가 번역하다 막히거나 이해를 못한 부분에 대해 서로 논의하기 위해 일주일에 두 번 정도 시간을 내줄 수 있겠느냐? 롤스톤은 갑작스런 내 제안에 이게 무슨 말인가 싶었는지 약간은 떨떠름한 반응을 보이면서도 흔쾌히 시간을 내주기로 했다.

이렇게 시작된 만남은 매주 화요일과 목요일 두 차례에 걸쳐 오전 11시부터 12시까지 이루어졌고, 그 날 그 날의 만남 뒤에는 같이 점심을 먹으면서 많은 대화를 나누었다. 구체적으로는 2003년 2월 11일부터 같은 해 5월 13일까지 약 석 달간에 걸친 만남을 통해 이 책의 1차 번역이 끝났다. 나는 번역하다 막히거나 궁금한 내용들을 노트에 정리해 두었다가 매번 그와 만날 때마다 끝없는 질문 공세를 퍼부었고, 내심 귀찮았을 수도 있는 나의 끈덕진 질문 공세에도 그는 별로 싫은 기색 없이 상세히 설명해주거나 자신의 의견을 들려주었다. 이런 만남을 통해 자연스럽게 우리 둘 사이에는 어떤 동료 의식을 넘어 인간적인 신뢰를 쌓아갈 수 있었으며, 이에 롤스톤은 나를 자신의 집에 초대해 저녁을 같이 하거나 내가 가져간 한국 영화 디비디를 같이 보며 이런 저런 이야기를 나누기도 했다.

안식년을 마치고 돌아온 뒤 나는 이런 저런 이유로 이 책의 번역 원고를 제대로 돌아볼 겨를이 없었다. 무엇보다 저자와의 대화를 통해 드러난 문제들을 많이 해결했다고는 하나, 아직도 부족한 내 영어 실력 탓에 책으로 묶어낼 만큼 완벽하게 우리말로 풀어내지 못했다는 판단이 앞섰기 때문에 감히 출판에 대한 생각은 엄두도 내지 못하고 있었다. 이 때 큰 힘이 된 것이 김광일 선생의 도움이다. 그는 어색한 우리말과 오역 투성이의 내 원고를 흔쾌한 마음으로 다시 읽어주었으며, 자신이 새롭게 다듬고 바로잡은 부분을 파란 색 글씨로 첨부하여 양자를 대조할 수 있게 해주었다. 비록 여러 가지 개인적인 사정으로 그의 이러한 작업은 5장에서 멈추었지만, 그의 도움으로 번역 상에 적지 않은 계발과 시사를 받았다는 사실을 밝히지 않을 수 없으며, 이에 대해 가슴 깊은 곳에서 우러나오는 고마움을 전한다.

하지만 그 뒤에도 다른 일상사에 밀려 번역은 전혀 진척이 없었지만, 그 동안에도 영어 공부는 게을리 하지 않았으니, 매주 일요일마다 영어 학원을 다니고 따로 공부 모임을 꾸려 매주 영어 논문을 꾸준하게 읽어 나갔다. 그러다가 드디어 2007년 8월에 오래 묵은 원고를 다시 꺼내어 손을 보기 시작했는데, 모든 번역문을 새로 번역하는 심정으로 다시 꼼꼼히 검토하면서 롤스톤이 인용한 원문 자료들을 하나 하나 대조하는 작업도 병행해 나갔다. 그런 와중에 원서의 잘못된 부분도 많이 잡아냈는데, 이것은 이 책의 뒷부분에 부록으로 첨부하였다. 2007년 8월 14일에 시작한 2차 번역 작업은 다행히도 해를 넘기지 않고 같은 해 12월 24일에 마무리지을 수 있었다.

이렇게 해서 2003년 2월에 시작된 이 책의 번역은 근 5년여에 걸친 오랜 산고 끝에 세상에 나올 수 있었다. 하지만 누가 알겠는가? 신중에 신중을 기한다고는 했으나 그럼에도 이 책에는, 특히 인용된 원문의 경우 아직도 많은 오역이 남아 있을 것이고, 수많은 오자와 탈자가 우리를 비웃고 있을 것이다. 이 모든 것은 아직도 배움의 과정에 있는 내 자신의 능력이 미치지 못한 까닭일 것이니, 진정 배우고 묻는 학문이라는 끝없는 여정 앞에서 두렵고 삼가는 마음이 앞서게 된다. 그럼에도 불구하고 나는 일차적으로 이 작업을 이쯤에서 매듭지으려 한다. 이 세상에 완벽한 것은 없다는 것을 위안 삼으며, 이후에 발견되는 오류들은 차후에 보완할 것을 약속하면서…….

마지막으로 이 책을 번역하면서 많은 사람들의 도움을 받았다는 사실을 밝혀두어야겠다. 나에게 부족한 것이 어찌 영어 실력뿐이겠는가? 이 책에 인용된 일본어 서명과 인명 등에 대해서는 양동국 선생과 한혜인 선생이 많은 도움을 주었다. 독일 문학이나 프랑스 문학과 연관한 항목은 정용환·이철의 선생이, 그리고 영미 문학과 관련한 항목의 번역은 최영진·정해갑 선생이 귀중한 의견을 들려주었다. 중국 희곡 방면에 대한 지식을 나누어준 홍영림·정유선 선생에게도 고마움을 전한다. 경학 방면의 도움을 준 이강범 선생과 『사기』에 대한 자료를 찾아 일일이 번역까지 해서 보내준 이인호 선생 역시 빠뜨릴 수 없다. 베이징에서 자료를 일일이 찾아 보내준 정광훈·김수현 선생에게도 깊은 고마움을 전한다. 그밖에도 원고를 읽어준 김효민·유희준·이은영 선생과 자료 찾는 데 도움을 준 김월회·최용철·이무진·이시찬·권혁찬·신병철 선생에게도 고마움을 전한다. 마지막으로 언급할 사람은 롤스톤을 만날 수 있게 다리를 놓아준 박소현 선생이다. 비록 내가 미시간대학교에 머무는 동안 박사논문을 준비하느라 많은 시간을 같이 하지는 못했지만, 매서운 추위가 몰아치던 1월의 마지막 날 디트로이트 공항에서 나를 맞아주었던 그를 잊을 수 없다. 이렇게 많은 도움을 받았지만, 그럼에도 남아 있을 오역과 해결하지 못한 문제들은 오롯이 옮긴이의 몫으로 남는다.

2008년 여름 조관희

| 머리말 |

이 책에서는 기본적으로 현재보다 앞선 수세기 동안 중국인들이 평점본評點本으로 소설을 읽었다고 주장한다. 평어는 이것이 가리키는 본문의 단락 바로 옆에 인쇄되었으며, 그 성격은 내용을 보완하는 정도에 그치지 않았다. 이러한 평어를 만들어낸 평점가評點家들은 (때로는 사뭇 과격한 방식으로) 자신들이 평하려는 소설 작품에 대한 독법을 새롭게 제시하고자 했다. 비록 근대 이전 중국의 소설 평점 전통이 그 본질 면에서는 세계의 다른 비평 전통과 다르지 않지만, 그 수명이나 영향 면에서는 크게 달랐다.

이렇듯 유례없는 전통의 결과물들에 대해 특히 소설 창작과 연관해서 온전하게 탐구하거나 제대로 평가한 적은 없었다. 이것은 부분적으로 중국에서의 소설 평점의 전통이 금세기를 통틀어 대체로 경멸 당하거나 잊혀졌기 때문이기도 하다. 실제로 소설에 대해 자생적이고도 독자적인 논의를 통해 학술적인 관심을 기울인 것은 단지 지난 몇 십 년 정도밖에 되지 않는다. 하지만 현재까지 진행된 작업 대부분은 평점이 해당 작품을 이해하는 데 도움이 된다는 데 초점이 맞추어져 있거나, 개설적이거나 기술적記述的인 수준에 머물러 있을 뿐이다. 내가 사람들의 글을 모으고 직접 글을 쓰기도 한 『중국 소설 독법*How to read the Chinese Novel*』2)은 이런 자료들을 영어로 소개하려는 포괄적인 시도로는 유일한 것이었고, 아직까지도 유일한 것이긴 하지만, 그렇고 그런 개설서에 지나지 않는다. 왜냐하면 이 책에서는 여전히 매우 중요한 문제를 언급하지 않고 있기 때문인데, 그것은 근대 이전에 중국에서 이러한 전통이 존재했다는 사실이 사람들이 소설을 읽고 쓰는 데 어떤 영향을 주었는가 하는 점이다.

이 책의 마지막 부분인 제5부에서는 근대 이전의 중국에서 이런 평점 전통의 도전을 마주했던 소설 작가들이 제시한 네 가지 서로 다른 해결책들을 구체적인 예를 들어가며 개괄하고 고찰할 것이다. 이를 위해 다량의 '서론에 해당하는' 장절을 제5부를 위해 다음과 같이 준비할 것이다. 서론에서는 이 책의 내용을 간략하게 요약해 제시하고, 중국의 소설 평점 전통을 전 세계적인 맥락과 전통적인 중국 문화 속에 자리매김 할 것이다. 제1부에서는 가장 중요한 흐름과 평점가들을 소개하고 그런 전통을 조망하는 과정 속에서 서로에게 주었던 상호 영향 관계를 논의할 것이다. 제2부에서는 소설 평점이 어떤 식으로 소설의 지위를 높였으며, 새로운 독자와 작가들에게 소설을 매력적인 것으로 만들었고, 소설을 창작할 수 있는 새로운 논의 마당을 만들어 냈는지를 보여줄 것이다. 제3부에서는 평점으로 인해 어떻게 독자와 작가가 정절情節(플롯)에서 인물 성격화로 관심을 돌렸는지를 제시할 것이다. 제4부에서는 평점이 이야기를 만들고 구성하는 데 어떻게 영향을 주었는가를 보여줄 것이다.

이제 간략하게 내가 사용하는 인용 체계를 소개하겠다. 이미 두꺼워

---

2) **[옮긴이 주]** 데이비드 롤스톤David Rolston 편, 『중국 소설독법*How to Read the Chinese Novel*』(Princeton Univ Press, 1990)을 가리킨다. 앞으로는 『독법』으로 줄여 부름.

질 대로 두꺼워진 이 책의 분량을 줄이기 위해 작품은 축약된 형태로 인용하였다. 이로 인해 어떤 형태로든 독자들을 불편하게 했다면 양해를 구한다. 저자의 이름은 모호할 수도 있는 경우를 제외하고는 이름으로만 그 저작들을 인용했다. 서구 언어로 씌어진 저작들은 저자의 성으로만 인용하는 편이 나을 듯한데, 같은 성을 가진 저자들을 구분하기 위해서 이니셜을 덧붙인 경우도 있다. 중국어와 일본어로 된 저작들은 항상 저자의 이름 전체를 인용하였다. 이들 두 가지 부류의 저작들은 참고문헌 목록에 따로 열거했으며, 이러한 관례에 따르면 독자가 정확한 장절을 빨리 찾는 데 도움이 될 것이다. 페이지 인용은 가능한 가장 간결한 형태로 최대한 많은 양의 정보를 제공하기 위해 고안되었다. 페이지 인용의 마지막 숫자는 항상 페이지 번호를 가리킨다. 페이지 번호 앞에 소수점(배인본排印本인 경우)이나 사선(전통적인 목판본인 경우)으로 구분한 숫자는 소설인 경우 장회章回를 가리키거나, 희곡에서는 하나의 본本 안에서의 절折, the act number of a play in a play-cycle[3])을 나타낸다.[4] 소설 평점으로부터 인용된 평어는 (윗 여백 또는 행간이냐의) 유형에 따라 구분되는데, 대개 '미비眉批, mc; marginal comments' '협비夾批, ic; interlineal comments'와 같은 약어로 나타낸다. 나는 일반적으로 독자들의 편의를 위해 구하기 힘든 원 판본보다는 최근에 나온 선본選本이나 배인본과 자료휘편資料彙編에서 인용했지만, 이들 판본들의 정확성에 대해서는 따로 확인 작업을 거쳤다. 하지만 인용한 사항에 대해 전체 정보를 제공한 까닭은 내가 어쩌다 보니 사용한

---

3) [옮긴이 주] 여기에서 'play-cycle'은 곧 잡극에서의 '본本'을 말한다. 저자는 고대 소설이나 희곡은 '작은 이야기들의 집합'으로 이루어져 있는데, 이런 이야기들이 한데 모여 하나의 커다란 소재, 곧 'cycle'을 이룬다고 보았다. 이를테면, 소설 『수호전水滸傳』은 스진史進의 이야기로 시작되어 린충林冲과 우쑹武松 등 수많은 등장인물에 관한 이야기들의 집합체이고, 『서상기』의 경우에도 이 희곡이 이루어지기 전에 이와 관련한 수많은 작은 이야기들이 있었으며, 이러한 이야기들이 모여 『서상기』라는 작품을 이루었다는 것이다(2003년 2월 25일 오전 11시 저자와의 대담).

4) [옮긴이 주] 하지만 번거로움을 피하기 위해 이 번역서에서는 우리의 관습대로 전체 논문명을 표기하거나 장회를 표시하였다.

것과 다른 판본에서 인용한 대목을 찾아보기 쉽게 하기 위해서이다. 마지막으로 일관성을 유지하기 위해, 인용된 자료 가운데 중국어의 병음으로 표기되어 있지 않은 것[5]은 철저하게 병음으로 바꾸었다(하지만 제목은 출판된 그대로 두었다).

내게는 꼼꼼하게 인용하고 가능한 완벽하게 참고문헌목록을 만드는 성벽性僻이 있는데, 이 책이 여기서 다루고 있는 특수한 논제를 뛰어 넘어 이 분야의 최신의 연구결과를 정확하게 반영하기 위해서이다. 이것을 통해 내가 학문적으로 지고 있는 채무를 모두 갚게 될지도 모른다는 생각이 들기도 한다. 아마도 『중국 소설 독법』에서 이러한 일을 시도할 수도 있었을 터이지만 전통적인 중국 소설 비평 연구는 그때부터 한 권의 책으로 담아낼 수 없을 정도로 커져 버렸고, 이에 따라 나의 채무 또한 부분적인 보상이나마 가능한 지점을 넘어설 정도로 늘어나 버렸다. 이 책에서 나는 이러 저런 이유 때문에 구체적이면서도 인용할 만한 무엇인가를 제공하는 저작들만 인용했다. 그 결과 때로 어떤 흥미 있는 경향을 대표하지만 학문적으로는 열등한 저작들을 인용한 반면, 중국과 서구의 동료 학자들의 견고하면서도 계발성 있는 학문적 성과에 대해서는 이 책의 각주에서 그에 합당한 만큼 인정하지 못한 측면도 있다.

이 책은 본래 십여 년 전에 시카고 대학University of Chicago의 데이비드 로이David Roy와 앤서니 위Anthony Yu[6]와 레오 리Leo Lee[7]의 지도 아래 학위 논문으로 착수한 것이었다. 그 이후로 이 과제의 초점과 범위가 다양하게 변했음에도 대학원 시절 나를 참을성 있게 봐주었던 세 명의 논문 지도교수들과 선생님들에게 충심으로 고마움을 전해야 할 것이다. 졸업 이후 나는

5) [옮긴이 주] 한어 병음이 보편적으로 쓰이기 이전에 서구인들이 사용하던 웨이드-자일Wade-Giles 시스템으로 표기한 것을 가리킴.
6) [옮긴이 주] 중국식 이름은 위궈판余國藩.
7) [옮긴이 주] 중국식 이름은 리어우판李歐梵.

동료들과 함께 미시간대학교University of Michigan에서 강의했는데, 그들 가운데 많은 이들이 이 책의 초고를 읽고 조언을 해주었다. 대학 당국은 나에게 연구를 위한 1학기 동안의 말미와 우수교수상faculty recognition award을 허여해 주는 등 지원을 아끼지 않았다. 나는 또 이 책의 연구의 일정 부분이 이루어지는 동안 장징궈蔣經國 재단[8]과 미국 고등 학술평의회American Council of Learned Societies[9]에서도 연구 지원을 받았다. 이에 대해 이 자리를 빌어 감사드린다.

상당히 많은 사람들이 원고 형태로 이 책을 읽고 나에게 도움말을 해주었다. 그 중에서도 내가 학문에 정진하고 있을 때 과분할 정도의 시간을 지속적으로 쏟아준 데이비드 로이[10]와 미시간대학교에서 박사후 과정에 몸담고 있는 동안 휘갈겨 쓴 나의 글을 읽고 표시하는 데 귀중한 시간을 너무도 많이 할애한 브리티시컬럼비아대학교University of British Columbia의 캐서린 스와텍Catherine Swatek을 먼저 꼽아야 할 것이다. 아울러 프린스턴대학교Princeton University의 앤드루 플락스Andrew H. Plaks와 스탠포드대학교Stanford University의 존 왕John C.Y. Wang,[11] 그리고 최근 오하이오 주립대학교Ohio State University에서 아리조나대학교University of Arizona로 돌아간 티모시 웡Timothy Wong 등의 조언과 지원에 대해서도 감사한다. 이 책을 구상하고 집필해 출판하기까지 미국과 중국에서 매우 다양한 위치에 있는 많은, 너무도 많은 사람들이 도움을 주었으며, 이들의 이름 역시 하나 하나 꼽아야 할 것이다. 하지만 그들이 너무도 많다는 것을 핑계삼아 나는 여기에서 감사해야 할 한 사람만 꼽고자 한다. 그것은 다름 아닌 나의 아내 캐스린 라인하트Kathryn Reinhart인데, 그는 과거에 나의 작업에 많은 기여를 했음에도 그에 대

8) **[옮긴이 주]** 정식 명칭은 '장징궈국제학술기금蔣經國國際學術基金會'이며 홈페이지는 다음과 같다. http://www.cckf.org

9) **[옮긴이 주]** 홈페이지 주소는 다음과 같다. http://www.acls.org

10) **[옮긴이 주]** 전 시카고 대학 교수로 『금병매金甁梅』 연구의 권위자로 알려져 있다. 이 책의 저자인 데이비드 롤스톤의 지도교수이기도 하다.

11) **[옮긴이 주]** 중국식 이름은 왕징위王靖宇.

한 공개적인 감사의 표시를 거부했다. 이제 나는 이 자리를 빌어 아내에게 이 책을 바친다.

데이비드 롤스톤David L. Rolston

/ 차례 /

/제2부/ 소설을 위한 자리 만들기

/제5부/ 평점의 도전에 대한 네 가지 해법

일러두기

1. 이 책은 데이비드 롤스톤David Rolston의 대표적인 저서 『중국 고대소설과 소설 평점*Traditional Chinese Fiction And Fiction Commentary*』(Stanford University Press, 1997)을 우리말로 옮긴 것이다.
2. 본문에 인용된 논문들은 저자의 이름만 표시하거나, 첫 번째 나올 때에만 전체 제목을 소개하거나, 이후에는 약칭으로 표현했으며, 자세한 서지사항은 모두 부록으로 돌렸다.
3. 이 책에 나오는 중국인들의 인명은 고대나 현대를 불문하고 모두 원래의 중국어 발음으로 표기했다. 중국어 발음의 한글 표기는 문화체육부 고시 제1995-8호 '외래어 표기법'에 의거하되, 몇 가지 경우는 옮긴이가 수정한 것을 따랐다.
4. 각주는 원래 저자가 달아놓은 원주와 옮긴이가 새로 추가한 [옮긴이 주]로 구분했다.
5. 번역문 가운데 '( )'로 묶여진 부분은 저자가 이해를 돕기 위해 추가한 것이고, '[ ]'으로 묶여진 부분은 옮긴이가 번역문을 매끄럽게 하거나 독자의 이해를 돕기 위해 추가한 것이다.
6. 이 책에 인용된 원문은 거의 대부분 원서와 대조를 하고 각주 등에 밝혀두었다. 하지만 번역은 심각하게 문제를 일으키지 않는 한, 롤스톤의 영역을 따랐다. 그 때문에 원문과 롤스톤의 영어 번역을 옮겨놓은 우리말 번역이 차이를 보이는 경우도 있는데, 저자의 의도를 살리기 위해 그대로 두었다. 이 경우 가급적이면 원문에 입각해 옮긴이가 새롭게 번역한 부분은 각주에 남겨두어 비교할 수 있도록 했다.
7. 원서의 저자인 데이비드 롤스톤이 인용을 잘못하거나 내용상 오해를 불러일으킬 수 있는 부분들은 옮긴이가 모두 원본과의 대조를 통해 바로잡았다. 하지만 꼭 필요한 것이 아닌 경우에는, 지면 관계상 이것을 따로 명기하지는 않았다.

서론

컨텍스트 내의 전통적인 중국 소설 평점

전통적인 중국의 텍스트에는 짧은 평어가 덧붙은 두 개의 유용한 공간이 있는데, 그것은 중국 한자의 세로 줄行 사이의 공간과 본문을 둘러싸고 있는 고정된 칸欄[1] 바깥에 있는 윗 여백이다. 본문과 평어 사이는 이와 같이 단단하고 고정된 경계선으로 구분되어 서로 넘나들 수 없는 듯이 보이지만, 실상은 그렇지 않다. 평점이 달린 텍스트가 인쇄될 때에는, 통상적으로 평어를 윗 여백에서 이것이 지시하는 행 바로 뒤로 옮기게 되는데, 이것을 협비夾批라 하며 (본문보다) 작은 글씨로 두 줄로 쓴다. 때로 실수가 일어나기도 하는데, 평점을 본문의 일부로 또는 그 반

1) **[옮긴이 주]** 옛 책에서 판면版面을 둘러싸고 있는 네 귀퉁이의 검은 선 테두리를 말한다. '판광版框'이나, '변광邊框' 또는 '변란邊欄' '란선欄線'이라고도 부른다. 자세한 것은 조관희, 「중국소설 판본학에 대한 초보적 검토」(『중국소설논총』 제11집, 서울 : 한국중국소설학회, 2000.2) 참조.

대의 경우로 인쇄하는 것이다. 하지만 이것이 본문과 평점이 혼동되는 유일한 곳은 아니다. 평점을 본문에서 분리하는 선들은 독자의 기억 속에서는 훨씬 더 유동적이다. 평점본에서 소설의 독자가 소설의 작자로 돌아설 때 무슨 일이 일어나는 것일까? 이것이 이 책에서 탐구하고자 하는 것 가운데 하나이다.

'행간 읽기'라는 말에는 텍스트에 감추어진 메시지에 대한 우려가 담겨있다. 평점가들은 그렇지 않았다면 우리가 지나쳤을 지도 모르는 그 무엇을 우리에게 보여주겠다고 약속함으로써 우리의 주의를 환기시킬 수 있다. 그리하여 그들은 행간 쓰기 작업을 하는 만큼 행간을 읽어주는 작업도 한 셈이다. 중국 소설 평점을 읽는 이들은 그들에게서 행간 읽기를 배운다. 그런 독자가 작자가 되었을 때, 어떤 이들은 비유적인 의미에서 '행간에 쓰는' 경향이 있었는데, 물론 어떤 이들은 문자 그대로 자신의 텍스트 행간에 (직접) 쓰기도 했다.

하지만 근대 이전에 중국 소설을 쓰거나 평점을 달 때에는 한 묶음의 범주를 다른 묶음의 범주와 구분하는 또 다른 묶음의 분계선이 서로 침범하는 일이 빈번하게 일어났다. 이것은 작자author와 평점가commentator, 작자author와 독자reader, 독자reader와 평점가commentator, 그리고 텍스트 바깥의 평점가extratextual commentator와 서술자 평점가narratorial commentator 사이에 있는 선들이다. 이들 짝패가 둘 사이의 지위를 갈마드는 것을 표시하기 위해서 사선(작자/평점가author/commentator)으로 나타내고, 또는 더욱 긴밀하게 엮어질 가능성을 가리키기 위해서는 하이픈(작자-평점가author-commentator)으로 표시할 수 있다.[2)]

근대 이전의 거의 모든 소설 비평은 평점 형태를 취하고 있다. 이런

2) [옮긴이 주] 이것은 원서의 내용을 그대로 옮긴 것이다. 하지만 우리말에서는 이런 표현이 어색하게 보일 수 있기 때문에, 이 책의 아래에서는 다음과 같이 풀어서 표현했다. 이를테면, '작자/평점가'는 작자일 때도 있고 평점가일 때도 있다는 의미에서 '작자 또는 평점가'로, '작자-평점가'는 앞서보다 긴밀하게 연결되어 있다는 의미에서 작자이면서 동시에 평점가이기도 하다는 뜻으로 '작자 겸 평점가'로 바꿀 것이다.

종류의 평점이 관심을 갖고 있는 것은 독자가 텍스트의 '글자letter'를 이해하는 것을 돕는 게 아니라 독자가 권점圈點(서구인들이 밑줄을 긋거나 이탤릭체, 또는 굵은 글씨로 강조하는 것과 비슷한)과 글의 가치를 재단하는 평어批評를 통해 텍스트 가운데 주목해야 할 측면에 주의하게 하는 것이다. 평점 비평은 본질적으로 평점가의 개인적인 반응을 기록한 것이다. 어떤 것은 개인적인 용도로만 씌어져 결코 공개적으로 유통되지 않는 것도 있다. 그런 평점은 평점가를 이해하는 한 방편이 될 수 있기에 흥미롭다. 이를테면, 마오쩌둥毛澤東의 『철학비주지도론哲學批注指導論』[3]에 대한 최근의 관심이나, 스탈린이 나폴레옹 전기를 읽으면서 밑줄을 그은 문장에 쏠린 세속의 호기심을 보라.[4] 평점 비평은 평점가에게 다음과 같은 점에서 유용할 터인데, 그것은 텍스트와 독자 사이에 능동적인 대화가 오가게 하고, 또 나중에 읽을 때 원점에서 시작하지 않게 해준다는 것이다. 하지만 공개적으로 간행하지 않은 개인적인 평점의 영향은 그 자체의 특성상 제한적일 수밖에 없다.

시詩나 고문古文의 평점 비평본을 유통시키고 출판하는 행위는 적어도 당대唐代(619~907)까지로 거슬러 올라간다. 명대 중엽(1368~1644)부터, 쓰마첸司馬遷(기원전 145년 생)의 『사기史記』나 반구班固(32~92)의 『한서漢書』와 같이 유명한 사서史書와 과거 시험 답안 선문집, 그리고 심지어는 유가의 경전에 대한 평점본들이 유례가 없을 만큼 폭증하는 수량으로 나타났다(롤스톤, 『중국 고대소설 비평 자료 모음』(앞으로는 『자료 모음』으로 줄여 부름), 10~12, 15~29면). 이 모든 저작들은 소비자일 뿐만 아니라 작가, 또는 잠

3) 마오쩌둥毛澤東, 『철학비주지도론』 참조. 전하는 바에 의하면, 마오쩌둥이 유명한 소설 『훙루몽紅樓夢』을 평하면서 달았던 주석이 문화혁명 때 없어졌다고 한다(루서우쥔陸壽鈞, 「마오가 비평한 『훙루몽』毛批紅樓夢」). 아마도 마오쩌둥은 다음과 같이 말한 것 같다. "그대가 붓을 놀리지 않는다면 책을 읽은 것으로 볼 수 없다不動筆墨, 不看書." 롤스톤, 「중국의 소설 비평의 형식적 측면들Formal Aspects of Fiction Criticism and Commentary in China」(앞으로는 「형식적 측면들」로 줄여 부름), 42면 주1 참조.

4) 디미트리 볼코고노프Dimitri Volkogonov, 『스탈린—영광과 비극*Stalin : Triumph and Tragedy*』, trans. Harold Shukman, New York : Gove Weidenfield, 1991, p.101 참조.

재적인 작가가 될 수도 있는 독자[5]들을 겨냥한 것이었다. 이런 저작들에는 교육적인 요소가 매우 강한데, 신출내기 작가들을 겨냥하여 훌륭한 글을 쓰고 모든 중요한 과거 시험에서 영예를 얻는 길을 자신들의 책 속에서 발견할 수 있다고 약속했다.

소설 평점은 명말 이후 눈에 띄는 숫자로 나타나기 시작했는데, 이것은 최소한 부분적으로 좀더 존중받았던 장르에 속하는 저작들에 대한 평점 비평이 유행하고 상업적으로도 성공을 거둔 데 대한 되울림 탓이었다. 초기의 몇몇 소설 평점은 다른 유형의 평점 비평을 출판한 사람들의 손에 의해 나왔는데, 그 체제와 제목은 명망 있는 텍스트에 대한 평점을 떠올릴 수 있게 디자인되었다. 16세기의 마지막 몇십 년 동안 홍성했던 소설 평점의 첫 단계에는 상업적인 동기가 무엇보다 앞섰다. 출판업자들 자신이 평점을 쓰는 일도 종종 있었다. 이런 평점은 상당히 초보적이면서도 대체로 유달리 특출난 것도 없지만, 평점을 달아줌으로 해서 출판업자들은 소설을 아름답고 복잡한 표현 양식과 작품의 깊은 뜻으로 인해 좀더 존중받았던 작품들과 어깨를 나란히 할 수 있게 했다.

소설을 심각하게 다룰 것을 좀더 진지하게 주창했던 리즈李贄(1527~1602)와 같은 사람 역시 소설과 희곡에 대한 평점 비평을 쓰는 길을 택했다. 불행히도 리즈의 평점은 남아 있지 않고, 우리는 그것에 대해 거의 아는 바가 없다.[6] 하지만 소설 평점이 만들어졌던 두 번째 단계인, 17세기 초반부 거의 20여 년 동안에는 리즈의 이름을 가탁한 평점이 시장에 넘쳐났다. 아마 이것들 대부분은 거의 한 사람, 곧 술에 빠져 살던 좌절한 선비였으며, 그와 관계를 맺었던 여인의 남편 손에 최후를 맞았

---

5) [옮긴이 주] 원문은 'audience'이다. 보통의 경우 '청중'으로 번역하기 마련인데, 넓은 의미로는 소설의 '독자'를 가리키기도 하고, 희곡의 '관객'을 가리키는 말로도 쓰인다.

6) 리즈의 이름으로 가탁되어진 현존하는 평점의 진위에 대해서는 롤스톤의 「이 책에서 다루고 있는 『수호전』과 다른 소설들에 대한 진위 판별The Authenticity of the Li Chih Commentaries on the Shui-hu chuan and Other Novels Treated in This Volume」(앞으로는 「진위 판별」로 줄여 부름)과 플락스Plaks, 『사대기서*The Four Masterworks of the Ming Novel*』, pp.513~517 참조

을 거라 추측하는 예저우葉晝(약 1595~1624)가 쓴 것인 듯하다.[7] 이것이 누가 쓴 것이든, '리즈李贄' 평점은 텍스트를 칭송하기보다는 공박하는 데 시간을 더 많이 할애했다. 그들은 전혀 그럴싸하지 않은 사건 전개와 빈약한 인물 형상화[8]에서 적절치 못한 어휘 사용, 그리고 잘못된 문법에 이르기까지 모든 것에 대해 불만을 품었다. 어떤 텍스트의 몇몇 장절은 괄호로 묶어 표시하고 삭제할 것을 요구하는 내용을 덧붙이기도 했다.

소설 평점 발전의 세 번째이자 결정적으로 중요한 단계는 부분적으로 이전 단계에 터져 나온 불평들에 대한 대응에서 비롯됐다. 17세기의 후반부 3분의 2에 활동했던, 이 세 번째 단계에서 가장 중요한 평점가는 『수호전水滸傳』(1641년 序, 1644년 간행)의 진성탄金聖嘆(1608~1661), 『삼국연의三國演義』(1680년 서)의 마오쭝강毛宗崗(1632~1709 또는 그 이후)[9]과 그의 아버지인 마오룬毛綸(1605?~1700?), 이른바 숭정崇禎(1628~1644)본 『금병매金瓶梅』의 이름 없는 평점가와 그를 계승한 장주포張竹坡(1670~1698; 1695년 서), 그리고 『서유기西遊記』(1663)[10]의 왕샹쉬汪象旭(1605~1668년경 활동)와 황저우싱黃周星(1611~1680)이다. 이들 평점가들은 자신이 평점했던 작품에 대해 전적

---

7) 예저우에 대해서는 롤스톤의 「진성탄 이전의 중국 소설의 역사적 발전The Historical Development of Chinese Fiction Criticism Prior to Chin Sheng-t'an」(앞으로는 「역사적 발전」으로 줄여 부름), 338~339면과 「진위 판별」 참조. 그의 이름으로 된 유일한 글은 쉬쯔창許自昌(1578~1623년경 활동)의 『귤포기橘浦記』에 대한 간략한 서로서, 여기에서 그는 사람들을 돼지에 비유하고 있다(차이중샹蔡鐘翔, 『중국고전극론개요中國古典劇論概要』, 57면).
[옮긴이 주] 『귤포기』에 대한 원문은 다음과 같다. "讀『橘浦記』罷, 拍案大叫 曰: 人耶? 畜生. 畜生耶? 人. 人畜生耶? 畜生人耶? 胜人. 畜生胜人耶? 畜生! 人劣畜生耶? 人! 咳!(題『橘浦記』)"

8) **[옮긴이 주]** 본문의 '인물형상화characterization'는 중국어로는 '인물개성화人物個性化'로 번역된다.

9) 마오쭝강毛宗崗의 생졸년은 최근에 밝혀진 1709년에 나온 발跋에 따라 추산했다(천상화陳翔華, 「마오쭝강의 생애와 삼국연의 마오평본의 진성탄 서 문제毛宗崗的生平與三國演義毛評本的金聖歎序問題」 참조).

10) 이 서와 판본의 날짜는 이 작품이 지어진 날짜나 이 소설의 현존 판본들 가운데 가장 앞선 판본이 아니라 평점본이 나온 것을 가리킨다.

으로 책임졌다. 그들은 원저자나 편집자들의 선택이 마음에 들지 않을 경우 텍스트를 바꿨다. 하지만 그들은 자신들이 텍스트를 그저 고친 게 아니라 그들 자신만이 손에 넣을 수 있었던, 무엇보다 저자의 원본을 좀 더 정확하게 반영하는 고본古本에 근거해 텍스트를 편집한 것이라고 주장했다. 이들 평점가들은 실제로는 평점가 겸 편집자였지만, 그들은 그런 사실을 공개적으로는 부인했다. 이들 가장 유명한 소설들[11]의 텍스트를 개조하는 데 사용했던 또 다른 전략은 단순히 텍스트의 어떤 장절이 겉으로는 반대인 것처럼 보여도 사실은 평점가가 말했던 그대로를 의미한다고 우기는 것이었다. 동시에 그들은 자신들이 중재하는 역할을 수행했다는 사실을 부인하면서, 편집하면서 수정했다는 사실을 눙치고 넘어갔는데, 이들 평점가들은 평점을 덧붙이는 것만으로 텍스트와 그것의 의미를 완벽하게 뒤바꿔 놓았다고 주장하기도 했다.

이들 평점가 겸 편집자들이 『수호전』과 『삼국연의』, 『금병매』, 『서유기』를 뒤바꾸어 놓은 것은 앞선 시기에 나온 해당 작품들을 새로운 생각에 맞추려는 시도를 드러낸 것이라 할 수 있는데, 여기에서 새로운 생각은 소설을 어떻게 써야 하는가에 대한 것이다. 이러한 변화 가운데 몇몇은 후대의 작가들이 모방했는데, 그들이 실제 출처를 알고 있는 경우도 있었고, 모르는 경우도 있었다. 평점 자체는 소설을 어떻게 써야 하고 또 어떻게 쓰면 안 되는지에 대한 생각을 상세하게 기술한 것과 동시에 사람들로부터 인정받지 못한 이런 변화의 정당성을 강조했는데, 이것은 마찬가지로 후대의 창작에 영향을 주었다.

몇 가지 의문이 떠오른다. 소설 평점본은 얼마나 유행했던 것일까? 평점본에서 평점은 얼마나 중요한 위치를 차지하고 있었나? 평어는 실제로 읽

11) 이 네 가지는 사대기서四大奇書로 알려져 있는데, 『삼국연의』 마오평毛評에 붙은 리위李漁의 1680년 서에서는 하나의 공식이 되어버린 이 용어를 펑멍룽馮夢龍(1574~1646)이 처음 만들었다고 했다. 앤드루 플락스는 자신의 저서 『사대기서』에서 이 네 가지가 16세기에 무르익은 문인 소설literati novel이라는 새로운 장르의 핵심적인 부분을 이룬다고 주장했다.

혔을까? 평어는 독자와 미래의 작가들에게 어떤 영향을 주었는가?

소설 평점본이 유행했고 중요했다는 사실은 아주 쉽게 드러난다. 유명한 소설들의 평점본이 너무나 인기가 있었기 때문에 평점이 없거나 초보적인 평점이 달려 있던 초기의 판본들은 유통되지 않아 희귀본이 되었는데, 이 가운데 몇몇은 20세기가 되어서야 다시 발견되었다. 이렇듯 평점이 없는 판본들을 지칭하는 용어인 백두본(白頭本, 蔣星煜, 『明刊本西廂記硏究』, 173, 214면)과 백문본(白文本, 孫遜, 『紅樓夢脂評初探』, 283면)이 등장했다. 때로 평점이 없는 판본이 그 안에 평점을 담고 있다는 식으로 제목을 달고 나온 경우도 있었다.

평점 비평이 최고조로 발달한 형태에 이른 것은 소설 분야에서였다. 이 가운데 몇몇은 꼭 질적인 측면은 차치하고라도, 그 분량이 상당했다. 『삼국연의』 마오본毛本에서 평점은 120회에 이르는 이 소설 자체 분량의 3분의 2에 이르는 길이를 가진 것으로 추정된다. 충분히 발달한 이 평점에는 15개의 서와 도표, 매 회의 앞이나 뒤(때로는 둘 다)에 붙어 있는 회평回評, 텍스트의 위에 달려 있는 미비, 행간에 있는 협비, 그리고 강조를 위한 다양한 문장 부호가 포함된다. 이 모든 것들은 물리적으로나 형태적인 면에서 본문과 구별되었고, 그리하여 이론적으로는 독자가 무시할 수도 있었지만, 그렇다 하더라도 그런 공격에 전혀 감염되지 않을 수 있는 독자는 상상하기 어렵다.[12)]

소설의 작자 역시 소설, 특히 평점본을 읽었을까? 많은 전통적인 중국문학 장르가 항용 관습적으로 같은 장르에 속한 다른 작품들을 참조했던 것과 마찬가지로, 중국 소설은 종종 다른 소설 작품들을 암암리에

---

12) 어떤 현대의 학자에 의하면, "한번 마오씨毛氏 부자의 「『삼국연의』 독법」을 읽게 되면, 그들이 제공하는 뗏목을 뿌리치기가 사실상 불가능해진다. 반쯤은 거부감도 들고, 반쯤은 끌리는 마음도 생기면서, 그대는 그 뗏목과 함께, 뗏목이 이끄는 대로 간다"고 한다(베일리Bailey의 「중재하는 시선-마오룬, 마오쭝강과 삼국지연의 읽기The Mediating Eye: Mao Lun, Mao Zong-gang, and the Reading of the Sanguo zhi yanyi」(Ph.D. diss., University of Toronto, 1991), 260면).

참조했다. 그것은 '표절'로부터 '미묘한 변형'에 이르기까지 모든 영역에 걸쳐 있기는 하지만, 하나의 소설이 다른 소설 작품들과 어딘가 비슷한 점이 있다면 그것은 독서를 통한 직접적인 지식만을 바탕으로 해 얻은 것이라고 주장했다. 전통시기 중국에서 글쓰기를 가르칠 때는 다른 예술이나 공예와 마찬가지로 학생들이 입증된 예문을 베끼는 방법을 주로 사용하였다. 명청 시기 중국에서는 평점이 없는 유명한 소설 작품을 발견하기가 점차 어려워졌다. 평점 자체가 진지하게 받아들여졌다는 사실을 입증하는 것도 많이 있다. 후대의 평점가들은 암시적으로든, 또는 명시적으로든 그들의 작품을 초기의 평점가들의 작품과 비교했다. 평점을 덧붙여 다시 간행한 평점본의 예가 많이 있는데, 추가된 평점 대부분은 본문보다는 원래 있던 평점을 다루고 있다. 새 작품의 서문에서 옛날 것보다 더 낫다고 주장하는 경우도 있는데, 여기에서 의미하는 것이 이들 작품의 평점본이라는 사실은 분명하다. 유명한 소설들의 속작들은 대부분 평점본에 제시되어 있는 원래 작품의 해석에 동의하거나 반대하는 입장에서 씌어진 것이 명백하다.

소설 평점을 읽고 쓰는 것이 내가 보여주려는 것처럼 유행했고 중요했다면, 왜 중국의 소설 발전을 기술한 글들은 대부분 아주 최근까지도 이것을 무시했는가? 나는 평점의 몰락을 부분적으로 초래한 것은 다름 아닌 그들의 관점을 납득시키는 데 평점이 효율적이었는가 하는 점에 있다고 생각한다. 후스胡適(1891~1962)나 첸셴퉁錢玄同(1887~1939)과 같이 백화白話를 제창했던 이들은 전통 소설을 [자신들이 주창하는 백화가 본받고자 하는] 언어 전범으로 격상시켰지만 (문언으로 씌어진) 평점에는 반대했는데, 그것은 그들이 자신의 목적을 위해서 이 소설들을 오로지하려는 입장에 서 있었기 때문이었다. 후스보다 더 정치에 관심이 있었다고 평가되는 개혁가들, 이를테면 량치차오梁啓超(1873~1929)나 루쉰魯迅(1881~1936) 같은 이들은 대부분의 평점가들이 일반적으로 견지하고 있던 보수주의에 반대했고, 대부분의 다른 사람들도 평점에는 혐오스러운 팔고문八股文

의 냄새가 배어있다고 주장했다. 가장 유명한 평점가인 진성탄金聖嘆은 루쉰과 린위탕林語堂(1895~1976) 사이에 벌어졌던 전통적인 문인 미학의 가치에 대한 논쟁의 틈바구니에 끼어 있었으며, 결국에는 상당히 최근까지도 문학 비평으로 잘못 받아들여지고 있는 루쉰의 몇 편의 잡문에서 그의 유명한 가시 돋친 독설의 부당한 표적이 되었다(쉬타오徐濤의 「루쉰 선생의 진성탄에 대한 비평과 그 밖의 것에 대해 간략히 논함略論魯迅先生對金聖歎的批評及其他」 참조).

서구의 소설과 비평에 대한 지식을 나름대로 지니고 있는 개혁가들의 눈으로 볼 때, 아마도 평점의 각 층위에 내재되어 있는 소설 독법의 착상의 독특함(다음 장 참조)은 확실히 전통적인 소설 평점에 부정적으로 작용했을 것이다. 같은 맥락에서 중국 소설 평점가들 중에는 괴벽한 이가 몇 명 있으며, 그 가운데 가장 훌륭한 작품이라 할지라도 질적인 면에서는 20세기의 문학 비평적 안목에서 요구하는 수준에 부합되지 못하는 측면이 있다는 사실을 인정해야 한다.[13]

다른 한편으로 개혁기 중국에서는 중국적 특색의 사회주의를 추구하다 보니, 중국적 특색을 가진 소설이론을 위해 전통적인 소설 비평에 유의하자는 생각이 일어나게 되었으며, 이러다 보니 몇몇 전통적인 소설 평점가들에 대해 상당한 정도로 주의를 기울이는 일이 벌어지게 되었다. 하지만 소설의 평점본을 읽고 쓰는 일이 어떤 식으로 새로운 작품을 만드는 데 영향을 주었는지에 대해서는 거의 언급하지 않았다.[14]

---

13) 현대 문학 비평의 기준에 부합하지 못한다는 이유로 진성탄에 대해 일관된 공격을 퍼부은 것에 대해 천상陳香의 네 부분으로 된 글(「진성탄 식의 비평방법을 논함論金聖歎式的批評方法」) 참조.

14) 이 주제에 대한 언급에 대해서는 천훙陳洪, 『중국소설이론사中國小說理論史』, 189~190면(왕다진王達津의 서 2면도 참조)과 루더차이魯德才, 『중국소설예술론』, 149~150면, 153면, 류후이劉輝, 「사화본에서 설산본까지從詞話本到說散本」, 38면, 무후이牧慧, 『중국소설예술천담中國小說藝術淺談』, 34~35면, 왕셴페이王先霈·저우웨이민周偉民, 『명청소설이론비평사明淸小說理論批評史』, 88, 296, 300, 309, 363면과 443~444면, 저우치즈周啓志 등, 『중국통속소설이론강요中國通俗小說理論綱要』, 10~11, 318면, 천후이쥐안陳慧娟

사실상 이런 상황은 기본적으로 타이완臺灣과 서구의 학자들의 경우에도 역시 마찬가지였다.15) 다만 엘런 위드머Ellen Widmer와 『수호전』의 속작續作 가운데 하나인 『수호후전水滸後傳』에 대한 그의 책16)만은 예외이다. 그의 책은 뛰어난 사례 연구이긴 하지만, 이 책에서 관심을 갖고 있는 좀더 넓은 논점 가운데 몇몇에 대해서는 언급하지 않았다.

소설의 평점본들은 소설 창작의 새로운 가능성을 다채롭게 열어 보였다. 어떤 소설 평점가들은 작가의 역할까지도 침범했다. 그래서 소설 작가들 가운데 몇몇은 아예 자기가 평점을 쓰기도 했는데, 그것은 자신의 텍스트에 또 다른 층위의 논의를 덧붙임으로써 나중에 평점가들이 평점을 마음대로 붙이지 못하게 하기 위해서였던 듯하다. 또 작자들 가운데 몇몇은 유명한 소설 평점가들의 목소리와 편향을 일부 본받아 이야기꾼 겸 서술자storyteller-narrator를 만들어 냈는데, 이와 달리 어떤 작가들은 전통적인 이야기꾼說書人, oral-storyteller의 역할을 폄하하여, 창조된 소설 세계와 독자 사이를 중재하는 접촉을 덜 허용하면서, 분명하게 드러나 있지는 않지만, 작자가 암시하는 잠재된 평점을 채울 여지를 남겨 두었다.

세 번째 단계의 유명한 평점가들에게 주된 문제점은 그들의 텍스트에 대한 분명하고도 일관된 작자들을 찾아내거나 만들어내는 일이었는데, 그것은 대부분의 텍스트가 거기에 참여한 많은 작자와 편집자들이 늘어감에 따라 텍스트의 작자 문제가 복잡해졌기 때문이었다.17) 『금병

의 「문학 창작과 문학 비평의 합류 지점인 중국 고대 평점 소설에 대한 초보적 검토文學創作與文學批評的合流中國古代評點小說初探」, 310면 참조. 「『홍루몽紅樓夢』에 대한 소설 평점가들의 영향」에 대한 중국의 비평가에 대해서는 이 책의 제14장 참조.

15) 현재 로버트 E.헤겔Robert E. Hegel은 한동안 소설 평점의 영향에 대해 주의를 기울였지만, 그 주제에 대해 그가 논문이나 책으로 발표한 것은 상당히 간략한 편이다. 이를테면, 그의 「『수당연의』와 17세기 쑤저우 엘리트의 미학Sui T'ang yen-i and the Aesthetics of the seventeenth Century Suchou Elite」, 157면과 『17세기 중국 소설*The Novel in sevventeenth Century China*』, 227면 참조.

16) **[옮긴이 주]** 엘런 위드머Widmer, Ellen., 『유토피아의 언저리—『수호후전』과 명 유민의 문학*The Margins of Utopia : Shui-hu hou-chuan and the Literature of Ming Loyalism*』, Cambridge, Mass. : Harvard University Press, 1987. 앞으로는 『수호후전』으로 줄여 부름.

매』의 경우만 하더라도 지금은 일반적으로 단일한 작자의 작품으로 간주되지만, 그 저자가 가명으로만 알려져 있고, 다양한 문학 작품과 장르로부터 나온 이질적인 요소들이 결합되어 소설이 완성되었기 때문에,[18] 일반 독자는 작자를 구체적으로 그리거나 그가 어떤 사람인지 이해하기 힘들다.[19] 『금병매』의 본래 모습이라 할 수 있는 이른바 사화본詞話本은 이내 심하게 편집되고 좀더 다듬어진 판본인 숭정본崇禎本으로 대체되었다.

최소한 멍쯔孟子(기원전 372~289)의 시대부터 중국의 독자들은 글로 씌어진 텍스트를 고대의 명인에 접근하는 주요 수단으로 여겼다. 중국 독자의 경우, 제대로 이해한다는 것은 작자의 입장에 철저하게 서보거나 작자를 읽은 그대로 생생하게 그려보는 일이었다. 이를테면 쓰마쳰司馬遷은 자신이 쓴 쿵쯔孔子의 전기 말미에서, 그가 경전을 읽을 때마다 쿵쯔라는 사람을 얼마나 공들여 그려냈는지에 대해 기술했다.[20] 독서에 대한 이런 접근 방식은 분명 『멍쯔孟子』에서 처음 논의되었는데, 그것은 후대의 학자와 독자가 지속적으로 인용한 '내 생각으로 다른 사람이 의

17) 네 편의 가장 유명한 소설의 초기 판본의 발전에 대해서는 플락스, 『사대기서』 참조. 내포 작자(그리고 독자들)의 창조에 대해서는 이 책의 제4장 참조.

18) 『금병매』의 이러한 측면을 가장 효과적으로 볼 수 있는 방법은 로이의 영역본 『금병매』에 있는 주석들을 대충 읽어나가는 것이다. 롤스톤의 「중국 고대소설에서의 구연 문학—『금병매사화』에서의 비현실적 용법들과 그 영향Oral Performing Literature in Traditional Chinese Fiction : Nonrealistic Usages in the Jin Ping Mei Cihua and Their Influence」(앞으로는 「구연 문학」으로 줄여 부름), 14~15면도 참조.

19) 포르노그라피, 또는 저급한 마음에서 나온 저급한 문화의 작품이라는 것으로부터 천재의 작품이라는 후한 찬사에 이르기까지 전통과 현대에 이 소설에 대한 극단적으로 상이한 평가를 유의해서 볼 것.

20) 쓰마쳰司馬遷 47권 1,947면. 이 대목은 양셴이Hsien-yi Yang와 글레디스 양Gladys Yang의 『사기*Records of the Historian*』 영역본, 27면에 나온다. "나는 쿵쯔의 저작을 읽을 때, 그 사람됨을 보고자 했다. 노나라에 가서 나는 그의 사당을 방문했고, 그가 탔던 수레와 옷과 희생을 담았던 제기를 보았다. 학자들은 그곳에 의례를 공부하러 정기적으로 갔으며, 나는 거기서 맴돌면서 떠날 수 없었다余讀孔氏書, 想見其爲人. 適魯, 觀仲尼廟堂車服禮器, 諸生以時習禮其家, 余祗迴留之不能去云."(원문은 **[옮긴이 주]**)

미한 바를 헤아린다以意逆志'거나, '세상을 논한다論世'는 것이다.[21] 류세劉勰(465?~520?)는 그의 『문심조룡文心雕龍』 제48장 「지음知音」에서 그 과정을 공들여 묘사했다.

두 번째 단계의 소설 평점가들은 텍스트를 공격하고 또 작자를 함축적으로 처리하거나 빠뜨리는 방식으로 작자가 실종되거나 그려내기 어려운 문제에 대처했다. 그들은 수정을 주창하면서 작자의 지위를 확립하거나, 독자가 그와 소통하거나 그를 생생하게 그려내도록 독려하는 일에는 조금도 흥미를 보이지 않았다. 그들은 작자를 지칭하되, 전통적인 방식대로 텍스트의 저자의 이름을 가탁하는 대신 '작자'와 같이 모호한 용어를 사용했다. 평점가들은 대부분 유명한 이단아인 리즈李贄를 전면에 내세웠는데, 평점본에서 평점가의 개성은 작자를 무색하게 했다.

세 번째 단계의 평점가들은 자기 자신을 크게 드러낼 수 있었다는 점에서 축복 받은 셈인데, 그들은 스스로를 작자인 양 생각하고 텍스트를 편집해 놓고는 그런 변화를 작자의 탓으로 돌렸다. 한 걸음 더 나아가 평점가들은 일관성 있고 어느 정도 극화된 내포 작가가 텍스트를 지은 것으로 만들었는데, 그 결과 더욱 읽기 편하게 되었다. 이를테면 진성탄金聖嘆은 『수호전』의 작자 문제를 두고 이전부터 두 명의 후보자가 있어왔다는 혼란이 잠재되어 있는 상황을 이용해 스나이안施耐庵[22]은 자신이 수정한 판본의 작자로, 그리고 뤄관중羅貫中(1330~1400년경 활동)은 통행본에는 있지만 자신의 판본에는 싣지 않은 텍스트 부분[23]의 오도된 작자

---

21) 『멍쯔孟子』, VA.4와 VB.8(영문 번역은 라우Lau, 『멍쯔*Mencius*』, 142, 158면 참조). 문학비평에서의 이 두 용어에 대해서는 류더쉬안劉德烜의 「멍쯔의 문론 사상 및 후세에 대한 영향孟子文論思想及其對後世的影響」 참조.

22) 스나이안이라는 사람이 실존했는지, 그렇지 않으면 그 이름이 단지 조작된 가명일 뿐인지, 이렇게 상반된 입장이 존재한다. 20세기에 장쑤성江蘇省에서 발견된 자료가 그의 실존을 입증한다는 주장은 일반적으로 받아들여지고 있지 않다. 그 증거에 대한 부정적인, 그리고 긍정적인 평가를 대표하는 것으로는 각각 류스더劉世德의 「스나이안 문물 사료 변석施耐庵文物史料辨析」과 스나이안연구회施耐庵研究會의 논문집인 『스나이안연구학간施耐庵研究學刊』 참조.

로 바꾸어 버렸다. 진성탄은 항상 『수호전』의 저자로서 스나이안을 지칭했고, 자신의 판본의 제목에 스나이이안을 넣었다. 또 소설을 쓰고 있는 스나이안을 자주 묘사했으며, 우리가 스나이안의 육성을 직접 들을 수 있는 위조된 서문을 독자에게 제시하기도 했다.

세 번째 단계의 다른 평점가들도 비슷한 경로를 밟았다. 장주포는 『금병매』의 작자로 좌절한 효자를 제시했는데, 이 효자는 자신을 제대로 대접하지 않고 자신의 재능을 몰라주어 그로 인한 분노를 잠재울 유일한 길로 『금병매』를 쓸 수밖에 없게 만든 세상에 대해 가슴 깊이 분노를 품고 있었다. 왕상쉬汪象旭과 황저우싱黃周星은 유명한 원대元代의 도사인 츄창춘邱長春(이름은 추지處機, 1148~1227)이 『서유기』의 작자라고 주장했다. 그들은 츄창춘과 동시대의 제자 가운데 한 사람의 이름으로 된 서문을 위조해 증거로 삼았고, 또 자신들이 편집한 판본에 츄창춘의 전기를 끼워 넣었다. 여기에서 마오씨毛氏 부자는 아마도 예외적인 경우가 될텐데, 하지만 그들의 접근 방식은 이와 연관이 있다. 『삼국연의』는 역사소설 작품으로, 그들은 이 소설의 진짜 작자를 제목이 있는 페이지에 저자라고 적혀 있는 뤄관중羅貫中이 아니라 조물자造物者로 내세움으로써 텍스트의 가치를 제고하고자 했는데, 이와 같이 조물자를 작자로 내세운 것은 역사상의 삼국 시기 자체뿐 아니라 그들이 이 소설에서 발견한 의미와 이해의 패턴을 근거로 했기 때문이었다.

여기에서 주의할 만한 중요한 문제가 몇 개 있다. 일관되고 구체적인 내포 작자들을 내세움으로써 확실히 전통적인 중국 독자들이 이런 작품을 읽기 쉽게 해주기도 했지만, 이제까지 거의 존중받지 못해 왔던 백화소설이라는 "막돼먹은outlaw" 장르를 좀더 진지하게 다루게 하기도 했다. 그렇게 해서 두 가지를 성취하게 되었는데, 그것은 소설의 지위가

23) [옮긴이 주]진성탄이 요참腰斬해버린 71회 이후 부분을 가리킨다. 한 걸음 더 나아가 진성탄은 스나이안이 70회로 확정한 『수호전』의 내용을 뤄관중이 멋대로 늘려 놓은 것은 "개꼬리로 담비의 꼬리를 이어놓은 격狗尾續貂"이라고 비난했다.

제고되었고, 사람들이 소설 작자의 극화된 이미지에 자신을 동일시하게 함으로써 그들 자신이 앉아서 소설을 쓰고 있다고 생각하게 만들었다는 것이다. 평점가는 일반적으로 자신의 작품을 본받아야 할 모델로 제시했으며, 기본적으로 교육자적 입장에서 자신의 노력을 기울였다. 당신도 위대한 소설 작품을 쓸 수 있다. 아니면 그렇게까지는 못하더라도, 그대는 최소한 앞서 나온 소설에 평점은 쓸 수 있다. 평점을 쓴다는 것이 그리 만만한 일이 아니라는 것과 그런 식으로 씌어진 평점의 규모Scale로 볼 때, 장주포는 단호하게 이것을 아예 새로운 소설 한 편을 쓰는 것과 맞먹는 것이라 생각했다.[24] 장주포는 독자가 본래의 텍스트 창작 단계로 되돌아가서 텍스트가 창작되는 동안 작자가 내렸던 모든 결정들을 독자 스스로도 내려야 한다는 점을 각별히 분명하게 밝혀 두었다(『금병매자료휘편』, 35면 「비평제일기서 『금병매』 독법」 41~42조,[25] 로이, 「『금병매』 독법」, 224면).

세 번째 단계의 평점가들 중 많은 사람들이 그들 자신의 조언을 받아들여 자신을 그들 소설의 작자들과 동일시했을 뿐 아니라, 실제로 자신의 모습을 작자에게 투사했는데, 진성탄과 장주포가 특히 그랬다. 하지만 새

24) 장주포의 서문인 「주포한화竹坡閑話」, 『금병매자료휘편金瓶梅資料彙編』, 11면 참조(로이Roy, 「『금병매』에 대한 장주포 평점Chang Chu-p'o's Commentary on the Chin P'ing Mei」(앞으로는 「장주포 평점」으로 줄여 부름), 119면도 참조).

25) [옮긴이 주] 이 내용에 대한 장주포 「비평제일기서 『금병매』 독법」의 해당 원문과 번역문은 다음과 같다. (41) "『금병매』를 볼 때 그것을 작자의 문장으로 여기고 본다면 결국 그것에 속아넘어가는 것과 같은 게 될 것이다. 반드시 그것을 자기 자신의 문장으로 읽어야 그것에 속아넘어가지 않는다看『金瓶』, 將來當他的文章看, 猶須被他瞞過; 必把他當自己的文章讀, 方不被他瞞過." (42) "작품을 자신의 문장으로 여기고 읽는 것은 옳은 것이다. 그러나 이는 자신이 작품 속으로 들어가 문장을 헤아려 만들어 보는 것만 못할 것이다. 자신이 먼저 마음을 『금병매』에 집어넣고 곡절하게 헤아려 보면 그 다음 이것이 나를 속일 수 없다고 말할 수 있을 것이니 이것이야말로 나를 속일 수 없는 것이다將他當自己的文章讀, 是矣. 然又不如將他當自己纔去經營的文章, 我先將心與之曲折算出, 夫而後謂之不能瞞我, 方是不能瞞我也(이 번역서에서 사용한 장주포의 「비평제일기서 『금병매』 독법」에 대한 원문과 번역문은 이무진이 교열하고 우리말로 옮긴 것을 본인의 허락을 얻어 전재하였음을 밝혀둔다. 이후에 나오는 해당 내용 역시 별다른 지적이 없는 한, 이무진의 것을 따른다. 이무진, 「『금병매』의 양면성 고찰」, 고려대 석사논문, 1997.6)."

로운 소설의 작자들은 최소한 부분적으로 평점가가 그런 식으로 자신의 작품을 오로지하지 못하게 하는 방법을 터득하게 됐는데, 그것은 그들 자신이 서문과 평점을 쓰거나, 가까운 벗들을 끌어들여 그들 자신을 위해 그런 일을 하게 만든 것이다(이 책의 제11장과 제14장 참조). 이런 평점은 상당히 초보적인 것일 수도 있지만, 천천陳忱(1614~1666년 이후)이 자신의 『수호후전水滸後傳』에, 그리고 둥웨董說(1620~1686)와 그의 부친인 둥쓰장董斯張(1628년 졸)이 『서유보西遊補』에 달았던 자기-평점auto-commentary은 훨씬 더 복잡하다. 천천은 자신의 책을 쓴 사람을 원대(1279~1368)에 살았던 송대(960~1279)의 유신古宋遺民에게 돌렸다. 그는 자신의 필명 가운데 하나로 소설에 대한 평점을 썼는데, 평점과 평점가가 이 고본을 발견했을 거라 추정되는 시간을 천천 자신이 태어난 시점보다 앞당겼다. 엘런 위드머는 천천이 별도의 평점 목소리를 이용해 자신의 소설의 서사화된 세계 속에 있는 일종의 유토피아의 성취를 잘라냈다는 사실을 보여주었다. 천천이 소설을 쓴 것은 결코 완벽하다고 볼 수 없는 세계 때문이었는데, 바로 그 세계로 독자의 관심을 되돌린 것이었다(위드머, 『수호후전』, 109~156면).

『서유보西遊補』의 작자들은 자신의 평점을 위한 별도의 인물을 창조해 내지는 않았지만, 텍스트에 대한 완전한 오해를 별도의 텍스트 평점으로 불식시켰는데, 이것은 백화소설에서 전통적으로 이야기하는 방식으로 일종의 혁신적인 실험을 한 것이었다. 그들의 작품에서 초기의 백화소설에서 우위를 점하고 있던 이야기꾼으로서의 서술자의 '인도하는 기능'은 별도의 텍스트 평점으로 옮겨졌다. 『서유보』가 본래 의도한 대로 작동하기 위해서는, 독자가 우의적으로 제시된 욕망의 세계에서 가능한 한 별다른 개입 없이 주요 인물들이 겪는 혼란스러움과 종국의 깨달음을 개인적인 차원에서 경험하는 것이 중요하다. [여기에서] 독자는 평점을 이용할 수 있지만, 이것은 서술자가 이야기를 통해 드러나게 독자를 인도하게 하는 것보다는 개입의 정도가 덜하다.

이러한 서사적 개입의 차단은 우징쯔吳敬梓(1701~1754)의 『유림외사儒林

外史』(1736년 서)와 같은 자기-평점auto-commentary이 없는 소설에서도 나타난다. 이런 텍스트에서 평점은 독자 자신의 몫으로 남게 됐는데, 독자들은 다른 소설 평점들을 모델로 삼고, 이런 평점들을 읽으면서 미묘한 실마리를 감지하는 능력을 배웠다. 이것은 '아무래도 좋은' 유형의 상황은 아니다. 곧 작자는 비록 평점이 감추어진 상태로 남아 있다가 독자가 읽으면서 그것을 실현하는 쪽을 선호하긴 했지만, 평점을 어떻게 써야 한다는 데 대해 매우 확고한 생각을 갖고 있었던 듯 보인다(이 책의 제13장 참조). 이러한 발전의 노정에서 서술적인 평점이 우월한 지위를 잃어갔고, 초기 백화소설의 또 다른 특징인 상투적인 어구의 사용도 줄어들었다. 초기의 소설 평점가들 중 몇몇은 삽입 시사詩詞와 상투화된 변체문駢體文의 묘사적인 구절들을 귀찮아했다. 첫 번째 단계의 몇몇 평점본에서 시사는 제거되거나 미비로 옮겨졌다. 두 번째 단계의 평점가들은 이런 류의 항목들에 대해 불평을 늘어놓았고, 삭제 표시를 해놓았을 뿐이지만, 세 번째 단계의 평점가들은 실제로 자신들의 판본에서 많은 양을 제거하였다. 이 모든 이들 가운데 가장 급진적이었던 사람이 진성탄金聖嘆으로, 그의 『수호전』 판본은 개장시開場詩나 수장시收場詩의 예외가 있긴 하지만(후자는 그 자신이 지은 것이다), 삽입 시사나 묘사 양식의 사례는 완전히 찾아볼 수 없게 되었다.

새로운 소설을 평점본 소설 읽기라는 관습에 순응하게 하는 또 다른 방법은 별도의 텍스트 평점가의 목소리와 어조를 가진 서술자를 만드는 것이다(이 책의 제12장 참조). 이전 스타일의 서술자들은 개성이 없었으며, 이야기를 입으로 하고 있는 척하려 했다. 새로운 서술자들은 좀더 개성이 있었으며, 아이러니를 강하게 사용했고, 재치 있고 아이러니컬한 말투를 가진 인물을 채택했으며, 자신의 텍스트의 특징이 글로 쓴 것이고 꾸며진 것에 있다는 사실에 주목해 줄 것을 요구했다. 아울러 자신의 텍스트를 다른 작품들과 비교하고, 등장인물들은 다른 허구적이고 역사적인 인물들에 비교했으며, 그들이 이야기하는 방식의 비범한 혹은 경탄할 만한 특징들을 지적해내었는데, 이 모든 것들은 이전 스타일의 서술자의 것이 아니라, 두 번째와 세 번째 단계의 평점가들의 특징들이었다. 링멍추凌蒙初(1580~1644)와 리위李漁(1611~1680)의 소설 속의 서술자들이 이런 형식을 취하는 경향이 있었는데, 이러한 발전의 요소들은 원캉文康의 『아녀영웅전兒女英雄傳』(1850년경)과 무명씨의 『제공전전濟公全傳』(1668년 서)과 같은 후대의 작품들에서도 두드러진다. 때로 평점의 구조적인 특징들은 후대 소설의 텍스트에서도 모방하고 있다. 무명씨의 『린란상林蘭香』(현존하는 최초의 판본은 1838년)은 『금병매』의 장주포張竹坡「독법」에서의 첫 번째 항목[26]을 상기하게 하는 이 소설의 제목을 설명하는 해설적인 장절로 시작한다. 위안위링袁于令(1599~1674)의 『수사유문隋史遺文』(1633년 서)과 추런훠褚人穫(1635~1705년경)의 『수당연의隋唐演義』(1695년 서)의 거의 모든 장절들은 세 번째 단계의 주요한 평점들에 있는 회수 평어回首評語들을 본뜬 서두의 서술적인 평어들로 시작하고 있다.

가장 복잡한 텍스트인 차오쉐친曹雪芹(1715?~1763?)의 『홍루몽紅樓夢』(『석두기石頭記』라고도 부름, 초판본 1791~1792)에는 한 작품 안에 위에서 언급한 거의 모든 유형의 변형과 위반의 사례가 담겨 있다(이 책의 제14장 참조). 이 소설의 판본 대부분은 작자가 이 작품을 왜 쓰게 되었는지를 작자 자신이 설명한 것을 인용하는 것으로 시작하는데, 이것은 평점에서 텍스트로 나아가는 하나의 예이다.[27] 개장시와 같은 전통 소설의 다른 특징들은 텍스트가 아니라 회수 평어에 나타나는 경향이 있다. 초기의 평

26) **[옮긴이 주]** 해당 내용은 다음과 같다. "판진롄·리핑얼·춘메이 세 사람을 창조하여 어떻게 한 곳으로 모으고 다시 흩어지게 하는가를 보라. 전반부는 다만 판진롄과 리핑얼을 다루고 있고, 후반부는 춘메이만을 다루고 있음을 알 수 있다. 전반부에서 시먼칭은 갖가지 수단과 방법을 동원해 다른 이의 아내인 판진롄과 리핑얼을 차지하지만 후반부에서는 자신의 소유인 춘메이가 쉽게 남에 손에 넘어간다劈空撰出金、瓶、梅三個人來, 看其如何收攏一塊, 如何發放開去. 看其前半部止做金、瓶, 後半部止做春梅. 前半人家的金瓶, 被他千方百計弄來, 後半自己的梅花, 却輕輕的被人奪去."

27) 영역본 『석두기石頭記』의 14장 참조. 이 구절은 평점의 영역으로 되돌아갔으며, 그 대부분은 1권에 대한 도론에 번역되어 있다(20~21면).

점가인 지후써우畸笏叟는 작자에게 등장인물 가운데 하나인 친커칭秦可卿의 죽음에 대한 묘사를 삭제할 것을 명했는데, 이것은 작자의 의지와 어긋나는 것이었다(이 책의 제14장 참조). 같은 평점가인 즈옌자이脂硯齋는 자신의 이름을 이 소설의 초기 초본抄本의 본문에(『신편 『석두기』 즈옌자이 평어 집교新編石頭記脂硯齋評語輯校』, 1 / 8b; 『석두기石頭記』, 1 : 51), 그리고 거의 모든 다른 판본들의 제목에 써 놓았으며, 다른 방식으로 이 소설이 씌어지고 만들어지며 보급되는 데 적극적으로 협력했다. 때로 즈옌자이와 지후써우는 자신을 소설 속의 인물들과 혼동하기도 했다. 작자인 차오쉐친은 보통 최소한 초기 초본의 몇몇 평어를 직접 지은 것으로 여겨지고 있는데, 그는 『유림외사』 타입의 주제넘게 나서지 않는 서술자와 리위李漁 타입의 개성화된 서술자 모두를 이용했다. 그는 일반적인 수준에서는 삽입 시사나 묘사적인 구절의 사용을 꺼렸지만 자신의 소설에서는 그러한 예들을 훌륭하게 이용했다.

즈옌자이는 사람들이 『홍루몽』이 아무것도 없는 무에서, 그리고 과거에 그와 필적한 할 만한 것이 없는 상태에서 창조된 천재의 작품이었다고 생각하게 할 것이다. 나는 일반적으로 별도의 텍스트 평점을 쓰는 행위와 그러한 도전에 작가들이 대응하는 다양한 방법에 중국 소설이 어떤 식으로 영향을 받았는가 하는 점에 좀더 관심을 기울이고자 한다. 이렇게 함으로써 나는 천재의 작품들조차도 어디에선가 온 것이며, 좀더 특별하게는 이들 천재의 작품들 가운데 몇몇은 20세기 대부분의 시간 동안 거의 잊혀져 있던 중요한 전통에 대해 반응한 것이었음을 보여줄 수 있기를 바란다.

1. 중국의 전통은 독특한 것인가?

최근 들어 중국에서 일고 있는 소설에 대한 전통적인 평점 비평에 대한 관심 속에는 문화적인 쇼비니즘의 요소가 내재되어 있다. 수십 년 동안 평점은 무시되었는데, 그것은 아마도 그런 것이 존재했다는 사실에 대한 당혹감 때문이었을 것이다. 하지만 그 이후 [중국의] 학자들은 이제 이것들이 세계 문예 전통에서 독특한 위치를 차지하고 있다고 주장함으로써 새롭게 관심을 불러일으키려 하고 있다. 그들은 그러한 독특함이 일반적인 수준에서는 평점 타입의 비평 그 자체에 있거나, 특별하게는 그것을 소설에 적용했다는 바로 그 점에 있다고 말하고 있다.[28] 이러한 주장이 진지한 비교 연구에 의해 뒷받침되었던 적은 없었으며, 오히려 즉각적으로 그것들을 거부하거나 액면 그대로 받아들여져 왔는데, 이 문제에 대해서 살펴보기로 하자.

중국에서 전통적인 소설 비평은 필기筆記로부터 전통 시기 말기 무렵의 독립적인 에세이까지 폭넓게 걸쳐 있는 다양한 장르의 형태로 씌어졌는데, 양적으로나 영향 면에서 두드러진 것은 평점 전통이다.[29] 평점이라는 말은 다양한 의미를 갖고 있는데, 이 책에서는 주로 물리적으로 비평하고 있는 텍스트 내에 위치해 있으면서 글자 크기나 위치에 의해 구별되는 일련의 평어들을 지칭한다.[30]

---

28) 다른 나라에는 평점 스타일의 소설 비평들이 드물거나 존재하지 않는다고 말하고들 있는데, 판성톈范勝田의 『중국고전소설예술기볍예석中國古典小說藝術技法例釋』, 5면(닝쭝이寧宗一의 서)과 팡정야오方正耀의 『중국소설비평사략中國小說批評史略』(우리말 번역본은 홍상훈 역, 『중국소설비평사략』, 을유문화사, 1994), 4~5면(궈위스郭預適 서), 그리고 저우치즈周啓志 등의 『중국통속소설이론강요』, 314면 참조.

29) 왕셴페이王先霈, 저우웨이민周偉民, 『명청소설이론비평사』, 9~14면에 나와 있는 전통적인 중국 소설 비평의 기본 자료가 되는 것들로는 다음과 같은 것들이 있다. ①서발序跋, ②평점, ③필기, ④소설 작품들, 특히 소설의 시작 부분들, ⑤목록, ⑥사론史論, ⑦시론詩論, ⑧전문 논문專題論文.

평점은 통상적으로 문화적 향취가 물씬 풍기는, 그리고 가장 논쟁할 만한 가치가 있다고 여겨지는 종류의 텍스트를 위해 마련된 것이다. 이것은 서구의 『성경』이나 중국의 유가 경전과 같이 경전적, 혹은 문화적 정전正典의 일원이 되기에 가장 그럴싸한 것이었다. 문학 작품, 그것도 소설 작품에 경전적인 평점을 채용한다는 생각은 어느 정도는 비약적인 것이라 할 수 있다. 서구에서는 그러한 비약이 그리스와 로마의 문학 작품들(이를테면 버어질Virgil의 『아에네이드Aenead』)[31]이 정전의 반열에 올라 비평적인 관심을 끌었다는 사실에 의해 좀더 쉽게 이루어졌다. 비록 그런 관심이 대부분 알레고리적인 해석을 통해 '기독교적'인 사용에 그것들을 오로지하는 것을 목적으로 삼기는 했지만, 그들의 수사를 평가하고 그것에 정통하고자 하는 본질적인 관심도 있었다.

중세의 작가들이 라틴어 대신 속어로 글쓰기를 시작했을 때, 그들은 자신의 작품에 평점[32]을 제공함으로써 어느 정도 고전적인 전통의 위

30) 중국과 서구에서 작자 스스로 기술한 비평들은 대부분 언급하고 있는 작품의 원문 전체를 담고 있지 않다. 언급하고 있는 작품의 텍스트가 없거나 극히 적은 양의 실마리를 갖고 있는 평점 소설 비평의 예가 있기는 하지만, 이것마저도 작품 전체를 인쇄하는 비용을 고려한 편의적인 해결책이었다. 이를테면, 롤스톤, 「형식적 측면들」, 66~67면 참조.

31) 쉽게 접할 수 있는 『아에네이드』에 대한 중세의 비평의 예로는 12세기 라틴어로 된 알레고리적인 비평이 있다. 그것은 『일반적으로 베르타두스 실베스트리스가 썼다고 알려진 버어질의 아에네이드의 첫 번째 여섯 책에 대한 비평*The Commentary on the First Six Books of the Aenead by Virgil, Commonly Attributed to Bernadus Silvestris*』(줄리언 워드 존스Julian Ward Jones와 엘리자벳 프랜시스 존스Elizabeth Frances Jones 공역, Lincoln : Nebraska University Press, 1977)과 존 해링턴John Harrington의 평점이 달린 1604년 영역본 『버어질의 아에네이드의 여섯 번째 책*The Sixth Book of Virgil's "Aeneid"*』(사이먼 카우치Simon Cauchi 편, Oxford : Clarendon Press, 1991)이 있다. 후자의 경우, 각각에 해당하는 방주旁注가 달려 있는 라틴어 원문은 오른 쪽 페이지recto를 채우고 있고, 번역은 왼쪽 페이지verso에 나타나 있다. 원래 이 평점은 최근까지 두 권의 필사본으로만 남아 있었다. 일반적으로 세르비우스Servius(4세기 말)라는 이름으로 알려진 아주 이른 시기의 비평과 그것의 내용의 하나를 사진으로 다시 찍은 것에 대해서는 모오스Morse의 「중세의 진실과 대담, 중세의 수사학과 재현Truth and Conversation in the Middle Ages : Medieval Rhetoric and Representation」, 24~26면 참조.

32) **[옮긴이 주]** 원문은 'commentary'이다. 이 책에서는 'commentary'가 주로 고대 중국의 소

력과 위세에 편승하고자 했다.[33] 몇몇 학자들은 한 동안 "새로운 독자들은 세속적인 작가들이 자신의 작품들에 주석을 달아주기를 기대할지도 모른다"[34]고 생각했다. 중국에서도 통속소설에 대한 평점의 적용이 마찬가지로 상당히 새로우면서도 인정받지 못하고 있던 문학 형태의 위신을 끌어올리고자 하는 욕구에 의해 촉발되었다.

서구에서는 인쇄술이 새로운 형태의 평점인 각주를 용이하게 하는 동시에 방주旁注, marginal glosses가 달린 구 형식의 평점을 소멸시키는 데 도움이 되었던 듯이 보인다.[35] 예전의 주석들이 출처와 수사적인 기교를 확인하

설 비평에서 전문적으로 쓰이는 용어인 '평점'을 가리키는 말로 사용되고 있다. 본래 서구의 전통에서는 이런 용례가 없기 때문에 서구의 경우에도 '평점'이라는 말로 옮겨야 하는 지에 대해서는 의문의 여지가 남는다. 하지만 이 책의 저자인 데이비드 롤스톤과의 논의를 거쳐(2003년 2월 20일 저자와의 대담) 서구의 경우에도 그냥 '평점'으로 하자는 결론에 도달했다. 따라서 때로 듣기에 생소할지는 모르지만, 서구의 비평 전통에서도 이 용어는 그대로 '평점'으로 번역하게 될 것이다.

33) 여기에서 단테는 진정한 혁신가이다. 그의 첫 번째 주요 저작인 『신생*Vita Nuova*』에는 그의 『향연*Convivio*』(미니스Minnis와 스코트Scott의 『중세의 문학이론과 비평, 1100년경~1375년경까지, 평점의 전통*Medieval Literary Theory and Criticism, ca, 1100~ca, 1375 : The Commentarial Tradition*』(373~376면)에서 그랬던 것처럼, 그 자신의 평점이 부수되어 있다. 그를 찬미했던 보카치오는 자신의 『테세이다*Teseida*』(홀랜더Hollander의 「보카치오의 『테세이다』에서의 자기 주석의 타당성The Validity of Boccaccio's Self-Exegesis in His Teseida」 참조)의 한 필사본에서 전례를 따랐고, 존 가우어John Gower(약 1330~1408)는 자신의 중세 영어로 씌어진 저작 『콘페시오 아만티스*Confessio Amantis*』(미니스와 스코트의 책, 379~380면 참조)를 위한 라틴어 평어를 썼다.

34) 쉬바노프Schibanoff의 『초오서의 두 개의 초기 평점에서의 새로운 독자와 여성 텍스트성*The New Reader and Female Textuality in Two Early Commentaries on Chaucer*』, 92면. 그에 의하면 현존하는 『켄터베리 이야기』의 완정본의 절반 정도에는 무명씨의 주석이나 방주가 달려있는데, 어떤 학자들은 엘레스미어Ellesmere 필사본에 있는 그와 같은 것들이 초오서 자신이 쓴 것이라고 생각하고 있다(앞의 책, 71면과 91~92면). A.C. 해밀턴에 따르면, 공들여 만들어진 평어가 달린 다른 작품들이 출현한 이후에 스펜서는 "E. K.에 의한 주해가 달린 그의 쉐퍼드의 캘린더Shepheardes Calendar를 출판할 수밖에 없었다. 이런 방법에 의해서만 그의 시가 '급조된 고전instant classic'의 외양을 갖출 수 있었다(『각주의 철학*The Philosophy of the Footnote*』, 136면)."

35) 『켄터베리 이야기』의 경우, 현존하는 최초의 인쇄본에는 방주가 하나도 달려 있지 않다. 이것들은 토마스 슈펙트Thomas Speght의 1598년 판본에 변형된 형태로 다시 등장하지만, 1617년에 이르게 되면 평점은 더 이상 본문과 함께 인쇄되지 않았다(쉬바노프, 『초오서의 두 개의 초기 평점에서의 새로운 독자와 여성 텍스트성』, 107면 주80). 중국

는 데 관심이 있었던 데 반해, 각주는 모든 알려진 정보의 출처들을 개괄하고자 하는 데 흥미가 있는 새로운 양식의 학문의 일부가 되었다.[36] 비록 방주가 각주로 인쇄될 수도 있었지만,[37] 많은 학자들은 두 개의 형태를 태생적으로 다른 것으로 보고 있다. 이런 관점에서 방주는 텍스트를 이용하긴 했지만 기본적으로 그것들은 큰 소리로 낭독하는 경향이 있던 구전 문화의 산물들이었다. 주석이 갖고 있는 기능의 일부는 나뉘어지지 않고 살짝 구두句讀가 되어 있거나 아예 구두가 안된 텍스트들을 낭독하는 독자들에게 유용하게 만들었는데, 묵독하는 독자들의 경우는 그 반대였다. 휴 케너Hugh Kenner에 따르면, 각주의 언어는 "발성의 환경과 사람들 사이의 구두적 소통의 컨텍스트를 저버리고서, 기술적인 공간의 표현 가능성을 이용하기 시작했다."[38] 아마도 좀더 중요한 것은 우리가 방주 대 각주가 있는 색다른 양식의 독서를 채용했다는 사실일 것이다. "각주는 임의로 무시될 수 있다. 방주는 항상 주의를 끌려고 하고, 독서의 경험을 갈기갈기 찢어놓을 수도 있다고 위협한다."(리프킹, 「방주—포에 대한 노트와 여담, 발레리, '고대의 선원', 여백의 시련」, 640면)

반면에 중국에서 인쇄술은 통속소설이 진정으로 꽃피우기 훨씬 전인 당대唐代에 발명되었다. 전통 시기의 중국에서는 필사본 형태의 평점(방주

의 '권점圈點' 역시 근대 이전의 서구 세계의 구두법에서 비슷한 예를 찾아볼 수 있지만(이를테면 세빌의 이시도르Isidore of Seville(약 560~636)의 구두의 유형 목록 참조), 이것들 역시 인쇄술이 텍스트 생산의 지배적인 양식이 되어버린 바로 직후에 사라져버렸다.

36) 로런스 리프킹Laurence Lipking, 「방주—포에 대한 노트와 여담, 발레리, '고대의 선원', 여백의 시련The Marginal Gloss : Notes and Asides on Poe, Valéry, 'The Ancient Mariner', The Ordeal of the Margin, Storiella as She Is Syung, Versions of Leonardo, and the Plight of Modern Criticism」, 625면 주2 참조. 프랭크 팔메리Frank Palmeri는 그러한 변화를 본문과 주석 사이의 보완적인 관계로부터 (…중략…) 본문과 그것에 대한 주 안에서 이것이 지칭하고 있는 제한적이고 편파적이거나 오도된 권위 사이의 적대적인 관계로 이끈 것으로 기술한 바 있다.

37) 이를테면 토마스 버넷Thomas Burnet(1635?~1715)의 작품의 18세기 판본들(리프킹, 「방주—포에 대한 노트와 여담, 발레리, '고대의 선원', 여백의 시련」, 625면 주1).

38) 휴 케너, 『플로베르, 조이스 그리고 베케트—스토아학파의 희극배우들*Flaubert, Joyce, and Beckette : The Stoic Comedians*』(Londonn : W.H. Allen, 1964), 40면.

등)과 인쇄와 관련한 형태(각주) 사이에는 아무런 대비점이 없었다. 중국에서는 어떤 의도나 목적에서든, 필사되거나 인쇄된 평점본이 통상적으로 똑같은 것으로 여겨졌다. 활판은 오랫동안 선택 가능한 것이기는 했지만, 선호되었던 것은 언제나 목판 인쇄였는데, 목판 인쇄 장인들이 목판에 새길 수 있게 뒤집혀진 채 풀로 붙여진 텍스트의 필사본이 사용되었다.[39] 중국에서는 각주에 대한 저항감이 현재까지도 지속되고 있는데, 마찬가지로 이것들이 대충 미비나 협비와 같은 것이라는 생각 역시 지속되고 있다(이를테면 전통적인 협비와 미비를 미주로 번각한 것 참조).

서구는 여러 언어가 공존하던 지역이었고, 또 평점이 달린 번역서는 그 주석 전통에서 큰 부분을 차지하고 있다. 서구에서 평점이 달린 소설 번역의 경우, 그 범위가 고대 그리스의 소설[40] 판본에서 전통적인 중국소설[41]까지 걸쳐 있다. 고대 영어나 고전어로 된 문학 작품의 평점본들은 오늘날에도 계속 만들어지고 있다. 중국의 경우에는 외국어를 받아들이는 데 대해 그다지 우호적이지 않았는데, 근대 서구의 침입 이전에는 인도와 중앙아시아로부터 불교 문학이 소개된 것이 유일하게

39) 서구의 중세 판본의 생산 방식은 중국과 비교해볼 때 상당히 제한적이었다. 종이와 양피지의 비용 때문에, 텍스트는 처음에는 단지 두 페이지를 쓸 수 있는 공간을 가진 재사용이 가능한 밀랍이 칠해진 판 위에 조판하였다. 일단 모든 수정이 끝나면, 텍스트는 계속 공급되는 원고 위에 다시 복사되었다. 폴 생어Paul Saenger, 「묵독－중세 후기의 경전과 사회에 대한 영향Silent Reading : Its Impact on Late Mediaval Script and Society」, *Viator* 13, 1982, 367～414면, 특히 385면 참조.

40) 1750년에 나온 『카헤레아스와 칼리호*Cahereas and Callirrhoe*』의 최초의 인쇄본에는 원본 텍스트와 같이 있는 라틴어 번역과 "일찍이 그리스 소설에 제공된 가장 상세한 상태로 남아 있는" 평점이 담겨 있다(토마스 해그Tomas Hagg, 『고대의 소설*The Novel in Antiquity*』, Oxford : Basil Blackwell, 1983. 211면).

41) 토마스 퍼어시Thomas Percy(1729～1811)가 『다행스러운 결합*The Fortunate Union*』(1761년 제2판)이라는 제목으로 번역한(실제로는 요약을 겨우 벗어난) 『호구전好逑傳』에는 잘 다듬어진 문화적인 주석들이 담겨 있다(왕리나王麗娜, 『외국에 있는 중국 고전소설 희곡 명저中國古典小說戲曲名著在國外』, 313, 317～318면). F.W. 볼러Baller의 번역과 같이 이후에 나온 것에는 중국어 원문과 확장된 주석들이 포함되어 있다(왕리나의 앞의 책, 319면).

주요한 언어적 침입을 받은 것이었다. 불교의 경전들에는 몇몇 이야기 구절과 심지어 몇몇 서사 장르(이를테면 자타카[42] 이야기와 같은)가 포함되어 있기는 하지만, 인도로부터 전래된 문학 작품들은 상당히 최근까지도 중국어로 번역되지 않았다.

서구의 근대 초기 문화에서 몇 가지 요소는 전통적인 평점 작업에 대해 적대적이었다.[43] 그런 적대감 가운데 몇 가지는 이후에도 지속되었는데, 그것은 의심할 바 없이 일반적으로는 평점 현상을, 그리고 특별하게는 평점이 르네상스 시기의 학술과 사상에 대해 영향을 주었다는 사실을 상대적으로 무시했던 데 원인이 있다.[44] 어느 학자에 따르면, 『켄터베리 이야기』 초기 판본들(1478년과 1532년)의 인쇄업자들은 "새로운 책, 곧 사적인 독서를 위해 디자인된 저작에는 주석을 위해 마련된 공간이 없다"는 사실을 깨달은 듯하고 "또 슈펙트Speght(와 그의 1598년 판본) 이후에는 인쇄된 세속적인 저작들의 여백에서 독서 지침이 금새 사라졌다. (…중략…) 이 저작들은 그렇듯 공개적이고 직접적인 독서의 통제에 적대적이었다(쉬바노프, 『초오서의 두 개의 초기 평점에서의 새로운 독자와 여성 텍스트성』, 107면 주80)." 이것은 확실히 약간의 예외가 있기는 하지만, 왜 근대 초기

42) [옮긴이 주] 자타카Jātaka는 석가의 전생에 대한 구비전승담을 모아 놓은 것으로, '본생담'이라고도 한다. 본생담이 나오게 된 까닭은 석가의 깨달음이 너무도 크고 위대한 것이기에, 짧은 인간의 한 평생에 이룰 수 없는 것으로 여겨졌기 때문이다. 따라서 석가의 고행은 무한한 시간 위에 끝없이 연결되고 공간적으로는 무수한 세계로 한없이 확대되어 전생의 모습이 이야기 형식으로 꾸며지게 되었다. 여기에 포함된 이야기는 인간에 국한되지 않고, 동물이나 조류, 신화, 전설에 이르기까지 당시 유행하던 구비전승담口碑傳承譚이 모두 부처의 전생의 모습에 가탁假託되어 본생 설화를 구성했다.

43) 이를테면, 세르반테스가 자신의 『돈 키호테』에서 이 소설의 서장에 그의 '친구'가 제공한 우스꽝스러운 해결책이 결여되어 있다고 짐짓 처연해 하는 것 참조.

44) 일반적으로 받아들여지고 있는 문학비평사가와 문학이론사가들이 서구의 평점 전통에 대해 아무런 흥미를 갖고 있지 않다는 관점과 텍스트에 대한 중세와 르네상스 시대의 접근 사이에는 근본적인 괴리가 있다는 생각, 이 양자를 수정할 필요성에 대해서는 미니스와 스코트의 책 5면과 11면 참조. 『켄터베리 이야기』의 주석에 대한 무시에 대해서는 쉬바노프의 『초오서의 두 개의 초기 평점에서의 새로운 독자와 여성 텍스트성』, 71면 참조.

와 근대의 작가들이 방주를 사용할 때는 그것을 우스꽝스럽게 패러디하거나 대수롭지 않게 이용했는지 확실하게 설명해주고 있다.[45] 좋은 예로 조이스의 『피네건의 경야*Finnegans Wake*』의 「밤의 교훈Night Lesson」장(제2권 2장)을 들 수 있는데, 여기에서는 왼쪽과 오른쪽 여백에 각각 이탤릭체와 작은 글자로 방주를, 그리고 아래에는 각주를 채용하고 있다. 이 세 가지 유형의 평점들은 모두 언제라도 본문에 대한 세 가지 다른 관점을 나타내고 있다.[46] 불연속성과 다성성, 그리고 아이러니를 강조하는 포스트모더니즘은 방주의 사용을 부활시켰고, 각주로 실험을 했는데, 그것은 문학 작품이 아니라 문학 비평과 철학에 관한 저작에서였다.[47]

---

45) 각주가 있는 경우보다 방주가 있는 경우가 더 그렇다. 각주가 단순히 서술자 페르소나narratorial persona를 확장한 것에 지나지 않는 예로는 필딩Fielding의 『톰 존스*Tom Johnes*』와 스탕달과 밴 다인S.S. Van Dine의 소설 가운데 몇몇 작품을 들 수 있다(벤스톡Benstock의 「담론의 여백에서, 소설 텍스트에서의 각주At the Margins of Discourse : Footnotes in the Fictional Text」 참조).

46) 평점이 있는 도입부에 대한 독법에 대해서는 리프킹의 「방주－포에 대한 노트와 여담, 발레리, '고대의 선원', 여백의 시련」, 651～655면 참조.

47) 데리다Derrida는 가장 두드러진 예이다. 그의 「살아나기Living On」(1979)에서는, 한 줄로 된 각주가 본문에 수반되며 대위법적으로 연주되고 있다. 그의 『철학의 여백*Marge de la philosophie*』(1972)에는 미셸 레이리스Michel Leiris가 연속으로 달아놓은 방주가 있고, 그의 『조종弔鐘, Glas』(1974)은 두 줄로 된 본문으로 구성되어 있는데, 하나는 헤겔과 연관이 있고, 다른 하나는 장 주네Jean Genet와 관련이 있다. 중국의 평점 전통에 가장 빈번하게 비교되는 저작인 바르트Barthe의 『S/Z』는 확실히 중국의 소설 평점이 그랬던 것처럼 분절적이고, 텍스트에 개입한다. 양자를 비교해놓은 것에 대해서는 위드머, 『수호후전』, 256면 주62와 롤스톤, 「형식적 측면들」, 50면 주23, 베일리, 「중재하는 시선－마오룬, 마오쫑강과 삼국지연의 읽기」, 256～258면, 그리고 후아 로라 우Hua Laura Wu, 『진성탄(1608～1661)－중국 소설이론의 창시자*Jin Shentan(1608～1661) : Founder of a Chinese Theory of the Novel*』, 50면 주50과 221～224면 참조. 이와 마찬가지로 우리는 상당히 최근에 『드라큘라』와 『이상한 나라의 앨리스』와 같은 '고전'들에 방주가 달아놓은 호화 장정본들이 만들어지고 있는 경향에 대해 언급할 수도 있을 것이다. 이런 것 가운데 가장 흥미로운 것은 피터 노이마이어Peter Neumeyer의 1994년 판 E.B. 화이트White의 『샬럿의 거미줄*Charlotte's Web*』 주석 판이다. 좀더 가벼운 마음으로 접근한다면 미쯔마사 아노Mitsumasa Anno의 『아노의 이솝－이솝과 여우 선생의 우화집*Anno's Aesop : A Book of Fables by Aesop and Mr. Fox*』(New york : Orchard Books, 1989)을 들 수 있는데, 여기에는 글을 모르는 여우 선생이 말로 코멘트한 내용이 부가되어 있는 도해 『이솝 우화』 선집이 포함되어 있으며, 여기에서 여우 선생은 자신의 아들에게 책을 읽어주는 척하면서 그림에서 이야기를 꾸며내고 있다. 평점에 대한 비슷

서구에서 르네상스 이래로 방주를 좀더 직접적으로 사용한 흥미로운 예 두 개는 토마스 그레이Thomas Gray의 1768년판 「시가의 진보Progress of Poesy」와 코울리지Coleridge의 「고대의 선원The Ancient Mariner」의 1817년판 「예언적인 나뭇잎들Sibylline Leaves」본이다. 양자는 관련된 시들이 최초로 출판된 뒤(각각 1757년과 1798) 어느 정도 시간이 지나고 나서 출현했으며, 이전 판본에서 모호하고 통일되지 않았던 탓에 독자들이 충격을 받았던 작품을 수용하는 데 도움이 되게 고안된 대량의 평점이 포함되어 있었다.[48]

중국에서는 소설 작품에 대한 자기-평점Auto-commentary이 존재하기는 했지만(이 책의 제11장 참조), 이것들은 백화로 된 소설에 고전적인 평점을 채택했던 초기의 시도들을 넘어서지 못했고, 전반적으로 그런 전통 안에서 중요한 조명을 받지도 못했다. 서구에서는 자아-평점Self-commentary이 진지한 것일 수도 있고, 패러디적인 것일 수도 있었지만, 몇몇 중국의 평점가가 그랬던 만큼 스스로에게 관대했기에, 진정한 의미에서 패러디라 할 만한 예를 찾기 힘들다. 진지한 자기-평점은 그것을 해내기가 여간 힘든 게 아니다. 그것은 감당하기 어려운 자화자찬에 빠지기 쉽기 때문인데, 현대의 독자들은 중국의 예에서 그런 것들을 발견할 때 기분이 확 잡쳐버리는 경향이 있다. 만약 어떤 사람이 자아-평점을 만든 것인지 확연하게 인지할 수 없는 경우에는, 가리기에 충분할 만큼의 '무화과 나뭇잎'[49]이 풍부하게 제공되고 있다고 느낄 수 있을지도 모른

하게 회의적인(비록 『아노의 이숍』보다는 덜 관용적이긴 하지만) 태도는 나보코프Nabokov의 『창백한 불*Pale Fire*』에서 찾아볼 수 있다.

[옮긴이 주] 데리다의 「살아나기」는 해롤드 블룸Harold Bloom 등이 지은 논문 모음집인 『해체와 비평*Deconstruction and Criticism*』(New York : Seabury, 1979) 75～176면에 「경계선상에서 살아나기Living On : Border Lines」라는 제목으로 실린 글이다. 원래 불어로 씌어진 것을 제임스 헐버트James Hulbert가 영어로 옮겼는데, 정작 불어 원본은 없는 것으로 보아 영어본이 정본이고 불어본은 필사본 상태였던 듯하다. 아직 우리말 번역본은 나와 있지 않다.

48) 리프킹, 「방주-포에 대한 노트와 여담, 발레리, '고대의 선원', 여백의 시련」, 613～621면 참조. 하지만 코울리지조차도 방주 작업을 한다는 생각을 그다지 진지하게 받아들이지 않았다. 시와 주석 모두 혼성모방pastiches이다(앞의 책, 621～622면 참조).

다. 리차드슨Richardson이 자신의 소설의 서문 격으로 포함시킨 [자신의 책 출간을] 축하하는 편지들도 역겹기는 하지만,[50] 어느 경우든 서구의 예에서는 중국 소설의 자기-평점에서 지겹게 많이 나오는 자화자찬에 비견될 만한 것을 찾아보기 힘들다.

서구의 평점 전통에 대한 자신의 분석에서, 로런스 리프킹은 마지널리아marginalia와 마지널 글로스marginal gloss[51]라는 두 개의 기둥의 존재를 가정했다(609, 612, 651면). 그는 포Poe의 마지낼리아Marginalia와 발레리Valéry가 그것을 프랑스어로 옮긴 1927년 판의 번역에 대한 방주marginal comments 사이의 대조를 상징적으로 받아들였다. 포는 마지낼리아marginalia를 그 본래의 '컨텍스트'로부터 분리해 인쇄했는데, 서론에서 "넌센스라는 것이 방주Marginal Notes의 본질적인 의미"라고 말했다. 발레리는 그의 번역본에서 이 말을 생략해 버렸다(609면). 리프킹에 따르면 포는 최초로 자신의 마지낼리아marginalia를 펴낸 사람이었으며, 그는 그것을 펴내는 일이 가능했던 것은 단지 포가 그런 단편적인 것들에 매혹되었기 때문이라는 생각을 내비쳤다(612면). 리프킹은 마지낼리아marginalia가 그 여백이 (원래) 깃들어

49) [옮긴이 주] 표준새번역 『성경』 「창세기」의 내용을 인용한다. "주 하나님이 사람에게 명하셨다. '동산에 있는 모든 나무의 열매는, 네가 먹고 싶은 대로 먹어라. 그러나 선과 악을 알게 하는 나무의 열매만은 먹어서는 안 된다. 그것을 먹는 날에는, 너는 반드시 죽는다.' (…중략…) 여자가 그 나무의 열매를 보니, 먹음직도 하고, 보암직도 하였다. 그뿐만 아니라, 사람을 슬기롭게 할 만큼 탐스럽기도 한 나무였다. 여자가 그 열매를 따서 먹고, 함께 있는 남편에게도 주니, 그도 그것을 먹었다. 그러자 두 사람의 눈이 밝아져서, 자기들이 벗은 몸인 것을 알고, 무화과나무 잎으로 치마를 엮어서, 몸을 가렸다."

50) 그 편지들과 그의 최초의 소설인 『파멜라』의 초기의 두 판본들(1740과 1741년)에 포함되어 있는 편지들을 요약한 것들(이오안 윌리엄스Ioan Williams가 편집한 『소설과 로망스, 1700~1800, 사실적인 기록*Novel and Romance : 1700~1800 — A Documentary Record*』(New York : Barnes and Noble, 1970) 93~115면과 편집자의 말 8면) 참조.

51) [옮긴이 주] 우리 말로는 그저 방주旁注, marginal note로밖에 번역할 수 없는 마지낼리아marginalia와 마지널 글로스marginal gloss는 리프킹의 용어로, 서구에서도 이것을 굳이 구분해서 쓰지는 않는 것 같다. 따라서 이 책에서는 굳이 우리말로 옮기지 않고 원래의 용어 그대로 남겨두어 리프킹의 용어라는 것을 밝혀두고자 한다.

있는 텍스트로부터 독립적 지위를 갖고 있을 뿐 아니라 주제나 어조 역시 어느 정도 자유롭다고 주장했다. 다른 한편으로 마지널 글로스marginal gloss는 진지하고, 텍스트에 대해 의존적이며, 좀더 상위의 종합을 목표로 한다. 리프킹에 따르면, 이상적인 것은 그 두 가지를 종합하는 스타일이 될 것이었다(651면). 종합을 하든 안하든, 중국의 소설 평점에는 거의 언제나 그런 식으로 정의된 마지낼리아marginalia와 마지널 글로스marginal gloss의 혼합물이 내재해 있다.

처음에는 기이하거나 독특하게 여겨질 수도 있는 전통 시기 중국의 소설 평점의 몇몇 특징들, 이를테면 후대에 나온 평점가가 앞선 시기의 평점가를 공격하고, 평점가들이 그들 스스로에게 텍스트와 원저자 모두에 대해서 특권을 부여하고, 평점가들이 그런 기획 전체를 교훈적인 것으로 정당화하기를 고집하는 등과 같은 것들은 서구의 평점 전통에서도 쉽게 발견할 수 있다.[52] 그렇다면 결국 우리에게 무슨 '독특함'이 남겠는가? 주요한 차이는 확실히 서구에서는 중세의 평점 전통이 중국보다 훨씬 오래 전에 김이 빠져 버렸고, 후대의 작가들은 단지 가끔씩만 그리고 풍자적인 양식에서만 현저하게 그것을 필요로 했다는 데 있다. 중국에서

---

52) 중국의 경우들은 앞으로 여러 장에서 논의될 것이다. 루스 모오스Ruth Morse는 서구의 평점을 유인하는 평점(평점에 대한 평점.[옮긴이 주])의 실례들을 제시하고(「중세의 진실과 대담, 중세의 수사학과 재현」, 26~27면), 학문적인 평점가들이 그들이 종속되어 있을 것으로 짐작되는 텍스트를 어떻게 이겨냈는지에 대해 논의하고 있다(32면). 블레이크Blake의 "레널즈Reynolds에 대한 유명한 마지낼리아marginalia"는 "레널즈의 책을 물리적으로 붙잡고 그것을 변화시켜 블레이크의 비전을 알아채게 만드는" 시도로 묘사되고 있다(리프킹, 「방주—포에 대한 노트와 여담, 발레리, '고대의 선원', 여백의 시련」, 612면). 전통적인 평점가들은 모방과 후대의 쓰임새에 대한 수사적인 특징들을 지적하고 있고(『아에네이드』에 대한 평점가는 "과연 이러한 내용들을 흉내내는 사람이라면 누구나 글쓰기 기교의 가장 위대한 기술을 부지런히 손에 넣게 될 것이다"라고 말했다. 모오스의 책 31면), 현대의 소설에 대한 안내서 저자들은 모델이 되는 텍스트들을 표식과 상징들 그리고 방주들로 표시를 해두었다(이를테면 카멜리아 웨이트 어젤Camelia Waite Uzzel과 함께 쓴 토마스H. 어젤Thomas H. Uzzel의 『서사 기교—문학 심리학의 실용 코스*Narrative Technique: A Practical Course on Literary Psychology*』, 개정판, New york: Harcourt, Brace, 1934. "부록 C—분석되어진 주목할 만한 단편소설" 451~459면).

는 (좋은 쪽으로든 나쁜 쪽으로든) 좀더 굳건하게 지속된 평점 전통의 결과물들을 제시해 보여주고자 하는 것이 이 책의 목표다.

2. 명청 시기[53]의 문화

근대 이전의 중국에서는 허구적인 작품뿐만 아니라 비 허구적인 작품에서도 평점을 쓴 예가 많이 있었을 만큼 평점을 쓴다는 것은 지식인들 사이에 일상적으로 이루어지는 일이었다. 지식인의 삶을 전체적으로 조망해 제시해 주고자 했던 최초의 시도는 『세설신어世說新語』로, 이것은 류이칭劉義慶(403~444)이 문언으로 쓴 일화 선집이다. 이 책의 「문학」 편에 대한 첫 번째 열 개의 항목들은 평점 쓰기에 초점이 맞추어져 있다.[54] 중국의 지식인을 지면에 옮기려는 또 다른 시도였던 『유림외사』에서는 이번에는 [문언이 아닌] 백화로 등장인물들이 경전에 대한 평점에서 팔고

53) [옮긴이 주] 영어 원문은 "Late Imperial China"이다. 이것은 서구의 중국학자들이 사용하는 용어로, 약간의 설명이 필요하다. 서구의 중국학자들은 근대 이전의 중국이 황제 한 사람이 통치하는 제국이었으며, 이러한 통치 형태는 수천 년 간 지속되었다고 주장한다. 이런 견해에 따르면, 사실상 최초의 통일 제국이 성립한 진나라부터 마지막 왕조인 청나라까지가 하나의 제국으로 묶여지게 되는데, 실제로 서구의 학자들은 각각의 왕조 사이의 차이를 그리 크게 보지 않고 있다. 이렇게 볼 때, "Late Imperial China"는 '통칭으로서의 중국이라는 하나의 제국의 후기에 해당하는 시기'를 가리키게 되며, 구체적으로는 '명과 청' 두 왕조를 지칭하는 것으로 쓰이고 있다. 혹자는 이것을 남송 이후를 지칭하는 것으로 쓰기도 한다. 하지만 어느 쪽이든 이런 주장은 엄밀하게 볼 때, 객관성을 잃었을 뿐 아니라 지나치게 서구 중심적인 시각에 서 있다는 비판을 면하기 어렵다. 따라서 이 책에서는 잠정적으로 이 용어를 '명청 시기'로 바꾸어 부르기로 한다. 이와 유사한 논의로는 티모시 브룩의 『쾌락의 혼돈』(이정, 강인황 옮김, 이산, 2005), 344~345면. 지은이 주14 참조.

54) 류이칭劉義慶의 책 4권, 103면 8조(매더Mather, 92~97면) 참조. 『세설신어』 자체는 항상 류쥔劉峻(자는 샤오뱌오孝標, 462~521)의 확장된 주가 달려 있는 판본으로 읽는다.

문 평점 선집까지 다양한 평점들을 만들고 논의한 것을 기술했다.[55)]

작문한 글에 강조를 위한 구두점을 찍고 평어를 다는 것은 중국의 전통적 교육에서 상당히 기초적이었던 것인데, 이런 모습은 『유림외사』에서도 묘사되고 있다(『유림외사회교회평본』, 15회 218면). 중국의 텍스트는 구두점이나 문단 나누기 없이 유통되는 것이 일반적이다. 주의를 기울여 책을 읽는다는 것은 통상적으로 독자가 최소한의 구두와 단락의 구분을 덧붙이는 것을 포함한다. 이런 방식으로 텍스트를 표시하는 일은 학생이 원본을 이해했는지 시험하는 데 쓰일 수도 있고,[56)] 학생의 편의를 위해 선생에 의해 행하여질 수도 있었다.[57)] 향시鄕試의 시험관은 똑같은 방식으로, 곧 구두句讀와 평가하는 말을 다는 것으로 시험 답안을 다루었다.[58)] 평점을 쓰는 것은 사교적인 행위이기도 했기에, 어떤 것은 친구들이나 지인들을 위해 만들어지기도 했다.[59)] 다른 사람의 저작을 평하는 행위는 화집畵集의 발문을 쓰는 것[60)]에서 대련과 집안의 내부나 정원

---

55) 전자의 예로는 『유림외사회교회평본儒林外史會校會評本』, 34회 467~469면과 35회 486면, 그리고 48회 647면 참조. 마춘상馬純上과 몇몇 인물들은 평점이 달린 모범적인 팔고문 선집을 출판해서 먹고산다.

56) 이를테면 철학자인 청이程頤(1032~1085)가 지방의 관원이었을 때, 개인적으로 그 지역 학동의 책에 달려 있는 구두를 바로잡아준 일이 있다(주시朱熹와 뤼쭈쳰呂祖謙의 『근사록近思錄』, 9/7b 6조. 윙짓 찬W. Chan陳榮捷, 『근사록—성리학 선집*Reflections on Things at Hand : The Neo-Confucian Anthology*』(New York : Columbia University Press, 1967), 225면.

57) 원대(1279~1368) 청돤리程端禮의 『정씨가숙독서분년일정程氏家塾讀書分年日程』에는 텍스트에 어떻게 표시를 하는지에 대한 지침이 제시되어 있다(이를테면 윙짓 찬의 앞의 책, 3/20b, 3/27a~28b).

58) 『기로등歧路燈』(1777년 원서原序)의 한 등장인물은 시험관의 구두가 바로 그 지점에서 멈추었기 때문에 자신의 답안의 어떤 부분이 시험관을 거슬렀는지를 정확하게 알고 있었다(리뤼위안李綠園, 10회 112면).

59) 이를테면 펑멍룽馮夢龍의 『성세항언』 12회 220~221면에 있는 열두 번째 이야기에서, 왕안스王安石는 쑤쉰蘇洵에게 자기 아들이 지은 문장 가운데 하나를 봐줄 것을 요청한다. 쑤쉰은 그 일을 자신의 딸에게 넘기는데, 그는 철저하게 표시를 해주긴 하지만 우호적이지 못한 평어를 알아볼 수 있는 상태로 몇 개 덧붙인다. 그녀의 아버지는 그것들을 찢어버리고 대신에 아첨하는 말로 대체한다. 다른 예로는 천썬陳森의 『품화보감品花寶鑑』, 4회 55~56면 참조.

60) 당대唐代와 같이 이른 시기에 이미 화가들은 자신의 그림에 대해 스스로 시와 제기題

의 경관,61) 또는 심지어 일반적인 수준에서 자연의 경이로움을 칭송하는62) 시에 이르기까지 광범위하게 행해졌다.

텍스트나 장면에 말을 덧붙이는 이러한 재미, 그에 수반되는 시각적인 이중성은 역사서를 출판할 때도 마찬가지였는데, 책을 위쪽과 아래쪽 두 부분으로 나누고, 각각의 난에 서로 전혀 상관없는 이야기를 인쇄하여, 각각의 페이지가 두 개나 그 이상의 텍스트 일부를 재현하게 했다. 이러한 배열은 『연거필기燕居筆記』나 『국색천향國色天香』과 같은 명말과 청초의 '필기'에서 자주 사용되었는데, 심지어 희곡 대본 위의 난에는 다른 희곡들의 창사唱詞63)를, 다른 난에는 문언소설을, 또 다른 난에는 백화소설을 인쇄하는 경우도 있었다.64) 삽도는(백화소설의 경우에는 페이지의 위의 난에 처음으로 나타나는데,65) [그 뒤에는] 소설과 단편 선집 내의 개별적인 장이나 이야기들에 대한 서두로 쓰이다가 궁극에는 대부분 책의 앞머리에 모아지게 된다) 또 다른 평점을 이루고 있으며, 이것들에는 종종 시로 된 제명題銘이나 설명 글이 수반

記, 그리고 짧은 설명을 썼다(랴오핑후이Liao, Ping-hui의 「말과 그림－중국 그림에 대한 서정적 제기Words and Pictures : On Lyric Inscriptions on Chinese Paintings」(*Tsing Hua Journal of Chinese Studies* 18.2. Dec. 1988, 441～466면 참조). 리위李漁는 자신의 『한정우기閑情偶寄』(1671년 원서) 「병축屏軸」, 202면에서 화가들에게 제기題記를 덧붙일 수 있는 공간을 남겨두라고 말하고 있다.

61) 『홍루몽』의 제17회 대부분은 모두 이와 같은 행위에 대한 것이다.

62) 때로 이것은 "묵애墨崖"라고 부르는데, 중국에서 경관이 좋은 곳이라면 거의 대부분 이것을 발견할 수 있다.

63) 이를테면 피에트 반 데어 룬Piet Van Der Loon의 『전통극과 푸젠 남부 지역의 산곡－세 개의 명 선집에 대한 연구*The Classical Theatre and Art Song of South Fukien : A Study of Three Ming Anthologies*』(Taipei : SMC Publishing, 1992) 참조.

64) 일반적으로 『소설전기小說傳奇』라 알려져 있는 작품에서 그 난은 위는 짧은 문언소설과 아래는 백화소설로 되어 있는데, 이것의 페이지는 루공路工의 『방서견문록訪書見聞錄』, 143면에 재인용되어 있다. 위쪽 난에는 『수호전』이 있고, 아래 쪽 난에는 『삼국연의』가 있는 판본은 수없이 많은데, 『영웅보英雄譜』나 『한송기서漢宋奇書』라는 제목으로 출현한다. 앤드루 로Andrew Lo는 자신의 학위 논문에서 이러한 현상을 조사한 바 있다(앤드루 힝분 로Andrew Hing-bun Lo, 「역사학적 맥락에서의 『삼국연의』와 『수호전』－해석적 연구San-kuo yen-i and Shui-hu chuan in the context of Historiography : An Interpretive Study」, Ph.D. diss., Princeton University, 1981).

65) [옮긴이 주] 이른바 상도하문上圖下文에서의 상도를 말한다.

되었다(니인호이저Nienhauser의 「삽도본 『수양제염사』의 시사詩詞 표제 읽기A Reading of the Poetic Captions in an Illustrated Version of the Sui Yang-ti Yen-shih」, 17~35면 참조).

근대 이전의 중국 소설에서도 소설 평점을 쓰는 것이 논의되고 묘사되기도 했다. 『홍루몽』을 모방한 소설仿書이라 여겨지는 어느 한 소설에서 두 명의 인물이 이보다 앞서 나온 소설에 사적인 평점을 쓰고 있는데, 작자는 자신의 소설에 대해 간접적으로 평을 하기 위해 추가적으로 간행한 평점의 언급을 이용하고 있다(웨이슈런魏秀仁의 『화월흔花月痕』, 25회 213면). 『홍루몽』 속서 가운데 하나에서는 원 소설의 작자인 차오쉐친曹雪芹이 쟈부賈府에 살면서 속서 그 자체의 텍스트를 쓰는 것으로 나온다. 린다이위林黛玉와 쉐바오차이薛寶釵는 둘 다 기적적으로 쟈바오위賈寶玉의 동등한 지위의 정실 부인이 되고, 이 둘이 원서와 속서에 대한 평점을 완성하는데, 이것은 탕셴쭈湯顯祖(1550~1616)의 희곡 『모란정牧丹亭』에 대한 우우산吳吳山(약 1657~1704년 이후)의 세 부인에 의한 유명한(또는 악명이 높은) 평점[66]과 비교된다. 여성다운 정숙함으로 두 명의 아내는 어느 누구도, 심지어는 차오쉐친마저도 자신들의 평어를 보지 못하게 한다.[67]

희곡 평점이 소설 평점의 모델로 인용된다는 사실에 놀라서는 안 된다. 희곡과 소설은 전통 시기 중국에서는 어떤 경우에는 엄격하게 구분되지 않을 정도로 가까운 동반자였다. 연극을 위한 평점 쓰기의 전통은 통속소설보다 훨씬 먼저 시작되었다.[68] 희곡이 소설보다 더 높은 사회

---

66) 『모란정』 평점이 악명 높았던 것은 몇몇 집단이 여자가 쓴 평점을 출판한다는 생각에 눈살을 찌푸렸기 때문이다. 몇몇 사람들은 이 평점을 실제로는 우우산吳吳山 자신이 쓴 것이라 생각했다. 두 가지 의견을 갖고 있는 사람의 예에 대해서는 왕리치王利器의 『원명청삼대금훼소설희곡사료元明淸三代禁毁小說戲曲史料』, 221면의 칭량다오런淸凉道人의 『청우헌췌기聽雨軒贅紀』 참조. 이 평점의 진위에 대해서는 짜이틀린Zeitlin의 「공유된 꿈들Shared Dreams」, 175~179면 참조.

67) 샤오야오쯔逍遙子의 『후홍루몽後紅樓夢』, 30/7b, 13b, 22b, 24a 참조. 등장인물들은 원래 소설에 대해 구두로 평을 하고 있기도 하다.

68) 유명한 희곡인 『서상기』의 최초의 백문본白文本은 1616년까지도 등장하지 않았다(쟝싱위蔣星煜, 『명간본서상기연구明刊本西廂記硏究』, 173면).

적 지위를 누리고 있었다는 사실 말고라도, 이렇게 된 좀더 근본적인 이유는 희곡 평점에서는 창사唱詞와 시작詩作상의 규칙에 초점이 맞추어져 있었기 때문이다. 소설 평점에서는 완벽하게 결여되어 있는 그런 기교상의 고려에 대한 배려가 초기의 희곡 평점에서는 중요하게 여겨졌고, 또 이것이 그러한 평점의 탄생의 배후에서 강한 추진력으로 작용했다. 중국에서는 구연을 위한 텍스트에 대한 주석의 형태로 공연의 지침이 제공되었던 것이 적어도 당대唐代 둔황敦煌[69]까지 거슬러 올라가고, 펑멍룽馮夢龍이 개정하고 그 자신이 직접 쓰기도 했던 희곡들에 대한 그 자신의 평어로 일종의 절정에 도달하게 되는데, 그러한 평어의 대다수는 무대 지시와 연출상의 코멘트의 중간 쯤에 위치해 있다.[70] 소설 평점에서는 연기에 대한 주석이 거의 나타나지 않지만,[71] 희곡 자체에서는 책상머리에서 이루어지는 연극案頭之劇[72]과 일반적인 독서물로서 희곡 읽기가 대본보다 중요한 것이 되고, 연극 전체를 상연하는 것은 몇 개의 서로 다른 희곡에서 정채로운 부분만 골라서 상연하는 것으로 대체되었다.[73] (그 양과 복잡성에서 어떤 다른 형태의 평점 비평을 능가하는) 소설 평점의 필요에 의해 발전했던 평점 비평의 특별한 유형은 궁극적으로

---

69) 리차드 E. 스트라스버그Richard E. Strassberg의 「돈황에서 나온 불교 이야기 텍스트들 Buddhist Storytelling Texts from Tun-huang」(*CHINOPERL* Papers 8, 1978), 39~71면 참조.

70) 『풍류몽風流夢』이라 불렸던 『모란정』을 펑멍룽馮夢龍이 각색한 예에 대해서는 쉬푸밍徐扶明의 『모란정연구자료고석牡丹亭研究資料考釋』, 65면 참조(남자 주연은 어떻게 행동해야 하는가에 대한 23장의 18장과 25장의 의상에 대한 미비). 이 책의 제11장 참조.

71) 황샤오톈黃小田은 독자들이 큰 소리로 강조를 해가면서高聲重讀 문장들을 읽어나가야 한다고 말했다(황샤오톈, 『홍루몽』 67회, 803, 805면 협비).

72) **[옮긴이 주]** '책상 머리에서 이루어지는 연극'이라는 것은 말 그대로 공연되는 것을 염두에 두지 않고 책으로 출판되어 읽히기 위해 씌어진 희곡을 말한다. 이것에 대한 좀더 자세한 내용은 캐서린 칼리츠Katherine Carlitz의 「공연으로서의 출판－명대 후기의 문인 극작가 겸 출판업자Printing as Performance : Literati Playwright－Publishers of the late Ming」(Cynthia J. Brokaw and Kai-wing Chow (ed. by), *Printing and Book Culture in Late Imperial China*, Berkeley L.A. Londonn : Univ. of California Press, 2005) 참조.

73) **[옮긴이 주]** 이것을 "절자희折子戲"라고 한다.

희곡에 적용되었다. 사실 가장 영향력있고 대중적인 희곡 비평의 예는 진성탄金聖嘆의 『서상기西廂記』와 마오쭝강毛宗崗의 『비파기琵琶記』인데, 그들은 소설 평점 비평의 발전에서 가장 중책을 맡은 사람들이었다.

많은 소설 평점가들은 자신들의 텍스트를 최소한 어느 정도까지는 편집을 했는데, 그것은 은밀하게는 그들이 '고본古本'을 발견했다는 핑계 하에, 또는 공개적으로는 (비록 소수이긴 했지만) 그들이 편집상의 공적이 있다는 것을 시인한 상태[74]로 이루어졌다. 처음에는 소설이 일반적으로 존중받는 글쓰기의 장르가 아니었기 때문에, 이렇듯 막돼먹은 태도로 텍스트에 접근한 것이라고 생각할 수도 있겠지만, 좀더 면밀한 조사를 해보면 좀더 존중받는 장르의 경우에도 마찬가지로 텍스트의 완결성에 대한 비슷한 태도가 나타난다는 것을 알 수 있다. 경전의 텍스트를 편집한 평점가 가운데 가장 유명한 예는 주시朱熹(1130~1200)가 『대학大學』을 재포장한 것인데, 이것은 전통적인 교육과 고시 제도의 기본 텍스트인 「사서四書」의 하나로까지 극단적으로 떠받들어졌다. 주시는 문단의 순서들을 다시 재배열하고 장절들을 '평점'으로 다시 이름 붙였을 뿐 아니라, 그가 전수된 텍스트로부터 일실된 것이라 주장했던 장절(제5)을 덧붙이고 '불필요한 글자들'[75]을 삭제하기도 했다. 구차하게 텍스트에 대해 변명을 꾸며대는 작업 없이도, 명 왕조의 기초를 다진 황제인 명 태조(재위 기간은 1368~1398)는 그를 거스르는 『멍쯔』의 85행을 지우고 과거시험의 시제試題로서의 사용을 금했다(앨버트 찬Albert Chan, 『명 왕조의 영광과 몰락*The Glory and the Fall of the Ming Dynasty*』, 15면, 엘먼Elman, 「성왕成王은 어디에Where is King Cheng?」, 42~49면). 심지어 경전의 텍스트조차도 신성불가침이 아니었는데, 조기에 나온 백화소설과 희곡의 텍스트는 어떠했겠는가?[76] 어떤

---

74) **[옮긴이 주]** 자신들이 편집에 참여했다는 사실을 공개적으로 드러냈다는 것을 말함.

75) 헨더슨Henderson의 『경전, 정전과 주석-유가와 서구의 주해 비교*Scripture, Canon, and Commentary : A Comparison of Confucian and Western Exegesis*』, 153면. 주시朱熹의 개정은 다른 이들 가운데서도 왕양밍王陽明(1472~1529)에 의해 비판받았다.

76) 이를테면 원대의 희곡에 대한 우리의 이해는 대부분의 현존하는 대본들이 짱마오쉰

경우든 존 헨더슨이 말한 대로 "편집하고 손을 봤다는 말이 없이 삭제하고 본문에서 들어내는 행위는 거의 어떤 전통이나 문명에서도 필수적인 평점 행위"(30면)였던 것이다.

臧懋循(1550~1620)과 같은 명말의 문인들에 의해 (때로는 철저하게) 편집되었다는 사실로 인해 어려움에 빠지게 된다.

제1부
중국 소설 평점 약사

제1장_ '평점'선생

진성탄金聖嘆과 『수호전水滸傳』

진성탄金聖嘆은 중국 고대소설 비평에 있어 첫 번째로 중요한 인물이다.[1] 그는 중국 남부의 주요한 문화 중심지인 쑤저우蘇州에서 살았다.[2] 그의 지나칠 정도로 넘치는 문학적 재능은 과거 시험의 지역 할당 제도와 함께 그가 과거 시험에 실패한 원인이 되었을지도 모르는데, 일반적으로 진성탄이 자제력 부족으로 인해 과거 시험에 실패했다고 한다. 그는 저작 활동과 학생들 가르치기로 생계를 이어간 듯하다(장궈광張國光, 『수호와 진성탄 연구水滸與金聖歎研究』, 91면).

---

1) 청말의 비평가 츄웨이쉬안邱煒萲은 다음과 같이 말했다. "소설에 비批를 다는 것이 진성탄에서 시작된 것은 아니지만, 소설 평점의 유파를 이룬 것은 오히려 성탄으로부터 비롯되었다批小說之文原不自聖嘆創, 批小說之派, 却又自聖嘆開也(원문 인용 [옮긴이 주])." (「숙원췌담菽園贅談」(1897), 『중국역대소설논저선中國歷代小說論著選』 하권, 14면.)
2) 소설에 흥미를 갖고 있던 문인의 중심지로서의 쑤저우蘇州에 대해서는 헤겔의 「『수당연의』와 17세기 쑤저우 엘리트의 미학」 참조.

소설의 옹호자로서의 진성탄의 역할은 잘 알려져 있지만, 리즈李贄(「童心說」, 『水滸傳資料滙編』 191)와 여타의 인물들이 그랬듯, 소설이야말로 그 당시 시류에 맞추어 새롭게 부상하는 문학 장르라고 주장하는 대신 그는 소설을 경전과 순수문학 작품들belles-lettres에 연결시키고자 하였다. 이러한 생각을 뒷받침하기 위해, 그는 '소설xiaoshuo'[3]을 완전히 무시할 수는 없다는 유가의 견해를 인용하였고,[4] 『수호전』에 있는 수사적인 문채文彩들이 『논어』에 있는 비슷한 기교들의 연장선상에 있는 것이라고 주장했으며, 이른바 재자서才子書로서 『수호전』과 『서상기』를 『이소離騷』, 『좡쯔莊子』, 『사기史記』, 그리고 두푸杜甫(712~770)의 시와 동열에 놓았다.[5] 하지만 그가 과거와 연관시켜 소설을 합리화하려 했던 것이 그가 힘써 노력했던 일들의 혁명적인 성격을 빛 바래게 할 수는 없다.

다양한 장르에 대한 평점 형식의 비평 이외에 진성탄은 철학적인 저작을 몇 가지 쓰기도 했는데, 그 가운데 대부분은 특히 『역경易經』이나 불교에 관한 것이었다. 성리학과 함께 이 세 분야의 학문은 그의 사상에 막대한 영향을 끼친 듯이 보이며, 이 세 분야 모두에서 빌려 온 용어가 그의 비평 속에 등장한다. 통상적으로는 정치적인 맥락에서의 충성을 지칭하는 '충忠'을 정의하면서, 진성탄은 자기 자신이나 자기 자신에

3) [옮긴이 주] 이 글의 지은이 롤스톤은 중국에서 전통적으로 지칭하는 하나의 문학 갈래인 '샤오숴xiaoshuo'와 현재 일반적인 의미에서 하나의 장르를 가리키는 '소설novel'을 구분하여 표기하고 있다. 이 번역문에서는 잠정적으로 '샤오숴xiaoshuo'는 "소설"로, 'novel'은 '소설'로 옮기기로 한다.

4) 『수호전회평본水滸傳會評本』, 10면, 「서삼序三」 참조. 이것은 『논어』 19 「쯔장편子張篇」에서 참조한 것이다. 원래 이것은 쿵쯔의 제자 가운데 한 사람인 쯔샤子夏가 한 말인데, 그가 가리킨 것은 단지 무어라고 특정하지 않은 작은 기예일 따름이었다. 이 구절을 소설과 연계시키고, 쿵쯔 자신이 한 말로 돌린 것은 『한서漢書』 「예문지藝文志」(班固 30卷, 1745)에서 가장 두드러지게 나타난다.

[옮긴이 주] 이와 관련한 원문은 다음과 같다. "비록 작은 기예라 할지라도 거기에는 반드시 볼 만한 것이 있을 것이나, 너무 깊이 빠져들어 헤어나지 못할까 두려우니, 그래서 군자는 그것에 종사하지 않는 것이다子夏曰: 雖小道, 必有可觀者焉. 致遠恐泥, 是以君子不爲也."

5) [옮긴이 주] 진성탄은 이 여섯 가지 저작을 묶어 '육재자서六才子書'라 불렀다.

대한 성실성self-authenticity에 가까운 그 무엇에 대한 충을 염두에 두었던 듯이 보인다. 이 원리를 다른 사람에게 투사한 것이 그가 말하는 '서恕'(흔히 '호혜reciprocity'로 번역되곤 하는)이다.[6] 진성탄은 '충서'의 전범으로서 리쿠이李逵나 루즈선魯智深 같은 『수호전』 속의 허구적인 인물들을 찬양하는 한편, 그렇지 못한 쑹쟝宋江과 같은 인물들을 공박했을 뿐 아니라, 충서가 진성탄이 생각하는 천재적 작가의 개념, 즉 작자 자신의 자아의 흔적을 남기지 않고도 등장인물들에게 생명력을 불어넣을 수 있는 작가라는 개념에서 중요한 부분을 이룬다고 보았다.[7] 이러한 목표를 성취하기 위해 진성탄은 불교나 성리학의 경로를 제시하였으나, 양자 사이에 어떤 구분을 짓지는 않았다. 불교도로서의 입장에서 진성탄은 작가가 어떻게 원인으로부터 결과를 도출해낼 수 있는가를 설명하기 위하여 인연생법因緣生法(현상은 근원적이고 부차적인 조건들에 의해 만들어진다)이라는 개념을 설파했다. 성리학 쪽의 입장에서 그는 작가가 그 자신과 독립적이면서 상이한 인물들을 만들어내는 철학적인 기반으로서(통상적으로 [사물의 본질적인 패턴이나 '이치'를 이해하기 위해] 사물을 탐구하는 것을 의미하는 것으로 받아들여지는) '격물格物'이라는 중요하면서도 논쟁적인 개념을 사용하였다.[8]

---

6) '충'과 '서'에 대한 그의 정의에 대해서는 『수호전회평본』, 9면 「서삼序三」과 42회 788~789면 회평 참조. 개인적인 성실함과 다른 사람들과의 관계 속에서의 성실함을 얻는 과정들은 위에 인용된 장절의 내용 속에서 (『대학』에서 인용한) "한 사람의 내면이 성실하면 그것이 밖으로 드러난다誠於中, 形於外"는 말로 표현된다. 여기에서 진성탄은 그가 이러한 용어를 사용하는 것이 지금은 사라진 유가의 전통으로 거슬러 올라가는 것이라고 주장하였다. 존 왕John Wang의 『진성탄*Chin Sheng-t'an*』(45~47면) 참조.

7) 존 왕, 『진성탄』, 45~47면. 장쉐청章學誠(1738~1801)은 역사가가 자신의 주제들을 상상적으로 재창조하거나 동일시하는 것을 설명하기 위해 '서恕'라는 말을 사용하였다(『문사통의文史通義』 「문덕文德」, 278면).

8) 진성탄이 '인연생법因緣生法'과 '격물格物'이라는 말을 쓴 것에 대해서는 『수호전회평본』, 9면 「서삼」과 55회 회평(1018면) 참조. 「서삼」의 이 부분에 대한 번역은 존 왕, 『진성탄』, 46면 참조. 또 예랑葉郎, 『중국소설미학』, 89면과 천홍陳洪, 「『수호전』 진성탄 비 인연생법설에 대한 해석釋水滸金批因緣生法說」도 참조. 진성탄의 영향을 받은 후대의 소설 평점가들은 인물의 성격화에 대한 작가의 기교와 연관해서 두 용어를 사용

진성탄은 자신의 평점에서 작가를 [창작] 과정의 모든 측면들을 장악하는 전능한 창조자로 설정하였다. 진성탄의 소설 평점 작업에는 모범이 될 만한 모든 요소들을 드러내 보여주고, (가능한 한) 수준 이하의 부분들을 삭제하며, 독자들이 자신의 힘으로 그러한 결과물들을 똑같이 재현하는 방법을 가르치는 것 등이 포함되어 있다. 그런데 그런 기획에는 다음과 같은 두 가지 측면에 대한 고려의 여지가 전혀 남아 있지 않았다. 그것은 첫째, 영감은 외부에서 오는 것이라는 생각과 둘째, 작가가 창작의 과정을 전적으로 장악하는 상황에 놓여 있지 않을 수도 있다는 생각이다. 리위李漁가 진성탄의 잘못이라고 지적한 것은 진성탄이 문학적 영감을 적절하게 고려하지 못했다는 점이다.[9]

앤드루 플락스는 아이러니가 이른바 『수호전』 번본繁本을 관통하는 특징이라고 주장한 바 있다.[10] 무대 위에서건 그렇지 않으면 [소설과 같은] 그 밖의 다른 경우에서건, 일반적으로 쑹장宋江을 다룰 때, 대다수는 그가 영웅임을 자처하는 것을 액면 그대로 받아들였다.[11] 하지만 대부분의 경우 진정으로 작가나 배우, 관객들의 흥미를 사로잡은 것은 리쿠이李逵나 좀더 생동감 있으면서 반 권위적인 여타의 인물들이었다.[12] 심

했다. 이를테면 『『홍루몽』자료휘편紅樓夢資料彙編』, 81면, 31회 회평, 카쓰부哈斯寶 Qasbuu(약 1819~1848)가 몽골어로 번역한 『홍루몽』(이린전亦臨眞이 몽골어로 된 것을 중국어로 번역했음) 참조.

9) 진성탄의 문학이론에서의 영감의 역할에 대한 또 다른 평가는 존 왕, 『진성탄』, 44~45면 참조. 나는 진성탄의 '영감'이라는 개념이 리위의 경우와 마찬가지로 외부 세계와의 특별한 유형의 결합이나 작가가 장악할 수 없는 힘들보다는 우연적이면서도 재현할 수 없는 요소들의 결합이라는 생각에 좀더 초점이 맞추어져 있다고 생각한다. 리위, 『리리웡곡화李笠翁曲話』「첨사여론添詞餘論」, 104면 참조.

10) 플락스의 「『수호전』과 16세기 소설의 형식－해석적 분석」과 이것을 수정한 그의 『사대기서』 내의 「수호전－영웅주의의 쇠락」(279~358면) 참조. 『수호전』의 내포 독자가 되는 데 있어 현대의 독자가 느끼는 어려움에 대한 몇몇 생각은 샤즈칭夏志淸의 『중국고전소설』「수호전」(75~114면) 참조.

11) 그가 한때 데리고 살았던 옌포시閻婆惜를 다루는 희곡들은 제외되는데, 여기에서 그는 어리석게도 오쟁이 진 남자로 나온다.

12) 마티지馬蹄疾의 『수호서록水滸書錄』(440~451면)에는 원대로부터 청대에 걸쳐 실려

지어 진성탄본 『수호전』의 성행과 번본 계통의 쇠퇴 이전에도 71회 이후의 사건들을 다룬 희곡은 거의 없다. 그리고 실제로 호한好漢들이 초안招安을 받아들인 이후의 사건들을 다룬 것은 아무 것도 없다.[13] 우리는 응당 희곡보다는 소설이 전통적인 가치에 덜 영합하면서도 좀더 미묘하게 다룰 것을 기대할 수도 있을 것이지만, 전편을 통괄하는 의식을 담아 내거나 내포 작가가 『수호전』의 모든 부분을 알려준다는 것은 무리이다. 그러나 진성탄이 그의 작품에서 수행했던 것이 이러한 도전이었다는 것은 분명한 사실로서, 그는 『수호전』의 텍스트를 수정하고 그렇게 수정된 판본을 그가 덧붙인 평점의 컨텍스트 안에 자리잡게 하는 이중의 전략을 사용하였다.

1. 『수호전』의 진성탄 평점본

진성탄이 수정한 것보다 앞서 존재했던 『수호전』은 몇 가지로 나뉜다. 첫째는 송 왕조 건국에서 시작해 역병의 치료로 중심점을 옮겨간 역사적인 도입부와 천강성天罡星, 지살성地煞星 등의 마귀들을 풀어주는 내용이 '인수引首'와 제1회 및 제2회의 첫머리를 차지하고 있는 것이다. 몇 해 동안의 공백 이후에 이야기는 왕진王進에서 다시 이어지게 되는

있는 잡극雜劇의 목록에 쑹장의 이름이 짧은 제목 속에 단지 다섯 번만 나오는데, 이에 비해 리쿠이의 이름은 열네 번이나 나온다.

13) 잡극에 이미 있었던 정절들(이를테면 리쿠이가 짧은 기간 동안 서우장현壽張縣의 지현이 되었던 것을 묘사한 것)이 71회의 충성을 서약하는 대목과 82회의 초안을 받아들이는 대목 사이의 장절로 『수호전』에 편입되어 들어간 듯한데, 이것은 『수호전』의 온전한 부분이라기보다는 단지 비어 있는 곳을 채워 넣는 것에 지나지 않았다. 타오쥔치陶君起의 경극京劇 목록에는 71회에서 82회까지와 팡라方臘와의 싸움을 다룬 것이 각각 세 편밖에 없는데 비해서 71회 이전의 사건들을 다룬 것은 거의 50편이나 된다.

데, 비록 왕진은 운명적으로 수호의 무리에 합류하지 않지만, 독자들을 소설에서 소개되는 첫 번째 호한好漢인 스진史進에게 인도한다. 다음 회에서 독자는 다른 호한들의 운명을 따라가다가 차오가이晁蓋의 편에 서서 무리의 어리석고 용렬한 두목인 왕룬王倫이 우두머리 자리에서 물러나는 것을 목도하게 된다. 무리는 차오가이의 죽음 뒤에 71회에서 미리 운명적으로 결정된 호한의 숫자를 채우게 된다. 71회 이후에 이어지는 몇 회는 둥징東京으로 향하는 여정과 휘종徽宗의 등장에 대한 묘사로 이어지나, 대부분 각각의 호한들(특히 리쿠이李逵와 옌칭燕青)과 그들의 활약에 초점이 맞추어져 있다. 이들 장절에서는 반도叛徒를 물리치려는 조정의 시도가 일관된 주제를 이루고 있고, 무리 자체는 현상 유지를 원하는 '반항파'와 쑹장宋江이 이끄는 '투항파'로 나뉘는데, 쑹장은 초안招安과 호한들을 이끌고 국적國賊들과 맞서 싸울 기회만 엿보고 있는 듯이 보인다. (작가의 진정한 의도가 쑹장이 무리의 다른 호한들을 억압하는 것을 묘사하는 게 아니라면) 쑹장에 대한 반대는 82회에 상당히 비사실적으로 사라져버린다. 당혹감을 느끼게 되는 또 하나의 이유는 한때 무리의 손아귀에 놓여졌던 불구대천의 원수들에 대한 복수가 실패하는 것이다.[14)]

초안 이후에 무리는 요나라에 대한 정벌을 성공적으로 수행하게 되는데, 이것은 약 10회에 걸쳐 있다. 요나라와의 싸움에서는 108호한 가운데 아무도 죽지 않는데, 이것은 모든 것을 종결짓는 팡라方臘와의 싸움과는 극명하게 대조되는 것으로 진성탄본은 물론 예외이다. 이러한 사실은 (120회본의 중간에 들어간 톈후田虎와 왕칭王慶을 묘사한 20회뿐만 아니라)[15)] 이 장절들이 후대에 수호 무리들을 묘사한 이야기에 덧붙여진 것

14) 황원빙黃文炳(41회)에 대한 복수와 가오츄高俅가 사로잡혔을 때(80회)의 처우를 비교해 볼 것. 차이징蔡京 일당의 몰락을 처리할 때 『수호전』은 리카이셴李開先(1502~1568)의 『보검기寶劍記』와 천천陳忱의 『수호후전水滸後傳』보다 사실史實에 입각한 듯한데, 『보검기』에서는 린충林冲이 자신의 원수인 가오츄를 개인적으로 처단하는 것을 허용하고, 『수호후전』에서는 무리의 호한들이 차이징과 나머지 세 명의 사악한 조정 관리들을 처단하지 못하고 머뭇거린다(27회).

을 가장 확실하게 증명하고 있다.

초반 수십 회 이후 왕룬에 의해 이끌어지던 얼치기 반도의 무리를 전복하는 것에서 71회에 108호한이 모두 모여 충성을 맹세하고 새로운 이상세계의 제도를 공포하기까지 『수호전』은 확연한 발전이 있게 된다. 그러나 이러한 발전은 새로운 무리가 왕룬 시절보다 나은 게 무엇인가 하는 점에 대해 회의적인 생각을 하게 하는 몇 가지 점 때문에 빛을 잃게 된다. 이웃하고 있는 마을에 대한 몇 차례의 확전擴戰은 정의를 수호하는 것과는 거의 아무런 관계가 없는 것이었고, 71회 이전의 마지막 정벌은 단지 식량을 얻고 무리의 지도자를 선발하는 목적만을 위해 수행된 것이었다. 무리에 합류한 마지막 호한인 둥핑董平은 특히 무자비했다.[16)]

『수호전』 진성탄본에서 가장 두드러진 것은 그가 저본으로 사용했던 판본에서 후반부 49회를 삭제했다는 것이다.[17)] 진성탄이 소설의 마지막 부분을 좋아하지 않았던 것은 기본적으로 진성탄이 살아있을 당시 조정에서 반도들을 사면한 것에 대해 진성탄이 반감을 가지고 있었기 때문이라는 것이 후스胡適의 생각인데, 이러한 설명은 최근까지도 이 문제에 대한 결정적인 평가로 받아들여지고 있다.[18)] 그러나 [『서상기』의] 5본에서 마지막 절이 앞서의 네 절보다 못하고, 다른 사람[관한칭關漢卿]의 손을 거친 것이라고 불평한 진성탄본 『서상기』를 유의해서 본다면, 소설

---

15) 나중에 추가된 이 장절들을 이루고 있는 왕칭과 톈후에 대한 두 차례의 싸움에서 무리의 구성원들은 아무도 죽지 않는다.

16) 룽위탕본容與堂本 평점자의 둥핑에 대한 비평 참조(『수호전회평본』, 68회 1,250면 협비와 68회 회평 1,251면의 회평).

17) 그가 룽위탕본을 손에 넣을 수 있었음에도 그의 판본은 위안우야袁無涯의 120회본에 가장 가깝다(『수호전전水滸全傳』의 교감기校勘記 참조). 진성탄본에 대한 서지 사항은 롤스톤의 『독법』 413면 참조.

18) 후스의 「수호전고증」, 60~61면 참조. 후스가 이 논문을 썼을 당시에는 아직 진성탄의 70회본이 진성탄 자신이 쓴 것이라는 결론에 도달한 것은 아니었으며, 후스는 소설의 결말 부분을 삭제한 것보다는 쑹장과 초안의 허용에 대한 진성탄의 입장을 설명하기 위해 자신의 논의를 펼쳤다. 그러나 후대의 학자들은 진성탄이 소설을 '요참腰斬'한 것을 설명하기 위해 후스를 인용하기도 했다.

의 내적 갈등을 감소시키고 뛰어난 부분을 보존하기 위해 초안이 묘사된 장절들을 삭제한 것으로 생각할 수도 있다.

진성탄이 결행한 또 하나의 주요한 구조 변화는 소설의 도입부를 재구성한 것이다. 그보다 앞선 번본繁本들은 '인수引首'라고 표시된 짧은 대목으로 시작되는데, 여기에서는 송나라의 건국에서 몇 대의 황제 이후 역병이 창궐하기까지의 이야기를 다루고 있다. '인수'는 많은 판본에서 삽도와 다른 서문들에 의해 제1회와 분리되어 있는데, 이러한 사실은 진성탄본 이전의 몇몇 판본에 '인수'가 빠져 있는 것을 설명해 줄 수 있을지도 모른다.[19] 진성탄은 '인수'를 제1회와 제2회의 서두 부분과 결합해 '설자楔子'를 만들었다. 이것은 이들 부분의 초자연적인 요소들을 분리시키고, 그것들을 제1회에 두드러지게 위치시킴으로써 조정의 부패와 불법행위라는 주제와 함께 가오츄의 출세를 부각시키고 있다.

진성탄은 다른 변화도 많이 만들어냈는데, 과연 거의 모든 페이지가 영향을 받았다. 그는 작품의 시작과 결말 부분에 있는 시와 작품 속의 인물들이 인용한 사詞를 제외하고는 모든 시사詩詞와 변어騈語를 삭제했다. 진성탄은 이 모든 것이 친구의 서재인 관화탕貫華堂에서 발견한 고본古本에 근거한 것이라고 주장함으로써 이러한 변화들을 정당화했다. 이미 진성탄의 판본과 경쟁관계에 있는 판본들이 대부분 중국에서 인멸되거나 사라져버렸던 금세기에 이르기까지 이 고본의 존재는 심각하게 도전 받지 않았지만, 진성탄의 동시대인 가운데 몇몇은 고본에 회의적이었다."[20]

---

19) 여기에는 "중싱鍾惺"의 평점 본(룽위탕본을 저본으로 하고 통상적으로 1625~1627년으로 기산되는), 제쯔위안 본芥子園本(대략 1612년 이후)과 일본의 무큐카이無窮會도서관에 소장되어 있는 판본이 포함되어 있다. 자세한 서지 사항은 롤스톤의 『독법』 407~408면과 410면 참조.

20) 이를테면 저우량궁周亮工(1612~1672)의 『인수옥서영因樹屋書影』(『수호전자료회편』, 153면)과 천천陳忱의 『수호후전』(1664년 판본의 서목에 대한 내용은 류춘런柳存仁의 『런던에서 본 중국 소설 서목 제요倫敦所見中國小說書目題要』, 170면 참조)이 그러하다.

진성탄이 자신의 열 살 먹은 아들에게 쓴 편지 형식의 글인 『수호전』 「서삼序三」에서, 『수호전』의 통속본俗本을 처음 손에 넣은 것은 자신이 열한 살 때였고, 그가 열두 살 때 고본의 사본을 빌렸다고 주장했다. "밤낮으로 손으로 베끼며, 잘못된 것을 스스로 평하고 해석하는데, 4, 5, 6, 7, 8월이 걸려, 바야흐로 그 일을 다 끝냈다."[21] 그는 「서삼」이 바로 이 평점을 위해 쓴 것이라는 사실을 인정했다(『수호전회평본』, 9~10면). (천홍陳洪의 『중국소설이론사』, 153면 주1에서 그랬듯이) 우리가 그의 말을 액면 그대로 받아들인다면, 그는 자신의 평점을 이십 년도 전에 썼다는 게 되는데, 그 때는 강도들에 대한 초안이 아직 주요한 논점이 되지 않았었다. 진성탄은 천천陳忱이 자신의 소설에 대해서 그랬듯이, 대비를 하기 위해 의도적으로 자신의 평점의 시점을 끌어올렸을 수도 있다(이 책의 제11장 참조). 「서삼」에서 제시된 평점에 대한 권수는 셋이라는 숫자보다 짧다. 명대에 나온 소설로서 유일하게 금지된 것은 『수호전』에 대해 1642년 공표한 금지령(왕리치王利器의 『원명청삼대금훼소설희곡사료元明清三代禁毁小說戲曲史料』, 16~18면)이다. 1641년(「서삼」이 나온 해)부터 1644년(이 판본이 출판되었다고 인정되고 있는 해)까지라면 앞선 두 개의 서문과 역사 저작에서 인용한 것에 대한 평점, 그리고 독법을 만들어 내기에 충분한 시간이었을 것이다.[22] 이 모든 것은 외견상 반동적인 심리로 점철되어 있어, 평점의 다른 곳에 있는 평어들과 자주 모순을 드러낸다.

21) [옮긴이 주] 원문은 다음과 같다. "吾日夜手抄, 謬自評釋, 歷四五六七八月, 而其事方竣."
22) 이것들이 없어진 세 권에 대해 [진성탄이 제시한] 그럴싸한 증거의 일례다.

2. 진성탄과 그의 선배들

일반적으로 소설 작품에 평점을 가한 최초의 인물로는 류천웡劉辰翁(1232~1297)을 꼽는다.[23] 그가 평점을 한 작품 『세설신어世說新語』는 비록 전통적으로는 '소설小說xiaoshuo'(통상적으로 '소설'로 번역되기는 하지만, 실제로는 영어의 소설보다 훨씬 더 많은 종류의 저작들을 포괄하고 있다)로 분류되기는 하지만, 사실 소설이라기보다는 역사적인 언행들의 선집으로 취급되는 경향이 강하다. 하지만 평점은 통속소설 작품에 대한 평점 속에서 뒤늦게 발전해 온 주제들을 다루고 있는데, 이것은 특히 평점가의 의무이기도 하거니와 작자가 갖고 있는 예술적 역량의 주요한 특징이기도 한 인물들에 대한 비교 평가를 말한다. 최소한 가장 초기 단계의 평점 전통을 현존하는 작품 속에서 확인할 수 있는 한, 일반적으로 류천웡이 평점 비평의 선구자라는 사실은 분명하다. 사詞에 대한 평점 비평을 펴낸 이외에 그는 『사기史記』에 대한 평도 썼는데, 이 저작은 역사 저작이긴 하지만 중국에서의 소설의 발전에서 중요한 의미를 갖고 있다(이 책의 제5장 참조).

류천웡에서 명말까지 소설에 대한 흥미 있는 평어들이 문언소설의 선집의 서문이나 문인들의 필기 속에서 씌어졌지만, 진정한 의미에서의 소설 평점은 만들어지지 않았다. 명대 중엽과 말엽에는 서사書肆에서 『사기』와 『한서』 같은 유명한 역사 저작들에 대한 해설적인 평점('평림評林', 문자 그대로 평어의 숲)을 다는 작업이 아주 훌륭하게 이루어졌다.[24] 이러한

---

23) 문언으로 된 장줘張鷟(약 657~730)의 이야기 『유선굴游仙窟』에 대한 주석은 아마도 9세기에 씌어졌을 것이므로, 이것이 인용된 1156년보다 앞서는 것이 확실하다. 아서 웨일리Arthur Waley는 이 작품을 바이싱젠白行簡(775~826)이 썼다고 생각했지만, 로날드 이건Ronald Egan은 좀더 설득력 있게 이 작품이 일본에서 씌어졌다고 주장했다(「『유선굴』 평점의 기원에 대하여On the Origin of the 'Yu Hsien K'u' Commentary」).

24) 가장 유명한 것은 링즈룽凌稚隆의 『사기평림史記評林』(1576년의 서)과 그의 『한서평

책의 제목인 '평림'이라는 말과 함께 기본적인 체재 역시 상업적인 출판업자인 위상더우余象斗(약 1550~1637년 이후)에 의해서 소설 작품에도 적용되었다.[25] 그와 그가 속했던 푸젠福建의 유명한 출판업자 가문은 『삼국연의』(1592년)[26]와 『수호전』(1594년), 『열국지』(1606년에 재판) 세 권의 소설에 대한 초보적인 평점이 달린 판본을 펴냈다.

위상더우에 의해 출판된 평점들이 주로 상업적인 고려에 의한 것이었다면, 리즈李贄가 희곡과 소설에 가한 평점들은 그의 편지와 친구들의 작품들 속에 기술되어 있는 바에 의하면 대가를 바라지 않고 그저 좋아서 한 일이라는 사실이 분명하게 나타나 있다. 그러나 그의 이름으로 되어 있는 수십 종의 평점 가운데 그 어느 것도 그 자신이 직접 쓴 평점의 신뢰할 만한 복제품이라 믿을 만한 근거는 없다(플락스의 『사대기서』와 롤스톤의 『독법』에서 이와 유관한 부록 참조). 그것들 대부분은 그의 명성에 편승하려 한 것으로, 아무런 재미도 없는 평점들이 포함되어 있는데, 때로는 제목이나 다른 곳에서는 평점이 있는 듯이 말하고 있지만 오히려 아무런 평점이 없는 것도 있다.[27]

후대의 평점가들과 작가들에 지대한 영향을 미친 '리즈'의 평점은 『수호전』에 대한 두 가지 평점이다. 첫 번째 것은 1610년 번각본이 나오기 이전의 어느 시점에 항저우杭州의 룽위탕容與堂에서 출판된 것이다.[28] 두 번째 것은 위안우야袁無涯에 의해 쑤저우蘇州에서 출판되었는데

림漢書評林』(1581년의 서)이다.

25) 그가 펴낸 수많은 출판물 속에 그가 자신의 모습을 되살려 놓은 것에 대해서는 샤오둥파蕭東發의 「명대 소설 각서가 위상더우明代小說家刻書家余象斗」, 212면 참조.

26) 위상더우는 실제로 평점이 달린 두 개의 서로 다른 『삼국연의』 판본을 펴낸 바 있는데, 현재 그 가운데 어느 것도 완전하게 남아 있는 것은 없다.

27) 이를테면 『수호전전水滸全傳』의 기본 텍스트로 쓰인 1589년 서문이 달려 있는 청대 번각본에는 아무런 평점이 없지만, 여전히 리즈가 읽고 평했다評閱고 주장하고 있다(『水滸全傳』 「인수引首」, 1, 3면 주2). 상대적으로 재미가 없는 평점은 중싱鍾惺(1574~1625)과 천지루陳繼儒(1558~1639), 탕셴쭈湯顯祖(1550~1616) 등과 같은 유명한 인물들에 가탁하기도 했다.

28) 대략 1624~1625년에 이 평점이 달려 있는 판본이 중싱鍾惺의 이름으로 재편되어 출

1612년, 혹은 이보다 약간 빨리 나타났다. 두 가지 모두 리즈의 『수호전』 서가 들어 있으며, 이것은 그의 작품 선집본에서도 보이는데, 하지만 룽위탕본에서는 『수호전』과 주인공인 쑹장宋江에 대한 평자의 태도가 리즈의 서문과 많이 다르다. 비록 리즈의 서문과 위안우야본袁無涯本의 평점 사이의 『수호전』에 대한 해석은 거의 모순이 없긴 하지만, 후자의 경우 120회로 이루어져 있었기에, 이 점에 있어 작품과의 모순을 피하기 위해 서문이 수정되어야 했다.

룽위탕에서는 희곡에 대한 '리즈'의 평점도 출판했다. 바로 그 출판업자에 의해 나온 모든 평점들, 곧 『삼국연의』에 대한 '리즈'의 평점뿐만 아니라 다른 출판업자에 의해 나온 『서유기』[29]도 동일한 사람에게서 나온 듯한데, 그는 예저우葉晝로 추정되고 있다.[30] 룽위탕본 『수호전』 평점은 현재 예저우에 의해 나온 것이라 생각되는 다른 평점들과 마찬가지로 그 자체가 경박스럽다는 점, 그리고 텍스트의 행들을 실제로 삭제하기보다는 삭제될 본문 부분에 표시를 해두었다는 점, 인물 성격화와 정절, 문법 상의 문제들을 지적해내는 취향 등을 통해 구별해낼 수 있다.

비록 위안우야袁無涯본의 평점이 이데올로기적으로 지향하는 바가 『수호전』의 리즈의 서문의 그것에 훨씬 더 가깝다고는 해도, 이것은 룽위탕본과 많은 공통점이 있다. 앞서 나온 평점에서 삭제를 위해 [예저우가] 표시해두었던 많은 행들이 제거되었고, 그렇지 않으면 (어떤 것은 '고본'이라고 주장되는) 나중에 나온 문장으로 대체되었는데, 어떤 평어는 양쪽에 다 나오기도 한다. 예저우 역시 위안우야본과 연관이 있을 가능성이 있다. 예저우가 쉬쯔창許自昌이라는 이름으로 1612년에 출판한 『저재

판되었다. 자세한 서지 사항은 류스더劉世德의 「중싱 비본 『수호전』의 간행 연대와 판본 문제鍾批水滸傳的刊行年代和版本問題」와 롤스톤의 『독법』(407~408면) 참조.

29) 이 두 가지 평점들에 대한 서지 사항은 롤스톤의 『독법』 432~433면과 451면 참조.

30) 이 평점들 사이의 유사성과 예저우葉晝 자신에 대해서는 위의 책 38~39면과 356~359면 참조.

만록樗齋漫錄』의 저자일 거라고 믿을 만한 근거가 있다(롤스톤의 『독법』, 358~359면 주8 참조). 이 저작에는 위안우야본이 준비되는 상황이 기술되어 있으며, 『저재만록』의 저자가 그 작업에 소용되는 몇 가지 자료를 제공했다는 사실이 지적되어 있지만, 리즈의 『수호전』 독법에 대한 그의 조언은 받아들여지지 않았다(『수호전자료회편』, 217면).

진성탄이 어려서 손에 넣었다고 주장하는 『수호전』이 한 가지 판본이었든 두 가지 판본이었든 간에, 이것은 위안우야본이거나 좀더 후대의 번각본일 가능성이 매우 크다. 커다란 판형에 삽도를 아낌없이 집어넣은 이 판본은 이것이 리즈와 관련 있다는 사실을 입증하기 위해 조심스럽게 내세워진 여러 시도에 의해 지지되었는데, 이런 시도에는 리즈의 제자인 양딩젠楊定見이 서署한 서문과 위안쭝다오袁宗道(1570~1623, 그의 『유거목시록遊居木市錄』, 『수호전자료회편』, 223~224 참조)와 같은 이의 증거 제시 그리고 펑멍룽馮夢龍(『저재만록』, 『수호전자료회편』, 217면)과 같은 쑤저우 문인의 편집상의 도움 등이 포함된다. 이것은 명백하게도 이것이 특히 처음 인쇄되었던 쑤저우에서는 빼놓을 수 없는 판본이었다.

천진자오陳錦釗(「리즈의 문론李贄之文論」, 24면)의 추산에 따르면, 진성탄이 자신의 평점에서 통속본俗本을 언급한 곳은 86 곳이나 되는데, 그 모든 경우에서 기술된 내용은 위안우야본에 상황을 맞추고 있다고 한다. 진성탄은 리즈를 직접 비판하기도 했는데, 소설 속의 인물들이 이따금씩은 사회에 대해 신랄한 공격을 가해도罵世語 좋지만, 아무나 항상 그런 식으로 리즈를 흉내내는 행동을 해서는 안 된다고 말했다(『수호전회평본』, 31회 604면 협비). 두 판본 사이에 거리를 두려는 이러한 시도에도 불구하고, 진성탄은 실제로는 위안우야본에서 이루어낸 혁신을 다량으로 이용하였다. 이를테면, 뒤에 '발범發凡'이라는 명칭이 붙여진 서론에 해당하는 장절에서는 그러한 혁신을 진성탄이 기본적인 수법으로 똑같이 사용했던 고본 탓으로 돌렸다. 이보다 앞선 판본에서 이루어진 이후의 수많은 판본상의 개정 이외에도, 진성탄은 그 안에 있는 '리즈'의 생각과

언어 역시 가져다 썼다.[31]

두 판본 사이의 논점은 제목 속에 '충의忠義'라는 말이 포함되는가 하는 것이다. 1970년대에 상하이에서 발견된 번각본 『수호전』의 초기의 잔본에는 『경본충의전京本忠義傳』이라는 제목이 달려 있다. 여기에서 '충의'는 몇몇 왕조사에서 이러한 덕행으로 모범이 된 사람들에 대한 전傳의 선집[32] 제목에서 그러했듯이, 사람들의 유형을 가리키는 것이다. 대부분의 판본에 '충의'라는 글자가 포함되어 있기는 하지만, 이 용어는 거의 항상 '수호水滸'를 한정하고 있다. 리즈는 자신의 서에서 쑹장이 충와 의의 화신이라는 생각을 강조했다.[33] 이러한 리즈의 생각에 발맞추어, 위안우야본의 편집자들 역시 그들의 호한들을 충과 효로 무장시켰고, 심지어는 리즈가 제목에 두 글자를 '복원'시키는 데 책임이 있다고까지 주장했다.[34]

진성탄이 그의 『수호전』 「서이序二」의 첫머리에서 제목에 '충의'라는 글자가 포함된 것을 공격한 사실은 리즈가 이 글자들을 덧붙였다는 설을 받아들이고 있는 듯하다. 진성탄은 이 일에 책임져야 할 사람을 "무질서를 조장하는 취향을 가진 악당"[35]이라고 부르면서 충과 의가 "나라의 가장자리에 있는 '수호'에 있다면, 조정에는 충와 의가 없다는 것을

---

31) 천진자오陳錦釗의 앞의 글, 120면, 124면. 진성탄 평점이 위안우야본과 유사한 것은 대략 200여 군데이고, 같은 예나 비유를 사용한 곳은 100여 곳이 넘는다.

32) [옮긴이 주] 「열전」을 가리킨다.

33) 이 서는 리즈의 『분서焚書』(1590년 초판, 우리말 번역본은 김혜경 역, 『분서』 1, 2, 서울: 한길사, 2004)에 포함되어 있다(『수호전자료회편』, 192~193면).

34) 「발범發凡」 세 번째 항목 참조(『수호전자료회편』, 31면). 『수호전』의 어떤 축약본에는 제목에 이 두 글자가 빠져 있으나, 위안우야본의 편집자들이 그들 스스로를 그들과 경쟁관계에 있다고 생각했다고 보기는 어렵다.

[옮긴이 주] 하지만 『수호전자료회편』의 해당 쪽에는 이런 내용이 없다. 옮긴이가 확인해 본 결과, 『수호전회평본』, 31면 「발범」에 해당 내용이 있다. 롤스톤의 착각인 듯한데, 확인 과정을 위한 논의(2003년 2월 25일 저자와의 대담)를 통해 바로잡는다.

35) [옮긴이 주] 원문은 다음과 같다. "好亂之徒, 乃謬加以忠義之目." (『수호전자료회편』, 238면.)

의미한다"[36]고 말했다.[37] 이 문장 후반부의 '자명한' 거짓은 아마도 전반부의 거짓을 증명하고 있는 듯하다. 하지만 상황은 그렇게 간단하지 않다. 진성탄이 설자楔子와 전체 소설을 결말짓는 '천하태평天下太平'이라는 말을 아이러니컬하게 사용한 것처럼, 표면적인 의미가 내재된 의미로부터 갈라져 나오거나, 후대의 사건이나 평어들과 모순을 일으키기도 한다. 진성탄의 『수호전』 독법의 중요한 측면은 확실히 대부분의 조정의 관리들이 불충하고 불의하며, 옥좌에 앉아 도교적인 취향을 갖고 있던 풍류를 아는 황제, 휘종徽宗 역시 책망할 수 없다는 생각에 있었다.

'충의忠義' 대신에, 진성탄은 제목에서 '수호水滸'라는 말의 중요성을 강조했는데, 동시에 작가의 의도가 강도들을 나라 밖으로 몰아낼 것을 강조하는 데 있다고 주장했다. 하지만 『시경』을 읽어 본 사람이라면 237편의 시 '면綿'을 기억할 것이다. 여기에서 주周 왕조의 조상인 단푸亶父는 자신의 무리를 이끌고 압제를 피해 서쪽으로 가는데, '물가水滸'에서 그들은 새로운 국가를 세우고 뒷날 문왕文王와 무왕武王이 제국을 정벌할 기초를 세운다(중국어 원문과 번역은 레게Legge의 책, 제4권 438면 참조).[38] 이것이 유

---

36) [옮긴이 주] 원문은 다음과 같다. "且『水滸』有忠義, 國家無忠義耶?" (『수호전자료회편』, 238면.)

37) 『수호전회평본』, 6~7면. 진성탄은 '후대의 누군가'(곧 리즈)가 제목에 '충의'라는 말을 덧붙였다고 주장하기도 했다. 『수호전회평본』, 15면, 「독『제오재자서』법」 1조(존 왕, 「제오재자서 독법」, 131~132면).

38) [옮긴이 주] 해당 시의 원문과 번역문은 다음과 같다.

緜緜瓜瓞,	길게뻗은 오이 덩굴이여
民之初生,	백성들을 처음 다스리실 적에
自土沮漆,	두수에서 칠수까지 이르셨네.
古公亶父,	고공단보께서는
陶復陶穴,	굴을 파고 지내셨네.
未有家室.	집이랄 것도 없으셨네.
古公亶父,	고공단보께서
來朝走馬,	일찍이 말을 달려오시어
率西水滸,	서쪽 칠수 가로부터
至於岐下,	기산 아래로 오셨네.
爰及姜女,	이에 태강과 함께

가의 경전에서 이 두 글자가 함께 등장하는 유일한 곳이다.

진성탄은 두 가지 다른 점에서 리즈李贄 자신과 그의 서문이 실려 있고 그가 평점을 달아 놓은 『수호전』 판본들을 직접 공격했는데, 그 가운데 하나는 (『서우장문집壽張文集』, 『서우장현령흑선풍집壽張縣令黑旋風集』, 『흑선풍집黑旋風集』, 『서우장전壽張傳』 등으로 다양하게 불리는) 『리쿠이선집李逵選集』의 총집이고, 다른 하나는 『수호전』이 작가의 편에서 분노를 표출한 것인가 하는 것이다. 『리쿠이선집李逵選集』은 외견상 항저우의 룽위탕에서 출판된 것으로 되어 있지만,[39] 『수호전』 위안우야본袁無涯本의 서문 격인 글(「발범發凡」 10조, 『수호전회평본』, 32면)에서도 신빙성 있게 언급되고 있다. 그의 「독『제오재자서』법」 28조에서, 진성탄은 다음과 같이 말한 바 있다. "최근에 어떤 사람이 작가의 의도를 헤아리지 못하고 쑹쟝宋江과 리쿠이李逵를 짝지워서는 리쿠이에 대한 문장들을 모두 가려 뽑아 독립된 책으로 만들어 『서우장문집』이라 불렀다. 그는 과연 사람 똥을 먹는 놈이긴 하지만 훌륭한 개는 못된다고 말할 수 있다."[40](『수호전회평본』, 18면, 영어 번역은 존 왕, 「제오재자서 독법」, 137면.)

리즈李贄의 서는 위대한 문학은 분노의 산물'發憤著書'이라는 쓰마쳰司馬遷의 설에 대한 평으로 시작되는데, 『수호전』은 이것의 예증(『수호전회평본』, 28면)이라는 무덤덤한 진술이 뒤따른다.[41] 진성탄은 자신의 평점 가

聿來胥宇. 　　　　여기에 와서 살게 되었네.

(…이하 생략…) 우리말 번역은 이가원, 『시경신역詩經新譯』, 청아출판사, 1991 참조

39) 룽위탕본 『수호전』(『수호전회평본』, 25면)의 서문 격인 「비평수호전술어批評水滸傳述語」에 (작은 글자로) 붙어 있는 마지막 항목 참조. 여기에서는 리즈가 편집을 했다고 주장하고 있다. 동시대인인 쳰시옌錢希言은 예저우葉晝가 실제 편집자라고 믿고 있다(「희하戲霞」, 『수호전자료회편』, 151면).

40) **[옮긴이 주]** 원문은 다음과 같다. "近世不知何人, 不曉此意., 却節出李逵事來, 另作一冊, 題曰『壽張文集』, 可謂咬人屎撅, 不是好狗(『수호전자료회편』, 250~251면)." 이 문장에 대한 존 왕의 영역은 한문 원문과 약간의 차이를 보이고 있다. 하지만 원서의 맛을 살리기 위해 위에서는 존 왕이 풀어서 번역한 것을 그대로 두었다.

41) '발분저서'에 대해서는 쓰마쳰의 『사기』, 130권, 3,300면 참조. 리즈의 『수호전』에 대한 견해에 대해 천천陳忱은 「『수호후전』논략『水滸後傳』論略」 1조(『수호전자료회편』,

운데 가장 두드러진 곳 가운데 하나인 「독『제오재자서』법」 제1조에서, 이러한 견해를 부인하고 쓰마쳰의 『사기』와 달리 『수호전』은 성인들의 심판과 어긋나 있지도 않고(반구班固의 『한서』 62권, 2,737면의 『사기』에 대한 비평을 가리킴), 발분 저작도 아니라고 주장했다. [그렇게 되면] 진성탄이 스나이안施耐庵의 이름으로 쓴 서문 속에서 마치 작가인 양 씀으로 해서 그 사람인 듯 간주되어 온 작자의 페르소나뿐 아니라, 거기에서 달리 할 것이 없는 속 편한 사람으로 그려진 바 있는 『수호전』 작가의 형상은 『수호전』의 회평과 협비 속에서 직접 모순 관계에 놓이게 된다. 후대에 나온 이들 몇몇 평어들은(그렇지 않으면 이것들이 서보다 먼저 씌어진 것인가?) 『수호전』을 발분의 산물로 『사기』에 비유했다(이를테면 『수호전회평본』, 6회 167면 협비와 18회 342면).

진성탄이 온 힘을 다해 이 소설에 대한 자신의 판본과 해석을 이보다 앞선 판본들과 구분하려고 노력했음에도 불구하고, 그 자신은 그의 비평적 선배들에게 빚진 것이 많다. 우리는 이미 그가 위안우야본의 평어에 의존했던 것을 지적한 바 있는데, 하지만 그의 평점의 몇 가지 특징, 이를테면 쑹장을 위선자로 공박한 것 등은 룽위탕 평점에 뿌리를 내리고 있다(이 책의 제8장 참조). 그는 또 『수호전』의 스타일 상의 또는 여타의 단점들을 짚어내는 데 있어 룽위탕 평점가에게 빚을 지고 있기도 하다. 그와 위안우야본의 편자들은 모두 이런 단점들 가운데 몇몇을 바로잡고자 했는데, 그들이 적용했던 해법은 종종 사뭇 달랐다.

554면)에서 찬의를 표하고 있다.

3. 진성탄의 의도들

가장 논란을 불러일으키고 있는 진성탄에 대한 의문은 그의 정치적 견해와 이것이 쑹장宋江과 다른 역도逆徒들에 대해 그가 취했던 태도와 어떻게 연결되는가 하는 점이다. 후스胡適는 진성탄이 자신의 평점에서 취했던 듯한 반'초안'反招安의 프로그램을 그 당시明末 조정이 반란에 대해 취했던 정책의 불행한 결과와 결부시켰다. 이러한 생각과 연관이 있는 듯이 보이는 조처들에는 (초안을 받아들일 것인지를 두고 최초로 진지하게 논의한 것과 초안 이후 무리의 비극적인 최후가 담겨 있는) 이 소설의 마지막 부분과 초안 이후 쑹장의 최후를 미리 예시한 것을 삭제한 것이 포함된다(이를테면 『수호전전』, 42회 687면 주65). 진성탄이 자신의 판본을 종결짓기 위해 말미에 덧붙인 악몽에서는 장수예張叔夜에 의해 무리 전체가 처형되는 것으로 묘사되어 있는데, 그리고는 뒤이어 '천하태평天下太平'이라는 말이 인용되었다.[42]

우리는 몇 가지 다른 각도에서 진성탄의 태도 문제에 대해 접근할 수 있으나, 총체적인 문제는 그가 쑹장에게 위선자의 딱지를 붙여버린 것과 밀접한 관계가 있다. 쑹장이 계속해서 초안이 받아들여질 때까지 기다려야만 한다고 주장한 것은 이미 『수호전』의 초기 판본에서는 내적인 상호 모순들에 의해 약화되어 있었다. 그가 모든 사람들, 심지어는 그가 무자비한 방법으로 음모를 꾸며 그들이 무리에 가담하지 않을 수 없게 만들었던, 그 때까지만 해도 자신의 생활에 만족하며 살고 있던 다른 백성들과 그가 스스로 나서서 자신들의 무리에 가담하라고 설득했던 조정의 관리

---

42) 사서에는 장수예張叔夜(1065~1127)가 실제로 쑹장宋江을 잡은 것으로 나와 있는데, 진성탄 평점의 앞 부분에도 이 사실이 인용되어 있다(『수호전회평본』, 11면). 『수호전』에는 단지 그의 존재에 대해서 암시만 하고 있는데(이를테면 묘사된 내용에서 동음이의어로 그의 성을 가리키고 있다), 하지만 협비에서는 그의 존재를 명백하게 확증하고 있다(『수호전회평본』, 70회 1,272면).

들에게까지(『수호전회평본』, 57회 1,054면 회평 참조) 이렇게 주장한 것은 의구심을 불러일으켰다. 진성탄은 쑹쟝의 사악함을 그가 초안을 기다린다고 말할 때마다 (처음 볼 때는 순수해 보이는 측면이 있기도 한) 거짓으로 우는 것으로 강조하고 있다. 그는 쑹쟝이 위선적인 듯이 보이도록 한 비교적 널리 알려지지 않은 수정본을 사용하기도 했다(이 책의 제8장 참조).

일반적으로 진성탄은 역도逆徒들에 대한 초안에 반대한 것으로 알려져 있다. 이러한 견해를 갖고 있는 사람들은 종종 허우멍侯蒙(1054~1121)이 실제로 쑹쟝에 대한 초안을 상주한 것에 대해 진성탄이 사서에서 인용한 부분을 담고 있는(『수호전회평본』, 14면) 자신의 평점의 한 장절에서 여덟 가지 잘못을 조목조목 짚어냈다는 사실을 지적하고 있다. 하지만 같은 장절의 몇 쪽 앞에서, 진성탄은 분명하게 "그宋江를 항복하게 하고 처형하지 않은 것은 황제 측에는 매우 자애로운 일이 되었으며, 강도들을 다루는 '훌륭한 방법'"[43]이라고 진술한 바 있다(『수호전회평본』, 12면). 아울러 당연하게도 진성탄이 조정과 권신의 입장에 서서 반란에 대한 초안을 반대했다고 생각하는 입장도 받아들여지고 있다. 하지만 결말 부분의 악몽에서는 장수예張叔夜가 루쥔이盧俊義를 사로잡은 뒤, 쑹쟝과 그의 군사軍師[44]가 기능적으로 조정의 초안을 받아들이는 것이나 마찬가지인—곧 그들 모두가 장수예에게 항복하고 은사를 청원하는—모종의 음모를 꾸며냈다는 사실을 보여주고 있다.[45] 그 대신 장수예는 그들을 모두 처형하지만, 그가 마지막에 남긴 말은 진성탄이 (조정이 초안을 허용한 데 대해 반대하는 입장에서) 역도逆徒들이 초안을 받아들인 것에 대한 자신의 생각을 에둘러서 한 말일 수도 있는데, 그것은 장수예가 반란 세력이 자신들의 품위를 저버리고 "동정을 얻기 위해 꼬리를 흔들었던

43) [옮긴이 주] 원문은 다음과 같다. "故夫降之而不誅, 爲天子之大恩, 處盜之善法也."
44) [옮긴이 주] 쑹쟝의 전략가인 우융吳用을 가리킨다.
45) 그것과 맞먹는 상황이 무리 가운데 한 사람(돤징주段景住, [옮긴이 주])이 그들의 음모를 루쥔이盧俊義에게 설명하기 위해 한 말로써 뒷받침된다(『수호전회평본』, 70회 1,272면).

搖尾乞憐” 사실을 고발한 것이었다(『수호전회평본』, 70회 1,272면).

전통적인 평점가들 사이에서 핵심적인 논점은 수호 무리의 구성원들이 정의로운 반란 세력義士이냐 그렇지 않으면 단순한 강도일 뿐이냐는 것이다. 룽위탕 평점에서는 가장 강경한 태도로 그들을 강도로 비난하고 있는데, 심지어 이 말을 친밍秦明이나 후옌줘呼延灼 등과 같이 속임수에 의해 무리에 참여했던 호한들에게까지 적용하면서, 이들은 주자좡祝家莊의 세 명의 영웅들[46]이나 쩡터우스曾頭市의 다섯 호랑이들[47]만큼 칭찬 받을 만한 가치가 없다고 주장했다(「량산보 백팔인의 우열梁山泊一百單八人優劣」, 『수호전회평본』, 26면 참조).[48] 하지만 리즈李贄에게는 '강도'라는 별칭이 그리 두려운 게 못되었다. 그는 자신의 승려 친구인 화이린懷林의 다음과 같은 말을 득의만만하게 기록했다. "어떤 사람을 강도라고 저주하는 것으로 말하자면, 그것은 실제로는 저주하는 것이 전혀 아니다. 그것은 차라리 칭찬 이상의 것이다."[49] 리즈 자신은 중국 동남부 해안에서 삼십 년 동안 활약하면서 사람들의 지지를 받았던 린다오첸林道乾이라는 초적草賊을 칭송한 바 있다(리즈의 「인기왕사因記往事」, 『분서』 4권, 156~158면 참조). 위안우야본의 평점가는 량산梁山의 무리가 강도가 된 것을 비난한 것에 대해 그들을 옹호했다. 진성탄의 경우에는, 루즈선魯智深이나 리쿠이李逵, 롼샤오치阮小七와 같은 무정부주의적인 인물들을 가장 드러내 놓고 칭송했다.[50]

---

46) [옮긴이 주] 주자좡祝家莊의 주룽祝龍・주후祝虎・주뱌오祝彪 삼형제를 가리킨다.

47) [옮긴이 주] 쩡터우스의 쩡투曾塗・쩡미曾密・쩡쒀曾索・쩡쿠이曾魁・쩡성曾昇 다섯 형제를 가리킨다.

48) [옮긴이 주] 해당되는 내용은 다음과 같다. "오직 루쥔이, 리잉만이 그중에서 조금 봐줄 만한데, 역시 주씨 세 영웅, 쩡씨 다섯 호랑이 형제가 죽을 곳을 얻기 위했던 것만은 못하다獨盧俊義, 李應在諸人中稍可原耳, 亦終不如祝氏三雄, 曾氏五虎之爲得死所也, 亦終不如祝氏三雄, 曾氏五虎之爲得死所也."

49) 리즈의 『분서焚書』(권4, 190면)에 있는 「한등소화寒燈小話」 두 번째 대목 참조. 룽위탕본에 있는 몇 개의 서문에 해당하는 글들은 화이린懷林의 이름으로 가탁되어 있다. 그런데 이 두 명의 '화이린' 사이의 강도라는 말에 대한 입장의 차이는 그러한 가탁을 의심스러운 것으로 만들고 있다. [옮긴이 주] 원문은 다음과 같다. "然則以强盜罵人, 是不爲罵人了, 是反爲讚嘆稱美其人了也."

4. 진성탄의 의도에 대한 근대 이전의 평가

최근에 장궈광張國光은 진성탄 평점의 명백하게 '반동적인' 부분은 그것이 갖고 있는 급진적으로 체제 전복적인 성격을 카무플라쥐保護色하기 위한 것이었다는 논리를 폈다.[51] 우리는 5·4 이전에도 이러한 이론을 옹호한 사람을 찾아 볼 수 있다. 1908년에 나온 『수호전』 평점의 저자인 옌난상성燕南尚生은 진성탄에 대해 가혹하게 몰아붙이긴 했지만(그는 진성탄을 '노예'라고 불렀다), 진성탄이 『수호전』의 체제 전복적인 성격으로부터 관심을 돌리기 위해 자신의 평점을 사용했다고 주장했다.

> 『수호전』은 전제적인 정체 하에서 이른바 통치자를 거스르고, 반란을 일으키는 대역무도한 것으로 받아들여졌던 책으로, 그래서 진성탄은 문학적인 기교를 동원해 비평했던 것이다. 그러나 그는 여전히 전제적인 정부가 문자옥을 크게 일으켜 자신이 쑹쟝의 편을 들었다는 죄를 물을까 두려워 조정의 이목으로부터 자신을 보호하기 위해 쑹쟝을 통렬하게 비방했던 것이다.
>
> —『수호전자료회편』, 393~394면, 『신평수호전新評水滸傳』, 「신혹문新或問」 3조[52]

---

50) 우쑹武松의 경우 진성탄은 「독『제오재자서』법」에서 무리의 다른 모든 호한들보다도 칭송했는데, 진성탄은 그가 초안을 받아들일 태세가 되어 있었다는 사실에 대한 진실성을 거부하면서, 우쑹은 쑹쟝에게 인간적으로 빚지고 있는 의미에서만 그에게 동조했다고 주장했다(『수호전회평본』, 31회 597면 협비).

51) 이를테면 장궈광의 『수호와 진성탄 연구水滸與金聖歎硏究』, 122면 참조. 그러한 의도를 증명하기 위해 그가 진성탄 평점으로 인용한 일단의 증거는 『수호전』의 마지막 부분의 다음과 같은 평어이다. "아! 고대의 문사들 가운데 조심스럽고 신중하지 않게 자신들의 저작을 전수한 경우는 결코 없었다古之君子, 未有不小心恭愼而後其書得傳者也(원문은 [옮긴이 주])." (『수호전회평본』, 70회 「회수총평」, 1,262면) 장궈광은 일관되게 진성탄의 주장을 과장하고 있다. 그는 진성탄이 반청 사상을 갖고 있다고 칭송하기도 했다.

52) [옮긴이 주] 원문은 다음과 같다. "『水滸傳』者, 專制政體下所謂犯上作亂大逆不道者也, 於是乎以文法批之. 然猶恐專制政府, 大興文字獄, 罪其贊成宋江也, 於是乎痛詆宋江, 以粉飾專制政府之耳目."

이런 식으로 진성탄의 평점을 읽게 되면, 평점 하나 하나를 맥락으로부터, 나아가 액면 그대로 받아들이는 식으로 읽어내는 것보다 더 쉽게 와 닿는다. 1657년 왕왕루王望如는 그 자신이 평점을 덧붙인 진성탄본의 새로운 판본을 내 놓았는데, 그가 덧붙인 평점들은 모두 진성탄 평점의 '카무플라쥐'한 부분들과 똑같은 시각을 공유하고 있었다. 그는 진성탄이 제목에서 '충의'라는 말을 거부한 것에 찬성하고, 진성탄 평점의 도움이 없었다면, 『수호전』은 황제에게 지나치게 엄격하고 강도들에게 지나치게 관대한 것이 되었을 것이라고 말했다(『수호전자료회편』, 351면, 「서」). 진성탄본을 종결짓는 악몽에 대해 그는 다음과 같이 말했다. "나는 『수호전』 읽는 것을 싫어한다. 내가 즐겨 읽는 것은 진성탄 평점이 있는 『수호전』이다. 왜냐하면 이것은 악몽으로 끝나는데, [이로 인해] 성인들에 대한 공이 작지 않기 때문이다."(『수호전자료회편』, 352면, 「총론」)[53] 20세기에 『신식수호연의新式水滸演義』(1924년)의 편자는 진성탄이 그의 「독『제오재자서』법」 제1조에서 했던 말과 똑같은 어조로 『수호전』을 썼던 스나이안施耐庵의 동기에 대해 말하고는 다음과 같은 말을 덧붙였다. "어떻게 그施耐庵가 량산보梁山泊의 성공을 질시할 리가 있겠는가? 독자들이 이 사실을 오해해서는 안될 것이다."(『수호연구자료』, 178면, 「수호전고증」)

반면에 왕왕루王望如는 여전히 스나이안이 진짜 『수호전』(1~70회)의 작자이고, 뤄관중羅貫中은 단지 그보다 못한 속작을 지은 작자일 뿐이라는 진성탄의 주장에 대해 회의적인 시각을 갖고 있었는데, 오래지 않아 이 설은 거의 보편적으로 받아들여졌다. 위완춘俞萬春(1794~1849)은 진성탄본 『수호전』의 속작인 『탕구지蕩寇志』를 지었는데, 이것은 71회부터 시작된다. 1851년 원판본의 (『탕구지』) 서에서는 뤄관중이 70회 '원본'에 잘못 끼어 들었다는 것을 통렬하게 비난했다. 서문의 작자는 진성탄이 쑹장과 다른 호한들의 사악함을 드러냈다 하여 칭찬했지만, '악당들'의 마지

---

53) [옮긴이 주] 원문은 다음과 같다. "余不喜悅『水滸』, 喜悅聖嘆之評『水滸』, 爲其終以惡夢, 有功於聖人不小也."

막 최후에 대한 세밀한 묘사가 부족한 데 대해서는 유감을 표했다(『수호전자료회편』, 581면, 「구웨라오런서古月老人序」). 위완춘은 자신의 서에서 진성탄이 쑹장의 위선을 미워했다는 생각을 받아들이고, '뤄관중의 속작'이 쑹장을 마치 진정으로 충성스럽고 의로운 듯이 그려냈다는 점에 동의했다(『수호전자료회편』, 579면). 겉으로는 위완춘이 진성탄의 해석을 확장하고, 수호의 무리를 처단하는 것이 그들을 제대로 다루는 것이라는 확신을 갖고 있었던 듯이 보이나, 그의 계획은 [그런 생각을] 실행으로 옮기는 데에서는 여전히 미흡한 점이 있다. 곧 량산梁山 출신의 옛 영웅들이 그가 선택한 모범적인 인물인 천시전陳希眞보다 더 인상적이었던 것이다.

물론 『수호전』 초기 판본의 상이한 부분들 사이의 불일치를 다루는 다른 방법이 있기도 하다. 『수호전』의 앞부분 10회를 일본어로 번역했고 『수호전』과 그 속작들에 의해 크게 영향받은 바 있는 타키자와 바킨瀧澤馬琴(1767~1848)은 120회 판본에는 세 개의 발전 단계가 있다고 보았다. 그에 따르면, 인물들은 멀쩡하게 시작했다가 타락하게 되며, 궁극에는 충으로 끝맺게 된다初善中惡後忠(나카무라 코히코,[54] 120면)고 한다. 그는 (그가 생각했던 대로) 진성탄의 『수호전』 해석에 대해 상당히 회의적이었다.

진성탄이 반란에 대해 긍정적이었다고 느끼게 했던 데에는 사실상 비평가들의 탓도 있다. 가장 유명한 예는 구이좡歸莊(1613~1673)으로, 그는 실제로 진성탄이 사람들로 하여금 강도가 되도록 가르치는誨盜(존 왕, 『진성탄』, 120~121면) 책을 권장했다는 이유로 그를 처형할 것을 주장했다. 마오룬毛綸은 자신의 『비파기』 평점에서 이 상황을 다음과 같이 묘사했다. "『수호전』의 평점가[곧 진성탄]는 쑹장의 사기성權詐을 극도로 정력적으로 비하하긴 했지만, 사람들은 여전히 그가 다른 사람들을 강도가 되

54) [옮긴이 주] 이 사람은 롤스톤이 정리한 서지사항에는 나오지 않는다. 그런데 그의 서지사항에는 나카무라 유키히코中村幸彦라는 사람이 쓴 「타키자와 바킨의 소설관瀧澤馬琴の小說觀」(『近代小說研究資料』, 1963, 99~126면)이라는 글이 있다. 아마도 이 사람을 지칭하는 것이 아닌가 한다.

게 가르치고 있다誨盜고 생각했다."55)(『비파기자료휘편琵琶記資料彙編』, 286면, 총론) 마오룬 자신은 진성탄이 반란을 고쳐했다고 생각하지 않았지만, 원작의 주제는 손상 되었다고 느꼈던 것이다. 다른 독자들은 진성탄이 수호 무리가 이웃 마을을 공격한 데 대해 동정적이었다는 데 대해 동의하지 않았는데,56) 류팅지劉廷璣는 『재원잡지在園雜志』(1715년 출판)에서 진성탄에 대해 다음과 같이 말했다. "비록 그의 재주는 바다처럼 넓지만, 그가 긍정한 인물들은 강도들이었다. 궁극적으로 그의 의도는 쓰마첸司馬遷의 「유협전游俠傳」과 똑같다."(황린, 한퉁원의 『중국역대소설논저선』 1권 382면)57)

이른바 『고본수호전古本水滸傳』는 아주 특별한 경우이다. 이 120회본 『수호전』은 1933년에 메이지허梅寄鶴(1891~1969)가 쓴 서와 함께 처음 등장했는데, 이것이 바탕으로 삼은 원고는 스나이안施耐庵이 원래 썼다는 전체 소설과 같은 것이라 주장했다.58) [하지만 이 책의] 전반부는 『수호전』 진성탄본의 재판(평점은 빠져 있음)일 따름이고, 후반부는 저자의 생각이 반란에 대한 진성탄의 태도와 일치하는 이야기로 이어져 있다. 이 시점에 이르게 되면, 수호 무리의 호한들이 싸우다 비참한 최후에 이르게 되고, 그들 자신이 박애주의와 민주주의의 편에 서 있다는 사실을 분명하게 공표하게 된다. 이러한 저작이 금세기 이전에 씌어질 수 있을 거라고 생각하는 것은 심각하게 고려할 만한 가치가 없는 것이긴 하지

---

55) [옮긴이 주] 원문은 다음과 같다. "如批『水滸傳』者, 雖極罵宋江之權詐, 而人猶或以爲誨盜; 批評『西廂記』者, 雖極表雙文之矜貴, 而人猶或以爲誨淫, 蓋因其題目不甚正大也."

56) 이를테면 천천陳忱의 「『수호후전』 논략水滸後傳論略」 38조, 『수호전자료회편』, 589면. 진성탄은 그의 이름으로 언급되지 않고 있다.

57) [옮긴이 주] 원문은 다음과 같다. "雖才大如海, 然所尊尙者賊盜, 未免與史遷『游俠列傳』之意相同."

58) 1985년 허베이인민출판사河北人民出版社에서 출판된 이 책을 둘러싼 논쟁에 대한 서평은 잉젠應堅의 「고본수호전진위문제연구술평古本水滸傳眞僞問題硏究述評」 참조. 원서는 『수호연구자료』, 242~279면에서도 찾아 볼 수 있다. 메이지허가 이 책의 실제 저자라는 사실을 긍정한 메이지허의 사위가 쓴 편지들은 장궈광張國光의 「위조 속의 위조僞中之僞」 안에 포함되어 있다.

만, 후반부는 『수호전』 진성탄본의 한 가지 독법이 발전되고 구체적인 형태로 반영된 것이다.

이 짤막한 사적인 개괄이 『수호전』 진성탄 평점본에 의해 만들어진 독법들에 정반대로 배치되는 몇 가지 것들을 나타내 주는 데 적합한 것임에는 틀림없다. 평점에서 어떤 모순들이 이렇듯 다기한 몇몇 독법들에 책임이 있는 것일까? 이것들은 진성탄이 진정으로 마음 속에 갖고 있던 생각을 우리에게 전해 줄 수 있을까?

5. 진성탄 평점본에 나타난 모순들

최근에는 진성탄의 『수호전』에 대한 저작을 읽으면서, 그의 평점을 원문에 나타난 불일치에 대한 반작용으로 보는 견해도 나왔다(위드머, 『수호후전』, 89면). 내가 이 견해에 동의하는 것은 확실하지만, 그가 이러한 불일치들을 기계적으로 마름질하려 했는지, 그렇지 않으면 그것들(과 그 자신의 평점 속에 있는 것들)을 마음 속에서 특별한 목적을 갖고 이용했는지에 대해서는 여전히 의문으로 남아 있다.

진성탄이 자신의 독법에서 적시한 열다섯 가지 문학 기교들 가운데 하나가 면침니자법綿針泥刺法(『수호전회평본』, 20면, 55조, 존 왕, 「제오재자서 독법」, 141~142면)[59]인데, 그는 이 소설에서 [실제로는] 휘종 황제를 겨냥하고 있는 완곡한 비평微辭을 읽어냈다. 이곳과 또 다른 곳에서 그는 표면적인 의미와 일치하지 않는 감추어진 메시지가 존재하고 있다는 사실을 강조한 바 있다. 독자는 이러한 기교들을 염두에 두고 이것들을 진성탄이 명

---

59) [옮긴이 주] 글자 그대로의 뜻은 '이불 솜 속의 침과 진흙 속의 가시'인데, 표면적으로는 칭찬하는 듯하지만, 실제로는 폄하하는 것明褒暗貶法을 의미한다.

백하게 밝히지 않은 부분들에 적용시켜야 하는 것이다. 어느 해체론자의 말을 빌 것도 없이, 우리가 그런 식으로 책을 과도하게 읽다 보면 텍스트 내의 고정된 의미라는 개념을 위태롭게 만드는 심각한 위험에 봉착하게 된다. 텍스트가 어느 한 사람의 소유가 아니고, 몇 사람의 손을 거쳐 나온 것이 확실해질 때, 그 위험은 얼마나 엄중한 것인가?

우리가 진성탄의 평점을 얼마나 직절하게 읽어낼 수 있는가 하는 것은 다소 의문스러운 일이다. 독자들은 왜 진성탄이 텍스트에서 감추어진 의미를 읽어내는 데 사용한 방법을 다시 진성탄의 평점을 읽어내는 데 되돌려 적용해 보지 않는가? 이 문제는 진성탄이 자신의 『수호전』 평점본을 단순히 평점과 소설의 결합으로 보지 않고, 유기적인 전체로 보았기 때문에 특별히 혼란스러운데, 이것은 아마도 진성탄이 작품 속에 구축해 놓은 내포 저자와 자기 자신을 전체적으로 동일시한 데 잘 드러나 있는 듯하다. 다른 한편으로 우리는 장궈광이 평점을 과도하게 읽어낸 것을 진성탄의 작품에 진성탄 식 독법을 적용시킨 것으로 볼 수도 있다. 하지만 의문은 남는다. 평점 안에서 진성탄이 자신의 평점을 이런 식으로 독해하는 것을 환영할 것이라는 사실을 뒷받침할 만한 실마리를 찾을 수 있을까?

진성탄이 자기 자신을 그의 내포 저자와 동일시했다면, 『수호전』에 대한 독자의 '올바른' 이해에 대한 그의 관심은 자신의 평점을 '올바르게' 이해하는 독자의 능력에 집중되어 있다. 스나이안의 이름으로 가탁한 서에서, 진성탄의 저자는 자신의 현재와 미래의 독자들에 대한 관심을 보여주고 있다. "내가 다른 사람들이 이해해 주기를 원하지 않는 게 아니고, 다른 사람들이 끝내 제대로 이해할 수 없는 것이다. (…중략…) 내가 죽은 뒤에는, 진정으로 (내 저작을) 읽을 줄 아는 이가 아무도 없게 될 것이다. (…중략…) 내가 어떻게 후대 사람들이 내 저작을 읽고 뭐라 할지 알겠는가?"(『수호전회평본』, 24면)[60] 진성탄본에 있는 두 개의 수장시 收場詩(둘 다 내포 작가의 허울을 쓰고는 있지만 실제로는 그가 지은) 가운데 첫 번째 마지막 줄은 「고시십구수古詩十九首」의 다섯 번째 시를 떠올리게 하는데, 다음과 같은 내용이다. "노래하는 이의 괴로움이 애달픈 것은 아닐지니, 다만 마음 상하는 것은 알아주는 이 드물다는 것."(샤오퉁蕭統, 『문선』, 29권 1,345면)[61] 평점의 말미에 비슷한 언급이 덧붙여져 있는(『수호전회평본』, 70회 협비, 1,262면) 이러한 암시들은 확실히 독자들로 하여금 진성탄의 친밀한 벗知音이 되도록 이끌고 있다. 자신의 가치를 알아주는 친밀한 벗(또는 통치자)을 찾기 어렵다는 이 주제는 진성탄이 『수호전』 자체에 대해 중심적인 것으로 인식했던 주제와 같은 것이다.

독자들에게 아이러니컬한 의도를 환기시켜주는 전략은 순진함에 대해 과도하게 이의를 제기하는 것이다. 어떤 사람이 은 30냥을 묻어두고는 다른 사람이 파갈까 두려워 돈이 묻힌 자리에 다음과 같은 내용의 표지판을 썼다. "여기에 은 30냥이 없음." 이 이야기에서 은을 감춘 이는 생각이 단순한 사람인데, 진성탄이 그와 똑같다고 말할 수는 없다. 곧 그가 자신의 「독『제오재자서』법」 첫 번째 항목에서 『수호전』이라는 작품이 씌어지게 된 정치적 동기를 부인한 것은 『수호전』이나 이 작품에 대한 그의 평점을 피상적으로 읽는 것만으로도 실상은 그게 아니라는 게 드러난다.

좀더 깊이 캐 들어가면 솔직해 보이는 그의 다른 언명들이 자기 모순을 드러낸다. 그의 「설자楔子」에 대한 회수총평回首總評에서 진성탄은 보이伯夷와 쟝쯔야姜子牙가 상商의 사악한 마지막 왕紂王을 내버려 둔 것을 용인했다 하여, 유가에서 아성亞聖으로 떠받들고 있는 멍쯔孟子를 다음과 같이 '질책'했다. "주왕紂王이 사악하다는 것을 내 듣지 못한 바 아니나, (통치자로서) 그는 피해서는 아니 되었다. 비록 해안이 멀리 있었다 하나,[62] 여전히 주왕이 다스리던 땅의 일부였다. 이 두 노인네는 무리를

---

60) [옮긴이 주] 원문은 다음과 같다. "未嘗不欲人解, 而人卒亦不能解者. (…중략…) 身死之後, 無能讀人, (…중략…) 吾嗚呼知後人之讀吾書者謂何?"
61) [옮긴이 주] 원문은 다음과 같다. "不惜歌者苦, 但傷知音稀."

이끌고 낡은 것을 버리고 새로운 것으로 달려가게 했다. 비록 그들이 성인이기는 하나, 그들의 행동은 고결한 것은 아니었다."(『수호전회평본』, 38면 회평)[63] 그들의 상황은 수호 호한들의 그것과 명백하게 어깨를 나란히 할 수 있는 것이었으며, 보이와 쟝쯔야를 지칭한 것은 멍쯔와 의견을 달리했다기보다는 무리의 행동을 정당화하기 위해서였다고 보는 편이 낫다. 진성탄은 심지어 멍쯔도 이런 잘못(보이와 쟝쯔야를 용인했던 것)을 저지를 수 있는데, 그와 같은 일이 소설 작품에 일어났을 때, 무슨 권리로 우리가 엄격하게 요구할 수 있겠는가 라고 결론지었다. 하지만 이것이 '잘못'을 저지른 차원의 문제인가?

진성탄은 자신의 평점의 첫 번째 서序一에서 백성들庶人은 책을 쓸(그들 자신의 개인적인 견해를 표출할) 권리가 없고, 그의 평점은 그런 문학을 제거하는 데 있어 진秦 왕조(기원전 221~207)의 분서보다 더 효과적일 수 있다고 주장하는 길고도 복잡한 논리를 제시했다.[64] 이것은 진지하게 받아들이기 어렵다. 진성탄은 감히 자신의 책을 쓰고자 시도했던 백성의 한 예였던 쿵쯔를 다음과 같이 인용했다. "천하에 도가 널리 퍼져 있으면, 백성들은 공적인 일을 논의하지 않게 된다."[65] 백성들이 공적인 일들을 논의하고 책을 쓰는 일이 무도한 조정보다 (쿵쯔를 포함한) 백성들이

---

62) 진성탄이 인용한 『멍쯔孟子』의 해당 구절에서 보이伯夷는 북쪽 바닷가로 달아났고, 쟝쯔야姜子牙는 동쪽 바닷가로 달아났다(『멍쯔』, 4a, 13면, 라우Lau의 『멍쯔*Mencius*』, 123면).

63) [옮긴이 주] 원문은 다음과 같다. "吾讀『孟子』, 至'伯夷避紂, 居北海之濱' '太公避紂, 居東海之濱'二語, 未嘗不嘆. 紂雖不善, 不可避也, 海濱雖遠, 猶紂地也. 二老倡衆去故就新, 雖以聖人, 非盛節也."

64) 적극적인 의미에서 평점을 '분서'로 지칭한 다른 예로는 『홍루몽』 장신즈張新之 평점에 대한 우구이산런五桂山人의 「서」 참조. 『『홍루몽』권紅樓夢卷』, 35~36면(마틴 황Martin Huang, 「중국 고대소설 평점에서의 작가(권위)와 독자Author(ity) and Reader in Traditional Chinese Xiaoshuo Commentary」, 55면)

65) 『논어』 16 「계씨편」 두 번째 대목(웨일리Waley가 번역한 『논어*Analects*』, 204면). 여기에서는 '의議'를 '의론한다'로 번역했는데, 진성탄은 이것을 넘어서 '자신의 의견을 적어놓는다'는 의미로 받아들였다.

[옮긴이 주] 원문은 다음과 같다. "天下有道則, 庶人不議(천하가 태평하면, 백성들의 의론이 분분할 수 없다)."

감히 하고자 하는 바에 나쁜 영향을 덜 미치겠는가? 이로 말미암아 우리는 『논어』 가운데의 다른 말을 떠올리게 되는데, 진성탄이 직접 인용하지는 않았지만, 그가 멍쯔에 대해 짐짓 불만을 품고 있는 듯 가장했던 것의 밑바탕을 이루고 있다. "천하에 도가 널리 퍼져 있으면, 네 자신을 드러내고, 퍼져 있지 않으면, 숨어라."(『논어』 8 「태백편泰伯篇」, 열세번째 대목, 웨일리의 『논어』 영역본, 135면)[66]

결국 설자楔子의 말미(진성탄은 이 구절을 둘로 나누는 두 글자를 없앴다. 『수호전전』, 2회 34면 주10)와 진성탄본 『수호전』의 끝을 맺는 악몽의 말미에 나오는 '천하태평'이라는 구절의 쓰임새가 있게 된다. 첫 번째 경우 모든 것이 태평해졌다는 소식이 전해지면서 막 바로 이를 부인하는 내용이 뒤따르는데, 이것은 진성탄이 덧붙인 것이다. "하지만 잠깐! 모든 것이 태평하고 아무런 문제가 없다는 게 정말 사실이라면, 이제 우리 소설은 어떻게 되는 것인가?"(『수호전회평본』, 50면)[67] 천하가 태평하다는 이 두 개의 주장은 진성탄에 의해 긴밀하게 연결되어 있기 때문에, 첫 번째 주장에 대한 부정은 두 번째 주장에 영향을 주어 천하가 태평하다는 표면적인 의미를 파괴하고 있다. 비슷한 식으로 진성탄은 자신의 「독『제오재자서』법」에서 수호 무리에 의한 주자좡祝家莊 공격에서 주씨祝氏 집안의 세 형제들이 몰살되었던 사실을 똑같이 언급함으로써 '몰살殲厥'(『수호전회평본』, 15회 2조)을 위해 쑹장宋江이 선발되었다는 단정적 주장을 극구 부인했다(『수호전회평본』, 46회 회평, 868면).

66) [옮긴이 주] 원문은 다음과 같다. "天下有道則見, 無道則隱."
67) [옮긴이 주] 원문은 다음과 같다. "且住! 若真個太平無事, 今日開書演義, 又說着些什麽?"

6. 평점 비평의 원조, 진성탄

『수호전』과 『서상기』의 진성탄본은 중국과 일본 모두에서 놀랄 만큼 유행했다.[68] 그의 평점 스타일은 수많은 모방자들의 영감을 자극했는데, 그들 가운데 다수는 그의 영향을 받았다는 사실을 인정하기를 꺼려하지 않았다.[69]

다른 소설 평점가들에 대한 진성탄의 영향은 처음에는 그의 고향인 쑤저우에서 퍼져 나갔다. 진성탄이 마오쭝강毛宗崗에게 쓴 당시唐詩에 대한 편지가 현재 남아 있다(『金聖嘆全集』 4권, 56면). 당唐 '율시律詩'를 비평하면서, 진성탄은 이 여덟 줄로 된 시들을 두 개의 똑같은 부분節으로 구분하는 논의의 여지가 있는 방법을 사용했다.[70] 마오쭝강은 자신의 『삼국연의』 판본에서 이러한 방법을 답습했을 뿐 아니라, 그 시들에 진성탄(이름을 드러내지 않고)의 평을 인용하기까지 했다.[71] 비록 진성탄이

68) 일본의 경우는 『토와지소루이수唐話辭書類集』 3-6에 있는 『추기수이코덴카이忠義水滸傳解』 「범례」와 타키자와 바킨이 번역한 『수호전』의 서문 부분인 「신편수호화전新編水滸畵傳」, 3회 참조.

69) 펑전롼馮鎭巒은 1818년에 나온 「독료재잡설讀聊齋雜說」(주이쉬안朱一玄, 『요재지이자료휘편聊齋誌異資料彙編』, 585면)에서 다음과 같이 말했다. "『수호전』과 『서상기』에 대한 진성탄의 평점들은 지각 있는 마음과 기적적인 표현의 산물로서, 이것들은 후대 사람들에게 헤아릴 수 없을 만큼의 통찰을 계발시켜주었으며, 셀 수 없을 정도의 문학적 아이디어를 풀어내었다金人瑞批『水滸』, 『西廂』, 靈心妙舌, 開後人無限眼界, 無限文心." 그의 평점 방법은 린윈밍林雲銘(17세기 경 활동)에 의해 『장자』에 적용되기도 하였고, 루하오퉁陸浩同(1720년경 활동)에 의해서는 『좌전』에 적용되기도 하였으며, 우젠쓰吳見思(1621~1680)에 의해 『사기』에 적용되기도 했다. 이러한 비평들과 진성탄의 관계에 대해서는 20세기 초 무명씨에 의해 씌어진 「독신소설법讀新小說法」(『중국역대소설논저선』 하권), 204면, 210면 주4와 5 참조. 특히 우젠쓰에 대해서는 랴오옌廖燕(1644~1705)의 진성탄 전기(『진성탄 비본 서상기金聖嘆批本西廂記』, 311면) 참조.

70) 유퉁尤侗(1618~1704)은 이러한 행위를 요참腰斬이라는 말로 비유하고는, 그것을 농담 삼아 진성탄이 쑤저우의 문묘文廟에서 있었던 곡묘안哭廟案에 연루되어 처형당한 것과 연결시켰다(쉬리徐立와 천위陳瑜의 『문단 괴걸 진성탄文壇怪傑金聖歎』, 309면).

71) 이를테면 주거량諸葛亮의 죽음 뒤에 인용한 두푸杜甫의 주거량에 대한 두 편의 시 참조(『삼국연의회평본』, 105회 1,286~1,288면과 『진성탄전집金聖嘆全集』 4권, 595~

마오평毛評의 후기 판본의 '1644'년의 「서」를 쓰지는 않았지만,[72] 실제로 이 「서」를 지은 사람들은 진성탄으로부터 마오쭝강과 그의 아버지 마오룬毛綸으로 직접 이어지는 연결선을 그리는 길을 모색했다.[73]

마오씨毛氏 부자는 그들의 『삼국연의』 판본의 서를 쓸 사람으로 리위李漁를 택했는데, 그 뒤 얼마 안 있다 리위의 이름으로 나온 『삼국연의』 평점본은 마오본毛本에서 평점과 본문 교정을 많이 가져 왔다. 리위는 『금병매』 평점가인 장주포張竹坡의 아버지를 잘 알고 있었기에 상당히 오랜 기간 동안 최소한 한번은 쉬저우徐州에 있는 장씨 집안을 방문한 적이 있다.[74] 리위는 비록 희곡 작품의 공연이 중요한가 그렇지 않으면 희곡 텍스트의 문학적인 질이 중요한가 하는 점에 대해서 진성탄과 상이한 견해를 갖고 있기는 했지만, 진성탄이 통속문학을 진작시키려 노력한 점에 대해서는 칭송을 했다. 리위가 악명높은 『육포단肉蒲團』을 썼던 것은 분명한 사실인 듯이 보이는데, 리위가 그것에 대한 회평을 쓰지 않았다면, 아마도 그들의 작업에 협력했을 것이다.

마오룬毛綸과 마오쭝강毛宗崗은 쑤저우와 인근 도시의 좀더 중요한 문사들 다수와 관계를 맺고 있었다. 두 사람은 모두 추런훠褚人穫의 『견호집堅瓠集』에 등장한다. 유퉁尤侗(1618~1704)은 『비파기』의 마오평毛評에 서

596, 673~674면). 『금병매』의 '숭정'본과 장주포본張竹坡本에서도 개장시開場詩가 두 개의 절로 나뉘어 있다.

72) 초기에 나온 『삼국연의』 마오본에는 리위李漁가 서署한 「서序」가 있는데, 어림잡아 음력으로 1679년에 해당하지만, 실제 날짜로는 1680년 초에 나온 것이다. 후기에 나온 판본에서는 이 「서」의 단어 사용의 90퍼센트가 유지되고 있지만, 진성탄의 이름과 1644년이라는 날짜가 더해졌다(롤스톤, 『독법』, 149면 참조). 이 '1679'년 「서」의 본문에 대해서는 천상화의 「마오쭝강의 생애와 삼국연의 마오평본의 진성탄 서 문제毛宗崗的生平與三國演義毛評本的金聖歎序問題」 참조.

73) 랴오옌廖燕(『진성탄 비본 서상기』, 311면)이 지은 진성탄 전기에서는 쑤저우 지역에서 진성탄의 작업을 계속 진행한 사람들 가운데 하나로 마오쭝강을 꼽았다.

74) 우간吳敢의 「장즈위와 장주포張志羽與張竹坡」, 96면 참조. 리위의 선집인 『일가언一家言』에는 강희康熙 황제(1622~1722) 초기에 장주포의 삼촌인 장단張膽에게 하사한 대련對聯이 있다. 우간의 「장주포 평본 금병매 쇄고張竹坡評本金瓶梅瑣考」, 88면 참조.

문을 썼는데, 문사文社 활동에 특히 적극적이었다. 그는 차오인曹寅(1658~1712, 차오쉐친曹雪芹의 할아버지)과 또 하나의 유명한 선집인 『소대총서昭代叢書』의 편자인 장차오張潮(1650~약 1703)와 친구였다. 유퉁과 장주포 두 사람은 장차오의 책 『유몽영幽夢影』에 평점을 달았다.

장주포로 말하자면 그는 자신의 평점을 진성탄의 것과 여러 차례 비교한 바 있다. 장주포의 전기를 쓴 그의 아우는 자신이 장주포의 평점 쓰기에 대해 설명한 것을 다음과 같이 인용했다. "『금병매』는 매우 훌륭하게 짜여진 작품이지만, 진성탄이 죽은 이래로 이것을 알고 있는 이가 몇 명 살아남지 않았다. 나는 그것의 훌륭한 점들을 모두 짚어내어 분명하게 드러내고자 한다."[75](장다오위안張道淵, 「중형 주포 전仲兄竹坡傳」, 『금병매자료휘편』, 212면) 장다오위안은 그의 평점 「범례」에서 자신의 평점 행위를 진성탄과 대비시켰는데, 그들 사이의 주요한 차이는 그들이 평한 소설 탓으로 돌렸다.[76] 『금병매』에 대한 장주포의 독법 말미에 있는 몇 가지 항목들, 이를테면 "『금병매』의 독자라면 무언가를 쾅하고 치기 위해 타구를 가까이에 두어야 한다"[77](『금병매자료휘편』, 45면 94조, 로이, 「『금병매』 독법」, 241면)는 등과 같은 말들은 『수호전』과 『서상기』에 대한 진성탄 「독법」의 말미를 염두에 두고 그것과 비슷하게 가벼운 마음으로 쓴 평어들의 자취이다.[78]

---

75) [옮긴이 주] 원문은 다음과 같다. "『金瓶』針線縝密, 聖嘆既歿, 世鮮知者, 吾將拈而出之."

76) 『금병매자료휘편』, 1면 2조(로이, 「장주포 평점」, 118면). 그의 『수호전』에 대한 묘사는 같은 작품에 대한 진성탄의 평어, 특히 그의 「독『제오재자서』법」 15조에 많이 의존하고 있다(『수호전회평본』, 17면, 존 왕, 「제오재자서 독법」, 134~135면).

[옮긴이 주] 「독『제오재자서』법」 15조의 원문과 번역문은 다음과 같다. "『수호전』에서는 한 사람이 나오면 곧 한편의 열전이 되는데 중간의 사적에 이르면 단락 단락 저절로 문장을 이룬다. 또한 두세 권으로 한 편이 되는 것이 있고 너댓 구로 한 편이 되는 것도 있다『水滸傳』一個人出來, 分明便是一篇列傳, 至於中間事蹟, 又逐段逐段自成文字. 亦有兩三卷成一篇者, 亦有五六句成一篇者."

77) [옮긴이 주] 원문은 다음과 같다. "讀『金瓶』, 必須置唾壺於側, 庶便於擊."

78) 이러한 스타일은 주롄諸聯(1765년 생)과 같은 후대의 비평가의 「명재주인총평明齋主人總評」 21조에서도 반복되고 있다(『평주금옥연評注金玉緣』, 27면).

『서상기』에 대한 진성탄의 평점, 특히 유명한 '역시 통쾌하지 아니한가不亦快哉'의 항목들은 즈옌자이脂硯齋의 『홍루몽』 평점에서도 한번 언급되고 있으며,[79] 그의 이름은 다른 두 곳에서도 나온다. 이 두 개의 평어는 지후써우畸忽叟의 것이고 그가 자신의 죽은 벗이자 공동 평점가인 즈옌자이를 지칭하기 위하여 '진성탄'을 '소설 평점가'의 통칭으로 사용한 것이라는 주장이 있다.[80] 이 가운데 두 번째 것은 다음과 같은 내용이다. "아! 저자는 죽고, 성탄도 가버렸다. 나의 부적절함에도 불구하고, 나는 감히 평어 몇 줄을 덧붙이노라. 독자들이 이것 때문에 나를 이해해줄지 비웃을지에 대해서는 나는 아무래도 좋다."[81]

경쟁이 치열한 평점 비평의 세계에서 자신을 새롭고 독특한 존재로 부각시키고자 하는 욕망은 그것과 똑같은 정도로 강렬한 과거의 선구자들을 통해 자신을 정당화하려는 욕망과 충돌을 일으킨다. 영향은 의도적으로 은폐되지만, 평점가들은 그들이 지적으로, 또는 스타일 면에서 안고 있는 부채를 공개적으로 지불하기도 했다. 이를테면 『홍루몽』의 몽골어 축약본 저자인 카쓰부(중국명 哈斯寶)는 다음과 같이 말했다. "누워서는 한 편의 저작의 의미를 가려내고, 일어서서는 문학적 기교를 설명할 수 있는 사람이 있다면, 그것은 진성탄일 것이다. 소설과 패사를 읽으면서 진성탄을 흉내낼 수 있고, 몽골어로 번역할 수 있는 사람이

---

79) 『신편 『석두기』 즈옌자이 평어 집교新編石頭記脂硯齋評語輯校』, 12회 224면, 지후써우가 서署한 경진庚辰과 정靖 미비. 항목 자체에 대해서는 『진성탄 비본 서상기』 4권 2, 225~229면, 회수총평, 존 왕의 『진성탄』, 27면 참조.

80) 우언위吳恩裕, 『차오쉐친 총고曹雪芹叢考』, 295~296면 참조. 평어 자체는 『신편 『석두기』 즈옌자이 평어 집교』, 30회 524면, 갑진甲辰 협비와 54회 620면, 「왕부王府와 유정有正」 회말총평 참조.

81) 끝에서 두 번째 구절은 쿵쯔와 『춘추』에 대한 『멍쯔』의 유명한 언급을 떠올리게 한다. 이 대목이 소설 비평가들과 작자들에 의해 『멍쯔』로부터 인용된 것에 대한 다른 참고 자료는 이 책의 제5장 참조.

[옮긴이 주] 『멍쯔』에서의 해당 원문은 다음과 같다. "孔子曰 : 知我者, 其惟春秋乎. 罪我者, 其惟春秋乎(〈滕文公 下〉)." 아울러 본문에 대한 원문은 다음과 같다. "噫! 作者已逝, 聖嘆云亡, 愚不自諒, 輒擬數語, 知我罪我, 其聽之矣."

있다면, 그것은 바로 나다."(『『홍루몽』자료회편紅樓夢資料匯編』, 802면 20회)[82] 또 하나의 예는 쑨쑹푸孫崧甫(1785?~1866)인데, 자신의 『홍루몽』 평점 「서」에서 다음과 같이 말했다. "나의 재능과 나의 이해력은 매우 부족하다. 내가 어떻게 작자의 마음의 깊이를 꿰뚫어 볼 수 있었겠는가? 하지만 내가 성탄의 책에서 배운 데 의지하고, 그가 남긴 것을 사용하며, 다시 말해서, 내 자신의 생각을 발전시키면 아마도 나의 선대의 저작에 맞설 약간의 작은 부스러기 정도는 있게 될 것이다."[83] 평점가들이 진성탄을 하나의 전범으로 떠받들었던 이러한 구체적인 예들을 고려할 때, 마에노 나오아키前野直彬(「명청 시기 두 가지 대립적인 소설로 진성탄과 지윈을 논함明清時期兩種對立小說論金聖歎與紀昀」, 62, 64면)가 제기한 대로 진성탄의 사후에 그의 생각이 거의 영향을 주거나 발전했던 적이 없었다는 주장은 받아들이기 어려운 것이 된다.

그의 문학 저작 이외에도 진성탄의 개인적인 생활방식 역시 매우 중요하다. 그는 자신의 생계의 일정 부분을 글쓰기로 해결했던 작자 가운데에서도 초기의 예이다. 그가 명대의 유로遺老였든, 그렇지 않으면 스나이안施耐庵의 이름으로 가탁한 서문과 같은 경우에서 볼 수 있는 그의 모습들이 체제전복적인 의도를 감추기 위한 것이었든, 인구가 조밀한 쑤저우의 한복판에서 정신적 은둔자로서의 그의 이미지는 근대 이전과 근대의 중국인에게 똑같이 호소력을 갖고 있었다. 재능을 갖고 있었다는 사실이 분명하게 드러났던 그는 자신의 진정한 군주를 만나는 데 실패한 능력 있는 사람懷才不遇의 또 다른 예로서, 이러한 사실은 그의 [후대 사람들에 대한] 호소력에 기여하기도 했고, 좌절한 학자들이 자신을 그와

82) [옮긴이 주] 원문은 다음과 같다. "臥則能尋索文義, 起則能演述章法的, 是聖嘆先生. 讀小說稗官能效法聖嘆, 且能譯爲蒙古語的, 是我."

83) 량쭤梁左, 「쑨쑹푸 초평본 『홍루몽』 기략孫崧甫抄評本紅樓夢記略」, 253~254면 참조. 이 평점의 서지 사항에 대해서는 롤스톤, 『독법』, 471~472면 참조.
[옮긴이 주] 원문은 다음과 같다. "余才學淺陋, 何足以窺作者堂奧? 然以向所得於聖嘆諸書者, 竊其餘瀝, 抒寫己意, 亦庶幾有當於前人之萬一也夫?"

동일시함으로써 위안을 삼도록 하기도 했다. 이를테면 번역이라는 흐릿한 거울을 통해서도 카쓰부는 자신의 『홍루몽』 번역 「서」와 위조된 스나이안의 서가 긴밀하게 연계되어 있다는 사실을 드러냈고, 자신을 진성탄의 생활방식이나 문학적 구도와 동일시했음을 보여주고 있다(『『홍루몽』자료회편』, 768~770면).

7. 진성탄 평점 습관의 영향

진성탄의 평점에는 습관적으로 나타나는 특징이 몇 가지 있는데, 그 가운데 어떤 것은 후대의 작가들에 의해 답습되었다. 하지만 다른 것들은 그러한 습관들이 만들어졌던 환경에 대한 이해 부족으로 반쯤 감추어진 채 남아 있다. 그의 평점 스타일은 몇몇 사람(모리 준사부로森潤三郎, 「쿄쿠테이 바킨 옹과 일한소설의 비평曲亭馬琴翁と和漢小說の批評」, 47면에 있는 타키자와 바킨의 편지 참조)에 의해 어느 한쪽으로 치우치고 억지스럽다는 비판을 받기도 했지만, 그의 습관은 후대의 평점 비평가들에 의해 평점 비평 글쓰기 장르에 적합한 것으로 모방되기도 했다.

아마도 가장 눈에 띄는 것은 그의 평점의 외견상 경솔해 보이고 빗나간 듯이 보이는 진술들의 도드라짐일 것이다. 그러한 진술들은 『수호전』 초기 평점본들(롤스톤, 「형식적 측면들」, 69~70면)에 나타났었지만 그의 평점들은 영향 면에서 그것들을 훨씬 능가한다. 그를 숭배했던 어떤 사람은 다음과 같이 기술하기도 했다.

> '소설xiaoshuo'이라는 것은 차나 술을 한 잔 마시고 읽는 여가를 위한 것일 따름이다. 소설에 대한 평점은 학자가 의도적으로 교활한 지혜를 사용하는 학자

의 문학적 여기일 따름이다. 그 어느 것도 말할 만한 게 못된다. 하지만 청초에는 소설 평점에 대한 능력으로 자신의 명성을 이루었던 진성탄이라는 이가 있었다. 그는 『삼국연의』와 『수호전』, 『서상기』, 『금병매』를 재자서로 꼽고, 기서로 존중했다.[84] 익살맞은 견해의 평론으로 시작하여, 그는 이것을 독자들로 하여금 웃게도 하고 부끄럽게도 만들며, 화나게도 하고, 슬프게도 만들 수 있는 장난기 어리고 불경한 평점으로 발전시켰다. 그리하여 오늘날까지도, (그의 평점은) 지속적으로 대단한 호소력을 갖고 있다.

—『『홍루몽』권紅樓夢卷』, 327면, 벤산챠오쯔弁山樵子, 「서언緒言」, 『『홍루몽』발미紅樓夢發微』, 1916[85]

진성탄은 자신의 평점에 앞서 언급한 바 있는 『서상기』에서의 "역시 통쾌하지 아니한가不亦快哉"나 『수호전』 평점 65회 회수총평에서의 복화술사[86]의 초상과 같이 내용과 별로 상관없는 것을 삽입하기도 했다. 하지만 그弁山樵子가 빠져든 것처럼 모든 사람들이 그(진성탄)에게 빠져들었던 것은 아니다. 후기에 인쇄된 『서상기』 평점은 단지 진성탄 독법의 절반이 약간 넘는 분량만이 남아 있을 뿐이다.[87] 『증비수상제육재자서增批繡像第六才子書』(1720년 서)에는 진성탄의 평점만큼이나 희곡에 대해 초점을 맞춘 무명씨의 미비가 실려 있다. 희곡의 두 번째 착齣에 대한 진성탄의 도입 부분의 평어에 관해서, 이 평점가는 다음과 같이 말했다. "필묵을 이런 식으로 놀리는 것은 전혀 쓸모 없는 짓이다."[88](『제육재자

84) 『삼국연의』와 『금병매』를 꼽은 것은 이 글의 작자弁山樵子의 실수이다.

85) [옮긴이 주] 원문은 다음과 같다. "夫小說, 一茶餘酒後之消閒品耳, 小說之有評論, 一文人學士之舞弄文墨, 故作狡獪伎倆耳, 兩無價值之可言也. 然清初有聖歎金氏者, 以善評小說著聞, 『三國』也, 『水滸』也, 『西廂』也, 『金瓶梅』也, 目之爲才子, 尊之爲奇書, 出其滑稽之眼光之心理, 演而爲玩世不恭之評論, 能令閱者笑, 能令閱者愧, 能令閱者怒, 能令閱者哀, 至今猶膾炙人口不置."

86) [옮긴이 주] 진성탄의 원문은 "입으로 부리는 재주, 곧 말재간口技"이다. 이 책의 제12장 주37 본문 참조.

87) 『전전제육재자서석해箋註第六才子書釋解』(1669년 서)에서는 진성탄의 평점을 '우우산싼푸吳吳山三婦'라는 이름으로 탁명해 놓았다.

88) [옮긴이 주] 원문은 다음과 같다. "如此簸弄筆墨, 甚屬無謂."

서상기第六才子西廂記』, 4 / 2b[110], 미비)

진성탄 평점의 특징은 아전인수격인 진술로 드러나기도 한다. 단기간의 목표를 성취하기 위해, 그는 치우치거나 편견이 개입된 견해를 거리낌없이 표출하기도 했다. 이를테면, 『수호전』의 위상을 높이기 위해, 그는 다른 소설들, 특히 『서유기』에 대해서는 전체를 싸잡아 비판했다(이를테면 『수호전회평본』, 16~17면, 「독『제오재자서』법」, 6면, 13면, 존 왕, 「제오재자서 독법」, 132~133면, 134면). 이런 진술들은 진성탄을 진지하게 받아들였던, 후대에 나온 해당 소설의 평점가들을 분노케 했는데, (이를테면 『서유기자료휘편』, 228면, 장수선張書紳, 『신설서유기新說西遊記』「총비總批」 40조), 장주포는 진성탄을 염두에 두었던 듯이 보이는 다음과 같은 말을 한 적이 있다.

> 나는 어떤 특정의 책에 대해 평어批를 쓴 사람들이 종종 그들이 관심을 갖고 있는 책들의 위상을 높이기 위한 수단으로 다른 책들을 비판하는 것을 자주 보았다. (…중략…) 만약 내가 스스로 하나의 작품을 쓰고자 한다면, 일단 내 작품이 나오게 되면, 세상에 있는 다른 책들은 더 이상 대단한 것이어서는 안 된다고 주장할 수는 없을 것이다. 또 세상의 어떤 작품도 내 것만큼 대단한 것은 없다고 주장할 수도 없다. 그렇다면 어떤 작품에 대해 평점을 쓸 때, 왜 그것을 자신의 것인 양 다루고, 세상의 어떤 작품도 그것과 똑같지 않다는 사실을 증명할 필요를 느껴야만 하는가? 이것은 확실히 훌륭한 작품을 만들어 낼 수 없는 이기적이고 편협한 마음을 드러내 보여줄 뿐이다. 만약 스스로가 훌륭한 글을 쓸 수 없다고 한다면, 어떻게 다른 사람들의 훌륭한 글에 대해 평을 할 수 있겠는가?
>
> —『금병매자료휘편』, 33면 「비평제일기서 『금병매』 독법」, 35조, 로이, 「『금병매』 독법」, 221면[89]

89) [옮긴이 주] 위의 번역문은 롤스톤이 영어로 번역한 것을 우리말로 옮긴 것이다. 참고삼아 해당 부분을 원문에 입각해 이무진이 번역한 대목을 인용해본다. "다른 책을 폄하하여 이 책의 우위를 논하는 비평자들을 매번 볼 수 있다. 그들은 문장이란 공공의 것이라는 사실을 모르는 듯하다. 어찌 이 글이 훌륭하다고 해서 저 글이 훌륭하지 않을 수 있겠는가? 내가 어쩌다 이 글의 훌륭한 점을 평가하고는 있지만 다른 문장이 훌륭하다하여 이 글의 훌륭한 점이 가려지는 것은 진정 아니다. 따라서 내가 글 하나를

진성탄을 '형식주의자'로 낙인찍게 되면 헛다리를 짚는 게 될텐데, 왜냐하면 그는 종종 '형식주의' 비평을 자신의 텍스트의 문제가 될 만한 측면들을 정당화하는 외피로 사용했기 때문이다. 전통적인 평점가들 대다수가 문학적 기교에 대한 그의 논의들을 높이 평가하고 흉내내고 있기는 하지만, 마음 속에 다른 구도를 갖고 있는 다른 사람들은 진성탄의 저작에 나타나는 그러한 측면을 떨쳐내 버렸다. 차이위안팡蔡元放(1736~1750년경 활동)은 다음과 같이 말했다. "『수호전』과 『서상기』에 대한 진성탄의 평점들에 대해 말하자면, 그것들은 학생들에게 유익하기는 하지만, 단지 글 짓는 방법을 배우는 데에만 유익할 따름이다."[90] 그는 이것을 그의 평점에서 얻은 '실학實學'과 대조시켰다(『동주열국지東周列國志』「독법」, 16면, 『중국역대소설논저선』 상권, 415면). 옌난상성燕南尙生은 진성탄의 『수호전』 평점에서 문학적인 스타일에 대한 그의 평어들을 없애

지었는데 내 글이 세상에 나왔다고 해서 세상의 글이 모두 훌륭하지 않다고 말할 수는 없는 일이거니와 또한 세상에 내 글보다 훌륭한 글은 없다고 말할 수도 없는 것이다. 어째서인가? 어떤 이의 문장을 비평하면서 마치 자신의 소유물인양 한다면 반드시 세상의 글들은 모두 이만 못하다고 쓸 것이다. 이러한 좁고 이기적인 마음 씀씀이로는 결코 좋은 글을 쓸 수 없다. 좋은 글을 쓸 수 없는데 또한 어떻게 다른 이의 좋은 문장을 비평하겠는가?(每見批此書者, 必貶他書, 以褒此書. 不知文章乃公共之物, 此文妙, 何妨彼文亦妙? 我偶就此文之妙者而評之, 而彼文之妙, 固不掩此文之妙者也. 卽我自作一文, 亦不得謂我之文出, 而天下之文皆不妙, 且不得謂天下更無妙文妙於此者. 奈之何? 批此人之文, 卽若據爲己有, 而必使凡天下之文皆不如之, 此其用心, 偏私狹隘, 決做不出好文, 夫做不出好文, 又何能批人之好文哉)" 해당 조문의 나머지 부분도 인용한다. "내가 『사기』를 쓰는 것이 『금병매』를 쓰는 것보다 쉽다고 말한 것은 『사기』는 나누어 썼고 『금병매』는 합쳐서 썼기 때문이다. 따라서 쓰마첸이 다시 살아난다고 해도 내가 『금병매』를 옹호한다고 말할 수는 없을 것이며 나 역시도 『사기』가 『금병매』보다 못하다는 것이 아니라 『금병매』가 『사기』의 훌륭함을 모두 지녔다고 말한 것 뿐이다. 잘된 문장과 그렇지 못한 문장은 오직 심지있는 자만이 알 것이다. 나는 단지 『금병매』의 잘된 점을 감상해 본 것뿐이지 무슨 겨를에 작자가 오래 전 사람인 것과 최근 사람인 것을 논해 그들 대신 논쟁하고 또 겸손해 하겠는가?(吾所謂『史記』易於『金瓶』, 蓋謂『史記』分做, 而『金瓶』合做, 卽使龍門復生, 亦必不謂予左袒『金瓶』, 而予亦並非謂『史記』反不妙於『金瓶』. 然而『金瓶』却全得『史記』之妙也. 文章得失, 惟有心者知之. 我止賞其文之妙, 何暇論其人之爲古人、爲後古之人, 而代彼爭論, 代彼謙讓也哉?)"

90) **[옮긴이 주]** 원문은 다음과 같다. "金聖嘆批『水滸傳』, 『西廂記』, 便說於子弟有益. 渠說有益處, 不過是作文字方法耳."

버리더라도 크게 손실이 될 것은 없는데, 그것은 『수호전』 원본이 여전히 남아 있어 독자들이 혼자서 평가할 수 있기 때문이라고 주장했다(그의 평점에 대한 「범례」 1~2조, 마티지馬蹄疾, 『수호자료휘편水滸資料彙編』, 48면). 리위李漁는 진성탄이 작가가 작품을 의도적으로 고치는 것에 대해 전적으로 신뢰한 것을 비판했으며,[91] 다른 사람들은 진성탄이 글쓰기의 묘법을 공개적으로 드러낸 것을 하늘의 비밀을 드러낸 것과 같은 것으로 보았는데, 그가 일찍 죽은 것은 그렇게 건방을 떨었던 것에 대한 응징이라고 말했다(랴오옌廖燕의 전기 참조, 『진성탄 비본 서상기』, 311면).

8. 진성탄의 이름으로 가탁한 평점들

진성탄의 '육재자서' 목록에서 마지막 둘(『수호전』과 『서상기』)만이 백화문학 작품이다.[92] 이들 평점들은 단지 그가 만들어낸 통속문학에 대한 것들이긴 하지만, 그가 다른 소설들에 대해 평점을 썼다는 주장은 아주 일찍부터 제기되었으며, 현재까지도 견지되고 있다.

아마도 마오씨 부자의 『삼국연의』 원본을 제외한 모든 것에서 발견되는 '진성탄'의 이름으로 가탁된 서문 때문에, 그리고 질병만이 글 속의 '내'가 『삼국연의』에 대한 평점을 못쓰도록 만들고 있다는 바로 그 서문 안에 있는 진술들에도 불구하고, 『삼국연의』에 대한 평점을 진성

91) "그(진성탄)는 작자가 그러한 의도를 가지고 쓴 곳有心 이외에도 완전히 의도적인 것이 아닌 것도 있다는 사실을 알고 있었는가然亦知作者於此有出於有心, 有不必盡出於有心乎?(원문은 [옮긴이 주])"(리위, 『리리웡곡화李笠翁曲話』 「첨사여론添詞餘論」, 104면.)

92) 로라 우(『진성탄(1608~1661)-중국 소설이론의 창시자』, 253면)는 육재자서가 좀더 쉬운 백화로 된 책으로부터 문언으로 된 좀더 어려운 책으로 옮아가는 독서 프로그램의 일환으로 만들어졌다고 주장했다.

탄의 이름으로 가탁하는 것은 매우 일반적인 일이 되어 버렸다. 이 가운데 몇몇은 아마도 별 뜻 없는 오해에 지나지 않겠지만, 후대에 나온 몇몇 『삼국연의』 판본들은 일부러 혼란스러운 듯이 보이게 하고 있다. 이들 몇몇 판본들에는 제목 페이지에서 평점 전체를 진성탄의 이름으로 가탁했는데(이를테면 프린스턴대학교의 제스트 오리엔탈 도서관Gest Oriental Library에 있는 1820년에 융안탕永安堂에서 번인翻印된 것), 진성탄과 마쭝강이나 그의 아버지로 나누어서 가탁한 경우가 더 일반적이다. 이를테면 '원평原評'은 진성탄에게 돌리고, 추가된 평점이나 비점批點은 마오룬에게 돌렸을 수도 있다.93) 때로 회평들은 서두가 진성탄의 『수호전』 평점에 사용된 것과 똑같은 머리말, 곧 『성탄외서聖嘆外書』로 되어 있는 경우도 있다(이를테면 1890년 상하이서국上海書局 판). 그렇게 의도적으로 진성탄을 『삼국연의』 평점에 연계시키려 한 것은 최소한 그런 상황을 누구보다 잘 알고 있어야 할 현대의 학자들94)이나 진성탄의 이름이 여전히 실려 있는 현대의 배인본들(이를테면 『대자족본삼국지연의大字足本三國志演義』)에서 『삼국연의』의 진성탄 평점을 운위하고 있는 것에도 부분적인 책임이 있다. 『수호전』과 『삼국연의』을 결합한 판본 역시 후자에 진성탄의 평점이 포함되어야 한다고 주장하는 잘못을 저지르고 있다.95) 아직까지도 더욱 기이하게 생각되는 것은 리즈와 진성탄이 합작한 것이라 알려진 『수호전』 축약본일 것이다(마티지馬蹄疾, 『수호서록水滸書錄』, 35면 참조).

진성탄이 매우 종잡을 수 없는 작품이라고 비난했던 『서유기』의 몇몇 판본에는 제목이 있는 페이지에 그의 이름이 올려져 있다. 덧붙여진

---

93) 그런 판본의 제목 페이지는 우젠리吳堅立의 「삼국연의」 부록에 포함되어 있다. 그 제목인 『관화탕제일재자서貫華堂第一才子書』는 진성탄의 『수호전』 평점의 몇몇 판본들의 제목을 흉내낸 것이다.

94) 이를테면 루쉰魯迅의 「진성탄을 논함談金聖嘆」과 위중산于忠善의 『역대 문인이 문학을 논함歷代文人論文學』, 147~148면 참조. 루쉰은 이런 실수를 그의 『중국소설사략』에서는 되풀이하지 않고 있다.

95) 자세한 것은 마티지의 『수호서록』, 21, 31, 33면에 있는 싱셴탕興賢堂, 원위안탕文元堂, 푸원탕福文堂, 유원탕右文堂이 합쳐진 판본들 참조.

평점이 달려 있는 차이위안팡蔡元放의 화이더탕본懷德堂本 『서유증도서西遊證道書』에는 제목 페이지의 윗 부분에 가로로 '성탄외서'라는 말이 있다. 이것으로 류이밍劉一明(1734~1820 이후)이 『서유기』에 대한 자신의 평점의 첫 번째 서에서 차이위안팡과 진성탄을 연결시켰던 것이 설명될 수 있을 지도 모른다(『서유기자료휘편』, 244~245면). 몇몇 판본들에서는 진성탄이 제목 페이지에 "평을 덧붙였다加評"고 주장하기도 하지만, 그런 종류의 것이 작품 내에서 발견된 적은 없었다.[96] 이 모든 것들 가운데 가장 뻔뻔한 것은 진성탄과 왕샹쉬汪象旭, 천스빈陳士斌(1696년경 활동) 그리고 리즈의 평점이 실려있다고 주장하는 스더탕본世德堂本이 될 것이다. 하지만 여기에는 마지막 회 이후의 『서유증도서』에서 짧게 발췌해 온 것을 제외하고는 어떤 종류의 평점도 전혀 실려 있지 않다(베이징대학도서관에 그 복사본이 소장되어 있다).

『금병매』 역시 이른바 '사대기서'의 하나인데, 진성탄의 평점이 있다고 주장하는 판본들이 나타나기도 했다. 두 개의 예는 진성탄의 평어가 있는 장주포의 '원본'이라고 주장되고 있다.[97] 또 이들 판본들은 확실히 여기저기 흩어져 있는 진성탄의 손에서 나왔다는 『금병매』 평점본들에 대한 참고자료들을 설명해주고 있다.[98]

---

96) 이것들은 통상적으로 천스빈의 『서유기』 평점(원제목은 『서유진전西遊眞詮』)을 다시 찍은 것들이다. 그 한 예가 류춘런柳存仁의 『런던에서 본 중국 소설 서목 제요』, 52~53면에 소개되어 있다.

97) 그 하나의 제목 페이지에는 류후이劉輝의 『금병매의 성서와 판본 연구金甁梅成書與版本硏究』(13번)에 대한 설명 속에 포함되어 있고, 작은 판형으로 된 다른 것은 잉쑹쉬안影松軒에서 출판된 것이라고 주장하고 있지만, 더 잘 알려져 있는 큰 판형의 판본하고는 다른 것이다.

98) 「운학헌잡저韻鶴軒雜著」(무명씨, 1821)와 주이셴朱一玄, 류위천劉毓忱의 『금병매자료휘편』, 362면 참조. 다른 자료인 「금병매고증金甁梅考證」(1794)에서는 왕중취王仲瞿가 진성탄의 이름으로 가탁된 분량이 긴 회말평어를 언급하고 있다(『금병매자료휘편』, 472면). 가오밍청高明成의 『금병매와 진성탄金甁梅與金聖嘆』에서는 이보다 훨씬 더 나아가 진성탄이 『금병매』의 작자라고까지 주장하고 있다.

9. 20세기의 진성탄의 명성

1920년대에 전통 소설의 판본들에 처음으로 서구식 구두점이 찍혀 나왔을 때, 이들 판본에는 보통 또 하나의 혁신이 포함되었는데, 그것은 전통적인 평점 비평이 빠져 있다는 것이었다. 그런 식으로 최초로 나온 『수호전』 판본은 70회의 길이는 유지하면서도 진성탄의 평점은 빠져 있었다. 후스胡適는 자신이 쓴 그 판본의 서문에서 이것을 소리 높여 칭찬하면서 진성탄에게서 그 당시에는 상투적인 비난이었던 '팔고문八股文'과 성리학의 냄새가 난다고 헐뜯었다.[99] 진성탄과 그의 삶의 방식의 어떤 생각은 린위탕林語堂과 저우쭤런周作人(1884~1969)같은 작가들에 의해 옹호되었고, 그러한 삶의 방식에 대한 생각의 어긋남은 그들과 루쉰 사이의 더 큰 싸움의 일부가 되었다. 중국에서의 문학 연구에 대한 루쉰의 영향을 고려할 때, 진성탄을 노예와 아첨꾼 정도로 가혹하게 그려냈던 것은 최근까지도 좀더 다양한 각도에서 그에게 접근하는 것을 방해하였다.

그다지 사실에 입각한 것이라고 보기는 어렵지만, 장궈광張國光과 같이 현대에 진성탄을 지지한 이들의 노력으로 훨씬 효과적이고 긍정적으로 그를 평가하게 되었다. 이러한 논의의 바깥에 있는 타이완과 미국의 학자들은 진성탄의 비평 스타일을 서구적인 기준으로 잴 수 없다고 비판하였지만,[100] 반면에 그의 작업과 신비평New Criticism 사이에는 유사성

---

99) 후스胡適의 「수호전비평」, 1, 4면 참조. 진성탄에게 영향을 준 제예문制藝文에 대한 좀더 논증적인 연구에 대해서는 루칭빈盧慶濱의 「팔고문과 진성탄의 소설 회곡 비평八股文與金聖歎之小說戲曲批評」 참조. 우리는 오랫동안 진성탄이 제예문을 평점과 함께 편집하였다는 사실을 알고 있었지만, 최근에 들어서야 이들 가운데 하나가 조명을 받았다(메이칭지梅慶吉의 「새로 발견된 진성탄 저작 소제 재자문新發現的金聖歎著作小題才子文」 참조).

100) 천샹陳香(『진성탄 식 비평방법을 논함論金聖歎式的批評方法』 제1부, 45면)이 진성탄의 비평 스타일에서 발견한 여덟 개의 오류 가운데에는 다음과 같은 것들이 있다. 주

이 있다고 주장(이를테면, 존 왕, 『진성탄』, 51~52면, 천완이陳萬益, 『진성탄』)하는 경향이 있다. 하지만 이 책의 본래의 목적을 위해서 우리는 '진짜' 진성탄보다는 그가 한 작업과 실례가 후대의 평점가와 작가들에 대해 끼쳤던 영향에 좀더 관심을 가져야 할 것이다.

관적인 입장에서 감탄하는 것에 대한 선호. 작가의 본래 의도를 뒤트는 것. 무책임함. 의도적으로 잘못 전달하기. 원작의 희생 위에서 진품임을 추구하는 것.

제2장_ 진성탄과 나머지 '사대기서'

1. 마오씨毛氏 부자, 리위李漁, 그리고 『삼국연의』

우리는 이미 마오쭝강毛宗崗과 진성탄 사이의 어떤 연계에 대해 언급한 바 있다. 두 사람은 쑤저우 지방의 토박이들로서, 서로 교류가 있었다. 그들과 동시대 사람들은 마오쭝강을 진성탄의 추종자로서 묘사했으며,[1] 출판업자들은 마오쭝강의 『삼국연의』 평점본에 진성탄의 이름을 넣기도 했다. 하지만 문학적인 측면에서 [『삼국연의』] 원본에 대해 후원을 한 이가 있다면, 그것은 1680년[2]에 서를 썼던 리위李漁가 될 것이다.

1) 랴오옌廖燕의 진성탄 전 참조(『진성탄 비본 서상기』, 311면). 20세기의 비평가인 졔타오解弢는 뒤에 마오쭝강의 아버지인 마오룬을 진성탄의 '메아리應聲蟲'라는 식으로 덜 공손하게 지칭하였다(「소설화小說話」, 1919, 『중국역대소설논저선』 하, 473면).

이 소설에 대한 평점이 리위의 이름으로 가탁된 것이 그의 생전이 되었든 사후가 되었든, 이 서문에서는 마오씨 부자가 수행했던 텍스트 상의 수정과 평어에 대해 칭찬을 아끼지 않고 있다.

마오쭝강과 마오룬毛綸의 이름으로 출판된 첫 번째 평점본인 (1665년과 1666년의 서문이 있는) 제칠재자서는 『비파기』이다. 그 제목에 쓰인 명칭이 진성탄이 '재자서' 번호를 매기는 것을 차용한 흔적이 역력함에도 이 평점에서는 진성탄의 이름을 언급하는 것을 회피하고 있다.[3] 이 평점에는 초기 비평가들의 희곡 평점들이 선택적으로 포함되어 있다는 점에서 이례적인데, 그것은 마오룬에 따르면 "누군가가 과거의 여러 선생들의 평론을 눈앞에서 본다면, 내가 오늘날 『비파기』를 찬미하는 것이 억견에서 나온 게 아니라는 사실을 알게 될 것이다. 마찬가지로 과거의 여러 선생들의 평론을 눈앞에서 보게 되면, 바야흐로 내가 오늘날 달리 수단을 부리는 것이 감히 선인들을 답습하는 게 아니라는 것을 알게 될 것"[4] (『비파기자료휘편』 「총론」, 276면)이기 때문이다. 이렇게 하여 초기의 평어들을 어느 한 사람의 것으로 오로지하려는 통상적인 행위를 감지하고 그것에 도전하고자 했다는 사실이 드러나는 듯하다. 비록 진성탄을 재평

---

2) 이 서문은 대개 1679년에 쓰어진 것으로 여겨지지만, 달로 따지면 실제로는 1680년이 된다. 장춘수와 장쉐룬Chang Chun-shu and Shelley Hsüeh-lun Chang. 『17세기 중국의 위기와 변천—리위의 세계에서의 사회, 문화와 근대성*Crisis and Transformation in Seventeenth Century China : Society, Culture, and Modernity in Li Yü's World*』(Ann Arbor : University of Michigan Press, 1992), 126면 주152 참조.

3) 유퉁尤侗의 서에서는 진성탄을 (마오룬이 포함된) 유명한 평점가의 반열에서 제외했을 뿐 아니라, 진성탄이 각각 뤄관중羅貫中과 관한칭關漢卿(약 1240~1320)이 『수호전』과 『서상기』를 '속작continuations'(별도의 책으로 속작을 썼다는 것이 아니고, 진성탄은 스나이안의 원작 70회에 뤄관중이 후반부 50회를 가필했다고 생각했는데, 이를 가리켜 개꼬리로 담비 꼬리를 이어놓은 격狗尾續貂이라 비하하였다. 여기에서 '속작'이라는 것은 이것을 가리킨다.[옮긴이 주])했다고 한 데 대해 직접적으로 반박했다. 그 자신의 서에서 마오룬은 진성탄을 단지 『수호전』의 '서문을 쓴 작자'로만 지칭하고 있다. 『비파기자료휘편』, 273면과 276면 참조.

4) [옮긴이 주] 원문은 다음과 같다. "人試觀諸先生評論在前, 則知予今日之贊美『琵琶記』非出臆說; 亦唯觀諸先生評論在前, 方知予今日別出手眼, 非敢有所蹈襲前人也."

가하고 그러한 재평가를 통해 마오쭝강이 어떤 혜택을 입게된 지난 몇십 년의 시기 이전에는[5] 현대의 비평가들이 마오쭝강과 그의 『삼국연의』 비평에 대해 부정적이긴 했지만, 초기의 비평가들과 독자들은 좀더 우호적인 반응을 보였다. 진성탄본 『수호전』과 마찬가지로 마오쭝강본 『삼국연의』도 많은 인쇄본을 거듭하면서 경쟁자들을 무화시켜 버렸다.[6]

『삼국연의』에 대한 초기 평점들

연대를 알 수 있는 『삼국연의』의 최초본(1522)에는 세로로 두 줄로 된 협비가 있는데, 이들 대부분은 본문을 해석하는 것interpretive이라기보다는 정보를 제공하기 위한 것informational이었다.[7] 어떤 사람은 이 소설의 작자

5) 『삼국연의』 평점은 마오룬과 그의 마오쭝강의 공동의 노력인 게 분명하긴 하지만(롤스톤의 『독법』, 146~148면 참조), 일반적인 관례로는 마오쭝강에게만 공을 돌리고 있다.

6) 『삼국연의』의 마오쭝강, 리위 두 사람의 이름으로 된 판본(자세한 서지사항은 롤스톤의 『독법』, 438~439면 참조)의 1734년 서문에서 황수잉黃叔瑛은 리즈李贄가 이 소설(곧 120회 리즈 평본)의 언어로 문제들을 지적한 반면에, 『삼국연의』에 대한 마오룬의 작업은 이 소설을 『수호전』이나 『서상기』와 어깨를 나란히 할 수 있게 했다고 말했다(『삼국연의자료회편』, 490~491면 참조). 응엔 또안Nghien Toan과 루이 리카르Louis Ricard가 이 소설을 프랑스어로 번역하려다 중단한 것(Les Trois Royaumes; 1958~)에는 마오씨 부자가 이 소설의 편집을 진성탄에게 가탁하긴 했지만, 그들 부자의 회평이 포함되어 있다.

7) 서지사항에 대해서는 롤스톤, 『독법』, 430~431면 참조. 해석적인 평어들에 대해서는 리웨이스李偉實, 「삼국지통속연의 협주 및 시문 논찬은 누가 덧붙인 것인가三國志通俗演義夾注及詩文論讚何人所加」, 『社會科學戰線』, 1989.2, 315~316면과 매클라렌McLaren, 「명의 샹떼파블彈詞과 초기 중국 소설—성화 년간 사화詞話 연구Ming Chantefables and the Early Chinese Novel : A Study of the Cheng-hua Period Cihua」, 220~221면 참조. **[옮긴이 주]** 옮긴이가 조사한 바로는 매클라렌의 글 제목에서의 '샹떼파블chantefables'은 프랑스어를 그대로 가져다 쓴 것으로, 'chanter(노래하다라는 동사)'와 'fable(이야기)'의 합성 명사이며, 'chantefables'는 복수 형태이고, 기본형에는 's'가 없다. 이 말이 처음 보이는 문헌은 13세기 초기 유럽의 '오카상과 니꼴레뜨Aucassin et(=and) Nicolette'라는 작자 미상의 작품이다. 한 유럽 백작의 아들인 오카상Aucassin과 사라센 여자 노예인 니꼴레뜨Nicolette 두 어린 것들의 사랑 이야기인데, 중세 때 여러 갈래로 내려온 전승담이다. 심상찮은 것은 서정적인 이 작품이 종래의 장르들을 많이 차용, 패러디하고 기존의 남성성, 여성성을 전복시키기도 하고 기독교와 이교, 기사도 정신과 부르주아 정신 등을 뒤섞어 놓고 있다는 점이다. 저자는 스스로 이 작품을 '샹떼파블chantefable'이라고 불렀다는데 그것은 '노래'와 산문적 '내레이션'이 혼합되어 있기 때문이었다. 그 뒤로 이런 양식의 작품을

가 이 평어를 썼다고 믿었다.[8] 다른 사람들은 이것들(과 이 판본에 들어 있는 시사詩詞의 일부)가 1522년 서문의 작자인 장상더張尙德가 쓴 것일 가능성이 큰데, 이 소설이 역사적으로 존중받기 위한 시도의 일부인 듯하다고 생각했다.[9] 오늘날 많은 학자들은 1522년본이 현존하는 판본 가운데 연대를 확정할 수 있는 최초본이긴 하지만, 실제로는 『삼국지전三國志傳』이라는 제목이 달린 일련의 텍스트들이 더 오래된 것이라고 믿고 있

그렇게 불렀는데, 14세기 후반 유럽에서 아주 인기가 있었다고 한다. 서구의 소설 연구자들은 이러한 '샹떼파블chantefables'을 중국 소설에 적용시켜 논의를 전개하는 경우가 많은데, 당연하게도 여기에 해당하는 우리말 역어는 없다. 이 글의 작자인 앤 매클라렌은 명대의 '탄사彈詞'를 연구하면서 여기에 해당하는 역어로 바로 이 '샹떼파블'을 선택하였다. 아울러 참고로 이 용어에 대한 빅터 메어의 주장도 여기에 옮겨 본다. "나는 프랑스어 '샹떼파블chantefable'보다는 영어 'prosimetric(al)'을 쓰고 있는 프라그 중국학 학파Prague school of Sinology의 견해를 따르기로 했다. 비교문학 연구자들이 운문과 산문이 교차하는 서사작품을 언급하기 위해 앞쪽의 단어를 써 왔지만, 본래 이것은 중세 프랑스 서사물 중 특수한 유형을 의미하는 것이었다. 사실, 이 용어는 13세기 말 중세 프랑스 문학에서 Aucassin et Nicolett : "No chantefable prent fin"(우리의 Chantefable은 종말을 고한다)로 단지 한 번 등장하고 있을 뿐이다. 이 용어가 '노래－이야기[로 나뉜 부분]'를 의미하며, 중세 프랑스 동사인 'canter'(노래하다)와 'fabler'(이야기하다)의 명사형으로부터 온 것임은 분명하다. 이와 달리, 'prosimetric'은 우리가 그 용어를 사용하려는 의도에 들어맞는 라틴어 어원(prosimetricus)을 가지고 있다. 그리고 지난 300년 동안은 쓰이지 않았다 하더라도, 이 용어는 이미 오래 전에 영어 내로 들어와 있었다. 토마스 블런트Thomas Blount의 「용어해설Glossolgraphia」, 1656)에 따르면, 'prosimetric'은 '부분적으로는 산문으로, 부분적으로는 운율 또는 운문으로 구성된'을 의미한다."(Victor Mair *T'ang Transformation Texts*, Council on East Asian Studies Harvard Uni, 1989, p89. 우리말 번역은 전홍철 · 정광훈 옮김, 『당대 변문*Tang Transformation Texts*』, 『중국소설연구회보』, 49호, 2002.3, 38면 참조).

8) 리웨이스의 위 논문, 314면 참조. 여기에서는 위안스숴袁世碩와 장페이헝章培恒, 장궈광張國光, 어우양졘歐陽建이 이 이론의 지지자로 열거되고 있다.

9) 리웨이스와 왕리치王利器는 이런 견해에 대해 동의하고 있다(앞의 글). 이들은 평어가 작자에 의해 나온 것일 수 없다고 주장하고 있는데, 그것은 비슷한 소재들이 텍스트 안에서 반복되고 있고, 불필요하게 '출처'를 지적하고 있으며, 서스펜스를 깨고, 텍스트와 충돌을 일으키기 때문이다(앞의 글). 리웨이스는 역사언어학자인 닝지푸寧繼福의 다음과 같은 판정을 제시했는데, 그것은 곧 170개를 웃도는 음성학적 주해와 평점에서의 방언 사용이 장상더가 이것의 작자일 가능성을 분명하게 해준다는 것이다(앞의 글, 316면). 평점 자체는 텍스트가 1522년본을 위해 편집된 것이라는 사실을 보여주고 있다(앞의 글, 314면, 매클라렌의 「명의 샹떼파블彈詞과 초기 중국 소설」, 219~221면 참조).

다.[10] 어느 경우든 『삼국지전』본에서 발견되는 몇몇 서술적인 평어들은 1522년본 내의 두 줄로 된 평어로 나타난다.[11]

『삼국연의』에 대한 다른 초기의 평점들 역시 대부분 본질적으로는 정보를 제공하는 것이거나 보완적인 것들이다.[12] 1620년대에 출판된 듯한 리즈李贄의 이름으로 가탁된 120회의 평점은 이것들과 다르다. 여기에는 초기의 협비가 많이 남아 있는데, 거의 예저우葉晝가 단 것들임에 틀림없는[13] 미비와 회말총평이 덧붙여져 있다. 이 평어는 이 텍스트의 허구적인 요소들을 중요하게 보고 있지 않으며, 때로는 이 작품을 단순히 역사 저작으로 보고 있기도 하다. 좀더 이른 시기에 나온 240칙則으로 나뉘어진 이 소설은 뒤에 나온 120회의 체제에 자리를 양보하기 시작했지만, 이 과정이 아직 완결된 것은 아니었다. 이상의 두 가지 경향은 마오쭝강 평점본에 지속되고 있었다. 비록 마오씨 부자가 진성탄에게 많은 신세를 지고 있었지만, 그들이 『삼국연의』에 대한 초기의 평점들에 졌던 빚은 진성탄이 『수호전』에 대해 자신의 선배들의 저작에 졌던 것에 비하면 많은 것은 아니었다.[14]

---

10) 여러 사람들 가운데, 류춘런柳存仁과 앤 매클라렌Anne McLaren, 장잉張穎, 천쑤陳速가 이 견해를 지지하고 있다. 매클라렌은 심지어 1522년이라는 연대에 대해서도 회의를 품고 있다(「명의 샹떼파블彈詞과 초기 중국 소설」, 31~33면).

11) 매클라렌의 「명의 샹떼파블彈詞과 초기 중국 소설」, 220면과 류춘런柳存仁의 「뤄관중羅貫中」, 182, 184면(범례 12, 16과 38) 참조.

12) 여기에는 저우웨쟈오周曰校(1583~1628년경 활동)의 1591년본과 리즈李贄의 이름으로 가탁된 평점이 달려 있는 위샹더우余象斗의 두 개의 판본(하나는 '원본'이고, 다른 하나는 위샹더우본에 바탕한 것)과 영웅보본英雄譜本(약 1620)이 포함된다. 자세한 서지사항은 롤스톤의 『독법』, 431~434면 참조.

13) 예저우葉晝와 이 판본에 대한 자세한 서지사항과 정보는 롤스톤의 『독법』, 432~433과 357면 참조. 개편된 판본은 중싱鍾惺(롤스톤의 『독법』, 433~434면)의 이름으로 출판되었다. 이들 두 판본 사이의 관계는 룽위탕과 『수호전』의 '중싱' 판본 사이의 그것과 유사하다.

14) 그들이 행한 본문의 수정과 평어들은 때로 '리즈李贄' 평점 속의 평어에 대한 '반작용으로' 만들어진 경우도 있다. 대부분의 경우에 마오씨 부자는 본문이나 초기 평점에서의 인물 형상화에 대해 불평을 늘어놓았다(이 책의 제8장 참조). 「범례」 제6조에서(『삼국연의회평본』, 20회), 그들은 자신들의 작업을 '리즈' 평점으로부터 거리를 두었고, 리

진성탄식 모델의 발전

다량의 평점말고도, 마오씨 부자의 『삼국연의』에는 수많은 판본상의 수/개정이 포함되어 있다. 진성탄과 마오씨 부자의 개정 스타일에는 유사점과 함께 상이한 점도 있는데, 주된 차이는 그 규모에 있다. 마오씨 부자는 『삼국연의』의 서사적인 틀narrative stance은 문제라고 생각하지 않았으며, 단지 그것을 강화하고자 했을 따름이다. 따라서 본격적인 외과수술이 필요하다고 보지 않았는데, 그들은 칙을 회로 전환시키는 일을 끝내기는 했지만, 원본에서 주요 에피소드를 없애지는 않았다. 하지만 그들은 이 모든 변화들을 이 소설의 '고본' 탓으로 돌렸다.[15] 그들이 자신들의 판본에서 채택한 모든 이문異文들이 바로 이 '고본'에서 온 것이라고 말하긴 했지만, 마오씨 부자는 평점에 대한 범례에서 그들이 수정한 항목들을 분류해서 보여주고 있다. 제1조는 120회본 '리즈' 평점의 고정관념들 가운데 하나를 다루고 있다.[16] 초기의 평점가는 이 소설에서 문언 허사之乎者也를 잘못 사용한 것에 대해 불만을 토로했는데, 마오씨 부자는 이 문제를 바로잡으려 했다.

『수호전』에서 진성탄은 이 책의 앞과 뒤에 있는 것만 남겨 놓고 서술

즈의 이름으로 가탁된 것에 대해서 의심의 눈빛을 거두지 않았다.

15) 『비파기』(『비파기자료휘편』, 286~287면, 「총론」) 평점에서 마오룬은 이 소설과의 관계에 대해 다음과 같이 기술한 바 있다. "예전에 뤄관중은 『통속삼국지』 120권을 지었다. …… 하지만 그의 책은 시골 글방 샌님의 손에 의해 더 나빠졌는데, 이 년 전 나는 원본을 읽을 기회를 우연히 갖게 되었다. 나는 이것을 편집하고 대조하였다. 내가 그 일을 맡기에는 어리석고 고루한 면이 있다는 걸 알면서도 본문을 절로 나누었다昔羅貫中先生作『通俗三國志』共一百二十卷, …… 却被村學究改壞, 余甚惜之. 前歲得讀其原本, 因爲校正. 復不揣愚陋, 爲之條分節解(원문은 **[옮긴이 주]**)." 어떤 학자들은 자신들의 말에 마오씨 부자의 말을 취해 넣었다(장잉張穎과 천쑤陳速의 「『삼국연의』의 성서 연대와 변천에 관한 문제에 대한 몇 가지 이견有關三國演義成書年代和版本演變問題的幾點異議」, 38~39면 참조). 마오씨 부자도 자신들의 텍스트가 실제로는 원대의 판본보다는 '리즈'와 '천지루陳繼儒'의 판본에 더 가까웠음에도 불구하고, 『비파기』의 본문에 대한 자신들의 (상당히 경미한) 수정들을 고본에 돌렸다.

16) 『범례』의 이것과 다른 조목들로 볼 때, 마오씨 부자는 120회 '리즈'본을 기본 텍스트로 사용했다.

자가 인용한 변문체駢文體의 묘사적인 구절들을 모든 시사詩詞들과 함께 삭제해 버렸다. 『삼국연의』의 초기 판본들은 편폭이 긴 고풍古風의 시로 끝나고 있는 데 반해, 서두 부분은 매우 느닷없이 시작된다. "후한의 환제桓帝가 죽자 영제靈帝가 보위를 계승했다. 이 때 그의 나이 12살이었다."[17](뤄관중羅貫中, 『삼국지통속연의』, 1권 1면) 마오씨 부자는 이 작품의 결말 부분에 있는 시는 (약간 손을 본 채로) 남겨놓았지만, 서두에는 사와 산문으로 된 짧은 도입부를 덧붙여 놓았는데, 이것은 독자의 관심을 역사 흐름의 대세와 후한(25~220) 말과 이 소설의 주요 제재를 이루고 있는 삼국시대(220~265)에 혼란이 야기된 것으로 돌리게 하기 위한 것이었다(『삼국연의회평본』 1회, 1~2면).

마오씨 부자는 서술자가 인용한 시사를 제거함에 있어 진성탄만큼 급진적이지는 못했지만, 이 가운데 몇 가지를 제거함으로써 자신들의 판본을 매끄럽게 다듬었다. 변문체의 묘사적인 구절은 『삼국연의』의 초기 판본에서는 두드러진 게 아니었지만, 유명하거나 그다지 유명하지 않은 역사가의 찬讚[18]에 의한 상호 모순된 영사시詠史詩들이 중첩되어 있는 것은 두드러졌다. 마오씨 부자는 찬의 대부분을 삭제했지만, 자신들의 「범례」에서는 이 사실을 언급하지 않았다. 하지만 그들은 이 소설에서 당대 이전 사람들이 율시를 시대착오적으로 인용한 것[19]에 대해 의사 표명을 했는데, 여기에는 모방적으로 재현된 시, 즉 진성탄이 제거하지 않은 범주의 시들도 거기에 포함되어 있다. 「범례」의 제8조에서 마오씨 부자는 저우리周禮(호는 정헌靜軒, 1498년경 활동)와 그의 가족의 시에 대해 특별한 불만을 표출하였다. 저우리는 학자이자 대중적인 역사서의 저자였는데, 이 소설의 몇몇 초기 판본에는 역사 주제에 대한 그의 시가 70여 수 넘게

17) [옮긴이 주] 원문은 다음과 같다. "後漢桓帝崩, 靈帝卽位, 是年十二歲."
18) [옮긴이 주] 인물이나 사물을 기리어 칭찬하는 글을 가리킨다.
19) [옮긴이 주] 율시는 당대唐代에 완성된 것인데, 그 이전 시대의 이야기인 『삼국연의』에 율시가 포함되어 있다는 것을 의미함.

실려 있다(류슈예劉修業, 『고전소설희곡총고古典小說戲曲叢考』, 66~67면). 「범례」에서 마오씨 부자는 자신들이 이 소설에 들어 있는 저열한 시사詩詞를 유명한 당송대의 시로 대체해 넣었다는 사실을 밝혔는데, 이것은 그들이 텍스트를 바로잡았다고 공개적으로 인정한 거의 몇 안 되는 예 가운데 하나였다. 하지만 그들은 자신들의 정치적인 견해와 일치하지 않는다는 이유로 몇 수의 시를 제거했다.[20]

『삼국연의』의 초기 판본들은 주의奏議나 편지와 같은 역사 기록물들로 점철되어 있다. 마오씨 부자는 두 가지 기본적 원리, 즉 역사적 진실성과 문학적 우월성에 따라 이런 유형의 자료들을 삭제하고, 대체하고, 때로는 덧붙이기도 했다. 그들은 같은 원리를 이 소설 속의 개별적인 사건의 내용을 수정하는 데에도 마찬가지로 적용했다(『삼국연의회평본』, 20면, 「범례」 제2~4조). 비록 마오씨 부자는 때로 문학적으로 뛰어난 것이 역사적인 정확성에 앞설 때 약간의 당혹감을 표출하기는 했지만, 이렇게 인용된 몇 가지 것들을 제거하는 것 역시 텍스트를 보기 좋게 다듬으려는 소망으로 치부되었다. 그들은 이 모든 변화들이 '고본'에 바탕한 것이라 주장하긴 했지만, 때로 그들의 주장을 뒷받침할 만한 역사 저작들을 인용하곤 했다.

마오쭝강본에서는 좀더 일관성 있게 인물을 개성화하려는 일치된 노력이 있었다. 비록 마오씨 부자가 종종 지나치게 멀리 나아갔으며, 인물을 판에 박은 듯 만들거나 이상적으로 그렸다는 비판을 받긴 했지만, 진성탄 역시 그의 『서상기』에서 인물 형상화의 동일성을 강조했는데, 이 두 사람 사이에 모종의 연관이 있을 수도 있다. 좋은 것을 나쁜 것으로부터 분리해내려는 마오쭝강의 소망은 유해한 결과를 불러왔는데, 이 가운데 몇몇, 이를테면 류베이劉備와 같은 인물이 결과적으로 위선적으로 그려지게 된 것은 명백하게도 그들이 의도했던 것과 정확하게 반대

20) 이를테면 차오차오曹操에게 아첨하는 왕랑王郎과 중유鍾繇의 시들(뤄관중, 『삼국지통속연의』 12권, 533~534면과 『삼국연의회평본』, 56회 687~697면).

였다. 하지만 그들이 인물들을 전체적으로 일차원적으로 그려내고자 했다고 생각하는 것은 공정하지 못한 일이 될 것이다. 그들이 관위關羽의 개성에서 문제가 될 만한 소지가 있는 측면들을 걷어내기를 거부한 것은 하나의 예일 뿐이다.

문학적인 구조와 기교에 대한 지속적인 관심은 진성탄에서 마오씨 부자로 이어져왔다. 비록 마오씨 부자가 대체적으로는 문학적인 기교에 대해서 진성탄의 이름을 거론하는 것을 회피하긴 했지만, 그들이 사용한 기교의 목록은 진성탄의 그것과 많은 유사점을 갖고 있다. 마오씨 부자는 진성탄의 전능한 작자에 반대하면서, 자신들의 뛰어난 문학적 기교들을 자연이나 조물자造物者[21]에게로 돌리고 있지만, 그러한 차이는 아마도 마오쭝강이 『수호전』과는 사뭇 다른 장르, 곧 역사소설을 다루고 있다고 생각했던 것과 좀더 긴밀하게 연계되어 있는 듯하다.

마오씨 부자가 차오차오曹操의 '내면의 비밀'을 드러내기로 결심하면서, 그의 모든 행동을 의심했던 것 역시 진성탄에게서 차용한 것으로 보인다. 쑹장宋江과 차오차오는 각각의 소설 초기 판본에서 차지하고 있는 위치가 매우 다르기는 하지만, 진성탄과 마오씨 부자가 그들을 다루었던 대부분의 역학 관계는 매우 흡사하다(이 책의 제8장 참조).

마오룬과 마오쭝강에 관한 몇 가지 문제점

마오쭝강과 그의 부친이 대부분의 전통적인 중국 소설 비평가들에 비해 덜 매력적이었던 것은 아마도 그들이 평점 작업을 한 작품들 속에 나타나 있는 도덕적 정직성에 대한 고집과 우주의 도덕적 질서에 대한 믿음 때문이었을 것이다. 이로 인해 그들은 소설과 희곡의 반 전통적이

21) 그들이 소설을 '가공되지 않은 텍스트natural text'로, 그리고 그 실제 작자를 조물자로 돌린 것에 대해서는, 베일리의 「중재하는 시선－마오룬, 마오쭝강과 삼국지연의 읽기」, 43~120면 참조. 진성탄의 경우와 비교한 것은 로라 우의 『진성탄(1608~1661)－중국 소설이론의 창시자』 2장 참조.

고 반 정통적인 측면들을 다룰 수 없었다.[22] 우선 『비파기』에 대한 그들의 평점을 보기로 하자.

『비파기』는 매우 모호한 희곡이다. 이 이야기의 현행본은 가오밍高明(1359년 졸)에게까지 거슬러 올라가는데, 전통적인 이야기를 다시 쓰려는 것이 그의 의도였다. 초기의 작품들(과 후대의 몇몇 지방희 전통에서는) 차이보졔蔡伯喈가 경사京師에서 새 부인과 권세 있는 처가와 함께 더 나은 삶을 살기 위해 자신의 부모와 조강지처를 저버리는 나쁜 놈으로 다루어졌다. 그는 결국 자신의 죄로 인해 벼락을 맞는다. 가오밍이 정절의 요소를 최소한으로 변화시켰음에도(주인공이 벼락맞아 죽는 것을 제외하고), 차이보졔는 완전히 재평가되었다. 그의 주인공은 자신의 의지와 달리 행동할 수밖에 없었던 효자이자 충실한 반려자였던 것이다. 이토록 과격하게 변형시킨 끝에 최종적인 결과물에는 『수호전』에서 발견되는 괴리와 비슷한 '흠'을 남겨 놓게 되었지만, 마오씨 부자의 이 문제에 대한 반응은 진성탄의 그것과 크게 달랐다.

하지만 진성탄과 마오씨 부자는 자신들의 작품들을 결합시킬 내포 저자를 만들어내고자 하는 소망에 있어 다를 게 없었다. 이러한 목표에 도달하기 위한 마오씨 부자의 방법은 상당히 축소 지향적이었다. 그들은 가오밍이 자신의 친구인 왕쓰王四의 행위를 비판하기 위해 희곡을 썼다는 그 당시 유행했던 설명을 받아들였는데, 이 이론은 이 희곡의 제목의 첫 번째 두 글자인 비파琵琶에 왕王자가 네 개 나온다는 사실로 입증되는 듯하다.[23] 마오씨 부자는 『비파기』에서 보이는 비정상적인 요소들을, 작

22) 그들은 자신들의 텍스트 안에서 아이러니를 본 것 같지 않다. "아이러니는 이 소설의 현존하는 초기 판본[곧 1522년본]에서 중요한 특징이긴 하지만, 현재는 불행하게도 '표준'본[곧 마오쭝강본]이라 여겨지는 수정본에서 대부분 삭제되고 말았다."(킴리카Kimlicka, 「문학 작품으로서의 소설 삼국지통속연의—작자인 뤄관중의 아이러니 사용The Novel San-kuo chih t'ung-su yen-i as Literature : Uses of Irony by Its Author Lo Kuan-chung」, v면)

23) 마오룬, 『제칠재자서』「총론」『비파기자료휘편』, 276~278면. 『비파기』에 대한 여타의 근대 이전 작자들과 왕쓰에 대해서는 쟝루이짜오蔣瑞藻의 『휘인소설고증彙印小說考證』, 20~21면 참조.

자가 전통적인 이야기를 통해 자신의 친구를 비판하기 위해 '텍스트 외적'인 데서 그 방법을 찾은 결과로 설명하는 것으로 피해나갔다.

『비파기』를 이용해 도덕성을 고양하겠다는 생각은 마오씨 부자의 상상에서 나온 허구적인 것이 아닌데, 그러한 고려는 첫 번째 장에서 서두를 여는 것으로부터 마지막 장에서 황제가 차이보졔의 중혼重婚을 재가하는 것까지 관통하고 있는 이 희곡의 수사 가운데 일부이다. 『삼국연의』에도 이와 유사한 도덕적 선택이 포함되어 있는데, 이 작품의 영웅인 류베이劉備와 그를 따르는 무리들은 성리학의 가장 영향력 있는 인물인 주시朱熹로부터 인정을 받았다. 차오차오曹操와 그의 아들들에 의해 세워진 위나라(220~265)보다 류베이에 의해 세워진 촉나라(220~263)에 정치적인 정통성을 부여하는 것을 가장 열렬히 주장했던 사람이 바로 주시였던 것이다. 마오씨 부자는 이 소설에 대한 자신들의 해석을 뒷받침하는 것으로 주시의 『통감강목』을 몇 차례에 걸쳐 언급했다(이를테면, 『삼국연의회평본』 4회에서 5회 「독삼국지법讀三國志法」 제1조, 로이, 「『삼국연의』 독법」, 152~156면). 『춘추』에서 도덕적인 측면을 드러내기 위해 글자 그대로의 진실이 무시될 수 있었던 것[24]과 마찬가지로(이 책의 제5장 참조), 마오씨 부자의 역사에 대한 생각은 사실의 전달보다는 독자들에게 옮길 수 있는 교훈에 중점을 두었는데, 기실 자신들은 『삼국연의』의 초기 판본에 나오는 비역사적인 사실들에 대해 불평을 늘어놓았었다. 다음과 같은 진술들이 자주 나온다. "쓰마자오를 죽이는 데 실패한 것은 하늘이 쓰마씨司馬氏의 가문을 돌봐준 경우가 아니다. 그것은 하늘이 앞으로 등장할 세대를 위해 불충한 신하들과 반도들에게 경고를 주기 위해 그들에게 맡겨진 역할을 할 수 있도록 쓰마씨를 남겨두고자 하는 놀랍고도 웅장한 장면이 소설의 후반부에 남아 있기 때문이었다."[25](『삼국연의

---

24) **[옮긴이 주]** 『춘추』에서의 미언대의微言大義를 말한다(2003년 3월 6일, 저자와의 대담).

25) **[옮긴이 주]** 원문은 다음과 같다. "而司馬昭不死, 非天之愛司馬也, 爲有一段絶妙排場在後, 欲借司馬氏演出, 爲後世亂臣賊子戒耳."

회평본』, 109회 1,329면 회평) 쓰마씨의 출현이 필요한 미래의 사건은 그들이 265년에 위나라를 강탈하는 것이다. 마오씨 부자에 따르면, "위나라가 강탈이라는 행위에 의해 세워지고 진晉나라의 설립자에 의해 똑같이 강탈이라는 형태로 그에 대한 응보를 받았다는 사실은 후세의 사람들에게 경계가 될 만하다."[26](『삼국연의회평본』, 86회 「독삼국지법」 제8조, 로이, 「『삼국연의』 독법」, 166면) 마오씨 부자의 평점에는 하늘에 의한 '응보'와 같은 언급들이 많이 나오는데, 이것은 주로 후세에 주는 영향이라는 시각에서 하늘이 역사를 다루고 있다는 인상을 주게 된다.

마오쭝강과 그의 부친에게 반역의 배역을 맡기려는 최근의 시도들은 그들을 반청에 앞장선 애국자로 묘사하고 있다. 이러한 주장의 토대가 되는 것은 평점에서 위나라의 정통성을 부정하려고 난리를 부리는 모든 것들이 직접적으로 청 왕조를 겨냥하고 있다는 생각이다. 차오차오와 마찬가지로 누르하치(1559~1626)도 한때는 그의 후손들이 전복시키게 될 왕조明의 관리였으며(슝두熊篤, 「마오쭝강의 『삼국연의』에 대한 평가와 개작에 관하여關於毛宗崗對三國演義的評改」, 43면), 남명南明(1644~1662)의 상황을 류베이의 촉한과 비교하는 청초의 작가들은 이 주제에 대한 청의 민감한 반응으로 말미암아 때로 자신의 목숨을 잃기도 했다(슝두의 앞의 글, 43면, 두구이천杜貴晨, 「마오쭝강이 류베이를 옹호하고 차오차오를 반대한 것은 청나라에 반대하고 명나라를 복원하려는 데 의도가 있었다毛宗崗擁劉反曹意在反淸復明」, 281면). 다른 사람들은 조정에 대한 환관의 영향력에 대한 마오씨 부자의 비판을 명말에 환관들이 누렸던 권력을 지칭하는 것으로 보고 있다(샤오샹카이蕭相愷, 「삼국연의 마오평의 출발점과 기본 경향三國演義毛評的出發點和基本傾向」).

만약 마오씨 부자의 평점에 반청의 양상이 있었다면, 우리는 그들이 자신들의 그런 흔적들을 조심스럽게 가렸을 거라 생각할 수 있는데, 그렇게 하지 않으면 가혹한 결과가 그들을 기다렸을 것이기 때문이다. 평

---

26) [옮긴이 주] 원문은 다음과 같다. "魏以臣試君, 而晉卽如其事以報之, 可以爲戒於天下後世."

점의 일부는 삼국 시대와 명청 교체기 사이의 하나의 유비類比를 암시하는 것으로 읽힐 수도 있을 것인데, 하지만 (만약 실제로 마오씨 부자에 의해 의도되었다면) 이러한 유비는 결코 명시적으로 드러나 있지 않다. 이를테면 「독삼국지법」에서 정통성의 계승을 논의할 때에는 원이나 요, 금나라와 같은 이민족 왕조에 대한 언급을 회피하고 있다. 평점에서 원 왕조를 가장 분명하게 지칭하고 있는 것은 흥미로운 일이다. 이 소설에서 쟝웨이姜維(202~264)는 남송의 수도인 린안臨安이 몽골 침략자의 손에 함락된 뒤의 송의 관료인 장스졔張世傑(1279년 졸)와 원톈샹文天祥(1236~1283), 루슈푸陸秀夫(1238~1279)와 비교되고 있다. 이들 관료들은 몽골 족에 좀더 효과적으로 저항하기 위해 푸젠에 망명 정부를 세운다. 비슷한 상황이 1644년 베이징이 함락되고 숭정제가 자살한 뒤에 일어났는데, 남아 있던 잔당들이 난징과 푸젠 및 서남 지역에 나라를 세웠으며, 그 가운데 최후까지 남은 것은 1662년까지 지속되었다. 명청 교체기를 지칭함직한 유일한 다른 예는 마오씨 부자가 자신의 머리카락을 자르며 거짓 항복했던 저우팡周魴을 옹호한 것[27]인데, 이것은 한족이 자신의 머리카락 앞부분을 자르도록 한 청의 법령과 청의 통치에 저항하는 자들이 거짓으로 항복했던 사실을 상기시킨다고 한다. 하지만 그에 대한 증거가 너무 없기 때문에 이것은 성립하기 어려운 이야기이다.[28]

---

27) **[옮긴이 주]** 『삼국연의』에는 고육지책이 몇 가지 등장한다. 저우팡이 자신의 머리카락을 자른 것 역시 그 가운데 하나다. 저우팡은 오나라의 장수였는데, 위나라의 차오슈曹休가 대군을 거느리고 쳐들어오자 계책을 내어 스스로 차오슈에게 거짓 항복을 한다. 차오슈가 이를 의심하자, 저우팡은 크게 울면서 칼로 자신의 머리카락을 잘라 땅에 던지며, "나는 충심으로 공을 모시고자 했으나, 공은 나를 가지고 희롱거리로 삼으십니까? 이 머리털은 부모가 끼쳐주신 것입니다. 이것으로 저의 진심을 살펴주사이다"라고 말한다. 차오슈는 이에 그를 깊이 신뢰하여 연회를 베풀어 대접한다. 하지만 위나라 장수 쟈쿠이賈逵는 이를 의심해 차오슈에게 그를 신뢰하지 말라고 간언하지만, 차오슈의 마음을 돌리지 못한다. 그리하여 저우팡의 고육계는 성공을 거둬 차오슈는 오나라와의 싸움에서 대패한다(96회).

28) 마오쭝강의 선집은 전해지지 않는다. 오랫동안 마오쭝강이 명의 유로遺老인 진위인金豫音의 초상에 대한 발을 쓴 것으로 알려져 있다(황중모黃中模, 「마오쭝강이 삼국연

후대의 소설 창작에 대한 마오씨 부자의 『삼국연의』 판본의 영향은 명백하게 제한적일 수밖에 없었는데, 그것은 그들이 이 소설을 흉내낼 수 없고, 거의 인간의 개입 없이 자연스럽게 만들어진 그들 자신만의 것으로 제시했기 때문이었다. 하지만 때로 마오씨 부자의 평점이 그들을 흉내내려는 사람들에 의해 진성탄이 한 것으로 오인되기도 했지만, 그들이 후대의 평점가들에게 영향을 주었던 사실에는 의심의 여지가 없다.[29] 마오씨 부자가 역사소설에 대해 특별히 취했던 관점은 『열국지』 평점본에서 차이위안팡蔡元放에 의해 극단적으로 관철되었다(왕셴페이王先霈와 저우웨이민周偉民의 『명청소설이론비평사』, 475~476면 참조). 그들의 평점의 교훈성에 대한 찬양은 그 당시나 현재나 보편적인 것은 아니었지만, 그들을 가장 훌륭하게 모방한 타키자와 바킨瀧澤馬琴이라는 위대한 모방자를 얻게 되었다. 바킨은 에도江戶(1603~1867) 시대에 가장 많은 작품을 발표했던 뛰어난 소설가였을 뿐 아니라, 중국 통속소설과 평점을 가장 잘 활용한 사람이기도 했다(이 책의 제3장 참조).

마오룬 자신은 후대 소설 속의 대화에서 언급이 될 정도로 잘 알려져 있었다. 하지만 그의 이름이 튀어나온 것이 그의 가장 유명한 평점과의 연관 때문은 아니었다. 그 대신에 거기서 언급된 것은 비파기 평점에서 역사를 전복하는 희곡을 쓰는 것에 관한 다소 무의미한 논평이었다(천썬陳森, 『품화보감品花寶鑑』, 24회 336면).

의를 평하고 개작했던 주요 사상적 의의를 논함論毛宗崗評改三國演義的主要思想意義」, 294면). 과거에는 잘 알려지지 않았던 또 다른 명의 유로를 위해 그가 썼다는 발이 최근에 출판되었다(천샹화陳翔華, 「마오쭝강의 생애와 삼국연의 마오평본의 진성탄 서문제毛宗崗的生平與三國演義毛評本的金聖歎序問題」, 209~210면).

29) 1829년으로 기산되는 『홍루몽』의 쑨쑹푸孫崧甫 평점본에는 『삼국연의』에 대한 마오쭝강 「독삼국지법」의 수사나 말투를 본뜬 대목이 있는데, 진성탄의 이름으로 가탁되어 있다(량쭤梁左, 「쑨쑹푸 초평본 『홍루몽』 기략孫崧甫抄評本紅樓夢記略」, 267~268면).

리위李漁의 소설과 희곡 비평

마오쭝강 평점 『삼국연의』의 1680년본에는 이 소설과 마오룬의 평점을 칭찬한 리위의 이름으로 된 서문이 있다. 이 서문에 의하면 이 소설에 '제일재자서'라는 제목을 붙인 사람이 리위였다고 한다. 서문에서는 리위의 사위인 선인보沈因伯가 평점을 그에게 가져다 주었다고 했는데, 리위와 마오룬이 개인적으로 알고 지냈는지는 알기 어렵다.[30] 조금 뒤에, 리위가 세우기는 했지만 그때는 그의 손을 벗어나 있던 출판사인 졔쯔위안芥子園에서 리위의 이름으로 가탁된 서문과 평점이 달린 이 소설이 새롭게 출간되었다. 그 진위는 여전히 의심스러운 대로 남아 있지만, 마오쭝강본의 1680년 서문은 아마도 그에게서 나온 것일 것이다. 리위와 왕왕루王望如는 친구였는데(왕왕루는 리위의 『사론史論』에 대한 평어를 썼다), 『수호전』(1657)과 1680년의 마오쭝강본 『삼국연의』에 대한 왕왕루의 평점은 똑같이 쭈이겅탕醉耕堂에서 출간되었다.

『수호전』과 『서상기』에 대한 진성탄의 작업에 대한 리위의 평가는 우호적이다.[31] 그가 장주포張竹坡의 아버지와 알고 지냈고, 차오쉐친曹雪芹의 할아버지와 증조부와도 관계가 있었다는 사실[32]이 소설 비평과 창작

30) 다소 환상적인 리위 소설의 몇 가지 측면을 그 이야기 속 서술자가 농담반 진담반으로 작가가 아니라 조물자의 책임으로 돌린 것은, 마오쭝강의 삼국연의에서 용어를 덜 천인합일적으로 사용하게 하는 데에 영향을 주었을지도 모른다. 이 책의 제4장과 12장 참조. 리위는 마오씨 부자에 의해 사용된 『비파기』의 '왕사王四' 해석에 반대했다(『리리웡곡화李笠翁曲話』 「계풍자戒諷刺」, 14~15면).

31) 리위의 『한정우기閑情偶寄』의 희곡에 관한 장에서는 진성탄이 몇 차례 언급되고 있으며, 『수호전』을 언급한 부분은 이 소설에 대한 진성탄의 생각임이 분명하다. 『리리웡곡화李笠翁曲話』 「기전새忌塡塞」, 48면(진성탄이 소설과 희곡의 지위를 높인 것으로 칭송하고 있다) 참조. 「첨사여론添詞餘論」, 103~104면(작자를 이해하는 진성탄의 능력과 그의 평어들의 개괄성을 이유로 진성탄의 『서상기』 평점을 칭송하고 있지만, 희곡을 공연물보다는 읽을 거리로 다루고 있다든지 영감을 경시한 것 등의 잘못을 지적하기도 했다)과 「어구초사語求肖似」, 86면(『수호전』의 인물 형상화를 칭송하고 있다) 참조.

32) (차오쉐친의 증조부인 차오시曹璽에 대해서는) 네이썬 마오Nathan Mao와 류춘런柳存仁의 『리위Li Yu』(Boston : Twaine, 1977). 15면과 해넌의 『리위의 창조*Invention of Li Yu*』, 215면 주27 참조. (리위의 친구인 두준杜濬과 차오쉐친의 할아버지인 차오인曹寅과의 관

에서 그 두 사람에게 강하게 영향을 미쳤던 것은 확실해 보인다(후샤오웨이胡小偉의 「차오쉐친과 리위曹雪芹與李漁」 참조). 리위의 이름은 『금병매』의 몇몇 장주포 평점본의 표지에 나타나는데, 어떤 학자들은 그가 이 소설의 '숭정본崇禎本'과 그 평점을 준비하는 데 연루되었을 것[33]이라는 의견을 제기하기도 했다. 『홍루몽』 즈옌자이脂硯齋 평점에서 리위와 그의 저작은 『홍루몽』의 다른 양상들과 비교된다(이를테면 즈옌자이본 9회 201면, 왕부王府와 유정有正본 미비). 하지만 그가 죽은 뒤 얼마 되지 않아서부터 상당히 최근까지도 리위는 중국에서보다 일본에서 훨씬 더 훌륭한 명성을 누렸다(장춘수와 장쉐룬의 앞의 책 제1장). 타키자와 바킨은 리위[의 작품]도 즐겨 읽었는데, 그는 리위의 호 가운데 하나를 본떠서 자신의 호를 지었다(졸브로드Zolbrod, 『타키자와 바킨Takizawa Bakin』, 48면).

리위는 실제로 소설을 쓴 작가였다. 1650년대에 그는 『무성희無聲戲』와 『십이루十二樓』라는 두 개의 단편집을 냈는데, 그 두 가지 모두 그의 친구인 두준杜濬의 이름으로 된 적당한 규모의 평점들이 실려 있다. 『무성희』의 이야기들은 좀더 짧고 단일한 데 비해, 『십이루』의 이야기들은 한 편을 제외한 나머지 모두는 몇 회에 걸쳐 있고 다양한 형태를 뒤섞은 실험적인 작품이다.[34] 두 선집에서는 이야기꾼 전통을 아이러니컬하게 사

계에 대해서는) 스펜스Spence의 『차오인과 강희제*Ts'ao Yin and the K'ang-hsi Emperor*』(우리말 역본은 조너선 스펜스(이준갑 역), 『강희제』, 이산, 2001), 68면 참조.

33) 류후이劉輝의 「신각 『금병매』를 논함論新刻金甁梅」, 같은 저자의 「리위李漁」와 『금병매연구金甁梅硏究』, 368~373면 참조. 주요 증거는 리위가 한때 사용했던 후이다오런回道人이라는 서명이 되어 있는 베이징수도도서관北京首都圖書館에 소장된 판본 속의 시 한 편과 방언의 유사성이다. 이 이론은 우간吳敢의 「장주포 평본 금병매 쇄고張竹坡評本金甁梅瑣考」, 88면과 왕루메이王汝梅의 「리위李漁」에 의해 평가절하되었다.

34) 『무성희』의 초간본에는 열두 가지 이야기가 담겨 있다. 여섯 개에서 열두 개의 이야기가 들어 있는 두 번째 선집(『無聲戲二集』)이 그 뒤에 막 바로 나왔다. 두 개의 선집에서 열두 개의 이야기를 선별한 선집은 두준杜濬이 편집했으며, 『무성희합집無聲戲合集』이라는 제목으로 출판되었다. 그 선집에서 빠진 여섯 개의 이야기가 뒤에 부록으로 덧붙여져졌으며, 그 모두를 합친 것이 『연성벽連城璧』이라는 이름으로 출판되었다. 『무성희이집無聲戲二集』의 출판과 1654년에서 1658년까지 저장浙江의 좌포정사左布政使였던 장진옌張縉彦의 몰락의 연관성이 이 선집의 존재를 증명해줄 만한 증거가 아무 것도

용했고, 산만한 장절들이 결합되어 있으며, 초기 백화 단편소설에서 통상적으로 쓰였던 것보다는 내포 저자로서 투사된 리위의 페르소나에 좀더 가깝게 개성화된 서술자를 사용하고 있다는 특징이 있다(이 책의 제4장과 9장, 그리고 12장 참조). 리위는 자신의 단편소설의 정절情節을 바탕으로 한 극본을 쓰기도 했는데,[35] 그의 첫 번째 이야기 선집의 제목이 나타내 보여주는 대로, 그는 희곡과 소설의 장르적 구분을 약간은 장난스럽고 모호하게 만드는 것을 좋아했다.[36] 그의 소설과 희곡 작품들은 첫 번째 『무성

남아 있지 않은 사실을 설명해 줄지도 모른다. 해넌의 『리위의 창조』, 21~22면 참조. 장쥐룽江巨榮 그리고 황챵黃强의 「리위의 무성희 연구에 대한 몇 가지 문제李漁無聲戲研究的幾個問題」, 41~44면 참조(하지만 그는 장진옌이 두 개의 『무성희』 선집과 연루되어 있다고 주장했다). 『십이루十二樓』의 이야기들에 비해 짧기는 하지만, 『무성희』의 이야기들은 하나의 장으로 이루어진 이야기치고는 상당히 길다. 두 번째 선집에서 나온 『연성벽』에 있는 여섯 개의 이야기들은 특히 그러하다. 원래의 선집과 똑같은 제목으로 19세기에 출판된 네 가지 이야기의 선집에는 그저 단락으로만 나뉘어 있는 것이 장회로 넘어가는 초기 단계의 움직임이 포함되어 있다(각각의 이야기에 대한 주 제목 이외에도 각각의 이야기에는 네 개의 장절 제목이 있다). 목차에 대해서는 딩시건丁錫根의 『무성희』 「교점후기校點後記」, 219면 참조.

[옮긴이 주] 장진옌과 『무성희이집』의 관계에 대해 옮긴이가 다음의 내용을 추가한다. 장진옌은 순치 9년(1652) 이후 산둥山東의 우포정사와 저장의 좌포정사를 역임하고, 순치 15년(1658)에 공부우시랑工部右侍郎, 강남안찰사사첨사江南按察使司僉事, 분순휘녕도分巡徽寧道 등을 역임했다. 장진옌은 대학사 류정쭝劉正宗의 시집에 서를 쓴 적이 있었는데, 뒤에 류정쭝의 실각 이후 쇠락의 길을 걸었다. 그런데, 그가 쓴 서에서, '장명지재將明之才'라는 구절이 반청복명反淸復明의 사상을 담았다고 해서 순치 17년 6월에 하옥을 당하게 된다. 그리고 8월에 그가 저장 좌포정사 재직 시 「무성희이집」을 출판했는데, 서에서 자신을 '불사영웅不死英雄'이라 하여 민심을 선동시켰다는 이유로 전 재산이 몰수된 후 닝구타寧古塔(지금의 헤이룽장성黑龍江省 하이린海林)로 추방되었다고 한다.

35) 현재 남아 있는 네 편의 희곡은 그 자신의 소설에 바탕한 것으로 그의 『무성희』의 목차에 대한 설명에 따르면, 이 선집에 있는 이야기에 바탕한 두 개 이상의 희곡이 나올 예정이라고 했다(이것들은 현재 남아 있지 않다). 하지만 이 이야기들 가운데 두 개를 대신 채워 넣기 위한 것이(이 선집의 두 번째와 열두 번째) 같은 시대의 두 명의 극작가에 의해서 극화되어 나왔는데, 두 번째 이야기는 주쑤천朱素臣(17세기 경 활동)의 『십오관十五貫』으로 쓰였고, 열두 번째 이야기는 천얼바이陳二白(1661년경 활동)의 『쌍관고雙冠誥』(또는 『쌍관고雙官誥』라고도 한다)가 되었다. 리위의 네 희곡은 차례로 다른 작가들에 의해 소설로 바뀌었다(선신린沈新林, 「패관은 전기의 남본, 리어의 소설 희곡 비교 연구稗官爲傳奇藍本李漁小說戲曲比較硏究」, 368면).

희』 선집에서 이야기들을 대구로 구조화시켰다는 점에서, 미시적인 수준(문장)과 거시적인 수준(전체 구조)에서의 평행과 균형 감각을 갖춘 매력을 일정하게 보여주었다(롤스톤, 「서평Review Article」, 62~63면).

1700년대 초반에 류팅지劉廷璣가 출판한 『육포단肉蒲團』은 가명을 사용하긴 했지만, 리위의 작품으로 여겨지는 작품인데, 여기에서도 리위의 소설들을 특징짓는 모든 특성들이 잘 나타난다.[37] 애당초 초기 판본의 날짜가 명확하지 않기 때문에 오랫동안 작가를 리위로 판정하는 것을 받아들이지 못하는 사람들이 있었지만, 리위가 쓴 것이 거의 확실하다.[38] (일본에 소장되어 있는 1657년 서문이 있는 필사본의 미비와 함께, 판을 거듭함에 따라 그 길이가 들쭉날쭉하긴 하지만 대부분의 장회 뒤에 있는 회평으로 구성되어 있는) 이 소설에 대한 평점 역시 리위 또는 그와 가까운 동료에 의해 만들어졌는데, 그런 까닭에 이 소설과 일관되게 연계되어 있고, 관심사나 어휘도 대체적으로 리위의 작품과 유사한 듯하다(이 책의 제11장 참조). 이 책의 제10장에서 우리는 편집자 겸 비평가들과 작가들이 소설의 말미에 서두 부분을 가리키는 내용을 포함시킴으로써 소설에 통일성의

---

36) 추이쯔언崔子恩, 『리위소설론고李漁小說論稿』, 54~57면 참조. 그리고 해넌의 『리위의 창조』, 17~18, 20~21, 86~88, 136, 138~139면과 168면 참조. 어떤 경우에는 『무성희』의 두 번째 이야기의 서두와 『연성벽』의 첫 번째 이야기의 전체 정절에서와 같이 희곡과 인생 그 자체를 구분하는 선을 의도적으로 모호하게 그었다.

37) 리위가 작가라고 판정되는 또 다른 소설인 『합금회문전合錦回文傳』에는 이러한 특징들이 덜 녹아들어 있는데, 특히 아이러니와 서술자를 실험적으로 변용시킨 것이 빠져 있다. 이렇듯 작가가 누구인지 여부의 진위를 판별하려는 시도에 대해서는 추이쯔언의 앞의 글, 66~82면 참조. 이 소설에 대한 평점가(쑤쉬안素軒이라는 가명으로만 알려져 있는)는 리위의 희곡이론, 희곡과 소설의 밀접한 관계에 대한 그의 관점과 그가 절대로 실화소설roman à clef은 쓰지 않았다는 사실을 잘 알고 있었다. 추이쯔언과 또 다른 연구자들은 이 소설의 작자가 리위 외에 다른 사람일 수 없다고 주장하고 있다.

38) 모든 역사적인 고려에도 불구하고, 장춘수와 장쉐룬(234~238면)은 이렇게 리위를 작자로 단정한 것이 구체적인 증거에 바탕한 게 아니라고 여겨 받아들이지 않았다. 『육포단』과 리위의 다른 작품들에 대한 가장 최근의 비교에는 공통된 언어, 공통된 사고와 공통된 비유 등과 같이 수많은 경우의 수가 나열되어 있다(황챵黃强의 「육포단이 리위가 지은 것이라는 데 대한 내증肉蒲團爲李漁所作內證」).

외피를 어떻게 제공하는지 보게 될 것이다. 『육포단』의 경우에는 제1장에서 나오는 이야기의 언어적 메아리가 (약간은 뒤틀린 채로) 이 소설의 본문이 아니라 마지막 장회에 대한 회평에서 울려 퍼지고 있다.

그의 선배나 동시대 작가들과 마찬가지로 그의 연극은 계속 유지된 적이 없었음에도, 리위의 주요한 명성은 희곡 작가와 비평가로서 얻어졌다. 리위가 강조했고, 그 당시 그의 연극을 대중적으로 만들었던 몇 가지 요소들, 이를테면 참신함novelty과 단순한 언어 사용 그리고 형식적으로 만족스러운 구조와 같은 것들은 그 내용상의 또는 진지함의 부족을 덮어둘 만큼 충분한 것은 아니었다. 비록 리위가 한 연극에 평점을 쓰긴 했지만,[39] 연극에 대한 그의 가장 영향력 있는 저작은 그의 『한정우기』이다. 여섯 개의 장으로 이루어진 이 저작의 첫 번째 세 장은 연극을 다루고 있으며,[40] 이 책의 나머지 부분은 교양 있는 학자와 실내와 실외의 장식이나 요리, 향초와 같은 여가를 즐기는 사람이나 즐거움을 얻고, 지나친 감정을 억제하는 방법과 같이 자질구레한 주제들을 다루고 있다.[41]

---

39) 주쑤천朱素臣의 『진루월秦樓月』이 그것이다. 평점에 따르면, 리위는 21장과 22장(21면에서 31a면까지와 22면에서 37a면까지의 미비)을 지었다. 22착의 결말 부분에서 청중에게 직접 말하는 것은 리위 스타일의 특별한 잔재이다. 리위의 이름으로 가탁된 시가 희곡의 삽화 부분의 후면에 나오는데, 평점가가 리위의 시 가운데 한 수에서 인용한 것이다(10면에서 47a면의 미비). 어떤 평어들은(이를테면, 28면에서 75a~b면, 미비) 리위의 연극에 대한 이론적인 평어와 아주 많이 일치하고 있다. 이 희곡 판본에도 리위의 희곡들 가운데 한 편의 서문을 썼던 왕돤수王端淑의 짧은 평어가 포함되어 있다. 『진루월』은 또 다른 리위의 희곡들과 정절 요소를 공유하고 있다(헨리Henry의 『중국의 오락거리-리위의 생동감 있는 연극*Chinese Amusements : The Lively Plays of Li Yü*』, 227면 주10 참조). 민국 시대에 출판된 쑤저우의 지방지 안에 있는 주쑤천에 대한 짧은 글에 의하면, 그와 리위는 친구였다고 한다(자오징선趙景深과 장쩡위안張增元의 「방지에 저록된 원명청 희곡가 전략方志著錄元明清曲家傳略」, 165면과 저우먀오중周妙中의 『청대희곡사清代戲曲史』, 53면 참조).

40) 연극에 대한 장절들은 분리되어 1925년 이래로 『리리웡곡화李笠翁曲話』라는 제목으로 출판되고 있다.

41) **[옮긴이 주]** 『한정우기』는 총 16권으로 구성된 희곡이론집으로, 희곡이론 이외에 음식과 조림造林, 원예 등에 관한 내용도 담고 있다. 내용 중 사곡부詞曲部 · 연습부演習部

리위의 희곡에 대한 장절들은 극작가과 연극 제작자가 되기를 갈망하는 이들을 위한 안내서로 쓰이기 위해 고안되었다. 리위는 이런 일들에 대한 경험을 수없이 많이 갖고 있었는데, 그는 자신의 극단을 이끌고 다니면서 자신과 다른 사람의 연극을 공연한 바 있는 다작의 극작가이기도 했다. 혁신과 구조 그리고 부차적인 주제보다는 주요 주제가 앞서야 하는 [것의] 중요성에 대한 그의 언급들은 소설 창작에도 똑같이 적용되는데, 그가 선호하는 용어인 주뇌主腦는 소설 비평을 가로질러cross over 사용되고 있다.[42] 등장인물과 그 인물의 체현에 대한 그의 언급 역시도 소설에서의 인물 형상화에 즉각적으로 적용될 수 있는데, 아마도 우리는 이러한 문제에 대한 장주포의 접근방식에 약간의 영향을 준 사실을 볼 수 있을 것이다.[43]

리위의 이름으로 나온 『삼국연의』에 대한 평점이 과연 리위의 것이라면, 건강이 그다지 좋지 않았던 그의 생애의 마지막 몇 달 동안 완성되었어야만 했다. 하지만 이 판본에는 단지 미비가 달려 있을 뿐이고, 주요한 작업들이 제시되어 있지 않다. 여기에는 과거 시험을 보는 것을 자주 지적하거나(이를테면, 『삼국연의회평본』, 79회 965면과 100회 1,227면, 미비) 『한정우기』 안에서 선호했던 용어의 사용과 같은 리위의 그림자가 어려 있는 평어들이 포함되어 있다.[44] 하지만 그 깊이나 중요성에서 이 평점

는 희곡예술 분야에 관한 체험적인 견해를 전문적으로 기술한 것이다. 이 책은 판본에 따라 『리웡비서제일종笠翁秘書第一種』(1671), 『리웡우집笠翁偶集』(1730), 『리리웡곡화李笠翁曲話』, 『리웡극론笠翁劇論』이라는 제목으로 출간되었다.

42) 이 용어에 대해서는 플락스의 「용어와 중심 개념Terminology and Central Concepts」, 88면과 88면 주2 참조. 시문時文 비평에서의 가능한 출처들은 황챵의 「팔고문과 명청 희곡八股文與明淸戱曲」, 107면 참조. 리위의 주뇌가 의미하는 것과 이것이 '주제theme'와 같은 현대 용어와 어떻게 다른지에 대한 논의로는 궈광위郭光宇의 「리위의 편극 이론과 창작 실천李漁的編劇理論與創作實踐」, 204~214면 참조. 이러한 용어들의 후대의 변화에 대해서는 양웨이하오楊位浩의 「주뇌의 본의 및 그 변천主腦的本義及其嬗變」 참조.

43) 리위의 『리리웡곡화』 「어구초사」, 85~86면과 『금병매자료휘편』, 35면 「비평제일기서 『금병매』 독법」 43(로이, 「『금병매』 독법, 224~225면)를 비교할 것.

44) 이를테면 '침선針線'(리위, 『리리웡곡화』 「밀침선密針線」, 26~28면)과 『삼국연의회

은 별로 중요하지 않다. 평어와 텍스트의 수정은 마오본毛本에서 가져왔는데, 어떤 것들은 상당히 부주의하게 처리했다. 이를테면 마오본에서 가해진 판본상의 수정을 지칭하는 평어들이 '리위'본에서는 보이지 않는다는 것이다.[45] 리위는 다른 사람들이 자신의 책을 허락 없이 찍어내는 것에 불평을 토로했는데,[46] 하지만 최소한 제쯔위안에서 출판된 유명한 서화 지침서인 『제쯔위안화전芥子園畫傳』의 경우, 이것은 그가 서문을 쓰고 자료는 명말로 치닫고 있을 즈음에 인쇄된 좀더 앞선 시기에 나온 저작인 『스주자이서화보十竹齋書畫譜』(『인민일보人民日報』 해외판, 1985.10.8, 7면)에서 출처를 밝히지 않고 가져온 것이었다.

리위는 고급 문화와 저급 문화를 뒤섞었는데, 문사 계층의 많은 이들은 리위를 자신들의 계층의 반역자라고 경멸했다.[47] 리위는 자신의 붓으로 부자나 명망가에게 아첨하는 것으로 먹고 살았는데, 그의 작품에 나오는 과도한 자기 오만과 스스로를 광고하고 상품화하는 등등의 것들은 종종 받아들이기 힘든 것들이었다.[48] 패트릭 해넌은 리위가 다음

평본』, 38회 479면, 480면의 「리위」 미비.

45) 『삼국연의회평본』, 1회 2면, 미비. 여기에서는 류방劉邦이 백사白蛇를 베어 죽이는 것을 말하는데, 이것은 마오본에서는 언급되어 있지만, 리위나 다른 초기 판본에는 모두 없다.

46) 자신의 소설의 해적판을 억누르려는 시도에 대해서는 해넌의 『리위의 창조』, 12~13면 참조. 그의 희곡 가운데 하나인 『의중연意中緣』에서는 먹고 살기 위해 그림을 위조하는 두 여인이 나오고, 또 『한정우기』의 한 장절에는 (독자들에게 찾아오라고 알려준 그의 책방에서 그의 다른 책들과 함께 구할 수 있는) 자기 자신이 디자인한 문방구에 대한 광고와 그 문방구들과 책을 허가 없이 복사하는 것에 대한 불평이 실려 있는데, 그는 "죽을 때까지 싸울 것"이라고 다짐하고 있다. 『한정우기』 「전간箋簡」, 209~210면 참조(해넌의 『리위의 창조』, 14~15면).

47) 둥한董含(1630~1697년경)이 그 가운데 한 사람으로, 그는 리위가 막바로 지옥에 떨어져 혀가 뽑혀야 한다고 말했다(장춘수와 장쉐룬의 앞의 책, 10~11면).

48) 다른 사람에게 고용된 붓이라는 악명은 한 선비가 그에 대해서 다음과 같이 심각하게 따질 정도로 고약한 것이었다. 장진옌張縉彦은 리위에게 뇌물을 주고 『무성희』에서 자신의 모습을 호의적으로 그려달라고 했으며, 또 리위는 뇌물을 받고 명의 장군들의 명성을 미화하기 위해 명의 몰락에 대한 희곡 『철관도鐵冠圖』를 썼다는 것이다(류즈중劉致中, 「철관도는 리위가 지은 것鐵冠圖爲李漁所作」, 234~235면).

과 같은 측면들 때문에 백화 문학의 작가들 가운데 독특한 사람이라는 사실을 간명하게 지적한 바 있는데, 그것은 남아 있는 작품의 양, 해설과 명쾌함에 대한 그의 열정 그리고 그의 작품들이 '일관되다'는 것이다(『리위의 창조』, viii면). 우리의 목적 상 리위가 중요한 의미를 갖는 것은 그가 평점을 강조했다는 사실 때문이다.[49)]

2. 장주포張竹坡와 『금병매』

『금병매』의 초기 판본인 『금병매사화金甁梅詞話』(1617~1618)의 서에는 협비나 또는 다른 어떤 형태의 평점도 없다.[50)] 이 소설의 개정은 주로 텍스트의 포맷과 평점의 유형과 양에 의해서 구별되는 몇 가지 다른 판본들이 나온 뒤 오래지 않아 이루어졌다. 이것들 가운데 하나의 삽도에 목판장木版匠의 이름이 숭정(1628~1644)이라는 연호와 함께 포함되어 있어, 이 모두를 통틀어서 '숭정'본이라 칭한다.[51)] 그러한 호칭은 널리 받

49) 리위는 자신의 후기 작품들에 대한 평어를 간청했(고 150명 이상의 평점가와 친구들로부터 평점을 받았)다. 그의 이성탕翼聖堂본 선집의 전체 이름은 『우내제명합평리웡일가언전집宇內諸明合評笠翁一家言全集』이다. 해넌의 『리위의 창조』, 22면과 247면 참조. 두준杜濬의 이름으로 출판된 그의 소설에 대한 평점들은 이것들이 직접적으로 리위와 두준을 지칭하고 있다는 점에서 이례적이다. 리위의 소설 텍스트에서의 '평점'의 사용에 대해서는 이 책의 제11장과 12장 참조.

50) 류후이劉輝(「사화본에서 설산본까지從詞話本到說散本」, 7~8면)는 그가 생각하기에 원래 협비였는데 실수로 본문으로 들어온 구절들을 가려내었다. 과연 편집은 질적인 측면에서 매우 수준 이하이다. 신신쯔欣欣子 서는 작자의 것일 수도 있다. 데이비드 로이(영역본 『금병매*The Plum in the Golden Vase*』 「서론Introduction」, xxii~xxiii)는 이것과 이 소설의 나머지 다른 부분 사이의 유사성으로 말미암아 신신쯔가 작자이거나 작자와 잘 아는 가까운 사람일 거라 주장했다.

51) 어떤 한 판본에는 평점이 없다. 다른 것들에 대한 자세한 서지사항은 롤스톤의 『독법』, 439~440면 참조. 또 왕루메이王汝梅의 「전언前言」(『신각금병매新刻金甁梅』, 2~7

아들여지지 않고 있는데, 어떤 이는 이 가운데 한 판본은 사화본보다 시기가 앞설지도 모른다고 생각하고 있으며, (리위가 편집하고 평점을 다는 데 관여했다는 생각을 지지하는 이들과 같은) 몇몇 사람은 이것들 가운데 그 어느 것도 명말보다 앞서지 않는다고 생각하고 있다.

숭정본 계열의 판본들은 주로 평점과 삽도 면에서 서로 다르긴 하지만, 소설의 텍스트 자체는 사실상 똑같다. (장주포본도 포함해서) 숭정본의 제1회는 『금병매사화』의 그것과 거의 완전하게 갈라선다. 『금병매사화』본 제1회가 이 소설의 관심사에 대한 복잡하고 중층적인 서론으로서, 시먼칭西門慶과 역대 황제들, 그리고 판진롄潘金蓮과 호랑이를 때려잡은 우쑹武松을 병렬적으로 늘어놓고 있는데 반해(로이의 영역본 『금병매』, 429~436면 참조), 숭정본의 제1회는 훨씬 더 직설적이다. 역사적 사실을 부연한 것이 유혹에 대한 경고와 불교 취향의 시로 뒤바뀌어 있는 것이다. 사화본에서 외부의 유혹에 마주했을 때 복잡하게 개인적인 자제를 요구했던 것이 [숭정본에서는] 단순한 여성혐오에 좀더 가까운 무엇으로 점차 단순화되게 된다. 후대의 편자는 초기 판본의 불교적인 질곡을 심각하게 받아들인 듯하다.

제1회에서의 또 다른 변화는 시먼칭과 열 명의 의형제, 그리고 리핑얼李瓶兒와 같은 주요 등장인물들이 교훈적인 서론 뒤에 막 바로 소개된다는 것인데, 장주포는 이러한 특징을 칭송했으며, 이것을 표준적인 전기의 공연에 비유했다.[52] 『수호전』에서 가져온 우쑹이 징양강景陽岡에서 호랑이를 때려잡는 내용은 사화본에서는 직접적으로 서술되었던 것이 이제는 서술자가 독자에게 요약하는 형태가 되어 잉보줘應伯爵가 시먼칭

면) 참조. 구칭顧青은 네 개의 별도의 판본이 있는데, 그 가운데 세 개가 숭정 년간으로 기산된다고 주장했다(「금병매 숭정본을 논함談金瓶梅崇禎本」).

52) 『금병매자료휘편』, 37면 「비평제일기서 『금병매』 독법」 제48조(로이, 「『금병매』 독법」, 229면). 리위는 모든 주요 인물들이 한 연극의 네 번째나 다섯 번째 장에 등장해야 한다고 믿었다(『리리웡곡화』 「출각색出脚色」, 101면). 사화본에서는 심지어 시먼칭 마저도 제1회에 등장하지 않는다.

에게 간접적으로 전달하는 내용으로 바뀌게 되는데, 이것은 아마도 이 이야기가 그 당시 독자들에게 잘 알려져 있었을 뿐만 아니라 주요 이야기와는 주변적으로만 연결되어 있기 때문일 것이다. 장주포는 이러한 변화를 칭찬했는데, 그는 이것을 『수호전』에서 이 이야기를 다룬 것과 기꺼운 마음으로 비교했다.[53]

이 소설은 숭정본에서 실제로 줄어들었는데,[54] 명백하게 다음과 같은 두 가지 연관된 이유 때문일 것이다. 그것은 첫째 권 당 가격을 낮게 책정하기 위해 부차적인 요소들을 삭제함으로써 총 페이지 숫자를 줄이려는 의도 때문일 것이고, 두 번째는 아마도 부차적인 것으로 보일지도 모르는 항목들의 중요성을 깨닫지 못했기 때문일 것이다. 『금병매사화』는 백화 (단편소설, 장편소설, 창사唱詞)와 문언으로 된 앞서 존재했던 작품들을 대규모로 인용했다. 아이러니뿐만 아니라 이 작품에서 쓰인 알레고리 및 상징의 사용을 빠뜨린 것은 인용된 작품들 자체에 적대적인 것이었는데(칼리츠Carlitz, 『금병매의 수사학The Rhetoric of Chin p'ing mei』, 114~127면), 숭정본의 편자는 질보다는 양적인 측면을 좀더 주요하게 고려하면서 이 작품을 대한 듯하다. 이를테면, 『금병매사화』에 두 개의 노래가 인용되어 있다면, 숭정본에서는 통상적으로 하나만을 남겨놓는 식이다. 심지어 남겨놓는다 하더라도 인용물의 알레고리적인 차원은 종종 텍스트의 수정을 통해 상실되어버렸다.[55]

---

53) 『장주포 비평 제일기서 금병매張竹坡批評第一奇書金瓶梅』, 1회 5면, 회평 21. 그는 사화본을 의식하지 않은 듯하다. 잉보줴가 '어떻게怎得'라는 말을 연신 해가며 호랑이를 죽이는 장면을 설명하는 것을 서술자가 생략한 것과 진성탄의 서술자가 판챠오윈潘巧雲이 '어떻게如何'라는 말을 반복하며 마지막 고백을 하는 것을 바꾸어 말한 것(『수호전전』, 46회 773면 주53) 사이에는 유사점이 있다. 진성탄은 '어떻게如何'라는 말을 특별히 자신의 고본에서 나온 것으로 돌리지는 않았지만, '어떻게如何'를 하나 하나 세고 있고(『수호전회평본』, 45회 858~859면, 협비), 장주포(숭정본의 평점가가 아닌)는 각각의 '어떻게怎得'를 세고 있다(『장주포 비평 제일기서 금병매』, 1회 28면, 협비).

54) 하지만 (이를테면 시먼칭이 판진롄을 '유혹'하는 것과 같이) 숭정본이 사화본의 본문보다 긴 대목들도 있다. 류후이劉輝의 「사화본에서 설산본까지從詞話本到說散本」, 33~34면 참조.

숭정본의 편집상의 변화에 대해서는 평점에서 드러내놓고 논의하거나 정당화하고 있지 않는데, 두 가지 경우의 예외는 있다. 평점가는 자신의 판본과 그가 '원본'(『신각금병매』, 4회 57~58면, 미비)이라 불렀던 것 사이의 차이를 지적했는데, 사화본(『금병매사화』, 4회 2b면, [92면])과 비교해 보면 약간 차이가 있다는 것을 알 수 있다. 다른 경우에서 평점가는 자신의 판본을 원본으로 지칭하면서, 경쟁 관계에 있는 판본의 제53회는 속된 필치로 인해 개악되었다爲俗筆改壞(『신각금병매』, 30회 390면, 미비)고 주장했다. 숭정본의 제53회와 54회는 사화본의 해당 장절과는 확실히 다르다.[56]

숭정본崇禎本

평점이라는 측면에서 볼 때, 숭정본에는 일반적으로 세 가지 계통이 있다. 가장 초기 유형의 대표적인 예는 베이징대도서관北京大圖書館에 소장되어 있는데, 미비와 협비가 모두 있다. 약간 후기 유형의 대표적인 예는 베이징수도도서관北京首都圖書館에 소장되어 있는데, 협비만 있다. 마지막 유형에는 평점이 전혀 없다. 협비가 있는 두 가지 유형의 내용은 완전하

---

55) 이를테면, "영험한 거북이 입 안에서 푸른 샘물을 토해낸다靈龜口內吐靑泉"(남자의 사정射精을 비유하는 말. **[옮긴이 주]** 『금병매사화』, 6회 7b면, [136면])라는 구절과 이 구절의 등치물인 섹스와 돈은 전체적으로 이 소설에서 매우 근본적인 것이었는데, 이 구절을 막연하게 "소중한 그대 나를 잊지 말아요珍重檀郎莫背忘"(『신각금병매』, 6회 82면)로 수정한 것을 예로 들 수 있다. 사화본에서 구연 문학을 인용하고, 인유하고, 또 실험한 것을 숭정본에서는 어떻게 다루었는지에 대해 좀더 알고 싶으면, 롤스톤의 「구연문학」에서 특히 46~52면 참조. '관계없는' 내용들의 삭제는 "이 소설의 1816년본에서 극단적으로 행해졌다. 이 책에서는 아홉 면(롤스톤의 원문은 'typeset'으로 목판으로 찍은 한 면을 가리키며 중국어로는 '배판排版'이라고 한다. 이것을 접으면 결국 두 페이지가 나오게 된다. **[옮긴이 주]**)이나 되는 장회들을 겨우 한 면 정도로 줄여버렸다."(류후이劉輝, 『금병매의 성서와 판본 연구金甁梅成書與版本硏究』, 103~113면). 하지만 이 판본에는 앞쪽의 네 회에 새로운 내용이 들어가 있다(루거魯歌와 마정馬征의 「『금병매』 네 가지 판본을 논함談金甁梅的四種版本」, 62~66면 참조).

56) 이 소설에 대한 초기의 소개 글에서는 제53회에서 57회까지는 원 작자의 것이 아니라고 주장했다. 과연 이것들은 이 소설의 나머지 부분과 잘 들어맞지 않는다(해넌의 「『금병매』의 텍스트The Text of the Chin p'ing mei」, 14~33면 참조).

지는 않지만, 대체적으로 일치한다.[57] 다른 차이점들에는 삽도의 숫자와 질, 그리고 인쇄된 텍스트의 포맷이 포함된다. 미비와 협비가 다른 사람의 손에서 나왔다고 믿을 만한 이유가 없기 때문에, 나는 이것들을 한 사람의 손에서 나온 것으로 보고자 한다.

숭정본 평점가의 가장 흥미로운 측면은 그가 기꺼이 허구적인 인물들과 스스로를 동일시하려 했고, 그 자신을 행위 속으로 끌어들이려 했다는 점이다. 이것은 결정적으로 진성탄의 평점 스타일의 특징이 아니다. 진성탄은 거의 언제나 그 자신을 소설 세계와 미학적인 거리를 두었으며, 심지어 독자가 직접적으로가 아니라 지적인 차원에서 [간접적으로] 서스펜스를 경험하기를 기대했던 듯하다. 숭정본 평점가의 태도는 장주포와도 날카로운 대조를 이루는데, 장주포는 이런 측면에서 보자면 진성탄을 따랐다. 원본에서 가장 중요한 과정은 독자를 꼬드겨 자신을 등장인물과 동일시하게 만드는 것으로, 그렇게 함으로써 그들은 자기 반성이나 자기 인정이 결여된 허구 속의 등장인물들이 저지르는 잘못된 행동들을 그들 자신도 범할 수 있다는 사실을 깨닫게 하는 서술상의 날카로운 수사적인 전환을 통해 각성하게 된다. 숭정본 평점가가 텍스트 내의 (성적) 유혹을 자신에게 개방한 것은 드문 일이긴 했지만 매우 환영받았다.[58]

숭정본의 평점가는 이 이야기를 불교적인 틀 안에서 이야기하는 계고적인 것으로 보았는데, 이 점에서 그는 앞서 논의한 바 있는 숭정본의 텍스트상의 수정과 완전히 일치하고 있다.[59] 이러한 해석에는 시먼

57) 세 가지 숭정본의 제7회에 대한 평점상의 차이에 대해서는 황린黃霖의 「『금병매』에 관하여關於金瓶梅」, 62면 참조.

58) 그는 판진롄의 능란한 섹스 솜씨(이를테면 『신각금병매』, 28회 359면과 28회 363면, 그리고 74회 1,025면의 미비)와 입증된 다른 재능들(『신각금병매』, 31회 403면과 43회 554면, 67회 914~916면, 미비)에 대해 언급한 바 있다. 이와 관련한 다른 언급들은 과도한 섹스로 인한 팡춘메이龐春梅의 죽음을 극락세계로 들어가는 것(앞의 책, 제100회 1,412면 협비)으로 보았다든가, "그가 행복하게 죽었다死得快活"고 언급한 것과 같이 아이러니컬하게 보일 수도 있다.

칭이 자신의 죄를 속죄하기 위해 중이 되는 샤오거孝哥(우웨냥吳月娘과의 사이에서 낳은 아들)로 환생한다는 생각이 포함되어 있는데, 이것 역시 장주포가 주창한 것이었다.

장주포의 평점과 숭정본의 평점

이상에서 논의한 주요 평점가들과 달리 장주포는 자신의 판본에 거의 편집상의 변화를 주지 않았다.60) 그는 숭정본 평점으로부터 아이디어를 가져왔지만(플락스, 「『금병매』 숭정본 평점」, 24~25면), 그 결론 가운데 몇몇과는 일치하지 않는 경우도 있었다(이 책의 제8장 참조). 그는 숭정본 평점가의 평점들을 가리켜 '원평原評'이고 '속비俗批'라고 했다.61) 장주포가 초기 평점으로부터 아이디어와 언어를 가져온 동시에 자신을 그것들로부터 거리를 두려했던 것은 진성탄이 『수호전』에 대한 평점에서 그렇게 했던 것과 마찬가지로 우리에게 잘 알려져 있다.

진성탄이 장주포가 태어나기 몇 년 전에 죽었음에도, 진성탄과 장주포의 관계는 밀접하다. 장주포는 자신의 평점을 진성탄의 『수호전』 평

---

59) 시먼칭을 음경陰莖으로 묘사한 것에 대한 찬사를 유보한 평어(앞의 책, 제80회 1,162면, 미비)는 평점가가 숭정본의 편자였다는 사실을 암시하는 것으로 받아들여질 수 있다. 텍스트 상의 불교적인 허식에 대한 평점가의 태도에 대해서는 플락스의 「『금병매』 숭정본 평점—쇳물 속의 보석The Chongzhen Commentary on the Jin Ping Mei : Gems Amidst the Dross」, 28면 참조.

60) 이 소설의 숭정본과 장주포본의 텍스트상의 차이는 아주 미미하다. 이를테면, 차이징蔡京을 추모하는 조목의 숫자가 장주포본에서는 일곱 번에서 다섯 번으로 줄어들고, 이 조목들에 대한 본문이 부여되지 않은 정도이다. 진성탄이나 마오씨 부자와 달리 장주포는 상충되는 점들을 지적했지만, 그것들을 바꾸지는 않았다. '예저우葉書'의 평점과는 대조적으로, 그는 상충되는 점들을 독자들이 좀더 깊은 층위의 의미를 알아차리도록 작자가 남겨 놓은 의미 있는 실마리로 보았다. 이를테면, 그는 이 소설의 연대기상의 상충되는 점을 "일부러 저지른 부조화此皆作者故爲參差之處(원문은 [옮긴이 주])"라고 설명했다(『금병매자료휘편』, 34면 「비평제일기서 『금병매』 독법」 37(로이, 「『금병매』 독법」, 223~224면)).

61) 『장주포 비평 제일기서 금병매』, 82회 1,324면(『신각금병매』, 82회 1,187면, 협비를 가리킴)과 『장주포 비평 제일기서 금병매』, 1회 19면(『신각금병매』, 1회 9면, 협비를 가리킴)에 대한 협비 참조.

점과 비교했고,[62] 그와 동시대의 평점가들 역시 두 사람을 비교했는데, 장주포가 진성탄과 동등한 위치에 설 수 있는지 여부에 대해서는 의견이 갈렸다.[63] 『금병매』의 많은 장절들, 특히 앞쪽의 10회 부분은 『수호전』에서 가져온 것이다. 장주포는 이러한 사실뿐 아니라 자신의 평어와 『수호전』의 해당 장절들에 대한 진성탄의 평어들의 관계에 대해 아주 솔직한 태도로 밝히고 있다.

> 이 회(제2회)보다 뒤에 있는 몇 개의 장회들을 놓고 보자면, 이 소설의 본문은 『수호전』의 그것과 거의 똑같다. 작자가 [초기 판본과] 이렇게 똑같은 것을 피하지 않은 이유는 그런 사람을 그려내고자 한다면, 이렇게 해야만 타당하고 절묘해진다는 것을 보여주고 싶어서이다. 가장 미미한 변화라도 잘못될 수 있다. 작자의 유일한 관심사는 판진롄을 시먼칭의 집에 들여놓는 것으로 손이 가는 대로 이와 같이 묘사해 나간들 무슨 거리낄 것이 있겠는가? 이것은 또 글을 쓴다는 것이 공적인 일이라는 것을 보여주는데, 곧 어느 한 사람이 이렇게 정리를 펼쳐보였기 때문에 다른 사람이 그와 같은 정리를 펼쳐보일 수 없다는 것을 의미하지는 않는다. 그러므로 내가 평점을 달 때에는 오로지본문의 깊은 이치神理와 단락, 장법에 의거하여 나의 안목에 따라 평점을 달 뿐이다. 설사 『수호』에 평점을 단 것과 똑같은 평점이 있다 하더라도, 그것을 피하지 않을 것이다. 대개 작자가 싫어하는 것을 피하지 않기로 한 바에야, 내가 어찌 똑같은 것을 피하는 평점을 달기 위해 억지로 작자의 글을 틀어놓을 까닭이 있겠

62) 그의 아우가 쓴 전기에 의하면, 장주포는 진성탄의 죽음으로 『금병매』가 얼마나 잘 만들어진 작품인지 알아줄 사람이 없게 되었으며, 그런 까닭에 그런 점을 지적할 만한 사람은 자기밖에 없다고 말했다고 한다(롤스톤, 『독법』, 198면). **[옮긴이 주]** 이 책의 제1장 6절에 이에 대한 내용이 나온 바 있다.

63) 긍정적인 또는 부정적인 평결에 대해서는 류팅지劉廷璣의 『재원잡지在園雜志』(『금병매자료휘편』 213면)와 장차오張潮가 이름 없는 친구에게 보낸 편지(앞의 책, 196면) 참조. 장차오는 장주포의 평점을 『비파기』에 대한 마오룬의 평점과 같이 취급했는데, 이것은 장주포가 유퉁尤侗과 다른 유명한 문인들과 함께 장차오 자신의 『유몽영』(그의 평어에 대해서는 『금병매자료휘편』, 197~207면 참조)의 평점가 가운데 한 사람이라는 사실과 창차오가 종종 장주포의 평점에 대한 '셰이謝頤' 서문의 저자로 생각된다는 사실로 비추어 볼 때 흥미롭다. 이 서문의 작자 문제에 대해서는 롤스톤의 『독법』, 440~442면 참조. 여기에는 이 평점에 대한 상세한 서지사항도 들어 있다.

는가? 설사 같은 것이 있더라도 그는 자신의 『수호』에 평점을 달 뿐이요, 나는 『금병매』에 평점을 달 뿐이다. 만약 그대가 우리 두 사람이 같은 마음이라고 말해도 좋고, 각각이 그 나름의 견해를 갖고 있다고 말해도 좋다. 나와 그 사람이 같다고 말해도 좋고, 그 사람이 나와 같다고 말해도 좋다. 그가 평점을 단 것이 본래는 바꿔서는 안되는 것이라 말해도 좋고, 똑같은 원문을 다르게 평점을 달아서는 안된다고 말해도 안될 것은 없다.[64]

하지만 우리는 그가 공언하고 있는 공정한 마음이라는 것을 그 자신을 진성탄과 구분하려는 태도로 해석할 수 있다(전회에 있는 그의 「비평제일기서 『금병매』 독법」 35조에서의 번역 참조).

장주포의 『금병매』에 대한 해석

장주포는 기본적으로 이 소설을 불교적으로 해석하는 데 집착했다. 그는 우웨냥吳月娘과 샤오위小玉, 샤오거孝哥가 융푸쓰永福寺에서 깨달음을 얻었다고 말했다(『장주포 비평 제일기서 금병매』, 88회 1,395면, 회평 2). 이러한 '깨달음'은 아마도 샤오거가 시먼칭의 화신이었다는 사실이 이 소설의 마지막 회에서 드러남으로서 성취된 듯하다.[65] 그의 「비평제일기서 『금

---

64) 『장주포 비평 제일기서 금병매』, 2회 41면, 회평 16. 장주포는 『수호전』에서 갈라져 나온 이 소설의 이 대목에 대해 칭찬을 하고 있다(이를테면, 『장주포 비평 제일기서 금병매』, 4회 79면, 협비). 장주포가 자신의 평점에 대한 「범례」에서 자신의 평점 스타일을 진성탄의 그것과 비교한 것에 대해서는 이 책의 제1장 참조.

[옮긴이 주] 본문에 해당하는 원문은 다음과 같다. "此後數回, 大約同『水滸』文字, 作者不嫌其同者, 要見欲做此人, 必須如此方妥方妙, 少變更卽不是矣. 作者止欲要叙金蓮入西門慶家, 何妨隨手只如此寫去. 又見文字是件公事, 不因那一人做出此情理, 便不許此一人又做出此情理也. 故我批時, 亦只照本文的神理, 段落, 章法, 隨我的眼力批去, 卽有亦與批『水滸』者之批相同者, 亦不敢避. 蓋作者旣不避嫌, 予何得强扭作者之文, 而作我避嫌之語哉! 此卽有相同者, 彼自批『水滸』之文, 予自批『金瓶』之文, 謂兩同心可, 謂各有見亦可; 謂我同他可, 謂他同我亦可; 謂其批爲本不可易可, 謂其原文本不可異批亦無不可."

65) 이러한 해석에 대한 논박은 칼리츠의 『금병매의 수사학』, 128~145면 참조. 장주포는 관거官哥(리핑얼李甁兒의 아들)가 리핑얼의 첫 번째 남편이었던 화쯔쉬花子虛의 화신이었다는 사실도 믿었다(『장주포 비평 제일기서 금병매』, 17회 263면, 제59회 882면

병매』 독법」 제75조에서, 그는 작자의 학식이 "쿵쯔의 것이 아니라 부처의 것인데, 그것은 그가 전하는 메시지가 모든 게 공이라는 것이기 때문"[66]이라고 언명했다. 하지만 장주포는 "나는 확실히 공이라는 글자를 쿵쯔를 헐뜯는 데 사용하려고 했던 것은 아니다"[67](『금병매자료휘편』, 45면 「비평제일기서 『금병매』 독법」 102조, 로이의 「『금병매』 독법」, 242면)라고 주장하고, 이 책에서의 효의 역할을 강조함으로써 유교가 불교보다 우위에 있다는 것을 용의주도하게 드러내보였다(『금병매자료휘편』, 41면 「비평제일기서 『금병매』 독법」 76조, 로이의 「『금병매』 독법」, 238면).[68]

장주포는 그의 평점이 이 책에 대한 독자의 반응(과 아마도 이 책 자체도?)을 바꾸어 놓았다고 주장했다. "보통 사람들은 이 책을 음란하다고 보지만, 이제 내 평점을 덧붙인 뒤 그들이 이 책을 다시 읽게 되면, [그들은] 이것이 순수한 도학에 지나지 않는다는 것을 알게 될 것이다."[69] 하지만 장주포는 그가 이 소설의 주요 등장인물 가운데서 멍위러우孟玉樓를 도덕적 전범으로 선택하게 된 고상한 기준을 지지할 수 없을 거라 말하면서, 이것이야말로 부처의 자비가 나오는 곳이라고 말했다(『장주포 비평 제일기서 금병매』, 17회 11면, 회평 11). 장주포가 다루었던 또 다른 개념들은 보응報應[70]과 여성을 유혹과 재앙의 근원으로 보는 생각이다.[71] 이

협비와 제59회 869~870면 회평 2와 4 참조).

66) 『장주포 비평 제일기서 금병매』, 41면(로이, 「『금병매』 독법」, 235면). 『금병매자료휘편』, 31면의 26조(로이, 「『금병매』 독법」, 217~218면)도 참조.

[옮긴이 주] 원문은 다음과 같다. "然到底是菩薩學問, 不是聖賢學問, 蓋其專教人空也."

67) **[옮긴이 주]** 원문은 다음과 같다. "到底不敢以空字誣我聖賢也."

68) **[옮긴이 주]** 해당 원문은 다음과 같다. "『金瓶』以空結, 看來亦不是空到地的. 看他以孝哥結便知. 然則所云幻化, 乃是以孝化百惡耳."

69) 『장주포 비평 제일기서 금병매』, 100회 1,560면, 회평 1과 「제일기서비음서론第一奇書非淫書論」(아래에 『금병매자료휘편』, 19~20면을 부분적으로 번역한 곳)에도 비슷한 주장이 있다.

[옮긴이 주] 원문은 다음과 같다. "今經予批後, 再看, 便不是眞正道學不喜看之也, 淫書云乎哉!"

70) 이를테면 『장주포 비평 제일기서 금병매』, 5회 96면, 협비와 『금병매자료휘편』, 27~28면, 29~30, 38면과 44면, 「비평제일기서 『금병매』 독법」, 18, 23, 51면과 86면 참조(로

소설에서 그가 보았던 좀더 큰 패턴들 가운데 몇 가지는 중이 됨으로써 자신의 죄를 씻기 위해 시먼칭이 샤오거로 환생하는 것과 "다른 사람의 아내와 자식을 망치게 되면, 네 아내와 자식도 다른 사람에 의해서 망치게 된다淫人妻子, 妻子淫人"고 말한 것을 입증하는 것이다.[72] 그보다 앞선 진성탄과 마찬가지로, 장주포는 독자들(과 그 자신)이 동일시하는 내포 저자를 조심스럽게 만들어냈다(이 책의 제4장 참조).

장주포의 모티브와 자신의 평점에 대한 정당화

장주포 자신은 『금병매』에 대한 자신의 평점에 대해 몇 가지 다른 모티브를 내세운 바 있다. 때로 그는 작자를 이해하고 그와 공감하는 유일한 사람으로 그 자신을 제시하기도 했다.

> 이제 어리석은 독자들이 나머지 세상 사람들로 하여금 이 문학적인 걸작金瓶梅을 음서로 여겨 눈에 띄지 않도록 설득하는 데 성공한다면, 그 자신을 위해서뿐만 아니라 누대에 걸친 재사들을 위해 정신적으로나 육체적으로 혼신의 힘을 기울여 이러한 걸작을 만들어낸 작자의 노력은 속인들에 의해 무화되고 헛수고를 한 셈이 되어버리게 될 것이다. (…중략…) 비록 내가 외람되게도 작자의 마음 속 깊은 곳까지 들어가는 데 성공했다고 말할 수는 없을지라도, 나는 내 자신의 부적절함에도 불구하고 작자에게 가해져온 모든 부당한 비방에 대해 그를 옹호하고자 하는 소망에 의해 이 비평을 써야 한다는 강박을 느꼈다.

이, 「『금병매』 독법」, 210, 214~215, 232, 2,404면).

71) 이를테면, 장다후張大戶의 죽음에 대한 『장주포 비평 제일기서 금병매』, 1회 33면 협비 참조. 또 다른 곳에서 그는 판진롄의 파멸적인 측면을 그녀의 환경과 자라온 과정으로 돌리고 있긴 하지만(이를테면 『금병매자료휘편』, 29~30면, 「비평제일기서 『금병매』 독법」 23, 로이, 「『금병매』 독법」, 214면), 일반적으로 그는 여성에 대해서 우월감을 갖고 대했다(『금병매자료휘편』, 42~45면, 「비평제일기서 『금병매』 독법」 82, 로이, 「『금병매』 독법」(로이, 영역본), 236~237면, 241면 참조).

72) 이 말은 사화본의 신신쯔欣欣子 서에 나온다(『금병매자료휘편』, 215면, 『금병매』, 4~5면). 하지만 장주포가 이 서문을 봤는지는 확증할 수 없다. 그는 특히 쑨쉐어孫雪娥가 창기가 되는 것을 설명하기 위해 이 개념을 사용했다(『금병매자료휘편』, 27~28면, 「비평제일기서 『금병매』 독법」 18, 로이, 「『금병매』 독법」, 210면).

—『금병매자료휘편』, 42~43면, 「비평제일기서『금병매』 독법」 82, 로이, 「『금병매』 독법」, 237~238면[73]

장주포는 또 작자를 돈과 권력만 알고 재능을 무시하는 부당한 세계의 희생자로 보았다. 장주포 자신은 명망 있는 집안의 몰락한 세대에 태어났으며, 그는 자신의 평점과 다른 저작들 속에서 스스로를 사회적인 부정에 의해 [작자와] 마찬가지로 희생된 인물로 제시한 바 있다. 그의 재능이 조기에 알려졌음에도 불구하고(베이징에서, 그는 주포차이쯔竹坡才子로 불렸다), 그는 관도에 오르지 못했고, 20대의 나이로 죽었다.[74] 자신의 평점에 대한 서문 격인 글에서 그는 다음과 같이 말했다.

좀더 최근에는 빈곤과 슬픔으로 마음이 짓눌리고 '염량세태'에 부대끼다가, 시간을 보내기 힘들 때마다 내 자신이 세정서 한 권을 지어 답답한 소회를 풀지 못하는 것을 한탄했다. 나는 몇 차례나 붓을 들어 책을 쓰려 하였으나, 전후 줄거리를 잡아나가는 데 많은 기획을 해야 했기에 이내 붓을 던지며 내 자신에게 말했다. "왜 나보다 앞서 '염량세태'를 다룬 책[『금병매』]을 쓴 이가 기획한 것을 세세히 풀이하지 않는가? 그렇게 하면 첫째, 내 자신의 억눌린 소회를 풀 수 있을 것이며 둘째, 옛 사람의 책을 명료하게 풀이하는 일은 내가 지금

73) [옮긴이 주] 원문과 이무진의 번역문은 다음과 같다.
"今止因自己日無雙珠, 遂悉令世間將此妙文目爲淫書, 置之高閣, 使前人嘔心嘔血, 做這妙文, 雖本自娛, 實亦欲娛千百世之錦繡才子者, 乃爲俗人所掩, 盡付流水(…중략…) 雖不敢謂能探作者之底裡, 然正因作者叫屈不歇, 故不擇狂瞽, 代爲爭之. 且欲使有志作文者," (지금 단지 안목이 없어서 세상 사람들이 이 훌륭한 문장을 음서로 간주하고 방치해 두면, 선인이 심혈을 기울여 쓴 이 훌륭한 문장은 비록 본래 스스로의 즐거움이나 오랫동안 아름답고 재능 있는 젊은이들을 즐겁게 해줄 목적으로 쓰여졌다고 할지라도 속된 이들이 감추는 바가 되어 흐르는 물처럼 사라져 버릴 것이니 바로 이것이 사람들이『금병매』를 그릇되게 하는 것이다. (…중략…) 내가 실례를 무릅쓰고 급히 비평하여 가르침을 청하고자 하니 비록 작자의 깊은 뜻을 궁구해 냈다고 감히 말할 수는 없으나 작자가 끊임없이 억울함을 호소하였기 때문에 미쳤다는 소리에도 아랑곳하지 않고 작자를 대신하여 논쟁한 것이다.)

74) 대부분 최근 발견된 자료들로부터 추려낸 상세한 서지사항은 우간吳敢의 「장주포연보간편張竹坡年譜簡編」과 「금병매평점가金瓶梅評點家」에서 볼 수 있다.

한 권의 책을 기획하는 것이나 다름없다고 할 수 있다. 비록 내가 아직 [내 자신의 책을] 짓지는 못했지만, 내가 이왕의 책 짓는 방법을 잘 견지해나간다면 이런 책을 한 권 짓는 것이나 다를 바 없지 않겠는가?" 그렇다면 내 자신의 힘으로 스스로 『금병매』를 지은 셈이 될 것이니, 내 어찌 다른 사람이 『금병매』에 대한 평점을 가할 틈을 주겠는가?[75]

—「주포한화竹坡閑話」, 『금병매자료휘편』, 11면, 로이, 「장주포 평점」, 119면

이러한 진술들 속에서 우리는, 진성탄이나 소설과 희곡에 대한 여타의 평점가들에게서도 발견되는, 평점이 단순한 부가물이나 원작에 대한 보충물이 아니라 재창작, 또는 심지어 그것을 오로지하는 것이라고까지 강변하는 것을 보게 된다.

이 소설을 사회적인 부정에 대해 항거하는 것이라 주장하는 것이 대담한 일이라는 것을 깨달은 장주포는 이 평점을 정치적인 목적으로 사용하는 것을 거부하게 되었다. 그렇게 하는 하나의 접근 방식은 그가 오로지 돈 때문에 이 일을 하게 되었다고 말하는 것이었다.

나는 단지 스물 여섯 살이고, 다른 누구와도 원한이 없다. 내가 나의 의분을 풀기 위해 원칙에 벗어나는 행위에 연루된 것도 아니요, 내 수중에 가욋돈을 갖고 있어 내 자신을 위한 허명을 얻기 위해 이 책을 사용한 것도 아니다. 이것은 순전히 먹고 살기 위해 버둥된 것에 지나지 않는다.[76]

—「제일기서비음서론第一奇書非淫書論」, 『금병매자료휘편』, 20면

같은 문장에서 장주포는 공인되지 않은 글을 막는 데에는 진시황의

---

75) [옮긴이 주] 원문은 다음과 같다. "邇來爲窮愁所逼, 炎賑所激, 於難消遣時, 恨不自撰一部世情書, 以排遣悶懷, 幾欲下筆, 而前後結構, 甚費經營, 乃擱筆曰 : 我且將他人炎涼之書, 其所以前我經營者, 細細算出, 一者可以消我悶懷, 二者算出古人之書, 亦可算我今又經營一書, 我雖未有所作, 而我所以持往作書之法, 不盡備於是乎! 然則我自做我之『金瓶梅』, 我何暇與人批『金瓶梅』也哉!"

76) [옮긴이 주] 원문은 다음과 같다. "況小子年始二十有六, 素與人全無思怨, 本非借不律以泄術憤懣, 又非囊有餘錢借梨棗以博虛名, 不過爲糊口計."

분서보다도 자신의 수호전에 대한 평점이 더 큰 힘을 발휘한다[77]는 진성탄의 독단이 짙게 깔려 있는 이 평점의 도덕적인 목적에 대해 공표한 바 있다.

더욱이, 내 자신의 명성을 얻기 위해 이 (평점)을 이용하고 있는 게 아니다. 왜냐하면 내 가족은 땅도 없고, 나는 단지 먹고 살 약간의 돈을 벌기만을 원할 뿐이다. 『금병매』가 금서로 묶이긴 했지만 나는 단순히 원래의 목판본을 재판하고 있는 게 아니다. 나는 "내가 내 자신의 『금병매』를 만들고 있는 것"이라는 사실을 단호하게 말하고 있다. 내 『금병매』에서는 음란함과 무질서가 깨끗하게 씻겨졌고, 효와 형제애만이 남겨졌다. 나는 한 권의 장부[78]를 문학 창작

77) [옮긴이 주] 이 책의 제1장 주64 참조.

78) 이것은 「비평제일기서 『금병매』 독법」(『금병매자료휘편』, 34면, 37조, 로이, 「『금병매』 독법」, 224면)에서도 언급된 바 있는 이 소설이 시먼칭의 고용인 가운데 비서가 그의 집안에서 벌어지고 있는 사건들의 내용을 적어놓은 것이라는 소문들을 가리키는 듯하다.
[옮긴이 주] 「비평제일기서 『금병매』 독법」 제37조의 원문과 번역문은 다음과 같다. "『사기』 가운데에는 년표가 있고 『금병매』에는 또한 날짜와 시간이 있다. 처음에 시먼칭은 스물 일곱 살이라고 하였다. 우 신선이 관상을 보았을 때 그의 나이는 스물 아홉이었고 죽을 때에는 서른 셋이었다. 관거는 정화 사년 병신년에 태어났고 정화 오년 정유년에 죽었다. 시먼칭이 스물 아홉에 아들을 보았으니 병신년을 기준으로 그의 나이 서른 셋이 되는 해를 계산하면 경자년이라 해야 한다. 그러나 시먼칭이 무술년에 죽었다고 하였다. 리핑얼 또한 정화 오년에 죽었다고 해야 하는데 정화 칠년이라 하였다. 이는 모두 작자가 일부러 들쑥날쑥하게 한 것이다. 왜인가? 이는 유독 이 책이 다른 책들과 다르기 때문이다. 『금병매』 속에 씌어진 삼사년의 일들을 보면 오히려 하루 한시간의 세세한 일들로 날짜를 세어나간다. 봄・여름・가을・겨울은 말할 나위도 없을 뿐더러 어떤 이의 생일이나 어떤 이를 어느 날 술자리에 청했다든가 몇 월 몇 일에 어떤 이를 초대했다든가 몇 일은 무슨 명절이라는 등 서술은 가지런히 순서를 따라 진행된다. 만일 삼 년에서 오 년 사이의 일들을 육갑의 순서로 흐트러짐 없이 배열한다면 진정 시먼칭의 계산 장부가 될 것이고 마치 그런 저간의 사정을 보지도 못한 세상 사람들이 마치 본 것처럼 하는 말과 같을 것이다. 때문에 작자는 일부러 연대의 순서를 어지럽게 하였으며 대략 삼 년에서 오 년 사이에 시먼칭 가세의 번영이 이와 같은 것이다. 따라서 작품 안에서 어느 날 무슨 명절과 같이 말한 것은 모두 분명하고 생동감 있는 것이지 경직된 것이 아니다. 방울을 꿰듯 하나하나의 일들을 배열하고서도 보는 사람들의 눈을 부시게 할 수 있었고 진정 하루하루 지나는 것처럼 하였으니 이는 신묘한 필치라고 하겠다. 아, 기교가 이와 같은 경지에 이르러 또한 조화롭게 되는구나! 이는 진정 천고의 지극한 문장으로 이를 소설로 볼 수 없다."(『史記』中有年表, 『金瓶』中亦有時日也. 開口云西門慶二十七歲, 吳神仙相面則二十九, 至臨死則三十三歲. 而官哥則生於政和四年丙申, 卒於政和五

> 으로 변환시켜 이 『금병매』를 얼음이 녹거나 지붕의 기와가 무너져 내리는 것처럼 조각조각 뜯어내었다. 누군가 내가 금병매의 원 판본을 부수어 버렸다고 생각하더라도, 그것은 진실로부터 그리 먼 게 아니다.[79]
>
> ―「제일기서비음서론」, 『금병매자료휘편』, 19면

진성탄이 『수호전』과 『서상기』에 대한 자신의 평점에서 그랬던 것처럼, 장주포는 자신의 평점을 백화 문학뿐 아니라 문언 문학을 포함하는 독서와 작문을 가르치는 교육적인 도구로 정당화했다.

후대 평점가들에 대한 전범과 영향의 확장

장주포의 주요한 형식적 혁신은 그가 독자들을 위해 제공한 서문 격인 글들을 다른 자료들과 뒤섞어 놓았다는 것이다. 네 편의 서와 두 편의 서론에 해당하는 문장으로 이루어진 진성탄의 『수호전』 평점은, 가명으로 서명된 서와 (대부분이 시사적인) 일곱 편의 에세이, 일곱 개의 목록, 「범례」와 분석적인 목차 등 모두 열여섯 개로 이루어진 장주포의 노력의 산물 앞에서는 빛을 잃는다. 이전의 다른 평점가들은 특별히 신경 쓰지 않았지만 장죽파가 다루었던 한 가지 주제는 이 소설의 구성에 있어 공간의 중요성(특히 시먼씨 가문 내의 등장인물들의 공간적인 짝짓기)이다.[80]

年丁酉. 夫西門慶二十九歲生子, 則丙申年至三十三歲, 該云庚子. 而西門乃卒於戊戌. 夫李瓶兒亦該云卒於政和五年, 乃云七年. 此皆作者故爲參差之處. 何則? 此書獨與他小說不同. 看其三四年間, 却是一日一時推着數去, 無論春秋冷熱, 卽某人生日, 某人某日來請酒, 某月某日請某人, 某日是某節令, 齊齊整整挨去, 若再將三五年間, 甲子次序排得一絲不亂, 是眞個與西門計帳簿, 有如世之無目者所云者也. 故特特錯亂其年譜, 大約三五年間, 其繁華如此. 則內云某日某節, 皆歷歷生動, 不是死板. 一串鈴可以排頭數去, 而偏又能使看者五色眯目, 眞有如挨着一日日過去也. 此爲神妙之筆. 嘻, 技至此亦化矣哉! 眞千古至文, 吾不敢以小說目之也.)

79) [옮긴이 주] 원문은 다음과 같다. "又非借此沽名, 本因家無寸土, 欲覓寬蠅經頭以養生耳. 卽云奉行禁止, 小子非套翻原板, 固云我自作我的〈金瓶梅〉. 我的〈金瓶梅〉上洗淫亂而存孝弟, 變帳簿以作文章, 直使〈金瓶〉一書冰消瓦解, 則算小子劈〈金瓶梅〉原板亦何不可."

80) 『잡록소인雜錄小引』과 『시먼칭의 집西門慶房屋』(『금병매자료휘편』, 2면과 7~8면).

장주포는 후대의 작가들에게 영향을 주고 후대의 작품들에 대한 평점에 나타나는 비평 용어 몇 가지를 유행시켰다. 이 점에서 그의 영향은 『홍루몽』에 대한 두 명의 평점가, 곧 장신즈張新之(1828~1850년경)[81]와 이 소설을 몽골어로 번역한 카쓰부[82]의 작품에서 가장 분명하게 보인다. 장신즈는 특히 장주포의 '고효설苦孝說'(이 책의 제4장 참조) 개념을 『홍루몽』에 적용을 시켰지만, 장주포의 평점에 나오는 '진가眞假' '냉열冷熱'과 '재색財色'과 같은 맞짝 개념들도 계속 사용했다. 장신즈의 몇몇 용어뿐 아니라 『금병매』에 대한 장주포의 해석은 『홍루몽』에 대한 초기 평점 가운데 가장 두드러지는 즈옌자이脂硯齋 평점을 만들어냈다.

장주포는 후대의 소설 평점, 특히 『금병매』의 속작과 모방작들에 대해 영향을 주었던 게 분명하다. 최초의 속작 두 편[83]이 장주포의 평점에 앞서 나왔지만,[84] 세 번째인 『삼속금병매三續金甁梅』는 이 소설 자체보다는 장주포의 평점에 대한 속작의 성격이 더 강하다.[85] 『린란샹林蘭香』(가장 최초의 판본은 1838년)에 대한 서에서 이 소설이 「사대기서」로부터 좋은 것은 가져오고 나쁜 것은 거부했다고 말했지만, 이것은 실제로는 『금병매』, 좀더 정확하게 말해서 이 소설에 대한 장주포 평점을 모델로 하고 있다. 『린란샹』의 개장開場 부분은 장주포의 「비평제일기서 『금병

---

81) 이를테면, 『『홍루몽』권紅樓夢卷』, 154면, 그의 「독법」 11조(플락스, 「『홍루몽』 독법」, 327~329면).

82) 특히 그의 평점의 「총론」(『『홍루몽』자료휘편』, 832~833면) 부분 참조.

83) 이것들은 『옥교리玉嬌李』와 딩야오캉丁耀亢(1599~1671)의 『속금병매續金甁梅』(약 1664)이다. 『속금병매』는 『격렴화영隔簾花影』(18세기?)과 『금옥몽金屋夢』이라는 제목으로 개정되어 출판되었다.

84) 『속금병매』의 한 판본에는 그럼에도 불구하고 제목 페이지에 장주포의 이름이 평점가로 나와 있다. 『중국통속소설총목제요』, 337면 참조.

85) 이를테면, 이 속작이 융푸스永福寺에서 시작되고 끝나는 방식은 장주포의 「비평제일기서 『금병매』 독법」 제2조와 직접 연결되어 있는 듯하다(『금병매자료휘편』, 24면, 로이, 「『금병매』 독법」, 202면). 이 속작에는 (죽음으로부터 되돌아온 뒤에) 속세와 인연을 끊는 시먼칭도 나오는데, 이것은 시먼칭이 궁극적으로는 자신의 죄를 속죄하기 위해 중이 된다는 장주포의 바람을 충족시키기 위한 것인 듯하다(『금병매자료휘편』, 31면, 「비평제일기서 『금병매』 독법」 26, 로이, 「『금병매』 독법」, 217면 참조).

매』 독법」의 서두 항목을 흉내내고 있다. 『린란샹』에서 관철되고 있는 장주포 평점의 또 다른 특징은 긍정적인 인물, 또는 지위가 상승할 인물들과 연관해서는 성행위를 직접적으로 묘사하는 것을 피하고, 그렇지 못한 경우라면 피하지 않는 것이다.86)

『린란샹』은 『금병매』와 『홍루몽』 사이의 일종의 '잃어버린 고리'로 여겨져 왔다.87) 『금병매』의 장주포 판본이 『홍루몽』에 영향을 준 여러 방법들 가운데,88) 유쾌하지 못한 등장인물들의 성행위를 직접적으로 묘사하는 것을 제한한다는 생각은 즈옌자이 평점에서 채용되고 언급된 바 있다(이를테면 『신편 『석두기』 즈옌자이 평어 집교』, 21회 401면, 경진 미비). 이러한 기교는 『홍루몽』의 모방작들, 천썬陳森의 『품화보감品花寶鑑』에서도 차례로 사용되고 있는데, 이 소설에서는 이 소설의 서술자에 의해 드러내놓고 논의되고 있다(23회 329면).

장주포에 대한 일반적인 평가는 진성탄이나 마오씨 부자와 달리 그렇게 가혹했던 적이 없다. 이를테면 졔타오解弢는 그가 소설 평점가 가운데 가장 솔직한老實 사람이라고 했다(졔타오, 「소설화小說話」, 『중국역대소설논저선』 하권, 473면). 하지만 최근에 발견된(롤스톤, 『독법』, 445면) 원룽文龍

86) 『금병매자료휘편』, 38면, 「비평제일기서 『금병매』 독법」 51(로이, 「『금병매』 독법」, 230~231면)에서 가장 간명하게 드러나 있다. 이 소설에 대한 장주포의 영향에 관해서는 루다웨이陸大偉(이 책의 저자인 데이비드 롤스톤의 중국 필명, [옮긴이 주])의 「『린란샹』과 『금병매』林蘭香與金瓶梅」 참조. 남녀 주인공(生과 旦)의 성행위를 암시적이면서 간접적으로 다루되 좀더 낮은 지위나 도덕성을 갖고 있는 등장인물들(淨과 丑)의 그것은 직접적이고 있는 그대로 다루는 것이 전기에서 평균적으로 행해지는 과정이다(해넌, 『리위의 창조』, 156면).

87) 정지자鄭繼家, 「금병매와 린란샹, 『홍루몽』의 제재와 주제의 계승과 발전을 논함論金瓶梅林蘭香紅樓夢題材主題的繼承和發展」, 28~33면 참조. 이러한 관점에 대한 심각한 장애물은 현존하는 최고본의 최후 간행일이지만, 이 소설이 1699년과 옹정 시기(1723~1735) 초기 사이에 씌어졌을 거라는 증거가 제시된 바 있다. 치위쿤齊裕焜, 『중국고대소설연변사中國古代小說演變史』, 377면 참조.

88) 『홍루몽』에 대한 『금병매』의 영향은 잘 인지되어 있다. 특히 장주포의 『홍루몽』에 대한 영향에 대해서는 왕루메이王汝梅의 「장주포 평본의 차오쉐친의 창작에 대한 영향張評本對曹雪芹創作的影響」, 83~85면과 이 책의 제14장 참조.

(1830~1886년경)이 쓴 장주포본에 대한 미간된 필사본 평점에서는 후대 사람으로서 앞선 시대의 사람과 논쟁할 수 있는 기회를 거의 놓치지 않고 장주포를 소설 평점가가 되어서는 안 되는 모든 것의 전범으로 제시하고 있다. 하지만 더 안 좋았던 것은 장주포가 그렇게 악명 높은 소설에 평점을 썼다는 바로 그 사실 때문에 그의 가족들로부터 따돌림을 당하고, 그의 가문 내에서는 평점에 대한 정보가 금지되었으며, 심지어 장주포가 일찍 죽고 후손이 없는 것조차 그가 이런 일을 했던 탓으로 돌렸다는 사실이다(롤스톤, 『독법』, 199면).

3. 『서유기』와 알레고리적 해석

『서유기』는 도교와 불교, 성리학 또는 이런 여러 가지 종파가 어우러진 메시지를 전달하는 알레고리로서 다양한 방식으로 읽혀졌다. 날짜를 확증할 수 있는 현재 남아 있는 최초본(1592년)인 천위안즈陳元之의 서에서는 이 서문에 인용된 더 이른 시기에 나온 서문들이 그러했던 것처럼 알레고리적인 용어로 이 소설에 대해 말하고 있다(『서유기자료휘편西遊記資料彙編』, 212~213면). 불교 경전을 인도에서 중국으로 들여오는 것을 다루고 있는 이 소설의 정절은 겉으로 드러나 있기로는 불교적이지만, 최초로 나온 대량의 평점(1663년)으로부터 가장 최근의 것(1976년)에 이르기까지 대부분의 평점가들은 도교적인 해석을 선호했다.[89] 1663년의 평점에

89) 알레고리와 『서유기』에 대한 현대의 논의들은, 칼 카오Karl Kao의 「서유기에 대한 원형적 접근An Archetypal Approach to the Hsi-yu chi」, 플락스의 「『서유기』와 『홍루몽』의 알레고리Allegory in Hsi-yu chi and Hung-lou meng」, 앤쏘니 위Anthony Yu의 영역본 『서유기』 「서문」, 캄파니Kampany의 「우주론과 자기 수양—두 편의 중국 소설에서의 악마성과 윤리Cosmogony and Self Cultivation : The Demonic and the Ethical in Two Chinese Novels」와 「악마와 신 그리

서는 이 소설이 도교의 한 종파인 전진全眞 도교의 수장인 츄창춘邱長春(1148~1227)이 썼다고 주장했는데, 이것은 현재도 하나의 흐름으로 남아 있다.[90] 이 종파는 외단外丹보다는 내단內丹을 강조했고, 유교나 도교, 불교가 본질적으로는 모두 통한다고 보았다.

천위안즈陳元之의 서와 1663년 평점 사이에, 아마도 1620년대 말 경에 이 소설의 환상성幻을 강조하는 위안위링袁于令의 서가 달려 있는 리즈李贄에게 가탁된 평점본[91]이 나타났다. 「범례」에서는 이 평점이 자기 수양과 '재미있는趣' 구절 모두에 특별히 주의를 기울였고, 농담 삼아 하는 말과 진지한 말 사이의 비율이 9대 1 정도 된다는 사실을 우리에게 말해주고 있다(『리줘우선생 비평 서유기李卓吾先生批評西遊記』「범례」). 이 평점에서는 주요 등장인물들을 오행에 결부시키고, 개별 인물들을 자아의 한 요소에 연결시키는(이를테면 쑨우쿵孫悟空은 사람의 마음에 들어 있는 원숭이心猿라든가) 등과 같은 알레고리적 요소들뿐만 아니라 방심放心(마음을 놓아 버린다)과 같은 구절에 대해 논의하고 있다.

1663년의 평점은 『서유기증도서西遊記證道書』라는 제목으로 왕샹쉬汪象旭가 출판했다. 왕샹쉬는 바로 전 해에 도교의 신선인 뤼둥빈呂洞賓에 대한 소설을 출판했는데,[92] 그가 출판한 책들은 대부분 좀더 실용적인 성

고 역정-『서유기』의 귀신론*Demons, Gods, and Pilgrims : The Demonology in the Hsi-yu chi*」, 그리고 밴틀리Bantly의 「『서유기』에서의 불교적 알레고리Buddhist Allegory in The Journey to the West」가 있다. 알레고리와 이 소설의 속서에 대해서는 시맨Seaman의 『북유기-중국의 민속 소설 『북유기』의 역사 민속학적 분석과 역주*Journey to the North : An Ethnohistorical Analysis and Annotated Translation of the Chinese Folk Novel of Pei-yu chi*』와 류 샤오란Xiaolian Liu의 「마음의 여행-『후서유기』의 기본적인 알레고리A Journey of the Mind : The Basic Allegory of Hou Xiyou ji」, 「불교도의 마음의 오딧세이-『후서유기』의 알레고리The Odyssey of the Buddhist Mind : The Allegory of The Later Journey to the West」 참조.

90) 천둔푸陳敦甫의 「『서유기』 석의 용문심전西遊記釋義龍門心傳」 참조. 류춘런柳存仁은 1663년본의 위지虞集(1272~1348)의 서에 대해 회의적인데, 그는 전진全眞 종파의 한 지지자가 이 소설에 집어넣었을 것이라 생각했다(류춘런, 「전진교와 소설 『서유기』全眞教和小說西遊記」).

91) 자세한 서지 사항에 대해서는 롤스톤, 『독법』, 451면 참조. 이것의 진위 문제에 대해서는 이 책의 부록과 플락스의 『사대기서』 참조.

격의 것들이었다.[93] 전회前回와 두 행으로 된 협비로 구성되어 있는 『서유기』에 대한 평점은 공식적으로는 왕상쉬가 단이쯔澹漪子라는 필명으로 썼다고 한다(황타이홍黃太鴻이라는 이름을 사용한 황저우싱黃周星이 제題한 마지막 평어는 예외로 하고). 하지만 이 평점을 최소한 부분적으로는 황저우싱이 썼을 거라고 믿을 만한 이유가 있다.[94]

황저우싱은 『인천락人天樂』이라는 제목의 흥미로운 희곡을 썼는데, 여기에는 리즈와 진성탄의 평점들에 대한 논의가 포함되어 있다. 15절折에서 남자 주인공生은 진성탄의 이론이 그렇게 나쁘지는 않지만, 짜증나는 것은 그가 "항상 다른 사람들의 책을 갖다가 마음대로 바꾸어버리고는 이것[그 결과물]이 '고본'이라고 말하는 것"[95]이라고 불평한다. 그는 나아가 『서상기』에서 한 행을 바꾼 것에 대해, 진성탄이 그렇게 할 만하다고 주장했다.[96] 황저우싱은 다른 내용들 가운데서 『서유기』에 관한

92) 이 소설, 『여조전서呂祖全書』에 대해서는 『중국통속소설총목제요』, 350면 참조. 이 책은 뤼둥빈呂洞賓의 이름으로 가탁되어 있고, 왕상쉬 자신은 편자라고만 주장하고 있다.

93) 여기에는 상업에 대한 지침서와 다양한 의학서들이 포함된다. 그의 출판 저작물에 대한 목록에 대해서는 위드머의 「왕치의 출판 사업과 그 연관 하의 『서유증도서』Hsi-yu cheng-tao shu in the Context of Wang Ch'i's Publishing Enterprise」(앞으로는 「서유증도서」로 줄여 부름), 51면 참조. **[옮긴이 주]** 왕치汪淇의 본명이 왕상쉬汪象旭이다.

94) 왕상쉬와 황저우싱은 일반적으로 『척독신어尺牘新語』라는 제목으로 나와 있는 평점이 달린 세 권의 서간 선집을 만드는 데에도 협력했다(앞의 글, 39면). 황저우싱이 일반적으로 생각하는 것보다 더 밀접하게 평점에 관여했다는 증거에 대해서는 위드머의 앞의 글, 40~44면 참조.

[옮긴이 주] 두 사람이 공동으로 펴낸 서간 선집은 『척독신어』를 가리킨다. 첫 번째 권의 정식 명칭은 『분류척독신어分類尺牘新語』이고, 두 번째 권은 『척독신어 이편尺牘新語 二編』이며, 세 번째 권은 『척독신어광편尺牘新語廣編』이다. 『척독신어』의 편집과 왕상쉬와 황저우싱의 출판계에서의 활동에 대해서는 엘런 위드머의 「항저우와 쑤저우의 환독재還讀齋-17세기 중국의 출판 연구Ellen Widmer, The Huanduzhai of Hangzhou and Suzhou : A Study in Seventeenth : Century Publishing」(*Harvard Journal of Asiatic Studies*, Vol. 56, No. 1. Jun., 1996) 참조.

95) **[옮긴이 주]** 원문은 다음과 같다. "那金聖嘆也是個聰明才人. 筆下幽雋, 頗有別趣. 其持論亦不甚邪僻. '只是每每將前人之書, 任意改竄, 反說是古本.'"(『夏爲堂人天樂傳奇』 第15折 『古本戲曲叢刊三集』)

96) 『인천락』 「상권」, 63b~64b. 엘런 위드머는 이 연극을 1986년에 나(이 책의 저자인 롤스톤 **[옮긴이 주]**)에게 소개했다. 『서상기』에서의 한 행은 중국 연극으로 가장 잘 알려

출처 하나를 가공한 문언으로 된 유희적인 이야기의 작자이기도 했다.[97] 왕상쉬말고도 황저우싱은 『서유보西遊補』의 작자들인 둥웨董說와 그의 아버지인 둥쓰장董斯張도 알고 있었다.[98]

황저우싱과 왕상쉬가 편집한 세 권의 서간 선집 가운데 첫 번째 책에는 왕상쉬와 리위 사이에 오간 몇 통의 편지가 포함되어 있는데(위드머, 「서유증도서」, 52면 주26), 진성탄이 쓴 한 통에 대해 왕상쉬는 다음과 같이 언급했다.

> 『수호』는 성탄의 단 하나의 특별한 책입니다. 그의 마음은 두루 총명하고 그의 필치는 우아합니다. 그의 붓 놀림은 장식을 하는 것 같으니, 진정 주저함 없이 그를 칭송하게 됩니다. 그가 왜 멋대가리 없는 팔고문 타입의 분석으로 수많은 책들을 계속해서 펴냈겠습니까? 이와 같은 훌륭한 편지가 또 진성탄의 문장의 영민함을 설명해줍니다.
>
> —위드머, 「서유증도서」, 47면[99]

진성탄에 대한 황저우싱과 왕상쉬의 비판과 존경은 우리가 그들의 『서유기』 평점본을 다룰 때 염두에 두어야 할 것들이다.

진성탄의 『수호전』과 마찬가지로 그들의 판본에는 다량의 서문 격인 글들이 포함되어 있는데, 그 가운데 대부분은 독자에게 작자의 모습과

진 것 가운데 하나이다. 진성탄은 "내 어찌 감당하리오, 그대 떠날 때 눈가에 어리는 가을 물결 돌아서고怎當他臨去秋波那一轉"(웨스트West와 이드마Idema의 『달과 비파—서상기 이야기The Moon and the Zither : The Story of the Western Wing』, 181면)를 "나, 그대 떠날 임시에 눈가에 어리는 가을 물결 돌아서매我當他臨去秋波那一轉"로 바꾸어버렸다. 중문본은 『서상기잡극西廂記雜劇』, 1.1.38b면과 『진성탄 비본 서상기』, 1.1.44면 참조.

97) 황저우싱의 『보장령최영합전補張靈崔瑩合傳』, 637~647면과 위드머의 「서유증도서」, 58~59면 참조.

98) 위드머의 앞의 글, 39면과 펑바오산馮保善의 「둥웨교류고董說交流考」, 53~54면 참조. 둥씨董氏 부자와 그들의 소설에 대해서는 이 책의 제11장 참조.

99) **[옮긴이 주]** 원문은 다음과 같다. "聖歎絶妙之書惟水滸一部, 總之心靈手雋, 轉筆如環, 眞令人企慕無窮, 何必多後數種之刻, 而又與時文薄技爭長耶, 如此織一扎亦見手腕之靈."

이 소설을 쓰게 된 모티브를 제공하기 위한 것이었다. 먼저 위지虞集가 썼다는 1329년의 서문이 있는데, 여기에서는 츄창춘邱長春이 이 소설의 저자라는 것을 입증하려고 했다.[100] 이 서와 마찬가지로 그들의 손에서 나온 츄추지邱處機의 전기에서 황저우싱과 왕샹쉬는 진성탄 자신이 쓴 '스나이안施耐庵' 서에서 그랬던 것과 마찬가지로, 심지어는 그들 자신이 다른 희곡이나 소설들에서 했던 것[101]처럼 '작자'가 직접 독자에게 말하는 것을 허용하지 않았다. 하지만 그 의도는 명백하게 유사하다(이 책의 제4장 참조). 전체 기획의 '역사성'을 좀더 강화하기 위해, 황저우싱과 왕샹쉬는 당승唐僧에 대한 역사적인 모델의 전기[102]를 제공하는 한편 두 개의 전기의 소스에 대해 조심스럽게 언급했다. 이 전기들을 포함시킨 것은 진성탄이 '진짜' 쑹장宋江에 대한 역사 문헌을 인용한 것을 상기시킨다.

1663년 평점의 말미에는 이 소설의 왕샹쉬와 황저우싱의 고본 판본의 '출처'를 설명해 주는 짧은 언급[103]이 있다. 그 작자는 속본俗本들이 다음과 같은 몇 가지 이유로 자신들의 판본보다 못하다고 주장했다. ① 속본에는 제9회의 당승의 어린 시절에 대한 내용이 빠져 있다.[104] ② 속본에는 이 소설을 길게 만들뿐인 저속한 시가 추가되었다.[105] ③속

---

100) 현대의 작가들은 이 서를 가공된 것으로 받아들이는 경향이 있다(이를테면, 우성시吳聖昔의 「『서유증도서』의 원서는 위지가 지은 것인가西遊證道書原序是虞集所撰嗎」와 「츄추지는 『서유기』를 썼는가邱處機寫過西遊記嗎」). 플락스의 『사대기서』, 195면은 이 문제에 대해 다른 가능성을 좀더 열어두고 있는 듯하다.

101) 『여조전서』와 『인천락』에는 뤼둥빈이 쓴 것처럼 보이게 하거나 첫 번째 사람의 손에 의해 나온 듯이 보이게 하는 서와 소개의 글들이 있다(위드머, 「서유증도서」, 43면).

102) **[옮긴이 주]** 삼장법사三藏法師 쉬안장玄奘을 가리킨다. 따라서 바로 뒤의 두 개의 전기는 츄추지邱處機와 쉬안장玄奘에 대한 전기를 가리킨다.

103) **[옮긴이 주]** 짧은 메모 정도의 의미를 갖고 있는 글인 '지誌'를 가리킨다.

104) 당승의 어린 시절이 있는 황저우싱과 왕샹쉬의 판본은 일반적으로 알려져 있는 1차 자료들에 이미 들어있는 내용에 바탕하고 있지만 제9회의 내용은 그들 자신이 집어넣은 듯하다.

105) 위드머, 「서유증도서」, 48면의 번역을 참조. 여기에서 그는 이 장절을 저속한 시보다는 '저속한 표현'을 지칭하는 것으로 해석했다. 우성시吳聖昔(「다뤠탕 석액전 고본의 수수께끼에 대한 해석大略堂釋厄傳古本之謎試解」)도 이 조목이 시가를 가리킨다고 생각했다.

본에는 난징南京 방언이 다수 들어가 있다. '속본'에 있는 시들을 없앨 필요가 있다는 생각은 진성탄이 『수호전』의 서술자가 인용한 별로 중요하지 않은 시들을 거의 모두 제거한 것(서술자의 입을 빌어 시를 진보적으로 삭제한 것에 대해서는 이 책의 제9장 참조)을 떠올리게 한다.

이 언급과 제9회의 회평에서(위드머의 「서유증도서」 48면 참조), 그들의 고본이란 것이 왕상쉬의 가까운 동료인 자왕査望의 당호인 다뤠탕大略堂에서 온 것으로 확인되었다.[106] 진성탄의 『수호전』 '고본'도 그의 친구인 한쓰창韓嗣昌의 당호인 관화탕貫華堂이라는 이름으로 되어 있다. 그리고 진성탄의 『수호전』 판본이 이전에 나온 초기의 경쟁작들을 모두 쓸어버렸던 것처럼, 제9회가 들어 있는 『서유증도서』의 축약본이 현재까지도 표준본이 되었다.[107]

『서유증도서』의 확장된 평점본이 『성탄외서－모링 차이위안팡 증평 서유증도기서聖嘆外書－秣陵蔡元放增評西遊證道奇書』라는 흥미로운 제목으로 1750년의 서와 함께 차이위안팡의 손에서 나왔다.[108] [하지만] 그의 판본은 영향력이 있었지만, 평점가로서의 왕상쉬의 명성은 높지 않았다. 비록 이 소설에 대한 그(와 황저우싱)의 해석이 천스빈陳士斌이나 류이밍劉一明, 장한장張含章(1839년경 활동)과 가장 최근의 천둔푸陳敦甫(1976) 등에 의해 비의적인 도교 텍스트로 받아들여지기는 했지만,[109] 그는 류이밍에게서

---

106) 위드머, 「서유증도서」, 48면. 그는 다뤠탕본의 존재에 대한 확신을 갖고 있지 못하다(50, 56, 61면 참조).

107) 예외라면 장수선張書紳본을 들 수 있는데, 이것은 좀더 완비된 것임에 반해, 천스빈본은 더욱 축약되었다. 우성시吳聖昔의 「다뤠탕 석액전 고본의 수수께끼에 대한 해석大略堂釋厄傳古本之謎試解」, 103, 113면 참조.

108) 자세한 서지사항은 롤스톤의 『독법』, 453면 참조. 차이위안팡에 대해 좀더 알고 싶으면 이 책의 제3장 참조.

109) 이 평점들에 대해 자세히 알고 싶으면, 롤스톤의 『독법』, 453~455면 참조. 류이밍劉一明의 『서유기』「독법」에 대한 번역은 앤쏘니 위Anthony Yu의 「『서유기』의 원래 의도 읽어내기How to Read The Original Intent of the Journey to the West」 참조. 이것의 선록도 토마스 클리어리Thomas Cleary의 『생명력, 에너지, 정신－도교 원전*Vitality, Energy, Spirit : A Taoist Sourcebook*』(Boston : Shambhala, 1991, 253~255면)에 번역되어 있다.

는 '멋대로 추측하고' 경박하다고,[110] 그리고 류팅지劉廷璣에게서는 '수박 겉핥기 식摸索皮毛'(『재원잡지在園雜志』, 『중국역대소설논저선』 상권, 383면)이라는 비판을 받았다.

『서유기』에 대한 다른 알레고리적 접근들과 그 영향

『서유기』에 대한 평점의 새로운 전기는 장수선張書紳(1749년경 활동)과 이 소설에 대한 그의 성리학적인 해석에서 처음으로 이루어졌는데, 여기에서 그는 이 책이 『대학』의 핵심적인 의미를 매력적인 형식으로 전달하고 있다고 주장했다(자세한 서지사항은 롤스톤의 『독법』, 454면 참조). 그의 사례는 장신즈張新之를 고무시켜 비슷한 주장이 담겨 있는 『홍루몽』 평점을 쓰게 했다.[111] 장신즈 역시 이 소설 속의 등장인물들을 『역경』에서의 서로 다른 괘(卦)에 위치시키는 것[112]을 좋아했는데, 이것은 『서유기』에서도 사용된 접근법이었다.[113] 『역경』의 숫자 점도 그렇게 크지는 않지만 진성탄의 『수호전』 평점에서 일정한 역할을 했다.[114] 소설가들

110) 그의 평점에 대한 자신의 첫 번째 서 참조(『서유기자료휘편』, 245면). 여기에서 그는 왕상쉬가 『서유기』의 후기의 모든 '나쁜' 해석에 대해 책임이 있다는 생각을 견지하고 있다.

111) 자세한 서지사항은 롤스톤의 『독법』, 475~479면 참조. 『홍루몽』의 「독법」에 대한 소개의 글과 번역은 앞의 책, 323~340면 참조.

112) 이를테면, 장신즈의 「독법」 필사본의 26조와 27조 참조(『『홍루몽』권』, 157~159면, 영어 번역은 플락스, 「『홍루몽』 독법」, 335~339면). 그런 생각이 항상 호응을 받은 건 아니라는 사실은 『증평보도『석두기』增評補圖石頭記』라는 제목으로 이 소설이 재판될 때 이 두 항목들이 삭제된 것으로 알 수 있다. 『홍루몽』을 해석하기 위해 『역경』의 괘를 이용한 다른 예로, 저우춘周春(1729~1815)에 대해서는 궈위스郭預適의 『『홍루몽』연구소사고紅樓夢硏究小史稿』, 50면 참조. 원퉁文通이라는 만주인은 『역경』의 괘에 따라 『수호전』의 등장인물들을 해석했는데, 졔안解盦이라는 이가 이것을 어떤 식으로 비슷하게 이용해서 『홍루몽』을 해석했는지에 대해서는 『『홍루몽』서록紅樓夢書錄』, 183~184면 참조.

113) 이를테면, 『서유기』에 대한 류이밍劉一明의 「독법」 24조(『서유기자료휘편』, 250면, 앤쏘니 위, 「『서유기』의 원래 의도 읽어내기」, 308~309면)와 1820년 평점의 재판에 대한 서 참조(『서유기자료휘편』, 257면).

114) 『수호전회평본』, 39~41면의 협비와 왕셴페이王先霈와 저우웨이민周偉民의 『명청소설이론비평사』, 589~590면 참조.

은 등장인물들 사이의 상호 관계를 정리하고, 평점가들은 의미의 유형들을 드러내 보이기 위해 사용했던 두 가지 다른 연계 시스템을 앤드루 플락스는 '음양'과 '오행'이라고 명명했다.115)

음양과 '유응類應' 때문에, 중국에서의 알레고리적인 사고는 일반적으로 서구에서의 그것과 약간 다른 형태로 받아들여지고 있는데, 서구에서는 주로 텍스트의 표면에서 발견되는 허구적인 모방의 층위와 은유적으로 표시되는 좀더 상위의 세계와의 관계에 관심을 보이고 있다. 감춰진 의미(은유가 지향하는 의미tenor)가 표면적으로 기술된 것보다 우위에 서게 되는 것이다. 이것은 좡쯔莊子가 말이라는 것은 물고기(의미)를 잡는 통발과 같은 것이라서 물고기가 잡히면 통발은 필요 없게 되는 것이라고 말한 것을 떠올리게 하는데, 중국의 '알레고리적인' 글쓰기 대부분에서는 '이소離騷' 이래로 독자는 일반적으로 감추어진 층위를 파악한 뒤에도 모방적인 층위를 없애버리지 않고, 양자의 공존을 받아들인다.116) 이를테면 『금병매』에서의 시먼칭의 알레고리적인 차원은 그를 황제를 나타내는 인물로 묘사하긴 하지만, 그렇다고 어떤 특정 황제를 모델로 한 것은 아니고 기본적으로 황제로만 보이게 하는 것도 아니다. 한 집안의 가장이라는 그의 위치는 제국에서의 황제의 그것과 유사하다(로이, 영역본 『금병매』, 432~433면). 의미의 층위들은 모방적인 표면을 전복시키지 않으면서 추가된다. 그리하여 알레고리적인 표지들이 전통적인 독자

---

115) 플락스의 『『홍루몽』의 원형과 알레고리*Archetype and Allegory in the Dream of the Red Chamber*』와 「『서유기』와 『홍루몽』의 알레고리Allegory in Hsi-yu chi and Hung-lou meng」 참조. 『서유증도서』에서의 해석적인 도구로서의 오행에 대한 예와 이전의 평점가들('리즈李贄', 예저우葉晝와 그 부류를 가리킴)이 이 점을 놓쳤다는 주장에 대해서는, 『서유증도서』 22/1b 회평 참조.

116) 일본에서의 『연화경蓮花經』 우화의 사용에 관해서, 로버트 라플뢰어Robert R. LaFleur는 이것이 전달 수단vehicle인 동시에 그것이 지향하는 의미tenor이며, 구체적인 진실이라는 것은 그것이 확증되는 그 순간 그러한 진실은 이미 영원한 게 아니라는 사실을 선언하게 되는 것이라고 주장했다. 그의 『말의 카르마—중세 일본의 불교와 문학 예술*The Karma of Words : Buddism and the Literary Arts in Medieval Japan*』(Berkeley : University of California Press, 1983), 83면 참조.

들에 의해 꼭 '비현실적인 것'으로 받아들여질 필요는 없는 것이다.[117] 마찬가지로 이것은 두 개의 동떨어져 있는 완결된 세계를 연결시키는 문제가 아니기 때문에, 중국의 알레고리에서는 심지어 한 작품을 통틀어 유지되고 있는 은유적인 관계나 일대일 대응 관계가 존재할 이유가 없게 된다(폴린 위Pauline Yu의 『중국 시가 전통에서의 이미저리 읽기The Reading of Imagery in the Chinese Poetic Tradition』 참조).

실화소설Roman à Clef[118]의 해석

텍스트와 또 하나의 현실의 층위 사이의 다른 종류의 '알레고리적인' 관계가 실화소설의 해석에 놓여 있다. 허구적인 세계는 항상 어떤 식으로든 외부 세계와 연계되어 있긴 하지만, 소설(이나 희곡)에 대한 중국의 실화소설적 해석은 이런 작품들이 역사적으로 실재했던 인물들을 칭송하거나 비난하기 위해 쓰여졌으며, 이들 일대일 대응 관계에 있는 인물들을 확증하는 데 해석이 필요하다는 입장을 견지했다. 예상할 수 있는 대로, 그런 관념은 축소 지향적인[119] 독서를 낳는 경향이 있다.

중국에서는 어떤 사람의 적을 공격하기 위한 정치적 목적으로 소설(과 희곡)을 이용하는 것이 의식적으로 소설 자체를 쓰는 것만큼이나 오래되었다. 초기의 예는 「백원전白猿傳」으로, 이것은 어우양쉰歐陽恂(557~

---

117) "알레고리[은유나 알레고리의 전달 수단]는 실제적이고, 알레고리화 되는 것(그것이 지향하는 의미the tenor) 역시 실제적이다."(첸중수錢鍾書, 『담예록談藝錄』, 69장에 대한 부록 231면)

118) [옮긴이 주] '열쇠가 있는 소설'이라는 뜻의 프랑스어로, 내막을 아는 사람은 소설을 읽는 것만으로 실제의 인물이나 사건을 알아낼 수 있게 되어 있는 소설을 말한다. 이를테면 올더스 헉슬리의 『대위법Point Counter Point』, 1928)에는 소설가 D.H. 로런스와 비평가 미들튼 머리, 극단적인 우익 정치가 오드월드 모슬리 등 1920년대에 널리 알려진 인물들이 허구적인 이름으로 등장한다. 실제 모델이 있다는 의미에서 '모델 소설'이라고도 한다.

119) [옮긴이 주] 좀더 넓은 관점에서 바라볼 수도 있는데, 굳이 시야를 좁혀 사물을 바라보는 태도를 가리킨다. 곧 굳이 특정인을 염두에 두고 읽을 필요가 없는 데도 그런 식으로만 소설을 읽어내려는 것을 말한다(2003년 3월 18일 저자와의 대담).

641)의 혈통을 중상모략하기 위한 목적으로 씌어졌다고 한다.[120] 작자의 저작 동기에 대한 의구심은 문화대혁명 시기에 우한吳晗과 다른 사람들이 하이루이海瑞(1514~1587)에 대한 희곡을 써서 가경嘉慶 황제의 형상을 통해 마오쩌둥毛澤東을 공격했다고 비난받았던 것에서와 같이 당대의 중국에서도 강하게 남아 있다. 어느 경우든 '색은索隱'[121]적인 해석은 전통적으로 문학 작품들에 대한 역사적인 컨텍스트를 자신들의 해석 과정의 일부로 고수하려고 지나치게 노력하는 한 예가 된다(오웬Owen의 「시와 그 역사적 배경Poetry and Its Historical Ground」 참조).

비록 장주포가 『금병매』에 대한 통상적인 실화소설적 해석을 거부하긴 했지만, 그는 여전히 소설은 작자가 다른 속셈이나 공격해야 할 적이 있기 때문에 씌어지는 것이라는 생각을 견지하고 있었다(이 책의 제4장 참조). 소설을 이런 식으로 보는 것은 명청대에는 매우 매력적인 일이었기에, 시사적인 소설과 희곡은 동시에 [실화소설적인 시각에서 본다는 점에서] 흥미를 끌었는지도 모른다. 그 예로 소설 『도올한평檮杌閑評』은 악명 높은 환관인 웨이중셴魏忠獻(1584~1627)에 초점이 맞춰져 있는데, 그가 권좌로부터 물러난 뒤 막 바로 나왔으며, 리위(1591?~1671?)의 『청충보淸忠譜』는 환관 일당이 저우순창周順昌(1584~1626)을 쑤저우에서 체포한 것에 항의하기 위한 희곡이었다.[122] 동시에 『금병매』나 『유림외사』와 같이

120) 이것과 문학적인 이야기들에서 나온 다른 예에 대해서는, 하이타워Hightower의 「위안전元稹과 잉잉전Yüan Chen and 'The Story of Ying-ying'」, 120면과 더드브리지Dudbridge의 『리와전-9세기 중국 이야기의 연구와 비판적 판본*The Tale of Li Wa : Study and Critical Edition of a Chinese Story from the Ninth Century*』, 187~190면 참조.

121) **[옮긴이 주]** 이성현에 의하면, "텍스트를 읽는다는 행위는 우리의 시각에 포착된 대상을 '순수'하게 받아들이는 것이 아니라 기존에 형성되어 있는 어떤 이해의 틀을 통해 수용하는 과정"인데, 그런 의미에서 "글자 뜻 그대로 풀면 '숨겨진隱 무엇을 풀어헤치는' 작업이라고 할 수 있는 색은은 사전상의 의미로는 경전에 대한 주석 자체를 의미"하게 된다. '색은'에 대한 좀더 깊이 있는 논의는 이성현의 글을 참조(이성현, 「『홍루몽』의 색은적 독법 연구」, 서울대 중문과 석사논문, 2002.2, 2면, 16면).

122) 명청 교체기의 열 네 개의 시사적인 소설들의 제목에 대해서는 천다캉陳大康의 「명청 전환기의 시사소설을 논함論明淸之際的時事小說」, 304~305면 참조.

과거의 사실에 입각한 작품들마저도 그들 자신의 시대에 일어난 일들을 비판하기 위해 만들어진 것으로 인식되었다.123)

아마도 두드러지게 눈에 띄는 존재였기에, 작자가 다른 속셈을 갖고 있을 거라는 청중들의 기대로부터 가장 위협을 느꼈던 듯한 작자는 리위였다. 그는 자신의 『한정우기閑情偶寄』의 독립된 장절에서, 실화소설적인 해석을 하고 있는 비평가들에게 주의를 주었고,124) 작가들에게는 붓으로 다른 사람을 죽이는 것이 칼로 죽이는 것보다 백 배나 더 나쁘다고 경고했다(리위, 『리리웡곡화』「계풍자戒諷刺」, 13면). 그는 자신의 무죄를 목청껏 항변했는데,125) 만약 자신이 그것을 깬다면 자신의 후손이 삼대에 걸쳐 벙어리가 될 것이라고 서약하는 지경에까지 이르렀다.126) 하지만 그의 연극을 본 사람들은 도대체 그가 마음 속으로 어떤 사람을 그렇고 그런 방법으로 그렇고 그런 인물로 그려냈는지에 대해 끊임없이 물었다(리위, 『리리웡곡화』「계풍자」, 18면). 이에 대한 거부가 소설 판본에서 나왔는데, 그 가운데 몇몇은 현대의 소설과 영화 속에서 비방으로 인한 소송을 피하기 위해 포함시킨 법적인 고지를 상기시켰다.

---

123) 『유림외사』에서의 시사적이고 역사적인 증거들에 대해서는 로디Roddy의 「『유림외사』와 청대 소설에서의 문인의 재현Rulin waishi and the Representation of Literati in Qing Fiction」 제2장 참조.

[옮긴이 주] 이 주제와 연관해 가장 유명한 저작은 허쩌한何澤翰의 『『유림외사』 인물본사고략儒林外史人物本事考略』(上海古籍出版社, 1985)이다.

124) 그 가운데 한 예는 (이 장의 앞쪽에서 언급한 바 있는) 마오씨 부자가 『비파기』를 왕쓰王四에 대한 풍자로 해석한 것이다. 리위, 『리리웡곡화』「계풍자」, 14~15면 참조.

125) 패트릭 해넌은 리위가 사람들이 레즈비언에 대한 그의 연극인 『연향반憐香伴』이 그 지역의 한 가문을 은근슬쩍 지칭한 것으로 생각했기 때문에 진화金化를 떠나야 했다고 믿고 있다(『리위의 창조』, 15면). 이런 생각은 장춘수와 장쉐룬Chang and Chang(108면 주43)에 의해 공박 당했다. 위안위링袁于令은 자신이 쓴 어떤 연극 때문에 비방 죄로 소송을 당했던 듯하다(헤겔, 『17세기 중국 소설』, 121~122면).

126) 이것은 아마도 뤄관중羅貫中이 『삼국연의』를 지었기 때문에 그 후손들이 삼대에 걸쳐 벙어리가 되었다는 이야기를 암시하는 듯하다(쿵링징孔另境, 『중국소설사료中國小說史料』, 16면 참조). 리위는 『리리웡곡화』「계풍자」, 17~18면에서 자신의 서약의 일부를 인용한 바 있고, 그 전문은 궈사오위郭紹虞의 『중국역대문론선中國歷代文論選』(제3권, 290면)에 있는 쉬커徐珂의 『곡패曲稗』에 나온다.

> 이 책은 완전히 꾸며진 것이고, [실제 사건이나 사람들에] 바탕한 것이 아니다. [등장인물들의] 이름으로 말하자면, 이것은 우연하게도 그 지역의 명망있는 사람들의 그것과 같을 수도 있지만, 여기에 연루된 어떤 사람을 비밀스럽게 지칭하는 것은 결단코 아니다. 어떤 사람이 내가 비밀리에 누군가를 공격하고 있다고 주장한다면, 나는 지옥에 떨어져 혀가 뽑힐 것이다.
>
> —리루위안李綠園의 『기로등歧路燈』에 대한 자신의 서, 1,777, 『금병매자료휘편』, 465면[127]

실화소설적인 해석을 실행하는 사람들은 추측컨대 감춰진 의미를 찾고 있을 것인데, 이들을 가리켜 '색은파索隱派'라고 한다. 『홍루몽』과 『유림외사』 이 두 소설에 대한 색은파적인 해석은 특히 잘 알려져 있다. 양자는 강하게 입증할 수 있는 전기적 자료들을 갖고 있지만,[128] 후자의 경우에만 색은적 해석이 작자에 대한 실제 사실들을 다루고 있다(로디, 「『유림외사』와 청대 소설에서의 문인의 재현」, 제2장). 이것은 부분적으로는 작자인 차오쉐친曹雪芹에 대한 확인이 늦었고, 그에 따라 그에 대해 알려진 부분이 부족했기 때문으로 설명된다.

『유림외사』에 대한 색은파적 해석은 우징쯔吳敬梓의 먼 친척 뻘인 진허金和(1818~1885)의 1869년 「발跋」의 출판으로부터 시작되는데, 여기에서는 이 소설에 등장하는 많은 인물들의 실제 모델들을 확인해주고 있다. 하지만 그가 내부의 정보라고 주장한 것을 감안하면, 그가 잘못 짚은 부분의 비율은 상당히 높은 것으로 판명되었다(몇몇은 장페이헝章培恒의 「『유림외사』원서」, 57면에서 지적되었다). 문학적인 출처뿐 아니라 등장인물의 실제 모델을 확인해내는 일은 후대의 평점이나 이 소설에 대한 현대의 연구에서 하나의 선입견으로 남아 있지만, 이런 종류의 정보가 이 작품

---

127) **[옮긴이 주]** 원문은 다음과 같다. "空中樓閣, 毫無依傍, 至於姓氏, 或與海內賢達偶爾雷同, 絶非影射. 若謂有心含沙, 自應墜入拔舌地獄."

128) 이 두 소설의 전기적인 측면들에 대해서는 마틴 황의 『문인과 자기 재현—18세기 중국 소설의 자전적 감수성*Literati and Self-Re/Presentation: Autobiographical Sensibility in the Eighteenth Century Chinese Novel*』 참조. 이 책의 제4장 참조.

을 해석하는 열쇠로 제시되고 있지는 않다.

『홍루몽』에서의 상황은 사뭇 다르다. 아마도 작자에 대해 거의 알려진 것이 없기 때문에(비록 편자로서이긴 하지만, 심지어 그의 이름이 텍스트 상에 등장했다 하더라도. 이 책의 제4장과 14장 참조), 독자들은 내포 작자들을 구성해내는 데 있어 상당한 '창의성'을 보여주었다(이 책의 제14장 참조). 이 소설에서는 중국 사회의 최상류 계층의 삶을 그려내고 있기 때문에, 색은파 평점가들은 거의 한 목소리로 등장인물들에 대한 실제 모델들도 마찬가지로 황제의 권력과 가장 가까운 무리들 속에서 노닐고 있다고 주장했다. 후스胡適는 이 소설의 색은파적 해석을 분석하면서 주인공인 쟈바오위賈寶玉의 실제 인물에 대한 세 가지 주요 이론들을 밝혀냈다(후스, 「『홍루몽』고증」, 175~189면). 그 가운데 하나는 쟈바오위가 순치順治 황제(재위 기간 1644~1661)이고, 린다이위林黛玉는 황제의 비인 둥어董鄂라는 것이다.[129] 두 번째 그룹은 그가 재상인 밍주明珠(1635~1708)의 아들이자 유명한 사詞 작가인 만주 기인 나란싱더納蘭性德(1654~1685)를 모델로 하고 있다는 것이다(이를테면 후스, 「『홍루몽』고증」, 185~189면 참조). 세 번째 파는 이 소설 속의 십이차十二釵가 청에 투항한 한족 관료들을 지칭하기에, 이 소설이 반청 계열에 속한다는 주장을 견지하고 있다.[130]

『홍루몽』에 대한 신홍학파의 해석들도 해를 거듭할수록 여전히 나오고 있다(팡마오方旄의 「비애스러운 역사의 전도로 홍학 색은파의 부활을 평함可悲的歷史倒轉評紅學索隱派的復活」과 류멍시劉夢溪의 『홍학紅學』, 107~177면 참조). 이들 가운데 눈에 띄는 점은 그들이 내세우고 있는 거의 종교에 가까운 신념이다. 『홍루몽』은 의심할 바 없이 중층적적이면서 다원적인 성격으로 인해, 그리고 이것이 최상층의 사회를 다루고 있다는 이유에서, 그리고 아

129) 이 주장을 가장 발전시킨 예로는 왕멍롼王夢阮과 선핑안沈瓶庵의 「『홍루몽』 색은」(1916)을 들 수 있다. 상세한 서지사항은 롤스톤의 『독법』, 480면 참조.
130) 가장 유명한 예로는 차이위안페이蔡元培의 「『석두기』색은石頭記索隱」(1916)을 들 수 있다. 자세한 서지사항은 롤스톤의 『독법』, 482~483면 참조.

마도 가장 중요하게는 이것이 사람들을 격동케 하는 소설이고, 출판 산업과 여타 활동의 중심에 있기 때문에, 그와 같은 류의 해석을 그토록 많이 끌어내게 된 것이다. 이것은 어떤 점에서 전통적인 비평 방법인 고거考據를 소설에 적용했기 때문이기도 한데, 소설에 대한 색은파적인 해석의 부상은 중국 사회에서의 소설의 지위의 상승의 한 지표로 볼 수도 있다.[131]

색은 평점가들은 주로 자신들의 주장을 뒷받침하기 위해 텍스트 내의 언어적인 실마리에 의존하고 있다. 파자破字[132]로 숨겨진 의미 찾아내는 것은 중국에서는 오랜 전통을 갖고 있다.[133] 이러한 관습에 더해서 언어 속의 동음자homophone나 동음이의어pun와 감춰진 메시지로부터 귀결되는 풍부한 개연성들은 해석 이론의 모든 방법을 세우는 데 결코 고갈되는 일이 없는 생생한 자료들을 제공해 주고 있다.

심지어 초기의 소설 작자들은 다양한 동음이의어pun를 자신들의 등장인물들의 이름에 실어 놓았는데(이를테면, 『수호전』에서 우용吳用이라는 인물의 이름은 '쓸모없음無用'[134]과 동음이의어이다. 플락스의 「수호전과 16세기 소설 형식－해석적 분석Shui-hu chuan and the Sixteenth Century Novel Form : An Interpretive Analysis」, 29면 참

---

131) 왕궈웨이王國維가 자신의 「『홍루몽』평론紅樓夢評論」에서 그렇게 주장했다(궈위스郭預適, 『『홍루몽』연구소사고紅樓夢研究小史稿』, 117면). 이 책의 제3장과 4장 참조.

132) **[옮긴이 주]** 중국어로는 '글자 알아맞추기拆字'라고도 한다.

133) 프리드리히 알렉산더 비숍Friedrich Alexander Bischoff의 『부賦의 해석, 중국의 문학적 수사학에 대한 연구*Interpreting the Fu : A Study in Chinese Literary Rhetoric*』(Weisbaden : Steiner Verlag, 1976)에 수많은 예들이 나와 있다. 파자, 또는 탁자拆字는 소설(이를테면, 『유림외사』에서의 광차오런匡超人)과 희곡(『십오관十五貫』에서의 쾅중況鍾)에서는 예언적인 것으로 나온다. 어떤 소설들은 암호화된 메시지가 모든 글자들을 세로로 죽 읽지 않고 가로로 건너뛰어 가며 읽어야 알 수 있게 씌어지기도 했다는데, 현재 남아 있는 예는 없는 듯하다. 『속금병매續金瓶梅』에 '가로로 된' 메시지가 포함되어 있다는 소문에 대해서는 쑨위밍孫玉明, 「딩야오캉, 그 사람과 그의 사적丁耀亢其人其事」, 312~313면 참조. 핑부칭平步青(1832~1896)이 기록한 『격렴화영隔簾花影』에 있는 '모든 다른 글자들'이 담고 있는 메시지에 대해서는 『중국소설총목제요』, 134~135면 참조.

134) **[옮긴이 주]** 혹시 있을 지도 모르는 중국어를 모르는 이 책의 독자들을 위해 설명을 덧붙인다면, 중국어로 '吳用'과 '無用'은 발음이 '우융wuyong'으로 똑같다.

조), 이것은 헨리 필딩Henry Fielding이 『톰 존스*Tom Jones*』에서 튜터의 이름을 쓰웨컴Thwackum[135]이라 명명한 것과 가장 노골적이면서도 동일한 효과를 만들어내었다.[136] 중국에서는 비평가들이 이런 행위를 '명명命名'이나 '스스로 드러내는 이름名詮自性'이라는 말로 지칭했는데, 이것은 소설 평점 전통의 바로 초기 단계로부터 두드러진 특징이었다.[137] 이것의 가장 발달된 형태는 장주포의 「금병매우의설金甁梅寓意說」에까지 이른다. 이 글에서 장주포는 등장인물들의 이름이 뜻하는 바를 캐고 있는데, 그들의 내적인 관계에 집중하고 이것들이 이 소설의 전체적인 의미에 어떤 식으로 부합하는지를 따졌다.[138] 그는 등장인물들과 자연 세계 사이의 생물학적이고 원예학적인 유비 관계를 선호했는데, 이러한 경향은 그가 영향을 준 작품들 속에서 발견되고 발전한 것이기도 했다.[139] 색은파적인 해석가들은 똑같은 접근법을 사용해서 소설 속의 등장인물들을 역

135) 이런 종류의 이름을 갖고 있는 등장인물들은 서구에서는 대체로 부차적인 인물로 제한된다(어스펜스키Uspenski, 『작시법*The Poetics of Composition*』, 161~162면).

136) **[옮긴이 주]** 쓰웨컴Thwackum은 『톰 존스』라는 소설의 주인공인 톰을 엄하게 교육시키는 목사의 이름이다. 그는 매우 이기적이고 주로 매질로 교육하는 특징이 있는데, 그의 이름은 매질할 때 나는 소리인 'thwack'과 매질의 대상인 사람(him 또는 them에서 따온 um)의 합성어이다. 고유명사인 이름이 또한 그 인물의 특징을 잘 드러내고 있다는 점에서 pun(이중적 의미)의 효과를 내고 있다고 볼 수 있다. 우융吳用이라는 이름이 '쓸모 없음無用'이라는 말과 동음이라는 점에서 그의 특징을 잘 드러낸다는 점에서 양자는 공통점을 갖고 있다고 볼 수 있는 것이다.

137) 이를테면 차오가이晁蓋의 이름에 대한 진성탄의 『수호전회평본』, 16면 「독『제오재자서』법」 11조(존 왕, 「제오재자서 독법」, 134면). 『중국소설미학자료휘수中國小說美學資料彙粹』, 124~128면의 명명에 대한 독립된 장절도 참조.

138) 이 소설에 대한 그의 평점의 다른 곳에서 그는 "이 책 속에는 심중한 의미를 갖고 있지 않은 이름이 하나도 없다是故此書無一名不有深意(원문은 **[옮긴이 주]**)."로 주장했다(『장주포금병매張竹坡金甁梅』, 80회 1,296면, 회평).

139) 이를테면 『린란샹林蘭香』과 훙츄판洪秋蕃(1885년경 활동)의 『독『홍루몽』수필讀紅樓夢隨筆』의 서두 부분과 평점, 특히 「총론」의 6~14까지의 조목들. 『독『홍루몽』수필』에 대한 자세한 서지사항은 롤스톤의 『독법』, 479~480면 참조. 이 평점에 대한 2차적인 그리고 가탁된 필사본의 발견에 대해서는 천치신陳其信의 「독『홍루몽』수필고讀紅樓夢隨筆考」 참조. 장주포가 쓴 이런 일련의 서문 격인 글들의 영향에 대해서는 천홍陳洪의 『중국소설이론사』, 237~239면 참조.

사적인 인물들과 결부시켰다.

하지만 우리가 『홍루몽』의 색은파적인 해석들에 대해서 본질적으로 흥미를 갖고 있지 않다는 사실이 어떤 작자들이 지인이나 자기와 동시대 사람들을 소설 속의 등장인물로 삼았다는 그런 생각을 무시하는 것은 아니다. 더구나 이런 작자들 가운데 몇몇은 등장인물들 이름의 선택을 통해, 원래 모델의 신원에 대한 실마리를 남겨 놓았다. 가장 분명한 예가 『유림외사』일 것인데, 여기에서 이를테면 마춘상馬純上은 마얼선생馬二先生으로도 불린다. 이 등장인물의 주요한 모델의 이름은 (작자의 친구인) 펑추이중馮粹仲인데, 여기에서 성인 '펑馮'은 '마馬'라는 글자 왼쪽 편에 삐침이 두 개 있다.[140] 그러한 실마리의 존재는 모델과 등장인물의 관계가 어떤 수준에서는 작자에게 의미 있는 것이었을 거라는 사실을 나타내 주고 있다. 또 다른 문제는 이것이 우리에게도 의미 있는 것이어야 하는가이다. 루쉰魯迅은 그렇지 않다고 생각했다.

> 하지만 어떤 독자가 한 편의 소설 속에 완전히 빠져들더라도, 만약 작자의 수완이 충분히 뛰어나고 작품이 오랫동안 전해진다면, 독자가 보는 것은 다만 책 속의 사람일 뿐 일찍이 실재했던 사람과는 도리어 아무런 상관이 없게 된다. 이를테면, 『홍루몽』 속의 쟈바오위의 모델은 작자 자신인 차오잔이고, 『유림외사』 속의 마얼선생의 모델은 펑즈(추이가 맞다)중이다. 지금 우리가 느끼는 바는 오히려 쟈바오위와 마얼선생일 뿐 후스 선생과 같은 특수한 학자 무

---

140) 이 소설의 몇몇 등장인물들의 이름과 고향이 어떤 식으로 자신들의 모델과 연관지어지는지에 대해서는 허쩌한何澤翰의 『『유림외사』본사고략』, 110~113면 참조. 소설 속의 등장인물들의 모델에 대한 좀더 심도 있는 논의에 대해서는 이 책의 제6장 참조. 『유림외사』로부터 가장 분명하게 영향 받은 후대의 예로는 쩡푸曾樸(1872~1935)의 『얼해화孽海花』를 들 수 있는데, 종종 등장인물에 대한 역사상의 모델을 확인해주는 목록과 함께 출판되었다. 이런 목록에 대한 예로는 쩡푸, 「부록 2」, 356~368면 참조. 쩡푸가 자신의 소설에서 쓰고자 했던 역사적 인물들에 대한, 쩡푸 자신의 손에서 나온 목록(원안이 완결되지는 못했다)이 보존되어 있다. 스멍時萌의 『쩡푸 연구曾樸硏究』, 135~137면 참조. 서구의 예에 대해서는 데이비스Davis의 『실화소설-영국 소설의 기원*Factual Fictions: The Origins of the English Novel*』, 114면 참조.

리만이 차오잔과 펑즈중을 마음 속에서 절대 잊지 못하고 있을 뿐이다. 이것이 이른바 인생은 유한하나 예술은 영원하다는 말이다.[141]

이것은 과장된 말이다. 확실히 다른 곳에서도 루쉰은 중국의 독자들이 소설 속의 세계로 깊이 빠져들어 비평적인 거리를 유지할 수 없는 것에 대해서 비판적이었다. 루쉰은 또 자신의 소설 속의 등장인물에 대한 모델에 대해 질문을 받았을 때도 상당히 퉁명스러웠다. 이를테면 『유림외사』의 등장인물들에 대한 모델을 찾아내는 일이 어떤 질문에 대한 답을 줄 수 있다 할지라도, 모델들과 등장인물들을 완벽하게 일대일 대응관계를 찾아낼 수도 없거니와, 그런 모델들의 개별적인 특징들이 이 소설의 전체적인 목적들에 대한 요구보다 더 우월한 위치에 있는 것 같지도 않다.

전통적인 소설 평점가들은 소설 작품에는 알레고리적인 메시지가 담겨 있다고 확신했(거나 최소한 자신들의 독자들이 그렇게 확신하기를 원했)다. 이것에 대한 해설은 두 가지 일반적인 범주로 나뉠 것이다.

첫 번째 범주에는 텍스트의 표면 아래에 감추어져 있는 '실제' 이야기가 여러 가지 이유에서 작자가 공개적으로 언급할 수 없는 민감한 문제들을 건드리고 있다는 생각이 포함된다. 이런 것들에는 ①정치와 개인적인 안전에 대한 것[142](실화소설적인 해설들 대부분은 이런 생각이 전제되어

141) 그의 『차개정잡문말편且介亭雜文末編』에 있는 「출관의 관出關的關」, 『『유림외사』연구자료儒林外史研究資料』, 290면.

[옮긴이 주] 원문은 다음과 같다. "然而縱使誰整個的進了小說, 如果作者手腕高妙, 作品久傳的話, 讀者所見的就只是書中人, 和這曾經實有的人倒不相干了. 例如『紅樓夢』里賈寶玉的模特兒是作者自己曹霑, 『儒林外史』里馬二先生的模特兒是馮執(按應爲"粹", 下同)中, 現在我們所覺得的卻只是賈寶玉和馬二先生, 只有特種學者如胡適之先生之流, 這才把曹霑和馮執中念念不忘的記在心兒里 : 這就是所謂人生有限, 而藝術卻較爲永久的話罷."

142) 이러한 위험 부담이 얼마나 높은 것인가에 대한 하나의 예로는 쑤스蘇軾(1037~1101)가 불경죄로 고발당한 것과 그가 쓴 몇 편의 시로 인해 연루된 다른 죄목을 들

있는 듯하다), ②그 내용과 작자에 대해 있을 법한 당혹감에 대한 것(어떤 부류의 사람들에게는 그대가 평범한 소설을 썼다는 사실이 알려지게 되면 그 자체로 당혹스러운 일이 될 수도 있는데, 하물며 에로틱한 소설을 썼음에랴), ③비의적인 지식의 비밀을 지켜내려는 의식적인 필요에 대한 것(동시에 어떤 『서유기』 평점들은 그들이 이런 비의적인 지식을 좀더 많은 독자들에게 설명해주겠다고 확언하고 있다), ④어떤 추상적인 생각이나 유형들理은 직접적인 이해에 이를 수 없지만 구체적인 예들事을 통해 이야기되어야만 하거나(이 책의 제4장 이하에서 『열국지』에 대한 차이위안팡蔡元放의 평점 서의 인용문 참조), 또는 깊은 사고는 철학적인 색깔을 덜어낸 채, 우화를 통해서 가장 잘 이해될 수 있다는 것(이를테면 『서유기』에 대한 장한장張含章의 평점 서, 『서유기자료휘편』, 239면), 그리고 ⑤독자들이 자신들의 뜻에 거스르는 내용을 잘 삼킬 수 있도록 작자가 당의糖衣를 입혀야 하는 것[143] 등이 포함된다. 이 가운데 마지막 것은 쓰마첸司馬遷의 『사기』, 126장에서 최초로 길게 기술된 '골계滑稽'의 기본 전략으로, 후대에 희곡과 소설의 발전 모두에 영향을 주었다. 이 모두가 "소설은 알레고리이다小說, 寓言也"(이를테면, 쓰신斯欣, 「『육포단』 이야기의 줄거리肉蒲團故事梗概」, 580면 『육포단』, 8회 회평)라는 말 뒤에 놓여져 있는 것들이다.

두 번째 범주는 소설을 쓰고 이해하는 것을 일종의 문학적 게임으로 다루는 것으로, 여기에서 작자가 자신의 손을 너무 공개적으로 보여주는 것은 스포츠맨쉽에 어긋나게 된다. 이 '게임'에서는 독자가 능동적으로 작자의 의도와 동기에 대해 심사숙고하는 것이 요구된다. 작자와 독

수 있다. 당국이 그를 핍박해 그로 하여금 몇 편의 시를 짓게 한 것에 대한 해석에 대해서는 찰스 하트만Charles Hartman의 「1079년의 시와 정치학—둥포의 우타이 시안東坡烏臺詩案Poetry and Politics in 1079 : the Crow Terrace Poetry Case of Su Shih」, *CLEAR* 12(1990), 15~44, 22~35면 참조.

143) 평점가들은 이것을 가리켜 '찬미할 것은 찬미하고 풍자할 것은 풍자하는 것美刺', 또는 '그가 좋아하는 것을 따르면서 그의 폐단을 공박하는 것順其好而攻其弊'이라고 불렀다.

자가 약아빠질수록, 그리고 '규칙들'이 더 정교해질수록, 소설 평점을 읽고 쓰는 일은 이 문학적인 게임에서 판돈을 올리게 된다.

소설을 알레고리화하는 경향에 대한 또 다른 이유는 소설 평점 자체의 흥성과도 연관이 있다. 일단 진성탄이 그가 평점이 달린 소설의 출판에 대한 책임을 받아들이고 난 뒤, 진성탄이 그랬던 것처럼 기꺼운 마음으로는 아니지만 그들의 텍스트를 자신들의 텍스트에 맞게 고쳤던 후대의 평점가들은 더 이상 실수라고만 볼 수 없는 모든 종류의 결함들에 대해 해명하도록 내몰렸다. 이런 '실수'들에 대한 가장 통상적인 해명은 꼼꼼한 독자로 하여금 이 소설의 숨겨진 알레고리적인 층위의 존재에 대해 주의하게 하기 위해 그러한 실수들을 의도적으로 그러한 독자의 의도에 부응하도록 배치했다는 것이다.[144]

144) 다른 평점의 전통에 대한 예에 대해서는, 헨더슨, 『경전, 정전과 주석-유가와 서구의 주해 비교』, 168~169면 참조. 중국 소설 비평에서의 예에 대해서는 이 책의 제6장 참조.

제3장_ 쇠퇴와 부활

전통 시기 중국 소설 비평의 황금 시기는 진성탄金聖嘆과 마오씨毛氏 부자, 장주포張竹坡, 왕샹쉬汪象旭와 황저우싱黃周星이 활발하게 활동을 펼치던 17세기였다.[1] 앞 장에서 우리는 결과적으로 소설 평점의 인기를 떨어뜨렸던 몇 가지 경향, 곧 억지스런 알레고리적, 색은적인 해석들에 대해서 살펴본 바 있다. 18세기와 19세기에는 소설의 평점을 만들고 읽는 일이 증가했지만, 질적인 측면에서는 그렇지 못했다. 이 장에서 우리는 이 두 세기 동안의 경향과 예증들, 그리고 20세기에서의 이 사업의 운명을 보게 될 것이다.

---

1) 이를테면 돌레젤로바－벨링거로바Doležlová :Velingerová의 「근대 이전의 중국 소설과 희곡이론Pre-Modern Chinese Fiction and Drama Theory」과 쉬숴팡徐朔方의 「진성탄, 그 사람과 그의 업적論金聖歎其人其業」, 224면 참조.

1. 속서와 모방작 그리고 평점으로서의 소설

소설 평점의 질적 저하에 따라, 18세기와 19세기에는 씌어진 소설 자체의 질도 쇠락의 길로 들어서게 되었다. 아마도 두 개의 명작(『홍루몽』과 『유림외사』)과 약간의 결점이 있긴 하지만 재미있는 수많은 작품들이 있었음에도, 이 시기에 나온 대부분의 소설과 단편소설 선집들은 상당히 밋밋하다. 이에 대해 한 가지 그랬음직한 이유는 [당시에] 고전적인 소설들에 대한 속서와 모방작들을 쓰는 것이 유행했기 때문일 것이다. 이러한 에너지 가운데 일부는 그렇듯 똑같은 고전 작품들을 다시 쓰고 편집하는 데 바쳐졌지만, 17세기 평점 판본들이 표준적인 텍스트로 받아들여지면서 이것은 더 이상 어떤 선택사항이 아니게 되었다.

전통 시기 중국의 희곡과 소설은 항상 같은 이야기를 되풀이하는 경향이 있다(류후이劉輝, 「제재와 내용의 단방향 흡수와 쌍방향 교융題材內容的單向吸收與雙向交融」). 이것은 아마도 쿵쯔가 자신의 행동상의 특징을 스스로 '서술하되 창작하지 아니하며述而不作'라고 했던 것과 연관이 있는 듯하다.[2] 좀더 공적이고 외부로 드러나 있는 장르인 희곡에서는[3] 특히 이러한 보수주의가 청대 중엽과 말엽에 사뭇 두드러졌다(네이퀸Naquin과 라우스키Rawski, 『18세기 중국 사회*Chinese Society in the Eighteenth Century*』, 62면 참조). 아마도 혁신과

2) 『논어』 일곱 번째 대목 「술이」 1(웨일리Waley의 영역본 『논어』, 123면). 칼 카오Karl Kao(「중국 서사 기원의 양상Aspects of Derivation in Chinese Narrative」, 1~2면)는 자신이 '기원의 창조성derivational creativity'이라 불렀던 중국 서사에서의 이러한 현상을 그 모델과 정전正典에 대한 자기 동일시로 보았는데, 여기에는 그 모델로부터 파생되어 나온 변화나 혁신이 수반된다.

3) 희곡을 쓰고 상연하는 것은 소설을 쓰고 읽는 것보다 좀더 일반적인 공적 행위였다. 『모란정牡丹亭』과 『도화선桃花扇』의 경우에서와 같이 희곡의 서나 도입부에서는 작자를 공개적으로 내세웠기 때문에 작자가 누구인지가 더 잘 알려지게 마련이었다. 쿵상런孔尙任(1648~1718)이 공직에서 물러나게 된 것이 그의 『도화선』의 상연과 연관이 있다는 것은 사실이 아니지만 많은 이들이 그렇게 믿고 있었는데, 이것은 희곡을 쓴다는 일이 얼마나 위험한 일로 여겨졌는지를 보여주는 한 예이다.

새로움이라는 측면에서 가장 적극적인 태도를 취했을 리위李漁가 그런 의사를 가장 명백하게 밝혔던 「탈과구脫窠臼」와 「변구성신變舊成新」 두 곳에서 혁신에 대해 구체적으로 제안했던 것은 오래된 작품들을 새롭게 개정하자는 것이었는데, 그것은 다음과 같은 경우이다.

> 정절의 재료가 이미 다른 사람에 의해 사용된 경우라 할지라도, 그것들을 재현해서 남김 없이 보여주지 못한 감정들이 있으며, 남김 없이 묘사하지 못한 상황들이 있게 마련이다. 그대가 그것들의 [작자의] 신발에 그대를 맞추고, 숨겨진 것을 드러내며, 미묘한 것을 해석해낼 수 있다면, 죽은 [작자]가 그대에게 그것들의 영혼과 그것들의 꽃으로 만든 붓과 그것들의 깊고 세련된 마음을 빌려줄 것이다. 그대가 [이런 식으로] 희곡을 쓴다면, 사람들은 그 문장의 단어들이 얼마나 새롭고 향기로운가 하고 상찬할 뿐 그러한 정절의 재료가 지극히 진부한 것인가 하는 것은 잊어먹게 된다. 이것이 [글쓰기의] 가장 높은 경지인데, 나는 이것을 완수하고자 하는 야망을 갖고 있지만, 아직 성공하지는 못했다.
>
> ―『리리웡곡화』 「계황당戒荒唐」, 33면[4)]

그는 대사와 창사나 주요 사건들을 담고 있는 희문戲文을 바꿈으로써(『리리웡곡화』 「변구성신」, 116면) 낡은 연극을 새롭게 할 것을 주장하고 있으며, 그에 대한 예로서 루차이陸采(1497~1537)의 『명주기明珠記』의 한 장면을 개정한 것을 제시했다(『리리웡곡화』, 121~136면). 그에 따르면 앞선 시기의 다른 진부한 사람의 작품뿐 아니라 자기 자신의 작품도 똑같이 그렇게 할 수 있다(『리리웡곡화』 「탈과구」, 23면).

우리는 중국 소설에서 이와 마찬가지로 오래된 재료를 재창작하기를 좋아하는 경우를 발견하게 된다. 이것은 무엇보다도 역사소설의 장르에서 실제로 이루어졌는데, 그것은 각각의 작품들이 종종 표준적인 역사

---

4) [옮긴이 주] 원문은 다음과 같다. "卽前人已見之事, 盡有摹寫未盡之情, 描畫不全之態, 若能設身處地, 伐隱攻微, 彼天下之人自能效靈於我, 授以生花之筆, 假以蘊綉之腸, 制爲雜劇, 使人但賞極新極艷之詞, 而竟忘其爲極腐極陳之事者. 此爲最上一乘, 予有之焉, 而未之逮也."

저작들을 대중화한 것이라는 이유로 정당화되었기 때문이다. 명 말엽 이전의 단편소설도 역시 마찬가지이다. 펑멍룽馮夢龍의 「삼언」의 120편의 이야기들 가운데 상당 부분이 문언으로 된 이야기나 초기의 백화 판본들을 재창작한 것이다.[5] 펑멍룽은 이야기들이 오래되었다는 사실을 강조하면서 자신이 거기에 손을 대고 새롭게 변화를 주었다는 것을 눙치고 넘어갔는데,[6] 그러한 변화에는 그가 원래 이야기꾼이 어떤 식으로 이야기를 풀어갔는지에 대해 생각한 대로 이야기를 다시 짜 맞추는 일도 포함되었다. 이와는 대조적으로 링멍추凌蒙初(1580~1644)의 이야기들에는 종종 그것들의 출처가 언급되는 일도 있었고, 리위는 미심쩍은 출처를 언급하고는 자기는 아무 것도 가진 게 없다고 주장하거나, 자기 자신의 이야기를 소설이나 희곡의 형태로 만들어내기도 했다(이 책의 제11장과 제12장 참조).

초기의 소설들이 탁명하는 일도 없이 서로서로 가져왔다면,[7] 후대에 나온 소설들은 다른 소설 텍스트들을 분명하게 지칭하고 나서 그 텍스트의 제목을 그들 자신의 것으로 만들었다.[8] 아마도 초기 텍스트의 작

5) 펑멍룽의 「삼언」의 이야기들과 링멍추(1580~1644)의 「이박」의 원 자료에 대한 선행 작업에 대해서는 해넌의 『중국단편소설*Chinese Short Story*』과 탄정비譚正璧의 『삼언양박자료三言兩拍資料』, 그리고 레비Lévy의 『중국 백화 단편소설에 대한 분석과 비평*Inventaire Analytique et Critique de Conte Chinois en Langue Vulgaire*』 참조.

6) 이런 새로운 변화에 대해서는 해넌의 『중국단편소설』, 76~92면과 역시 해넌의 『중국백화소설The Chinese Vernacular Story』(우리말 번역본은 김진곤 역, 『중국백화소설』, 차이나하우스, 2007), 98~119면과 사토 데루히코佐藤晴彦의 「언어적 특징으로 논의하는 고금소설과 펑멍룽의 창작古今小說與馮夢龍的創作從語言特徵方面進行探論」 참조.

7) 이를테면, 『삼국연의』의 츠비赤壁 대전에서 차오차오曹操 군대의 배가 불타는 것(제49~50회)은 『수호전』의 79회에서 좀더 작은 규모로 되풀이되고 있다(『수호전전』, 79회 1,308~1,309면). 평점가들은 일반적으로 이렇게 '가져온 것들'을 지적해내는 것을 즐겨했는데, 이와 동시에 자신들의 소설은 원본이라고 주장하면서 다른 소설들은 어디선가 가져온 것이라고 주장하는 경향이 있었다.

8) 리위는 『무성희無聲戲』의 13번째 이야기에서, 펑멍룽의 『경세통언』을 언급하고 있다(『무성희』, 189면). 『육포단』에서 제목으로만 두 곳에서(제4장과 14장) 언급된 초기의 염정소설의 내포 비평에 대해서는 해넌의 『리위의 창조』, 123면 참조. 리루전李汝珍(약 1763~1830)은 『경화연』에서 『서유기』를 세 차례 언급했다. 이러한 과정은 희곡에

자들은 다른 소설 작품들을 지칭하게 되면, 그들이 단순한 소설 이상으로 중요한 무엇인가를 쓰고 있다고 주장하는 데 치명적이라고 생각했던 듯하다. 다른 한편으로 후대의 소설은 종종 초기 작품들의 패러디에 매몰되기도 했다.[9]

전통 시기 중국에서 유명한 소설의 속작을 쓰는 일은 지금까지도 거의 연구가 되지 않은,[10] 이러한 지속성continuity과 새로운 변화innovation라는 변증법과 분명하게 연관되어 있는 중요한 현상이었다. 『수호후전』과 같은 속작들은 원작에서 감지되었던 잘못들을 바로잡았으며, 작자가 시사적인 문제에 대한 자기 자신의 느낌을 표출해내도록 허락했다. 『수호후전』의 텍스트와 평점은 명백하게 독자가 이 속작과 『수호전』을 비교하도록 요구하고 있다. 물론 이 속작을 썼다는 것 자체가 이미 그러한 비교의 의미를 내포하고 있기도 하다. 불행하게도 이 비교가 속작의 신뢰도에 그다지 영향을 주는 것 같지는 않다.[11]

서는 상당히 일찍 시작되었는데, 여기에서는 서두 부분과 말미에서 이런 것을 지칭하는 것으로 특히 많이 쓰였으며, 리카이셴李開先의 소극笑劇 『원림오몽園林午夢』(영문 번역은 웨스트West와 이드마Idema의 『달과 비파—서상기 이야기*The Moon and the Zither : The Story of the Western Wing*』, 429~436면)에서와 같이 소설 속의 등장인물들이 무대에 등장할 수도 있었다.

9) 리위의 『무성희』 이야기 가운데 두 개가 어떤 식으로 펑멍룽의 이야기를 패러디한 것인가에 대해서는 해넌의 『리위의 창조』, 172면 참조.

10) 날짜를 확정할 수 있는 속작은 세 가지뿐인데, 둥웨董說의 『서유보』와 천천陳忱의 『수호후전』이고, 그리고 무명씨의 『후서유기』에는 영어로 씌어진 경우로 말하자면, 단편 논문 길이 정도의 소개가 있다. 이들 속작들과 그 작자는 각각 프레드릭 브랜다우어 Fredefick Brandauer(『둥웨董說*Tung Yüeh*』)와 엘런 위드머(『수호후전』), 그리고 류 샤오롄X. Liu(「마음의 여행—후서유기의 기본적인 알레고리」)이 쓴 글의 주제이다. 중국 소설에서의 속서와 모방작들에 대해서는, 리스런李時人의 「중국소설사에서의 모방작과 속서 문제에 관한 생각關於中國小說史上仿作和續書問題的思考」과 린천林辰의 『명말청초소설술록明末淸初小說述錄』, 116~121면과 왕뤄王若의 「명청소설의 속서 문제 천담淺談明淸小說的續書問題」, 그리고 중창忠昌의 「중국 고대소설의 속작 현상과 그 원인을 논함論中國古代小說的續衍現象及其成因」 참조. 예쥬루葉九如는 중국의 속작들이 세계에서 유례가 없을 정도로 그 숫자가 많다고 주장하고 있다(「기꺼운 마음으로 부수된 것을 지어 어떤 작품이 되었나, 중국 고전장편소설 속작 현상에 대한 검토甘作附庸爲何本對中國古典長篇小說續作現象的探討」, 65면).

정전正典을 뛰어넘는 어려움(추측컨대 속작을 쓰거나 모방하겠다고 나선 동기)[12]은 매력적인 동시에 주의를 요하는 일이다. 리위가 『수호전』의 속작을 쓰고 『서상기』를 개정하는 일에 대해 두 사람에게 경고를 했을 때, 그는 후자를 염두에 두었던 듯하다.

> 그대가 그것들(『서상기』와 『수호전』)을 따라잡아 그것들로 하여금 자신의 지위를 양보하고 그대에게 경의를 표하게 하고자 한다면, 이것은 지극히 언어도단 격이라네. 『서상기』의 개정과 『수호전』에 대한 속작이 가능한 일인지 하는 문제는 제쳐두고라도 심지어 그런 작품들이 이것들의 선행 작품들을 여러 차례 뛰어넘었을지라도 나는 모든 사람들이 그와는 별도로 새로운 작품에 대해 개꼬리로 담비의 꼬리를 잇는 것이나 사족을 다는 것으로 평가하리라는 것을 알고 있다네.[13]
>
> —리위, 『리리웡곡화』 「음률音律」, 58면

리위에 따르면 그는 두 사람을 포기시키는 데 성공했다. 하지만 어떤 평점가들은 그들이 평점 작업을 진행하고 있는 작품과 선행 텍스트 사이의 관계를 속작과 원작의 관계로 비유했는데, 그것은 장주포가 『금병매』가 분명한 도덕적 메시지를 담고 있는 희곡인 『살구기殺狗記』와 연속선상에 있다고 주장하면서 그랬던 것처럼, 자신들의 작품에 대한 독자

11) 이를테면 『수호전』에 대한 또 다른 속작에서 양아오楊幺가 호랑이를 죽이는 것(『후수호전』, 3회 24~27면, 여기에서 그는 호랑이가 죽을 때까지 타고 있다가 잠이 든다)은 그 자체를 받아들이는 일만 해도 이미 충분히 어리석은 일인데, 나아가 『수호전』의 좀더 오래된 판본 제23회에서 그 모델이라 할 수 있는 우쑹武松이 호랑이를 죽이는 것과 비교를 하게 되면 더 고통스러워지게 된다.

12) 서(와 심지어는 입화나 제1회)에서 자신들의 텍스트가 특정한 방식으로 정전을 넘어섰기에 정전의 자리에 오를 만하다고 주장하는 것이 점점 더 일반화되었다. 『유림외사』 셴자이라오런閑齋老人 서는 하나의 예이다(『유림외사회교회평본』, 763~764면, 롤스톤의 『독법』, 248~251면). 이런 류의 서문을 대체하는 입화에 대해서는 이 책의 제9장과 제10장 참조.

13) [옮긴이 주] 원문은 다음과 같다. "欲遽叱之使起而讓席於余, 此萬不可得之數也. 無論所改之『西廂』, 所續之『水滸』未必可繼後塵, 卽使高出前人數倍, 吾知擧世之人不約而同, 皆以『續貂, 蛇足』四字爲新作之定評矣."

의 평가를 높이기 위해서였다.[14]

소설의 전작들을 뛰어넘으려고 시도하는 일이 칭송할만한 것이었는지는 모르지만, 대부분의 속작들은 원작보다 못했다. 그 한 가지 이유는 대다수의 속작들이 '교정물correctiveness' 정도의 위치에 놓여졌기 때문이다.[15] 이것은 두 개의 문제를 야기했는데, 그 하나는 이런 류의 속작들이 창조적이기보다는 '반동적reactive'이었다는 것이고, 다른 하나는 이것들이 종종 원작에서 가장 독특하거나 가장 가치 있는 것을 부당하게 새로 쓰거나 제거하려했다는 것이다.[16] 일반적으로 속작에 비우호적이었던 것은 비평가들뿐만 아니라, 소설 속의 서술자나 등장인물들도 그랬다. 아이러니컬한 점은 이러한 논의가 많은 경우 속작에서 벌어졌다는 것이다. 그러한 속작들은 암묵적이든 명시적이든 자기 자신은 그러한 법칙에서 예외라고 여기긴 했지만 말이다.[17]

---

14) 그의 「비평제일기서 『금병매』 독법」 107조(『금병매자료휘편』, 46면, 로이의 「『금병매』 독법」, 243면)와 『장주포금병매張竹坡金瓶梅』(80회 1,297면 회평), 그리고 이 연극이 텍스트 안에서 꼭두각시에 의해 공연되고 있을 때의 협비(앞의 책, 80회 1,301면) 참조. 그에 의하면, 희곡과 소설 둘 다 기본적으로는 효의 선양에 관심을 두고 있다고 한다.

15) 이런 관점에서 본 『홍루몽』의 속작에 대해서는 밀러Miller의 「『홍루몽』 속서—중국 백화문학에서의 표절과 모방 그리고 원작에 대한 탐색Sequels to The Red Chambre Dream : Observations on Plagiarism, Imitation and Originality in Chinese Vernacular Literature」, 202면과 왕셴페이와 저우웨이민의 『명청소설이론비평사』, 810~811면 참조.

16) 이를테면, 본질적으로 비극적인 이야기를 희극으로 바꾸어 놓으려는 『홍루몽』에 대한 헤아릴 수 없는 속작들을 보라.

17) 이를테면, 랑환산챠오嫏環山樵의 『보『홍루몽』補紅樓夢』은 세 군데에서 속작들에 대해 논의하고 있다. 제1회에서 서술자는 다른 『홍루몽』 속작들을 논의하고 있고, 제40회에서는 쉐바오차이薛寶釵가 『수호전』과 『서상기』의 '속작'(진성탄의 용어라는 것을 주목할 것)을 비하하고 있으며, 제47회에서 바오차이는 『홍루몽』에 대한 몇몇 속작들을 읽으면서 불평을 늘어놓는다. 후원빈胡文彬, 「랑환산챠오 비평 속서娘嬛山樵批評續書」 참조.

[옮긴이 주] 이상의 내용에서 진성탄의 용어라고 특정한 것에 대해 옮긴이가 추가로 설명을 하자면, 여기에서 말하는 『수호전』과 『서상기』의 속작은 별도의 책으로 이루어진 속작을 가리키는 게 아니라, 뤄관중이 스나이안 원작의 『수호전』을, 그리고 관한칭關漢卿이 『서상기』를 이어서 썼다고 진성탄이 비난하는 의미에서 사용한 용어이다. 같은 내용을 설명하고 있는 이 책의 제2장 주3 참조.

패러디와 마찬가지로, 속작과 모방작에서는 그 소설이 인공적으로 만들어진 것이라는 본래의 성격을 거부하거나 누군가가 '진짜 이야기'라고 주장하는 것이 더 이상 가능하지가 않게 되었다.[18] 이제는 그것이 가리키는 바가 그 '세계'라기보다는 과거의 문학이라는 사실이 그 자리에서 분명해진다.[19] 이렇듯 소설을 쓰는 게 아닌 체 하는 태도를 포기하게 되면 작자나 평점가 모두 텍스트의 허구적인 속성를 좀더 진지하게 받아들이거나 다양한 형식적 실험을 할 수 있게 된다. 그리하여 『홍루몽』에 대한 속작 가운데 하나에서는 차오쉐친曹雪芹 자신이 속작 속에 등장하고, 심지어 우리가 그가 속작 자체를 쓰고 있다는 것을 보고 있음에도, 그가 원작에 나오는 등장인물들과 원작의 창작에 대한 논의에 참여하는 것이 가능하게 된다.[20]

몇몇 후대에 나온 소설들은 호기심 많고 결코 만족해하지 않는 독자들을 작자 자신이 쓴 지정된 속작으로 초대하는 것으로 끝난다.[21] 『경화연鏡花緣』과 같은 여타의 소설들은 결코 실현되지는 않을, 앞으로 나올 속작에 대해 대수롭지 않게 약속하는 것으로 끝이 난다.[22]

---

18) 『홍루몽』의 속작들 가운데 나타나는 패러디에 대한 지향에 대해서는 밀러의 「『홍루몽』 속서 : 중국 백화문학에서의 표절과 모방 그리고 원작」, 206~207면 참조.

19) 많은 속작들과 모방작들에는 그들이 그들 자신과 연관시키고자 했던 소설들의 요약이 들어 있다. 이를테면 샤오야오쯔逍遙子의 『후『홍루몽』後紅樓夢』「전서사략前書事略」 참조. 1799년에 출판된 또 다른 속작에서는 이보다 앞선 속작의 개요를 언급하고 있지만 요약을 제공하기를 거부했다(친쯔천秦子忱, 「범례」, 10면). 몽골의 작가인 인자나시Injanasi(중국 이름은 인잔나시尹湛納希, 1837~1892)는 『『홍루몽』의 모방작인 『니겐 답쿠르 아사르*Nigen Dabqur Asar*』(중국식 이름은 『일층루一層樓』)의 서두 부분에서 『홍루몽』에 대한 요약을 보여주고 있다. 이 소설에 대해서는 보든Bawden의 「인자나시의 소설 니겐 답쿠르 아사르Injanasi's Novel Nigen Dabqur Asar」 참조.

20) 샤오야오쯔, 『후『홍루몽』』, 특히 20장 참조. 이 소설은 차오쉐친이 우아한 속작을 가지고 참석하는 연회로 끝이 난다.

21) 이를테면, 인자나시Yinzhanasi의 『일층루』, 100회 759면 참조. 속작인 『울라얀아 우킬라쿠 팅킴Ulayan-a Ukilaqu Tingkim』(중국식 이름은 『읍홍정泣紅亭』)의 이름은 여기에서 부여되며, 속작의 서두 부분에서는 독자로 하여금 이전 소설로 되돌아가서 보도록 한다. 둘 다 『홍루몽』을 모방한 작품들이다.

22) 리루전李汝珍, 『경화연』, 100회 759면과 추런훠褚人穫, 『수당연의』(1985) 제100회

속작과 모방작, 그리고 서술자나 허구적인 등장인물들에 의한 다른 소설과 속작들 모두는 소설에 대한 평점의 형식으로 이루어져 있다.[23] 딩야오캉丁耀亢(1599~1671)이라는 작자는 한 걸음 더 나아가 자신의 소설인 『속금병매』를 원작인 『금병매』에 대한 속작으로서 뿐만 아니라 대중적이면서 영향력 있는 교화서인 『태상감응편太上感應篇』에 대한 평점으로 내세우기도 했다.[24]

2. 문언소설

중국에서 가장 유명한 전통적인 소설 비평가들은 백화소설 작품에 평점을 썼다. 하지만 문언소설에 대한 평점 비평도 충분히 오래되었고 광범위하게 퍼져 있었는데, 여기에 결여되어 있는 것은 대량으로, 복잡하게 그리고 폭 넓게 원작을 오로지하고 재편집하는 일이었다. 문언소설을 쓰고 가려 뽑고, 출판하며 평점을 다는 일이 점차 좀더 공공연해지고 지위가 높은 계층의 활동이 되어감에 따라 평점과 텍스트 사이의 관계는 약간의 변화를 겪게 되었다. 서사 기교가 점차 세련되어감에 따라 푸쑹링蒲松齡(1640~1715)의 『요재지이』와 같은 획기적인 문언소설 선집이 나올 수 있게 되었는데, 나아가 이것은 비평적 관심과 평점본의 탄생을 배태하게 되었다.

근대 이후 문언과 백화소설을 구별하는 것은 소설에 대한 전통적인 논

1,073면 참조.

23) 소설 텍스트 안에 있는 텍스트 바깥-유형extratextual-type의 평점에 대해서는 이 책의 제9장과 12장 참조.

24) 이를테면, 딩야오캉의 책 제64회 650면과 이 책의 제12장 참조.

의에서는 존재하지 않는다. 작자와 비평가들은 어느 한 종류의 언어가 다른 것에 대해서가 아닌 한 가지 전통에만 적절한 것이라고 주장했지만[25] 이들 사이의 진정한 차이는 엘리트 계층과 교양 있는 청중을 위한 '세련되고 수식적인文藻' 글쓰기와 단순하고 직설적인 문언이 포함되는 좀더 '통속적'인 스타일 사이에 있다(이드마Idema, 『중국백화소설*Chinese Vernacular Fiction*』, 14면). 백화소설의 지위 향상(이 책의 제4장 참조)과 이에 참여하는 문인들이 많아짐에 따라, 이러한 구별이 덜 엄격해졌고, 비평가들은 세련된 청중과 저속한 청중 모두의 흥미를 끌 수 있는雅俗共賞 이상적인 스타일을 이야기하기 시작했다.

문언으로 된 이야기를 백화소설로 바꾸는 일은 백화소설의 등장과 함께 시작되었지만, 그 반대의 경우는 뒤늦게 시작되었다.[26] 이러한 두 가지 경향은 애당초 백화소설 때문에 발전해 활짝 꽃을 피웠던 평점 비평의 스타일이 문언소설에 적용되고 그러한 전통이 문언으로 된 이야기의 작자들에게 영향을 주게 됨에 따라, 역사소설 이외에 문언으로 된 최초의 장편소설의 출현을 목도하게 되는 청대에는 두 개의 전통이 부분적으로 통합되는 양상이 나타났다.[27] 하지만 대부분의 문언소설은 좀더 짧고, 구조가 단일하며, 백화소설의 가이드 역할을 하는 서술자나 그의 텍스트 바깥의 상대자인 평점 비평가가 그다지 필요하지 않았다.

문언소설의 서술자들은 직업적인 이야기꾼보다는 아마추어를 모델로 했다. 전형적인 당 전기 이야기에서 서술자는 그 작품으로 입증되는 어떤 사실을 설명해 주거나 거기에서 얻게 되는 도덕적 교훈을 이끌어 내

---

25) 이를테면, 『수호전회평본』, 17면, 진성탄 「독『제오재자서』법」 14조(존 왕, 「제오재자서 독법」, 134면)과 딩야오캉의 『속금병매』, 5면의 「범례」 2조. 딩야오캉의 언급은 진성탄에게서 영향 받은 것인지도 모른다.

26) 이를테면, 『요재지이』 이후에 나온 문언소설 선집인 쉬안딩宣鼎의 『야우추등록夜雨秋燈錄』에는 「삼언」 속의 이야기 가운데 세 편이 문언으로 바뀌어 실려 있다. 쑤싱蘇興의 「『야우추등록』과 「삼언」에 대한 천담淺談夜雨秋燈錄與三言」 참조.

27) 이를테면 투선屠紳(1744~1801)의 『담사蟫史』와 같은 작품.

주는 이야기의 말미에서만 등장한다. 하지만 청대에는 지윈紀昀(1724~1805)의 『열미초당필기閱微草堂筆記』와 그 모방작들이 나오게 됨에 따라, 아마추어 이야기꾼들과 그들의 청중들이 부각되고, 이야기하는 사람이나 듣는 사람 모두가 이야기의 평점을 만드는 일에 참여하는 것이 이런 류의 소설을 이루는 데 필요한 구성 성분이 되어 버렸다(레오 탁홍 찬Leo Tak-hung Chan의 「권고와 훈계-지윈의 『열미초당필기』 안의 지괴 이야기의 교훈성To Admonish and Exhort : The Didactics of the Zhiguai Tale in Ji Yun's Yuewei caotang biji」 참조).

3. 소설, 대아지당大雅之堂에 오르다

중국에서 소설은 전통적으로 세련된 문학의 영역 바깥에 있는 것으로 치부되었다. 아마도 가장 유명한 소설 수집가일지도 모르는 마롄馬廉(1893~1935)은 자신의 장서들에 '대아지당에 오르지 못함不登大雅之堂'이라는 표식을 한 도장을 찍어두었다. 소설을 쓴다는 것은 한 사람을 곤경에 빠지게 할 수도 있고,[28] 그것을 읽는 것은 그 사람이 달리 할 일이 없을 때로 제한되었다.[29] 이러한 상황은 명말에 이르러 약간 변화했는

28) [전하는 바에 의하면,] 『전등여화剪燈餘話』의 작자인 리전李禎(1376~1452)은 그가 이 소설의 작자라는 이유 때문에, 향현사鄕賢祠에서 제외되었다(후스잉胡士瑩, 『화본소설개론』, 361면).

29) 『국색천향國色天香』의 전체 이름에는 『공여승람公餘勝覽』(문자 그대로 공적인 일을 다 끝마치고 남는 여가 시간에 읽을 거리라는 뜻. 마유위안馬幼垣(「명대 공안 소설 텍스트의 전통The Textual Tradition of Ming Kung-an Fiction」, 207면 주15 참조)이라는 글자가 포함되어 있다. 셰자오저謝肇淛(1567~1624)는 그의 『오잡조五雜組』에서 송대의 한 인물은 경전이나 사서들은 정식으로 앉아서 읽고, 소설 작품들은 누워서 읽었으며, 소사小詞는 측간에서 읽었다고 말했다宋錢思公坐則讀經史, 臥則讀小說, 上厠則閱小詞(원문은 [옮긴이 주]). (허우중이侯忠義, 『중국문언소설참고자료中國文言小說參考資料』, 31면).

데, 그때는 점증하는 다원주의와 일시에 일어난 흥미로 인해 문인들이 소설과 희곡을 의미 있는 것으로 받아들이게 했던 시기였다. 문인들이 소설의 주요 제작자와 소비자가 되었으며, '문인 소설literati novel'이라고 부를 수도 있는 그 무엇이 탄생하기도 했다.[30] 비록 이러한 소설의 '문인화Literatization'가 일종의 특권적 지위와 [정절 상의] 복잡성을 초래하기는 했지만, [소설이 본래 갖고 있는] 활기와 [기존 질서에 대한] 전복적인 성격의 상실, 그리고 하나의 대안적인 담론으로서의 소설이 갖고 있는 의미의 축소 등과 같은 비용을 치르기도 했다. 이러한 경향은 문인 작자들이 자신들의 학식을 드러내 놓고 뽐낼 모종의 또는 전적인 기회를 얻게 해준 '학자 소설'에서 그 정점에 이르렀다(샤즈칭夏志清, C. T. Hsia의 「학자 소설가와 중국 문화—『경화연』의 재평가The Schola—Novelist and Chinese Culture : A Reappraisal of Ching-hua yüan」).

청대에는 소설을 하나의 경이나 유가 경전의 일부인 것처럼 여겼던 비평가들이 있었는데, 『서유기』의 도교적 해석가들은 그 소설을 펴기 전에 독자들이 향을 사르고 손을 씻을 것을 요구했고(이를테면, 『서유기자료휘편』, 246면, 류이밍劉一明 「독법」 1조, 앤쏘니 위, 「『서유기』의 원래 의도 읽어내기」, 299면), 성리학적인 해석가들은 한이나 송대 학파의 경전에 대한 주소를 자신들의 소설에 적용하기도 했다.[31] 초기의 일군의 평점가들이 기존 사회에 대해 불만을 품었거나 성공을 하지 못했던 것과 달리, 후기의 소설 평점가들에는 진사[32]나 잘 알려진 고증학자들도 있었다.[33]

---

30) 이러한 장르의 탄생을 정식화하려는 시도에 대한 상세한 내용은 플락스의 『사대기서』 참조.

31) 이를테면, 『홍루몽』에 대한 장신즈張新之 평점의 필사본에 대한 위안후웨츠쯔鴛湖月痴子의 서 참조(『『홍루몽』서록紅樓夢書錄』, 50면).

32) 둥쉰董恂(1907~1885)과 같은 사람은 1840년에 진사가 되어 오랫동안 포정사布政司를 지냈다. 이 책의 제12장 참조.

33) 이를테면 『유림외사』와 『서유보』에 대한 평점을 쓴 장원후張文虎(1808~1885)는 학술적인 차원에서 『사기』와 『예기』를 한데 묶어 펴내기도 했다(『유림외사연구자료』, 14면). 그의 『유림외사』 평점에 대한 상세한 서지사항은 롤스톤의 『독법』, 448~450면 참조.

그 당시에는 몇몇 사람이 고증적인考據 비평을 소설에 적용하는 데 대해 불만을 품기도 했지만,[34] 초기의 평점이나 비점批點, 또는 비평이라는 용어에서 평주comment and annotation나 평석comment and explication과 같이 주소注疏적인 평점에 좀더 어울릴 만한 단어들로 대체된 평점을 출판하거나 재판하는 일이 유행했다. 소설 작품에 대한 말 그대로 주소적인 평점도 이 시기 동안 출판되었다.[35]

소설의 지위가 상승함에 따라 소설에 대한 평점의 지위도 따라 올라갔다. 원고가 평점으로 잘 알려진 문인들 사이에 돌아다녔고, 평점 선집이 출판되었다. 이들 가운데 몇몇은 『홍루몽』의 즈옌자이 평점과 같이 모호한 필명을 사용한 한 무리의 가까운 친구나 친척들 손에 의해 나오기도 했지만, 『여선외사』에 대한 평점 선집에는 공개적으로 알려진 것과 똑같은 필명을 사용한 희곡 작가 홍성洪昇과 같이 잘 알려진 인물이 제題한 65명이나 되는 서로 다른 사람들의 평점이 실려 있다.[36] 소설 평점이 진지하게 받아들여졌다는 또 다른 표지는 전체 또는 일부의 형태로 이전에 나왔던 평점을 다시 펴낸 평점의 출현이다. 후기에 나온 평점들이 문학 텍스트 자체보다 초기의 평점에 좀더 흥미를 보인 것이 이런 것들 가운데 한 예이다(롤스톤, 「형식적 측면들」, 68~69면).

---

34) 이를테면 왕셴페이와 저우웨이민의 『명청소설이론비평사』, 582면 참조. 고거학考據學을 소설에 적용함으로 해서 나오게 되는 해로운 영향에 대해서는 천훙陳洪의 『중국소설이론사』, 311~434면 참조.

35) 이를테면, 롤스톤의 「자료 모음」, 8면 참조. 이에 대한 상세한 서지사항은 롤스톤의 『독법』, 429면 참조.

36) 평점 선집의 사회적인 성격은 아마도 황전黃振(17세기 경 활동)의 희곡인 『석류화石榴花』에 대한 「범례」 11조에 가장 잘 묘사되어 있을 것이다. "[희곡에 대한] 강조하는 구두점과 평어는 우리 문단의 다양한 구성원들이 꽃을 마주하고 술을 마시며, 또는 달 아래에서 시를 읊조리는 동안 씌어졌다. 시냇가에서 씌어지거나 영감이 떠오르는 대로, 이것들은 아무런 체계나 순서도 없었다. 시간이 흘러감에 따라 누구의 평어가 누구의 것인지 구분하는 것은 더 이상 가능하지 않게 되었다圈點批評, 則同社諸子, 於花前小飲, 月下偶吟詩, 隨興着筆, 都無倫次, 久久不辨誰氏之手(원문은 [옮긴이 주])."(차이이蔡毅, 『중국고전희곡서발휘편中國古典戲曲序跋彙編』, 1,929면)

4. 미묘함에 대한 점증하는 요구

많은 수의 초기 소설 평점들은 독자들에게 소설을 읽는 법과 아울러 소설을 쓰는 방법까지 일러줄 것을 약속했다. 평점가들은 나중에 작자가 될 수도 있는 독자들이 좋은 것은 취하고 나쁜 것은 회피할 것을 기대하면서 좋은 예와 나쁜 예를 지적해 내었다. 그들은 이전의 독자들이 놓치고 넘어간 미묘한 세부 묘사에 대해 지적해야 한다고 주장했는데, 바로 평점 비평의 형식은 그것을 위해 고안된 것이었다. 그들 자신의 중요성을 부각시키기 위해, 평점가들은 작자들이란 그들이 의미하는 바를 절대 직접적으로 말하지 않는 '교활한狡猾' 사람이고 또 그래야 한다는 생각을 공개적으로 드러냈다. 아래와 같은 진술은 통상적인 것이 되었다. "작자는 일부러 사람들을 꾀어 그를 공격하도록 하기 위해 교묘하게 복병을 설치하는 데, 이것은 문학적인 속임수의 분명한 예이다."[37]

그리하여 소설을 읽고 쓰는 일은 마지막 순간까지 비밀을 지켜내면 작자에게, 그런 비밀이 처음에 나오자마자 감지되면 독자에게 점수가 주어지는 일종의 문학적인 게임이 되어버렸는데, 관건은 작자가 의도적으로 남겨둔 미묘한 실마리에 달려 있었다. 이것은 한편으로는 지나치게 미묘하게 쓰고, 다른 한편으로는 지나칠 정도로 넘겨짚어 가며 읽게 만들었다.

---

37) 쓰신斯欣, 「『육포단』 이야기의 줄거리」, 580면, 『육포단』, 8회 회평(번역문은 해넌의 『육포단*Carnal Prayer Mat*』, 8회 132면.)

[옮긴이 주] 원문은 다음과 같다. "故前後自相矛盾, 有意伏此奇兵, 使人攻擊乃爾."

5. 차이위안팡蔡元放의 예

차이위안팡은 창의성이나 영향력이라는 측면에서 볼 때, 상당히 부족한 인물이다. 하지만 그는 17세기 이후 용속庸俗함으로 내닫는 하나의 경향과 17세기에 제안된 소설에 대한 관념을 기계적으로 수행하는 것을 대표한 사람이었다.

차이아오蔡奡라는 본명보다 그의 자로 더 잘 알려진 차이위안팡은 18세기에 활약하면서 『서유기』(1750년 서, 롤스톤의 『독법』, 453면 참조)와 『열국지』(1736년 서),[38] 『수호후전』(1770)에 대한 평점본을 만들었다. 이 가운데 『서유기』에는 서와 「독법」을 짓는 것 이외에 별다른 일을 하지 않았지만, 다른 두 권에 대해서는 협비를 완비하고 실제로 텍스트를 수정해 표준적인 판본이 되게 했다. 그 양과 활동의 측면에서, 그는 소홀히 지나칠 수 없는 인물이다. 비록 진성탄의 그림자가 그의 평점에 대한 노력과 구조와 문학적 기교에 대한 그의 생각에 어렴풋이 드리워 있긴 했지만(위드머, 『수호후전』, 184~187면), 그의 『수호후전』 평점에는, 이를테면 자신의 모델인 진성탄을 창조적이 아니라 기계적으로 적용한 게 드러나 있다. 그의 『열국지』에 대한 평점은 『삼국연의』에 대한 마오쭝강의 평점과 유사한 관계를 맺고 있는 듯이 보인다.

『열국지』는 『삼국연의』와 마찬가지로 역사소설이지만, 차이위안팡은 마오씨 부자가 『삼국연의』에서 그랬던 것보다 과거를 예술적으로 재창조하는 데 훨씬 더 여지를 남겨두지 않았고, 그리하여 독자들이 『열국지』를 소설이 아니라 역사로 받아들여야 한다는 입장을 고수했다(이를테면, 『동주열국지』, 1a면, 「독법」 1조). 『수호후전』의 평점에 대해서는 진성탄

38) 수정본(1740년 서)에는 차이위안팡이 '놓쳐버린 것을 채워 넣기 위해' 편자가 새로운 평점을 덧붙여 놓았다는 사실을 지적했다(왕셴페이와 저우웨이민의 『명청소설이론비평사』, 462면 주1).

이 『수호전』에 대해서, 그리고 천천陳忱이 『수호후전』에 대해서 그랬던 것처럼 텍스트를 복잡하게 만드는 대신(이 책의 제11장 참조), 차이위안팡은 『수호후전』의 의미를 축소시켰다(위드머, 『수호후전』, 196면). 그는 천천의 평점과 명에 대한 충성을 암시하는 어떤 요소도 배제함으로써, 그리고 등장인물의 세계와 내포 작자의 세계 사이의 대조를 축소시킴으로써 원작의 체제 전복적인 요소를 희석시켰다. 하지만 그는 자신의 판본의 텍스트와 평점을 통합된 정체整體로 보고, 그 가운데 어느 것도 홀로 설 수 없다고 생각했다. 그가 개정을 했을 때, 그는 그 문제를 텍스트와 그의 평점 모두에서 공격하려 했다(위드머, 『수호후전』, 195면). 요컨대, 차이위안팡은 진성탄이 처음으로 만들어낸 모델에 대한 김빠진 계승을 대표하는 것이다.

6. 국제적인 영향

중국 문화와 언어에서 직접적인 영향을 받은 한국이나 일본과 월남 같은 나라에서는 대체로 문언으로 된 짧은 소설 작품들이 높이 평가되고 널리 읽혔다. 이를테면 『유선굴游仙窟』(약 700년)과 『전등신화剪燈新話』(1380년 서)는 중국에서는 완전한 형태로 유통되지 않았는데, 일본과 그 밖의 다른 지역에서는 소설 창작에 막대한 영향을 주었다.[39] 백화소설은 몇 가

39) 일본에서의 『유선굴』에 대해서는 레비H. Levy의 「두 편의 중국 성애 고전 작품Two Chinese Sex Classics」, 75~99면 참조. 우에다 아키나리上田秋成(1734~1809)는 자신의 영향력 있는 『우게츠 모노가타리雨月物語』로 큰 성공을 거두었는데, 이것은 『전등신화』에서 이야기 몇 편을 개작한 것이다.

[옮긴이 주] 이상의 내용에 대해 옮긴이의 부가적인 설명을 붙이자면, 일본에서는 에도 시대에 글 위주로 되어 있는 '요미혼讀本'과 그림책의 일종인 '에혼繪本'이 성행했다.

지 이유 때문에 파고드는 데 좀더 시간이 걸렸다. 문언은 항상 동아시아 국가의 엘리트의 고전 교육의 일부였기에 외국 무역과 외교를 담당하는 이들만 배웠던 백화와는 경우가 달랐다. 나아가 중국에서건 외국에서건 문언으로 된 소설은 백화소설보다는 좀더 대접을 받았다.

하지만 그런 나라의 일부 계층에서는 백화로 글쓰는 데 흥미를 보이기도 했다. 일본의 경우 『삼국연의』(1689년)가 [일본 고유의] 군단軍談[40]이라는 전통적인 일본 장르에 쉽사리 동화되었고 평이한 문언으로 씌어졌기 때문에 최초로 일본어로 번역되었지만, 사람들의 흥미를 가장 끌었던 것은 오히려 『수호전』이었다. 이 소설은 일본식 한자음을 나타내는 발음기호가 덧붙여져 다시 간행되었으며, 중국어 구어에 대한 교재로도 쓰였다.[41] 일본 에도 시대의 『수호전』의 중요성은 그 때 만들어진 일본어판 개작들[42]과 용어집[43]의 숫자로 알 수 있다.

일본에서 소설 쓰기의 전통은 그 햇수는 짧지만, 모든 면에서 중국보다 풍부하고 다양하다. 비록 중세 일본의 소설이 중국의 문언소설로부

'요미혼'은 역사물이 주류를 이루고 있는데, 주로 비사들로서, 가문 간의 싸움이라든가, 전설과 같은 것들을 주제로 하여, 단편이나 장편으로 이루어져 있으며, 중국 백화소설을 번역한 것이나 기괴담 등도 들어 있다. 한편 그림책인 '에혼'에 실린 그림을 '우키요에浮世繪' 라고 하는데, 우리가 일반적으로 일본 그림이라고 생각하는 것들이 대개 이 '우키요에'로서, 무사의 그림이나 게이샤들의 그림과 같이 현실 사회의 풍속을 주제로 그린 풍속화를 말한다. 『우게츠 모노가타리』는 에도 후기의 국학자이자 가인歌人이며 요미혼讀本 작자였던 우에다 아키나리의 대표적인 요미혼으로 5권 5책으로 되어있으며, 『전등신화』, 『경세통언』 등 중국의 이야기와 일본의 만요슈萬葉集, 겐지 모노가타리源氏物語 등 고전 등을 전거로 하여 만들었다.

40) **[옮긴이 주]** 전쟁을 이야기 소재로 한 에도江戶 시대의 통속소설을 가리키며, 이런 소설에 가락을 붙여서 읽는 일종의 야담을 가리키기도 한다.

41) 조선에서 15세기 정도나 이보다 이른 시기에 나온 중국어 구어에 대한 교재인 『박통사언해朴通事諺解』에 『서유기』가 참고 자료로 들어 있다는 사실은 조선에서 중국어 구어를 배우는 데 백화소설이 중요하게 다루어졌다는 사실을 보여주고 있다.

42) 최초의 개작은 1773년에 나왔다. 개작본의 목록에 대해서는 다카다 마모루高田衛, 「『하켄덴』의 세계八犬傳の世界」, 73면 참조.

43) 첫 번째 것은 1757년에 나왔다. 이것들 가운데 많은 수가 『토와지소루이수唐話辭書類聚』에 다시 나왔다.

터 영향을 받긴 했지만, 무라사키 시키부紫式部(974?~1014?)의 『겐지 모노가타리源氏物語』가 이룬 성과는 수 세기 이후까지도 중국의 어떤 소설 작품과도 비교가 되지 않을 정도이다. 『겐지 모노가타리』에는 중국의 어느 것보다도 시대가 앞서는 소설의 속성과 소설 시학에 대한 논의가 담겨 있다(우에다上田, 『일본의 문학과 예술이론*Literary and Art Theories in Japan*』, 25~36면). 헤이안平安 시대(794~1185) 일본 소설의 특징은 소설의 작자이자 독자이기도 했던 여성들이 중요한 공헌을 했다는 것인데, 이것은 고대나 근대 초기 서구 문명에서는 의미 심중한 현상이었지만, 중국에서는 보편적으로 결여되어 있었다.[44]

헤이안 시대의 소설이 중국의 소설에 영향을 준 것 같지는 않지만, 에도 시대에는 평점 스타일의 비평이 달린 중국 소설들의 영향이 일본에서, 특히 타키자와 바킨의 경우에서 쉽게 그 자취를 찾아볼 수 있다. 바킨이 최초로 호쿠사이(1760~1849)[45]의 그림이 들어 있는 판본으로 『수호전』의 십 회 분량을 일본어로 옮겼을 때, 그는 자신의 서문에 진성탄의 문학적 기교 목록을 포함시켰다.[46] 그의 소설 『하켄덴八犬傳』을 한 권 한

44) 중국에도 여성이 작자가 되고 독자가 되는 것이 중요시되는 탄사彈詞와 같은 대중적인 서사 장르가 있었다. 수많은 여성들이 '책상머리 희곡'(상연용이 아니라 그냥 읽기 위한 희곡을 말한다. 앞서 이 책의 「서론」에서는 '案頭之劇'이라는 말로 지칭하기도 했다. **[옮긴이 주]**)을 쓰기도 했다(쉬푸밍徐扶明, 「명청 여 극작가明清女劇作家」 참조). 여성들은 소설 비평보다는 희곡 비평에서 좀더 두드러진 활약을 했다. 리위의 희곡 가운데 몇 개는 왕돤수王端淑와 황위안졔黃媛介와 같은 여성 지인이 만든 평점과 함께 나오기도 했다. 『모란정牧丹亭』에 대한 평점이 우우산吳吳山의 세 부인三婦의 이름으로 나왔다는 사실(1694년 서)은 특히 유명하다. 여성 소설 평점가가 소설 작품 속에 등장하기는 하지만(웨이슈런魏秀仁(1817~1873)의 『화월흔花月痕』과 샤오야오쯔逍遙子의 『후『홍루몽』後紅樓夢』에서 두드러지는), 전통 시기에 일종의 과시용으로 여성들에 의해 씌어진 소설 평점은 시사詩詞나 짧은 서론 격인 글들에 한정되었다.

45) **[옮긴이 주]** 정식 한자 이름은 카츠시카 호쿠사이葛飾北齊로, 일본 '우키요에'에서 가장 유명한 사람이다.

46) 바킨의 「헨弁」, 15면 참조. 그는 『수호전』의 「독법」에 열거된 열 다섯 가지 기교들 가운데 두 개를 빠뜨렸으며(51~65조, 『수호전회평본』, 20~22면과 존 왕, 「제오재자서 독법」, 140~145면), 나머지에 대해서는 번역도 하지 않고 손질도 하지 않았다.

권 출판한 데 대한 여러 가지 서문에서, 그는 그 자신의 이른바 '패사칠법칙稗史七法則'이라는 소설상의 기교 목록을 제시했다.[47] 비록 그가 정의한 것들이 때로는 그 자신에게만 특유한 것들이긴 했지만, 이 일곱 가지 '원칙들'은 중국 소설 평점에서도 발견할 수 있다. 진성탄의 『수호전』 이외에, 이런 작품들 가운데 바킨에게 가장 큰 영향을 주었던 것은 마오쭝강의 『삼국연의』와 천천陳忱과 차이위안팡의 『수호후전』이었다. 바킨은 자신의 서에서 그의 이론을 개괄적으로 설명하는 것에만 만족하지 않고, 자신의 주요 소설들에 대해 협비를 쓰기도 했다(위드머, 「친세츠 유미하리주키椿說弓張月」,[48] 18~19, 21면). 그의 서와 협비는 독자에게 소설을 교육하면서, 자신이 창조해낸 상당히 도덕적이면서 정통적인 소설의 새로운 의미의 층위보다는 텍스트 자체에 반응을 보이도록 했다.[49]

미완의 소설에 대한 1833년의 서에서, 바킨은 『겐지 모노가타리』와 같은 작품들에 대한 일본의 소설 평점이 용어 색인추카이仲介을 제공하고 있지만 비평히효批評은 그렇지 못하다고 말했다.[50] 이전의 겐지 평점가들이 중국의 고문 비평으로부터 용어를 가져온 일이 있긴 하지만, 바킨을 위해 이 특별한 소설을 완료한 사람인 하기와라 히로미치萩原廣道(1813~1863)는 중국 스타일의 평점 비평과 용어를 전통적인 용어 색인 타입과

---

47) 이타사카 노리코板坂則子의 「패사칠법칙의 발표를 둘러싸고稗史七法則の發表をめぐって」와 졸브로드Zolbrod, 『타키자와 바킨*Takizawa Bakin*』, 131면, 그리고 킨Keene의 『벽 속의 세계World Within Walls』, 424면 참조.

48) **[옮긴이 주]** 에도 시대의 요미혼讀本으로, 바킨馬琴 작 호쿠사이 삽화로 28권 29책. 바킨의 최초의 본격적인 사전史傳 소설이다. 중국 청대의 백화소설 『오호평서전전五虎平西前傳』의 서술방법의 영향을 받은 작품이라고 한다.

49) 하지만 중국의 학자들은 느슨한 구조를 가진 서사들로 이루어진 이전의 겐지 스타일의 틀을 깨고 나간 그의 능력을 중국 소설평점의 영향으로 돌렸다. 왕샤오핑王曉平, 『근대 중일문학 교류사고近代中日文學交流史稿』, 90~91면.

50) 야마자키 후타에코山綺芙紗子, 「『겐지 모노가타리』 평석의 방법源氏物語評釋の方法」, 47~48면. 아마도 현존하는 초기의 중국 소설 작품에 대한 평점은 일본에서 만들어진 듯하며, 거의 전적으로 용어 색인으로 이루어져 있다(이건Egan, 「『유선굴』 평점의 기원에 대하여」 참조).

결합시킨 최초의 겐지 평점가였다.[51] 하기와라의 『겐지 모노가타리 히요사쿠』[52]는 1853년에 출판되었다(야마자키 후타에코, 38면). 이 평점의 「한레이凡例」에는 21개의 호소쿠法則가 열거되어 있는데, 다섯 개는 바킨에게서 왔고, 다섯 개는 전통적인 겐지 평점에서 왔으며, 나머지는 중국 소설과 산문 평점 비평에서 온 것이다(야마자키 후타에코, 39면). 19세기 후기에, 일본의 '평점'[53] 스타일의 평점들이 중국 소설 작품들과 새롭게 지어진 일본 소설들 모두에서도 나오게 되었다(왕샤오핑王曉平, 『근대 중일 문학 교류사고』, 48~49면, 180~181면).

19세기에는 몽골어로 중국 소설들을 번역하고 모방작을 쓰는 붐이 일기도 했다. 이전 세기에 『서유기』를 몽골어로 번역한 사람이 앞부분 열여섯 회에 대한 평점을 달기도 했지만, 그의 작품은 남아 있는 것 같지 않다(샐먼Sanlmon, 『문학의 이주-아시아에서의 중국 고대소설(17세기에서 20세기까지)*Literary Migrations : Traditional Chinese Fiction in Asia(17th~20th Centuries)*』, 22면). 인자나시(1837~1892)는 역사소설과 『홍루몽』을 모방한 두 작품을 썼지만, 가장 인상적인 것은 카쓰부가 평점이 달린 『홍루몽』을 축약해서 번역한 일이다.

청말에는 유럽의 소설들이 주로 문언으로 번역되어 나타나기 시작했다. 그러한 '번역가들' 가운데 한 사람인, 린쉬林紓(1852~1924)는 외국어를 전혀 몰라 해당 외국어를 아는 사람이 구술한 내용에 의지해 유려한 문언으로 써나갔다. 그가 『아이반호』의 서문에서 언급한 것은 그가 이 새로운 유형의 소설을 마찬가지로 전통적인 소설 평점 비평으로부터 크게 영향 받은 고전 산문의 평점 비평의 안목으로 동화시키려 했다는

---

51) 『겐지』에 대한 근대 이전의 대부분의 평점들은 '평어의 문장들이 실려 있는 소설로부터 발췌한 문장이나 구절들'로 이루어져 있었다(맥멀른MacMullen, 『겐지 가이덴-쿠마자와 반잔의 『겐지 모노가타리』에 대한 평점의 기원*Genji gaiden : The Origins of Kumazawa Banzan's Commentary on the Tale of Genji*』, 12면).

52) **[옮긴이 주]** 『겐지 모노가타리 히요사쿠』의 한자명은 『源氏物語評釋』이다. 하지만 정확한 발음은 『겐지 모노가타리 효우샤쿠』라고 해야 한다.

53) **[옮긴이 주]** 여기서의 평점은 중국 스타일의 평점을 특정한다.

사실을 보여주고 있다.

> 나는 서구의 언어를 알지 못하지만, 구술자가 이야기 속의 사건을 말해주는 것을 들어보면, 복선을 깔고 장부[54]를 연결하고 조를 변화시키며, 맥이 되는 곳을 넘어가는 등등의 것들이 우리 고문가들이 항상 쓰는 말과 크게 다를 바 없었다.[55]
>
> ―궈사오위郭紹虞, 『중국역대문론선』, 4권 162~163면

1872년에 출판된 영국 소설 번역작품에 대한 회평에서, 무명의 평점가 역시 외국 소설가가 중국의 전통적인 산문 기교를 사용한 것으로 보기도 했는데, 그 첫 회에 대한 평어에서 그는 "작자가 제쯔위안에서 출판된 재자서들로부터 덕을 본 것은 아닌가[56](『중국역대소설논저선』 상권, 623면)"라고 의아해했다. 진성탄은 원래 재자서라는 용어를 다양한 장르에서 가려 뽑은 여섯 작품을 가리키는 데 사용했지만, 후대의 출판업자들과 평점가들은 이것을, 비록 문학 작품으로 읽혔던 두어 개의 희곡 작품이 포함되긴 하지만, 백화 문학, 그 중에서도 특히 소설에만 제한해서 사용했다. '재자서'라는 용어는 소설에 적용될 때(장르상의 함의에 대해서는, 플락스의 「용어와 중심 개념」, 83~85면 참조), '기서奇書'라는 말과 동의어가 되었다. 제쯔위안에서 가장 유명한 초기의 소설들인 『수호전』과 『삼국연의』, 『금병매』, 『서유기』를 합본해서 찍어낸 적이 있다는 기록이 있다(쑨카이디孫楷第, 『중국통속소설서목中國通俗小說書目』, 253~254면). 이 번역본의 평점가가 진지하게 중국 소설과 비평가들이 서구 소설에 영향을 주었다고 생각했던 것은 아니지만, 그가 전통적인 중국 소설의 기교들을

54) [옮긴이 주] 한 부재의 구멍에 끼울 수 있도록 다른 부재의 끝을 가늘고 길게 만든 부분으로 "물건의 틈에 박아서 사개가 물러나지 못하게 하거나 물건들의 사이를 벌리는 데 쓰는 물건으로, 나무나 쇠의 아래쪽을 위쪽보다 얇거나 뾰족하게 만들어 사용"하는 '쐐기'와는 다른 것이다.

55) [옮긴이 주] 원문은 다음과 같다. "紓不通西文, 然每聽述者敍傳中事, 往往於伏線, 接荀, 變調, 過脈處, 大類吾古文家言."

56) [옮긴이 주] 원문은 다음과 같다. "作者其得力芥子園之各種才子書耶?"

염두에 둔 그런 소설의 취향에서 그것을 고려한 것은 분명해 보인다.

아이러니컬하게도, 전통적인 중국 소설 비평과 이를테면 퍼어시 러복Percy Lubbok(1879~1965)의 소설 비평 사이에는 몇 가지 유사한 점들이 있다. 서구의 근대 소설 연구에서 러복은 중국에서의 소설 비평의 평점 전통에서 진성탄에 버금갈 만큼 중요한 인물이라고 말해도 좋을 것이다. 두 사람 모두 범박한 의미에서 형식주의자로 분류할 수 있을텐데, 그들 자신이 이전 세대의 예술이나 문학 비평 형식에서 용어를 가져왔다는 사실을 알고 있었다.[57] 러복이 소설의 독자가 작품으로부터 거리를 둘 것을 요구한 것,[58] 그리고 독서를 원작의 재창조로 생각한 것,[59] 헨리 제임스의 기교를 그것이 직접 말하려는 것이라기보다는 주제를 둘러싸고 있는 것으로 기술한 방식[60] 등은 진성탄과 장주포의 저작에서도 그것에 상응하는 것들을 찾을 수 있다.[61]

---

57) 러복은 소설 비평 어휘를 지칭하면서 다음과 같이 말했다. "그러한 말은 다른 예술로부터 억지로 빌려 온 것이며, 회화나 조각처럼, 눈으로 볼 수 있고 측정할 수 있는 대상을 전제로 하는 말이다. 소설 기술을 비평할 때에도 우리는 다만 물질을 재료로 하는 예술을 위하여 만든 언어밖에 다른 용어를 가지고 있지 않는 것이다."(러복, 10~11면, 우리말 번역본 10면) 비록 중국의 비평가들 역시 서구의 비평만큼 '자매 예술'에서 차용한 용어에 의존하고 있기는 하지만, 나는 그런 사실에 대해 러복과 비교할 만한 어떤 한탄도 들은 적이 없다. 전통적인 중국 소설 비평과 그 용어들에 대해서는 롤스톤의 「자료 모음」을 참조.

[옮긴이 주] 러복의 『소설기술론』의 우리말 번역본의 서지사항은 다음과 같다. 퍼어시 라복크(송욱 역), 『소설기술론』, 일조각, 1960. 이 책은 워낙 오래되어 세로 조판에 한자 투성이의 옛말 투로 번역이 되어 읽어내기가 쉽지 않다. 위의 번역문은 이 책에서 인용한 것이다.

58) "소설의 세계에 자신이 골몰하기는 고사하고, 우리는 그 세계와 자신 사이에 거리를 두고 냉정하게 바라보아야 하며, 그 세계 전체를 이용해서 우리가 구하는 바, 작품 자체의 심상을 만들지 않으면 안 되는 것이다."(러복, 6면, 우리말 번역본 6면.)

59) "비판적인 독자라는 뜻에서 소설의 독자는 그 자신 소설가인 것이다. 그가 어떤 작품을 모두 읽었을 때에 그것이 구미에 맞을 수도 있고, 맞지 않을 수도 있지만, 그는 독자로서 책임을 반드시 지는 그 작품의 제작자라고 할 수도 있는 것이다."(러복, 17면. 우리말 번역본 16면)

60) "사실로 곧장 걸어들어가 문장으로 쓰지 말고, "앞의 책, 176~177면.

[옮긴이 주] 저자인 롤스톤은 이것을 '홍운탁월烘雲托月'의 비유를 들어 설명하고 있다. 이를테면, 제임스의 방식은 직접 달을 그리는 것이 아니라 중국 전통 회화의 기법인 '홍운탁월' 식으로 주변에 대한 간접적인 묘사를 위주로 하고 있다는 것이다(2003년 3월 20일 저자와의 대담).

7. 평점 비평의 '압박'

청말에는 인쇄의 기계화가 이루어졌는데, 이로써 이제 잡지 안의 연재물 형태로 많은 소설을 읽을 수 있게 되어 새롭게 등장한 대량의 독서 행위가 가능해졌다(리어우판Lee Ou-fan과 앤드루 네이썬Andrew Nathan, 「대중문화의 시작—청말 이후의 저널리즘과 소설The Beginnings of Mass Culture : Journalism and Fiction in the Late Ch'ing and Beyond」 참조). 처음에는 평점 전통 하에서의 미비와 협비, 회평이 새로 연재되는 소설에서 우위를 점했다.[62]이 평점은 종종 해당 소설의 작자 자신이 쓰기도 했다. 하지만 이러한 현상은 오래 가지 못했다. 평점이 달린 잡지로 출판된 소설의 비율이 줄어들고 좀더 직접적으로 말하자면, 연재 소설을 책으로 다시 펴내게 되면서, 평점은 더 이상 거의 포함되지 않게 되었다. 이렇게 된 한 가지 이유는 소설이 읽혀지고 출판되는 방식과 작자가 그것을 쓰는 방식에 변화가 일어났기 때문이다. 그런 국면에서 직업적인 작가들이 재빨리 우위에 서게 되었는데, 그들 가운데 가장 작품을 많이 남긴 이들은 거의 대부분 그런 소설 잡지의 편집자이기도 했다. 그런 연재 소설들을 채우는 많은 연재물들이 데드라인에 맞추기 위해 허겁지겁 인쇄에 부쳐졌던 듯하다.[63] 이보다 이

61) 거리 두기에 대해서는 『수호전회평본』, 20면, 진성탄 「독『제오재자서』법」 49조(존왕, 「제오재자서 독법」, 139~140면) 참조. 독자에 의한 소설의 재창조에 대해서는 『금병매자료휘편』, 35면, 장주포 「비평제일기서 『금병매』 독법」 40, 41과 82조 참조(로이, 「『금병매』 독법」, 224, 238면). 주제를 '둘러싸고 있는 것'에 대해서는 『진성탄 비본 서상기』, 13면, 진성탄 「독『제오재자서』법」 17조 참조.

62) 상당히 이른 시기의 예인 우젠런吳趼人(1866~1910)의 『이십년목도지괴현상』은 1903년에 『신소설』에 연재가 시작됐다. 서두 부분에서는 이 소설의 바탕이 되었을 거라 추측되는 원래의 일기가 어떤 식으로 소설화되고, 출판 전에 평점에 붙게 되었는지를 설명하고 있다(우젠런, 『이십년목도지괴현상』, 1회 3면).

63) 우젠런은 근대의 작가들이 출판 전에 자신들의 작품을 수정할 시간이 없었다고 한탄한 바 있다(「소설총화小說叢話, 웨이사오창魏紹昌, 『우젠런 연구자료吳趼人硏究資料』, 324면).

른 시기에는, 평점의 주의를 가장 많이 끌었던 소설을 쓴 것은 대개 자기가 임의로 사용할 수 있는 일정량의 한가한 시간이 있었던 아마추어들이었다. 이들 작품들은 그저 자기가 좋아서 한 것이었기에, 작자들이 자신의 노력에 대한 재정적인 보상을 크게 기대했을 거라 생각하기 어려운 측면이 있다. 하지만 청말에는 많은 소설가들이 동시에 몇 개의 소설들을 연재했는데, 그들 가운데 대다수가 그들의 죽음과 함께 미완으로 남겨졌다. 이런 요소들은 청말의 소설 잡지에 출판된 평점 비평의 다음과 같은 몇 가지 일반적인 특징들을 설명해 준다. ①좀더 이론적인 문제에 대한 흥미의 결여, ②특정의 제한적인 평어에 대한 선호로 인한, 전반적인 주제와 작품들의 구조에 대한 평어의 결여, ③자기-평점의 상당히 높은 비율, ④종종 당혹스러울 정도의 아첨이나 심지어 자화자찬(자기-평점의 예에 대해서는 이 책의 제11장을 참조).

궁극에는 평점 비평을 넘어서게 될 새로운 형태의 소설 비평의 최초의 예는 1904년에 나타났다. 경학 방면에서는 청대 중엽 이래로 주해를 쓰는 대신에 점차 의론이나 '변辨'을 쓰는 것으로 옮겨갔다[64](헨더슨, 『경전, 정전과 주석-유가와 서구의 주해 비교』, 221면). 1904년에 나온 왕궈웨이王國維의 『『홍루몽』평론』은 최초로 서구의 용어와 이론을 중국 소설에 적용한 예일 뿐만 아니라 체계적인 에세이 형태를 갖춘 최초의 소설 비평의 주요한 예라 할 수 있다. 그 형식의 새로움과 '서구성'은 인기를 끌었다. 1919년에는 출판된 소설론 다수가 여전히 수필이나 '필기'의 형태를 띠고는 있었음에도, 오로지 소설 비평만을 다룬 책은 그 해에만 두 권이 출판되었을 따름이다.[65]

---

64) **[옮긴이 주]** 경학에서는 무슨 이슈가 될 만한 논변이 생기면 이름을 꼭 '변辨'이라고 붙이지는 않지만 같은 성격의 의론문이 심심치 않게 나온다. 하지만 경학의 주요한 흐름은 경전에 대한 주해를 다는 데 그 초점이 맞추어져 있었다고 볼 수 있다. 이런 경향이 청 중엽 이후 더 이상 경전의 주석 작업에 머물지 않고 논변으로 돌아섰다는 것을 말한다.

65) 『중국역대소설논저선』 하권, 477, 480면. 여기서 말하는 책들은 졔타오解弢의 『소설

일반적인 차원에서의 평점 비평, 특정해서 소설에 대한 평점 비평은 처음부터 비판자들이 있었다(롤스톤, 「자료 모음」, 30~34면). 엘리트주의자들은 자신의 청중들은 평점 비평가들이 제공한 도움을 받을 필요가 없다는 입장을 견지했다.66) 주석과 평점이 원본보다 더 진지하게 받아들여지고 나아가 원본의 우월한 지위를 빼앗아버렸는지도 모를 모든 비평의 영역에 대해 오랫동안 지속적인 관심이 기울여졌었다. 주시(朱熹)는 텍스트에 대한 평점의 관계를 주인과 노예의 관계로 비유하면서 너무 많은 사람들이 단지 주인에게 인도해주는 존재일 뿐인 노예에 관심을 기울이고 있다고 불평했다(가드너Gardener, 『현인 학습법－주제별로 정리된 『주자어류』 선집*Learning to Be a Sage : Selections from the Conversations of Master Chu, Arranged Topically*』, 47~48, 159면). 자신의 경력에서 평점을 쓰는 일이 중요한 위치를 차지했던 만큼이나, 주시는 학생들이 먼저 텍스트 그 자체와 씨름하기를 원했다. 상당한 양의 노력을 쏟아 붓고 실패를 맛본 뒤에야 학생들이 그런 도움을 얻기 위해 평점으로 돌아서게 된다는 것이었다.67)

청말과 그 이후에는, 여러 종류의 개혁가들이 평점 비평을 공격했다. 장즈둥張之洞(1837~1909)과 같이 고전적인 학문을 애호했던 사람은 진성탄과 같은 사람을 멀리했을 뿐 아니라, 린윈밍林雲銘(17세기 경 활동)의 『좡쯔인莊子因』과 같은 고전 작품에 대한 평점 비평도 멀리했다(장즈둥, 204 / 21b~22a[14, 670~671]). 다른 한편으로 소설의 애호자들은 어떤 소설 평점 비평가들이 보여준 자신들의 텍스트에 대한 '종교적인 숭배'를 싫어했는데, 그것은 그런 숭배가 한대와 송대의 고전 학술이 경전들에 대해

화小說話』와 장밍페이張冥飛 등의 『고금소설평림古今小說評林』이다.

66) 허비何璧가 1616년 회교본 『서상기』에서 권점을 제공하지 않은 데 대해 제시한 이유 참조(차이이蔡毅, 『중국고전희곡서발휘편中國古典戲曲序跋彙編』, 642면, 「범례」 제2조).

67) 가드너Gardner, 『현인 학습법－주제별로 정리된 『주자어류』 선집*Learning to Be a Sage : Selections from the Conversations of Master Chu, Arranged Topically*』, 48면. 평점에 대한 텍스트의 우위에 대해 비슷한 입장을 고수하고 있는 것에 대해서는 류이밍劉一明, 『서유기자료휘편』, 253면, 「독법」, 44~45면과 앤쏘니 위, 「『서유기』의 원래 의도 읽어내기」, 314~315면 참조.

취했던 태도와 너무나 흡사하다는 사실을 발견했기 때문이었다.[68] 장신즈張新之와 같은 '현학적인' 평점가는 특히 조롱의 대상이 되었다. 어떤 지식인들은 백화로 글을 쓰는 본보기로 전통 소설과 평점에 관심을 기울이기도 했고,[69] 또 어떤 사람들은 이것들을 전통 시기의 중국에서 억눌려왔던 사회적인 가치나 이상들의 일례로 보기도 했다.[70] 또 다른 무리는 근대 중국의 모든 병폐들을 전통 소설 탓으로 돌렸다.[71] 요약해 말하자면, 이들 무리들 가운데 누구도 소설에 대한 평점 비평을 만들고 읽는 데 대해 우호적인 입장을 취한 사람이 없었다.

하지만 평점 비평에 대한 주요한 불만은 이 모든 평점들이 독자들이 직접적으로 소설을 즐기는 데 방해가 된다는 것이었다. 『수호전』의 새로운 판본의 편자는 1924년 다음과 같이 선언하기에 이르렀다.

> [진성탄이] 『수호전』을 이리저리 난도질하여, 오히려 [독자가] 직절하게 있는 그대로 흔쾌한 마음으로 읽어나갈 수 없게 했다. 이에 내 어리석은 생각으로 모든 평주를 다 제거해 [독자가] 읽는 동안 끊겼다 이어졌다 생각이 헷갈리는 병폐를 없애기로 마음먹었다. 아울러 독자 스스로 자신의 지력으로 이 『수호전』의 재미를 가려내려면 옛사람의 천편일률적인 주석에 자신의 관념을 구속 당하지 않아야 한다.[72]

---

68) 졔타오解弢, 『소설화』(1919, 『중국역대소설논저선』 하권, 472면) 참조. 예샤오펑葉小鳳(1883~1936)은 그의 『소설잡론小說雜論』에서, 평점 비평가들이 한학가漢學家들이 지나칠 정도로 경전을 해석하는 것과 똑같은 방식으로 오버해서 해석을 하고 있다고 불평을 늘어놓았다(『중국역대소설논저선』 하권, 486면).

69) 첸쉬안퉁錢玄同의 『유림외사』 서와 같은 경우(『유림외사연구자료』, 146~156면).

70) 많은 평점가들이 진성탄에 대해 비판적이었던 것은 진성탄이 『수호전』의 반권위주의적인 메시지를 억압한 것으로 보았기 때문이다. 일례로 옌난상성燕南尙生의 『신평수호전新評水滸傳』, 1908년 서序. 자세한 서지사항에 대해서는 롤스톤, 『독법』, 429면.

71) 이런 무리를 가장 잘 대표하는 것은 량치차오梁啓超인데, 그는 한때 소설이 중국 사회를 근대화하는 데 쓰일 수도 있는 가장 강력한 도구라고 믿었던 동시에, 전통 소설은 그렇게 하지 못했다고 해서 항상 그것에 반대하는 입장을 취했다. 그의 「소설과 군치의 관계를 논함論小說與群治之關係」(『중국역대소설논저선』 하권, 41~51면)를 참조.

72) [옮긴이 주] 원문은 다음과 같다. "把一部水滸, 弄得凌遲碎剮, 反不能夠直截了當, 爽爽快快的讀下去; 所以我憑着愚見, 決意把一切評注, 盡行除掉, 免得斷斷續續, 分了

—장인샹姜蔭香, 「신식수호변정대의新式水滸辯訂大意」,
『신식수호연의新式水滸演義』[1924], 『수호연구자료』, 176~177면

최초로 현대적인 구두를 한 『수호전』에서 진성탄의 평점을 제거한 것에 대해 후스胡適가 갈채를 보낸 것에서도 똑같은 생각을 발견할 수 있다. 후스는 다음과 같이 말했다. "개인적인 의견이나 이상이 허락되는 한, 나는 나 자신이 많은 말을 하고 싶지 않다. 나는 독자 자신이 편견이나 어떤 종류의 이미 만들어진 주관적인 의견을 갖고 있지 않은 채로 『수호전』이 갖고 있는 맛을 가려낼 것을 제안한다."73) 당연하게도 후스가 짐짓 객관적인 체 한 것은 그런 척한 것일 따름이지만, 그 당시에는 상당히 설득력이 있었다. 후스는 미움을 받고 있었던 팔고문과 소설 평점을 성공적으로 연계시켰다. 과연, 그는 현대에 소설에 대한 평점 비평에 대한 관심이 결여되게 된 데 대한 책임자로 손꼽히게 되었다(정밍리鄭明娳, 「소설평점학小說評點學」, 295~296면). 평점 타입의 비평이 단지 세련되지 못한 청중들에게나 어울리고 (독서 능력의 일반적인 수준 향상으로 말미암아) 더 이상 필요 없다는 생각은 일반적인 대중들에 대한 아부이긴 하지만, 이런 류의 평점을 교훈적인 것으로만 보는 축소 지향적인 관점을 드러내 보여준다. 동시에 평점 비평에 대해 일반적으로 품고 있는 증오는 [역설적으로] 평점이 독자가 텍스트를 받아들이는 데 미치는 영향력을 높이 평가하고 있다는 사실을 드러내 보여주고 있기도 하다.

讀者的心; 并且要讀者自己用一點腦力, 辨辨這部水滸傳的滋味, 方不被古人的鐵板注脚, 拘住了我的觀念."

73) 영문 번역은 핏제럴드Fitzgerald, 「연속성과 불연속성—『수호』 신화학의 경우Continuity and Discontinuity : The Case of Water Margin Mythology」, 383면.

8. 생존과 '르네상스'

그리하여 소설 평점 비평의 운명은 금세기 대부분의 시간 동안 보편적으로 읽히지도 주목받지도 못한 쪽으로 나아가게 되었다. 여기에서 작자에 대한 아무도 넘볼 수 없는 정보의 원천이라 할 작자의 친척이나 지인이 쓴 평점을 발굴해내는 일은 예외가 될텐데, 후스는 『홍루몽』에 대해 차오쉐친曹雪芹이 관련을 맺고 있는 부분과 이 소설의 역사적인 참고 자료들에 대해 자세한 고찰을 하기 위해 즈옌자이脂硯齋 평점을 선구자적으로 이용한 바 있다. 전통적인 스타일의 소설 비평을 새로운 스타일의 현대 소설에 적용해야 한다고 주장하는 글들은 아무런 지지자도 얻어내지 못했다.[74] 하지만 소설 작품들에 대한 사적인 또는 그다지 사적이라 볼 수 없는 개인적인 평점들이 지속적으로 씌어졌고, 때로 애덤 스미스와 올더스 헉슬리를 번역한 옌푸嚴復(1854~1921)[75]나 유명한 '민족반역자漢奸' 왕징웨이汪精衛(1883~1944),[76] 그리고 마오쩌둥과 같이 유명한 인물이 출판하기도 했다. 심지어 문화대혁명 기간 중에도 지식인들은 유명한 소설들에 평점 비평을 쓰는 일을 그들을 둘러싼 가혹한 현실로부터 벗어나는 일로 치부하기도 했다(이를테면 무후이牧慧, 『중국소설예술천

---

74) 「독신소설법讀新小說法」(1907)이라는 제목으로 무명씨가 쓴 글을 참조. 하지만 작자는 약간의 모순을 남겨 놓았다. 이를테면 그는 "구소설을 읽는 방식에 따라 신소설을 읽고 읽지 않는 것이 신소설을 읽는 데 거스르는 것은 아니지만 신소설을 읽는 데 여전히 구소설을 읽는 방식을 사용하는 것은 신소설에 거스르는 일이 될 것이다讀新小說, 而不以讀舊小說之法讀, 猶唐突吾新小說; 讀新小說而仍以讀舊小說之法讀, 猶唐突吾新小說(원문은 [옮긴이 주])." (천핑위안陳平原과 샤샤오훙夏曉虹, 『이십세기중국소설이론자료제일권二十世紀中國小說理論資料第一卷』, 273면).

75) 관구이취안官桂銓, 「옌푸는 명 판본 『금병매』에 비점을 달았던 적이 있다嚴復曾批點過明版金瓶梅」. 『금병매』에 대한 그의 평점은 1919년 이전에 완성되었지만, 그 일부는 화재로 소실되었고, 그 나머지의 소재는 알려져 있지 않다

76) 이 평점은 1915년에 지신季新이라는 이름으로 에세이 형식으로 출판되었다(『중국역대소설논저선』 하권, 425~447면).

담中國小說藝術淺談』「전언前言」, 1면).

서구에서 중국의 전통 소설에 대한 연구가 진행되기 시작하면서, 해외의 그리고 비 중국인 학자들이 이미 오래 전에 사라진 세계를 기술해 줄 뿐 아니라 서구와는 독립적으로 발전한 소설 미학의 산물이기도 한 중국의 전통 소설을 이해하는 데 도움이 될 전통적인 평점으로 관심을 돌리기 시작했다. 비록 이런 학자들을 전통적인 중국 비평가들의 근대의 후계자로 지칭하는 게 부당한 일이 될지는 모르지만,77) 그들이 전통적인 평점가들에 의존하고 있다는 것은 매우 분명한 사실이다.

서론에서 논의한 바대로, 중국의 학자들은 마오쩌둥 사후 중국에 고유하게 남아 있는 소설 비평의 전통을 수립하고자 하는 희망을 안고 전통적인 소설 비평으로 돌아서기 시작했다.78) 이것은 수많은 전통적인 평점들과 아직 완전하게 성숙되지는 못한 그것들에 대한 연구의 상당량을 다시 펴내도록 했을 뿐 아니라, 이러한 평점 형태를 현대적인 수요에 맞추어 넣으려는 실험으로 귀결되었다.79)

이 책의 나머지 부분에 대한 기본적인 바탕이 되는 내용을 기술하면서, 이제 나는 이런 평점 전통이 근대 이전의 중국에서 소설을 쓰는 데 어떤 식으로 영향을 주었는지에 대해 여러 가지 면에서 검토하게 될 것이다.

---

77) 앙드레 레비André Lévy는 한편으로 데이비드 로이, 앤드루 플락스와 다른 한편으로 장주포 사이의 관계를 규정한 바 있다(「불역본 『금병매사화』 서론Introduction to the French Translation of Jin Ping Mei cihua」, 126면).

78) 대표적인 언급은 린천林辰, 『명말청초소설술록明末淸初小說述錄』, 166~178면 참조. 여기에서 그는 토착적인 개혁가와 '중국적 특색'에 좀더 주의를 기울여야 한다면서, 오랫동안 중국에서의 소설 연구를 지배해왔던 소비에트의 소설이론 모두에 대해 거부할 것을 요구했다.

79) 가장 야심적인 기획은 천메이린陳美林의 『신비『유림외사』新批儒林外史』로 이 소설에 대한 꾸준한 연구로 말미암아 충분히 존경받을 만한 작자 자신의 권위에 바탕한 거의 십만 단어 정도의 평점이 달려 있다. 근대 평점 비평의 다른 예에 대해서는, 롤스톤의 「형식적 측면들」, 73~74면을 참조.

제2부
소설을 위한 자리 만들기

제4장_ 내포 작가와 독자의 창조

1. 소설의 지위 향상

전통 시기 중국에서 소설은 본래 제대로 대접받지 못했다. 하지만 근대 이전 시기 말엽에 몇몇 사람들은 소설을 중국을 구원해줄 희망이라고 보았고, 최상등의 문학 형식으로 추켜세웠다.[1] 비록 이렇듯 급격한 지위 변화의 이면에 많은 요소들이 가로놓여 있기는 하지만, 소설 평점가들의 노력이 일정한 역할을 했던 것은 확실한데, 그럼에도 똑같은 평점가들 가운데 몇몇은 종종 자신들이 평어를 달고 있는 작품들에 대해

1) 1907년 샤쩡유夏曾佑(1863~1924)는 그의 「소설의 세력과 영향을 논함論小說之勢力及影響」이라는 글에서, "진정 소설이야말로 가장 우월한 지위를 점하고 있다小說, 小說, 誠文學界中之占最上乘者也(원문은 [옮긴이 주])"고 말했다(천훙陳洪, 『중국소설이론사』, 348면).

'소설'이라는 말을 적용하는 것에 항의하기도 했다.

소설 작품에 대한 긍정적인 언급은 어느 것이나 그 지위를 상승시키려는 시도로 해석될 수 있다. 이것은 사람들이 소설에 대한 평점을 다는 일에 수고를 아끼지 않았을 때, 특히 진성탄이 자신의 텍스트에서 (비록 그가 옹호하고 싶어하지 않는 장절들을 조용히 없애버리기는 했지만) 그가 긍정적으로 내세울 수 있는 부분들에만 평점을 다는 전례를 세운 뒤에, 좀더 그러했다.

소설에 대한 공식적이고 종교적인 태도들

한 소설(『수호전』)을 금한다는 최초의 칙령은 1642년이 되어서야 나왔는데(마타이라이T. Ma, 「중국 명청대(약 1368~1900)의 소설 검열Censorship of Fiction in Ming and Ch'ing China(1368~1900)」, 3면), 문언소설 선집에 대해서는 한 세기 이전에 황제의 칙령에 의해 금지된 바 있고,[2] 모종의 희곡이나 서사 이야기의 공연이 원대에 금지된 적이 있었다(왕리치王利器, 『원명청삼대금훼소설희곡사료』, 3면). 청대에는 '문학에 대한 검열'이 통상적인 것이었고, 조정에서는 소설을 포함한 금서 목록을 거듭 반포했다. 당국의 탄압은 비교적 잘 알려지지 않은 작품들에 대해서는 성공적이었지만, 『수호전』과 같이 확고하게 자리잡은 소설에 대해서는 비참할 정도로 실패했다.

그런 실패는 몇몇 황제들이 소설의 열렬한 소비자였다는 사실과 연관이 있을 수도 있다(왕리치의 책, 「전언前言」, 10~17면). 청 조정은 『금병매』를 금지했지만, 이 책을 만주어로 번역하게 하기도 했고, 이 소설을 그린 호화로운 춘화 셋트를 자신들의 보물 가운데 하나에 넣기도 했다.[3] 어느 경우든, 조정의 불만은 본질적으로 성적인 내용과 반란을 긍

2) 취유瞿佑(1341~1427)의 『전등신화剪燈新話』에 대한 1442년의 금령이 『명실록明實錄』에 나와 있다. 팡정야오, 『중국소설비평사략』, 91면 참조.

3) 황린黃霖, 「만문본 『금병매』의 역자滿文本金瓶梅的譯者」와 류후이劉輝, 「『금병매』의 역사 운명金瓶梅的歷史命運」, 302면 참조. 어떤 기록에 따르면, 츠시慈禧 황태후(1835~1908)는 『홍루몽』에다 직접 평점을 적기도 했다고 한다(후원빈胡文彬, 「량환산챠오 비

정적으로 다룬 것, 또는 대역죄로 해석될 수 있는 말들에 집중되었다.

공식적인 금령을 뒷받침한 것은 특정한 종류의 소설을 쓰고 유포하는 것을 처벌하는 것이었는데, 종교적인 교본이나 수신서善書에서는 이러한 사실을 확인시켜주었으며, 나중에는 그런 소설을 쓴 작가와 그 후손들이 끔찍한 최후를 맞이했다는 소문이 이러한 사실을 움직일 수 없는 것으로 만들었다. '음서淫書'는 거기에 포함된 많은 작품들이 요즘의 우리들에게는 그 이름에 값할 만큼 그렇게 충격적이지 않은 것임에도, 특별하게 선별되어졌다. 수신서는 그런 책들을 읽은 결과[4]에 관한 이야기와 그런 책들을 쓰고 출판한 데 대해 내려진 가혹한 초자연적인 징벌을 나열하는 것[5]으로 그러한 금령을 뒷받침하였다. 이런 모든 것들 가운데 가장 안 좋았던 것은 명백하게 '음란한 행위를 가르치려는 의도誨淫'를 갖고 지어진 것은 아니었지만, 그럼에도 결과적으로는 그렇게 되어버린 책들이다. 차오쉐친曹雪芹에게 내려진 가혹한 응보에 관한 이야기들은 『홍루몽』이 교묘하게 위장된 음란한 책이라는 믿음과 연관지을 때 가장 잘 이해된다.[6]

평 속서娘嬛山樵批評續書」, 207면). 만주족 왕자인 홍샤오弘曉(1778년 卒)는 『평산랭연平山冷燕』에 대한 평점의 작자였는지도 모른다(마틴 김Martin Gimm, 「서지적 고찰—만주어 역본 중국 장편소설과 단편소설, 목록을 위한 시론Bibliographic Survey : Manchu Translations of Chinese Novels and Short Stories. An Attempt at an Inventory」, 88면. 주38)

4) 이를테면, 청의 위즈余治는 『득일록得一錄』에서 한 젊은이가 몰래 침식을 잃을 정도로 『서상기』를 읽고 난 뒤, 양기가 모두 소진되어 일주일만에 스러져 버렸다고 말했다(왕리치, 앞의 책, 195~196면).

5) 어떤 「공과격功過格」에는 음서를 씀으로 해서 얻어지는 악업의 숫자가 '헤아릴 수 없을 정도'라고 기록되어 있다(왕리치, 앞의 책, 300면).

6) 무명씨(천쳰위陳謙豫의 책에는 량궁천梁恭辰이라는 이의 작품으로 나와 있다. 롤스톤이 잘못 인용한 듯하다. **[옮긴이 주]**)의 청대 작품인 『권계사록勸戒四錄』에 대한 천쳰위의 논의(『중국소설이론비평사』, 121면) 참조. 같은 쪽에서 그는 청대의 작가 천치위안陳其元이 『홍루몽』은 완벽하게 음란한 내용이 없기 때문에 가장 음란한 책이라고 말한 것을 인용하고 있다.

[옮긴이 주] 천치위안의 『용한재필기庸閑齋筆記』 원문은 다음과 같다. "淫書以『紅樓夢』爲最, 蓋描摹痴男女情性, 其字面絶不露一淫字, 令人目想神游, 而意爲之移, 所謂大盜不操干矛也."

하지만 성적인 묘사를 회피하는 것이 응보에 대한 충분한 방책은 아니었다. 이승에서의 처형과 내세에서 받을 고통은 '천박한 짓'에 탐닉했던 소설의 작가들(에버하르트Eberhard, 『전통적인 중국에서의 죄와 죄악*Guilt and Sin in Traditional China*』, 113면)과 『수호전』과 같이 반란을 고무하는 것誨盜으로 믿어졌던 소설의 작자들에게 약속된 것이기도 했다. 소설가 뤄관중羅貫中의 후손들이 그 때문에 삼대에 걸쳐 벙어리가 되었다(왕치王圻, 『속문헌통고續文獻通考』(1586), 쿵링징孔另境, 『중국소설사료』, 16면에서 재인용)는 이야기는 그런 생각에 항의하고 뤄관중의 아들을 영웅적인 인물로 그려낸 희곡이 씌어진 것으로 충분히 잘 알려져 있다(왕리치의 책, 「전언前言」, 30~31면).[7]

음서로 고발되는 것을 피하기 위한 방어책들

인정소설 평점가의 경우에는 그들이 다룬 책들이 음서건 그렇지 않건, 험난한 작업이 그들을 기다렸다. 그들은 종종 경멸의 대상이었던 장르의 동료들을 옹호하려 했을 뿐 아니라, 그런 작품에서 일상 생활과 침실을 강조했는데, 이것은 잘 봐줘야 트리비얼리즘trivialism[8])이고 최악의 경우에는 관음적인 것으로 여겨졌다. 가장 대중화된 옹호는 쿵쯔가 『시경』을 편집한 예를 언급하는 것이었다. 사랑과 밀회에 대한 많은 노래들이 『시경』의 「국풍國風」, 특히 우리가 많은 자료들에 의해 익히 알고 있는 그 나라의 음악이 '음란하고 방탕하다'는 정풍鄭風과 위풍衛風에 실려 있다. 이것을 젊은이들을 교육하기 위한 책으로 추천했던 쿵쯔는 왜 그런 시들을 남겨 놓았던 것일까? 비록 거기에는 의견을 달리하는 목소리도 있지만(웡Wong과 리Lee, 「음시－12세기 시경의 도덕적 성격에 대한 논쟁Poems of Depravity : A

---

7) [옮긴이 주] 해당 내용과 원문은 다음과 같다. "此乃是孩兒同鄉, 是一位英雄好漢, 乃是羅貫中令郎, 名叫羅定."(청 무명씨, 『선악도전전善惡圖全傳』, 21회)

8) [옮긴이 주] 사물이나 현상의 본질은 파악하지 않고, 사소한 문제를 세세하게 서술하려는 태도를 가리키며, 쇄말주의로 번역되기도 한다. 문학 창작에서는 일반적으로 자연주의적 예술에서 묘사가 필요 이상으로 많은 경우에 이를 경멸하여 이르는 말로 쓰이기도 한다.

Twelfth Century Dispute on the Moral Character of The Book of Songs」, 211~215면 참조), 그 당시를 지배했던 이론은 쿵쯔가 『시경』의 특징을 '생각에 사악함이 없다思無邪'고 했던 것에 대한 주시朱熹의 코멘트에 잘 요약되어 있다. "선한 사례는 사람의 마음에서 선한 것을 이끌어내고, 악한 사례는 사람의 마음에서 완고한 것을 징벌한다."[9](주시, 『사서집주四書集注』, 『논어』, II.2, 1/6b). 장주포는 주시가 했던 말을 『금병매』에 사람들의 입맛에 맞지 않는 묘사가 포함된 것을 정당화하는 데 사용했는데,[10] 『유림외사』에 대한 셴자이라오런閑齋老人의 서에서는 그보다는 덜 하지만 마찬가지로 그렇게 했다(『유림외사회교회평본』, 764면, 롤스톤, 『독법』, 251면). 하지만 이들보다 훨씬 오래 전에, 취유瞿佑(1341~1427)는 『전등신화』에 대한 자신의 서문에서 주시를 언급하지 않고도 똑같은 옹호를 한 바 있다(『중국역대소설논저선』 상권, 99면).

성적 묘사는 우리 모두가 일상생활에서 늘상 행해지는 성행위의 소산이라는 사실 때문에 사실적인 것으로 옹호되기도 했다. 진성탄은 추이잉잉崔鶯鶯과 장쥔루이張君瑞가 『서상기』에서 그들의 사랑을 처음으로 이룬 것에 대한 논의에서 다층적인 옹호론을 펼쳤는데, 여기에는 성이야말로 우리네 삶의 일부이고, 진정한 사랑은 에로틱할 수밖에 없으며, 작자에게 ('행위事'나, 또는 '그 내용'을 지칭하는 것으로서) 성이라는 것은 훌륭한 글文을 쓰기 위한 구실거리에 지나지 않는다는 등의 생각이 포함되어 있으며, 진성탄의 마음은 전적으로 전자보다는 후자에 기울었다(『진성탄 비본 서상기』 4권 1착, 208~210면).

어떤 작자들은 성적 묘사에 대한 약간의 탐닉이 역사적 사실(이를테면, 『수양제염사隋煬帝艷史』, 451면, 「범례」 7조)에 충실하기 위해 필수적이고, 혹은 성적 묘사에 익숙해져 가는 독자의 주의를 끄는 데(이를테면, 딩야오캉丁耀

9) [옮긴이 주] 원문은 다음과 같다. '善者可以感發人之善心, 惡者可以懲創人之逸志.'

10) 「제일기서비음서론第一奇書非淫書論, 『금병매자료휘편』, 19면. 장주포 이전에 쿵쯔와 정나라, 위나라 음악의 예가 『금병매』에 대한 「넨궁廿公」 발에 인용된 바 있다. 『금병매자료휘편』, 216면(로이, 영역본 『금병매』, 7면)과 셰자오저謝肇淛의 「금병매발金瓶梅跋」(쩡쭈인曾祖蔭 외 공편, 『중국역대소설서발선주中國歷代小說序跋選注』, 85면 참조).

亢, 『속금병매』, 31회 285~286면) 필요하다고 역설했다. 하지만 샤징취夏敬渠(1705~1787)의 152회본 『야수폭언野叟曝言』 「범례」의 작자는 솔직하게 성을 소설의 주제 가운데 하나에 포함시켰으며(3조), 그것을 적절한 문맥 안에서 읽기만 한다면前後一貫, 성을 묘사한 구절은 도덕적인 권유勸戒의 한 예가 될 수 있고, 보존할 만한 것이 된다고까지 말하고 있다(4조).[11]

평점가들이 성적인 묘사를 특별하게 삭제해내는 일이 통상적인 것은 아니었다 하더라도, 몇 개의 예가 있다. 마오룬毛綸은 자신의 『삼국연의』 판본에서 류베이劉備와 쑨부인孫夫人 사이의 상당히 제한적으로 묘사된 결혼식 날 밤 장면을 잘라내 버렸다.[12] 몇몇 비평가들은 작자에게 나중에 있을지도 모르는 문제를 피하기 위해 자신들의 소설에서 음란한 내용을 제거하라고 조언했는데,[13] 대다수의 서문의 작자들과 평점가들은 '자신들의' 소설 속에 성적인 묘사가 없다는 것을 찬양했거나[14] 그런 묘사는 어느 것이라도 불가피하거나 짧다고 주장했다(링멍추淩蒙初, 『박안경기』 「범례」 제2조).

쿵쯔가 『시경』의 정풍과 위풍의 노래에 대해 유보적인 태도를 보인 것은 남녀간의 로맨스가 매우 부차적인 부분에 지나지 않는 소설인 『수호전』을 정당화하는 데 쓰이기도 했다. 이러한 옹호는 1589년 톈두와이천天都外臣(왕다오쿤汪道昆)의 서(『수호전자료회편』, 189면)와 진성탄의 「서삼序三」(『수

11) 맥마흔McMahon, 「유가의 성 관념의 한 사례―18세기 소설 『야수폭언』 A Case for Confucian Sexuality : The Eighteenth Century Novel Yesou puyan」, 45면 참조. 다른 한편으로 『성세인연전』의 「범례」 제4조에서는 성에 대한 묘사가 그저 작품 속에 '점철'되어 있을 따름이지 부당하게 이 책에 주의를 끌기 위한 의도로 그렇게 한 것은 아니라고 말했다(『성세인연전』, 1,537면).

12) 류징치劉敬圻, 「『삼국연의』 가정본과 마오본 교독 찰기三國演義嘉靖本和毛本校讀札記」, 30면. 비슷하게 『훙루몽』에서 유싼계尤三姐에 대한 묘사는 이 소설의 청웨이위안程偉元본에서는 치워져 버렸다(추이쯔언崔子恩, 『리위소설론고李漁小說論稿』, 102면).

13) 류팅지劉廷璣는 『여선외사女仙外史』의 작자를 설득해 남자나 여자가 모두 읽을 수 있도록 거슬리는 부분을 제거할 것을 요구했다.

14) 『유림외사회교회평본』, 764면, 『유림외사』 셴자이라오런 서 참조(롤스톤, 『독법』, 250면). 진허金和도 자신의 「발跋」에서 이 소설에는 성적인 묘사가 없다고 주장했다(『유림외사회교회평본』, 766면).

호전자료회편』, 243면)에도 보이지만, 후자의 경우에는 쿵쯔가 후세에 경고하기 위해 『춘추』에서 그릇된 행동의 예를 기록한 사실을 떠올리게 한다.

소설을 고전 문학과 동등하게 만들기

쿵쯔가 『시경』을 편집했다는 사실을 들어 소설을 옹호한 것은 소설이 『시경』이나 나아가서 일반적인 경전들과 같은 작품에 비견될 만한 것이라는 생각을 깔고 있으며, 또 소설은 하찮은 것이고[15] 쓰기 쉽다[16]는 생각에 반격을 가한 것이었다. 이와 비슷한 비교에는 소설 작품을 기술하면서 『시경』과 동일시하고 있는 인용문과 그런 말들이 포함되어 있다. 이를테면, 쿵쯔가, 『시경』이 "사람을 고무시키고興, 사물을 관찰하며觀, 주위 사람들과 어울리게 하고群, 품고 있는 억눌린 감정을 드러내는怨"[17] 데 이용될 수 있다고 하면서, 『시경』을 찬양한 것을 청위원程羽文(1629년경 활동)은 잡극(『성명잡극盛明雜劇』, 천둬陳多와 예창하이葉長海, 『중국역대극론선주中國歷代劇論選注』, 226면)에 적용했고, 리즈李贄는 전기傳奇(『분서焚書』「홍불紅拂」 4권, 195면)에 적용했으며, 잔잔와이스詹詹外史는 문언 소설(『정사류략情史類略』, 3면)에 적용했다. 취유瞿佑는 자신의 문언 이야기 선집(취유, 「『전등신화』「서」, 『중국역대소설논저선』 상권, 99면)을 지칭하는 데 『시경』

---

15) 문인이 따라야 할 계율士戒의 목록 12조에서는 『수호전』이나 희곡과 같이 '쓸모없는' 책들을 읽는 것을 금지하고 있다(장충셴張聰賢, 『창안현지長安縣志』, 19 / 4b).

16) 소설 『평산랭연平山冷燕』의 서에 있는 평어에서는 소설이 아무나 쓸 수 있는 것으로 생각하기 때문에 무시당하는 것이라고 주장하고 있다(『평산랭연』, 1~2면). 저우타오鄒弢(1850년 생)는 몇 번씩이나 "누가 소설이 쓰기 쉽다고 말하는가?"라고 성토했다(위다兪達, 『청루몽靑樓夢』, 4회 20면, 15회 105면, 회평).

17) 『논어』, XVII.8. 번역문은 제임스 류劉若愚의 『중국 문학이론*Chinese Theories of Literature*』(우리말 번역본은 이장우 역, 『중국의 문학이론』, 명문당, 1994), 109면에서 취했음.

[옮긴이 주] 제임스 류의 번역문은 "to inspire, to observe, to make you fit for company, [and] to express grievances"이다. 하지만 이 번역은 다양하게 옮겨질 수 있다. 이를테면, 옮긴이는 이 대목을 다음과 같이 번역한 바 있다. "시를 배우면 연상력을 기를 수 있고, 관찰력을 제고시킬 수 있으며, 다른 사람과 잘 어울릴 수 있고, 풍자방법을 배울 수 있느니라."

「대서大序」에 있는 풍이라는 용어에 대한 설명을 끌어왔고, 장신즈張新之는 『홍루몽』과 연관해서 그렇게 했다(『『홍루몽』권紅樓夢卷』, 153면, 「독법」 1조, 플락스, 「『홍루몽』 독법」, 324면). 또 다른 평점가들은 정사正史는 『시경』에서 세련되고 단정한 장절인 「아雅」와 「송頌」에 비유하고, 소설은 「국풍」 장에 비유했다(쉬전徐震, 「진주박서珍珠舶序」, 『중국역대소설논저선』 상권, 323면). 청말의 작가이자 『홍루몽』의 출판자이면서 평점가였던 디바오셴狄寶賢(1873~1939)은 『시경』('국풍'을 포함해서)이 소설의 할아버지祖로 여겨질 수도 있기 때문에, 쿵쯔를 소설 작자의 조상祖이라고 불러도 된다고까지 이야기하고 있다.[18]

진성탄은 『수호전』을 『춘추』에 비유했는데, 그것은 둘 다 그릇된 행위에 대한 예증을 담고 있기 때문이라는 것이었다. 소설과 역사 저작, 그리고 경전과 비 경전을 직접적으로 또는 그다지 직접적이지 않게 비교하는 것에 대해서는 이 책의 제5장에서 논의될 것이다. 여기에서는 이런 것들이 수없이 많았으며, 소설 작품들의 지위를 상승시키기 위해 만들어진 것이라는 사실만 지적하고 넘어가면 될 것이다. 소설과 소설의 작자를 존중받는 장르였던 고문과 그 작자들에 우호적으로 비교한 것도 마찬가지라 말할 수 있다(이를테면, 『수호전회평본』, 34회 642면, 위안우야袁無涯본 미비). 소설 작품들은 고급 장르에서 가려 뽑아진 저작들과 나란히 열거되기도 했고, 소설의 작자들은 유명한 작가들과 필적할 수 있게 하기 위해 그들과 동등하게 놓여졌다. 진성탄의 유명한 재자서 목록에는 『장자』와 『수호전』이 포함되어 있으며(플락스, 「용어와 중심 개념」, 83~85면), 이 소설(과 『서상기』)의 지위를 높이기 위한 진성탄의 이러한 전략은 리위에 의해 충분히 지적된 바 있다(『리리웡곡화』 「기전새忌塡塞」, 48면).

이 책의 제3장에서는 평점가들이 소설 작품을 마치 경전처럼 다루고 있는 후대의 한 경향에 대해 지적한 바 있다. 또 다른 경향인 『홍루

18) 디바오셴狄寶賢, 「소설총화小說叢話」(『중국역대소설논저선』 하권, 56면). 그의 『홍루몽』 판본에 대해서는 롤스톤, 『독법』, 469~470면을 참조.

몽』과 다른 소설 작품들에 대한 색은파적 해석은 경전에 주석을 다는 방식을 소설에 적용한 것으로 정당화되고 있다.[19] 몇몇 사람들은 어떤 소설 작품들은 경전을 능가한다는 생각을 갖고 있었으며, 청말의 한 비평가는 한때 팔고문에 쏟아 부어졌던 모든 역량이 이제는 소설에 기울여지고 있다고 주장했다(인반성寅半生, 「소설한평서小說閑評序」, 천훙陳洪의 『중국소설이론사』, 348면에서 재인용).

"이것은 단순한 '소설'[20]이 아니다"

소설의 지위를 상승시키려는 노력과 이러한 캠페인의 궁극적인 성공에도 불구하고, 특정한 소설 작품의 지위를 높이기 위해 사용되었던 가장 일반적인 방법은 이것들이 소설 작품이라는 사실을 부정하거나 이것들이 '단지' 소설만은 아니라고 우기는 것이었다. 그 대신 이것들은 '문文'이나 '문장文章', 또는 다른 특정한 고급 장르의 일례라고 주장되었다. 소설 작품이 허구라는 사실을 받아들일 때는 종종 그런 작품들이 결국은 단지 허구일 따름이기에 독자가 그것에 대해 관대해야 한다고 요구할 때뿐이었다(이를테면, 유양예스酉陽野史, 『속편삼국지續編三國志』「서序」, 치위쿤齊裕焜, 『중국고대소설연변사』, 143면에서 재인용). 이것은 소설이 무엇이고, 또는 무엇이어야 하는가에 대한 어떤 종류의 진지한 논의[21]에 대해서도 유해한 것이었는데, 이 문제는 희곡을 포함해서 다양한 종류의 '하찮은' 문학을 폭넓게 가리키기 위해 '소설'이라는 용어를 사용하기를

---

19) 왕멍롼王夢阮, 선핑안沈甁庵, 「예언例言」 참조. 『홍루몽』이 경전 스타일의 주해를 달 만한 가치가 있는 작품이라는 주장에 대해서는 롤스톤, 「자료 모음」, 9~10면 참조.

20) [옮긴이 주] 이 책의 제1장 주3을 참조할 것.

21) 이런 논의는 금세기 초에 비로소 일어난 것이다. 이를테면 저우타오鄒弢는 자신의 「소설화」(『중국역대소설논저선』 하권, 473면)에서 진성탄과 마오쭝강이 '문文'에 대해 논의했지 소설에 대해 논의한 것이 아니라고 주장했다. 이 문제에 대한 현대의 논의에 대해서는 왕지민王濟民, 「중국 고대소설 비평과 전통 문화中國古代小說批評與傳統文化」, 277면과 사오밍전邵明珍, 「중국 고대소설비평의 역사학 의식中國古代小說批評的史學意識」, 280~281면, 그리고 저우치즈周啓志 등, 『중국통속소설이론강요』, 252면 참조.

선호하는 것 때문에 더욱 악화되었다(롤스톤, 「구연 문학」, 2~7면 참조).

어느 한 작품을 추켜세우기 위해 전체 장르를 포기하는 일은 전통적인 희곡 비평에서도 발견되지만,[22] 소설보다는 덜 두드러진다. 희곡은 지침서와 전문화된 비평서들을 갖춘 좀더 존중받는 문학 유형이기는 했지만, 아마도 더 중요했던 것은 '희곡'에 대한 통상적인 용어들이 소설(말 그대로 '작은 이야기')만큼 드러나게 경멸적이지 않았다는 사실일 것이다.[23] 그리하여 "나는 이것[논의되고 있는 소설]을 소설小說로 생각하지 않으려 한다"[24]는 등의 발언은 희곡 비평에서는 그와 유사한 예를 많이 찾아 볼 수 없다.

---

22) 이를테면 링멍추凌濛初는 자신의 「범례」 제9조에서 그의 『서상기』 판본이 '희곡'이라기보다는 '문장'으로 받아들여져야 한다고 주장했다(차이이蔡毅, 『중국고전희곡서발휘편』, 678면).

23) 희戱와 희곡戱曲은 때로는 희곡의 '하찮거나' '유희적인' 속성이나 비 사실성, 또는 이 장르의 기만적인 속성을 증명하는 것으로 받아들여지기도 했지만, 이것은 대개 긍정적인 의미를 내포했다.

24) 『금병매자료휘편』, 34면, 장주포 「비평제일기서 『금병매』 독법」 37조(로이, 「『금병매』 독법」, 224면, 여기서는 '소설fiction'을 '보통의 소설ordinary fiction'로 번역해 함축된 의미를 잡아내고 있다). 영국의 비평가들은 '소설'이라는 용어 때문에 곤란을 겪기도 했다. 1855년에 나온 쌔커리Thackeray의 『뉴컴 가家*The Newcomes*』에 대한 서평에서는 '만약 소설이라는 말'이 그렇게 위대한 작품에 '걸맞는 용어라고 한다면', 이 소설을 영국 소설의 걸작으로 부르겠다고 했다(스탕Stang, 『1850~1870년 영국의 소설이론*The Theory of the Novel in England, 1850~1870*』, 46면).

[옮긴이 주] 롤스톤은 쌔커리Thackeray의 『뉴컴 가家*The Newcomes*』를 'The Newcomers'로 표기했는데, 이것은 롤스톤의 오기誤記로 추정된다. 쌔커리가 자신과 동시대를 배경으로 삼아 서술한 소설 『뉴컴 가家』는 뉴컴이라는 집안에 초점을 맞추어 당시 부유한 중산층의 삶을 꼼꼼하게 관찰해 기록한 작품이다. 토머스 뉴컴 대령은 아들 클라이브와 함께 지내려고 인도에서 런던으로 돌아온다. 겁이 많지만 매력 있는 클라이브는 사촌 에설을 사랑하게 된다. 그러나 그들은 서로 사랑하면서도 경제적인 계산 때문에 여러 해 동안 맺어지지 못하고, 클라이브는 로즈 머켄지와 결혼한다. 에설의 아버지이며 뉴컴가의 최고어른인 반스 뉴컴은 이기적이고 탐욕적이며 냉혹한 사람으로, 클라이브와 뉴컴 대령을 해칠 음모를 꾸민다. 한편 대령은 자신의 재산을 경솔하게 투자하여 빈민구호소에서 말년을 보내게 된다. 로즈는 아이를 낳다가 죽고, 이야기는 대령의 죽음으로 끝이 난다. 감상을 배제하고 진지한 감정으로 그려낸 임종 장면은 빅토리아 시대의 소설 가운데 가장 유명하다. 쌔커리는 짤막한 맺음말에서, 클라이브와 에설은 결국 결혼하지만 이 이야기는 꾸며낸 이야기라고 말한다

소설의 면모일신

명말과 청대에는 소설의 일반적인 지위 상승을 나타내 보여주는 여러 가지 징표가 있었다. 보수주의자들은 경멸조로 소설이 본래의 세 가지 가르침인 유교나 불교, 도교보다 더 광범위하게 퍼져나간 새로운 '가르침教'이라고 말했다(쳰다신錢大昕, 『잠연당문집潛研堂文集』, 17 / 14b). 소설을 출판한 사람들은 소설의 판본에 대해 다른 유형의 문학들과 똑같은 정도의 배려를 베풀었다(허구리何谷理,[25] 『장회소설 발전 가운데 다루어지고 있는 경제 기술 요인章回小說發展中涉及到的經濟技術因素』, 193면). 유명한 인물의 전기(이를테면, 선저우沈周의 문집 『선스톈선생 문집沈石田先生文集』 안에 있는 쳰쳰이錢謙益(1582~1664)의 전기)에는 그들이 소설을 읽었다는 언급도 들어 있다. 소설 작품은 전기나 유명한 『보문당서목寶文堂書目』(1550년경)과 같은 서고의 목록에 올라 있었다. 소설 작품에 대한 서는 지은이의 문집에 수록되었고,[26] 소설 작품 자체 역시 지은이의 문집에 수록되었다.[27] 조정의 높은 관직에 있는 관료들은 단편소설 선집의 출판을 지원하였다.[28] 한 아버지는 아들이 소설을 쓴다고 자꾸 때렸는데, 그 소설은 정작 그 아버지의 친구의 손에 의해 완료되었다고 한다(펑웨이민馮偉民, 「장원 부자와 『평산랭연』張勻父子與平山冷燕」, 248면). 선생이 끝내지 못한 단편소설 선집을 그 제자가 끝내기도 했다(즈샹관쥐스芝香館居士, 「『산정이기합전』 서刪定二奇合傳序」, 관더둥關德棟의 『요재지이화본집聊齋誌異話本集』, 252면에서 재인용). 『홍루몽』에는 쉐바오차이薛寶釵와 그의 자매들이 소설과 희곡을 읽었다는 이유로 부모들에게 혼나

25) [옮긴이 주] 허구리何谷理는 미국의 중국 고대소설 연구가인 로버트 헤겔Robert Hegel의 중국식 이름이다.

26) 가장 유명한 예는 아마도 리즈李贄의 『분서焚書』에 실려 있는 『수호전』 「서」일 것이다. 다른 예에 대해서는 류후이劉輝, 「명대에 소설 희곡이 전에 없는 흥성을 누리게 된 요인을 논함論明代小說戲曲空前興盛之成因」, 7~9면 참조.

27) 쑹마오청宋懋澄(1569~1620)은 자신의 문집에 소설 작품을 포함시켰는데, 그 거기에 포함된 한 장절에 '패稗'라는 타이틀을 붙였다.

28) 저장浙江의 좌포정사左布政司였던 장진옌張縉彦(약 1600~1660)은 리위의 『무성희』 출판과 연관이 있다(이 책의 제2장을 참조).

고 심지어 맞기까지 한 것에 대해 상세하게 이야기하는 대목이 나오는데, 19세기의 평점가들은 그들이 살았던 당대에는 그런 부모가 없다는 사실에 대해 탄식을 하고 있다(황샤오톈黃小田, 『홍루몽』, 42회 474면, 협비).

어떤 필자는 소설이 대중적인 구연口演의 이야기꾼說話人의 세계에서 학자의 서안書案으로 옮겨갈 수 있게 해준 그 무엇으로 평점 비평을 꼽기도 했다(천후이쥐안陳慧娟, 「문학 창작과 문학 비평의 합류 지점인 중국 고대 평점 소설에 대한 초보적 검토」, 212면). 우리가 그런 변수들을 따로 따로 분리시켜 어떤 정확성을 갖고 분석할 수 없기 때문에, 우리는 중국의 마지막 두 왕조 시기에 소설 비평이 소설의 지위를 표나게 상승시키는 데 얼마나 공헌 했는지 말할 수 없다. 하지만 그들이 소설이라는 이름을 너무나도 기꺼운 마음으로 포기할 태세가 되어 있었다고는 해도, 그들이 사랑했던 작품들이 사회적으로 우월한 지위에 올라서게 하기 위해 열심히 일했던 것도 사실이다. 다음 절에서 우리는 그들이 어떻게 소설 작자들의 사회적인 지위를 높임으로써 소설의 명성을 세우려 노력했는지에 대해 보게 될 것이다.

2. 작가의 필요성

서구에서 작자는 19세기에 유례가 없을 정도로 높은 지위에 오른 뒤(애브럼즈Abrams, 『거울과 등불*The Mirror and the Lamp*』, 229~262면), 20세기에 들어서 권좌에서 물러났다. 러시아 형식주의로부터 신비평, 구조주의, 탈구조주의에 이르는 문학이론의 발전을 통해, 작자를 문학 작품에서 말하는 의미를 넘어서는 어떤 것으로 봐야 한다는 데 대한 일반적인 합의가 이루어졌다. 독자-중심의 비평이 예전에는 작자에게 주어졌던 의미에서 생산에 대한 책임 대부분을 독자에게 부여했고, 현재는 그 어떤 지위도 특권화된 것이 없다. 20세기에 접어들어 작자가 혹독할 정도로 추락한 것은 의심할 바 없이 이전 세기에 가파르게 이루어진 지위 상승과 연관이 있다. 하지만 최근 들어 전통적인 수사학 이론에서 다루고 있는 영역의 부활과 문학을 공연하는 행위로서 탐구하는 데에 흥미를 갖고 있는 창조적인 작품이나 비평 모두에 있어 작자는 텍스트 안으로 회귀하고 있다(이를테면, 이글턴Eagleton, 『문학이론입문*Literary Theory : An Introduction*』,[29] 194~217면).

19세기에 작자의 지위가 상승함에 따라 표현주의expressive 문학이론이 그 라이벌 격이라 할 실용적이면서 교육적인 문학이론에 대해 우위를 점하게 되는 현상이 뒤따랐다(애브럼즈, 앞의 책, 194~217면). 하지만 근대 이전의 중국에서는 표현주의 이론이 가장 오래되고 잠재적으로 가장 영향력 있는 문학이론이었다.[30] 장쉐청章學誠은 황금 시대[31]의 글쓰기는 공적이고 몰개성적이었으며, 작자들은 사적인 개인이 아니라 조정의 관리들이었지만,[32] 그 시대는 그것이 존재했던 적이 있었다 하더라도, 쿵쯔 시대로부터도 이미 오래 전에 사라져 버렸다고 주장했다. 우세했던 독서 양식의 목표는 작자의 본래의 창조적인 행위를 회복시키는 것이었는데, 이것은 데니스 도노휴Dennis Donoghue가 '에피리딩epireading'이라 부른

---

29) **[옮긴이 주]** 우리말 번역본의 서지사항은 테리 이글턴(김명환 외역), 『문학이론입문』(창작사, 1986)이다.

30) 이를테면, 제임스 류劉若愚는 초기의 서정주의 문학이론을 '원시주의primitivism'라고 특징짓고, 이것의 기원을 『시경』의 '시언지詩言志'에서 찾았다(『중국문학이론』, 67~70면). 하지만 '시언지'의 전통은 교훈적인 해석자들에 의해 억눌려왔다. 반면에 소설 비평의 초기 단계는 명말에 시작됐는데, 이때는 서정주의 문학이론이 보통 이상으로 우세했었고, 서정주의 문학이론가들의 극단적인 말들이 사회적으로 유행하였다(제임스 류, 앞의 책, 78~83면).

31) **[옮긴이 주]** 이것은 서구에서 전통적으로 운위하는 황금의 시대, 은의 시대, 철의 시대로 구분하는 시기 구분을 가리킨다. 이 책의 저자인 롤스톤이 서구인의 입장에서 중국문학을 바라보고 있다는 사실을 상기할 것.

32) 장쉐청章學誠, 『문사통의文史通義』 「언공言公」, 169~217면. 비슷한 개념이 진성탄의 『수호전』에 대한 첫 번째 서(『수호전회평본』, 1~6면)에서 지지 받았지만, 그의 주장은 '사적인' 글쓰기를 정당화하는 것으로 판명되었다.

것이다.[33] 작자를 두고 말하자면, 이것은 글쓰기를 통해 부도덕성을 얻게 될지도 모르는 가능성을 열어제끼는 것이었다. 이것은 피도 눈물도 없고, 몰개성적인 부도덕함이 아니었다. 차라리 그런 상황에서는 개성을 부여하는 특질들이 문학적 가공물의 메시지만큼이나 중요할 수도 있다. 독자를 두고 말하자면 독서는 고대와의 소통을 의미한다.

하지만 전통 시기 중국에서 백화소설의 최초의 독자들에게는 문제가 있었다. 종종 자신들의 이름을 이야기의 말미에서 밝히기도 했던 문언소설의 작가와는 달리, 백화소설의 작자들은 상당히 늦은 시기까지도 자신의 이름을 드러내지 않았다. 대부분의 작품들이 모호한 가명으로 유통되거나 그림자에 가려진 작자에게 되는 대로 가탁되었다. 뤄관중은 희곡 작가로서 역사적으로 실존했던 사람이 분명했지만, 그의 이름으로 가탁된 수많은 소설들 가운데 어느 것도 그가 썼다는 증거는 없다. 오히려 그 수가 너무 많다는 사실이 뤄관중이 썼다는 것을 쉽게 믿을 수 없게 한다. 또 다른 문제는 소설이 거의 항상 작자가 살았던 시대보다 앞선 시기에 맞춰져 있다는 것이다.[34] 어느 경우든 초기의 소설들은 작

---

33) "이러한 전통 하에서 독자는 첫 번째 마당[말speech]으로 돌아가기 위해 이차적인 도구[글쓰기]를 사용한다. 그는 시간적인 선후 관계를 전복시키고, 두 번째 단계로부터 첫 번째 단계로 나아가고자 한다. 나는 그러한 독서를 에피리딩epifeading이라 부르는데, 이것은 그리스어 Epos에서 온 것으로, 말speech이나 발화utterance를 의미한다. 에피리딩은 독자의 보상 형식으로서, 씌어진 단어들에서 독자가 발견하게 되는 부재와 거리의 징표를 채워준다. 에피리딩은 씌어진 단어들을 페이지 위에 그것들을 발견한 그대로 내버려두려 하지 않고, 독자는 단어들을 하나의 원천, 말과 글자, 개성과 사적인 형태를 갖고 있는 것으로 번역되는 운명으로 복구하고자 한다. 우리는 때로 이러한 전통 안에서 독자는 병 안에 넣어져 바다에 떠다니는 메시지와 같은 각각의 텍스트의 비밀을 찾아내려 한다고 말한다. 하지만 발견의 대상은 메시지나 비밀이 아니라 사람이라고 말하는 것이 좀더 더 정확할 것이다. 우리는 우리 자신을 계몽하기 위해서가 아니라, 존재의 공리를 확증하기 위해 시를 읽는다. 우리는 타자를 만나기 위해 읽는 것이다." (도노휴, 『사나운 알파벳*Ferocious Alphabets*』, 98~99면) 도노휴는 이러한 스타일의 독서를 그가 '그래피리딩graphireading'이라고 부른 것과 대조시켰는데, 여기에서 텍스트는 의도성이나 개성에 의해 '창조자'와 어떤 직접적인 연관으로부터 '자유롭게' 된다(도노휴의 앞의 책, 151~152면).

34) 명말과 청말의 시사時事 소설들은 예외이다. 서구 소설의 경우에도 시간을 앞당기는

자가 창작한 것이기보다는 편자가 다양한 소스로부터 엮은 것들이었다. 이 모든 요소들이 독자들이 작자의 구체적인 이미지를 머리 속에 그려내기 어렵게 만들었다. 하지만 어렵기는 했어도 독자들은 작자의 이미지를 그려내려 애썼는데, 그에 대한 증좌는 그런 식으로 작자를 가탁한 것이 의심받고 지지받지 못했다는 사실이다.

이러한 상황이 독자들에게 귀찮은 것이었다면, 비평가들은 어땠을까? 리즈의 이름으로 가탁된 수많은 소설 평점들 가운데서 볼 수 있는 초기의 해결책 가운데 하나는 작자를 부정적으로 평가하거나, 작자를 희생하는 것이었다. 평점가는 자신이 작자보다 더 잘 썼을 거라고 주장하지 않고 문구들을 비난하면서 그것을 삭제해야 한다고 주장함으로써 그 자신을 작자보다 우월한 존재로 내세웠다. 『수호전』 룽위탕容與堂본에서, 평점가가 불만스럽다고 생각한 텍스트는 '[이것은] 삭제될 만하다可刪'라는 협비와 함께 괄호로 묶어졌다. 부정적인 평어에는 "어떤 실제 인물과도 닮지 않았다不像不肖(이를테면 『수호전회평본』, 53회 997~998면, 미비, 23회 444면 협비)", 또는 '가소롭다可笑(42면, 미비)' '재미없다無味(23회 444면, 미비)' '잡스럽다雜(30회 578면 협비)' '너무 많다多(30회 578면 협비)' '사족이다贅(42회 792면 협비)' '비루하다鄙俚(31회 606면 협비)' '아이들 놀음兒戲(88회 1,317면 회평)' '구제 불능不濟(64회 1,189면 회평)'과 '중복된다重複(65회 1,205면, 회평)' 등이 있다. 비슷한 평어(와 괄호 묶음)이 리즈李贄의 이름으로 가탁되고 룽위탕에서 출판된 희곡 평점들뿐 아니라 『서유기』와 『삼국연의』에 대한 '리즈'의 평점들에서도 나타난다. 이것들을 모델로 한 판본들도 전례를 따랐다.[35] 이들 평점에서 작자를 지칭하는 것은 모호하거나 드문 일이다.

이런 류의 무자비한 평어들이 기본적으로 진성탄 이후에 출판된 주

것은 충분히 통상적인 일이기는 하지만, 스탕달의 경우에서와 같이 실제로 창작된 시간과 맞춰진 시간은 몇 세기 정도는 아니고 몇 십 년 정도의 간극이 있을 따름이다.

35) 이를테면 『수호전』에 대한 '중싱鍾惺'의 평점(자세한 서지사항은 롤스톤, 『독법』, 407~408면 참조)과 '육화통춘六和通春'에서 수집된 천지루陳繼儒의 이름으로 가탁된 희곡 평점들 참조.

요한 소설 평점들에서는 사라졌지만, 부정적인 평어들이 완전히 사라진 것은 아니었다. 하지만 이것들은 주로 최근까지도 출판되지 않은 사적인 평점들에 국한되었다.36) 예외가 '리즈' 평점의 아류에서 발견되기는 하지만,37) 유명한 소설 평점가들에 의해 공표된 새로운 기준에 맞지 않는 작품들을 비난한 평점가의 예도 있다.38)

3. 그대가 놓아둔 지점에서 작자를 찾아내기

진성탄과 같은 평점가 겸 편자Commentator-editor들은 초기의 평점가들이 반대했던 구절들을 처리하는 두 가지 전략을 발전시켰다. 그 하나는 '원래의' 작자는 그러한 책임으로부터 면제시키고 그러한 비난을 약간 후대의 편자나 작자에게 돌리는 것이었다. 그렇게 되면 이렇게 '재조정된recontextualized' 실수들은 텍스트에 남겨질 수도, 제거될 수도 있었다. 이러한 예들이 '리즈李贄'본 『삼국연의』에서도 발견되는데, 여기에서 평점가는 이 소설의 유명한 작자羅貫中를 후대의 편자와 구분했다. 후대의 편

36) 이를테면 작자를 '극단적으로 뻔뻔하고' '무딘' 인물로 묘사한 『삼속금병매三續金瓶梅』의 유일하게 남아 있는 필사본의 표지에 씌어진 평어들(『중국소설총목제요』, 663면). 다른 예들로는 『금병매』에 대한 원룽文龍의 평점(자세한 서지사항은 롤스톤, 『독법』, 445면 참조)과 천치타이陳其泰(1800~1864)와 황샤오톈黃小田(1795~1867)의 『홍루몽』 평점(전자에 대한 자세한 서지사항은 롤스톤, 『독법』, 473~474면)이 있다.

37) 이를테면, 『삼국연의회평본』, 1회 5면, '리위李漁' 미비 참조. 하지만 비난이 원래의 작자에게 향하지 않고 있다는 사실에 주목할 것.

38) 『철화선사鐵花仙史』, 15회 161면, 회평에서는 마오쭝강에 의해서 유명해진(그의 「독삼국지법」 17조 참조), '격년으로 씨 뿌리기隔年下種'라는 기법을 작자가 모르고 있다고 비난했다. 또 다른 회평에서 이 평점가는 작자가 한 등장인물이 아무런 설명도 없이 사라지게 한 것은 그 인물이 지나치게 '차갑게 잊혀지게冷落' 만든 처사라 하여 반대했다(앞의 책, 26회 266면).

자는 '심지어 세 살 먹은 어린 아이조차 하지 않았을' 바보 같은 방법으로 등장인물들을 행동하게 만들었다고 비난받은 '저자 거리의 글 모르는 하찮은 사람'이라는 것이었다(『삼국연의회평본』, 102회 1,256면, 회평). 이 평점가는 그 텍스트를 자신이 발견한 그대로 남겨두었지만, 진성탄과 그를 모방한 이들은 자신들의 텍스트에서 거스르는 부분들을 제거하고는 그들의 '고본'이 '속본'보다 얼마나 훌륭한지를 입증하기 위해 자신들의 평점에서 그러한 대목을 인용하였다.

또 다른 전략은 그러한 실수들이 진짜 실수가 아니라 작자가 숨겨놓은 알레고리적인 메시지의 증거라고 주장하는 것이었다. 이를테면, 펑멍룽馮夢龍의 「삼언」에 실린 이야기들을 초기 판본과 비교해 보면, 그가 자신이 생각하는 백화소설에 좀더 가깝게 하기 위해 그것들을 기꺼이 편집한 게 분명하다. 하지만 수많은 실수의 실례들이 그의 이야기들 속에 의도적으로 바뀌지 않은 채로 남아 있다. 우리는 펑멍룽의 미비가 그것들에 대해 주목하고 있다는 이유 때문에, 그가 의도적으로 그것들을 남겨 놓았다는 사실을 알고 있다. 때로 펑멍룽은 텍스트를 비판하기도 했다(이를테면 『경세통언』, 1 / 1b). 다른 경우에는 실수를 텍스트 상의 와전으로 치부했다(이를테면, 『고금소설』, 21 / 15b). 아마도 여기에서 펑멍룽은 우리에게 책임감 있는 편자라는 인상을 남겨놓으려 했던 듯하다.[39] 하지만 다른 곳에서 그는 이 이야기들의 작자가 좀더 의미심장한 목적을 위해 시간적인 착오와 다른 실수들을 이용했던 것借, 托이라 주장했다. 이를테면, 그는 1550년 어름에 출판된 한 이야기, 곧 영웅들이 암살 미수범인 징커荊軻(기원전 227년 졸)의 유령과 싸우는 것을 징커가 태어나기 오래 전으로 설정했던 것을 약간의 수정만을 거쳐 다시 출판하기로 결정했다. 미비에서 펑멍룽은 그러한 시간적인 착오를 알고 있었지만, 징

39) 그는 이런 평어들 앞에 '안按'이라는 말을 내세웠는데, 이것은 전통적으로 고전 작품의 평점가들이 그 주제에 대해 다른 모든 사람들이 말한 것들을 언급한 뒤 자신의 의견을 내세우기 위해 사용했던 말이다(이를테면, 『고금소설』, 8 / 2b와 『경세통언』, 1 / 7a—b).

커가 진시황을 암살하는 데 실패했다는 사실에만 정신이 팔린 나머지 작자가 그를 포함시켰던 것이라 주장했다(『고금소설』, 7 / 5b). 단지 첫 인상이 어떻게 오도될 수 있는가를 나중에 설명하기 위해서, 후대의 평점가들과 심지어 작가들(이를테면 리위李漁)조차도 독자들이 텍스트에 뭔가 잘못된 것이 있다고 생각부를 꼬드겼다.[40)]

진성탄은 자신의 『수호전』 판본의 텍스트에 있는 모든 것에 대한 책임을 받아들이는 진보적인 방법을 취했다. 그는 몇몇 구절들을 편집하고 자신의 평점의 나머지 부분들을 재해석하고 재조정하는 것으로써 이 소설에서 작품에 대한 자신의 생각과 일치하지 않는 부분과 연관된 문제를 해결했다. 사실상, 그는 그 자신을 작자로 대체했다. 하지만 그는 자신이 작품에 대해 침해하고 (자기 자신에게 가깝도록 본뜬) 텍스트의 내포작자를 창조하기 위해 열심히 노력했다는 사실을 인정하려들지 않았다.

때로 소설 평점가들은 그들이 해당 작품에 대한 '그들 자신의' 판본을 제시하고 있다는 사실을 인정했으며(이를테면, 장주포, 「주포한화竹坡閑話」 『금병매자료휘편』, 10면, 로이, 「장주포 평점」, 119면), 그들의 작자가 의도했던 의미와 반드시 똑같은 것은 아니라는 사실을 받아들이는 듯했지만,[41)] 이런 것은 예외로 남겨졌다. 주요한 접근법은 자신을 작자의 지기知己로 내세워 원래 작자의 의도라는 미명 하에 해당 작품에 대해 의론하는 것이었다.[42)] 심지어 (『서유기』의 장수선張書紳과 『홍루몽』의 장신즈張新之의 각각의 작품에 대한 성리학적인 해석과 같이) 그들의 지지자들에게조차도 약간은 기

40) 이를테면 진성탄은 어느 한 경우에 '거칠게 대충대충' 묘사한 부분으로 독자의 주의를 끌도록 하고는 작자의 초점이 다른 곳에 놓여 있다고 설명하였다(『수호전회평본』, 63회 1,160면 회평).

41) 카쓰부Qasbuu, 『신역『홍루몽』』「총론」의 4조, 『『홍루몽』자료휘편』(이린전亦臨眞 역), 833면 참조. 마지막 회평에서 그는 자신이 차오쉐친曹雪芹이 되었지만 그의 차오쉐친과 원래의 차오쉐친은 같지 않다고 말했다(앞의 책, 832면).

42) 제임스 류劉若愚가 '의도주의intentionalism'라고 명명한 이러한 접근법은 그가 '도덕주의moralism'라고 부른 것과 함께, 중국의 고전문학상의 두 개의 지배적인 해석 양식을 이루고 있다(『언어－역설－시학*Language-Paradox-Poetics*』, 95면).

이한 것으로 인정된 해석의 경우에도, 평점가들은 여전히 작자의 진정한 의도를 캐낸 것이라고 주장했다.

'내포 작자'라는 용어는 생물학적인 작자와 독자가 만들어내는 작자의 이미지를 구분하는 데 쓰인다. 웨인 부우스(Wayne Booth, 『소설의 수사학*The Rhetoric of Fiction*』,[43] 74~75면)에 의해서 처음으로 일반에 알려진 이래로, 비논리적이라고 거부되거나(줄Juhl, 『해석-문학비평의 철학에 대한 에세이*Interpretation : An Essay in the Philosophy of Literary Criticism*』, 153~189), 다른 정식화에 의해 폐기되어야 한다는 요구가 있기는 했지만(채트만Chatman, 『영화와 소설의 수사학*Coming to Terms : The Rhetoric of Narrative in Fiction and Film*』,[44] 77면), 이것은 거칠게 말하자면, 여전히 유용한 구분으로 남아 있다. 하지만 중국의 전통적인 비평에는 이와 유사한 개념이 없다. 많은 전통적인 비평가들이 문학이 종국에는 작자 전체를 전달할 수 없고,[45] 독서를 통해 작자를 알 수 없다는 사실을 인지하고 있음에도, 중국에서 독서의 목표는 텍스트에서 만나게 될 유일한 작자가 만들어진 사람이 아니라는 사실을 인지하는 게 아니라, '바로 그' 작자와 [직접적으로] 소통하는 것이었다.[46]

작자와 소통하는 것은 상당히 쉬운 것으로 치부되었는데, 그것은 일반적으로 한 사람의 개성은 반드시 글쓰는 행위에 드러나게 마련이며, '글

43) [옮긴이 주] 이 책의 우리말 번역본 서지사항은 다음과 같다.
웨인 C. 부스(최상규 옮김), 『소설의 수사학』, 예림기획, 1999.9(같은 이가 번역한 새문사, 1985년 03월 판도 있음).
웨인 C.부스(이경우 옮김), 『소설의 수사학(증보판)』, 한신문화사, 1987.7.

44) [옮긴이 주] 이 책의 우리말 번역본에 대한 서지사항은 다음과 같다. S. 채트먼(한용환 외 옮김), 『영화와 소설의 수사학』, 동국대 출판부, 2001.1. .

45) 이를테면, 쫭쯔莊子가 글자로 씌어진 텍스트를 남아 있는 찌꺼기나 잔존물로 경멸했던 것을 참조(『쫭쯔와의 일치*Concordance to Chuang Tzu*』 13장(天道), 36면).

46) 위안메이袁枚(1716~1797)는 어떤 시의 말미에서 이렇게 말했다. "책 속에 있는 사람들이 죽음의 세계 앞에 줄 서서 기다리고 있다는 사실을 아는 것은 좋다. 잠시 뒤면 나는 그들을 직접 대면할 것이고 더 이상 그들이 쓴 것을 볼 필요가 없을 테니且喜書中人, 九原盡羅列, 不久卽相逢, 何須更私覿(원문은 [옮긴이 주])." (웨일리Waley, 『위안메이袁枚Yuan Mei』, 192면)

은 그 사람과 같고文如其人' 또는 그 역도 성립한다는 믿음 때문이었다. 별로 매력적이지 못한 개인적인 성향을 감추려는 시도는 실패로 돌아가게 마련이었지만, 자기 자신을 왜곡 없이 자신의 작품 속에서 보여주는 사람이야말로 말 그대로 최상의 작가였다(예세葉燮(1627~1703), 『원시原詩』 「외편外篇」, 『중국미학사자료휘편中國美學史資料彙編』 2권, 322~323면). 문학 작품에 대한 평가는 항상 그 작자의 개성에 대한 평가가 포함된다.[47]

뒤에 작자가 자신의 희곡이나 소설에 달린 평점을 보게될 기회가 있었을 때, 그들은 때로 자신의 의도를 정확하게 설명해놓았을 경우에는 평점가를 칭찬했지만,[48] 이런 일이 평점가가 생존했던 때보다 수 세기 이전에 씌어진 소설에 일어날 수 없다는 것은 분명한 사실이다. 대부분의 평점가들은 독자들에게 그들이 작자의 진정한 의도를 발견했다고 믿도록 해야만 했는데, 그들은 대부분 자신들이 설명할 수 있는 작자를 창조해내야만 했다.

초기의 소설 비평가들이 자신을 그들의 작자의 의도를 설명하는 존재로 내세우긴 했지만, 최초로 자신의 텍스트에서 작자의 이미지를 창조해내기 위한 실제적인 노력을 기울인 사람은 진성탄이었다. 자신의 『수호전』 판본을 위해 그는 스나이안施耐庵의 이름을 가탁한 서문을 직접 썼는데, 스나이안은 이 소설의 진정한 작자라고 선언한 인물이었고, 이와 반대로 뤄관중은 그가 이 소설에서 싫어한 부분을 지은 사람으로 치부해 버렸다. 서문에서, '스나이안'은 고결한 마음을 가진 벗들과 어울리기를 좋아하는 천성을 가진 느긋한 은둔자로 나오고 있다. 하지만 그들의 대화를 쓰기보다, 그는 이 소설을 쓰기로 작심하게 되는데, 이

47) 이를테면 차이징蔡京(1046~1126)의 이름은 그가 간신으로 악명을 떨쳤기에 송대의 사대 서예가의 반열에서 제외되었다(쑹민宋民, 『중국고대서법미학中國古代書法美學』, 20면).

48) 이를테면 홍성洪昇은 우우산吳吳山의 평점이 달린 자신의 『장생전長生殿』 「범례」에서 우우산이 "나의 함축된 의미를 대부분 분명히 드러나게 했다"고 칭찬했다(류후이劉輝, 「삼부 평 『모란정』에 대해 논함從三婦評牡丹亭談起」, 376면).

작품은 벗들이 주위에 없는 고적한 순간들(곧 독자들과의 교감은 벗들과의 대화와 같은 것)의 산물로 제시되었다. 비록 그가 자신의 책이 읽혀지건 말건 괘념하지 않겠다고 주장했지만, 그에게 이런 점이 중요했다는 것은 행간을 통해 읽어낼 수 있다.

소설은 전통적으로 프롤로그로 시작해 에필로그로 끝나는데, 여기에서 내포 작자는 다른 곳에서와는 달리 덜 매개된 태도로 나타나게 되지만(이 책의 제10장 참조), 이 서문에서 진성탄이 취한 행위들은 유례가 없는 것이었다. 그는 『제오재자서 스나이안 수호전第五才子書施耐庵水滸傳』이라는 제목의 자신의 판본에 스나이안의 이름을 집어넣음으로써 스나이안을 재자 가운데 한 명으로 추켜세우기도 했는데, 이러한 접근법은 평점을 통해 일관되게 유지되고 있다. 요컨대 진성탄은 이 소설의 호소력을 높일 뿐 아니라 이 소설에 대한 자신의 표면적 해석이 정치적으로 무해하다는 것을 두둔해 주는 저자의 이미지를 만들어 낸 것이다.[49]

이렇듯 소설의 작자를 이단아로 여기는, 그리고 소설을 이 세계로부터 정신적으로나 육체적으로 물러나 있는 상태에서 행해진 어떤 것으로 규정하는 것은 그 파급 효과가 매우 컸다. 비평가나 심지어는 작자가 쓴 서문이 진보적인 입장에서 좀더 개방적인 것이 되고, 작자와 소설 작품의 창작을 둘러싼 환경에 대한 그들의 논의가 상세해져감에 따

---

49) 우리 시대의 '작자'의 죽음을 가장 큰 소리로 외쳤던 사람인, 미셸 푸코Michel Foucault는 작자를 "소설의 자유로운 유통, 자유로운 조작과 해체, 그리고 재창작을 방해하는(…중략…)어떤 기능적인 원리"로 정의했다(「저자란 무엇인가What Is an Author?」, 159면). 전통적인 소설 평점에서 내포 작자가 갖고 있는 중요성의 몇몇 측면들은 위드머의 『수호후전』, 109~156면과 마틴 황의 「중국 고대소설 평점에서의 작가(권위)와 독자」에서 탐구되고 있다. 앙드레 레비André Lévy는 "고급의 문학에서와 같이 작자를 찾아내려는 자극과 고무"는 최초로 『수호전』을 높이 평가했던 리카이셴李開先과 같은 사람에게서 나왔다고 고찰한 바 있다. 17세기에 나온 삽도와 평점이 있는 소설 판본을 이야기하면서, 레비는 "그들의 통상적인 특징은 좀더 긴 소설을 단일한 정신의 표현 양식으로 제시하고자 하는 시도이고, 그런 식의 논리는 모든 정절의 디테일의 배후에 있는 천재mastermind의 존재를 지적해내는 것이다"라고 썼다(「중국 고대소설의 작자 문제에 대하여On the Question of Authorship in Traditional Chinese Fiction」, 254면).

라,[50] 작자가 속세의 인정을 얻는 데 실패하는 것이 반복되는 주제가 되었다. 일반적으로 스나이안施耐庵은 원의 치하에 살아 남은 송의 유로遺老로 인식되었다. 진성탄은 이 사실을 강조하지 않았지만, 그런 생각을 폄하하지도 않았다. 천천陳忱이 1660년대에 『수호전』에 대한 속작을 썼을 때, 그는 원의 치하에 살아남은 송의 유로로서 그려진, 자신이 창조해낸 작자의 목소리로 서를 쓰기도 했다.

하지만 마오씨 부자가 『삼국연의』에 대한 평점을 쓰려고 했을 때, 그들은 내포 작자의 문제를 다루는 데 다른 전략을 사용했다. 마오씨 부자는 진성탄과 뚜렷한 차이를 보이고 있었기에, 그들이 의도적으로 진성탄과 대조를 이루는 접근법을 선택했을 것이라 생각하는 것은 어렵지 않다. 매우 작자 중심적이었던 『비파기』에 대한 그들의 평점과 달리, 『삼국연의』의 평점에서 그들은 '작자'나 뤄관중羅貫中에 대해 최소한의 범위 내에서만 지칭을 하고 있으며, 그 대신 이 텍스트의 놀라운 특징들을 이 소설의 기반을 이루고 있는 역사적인 사건들을 책임지고 있는 조물자造物者에게 돌리고 있다.[51] 마오씨 부자는 진성탄의 천재적인 인간, 스나이안施耐庵에 맞서기 위해 초인적인 '작자'를 내세움으로써 진성탄을 계급[52]으로 눌렀다.

---

50) 이를테면, 명말에 나온 저우칭위안周清原의 『서호이집西湖二集』 원본의 후하이스湖海士 서 13면과 린천林辰의 『명말청초소설술록』, 338면에 인용된 청초의 소설인 『도화영桃花影』의 말미에 있는 작자 인수이싼런欽水散人의 찰기, 치위쿤齊裕焜의 『중국고대소설연변사』, 258면에 인용된 『비룡전전飛龍全傳』에 대한 우쉬안吳璇의 1768년 서 참조.

51) 마오씨 부자가 뤄관중을 그 이름으로 지칭하는 유일한 순간은 자신들의 『비파기』 평점의 「총론」 부분에서이다(『비파기자료휘편』, 286~287면, 롤스톤, 『독법』, 148면). 마오씨 부자가 뤄관중을 드물게 지칭하고 있는 것과 이것과 『비파기』에 대한 그들의 평점 사이의 대조에 대해서는 베일리, 「중재하는 시선—마오룬, 마오쭝강과 삼국지연의 읽기」, 24면, 55~60면 참조.

52) [옮긴이 주] 진성탄이 내세운 천재는 결국 인간적인 존재에 불과하지만, 마오씨 부자가 내세운 초인적인 존재는 인간 이상의 존재라는 의미에서, 군대의 계급으로 말하자면, 진성탄의 재자才子가 사병이나 하사관이라면, 마오씨 부자의 초인적인 존재造物者는 장교에 해당된다는 의미에서 저자인 롤스톤이 비유적으로 끌어다 쓴 표현임.

오랫동안 실명의 작자에게 가탁된 『수호전』과 『삼국연의』와는 대조적으로, 『금병매』의 작자는 가명笑笑生으로만 알려져 있었다. 그의 정체에 대해서는 몇 가지 설이 있다. 대부분의 사람들은 왕스전王世貞(1526~1590)이 이 소설을 자신의 아버지의 원수를 갚기 위해 옌스판嚴世蕃(1513~1565)이나 탕순즈唐順之(1507~1560)를 독살하려는 음모의 일환으로 썼다고 주장하고 있다.[53] 장주포의 서문 격인 글 「고효설苦孝說」은 왕스전에 대한 이런 전통적인 설들을 가리키는 것으로 해석되고 있는데, 하지만 장주포의 글에서는 왕스전에 대해 이야기하는 대신, 모호하게 작자를 아마도 어떤 부당한 행위에 의해 자신의 아버지를 잃고 자신의 효를 다할 기회를 잃어버리게 된 어떤 사람으로 기술하고 있다. 앙갚음을 하려고 했다기보다는, 장주포가 생각한 작자는 『금병매』 안에서 효에 대해 씀으로써 그의 '좌절된 효'를 풀려고 했던 것이다.

그의 「비평제일기서 『금병매』 독법」에서, 장주포는 그가 "시먼칭西門慶으로 옌스판嚴世蕃을 재현해 내려했다는 설을 무시하고, …… 이 책을 쓴 작자에 대해서, 나는 그를 단순히 '작자'로만 지칭할 것"[54]이라고 선언했다. 같은 조에서 그는 『비파기』에 대한 마오쭝강의 평점이 실화소설roman à clef적인 해석으로 흘렀다고 비판하기도 했지만, 이와 똑같은 대목의 서두 부분에서 한 말은 그가 작자가 마음 속에 목표물을 갖고 작품을 썼다고 믿었다는 사실을 드러내 보여주고 있다. "이 소설의 작자는 결코 자신들의 이름을 드러내지 않았는데, 그것은 그들이 자신들의 작품 속에 다른 속셈을 갖고 있거나 실제 사람을 은밀하게 지칭하고 있

---

53) 다른 판본들은 쿵링징孔另境, 『중국소설사료』, 82~88면에 언급되어 있다. 그 가운데 몇몇은 앙드레 레비의 「불역본 『금병매사화』 서론」에 대한 부록(118~119, 121~122면)으로 양칭화Yang Qinghua가 번역했다. 목표가 된 희생자는 손가락에 침을 묻혀 페이지를 넘기는 버릇을 가진 음서淫書의 애독자로 추정된다. 왕스전은 아마도 그의 희생자가 궁극적으로 책을 읽다가 죽도록 하기 위해 이 소설의 페이지마다 독을 발라놓았던 것이리라.

54) **[옮긴이 주]** 원문은 다음과 같다. "故別號東樓, 小名慶兒之說, 槩置不問. 卽作書之人, 亦止以作者稱之."

었기 때문이다."55)(『금병매자료휘편』, 33~34면, 「비평제일기서 『금병매』 독법」 36조, 로이, 「『금병매』 독법」, 222~223면) 그는 왕스전王世貞의 이야기 속에 함축된 소설의 목적이라는 생각을 거부하기보다는 '딱부러지게 결론이 나지 않은 공론'에 대해 항의를 하고 있는 듯이 보인다. 자신의 협비, 차이징蔡京과 그 일당이 권좌에서 물러난 것에 대한 평어에서 딱 한번 옌스판嚴世蕃을 가리키면서, 장주포는 "이것은 그들[차이징과 그 무리]에 대한 결론을 요약적으로 보여주는 것일 뿐 아니라 은밀하게는 옌스판과 그의 아버지[의 경우]와도 일치한다. 이것으로 이 책은 엄씨 부자의 몰락 이후에 끝이 났어야 한 듯이 보인다."56)(『장주포 비평 제일기서 금병매』, 98회 1,539면, 협비) 장주포가 외견상 왕스전의 이야기에 흥미를 보이지 않은 데 대한 또 다른 동기가 있는지도 모른다. 진성탄은 그 자신을 그가 『수호전』을 위해 창조해낸 내포 작자와 밀접하게 동일시했다. 장주포는 그의 평점에서 그와 비슷한 일을 했다. 오랜 관직 생활을 한 잘 알려진 인물인, 왕스전과 비슷한 작자는 확실히 내포 작자를 창조적으로 만들어내는 데 방해가 되었을 것이다. 소설 평점 비평의 역사에서, 자신들의 해석을 뒷받침해줄(어림짐작에 대한 반대로서) 실제 전기적인 세부 사항들에 대해 관심을 돌리는 비평가들이 비교적 드물다는 것은 놀라운 일이다. 이것은 소설을 쓰는 것이 좀더 공적인 행위가 되고, 소설의 작자들이 더 잘 알려졌으며, 장원후張文虎와 같은 고전적인 의미에서의 학자들이 그들의 고전 학술로부터 어떤 관습을 보존하고 있는 소설 평점을 썼던 이러한 전통의 끝자락에서야 바뀌기 시작했다.

장주포는 자신을 작자와 동일시하는 데 대해 매우 명백한 태도를 취했는데, 그러한 동일시는 그의 해석적인 전략의 기본을 이루고 있었다.

55) [옮긴이 주] 원문과 번역문은 아래와 같다. "소설을 짓는 이들은 대개 실제 이름을 남기지 않는데 이는 작품 중의 등장인물 각자가 함축적인 의미가 있거나 혹은 암암리에 어떤 이를 가리켜 지었기 때문이다作小說者, 槩不留名, 以其各有寓意, 或暗指某人而作."

56) [옮긴이 주] 원문은 다음과 같다. "總結衆人, 又暗合東樓父子. 則此書當成於嚴氏敗死之後."

“[『금병매』의] 100회는 하루아침에 씌어진 것이 아니고 특별한 시간에 특별한 날에 구상된 것이다.[57] 만약 작자가 어떻게 이렇듯 개별적으로 풍부하게 구성된 에피소드들을 구상했는가를 상상해 본다면, 그대는 얼마나 많은 계획과 교직과 재단이 필요했는가 하는 것을 깨닫게 될 것이다.”[58](『금병매자료휘편』, 34~35면, 「비평제일기서 『금병매』 독법」 39조, 로이, 「『금병매』 독법」, 224면) 장주포에 따르면, 작자와 동일시하는 것은 비평가나 독자 모두에게 중요한데, “비록 그대가 그대 자신의 작품인 것처럼 그것을 읽어야 하겠지만, 아직 처음 구상할 단계에 있는 작품인 것처럼 그것을 읽는 게 더 낫다. 다만 그대가 속임을 당하지 않기 위하여 그대의 힘으로 모든 세부 사항을 해결해낼 것이라는 가정을 하고 시작한다면, 속임을 당하지 않게 될 것이다.”[59](『금병매자료휘편』, 35면, 「비평제일기서 『금병매』 독법」 42조, 로이, 「『금병매』 독법」, 224면)

하지만 『서유기』의 경우에는, 실명의 작자가 이 텍스트와 폭넓게 연관을 맺고 있었음에도, 왕샹쉬汪象旭와 황저우싱黃周星의 평점에서는 츄창춘邱長春이 작자라고 주장했다. 그들은 츄창춘의 전기뿐 아니라 츄창춘

---

57) 그는 「비평제일기서 『금병매』 독법」 82조(『금병매자료휘편』, 43면)에서 비슷한 언급을 하고 있다. “독자들이 『금병매』를 읽을 때 시먼칭의 일로 읽지 않고 전부 오늘날의 문학적 안목을 가지고 당시의 훌륭한 문장을 역으로 취해 읽는다면 이는 『사기』를 읽는 것보다 낫다고 할 것이다使看官不作西門的事讀, 全以我此日文心, 逆取他當日的妙筆, 則勝如讀一部史記(로이, 「『금병매』 독법」, 238면).

58) [옮긴이 주] 원문과 번역문은 다음과 같다. “100회는 하루아침에 지은 것은 아니지만 어느 날 어느 시각에 처음으로 이루어진 것이다. 작자의 작품에 대한 착상이 처음 이루어졌을 때 어찌 그 때부터 작품 속에 내재된 수많은 맥락을 알고 있었겠는가? 아마도 많은 계획과 삽입, 재단을 거쳐서 된 것일 것이다一百回不是一日做出, 却是一日一刻創成. 人想其創造之時, 何以至於創成, 便知其內許多起盡, 費詐多經營, 許多穿插裁剪也.”

59) [옮긴이 주] 원문과 번역문은 다음과 같다. “작품을 자신의 문장으로 여기고 읽는 것은 옳은 것이다. 그러나 이는 자신이 작품 속으로 들어가 문장을 헤아려 만들어 보는 것만 못할 것이다. 자신이 먼저 마음을 『금병매』에 집어넣고 그 곡절을 헤아려 보면 그 다음 이것이 나를 속일 수 없다고 말할 수 있을 것이니 이것이야말로 나를 속일 수 없는 것이다將他當自己的文章讀, 是矣. 然又不如將他當自己纔去經營的文章, 我先將心與之曲折算出, 夫而後謂之不能瞞我, 方是不能瞞我也.”

과 동시대의 사람이 이 소설의 작자가 츄창춘이라는 사실을 '증명'하는 내용이 담긴 서문이 달린 자신들의 판본을 내놓았다. 진성탄이 했던 대로, 그들은 작자가 쓴 그대로 원래의 형태를 보존하고 있는 이 소설의 '고본'을 발견했다고 주장했다. 그들 이후에 나온, 심지어 근대에 이르기까지도 거의 모든 도교적 해석들에서는 유명한 도교의 원로였던 츄창춘이 이 소설을 썼다고 생각했다.[60] 독자들이 공유할 수 있는 그들의 소설의 작자에 대한 구체적인 이미지를 그려냄으로써, 마오씨 부자와 같이 두드러진 예외가 있기는 하지만, 거의 모든 평점가들이 일반 독자들이 소설을 읽는 것을 작자의 의도를 발견하고 작자를 체현하는 것에 중점을 둔 고전적인 독서 형태에 동화시키기가 좀더 수월해졌다.[61]

작자를 독자의 눈 앞에 데려다 주는 또 하나의 방법은 어떤 등장인물들을 작자의 대변자인 것처럼 내세우는 것이었다. 이들 대변자들은 내포 작자가 투사된 것으로 여겨질 수도 있다. 뤄관중을 투사한 인물로 여겨질 수도 있는 은자隱者 쉬관중許貫忠[62]이라는 이름의 부차적인 인물이 『수호전』에 나오기도 하지만, 전통적인 평점가들은 그런 식으로 보지 않았고, 그는 진성탄본 『수호전』에서 제거된 부분에 나온다.[63] 마오씨 부자는 『삼국연의』에서 작자의 대변자로 아무도 내세우지 않았음에도(이 평점에서 작자를 낮게 평가한 것을 감안하면 그리 놀라운 일도 아닌), 그들의

---

60) 1980년대에 류이밍劉一明의 평점이 달린 이 소설의 판본이 발견되고 출판되었을 때, 학자들은 츄창춘이 이 소설의 작자라는 생각에 반박하는 글을 써야 했다.

61) 독자가 작자를 체현하려는 데 대한 예증은 이 책의 「서론」에 인용된 쓰마쳰司馬遷이 쿵쯔孔子를 찬양한 것에도 나타난다.

62) **[옮긴이 주]** 쉬관중許貫忠과 뤄관중羅貫中의 이름은 발음이 같기 때문에 이렇게 생각한 것이다.

63) 멍판런孟繁仁, 「쉬관중은 뤄관중의 허상인가許貫中是羅貫中的虛像」와 쉬안샤오둥宣曉東, 「쉬관중의 원형은 뤄관중이라는 데 대한 논변許貫中之原型卽羅貫中辨」을 참조. 대변자 역할을 하는 등장인물은 희곡, 특히 주유둔朱有燉(1379~1439)(이드마, 『주유둔(1379~1439)의 희곡 작품*The Dramatic Oeuvre of Chu Yu-tun(1379~1439)*』, 60면과 66면)의 희곡들에서 상당히 일반적으로 나온다. 상당히 후대에, 랴오옌廖燕은 그 자신의 이름으로 그 자신의 희곡의 주인공으로 나온다(저우먀오중周妙中, 『청대희곡사』, 138면).

『비파기』 평점에서는 작자가 그 자신을 장다궁張大公에 투사했다自喩고 완강하게 주장했다(이를테면, 『비파기자료휘편』, 278면, 315~316면, 「총론」의 3조와, 4착에 대한 착전 평어).

하지만 텍스트 내의 대변자를 확증해내는 데 가장 관심을 기울였던 평점가는 장주포였다. 그는 작자가 그 자신을 멍위러우孟玉樓에게 투사했다自喩고 말했는데, 이것은 작자가 자신의 실제적인 관점을 그녀의 입을 통해서 말한 것으로 추정되기도 할뿐더러, 작자 자신과 멍위러우 두 사람의 운명을 비슷한 것으로 보았기 때문이기도 하다(「주포한화竹坡閑話」, 『금병매자료휘편』, 9면). 작자는 자신과 멍위러우를 선하고 회재불우懷才不遇한 재능 있는 사람으로 내세웠다. 장주포에 따르면, 양자는 예술로 자신들의 원망을 표출해냈는데, 멍위러우는 '롼阮'[64]을 연주했고, 그는 소설을 썼던 것이다. 원룽文龍이 이 소설의 장죽파본에 대한 평점을 썼을 때, 이러한 생각은 가장 크게 그의 분노를 일으켰던 것들 가운데 하나였다.[65]

장주포가 멍위러우를 작자의 화신으로 해석한 것이 '혁명적'이었고, 즈옌자이脂硯齋와 그 이후의 평점에서 『홍루몽』을 자전적인 것으로 해석하는 데 의미 심중한 영향을 미쳤는지에 대해서는 확증하기 어렵지만,[66] 최소한 즈옌자이가 주장한 게 맞을 것이라는 가능성은 있다. 어떤 경우든, 이 시점 이후로 작자의 화신으로 여겨질 만한 등장인물들의 숫자가 소설 쓰기의 과정이 좀더 자기 반성적이고 자의식적으로 되어갔던 만큼이나 급격하게 증가했다.

『수호후전』에는 서구의 비평가들에 의해 대변자, 자화상, 작자의 대

---

64) **[옮긴이 주]** 삼국 시대 위魏나라 사람으로 죽림 칠현竹林七賢의 한 사람인 롼셴阮咸이 만들었다는 악기 이름이다.

65) 이를테면, 류후이劉輝, 『금병매의 성서와 판본 연구』, 189~190면에 있는 제7회에 대한 그의 평어 참조. 원룽文龍은 멍위러우孟玉樓에 대해 매우 부정적인 해석을 내렸다. 이 두 사람은 우웨냥吳月娘에 대한 평가에서도 다른 면모를 보이고 있다.

66) 천홍陳洪의 『중국소설이론사』, 228면 참조. 여기에서 천홍 역시 장주포의 이론의 특징을 "이해할 수 없는 것莫名其妙"이라고 규정했다.

변인으로 묘사된 두 명의 등장인물이 있다.[67] 『수호후전』이후부터 사적인 차원에서 작자를 소설 속에 투입하는 것이 눈에 띄게 증가했고, 평점가들이 작자를 모델로 한 등장인물들을 지적해내는 일이 사뭇 유행하게 되었다. 이런 방식으로 작자와 연결된 등장인물들 가운데 눈에 띄는 몇몇으로는 『도화선』에서의 '짠리贊禮*Master of Ceremony*'(량치차오梁啓超, 「도화선을 논함論桃花扇」, 궈사오위郭紹虞, 『중국역대문론선』 3권, 384면에서 재인용), 『여선외사女仙外史』에서의 뤼뤼呂律(후이민胡益民, 『여선유림합설女仙儒林合說』, 3면), 『홍루몽』에서의 쟈바오위賈寶玉,[68] 『유림외사』에서의 두사오칭杜少卿[69]과 『야수폭언野叟曝言』에서의 원쑤천文素臣[70] 등이 있다. 전통적인 평점가들과 심지어는 후스胡適와 같은 현대의 학자들이 축소지향적으로 작자를 등장인물과 등치시키려 한 것은 이들 작자의 화신에 종종 나타나는 자조적인 측면을 무시하는 약간은 어리석은 일이다. 그럼에도 불구하고 우리는 이러한 현상을 비평가들이 텍스트 안에 작자를 위치시키고자 하는 강박이나 텍스트 안에 자신들을 좀더 기꺼이 드러내려는 것의 일부로 이해할 수 있다.

---

67) 옌칭燕青과 원환장聞煥章에 대해서는 위드머, 『수호후전』, 68면, 144~145면과 177면 참조. 그는 후대의 작자들의 화신과 달리 그들에게는 사적이거나 내면적인 차원이 결여되어 있다는 사실을 밝혀냈다(위드머, 앞의 책, 177면).

68) 즈옌자이 평점에서는 쟈바오위가 평점가를 모델로 한 것이라고 주장하기도 했다(이 책의 제14장 참조). 카쓰부는 "둔한 돌頑石"과 린다이위林黛玉 양자가 모두 작자를 은유적으로 투사한 것이라 생각했다(천훙陳洪, 『중국소설이론사』, 331면).

69) 현대 학자들은 등장인물인 위화쉬안虞華軒, 가이콴蓋寬과 작자인 우징쯔吳敬梓 사이에 유사점이 있다는 사실을 지적하기도 했다(샤즈칭夏志淸, 『중국고전소설*Classic Chinese Novel*』, 241면과 롭Ropp의 『근대 초기 중국의 이의 제기—『유림외사』와 청대사회 비평*Dissent in Early Modern China : Ju-lin wai-shih and Ch'ing Social Criticism*』, 276면 주78 참조).

70) 마틴 황Martin Huang, 『문인과 자아표(재)현 : 18세기 중국 소설에서의 자전적 감수성*Literati and Self-Re / Presentation : Autobiographical Sensibility in the Eighteenth Century Chinese Novel*』과 맥마혼의 「유가의 성 관념의 한 사례 : 18세기 소설 『야수폭언』」, 35~36면 참조. 다른 부차적인 예로는 『담사蟫史』의 작자인 투선屠紳에 대한 쌍주성桑蠋生(치위쿤齊裕焜, 『중국고대소설연변사』, 519면)과 『품화보감品花寶鑑』의 작자인 천썬陳森에 대한 가오핀高品(자오징선趙景深, 「품화보감品花寶鑑」, 903면)이 있다.

4. 텍스트 안의 작자

아마도 내포 작자를 분명하고 눈에 보이게 그려내려는 소설 평점가들의 노력에 발맞추어 작자들은 그 자신을 자기 작품 속에 좀더 직접적으로, 꼭 대변자라는 도구에 의존하지 않고 써넣기 시작했던 듯하다. 여기에서 내가 말하고자 하는 것은 장편소설이나 때로는 심지어 단편소설에서의 입화入話나 편미篇尾에서 보이는 내포 작자의 상당히 선명하면서도 개인적인 이미지가 발전했다는 게 아니라, 작품 그 자체에서 이름이나 가명으로 작자를 언급하는 것을 가리킨다.

이러한 경향은 희곡의 발전과 소설의 서문과 평점의 발전에서 비롯되었다. 전기傳奇에서 제1착은 항상 부말副末 역을 맡은 배우가 청중들에게 직접 말하는 부말개장副末開場[71]이다. 부말은 희곡에서의 어느 인물을 대표하는 게 아니고, 종종 희곡에 등장하는 배우들을 대표해서 나온다. 최소의 형식으로,[72] 이러한 부말개장들은 희곡에 대한 작자의 태도와 작품의 주제를 제시하는[73] 내포 작자의 목소리에 의한 사詞와 정절情節을 요약해주는 또 다른 사로 이루어져 있다. 이러한 부말개장들에는 당연하게도 작자 자신이 투영되어 있으며, 상당히 이른 시기부터 작자의 이름과 가명이 언급되기 시작했다.

명말에는 소설 작품의 서에서 좀더 직접적으로 작품의 작자에 대해 이야기하기 시작했다. 『금병매』의 신신쯔欣欣子 서에서는 작자의 실명은 언급하지 않은 채, 작자를 친구라고 지칭하고 있다. 명의 멸망 바로 직

71) **[옮긴이 주]** 소설에서의 '입화'에 해당하는 것으로 '가문대의家門大意' '가문인자家門引子' '개장희開場戲'라고도 한다.

72) **[옮긴이 주]** 최초로 등장해서 작품의 개요를 설명하는 것을 말한다.

73) **[옮긴이 주]** 이 부분은 롤스톤의 말을 그대로 옮긴 것이나, 여기에서 말하고자 하는 것은 무슨 작자의 창작관이나 창작 경향 등이 아니고, 단순히 해당 작품에서 전반적으로 나타내는 교훈 거리, 곧 효도나 충의 같은 것을 제시하는 것을 말한다.

전에 나온 『서호이집西湖二集』의 서에서는 작자인 저우칭위안周清原을 그 이름으로 지칭하고 있다(후하이스湖海士 서, 저우칭위안, 『서호이집』, 12면). 우리는 친구들과 친구의 지인들이 쓴 평점에서 작자의 이름이나 가명을 언급하는 일이 증가하는 것도 보게 된다.74)

딩야오캉丁耀亢은 자신의 이름을 다양한 방식으로 『속금병매』에 써넣었는데, 어디에서고 자신을 이 소설의 작자로 제시하지 않았다. 그의 서문 격인 글에는 그가 이 소설을 창작하는 동안 사용했음직한 책들의 목록이 포함되어 있다. 그것들 가운데 자신의 이름으로 된 것이 하나 있다(딩야오캉, 「속금병매차용서목續金瓶梅借用書目」, 9면). 그는 제14회에 있는 시가 자신이 지은 것이라 했으며(14회 130면), 60회의 개장시開場詩에는 쯔양다오런紫陽道人과 예허野鶴라는 자신의 호를 넣었다(60회 606면). 62회에서 그는 남송에서 다시 태어나 처음에는 자신을 딩예허丁野鶴라 불렀다가 나중에 깨달음을 얻고는 쯔양다오런紫陽道人이라 불렀던 딩링웨이丁令威의 이야기를 포함시켰다. 이 사람은 명말에 환생을 했으며(딩야오캉이 태어났을 때), 똑같은 두 개의 이름을 취했다.

하지만 『성세인연전醒世姻緣傳』에서는 작자가 이 책의 창작에 대해 언급하는 대목에서 자신의 가명西周生으로 스스로를 지칭하면서 책을 끝낸다(100회 1,434면). 명말의 『경세음양몽警世陰陽夢』에서 작자는 그 자신을 가명으로 인용했고(10회 49면), 『경화연鏡花緣』과 『야수폭언野叟曝言』에서는 작자를 직접 지칭하고 있다.75)

---

74) 이를테면, 작자를 그의 자나 시호로 부르고 있는 위완춘兪萬春의 『탕구지蕩寇志』 판진먼范金門과 사오쉰보邵循伯 평점본 제84회에 대한 협비(『중국소설미학자료휘수中國小說美學資料彙粹』, 358면). 작자의 가명을 지칭하는 것에 대해서는, 작자가 책을 쓰고 있는 것으로 묘사되고 있는 아이나쥐스艾納居士의 『두붕한화豆棚閑話』, 12회 142면 마지막 회평 참조. 이 책의 제12장 리위와 두준杜濬에 대한 것도 참조.

75) 리루전李汝珍, 『경화연鏡花緣』, 100회 760면. 여기에서는 텍스트를 궁극적으로 옮긴 사람이 (작자가 아니라) 리씨 집안 사람이라는 사실을 밝히고 있다. 이 전체 구절은 『홍루몽』, 120회에서 텍스트를 전달하는 이야기를 모델로 한 것이다. 『경화연』에는 초기에 텍스트에 대해 대수롭지 않게 기술한 소자少子라는 말이 나오는데, 이것은 『경화연』 자

작자를 직접적으로 인용하면서 시작하는 소설 가운데 가장 유명한 예는 『홍루몽』이다. 모든 인쇄본이 그가 왜 이 소설을 썼는지를 밝히는 작자의 평어로 시작되고 있다. 필사본에서는 이 구절을 다른 방식으로 다루고 있는데(이 책의 제14장 참조), 이것이 회수평어였든, 「범례」의 한 조목이었든 간에, 원래는 텍스트 바깥의 평점이었던 게 틀림없을 것이다.[76] 하지만 우리가 이 개장 부분을 뭐라고 생각하든, 이 소설의 모든 판본들에서는 비록 이 텍스트를 편집한 사람으로만 묘사될 뿐이지만, 제1회에서 작자의 실명인 차오쉐친曹雪芹을 언급하고 있다(『홍루몽』, 1회 6면). (아마도 차오쉐친이 지은 것이 아닐 것인) 마지막 회에서, 그의 이름은 창조자가 아닌 전달자로만 또 다시 나타난다(『홍루몽』 120회 1,646~1,647면).

작자의 존재는 리위와 원캉文康의 소설에서 가장 집착하는 것이 되었다. 하지만 리위의 해설자들이 개성화되었 듯이, 원캉의 해설자들은 그의 이름이나 가명으로 그들 자신을 지칭하지 않았다. 원캉의 소설에서는 주로 우리가 거의 모든 장회에서 언급되는 옌베이셴런燕北閑人이라는 가명의 인물이 쓴 이야기의 설화인 판본을 듣고 있다는 생각이 든다. 하지만 옌베이셴런을 원캉과 연결짓는 유일한 이유는 후자가 이 소설의 작자라는 별개의 사실 때문이다.

체를 지칭하는 것이 분명하다(23회 163면). 『야수폭언』의 말미에서 작자는 이 이야기를 쓰는 일을 끝내고 자신이 쓴 수장시收場詩를 덧붙인 것을 기술한 문장에서 자신을 와이스스外史氏라 부르고 있다(샤징취夏敬渠, 『야수폭언』, 152/9a). 최초에 간행된(1881) 이 판본에 대한 서에서는 첫 번째 문장에서 이 소설의 작자를 밝히고 있다.

76) 이 책의 제14장 참조. 어떤 이들은 이 구절이 작자의 말을 직접적으로 인용한 것을 나타낸다는 사실을 거부하고 있다. 차이이장蔡義江은 이 구절을 두고 작자가 이 책을 창작한 이유에 대한 평점가의 설명이지 작자의 말을 직접 인용한 것이 아니라고 주장했다(「갑술본 『석두기』 범례 교석甲戌本石頭記凡例校釋」, 281~282면).

5. 내포적인, 또는 기타 다른 소설 독자의 창조

소설 평점가들은 소설 독자의 숫자가 증가하는 것에 관심이 있었는데, 그렇게 됨으로써 자신들의 평점도 많이 읽힐 것이기 때문이었다. 그들은 독자들이 소설을 더 잘 읽을 수 있도록 교육하는 데에도 관심이 있었고, 또 그렇게 하고 있다고 말했다. 그것은 소설을 읽는다는 것이 본래 진지하고 존경받을 만한 오락거리로 여겨지지 않았기 때문인데, [따라서] 이러한 두 가지 기획에 대해 상당한 저항이 있었다.

'내포 작자'라는 용어에 대한 맞짝으로, '내포 독자'77)라는 용어가 있다. 이것은 실제로 책을 읽는 살아 있는 생물학적인 독자에 대한 반대 개념으로, 텍스트를 읽는 동안 만들어진 독자의 이미지를 가리킨다(프린스Prince, 『서사학사전A Dictionary of Narratology』, 43면). 내포 독자와 실제 독자의 불일치, 또는 다른 식으로 말해서, 어떤 실제 독자와 내포 독자 사이의 자기 동일성은 독자가 소설 작품을 편안하게 느끼는지에 대한 좋은 잣대가 된다. 초기 중국 소설에서 내포 작자가 상당히 모호했던 것처럼, 소설 독자 역시 마찬가지였는데, 이것은 독자가 자기 정체성을 확인하는 데 장애가 되었다.

주요한 소설 평점가들은 독자가 자신들의 작자를 지나치게 똑똑하고 심지어 교활하고 잘 속이는 천재들이라고 믿기를 원했다. 그들의 내포 작자들이 그들 자신을 모델로 했던 것과 마찬가지로, 그들의 이상적인

---

77) 웨인 부스Wayne Booth(138~139면)는 실제로 그의 '내포 작자'를 보완하는 '의사 독자mock reader'를 월터 깁슨Walter Gibson의 같은 제목의 글에서 가져왔다. '내포 독자'는 '서술자naratee'(『아라비안 나이트千一夜話』에서의 칼리프와 같이 극화된 독자나 청중)와 '의도된 독자intended reader'(일종의 이상적인 독자), '의인화된 독자characterized reader'(작자가 독자가 되지 않았으면 하고 바라는 보통의 독자의 이미지)와 구분되어야 한다(프린스Prince, 『서사학사전A Dictionary of Narratology』, 57면, 윌슨Wilson, 「텍스트에서의 독자Readers in Texts」, 855~856면과 로라 우의 『진성탄(1608~1661)-중국 소설이론의 창시자』, 227면).

독자 역시 마찬가지였다. 명시적으로나 암시적으로 그들만이 자신들이 창조한 교활한 작자들과 보조를 맞출 수 있다고 주장하면서, 그들은 친절하게도 그들 자신과 같이 훌륭한 독자가 되는 방법을 다른 사람들에게 가르치겠다고 제안했다.

대부분의 평점가들에 있어 완벽한 독자는 작자였다. 다른 이들의 경우에는 그들이 원래의 작자와 같이 생각할 수 있다면, 또는 심지어 그들 자신이 원래의 작품을 다시 만들어낼 수 있다면 훌륭한 독자가 될 수 있었다. 독자로 하여금 호르헤 루이스 보르헤스Jorge Luis Borges의 삐에르 메나르Pierre Menard(자신을 삶을 바쳐 『돈 키호테』를 따로 재창조해내려 했던 인물, 보르헤스, 36~44면)[78]만큼 나아가야 할 것을 권유한 이는 거의 없었지만, 수동적인 독자보다는 능동적인 독자를 고집했다.

전통적인 중국 예술과 공예는 스승에게서 제자에게로 직접 전수되거나, 스승 자신이 개인적으로 그렇게 하기가 불가능할 때는 스승과 관련한 책자나 물건을 통해 간접적으로 이루어졌다. 제자는 스승을 모델로 하여 대가의 작품을 재생산하기 위해 분투 노력한다. 실행의 차원에서가 아니라면, 이론적으로는, 그러한 수준에 도달할 때에만 제자가 자유롭게 진정으로 창조적이고 독립적인 작업에 종사할 수 있게 된다.[79] 제자가 스승의 작품을 재생산한다는 생각은 낯선 것이 아니다. 그림에 대한 글

78) [옮긴이 주] 이 책의 우리말 번역본의 서지사항은 다음과 같다. 호르헤 루이스 보르헤스, 「삐에르 메나르, 『돈 키호테』의 저자」, 『보르헤스 전집 2-픽션들』, 민음사, 1994.

79) 이를테면 예셰葉燮의 『원시原詩』에서 입안 과정, "시를 쓰는 사람은 고대인들이 그들 자신에게 권한을 위임하고, 그들의 눈이 집중하고 그들이 목표를 둔 곳을 봐야한다. 그는 마치 의사가 고질병을 치료하듯 철저하게 자신의 본래의 면모를 제거해야만 한다. 우선 맑고 비어있는 상태를 유지하기 위해 오물을 일소하고, 그 다음엔 점차적으로 고대인의 학식과 판단과 정신과 이성으로 그것을 채운다. 오랜 시간이 지난 뒤, 그는 고대인의 면모를 제거하고-그 때에만 스승의 마음이 장인에게 나타날 수 있게 된다夫作詩者, 要見古人之自命處, 着眼處, 作意處, 命辭處, 出手處, 無一可苟. 而痛去其自己本來面目, 如醫者之治結疾, 先盡蕩其宿垢, 以理其清虛, 而徐以古人之學識神理充之; 久之, 而又能去古人之面目, 然後匠心而出(원문은 [옮긴이 주])."(제임스 류劉若愚, 『언어-역설-시학』, 129면)

에서, 선쭝첸沈宗騫(1780~1791년경)[80]은 다음과 같이 말했다. "그림을 배우는 학생은 고대의 작품들을 모사해야 한다. (…중략…) 그는 그가 똑같은 그림을 그리고 있는 듯이 느끼는 마음의 상태에 그 자신을 놓아두어야 한다. (…중략…) 그는 그 작품을 통해 그 자신을 호흡하는 것처럼 느끼고, 그 자신을 예술가가 말하려는 것과 똑같이 만들어야 한다."[81]

장주포는 독자가 자신을 작자에 동일화해야 해야할 필요성에 대해 매우 강력하게 말했는데, 심지어 작자가 그 소설의 다른 부분을 쓸 때 생각하는 것들도 독자는 생각해야 한다고 주장할 정도였다. 장주포는 작품을 재창조하는 것이야말로 독자가 해야 할 일이라고 규정했을 뿐 아니라, 평점을 쓰는 일이 소설을 쓰는 것과 맞먹는 것이라고 주장하기도 했다.

> 좀더 최근에는 빈곤과 슬픔으로 마음이 짓눌리고 '염량세태'에 부대끼다가, 시간을 보내기 힘들 때마다 내 자신이 세정서 한 권을 지어 답답한 소회를 풀지 못하는 것을 한탄했다. 나는 몇 차례나 붓을 들어 책을 쓰려 하였으나, 전후 줄거리를 잡아나가는 데 많은 기획을 해야 했기에 이내 붓을 던지며 내 자신에게 말했다. "왜 나보다 앞서 '염량세태'를 다룬 책[『금병매』]을 쓴 이가 기획한 것을 세세히 풀이하지 않는가? 그렇게 하면 첫째, 내 자신의 억눌린 소회를 풀 수 있을 것이며 둘째, 옛 사람의 책을 명료하게 풀이하는 일은 내가 지금 한 권의 책을 기획하는 것이나 다름없다고 할 수 있다. 비록 내가 아직 [내 자신의 책을] 짓지는 못했지만, 내가 이왕의 책 짓는 방법을 잘 견지해나간다면 이런 책을 한 권 짓는 것이나 다를 바 없지 않겠는가?" 그렇다면 내 자신의 힘으로 스스로 『금병매』를 지은 셈이 될 것이니, 내 어찌 다른 사람이 『금병

80) **[옮긴이 주]** 선쭝첸의 자는 시위안熙遠이고 호는 제저우芥舟, 또는 옌시라오푸研溪老圃이며, 저장浙江 사람이다. 건륭과 가경 년간에 활동하면서 산수와 인물화에 뛰어났다. 저서에 『개주학화편芥舟學畫編』(1781) 4권이 있다.

81) 『개주학화편芥舟學畫編』(1781년 서), 린위탕林語堂 영역, 『중국 예술이론The Chinese Theory of Art』, 198면. **[옮긴이 주]** 원문은 다음과 같다. "學畫者必須臨摹舊迹, (…중략…) 能於精神意象之間, 如我意之所欲出 (…중략…) 更須識得各家乃是一鼻孔出氣者, 而後我之筆氣得與之相通, 卽我之所以成其爲我者, 亦可於此而見."

매』에 대한 평점을 가할 틈을 주겠는가?[82)]

—「주포한화竹坡閑話」, 『금병매자료휘편』, 11면, 로이, 「장주포 평점」, 119면

여기에서는 작자와의 동일시에서 시작하여 작자의 텍스트를 오로지 하는 것으로 끝나고 있다. 이와 유사하게, 『서상기』에 대한 「독법」 73조에서 진성탄은 이 희곡은 왕스푸王實甫 한 사람이 쓴 게 아니라고 주장했다. 진성탄은 독자가 이 희곡을 제대로 읽는다면, 이 희곡이 독자의 창조물이고, 한 마디 말과 각각의 문장은 정확하게 독자가 그렇게 쓰고자 하는 식이 될 것이라고 주장했다(『진성탄 비본 서상기』, 22면).[83)] "누가 『석두기』를 지었는가?"라는 질문에 대한 대답으로, 후대에 이 소설에 대한 글을 쓴 한 작가는 "내가 그것을 썼다"고 대답했다(투잉涂瀛, 「혹문或問」 1조, 『『홍루몽』삼가평본紅樓夢三家評本』, 49면).

독자의 요구 가운데 가장 단순한 것은 가끔씩 이 소설의 페이지들을 덮고 다음에 무슨 일이 일어날까 곰곰히 생각해 보는 것이다掩卷細思.[84)] 제대로 잘 생각해낸 경우에는 독자가 기쁘겠지만, 잘못으로 판명된다 하더라도 그 자체로 흥미로운 것이었다(이를테면, 한방칭韓邦慶, 『해상화열전海上花列傳』, 557면, 그의 『태선만고太仙漫稿』에 대한 「예언例言」 1조). 사실 비평가

82) **[옮긴이 주]** 똑같은 인용문이 이 책의 제2장 126~127면에 나와 있다.

83) **[옮긴이 주]** 본문의 내용에 해당하는 원문은 다음과 같다. "『西廂記』不是姓王字實父此一人所造, 但自平心斂氣讀之, 便是我適來自造, 親見其一字一句, 都是我心裏恰正欲如此寫, 『西廂記』便如此寫."

84) 이를테면, 『유림외사회교회평본』, 26회 364면, 회평 4 참조(린순푸林順夫, 「워셴차오탕본 『유림외사』 회평The Chapter Comments from the Wo-hsien Ts'ao-t'ang Edition of The Scholars」, 278면). "독자로 하여금 책을 덮고 이 이야기의 나머지 부분을 어떻게 쓸 것인가를 생각하게 하라閱者且掩卷細思, 此後當用何等筆墨(원문은 **[옮긴이 주]**)." 비슷한 요구가 경전의 텍스트에서도 발견된다. 청이程頤는 사서를 읽을 때 어떤 계책이 성공할 것인가에 대해 생각하고, 그가 그렇게 했다면 왜 그가 잘못 추측한 것일까를 깊이 사고하기 위해 중간에 읽기를 멈추었다고 전한다. 주시朱熹와 뤼쭈쳰呂祖謙, 『근사록』, 3/23b, 67조(윙짓찬陳榮捷, 『근사록 : 성리학 선집』, 119면).

[옮긴이 주] 『근사록』의 해당 원문은 다음과 같다. "先生每讀史到一半. 便掩卷思量. 料其成敗, 然後卻看."

는 독자가 정확하게 추측하지 못할 것이라고 생각하는 바로 그 순간 작자가 어떻게 앞으로 전개될 내용을 다루어나갈 것인가에 대해 독자가 깊이 생각해 볼 것을 요구하지만, 이것은 단지 그 게임에서 판돈을 올리는 것일 따름이다. 그들은 독자가 작자가 마음 속에 품고 있는 것을 추측해낼 수 있는 지점에 도달할 수 없다고 생각하지 않는다. 그들은 그렇게 할 수 있는 독자라면 그것을 쓸 수도 있다고 말했다.[85)]

독자는 "공연을 보면서 (제대로 보기에 충분할 정도로 키가 큰) 다른 사람이 하는 대로 울고 웃을 수밖에 없는, 난쟁이처럼 되어서는"[86)] 안된다고 주의를 받는다. 훌륭한 독자는 "첫 회를 읽으면 이미 마지막회까지 눈에 들어오고, 마지막 회를 읽을 때는 이미 첫 회를 회상한다"[87)](원룽文龍, 『금병매』, 100회 회평 1, 류후이劉輝, 『금병매의 성서와 판본 연구』, 275면에서 재인용) 소설 서사의 본래적인 선형 구조는 주요 목표가 단일한 직관적인 순간 속에서 전체 텍스트를 하나의 정체整體로 인지하는 무시간적인 atemporal 서정적 양식으로 나아가게 만들었다. 기본적인 시학이 희곡과 미메시스에 바탕하고 있는 서구와 달리 중국에서는 얼 마이너Earl Miner가 그 특징을 문학의 '감성적 표현주의affective-expressionism' 이론이라 명명했던 본질적으로 서정적인 양식이 우위를 점하고 있었다(『비교 시학—문학이론에 대한 간 문화적 에세이*Comparative Poetics : An Intercultural Essay on Theories of Literature*』, 24~25면). 중국에서 본질적으로 모방적인 모든 예술들은 단순한 기교로부터 예술로 상승하는 과정의 일부로서 '서정화lyricization'의 과정을 거쳤는데, 소설 서사도 예외가 아니었다.

85) "이런 식으로 읽을 수 있는 사람은 책을 쓸 수도 있는 사람이다."(뤼숑呂熊, 『여선외사女仙外史』, 75회 834면, '서운書云'이라 제題한 회평)

86) 이를테면, 『삼국연의회평본』, 71회 883면, '리즈李贄' 회평. 진성탄은 한때, "독서를 하되 책에 있는 내용에 따라서 읽으면, 절대로 진정한 독자가 될 수 없다(讀書隨書讀, 定非讀書人(원문은 [옮긴이 주])"고 말한 바 있다(『수호전회평본』, 16회 306면, 회평).

87) [옮긴이 주] 원문은 다음과 같다. "看第一回, 眼光已射到百回上; 看到百回, 心思復憶到第一回先."

소설 평점들은 독자가 일정 수준의 장악력을 갖추도록 도와주기 위해 고안된 것이었는데, 그런 장악력이 있으면 독자는 작가가 작품 속에서 전체적으로 이야기하고자 하는 것에 대한 서정적 통찰을 할 수 있게 된다.[88] 하지만 이것이 평점가들이 그들 독자들을 위한 모든 일을 기꺼이 하고자 했다는 사실을 의미하는 것은 아니다. 초기의 평점들은 초기에 개정본이 나올 단계에서 독자들에게 잘 알려진 작품들에 붙여졌으며, 당연하게도 독자는 이 소설에 대해 이미 잘 알고 있는 것으로 여겨졌다. 비록 이것이 [독자가] 평점을 첫 번째로 읽는 것이었을지라도, 이것은 소설 자체를 다시 읽는 일련의 과정 가운데 하나로 치부됐다.[89] 이것은 장회의 도입부에 있는 평어에서 독자가 해당 장회의 내용에 대해 잘 알고 있다고 가정하는 『수호전』에 대한 진성탄의, 『삼국연의』에 대한 마오쭝강의, 『금병매』에 대한 장주포의 평점 등과 같은 곳에서 특별히 분명하게 나타난다. 심지어 새로운 소설들에 대한 후대의 평점에서도 평점가들은 여전히 독자가 이 소설을 처음 대하는 게 아니라 다시 읽는 것을 전제하고 있다. 그리하여 소설 평점에서 내포 독자는 작품을 다시 읽는 사람일뿐만 아니라 뛰어난 기억력을 가진 사람이기도 하다.

---

88) 평점가는 독자가 서사물의 개별적인 장절의 세부 묘사에서 배회하고, 한 번에 전체 작품을 파악할 수 있도록 하기 위해 그의 시선의 범위를 확장할 것을 종용한다. 이를테면, 『수호전회평본』, 16면의 진성탄, 「독『제오재자서』법」 8조(존 왕, 「제오재자서 독법」, 133면)와 『진성탄 비본 서상기』, 21면의 진성탄, 「독법」 65, 『삼국연의회평본』, 53회 653면의 마오쭝강 회평, 『금병매자료휘편』, 34면, 38~39면의 장주포 「비평제일기서 『금병매』 독법」 38조와 52조(로이, 「『금병매』 독법」, 224면과 232면), 『성세인연전』에 대한 쉐다오런學道人의 서(『명청소설서발선明清小說序跋選』, 107면), 그리고 『금병매』, 98회에 대한 원룽文龍의 회평(류후이劉輝, 『금병매의 성서와 판본 연구』, 274면)을 참조.

89) 몇몇 모더니스트 소설의 경우에도 똑같은 상황이 요구되었다. "『율리시즈』는 아마도 문자 그대로 첫 번째 읽어서는 아무 의미도 없고 두 번째 [독서]에서만 가능하게 되는 예변적proleptic 인지가 요구되는 최초의 소설인지도 모른다."(존 코그레이브, 「조이스가 의도적으로 쓰지 않은 소설The Novel that Joyce Deliberately Did not Write」(Times Literary Supplement, 1992.7.31, 19면) 예변법豫辯法prolepsis은 현재라는 순간 이후에 발생하게 될 사건을 환기시켜주는 (영화 등에서 과거 회상 장면의 삽입을 의미하는 flash-back의 반대말로서 [옮긴이 주]) 일종의 '미래의 장면 삽입flashforward'이다.

평점가들 가운데 어느 누구의 평점도 자신들의 텍스트의 비밀들을 '완전하게' 설명해주는 사람은 없다. 많은 이들이 "평점하는 일은 결코 끝나는 일이 없기批不勝批"[90] 때문에, 그와 같은 일이 일어나는 것은 불가능하다는 사실을 분명하게 밝히고 있다. 이러한 평점들 속에 내포되어 있는 이상적인 독자는 평점가들이 논의하는 실례들을 넘어선 어떤 기본적인 생각들과 개념들을 사용할 수 있다. 평점가들에 따르면, 평점이 딸린 소설 텍스트를 읽는 방법을 배우게 되면 그런 텍스트들뿐만 아니라, 고전 텍스트에도 마찬가지로 유용하다. 다른 소설 작품들에도 이러한 기술들을 적용하라는 요구가 말로 드러나 있지는 않지만, (비록 평점가들이 그 어떤 소설 작품도 자신들이 좋아하는 소설을 뛰어넘을 수 없다는 믿음을 그대에게 주고 있다 하더라도) 그 안에 내포되어 있다.

훌륭한 독자善讀者[91]는 그리하여 유가적인 비유로는 사각형의 네 귀퉁이 가운데 하나를 보여주면 나머지 세 귀퉁이에 대해 대답할 수 있는 사람이었다[92]擧一反三(『논어』 7.8). 장신즈張新之는 이러한 비유를 독자와 작자 사이의 이상적인 관계에 뿐만 아니라 독자와 평점가 사이에도 적용시켰다(『신편 『석두기』 즈옌자이 평어 집교』 1 / 1b, [72], 협비와 42/12a [563], 회평). 다른 한편으로 훌륭한 작자는 독자가 할 일을 남겨놓아야 했다.[93] 리위

90) 『신편 『석두기』 즈옌자이 평어 집교』, 42 / 12a. 장신즈 회평. 평점에서의 포괄성comprehensiveness 문제에 대해서는 롤스톤, 「형식적 측면들」, 71~72면 참조.

91) 중국의 소설 평점에 어디에나 존재하는, '훌륭한 독자'라는 관념은 고전 전통에서도 두드러진다. 이를테면, 천춘陳淳, 『북계자의北溪字義』 「엄릉강의嚴陵講義」, 「독서차제讀書次第」, 77~78면 참조.

92) [옮긴이 주] 『논어』의 원문은 다음과 같다. "不憤不啓, 不悱不發. 擧一隅不以三隅反, 則不復也." 이것은 다음과 같이 옮길 수도 있다. "학생을 가르치되, 그가 마음속으로 배우고자 하나 통하지 못해 발분하는 지경에 이르지 아니하면 그를 깨우쳐 주지 아니하고, 말하고자 하나 말이 나오지 않는 지경에 이르지 아니하면 그를 열어주지 아니하고, 동쪽을 가르쳐 주었는데 그것으로 서·남·북 세 방향을 미루어 알지 못하면 다시 그를 가르치지 않는다."

93) '네 귀퉁이'의 비유에 함축된 독자와 작자 사이의 3대 1의 비율은 로런스 스턴Laurence Sterne의 『트리스트람 섄디*Tristram Shandy*』의 이름의 시조가 되는 서술자의 다음과 같은 제안에 상당한 정도로 비교된다. "그대가 독자의 이해력에 대해 보여줄 수 있는

李漁는 다음과 같이 말했다. "모든 것을 서안書案 위에 늘어놓는 것은 사람들로 하여금 끝없이 생각하게 만드는 것만 못하다."94)(「답동석제자答同席諸子」, 『중국미학사자료휘편中國美學史資料彙編』 2권, 233면) 작가들이 더욱 교묘해졌기 때문에, 필연적으로 그러한 교묘함을 평가할 수 있는 독자들의 능력도 제고되었다. 소설 평점가들은 이러한 발전의 두 가지 측면에 대해 공헌을 했다.

후대의 작자들은 독자의 구체적인 이미지를 자신들의 텍스트에 만들어 넣었다. 『홍루몽』이나 그 책의 원래 면모를 묘사해내고자 했던 수많은 속작들과 모방작 같은 소설들은 이러한 텍스트를 읽는 것을 극화했다. 『홍루몽』 제1회에서 돌에 새겨진 텍스트를 쿵쿵다오런空空道人이 읽는 것은 훌륭한 예이다. 그는 첫 번째 독서에서는 그다지 특별한 인상을 받지 않지만, 돌의 평점에 의해 준비된 상태에서 두 번째 읽었을 때에는 그것을 기념하기 위해 자신의 이름을 바꿀 정도로 엄청난 영향을 받는다(『홍루몽』, 1회 6면). 5회에서 바오위寶玉는 독자 대신 내세워진 일종의 최초의 독자로 기능한다. 그는 처음 읽는 독자들처럼 인명부와 노래 목록의 수수께끼에 어리둥절해진다. 다른 등장인물들은 실제로 소설 평점에서 발견되는 말들과 똑같이 독서에 대해 말을 한다. 이를테면, 쉐바오차이薛寶釵가 책이 독자에게 해를 주는 게 아니라 독자가 책에 대해 해를 준다고 주장한 것(『홍루몽』, 42회 514면)은 장주포가 『금병매』를 해롭게 하는 것은 독자라고 말한 것(이를테면 『금병매자료휘편』, 42~43면, 「비평제일기서 『금병매』 독법」 82, 로이, 「『금병매』 독법」, 237면)에 대한 메아리처럼 들린다. 절름발이 도사가 쟈루이賈瑞가 거울의 앞쪽을 쳐다보는 것을 비판

가장 진실한 존경심은 이러한 것을 우호적으로 만드는 일이고, 그대 자신뿐 아니라 그의 몫으로도 상상할 수 있는 무엇인가를 남겨두는 것이다. 내 자신의 입장에서 나는 영원히 그에게 이런 류의 찬사를 보내고, 그의 상상력을 내 자신만큼이나 바쁘게 유지시키기 위해 내가 할 수 있는 모든 것을 다하고 있다."(스턴, 2권 11장, 90면) 서술자는 독자가 자신의 말로 채울 빈 공간을 남겨두기도 한다(앞의 책, 8권, 38장, 383면).

94) [옮긴이 주] 원문은 다음과 같다. "和盤托出, 不若使人想像於無窮耳."

한 것은 즈옌자이 평어에서는 소설 자체를 어떻게 읽어야 할 지에 대해 지적하는 것으로 받아들이고 있다(이 책의 제14장 참조).[95] 『홍루몽』의 속작 가운데 하나에서는 쉐바오차이와 린다이위林黛玉가 원작과 이 속작에 대한 평점을 쓰고 있는데, 바오위 외에는 아무도 그것을 볼 수 없다.[96]

작자와 스스로를 동일시하는 것말고라도, 전통적인 독자들은 스스로를 등장인물들과 비교하려고 했다. 성리학자들에게 이것은 독자가 그럴 만한 가치가 있는 사람을 본받고 다른 사람들 속에서 그들 스스로의 모습을 발견한 뒤, 자신의 잘못을 확인할 수 있도록 해주는 내성內省의 한 형태였다(장후이전張慧珍, 「주자독서설천론朱子讀書說淺論」, 33면). 어떤 작가들은 독자들이 이러이러한 상황에 처하면 어떻게 행동할 것인지를 물어보면서, 다음에 무슨 일이 일어났는지를 추측하는 것과 서사 속의 등장인물에 동일화되는 것을 한 데 묶어버렸다.[97]

어떤 소설의 가장 먼저 나온 서에서는 독자가 자신의 충과 효를 『삼국연의』의 등장인물과 비교하게 종용하고 있다(쩡쭈인 외 공편, 『중국역대소설서발선주』, 17면). 『금병매』 눙주커弄珠客 서序에서는 텍스트에 대한 반응으로 독자들의 등급을 매겼고,[98] 숭정본의 평점가는 독자가 자기 자

95) [옮긴이 주] 『홍루몽』 13회에서 쟈루이賈瑞는 왕시펑王熙鳳에게 미혹되어 그를 품으려 하나 오히려 시펑의 계략에 빠져 망신만 당하고 만다. 이후로 시름시름 병이 나 앓던 쟈루이 앞에 절름발이 도사가 나타나 '풍월보감風月寶鑑'이라는 거울을 하나 주는데, 절대 앞쪽은 보지 말고 뒤쪽만 보라고 당부한다. 쟈루이가 뒤쪽을 보니 해골이 보이는지라 집어던졌다가 다시 앞쪽을 보니 오매불망 꿈에 그리던 시펑이 유혹을 하니 자기도 모르게 거울 속으로 들어가 시펑과 운우지정을 나눈다. 이러기를 몇 차례하다 결국 쟈루이는 죽고 만다. 여기에서 말하고자 하는 것은 결국 『홍루몽』에 담겨 있는 우의寓意 역시 양면성이 있어 독자가 이 작품을 읽을 때는 쟈루이가 거울의 양면 가운데 어느 쪽을 볼 것인지 선택하는 것과 마찬가지로 어느 하나를 선택해야 한다는 것이다.

96) 샤오야오쯔逍遙子, 『후『홍루몽』後紅樓夢』. 하지만 우리는 그 주제를 놓고 바오위와 나누는 대화를 통해 원작에 대한 그들의 생각의 일단을 은밀히 엿볼 수 있다(특히 30회 참조).

97) 이를테면, 「독강목요법讀綱目要法」에서와 위안황袁黃과 왕스전王世貞, 2면 5조에서, 뤼쭈첸呂祖謙은 누군가 사서史書를 읽을 때는 "텍스트를 덮고 내가 이런 일을 당했다면 어떻게 처리했을 것인가"를 생각해야 한다고 말한 것으로 인용되어 있다.

신을 되돌아보는 것自省을 잊는 동안은 천징지陳經濟의 불효를 비웃지 말라고 경고했으며(『신각금병매新刻金瓶梅』, 88회 1,258면, 미비), 장주포는 이 소설의 독자들이 이것을 읽기 전에 자기 앞에 밝은 거울을 하나 걸어두기를 원했다(『금병매자료휘편』, 45면, 「비평제일기서 『금병매』 독법」 96조, 로이, 「『금병매』 독법」, 241면). 『유림외사』 자체는 모든 독자들이 자신을 되돌아 볼 수 있는 거울로 생각되었다.[99]

평점가들은 자신의 글쓰기의 대상이 되는 사람들을 비교적 배타적이고 엘리트적인 취향을 가진 것으로 특징짓는 경향이 있었다. 비록 『금병매』 숭정본의 평점가가 자신이 범용한 독자들을 만족시키는 텍스트의 일부를 존속시키고 있다고 주장하긴 했지만(이를테면, 『신각금병매』 80회 1,162면, 미비, 시먼칭西門慶을 음경으로 묘사한 것에 대한 찬사), 대부분의 평점가들은, 자신들이 생각하기에 텍스트를 제대로 이해할 수 없는 사람들에게서 텍스트를 지켜내려고 애썼다. "이전에 『수호전』은 장돌뱅이나 인력거꾼이 읽었는데, 이 판본에 단 한 단어도 추가되거나 삭제되지 않았어도, 이 책은 별 볼일 없는 사람들을 독자대상으로 한 것이 아니다. 세련된 사고와 감각을 갖고 있는 사람들만이 이것을 감상할 수 있을 것이다."[100](『수호전회평본』, 22면, 「독『제오재자서』법」 69조, 존 왕 영역, 「제오재자

98) 『금병매자료휘편』, 216면, "금병매를 읽고 연민의 마음이 생기는 사람은 보살이고, 두려운 마음을 갖는 자는 군자이며, 즐기려는 마음이 생기는 자는 소인이다. 이를 배워 모방하려는 마음을 갖는 자는 금수일 따름이다讀金瓶梅以生憐憫心者, 菩薩也; 生畏懼心者, 君子也; 生歡喜心者, 小人也; 生效法心者, 乃禽獸耳(원문은 [옮긴이 주])."

99) 셴자이라오런閑齋老人의 서(『유림외사회교회평본』, 764면, 롤스톤, 『독법』, 251면)와 쿵쯔孔子가 "어진 사람을 보면 본받을 것을 생각하고, 어질지 못한 자를 보면 속으로 스스로를 돌아보아야 한다見賢思齊焉, 見不賢而內自省也"는 『논어 · 이인』 편의 내용이 출판자인 치싱탕齊省堂의 이름으로 인용되고 또 그의 이름에 있는 '싱省'자를 떠올리게 하는 싱위안투이스惺園退士의 이름으로 된 서가 있는 판본(『유림외사회교회평본』, 768면)과 1880년과 1881년에 씌어진 이 소설에 대한 장원후張文虎의 언급(『유림외사연구자료』, 137면), 그리고 이 소설에 대한 진허金和의 서(『유림외사회교회평본』, 766면)를 참조. 『논어』의 똑같은 구절이 원룽文龍(2회 회평 2와 72회 회평 1)에 의해서도 언급되었다(류후이, 『금병매의 성서와 판본 연구』, 209면, 249면).

100) [옮긴이 주] 원문은 다음과 같다. "舊時『水滸傳』, 販夫皂隸都看; 此本雖不曾增減一

서 독법」, 145면) 마오씨 부자는 바보傖父들이 『비파기』를 읽는 데 흥미를 느끼지 못한다는 사실을 기뻐했다(『비파기자료회편』, 282면, 「총론」 5조) 장주포는 자신들이 읽은 것에 대해 적절하게 반응을 보일 수 있는 여자들이 드물기 때문에 모든 여자들은 『금병매』 읽는 것을 금지해야 한다고 주장했다(이를테면, 『금병매자료회편』, 42면, 「비평제일기서 『금병매』 독법」 82조, 로이, 「『금병매』 독법」, 236면).

비록 많은 비평가들이 보통의 독자가 훌륭한 독자가 될 수 있는 가능성을 낮게 평가하긴 했지만,[101] 그들은 일반적으로 자신들의 평점을 주의 깊게 읽어줄 누군가에 대한 희망을 품고 있었다. 소설을 읽고 쓰는 일을 좀더 존경받을 만한 것으로 만들면서, 그들은 새로운 사람들에게 이러한 행위에 대한 흥미를 불러일으켰다. 작자와 독자의 수준을 똑같이 상승시킴으로써, 그들은 양자 모두의 미묘함을 증가시킬 초석을 놓았다.

字, 却是與小人沒分之書, 必要眞正有錦綉心腸者, 方解說道好."

101) 류팅지劉廷璣는 독서에 능하지 못한 사람이 훌륭한 독자보다 백 배나 더 많다고 생각했다(『재원잡지在園雜志』, 『수호전자료회편』, 360~361면).

[옮긴이 주] 원문은 다음과 같다. "天下不善讀書者, 百倍於善讀書者."

제5장_ 소설의 역사로부터의 이탈

전통 시기 중국에서 소설은 항상 역사와 비교되었으며, 보통은 역사적 사실에 대한 충실성과 목적의 고결함이라는 점에서 부족하다고 인식되었다. 이 장과 다음 장에서는 소설 비평가들이 소설과 사실성과의 관계라는 문제를 어떻게 다루었는지에 대해 살펴보게 될 것이다. 그들이 역사를 다루고자 시도했던 것, 곧 이 장의 주제는 다음과 같은 두 가지 전략이 수반된다. 가장 간단한 것은 각각의 소설 작품이 일반적인 의미에서 역사 저작과 같은 것이라고 주장하거나, 혹은 특별하게는 어떤 역사 저작과 같은 것이라고 주장하는 것이다. 이 장에서 보게 되겠지만, 비교를 위해 가장 자주 선택되는 역사 저작들, 이를테면 『춘추』, 『좌전』, 『사기』는 중국의 대부분의 역사 글쓰기와 구별되는 특별한 성격을 가지고 있다. 이러한 사서史書와 소설 사이의 유사한 요소들은 종종 서사 형태로서의 양자 사이의 공통적인 요소를 가리킨다. 조금 덜 드러나 있으면서 좀더 위험스런 접근 방식은 소설은 역사와 다른 것이며, 그러한 사실 때문에 하찮게 여겨질 수 없는 것이라고 주장하는 것이다. 일반적으로 소설 비평가들은 역사의 우월한 지위를 이용했는데, 이는 소설이 충분히 성숙해서 이러한 버팀목을 버리고도 스스로 제 갈 길로 나아갈 수 있을 때까지 계속되었다.

1. 소설의 정의와 분류

학자들은 중국의 역사기술 글쓰기와 소설의 밀접한 관계에 대해 많은 글을 썼다.[1] 비슷한 관계가 서구에서도 존재했는데, 헤로도투스(기원전 5세기 경)는 동시에 역사와 거짓말의 아버지로 칭송 받았다. 서구 소설의 발전, 특히 사건의 상상적인 재현과 서술에 있어 그리스의 역사 저작은 중요한 위치를 점하고 있다. 그리스어나 라틴어 산문 로망스들로부터 영향을 받은 산문 서사들뿐 아니라 근대 초기에 유럽의 여러 언어로 그리스어나 라틴어 로망스들을 번역한 것에도 종종 그 제목에 '역사'라는 말이 들어가곤 했다. 소설을 역사 기술의 한 분야로 정의하고자 하는 비슷한 시도는 적어도 18세기까지 지속되었는데, 그때에 이르러서야 소설의 독특한 면모가 강조되기 시작하고 역사 기술에서 소설이 독립되었다는 사실이 선포되었다(하이저만Heiserman, 『소설 이전의 소설*The Novel Before the Novel*』, 221면 주2).

1) 중국 서사의 발전에서 역사는 서구에서 신화와 서사시가 차지했던 것과 같은 위치를 점유하였다(이를테면 장런랑張稔穰과 뉴쉐수牛學恕, 『역사학의 영향과 중국 고전소설의 민족적 특징에 관한 거시적 고찰史學影響與中國古典小說民族特徵的宏觀考察』, 115면). 중국에서는 역사가 소설에 대해 아마도 훨씬 더 큰 영향을 끼쳤을 것인데, 이는 또한 중국과 서구의 소설의 눈에 띄는 차이를 설명하는 데에도 사용되었다. 팡정야오方正耀(「중국 고대소설의 역사체 구조中國古代小說的史體結構」, 69면).

전통 시기 중국에서는 소설을 가리키는 데 '소설小說'(문자 그대로 '하찮은 말들' 혹은 '풍문')[2]과 패사稗史(하급 관리들이 수집한 역사)라는 두 가지 기본적인 용어[3]가 있었다. 이 두 가지 용어는 반구班固의 『한서』「예문지」(30권, 1,745면)에서 서로 같은 것으로 언급되었다. 두 가지 다 역사와 관련이 되긴 하지만, 반구는 그것을 자신의 6분법 분류 체계의 제자諸子 범주에 수록하였다. 후대의 분류 체계에서 제자는 자子로 축약되었다. 자의 표준적인 번역은 '철학'이다. 그러나 『한서』의 이 범주에 수록되어 있는 작품들은 일반적으로 설명과 의론에 초점을 맞추어 명명된 것들이다. 반구의 '소설' 가운데 지금까지 원형 그대로 남아 있는 것은 없다. 그러나 수록되어 있는 제목들 중 대다수는 그 뒤에 '설說'이라는 말로 끝나는데, 개인의 이름이 앞에 오기도 한다. 이를테면 수록되어 있는 첫 번째 작품의 제목은 이인설伊尹說인데, 이는 '이인의 말'이라고 번역될 수 있을 것이다. 주에서는 이 작품이 아마도 이인伊尹의 이름을 가탁한 것일 거라고 단정짓고 있다(반구班固, 『한서』 30권, 1,744면). 이 작품에서 유일한 '소설적' 요소는 아마도 이인에 대한 새로운 내용의 이야기를 만들어낸 것과 이인이 그렇게 말한 컨텍스트가 될텐데, 이것은 『전국책戰國策』과 마왕투이馬王堆 무덤에 보존되어 있는 유세객들에 의해 씌어진 '설득'에서도 발견되는 과정이다(크럼프Crump의 「음모들—『전국책』 연구Intrigues : Studies of the Chan-kuo ts'e.」와 그의 영역본 『전국책*Chan-kuo ts'e*』 가운데 「마왕투이 『전국책』」 xxv-xliiI면 참조). 이렇게 '소설'을 수사나 설득과 관련한 '하찮은 말'이라고 보는 관념은 『좡쯔莊子』에서 처음으로 쓰인 이래 환탄桓譚(기원후 50년 졸)에 의해 생겨난 것이다.

실제로 '소설'이라는 용어는 격언과 일화에서부터 백화로 된 장편소

2) [옮긴이 주] 이 책의 제1장 주3을 참조할 것.
3) 소설을 가리키는 다른 용어들도 이 두 가지 단어와 관련이 있다. 이를테면 설부說部는 소설지부小說之部의 줄임말이다. 패관稗官(이하의 내용 참조)은 때로 패사稗史를 모으는 사람뿐만 아니라 그 모아진 결과물 자체를 가리키기도 했다.

설에 이르기까지 상당히 넓은 범위의 자료들을 포괄하였다. 백화 장편 소설은 명대까지는[4] 존재하지 않았기 때문에 초기의 공식 목록에서 이러한 뜻으로 쓰인 예가 발견되지 않으리라는 것은 짐작할 수 있다. 그러나 명청대의 공식적인 서지 목록에서도 보이지 않는데, 지윈紀昀의 전체적인 주도 하에 만들어진 『사고전서』에도 빠져 있다는 것은 주목할 만하다.

지윈紀昀에 의해 수록된 소설은 모두 문어文語로 씌어졌고, '잡사雜事'(잡다한 사건들)와 '쇄기瑣記'(사소한 기록들), 두 가지 유형으로 나뉘는데, 이 양자는 모두 황제의 도서관 목록의 '자子' 부문에 수록되어 있다. 몇몇 근대의 목록학자들은 지윈의 체계에서 자 부문의 '소설' 표제어 아래 하나의 범주를 덧붙임으로써 백화소설 분류의 문제를 다루었다. 다른 몇몇 학자들은 희곡 작품과 비슷하게 보아 소설을 '집集' 부문의 끝에 수록하였다. 지윈은 희곡 작품이 너무 비정통적인 것이라고 여겨서 수록하지 않았지만, 그의 목록의 '집' 부문에는 희곡 비평 목록을 위한 표제어가 있다. 희곡 작품을 수록하고 있는 목록서들은 보통 희곡 비평 앞에 있는 별도의 표제어 아래에 희곡 작품을 수록하고 있다.

『송사』(14세기 편집)까지도 정사正史의 공식 목록에서는 지윈이 '소설'이라고 분류한 몇몇 작품들을 역사 부문에 수록하였다. 이를테면 한대부터의 역사적 인물에 관한 일화들을 주로 모아놓은 3세기에 편찬된 『서경잡기西京雜記』의 경우가 그러하다.

사찬私撰 목록학자들과 장서가들은 소설을 기존의 범주 안에 집어넣으려고 노력했다. 『보문당서목寶文堂書目』에서 『수호전』은 자 범주의 잡사 부문에 수록되어 있지만(『수호전자료회편』, 159면) 그 소설은 주로 역사

4) 나는 『선화유사宣和遺事』와 같은 명대 이전의 작품들이 소설로 불렸을까 하는 점에 대해 회의적이다. 이러한 주장에 대해서는 윌리암 헤네시William. O. Hennessey, trans., 『화합을 선언하며*Proclaiming Harmony*』(Ann Arbor : University of Michigan, Center for Chinese Studies, 1981), 「서문Introduction」 참조.

로 분류되었다. 명대의 학자 가오루高儒는 『백천서지百川書志』에서 『삼국연의』와 함께 『수호전』을 역사 부문의 야사野史 범주에 수록하였다(『백천서지』「서문」, 1,540면과 『수호전자료회편』, 227~228면). 또 다른 명대 작가 왕치王圻는 『속문헌통고續文獻通考』에서 『수호전』을 전기傳記 범주 안에서 논의하고 있다(『수호전자료회편』, 132면).

앤드루 플락스는 중국의 서사를 정사正史부터 인정소설까지의 형식을 가진 연속체로 정리한 바 있는데, 그러면서 중국에서 역사와 소설의 주요한 분기점은 '형식보다는 내용적인 것'(「비평이론을 향해Towards a Critical Theory」, 319면)이라고 주장하였다. 우리가 소설로 보는 간바오干寶의 『수신기搜神記』(약 340년)와 같은 작품은 공적인 삶보다는 사적인 삶에 주로 관심이 있고, 그 안에 기록된 사건의 환상적인 속성 때문에 정사에 수록되기에 적절치 않은 '나머지' 역사 자료들餘史로 구성된 것이라고 여겨졌다.

그리하여 소설은 역사 기술의 기교가 새로운 분야 혹은 비정통적인 분야까지 뻗어나갔다는 점에서 역사에 대한 보완물로 여겨졌다. 소설의 작가는 마르셀 프루스트Marcel Proust가 발자크Balzac에 대해 표현한 용어를 빌면 '역사화되지 않은 것의 역사가'였다.[5] 『수호전』 120회본의 '발범發凡'에서는 "정사에 기록되지 않은 것은 패관에서 찾아보라"[6]고 말하고 있다(『수호전회평본』, 31면). 류팅지劉廷璣는 『여선외사』의 서문에서 '외사外史'(패관稗官과 똑같이 쓰인 말) 장르에 대해 다음과 같이 정의를 내리고 있다. "문장은 이치에 맞지 않지만 의미는 진실하다. 이 책은 기이하지만 전하는 의미는 매우 올바르다."(『중국역대소설논저선』 상권, 391면)[7] 이들 평점

---

5) 존 포터 휴스턴John Porter Houston의 「프루스트, 구르몽과 상징주의의 유산Proust, Gourmont, and the Symbolist Heritage」(John K. Simon, ed., 『현대 프랑스 비평-프루스트와 발레리에서 구조주의까지*Modern French Criticism: From Proust and Valéry to Structuralism*』, Chicago: University of Chicago Press, 1972), 49면 참조.

6) **[옮긴이 주]** 원문은 다음과 같다. "失之於正史, 求之於稗官." (『出像評點忠義水滸全傳·發凡』)

7) **[옮긴이 주]** 원문은 다음과 같다. "外史者, 言誕而理眞, 書奇而旨正者也."(「江西廉使劉廷璣在園品題」)

가들은 역사와 소설을 강하게 연결시키고 있다. 좀더 단순한 관념은 역사를 좀더 수준 높은 성취를 재현하고 있는 본받아야할 모범으로서 제시하거나(이를테면 『수호전회평본』, 32면, 앞에서 언급한 「발범」의 10번째 조목), 혹은 소설(또는 소설의 부분들)이 역사와 동등하다고 강변하는 것이다(이를테면 『장주포 제일기서 금병매張竹坡批評第一奇書金瓶梅』, 71회 1,084면). 진성탄은 최초로 소설이 역사와 사뭇 다르며, 이러한 차이가 소설이 가진 힘의 원천이라고 주장한 사람이다. 바로 이것이 "문장이 사건을 전달하는 데 사용되는以文運事" 문학으로서의 역사(특히 『사기』)와 "사건이 문장으로부터 나오는因文生事"[8] 문학으로서의 소설(『수호전』)을 정의한 그의 유명한 말 뒤에 숨어있는 주요한 관념이다. 진성탄에 따르면, 결과적으로 "사건을 전달하기 위해 문장을 쓸 때에는 먼저 실제로 그렇고 그런 방식으로 일어난 사건이 있어야 한다. 그리고 나서 그 사건들을 서사로 풀어내야 한다. 한편 사건을 창작하기 위해 문장을 쓸 때는 이것과 매우 다르다. 당신이 해야만 하는 것은 오직 붓이 가는 대로 따라가는 것이다. 긴 것을 짧게 하고 짧은 것을 길게 하는 것은 모두 당신에게 달려 있다"[9]는 것이다(『수호전회평본』, 16면, 존 왕, 「제오재자서 독법」, 133면).

평점가들은 사건을 단순히 기록하는 것을 무시하는 역사관을 제시하기도 했다. 가장 이른 시기에 나온 것으로 알려진 한 소설의 서문(1494)은 "역사는 여러 세대에 걸친 사건의 기록만은 아니다"[10]라는 말로 시작하면서 역사는 번영과 쇠망의 순환을 분명하게 드러내며, 다른 무엇보다도 도덕적 판단을 전하고 있다고 하였다(『중국역대소설논저선』 상권, 104면). 마

---

8) **[옮긴이 주]** 여기에서는 영어 원문에 입각해 번역을 했지만, 약간은 고답적인 문투로 직역을 하자면, '以文運事'는 '글로써 사건을 운용해 나가고' '因文生事'는 '글로 인하여 사건이 일어난 것'이라 번역할 수도 있다.

9) **[옮긴이 주]** 원문은 다음과 같다. "以文運事是先有事生成如此如此, 却要算計出一篇文字來, (…중략…) 因文生事卽不然, 只是順着筆性去, 削高補低都繇我."(「독제오재자서법(讀第五才子書法)」)

10) **[옮긴이 주]** 원문은 다음과 같다. "夫史, 非獨紀歷代之事. (…중략…) "(「삼국지통속연의서三國志通俗演義序」)

오룬毛綸같은 다른 평점가들은 문학적 가치가 있는 역사 저작과 평범한 사건의 연대기를 분명하게 구분하였다. 그는 왜 많은 사람들이 『사기』와 『좌전』을 읽느냐는 물음에 대해 "독자들이 [거기에 기록된] 사건을 좋아해서라고 한다면, 고금의 사건을 기록하는 작품들은 매우 많을 것이다. 왜 사람들은 『좌전』과 『사기』만을 본단 말인가? (…중략…) 그것은 사람들이 그 작품의 특질을 매우 좋아하기 때문이다"[11]라고 대답하였다(『비파기자료휘편』, 281면, 「총론」 11조). 이러한 평어들은 명청 대의 경전의 문체에 대해 관심이 증폭되었던 것과 병행하여 나왔는데, 이러한 관심은 역사 경전뿐만 아니라 유가 경전에도 평점식의 비평을 하게끔 했다(롤스톤, 「자료 모음」, 15~17면. 같은 저자의 「형식적 측면들」, 45~46면 참조).

2. 역사소설

역사소설은 일찍이 발전하기 시작하여 강력하게 남아 있던 중국 소설의 하위장르이다(저우쉬안周旋의 「왜 중국의 역사소설은 많고 서구의 역사소설은 적은가?爲甚麽我國歷史小說多西方歷史小說少」 참조). 금세기 초기에 위밍전兪明震(1860~1918, 필명은 구안觚庵)은 중국의 소설을 기술파記述派(기록 전통)와 묘사파描寫派(묘사 전통)로 나누었는데, 전자에는 역사소설, 전쟁소설, 정탐소설, '과학' 소설 등이 포함되었고, 후자에는 감정·사회·가족·교육 등을 다루는 소설들이 포함되었다[12](『중국역대소설논저선』 하권, 321~322면).

---

11) [옮긴이 주] 원문은 다음과 같다. "苟以爲愛其事也, 則古今紀事之文甚多, 何獨有取乎『左』, 『史』也? (…중략…) 愛其文也."

12) [옮긴이 주] 원문은 다음과 같다. "余謂小說可分兩大派: 一爲記敍派, 綜其事實而記之, 開合起伏, 映帶點綴, 使人目不暇給, 凡歷史, 軍事, 偵探, 科學等小說皆歸此派. 我國以『三國志』爲獨絶, 而『秘密使者』, 『無名之英雄』諸書, 亦會得此旨者. 一爲描寫

그는 역사소설에서 사실의 기록을 강조하긴 했지만 이것만으로는 충분치 않다고 했다. 왜냐하면 그러한 소설은 역사와 차이가 없기 때문이다. 그러므로 그는 문학적 구성의 중요성을 강조하였고, 특히 이 점에서 『삼국연의』가 뛰어난 성취를 이루었다고 칭찬하였다. 이 소설은 전통 중국에서 가장 영향을 많이 끼친 역사소설 작품이었기 때문에 좀더 자세하게 살펴볼 필요가 있다.

이 소설의 가장 이른 제목 『삼국지통속연의三國志通俗演義』는 천서우陳壽(233~297)의 『삼국지三國志』의 통속화된 판본이라고 주장하지만, 실제로는 페이쑹즈裴松之(372~451)의 『삼국지』 주석에 많이 기대고 있으며 『통감강목通鑑綱目』[13]과 당대에 유행했던 편년체 역사 저작들에게서 영향을 받았다.[14] 1494년 서문의 작자인 장다치蔣大器는 『삼국지』와 같은 역사 텍스트의 문제점은 역사서의 미묘한 원리와 심오한 의미가 보통 사람의 이해력을 훨씬 뛰어넘는다는 것에 있다고 말하였다[15](『중국역대소설논저선』 상권, 104면). 장상더張尙德의 서문(1522)에서는 그 중 몇몇 사람만이 역사서를 보고 잠들지 않는다고 덧붙였다[16](『중국역대소설논저선』 상권, 111면).

派, 本其性情, 而記其居處行止談笑態度, 使人生可敬, 可愛, 可憐, 可憎, 可惡諸感情, 凡言情, 社會, 家庭, 教育等小說皆入此派. 我國以『紅樓夢』, 『儒林外史』爲最, 而『小公子』之寫兒童心理, 亦一特別者也."(「觚庵漫筆」)

13) 앤드루 힝분 로, 「역사 기술 맥락에서의 『삼국연의』와 『수호전』—해석적 연구」, 3~4면 참조. 이러한 상황은 『신편오대사평화新編五代史評話』도 비슷하다. 『신편오대사평화』는 원대의 왕조사와 직접적으로 관련된 서사인데, 『구오대사舊五代史』나 『신오대사新五代史』와는 거의 관련이 없다. 그 대신 이 책은 『통감강목』에서 그 연대기와 실질적인 텍스트의 부분들을 빌려왔다.

14) 앤드루 힝분 로의 「역사 기술 맥락에서의 『삼국연의』와 『수호전』—해석적 연구」, 20~21면과 오가와 타마키小川環樹, 「『삼국연의』가 의거하고 있는 역사서三國演義所依據的史書」와 저우자오신周兆新, 「『삼국연의』와 십칠사 상절의 관계三國演義與十七史詳節的關係」 참조.

15) **[옮긴이 주]** 원문은 다음과 같다. "然史之文, 理微義奧, 不如此, 烏可以昭後世? 『語』云: "質勝文則野, 文勝質則史." 此則史家秉筆之法, 其於衆人觀之, 亦嘗病焉, 故往往舍而不之顧者, 由其不通乎衆人."(「三國志通俗演義序」)

16) **[옮긴이 주]** 원문은 다음과 같다. "史氏所志, 事詳而文古, 義微而旨深, 非通儒夙學, 展卷間, 鮮不便思困睡."(「三國志通俗演義引」)

'통속화'란 여러 가지 과실에 대한 변명이 될 수 있다. 『삼국연의』에 대한 '리즈李贄'의 평점은 어느 곳에서 다음과 같이 말했다. "이 [삽화]는 후대의 사람에 의해 덧붙여진 것附會이라 믿을 만하지 않다. 『삼국지』[『삼국연의』]를 읽는 사람이면 누구나 처음에 이러한 것들을 구별해야 한다. 그러나 이것은 의미를 분명하게 드러내기 위해 통속화한 것通俗演義이지 정사가 아니다. 만약 이렇지 않다면 이것은 통속화된 것이 아닐 것이다."[17] 마오씨 부자가 『삼국연의』 텍스트를 개정하였을 때 그들은 눈에 거슬리는 역사와 관련 없는 몇몇 사건들을 삭제하기 위해 노력했다(그들의 판본에서 「발범」 2번과 10번 참조). 그러나 그들은 또한 이야기를 채우기 위해 몇몇 사실들을 삽입하는 것을 인정했다.

리얼리티와 그것의 소설적 재현 간의 주요한 차이 가운데 하나는 후자에 부과되는 형식과 통일성이 당연하게도 전자에서는 거의 발견되지 않는다는 것이다. 헤이든 화이트는 역사 저작에서도 이와 같은 구성과 선택의 과정이 존재한다는 사실을 보여주었지만, 몇몇 소설 평점가들은 소설의 장점을 좀더 돋보이게 하기 위해 이러한 점을 부인했다. 장융취안張永銓(1693년에 거인擧人이 됨)은 『여선외사』의 평점에서, "정사를 읽을 때 나는 항상 서사의 실마리가 너무 번잡하고頭緒太繁, 의미의 맥락脈理이 연결되지 않으며, 호흡呼吸이 서로 연결되어 있지 않다는 사실에 실망하였다"[18]고 말했다(뤼슝呂熊, 『여선외사』, 18회 208면, 회평). 그가 보기에 『여선

---

17) 『삼국연의회평본』, 21회 265면. 회평. ([옮긴이 주] 원문은 다음과 같다 "此皆後人附會, 不足信也. 凡讀『三國志』者, 須先辨此. 雖然, 此通俗演義耳, 非正史也. 不如此, 又何以爲通俗哉?") 마오씨 부자는 텍스트의 이 부분을 바꾸었다. 다른 곳에서 평점가 '리즈'는 '통속화'라는 용어를 긍정적으로 쓰고 있는 것 같다. 그는 어떤 특정한 정절情節을 '아이들 놀이'라고 기술했을 뿐 아니라, 그것을 '정말로 가장 훌륭한 통속연의'라고 칭찬하면서 회평에서 다음과 같이 덧붙였다. "이러한 계책은 아이들 놀이와 같다. 차오차오말고 다른 사람이라도 그것을 꿰뚫어 보았을 것이다. 차오차오가 그러한 계략에 걸려드는 것은 불가능하다. 그러나 이것은 보통 사람들을 놀라게 하기 위해 통속연의에 포함될 수 있다. 이러한 기술이 얼마나 훌륭한가! 정말로 이것이야말로 통속연의인 것이다!此等計策, 如同小兒, 卽非老瞞, 亦自窺破, 謂老瞞入其計中乎, 決無此事, 但可入通俗演義中, 以驚俗人耳. 妙哉技也, 眞通俗演義也(원문은 [옮긴이 주])."(같은 책, 45회 575면)

외사』의 경우는 그렇지 않았다. 이 소설은 환상적인 사건을 다루었지만, 작가와 평점자들은 그것을 정사의 보완물로 보라고 주장했다.

마오씨 부자는 역사와 리얼리티의 관계에 대해 상당히 다른 의견을 가지고 있었다. 그들은 『삼국연의』를 구성해낸 힘은 작가가 아니라 '조물자造物者'라고 말하였다. 그들은 이 소설이 다루고 있는 역사 시기의 풍부함 때문에 이 소설을 칭찬하였고, 이 소설 안에서 발견할 수 있는 예술적인 통일성은 그 시기의 실제 역사 사건이 내재적으로 가지고 있는 것이라고 생각했다.

소설 비평가들은 항상 어떤 역사 저작들, 이를테면 『춘추』, 『좌전』, 『사기』를 긍정적인 예로서 지적한 반면, 종종 쑹치宋祁(998~1061)와 어우양슈歐陽修(1007~1072)가 주도하여 당서唐書와 오대사五代史를 다시 지을 때 썼던 새로운 역사 글쓰기 문체는 부정적인 예로 들었다. 어우양슈의 『신오대사新五代史』는 정사 가운데 가장 널리 읽히고 존경받았던 것 가운데 하나였으며, 그 인기는 그 이전의 정사들을 유통시키지 않게 할 정도였다.

어우양슈는 소설 비평에서 제대로 대접받았지만[19] 그의 동료宋祁는 그렇게 대접받지 못했다. 쑹치는 간결함을 제외한 모든 문학적인 가치들을 무시한 역사 기술의 전형으로 주로 인식되었고, 진성탄은 이러한 쑹치의 문체에 대한 생각을 『수호전』과 대비시켰다. 그리하여 진성탄은 독자들에게 사건을 직서直敍한 것을 보려면 소설稗官보다는 쑹치의 『신당서』를 보라고 말했다. 그는 묘사된 사건事과 그것의 재현文을 구분하면서, "사건에 관련한 문제에서만큼은 쑹치의 전례에 따르면, 그대에게 필요한 모든 것은 바로 오직 (이 소설에서의 긴 에피소드를 요약해 보여주는)

18) [옮긴이 주] 원문은 다음과 같다. "余讀正史, 每嫌其頭緒太繁, 脈理不能貫通, 呼吸不能接應."

19) 1664년 판 『수호후전水滸後傳』의 제목 페이지에서는 『수호전』을 『사기』에, 그 속편을 어우양슈의 『신오대사』에 비유하였다. 류춘런柳存仁, 『런던 소재 중국소설 서목 제요倫敦所見中國小說書目提要』, 170면 참조.

이 단 한 줄, 곧 스언施恩은 우쑹武松이 장먼선蔣門神을 때려눕히도록 하였고, 가는 길에 우쑹은 술 35잔을 마셨다는 것이 될 것이다"[20]라고 말했다(『수호전회평본』, 38회 539~540면, 회평).

역사소설의 작가와 비평가는 역사소설에서 재창작, 심지어는 사건을 창조해낼 필요성뿐만 아니라, 역사 사건과 소설에 재현된 역사 사건 간의 갈등을 논의하는 데 점점 더 관대해졌다. 북송이 멸망할 즈음에 활약했던 역사 인물들은 『수호후전』에서 중요한 역할을 하였지만, 작자는 그들을 자유롭게 묘사하였다. 차이위안팡蔡元放은 그 상황을 다음과 같이 묘사하였다.

> 이 이야기와 송 조정의 정치적 역사 간의 관계에 관해서는 '정사正史'와 완전히 합치되는 부분도 있고, 합치되지 않는 부분도 있고, 부분적으로만 합치되는 부분도 있다. 지금 이 책은 원래 다양한 산적들에 관한 기록傳으로 씌어진 것이며 송 조정의 사건을 기록하려는 것은 아니었다. 그러므로 역사 사건이 이 이야기에 방해가 되지 않을 때는 정사에 따라 이 이야기를 부연하였다. 역사 사건과 이 이야기가 어긋날 경우에는 이야기의 사건들을 [역사적 사건에] '미묘하게 연결시키기 위해 조금 바꾸어서曲爲遷就' 두 이야기를 비슷하게 만들었다. 소설稗官 장르에서 이렇게 하는 것은 적절한 일이다.[21]

우젠런吳趼人이 20세기 첫 십 년에 서진西晋과 동진東晋의 역사(『양진연의兩晋演義』)를 소설로 만드는 작업을 시작했을 때 그는 한편으로는 창작과 재창조, 다른 한편으로는 역사 기록에 대한 충실성 사이에서 적절하게

---

20) [옮긴이 주] 원문은 다음과 같다. "如以事而已矣, 則施恩領却武松去打蔣門神, 一路吃了三十五六碗酒, 只依宋子京例, 大書一行足矣."

21) 『수호전자료회편』, 568면, 『수호후전』 참조. 이 소설에서 역사와 관련 없는 요소에 관해서는 위드머, 『수호후전』, 7면, 11면 참조.

[옮긴이 주] 원문은 다음과 같다. "本傳之於宋朝諸政事, 有與正史全合者, 有全不合者; 有半合半不合者. 蓋此書原爲山泊諸人作傳, 非爲宋朝紀事, 故其事有與本傳無碍者, 悉照正史敷陳. 其與本傳稍有齟齬者, 不得不曲爲遷就, 以求與本傳之事, 宛轉聯合. 稗官之體, 只合如此."

균형을 유지해야한다는 것을 알고 있었다.

> 소설을 쓰는 것은 어렵다. 그러나 역사소설을 쓰는 것은 특히 더 어렵다. 그 시대의 진정한 역사 풍격을 잃지 않고 역사소설을 쓰는 것은 매우 어렵다. 그러나 진정한 역사 풍격을 잃지 않고 예술적 풍격을 지니게 하면서 역사소설을 쓰는 것은 가장 어려운 일이다. 서사를 쓸 때에는 종종 글쓰기의 흐름에 따라서 연대기적인 질서를 조금 재배열할 필요가 있다. 이는 필수불가결한 일이다. 윤색하기 위해서는 종종 가공된 사실을 덧붙여야 한다. 이 역시 필수불가결한 일이다.[22)]
>
> —웨이사오창, 『우젠런 연구자료』, 145면, 1장에 대한 평어

그는 때때로 역사적 연대기에서 벗어나서 사건을 재창작하고, 가끔은 완전히 새로 창조해 전체를 윤색해야 할 필요성과 장쉐청章學誠의 "칠 할은 진실이고 삼 할은 거짓七實三虛"이라는 『삼국연의』에 대한 비판(장쉐청, 『병진차기丙辰劄記』, 쿵링징孔另境, 『중국소설사료』, 45면에서 재인용)에 대해 잘 알고 있었다. 장쉐청은 독자들이 허구와 사실을 구별하지 못하여 그 소설이 다루고 있는 시대의 역사에 대해 혼란스러워할까 봐 걱정했던 것이다.[23)] 우젠런은 다음과 같이 계획을 세웠다. "언젠가 나는 [창조력과 상상력을 사용했던 곳을] 지적하기 위해 곳곳마다 미비를 덧붙일 것이다. 이런 식으로 나는 독자들이 집중하게 하기 위해 예술적 풍격을 사용할 수 있다. 다시금 이러한 사실이 제대로 지적된다면, 독자들은 혼란에 빠지지 않을 것이다."[24)](웨이사오창, 『우젠런연구자료』, 145면, 1장에 대한 평어)

---

22) [옮긴이 주] 원문은 다음과 같다. "作小說難, 作歷史小說尤難, 作歷史小說而欲不失歷史之眞相尤難. 作歷史小說不失其眞相, 而欲其有趣味, 尤難之尤難. 其敍事處或稍有參差先後者, 取順筆勢, 不得已也. 或略加附會, 以爲點染, 亦不得已也."

23) 옌옌嚴衍(1575~1645)이 이 소설을 그의 『자치통감보資治通鑑補』의 원자료로 썼을 때의 경우가 명백하게 그러하다. 왕리치王利器, 『원명청삼대금훼소설희곡사료』, 「전언前言」, 18~19면 참조.

24) [옮긴이 주] 원문은 다음과 같다. "他日當於逐處加以眉批指出之, 庶可略借趣味以佐閱者, 復指出之, 使不爲所惑也."

다른 이들은 '잊혀진 역사' 혹은 정사에서는 다루어지지 않은 역사 인물에 관한 사건에 대한 글쓰기에서 자신의 재능을 발휘할 여지를 발견했다. 그 한 예로 위안위링袁于令이 쓴 『수사유문隋史遺文』에서는 당 왕조의 건립을 도운 몇몇 사람들의 초기 행적들을 다루고 있다. 1633년에 씌어진 위안위링의 서문에서는, "나는 행적이 불분명한 후궁胡公 친충秦瓊에 관해 쓰기 위해 『수사유문』을 지었다. (…중략…) 원래 나의 의도는 잊혀졌던 역사들을 채워 넣는 것이었다. 이것이 꼭 역사와 반대 방향으로 나가는 것은 아니다. 그래서 나는 감히 역사가의 원래 의도를 그대로 살리면서 역사에서 빠진 것을 채우기 위해 서술하면서, 역사에 덧붙일 이야기들을 꾸며내고자 하였다."[25](헤겔, 『17세기 중국 소설』, 129면) 쑹장宋江의 이야기를 처음으로 다룬 산문 서사인 『선화유사宣和遺事』라는 제목을 보게 되면, '잊혀진 일화'를 되살리는 일은 처음부터 중국의 백화소설에서 매우 중요한 것이었다.

이것과 관련한 문제는 어떻게 소설에서 역사 인물을 다룰 것인가 하는 것이다. 근대의 비평에서는 역사 인물을 '사실적 효과'[26]를 더할 수 있는 곳에서 가능한 한 부차적인 역할로 한정할 것을 주장했다. 리위는 역사 인물을 다룰 때 주의해야 한다고 권고하였는데, 이는 독자들이 이미 그들의 행적을 알기에 잘못된 부분을 알아챌 수 있기 때문이라고 했다(『리리웡십종곡李笠翁十種曲』, 「심허실審虛實」, 35면). 마오룬毛綸은 『비파기』의 역사적 부정확성이라는 문제와 씨름하면서, 이 희곡에 나오는 차이보제蔡伯喈가 역사 인물 차이융蔡邕이 아니라고 주장하였고, 더 나아가 가오밍

25) [옮긴이 주] 원문은 다음과 같다. "向爲『隋史遺文』, 蓋以著秦□國於微 (…중략…) 蓋本意原以補史之遺, 原不必與史背馳也. 竊以潤色附史之文, 刪削同史之缺, 亦存其作者之初念也(「隋史遺文序」)." 필자는 "역사가의 원래 의도를 그대로 살리면서 (…중략…)"라고 번역하였지만, 원문에 따르면 "작자의 원래 의도를 그대로 살리면서 (…중략…)"라고 번역해야 한다.

26) 바르트Barthes, 『S/Z』, 「역사 인물The Historical Character」, 101~102면 참조. 그리고 제이미슨Jameson, 『맑스주의와 형식*Marxism and Form*』, 194면의 게오르그 루카치의 역사소설에 대한 언급 참조.

高明이 차이융을 중상했다고 주장하였다(『비파기자료휘편』, 431면, 42착에 대한 착전 회평). 우징쯔吳敬梓는 『유림외사』 1회에 나오는 왕멘王冕(1287~1359)의 예를 제외하고는 역사 인물을 주요 등장인물로 쓰지 않았다. 그는 실제 왕멘의 전기에 근거하기도 하고 부인하기도 하면서 자신의 목적에 맞추어 결국에는 그를 새롭게 만들어냈다(이 책의 제6장 참조).

심지어 가정 생활을 다루는 중국 소설조차도 일반적으로는 실제 사건, 대부분은 재난 유형의 사건에 의해 강조된 특정한 역사 배경에서 이루어진다.[27] 1127년 북송이 망하고 황제와 그의 부왕이 포로로 잡힌 일[28]은 『수호전』과 『금병매』 및 이 작품들의 모든 속편들에서 중요하게 묘사된다. 1449년에 황제가 포로가 되는 비슷한 상황[29]은 『옥교리玉嬌利』(초기 '재자가인才子佳人' 소설), 『신식수호연의新式水滸演義』, 『린란샹林蘭香』에서 중요한 역할을 한다. 1519년 녕왕寧王의 실패한 반란[30]은 의도적으로 『유림외사』 안에 삽입되었으며, 1449년과 1519년의 사건은 모두 『야수폭언』에서 묘사된다. 그러나 이러한 역사 사건은 그것들이 갖고 있는 특정한 역사적 의미보다도 작가의 당대에 대한 관심을 은유하는 것으로 쓰이고 있다.

---

27) 그러한 틀을 가장 소리높여 따르기를 거부했던 소설인 『홍루몽』은 이러한 결정이 보편적인 관습에 대한 대응이라고 말했다(『홍루몽』, 1회 4~5면).

28) [옮긴이 주] 중국 북송北宋의 정강靖康(1126~1127)년간에 수도 카이펑開封이 금金나라 군대의 공격을 받아 함락되고 북송이 멸망하게 된 사건을 가리킨다.
휘종徽宗은 차이징蔡京과 퉁관童貫 등의 진언에 따라 금과 동맹하여 요遼나라를 협공하여 5대 후진後晉 때 빼앗긴 옌윈燕雲 16주를 탈환하려 하다가 도리어 실패하여 군사력의 약체를 드러내고 제위를 흠종欽宗에게 양위하였다. 1126년 카이펑은 금나라의 공격을 받았으나 많은 양의 금은 재물을 제공하고, 중산中山과 허젠河間, 타이위안太原의 3진三鎭을 할양하고, 금나라를 백부伯父로 호칭하는 등의 조건으로 화의가 성립되었다. 그러나 송은 조약을 지키지 않고 금나라의 내부 교란을 획책하였기 때문에 두 번째 공격을 받아 카이펑은 함락되고, 금나라는 휘종·흠종 이하 왕실의 3,000여 명을 포로로 하여 돌아갔다. 이것을 정강의 변이라고 한다. 1127년 흠종의 아우 강왕康王이 즉위하여 남송南宋이 성립하였다.

29) [옮긴이 주] 1449년 명明나라 정통제正統帝:英宗가 오이라트 부장 에센也先과 투무土木:河北省에서 싸우다가 포로가 된 사건으로 흔히 '투무의 변土木之變'이라 부른다.

30) [옮긴이 주] 1519년(정덕正德 14년) 명 무종武宗 초년에 종실인 녕왕 천하오宸濠가 난창南昌에서 반란을 일으켰으나, 왕서우런王守仁에게 포로가 된 사건을 가리킨다.

어떤 역사 사건을 연상시키는 특정한 역사 시기를 제한적으로만 거론해서 즉각적으로 알아볼 수 없게 만든 소설들도 많이 있다. 그러한 암호 같은 날짜에 은밀하게 언급된 중요한 정치적인 사건을 발견하려는 유혹을 이겨낸 평점가는 별로 없었다. 그러나 그것은 종종 단순히 작가에 대한 개인적인 의미만을 가지고 있었을 뿐이었다.

3. 전통 시기 역사 기술의 특징들

역사 사건을 상상으로 재창작하는 것은 전통 시기 중국의 역사 기술의 두드러진 특질이며, 역사 기술과 소설을 연결하는 고리이기도 하다. 역사 기술 전통에서는, 의문스러운 역사 상황에서 일어났을지도 모르는 일에 관해서 사건과 그 세부 사항을 창작하는 것이 허용되었다. 진짜 사건과 행동에 대한 모방이라는 플라톤의 미메시스 개념에 반대하여 아리스토텔레스가 미메시스를 재정의한 것처럼, 그럴싸함은 그 주요한 기준이 되었다.

상상으로 재창작하는 것은 자신을 역사적 상황에 공감적으로 투사함으로써, 곧 종종 '자신을 다른 사람의 처지에 서게 하는設身處地' 과정을 통해 이루어졌는데, 이것은 역사 인물을 평가하거나,[31] 평점을 쓰고(이를테면 위칭余誠, 『중정고문석의신편重訂古文釋義新編』 「범례」, 3조, 1a~b), 소설적으로 재현하거나(이를테면 『수호전회평본』, 18회 348면, 진성탄 협비), 극적인 깨

31) 이를테면, 장쉐청章學誠은 천서우陳壽가 촉한蜀漢보다 위魏 왕조에 정치적 정통성을 부여한 것에 대해 논의하면서, 그들의 특수한 상황을 통찰하지 않은 채 고대인을 평가할 수는 없다고 말하였다(『문사통의文史通義』 「문덕文德」, 178~179면). 그는 이것을 진성탄의 비평 용어의 중요한 부분인 서恕와 똑같은 원리에 연결시켰다(이 책의 제1장 참조).

달음(이를테면 리위, 『리리웡곡화』 「어구초사語求肖似」, 86면)을 묘사하는 데에도 사용되곤 했다. 이것은 멍쯔가 텍스트를 번역할 때 "공감에서 우러나오는 이해로 [시인의] 의도를 파악하라以意逆志(『孟子』, VA.4, 라우Lau 번역본, 142면)" "고대인의 시와 글을 읽을 때, 그 사람과 마찬가지로 그것에 관해 몰라서야 되겠는가? 그러므로 그들이 살았던 시대를 이해하려고 노력해야만 한다論其世(『孟子』, VB.8, 라우Lau 번역본, 158면)"[32]는 유명한 가르침과 궤를 같이 하고 있다.

아마도 대부분 그 당시에는 기록될 수 없었던[33] 대화 부분을 제공하는 것은 중국의 역사 기술 전통에서 중요한 부분이었다.[34] 전통적으로 궁정에는 서로 다른 책임을 맡은 두 명의 역사가가 있었다. 왼쪽의 역사가左史는 말을 기록하는 것記言을 담당했던 듯하고, 반대편인 오른쪽의 역사가右史는 사건을 기록하는 것記事을 담당하였던 듯하다. 『춘추』는 후자의 예로 여겨졌으며, 『서경』은 전자의 예로 여겨졌다(반구班固, 『한서』, 30권, 1,715면). 장쉐청章學誠은 양자 사이의 엄격한 구분을 반대하긴 했지만(『문사통의文史通義』, '서교書教' 1부, 31면), 역사에 관한 글에서 같은 용어를 사용하여 "말을 기록하는記言 방법에 관해서는 얼마나 덧붙이고 삭제해야 하는가에 대해 정해진 규칙이 없다. 그것은 작가의 의지에 달려 있다. 그러나 작가는 말하는 사람이 당시에 생각하고 있었던 것을 추측해

32) **[옮긴이 주]** 본래 원문은 다음과 같다. "頌其詩, 讀其書, 不知其人, 可乎? 是以論其世也. 是尙友也"

33) 저우량궁周亮工은 쓰마쳰司馬遷이 기록한 것처럼 샹위項羽가 가이샤垓下에서 곤경에 처했을 때, 노래를 만들 시간이 없었을 것이라고 지적하면서 설령 샹위가 그런 지경에 처했더라도 누가 그것을 기록할 수 있었을까 라는 이의를 제기했다. 그러나 그는 쓰마쳰이 "천지창조를 보완하기 위해 붓을 사용했다"고 하면서 쓰마쳰의 예술적 파격을 인정했다. 그의 말은 쳰중수錢鍾書의 『관추편管錐編』 1권, 278면에서 누군가에게 보내는 편지에서 인용되었다. 지윈紀昀은 우리가 소설이라고 분류하는 역사 장르에서조차도 이러한 관습을 반대했다. 허우중이侯忠義의 『중국문언소설참고자료中國文言小說參考資料』, 33면에 인용된 지윈의 『고망청지姑妄聽之』에 붙인 성스옌盛時彦의 1793년의 서문 참조.

34) 그리스의 역사가들도 그들이 기술하고 있는 인물들의 연설을 창조하는 데 아무 문제가 없었다(이를테면 투키디데스(기원전 약 460~395), 『펠로폰네소스 전쟁사』 서문).

야만 한다推. [이렇게 하면] 천 마디 말을 더 덧붙인다고 하여도 너무 많다고 생각되지 않을 것이다"[35]라고 말했다. 역사 글쓰기에서는 대화가 중요했기에 때로 역사소설에서는 종종 원자료(역사)보다 대화를 덜 포함시켰다. 최소한 이것은 『삼국연의』 '리위'의 평점에서의 주장이었다[36](『삼국연의회평본』, 19회 236면, 미비).

역사 자료를 배열하는 가장 간단한 방법은 연대기적으로 늘어놓는 것이다. 연대기와 편년체는 이러한 구성을 사용했고, 중국에서는 『춘추』가 초기의 예이다. 복잡한 역사 시기를 다루거나 혹은 넓은 지역을 다룰 때 단일한 연대기를 엄격하게 고수하는 것은 역사 발전에 대한 서로 다른 기준의 연속성을 깨뜨리는 것이다. 가장 유명한 편년체 역사는 참조하기에는 편리하나 읽기에는 불편한 쓰마광司馬光(1019~1086)의 『자치통감』이다.[37] 이 책은 '사용자 편의'를 위해서 두 가지 다른 방식으로 재배열되

---

35) 「공부의 천관민과 역사 기술을 논의하는 편지與陳觀民工部論史學」, 14 / 25a. 이 단락은 셸던 루 샤오펑, 『역사적 사실성에서 소설적 허구성으로*From Historicity to Fictionality*』(우리말 번역본은 조미원 등 번역, 『역사에서 허구로』, 도서출판 길, 2001), 77면, 앤쏘니 위Anthony Yu, 「역사, 소설과 중국 서사 독법History, Fiction, and Reading Chinese Narrative」, 7면에도 인용되어 있다.

[옮긴이 주] 원문은 다음과 같다. "其言之法, 增損無常. 惟作者之所欲. 然必推言者當日意中之所有. 雖增千百言而不爲多. 苟言雖成文, 而推言者當日意中所本無, 雖一字之增, 亦造僞也." 참고로 해당 부분에 대한 루 샤오펑의 우리말 번역본의 번역은 다음과 같다. "말을 기록하는 방법에, 첨가나 축소에 어떤 일정한 규칙이 있는 것은 아니다. 그것은 모두 작가가 원하는 바에 달려 있다. 그러나 (작가는) 바로 그 날 말하는 사람의 마음에 있었던 것을 추론해서 나타내야 한다. 그런 경우 천여 개의 단어를 첨가하는 것 정도는 많은 것이 아니다. 그러나 (작가가) 바로 그 날 말하는 사람의 마음에 있지 않았던 것을 생각해낸다면, 설령 그 단어들이 훌륭하게 구성되어 있다 할지라도, 하나의 단어를 첨가하는 것조차 거짓으로 꾸며낸 것이 될 것이다." 같은 원문을 두고 이런 번역상의 차이가 생긴 것은 롤스톤과 루 샤오펑 두 사람이 장쉐청의 원문을 서로 다르게 영역한 데서 기인한다.

36) **[옮긴이 주]** 원문은 다음과 같다. "正史中許多說話, 演義反簡, 妙妙!"

37) 쳰다신錢大昕(1728~1804)에 따르면, 『자치통감』이 완성되자 그것을 빌려본 사람 가운데 오직 한 사람만이 전체를 통독할 수 있었다고 한다. 다른 사람들은 열 쪽을 읽기도 전에 하품을 하거나 졸음을 느꼈다. 그의 『이십이사고의廿二史考疑』 서문 참조. 레이간雷感, 『중국역대사요적서론문선주中國歷代史要籍序論文選注』, 240면.

었다. 하나는 주제에 따라 좀더 분명한 역사적 발전과 연속성을 느끼게 자료들을 재조직하는 것이다. 이러한 종류의 책의 제목에는 보통 기사본말記事本末이라는 말이 붙었다. 또 다른 방식은 텍스트를 좀더 짧은 시기의 좀더 작은 사건들로 나누는 것이다. 표제綱는 이러한 사건들을 요약하였고, 좀더 자세한 설명目은 그 밑에 배열되었다. 최초의 그리고 가장 영향력이 컸던 예는 주시朱熹가 지었다는 『통감강목通鑑綱目』이다. 강綱은 『춘추』의 항목들과 그 경전에서 작동한다고 생각되는 도덕적 판단을 의미하는 코드와 같은 것을 본뜬 것이었다. 후대의 편집자들은 시간의 틀을 『자치통감』의 그것보다 길게 확장했다. 이러한 종류의 축약본과 좀더 짧은 판본이 널리 유통되었다.

강목 유형의 역사는 그 편리성으로 인해, 사회적으로 낮은 계층에서는 똑같은 내용의 더 길고 더 복잡한 저작보다 훨씬 더 큰 영향을 미칠 수 있었다. 자신의 『수호전』 판본에서, 진성탄은 강목 유형의 책에서 쑹장宋江의 부분을 인용하였다.[38] 소설 평점가들은 강과 목이란 말을 사용하였고(이를테면 『『홍루몽』권紅樓夢卷』, 155면, 장신즈張新之 「독법」 13조, 플락스 「『홍루몽』 독법」, 330면), 강목서법綱目書法(『통감강목』처럼 언어를 사용하는 것. 이를테면 『신편 『석두기』 즈옌자이 평어 집교』, 65회 641면, 왕부王府와 유정有正의 회수 평어)이란 용어는 좀더 많이 쓰였던 춘추필법春秋筆法과 그 변종들에도 사용되었다. 그러나 가장 흥미로운 것은 마오쭝강 때부터 장회의 제목과 텍스트를 강과 목의 관계로서 보는 경향이 나타났다는 것이다. 『수호전』과 같은 초기 소설의 회목은 회의 내용을 항상 암시하지는 않았다. 후대의 비평가들과 소설가들은 그것을 좋아하지 않았기에, 그러한 상황을 바꾸는 걸음을 내딛기 시작했다. 그들은 회목을 강 혹은 제강提綱으로 지칭했다. 류이밍劉一明과 같은 평점가들은 회목의 대구를 맞추는

38) 『수호전회평본』, 11~15면. 텍스트는 『통감강목』 속편의 1121년의 두 번째 달 것과 똑같다. 그러나 똑같은 표현이 위안황袁黃과 왕스전王世貞의 『통감합편綱鑑合編』에도 보인다.

데 커다란 주의를 기울였다(이를테면 『서유기자료휘편』, 247면, 「독법」 10조, 앤쏘니 위, 「『서유기』의 원래 의도 읽어내기」, 302~303면).

편년체 외에 또 다른 중요한 역사 기술 형식은 쓰마첸이 『사기』를 위해 창안한 기전체紀傳體이다. 이 형식은 아래에서 『사기』가 소설에 끼친 영향으로 돌아설 때 설명될 것이다. 여기서는 이러한 역사 기술 형태에서 전기傳記의 중요성을 지적하는 것으로도 충분하다.

초기부터, 역사를 쓰는 주된 이유는 도덕적 교훈을 제공하는 것이었다. 이것은 도덕적 교훈을 좀더 드러나게 하기 위해 전형화된 인물 개념과 흑백 논리를 사용하는 경향을 부추겼다. 이것의 극단적인 예는 '마지막 통치자는 악인'이라는 신드롬으로, 마지막 통치자가 악인이라는 것이 논란의 대상이 되든 안되든 그것과 무관하게 그러한 모티프는 항상 나타난다. 이것은 '사랑하되 그 잘못을 알고, 증오하되 그 선함을 안다愛而知其惡, 憎而知其善'는 격언에 전형적으로 표현된 객관성과 공평함의 요구와는 어느 정도 배치되는 것이다.[39)]

객관성이라는 코드에 대한 충실성은 제齊나라의 궁정에서 두 역사가의 피살을 야기한 유명한 사건을 만들어냈다. 기원전 548년에 추이주崔杼는 제 장공齊莊公이 자신의 부인과 간통하였기 때문에 그를 죽였다. 궁정의 역사가는 "추이주가 그의 군주를 암살하였다"라고 기록했는데, 그 정직함 때문에 죽임을 당했다. 그의 동생이 형의 지위를 이어받았는데, 그 역시 이 사건에 대해 똑같이 기록하였으므로 추이주에게 죽임을 당했다. 그러나 추이주는 둘째 동생도 형들과 똑같이 기록하고는 사형을 기다리자 분노를 누그러뜨렸다.[40)] 한편 영공靈公이 자오둔趙盾을 죽이려고 하다가 자오둔의 친족 자오촨趙穿에게 죽임을 당했을 때의 진晉나라

39) 이 말은 『예기』의 첫 장 서두에서 나온 것이지만, 종종 역사가들, 나중에는 소설가들에게 모범으로서 제시되었다.

40) 『좌전』, 양공襄公 25년, 『십삼경경문十三經經文』, 146면(왓슨Watson, 『좌전*Tso Chuan*』, 143~148면). 또 다른 역사가는 역사의 정확성을 위해서 궁정으로 달려갔으나 너무 늦게 도착했다.

의 역사가였던 동호董狐의 이야기도 있다. 영공이 피살되었을 때 자오둔은 그 현장 근처에 없었지만 동호는 군주의 죽음이 자오둔때문이라고 하면서 "자오둔이 그의 군주를 암살하였다"라고 역사 기록에 썼다. 『곡량전穀梁傳』과 『좌전』에서는 세부 서술을 달리하여 이 사건을 서술하고 있지만, 그 주요 관념은 자오둔이 영공이 간언을 받아들이지 않았을 때 진나라를 떠나지 않았고 수도로 돌아와서 차오촨을 책망하지 않았기 때문에, 자오둔이 심지어는 자오촨보다도 더 그 암살 행위에 책임이 있다고 했다. 『곡량전穀梁傳』에서는 동호(스후史狐라고도 하고 후狐의 역사가라고도 한다)가 자오둔에게 너도 자오촨과 같은 마음을 품고 있었다고 말했다고 한다.[41] 또한 현인의 명예를 보호하는爲賢者諱 상반된 원리도 중국 역사 기술에서 작동하고 있는데, 소설 비평가들은 소설 속의 등장인물을 특별하게 취급하는 것을 설명할 때 이러한 원리를 끌어왔다.[42]

역사에 묘사된 인물에 대해 명시적으로 또는 암시적으로 판단을 거치는 것은 역사 기술 전통의 기본적 부분이었다. 판단은 외부로 드러난 행동과 그 안에 내재된 동기 모두에 가해졌고, 또 근본적으로 비교에 바탕한 것이었다. 아마도 『사기』에서는 비교에 의한 판단이 전기傳記의 대상이 다루어지는 순서와 '좋은 관리循吏' '가혹한 관리酷吏' 등과 같은 집합적인 전기의 구비에 의해 분명하게 표현되고 있는 듯 같다. 이것은 『한서』 20권의 '고금인표古今人表'로 나아가는 하나의 단계로 받아들여지고 있다. 『한서』에서는 신화 시대에서 진말秦末까지의 역사 인물을 세 가지 용어 곧 상·중·하의 조합으로 이루어진 9개의 범주, 곧 상상上上부터 하하下下까지로 분류하였다.[43] 또한 가장 높은 세 범주와 가장 낮

41) 홍예 외 공편, 『춘추경전인득春秋經傳引得』, 선공宣公 2년, 180~181면 참조. 이 사건에 대한 『좌전』의 영역과 설명에 관해서는 왓슨Watson, 『좌전*Tso Chuan*』, 79~80면 참조.

42) 이를테면 『수호전회평본』, 49회 915면, 진성탄 회평. 원래의 용법에 관해서는 홍예 외 공편, 『춘추경전인득』, 조공趙公 20년, 399면 참조.

43) 진성탄은 「독『제오재자서』법」 22~48조에서 이것과 똑같은 체계를 『수호전』의 등장인물에게도 적용하였다. 『수호전회평본』, 17~20면(존 왕, 「제오재자서 독법」, 136~139면).

은 범주에는 질적인 평가를 나타내는, 성인聖人・인인仁人・지인智人과 우인愚人이라는 제목이 붙었다.

이렇듯 상당히 직설적인 방법이외에, 중국 역사 기술에서는 판단이 어떻게 수행되었는가? 정사正史와 그것들을 본뜬 책에서는 '평評'・'찬讚'・'사신단왈史臣斷曰' 같은 말이 앞에 붙는 평가(보통 한 장의 말미에 붙는다)로 판단이 분명하게 표현된다.[44] 가장 이른 예는 『좌전』의 '군자왈君子曰'이라는 말로 시작하는 평어이다. 『사기』에서는 쓰마첸이 '태사공왈太史公曰'이라는 말로 자신의 개인적인 의견을 시작한다.

그러나 암시적인 판단은 공식적으로는 서두의 표제어로 드러나지 않으므로, 그것을 '알아보는 것'은 종종 평점가가 심사숙고해야 할 문제였다. 암시적인 판단이 역사 서사로 통합되었다는 것은 '곡필曲筆'이나 '사필史筆'이라는 말로 기술되었다. 첫 번째 용어는 원래 개인적인 목적으로 역사 기록을 왜곡하는 것을 부정적으로 가리킬 때 쓰였다.[45] 진성탄은 곡필은 직접적으로 드러나지 않는 미묘한 글쓰기라고 생각했다(이를테면 『수호전회평본』, 59회 1,084면 평어와 59회 1,090면 협비). 그리고 워센차오탕본臥閑草堂本 『유림외사』의 평점가는 묘사된 등장인물과 의도된 효과에 따라 곡필은 반대되는 의미를 가진 '정필正筆'(직접적 문체)과 함께 작가가 쓸 수 있는 수사적인 문체라고 생각했다(『유림외사연구자료』, 36회 501면, 회평 1 「워센차오탕본 『유림외사』 회평」(린순푸 역), 285면). 그러나 『훙루멍』의 치랴오성戚蓼生(약 1732~1792)의 서문에서, "역사가는 간접적인 수사를 많이 사용한다

44) 『수호전』의 진성탄 평점에 인용된 쑹장의 역사 기록에 관한 언급은 이 구절로 시작한다(『수호전회평본』, 11, 13면). 『속자치통감강목』의 「범례」에 따르면 '사신史臣'은 정사에서 인용할 때 사용되었다고 한다.

45) 부정적인 용법으로 가장 유명한 것은 '자신의 생명을 구하기 위하여 진실을 왜곡하지曲筆 않은' 역사 인물을 칭찬하는 것이다(천서우陳壽, 『삼국지』 7권, 235면). 소설 비평가들은 소설 작가들의 솜씨를 묘사할 때 이 용어를 사용하지 않긴 했지만, 마오쭝강은 천린陳琳이 차오차오曹操를 고발할 때 수사적인 효과를 위해 역사적 사실을 왜곡했다는 것을 지적하면서 이 용어를 부정적으로 사용하였다(『삼국연의회평본』, 22회 271면, 협비).

史家之多曲筆"(『중국역대소설론저선』 상권, 492면)고 언급한 것처럼, 곡필과 역사 기술은 매우 강하게 연결되어 있다. 역사가들은 아마도 일신상의 안전 때문에 자신의 정치적 의견을 숨기기 위하여 간접적인 수사에 의지하였던 것 같다. 자신의 목숨을 희생해서라도 묵묵하게 진실을 기록할 것을 주장했던 역사가들은 존경받았지만, 그러나 정치적으로 위험한 판단을 간접적으로 표현하였던 역사가들도 존경받았다.

사필史筆이라는 개념은 너무 광범위해서 역사 기술에 적용할 수는 없다. 그러나 다른 장르에서 활동했던 비평가들은 이것을 자신이 연구하는 장르와 역사 저작을 연결시키는 데 사용했다. 어떤 소설 비평가들은 소설에 사용된 기교가 역사 기술의 기교보다 뛰어나다고 주장하기는 했지만(이를테면 류천웡劉辰翁의 『세설신어』 평점, 『중국역대소설론저선』 상권, 77면), 사필史筆은 일반적으로 본받아야 할 모범으로 여겨졌고, 특별히 텍스트 표면의 층위와 일치하지 않는 주제나 교훈을 제공하는 것으로 받아들여졌다. 이것은 리카이셴李開先이 『사학詞謔』에서 산적과 반역자들을 그렸다는 이유로 『수호전』을 비난하는 사람들은 "그것이 [역사] 서술의 모델이며 역사 기술의 경이로움이라는 사실을 무시하는 것이다"[46]라고 한 말로 뒷받침된다(『수호전자료회편』, 187면).

중국 소설을 연구하는 현대의 학자들은 사필의 두 가지 유형을 구별하고 있다. 하나는 권력자에게 아부하거나 권력자의 과실을 덮어주지 않고 진실을 있는 그대로 기록하는 것을 강조하는 둥후董狐까지 거슬러 올라가는 것이고, 또 다른 하나는 용어의 선택을 통해 암시적인 판단을 표현하는 『사기』와 다른 저작들에서 유래한 것이다(이를테면 천밍陳鳴, 『『홍루몽』사필산론紅樓夢史筆散論』, 23면). 세 번째 유형은 역사소설에 가장 자주 사용되었으며 『삼국연의』의 초기 판본의 가장 두드러진 특질이기도 한데, 정사의 모델에 근거해 등장인물을 분명하게 판단하는 것이다. 이

46) **[옮긴이 주]** 원문은 다음과 같다. "倘以奸盜詐僞病之, 不知序事之法, 史學之妙者也."

러한 판단들은 대부분 기존의 자료들을 인용하고 있고 첫구절과 들여쓰기에 의해 나머지 텍스트 부분들과 분명히 구별된다.[47]

어떤 비평가들은 직설적이고 진실된 서사를 지칭할 때 사필이라는 용어를 사용했지만(이를테면 『수호전회평본』, 1회 71면, 위안우야袁無涯 미비), 진성탄과 그에게 영향 받은 사람들은 기본적으로 표면에 보이는 단순한 기술 뒤에 숨어있는 의미를 가리킬 때 이 용어를 사용하였다. 이를테면 수호의 산적이 마을을 장악했다는 것을 묘사하는 가장 전형적인 묘사("그들은 사람들을 평안케 하겠다고 선언했고 적어도 사람들의 권리와 재산을 침해하지 않았다秋毫無犯")에 관해 진성탄은 다음과 같이 썼다.

> 이런 방식으로 묘사하면 그들은 소위 인자하고 정의로운 무리여야만 할 것이다. 지금 갑자기 산적들을 인자하고 정의로운 무리로 보이게 한 것은 산적들의 술수이다. [작가가] 이러한 방식으로 산적들의 술수를 묘사한 이유는 오히려 정반대로 당시 조정의 군대가 [산적들처럼] 잘 하지 않았다는 것에 대한 작가의 깊은 유감을 표현하기 위해서이다. 마을의 박식한 체하는 사람은 작가가 역사 기술의 수사학史筆法을 사용하고 있다는 사실을 깨닫지 못하면서 그러한 기술을 보고는 바로 산적들이 정말로 인자하고 정의롭다고 믿어버리는 것이다.[48]
>
> —『수호전회평본』, 53회 966면, 협비[49]

마오쭝강은 사필이라는 말을 등장인물에 대한 작가의 긍정적인 혹은 부정적인 판단予奪을 가리키는 데에 사용하였지만(이를테면 『삼국연의회평

---

47) 이러한 관습은 『삼국연의자료휘편』, 21회 260면, 81회 992면과 111회 1,350면의 '리즈李贄' 미비에서는 사필로 묘사되고 있다.

48) [옮긴이 주] 원문은 다음과 같다. "如此言, 所謂仁義之師也. 今强盜而忽用仁義之師, 是强盜之權術也. 强盜之權術, 而又書之者, 所以深嘆當時之官軍反不能然也. 彼三家村學究, 不知作史筆法, 而遽因此等語, 過許强盜眞有仁義."

49) 또한 '적어도 사람들의 권리와 재산을 침해하지 않았다秋毫無犯'라는 말이 두 번째 사용되었을 때 그가 한 논평도 참조, 『수호전회평본』, 53회 999면(特筆之, 以愧當時官軍也. 원문은 [옮긴이 주]). 이것은 이 부분의 기술을 진지하게 다루었던 위샹더우余象斗의 평림본評林本에서의 평점가와는 크게 대비되는 것이다. 앞의 책, 미비 참조(宋兵過處, 秋毫無犯, 乃□(衆?)心知此, 使民心坏其德也. 원문은 [옮긴이 주]).

본』, 80회 973면 회평), 이것에 관한 그의 관념은 진성탄보다 훨씬 직설적이었다.

가장 놀라운 것은 지후써우畸笏叟가 차오쉐친曹雪芹의 13회의 원래 제목인 "친커칭이 톈샹러우에서 성적 탐욕으로 죽다秦可卿淫喪天香樓"와 작가가 원래 그녀의 죽음을 묘사한 것에 대해 말하면서 이 장을 사필의 예로서 보았다는 것이다. 친커칭秦可卿(혹은 좀더 정확하게 말하면 그녀의 모델)에 대한 연민에서 지후써우는 차오쉐친이 그 회를 바꾸고 그녀의 죽음을 다르게 표현하게 했다. 그는 확실히 역사 기술 전통에 적절한 판단의 엄격함은 소설에는 너무 가혹하다고 생각했던 것이다(이 책의 제14장 참조).

4. 『춘추春秋』

『춘추』는 연대기적으로 중국의 역사를 배열한 현존하는 가장 오래된 책이다. 그것은 기원전 722년에서 480년까지의 노魯나라의 전쟁에서 기상이변에 이르는 다양한 사건들을 매우 소박한 언어로 매 해마다 기록한 것이다. 헤이든 화이트Hayden White에 따르면 서사성, 명료성, 종결의 관점으로 보면 연대기는 역사 글쓰기의 가장 초보적인 수준을 나타낸다고 한다. 그는 연대기와 그 다음으로 높은 단계인 편년체를 대비시키면서, "연대기는 실제 사건을 이야기 형태로 보이지 않게 역사 사실을 재현하는 반면, 편년체는 실제 사건을 끝나지 않은 이야기의 형태로 인간이 의식하게끔 재현한다"고 말했다(헤이든 화이트, 「현실 재현에서의 서사성의 가치The Value of Narrativity in the Representation of Reality」, 5면). 화이트가 정의한 대로, 진정한 의미의 역사는 편집자의 도덕적 권위와 저작의 사회 질서에 대한 관계를 통해 구조화되고 종결된다(화이트, 20~23면).

왕안스王安石(1021~1086)가 "조각난 궁정 관보斷亂朝報(레이간雷感, 『중국역대사요적서논문선주中國歷代史要籍序論文選注』, 15면)"라고 말한 바 있는 『춘추』를 비평 전통과 분리하여 읽어보면, 어떤 구체화된 의식이나 종결을 찾기가 어렵다. 그러나 전통적인 독자들은 실제 모습보다 화이트의 '진정한 역사' 관념에 훨씬 가까운 저작을 만들어냈다.

초기 전통에 따르면 쿵쯔는 『춘추』를 편집했고 그것을 제자들에게 말로 설명했다고 한다.[50] 후대의 주석은 대부분 그가 말로 설명한 것을 텍스트에 대한 그의 원 관념의 일부로 보고 그것을 다시 잡아내려고 노력했다. 그들의 일반적인 전제는 쿵쯔는 자신의 도덕 철학을 전하고 사건에 대한 평가를 전달하기 위해 경전에 있는 모든 말들을 신중하게 선택했을 거라는 것이다. 그들은 소설 평점가들처럼 텍스트에 대한 내포 작자를 구성하는 데 힘썼다. 그들은 『춘추』를 쿵쯔의 삶과 연결지으면서 텍스트를 구조화하고 형상화하였다. 이를테면 『공양전公羊傳』에서는 쿵쯔가 기원전 481년에 '기린'이 잡힌 뒤 『춘추』에 대한 작업을 시작했다고 한다. 기린이 잡힌 뒤 쿵쯔는 자신의 정치 제도를 실행시킬 만한 어떠한 군주도 제대로 설득할 수 없었으므로 고향으로 돌아갔고, 자신의 생각을 보존하기 위해 저술을 하는 쪽으로 마음을 바꾸었다.[51] 멍쯔(IIIB.9, 라우 번역본 114면)와 쓰마첸(『사기』, 47회 1,944면)은 쿵쯔가 『춘추』를 통해서

---

50) 이러한 과정에 대한 고전적인 기록에서 류신劉歆(23년 졸)은 그 결과에 대해 약간 회의적이었다. "쿵쯔가 죽었을 때 그의 미묘한 [구술] 전달微言은 단절되었다. 그의 72명의 제자가 죽자 그 심오한 의미大義는 왜곡되었다及夫子沒而微言絶, 七十子卒而大義乖(원문은 **[옮긴이 주]**)."(「이서양태상박사移書讓太上博士」, 샤오퉁蕭統, 『문선文選』, 43권, 1,953면) 다른 기록을 보려면 '십이제후연표十二諸侯年表'(쓰마첸, 14권, 509~510면), 「예문지」(반구班固, 『한서』 30권, 1,715면), 장쉐청章學誠의 『문사통의』 「사주史注」, 237면 참조. 이러한 많은 기록들은 쿵쯔가 정치적 위험 때문에 저작에 대해 말하지 못했을 것이라는 점을 강조하고 있다.

51) 훙예 외 공편, 『춘추경전인득』, 애공哀公 14년, 487면과 쓰마첸, 『사기』 47권, 1,942~1,944면 참조. 『춘추』의 마지막 기록 가운데 하나는 이해에 일어났다. 그것은 단지 공이 사냥하러 서쪽에 갔다가 기린을 붙잡았다는 4개의 글자로 된 짧은 기록이다. 『춘추』의 또 다른 명칭은 『인경麟經』이다.

만 사람들이 진실로 자신을 알게 될 것이라고 말한 것을 인용했다.

전통적으로 『춘추』를 읽을 때는 보통 연대기에 있는 사건들이 아니라 그 사건이 기록된 말과 그 말에 담겨있다는 암시적인 철학적 판단과 도덕적 판단에 관심을 돌렸다. 쓰마첸은 『춘추』란 단지 쿵쯔의 생각을 담아내는 도구라고 말했다. 그는 쿵쯔가 한 말을 인용하였다. “구체적인 사건行事 속에서 생각을 표현하는 것이 추상적인 말空言로 내 생각을 말하는 것보다 더 분명하고 확실하다.”[52]

『춘추』와 관련한 몇 가지 개념이 고전 소설 비평에 보인다. 가장 중요한 것은 ‘선한 이는 선하게, 악한 이는 악하게善善惡惡’ ‘춘추의 필법春秋筆法’ ‘미묘한 비평微辭’이다. 『공양전』에서는 『춘추』가 현인의 사소한 잘못을 덮었다는 것爲賢者諱을 설명하기 위해 ‘선한 이는 선하게, 악한 이는 악하게善善惡惡’라는 말을 사용하였다.[53] 쓰마첸도 자신의 역사가 『춘추』를 모델로 하지 않았다고 (믿어지지 않는) 주장을 하면서도 이 말을 사용했다(『사기』, 130권, 3,297면).[54] 진성탄은 ‘현인의 사소한 잘못을 덮었다는 것爲賢者諱’이라는 관념을 사용했는데(『수호전회평본』, 49회 915면), ‘선한 이는 선하게, 악한 이는 악하게善善惡惡’를 사용한 가장 두드러진 예는

52) 쓰마첸, 『사기』 130권, 3,297면. 이 인용구의 출처는 진위를 알 수 없는 책이다(앞의 책, 130회 3,298면 주4). 비슷한 말이 쓰마첸의 스승인 둥중수董仲舒(기원전 179～104)가 지은 『춘추번로春秋繁露』(6 / 3a)에 보인다. 청말의 한 비평가는 쿵쯔의 말을 인용하면서 한층 더 나아가 만약 쿵쯔가 살아있었다면 소설을 썼을 것이라고 주장하였다(샤런俠人, 「소설총화小說叢話」, 『중국역대소설논저선』 하권, 64면).

53) “성인[곧 쿵쯔]이 좋은 행동을 칭찬한 것善善은 오래 가지만, 반면에 나쁜 행위를 책망하는 것惡惡은 짧게 지속된다. 나쁜 행위를 책망하는 것은 개인에게 말하는 데서 끝나지만, 반면에 좋은 행위를 칭찬하는 것은 후대에까지 전해진다君子之善善也長, 惡惡也短, 惡止其身. 善善及子孫(원문은 **[옮긴이 주]**).”(훙예 외 공편, 『춘추경전인득』, 소공昭公 20년, 399～400면)

54) **[옮긴이 주]** 쓰마첸은 「태사공자서」에서 『춘추』의 가치를 논하면서 이런 말을 했다. 그러면서 자신은 이야기를 서술했을 뿐 거기에 무슨 자신의 생각을 덧붙이거나 한 게 아니기 때문에 자신의 『사기』를 『춘추』에 비기는 것은 잘못된 일이라고 극력 주장했다. 해당 원문은 다음과 같다. “余所謂述故事, 整齊其世傳, 非所謂作也, 而君比之於春秋, 謬矣.”

『유림외사』의 셴자이라오런閑齋老人 서문에서 소설과 역사의 공통성을 강조하는 컨텍스트에서다. “소설稗官은 역사의 (작은) 분과 중 하나이다. 이러한 소설을 잘 읽는 사람은 진짜 역사도 잘 읽을 수 있다. 이 때문에 소설 작품 역시 (보통 역사 저작과 함께) 선과 악을 분명하게 묘사해서善善惡惡 독자들로 하여금 좋은 모범을 본받게 하고 나쁜 행위를 경계하게 해야 한다.”(『유림외사회교회평본』, 763면. 롤스톤 편, 『독법』, 249면)[55)]

『춘추』에서는 선과 악이 어떻게 묘사되었는가? 『춘추』에서 판단은 형식적으로 서사와 분리된 구절에서 분명히 드러나기보다는, 아마도 춘추필법 혹은 비슷한 용어로 불리는 표현의 조그마한 변화로 인해 표현되는 듯한데, 그 중에서도 ‘피부 아래 춘추 식의 판단皮裏陽秋’라는 표현이 가장 흥미로운 것 같다.[56)] 『춘추』가 일관된 암호화된 판단 체계[57)]를 가지고 있는지에 대해서는 많은 의혹이 있지만, 그것은 여기서의 논점이 아니다. 우리의 관심은 『춘추』에 대한 전통적인 관념과 그것의 소설

55) **[옮긴이 주]** 원문은 다음과 같다. “稗官爲史之支流, 善讀稗官者, 可進於史, 故其爲書, 亦必善善惡惡, 讀者有所觀感戒懼, 而風俗人心, 庶以維持不壞也.”

56) 원래 이 말은 주퍼우褚裒(303~349)에 관한 것이다. “그는 겉으로는 [다른 사람들에 대해] 아무런 판단을 표현하지 않았지만 속으로는 칭찬과 책망의 기준을 가지고 있었다褚季野皮裏陽秋.”(류이칭劉義慶, 『세설신어』 「상예」 66조, 252면. 리처드 매더Richard Mather 번역본 229면) 동진東晉의 황후 중 한 명의 이름을 피휘하기 위해 춘春이라는 말 대신 양陽이라는 단어가 쓰였다.

[옮긴이 주] 원문 가운데 ‘피부 아래 춘추 식의 판단皮裏陽秋’을 『세설신어』 번역본(김장환 역주, 『세설신어』 중, 살림, 1997, 261면)에서는 ‘뱃속의 춘추’라 번역했다. 『세설신어』의 전문은 다음과 같다. “환이桓彝 : 茂倫가 말했다. ‘주지예褚季野는 뱃속에 들어있는 춘추다.’ [이것은] 그가 마음속으로 재단裁斷하는 것을 말한다桓茂倫云 : 褚季野皮裏陽秋. 謂其裁中也.” 『진서晉書』 93권 「주퍼우전褚裒傳」에 “주퍼우는 피부 아래 춘추 식의 판단을 갖고 있었으니, 겉으로는 옳다 그르다 말을 하지 않았으나 속으로는 칭찬과 책망의 기준을 갖고 있었다裒有皮裏陽秋, 言其外無臧否, 而內有褒貶也”고 했다. 동진 때 황후는 원제元帝의 비인 정태후鄭太后 아춘阿春을 가리킨다.

57) 이를테면 조지 케네디George A. Kennedy의 「춘추의 해석The Interpretation of the Ch'un-ch'iu」(Li T'ien-yi李田意, ed., 『조지 케네디 저작선*Selected Writings of George A. Kennedy*』(New Haven : Far Eastern Publications, 1964), 79~103면 참조. 전통적인 회의주의에 대해서는 혹람 찬Hoklam Chan, 「마돤린馬端臨의 역사 사상에서의 ‘통通’과 ‘변變Comprehensiveness'(T'ung) and 'Change'(Pien) in Ma Tuanlin's Historical Thought」, 42~44면 참조.

에 대한 영향이다.

앤드루 힝분 로는 중국 고전 소설과 역사 기술의 차이는 의도의 문제라고 주장한다. 곧 『통감강목』과 같은 저작은 '춘추필법'의 전통에서 쓰여졌던 반면에 소설가들은 판단을 분명하게 말하지 않는 것을 선호했다는 것이다(앤드루 힝분 로, 「역사 기술 맥락에서의 『삼국연의』와 『수호전』―해석적 연구」, 4면). 그러나 소설 평점가들은 역사와 소설 모두에서 판단은 분명하게 표현되기보다 암시적으로 표현되어야 한다는 점을 강조했다. 소설 뒤에 숨겨진 의도가 『춘추』와 『통감강목』에서의 그것과 같은 것일 수도 있다는 생각은 일찍이 장다치蔣大器의 『삼국지통속연의』 1494년 서문에 나타났다. 같은 소설에 대한 평점에서, 마오씨 부자는 '올바른 용어'[58] 사용에 대한 관심을 나타냈고, 자신들이 텍스트를 변화시킨 것을 『통감강목』의 예에서처럼 소설을 『춘추』와 같은 원리로 만들기 위한 시도의 한 부분으로 정당화했다.

아마도 『삼국연의』를 역사 저작과 연결하는 것은 자연스러운 일일 것이다. 그러나 『수호전』의 평점가들도 역사 저작과 『수호전』을 연결시켰다. 진성탄은 쑹장宋江에 대한 강목식의 기록을 인용하면서 『춘추』에 대한 평점을 연상시키는 방식으로 '강降'과 같은 원래 기록의 어떤 용어의

---

58) 이를테면 『삼국연의자료휘편』, 4~5면(데이비드 로이, 「『삼국연의』 독법」, 152~156면)과 『삼국연의회평본』, 110회 1339 우츄젠毌丘儉에 대한 기록 가운데 어떤 묘사에 관해서 볼 것.

[옮긴이 주] 우츄젠은 우리 역사에도 등장하는 인물이다. 곧 고구려 동천왕 때 두 차례나 고구려를 침공하여 한때 국기國基를 위태롭게 하였던 관구검毌丘儉이 바로 그이다. 이 때 큰 공을 세운 이가 밀우와 유유이다. 신하 밀우가 결사대를 이끌고 항전하는 사이 동천왕은 남쪽 낙랑 지역까지 후퇴하였다. 추격병의 추격이 이어지자 유유紐由가 거짓 항복을 하는 척하다 위나라 군의 장수를 죽이고, 유유도 그 자리에서 죽는다. 이 일로 인해 위나라 군은 혼란을 일으키고 이를 틈타 동천왕이 기습하여 승리를 거둔다. 우츄젠(관구검)에 관한 기록은 『위지魏志』 「고구려조高句麗條」와 「우츄젠조」 및 『삼국사기』 등에 전하는데, 1906년 지린성吉林省 지안현集安縣에서 발견된 우츄젠기공비毌丘儉紀功碑에도 나타나 있다. 참고로 그의 성인 '毌'은 중국식 발음은 '우Wu'이나, 우리말로 읽을 때는 관용적으로 '관'으로 읽는다.

사용에 대해 논의하였다(『수호전회평본』, 11~12면). 그는 『수호전』이 『춘추』와 같거나(『수호전회평본』, 59회 1,084면),[59] 혹은 전혀 차이가 없다(『수호전회평본』, 59회 1,090면)[60]고 주장하였다. 오랜 동안 진성탄은 스나이안施耐庵이 쑹장에 대해 '『춘추』의 방법'을 사용했다고 주장했는데, 이것은 쑹장에 대한 일반적인 평가를 바꾸기 위한 진성탄의 기획의 일부분이었다.

『금병매』의 우웨냥吳月娘에 대한 장주포의 평어는 적어도 부분적으로는 쑹장에 대한 진성탄의 비난을 모델로 하였다(이 책의 제8장 참조). 또한 그는 작자가 '춘추필법'을 사용하여 자신의 등장인물의 실패에 대한 미묘한 판단을 전달하고 있는 것으로 보았다(이를테면 『장주포 비평 제일기서 금병매張竹坡批評第一奇書金瓶梅』, 11회 166면, 회평 4조, 21회 319~320면 회평 6조, 75회 1,155~1,156면, 회평 5조, 10조). 똑같은 사고방식이 장신즈張新之와 『홍루몽』에 대한 쉐바오차이薛寶釵에 대한 평가에 영향을 끼쳤다(이를테면 『평주금옥연評注金玉緣』, 120 / 49a[1,539], 협비).

소설 평점가들이 종종 표면적인 외양과 행위에서 인물의 동기를 판단하는 것으로 전환한 것 역시 춘추필법을 참조한 것이었다. 이것 역시 『춘추』의 본질에 대한 주요한 관념과 관련한 것일 수 있다. 『후한서』 「훠쉬전霍諝傳」에서 훠쉬는 "『춘추』의 본질은 사건의 근본적인 원인을 찾아내는 것이고, 잘못에 대한 책망을 하는 것이다. 행동은 용서될 수 있는 반면 그 동기는 책망 받아야 한다"[61]고 말했다(판예范燁, 『후한서』 48권 1,615면). 진성탄은 훠쉬가 『춘추』를 '방법은 (행위보다는) 의도를 따르는 것에 있다法在誅心'[62]라는 유명한 네 글자로 요약한 것을 받아들였다.[63] 우리는 이러한

---

59) **[옮긴이 주]** 제59회의 회평에서 진성탄은 쑹장이 교묘하게 차오가이晁蓋의 죽음을 예비하고 그를 사지로 몰아넣었다고 주장하면서 이러한 작자의 의도가 드러난 것 역시 자신이 작자의 의도를 가장 잘 반영하고 있는 '고본'을 손에 넣었기 때문이라고 주장했다. 원문은 다음과 같다. "然而作者於前之勸則如不勝書, 於後之勸則直削之者, 書之以著其惡, 削之以定其罪也. 嗚呼! 以稗官而幾欲上與陽秋分席, 詎不奇絶? 然不得古本, 吾亦何由得知作者之筆法如是哉!"

60) **[옮긴이 주]** 해당 원문은 다음과 같다. "深文曲筆, 遂與陽秋無異."

61) **[옮긴이 주]** 원문은 다음과 같다. "聞春秋之義, 原情定過, 赦事誅意."

관념이 표현되고 있는 예를 『린란상林蘭香』에서 볼 수 있다. 궁정에서는 경랑耿烺을 전선으로 보내려고 하였으나 "다행히幸 왕전王振이 이를 막았다." 평점가는 이 구절에 대해 "경랑은 원래 가고 싶어하지 않았다(이것은 독자들이 직접적으로 알 수 없는 것이다). 그러므로 (작자가) 그의 의도를 책망하기 위해以誅其心 왕전이 이를 막아주는 것을 서술할 때 '다행히'란 말을 집어넣었던 것이다."(『린란샹』, 56회 431면, 56회 436 주19)

이러한 일반적인 글쓰기 관념에 따르면, 역사가와 소설가의 주요한 의무는 '칭찬과 책망'褒貶이나 '승인과 비난'與奪을 할당하는 것이다. 장신즈張新之는 『홍루몽』의 작자가 등장인물에 대한 인정과 비난을 드러내기 위해 『춘추』의 기술을 사용하였다고 말하였고,[64] 진성탄은 소설 행간에서 칭찬과 책망을 하였다(『수호전회평본』, 35회 658면 회평).

미언微言이나 혹은 쿵쯔가 텍스트의 심오한 의미大義를 제자들에게 전달하기 위해 사용했다는 구두로 표현한 미묘한 주석말고도 『춘추』 그 자체는 '미묘한 비평微辭'을 포함하고 있다고 한다.[65] 『공양전』에 의하면 『춘추』에서는 정공定公과 애공哀公 시기의 기록에 이러한 미묘한 비평이 많이 담겨 있다고 한다(홍예 외 공편, 『춘추경전인득』, 정공 1년, 436면). 이러한 관념은 『사기』「흉노열전匈奴列傳」의 끝 부분에서 반복되며 발전되고 있다. "쿵쯔는 『춘추』를 쓰면서 초기의 노공魯公, 은공隱公, 환공桓公의 통치 기간에 대해서는 매우 솔직하게 썼다. 그러나 후기의 정공과 애공의 시

---

62) [옮긴이 주] 실제 죄상은 어떻든 그 악한 속마음을 책하는 의론을 가리킨다.

63) 『수호전회평본』, 36회 674면. 비슷한 용어가 『여선외사女仙外史』(뤼슝呂熊, 58회 671면, 천이시陳奕禧 회평)와 원캉文康의 『환독아서실주인평아녀영웅전還讀我書室主人評兒女英雄傳』, 2면, 관졘워자이觀見我齋 서문에 쓰였다.

64) 『『홍루몽』권』, 153면, 「독법」 2조 참조(플락스, 「『홍루몽』 독법」, 324~325면). '여탈與奪'을 사용한 다른 예에 관해서는 『삼국연의회평본』, 4~5면 「독삼국지법」 1조(로이, 「『삼국연의』 독법」, 152~156면)과 80회 973면, 마오쭝강 회평과 91회 1,118면 '리위李漁'의 미비 참조.

65) 후스胡適(「수호전고증水滸傳考證」, 6면)는 진성탄이 쿵쯔의 미언대의를 『수호전』에 적용시켰다고 비난하면서, 춘추필법의 암호화된 칭찬과 비난 및 선악에 대한 묘사를 '여전히 떠돌아다니는 독'流毒이라고 말했다.

기에서는 좀더 미묘하였다微. 왜냐하면 그 자신의 시대에 관해 쓸 때에는 자신의 판단을 솔직하게 표현하지 못했기 때문에 미묘하고 신중한 언어를 사용하였던 것이다."[66](쓰마쳰, 『사기』 110권 2,919면. 왓슨Watson 번역본 2권 192면)

진성탄은 『수호전』에 이와 비슷하게 휘종徽宗에 대해 지적하는 '미사微辭'가 포함되어 있다고 생각했고(『수호전회평본』, 1회 60면, 협비), 치랴오성戚蓼生은 『홍루몽』의 수사를 『춘추』의 '미사'에 비교하였다(『중국역대소설론저선』 하권, 492면). 이러한 미묘함이 모든 사람의 기호에 맞는 것은 아니었다. 후스胡適와 같은 근대 비평가는 그만두고라도 심지어 어떤 동시대 작가들은 자신들이 찬동하는 소설들이 이런 전통으로부터 멀어지기를 원했다. 『아녀영웅전』에 대한 관졘워자이觀見我齋의 (1734년이라고 되어 있으나 1849년 이후에 씌어진) 서문에서, 이 서문을 쓴 사람은 "그런 책들의 구성 원리로 '『춘추』의 은밀한 문체'를 사용하고, 원리理에 대한 담론이 감추어져 있으며隱 미묘한微"[67] 책들을 "텍스트가 단순한 사건들과 사물들로 구성되고, 그 담론은 자명하고 충분히 드러나 있는"[68] 『아녀영웅전』과 비교했다(원캉文康, 『아녀영웅전』, 4면).

노나라만이 연대기를 가졌던 유일한 나라는 아니다. 멍쯔는 진晉의 『승乘』과 촉蜀의 『도올檮杌』이라는 다른 두 나라의 연대기 이름을 언급한 바 있는데, 둘 다 『춘추』와 비슷하다고 하였다(IVB. 21. 라우 번역본 131~132면). 『사기』에서는 도올이 초기 황제의 구제할 길 없는 방탕한 아들이라고 하였다(쓰마쳰, 『사기』 1권 36면). 뒤에 도올은 일반적으로 악한 인간의 상징이 되었고, 그의 이름으로 된 연대기는 악한 행동에 대한 기록으로 여

66) [옮긴이 주] 원문은 다음과 같다. "太史公曰 : 孔氏著春秋, 隱桓之閒則章, 至定哀之際則微, 爲其切當世之文而罔褒, 忌諱之辭也."

67) 서문의 작자는 『수호전』과 『금병매』, 『서유기』에 대한 진성탄과 장주포, 천스빈陳士斌을 염두에 두고 있었다. [옮긴이 주] 원문은 다음과 같다. "彼『水滸』諸書, 以皮裏陽秋爲旨趣, 其說理也隱而微."

68) [옮긴이 주] 원문은 다음과 같다. "是書以眼前栗布爲文章, 其說理也顯而現."

겨졌다. 소설 평점가들은 종종 이 연대기(그 시대에는 더 이상 존재하지 않았다)와 『춘추』를 소설 속에 사회적 무질서와 악행에 대한 묘사가 포함된 것을 정당화하는 도구로서 삼았는데, 그것은 이 두 저작에서 이러한 주제에 할애된 분량 때문이었다(이를테면 『수호전회평본』, 11면, 진성탄의 「서삼」).

'도올'은 두 편의 중국 소설 작품의 제목으로 등장하는데, 그것은 명말의 『도올한평檮杌閑評』과 청말의 『도올췌편檮杌萃編』이다. 『도올췌편』의 말미에서 그 제목을 붙인 이유를 찾아 볼 수 있다. "이 책에는 좋은 사람이 한 명도 없기 때문에, 우리는 그것을 『도올췌편』이라고 부를 것이다."[69](쩡쭈인 외 공편, 『중국역대소설서발선주』, 279면 주1) 『금병매』 눙주커弄珠客 서의 작자는 이 소설의 제목으로 세 명의 등장인물 이름을 사용한 것은 『도올』이라는 제목 이면에 숨겨진 것과 똑같은 발상을 반영하는 것이라고 말했다(『금병매자료휘편』, 215~216면, 로이 영역본 『금병매』, 6면).

진성탄은 두 번씩이나 『수호전』을 '소설稗史 도올'이라고 불렀다(『수호전회평본』, 43회 814면, 협비, 51회 419면 회평). 그는 두 경우 모두 특별히 소설 속에서 쑹장宋江을 다루는 것을 염두에 두고 있었다. 첫 번째 경우에 진성탄은 텍스트를 변화시켜서 쑹장이 리쿠이李逵의 어머니가 죽었다는 소식을 비웃었다고 하였다(『수호전회평본』, 43회 814면, 협비). 두 번째 경우는 진성탄이 "집에서 차오가이晁蓋를 붙잡을 때"라고 한 것과 관련 있다. 진성탄은 쑹장이 차오가이를 산적 소굴에 계속 내버려두어서 수호의 무리들이 오직 그의 명령만을 듣고 거사에서 나오는 모든 이익이 그에게로 돌아가게끔 하였다고 말했다(『수호전회평본』, 51회 949면, 회평).

위에서 언급한 것 외에도, 소설과 『춘추』를 똑같은 것으로 보는 다른 방식이 있었다. 조금 덜 직접적인 것은 쿵쯔가 『춘추』를 지은 것에 대한 유명한 인용을 취해서, 그것을 소설 창작이나 소설 평점 글쓰기에 적용하는 것이다. 이를테면 멍쯔는 다음과 같이 쿵쯔를 인용하였다. "나를

---

69) [옮긴이 주] 원문은 다음과 같다. "這書上沒有一個好人, 就叫他做『檮杌萃編』吧."

이해하는 사람은 『춘추』를 통해 나를 이해할 것이요, 나를 욕하는 사람은 『춘추』 때문에 나를 욕할 것이다."[70](IIIB. 9. 라우 번역본 114면에 근거함) 이 구절은 또한 '나를 알아주고 나를 욕하고知我罪我'라는 축약 형태로도 언급된다. 그에 대한 예는 다른 소설들보다 『수호전』(양딩젠楊定見, 『수호전회평본』 서, 30면), 『육포단』(쓰신斯欣, 「『육포단』 이야기의 줄거리」 20회 591면, 회평),[71] 『속금병매』(위인萸隱 서, 딩야오캉丁耀亢, 1면), 『수당연의』,[72] 『삼속금병매三續金瓶梅』,[73] 리보위안李伯元(1867~1906)의 『관장현형기官場現形記』[74]의 글쓰기나 출판과 연관해 찾아 볼 수 있다.

『춘추』를 직접적으로 인용한 소설 또한 많은데, 그러한 예로는, 위안우야袁無涯본 『수호전』(「발범」 1조, 『수호전회평본』, 30면), 진성탄 평점 『수호전』(『수호전회평본』, 14회 274면 협비), 마오씨毛氏 평점본 『삼국연의』(『삼국연의회평본』, 18면, 「독삼국지법」 21조[로이, 「『삼국연의』 독법」, 192면]), 장신즈張新之 평점본 『홍루몽』(『평주금옥연評注金玉緣』, 120/53b[1,548], 회평)을 들 수 있다. 명말 청초 재자가인 소설 『호구전好逑傳』의 작자는 마지막 장을 여는 개

---

70) **[옮긴이 주]** 원문은 다음과 같다. "春秋, 天子之事也, 是故孔子曰, '知我者其惟春秋乎! 罪我者其惟春秋乎!'"

71) 좀더 깊이 있는 논의에 대해서는 헤겔, 『17세기 중국 소설』, 172~173면 참조. 리위는 희곡에 관해 글을 쓰면서 이 말(축약된 형태로)을 인용하여 자신의 노력을 지칭했다(『리리웡곡화』 「결구結構」, 5면과 「사별번간詞別繁簡」, 86면). (긴 형태로) 이 말을 인용한 것은 『무성희無聲戲』, 11회 189면 참조.

72) 마지막 장 평점. 헤겔의 「출처와 서사 기법Sources and Narrative Techniques」, 190면 참조.

73) 표지에 먹으로 쓴 평점 참조. 『중국통속소설총목제요』, 663면(너인쥐스訥音居士에게서 다시 나오지 않았음).

74) 롄멍칭連夢青의 서문(『중국역대소설논저선』 하권, 101면)에서 모두 인용되었을 뿐 아니라 『멍쯔孟子』의 같은 장에서도 또 다른 구절이 인용되었다. "쿵쯔가 『춘추』를 완성하자 반역의 마음을 가지고 있는 신하와 의무를 다하지 않는 아들들이 겁을 먹었다. 孔子成春秋而亂臣賊子懼(원문은 **[옮긴이 주]**)."(『멍쯔』 IIIB.9. 라우 번역본 115면에 근거함) 소설과 공식 역사에 나오는 악한 관리 차이징蔡京의 죽음을 다루고 있는 회평에서 천천陳忱은 똑같은 말을 인용했지만, 원래 『춘추』가 나오는 구절에 대신 자신의 소설 제목을 삽입하였다(천천, 『수호후전』, 사오위탕紹裕堂본 27/15b). 후대의 판본에는 보이지 않는 1664년본에 붙인 연대를 알 수 없는 서문의 끝에 천천은 『춘추』 대신 자신의 소설 제목을 쓰면서 긴 문장 형태로 '나를 알아주고, 나를 책망하고知我責我'라고 말했다(마티지馬蹄疾, 『수호자료휘편』, 61면).

장시의 마지막 대구에서 이 작품을 『춘추』와 비교하였다. “이것을 단순한 소설 작품이라고 하지 마라. 이 안에는 『춘추』의 뜻이 은밀하게 포함되어 있느니”[75](『호구전』, 18회 215면).

5. 『좌전左傳』

『좌전』은 『춘추』와 마찬가지로 연대기로 배열되었다. 이 책은 일반적으로 『춘추』에 대한 비평서로 쓰여졌다고들 하는데, 원래 『춘추』에 대한 비평으로서 후대에 재배열된 독립된 저작이다. 전통적으로 이 책은 『논어』에서 언급된 바 있고(5장 24), 일반적으로 쿵쯔의 제자라는 쭤츄밍左丘明이 지었다고 한다. 전통적으로 전해지기로는 그가 『좌전』을 지었을 때 이미 맹인이 되었기에 종종 ‘멍쭤盲左’라고도 부른다.

『좌전』은 중국 역사 기술의 표준이 되는 많은 특징들을 보여주고 있고, 나아가 이러한 전통이 소설가들에게 직접적으로 유용한 것이라는 측면에서 최초의 역사 저작이었다. 여기에는 대화의 사용, 그리고 인물 형상화[76]와 일정하게 관점을 조작하는 것, 초점화의 변화에 따른 서사의 규범을 위해 다른 경우였다면 사소한 것이었을 사건들을 주의 깊게 선택하는 것 등이 포함된다.

---

75) [옮긴이 주] 원문은 다음과 같다. “謾道稗官野史, 隱括春秋旨.”

76) 첸중수錢鐘書는 자기 자신을 죽이는 자칭 자객이 말하는 [자객이 되려고 하다가 결국 자살하고 마는 사람의] 독백의 기록(宣公 2년)에 대해 말하면서, 『좌전』의 기록을 기언記言이 아닌 대언代言으로 규정하고는 『좌전』의 이러한 특징을 소설과 희극에 연결시키고 있다(『관추편管錐篇』 1권, 165면).

[옮긴이 주] 참고로 원문은 다음과 같다. “蓋非記言也, 乃代言也, 如後世小說, 劇本中之對話獨白也.”

『좌전』과 『춘추』의 관계를 고려할 때, 소설 평점가들이 동시에 두 저작을 언급한 것은 놀라운 일이 못 된다. 천천陳忱은 그의 소설이 『춘추』와 똑같다고 했을 뿐만 아니라 『좌전』과 『춘추』의 관계와 마찬가지로 자신의 소설과 『수호전』 역시 똑같은 관계를 가지고 있다고 말했다(원본의 서문, 마티지馬蹄疾 편 『수호서록水滸書錄』, 61면). 위안우야袁無涯본 『수호전』의 「발범」 1조에서 『좌전』은 작가가 『수호전』이 속한 것이라고 주장한 장르인 '전傳의' 원형이라고 주장하고 있다. 이렇듯 무리한 주장은 『수호전』과 고전적 역사 저작의 장르적인 관계를 세우는 데 그 가치를 두고 있었다는 사실을 웅변으로 보여준다. 같은 작가는 『좌전』이 비록 중상誣으로 흘렀다고 비판받고 있지만, 마찬가지로 『수호전』에 가해지는 책임은 걱정할 필요가 없다고 말하고 있는데, 그것은 두 책 모두 독자들이 좋은 일을 하고 나쁜 사람들을 책망하도록 권계하기 위해 이러한 잘못을 저지르게 되었기 때문이라는 것이다(『수호전회평본』, 30면).[77]

진성탄은 『좌전』이 역사시기에 대해 충실하게 묘사했기 때문이 아니라 그 수사적 특징 때문에 읽어야 할 책이라고 칭찬하였다. 이를테면 그는 『서상기』 평점에서 다음과 같이 썼다.

> 세상의 멍청이들은 항상 [장쥔루이張君瑞와 자기 딸의] 약혼을 부인했다는 것 때문에 최씨 부인에 대해 불평하곤 한다. 만약 그가 부인하지 않았다면 『서상기』는 바로 여기서 끝났을 것이다. 지금 반대로 『서상기』는 실제로 여기서 시작하고 있다. 그러므로 우리는 최씨 부인이 약혼을 부인하는 것이 결코 실제 사건實事이 아니라 오랜 세월을 두고 이어질 훌륭한 글妙文이라는 것을 알 수 있다. 나는 『좌전』을 읽는 사람들이 단지 실제 사건實事만을 기록하고 그 훌륭한 글쓰기妙文는 결코 공부하지 않는다는 게 문제라고 생각한다.[78]

---

77) **[옮긴이 주]** 해당 원문은 다음과 같다. "傳始於左氏, 論者猶謂其失之誣, 況稗說乎! 顧意主勸懲, 雖誣而不爲罪."

78) **[옮긴이 주]** 원문은 다음과 같다. "世之愚生, 每恨恨於夫人之賴婚. 夫使夫人不賴婚, 卽『西廂記』且當止於此矣. 今『西廂記』方將自此而起, 故知夫人賴婚, 乃是千古妙文, 不是當時實事, 如『左傳』句句字字是妙文, 不是實事. 吾怪讀『左傳』者之但記其實事,

—『진성탄 비본 서상기』, 2.1회 104면, 회말 평어

진성탄 역시 『좌전』이 주제를 직접적으로 다루기보다는 주제를 빙돌려서 쓰는(注此寫彼, 『진성탄 비본 서상기』, 13면, 「독법」 15~17조) 다양한 글쓰기 기교의 한 원천이라고 말했다. 소설 평점가들이 『좌전』에서 발견한 다른 문학적 기교들은 주인과 손님으로 지칭되는 주요 초점과 그 껍데기 사이의 구별(賓主, 진성탄, 「좌전석左傳釋」, 『진성탄전집』 3권, 679면)[79]과 그 아래 놓여 있는 통일성(整齊, 평전환馮鎭巒, 「독료재잡설讀聊齋雜說」, 『중국역대소설론저선』 상권, 535면)에 의해 함께 유지되고 있는 변화變와 불균형參錯 간의 구별[80]이다.

『좌전』에서 가장 유명한 서사는 연대기의 첫 해에 일어난 정鄭나라 장공莊公(기원전 743~701)과 그 어머니, 그리고 그 어머니가 총애하는 아들인 돤段에 관한 기록이다. 전통적으로 비평은 돤이 공개적으로 반역을 저지르고 그리하여 죽음을 당할 때까지 참으면서 기회가 오기를 기다렸던 장공의 성격과 그의 의도에 대한 평가에 집중되었다. 전통적인 비평가들은 장공이 그가 그렇게 보이는 것처럼 관용적이고 인내심 있는 것이 아니라, 차갑고 계산적이라고 주장했다. 현대 서구 비평가들이 이러한 해석을 받아들이지 않는다고 해서[81] 장공의 성격과 작자의 미묘

不學其妙文也."

79) **[옮긴이 주]** 진성탄 『좌전석』의 해당 원문은 다음과 같다. "左氏每立一傳, 必指一人爲主, (…중략…) 若此篇, 則固指宋宣爲傳主也, (…중략…) 蓋書穆公疾, 召大司馬孔父而屬殤公, 是賓句; 言外便見昔者宣公疾, 遺命竟立穆公, 而不屬殤公, 正是主句也."

80) **[옮긴이 주]** 평전환, 「독료재잡설」의 해당 원문은 다음과 같다. "文之參錯, 莫如『左傳』. 馮天閑專以整齊論'左'. 人第知參錯是古, 不知參此中不寓整齊, 則氣不團結, 而少片段. 能以巨眼看出左氏無處非整齊, 於古觀其深矣. 左氏无論長篇短篇, 其中必有轉捩處. 左氏篇篇變, 句句變, 字字變."

81) 존 왕, 「초기 중국의 서사—『좌전』의 사례 역사의 개념*Early Chinese Narrative : The Tso-chuan as Example*」, 13면 참조. "그 이야기 자체에서는 그(장공)가 왜 이렇게 가혹한 평가를 받는지 알 수 없다." 그리고 드보DeVoe, 「역사적 사건과 문학적 효과 : 『좌전』에서의 역사의 개념Historical Event and Literary Effect : The Concept of History in the Zuozhuan」, 57면 주11) 참조. "장공에 반대하는 감정이 표현된 비평은 공정하지 않은 것 같고, 나머지 이야기 부

함에 대한 이러한 관념의 영향력이 없어지는 것은 아니다.

장공을 비난한 사람들로는 『고문관건古文關鍵』을 편집하고 전통 산문을 평점 비평한 주요 인물인 뤼쭈첸呂祖謙(1137~1181)[82]과 쿵쯔의 경전에 대한 평점 비평으로 유명한 쑨콴孫鑛(1542~1613, 그는 장공이 동생을 죽였다고 비난하였다. 한무루韓慕廬, 『회도증비좌전구해繪圖增批左傳句解』 1/a~b)이 있다. 이 이야기에 대한 편폭이 긴 평점에서 진성탄은 심지어 돤이 장공을 공격하려 한 것은 허구라고까지 주장하였다(『진성탄전집』 3권, 665면). 정작 『좌전』에서는 『춘추』의 장공에 관한 기록의 분위기는 동생을 교훈하지 못했던 것譏失教에 대한 숨겨진 비판으로 설명한다(훙예 외 공편, 『춘추경전인득』 은공隱公 1년, 3면). 이러한 '교훈의 실패에 대한 비판'이라는 관념은 장신즈의 『훙루몽』 평점의 주요 주제 가운데 하나이며,[83] 많은 평점가들은 장공에 대해서 명청 소설을 읽을 때 두드러지는 어떤 '이중적인' 인물 유형의 선구로 받아들였다(이 책의 제8장 참조).

장공의 이야기는 『열국지』의 다양한 판본에서 다뤄지고 있다. 차이위안팡蔡元放은 이러한 판본들 가운데 가장 나중에 나온 것에 대량의 협비를 추가하였다. 그는 다른 소설들은 대부분 거짓말假話로 가득한 반면, 자신의 소설은 실제 사건에 가깝고近實, 사건들을 서술하는 것敍事이기보다 실제 사건을 기록한다記事는 말로 자신의 독법을 시작했다. 또 작가가 이 소설에서 『좌전』을 비롯한 원래 역사 자료들을 늘리거나 줄이지 않았다고 강조했다(차이위안팡, 『동주열국지』, 1a, 1~4조). 그러나 장공이 어머니와 동생을 처분한 것은 어느 정도 소설에서 늘려졌고, 장공에 대한

분과 맞지 않는 것 같다."

82) "만약 장공의 이야기가 적국에 대항하는 것이었다면 그들은 현명하다고 했을 것이다. 그러나 자신의 혈족에 대항하는 것이라면 그들은 인정받기 어렵다."(한무루韓慕廬, 『회도증비좌전구해繪圖增批左傳句解』 1/a－b)

83) 『『훙루몽』권紅樓夢卷』, 154면, 독법 6조 참조(플락스, 「『훙루몽』 독법」, 326면). 그리고 『평주금옥연評注金玉緣』, 9/5a(181면), 11/13b(198면), 23/28a(329면), 33/4b(450면) 회평 참조. 『평주금옥연』, 협비 17/41b(254면)에서는 『좌전』의 이 부분을 인용하였다.

텍스트의 태도는 텍스트의 세부묘사와 차이위안팡의 평점을 통해서 더욱 분명해진다. 이를테면 두 도시에서 돤이 잡혔다는 소식이 장공에게 전해졌을 때, 그는 "아무 말도 하지 않고 희미하게 웃었다"(4 / 12a)고 묘사된다. 우리는 또한 장공이 부하와 함께 돤이 깊숙이 개입하게 계획을 꾸민 것을 보는데, 서술자는 다음과 같은 시로 이 기록을 소개하고 있다. 그것은 "장공이 돤이 잘못을 저지르도록 꾸민 것은 장허우姜后(그의 어머니)가 아무 말도 못하게 하기 위한 것이었다"(4 / 12b)는 것을 보여주는 것이다. 장공이 아무런 언질도 주지 않는 말을 했을 때에도, 차이위안팡은 그가 뻔뻔스럽게 거짓말을 하고 있다고 비난했다. 차이위안팡은 돤의 죽음에 대해 비평하면서 그는 정말로 나쁜 사람이 아니라 단지 주위 사람들로부터 총애 받은 방탕아였을 뿐이라고 말하였다(4 / 12b).

6. 『사기史記』

역사 저작으로서의 지위를 넘어서거나 그 이상인 서사 문학의 모델로서 『사기』의 인기와 영향력은 궁극적으로 중국의 전통적인 독서 형식과 연결되어 있다. 『사기』 자체는 어느 정도 건조하고 생기가 없다. 『사기』를 생명력 있게 하는 전통적인 방식은 『춘추』와 몇몇 소설 비평가들처럼 텍스트의 행간 사이에 있는 작가 쓰마첸司馬遷의 이미지를 구축하는 것이었다. 런안任安에게 보내는 편지에서 쓰마첸은 역사 저작을 완성함으로써 개인적인 불멸을 얻기 위해 자살하는 것보다 거세라는 불명예를 감수하는 것을 선택했다고 하였다. 그는 자신의 도박에서 승리했다. 그는 '태사공왈太史公曰'이라는 말로 시작하는 개인적인 논평의 추가를 통해, 그리고 자신의 전기의 삽입과 마지막 장에서 모든 저작을 소개하는 말을 통해 독자들로 하여금 자신의 개성에 초점을 맞추도록 하였다.

종종 사관들이 공동 집필을 하고, 자료로 사용된 문서들의 내용을 넘어서는 것을 전혀 반영하고 있지 못하고 있는 후대의 사서와 달리, 쓰마첸이 선대에 기록된 자료를 사용했던 방식은 그가 그것들을 다루면서 자신의 경험과 논리의 견해에 반하는 것을 지속적으로 검열하였다는 것을 보여준다. 단지 기록을 위해 사실을 기록하는 대신 쓰마첸은 역사 저작을 자신의 생각을 전달하는 도구로서 생각했다. 우리는 이미 쓰마첸이 쿵쯔(孔子)에게 가탁하여 구체적인 사건 속에서 생각을 구체화시키는 것이 추상적인 논쟁보다 낫다고 말한 것에 주목한 바 있다.[84] 쓰마첸이 자신의 생각을 전하는 도구로서 역사 사실을 사용했다는 야심적인 기획은 런안任安에게 보내는 편지에서 자신의 책에 대해 말한 부분에서 드러난다.

> 나는 [감히] 좀더 최근의 모범들을 찾으려고 하지 않았어. 그렇지만 내가 가진 문학적 능력으로 나는 흩어진 고대 지식의 조각들을 한데 모으려고 했지. 나는 역사 사건들을 탐구하였고 의미 있는 순서로 늘어놓았다네. 나는 과거의 기록을 보여주는 130장을 썼는데, 그 과거는 흥성과 쇠락, 성취와 실패의 기간이었지. 신성한 일과 인간의 일에 대한 저작과 역사 과정에 대한 지식을 완전히 이해함으로써 나 자신의 철학을 창조하고자 하는 것이 나의 소망이라네.
>
> —반구班固, 『한서』 62권 1,375면 「런안에게 보내는 편지報任安書」(하이타워 역), 101면[85]

---

84) 차이위안팡蔡元放은 『동주열국지』 서문에서 관념과 예증의 관계를 이러한 방식으로 규정하였다. "원리理는 그 자체로 볼 수 없는 것이어서 분명하게 보려면 반드시 사건事에 의지해야 한다. [이러한 유형의] 사건으로는 역사보다 더 나은 것이 없다理不可見, 依事而彰, 而事莫備於史(원문은 [옮긴이 주])."(『중국역대소설논저선』 상권, 411면)

85) [옮긴이 주] 원문은 다음과 같다. "僕竊不遜, 近自託於無能之辭, 網羅天下放失舊聞, 考之行事, 稽其成敗興壞之理, 凡百三十篇, 亦欲以究天人之際, 通古今之變, 成一家之言. 草創未就, 適會此禍, 惜其不成, 是以就極刑而無色僕誠已著此書, 藏之名山, 傳之其人通邑大都, 則僕償前辱之責, 雖萬被戮, 豈有悔哉!"

「런안에게 보내는 편지報任安書」는 쓰마첸이 궁형을 당하고 절치부심 『사기』의 집

『사기』의 또 다른 두드러진 특질은 역사가의 판단을 사건의 서술과 통합시킨다는 것이다. 이러한 관념을 진술한 가장 유명한 문장은 구옌우顧炎武(1613~1682)에게서 나온 것이다. "고대인이 역사를 쓸 때, 쓰마첸만이 분명하게 판단을 삽입하지 않고서도 사건의 서술 가운데 자신의 관점을 드러낼 수 있었다."[86](『일지록日知錄』 26권, 『역대명가평사기歷代名家評史記』(양옌치楊燕起 외 공편), 205면에서 재인용) 쓰마첸이 제시하는 쌍훙양桑弘羊(152~180)에 대한 부스卜式의 비평과 그 주제에 관한 글 속에서 보이는 '균형잡힌 기준'平準 체계(쓰마첸, 『사기』 30권, 1,442면)와 같은 예를 통해서, 구옌우는 작자가 서사 속 인물의 입을 통해 작가의 평가를 전달하는 것을 특히 염두에 두고 있는 것 같지만, 이러한 현상이 여기에만 국한되지는 않는다. 류다쿠이劉大魁(1698~1779)는 감정을 전달하기 위해 사건을 묘사하는 『사기』의 예에 관해 다음과 같이 썼다. "원리理는 직접적으로 지적되지 못한다. 그러므로 원리가 분명하려면 대상으로 눈을 돌려야 한다. 감정은 그 자체로 드러나지 않는다. 그러므로 감정을 전달하려면

필에 몰두하고 있을 때, 절친한 친구인 런안이 황제의 노여움을 사 곤경에 처해 쓰마첸에게 구원을 요청하자, 자신의 심경을 표출한 것이다. 여기에서 쓰마첸은 친구를 위해 나서고 싶지만 그럴 수 없는 괴로운 심사와 『사기』를 완성하기 위해 치욕스러운 궁형을 무릅써야 했던 처참한 심경을 토로하고 있다. 롤스톤의 인용문은 하이타워의 영역본을 그대로 가져온 것인데, 원문의 맛을 제대로 살리고 있지 못하다고 보아 여기에 다시 번역문을 추가한다. "나 또한 주제넘는 일이기는 하나 변변치 못한 재주를 돌아보지 않고 마음에 떠오르는 것을 모자라는 문장에 의지해 후세에 전하고자 결심하였다네. 천하에 흩어져 있는 역사적 사실과 전설들을 모두 모으고, 과거에 살았던 인간의 행동과 사건을 깊이 관찰하여 그 진상을 고찰하고 성공과 실패의 원리를 구명하며, 모두 130편을 만들었으니 하늘과 인간의 관계를 궁구하고 옛날과 지금의 변화에 통하여 일가의 말을 이루고자 한 것일세. 하지만 이 저술을 채 완성하지 못한 채 리링李陵의 화를 당한 것이니 이대로 미완성으로 끝나게 되는 것이 너무나 애석해 극형에 처해지면서도 분노의 안색을 내비치지 않는 것이지. 진정 이 역사서를 완성해 명산에 비장해서 영원히 전하고, 또 이것을 사람들에게 전하여 천하의 대도시에 유포하는 일이 가능하다면, 그때야말로 내가 받은 치욕은 보상을 받는 셈이 될 것이니, 그렇게 된다면 아무리 이 몸이 여덟으로 찢긴다 해도 결코 후회하지 않을 걸세!"

86) [옮긴이 주] 원문은 다음과 같다. "古人作史. 有不待論斷. 而於序事之中, 卽見其指者, 惟太史公能之."

사건으로 눈을 돌려야 한다. 원리를 분명하게 하기 위해 대상으로 눈을 돌리는 것이 『좡쯔』가 한 것이다. 감정을 전달하기 위해 사건으로 눈을 돌리는 것이 바로 『사기』가 한 것이다."[87](「논문우기論文偶記」. 궈사오위郭紹虞, 『중국역대문론선』 3권, 436면에서 재인용) 사건을 객관적으로 기록하는 가운데 개인의 판단을 교묘하게 드러내는 것이 『사기』의 주요 원리로 여겨졌다. 사오진한邵晉涵(1743~1796)에 의하면, 『사기』는 "단지 사건만을 기록하지만 '직접적으로 책망하는 말' 없이도 [무제의] 실패가 자명하게 드러난다."[88](『사기집평史記集評』, 양옌치 외 공편, 『역대명가평사기』, 443면) 류시자이劉熙載(1813~1881)는 "서술 안에 명시적인 판단을 삽입하는 것은 옳지 않다. 쓰마첸은 손님의 위치에서 자신의 주요 관념을 실었고, 그러므로 [그의 책은] 미묘하게 훌륭하다고 말할 만하다."(「문개文概」 85번, 『예개』(류시자이), 35면)[89] 이것은 소설 쓰기의 이상이 되었을 뿐만 아니라 『유림외사』 워셴차오탕臥閑草堂본 평점에서도 비슷한 말을 사용한 것이 보인다(『유림외사연구자료』, 4회 67면, 회평 7조와 7회 112면 회평 3조, 「워셴차오탕본 『유림외사』 회평」(린순푸 역), 258, 263면).

쓰마첸의 글쓰기 원동력에 대해서 독자들은 문학은 분노의 표출의 산물(發憤著書, 쓰마첸, 『사기』 130권, 3,300면과 「런안에게 보내는 편지」, 반구班固, 『한서』 62권, 2,735면 참조)이라는 그의 유명한 이론을 채택하면서 『사기』의 저술을 쓰마첸을 거세하게 했던 무제武帝(기원전 141~187)에 대한 분노의 표현으로 설명하는 데 사용하기도 한다. 장쉐청章學誠 같은 몇몇 중국 학자들은 『사기』의 독자들이 너무 이러한 해석으로 몰아간다泥고 불평하

---

87) [옮긴이 주] 원문은 다음과 같다. "理不可以直指也, 故卽物以明理; 情不可以顯出也, 故卽事以寓情. 卽物以明理, 『莊子』之文也; 卽事以寓情, 『史記』之文也."

88) [옮긴이 주] 참고로 본문의 해당 부분의 원문과 번역문은 다음과 같다. "『사기 봉선서』는 단지 사건을 기록했을 뿐이나 한 무제의 잘못이 자연스럽게 드러난다. 굳이 폄훼하는 말을 할 필요가 없으니 사필史筆의 전범으로 삼을 만하다此書直紀事而其失自見,不用貶詞,可爲史法."

89) [옮긴이 주] 원문은 다음과 같다. "敍事不合參入斷語. 太史公寓主意於客位, 允稱微妙."

긴 했지만(『문사통의』 「사덕史德」, 221면), 쓰마쳰의 이론을 그 스스로의 책에 적용하는 것은 그 유래가 오래된 것이어서 이미 『서경잡기西京雜記』에서도 보인다(4권, 96조, 25~26면).

소설을 『사기』에 비교하는 소설 평점가들의 주요 방법 가운데 하나는 똑같이 소설이 분노의 산물이라고 주장하는 것이다. 『수호전』의 리즈李贄 서문(『수호전회평본』, 28면)과 천천陳忱의 『수호후전』에 관한 주요 글(『수호전자료회편』, 554면, 「수호후전논략水滸後傳論略」 1조)은 모두 이러한 주장으로 시작된다. 타키자와 바킨瀧澤馬琴 역시 『수호전』 번역본 서문에서 이러한 주장을 견지했다(바킨, 「역수호변譯水滸弁」, 15면).

진성탄은 적어도 『수호전』 독법의 첫 번째 항목에서 이러한 견해를 부정한 듯이 보인다(『수호전회평본』, 15면, 존 왕, 「제오재자서 독법」, 131~132면). 그는 『수호전』의 저작 동기와 『사기』의 저작 동기 사이에는 어떠한 유사성도 없다고 부인했다. 그러나 타키자와 바킨은 일찍이 진성탄이 이 문제에 대해서 일관된 견해를 가지고 있지 않다고 지적한 바 있고(바킨, 「역수호변」, 17면), 량치차오梁啓超도 진성탄이 독법에서 제시한 작가의 형상을 믿지 않았다. "진성탄은 매우 영리한 사람이다. 그는 [『수호전』이 어떤 목적을 가지고 쓰여졌다는 사실을] 알고 있었다. 그가 이러한 사실을 공개적으로 말하지 않은 것은 후대의 독자들이 그것을 스스로 깨닫기를 바랐기 때문이다."(딩이定一, 「소설총화小說叢話」, 『수호전자료회편』, 419면)[90] 후스胡適는 「독『제오재자서』법」에서 묘사한 것과 상반되는 평점의 나머지 부분 평어들을 지적한 바 있지만,[91] 다른 사람들이 그의 독법에서 '카

90) [옮긴이 주] 원문은 다음과 같다. "聖嘆乃是聰明人, 未有不知此理, 所以不說明, 欲使後人猜猜."

91) 후스胡適, 「수호전고증水滸傳考證」, 57~58면. 그는 자신이 1회라고 지칭한 회의 평어를 지적했는데(『수호전회평본』, 38면), 이 평어에서는 불평등과 가혹함怨苦이 이 소설을 쓰게 된 원동력이라고 말했다. 우리는 다른 곳에서도 작가가 분노해서 이 소설을 썼다고 하거나(發憤著書. 『수호전회평본』, 6회 167면, 협비) 혹은 마음의 부담 때문에(『수호전회평본』, 18회 342면, 협비), 혹은 쓰마쳰과 같이 원한 어린 분노에서 이 책을 썼다(『수호전회평본』, 18회 342면, 회평)고 하는 등의 말을 그의 평어에 덧붙일 수 있

무플라쥐保護色'라거나 '장면 흐리기'라고 불렀던 것은 다른 설명을 제시하지 않고 단지 그저 잘못된 것일 뿐이라고 하였다.

다른 한편으로 장주포는 매우 개방적인 태도로 『금병매』의 작자가 쓰마쳰의 이론에 부합한다고 기술했다. 그는 자신의 독법 77조에서 "『금병매』는 분노의 감정憤悶으로 특징지을 수 있는데, 그때 작자는 분명히 쓰마쳰의 환생이었다"[92]고 말했다. 하지만 자신의 『금병매』 판본 범례에서, 장주포는 비록 작자가 다른 속셈을 가지고 있었다고 하더라도 개인적으로는 아무 짓도 하지 않았을 것이라는 사실을 조심스럽게 지적하였다(『금병매자료휘편』, 1면, 4조).

쓰마쳰이 분노로 인해 『사기』를 썼다는 이러한 관념은 그의 분노가 글쓰기를 왜곡시켰고 결국 '비방하는 책謗書'을 쓰게 했다고 해석하는 전통과 연관이 있다. '비방하였다'라는 것은 『서경잡기』의 한 항목에서 말한 것 같이 권력자들이 듣지 않았을 그런 말들을 수록하였다는 것을 의미한다. "[쓰마쳰은] 「경제본기景帝本紀」를 썼다. 거기에서 그는 철저하게 황제의 결점과 무제의 잘못에 대해서 논했다. 황제武帝는 격노하였고 이 책을 없애버리도록 하였다."[93] 후한의 명제明帝(재위 기간은 57~75)는

다. 후대의 평점가들은 이것과는 정반대의 입장을 취했다. 1755년에 씌어진 둥멍펀董夢汾의 『설월매전雪月梅傳』 독법에서는 쓰마쳰의 이론을 이 소설의 작자에 적용시켰으나, 바로 다음 두 번째 항목에서 『수호전독법』의 첫 번째 항목을 상기시키는 어투로 작자가 어떤 의도를 가지고 이 소설을 쓴 것은 아니었다고 주장하였다(천랑陳朗, 『설월매전』, 3면, 1조과 3조).

92) 『금병매자료휘편』, 41면(로이, 「『금병매』 독법」, 236면). 『금병매』를 분노의 산물로 특징짓는 언급은 독법 36조(『금병매자료휘편』, 34면, 로이, 「『금병매』 독법」, 222~223면)과 서문 격인 글 「금병매우의설金瓶梅寓意說」(著書以泄憤, 『금병매자료휘편』, 16면)과 「주포한화竹坡閑話」(作穢語以泄其憤, 『금병매자료휘편』, 9, 11면)에서도 찾아볼 수 있다. 그밖에도(『장주포 비평 제일기서 금병매張竹坡批評第一奇書金瓶梅』, 7회 115면. 회평 17조) 장주포는 작가가 쓰마쳰의 거세와 비슷하게 삶에 대한 실의로 힘들어했고 그러한 절망과 분노憤悶로 인해 『금병매』를 썼다고 주장하였다. 그러면서 작가는 책을 쓰기 위해 불명예를 참아야만 했다는 점에서 쓰마쳰과 같다는 말로 결론짓는다.

93) 6권, 136조, 43면. 무제가 「본기本紀」를 삭제할 것을 언급했던 비슷한 대목이 천서우陳壽의 『삼국지三國志』, 왕쑤王肅(195~256)전에 또 나온다.

쓰마첸이 "은밀한 말로 당대를 공격하면서 비평하고 비방하였다"라고 책망하였다(왓슨, 『사기』 2권, 5면). 진성탄은 쓰마첸의 숭배자였다(그는 『사기』를 자신의 육재자서에 포함시켰다). 그는 특히 쓰마첸이 무제를 은밀하게 비평한 것을 높이 칭찬했으며, 이것을 『수호전』의 작가가 쑹장宋江을 다루는 것에 비유하였다(『수호전회평본』, 35회 658면, 회평).

『사기』가 '비방했는지'에 대해서 반대하건 인정하든 간에, 비평가들은 모두 쓰마첸이 자신의 의도를 전하기 위해 아이러니와 풍자를 포함하여 미묘한 수사적 기교를 썼다고 보았다. 그가 조심스러움과 간접적인 언급을 할 필요를 느꼈다는 것은 위에 번역된 흉노에 관한 장절 내의 문장에서 드러난다. 현대 학자 한자오치韓兆琦는 이러한 간접적인 수사 기교를 10개의 항목으로 종합하였다. ①"그 사건이 정말로 사실인지 확실하지 않더라도 자신의 견해나 이상을 드러내기 위해 그것[사건]을 포함한다" ②"기본적으로 사실일 수도 있는 사건을 과장하고, 그 스토리가 생동적이고 감동적이도록 세부 묘사를 순서대로 상상에 의해 채워놓는다" ③"실제로는 대중을 현혹시키기 때문에 싫어하는 영혼이나 괴이한 것을 실제로 존재하는 것처럼 묘사한다." ④"마치 운명론을 믿는 것처럼 '사람들에게 재앙을 가져다주는 비밀스런 계획'을 기록한다. 그러나 실제로는 이것을 사회적 불평등에 대한 불만을 완화시키기 위해 사용하는 것이다." ⑤"[등장인물에 대한] 호오를 분명하게 드러내기 위해 비합리적인 소문이나 전설을 기록한다." ⑥"사건의 숨겨진 측면을 보이기 위해 일부러 모순과 차이를 드러낸다." ⑦"공개적으로는 그것의 정당성을 인정하긴 하지만, 사실상 그 부당성을 부정하는 방식으로 그렇게 한다." ⑧"잘못을 공개적으로 비난하긴 하지만, 그건 올바름을

[옮긴이 주] 『서경잡기』 우리말 역본(김장환, 『서경잡기』, 예문서원, 1998, 317면)을 보면, 6권 130조에 해당 내용이 수록되어 있다. 아마도 저자인 롤스톤이 회목을 잘못 인용한 듯하다. 원문과 우리말 번역은 다음과 같다. "[쓰마첸이] 「경제본기」를 지어 경제의 단점과 무제의 과실을 죄다 언급하자, 무제가 분노하여 그것을 삭제해 버렸다作「景帝本紀」, 極言其短及武帝之過, 帝怒而削去之."

아쉬워하는 방식을 통해서이다." ⑨"역사의 불평등을 뒤집기 위해 다른 사람의 말을 두루 인용한다." ⑩"표현하기 힘든 내면의 괴로운 감정을 전달하기 위해 감정이 풍부한 세부 묘사를 사용한다."[94)]

한자오치韓兆琦의 항목에 포함되지 않은 두 가지 기교는 우리가 '암시'라고 애매하게 불렀던 것과 유사한 인물과 사건의 사용이다. 전자는 좋은 관리를 모아놓은 열전의 모든 훌륭한 관리는 작자의 시대 이전에 살았고, 나쁜 관리를 모아놓은 열전에 나오는 대부분의 나쁜 관리들은 무제의 재위 때에 많았다는 사실과 같은 것들에 의해 전달되는 암시를 의미한다. 비슷하게 선택된 이에 상응하는 인물의 예로는 진시황秦始皇과 특히 「봉선서封禪書」에서의 무제가 있다. 상반되는 인물 형상의 예로는 문제文帝(재위 기간은 기원전 179~157)와 무제가 있다.[95)] 상반되는 사건의 배열에 관한 예는 천써陳涉(기원전 208년 졸)와 우광吳廣(기원전 208년 졸)이 의식적으로 상서로운 징조를 만들어낸 것과 고조高祖(재위 기간은 기원전 206~195)의 세력의 팽창을 표시하는 징조에 대한 '의심할 바 없는' 설명이다. 비슷하거나 상반되는 인물과 사건의 배열은 중국 고전 소설의 중요한 구조적 장치이다(이 책의 제8장과 제10장 참조).

사람들에게 알려지고 이름이 붙여진 『사기』의 최초의 수사적인 기교 가운데 하나는 이른바 '서로 지칭하는 기교互見法'이다.[96)] 『사기』 안에서의 어느 특별한 인물과 관련한 자료는 종종 몇 개의 다른 장절에 흩어져 있는 경우가 있다. 『사기』 내의 두 개의 주요한 형식은 '본기本紀'와 '열전列傳'으로 전자는 연대 순으로 배열되고 있고 일반적으로 어느 한 황제의

---

94) 한자오치韓兆琦, 『사기서법예석史記書法例釋』 참조. 비슷한 항목은 양청푸楊成孚, 「쓰마첸의 곡필을 논함論司馬遷的曲筆」 참조.

95) 이를테면 우젠쓰吳見思는 「문제본기孝文本紀」는 무제의 통치와 상반되는 대조對照로서 쓰여졌다고 주장하였다(우젠쓰, 『사기논문史記論文』, 2/8b, 「문제본기孝文本紀」 뒤에 붙은 비평).

96) 이핑易平의 「좌전 서사 체례 분석左傳敍事體例分析」(53면)에서도 『좌전』에서 사용된 '호견법'에 대해 볼 수 있지만, 이것은 기본적으로는 『사기』와 같은 것이다.

재위를 다루고 있으며, 후자는 대부분 다양한 방법으로 배열되고 결합될 수도 있지만, 개인적인 전기로 이루어져 있다.[97] 세 번째 형식인 '세가世家'는 서로 다른 주나라의 봉건 국가에 관한 연대기적 기록과 고조 황제로부터 식읍을 받은 후계자들에 의해 세워진 가문에 대한 전기이다. '표表'는 서로 다른 시기에 대한 도표로 만들어진 연표이고, 마지막 범주인 '서書'는 특정의 제도나 주제들을 논의한 것이다. 그 복잡한 구조를 감안할 때, 『사기』의 독자는 개인적인 전기라 할지라도 종합적으로 되어 있는 것이 없기 때문에, 어느 한 개인에 대한 전모를 파악하기 위해 몇 개의 다른 곳들을 찾아봐야 한다. 이것은 『사기』에 전체적으로 통일성을 부여하고 개별적인 부분들이 그 나머지 것들로부터 독립되지 않게 해주는 요인들 가운데 하나이다. 물론 『사기』의 텍스트는 독자로 하여금 특별한 사건에 대한 세부 사항을 역사의 다른 부분을 참조하도록 하기도 한다. 류즈지劉知幾(661~721)는 이러한 '상호-참조'를 지적한 바 있지만, 그가 생각하기에 그러한 것들을 필수 사항으로 만들어 버린 쓰마쳰의 역사 구조에 대해 아쉬움을 나타냈다(양옌치楊燕起 외 공편, 『역대명가평사기』, 102면). 실제로 이러한 배열은 수많은 문학적 효과를 가능케 했다.

동일한 사람과 사건을 다르게 제시함으로써, 쓰마쳰은 좀더 다성적이면서 삼차원적인 재현을 성취할 수 있었다. 한 사람의 선한 면이 한 쪽에서 부여되면 악한 면은 다른 곳에서 부여될 수 있었고, 외견상 무해한 세부 사항이 그 사건을 달리 다룬 것을 읽은 뒤 그 전체 맥락을 알았을 때 다른 의미를 나타내기도 한다(저우전푸周振甫, 『문장예화文章例話』, 39, 167~168, 171~172, 380면). 소설 비평에서는 이런 류의 선행 자료에 대한 '소급적 재정의retroactive redefinition'를 수많은 이명으로 부르고 있으며, 소설가의 전장에서는 주요한 무기로 간주된다.

97) '열전'에는 외국 사람들에 대한 글도 포함되어 있다. 류즈지劉知幾(『사통』 6권, 46면)는 『사기』에서의 '전'을 기본적인 연대기를 설명하기 위해 고안된 것傳以釋紀으로 묘사하고 있다.

사람들이야말로 『사기』의 진정한 주체이며, 그들의 전기는 그 중추를 이루고 있다. 쓰마쳰은 중국에서의 역사 글쓰기 장르를 창시했으며, 이것을 대단히 유연하게 사용했다. 「세가」와 「열전」 전기 이외에도 단전單傳과 합전合傳 사이의 차이도 있다. 합전에서는 그 주체를 연속적으로 또는 한 장 속에 종합된 형식으로 제시하고 있다. 부록으로 딸린 전기附傳 역시 어떤 사람의 전기의 말미에 좀더 중요하게 덧붙여져 있다.

많은 소설 평점가들은 그들의 소설이 『사기』의 방식에 따른 전기로 구성되어 있다고 말했다. 이를테면, "각각의 사람들이 자신의 전기를 얻은 경우도 있고, 한 사람이 다른 사람들의 몇 개의 전기에 덧붙여진 경우도 있고, 몇 명의 사람들이 하나의 전기에 함께 등장하는 경우도 있다. (…중략…) (작자는) 상당히 성공적으로 쓰마쳰의 글쓰기 스타일을 오로지하였다"[98](천천陳忱, 「수호후전론략水滸後傳論略」 48조, 『수호전자료회편』, 560면). 진성탄 자신은 "『수호전』에 등장하는 모든 인물들에 대해 열전을 제공했다"[99]고 강변했다(『수호전회평본』, 17면, 「독『제오재자서』법」 15조, 존 왕, 「제오재자서 독법」, 134면). 그는 장편소설이 어떻게 역사를 모델로 해야 하는가 하는 점에 대해서도 명백한 입장을 갖고 있었다. "소설은 확실히 고대의 역사가들의 기교를 흉내낸 것이다. 비록 (소설) 작품이 그렇게 많은 장회들을 모두 이야기하게 될지라도, 각각의 장에는 몇 개의 사건들이 있으며, (그 안에) 한 사람이 있는 한, 반드시 그 사람에 대한 전기를 준비해야 한다. 열 사람이 있다면, 열 개의 전기가 있어야 한다. 각각의 사람을 위해 준비된 전기로 말하자면, 역사가들의 고정된 법칙이 있다."[100](『수호전회평본』, 33회 622면, 회평) 후대의 평점가도 비슷한 말을 했

---

98) [옮긴이 주] 원문은 다음과 같다. "有一人一傳者, 有一人附見數傳者, 有數人并見一傳者, 映帶有情, 轉折不測, 深得太史公筆法."

99) [옮긴이 주] 원문은 다음과 같다. "『水滸傳』一個人出來, 分明便是一篇列傳."

100) [옮긴이 주] 원문은 다음과 같다. "稗官固效古史氏法也, 雖一部前後必有數篇, 一篇之中凡有數事, 然但有一人必爲一人立傳, 若有十人必爲十人立傳. 夫人必立傳者, 史氏一定之例也."

다.[101] 유일한 진정한 '반대자'는 『수호전』 120회본 「발범」의 작자였다. 리쿠이李逵에 대한 자료가 그를 위해 마련된 '전'에 포함되었다(『수호전회평본』, 32면, 10조)는 언급에는 리쿠이가 그 소설 자체에서는 하나의 전을 갖고 있지 않다는 의미가 함축되어 있다.

모든 전기에는 주인공傳主이 있다. 그 주인공의 전기는 그 '자신의 전기本傳'이거나 '정전正傳'이라 불린다. 작자의 초점은 전기의 주인공에 맞춰진다고 믿기 때문에, 이러한 특징은 소설 평점에서 중요하다. 이것은 마찬가지로 독자의 적절한 초점이기도 하다.[102] 이것은 서구 서사학에서의 초점화forcalization 개념과 유사한 것이다(롤스톤, 「전통적인 중국 소설비평 저작에서의 '시점'"Point of View" in the Writings of Traditional Chinese Fiction Critics」, 125~126면). 진성탄은 『수호전』에서 모든 등장인물들은 전기를 가져야할 뿐 아니라, 각각은 자신의 '정전正傳'을 가져야 한다고 말했다.[103] 하지만 상황은 다음에서 장신즈張新之가 말한 대로, 상당히 복잡할 수도 있다. "이 회는 탄춘探春의 '본전'이지만, (작자는) 바로 시펑熙鳳을 묘사할 목적으로 탄춘을 묘사했다."(『평주금옥연評注金玉緣』, 55 / 48b[732], 회평) 『아녀영웅전』에서 '정전'과 '부전附傳'의 수사는 서술자의 입을 통해 나온다(이 책의 제12장 참조).

「세가」라는 용어는 후대의 왕조사에서는 사용되지 않지만, 소설 비평

---

101) 이를테면, 진성탄의 『수호전』 평점본에 대한 왕왕루王望如의 서(『수호전회평본』, 34~35면)과 『삼국연의회평본』, 2회 14면과 27회 329면, 마오쭝강 회평.

102) 물론 『수호전』의 108호한의 명부에는 올라 있지 않은 왕진王進과 롼팅위欒廷玉와 같은 인물들을 자신의 속작에 삽입한 것을 정당화하기 위해 천천陳忱이 "『사기』의 전기에는 종종 부전附傳에 있는 사람들이 그 전기의 실제적인 주인공 인물들보다도 우월한 경우도 있다『史記』作傳, 常有附見者反勝本傳人物, 此正此志也(원문은 **[옮긴이 주]**)"고 강변한 것과 같은 소수의 예외도 있다(「수호후전론략水滸後傳論略」 15조, 『수호전자료회편』, 560면).

103) 『수호전회평본』, 33회 636면, 협비. 나아가 그는 동어반복적으로 화룽花榮이 친밍秦明을 이기는 정절의 진정한 출처는 이 사건이 화룽의 '정전' 안에서 일어났기 때문에 작자가 이 때는 기본적으로 그에게 관심을 가질 수밖에 없었다고 주장했다. 다른 곳에서 그는 이렇게 한 번에 한 인물에 대해 초점을 맞추는 것을 한 착齣마다 한 사람의 인물만이 노래를 부르는 '잡극'의 법칙에 비유했다(앞의 책, 33회 622면, 회평).

에서는 그다지 자주는 아니더라도, 나타난다. 진성탄은 쑹장宋江의 '전기傳記'는 다른 호한들의 전기가 '열전' 스타일로 씌어진 데 반해, 「세가」의 요건에 맞춰 씌어졌기 때문에 다르게 다루어졌다고 말했다(『수호전회평본』, 16회 329면, 협비). 다른 한편으로 『홍루몽』의 평점가는 그 소설 전체를 하나의 커다란 「세가」에 비유하고는 이것이 쟈부賈府라는 하나의 커다란 「세가」 내의 많지 않은 가족에 대한 수백 가지의 내용을 포함시킴으로써 『사기』에서의 개별적인 「세가」를 능가한다고 주장했다.104)

『사기』 내의 대부분의 합전合傳에서 개별적인 전기들은 함께 연결되어 있다. 비록 그런 연결이 때로 상당히 허술하긴 하지만, 고대나 현대의 비평가들은 이러한 합전들을 하나의 총체로 인식하고 있다. 링즈룽凌稚隆의 1576년 서와 함께 출판된 『사기평림史記評林』에 대한 「범례」 17조에서는 다음과 같이 말하고 있다.

> 오제五帝 가운데 한 사람에 대한 연대기나 혹리酷吏 가운데 한 사람에 대한 전기로 말하자면, 비록 여기에서는 몇 사람(의 삶이) 함께 서술되어 있지만, 이것들은 혈맥이 한데 연결되어 있으며血脈連絡, 실제로는 하나의 작품이다. 고본에서는 이것들을 잘라 별개의 제목을 가진 (별개의 전으로) 만들었다. 이것은 (작자의) 원래 의도를 극도로 오해한 것이다.105)

---

104) 얼즈다오런二知道人, 「『홍루몽』설몽紅樓夢說夢」(1812), 『『홍루몽』권』, 102면. 어떤 이는 『사기』 내의 한 장르로서의 「세가」와 '큰 가문'을 의미하는 「세가」 사이에 어떤 펀pun이 있는 것으로 의심하기도 한다.

105) 타키가와 카메타로瀧川龜太郎(『사기회주고증史記會注考證』, 121회 2면[1285], 서문 평어)는 「유림열전儒林列傳」을 별개의 전기로 나누어 버린 '근대의 판본들'에 대해 비슷한 말을 했다.

[옮긴이 주] 참고로 본문의 해당 부분의 원문과 번역문은 다음과 같다. "오제 본기나 혹리 열전 등은 비록 여러 사람을 한데 기록했지만, 혈맥이 연결되듯 본디 한편의 글이다. 구본(옛 판본) 중에는 위와 같은 본기나 열전의 여러 인물을 각기 분리시켜 제목을 달아주었는데, 이는 쓰마첸의 원래 의도를 전혀 무시한 것이다五帝等紀酷吏等傳,雖數人同敍,其血脈聯絡本爲一篇.舊本割裂分題,殊失本旨." 잘 알려진 대로, 『사기』에서 열전의 경우는 이른바 합전合傳을 말하는데, 비슷한 성격이나 직업의 인물을 함께 묶어 서술하는 형식이다. 「혹리열전」 이외에도 「순리열전」, 「골계열전」, 「유림열전」, 「영행열

소설 평점가들이 자신의 소설을 『사기』에 비교했을 때, 그들은 자신의 소설이 우월한 것처럼 보이기 위해 『사기』 안의 합전들 안에 있는 전기가 개별적인 것이라는 사실을 강조하려 했다. 이를테면, 장주포는 다음과 같이 썼다. "『금병매』는 진정한 『사기』인데, 『사기』는 단전과 합전이 있기는 하지만, 각각의 전기를 별개로 다루고 있다. 반면에, 『금병매』 100회는 백 명의 인물을 다루고 있는 단일한 전으로 구성되어 있다."106)(『금병매자료휘편』, 33면, 「비평제일기서 『금병매』 독법」 34조, 로이, 「『금병매』 독법」, 221면)

『사기』에서의 합전들은 대충 비슷한 중요성을 갖고 있는 소수의 사람들(이를테면, 84장에서의 취위안屈原(기원전 약 340~278)과 자이賈誼(기원전 200~168)의 합전)과 일반적으로 비슷한 유형에 속하는 상당히 많은 수의 사람들(이를테면, 124장에서의 유협游俠에 대한 합전)을 다루고 있다. 처음에는 두 명이나 그 이상의 인물들이 상대방과 대조를 이루기 위해 선택된다. 이것은 진성탄이 『수호전』의 한 부분을 주퉁朱仝과 레이헝雷橫의 합전이라고 불렀을 때 염두에 둔 것이지만(『수호전회평본』, 50회 930면, 회평), 『수호전』의 후대의 판본의 서문의 작자가 염두에 두었던 것이기도 하다. "『수호전』은 쓰마첸의 '합전'을 부활시키고 그것을 확대하여 나이안耐庵이 만들어낸 것이다."107)(쥐취와이스句曲外士, 진성탄 평점 화이더탕懷德堂본, 1,734면, 『수호자료휘편』, 44면)

전」 등등이 그러하다. 하지만 『본기』의 경우는 합전合傳의 상황과는 약간 다르다. 오제 본기에서 그렇게 여러 제왕을 합쳐 기록했던 이유는 워낙 오래된 이야기인데다 거의 전설적인 인물이므로 서술할만한 자료가 충분하지 않았기에 어쩔 수 없이 한데 묶어 기록했던 것이다. 반대로 자료가 충분한 진시황 본기부터는 제왕 1인당 1편씩 배당하지 않은 것이 그 방증이다. 아울러 여기에서 링즈룽이 논한 것은 사료의 관점이 아니라 문장가(문필가)의 관점에서 논했기 때문에 위와 같이 말한 게 아닌가 한다.

106) **[옮긴이 주]** 원문은 다음과 같다. "『金瓶梅』是一部『史記』. 然而『史記』有獨傳, 有合傳, 却是分開做的. 『金瓶梅』却是一百回共成一傳, 而千百人總合一傳, 內却又斷斷續續, 各人自有一傳."

107) **[옮긴이 주]** 원문은 다음과 같다. "然則『水滸』者, 耐庵恢史公之合傳而廣之者也."

쓰마첸의 합전은 사람들이 인정하고 있는 구조적 통일성뿐만 아니라 그런 자료들을 한데 엮어 놓은 것으로도 찬양 받았다. 왕아오王鏊(1450~1524)는 다음과 같이 말했다. "그것들(합전들) 안에서 서사는 합쳐졌다가 나뉘고, 나뉘었다가 다시 합쳐진다. 그런 글쓰기는 매우 놀라운 것이지만, (적절한) 시작과 끝이 있다."[108](전쩌장위震澤長語, 양옌치 외 공편, 『역대명가평사기』, 159면) 합전 안에 있는 서로 다른 이야기들을 교직하는 것은 역시 소설에서 찬양되고 있는 '천삽穿插'(이를테면, 우젠쓰吳見思, 『사기논문史記論文』, 6/43a와 6/49a, 회평)이라 불린다.[109] 청말에는 한방칭韓邦慶(1856~1894)이 상하이의 기방에 대한 자신의 소설, 『해상화열전海上花列傳』을 '합전'이라 부르면서, 이런 장르에서 피해야 할 것 세 가지를 들었다. ① 말씨나 개성, 또는 수백 명의 인물들의 행동을 너무 비슷하게 내버려두는 것雷同, ② 인물들이 텍스트의 개별적인 장절에 광범위하게 등장할 때 인물 형상화를 불일치시키는 것, 그리고 ③ 한 인물의 최종적인 운명結局을 방치하는 것(「예언例言」 마지막 조목, 한방칭의 『해상화열전』, 3면).

어떤 사람은 『사기』의 특징이 비방하는 데 있다고 생각했는데, 쓰마첸의 전기를 최초로 쓴 작자인 반구班固는 개인과 역사가로서 그를 가혹하게 평가했다. 그의 주된 비판은 쓰마첸의 "판단이 (유가의) 성인들과 배치된다"[110]는 것이었다. 하지만 반구가 불만을 나타낸 특징들이 리즈李贄에게는 매력적인 것이었다. 반구의 쓰마첸의 전기에서 '찬讚'을 인용한, 그의 『장서藏書』의 쓰마첸의 전기에 뒤따라 나오는 평어에서, 그는

108) [옮긴이 주] 참고로 해당 부분의 원문과 번역문은 다음과 같다. "합전과 부전에 여러 인물들을 기록할 때, 함께 서술하다가 따로 서술하기도 하고, 따로 서술하다가 다시 함께 서술하기도 하여, 그 글 솜씨가 기이하기 그지없지만 그러나 기승전결을 완비했다史記不必人人立傳, …… 其間敍事合而離, 離而復合, 文最奇, 而始末備."

109) 진성탄은 하나의 전기에서 다른 전기로 옮아가고, 하나의 전기에서 되돌아오는 것을 '사가상양지법史家相讓之法'이라 불렀다(『수호전회평본』, 16회 311면, 협비).

110) 반구, 『한서』, 62장, 2,737면. 진성탄은 이 점에서 쓰마첸과 스나이안을 대비시켰다. 『수호전회평본』, 15면, 「독『제오재자서』법」 1 참조(존 왕, 「제오재자서 독법」, 131~132면).

다음과 같이 말했다.

> 이것들은 반구와 그의 아버지[111]가 쓰마첸을 폄하하기 위해 사용한 말들이다. 그들은 이런 '실수들'이 그를 깎아 내리는 데 완벽하게 적절한 것이라 생각했다. 이것은 맞다. 하지만 그들이 깨닫지 못했던 것은 이것들(실수들)이 그렇게 하는 데 완벽하게 적절하다는 것이 다른 무엇보다 쓰마첸의 불멸성을 명백하게 해주는 것이라는 사실이다. 그가 '속되지' 않았다면, 그가 '너절하지' 않았다면, 그가 '귀가 얇지' 않았다면, 그의 '결정이 성인들에 반하는 것'이 아니었다면, 어떻게 (우리가 존숭하는) 쓰마첸일 수 있겠는가? 마찬가지로 『사기』는 씌어질 필요가 없었을 것이다. 쓰마첸의 뛰어난 점은 바로 여기(그의 '실수들')에 있는 것이다.[112]

마지막 구절에서, 그는 『사기』는 그것이 한 사람의 단일한 시각이기 때문에 가치있는 것이라고 강변했다(42장, 692면).

『사기』는 문학과 역사학적인 관점에서 다룰 수 있는 방대한 문학적 주체이다. 이것은 평점 스타일의 비평이 다루기 좋은 텍스트였다. 이런 것들 가운데 가장 영향력 있는 것 가운데 하나가 앞서 언급한 『사기평림史記評林』이다. 하지만 『사기』를 기본적으로 상상력의 산물로 다루는 데서 가장 멀리 나아간 평점은 진성탄으로부터 크게 영향받은 듯이 보이는 우졘쓰吳見思가 쓴 평점이다. 그에 대한 랴오옌廖燕의 전기에서, 우졘쓰는 쑤저우 지역에서 진성탄의 전통을 이어받은 사람들 가운데 한 사람으로 열거되어 있으며(『진성탄 비본 서상기』, 311면), 우졘쓰의 『사기논문史記論文』의 서에서는 우졘쓰가 진성탄만큼 유명하다고 주장했다.[113]

---

111) 『사기』가 쓰마탄司馬談(기원전 106년 졸)이 시작해 그 아들인 쓰마첸이 끝낸 것과 마찬가지로, 반뱌오班彪(3~54)는 나중에 『한서』가 된 작업을 시작했지만, 전통적으로 그 작자는 [그의 아들인] 반구에게만 돌려졌다.

112) **[옮긴이 주]** 정확한 출전은 『장서』 14권 「사학유신史學儒臣」 편 '쓰마탄·쓰마첸司馬談、司馬遷' 전으로, 원문은 다음과 같다. "李生曰 '此班氏父子譏司馬遷之言也. 班氏以此爲眞足以譏遷也. 當也. 不知適足以彰遷之不朽而已. 使遷而不殘陋, 不疎略, 不輕信, 不是非謬於聖人, 何足以爲遷乎. 則玆史固不待作也. 遷固之懸絶, 正在於此.'"

야오위톈姚宇田(1845년 진사가 됨)의 『사기청화록史記菁華錄』에서도 소설 평점가와 공유하는 용어를 사용했다.114)

알아챌 수 있을 정도로 『사기』와 닮았다는 이유로 소설 작품을 찬양하는 것은 전통적인 중국 소설 비평에서는 늘상 있는 일이다.115) 이를테면, 리자오李肇(820년경 활동)는 문언으로 된 이야기인 『침중기』의 문체가 『사기』의 그것에 뒤지지 않는다고 찬양했다116)(『중국역대소설논저선』 상권, 54면). 『수호전』으로 말하자면, 이 작품을 최초로 언급한 이래로 평점들 거의 대부분은 이 작품을 『사기』와 비교하는 것이 하나의 흐름이었다.117) 톈두와이천天都外臣(왕다오쿤汪道昆)이 쓴 『수호전』 번본에 대한 최초의 서에서는 세련된 신사雅士라면 이 소설을 쓰마첸의 의미를 확장한 것으로 생각한다는 말을 했다(『중국역대소설논저선』 상권, 125~126면). 『비파

---

113) 완세萬謝, 1687년 서, 우젠쓰, 『사기논문』, 1a면. 진성탄이 쓰마첸은 사실에서 출발해 그것들을 전달하기 위해 서사를 작업한 것以文運事(참고로 이 책의 앞의 내용에서는 이것을 '문장이 사건을 전달하는 데 사용되는 것'이라 번역했다. [옮긴이 주])이라고 개괄한 것과 대조적으로, 우젠쓰는 『사기』가 '사건을 빌어 문장을 짓는 것借事行文'이라고 규정했는데, 진성탄이 『수호전』을 '사건이 문장으로부터 나오는 것因文生事'이라 묘사한 것과 똑같이 사건과 글쓰기의 우선 순위를 매겨놓았다. 우젠쓰는 전체 장회들이 쓰마첸이 만들었거나, '소설에 가깝다近小說'고 주장하기도 했다(우젠쓰, 『사기논문』, 8 / 65b와 5 / 16b 참조).

114) 「샹위본기項羽本紀」에서만, 우리는 '훤염법烜染法'(윤곽 묘사, 야오위톈, 『사기청화록』, 1 / 8b, 협비), '가배사법加培寫法'(반복을 증가시키기, 1 / 10a, 1 / 21b~22a, 협비), '초사회선草蛇灰線'(풀 안의 뱀 자취, (불연속적인) 백묵으로 그린 선, 1 / 15b~16a, 협비), '설신처지設身處地'(자신을 다른 사람의 처지에 서게 하는 것, 1 / 16b, '여문기성如聞其聲'(그 사람[項羽]의 목소리를 듣는 것 같은, 1 / 5a, 협비) 등등을 발견할 수 있다.

115) 처음에 들으면 황당하게 느낄 지도 모르지만, 언젠가 린수林紓는 라이더 해거드Rider haggard의 소설의 문학적 기교가 "『사기』의 그것과 사뭇 유사하다用法頗同於史記(원문은 [옮긴이 주])."고 말한 적이 있다. 린수, 「홍한녀랑전발어洪罕女郎傳跋語」, 궈사오위郭紹虞, 『중국역대문론선』 4권, 161면.

116) [옮긴이 주] 원문은 다음과 같다. "沈既濟撰『枕中記』, 莊生寓言之類. 韓愈撰『毛穎傳』, 其文尤高, 不下史遷."

117) 리카이셴李開先의 『사학詞謔』에서, 상당히 긴 분량의 작품들에 대해서 이야기할 때, 『수호전』은 『사기』의 뒤에 놓여졌다(『수호전자료회편』, 187면).

[옮긴이 주] 원문은 다음과 같다. "謂『水滸傳』委曲詳盡, 血脈貫通, 『史記』而下, 便是此書."

기』 마오평毛評에서는 둘 다 사실을 왜곡했다고 비판하면서(『비파기자료휘편』, 393면, 30착 착전 평어), 『비파기』의 작자를 쓰마쳰의 화신이라고 추어올렸다(『비파기자료휘편』, 280면, 「총론」 6조). 마오씨 부자의 『삼국연의』 평점에서, 우리는 이 작품의 작자가 쓰마쳰의 화신이고(『삼국연의회평본』, 41회 514면, 회평), 심지어 쓰마쳰조차도 이 소설의 작가를 뛰어넘을 수 없을 것이라고 말한 것을 듣게 된다(『삼국연의회평본』, 27회 329면, 회평).

『금병매』 숭정본과 장주포의 평점에도 이것과 무관하지 않은 언급이 나온다. 장주포의 평점에는 다음과 같은 언급이 들어 있다. "나는 쓰마쳰이 지은 것인 양史公文字 이 책을 읽었다(『금병매자료휘편』, 39면, 「비평제일기서 『금병매』 독법」 53, 로이, 「『금병매』 독법」, 232면)." 장주포가 『사기』에 「연표」가 있듯이, "『금병매』에도 특정한 날자로 가득 차있다"고 주장한 것은 약간은 상궤를 벗어난 것이다(『금병매자료휘편』, 34면, 「비평제일기서 『금병매』 독법」 37, 로이, 「『금병매』 독법」, 223면).

하지만 『사기』와 『유림외사』 사이의 관계를 수립하는 것은 셴자이라오런閑齋老人의 서부터 56회 이후 마지막 회평까지, 이 소설의 워셴차오탕臥閑草堂본 평점에서의 주요 관심사이다. 서문의 작자는 『사기』의 마지막 장에서 쓰마쳰이 두드러지게 사용한 '선한 이는 선하게 악한 이는 악하게善善惡惡'라는 개념을 지적하고 있다. 최초의 평어에서 우리는 "『유림외사』의 작자는 쓰마쳰이나 반구의 재주를 사용해 소설을 썼다"는 말을 듣게 된다(『유림외사회교회평본』, 1회 16면, 회평 1, 린순푸, 「워셴차오탕본 『유림외사』 회평」, 252면). 평점가는 쓰마쳰의 예를 들어 제36회에서 위위더虞育德의 전기에 대한 직설적인 서술 스타일을 정당화하고 있다.

> 쓰마쳰은 그의 삶에서 이례적인 모든 것을 사랑했다. 이를테면, 나는 청잉程嬰이 조씨 집안의 고아를 구한 것과 같은 이야기를 어디에서 그 출처를 얻었는지 모르지만(쓰마쳰, 43권, 1783~1785면), 그는 그런 이야기들을 정력적으로 채워 넣어 자신의 이야기의 모든 구절들이 생동적이 되기를 원했다. 그가 「하

본기夏本紀」를 썼을 때, 그는 『서경』에서 정중하게 인용할 수밖에 없었다. 그가 대략 삼대보다 진한 대에 대한 글쓰기에 능했던 것은 아니었다. 그는 몸에 맞게 재단을 하고量體裁衣, 주제에 맞게 스타일을 맞추었다相題立格.

—『유림외사회교회평본』, 36회 501면, 회평 2, 「워센차오탕본 『유림외사』 회평」(린순푸 역), 285면[118]

그의 마지막 평어에서, 평점가는 이 소설이 매우 개인적이면서 자전적인 사詞로 끝나는 방식을 『사기』의 마지막 장에 있는 쓰마첸의 자전自傳과 비교했다(『유림외사회교회평본』, 56회 761면, 회평, 「워센차오탕본 『유림외사』(린순푸 역) 회평」, 294면). 이 소설에 대한 후대의 비평가들 역시 두 작품을 함께 연결시키는 데 흥미를 느꼈다.

어떤 작자들은 그들의 소설과 위대한 고전을 비교하거나 동열에 놓기 위해 자신들의 소설 텍스트 안에서 『사기』에 대한 언급을 포함시켰다. 천천陳忱의 『수호후전』의 마지막 시는 "쓰마첸은 감동받아 『사기』를 썼는데, 「유협전游俠傳」은 그 가운데 가장 인기가 있다"[119]로 끝난다(천천, 『수호속집水滸續集』, 40회 17면). 우징쯔吳敬梓는 『사기』와 『한서』에 대한 책을 쓰기 시작했(지만 끝내지는 못했)다(핑부칭平步青, 『하외군설霞外捃屑』, 『유림외사연구자료』, 249면과 이 책의 제13장 참조). 『유림외사』에서는 『사기』도 그 작자인 쓰마첸도 언급되고 있지 않지만, 이 소설의 제목은 『사기』 121장과 최초의 이런 류의 전기 합집인 「유림열전儒林列傳」을 지칭하는 듯이 보인다.

자신의 작자를 옹호하기 위해 진성탄이 선호했던 전략은 그의 의도志가 글文에 있지, 기술된 것事에 있는 게 아니라고 주장하는 것이었다. 그는 『수호전』에서의 반역과 『서상기』에서의 성에 대한 묘사를 옹호하기 위해 이러한 주장을 이용했지만, 딱 한 번 쓰마첸이 「유협전」과 「화식

118) [옮긴이 주] 원문은 다음과 같다. "嘗謂太史公一生好奇, 如程嬰立趙孤諸事, 不知見自何書, 極力點綴, 句句欲活; 及作「夏本紀」, 亦不得不恭恭敬敬將『尙書』錄入. 非子長之才, 長於寫秦漢, 短於寫三代, 正是其量體裁衣, 相題立格, 有不得不如此者耳."
119) [옮긴이 주] 원문은 다음과 같다. "司馬感懷成史記, 一篇游俠最流傳."

열전」을 썼을 때, 그의 관심은 이것들에 있지 않고, 글쓰기에 있었다고 주장했다[120](『수호전회평본』, 28회 539면, 회평). 하지만 그는 모든 사람을 조롱하지는 않았다. 류팅지劉廷璣는 자신의 『재원잡지在園雜志』에서 다음과 같은 식으로 진성탄을 쓰마첸과 비교했다. "비록 그의 재능은 바다와 같이 크지만, 그가 찬성한 인물들은 강도들이었다. 종국에는 그 의도가 쓰마첸의 「유협열전」과 같았다."[121](『중국역대소설논저선』 상권, 382면)

소설 작품들을 『사기』와 동렬에 놓는 것은 어떤 이들에게는 충분한 것이 아니었다. 위안훙다오袁宏道(1568~1610)는 『수호전』을 『사기』 이상으로 추켜세웠다. 그가 젊었을 때, 『사기』의 「골계열전滑稽列傳」을 좋아했지만, 『수호전』을 읽고 나서는, 이 작품이 『사기』보다 훨씬 더 기이奇하고 변화變로 가득차 있다는 사실을 알게 되었다. 그는 이 소설 옆에서는 육경과 『사기』가 그 빛을 잃는다고 말했다[122](「청주생설수호전聽朱生說水滸傳」, 『수호전자료회편』, 222면).

진성탄의 견해로는, 쓰마첸보다 스나이안이 그의 일을 하는 것이 더 쉬웠을 텐데, 그것은 쓰마첸의 경우에는 앞서 존재한 사실들에 의해 방해를 받았기 때문이었다(『수호전회평본』, 16면, 「독『제오재자서』법」 10, 존 왕, 「제오재자서 독법」, 133면). 하지만 장주포와 마오쭝강은 자신들의 소설이 『사기』보다 더 쓰기 어렵다고 주장했다. 두 사람은 쓰마첸이라면 자신의 작품을 별개의 전기들로 나눔으로써 피할 수 있었을지도 모르는 길이의 어려움과 통합의 문제를 강조했다.[123]

---

120) **[옮긴이 주]** 해당 원문은 다음과 같다. "其傳游俠貨殖, 其志不必游俠貨殖也. (…중략…) 文是已. 馬遷之書是馬遷之文也, 馬遷書中所敍之事則馬遷之文之料也."

121) **[옮긴이 주]** 원문은 다음과 같다. "雖才大如海, 然所尊尙者賊盜, 未免與史遷『游俠列傳』之意相同."

122) **[옮긴이 주]** 원문은 다음과 같다. "少年工諧謔, 頗溺『滑稽傳』. 後來讀『水滸』, 文字益奇變. 『六經』非至文."

123) 『금병매자료휘편』, 33면, 「비평제일기서 『금병매』 독법」 34~35면(로이, 「『금병매』 독법」, 221~222면)과 『삼국연의회평본』, 18면, 「독삼국지법」 22(로이, 「『삼국연의』 독법」, 192~193면) 참조.

가장 단순한 수준에서, 소설이 『춘추』나 『좌전』, 『사기』와 같은 역사 저작에서 가져온 것이라거나 그와 유사한 것이라는 소설 비평가들의 주장은 단지 다양한 고급의 문학 장르와 함께 그 내용과 방법, 목표에서 공통점을 같이 할 수 있다는 것을 강조함으로써 소설의 지위를 상승시키려는 전반적인 시도의 일부였을 따름이다. 역사가 소설 비평가에게 중요했던 것은 서사 장르이기 때문이기도 했지만, 소설이 전통적으로 그 아래 포섭되어 있었기 때문이었다. 하지만 『사기』와 같은 작품들이 관방의 역사 기술과 맺고 있는 관계는 대체로 소설이 정통적인 문학 장르와 맺고 있는 관계를 반영하고 있다. 『사기』는 국가의 필요나 '성인들의 판단'에 반대되는 개인의 의견과 목적이 십분 발휘되어있는 독설의 책으로 여겨졌다. 이와 유사하게 중국에서는 진지한 장편소설 작품들에 중국의 사회와 그 과거와 드잡이하고자 하는 사적이고 개인적인 시도가 제시되고 있다.

전통적인 중국의 역사 저작들은 고대 그리스나 로마의 그에 해당되는 저작들과 마찬가지로 주로 수사적인 것으로, 곧 글쓰기가 독자에게 미치는 효과가 최상의 것으로 여겨지는 것으로 생각되었다. 수사적인 고려는 종종 엄격한 역사적 '진실'에 대한 고려를 무색케 할 정도로 허용되었다. 동양이나 서양이나 역사에 대한 초기의 비평문은 역사가 씌어지는 형식이나 스타일을 크게 강조했고, 중국 소설 비평가들은 『사기』와 같은 역사 저작에서 쓰였던(또는 쓰였다고 생각되는) 수사 전략이 소설가들에게 가장 많은 것을 제공했다고 느꼈다. 강조해야 할 역사 전통의 요소들을 집어내고 선택함으로써, 그리고 때로는 그런 요소들이나 다른 것들을 지적하면서 심지어 역사에 대한 소설의 우월성을 주장함으로써, 소설 비평가들은 소설가가 실험하고 발전시킬 수 있는 바탕을 만들어냈다. 그들은 소설이 그 '모델'인 역사에 따라서 살아가지 않는다는 비판으로부터 어느 정도 방어할 수 있게 되기도 했다.

제6장_ 소설의 '현실'로부터의 이탈

우리가 앞 장에서 본 것처럼, 중국 소설은 종종 역사의 하위 범주로 여겨져 왔으면서도 여전히 '비역사적unhistorical'이라는 비난을 받아왔다. 또 소설은 이것이 '비현실적'이라는 비난에 대해서도 방어해야 했다. 이 장에서 우리는 여러 가지 다양한 이유로, 소설 비평이 어떻게 허구성을 방어하거나 심지어 옹호했는지 보게 될 것이다.

소설 작품에서 그려진 현실은 우리 주위에 있는 현실과 어떤 차별성을 드러내 보여야 한다. 삶을 시작과 중간, 끝으로 가정하고, 사람들을 분간할 수 있고 상당한 정도의 일관성을 지닌 '인물'로 가정한다는 것은 그야말로 우리가 현실에서는 경험할 수 없는 것이다. 하지만 허구적인 세계는 일상적인 삶에서 발견하는 것 이상의 모습과 완결성을 드러내 보여주는 동시에, 불완전하고 완벽하지도 않다. 어떤 소설가도 설사 아무리 대충 둘러보고 손에 넣은 정보라 하더라도 그것들 모두를 포함시킬 수는 없으며, 그 가운데 몇몇 의미 있는 세부 사항만을 다룰 뿐, 그 나머지는 우리 [독자]의 몫으로 남겨진다. 어떤 이들은 이런 류의 불완정성이야말로 허구적인 세계와 실제 세계를 구분하는 것이라는 입장을 견지했다(돌레젤, 「문학 텍스트, 그 세계와 스타일Literary Text, Its World and Its Style」, 194면). 그리하여 우리는 허구적인 세계가 실제 세계보다 더 완전한 것일 수도 있고, 덜 완전할 수도 있다는 상당히 혼란스러운 생각에 빠지게 된다.

허구적인 세계와 현실 사이의 관계를 가장 거칠게 규정한 것은 반영론, 곧 문학 작품은 그 이상도 이하도 아닌 세계에 대한 정확하고 불편부당한 반영을 제시하고 있(거나 그래야 한)다는 것인데, 이 때 작자는 수동적인 반영자이거나 거울일 따름이다. 서구의 전통에서는 비록 플라톤이 재현된 예술은 '진정한' 현실로부터 이중으로 제거된 것이고, 지각된 대상의 모방은 이미 이상적인 형태의 단순한 모방에 지나지 않는다고 폄하하긴 했지만, 거울에서와 같이 감각에 의해 지각된 세계에 대한 신빙성 있는 재현은 오랫동안 예술에서 가장 높은 경지로 여겨져 왔다. 이것은 비록 플라톤이 이 게임에서 인성에 대한 거울의 우위를 지적했음에도 그러했다(애브럼즈Abrams, 『거울과 램프*The Mirror and the Lamp*』, 30~35면).

중국 미학의 주류에서는, 외부 세계의 묘사 그 자체는 거의 강조하지 않았다. 외부 세계의 세부는 작자의 의도를 상징적으로 표현하는 것으로 문학 작품 속으로 편입되었다(폴린 위, 『중국 시가 전통에서의 이미저리 읽기』, 120면). 다른 한편으로 시에서의 이미지를 허구적인 것으로 다루는 데 대해서는 상당히 마뜩찮아 했다. 그 대신 시적인 이미지는 시인의 역사 세계를 궁극적으로 지칭하는 것으로 여겨졌다(폴린 위, 앞의 책, 218면).

커다란 흐름을 일반화하자면, 서구 미학과 비교할 때 중국의 미학은 현실주의寫事에 비해 인상주의나 표현주의寫意를 선호하는 경향이 있다. 이러한 일반화가 전통적인 중국 소설 비평에도 적용되고 있는지에 대해 살펴보기로 하자.

소설 텍스트 내의 이미지들과 현실 속의 모델들 사이의 유사성을 표현해주는 형용사들이 소설 비평에서는 자주 나타난다. '초물肖物'(사물이나 사람의 유사성을 잡아내는 것. 이를테면, 『수호전회평본』, 18면, 「독『제오재자서』법」 29, 존 왕, 「제오재자서 독법」, 137면)이나 '사조寫照'(초상을 그리거나 초상 그 자체. 이를테면, 『수호전』 「우후라오런서五虎老人序」, 『수호전자료회편』, 212면)와 같은 형용사들 대다수가 회화, 그 가운데서도 특히 사실적인 인물화와 밀접한 관련을 맺고 있다. 하지만 '핍진逼眞'(실제에 가까운)이라는 용어는, 이를테면, 현실과의 연관성과 그러한 연관성이 아주 똑같은 것을 의미하는 것은 아니라는 사실을 인지하고 있다는 것을 모두 함의하고 있다. 이 용어는 인물화와 그 주인공 사이의 유사성에 대해 논의할 때도 쓰이는데, 원래는 외양을 가리키는 것이다. '핍진'은 시 비평[1]이나 문인화에서는 그다지 높이 쳐주는 질적 요소가 아니다. 전통 시기 중국에서 외적인 유사성은 소설의 작가나 독자들에게도 중심적인 관심사가 아니었다.

전통 시기 중국에서는 회화나 소설 모두 외적인 유사성을 그려내는 것寫形과 똑같은 정도로, 또는 그것보다 훨씬 더 중요하게 주체의 정신을 잡아내(고 전달하는) 것傳神을 강조했다. 문장들은 종종 두 개의 요소들로 중첩되어 있었는데, '전신사조傳神寫照'[2]나 '궁신진상窮身盡像'(정신과 외적인 이미지를 완전하게 잡아내는 것)[3]과 같이, 하나는 정신적인 것에 대해, 그리고 다른 하나는 외양에 대해 주의를 기울여야 한다는 사실을 강조했다.

중국의 화론에서는 통상적으로 정신이 단순한 유사성보다 더 중요하게 여겨졌다. 외부로 드러나는 모습을 초월해 [사물을] 보려는 이러한 경

1) 이를테면, 셰전謝榛(1495~1575)은 "시를 쓸 때는, 핍진해서는 안 된다凡作詩, 不宜逼眞"라고 말했다(『사명시화四冥詩話』, 장바오취안張葆全과 저우만장周滿江, 『역대시화선주歷代詩話選注』, 224면).

2) 이를테면, 구카이즈顧愷之(391~467), 「화론畫論」, 양다녠楊大年, 『중국역대화론채영中國歷代畫論採英』, 91면과 『수호전회평본』, 24회 483면, 룽위탕본 회평.

3) 이러한 용례에 대해서는 장셰章燮, 『당시삼백수주소唐詩三百首注疏』, 45면, 리바이李白의 시에 대한 선구이위沈歸愚의 미비와 『유림외사회교회평본』, 763면, 『유림외사』 셴자이라오런 서(롤스톤, 『독법』, 250면) 참조.

향의 배후에는 모든 외적인 형상은 단지 환상일 뿐이라는 불교의 관념뿐만 아니라 외적인 형상은 항상 변화하기에 현자의 지위에 오를 수 있게 하는 일관된 어떤 유형의 것을 가린다는 『역경』과 그 밖의 다른 곳에서 발견되는 관념이 놓여져 있는 지도 모른다. 선쭝첸沈宗騫은 초상화의 기교에서 '전신傳神'을 강조해야 하는 몇 가지 이유를 다음과 같이 밝혔다.

> (옛사람들이) 외형形이나 외모貌를 (전달하는 것)을 이야기하지 않고 정신神의 전달만을 이야기한 이유는 사람 사는 세상에는 똑같은 외형이나 외모를 가진 경우가 있지만, (사람들의) 정신은 똑같을 수 없기 때문이다. 만약 화가가 외적인 유사성形似에만 집중한다면—(얼굴이) 둥근지, 그렇지 않으면 네모난지, (몸이) 뚱뚱한지, 그렇지 않으면 말랐는지—수십 명의 사람들 가운데 (초상화) 같이 보이는 사람이 있을 것인데, 이것을 어떻게 '전신'이라 할 수 있겠는가? 이제 그대 앞에 한 사람이 있다. 예전에 그는 뚱뚱했지만, 지금은 말랐다. 예전에 그는 백발이었지만, 지금은 회색이다. 예전에 그는 수염이 없었지만 지금은 수염으로 덮여 있다. 그대가 언뜻 그를 (다시) 보게 되면, 그대는 그를 알아보지 못할 수도 있지만 다시 보면 돌연 '이 사람은 누구누구'라고 알아보게 될 것이다. 이것이 외형은 변하는 것이고 정신은 그렇지 않다고 말하는 까닭이다. 만약 (회화에서) 외양의 유사성을 조금 놓친다면 그것은 별 문제 될 게 없지만, (주체의) 정신을 조금이라도 왜곡하게 되면, 더 이상 (그대가 그리고자 하는) 그 사람이 아닌 것이다.[4]
>
> —『개주학화편』, 양다녠, 『중국역대화론채영』, 134면

시에는 대상의 묘사詠物(일반적으로는 '대상을 노래한다'고 번역되는)를 다루는 하위 장르가 있다. 하지만 그 안에서 대상은 원래 그 상징적인 가치

---

4) [옮긴이 주] 원문은 다음과 같다. "不曰形, 曰貌, 而曰神者, 以天下之人形同者有之, 貌類者有之, 至於神則有不能相同者矣. 作者若但求之形似, 則方圓肥瘦, 卽數十人之中, 且有相似者矣, 烏得謂之傳神? 今有一人言, 前肥而後瘦, 前白而後蒼, 前無鬚髭而後多髯, 乍見之或不能相識, 卽而視之, 必恍然曰 : 此卽某某也, 蓋形雖變而神不變也. 故形或小失, 猶之可也, 若神有少乖, 則竟非其人矣."

를 위해 선택된 것으로, 외부로 드러난 모습을 묘사하는 것에 대해서는 그다지 관심이 없다. 그래서 비평가들은 '형形' 대신 '신神'을 선택한다. "대상을 노래할 때, 재현이 그 모델이 되는 것과 흡사하지 않을 수 없지만, (이것에) 너무 지나치게 집중하거나 지나치게 똑같이 만들려는 것을 피하는 것은 매우 중요하다. 형체形에만 집중하는 것은 정신神에 집중하는 것만 못하다."[5](저우디모鄒祗謨(1670년 졸), 『원지재사충遠志齋詞衷』, 왕지더王驥德, 『왕지더 곡률王驥德曲律』, 145면 주3에서 재인용)

소설 비평에서도 신이 형보다 우위에 있다. 셰자오저謝肇淛는 자신의 『금병매』 서에서 "배경과 인물의 외적인 이미지를 남김없이 다 묘사窮盡境像하고 있다"고 말했지만, 또 "(인물들의) 외양만 흡사한 것이 아니라 그들의 정신도 잘 전달되고 있다"[6]고 말하기도 했다(『금병매자료휘편』, 217면). '전신'이라는 용어는 소설 비평의 평점과 글에서도 자주 나타난다. 『수호전』 룽위탕容與堂본 평점에서는 '그럴싸한' 장소들이 주체의 정신이 전달되는 곳으로 이야기되기도 한다('傳神', 「수호전일백회문자우열水滸傳一百回文字優劣」, 『수호전회평본』, 27면). 『유림외사』 워셴차오탕본에서는 평점가가 "모든 어려움은 대부분 많은 눈이 주시하고 있는 평범한 사람이나 사물의 정신의 유사성을 잡아내는 데 있다"[7](『유림외사회교회평본』, 6회 97면, 회평 1, 「워셴차오탕본 『유림외사』 회평」(린순푸 역), 260면)고 주장했다.

외적인 유사성 대신에 내적인 유사성을 더 선호하는 또 다른 방식은 동음이의어인 '화공畵工'(장인의 성취)과 '화공化工'(성스러운 경지에 도달한 예술가의 성취)의 우열을 매기는 데서도 나타난다. 이러한 차이는 적어도 쑤스

---

5) [옮긴이 주] 참고로 본문에 해당하는 원문과 번역문은 다음과 같다. "사물을 노래할 때는 비슷하게 하지 않을 수 없지만, 그것에 몰두해서 지나치게 비슷하게 만드는 것은 기피해야 한다. 외형을 취하는 것은 그 정신을 취하는 것만 못하고, 사건을 운용하는 것은 그 뜻을 운용하는 것만 못하다咏物固不可不似, 尤忌刻意太似. 取形不如取神, 用事不若用意."

6) [옮긴이 주] 원문은 다음과 같다. "不徒肖其貌, 且幷其神傳之."

7) [옮긴이 주] 원문은 다음과 같다. "世間惟最平實而爲萬目所共見者, 爲最難得其神似也."

蘇軾가 우다오쯔吳道子의 그림보다 왕웨이王維의 그림이 윗길이라고 평가한 것으로 거슬러 올라가는데, 이 때 쑤스는 첫 번째 용어만을 사용했다. 쑤스는 우다오쯔의 그림이 뛰어나기는 하지만, 이것은 여전히 장인의 성취畵工에 머물러 있는 반면, 왕웨이는 형상 그 너머에 있는 정신을 잡아낼 수 있었다(得之於像外; 쑤스蘇軾, 「왕웨이 우다오쯔의 그림王維吳道子畵」, 샤셰스夏寫時, 『중국 희극 비평의 탄생과 발전中國戱劇批評的産生和發展』. 108면에서 재인용)고 말했다. 이 두 개의 화공은 리즈李贄가 기교적인 측면에서의 성취라 할 『비파기』를 좀더 성스러운 경지의 성취라 할 『서상기』와 비교하는 데 사용함으로써, 항구적으로 소설과 희극 비평의 일부가 되어버렸다[8](「잡설雜說」, 『분서焚書』 3권, 96~97면). '화공畵工'에서의 '화畵'는 그림이라는 말로, 여기에는 그러한 이미지의 정적인 속성을 인지하는 것말고도 그에 상응하는 유사함이 강조되고 있다. '화공化工'에서의 '화化'는 동적인 변화를 의미하는 것으로 '신神'(변화를 예견하는 능력 때문에 강력한 신성神性으로서의 신)과 연결되어 있으며, 이 두 개의 용어는 시인이 문학에서 창조해내는 서로 다른 경지境의 우열을 매기는 데 사용되고 있다. '화경化境'(신성한 경지)은 '신경神境'(정신의 경지)보다 높게 매겨져 있고,[9] 이렇게 우열을 매기는 것은 소설 서사를 칭찬하는 데 사용되는 구절인 '출신입화出神入化'(정신의 경지로부터 신성한 경지로 들어간다)라는 말에서 명백하게 드러난다(이를테면, 『유림외사회교회평본』, 46회 631면 회평 2, 「워센차오탕본 『유림외사』 회평」(린순푸 역), 290면). '전신傳神'과 마찬가지로, '화공化工'이라는 말은 때로 소설 비평가들에 의해 외적인 유사성을 강조하는 용어와 연결짓기도 한다(이를테면,

8) **[옮긴이 주]** 본문과 관련 있는 해당 내용은 다음과 같다. "『배월정』과 『서상기』는 '천지의 조화가 자연스레 빚어낸化工' 신의 작품이요, 『비파기』는 '더할 수 없는 기교로 만든畵工' 인간의 작품이다. 이른바 '화공畵工'이란 것이 천지가 빚어낸 화공化工을 능가할 수도 있을 것이다. 그러나 천지의 조화에는 본래 기교가 없음을 누가 알았으리오『拜月』, 『西廂』, 化工也; 『琵琶』, 畵工也. 夫所謂畵工者, 以其能奪天地之化工, 而其孰知天地之無工乎?"(한글 번역은 김혜경 옮김, 『분서』 I, 한길사, 2004를 참조하였음)

9) 진성탄은 『수호전』 「서일序一」에서, 이 두 개의 '경'에다, 하나를 더 추가해 '성경聖境'(성인의 경지)에 대해 논의하고 있다(『수호전회평본』, 5면).

'화공초물化工肖物', 『수호전회평본』, 20회 398면, 룽위탕容與堂본 회평).

중국 소설 비평에서 거울은 중요한 비유이지만, 사물을 반영한다는 그 자체의 의미보다는 반영하는 과정의 불편부당함을 말하는 데 쓰이고 있다. 거울에는 이것이 반영하는 사물을 왜곡하는 자아가 없다. 밝은 거울明鏡은 어떤 편견도 없고 어느 쪽으로부터도 영향 받지 않고 사건을 판결하는 공정한 재판관의 상징으로 사용되었다(이를테면, 『수호전전』, 8회 124면). 중국에서는 역사와 소설 모두 그 안에 등장하는 인물들에 대한 판정과 밀접한 관련을 맺고 있기에, 거울은 훌륭한 객관성의 상징이 되었다. 우젠쓰吳見思는 쓰마첸에 대해 다음과 같이 말했다. "나는 쓰마첸이 이 장(「봉선서封禪書」)을 썼을 때, 그의 마음은 그 앞에 있는 사물의 미추와 선악을 완전하게 반영하고 있는 밝은 거울이나 물과 같았을 것이라 생각한다."(『사기논문』, 2 / 69b, 회말 총평)10) 진성탄은 똑같은 말(당연하게도 그들 두 사람보다 앞서)로 『수호전』의 작자를 묘사했다(이를테면 『수호전회평본』, 61회 1,133면 협비). 전체적인 개념은 청말 비평가에 의해 좀더 현대적인 용법으로 설명된다. "소설의 등장인물에 대한 묘사는 거울이 비추는 식으로 되어야 한다. (…중략…) 거울은 자아가 없다."11)(만蠻, 「소설소화小說小話」, 『중국역대소설논저선』 하권, 262면)

반영론자의 모델에 가장 가깝게 간 소설 비평가는 『수호전』 룽위탕본의 평점가이다. 그의 평점에는 '핍진逼眞'과 '여화如畵'(그림 같다)와 같은 구절들이 들어가 있다. 하지만 그는 『수호전』이 갖고 있는 불멸의 속성은 앞서 일어났던 사건을 바탕으로 하고, 심지어 어떤 사람이라도 그렇게 밑에 깔려 있는 사건 없이는 (달마 선사가 그랬듯이) 9년 동안 면벽수도를 하더라도 소설을 쓸 수 없다고 말했지만(「수호전일백회문자우열」, 『수호전

---

10) [옮긴이 주] 원문은 다음과 같다. "吾想史公作此文時, 心如明鏡止水, 物來畢照而妍媸好歹盡入其中. 故信筆拈來, 事隨筆使, 各如其妙而止, 而我無與也. 其中有天焉,恐非人力可造."

11) [옮긴이 주] 원문은 다음과 같다. "小說之描寫人物, 當如鏡中取影, (…중략…) 夫鏡, 無我者也."

회평본』, 26면), 그런 사건들이 소설에 직접 반영되는 것은 아니라고 주장했다. 그것보다는 똑같이 일반적인 유형의 사람과 사건들은 작자가 알고 있는 세계(와 우리의 세계도 마찬가지로)의 일부이긴 하지만, 작자는 개인적인 이름과 역사와 다른 세부 사항들을 제공함으로써 이들 일반적인 범주들을 채워 넣고 특별하게 만드는 것實之이다.[12)]

비록 근대 이전의 비평가들이 일반적으로 『유림외사』를 작자의 세계를 직접 반영한 것으로 받아들이지 않았지만, 많은 이들은 이 책에 묘사된 부류의 사람들이 어느 곳에서나 발견된다고 생각했다. 그런 말들은 대부분 근거 없이 그런 이야기를 지어낸 것 때문에憑空捏造(이를테면, 『유림외사회교회평본』, 4회 64면, 장원후張文虎 협비), 또는 사람들의 허물을 과장함으로써 그들을 지나치게 가혹하게 대했다고 비난받은 작자를 변호하기 위한 것이었다(이를테면, 황샤오톈黃小田, 『유림외사』, 7회 68면, 협비).

작자의 경험의 중요성은 왕푸즈王夫之의 다음과 같은 유명한 언명에 의해 새삼스럽게 일깨워졌다. "누군가 개인적으로 경험한 것, 누군가 개인적으로 본 것, 그것은 우리를 제한하는 철의 문鐵門限이다."[13)](『석당영일서론내편夕堂永日緒論內編』, 궈사오위郭紹虞, 『중국역대문론선』 3권, 301면에서 재인용) 다른 한편으로 중국에서 '격물格物'(사물에 대한 탐구)은 종종 직관적이고 유아론적인 추구였기 때문에, 어느 한 사람의 외부에 있는 사물에 대한 흥미

---

12) 「수호전일백회문자우열」, 『수호전회평본』, 26면. 이 글의 일부는 『수호전』 중싱鍾惺의 서에서 약간 변형된 채로 반복되고 있다(천시중陳曦鐘, 「중보징에 관하여關于鍾伯敬」, 44~45면). **[옮긴이 주]** 해당 내용에 대한 원문과 우리말 번역은 다음과 같다. "세상에 먼저 『수호전』이 있은 연후에야 스나이안, 뤄관중이 붓을 놀려 써낸 것이다. 성이 무엇이고 이름이 무엇이니 하는 것은, 허구적인 방법을 써서 실제 있었던 일을 구체적인 인물형상으로 그려낸 것에 지나지 않는다. (…중략…) 세상에 먼저 이 일이 있지 않았으면 문인이 구 년 동안 벽을 마주 대하며 골똘히 생각하고, 피를 열 말이나 토하며 연구한다 하더라도 어찌 이에 이를 수 있었겠는가? 이것이 『수호전』이 세상과 함께 처음부터 끝까지 함께 있을 수 있는 까닭이다世上先有『水滸傳』一部, 然後施耐庵, 羅貫中借筆墨拈出. 若夫姓某名某, 不過劈空捏造, 以實其事耳. (…중략…) 非世上先有是事, 卽令文人面壁九年, 嘔血十石, 亦何能至此哉? 此『水滸傳』之所以與天地相終始也."

13) **[옮긴이 주]** 원문은 다음과 같다. "身之所歷, 目之所見, 是鐵門限."

는 통상적으로 타자에 대한 탐구라기보다는 타자 안에 있는 자아에 대한 탐구였다. 이러한 상황 하에서의 경험의 속성은 우리가 세계에 대한 '과학적인' 관찰이라는 틀 안에서 상상하는 것과 사뭇 다른 것이다. 그리하여 장주포는 "천재가 그의 마음을 그것에만 집중할 수 있다면 이해할 수 없는 것은 없기" 때문에, 『금병매』의 작자가 그가 소설에서 묘사하는 모든 것을 개인적으로 경험할 필요가 없다고 주장할 수 있었다(『금병매자료휘편』, 39면, 「비평제일기서 『금병매』 독법」 60조, 『금병매』(로이 역), 233면).[14]

전통적인 백화소설에서 진정으로 장기간에 걸친 경향은 보통의 거울에 반영될 수 있는 표면적인 외양을 넘어서 숨겨져 있는 좀더 진실한 리얼리티에 도달하는 것이다. 그리하여, 전통적인 소설 비평에서는 요괴가 자신의 정체를 드러내도록 하거나 엑스레이처럼 마음 속까지 들여다 볼 수 있게 해주는 거울을 지칭하는 경우가 단순히 표면적인 외양을 반영해내는 거울을 지칭하는 경우보다 훨씬 많다. 이것은 특히 인물 성격화에 대한 논의에서 특히 그러하다(이 책의 제7~8장 참조).

1. 허구성을 향하여

전통적인 독자들은 문학 작품 안에 들어있는 요소들을 작자 자신의 세계의 요소와 일치시킴으로써 해당 작품의 맥락을 이해했다. 소설 독

---

14) [옮긴이 주] 원문과 번역문은 다음과 같다. "『금병매』를 짓는데 있어 만일 모든 것을 두루 경험을 해야만 이 책을 쓸 수 있다면 『금병매』는 절대 지어질 수 없을 것이다. 왜 그런가? 예컨대 음탕한 여인이 사내와 간통하는 것도 모두 각양각색이니 만일 반드시 자신이 직접 겪고 난 후에야 알게 된다면 이러한 것들을 어떻게 모두 경험할 수 있겠는가作『金瓶梅』, 若果必待色色歷遍, 纔有此書, 則『金瓶梅』又必做不成也. 何則? 卽如諸淫婦偸漢, 種種不同, 若必待身親歷而後知之, 將何以經歷哉? 故知才子無所不通, 專在一心也?"

자들은 전통적으로 『시경』과 『문선』에 실린 시에 적용되었던 것과 똑같은 형태의 알레고레시스Allegoresis[15]를 소설에 적용했다. 그들의 작업은 소설이나 희곡을 작자 자신의 시대와 동떨어진 역사적 상황에 배치시킴으로써 복잡한 것이었(거나 좀더 흥미롭게 만들었)다. 이러한 현상이 사려 깊은 배려에서 나온 것이든 그렇지 않으면 단순히 어떤 미묘한 상황을 고려해서 나온 것이든, 사람들은 이것을 잘도 알아챘다.

> 기서奇書의 경우에는 이전 시대의 어떤 사람도 자신의 생각을 전달하기 위해 이야기를 지어내려고 하지 않았다. 그들은 항상 자신들의 가슴 속에서 빛나는 구상을 쓰기 위해 과거로부터 이미 만들어진 이야기를 가져왔다. 이것은 『서유기』의 경우만 그런 것이 아니다. 이를테면, 『봉신연의』는 주 무왕周武王의 이야기를 사용했고, 『비파기』에서는 차이보졔蔡伯喈를 사용했으며, 『서상기』에서는 장성張生을 가져왔다. 이러한 예들은 셀 수 없다. 이야기는 원래 이렇지만, 의미는 전체적으로 다르다. 만약 한 사람이 과거에 원래 이야기를 고수하면서 그것에 대해서만 논의하기를 고집한다면, 그는 과거의 사람들로부터 조롱만 받게 될 것이다.
>
> —장수선張書紳, 12 / 1a, 회수 평어 3조[16]

장수선張書紳은 『서유기』[의 작자]를 역사상 실존 인물인 츄창춘邱長春에게 가탁한 것을 받아들였지만, 이 소설을 '작자'의 개인사와는 무관하게 알레고리적으로 해석했다. 이런 방식의 알레고리적 독서는 표면적으로 드러난 현실을 허구로 다루고 있으면서도, 작자의 실제 삶 속에서 이러한 허구적인 요소들과의 일대일 대응 관계를 찾아내는 것을 피하고 있다는 점에서, 알레고레시스로부터 벗어나고 있음을 보여준다.

---

15) [옮긴이 주] 알레고레시스는 어떤 이야기를 알레고리로 읽어내는 행위 자체를 가리킨다.
16) [옮긴이 주] 원문은 다음과 같다. "大凡奇書, 前人俱不肯出自己見. 憑空揑設務必要就古來一件現成典故, 以寫他胸中的錦繡文字. 此亦不獨西遊, 如封神就武王, 琵琶就伯喈, 西廂借張生. 諸如此類, 不可勝數. 故事原是這件事, 意却另自有意, 若有執當日之原案而論之, 未免爲前人之所笑而其呆亦甚矣."

소설과 희곡을 실화소설roman à clef로 읽어내는 것을 직설적으로 부인하는 것 역시 텍스트의 허구적인 속성을 강조하는 것이고, 그리하여 소설이 역사나 작자의 삶과 밀접하게 연관을 맺어야 할 어떤 필요성으로부터 독립해야 한다는 인식으로 나아가는 하나의 과정을 보여주고 있다. 우리는 이미 리위李漁가 자신은 절대로 실화소설적 희곡을 쓰지 않았다고 맹세한 것과 같이 몇몇 작자들이 실화소설적 해석을 부인한 것을 목도한 바 있다. 『기로등歧路燈』의 작자 서에서와 같이 소설가들이 비슷한 맹세를 한 경우, 우리는 현대의 소설들과 영화에 내걸려져 있는 다음과 같이 부인하는 내용을 떠올리게 된다. "묘사된 모든 등장인물들은 허구이고, 현재나 이전에 살았던 사람들과의 어떤 유사성도 순전히 우연적인 것이다."

어떤 평점가들은 '안전'을 위해 그들의 독자가 텍스트 내의 등장인물과 사건들을 실제 삶에서의 대응물과 동일시하는 데 대해 경고하려 했다. 이러한 정치적인 함의를 부인한 것 가운데 가장 유명한 것은 아마도 『홍루몽』의 갑술본 「범례」에서 다음과 같이 주장하는 한 대목일 것이다. "이 책은 조정에 관한 어떤 추론도 이끌어내려 하지 않았다."[17] (『신편 『석두기』 즈옌자이 평어 집교』, 1면, 4조) 하지만 누구라도 아니 땐 굴뚝에서는 연기가 나지 않는다고 느끼는 경향이 있다는 것을 이해한다면, 평점과 소설의 텍스트에서 이러 저러하게 부인하는 것은 오히려 "여기에 은 삼십 냥이 묻혀 있지 않다"는 표지판을 떠올리게 한다.

소설 작품에 담겨 있는 정치적인 의미나 심지어 심각한 의도를 부정하는 한 가지 방법은 이것이 '허구'라는 것을 고집스럽게 주장하는 것이다. 그러한 부정은 일반적으로 『홍루몽』의 그것보다 더 진지하지는 않았지만, 그런 주장의 유포가 어떻게 소설을 보아야 하는지에 대해 영향을 주었던 것은 틀림없는 사실로 보인다. 진성탄은 종종 작자가 단지

---

17) [옮긴이 주] 원문은 다음과 같다. "此書不敢干涉朝廷."

장난치듯이 썼을 뿐以文爲戲(이를테면, 『수호전회평본』, 53회 995면, 54회 1,006면 협비)이라고 선언함으로써, 『수호전』에 내포되어 있는 좀더 심각한 함의를 감추려고 했다. 이런 생각이 뿌리를 내리게 되자 몇몇 비평가들은 자신들이 그것에 반대하는 주장을 내놓아야 한다고 느끼게 되었다. "이것(『홍루몽』)이 소설 형식으로 쓰여졌다는 이유로, 속인들은 이것을 소설 작가의 손에서 나온 '유희'의 소산으로만 여기고 있다. 그리하여 독자들과 비평가들은 이러한 '유희'를 주요한 개념으로 여기게 되었고, 그들 자신은 이것이 무엇에 대한 것인가를 추측하는 데 몰두했다."[18](멍츠쉐런夢癡學人, 『몽치설몽夢癡說夢』(1887), 『홍루몽』권, 224면)

이야기 속 내용의 허구성에 대한 태도는 당연하게도 그 작품이 환상적인 양식이냐, '현실적인' 양식이냐에 따라 다르다. 비록 당 이전의 지괴에서는 환상적인 것도 사실로 받아들여지는 경향이 있었지만, 명대 초기에 이르게 되면 그런 이야기 속에 있는 실제성factuality은 사실상 그다지 중요한 게 아니라고 주장하는 사람들을 발견할 수 있는데, 그들에게 중요한 것은 이것이 어떤 식으로 이야기되고 있는가하는 점이었다(이를테면, 『전등신화』에 대한 링윈한凌雲漢 서, 1397, 『중국역대소설논저선』 상권, 224면).[19]

좀더 사실적인 작품들에 대해 취해진 방침은 약간 달랐다. 『수호전』에는 일정한 역사적 무대가 있고, 역사적인 인물들을 다루고 있지만, 작자는 분명하게 양자로부터 자유롭게 벗어나 있다. 심지어 진성탄은 쑹장宋江에 대한 공식적인 사서史書의 내용을 인용하고 있으면서도, 등장

18) [옮긴이 주] 원문은 다음과 같다. "『紅樓夢』一書, 世俗因見他是小說家款式, 便認作小說家游戲之作, 所以讀者批者只把游戲二字立了主意."

19) [옮긴이 주] 링윈한의 해당 내용에 대한 원문과 번역문은 다음과 같다. "옛날에 천홍이 『장한전』과 『동성노부전』을 지었는데, 당시 사람들이 그의 사재를 칭찬하여, 모두 그것을 읽기를 추천하였다. 이에 뉴썽루의 『유괴록』, 류푸의 『청쇄집』 역시 기이한 일을 기록하였으니, 그 일이 실제로 있었는지 없었는지는 꼭 따질 필요가 없는 것이지만, 이 작품이 지어진 체제는 역시 뛰어난 것이었다昔陳鴻作『長恨傳』幷『東城老父傳』時人稱其史才, 咸推許之. 及觀牛僧孺之『幽怪錄』, 劉斧之『青瑣集』, 則又述奇紀異, 其事之有无不必論, 而其制作之體, 則亦工矣."

인물들과 수많은 경우에 대한 사건들이 본질적으로 허구적이라는 사실을 강변했다. 차오가이晁蓋와 그의 동맹 세력이 허타오何濤를 초토화시킨 것과 주퉁朱仝의 경우 리쿠이李逵가 지현知縣의 아들을 잔인하게 살해한 것과 같이 정치적이거나 도덕적인 이유 때문에 다루기가 까다로운 사건들은 절대로 '실제로' 일어난 게 아니라고 주장했다(『수호전회평본』, 18회 342면 회평, 50회 945면 협비). 108호한이 실제로 존재했었는지에 대한 논의는 작자가 근본적으로 자신의 한을 풀기 위해 지어낸 것이라는 식으로 함축적으로 마무리된다(『수호전회평본』, 38면, 설자楔子 평어). 다른 곳에서 진성탄은 "(이 책에서의) 사건이나 사람이 실제로 존재했었는지는, 작자가 결코 고려하지 않은 것이다. 하지만 어쩌겠는가? 요즘 독자들이 유일하게 관심을 보이는 게 이것임에랴?"[20](『수호전회평본』, 70회 1,262면, 회평)

작자가 그렇다고 알고는 있지만 그다지 바로 잡고 싶어하지 않는 별로 그럴싸하지 못한 부분들은 항상 그런 상황의 위험을 해결하기 위해 마련된 서술자의 설명을 통해 처리되었다. 편집자의 역할을 겸하고 있는 비평가들은 똑같은 선택권을 갖고 있었다. 차이위안팡蔡元放은 텍스트를 변경하기도 하고, 『수호후전』 내의 몇 가지 마술에 대해서는 서술자의 설명을 덧붙이기도 했다(위드머, 『수호후전』, 191면 참조). 마오룬毛綸이 아들을 속이는 위조된 편지와 장원 급제한 이의 부모가 굶어죽는 것과 같이 개연성 없는 내용에 대해 그랬던 것처럼,[21] 평점가가 독자에게 잠시 불

---

20) [옮긴이 주] 원문은 다음과 같다. "若夫其事其人之爲有爲無, 此固從來著書之家之所不計, 而奈之何今之讀書者之惟此是求也?"

21) [옮긴이 주] 참고로 『비파기』의 기본적인 내용 순서는 다음과 같다. ① 차이융蔡邕이 자오우냥趙五娘과 결혼한다(1/2착) ② 부모에게 떠밀려 서울로 과거 시험을 보러간다(4착) ③ 차이융이 장원급제한다(8착) ④ 황제의 명으로 승상이 사윗감을 찾는다(12착) ⑤ 차이융의 부모는 쌀겨를 먹고 연명하다 죽는다(21착) ⑥ 사기꾼이 차이융의 고향사람을 사칭하여 고향에서 온 편지라고 전해주고 잘 얻어먹고 돌아간다.(26착) (…후략…) 이상과 같은 『비파기』의 내용 순서에 의하면, 부모가 가뭄으로 주려 지내다가 자오우냥이 먹던 쌀겨를 먹고 죽은 사건은 장원급제한 부분 이후에 배치했기 때문에, 앞뒤 논리를 따져보면 이해가 잘 안 간다. 아울러 차이융은 우승상의 사위 자리를 제안 받자 줄곧 고향에 늙으신 부모와 아내가 있다고 초지일관 주장했다. 『비파기』의 내용에

신을 미루어두도록 요청할 수도 있었다. "잠시 그것을 사실로 받아들인들 뭐 그리 해가 되겠는가?"[22](『비파기자료휘편』, 379면, 26착 착전 평어)

소설이 역사적으로 사실이거나 일상적인 삶을 반영한 것이어야 한다는 축소지향적인 요구를 회피하면서 이것을 삶에 연관시키는 하나의 방법은 소설이 꿈과 같은 것이라고 말하는 것이다. 삶이 꿈과 같은 것이라는 관념은 명청 시기 지식분자들의 생각을 파고들었으며, 비평가들은 독자의 반대에 맞서기 위해 소설이 꿈이라는 생각을 이용해 '현실로부터 한 차원 높은 진실'을 가리킬 수 있었다.

100회와 120회본 『수호전』은 량산梁山으로 떠나는 휘종徽宗의 꿈으로 끝난다. 룽위탕容與堂본의 평점가에게 이것은 책 전체가 단지 꿈일 따름이라는 사실을 의미한다. "그렇지 않으면, 어떻게 강도가 살아서 관작을 받고 그들이 죽은 뒤에 절에서 공양을 올리는 생각이 정당화될 수 있겠는가? (작자)는 이것으로 정당하지 못한 것에 대한 의분을 푼 것이다. 만약 독자가 이 모든 것(소설 속의 사건들)을 사실로 받아들인다면, 그는 꿈에 대한 이야기를 듣고 (그것을 사실로 받아들이는) 미친 사람이나 마찬가지일 것이다."[23](『수호전회평본』, 100회 1,340면, 회평)

진성탄은 휘종의 꿈을 삭제했지만, 그는 자신의 판본의 끝에 루쥔이盧俊義의 악몽을 덧붙였다. 그는 전체 이야기가 이 마지막 꿈과 차오가이晁蓋가 도적의 무리를 결성하기 전에 꾼 북두칠성의 꿈 사이에 놓여 있고, 이 소설 속의 모든 내용은 사실성 없는 단지 꿈에 불과하다고 주장했다[24](『수호전회평본』, 13회 258면, 회평). 그는 『서상기』도 5본本 4절折에서

는 이와 같이 앞뒤가 안 맞는 경우가 많이 나온다.

22) **[옮긴이 주]** 원문은 다음과 같다. "然則以假當眞, 何妨權之以爲眞哉."

23) **[옮긴이 주]** 원문은 다음과 같다. "不然, 天下那有强盜生封侯而死廟食之理? 只是借此以發泄不平耳. 讀者認眞, 便是痴人說夢."

24) **[옮긴이 주]** 해당 내용에 대한 원문은 다음과 같다. "一部書一百八人, 聲施燦然, 而爲斗頭是晁蓋, 先說做下一夢. (…중략…) 夫羅列此一部書一百八人之事迹, …… 然而爲頭先說是夢, 則知無一而非夢也."

주막에서 꾸는 꿈으로 끝난다고 주장했다.

심지어 『삼국연의』 같은 역사소설의 경우, 우리는 마오쭝강이 류베이劉備와 쑨취안孫權, 차오차오曹操가 모두 꿈 속의 인물들이라고 주장하다가[25](『삼국연의회평본』, 116회 1,402면, 회평), 다른 곳에서는 실제 사건들이 어찌 꿈이 아니며, 꿈이 어찌 실제 사건이 아닌지 라고 묻는 것을 보게 된다[26](『삼국연의회평본』, 23회 280면, 회평). 『수호후전』에서는 등장인물들이 종종 그들이 꿈을 꾸고 있는 건 아닌지 회의하고 있으며(위드머, 『수호후전』, 170~171면), 즈옌자이脂硯齋는 『홍루몽』에서 일어난 몇 가지 꿈들을 나열한 뒤 이 소설의 제목을 지적하고는, 평점가로서 그리고 독자로서의 그가 꿈 속에 있다는 사실을 선언했다[27](『신편 『석두기』 즈옌자이 평어집교』, 48회 601면, 경진庚辰본 협비).

거울에 비친 꽃이나 물 속의 달鏡花水月과 같이 허구성에 대한 또 다른 상징들은 처음 보게 되면 문학에 대한 반영론자의 개념에 걸맞은 것인 듯 보일 수도 있다. 하지만 여기에서 말하는 것은 앞에 있는 사물을 비추는 거울(금속이 됐든, 물이 됐든)의 능력을 강조하는 반영된 이미지의 비실질성이다. 『서상기』의 룽위탕 '리즈'본의 평어에서는 평점가가 희곡에서의 '핍진'을 강조하고 있지만, 그런 장면들이 꼭 일어났어야 할 필요는 없고 이것들은 거울에 비친 꽃이나 물 속의 달鏡花水月과 같은 것이라고 강변하고 있다(10착에 대한 평어, 장싱위蔣星煜, 「리줘우 비본 서상기의 특징 진위와 영향李卓吾批本西廂記的特徵眞僞與影響」, 89면). 리루전李汝珍은 이 작품의 허구적인 성격을 강조하기 위해 이 소설의 제목으로 『경화연鏡花緣』을 선택했다.

---

25) [옮긴이 주] 해당 내용에 대한 원문은 다음과 같다. "不獨兩人之事業以成夢, 卽三分之割據皆成夢. 先主, 孫權, 曹操皆夢中之人."

26) [옮긴이 주] 해당 내용에 대한 원문은 다음과 같다. "事之眞者何必非夢, 則事之夢者何必非眞?"

27) [옮긴이 주] 해당 내용에 대한 원문은 다음과 같다. "一部大書起是夢, 寶玉情是夢, 賈瑞淫又是夢, 秦之家計長(策)又是夢, 今作詩也是夢, 一并風月「鑑」[鑒]亦從夢中所有, 故紅「縷」[樓]夢也. 余今批評亦在夢中, 特爲夢中之人特作此一大夢也."

2. 허구성을 잊어버리기

서구의 비평에서, 플라톤이 예술을 지각할 수 있는 것에 대한 모방이라고 개념 정의한 것에서 아리스토텔레스의 좀더 진보적인 개념으로 변화한 것은 서사에 대한 함의에 중요한 작용을 했다. 아리스토텔레스는 다음과 같이 말했다.

> 실제로 일어난 일이 아니라, 어떤 상황에서는 개연적이거나 필연적이기 때문에 일어날 수도 있는 그런 종류의 것을 묘사하는 게 시인의 기능이다. (역사와 시)의 차이는 하나는 일어난 것을 이야기하고, 다른 하나는 일어날 지도 모르는 종류의 것을 이야기한다는 것에 있다. (…중략…) 이런 이유 때문에, 시는 역사보다 좀더 철학적이고 진지한 주의를 기울일 만한 가치가 있다. 왜냐하면 시는 보편적인 진실에 관심이 있는 반면, 역사는 특별한 사실을 다루기 때문이다.[28)]
>
> —『시학』 9장, 도르쉬, 『고전문학비평Classical Literary Criticism』, 43~44면

우리는 중국의 소설과 소설 평점의 발전에서도 사실성史實性historicity(이런 일이 일어났던 것일까?)에서 개연성Plausibility(이런 일이 있을 수 있나?)으로 옮겨가는 것을 볼 수 있다.

중국의 비평가들이 기술된 내용의 개연성을 가늠했던 한 가지 방법은 이것들이 일반적인 사물의 논리情理와 얼마나 부합하는지를 재는 것이었다. '정리'는 '인정사리人情事理'나 다른 말로 '인정물리人情物理'(그러햄

28) **[옮긴이 주]** 참고로 해당 내용에 대한 우리말 번역을 소개한다. "시인의 임무는 실제로 일어난 일을 이야기하는 데 있는 것이 아니라, 일어날 수 있는 일, 즉 개연성 또는 필연성의 법칙에 따라 가능한 일을 이야기하는 데 있다는 사실이다. 역사가와 시인의 차이점은 운문을 쓰느냐 아니면 산문을 쓰느냐 하는 점에 있는 것이 아니라, 한 사람은 실제로 일어난 일을 이야기하고, 다른 사람은 일어날 수 있는 일을 이야기한다는 점에 있다. 따라서 시는 역사보다 더 철학적이고 중요하다. 왜냐하면 시는 보편적인 것을 말하는 경향이 더 많고, 역사는 개별적인 것을 말하기 때문이다." (천병희 역, 『시학』, 문예출판사, 1994, 60면.)

Graham, 『두 명의 중국 철학자Two Chinese Philosophers』, 16면)의 준 말이지만, 같은 개념을 양자 모두에 공통적으로 있는 '리理'라는 말로 나타낼 수도 있다. 만약 제시된 사물이 그럴싸하다면, 이것은 역사적으로 꼭 진실이 필요가 없는 것이다.

리위李漁의 경우, '정리'와의 일치는 모든 문학에 필수적인 것이었다. '정리'의 경계 내에 있는 작품들은 오래 전해져 읽혀지지만, 황당하고 괴이한 것은 그 날로 없어진다.[29](『리리웡곡화』「계황당」, 32면) 그에게 있어 이상적인 것은 한편으로는 새로운 것과 예측 불가능한 것 사이의 균형이고, 다른 한편으로는 '정리'와의 일치였다. 사詞에 대해 이야기하면서, 그는 "그대가 그대의 시 구절이 다른 사람을 깜짝 놀라게 하고 싶다면, 우선 그럴싸함으로 그들을 압도하는 것을 찾아야 할 것"[30]이라고 말했다(『규사관견窺詞管見』, 저우전푸周振甫, 『시사예화詩詞例話』, 142면). 한 친구가 희곡에 대한 찬사를 늘어놓았을 때, 리위는 그에 대한 서에서, "비록 이것이 보통의 경험을 넘어서는 것일지라도, 여전히 '정리' 안에 남아 있다"[31]고 말했다(「향초음전기서香草吟傳奇序」, 『리위의 희극 미학을 논함論李漁的戲劇美學』(두수잉杜書瀛), 19면에서 재인용). 리위의 친구인 두준杜濬은 그에게 똑같은 찬사를 보냈다. "(리위의 소설에 있는) 모든 것은 '정리' 안에 있다."[32](리위, 『십이루』「생아루生我樓」, 230면 회말 평어) 장주포의 경우에는 다음과 같이 딱 잘라 말했다. "글을 쓴다는 것은 '정리'에 지나지 않는다, 글쓰기의 구조 역시 '정리'에서 나온다."[33](『장주포 비평 제일기서 금병매』, 40회 598면, 회평 1)

---

29) [옮긴이 주] 원문은 다음과 같다. "凡說人情物理者, 千古相傳; 凡涉荒唐怪異者, 當日卽朽."

30) [옮긴이 주] 원문은 다음과 같다. "欲望句之驚人, 先求理之服衆."

31) [옮긴이 주] 원문은 다음과 같다. "旣出尋常視聽之外, 又在人情物理之中." 아울러 옮긴이가 확인한 바로 『리위전집李漁全集』 1권, 『리웡일가언문집笠翁一家言文集』(浙江古籍出版社, 1988), 46면에는 이 글의 출전이 「향초음전기서香草吟傳奇序」가 아니라 「향초정전기서香草亭傳奇序」로 나와 있다.

32) [옮긴이 주] 원문은 다음과 같다. "覺世稗官所作, 事事情理之中."

33) [옮긴이 주] 원문은 다음과 같다. "文字無非情理, 情理便生出章法, 豈是信手寫去者."

이러한 논리의 연장선상에서, 작자가 거기에 연관된 '원리들'을 잘 파악하고 있기만 하다면, 허구적인 사건들은 그것에 상응하는 실제 사건이나 사람들의 존재에 의해 뒷받침될 필요가 없다. 역사로서도 현실로서도 조화시키기 어려운 내용을 많이 담고 있는 소설인, 『여선외사』의 평점가들 가운데 한 사람은 "비록 (이 회에 묘사된 것과 같은) 그런 것이 없기는 하지만, (그것을 정당화해주는) 원리가 있다"[34](뤼슝呂熊, 50회 578면, 회평, 단옌澹巖 제題)고 주장했다. 『홍루몽』의 비현실적인 부분은 어떻게 설명될 것인가? 야오셰姚燮(1805~1864)는 "이 책의 (작자가) 세상 사람들을 일깨우기를 원했기 때문에, 그는 의도적으로 종잡을 수 없고 환상적인 소재를 사용했다. 하지만 이 모든 소재들은 '정리' 안에 굳건하게 자리하고 있다"[35](『평주금옥연評注金玉緣』, 116 / 23b[1,488], 회평)고 말했다. 『유림외사』에는 일반적으로 환상적인 요소가 결여되어 있기 때문에 굳이 그럴 필요성을 덜 느끼게 하지만, 똑같은 말이 『유림외사』에 대한 평점에도 나온다(황샤오톈黃小田, 『유림외사』, 38회 359면, 협비).

'그럴싸함'이 칭찬받는 요소라면, '그럴싸하지 못한 것'은 한 작품에 대해 가혹하게 이야기할 수 있는 것들 가운데 하나였다. 『수호전』 룽위탕容與堂본에서 평점가는 이 소설의 경이로운 부분은 '인정물리人情物理'와 일치하는 부분이라고 말하면서, (꿈이나 괴이한 것, 전투대형의 묘사와 같은) 약점들은 그렇지 못하다는 사실을 넌지시 내비쳤다(『수호전회평본』, 97회 1,339면, 회평). 이것과 비슷하게, 『홍루몽』에서 제1회의 돌의 언급과 54회에서의 자무賈母의 언급에서와 같이 '재자가인' 소설에 대해 공격한 것은 이런 소설들이 '그럴싸함에서 멀리 떨어져 있다不近情理'는 생각에 집중되어 있다[36](『홍루몽』, 1회 5면, 54회 758~759면).

---

34) [옮긴이 주] 원문은 다음과 같다. "匪特無是事, 亦并無是理."

35) [옮긴이 주] 원문은 다음과 같다. "是書欲喚醒世人, 故作迷離幻渺之談, 然皆實情實理."

36) [옮긴이 주] 여기에 해당 내용을 조금 인용해 본다. "제가 보기에는 지금까지의 이야기 책들은 죄다 판에 박은 형식을 취하고 있으니 그런 케케묵은 냄새는 피우지 않는 것이 도리어 새 맛이 나지 않을까요?"(『홍루몽』, 1회) "그런 이야기들이란 죄다 판에 박

그럴싸함 이외의 다른 질적 요소들은 허구성에 대한 적절한 보상으로 여겨졌다. 하나는 '취趣'('맛'이나 '기호, 풍미')인데, 위안훙다오袁宏道가 옹호했던 것이다. 『수호전』 룽위탕본의 평점가는 "취가 있기만 하다면, 이런 사람이나 이런 사건이 실제로 존재할 필요가 없다"[37]고 선언했다(『수호전회평본』, 52회 984면, 회평). 다른 이들은 한 사건이 허구적일 수 있지만, 그런 생각과 감정心, 情意이 사실이기만 하다면, 그걸로 충분하다고 썼다[38](이를테면, 리위, 『십이루』, 197면, 「학귀루鶴歸樓」, 두준杜濬, 평어). 우젠쓰吳見思는 심지어 『사기』를 이런 식으로 비평하기도 했다. "(쓰마첸)은 그것에 고유한 메시지 때문에만 이 사건을 사용했다. 어떤 사람이 그 사건이 실제로 일어났거나 말거나 신경 쓸 필요는 없는 것이다."[39](8회 62b면, 「골계전」 이후에 나오는 평어)

리위와 차오쉐친의 예외에도 불구하고, 위에서 언급한 허구적인 요소들에 대한 모든 정당화는 작자가 아니라 비평가들에 의해 제시되었다. 19세기와 그 이후에, 작자들은 소설의 실제적인 창작에 대해 좀더 기꺼운 마음으로 이야기하고 싶어하기 시작했다. 일례로 1849년에 처음으로 인쇄된 『품화보감』의 작자인 천썬陳森(약 1797~1870)의 서를 들 수 있다. 그는 자신의 소설의 60회를 "바다의 신기루에 서 있는 누각海市蜃樓", 곧 실재성이 없는 것으로 묘사함으로써, 그가 이 소설 속의 사물들을 개인적으로 목도한 것은 아니지만, 그 감정이나 메시지情는 정확하

은 것처럼 한가지 격식이거든. (…중략…) 거기엔 또 그럴 만한 까닭이 없는 게 아니야. 그따위 이야기를 꾸미는 사람들 가운데는 두 가지 유형이 있어. 그 하나는 남의 부귀를 시기하거나 자기도 그렇게 돼볼 욕심이 있지만 뜻대로 되지 않으니까 남들을 욕되게 하기 위해서 일부러 그렇게 지어내는 것이고, 또 다른 하나는 자기가 그따위 이야기들에 반해 가지고 그런 가인을 사모하던 나머지 그따위 이야기를 꾸며내어 스스로 도취해 보는 거야."(54회 자무賈母의 언급)

37) [옮긴이 주] 원문은 다음과 같다. "旣是趣了, 何必實有是事, 幷實有是人?"

38) [옮긴이 주] 원문은 다음과 같다. "惜玉怜香者雖不必有其事, 亦不可不有其心."

39) [옮긴이 주] 해당 부분에 대한 원문과 번역문은 다음과 같다. "쓰마첸이 전달하고자 하는 메시지만 취하면 되는 것이지 실제로 그런 일이 있었는지 여부는 굳이 따질 필요가 없는 것이다亦取其意思所在而已, 正不必論其事之有無也."

게 그가 표현해내고자 한 것이었다는 사실을 인정했다. "(이 소설의) 여러 사소한 사건들은 모두 내가 개인적으로 세상에 반드시 있을 것이라 추측한 일들을 써낸 것이다."[40](『중국역대소설논저선』 상권, 575면) 천썬은 여성 역할을 하는 남자 배우와의 동성애를 폭넓게 다루고 있는 이 소설의 내용과 그 자신 사이에 거리를 두고 싶어 했던 듯한데, 그는 그보다 앞선 비평가들이 사용했던 방침에 따라 자신의 소설을 정당화했다.

일상적 삶을 문학적으로 모방하는 것은 독자를 유혹해 묘사된 세계에 빠져들게 하고, 글자 그대로의 진실이나 그것과 역사 사이의 괴리에 대한 그 또는 그녀의 걱정을 잊게 만들었다. 희곡 비평에서는, 희곡의 언어에 주의를 기울이기보다는 무대 위에서 설득력 있는 인물들을 제시하는 것에 집중하는 배우와 극작가들을 '항가行家'나 '당항가當行家'(장인)라 부른다. 그 반대편에 있는 사람들은 '명가名家'(예술가)라 부른다. 『원곡선元曲選』의 두 번째 서에서 짱마오쉰臧懋循(1550~1620)은 '항가行家'의 작품을 다음과 같이 찬양했다. "모방模擬이 남김없이 발휘된 모든 경우에, 배우들은 진실로 인물들처럼 살아 있는 듯하고, 이 사건들이 허구적이라는 사실을 잊게 만드는 듯하다."[41] 그리고 그는 이것의 청중에 대한 효과를 논하고 이런 류의 희곡이 모든 것 가운데 가장 훌륭한 것이라고 칭찬했다(궈사오위郭紹虞, 『중국역대문론선』 3권, 167면). 지적인 차원에서 이것이 '가짜'라는 것을 잊게 되는 그런 세부 디테일 안에서 상상의 세계를 재생산해내는 이러한 능력 역시 중국 소설에서 (예술적) 성취를 가늠하는 하나의 기준이었다.

『수호전』 룽위탕본의 평점가는 이 소설 속의 사건들이 '실제가 아니거나', 문자 그대로 정직하다는 의미에서 '가짜假'라는 사실을 재빨리 인정했지만, 어떤 장절들은 '아주 핍진하게 서술되었거나' '진정이 드러나

40) [옮긴이 주] 원문은 다음과 같다. "諸瑣屑事, 皆吾私揣世間所必有之事而筆之."
41) [옮긴이 주] 원문은 다음과 같다. "隨所粧演, 無不模擬曲盡, 宛若身當其處, 而幾忘其事之烏有."

게 묘사되었다'고 주장했다. 이렇게 하는 데 실패한 장절들은 가짜假(『수호전회평본』, 53면과 9회 218면, 회평)인 채로 남게 되었다. 그는 독자가 읽고 있는 말들을 잊게 만드는 작자의 능력도 강조하면서(『수호전회평본』, 23회 470면, 회평), 독자로 하여금 사실상 작자가 창조한 세계를 직접적이고 매개되지 않은 상태로 받아들이게 했다. 룽위탕 『서상기』 평점 가운데 한 평어에서도 비슷한 지적을 하고 있는데, 이것 역시 희곡 비평에서의 '항가行家'의 개념에 의해 영향 받은 것이 분명하다. "우리는 『수호전』을 읽을 때, 이것이 가짜假라는 것을 깨닫지 못한다. 우리는 『서상기』를 읽을 때, 이것이 번잡한 것繁을 깨닫지 못한다. (…중략…) 그것은 왜인가? 우리가 다른 작품들을 읽게 되면 그 정신이 여전히 말 속에 있게 된다. 우리가 『서상기』의 곡이나 『수호전』을 읽을 때, 우리가 지각하는 것은 그 정신이고, 글 자체에 대해서는 전혀 의식을 못하게 된다."[42](20착 뒤에 있는 평어, 쟝싱위蔣星煜, 「리줘우 비본 서상기의 특징 진위와 영향」, 100면)

다른 한편으로 진성탄은 글쓰기의 '기력氣力'이 허구적인 사건들에 생명을 불어넣을 수 있다고 주장했다. 『선화유사』를 증거로 들면서, 그는 이 소설의 천강성天罡星에 드는 36명의 호한들의 사실성史實性을 강변했지만, 이 소설 속의 많은 사건들이 '근거 없이 만들어진憑空捏造' 것이라는 사실을 인정했다. 하지만 그는 계속해서 등장인물들에게 숨결을 불어넣고 이들을 '오래된 친구'처럼 느끼게 만드는 것은 바로 이렇게 만들어진 사건들 때문이라고 말을 이어갔다(『수호전회평본』 「독『제오재자서』법」 21조, 17면; 존 왕, 「제오재자서 독법」, 135~136면). 그의 찬양자이자 계승자인, 왕왕루王望如는 비록 108호한들 가운데 몇몇과 이 소설의 사건들이 존재한 적이 없는 것이긴 하지만, 일단 작자가 이것들을 쓰고 나면,

42) [옮긴이 주] 원문은 다음과 같다. "讀『水滸傳』不知其假, 讀『西廂記』不厭其煩. 文人從此悟入, 思過半矣. 常讀短文字却厭其多, 一讀『西廂』, 反反復復, 重重疊疊, 又嫌其少. 何也? 何也? 讀他文字, 精神尙在文字裏面, 讀至『西廂』曲, 『水滸傳』, 便只見精神, 幷不見文字."

아무도 그 존재를 부인할 수 없게 된다고 강변했다(『수호전회평본』, 37면, 「총론」). 이것은 역사적 존재와 허구적 존재를 동등하게 보는 것이다.

명가名家에 대해 항가行家의 등급을 매기는 반 형식주의적 경향과 대조적으로, 많은 소설 비평가들은 소설 속에 나오는 사람들이나 사건들의 허구성에 대한 질문으로부터 독자를 혼란시키기 위해 형식주의자의 논의를 사용하려 했다. 류세劉勰는 표현되는 감정情과 감정의 표현文 가운데 어느 것이 주요한 것이냐에 따라서, 두 종류의 문학을 구분했다. 그에게 『시경』에 나오는 시들은 작자의 감정을 표현하기 위해 작품을 창조하는爲情而造文문학의 한 예이고, 한대의 부賦는 그 반대의 경우의 예爲文而造情가 되었다(류세, 『문심조룡』 「정채情采」, 538면). 류세는 후자보다 전자가 훨씬 낫다고 생각했다. 우리는 아마도 『수호전』 위안우야袁無涯본 「발범」의 한 평어에서 류세가 한 말이 메아리치는 것을 들을 수 있을 것인데, 여기서 소설은 작자가 "자신의 감정을 바탕으로 삼아 (소설 속의) 사건들을 창작하며本情以造事者, 그런 까닭에 다른 책에서 그것에 대한 증거를 찾을 필요가 없다"고 선언했다(『수호전회평본』, 32면, 9조). '정'이나 '문' 가운데 어느 것이 주요한 것인지를 드러내 보여주는 또 다른 방법은 하나가 다른 하나를 '만들어낸다生'고 말하는 것이다. 이것들이 서로 상생하거나文生情, 情生文, 그들 요소 가운데 어느 것도 다른 것에 대한 우월성을 갖고 있지 않은 글쓰기를 찬양하는 말들이 가장 이르게는 『세설신어』(「문학」, 72조, 류이칭劉義慶, 138면)에서 발견되는데, 진성탄의 저작을 포함한 소설 비평(이를테면, 『수호전회평본』, 13회 265면, 협비)에서는 통상적인 것이었다. 형식과 내용의 차이를 드러내 보여주는 또 다른 방법은 사건事과 표현文을 대조해서 말하는 것이다.

양자의 균형이 바람직한 것이긴 했지만, 내용에 대한 형식의 선취는 고전 시기의 그리스나 로마, 그리고 고대 중국의 소설의 발전 속에 뿌리를 내리고 있었다. 그리스와 로마 제국의 수사 학당에서 학생들의 훈련의 일부는 소형의 산문 로망스를 읽는 것처럼 논쟁을 펼치는 것이었는데

(하이저만, 『소설 이전의 소설』, 93면, 227면 주17), 제임스 크럼프는 『전국책』 내에 있는 허구적인 장치들 가운데 몇몇이 비슷한 상황 하에 만들어진 것이라는 점에서 어떤 유사성을 보여주었다(크럼프, 「음모들—『전국책』 연구」와 그의 『전국책』에 대한 서문 격인 글 참조).

자주 인용되는 진성탄의 소설(『수호전』)과 역사(『사기』)의 구분에서, 진성탄은 소설에서는 "사건이 문장으로부터 나오고因文生事", 역사에서는 "문장이 사건을 전달하는 데 사용된다以文運事"고 말했다(『수호전회평본』 「독『제오재자서』법」 10조, 16면; 존 왕, 「제오재자서 독법」, 133면). 다른 곳에서, 그는 글을 무시하고 사건만을 기억하는 독자들에 대한 혐오를 드러냈다[43](『수호전회평본』 「독『제오재자서』법」 49조, 20면; 존 왕, 「제오재자서 독법」, 139~140면). 네이썬 마오Nathan Mao가 자신은 리위의 『십이루』를 번역한 게 아니라 다시 이야기한 것이라고 발명한 것이 진심이었다면, 진성탄은 확실히 [공들여 작업한] 자신의 작품을 허망한 것으로 느꼈을 것이다. "대부분의 독자들은 이 이야기에서 예술적인 효과가 어떤 식으로 이루어졌는지 보다는 무슨 일이 일어났는가 하는 것을 읽는다."(『십이루』 「두 번째 판에 대한 서」, XV) 나는 진성탄이 오르테가 이 가세트 쪽에 좀더 동의했을 것이라 확신한다. "예술 작품은 그 안에서 존과 메리, 또는 트리스탄과 이졸데의 감동적인 운명을 찾아 자신의 비전을 거기에 맞추는 목격자들에게는 시야에서 가뭇없이 스러진다. 트리스탄의 슬픔은 슬픔인데, 이것들이 사실로 받아들여지는 한에서만 동정을 불러일으킬 수 있다. 하지만 예술의 대상은 그것이 사실이 아닐 때에만 예술적인 것이 된다."(『예술의 비인간화*Dehumanization of Art*』, 수전 손탁Susan Sontag, 『수전 손탁 독자*A Susan Sontag Reader*』에서 재인용, 144면) 진성탄은 독자가 그 자신과 묘사된 사건 사이

43) **[옮긴이 주]** 해당 내용의 원문과 번역문은 다음과 같다. "나는 일반 자제들이 책을 읽음에 문장을 다 이해하지 못하고 몇 가지 사적만을 기억하고는 한 책을 다 읽었다고 여기는 것을 매우 싫어한다. 『전국책』, 『사기』라 하더라도 모두 사적으로 여기고 옮겨가는데, 하물며 『수호전』은 어떠하겠는가(吾最恨人家子弟, 凡遇讀書, 都不理會文字, 只記得若干事迹, 便算讀過一部書了. 雖『國策』『史記』, 都作事迹搬過去, 何況『水滸傳』?"

에 비평적인 거리를 유지할 것을 고집했는데, 이러한 태도는 위에서 논의한 '항가行家' 미학과 완전히 어긋나 있다. 우리는 그의 비평에서 그다지 당당하다고 볼 수 없는 이유뿐 아니라 예술적인 바탕 위에서 의식적이고 공개적으로 허구성을 요구하는 것을 보게 된다.

진성탄의 『수호전』 평점에서 전적으로 이성 쪽에 서지 않은 사건들은 정절의 필요 때문으로 정당화되고 있는데(이를테면 『수호전회평본』, 15회 291면, 협비), 그는 독자의 주의를 (리쿠이李逵가 주퉁朱仝이 돌보고 있는 지현의 어린 아들을 죽인 것에 대한 분노와 같은) 난처한 문제로부터 (이 이야기를 다음으로, 곧 차이진柴進과 연루된 일로 전환시키는) 형식적인 문제로 돌렸다.[44] 그는 똑같은 방법을 사용해 『서상기』 평점에서 추이잉잉崔鶯鶯과 장쥔루이張君瑞가 그들의 최초의 금지된 사랑을 맛보는 장면을 정당화했다. "(작자의) 관심은 글에 있는 것이지 그 일事에 있는 것은 아니다."[45](『진성탄 비본 서상기』, 4.1, 210면, 착전 평어) 진성탄은 정당화하기 어려운 자신의 텍스트 내의 이야기들로부터 독자의 시선을 돌리기 위해 소모적인 주장을 늘어놓은 것 때문에 쉽사리 비난받을 수 있었다. 반면에 독자들로 하여금 장면들 배후를 보게 하고 작자가 내린 결정에 대해 집중하도록 인도하는 것이 그 자신의 비평 저작의 핵심을 이룬 것은 분명해 보인다.

후대의 평점가들 역시 진성탄이 허구성과 다른 문제들을 정당화하기 위해 기술적인 고려에 의지한 것을 이용했다. 『비파기』에 대한 일반적 수준의 언급에서, 마오룬毛綸은 그 안에 있는 사건들이 결코 실제로 일어나지 않은 것이기 때문에 『비파기』를 읽고 싶어하지 않는 "늙은 멍청이"들과 "통상적이지 않은 사건들에 대한 관심이 아니라 진정으로 글쓰기에 대해 관심이 있는" "사려깊은 사람들"을 대비시켰다.[46] 잘 알려진

---

44) 『수호전회평본』, 51회 950면, 협비. 천천陳忱은 이와 유사하게 독자의 주의를 정절상의 필요로 돌림으로써 안다오취안安道全의 이야기에서 불필요하게 죽은 여인에 대한 독자의 바람직하지 않은 동정심을 완화시키려 했다. (위드머, 『수호후전』, 122면 참조)
45) [옮긴이 주] 원문은 다음과 같다. "意在於文, 意不在於事也."
46) 『비파기자료휘편』「총론」, 281면. 비슷한 언급에 대해서는, 같은 책의 30착에 있는

역사적 인물들이 등장하는 역사소설에 평어를 달면서, 마오쭝강毛宗崗은 자신이 사실과 꼭 일치할 필요가 없다고 생각한 사건들에 대한 묘사를 몇 차례나 그냥 넘어갔는데, 이것은 작자가 어떤 형식적인 효과를 얻고자 했을 때였다(이를테면, 『삼국연의회평본』, 43회 550면과 50회 630면, 협비, 43회 541면, 회평). 우리는 이들 텍스트의 허구성을 고려하고 있는 『홍루몽』과 『요재지이』, 『유림외사』에 대한 형식주의적 독법도 지적할 있다.[47)]

이미 암시된 바대로, 진성탄과 다른 비평가들의 형식주의적 경향은 최소한 '항가行家'나 '본색本色'(꾸밈 없음)과 같은 희곡과 소설 비평가들에 의해 입증된 다른 요소들과 부분적으로 갈등을 일으켰다. 형식주의는 그러한 기교와 장식이 실제로 문학이 담지 해야 할 메시지를 희생시킨 채, 과대 평가되고 있다고 느꼈던 비평가들로부터의 반대에 직면하기도 했다. 이를테면, 류이밍劉一明은 진성탄이 '재자서才子書'라고 내세웠던 유형의 책들과 『서유기』와 같이 비의적인 메시지를 담고 있는 작품들을 구분하며 다음과 같이 말했다.

> '재자가 쓴 또는 재자를 위한 책들'은 속세의 도에 대해 이야기하고 있는데, 이것들이 사실인 듯이 보일지는 모르지만, 실제로는 거짓이다. 신과 신선들에 대한 책에서는 하늘의 도를 말하고 있는데, 이것들은 거짓인 듯이 보일지 모르지만, 실제로는 사실이다. 문학적인 기교는 '재자가 쓴 또는 재자를 위한 책들' 안에서 그 값어치가 매겨지는데, 언어는 장식적이지만 의미는 천박하다. 그 의미는 신과 신선의 책들 안에서 그 값어치가 매겨지기에, 스타일은 단순하지만 생각들은 심오하다.[48)]

착전 평어 참조.

47) 이를테면, 장치신張其信, 『홍루몽우평紅樓夢偶評』『紅樓夢卷』, 218면. 펑전롼馮鎭巒, 「독讀『요재지이聊齋志異』잡설雜說」, 『중국역대소설논저선』 상권, 532면과 『유림외사회교회평본』, 3회 43면, 장원후張文虎 협비.

48) [옮긴이 주] 원문은 다음과 같다. "『西遊』神仙之書也, 與才子之書不同. 才子之書論世道, 似眞而實假; 神仙之書談天道, 似假而實. 眞才子之書尙其文, 詞華而理淺; 神仙之書尙其意, 言淡而理深. 如此者, 方可讀『西遊』."

—『서유기자료휘편』「독법」3조, 246면; 앤쏘니 위, 「『서유기』의 원래 의도 읽어내기」, 299~300면

3. 허구성의 주창

우리는 몇 차례나 비평가들이 텍스트가 '근거 없이 만들어진憑空捏造' 것이라고 말함으로써 서사의 허구적인 속성을 강조한 경우를 마주한 적이 있다. 똑같은 개념이 '빙공찬출憑空撰出'49)이나 '빙공결찬憑空結撰'(이를테면, 『수호전회평본』, 23회 432면)과 이와는 약간 다른 '빙공조황憑空造謊'(근거없이 거짓말을 지어낸다. 『수호전회평본』, 17면, 「독『제오재자서』법」 21, 존 왕, 「제오재자서 독법」, 136면)이라는 말로 표현되기도 한다. 『좌전』까지 끌어다 대면서, '거짓말謊'에 대해 사뭇 활기 있게 변호한 것이 『녹야선종綠野仙踪』의 80회본에 대한 타오쟈허陶家鶴의 서(1764)에 나온다.

> 보통의 사람들은 소설說部을 읽으면서, 항상 말한다. "거짓말謊일 뿐이야, 거짓말일 뿐이야." 이제 그들이 거짓말이라 부른 것이 실제로도 거짓말이라는 것은 확실히 사실이다. 하지만 그들이 진실이라고 부르는 (책들을) 그들은 실제로 끝까지 읽을 수 있을까? 쭤츄밍左丘明은 모든 시기에 걸쳐 거짓말의 원조謊祖이다. 하지만 그의 작품을 읽는 세상 사람들을 놓고 말하자면, 그들이 처음 학생이었을 때 그것을 공부하고 그들의 이가 흔들거리고 머리털이 빠질 때까지 끝없이 그것을 읽는 까닭은 단지 거짓말이 제대로 되었기 때문이다謊到家. 이제, 글을 쓸 때, 거짓말이 제대로 된다면, 그것이 단지 거짓말일지라도 그것을 읽지 않을 수 없게 된다. 소설을 제대로 읽을 줄 아는 사람이 재빨리 『수호

49) 이를테면, 『금병매자료휘편』, 24면, 「비평제일기서 『금병매』 독법」 1(로이, 「『금병매』 독법」 202면. 『수호전자료회편』, 575면, 차이위안팡蔡元放, 『수호후전』「독법」 39조.

전』과 『금병매』, 『녹야선종』과 같은 책들을 잡고 읽는 것이 나의 바람이다. 이것들은 거짓말이 제대로 되어 있는 글쓰기의 모든 예증들이다.[50]

많은 소설 평점가들이 동시에 그들이 평점을 달고 있는 소설의 편자들이었다. 그래서 그들은 작자가 만들어내려 했던 효과에 위해가 된다고 생각될 때, 시간적인 착오와 같은 텍스트의 잘못된 부분을 바꿀 수 있는 선택권을 가지고 있었다. 진성탄은 『수호전』의 텍스트 안에 있는 문제가 되는 부분을 편집해내려 했지만, 후대의 비평가들은 꼭 그렇게 하지 않았는데 그들은 텍스트 안의 '실수들'마저도 의미 있는 것이라 생각했기 때문이다.

시간적인 착오는 중국의 소설과 희곡에서는 상당히 일반적으로 나타나고 있는데, 그것은 역사적인 배경 설정을 선호했고, 작자가 과거에 일어났음직한 사건을 정확하게 묘사하는 것보다 현재의 사회적인 문제에 좀더 관심을 갖고 있었기 때문이었다. 원대 잡극에 나타나는 시간적인 착오들을 이야기하면서, 왕지더王驥德(1623년 졸)는 그런 것에 집착하는 사람들을 속된 사람俗子이라고 묘사하면서, 희곡을 문자 그대로 읽는 것을 거부하는 듯한 태도를 보였다(「잡론雜論」 9조, 『왕지더 곡률』(왕지더), 179면).

후대의 비평에서, 시간적인 착오는 때로 텍스트의 허구성을 강조하기 위한 하나의 방법으로 지적되었다. 마오룬毛綸은 『비파기』의 작자가 한 인물로 하여금 '의도적으로故意'(『비파기자료휘편』, 335면, 10착 협비) (이 희곡은 그보다 몇 세기 앞선, 후한後漢 시대를 배경으로 하고 있는데) 당나라를 일으

---

50) 『중국역대소설논저선』 상권, 480면. 쭤츄밍左丘明은 이 책의 제2장에서 언급한 바 있는데, 위드머의 「서유증도서」 45면에 번역되어 있는 왕샹쉬汪象旭가 소설에 대해 쓴 편지에서도 거짓말의 원조로 나와 있다.

[옮긴이 주] 원문은 다음과 같다. "世之讀說部者, 動曰'謊耳, 謊耳'. 彼所謂謊者固謊矣. 彼所謂眞者, 果能盡書而讀之否? 左丘明卽千秋謊祖也. 而世之讀左丘明文字, 方且童而習之, 至齒搖髮禿而不已者, 爲其文字謊到家也. 夫文之於謊到家, 雖謊亦不可不讀矣. 愿善讀說部者, 宜急取『水滸』, 『金瓶梅』, 『綠野仙蹤』三書讀之. 彼皆謊到家之文字也."

켜 세운 사람의 이름을 언급하게 했다고 썼다. 왜 그랬을까? 그에 따르면, 작자는 이 희곡이 역사적 인물인 차이융蔡邕과 상관이 없다는 것을 보여주기 위해 그것과 다른 시간적 착오를 이용했다는 것이다(『비파기자료휘편』, 277면, 「총론」, 301면, 1착의 착전 평어). 『유림외사』는 명대로 설정되어 있지만, 작자 자신의 시대인 청대의 관직 이름이 본문에 딱 한번 나온다. 평점가 가운데 한 사람인, 장원후張文虎는 "이것이 명대의 관직이라면, 그의 관직으로 요즘(청대)의 관직명을 부주의하게 사용한 것은 적절치 않다. 이것은 부주의로 말미암은 실수"(『유림외사회교회평본』, 26회 355면, 협비)[51]라고 말했다. 하지만 또 다른 평점가인 핑부칭平步青은 작자를 옹호했다. "이런 류의 것은 소설가가 단지 사람들로 하여금 (이 소설 속의 사건들이) 진짜 명대에 일어난 사건들이 아니라는 사실을 알게 하기 위해서 잘못된 용어를 고의적으로 사용한 것이다. 이것은 『서유기』가 당나라 때 일을 이야기하고는 있지만, 원대의 누군가가 쓴 것으로, 명나라 때 관직명인 난의위鑾衣衛를 사용하고 있는 것과 같은 것이다."[52](『유림외사회교회평본』, 26회 355면)

좀더 일반적인 범주의 '실수들'은 '파탄破綻'이나 (이야기의) 솔기가 뜯겨져 나가거나 들어맞지 않는 곳으로 지칭되고 있다. 때로 여기에는 『홍루몽』에서 바오위寶玉와 그의 누나인 위안춘元春의 경우에서처럼, 등장인물들의 알려진 나이가 포함되기도 한다. 제2회에서 나온 그들의 관계를 일러주는 정보는 제18회에서 나온 것과 맞아떨어지지 않는다. 장신즈張新之는 쟈바오위가 진짜 사람이라도 되는 양, 그에 관한 연보를 만들려는 사람들을 환기시키기 위해 이러한 괴리가 삽입된 것이라고 단언했다(『평주금옥연』, 18/46b, [264], 협비). 그들의 나이에 대해 렁쯔싱冷子興이 원래 말했던 것을 바꾸라는 가상의 대화자의 조언에 대한 그의 단 한가지 반응은,

---

51) [옮긴이 주] 원문은 다음과 같다. "旣托名明官, 不當徑稱今制, 此亦疏忽之過."
52) [옮긴이 주] 원문은 다음과 같다. "此等皆稗官家故謬其辭, 使人知爲非明史. 亦如『西遊記』演唐事, 托名元人, 而有鑾衣衛明代官制."

"그대는 참으로 어리석군요"[53]라는 것이었다(『평주금옥연』, 18 / 47b, [266], 협비). 그는 다관위안大觀園을 묘사하고 소설 속의 날짜들을 기록하는 것이 불가능한 것은 고지식한 사람들을 성 마르게 하기 위한 것이라고 말하기도 했다(『평주금옥연』, 2 / 9b, 88면, 11/10a, [191], 18/47b, [266], 협비, 3/7b, [110], 회평). 그에 따르면, 이것들은 작자가 "자신의 기교를 뽐내기 위해 고의로 모순을 이용한 것이다. 작자가 어찌 소홀히 넘어갔겠는가?"[54](『평주금옥연』, 1/3a, [75], 협비) 다른 소설에 대한 또 다른 평점가는 독자들이 소설 작품을 읽고 있다는 사실을 분명히 하기 위해 '파탄破綻'을 남겨두는 것은 작자의 의무라고 말했다. 그 반대로 하는 것은 "그들(독자들)이 (소설 속의) 사람들과 사건들이 실제로 존재한다고 믿게 하는 것인데, 그렇게 되면 그들은 바보가 될 것이니, 작자가 결코 그렇게 할 정도로 무정하지 않은 것이다."[55](『철화선사鐵花仙史』, 1회 10면, 이샤오쥐스一嘯居士 회평)

알레고리적인 해석을 주장하는 평점가들은 시간적 착오와 그 밖의 '파탄'과 같은 것은 작자가 독자로 하여금 허구라고 주장된 텍스트의 표면적 차원으로부터 행간의 좀더 높은 또는 깊은 의미로 나아가게 하는 방법이라는 사실을 지적했다. 이 점을 놓친 사람들은 "(그들이 사실이라고 받아들이는) 꿈 이야기를 듣고 있는 미친 사람癡人說夢(『리쥐우선생 비평서유기李卓吾先生批評西遊記』, 61회 16a면, 회평)"이나 마찬가지라는 것이다. 이러한 일반적인 생각을 상당히 정제하여 표현한 것이 류이밍劉一明의 다음과 같은 말에 나타나 있다.

> 『서유기』에는 대단히 많은 우연破綻이 있는데, 이것들은 비밀스러운 공식들이 발견될 가능성이 있는 곳이다. 그것은 그렇게 앞뒤가 안 맞는 곳이 있어야만 후대의 독자들이 의심을 품을 수 있기 때문이다. 그런 의심이 없다면, 독자

---

53) [옮긴이 주] 원문을 보면 이런 번역문은 나오지 않는다. 단지 바오위의 나이를 따지는 일이 "어찌 웃기는 말이 아닌가豈非笑話"라는 대목만 나올 따름이다.
54) [옮긴이 주] 원문은 다음과 같다. "故意以矛盾見長也, 作者何嘗忽略."
55) [옮긴이 주] 원문은 다음과 같다. "令彼信以爲其人其事之眞有是, 愚之也. 所不忍也."

는 (텍스트 내에 숨겨진 의미에 대해) 깊이 생각하려 하지 않을 것이다. 이것들은 명인(곧 츄추지邱處機)이 많은 생각을 쏟아 붓고, 그가 가장 오묘한 붓 놀림을 한 곳이다.

—『서유기자료휘편』, 248면 「독법」 15, 앤쏘니 위, 「『서유기』의 원래 의도 읽어내기」, 304면[56]

똑같은 경우에, 장주포는 작자가 독자를 자신의 알레고리적인 의미寓言로 인도하기 위해 의도적으로 관거官哥의 생일로 문제를 일으켰다고 말했다.[57] 『홍루몽』에서 장신즈는 친커칭秦可卿의 침실 안에서 일어난 환상적인 몇 가지 일(『평주금옥연』, 5회 115면, 갑술본, 왕부王府와 유정有正 협비)과 그가 아팠던 게 아니라 목을 매달아 자살한 것으로 판명된 그녀의 병에 대한 묘사의 불일치를 지적했다(『평주금옥연』, 10/8a, [187]과 14/25a [221] 협비, 10/9a [189], 회평).

---

56) **[옮긴이 주]** 원문은 다음과 같다. "『西遊』大有破綻處, 正是大有口訣處. 惟有破綻, 然后可以起后人之疑心, 不疑不能用心思. 此是眞人用意深處, 下筆妙處."

57) 『금병매자료휘편』, 34면, 「비평제일기서 『금병매』 독법」 37조(로이, 「『금병매』 독법」, 223~224면), 『장주포 비평 제일기서 금병매』, 39회 597면, 협비.

[옮긴이 주] 해당 내용에 대한 원문과 번역문은 다음과 같다. "(…중략…) 처음에 시먼칭은 스물 일곱 살이라고 하였다. 우신선이 관상을 보았을 때 그의 나이는 스물 아홉이었고 죽을 때에는 서른 셋이었다. 관거는 정화 사년 병신년에 태어났고 정화 오 년 정유년에 죽었다. 시먼칭이 스물 아홉에 아들을 보았으니 병신년을 기준으로 그의 나이 서른 셋이 되는 해를 계산하면 경자년이라 해야한다. 그러나 시먼칭이 무술년에 죽었다고 하였다. (…중략…) 이는 모두 작자가 일부러 들쑥날쑥하게 한 것이다. 왜인가? 이는 유독 이 책이 다른 책들과 다르기 때문이다. (…중략…) 만일 삼 년에서 오 년 사이의 일들을 육갑의 순서로 흐트러짐 없이 배열한다면 진정 시먼칭의 계산장부가 될 것이고 마치 그런 저간의 사정을 보지도 못한 세상 사람들이 마치 본 것처럼 하는 말과 같을 것이다. 때문에 작자는 일부러 연대의 순서를 어지럽게 하였으며 대략 삼 년에서 오 년 사이에 시먼칭 가세의 번영이 이와 같은 것이다. (…중략…) 아, 기교가 이와 같은 경지에 이르러 또한 조화롭게 되는구나! 이는 진정 천고의 지극한 문장으로 이를 소설로 볼 수 없다(開口云西門慶二十七歲, 吳神仙相面則二十九, 至臨死則三十三歲. 而官哥則生於政和四年丙申, 卒於政和五年丁酉. 夫西門慶二十九歲生子, 則丙申年至三十三歲, 該云庚子. 而西門乃卒於戊戌. (…중략…) 此皆作者故爲參差之處. 何則? 此書獨與他小說不同.…… 若再將三五年間, 甲子次序排得一絲不亂, 是眞個與西門計帳簿, 有如世之無目者所云者也. 故特特錯亂其年譜, 大約三五年間, 其繁華如此. (…중략…) 嘻, 技至此亦化矣哉! 眞千古至文, 吾不敢以小說目之也."

이 모든 것에 함축된 것은 독자가 그가 텍스트를 읽기만 할 뿐, 이야기의 유혹에 굴복해서는 안 된다는 것을 명심해야 한다는 생각이다. 비슷한 효과가 점증하는 자기 지시적 성격self-referentiality의 경향이나 텍스트 자체에 의한 텍스트의 허구성이 공개적으로 인지되는 것에 의해 이루어졌다. 우리는 이 책의 마지막 제5부에서 그러한 발전에 대해 일별하게 될 것이다.

4. 무엇이 사실과 허구 사이의 균형을 잡아주는가?

전통 시기의 소설 평점에서, 허구와 사실 사이의 균형에 대해 이야기하는 통상적인 방법은 '허虛'와 '실實'의 비율에 대해 이야기하는 것이다. 때로 '허虛'로 규정된 사건들은 간접적으로만 이야기되어, 원래 대로 무대 바깥에서 일어난 것이었다. 그런 경우, 한 사건이 '허'나 '실'로 규정되는 것은 재현의 매개체에 달려 있으며, 그 차이는 플라톤의 '디에게시스diegesis'와 '미메시스mimesis'[58]와 유사하다(쥬네뜨Genette, 『서사 담론—방법론

58) [옮긴이 주] 디에게시스diegesis는 어떤 스토리와 그 스토리에 관련한 실제의 말하기를 구분하기 위해 서사이론에서 사용하는 용어이다. 서술된 사건들story이 일어난 허구의 세계를 가리키기 위해 서사이론에서 쓰는 말이다. 즉, 어떤 스토리와 그 스토리에 관련한 실제의 말하기를 구분하기 위한 용법에 사용된다. 디에게시스에 관한 다소 애매하고 조금은 고루한 또 하나의 용법은, 이 용어를 미메시스mimesi (모방), 즉 작품 외부 현실의 복제와 대비시키는 것이다. 이때의 디에게시스는 사물이나 사건에 관해 이야기하는 것을 의미하고, 미메시스는 그 사물이나 사건을 가능하면 완전하게 재현하는 것을 의미한다고 할 수 있다.

디에게시스와 미메시스의 차이를 구분해주는 좋은 예를 연극공연에서 찾아볼 수 있다. 연극에서 보여지는 어떤 특수한 장면의 연기를 미메시스라 한다면, 무대 밖에서 일어났거나 그 연극에 재현된 행동(연기)에 앞서서 일어난 다른 행동(이 행동은 관객이 볼 수 없으며 다만 이야기로 알려주는 것을 듣게 된다)에 관하여 등장인물이 이야

Narrative Discourse: An Essay in Method』,[59] 162, 166면). '허'와 '실'은 산문 비평에서의 '의론議論'과 '서사敘事'에도 적용될 수 있다(쑨더쳰孫德謙, 『고서독법약례古書讀法略例』, 31면). 중국의 수사학, 특히 시문時文[60] 비평에서는 주장하는 바가 간접적으로 제시되었는가 그렇지 않으면 직접적으로 제시되었는가에 따라 '허'와 '실'을 구분하고 있다. 회화 비평에서는 '허'와 '실'이 그림 속 내용 묘사의 투명함과 세밀함의 정도를 가리키는데, 세밀하게 묘사된 부분은 '실'이고, 덜 세밀하게 묘사된 부분은 '허'이다(둥치창董其昌(1555~1636), 「화지畵旨」, 『중국역대화론채영』(양다넨), 251면).

하지만 여기에서의 관심사인 '허'와 '실'의 차이는 (인공적이거나 거짓이라는 의미에서의) 허구와 진실(또는 사실)의 차이를 말한다. 그런 의미는, 이를테면 한 상황의 진실한 환경을 찾아내는 것을 "그것의 진실성이나 허구성을 탐구하는 것談虛實"이라고 말하는 것과 연관이 있다. 장쉐청章學誠이 『삼국연의』를 "칠 할은 진실이고 삼 할은 거짓七實三虛"이라고 규정한 것은 그가 이 양자가 뒤섞임으로써 사람들이 어느 게 어느 것인지 혼란스럽게 될 지도 모른다고 우려한 것을 드러내 보여준다. 장쉐청은 역사가로서 이렇게 이야기한 것이고, 작품이 완전히 허구적인 것이거나 아니면 그 반대여야 한다는 그의 제안을 역사소설을 쓰는 소설가들이 받

기하는 것을 디에게시스라고 하여 구분한다.

디에게시스는 이야기를 형식적·체계적 구조로서 취급하며, 이야기가 기능하는 방식을 연구하고 이야기를 지배하는 코드code와 전의轉義를 찾아내는 것을 주요 과제로 삼는 서사학에서 특히 중시되는 개념이다. 한 편의 이야기narrative에 나타나는 디에게시스적 층위는 스토리의 주요 사건들이 일어난 작품 내의 허구적 세계를 가리킨다. 그런데 작품 내의 사건들에 관한 말하기는 그 사건들이 일어난 후에, 또는 또 하나의, 불문에 부쳐진, 허구적 세계에서 이루어지기 때문에 그 스토리에 관한 말하기는 보통 엑스트라디에게시스적으로 간주된다.

59) **[옮긴이 주]** 이 책의 우리말 번역본 서지사항은 다음과 같다. 권택영 역, 『서사담론』, 서울: 교보문고, 1992. 하지만 이 책은 역자 스스로 번역의 문제성을 인식하고 절판시켜버린 상태다. 그 이후에 이 책을 새롭게 손봐서 내놓았다는 소문은 아직까지 들리지 않고 있다.

60) **[옮긴이 주]** 흔히 팔고문이라 부른다.

아들일 수 없었다는 것은 분명한 사실이다.

리위李漁는 자신의 희곡에 대한 글 가운데 「심허실審虛實」이라는 구절에서, 극작가가 '실'(책에 기록된 사건이나 작자 자신의 시대에서 나온 새로운 항목들)이나 '허'(완전히 꾸며진 이야기들)의 범주에서 자신의 희곡을 내용을 채울 내용을 잘 가려 뽑되, 전체적으로 사실에 입각하거나, 거기에 개입된 사람이 아무도 없도록 처리되어야 한다고 했다(『리리웡곡화李笠翁曲話』, 34~35면). 비록 그가 양자를 엄격하게 구분한 것은 확실히 지나친 것임에도, 그는 이것들을 서로 똑같은 정도로 거칠게 제시했다.

하지만 대부분의 작가들은 '허'와 '실'을 다른 하나가 없으면 나머지 하나도 의미를 잃게 되는 상대적인 용어로 보았다. 양자를 뒤섞어 놓는 것은 불가결한 것이었을 뿐 아니라 바람직한 것이었다. 이를테면, 셰자오저謝肇淛는 이것이 희곡과 소설에서 균형을 이룰 것虛實相半을 요구했다(『오잡조五雜俎』, 『중국역대소설논저선』 상권, 166면). 똑같은 기본 개념을 다른 방식으로 표현한 것으로는 '허실상간虛實相間'과 '허중유실, 실중유허虛中有實, 實中有虛'가 있다. 한 작품 속에서 '허'와 '실'을 지나치게 엄격하게 구분하게 되면 서로에게 좋은 게 아니라고 생각했던 것이다.[61]

균형에 도달하는 과정은 '허구적인 것을 사실화하고, 사실적인 것은 허구화한다虛者實之, 實者虛之'는 말로 표현되었다.[62] 이를테면, 인물에게 이름과 전기와 다른 세부 사항들을 부여하는 것을 『수호전』 룽위탕본 평점에서는 '사실화한다實之'고 불렀다(「수호전일백회문자우열」, 『수호전회평본』, 26면).

진성탄은 『삼국연의』와 같이 역사 사실을 다루는 소설의 작자들은 그들 자신을 억압해 자기가 원하는 대로 쓸 수 없었다고 생각했다(『수호

61) 『비파기』 리즈 평점, 8착에 대한 평어 참조. 여기에서는 '희戱'와 '진眞'이라는 말이 '허'와 '실' 대신 사용되고 있다(『비파기자료휘편』, 222면).

62) 이를테면, 리르화李日華(1565~1635), 『광해사서廣諧史序』(1615), 쩡쭈인 외 공편, 『중국역대소설서발선주』, 76면과 진펑金豐, 「악왕전전서岳王全傳序」, 『중국역대소설논저선』 상권, 372면.

전회평본』, 16면, 「독『제오재자서』법」 6조. 존 왕, 「제오재자서 독법」, 132면). 마오쭝강은 흥미진진한 정절의 가장 위대한 창조자는 조물자造物者라고 강변함으로써 그의 주장을 반박했다. 그는 『삼국연의』에서 다루어지고 있는 '사건의 자연스러운 변화事之天然變化'와 '역사적 사건들史事' 속에 있는 '솔직함率直'의 결여가 그들이 쓰고 싶은 대로 쓸 자유가 있는 현대의 소설가들의 노력보다 우월하다고 생각했다(『삼국연의회평본』, 53회 653면과 2회 14~15면). "그렇게 쓰고자 하는 작자의 소망 때문이 아니라"[63] 소설이 씌어지기 전에 원래부터 사건들이 그 자체로 놀라운 것이었기에 놀라운 효과가 텍스트 안에 나타났다는 것이다(『삼국연의회평본』, 73회 895면, 회평).

하지만 심지어 마오쭝강조차도 모든 것의 사실성史實性을 고집하지는 않았다. 이를테면, 관위關羽가 마차오馬超(176~222)와 겨룰 것을 요구하는 것은 [정사正史인] 『삼국지』(천서우陳壽, 36회 940면, 946면) 안에 있는 두 사람의 전기에는 없고 소설에만 나온다. 이것을 알면서도 마오쭝강은 여전히 이 사건이 소설에 나오는 것은 중요하다고 말하고 있다(『삼국연의회평본』, 65회 810면, 협비). 하지만 진성탄과 마오쭝강은 모두 『서유기』가 너무 환상적이라고 반대했다.[64]

63) [옮긴이 주] 원문은 다음과 같다. "此非作者有意爲如此之文, 而實古來天然有如此之事."
64) 『수호전회평본』 「독『제오재자서』법」 6조, 16면(존 왕, 「제오재자서 독법」, 132~133면), 그리고 『삼국연의회평본』 마오쭝강, 「독삼국지법」 24조, 18~19면(로이, 「『삼국연의』 독법」, 193~194면).

5. 환상을 다루기

비록 『서유기』 내에서 환상을 사용한 것에 대한 지지자(우리가 곧 논의하게 될)가 있긴 했어도, 일반적으로 '실'에 대한 '허'의 불균형에 대한 비판은 명청 시기 희곡과 소설 비평에서 통상적인 것이었다. 왕지더王驥德는 그 배후에서 역사적 발전의 한 유형을 보았다.

> 예전의 희곡元雜劇에서는 사건의 사실성史實性에 그렇게 많은 관심을 갖지 않았다. 어떤 것이 그럴싸하냐 그렇지 않으냐 하는 것은 그다지 관심사가 아니었다. 예전 사람들의 일들은 확대되거나 축약되고, 또는 일반적으로 잘 꾸며졌지만, 주요한 뼈대는 여전히 보존되었다. 시간적으로 약간 뒤에는, 대부분의 (희곡이) 약간의 색깔이 입혀진 공식적이거나 비공식적인 역사에 바탕한, 사실성을 향한 하나의 경향이 있었다. 그것은 (작자들이) 순전한 조작을 피하고 싶었기 때문이다. 최근 들어서만 여자들이나 어린 아이들을 속이기 위해 완전히 근거 없는 정절을 만들어낸 사람들이 있기는 하지만, 이것은 배우와 시대의 흐름에 역행하는 하찮은 사람들의 작품들로서 세련된 선비가 할 만한 것은 못된다.
>
> —왕지더, 『왕지더 곡률』 「잡론」 8조, 178면[65]

소설 비평에서 우리는 환상에 대한 점증하는 불만을 발견하기도 한다(이를테면, 『수호전회평본』 「수호전일백회문자우열」, 27면). 『유림외사』 1736년 서의 작자[66]는 조심스럽게 자신의 소설을 『삼국연의』와 『서유기』의 중간 정도로 보여지기를 원했는데, 그것은 『삼국연의』의 경우 완전히 역사와 일치하지 않는다는, 그리고 『서유기』의 경우에는 너무 터무니없고 심원하다玄虛謊繆(『유림외사회교회평본』, 763면, 『독법』(롤스톤), 249~250면)는 비

---

65) [옮긴이 주] 원문은 다음과 같다. "古戲不論事實, 亦不論理之有无可否, 於古人事多損益緣飾爲之, 然尙存梗概. 后稍就實, 多本古史傳雜說略施丹堊, 不欲脫空杜撰. 邇始有捏造无影響之事以欺婦人, 小儿看, 然類皆优人及里巷小人所爲, 大雅之士亦不屑也."

66) [옮긴이 주] 셴자이라오런閑齋老人을 가리킴.

판을 들을까 봐서 였다.

소설 속의 환상을 옹호하는 대다수의 사람들은 리얼리즘에 환상을 잘 뒤섞어 놓은 성공적인 예로 『서유기』와 『홍루몽』을 떠올린다. 『서유기』 '리즈' 평본의 서에서는 다음과 같이 말했다. "문장이 환상幻적이지 않으면, 그것은 문장이 아니다. 극에까지 이르지 못한 비현실성은 비현실적인 것이 아니다. 이것으로 우리는 모든 세상에서 가장 비사실적인 사건이 진실로 가장 사실적인 사건이고, 가장 비사실적인 논리理가 가장 사실적인 논리라는 것을 알 수 있다."[67](위안위링袁于令, 「제사題詞」, 『서유기자료휘편』, 210면) 류이밍劉一明과 같이 『서유기』를 알레고리적으로 해석한 이들은 『서유기』의 메시지가 외견상 좀더 현실적으로 보이는 소설보다도 사실적이라고 강변했다.

반면에, 『홍루몽』에서는 '환상적인' 요소와 '사실적인' 요소의 균형을 잡으려고 했으며, '태허환경太虛幻境'의 입구에 있는 대련對聯의 진眞과 허虛의 변증법 안에서 풀어냈다. "허구가 진실이 되면 진실 역시 허구요. 비사실적인 것이 사실이 되면 사실 또한 비사실적인 것이다."[68] 하지만, 이러한 균형은 116회에서 '태허환경'에 바오위寶玉가 다시 돌아왔을 때 새로운 대련에 약간의 변화가 생긴다. "허구가 가고 나면, 진실이 오고, 비사실적인 것이 일단 사실이 되면, 그 사실적인 것은 더 이상 비사실적인 것이 아니다."[69](『홍루몽』, 116회 1,582면, 『석두기』, 5회 285면 참조) 이러한 변화가 차오쉐친의 원안原案의 일부인지 후대에 덧붙여진 것인지는

---

67) [옮긴이 주] 원문은 다음과 같다. "文不幻不文, 幻不極不幻. 是知天下極幻之事, 乃極眞之事; 極幻之理, 乃極眞之理."

68) 『홍루몽』, 5회 75면. 이 대련은 제1회에서도 나온다(앞의 책, 1회 9면, 20면, 주7).
[옮긴이 주] 본문은 영어 번역을 옮긴 것이다. 원문에 좀더 충실하게 옮기면 다음과 같다. "가짜가 진짜가 될 때, 진짜 또한 가짜요. 없는 것이 있는 것으로 되는 곳엔 있는 것 또한 없는 것과 같도다假作眞時眞亦假, 無爲有處有還無."

69) [옮긴이 주] 본문의 번역은 영어 번역을 옮긴 것이다. 원문의 맛을 살려서 번역하면 다음과 같다. "가짜가 가면 진짜가 오니 진짜가 가짜를 이기고, 없는 것은 원래 있던 것이니 있던 것은 없던 것이 아니다假去眞來眞勝假, 無原有是有非無."

논의의 여지가 있다.

"귀신이나 도깨비를 그리는 것은 쉽지만, 사람을 그리는 것은 어렵다"[70](이를테면, 『유림외사회교회평본』, 6회 97면, 회평 1과 36회 501면, 회평 1, 「워셴차오탕본 『유림외사』 회평」(린순푸 역), 260, 285면)는 생각은, 최소한 한페이쯔韓非子에까지 거슬러 올라가는데, 여기서 화가는 가장 그리기 어려운 것은 (사람보다도) 말과 개라는 질문에 답한다. "귀신이나 도깨비鬼魅는 쉽다"고 화가가 강변하는 까닭은 누구나 말과 개를 본 적이 있어 그 외양을 잘 알지만(사람도 마찬가지다), 귀신이나 도깨비는 고정된 형체가 있는 것도, 따라 그릴 모델이 있는 것도 아니기 때문이다(『한페이쯔韓非子』, 11/4b).[71] 링멍추淩蒙初는 『박안경기』 「범례」에서, 자신의 이야기에서 환상적인 존재를 묘사하기는 것을 가장 꺼리는 까닭은 가장 쉬운 일을 하는 것을 경멸하기 때문이라고 말했다.

> (이야기 내의) 사건의 유형들은 대부분 귀신이나 도깨비, 또는 환상적이고 터무니없는 일과는 그다지 연관이 없고, 인간과 일상적인 삶에 가깝다. 바로 "개와 말은 그리기 어렵고, 귀신과 도깨비는 쉽다"는 그 이유 때문에, 작자는 그렇다고 판단할 근거는 별로 없지만, 쉬운 일을 하고 싶어하지 않는 것이다. 귀신이나 신비한 일, 그리고 명계의 일을 다루는 곳이 몇 군데 있긴 하지만, 원칙은 손에 넣기 쉽고, 믿을 만해야 한다는 것이다. 이것은 신뢰할 수 없는 거짓말의 가공이나 명백하게 불가능한 사건들과는 완전히 다른 것이다.[72]
>
> —링멍추, 『박안경기』 「범례」 4조

하지만 중국소설사에서 중요한 부분을 차지하고 있는 것은 귀신이나

70) [옮긴이 주] 원문은 다음과 같다. "畫鬼怪易, 畫人物難."

71) [옮긴이 주] 해당 내용에 대한 원문은 다음과 같다. "客有爲齊王畫者, 齊王問曰 : '畫孰最難者 ?' 曰 : '犬馬最難.' '孰最易者 ?' 曰 : '鬼魅最易. 夫犬馬、人所知也, 旦暮罄於前, 不可類之, 故難. 鬼魅、無形者, 不罄於前, 故易之也.'"

72) [옮긴이 주] 원문은 다음과 같다. "事類多近人情日用, 不甚及鬼怪虛誕. 正以畫犬馬難, 畫鬼魅易, 不欲爲其易而不足證耳. 亦有一二涉於神鬼儒冥, 要是切近可信, 與一味駕空說謊, 必無是事者不同."

도깨비와 여타의 괴이한 것들을 그려내는 일이다. 이른바 '지괴志怪'의 전통에서, 이러한 유형의 소재를 다루었던 초기의 편자들은 일반적으로 그들이 서술한 환상적인 사건들이 사실이라는 것을 신뢰했던 듯하다. 당대의 '전기'에서는 그런 소재를 역사보다는 소설로서 받아들이는 경향이 있었지만, 루쉰魯迅에 의하면 송대에는 그런 소설들 속에 묘사된 환상적인 사건들의 리얼리티를 강조하는 쪽으로 회귀했다고 한다[73](『중국소설사략中國小說史略』, 100면). '지괴' 전통은 푸쑹링蒲松齡의 『요재지이聊齋志異』가 나올 때까지 부활되지 않았다. 그런 편자들 가운데 한 사람이었던 펑전롼馮鎭巒은 귀신을 그리는 게 쉽다는 데 동의하지 않았다. "귀신이라 하더라도 그들의 내부 논리가 있다鬼亦有倫次." 그는 문제의 핵심이 이야기가 어떻게 구성되는가 하는 데 있다고 보았다. "비록 그 사이에도 의도적으로 덧대어 잇고, 허구적으로 지어낸 곳이 있다 하더라도 크게 공들여 쓴 곳 역시 있다."[74](「독료재잡설讀聊齋雜說」, 『중국역대소설논저선』 상권, 534면)

사회 관습을 다룬 후대의 소설에서, 환상적인 소재는 그러한 소재가 일반적인 경험의 수준을 넘어서는 것으로 인식될 경우, 두 가지 방식으로 다루어지는 경향이 있다. 이를테면, 『린란상林蘭香』에서 한 여성 인물은 전에 만나본 적도 없는, 마오다강毛大鋼과 꿈 속에서 로맨틱한 밀회를 갖는다. 이것은 서술자에 의해, 그리고 마오다강이 도술을 부리는 친구의 중개를 통해 여인을 섭렵한 것이라는 사실에 의해 텍스트 안에서 '설명된다'.[75] 또 다른 길은 『홍루몽』 제16회의 말미에서 친중秦鍾의 영혼을 가져가는 저승사자의 외모에 관한 즈옌자이 평점의 평어에서와

73) [옮긴이 주] 루쉰의 『중국소설사략』의 우리말 번역본의 서지사항은 다음과 같다. 조관희 역, 『중국소설사』, 소명출판, 2004. 참고로 해당 내용은 다음과 같다. "송나라 초에 지괴는 '믿을만 하다可信'는 것을 장점으로 삼으려 하였지만, 다시 유행되지는 않았다."

74) [옮긴이 주] 원문은 다음과 같다. "雖其間亦有意爲補接, 憑空捏造處, 亦有大段吃力處"

75) 『린란상林蘭香』, 10회 73~75면. 이 때 사용된 기술인 '섭신攝身'은 예전에는 도사의 재능 가운데 하나로 언급되었다(앞의 책, 9회 69~70면). 이 소설에 대한 평점가인 지뤼싼런寄旅散人의 서문 격인 글에는 그런 일이 존재했다는 증거로서 비슷한 사건에 대한 기록이 인용되어 있다(「린란상총어林蘭香叢語」 15조, 2면).

같이, 독자들로 하여금 그런 것을 심각하게 받아들이지 말라고 조언하는 것이다(이 책의 제14장 참조).

6. 범상한 것에서 기이한 것 찾아내기

하지만 터무니없는 것과 환상적인 것을 회피하라는 요구가 희곡과 소설 비평에서 극히 중요한 개념인, 기이한 것奇에 대한 흥미를 포기하는 것을 함의하지는 않는다. 중요한 것은 범상한 것常 안에서 기이한 것을 뽑아내는 것이었다. 이 주제는 명말의 철학적 논의, 특히 리즈李贄의 사상에서 늘 제기되었던 것이다. 겅딩샹耿定向에게 보내는 편지에서, 그는 다음과 같이 말했다. “일상적인 것에 진력이 난 세속의 선비들은 새로운 것을 좋아하게 마련이고, 범상치 않은 것을 싫어하는 사람들은 괴이한 것에 대해 논의하려하지 않을 것이다. 그들은 사람들이 자신들의 사물에 대한 관점을 열어놓게 되면, 이상하지 않은 평범한 것도 없고, 평범하지 않은 이상한 것도 없다는 것을 모르고 있다.”[76](「답경중승론담答耿中承論談」, 리즈, 『분서』 1권, 24면)

희곡과 소설에서 특별한 것에 대한 흥미는 당대에 나온 이야기와 남희南戲 모두를 가리키는 (문자 그대로 기이한 것을 옮긴다는) ‘전기傳奇’라는 명칭에서, 그리고 주제가 기이하지 않으면, 희곡이나 이야기가 유통되지

76) [옮긴이 주] 참고로 원문과 한글 번역본의 번역문은 다음과 같다. “원래 세상의 군자 중에서 일상에 싫증난 자는 반드시 새 것을 좋아하게 마련이지요. 하지만 색다른 것을 미워하는 자라면 또 괴이함을 즐겨 말하지도 않습니다. 사람의 안목이 속박에서 벗어날 수 있으면 아무리 심상한 것이라도 기괴하지 않은 것이 없고 또 기괴해도 예사롭지 않은 것이 없음을 모르더군요蓋世之君子, 厭常者必喜新, 而惡異者則又不樂語怪. 不知人能放開眼目, 固無尋常而不奇怪, 亦無奇怪而不尋常也.”(김혜경 옮김, 『분서』 I, 한길사, 2004. 145면)

않고 읽히지도 않을 것非奇不傳이라는 말에서 쉽게 찾아 볼 수 있다. 후대의 희곡 비평에서 이런 공식은 한 비평가에 의해 수정되었다. "내가 한 번은 장난스럽게, '(희곡의 정절이) 기이할수록, 유통이 잘 되겠지만', 사실적實일수록 더 기이하게 되는 게 세상 돌아가는 이치라고 말한 적이 있다."[77](저우위두周裕度, 「천마매제사天馬媒題詞」, 리위, 『리리웡곡화』, 26면) 새롭고 기이한 소재를 놓고 볼 때, 사물과 인간 세계의 탐구 중에서 리위는 후자를 추천했다. "집안이나 일상적인 삶 속에서 일어나는 사건들은 이미 이전 시대의 작가들이 다루어서 고갈되었다"는 생각에 대해 그는 "비록 사물의 원리는 고갈되기 쉽지만, 인간 세계의 정리는 고갈되기 어렵다物理易盡, 人情難盡"고 대응했다. 왜 그런 것일까? "오륜 가운데 아무리 옮겨가도 고갈되지 않는 소재가 자연스럽게 발견되는 경우가 있지 않은가?"[78](『리리웡곡화』 「계황당戒荒唐」, 33면)

'기奇'라는 용어는 소설 비평에서 줄기차게 나온다. 네 개의 가장 유명한 소설들은 '사대기서'라고 불리는데, 우리는 범상한 것을 희생하고 '기'를 과도하게 좋아하는 것에 대해 불평을 늘어놓은 비평가들을 알고 있다. 링멍추凌蒙初의 두 번째 이야기 선집인 『이각박안경기二刻拍案驚奇』의 서에서, 서문의 작자는 비록 수백 편의 소설 작품이 현재 유통되고 있기는 하지만, 그것들 대부분이 문제가 있다고 말했다. 처음에 그런 예술적 재현을 제시했던 것이 때로 정서적인 힘에서 실제 세계를 능가할 수 있게 된 뒤에, 그는 자신이 보았던 것을 현명하지 못하게 특이한 것에 집중한 것으로 여겨 공격했다. "하지만 (재현에서의) 진실을 얻어내지 못한 실수는 기이한 것을 좋아하는 것에 그 발단이 있다. 비록 그들이 기이한 것을 기이한 것으로 알았다 하더라도, 그들은 왜 기이한 것이 없는 것처럼 보

77) [옮긴이 주] 원문은 다음과 같다. "明末周裕度在天馬媒題辭中, 把兩种'奇'的差別, 歸納得更爲簡捷明了. 他說 '嘗謬論天下, 有愈奇則愈傳者. 有愈實則愈奇者. 奇而傳者, 不出之事是也. 實而奇者, 傳事之情是也.'"

78) [옮긴이 주] 원문은 다음과 같다. "豈非五倫以內, 自有變化不窮之事乎?"

이는 게 실제로 기이한 것인가를 모른다. 그들은 바로 비논리적이고 터무니없는 곳으로 마구 달려가느라 기록되기만을 기다리고 있는 눈 앞에 있는 이야기들을 건너뛴다."[79] 『금병매』에 대한 원룽文龍의 평점에서는 다른 방책을 취했다. 원룽은 '기奇'를 소설을 칭찬하는 용어로 치부해버리고, 심지어는 『금병매』는 '기서'라는 생각에도 이의를 제기했다. "하지만 『금병매』는 '기서'인가? 나는 그것이 기이한 것이 아니라고 답하겠다. (그 안에 있는) 사람들은 모두 이 세상에서 항상 보는 사람들이고, 더구나 예전부터 오늘날까지 왕조를 통틀어 그런 사람과 사건들은 어느 곳, 어느 때나 항상 볼 수 있는 것들이다."[80](100회 회평, 류후이劉輝, 『금병매의 성서와 판본 연구』, 275면에서 재인용) 그가 『금병매』를 '기서'로 부르는 것을 반대한 이유 가운데 몇몇은 확실히 그가 이 책의 제목을 '제일기서第一奇書'라고 붙였던 장주포張竹坡에 대해 갖고 있던 반감과 밀접한 연관이 있다. 원룽은 '기서'가 '기이한 책'이라기보다는 '기이한 것에 대한 책' 이상의 무엇을 의미한다고도 생각했다.

이 장에서, 우리는 전통적인 비평가들이 여러 가지 방법으로 소설 작품이 리얼리티와 어떤 관계를 맺어야 하는가 하는 문제를 다룬 것에 대해 알아보았다. 비평가들은 다른 각도에서 이 문제를 공격했다. 이 가운데 몇몇은 미메시스, 곧 모방론에서 알레고리나 내용과는 분리된 스타

---

79) 수이샹쥐스睡鄉居士, 「이각박안경기서二刻拍案驚奇序」, 『중국역대소설논저선』 상권, 259면. 링멍추의 작품 몇 가지가 들어 있는 선집인, 『금고기관今古奇觀』에 대한 서에도 비슷한 생각이 담겨 있다(『중국역대소설논저선』 상권, 264면).

[옮긴이 주] 해당 부분의 원문과 번역문은 다음과 같다. "지금 세상에 유행되고 있는 소설은 무려 백가지 이상이나 되지만, 진실성을 잃는 병폐가 있으니 이것은 기이한 것만 좋아하는 데서 비롯된 것이다. 기이한 것이 기이한 것인 줄만 알지 기이하지 않은 것이 기이한 것이 되는 까닭을 모르기 때문이다. 눈앞의 기록할 만한 일을 버리고 불가사의한(논의도 할 수 없는) 경지로만 쏠리고 있다今小說之行世者, 無慮百種, 然而失眞之病, 起於好奇. 知奇之爲奇, 而不知無奇之所以爲奇. 舍目前可紀之事, 而馳鶩於不論不議之鄉."

80) **[옮긴이 주]** 원문은 다음과 같다. "然則『金瓶梅』果奇書乎? : 不奇也. 人爲世間常有之人, 事爲世間常有之事, 且自古及今, 普天之下, 爲處處時時常有之人事."

일이나 창작상의 문제로 관심을 돌리게 함으로써 이에 대한 논의를 피해 가는 것을 더 좋아했다. 이러한 과정에서 나온 결과는 소설을 예술과 문학의 미메시스적인 측면을 경시하는 전통적인 고급 미학에 동화시킨 것이었다. 또 다른 결과는 소설 작가가 부당하게도 자신의 허구적 세계를 실제 세계에 기계적으로 연결시키는 것을 염두에 두지 않고 자기가 쓰고 싶은 것을 마음대로 쓰는 것이었다.

제3부

무엇으로부터 누구로
—정절情節로부터의 전환

제7장_ 정절 중심에서 인물 중심의 서사로
제8장_ 관계론적 인물 형상화와 모호한 인물들

제7장_ 정절 중심에서 인물 중심의 서사로

1. '정절'로부터 인물 성격화로

헨리 제임스는 '사건의 소설'과 '인물의 소설'로 나누는 '낡은' 구분에 대해 항의했다. "인물은 사건을 한정하는 것 이외의 무엇이겠는가? 사건이란 인물의 설명 이외의 무엇이겠는가? 한 여인이 테이블 위에 손을 의지한 채 서 있으면서 어떤 방식으로 그대를 바라보는 것이 사건이다. 또는 그게 사건이 아니라면, 나는 그게 무엇인지 말하기 어렵다고 생각한다. 동시에 이것은 인물의 표현이다."[1] 그는 그의 소설이 소설의

---

1) 헨리 제임스, 「소설의 기술The Art of Fiction」, 186~187면, 션 오파올레인Sean O'Faolain의, "행위는 인물을 드러나게 하고, 그 인물은 행위 그 자체를 제시한다"는 말을 참고할 것(션 오파올레인Sean O'Faolain, 『단편소설*The Short Story*』, Trask and Burkhart, 37~38면).

이 두 가지 요소를 통합하려는 시도였고, 이것이야말로 이전의 소설 쓰기에서 분명하게 벗어나려는 변화라고 생각했다. 그와 동시대의 다른 서구의 비평가들 역시 사건에서 인물로 넘어가는 전변을 목도했다.

> 그리고 자신들의 기술을 완수한 사실주의적인 작가들로서, 좀더 명민한 독자들은 행위의 수행자인 주인공이 우리가 이미 오래 전에 벗어난 바 있는 초기 단계의 문화를 재현해줄 수 있을 따름이라는 것을 지각하기 시작했다. 이 영웅은 개인성을 충분히 인정하는 바탕 위에 세워진 좀더 근대적인 사회 조직에서는 시대착오적이고, 설 자리가 없는 존재로 인지되게 되었다. 그는 지나치게 유형적이고, 지나치게 개성이 결여되어 문학을 인생 그 자체로 보는 사람들의 요구를 만족시킬 수 없었다.
>
> —브랜더 매튜Brander Mattew, 「서론」, 『소설의 기술 매뉴얼A Manual of the Art of Fiction』(씨 해밀턴C. Hamilton), xvii면

중국 소설 비평가들은 이와 비슷하게 사건에 대한 주목에서 인물 형상화로의 전변을 이루어냈다고 선언했다. 이 장에서는 소설 작품과 소설 비평의 창작 모두에 있어 뚜렷하게 나타나는 이러한 발전 과정을 추적해 나갈 것이다. 소설 비평의 경우에는 특히 초기 소설들을 편집하고 재평가하는 것을 통해 이러한 과정에 적지 않은 영향을 주었다.

명대 소설에서는 이렇듯 사건으로부터 인물로 초점이 옮아간 것을 『금병매』와 그 선구가 되는 작품인 『수호전』을 거칠게 비교한 것에서도 볼 수 있다. 장페이헝章培恒은 『수호전』과 그와 비슷한 유형과 시대의 소설들을 '사건情節에 초점을 맞춘' 소설로 규정하고, 『금병매』는 '인물人物 묘사에 초점을 맞춘' 소설로 규정했다(「금병매사화를 논함論金甁梅詞話」, 9면).

자신의 중국 소설 서목에서, 쑨카이디孫楷第(1898~1989)는 『수호전』을 '설공안說公案'이라는 일반적 범주 아래 '협의俠義'라는 하위 범주로 분류했는데, 둘 다 주제로 분류한 것이었다(『중국통속소설총목제요』, 209면). 『수호전』은 유배당한 범죄자를 귀양지로 호송하거나 사형을 선고받은 죄

인을 처형장에서 구해내는 것과 같은 다양한 장면들로 구성되어 있다. 그 원래의 개념대로라면, 정확하게 누가 유배지로 호송되었는지 또는 처형장에서 구출되었는지는 그들이 어떻게 호송되었고, 구출되었는지만큼 중요해 보이지 않는다. 처음에 린충林冲을 호송하고, 나중에 루쥔이盧俊義를 유배지로 호송한 방송공인放送公人의 이름은 똑같지만,[2] 우리는 그들이 같은 이름을 가진 사람이었을 것이라 믿을 만한 하등의 이유도 알지 못한다.

『금병매』와 후대의 소설에서는 인물의 묘사에 주목했을 뿐 아니라, 표면적으로는 모든 사회적인 미덕을 갖추고 있으나, 그럼에도 불구하고 비평가나 독자의 의심을 불러일으켰던 모호한 인물들에 대한 특별한 관심을 드러내 보이기도 했다. 앤드루 플락스가 그의 『사대기서』에서 그랬던 것처럼, 이런 인물들의 모호한 성격이 그들 16세기 창조자들의 원안의 일부였다고 주장하는 것이 가능하더라도, 소설 비평가들, 그 가운데 가장 중요한 진성탄이 인물, 특히 모호한 인물들에게 이런 매력을 부여했다는 것을 부인하지는 않았다.

진성탄은 허구적인 인물에 대해 이야기할 때, 최초로 '성격'이라는 말을 사용한 사람이었다. 그는 『수호전』의 작자가 이 소설의 주요 호한들에게 36명의 다른 얼굴을 부여했을 뿐 아니라, 36가지의 다른 성격도 창조해냈다고 주장했다[3](『수호전회평본』, 15면, 「독『제오재자서』법」 4, 존 왕, 「제오

---

2) [옮긴이 주] 방송공인은 당시 죄인의 호송을 책임진 하급 관리를 가리킨다. 린충과 루쥔이의 경우 시간과 공간적인 차이가 있음에도 모두 둥차오董超와 쉐바薛霸라는 이름의 방송공인이 죄인을 호송하는 것을 말한다. 따라서 둥차오와 쉐바는 특정인을 가리킨다기보다 관용적으로 방송공인을 가리키는 보통 명사처럼 쓰였고, 특정의 인물보다는 사건 자체에 좀더 주목했다는 것을 알 수 있다.

3) [옮긴이 주] 본문의 해당 내용에 대한 원문과 번역문은 다음과 같다. "어떤 사람이 '스나이안이 제재를 찾아 자기의 뛰어난 글재주를 써냈는데 많고 많은 제재 중에 어째 굳이 이러한 일을 썼는가?'라고 물어 내가 '그 36명의 인물이 각각의 출신성분과 얼굴 모습, 성격을 가진 것이 탐이나 곧 그 사이를 엮어서 얻어낸 것'이라고 대답하였다.或:施耐庵尋題目寫出自家錦心綉口, 題目盡有, 何苦定要寫此一事? 答:只是貪他三十六個人, 便有三十六樣出身, 三十六樣面孔, 三十六樣性格, 中間便結撰得來."

재자서 독법』, 132면). 그의 많은 개념들이 초기의 비평가들, 특히 『수호전』 룽위탕容與堂본의 평점가에게서 계발을 받은 것이기는 하지만, 진성탄은 최초로 인물 형상화를 소설의 주요한 임무로 받아들인 사람으로 거의 보편적으로 받아들여지고 있다.[4] 『서상기』에 대한 평점에서는 인물 형상화에 비슷한 정도로, 나아가 좀더 많은 주의를 기울였다. 이 희곡에 대한 그의 「독법」 50조에서, 그는 『서상기』는 단 한 사람, 추이잉잉崔鶯鶯을 그려낼 목적으로만 씌어졌다고 말했다[5](『진성탄 비본 서상기』, 19면).

예외가 있기는 하지만,[6] 중국에서는 사건을 인물에 부속된 것으로 여기고, 주로 이것이 거기에 연관된 사람들에 대해 이야기해준다는 이유로 중요하게 여기는 경향이 강하게 남아 있었다. 이것은 확실히 사서史書, 특히 『사기』와 같은 작품에서는 맞는 말이다. 이런 관점에서 보면, 소설 비평은 단순히 소설이라는 비정통적인 장르를 주류 미학에 편입시키고 있다. 우리는 헨리 제임스가 기획했던 것처럼 인물과 사건 사이의 균형을 성취하는 대신, 명청 시기의 중국 소설은 인물을 사건보다 우위에 놓는 점에 있어 (서구인들의 안목에서 보면) 지나치게 멀리 나아갔다고 말할 수도 있다. 이를테면, 올드리치 크랄Oldřich Král은 『유림외사』의 경우 정절情節에 비해 인물 형상화를 선호했던 데 주요 문제가 있다고 주장했다(크랄Král, 「중국 고전소설 『유림외사』에서의 몇 가지 예술적 방법들Several Artistic Methods in the Classic Chinese Novel Ju-lin waishih」, 17면). 중국의 비평가, 심지어는 마오둔茅盾과 같이 서구 문학이론에 노출되어 있는 현대의 비평가들에게도, 작자가 사건이 아니라 인물로부터 시작해야 하며, 인물이 주요本位하

4) 이를테면 왕셴페이王先霈, 「진성탄 인물 소조 중의 예술 사유를 논함金聖歎論人物塑造中的藝術思維」, 426면. 리진더李金德, 「진성탄의 전형 이론은 중국 전형 이론의 성숙이다金聖歎的典型理論是中國典型理論的成熟」, 364면, 장궈광張國光, 『수호와 진성탄 연구』, 155면과 왕셴페이와 저우웨이민, 『명청소설이론비평사』, 265~267면.
5) **[옮긴이 주]** 원문은 다음과 같다. "『西廂記』亦止爲寫得一個人. 一個人者, 雙文是也."
6) 지괴志怪 이야기들, 대부분의 재자가인才子佳人 소설과 몇몇 백화소설과 같은(특히 초기의 것들과 리위李漁의 것).

고, 사건은 "인물의 의식의 구체적인 재현일 뿐"이라는 점은 전혀 의심할 거리가 되지 못했다(「창작의 준비創作的準備」, 쟈원자오賈文昭와 쉬자오쉰徐召勛, 『중국고전소설예술감상中國古典小說藝術欣賞』, 121면).

2. 얼마나 많은, 어떤 부류의 인물들인가?

통상적인 수준에서 일반화하자면, 전통적인 중국 소설에는 많은 숫자의, 서구의 소설보다 훨씬 많은 인물들이 등장한다.[7] 모든 일반화와 마찬가지로, 이것은 부분적으로만 사실이다. 이를테면, 적절한 길이의 작품인 『황금 당나귀*The Golden Ass*』에는 대략 200명의 인물이 나오는데,[8] 이에 반해 많은 중국 소설들, 특히 재자가인 류의 소설들에는 단지 소수의 인물들, 남자 주인공과 한 두 명의 여 주인공, 그리고 빠지지 않고 등장하는 악당만이 중점적으로 다루어지고 있다. 그렇다 하더라도, 주요한 경전적인 소설들에 나오는 등장인물의 절대적인 숫자는 상당히 인상적인데, 이렇듯 등장인물을 대량으로 작품에 집어넣는 것을 선호한 것은 비

7) 많은 청대 작가들이 이것은 사실이라고 생각했다. 이를테면, 『중국역대소설논저선』 하권, 58면(만수曼殊, 「소설총화小說叢話」), 63면(샤런俠人, 「소설총화小說叢話」)과 312면(톈루성天僇生[왕중치王鍾麒], 「중국력대소설사론中國歷代小說史論」).

8) 하이저만, 『소설 이전의 소설』, 146면, 물론 국가적인 전통이 다르긴 하다. 이를테면, 프랑스의 소설들은 영국의 '세 권 짜리triple-decker' 소설들의 경우처럼 남아돌 정도의 인물들을 대량으로 작품에 집어넣는 일이 별로 없다(스탕Stang, 『1850~1870년 영국의 소설이론』, 115면).

[옮긴이 주] 『황금 당나귀』는 2세기 말엽 씌어진 아플레이우스Apuleius의 흥미로운 소설로, 오랜 세월 세익스피어를 비롯해 키이츠나 윌리엄 모리스 같은 작가들에게 영감을 불어넣고 영향을 주었다. 이 작품은 많은 에피소드로 이루어진 피카레스크 소설의 원조라 할 만한데, 마법에 사로잡힌 루시우스라는 씩씩한 젊은이가 벌이는 한 바탕의 소동과 모험이 작품의 주요 내용을 이루고 있다.

평가들에게 영향을 주어 인물 형상화로 접근하게 했다.

누군가 헤아려 본 것에 따르면, 『수호전』에는 787명의 인물이 등장한다고 한다(하지만 102명은 단지 이름만 언급된다). 비록 이 숫자가 세계의 다른 모든 '문학 작품들'의 숫자를 능가한다는 주장(「수호에는 몇 명의 인물이 묘사되었나水滸寫了多少人物?」 참조)이 사실은 아닐지라도, 이 숫자는 여전히 엄청난 것이다. 하지만, 이것은 『금병매』(주이쉬안朱一玄, 「금병매사화인물표金瓶梅詞話人物表」, 444면, 모두 800명을 헤아림)와 『홍루몽』(왕펑王澎은 총 975명을 헤아렸다)의 숫자에 추월당한다. 이 모든 소설에는 100회 이상의 장회가 있지만, 『린란샹林蘭香』과 같은 소설은 64회인데도 307명의 인물이 나온다(「출판설명」, 『린란샹』). 『유림외사』로 말하자면, 『린란샹』보다 거의 10회나 짧은데도, 셴자이라오런閑齋老人 서에 의하면, 등장인물의 수는 "헤아릴 수가 없다"(『유림외사회교회평본』, 764면, 롤스톤, 『독법』, 250면)고 한다. 하지만 그렇게 헤아리지 않고 내버려두는 것은 도리가 아니다. 누군가 헤아리기를 631명의 이름이라 하였다(주이쉬안, 「『유림외사』인물표儒林外史人物表」, 1~2면). 비록 이러한 표에 인물을 포함시킬 때 서로 다른 기준이 적용되긴 했지만, 주요한 중국 소설들에 엄청난 숫자의 등장인물들이 나온다는 것만큼은 움직일 수 없는 사실이다.

『수호전』의 108호한의 경우에서와 같이, 이들 수많은 소설의 등장인물 중에서도 핵심 그룹은 그렇지 못한 곁다리들과 대조를 이룬다. 하지만 평점가들에 따르면, 작자들은 이런 핵심 그룹에 끼는 것이 허락되었지만 어떤 이유에서든 그렇게 하지 않은 인물들을 조심스럽게 묘사했다. 이로 말미암아 이런 인물들은 핵심 그룹에 속한 인물들을 넘어서 관심의 폭을 넓힐 수 있었다. 진성탄은 『수호전』에서 왕진王進이나 롼팅위欒廷玉, 후청扈成과 같은 영웅적인 인물들을 '내버려둔let go' 것이라고 말했다. 이들은 등장하고 나서, 그런 핵심 그룹에 낄 수 있는 자격이 생겼지만, 예상과 달리 핵심 그룹에 협조하지 않았다.

비록 이 소설에 대한 수많은 속작의 작자들이 왕진이나 그와 같은 다른 인물들을 다시 이야기 속으로 불러들이려는 강박을 느꼈던 듯 하지만, 이 소설에서 초점을 맞추고 있는 사회의 축도縮圖와 그 나머지 부분 사이의 경계를 넘나들기 위해 몇 명의 인물들을 '내버려둔다'는 생각은 장주포張竹坡가 채용했다. 아마도 진성탄의 영향 하에, 장주포는 시먼칭西門慶과 그의 세계가 모든 존재의 총합이 아니라는 것을 주장하기 위해, 『금병매』의 시작과 끝에서 인물 설정을 어떤 식으로 '내버려둘' 것인지를 논의했다(이를테면, 『금병매자료휘편』, 36~37면, 「비평제일기서 『금병매』 독법」 47, 로이, 「『금병매』 독법」, 226~228면). 장주포는 다음과 같은 점에서 비슷한 강조를 했는데, 장얼관張二官이 중심 인물인 또 다른 온전한 소설에서 장얼관은 시먼칭의 공적인 지위와 시먼칭 사후에 그의 부인들 가운데 한 사람을 넘겨받는 것으로 암시된다.9)(『금병매자료휘편』, 30면, 「비평제일기서 『금병매』 독법」 23조, 로이, 「『금병매』 독법」, 215면)

소설 안에 그저 그런 유형의 인물들의 '초상'을 다수 포함시키는 것은 동일한 부류에 속하는 백여 개의 대상(말이며, 닭이며, 나비며, 아이들에, 아름다운 여인들까지)을 묘사하는 중국 회화의 잔재이다. 하나의 층위에서, (동일한 일반적인 부류에 속하는 그렇게 많은 사람들을 겹치지 않게 그려내는 것과 같은) 도전은 순전히 기술적인 것이다. 소설 비평가들은 이와 비슷한 도전을 일반적으로 동일한 유형에 속하는 수많은 인물들을 그려내려고 한 데서 보았다. 진성탄은 스나이안施耐庵을 유혹한 것은 36명의 개별적이고 독특한 개성을 가진 주요 호한들을 창조하고자 하는 도전 의식이었다고 말했

9) [옮긴이 주] 해당 부분에 대한 원문과 번역문은 다음과 같다. "그런즉 장다후 역시 진롄의 사악함을 만든 인물인데 왜 쓰지 않았는가? (장다후의 조카인) 장얼관은 시먼칭이 죽은 후 그의 직함을 대신 맡았는데 잉보줴가 그를 꾀어 리쟈오얼을 들여놓게 하여 흡사 또 하나의 시먼칭이라고 할 수 있으니 그가 짊어질 응보는 다 말할 필요가 없을 것이다. 따라서 쓰지 않은 부분 또한 물가의 자욱한 연기처럼 무한하다. 작자는 또 하나의 대작을 쓰지 않은 행간에 숨겨놓으려고 하였다. 이를 이른바 붓은 도달하지 않았으나 뜻은 도달한 것이라 하겠다然則張大戶, 亦成金蓮之惡者, 何以不寫? : 張二官頂補西門千戶之缺, 而伯爵走動說娶嬌兒, 儼然又一西門, 其受報亦必又有不可盡言者, 則其不着筆墨處, 又有無限烟波, 直欲又藏一部大書於無筆處也. 此所謂筆不到而意到者."

다(『수호전회평본』, 15면, 「독『제오재자서』법」 4조, 존 왕, 「제오재자서 독법」, 132면). 『경화연』 평점가는 100명의 재녀才女가 나오는 이 소설을 명대의 화가인 츄잉仇英(1502~1552년경 활동)이 미인 100명을 그린 유명한 그림에 비유했다(리루전李汝珍, 「회도경화연繪圖鏡花緣」, 75 / 5a, 수안蔬庵 회평).

얼핏 보기에 폭넓은 사회 계층 출신의 인물들이 소설의 주제와 어울리지 않는 듯이 보일 때라 할지라도, 소설은 그들을 통합시켰다는 이유로 칭송되기도 한다(이를테면, 『수호전자료회편』 「톈두와이천서天都外臣序」, 188~189면). 『유림외사』의 제56회에서 여성들을 『유방幽榜』에 포함한 것이 칭송된 것은 그들이 목록에 올려짐으로 해서 빠뜨린 게 아무 것도 없다는 사실을 확증해주기 때문이다(황샤오톈黃小田, 『유림외사』, 40회 377면, 워셴차오탕臥閑草堂 회평 3조의 평어와 54회 499면, 협비).

대규모의 등장인물이 등장하는 소설을 쓰겠다고 결정하는 것은 『사기』와 같은 유명한 역사 저작에 의해서, 그리고 독자가 스스로를 동일시하고 거울에 비추어 볼 수 있도록 모든 종류의 사회적 유형과 개성을 포함시키려는 편향에 의해 영향 받은 것이다. 소설가나 소설 비평가 모두 그렇게 대규모의 인물을 다루는 데 내재된 문제를 인식하고 있었다. 『경화연』의 한 인물은 심지어 100명의 재녀 이름을 기억하기도 어렵다고 술회한 바 있다(리루전, 『경화연』, 76회 561면). (이에 따라) 독자를 위한 주요 인물표가 달린 판본들이 많이 나타나게 되었다.10) 이러한 인물표는 등장인물들의 관적貫籍에서 사회적인 지위나 직업에 이르는 다양한 정보를 제공하였는데, 궁극적으로는 역사 저작에서의 이와 비슷한 표에 바탕한 것들이었다(롤스톤, 「형식적 측면들」, 62면). 인물표는 주기적으로 소설 텍스트 자체에 편입되었으며, 소설의 클라이맥스나 말미에 어느 정도 완전한 주요 인물표가 들어가는 게 상례가 되어버렸다.

대규모의 인물들은 통상적으로 한 무리의 중심 인물들 주위에 포진

10) 이와 비슷한 인물들과 그들의 이명異名에 관한 표는 빠르게는 13세기에 『세설신어』를 위해 제공되었고, 명말에는 리즈李贄의 『세설신어보世說新語補』가 나왔다.

되며, 주요 인물과 부차적 인물로 구분된다. 이들은 나아가 개별적인 구성원들이 동시에 또는 순차적으로 나타나기도 하는 그룹으로 합쳐지게 된다. 인물들은 대조적이거나 유사한 짝을 지어 제시되기도 한다. 이 모든 것은 소설 평점에서 구분된다. 작자가 그렇게 많은 인물들을 어떻게 정리하는지에 대해, 『경화연』의 한 평점가는 다음과 같이 말했다. "나는 스나이안施耐庵이 『수호전』을 쓸 때, 108호한의 외모形像에 대한 초상을 그리고 나서 그들의 개성性情을 그려냈다揣고 들었다. 그리하여 말 한마디나 행동 하나도 그들이 말하고 생각하는 것을 닮지 않은 것이 없게 되었다. 100명의 재녀才女의 초상이 있는 이 책(『경화연』)은 그러한 방법을 흉내낸 것임에 틀림없다."[11](리루전, 『회도경화연繪圖鏡花緣』, 87 / 4b, 수안蔬庵 회평) 그들이 똑같은 깊이의 인물 형상화로 등장인물들을 다루고자 한다면, 비교적 제한된 양의 텍스트 내에서 대량의 등장인물들을 다루겠다고 결정하는 것은 전통적인 소설가들에게 열려 있는 인물 형상화의 유형을 답습하는 길로 들어서게 하기 쉽다. 이것은 최소한의 붓 놀림으로 인물의 대충의 윤곽을 잡아내는 기술白描의 중요성을 설명해주는 데 도움이 된다.

'중심 인물들'은 대규모의 인물들을 조직하는 데 쓰인다. 이들은 소설에서 중요한 행위를 수행하는 주인공이 아니라[12] 그의 주위에 있는 인물들이거나 다른 인물들과 협조하는 관계에 있는 인물이다. 리위李漁의 희곡론에서는 희곡의 통제적 특성主腦(말 그대로 '주요한 뇌')은 중심 사

---

11) **[옮긴이 주]** 원문은 다음과 같다. "嘗聞施耐庵著水滸傳, 先將一百八人圖其形像, 然後揣其性情, 故一言一動無不肖其口吻神情, 此書寫百名才女, 必效此法細細白描, 定是龍眠粉本."

12) 중심인물들은 다양한 방법으로 지칭되는데, 대부분 소설 속 인물들의 구심점을 강조한다. 주인공이나 주요 인물에 대한 현대의 중국 용어인 '주인옹主人翁'은 전통적인 글 속에는 나오지 않으며 청말 비평가들은 전통 시기 중국 소설에서의 중심인물이 주인공이 아니라는 약간의 걱정을 드러낸 바 있다. 이를테면, 『중국역대소설논저선』 하권, 63면(샤런俠人, 「소설총화小說叢話」 협비, 『신소설新小說』)과 358면, 395면(뤼쓰멘呂思勉, 「소설총화」, 1914).

건이나 중심 인물이거나 동시에 둘 다 일 수 있다(『리리웡곡화』「입주뇌立主腦」, 19~20면). 비평가들은 주요 인물과 부차적 인물의 차이를 나타내기 위해 '주인主'과 '객賓/客'이라는 용어를 사용하기도 한다. 그런 구별은 단기(한 회나 한 가지 에피소드 안에서)일 수도 있고 장기(소설 전체)일 수도 있다. 하지만 내가 염두에 두고 있는 것은 다른 것이다.

『수호전』에서 수호의 호한들이 최초로 누군가를 중심으로 뭉쳤던 인물은 차오가이晁蓋다. [작품 안에서] 그의 기능은 나중에 쑹장宋江에게 추월을 당하는 부차적인 중심 인물로서 그려지는 것인데, 이것은 진성탄과 천천陳忱이 지적한 바 있다.[13] 중심 인물로서의 쑹장의 중요성은 일찍이 『쑹장宋江』이라는 이름의 소설이 실려 있는 서지목록과 후대에 진성탄에 의해서[14] 인지되고 있었다(랑잉朗瑛, 『칠수유고七修類稿』, 『수호전자료회편』, 130면). 쑹장은 자신의 명성을 통해서, 또는 소개 편지를 쓴다든가 하는 좀더 직접적인 행동을 통해서, 무리의 구성원을 끌어 모으는 책임을 지고 있었다. 진성탄은 『수호전』의 다른 모든 인물들 가운데, 우쑹武松을 가장 높이 쳤는데, 그는 아주 많은 장회(거의 10회 정도)에서 중심적인 행위자였다. 쑹장이 반도의 무리에 합류하게 되는 상당히 비비꼬인 이야기를 묘사한 장회들 역시 통상적으로 10회를 헤아리지만, 우쑹의 경우처럼 밀도 있게 묘사된 게 아니라, 여기 저기 띄엄띄엄 나타난다. 물론 쑹장의 이야기 부분들은 우쑹 부분의 10회의 양 끝을 괄호로 묶어놓았는데, 이 모두가 쑹장의 통합적인 기능과 그가 궁극에는 우쑹보다 우월한 위치에 선다는 것을 강조하고 있다. 진성탄이 『수호전』에서 쑹장의 '전기'를 세가世家 형식에 따라 쓴 유일한 것으로 가려 뽑은 것은 분명히 이러한 차이를 염두에 둔 것이었다(이 책의 제5장 참조).

---

13) 『수호전회평본』, 13회 258면의 진성탄 회평과 『수호전자료회편』, 555면, 천천陳忱의 「수호후전론략水滸後傳論略」 12조 참조.

14) 그의 협비는, "이 위대한 책은 쑹장을 위주로 하고 있다一部大書以宋江爲主"고 되어 있다(『수호전회평본』, 31회 601면).

시먼칭西門慶은 『금병매』의 중심 인물이다.[15] 그는 가장이며 '열 명의 형제'의 우두머리이며, 어떤 면에서는 황제와 같은 인물이다(로이, 영역본 『금병매』「서론」, xxxi). 기본적으로 충동적이고 자기를 돌아보지 않는 그의 '비어 있음'[16]은 독자들이 쉽게 그와 동일시하게 만든다. 거의 시먼칭처럼 외부 세계에 대해 무지하고 충동적으로 반응하는 자바오위賈寶玉는 『홍루몽』의 중심 인물이지만, 중심적인 행위자라기보다는 반영물reflector이나 이 서사 내의 의식의 중심이다.

『유림외사』에서 두사오칭杜少卿은 작자의 투사물일뿐 아니라, 난징南京의 유생들 사회를 앞장서 고무하고 조직했다는 점에서 중심 인물인데, 난징의 타이보츠泰伯祠에서 제를 올릴 때, 그는 '문지기引贊'[17] 역을 맡았다. 하지만, 이 소설에서 주도적인 인물은 위위더虞育德이다. 이것은 우쑹과 쑹장의 경우에서 보이는 한 인물의 전체적인 서열과 중심 역할 사이의 괴리를 반복적으로 보여주고 있는 것이다. 쑹장의 경우에서처럼, 두사오칭의 이야기는 몇 개의 별도의 장회로 나뉘어 있는데, 또 다른 인물인 쾅차오런匡超人은 이 소설에서 가장 길게 연속적으로 묘사되고 있다. 사실 두사오칭의 이름은 31회가 되어서야 나온다. 진성탄은 『수호전』에서 쑹장이 이와 비슷한 정도로 늦게 나온 것을 칭송한 바 있고(『수호전회평본』, 16면, 「독『제오재자서』법」 9조, 존 왕, 「제오재자서 독법」, 133면), 천천陳忱은 최소한 부분적으로나마 진성탄의 영향을 받아, 자신의 '일등 인물'인 옌칭燕青의 등장을 모두 40회인 그의 소설에서 27회까지 지연시켰다. 쑹장이나 옌칭과는 달리, 두사오칭은 상당히 빨리 이야기에서 사라지는데,

---

15) 쯔란쾅커紫髯狂客는 『금병매』를 『시먼전西門傳』이라 불렀다(아이나쥐스艾納居士, 『두붕한화』, 12회 142면, 회말 평어).

16) 장주포는 그의 이름인 '칭慶'을 '칭罄'(비어 있음)으로 주해했다(「금병매우언설金瓶梅寓言說」, 『금병매자료휘편』, 13면). 루 퉁린Lu Tonglin, 『장미와 연꽃―프랑스와 중국의 서사 욕망*Rose and Lotus : Narrative Desire in France and China*』, 71면 참조.

[옮긴이 주] 원문은 다음과 같다. "瓶因慶生也. 蓋云貪慾嗜惡, 百骸枯盡, 瓶之罄矣."

17) **[옮긴이 주]** '인찬引贊'은 '인도한다'는 뜻으로 의식을 집전할 때 인도하는 역할을 맡은 사람을 가리킨다.

사람들을 조직하고 [의식에서] '문지기' 역할을 하는 그의 기능은 실제로는 그보다 한 회 정도 더 등장하는 마춘상馬純上이나 취셴푸蘧駪夫 같은 다른 인물들에 의해 완수된다.

『수호전』에서처럼, 『경화연』의 중심 인물의 위치는 탕아오唐敖와 그의 딸인 탕구이천唐閨臣이라는 두 사람의 인물로 양분된다. [『수호전』의] 차오가이晁蓋처럼 탕아오는 소설에서 상당히 빨리 탈락하고, 100명의 재녀才女를 모으는 일을 감독하는 것은 자신의 딸에게 남겨둔다. 작자가 1821년과 1828년본을 통해 원래의 쑤저우본을 개정했을 때, 그는 이전에는 다른 재녀에게 맡겨졌던 연설을 그녀에게 부여함으로써 탕구이천의 중요성을 돋보이게 한다.[18] 『아녀영웅전』에서는 원캉文康이 자신의 소설의 서술자를 드러나게 이 소설의 중심 인물과 일치시키고 있다(이 책의 제12장 참조).

등장인물들을 조직하는 또 하나의 방법은 그들을 서로 의미 있는 관계로 제시하는 것이다. 이런 짝패들 가운데 덜 중요한 구성원들이 좀더 중요한 구성원들의 대역(대리인)으로 간주된다. 이를테면, 『금병매』에서는 비록 아주 작은 규모이긴 하지만, 다이안玳安은 원래 시먼칭이 했던 많은 기능과 특징들을 반복하고 있다(칼리츠, 『금병매의 수사학』, 139~140면). 원룽文龍이 언급한 대로, 시먼칭이 살아 있는 동안, 다이안은 시먼 가西門家의 하인들 세계에서 그의 대역으로서 행동한다(50회 회평, 류후이劉輝, 『금병매의 성서와 판본 연구』, 231면). 이 소설의 말미에서 시먼칭이 죽은 뒤, 다이안은 우웨냥吳月娘의 양자가 됨으로써 시먼 가의 우두머리가 된다.[19]

18) 쑨자쉰孫佳迅(『경화연공안변의鏡花緣公案辨疑』, 51면)은 쑤저우본과 1821년본 사이에서 이런 종류의 변화를 23가지나 찾아냈고, 1821년본과 1828년본 사이에서는 추가로 31가지 경우를 찾아내었다.

19) 그는 정치적인 측면에서는 가짜 황제인 고종高宗과 마찬가지로 취급된다. 『금병매사화』, 100 / 16b(5 : 00)와 칼리츠, 『금병매의 수사학』, 139~141면 참조.

[옮긴이 주] 『금병매』의 시대 배경은 북송말이다. 바야흐로 금나라가 송을 침략하여 휘종과 흠종 두 황제를 포로로 잡아가고, 흠종의 아들 강왕康王은 흙으로 빚은 말을 타고 창장長江을 넘어 젠캉建康(오늘의 난징)에서 즉위하니 이가 곧 고종이다. 가짜 황제

주요 인물에 대한 대역이나 대리인으로서 부차적인 인물을 사용하게 되면, 주요 인물의 특징을 직접적으로 다루지 않고도 더 훌륭하게 간접적으로 묘사할 수 있고, 부차적인 인물을 소설에 좀더 가깝게 통합시킬 수 있다는 이중의 목적을 수행할 수 있게 된다. 장주포는 『금병매』의 인물들을 두 그룹으로 나누었는데, 그 하나는 제목에 나오는 세 명의 여 주인공들처럼 소설 전체에 중심적으로 나오는 인물들이고, 다른 하나는 쑹후이롄宋蕙蓮처럼 좀더 짧게 등장하지만, 그들 자신을 위해서가 아니라 그들에 관한 이야기를 통해 좀더 중심적인 인물들에 대해 간접적으로 우리에게 무언가를 이야기해주기 위해서 등장하는 인물들이다[20](『장주포 비평 제일기서 금병매』, 26회 388면, 회평 1). 부차적인 인물들은 주요 인물들의 '반영물reflections'이나 '그림자影, 影子',[21] 또는 대리인替身[22]의 역할을 수행한다고 한다.

'대역'은 『홍루몽』에서 가장 복잡한 단계에 이른다. 이를테면, 주요인물인 쟈바오위賈寶玉(가짜 보옥이라는 '쟈바오위假寶玉'와 동음)를 두드러져 보이게 하는 전바오위甄寶玉(진짜 보옥을 의미하는 '전바오위眞寶玉'와 동음)[23]가 있다. 이들은 특히 서두 부분에서는 외모와 기질이 기본적으로 비슷하다. 하지만 뒤에 전바오위는 궁극적으로 쟈바오위가 거부하는 노선(순응

라는 것은 기왕의 두 황제가 있는데 즉위한 것을 빗대어 말한 것이다. 참고로 『금병매사화』의 마지막은 우웨냥이 집으로 돌아가 다이안의 이름을 시먼안西門安으로 개명하고 집안을 맡기는 것으로 끝난다.

20) **[옮긴이 주]** 해당 내용에 대한 원문은 다음과 같다. "本意不在此人者, 如宋蕙蓮等是也."

21) 이를테면, 『장주포 비평 제일기서 금병매』, 30회 457면, 협비와 『『홍루몽』권』, 55면, 「독법」 16조 참조(플락스, 「『홍루몽』 독법」, 330~331면). 장신즈張新之는 주요 인물을 '본신本身'으로, 부차적인 인물들을 '영신影身'으로 묘사했다(『평주금옥연』, 108/22b(1388, 협비 참조).

22) 이를테면, 그가 쉐바오차이薛寶釵의 '공식적인 전기正傳'라 부른 화시런花襲人의 외모에 대한 장신즈의 협비 평어; 『평주금옥연』, 22/19b(312).

23) **[옮긴이 주]** '전바오위甄寶玉'는 우리말 독음으로는 '견보옥'이라 해야 맞지만, 중국어 발음으로는 'zhen baoyu'로 '진짜 보옥'을 의미하는 '眞寶玉'과 동음이다. 우리말 독음 '견甄'을 '진'으로 읽어야 한다는 설도 있다. 이에 따르면, 후백제의 왕 '견훤甄萱'은 '진훤'으로 읽어야 옳다.

주의)을 체현하게 된다. 『홍루몽』의 모방작 가운데 하나인 『화월흔花月痕』에서는 두 쌍의 중심 인물 커플이 제36회의 꿈속에서 서로 파트너를 바꾸는 정도까지 서로 조응하고 있다.

'대역들'은 범례적paradigmatic[24]으로 사용되기도 한다. 이를테면, 『린란샹林蘭香』의 평점가는 마오다강毛大鋼을 이 소설의 주요 인물인 겅랑耿烺의 '그림자影子'로 묘사하는데, 마오다강은 이 소설에서 등장한 뒤 몇 회 안 있다 성적 방종으로 죽고, 겅랑 역시 성적인 유혹의 제물이 되고 만다(『린란샹』, 8회 63면 주22, 협비). 평점가인 워셴차오탕臥閑草堂은 『유림외사』 제1회에 등장하는 세 명의 이름 없는 소풍 객들을 이후에 등장하는 '부귀공명富貴功名'에 사로잡힌 인물들에 대한 '그림자'로 묘사했다(『유림외사회교회평본』, 1회 17면, 회평 6 「워셴차오탕본 『유림외사』 회평」(린순푸 역), 253면). 범례적으로 관련을 맺고 있는 주요 인물에 앞서 등장하거나 클라이맥스를 이루는 조금 덜 주요한 인물들은 주요 인물에 대한 '전신前身'이라 불린다. 소설 평점가들은 주요 인물들이 자신보다 앞선 이들의 운명이 경고하는 바를 받아들이는 데 실패하는 것을 앞에 가는 수레前車가 뒤집어진 곳을 무시하고 길을 가는 사람에 비유했다.[25]

---

24) [옮긴이 주] 수많은 러시아 민담 설화에서 가려 뽑은 네 가지 텍스트 가운데 비슷한 유형의 사건들을 정리하면 어떤 보편적인 요소를 뽑아낼 수 있다. 이를테면 다음의 네 가지 이야기를 보자. ① 짜르가 주인공에게 독수리를 준다. 독수리는 주인공을 다른 왕국으로 실어다 준다. ② 한 노인이 수첸코에게 말을 한 필 준다. 말이 수첸코를 다른 왕국으로 데려다 준다. ③ 점쟁이가 이반에게 보트를 내준다. 이반은 그 보트로 다른 왕국에 간다. ④ 공주가 이반에게 반지를 준다. 반지에서 한 젊은이가 나와 이반을 다른 왕국으로 안내한다. 이 네 가지 이야기는 얼핏 보기에는 모두 다른 이야기 같지만 가만히 살펴 보면 네 가지 이야기가 서로 비슷한 구조로 이루어져 있다는 사실을 알 수 있다. 곧, "A가 B에게 C를 준다. C는 B를 D에게 데려다 준다." 이 때 'A'와 'B' 'C' 'D'는 '상수'가 되고, 상수 'A'에 조응하는 '짜르'나 '한 노인' '점쟁이' '공주'는 구체적인 상황에 등장하는 변수라 할 수 있다. 여기에서 상수는 '기능'으로, 변수는 '지수'라 부르는데, 기능은 분포적, 또는 계열적distributional, syntagmatic으로 나타나고, 지수는 통합적, 또는 범례적integrational, paradigmatic 관계를 맺고 있다.

25) 이를테면, 장주포는 쑹후이롄宋蕙蓮을 리핑얼李瓶兒에 대한 '전차前車'로, 유모인 루이如意는 리핑얼李瓶兒의 '후차後車'라 불렀다(『장주포 비평 제일기서 금병매』, 28회

나중에 오는 사람을 위해 길을 준비하는 덜 중요한 인물들을 범례적으로 이용하는 것은 이미 죽거나 떠나버린 인물들의 이미지와 사례를 살아 있는 것으로 유지시켜주는 '후계자' 인물들을 이용하는 것이나 진배없다. 양자는 혈연이나 결연에 의해 하나로 묶여질 수도 있다. 이를테면, 『삼국연의』에서 관위關羽와 장페이張飛, 주거량諸葛亮은 모두 자신들의 역할을 이어받는 아들이 있다. 마오쭝강毛宗崗은 그들의 아들이 살아 있는 한, 관위와 장페이는 죽은 것으로 볼 수 없다고 주장했다(『삼국연의회평본』, 81회 983면, 회평). 마오쭝강은 주거량의 아들인 주거잔諸葛瞻이 위나라에 항복하려는 부분을 수정했는데, 그래야 그가 아버지의 후계자로서 좀더 훌륭하게 처신할 수 있기 때문이었다.[26] 『린란샹』에서는 중심 인물의 지위가 아버지인 경랑耿烺이 죽은 뒤 그 아들인 경순耿順에게 넘어간다. 『유림외사』에서 타이보츠에서의 제사祭泰伯祠에 맞먹는 제사를 올리자고 말하는 부차적인 인물인 좡줘장莊濯江은 원래 타이보츠에서의 제사의 주요 참가자 가운데 하나인 좡사오광莊紹光의 사촌이다.

때로는 주요 인물과 후계자가 시먼칭西門慶과 천징지陳經濟의 경우처럼, 혼인에 의해 친척이 되기도 한다. 서구의 그리고 서구화된 독자들은 시먼칭이 죽고 난 뒤 펼쳐지는 『금병매』 후반부 20회에 대해 걱정하게 될 텐데, 그것은 천징지가 자신의 장인의 역할을 어떻게 이어받을 것인가에 대해 의구심을 품기 때문으로, 이것은 전통적인 평점가들이 잘 인지하고 있던 것이었다(83, 93, 98, 99회에 대한 원룽文龍의 평어, 류후이劉輝, 『금병매의 성서와 판본 연구』, 259면, 269~270면, 274~275면).

다른 인물들의 역할을 이어받는 인물들은 『금병매』의 시먼칭과 다이안玳安(앞서 논의한 내용 참조), 판진롄潘金蓮과 팡춘메이龐春梅의 경우처럼, 주

421면, 회평 5). 장주포는 쑹후이롄과 루이를 리핑얼의 '전신'과 '후신'으로 부르기도 했다(앞의 책, 72회 1,101~1,102면, 협비).

26) 류징치劉敬圻, 「『삼국연의』 가정본과 마오본 교독 찰기三國演義嘉靖本和毛本校讀札記」, 31면 참조. 주거잔에 대한 마오쭝강의 평어는 『삼국연의회평본』, 117회 1,411면과 118회 1,422면 참조.

종관계로 연결되어 있기도 하다. 판진롄과 팡춘메이 짝은 (비록 그 세계가 다르고, 도덕적으로 말하자면, 이 두 커플은 별개이기는 하지만), 『린란샹』에서 옌멍칭燕夢卿과 톈춘완田春畹이라는 주종 관계의 짝패로 복제되었다.

『삼국연의』의 주거량과 쟝웨이姜維의 관계에서처럼, 주제로 묶인 후계자도 있다.[27] 장주포는 매우 부차적인 인물인 장얼관張二官이 시먼칭이 죽은 뒤 비워져 있던 공식적인 지위를 채우는 제2의 시먼칭이라고 말했다(앞서의 내용 참조).[28]

『유림외사』에서는 난징 학자들의 전범이 청렴도는 조금 떨어지지만 더 큰 어려움에 맞서는 위화쉬안虞華軒에 의해 유지된다. 타이보츠에서의 제사祭泰伯祠를 지낸 뒤 10회가 지나서 그는 우허五河에서 정절과 효를 기리는 제사에 참석한다. 위화쉬안과 위위더虞育德는 성이 같지만, 장원후張文虎는 위화쉬안을 어떤 의미에서 또 다른 인물인 가이콴蓋寬[29]과 함께, 두사오칭杜少卿의 후계자로 봤다. 그리하여 두사오칭은 상당히 일찍 소설에서 탈락하지만, 그의 이미지와 전범은 위화쉬안과 가이콴에 대한 묘사를 통해 이 소설의 마지막 부분까지 연장된다.[30]

---

27) 소설 속의 한 인물은 쟝웨이가 학문적으로 주거량의 길을 계승했다고 말한다(『삼국연의회평본』, 114회 1,382면). 마오쭝강은 이것은 비록 주거량 자신은 갔지만, 그는 여전히 남아 있는 것을 보여주는 것이라 말했다(앞의 책, 협비). 앤드루 힝분 로(「역사 기술 맥락에서의 『삼국연의』와 『수호전』－해석적 연구」, 64면)는 사뭇 반대 의견을 갖고 있는데, 그것은 곧 쟝웨이라는 인물은 주거량이 갖고 있는 아우라를 감소시키는 것으로만 기능하고 있다는 것이다.

28) 장얼관은 시먼칭과 마찬가지로, 판진롄과 과도한 섹스를 벌이다 요절하는 인물인 장다후張大戶의 조카이다. 그리하여 장다후는 나중에 등장하는 이에 대한 선구나 선례로서 행동하는 부차적 인물의 한 사례가 된다.

29) 가이콴의 이야기에서는, 비록 축약된 형태이긴 하지만, (대체로 자전적인 인물인 두사오칭뿐만 아니라) [이 소설의 작자인] 우징쯔吳敬梓의 삶의 많은 측면들이 재현되고 있다. 장원후는 다음과 같이 말했다. "어려운 지경에 처해서도, 청빈함에도 만족하고 도를 지킬 수 있는 사람으로 말하자면, (이 책의) 초반부에는 두사오칭이 있었지만, 지금은 가이콴만 있을 뿐이다大老官下場能安貧樂道如此, 前有少卿, 今有寬老."(『유림외사회교회평본』, 55회 744면, 협비)

30) 『소설재론小說裁論』에서 류셴신劉咸炘은 난징으로 설정되어 있는 이 소설의 중간 부분에 몰려 있는 많은 인물들의 주요한 특징들이 이 소설의 후반부에 나오는 특정 인

등장인물들을 조직하는 또 다른 방법은 형제들을 묘사하는 것이다. 『수호전』에서는 세 명의 롼씨阮氏 형제가 서로 간에 아주 잘 묘사되어 있지만, 다른 형제들은 그다지 잘 차별화 되어 있지 않다. 『유림외사』에는 중요한 형제 짝패가 몇 명 있다. 왕런王仁과 왕더王德는 기본적으로 그들의 이름 속에 있는 동음자('인을 잊음忘仁'과 '덕을 잊음忘德'[31])으로 개괄되는데, 분리해서 이야기하기 어렵다. 이것은 때로 화합을 이야기하는 것으로 묘사되고 있는(이를테면, 『유림외사회교회평본』, 8회 124면, 125면) 러우씨婁氏 형제의 경우에도 마찬가지이지만, 그들 사이의 경쟁적인 요소는 그들의 관계를 흥미롭게 유지시켜주고 있다. 가장 훌륭하게 그려진 형제 짝패는 위터余特와 위츠余持인데, 소설의 후반부에 나온다.

등장인물들은 『수호전』의 주퉁朱仝과 레이헝雷橫, 쉐바薛霸와 둥차오董超 같이 직업적인 짝패나 후원자와 피후원자patron-client 짝패로 묶여지기도 한다. 쉐바와 둥차오는 항상 유배된 죄수들을 유배지로 호송할 때 불려나오는 어디서나 모습을 드러내는 방송공인放送公人들이다.[32] 진성탄은 그런 짝들 가운데 하나는 반드시 선하고 다른 하나는 악해야 하지만, 어느 것이 누가 누구인지는 그다지 중요하지 않다고 주장했다(『수호전회평본』, 7회 180면, 협비). 직업으로 묶여진 이들 짝패들은 대부분 함께 등장하지만, 마쭝강은 『삼국연의』에서 유명한 의관인 지핑吉平과 화퉈華陀가 서로 만난 적이 없는데도 그들을 동일인으로 부를 정도로 가깝게 연결시켜 놓았다

물들에 의해 수행된다고 보았다. 이를테면, 그는 두사오칭의 '무분별한 솔직함露'은 위화쉬안에 의해 상당한 정도로 수행되고, 츠헝산遲衡山의 '융통성 없는 고지식함迂'은 왕위후이王玉輝에 의해 한 걸음 나아가게 된다고 보았다. 그는 또 제55회의 네 명의 기인들은 이 책의 앞 부분에 등장하는 인물들과 유사하다고도 보았다.

31) **[옮긴이 주]** 중국어로 읽으면, '王仁'과 '忘仁'은 모두 'wang ren'이 되고, '王德'과 '忘德'은 모두 'wang de'가 되어 동음자pun가 된다.

32) 그들은 다른 백화소설에도 나온다. 심지어 「간첩화상簡帖和尚」에는 둥바董霸와 쉐차오薛超라는 이름으로도 나온다(탄정비譚正璧, 『청평산당화본淸平山堂話本』, 12면). 똑같은 상황이 통속극에서의 아가씨와 여종의 관계에서도 벌어지는 듯한데, 그들 각각의 이름은 거의 언제나 메이샹梅香과 장쳰張千이다.

(『삼국연의회평본』, 75회 917면). 후원자와 피후원자 커플의 경우 연장자의 역할은 상대방의 가치를 알아보는 것이다. 이들 짝패는 특히 『수호전』과 『유림외사』에서 중요하다. 『유림외사』의 경우 그런 짝패(친씨秦氏 노인과 왕몐王冕)로 시작해서, 또 다른 짝패(위씨于氏 노인과 징위안荊元)로 끝난다.

따로 분리된 인물들을 한데 연결시키는 또 다른 방법은 복합적인 인물을 이용하는 것이다. 여기에는 두 종류가 있다. 하나는 몇 명의 다른 인물들에서 발견되는 요소들을 복합적 인물 자신에 결합시키는 것이다. 『금병매』에서 왕류얼王六兒은 시먼칭의 이성애와 동성애의 파트너들 가운데 특히 판진롄과 수퉁書童의 속성이 혼합되어 있다(원룽文龍, 37회 회평, 류후이劉輝, 『금병매의 성서와 판본 연구』, 220면). 『유림외사』에서 쾅차오런匡超人의 다양한 경력에는 과거 시험의 수험생, 자기만의 스타일이 있는 시인과 문인, 그리고 평점이 달린 팔고문 선문가가 포함되었다. 한 사람 안에 쾅차오런은 이 소설의 전반부에 등장하는 사람들의 세 가지 주요한 관심사와 세 가지 주요한 유형을 복합적으로 체현하고 있는 것이다. 다른 유형의 복합적인 성격 안에서 몇 명의 개별 인물들은 더 큰 전체를 이루어냈다. 이것은 『서유기』에서는 싼창三藏과 그의 네 명의 제자들(이를테면, 「독법」 20조, 17b면, 차이위안팡蔡元放, 『서유증도기서西遊證道奇書』) 및 『홍루몽』에서의 린다이위林黛玉와 쉐바오차이薛寶釵의 경우(이를테면, 「신편 『석두기』 즈옌자이 평어 집교」, 42면, 575면, 경진 회수 평어)로 생각되어 왔다.

3. 인물 평가의 중요성

앞서 이 책의 제5장에서, 우리는 중국의 역사 기술에서 역사적 인물에 대한 명시적이고 암시적인 평가의 중요성에 대해서 본 적이 있다.

역사 저작에서 인용된 명시적인 평가는 『삼국연의』의 초기 판본에서도 빈번하게 나타나지만, 대부분은 마오쭝강본에서 취한 것이다. 비록 소설 비평가들이 쓴 명시적인 평가讚는 소설의 평점본에서 보완물로 나타나고,[33] 평점의 실례는 텍스트 내의intratextual 평점에서 텍스트 바깥의extratextual 평점으로 텍스트의 경계를 가로질러 옮겨다니기는 하지만, 이런 유형의 평가는 대체로 후대 소설의 특질은 아니다.

소설 속의 인물들에 대한 평가의 중요성은 많은 소설들 속에 명시적으로 언급되어 있다. 이를테면, 『수호전』에서 서술자는 단번에 옌칭燕青을 나머지 35명의 주요 호한들보다 위에 있는 인물로 등급을 매긴다(『수호전전』, 74회 1,241면). 『홍루몽』이나 『유림외사』와 같은 후대의 소설들에서는 이렇게 명시적으로 하는 경우가 드물지만, 두 소설 모두 등장인물들을 비교 평가하는 생각은 내포 작자가 가장 직접적으로 독자에게 말을 건네는 텍스트의 장절 속에 나온다.[34] 이런 생각은 『삼국지통속연의』 1494년 장다치蔣大器의 서 이래로 거의 모든 평점가들에 의해 강화되었다.

중국에서는 조정의 관리들을 선발할 때 기술적인 지식이나 능력보다 도덕성이 강조되었다. 중국 사회에서 도덕성을 평가하는 데 대한 관심은 상하를 가리지 않고 퍼져있었으며, 인물을 평가하는 데 유능한 사람은 초빙되었고 존경받았다. 한대 말엽부터 육조에 이르기까지, 사적으로(쩡쭈인 외 공편, 『중국역대소설서발선주』, 33면 주28 참조), 또는 조정의 필요[35]에 따라 사람들의 등급을 매겨 몇 가지 부류로 나누는 시스템이 일반적으로 채용되기 시작했으며, 사람과 사물을 품목品目에 올려 등급을

---

33) 그 예로는 독립적으로, 또는 『홍루몽』의 왕시롄王希廉본의 일부로 유통되었던 투잉涂瀛의 「논찬論讚」이 있다. 『평주금옥연』, 3b~13a(34~53면) 참조.

34) 『홍루몽』, 1회 1면의 작자의 말을 인용한 것과 『유림외사회교회평본』, 56회 761면의 수장사收場詞 참조.

35) 위魏나라 때의 '구품九品' 제도에 대해서는 앤드루 힝분 로, 「역사 기술 맥락에서의 『삼국연의』와 『수호전』—해석적 연구」, 210면 참조. 구품 제도는 불교에도 존재한다(양다녠楊大年, 『중국역대화론채영』, 219면 주1).

매긴다는 생각이 매우 위세를 떨쳤다. 진성탄의 『수호전독법』의 본질적인 부분은 이 시기에 발전한 아홉 개의 등급으로 된 체계[36]에 따라 소설의 주요 호한들을 평가하는 데 할애되었으며, 이러한 행위는 『유림외사』에서의 유방幽榜을 비롯해 후대의 소설 평점가들에 의해 수행되었다(이를테면, 천천陳忱, 「수호후전론략」, 『수호전자료회편』, 554~562면).[37]

전통적인 비평가들은 역사소설의 정수가 인물에 대한 평가에 있다고 보았다. 자신의 『열국지』 판본에 대한 평점에서, 차이위안팡蔡元放은 독자가 인물을 평가하는 올바른 방법을 다음과 같이 개괄하였다.

> 『열국지』에는 많은 악인들이 있고, 많은 선인들이 있다. 하지만 선인들이 선하고, 악인들이 악한 데에도 많은 방법이 있다. 독자는 주의 깊게 문제를 들여다보고 이들의 등급을 분류해야 한다. 그렇게 하면, 누군가의 배움에 유익하게 될 것이다. 그대는 '선'이나 '악'을 적용해야 할 뿐 아니라, 그것을 그대로 내버려두어야 한다.[38]
>
> —『동주열국지』 「독법」 21조, 2a면

소설을 읽으면서 얻는 경험은 실제 삶에 적용시킬 수도 있다. 린쩌쉬林則徐(1785~1850)의 사위인 선바오전沈葆貞(1820~1879)이 증인의 신뢰도를 평가해야 하는 법적인 송사를 판결할 때 『유림외사』를 읽은 것이 자신에게 도움이 되었다는 사실을 발견했다는 일화가 그것을 말해준다(사어

---

36) 『수호전회평본』, 17~20면, 23~48항목들 참조(존 왕, 「제오재자서 독법」, 136~139면). 그가 등급을 매긴 것은 『선화유사』와 이 소설에 등장하는 인물 목록에 내포되어 있는 것과 많이 다르다. 어떤 경우에는 진성탄이 인물들의 등급을 매길 때 도덕적인 기준보다는 미적인 기준을 채용했을 가능성도 있다(위창구兪昌谷, 「전형 이론의 역사성 돌파로 진성탄의 인물 성격론을 논함典型理論的歷史性突破淺論金聖歎的人物性格說」, 149면).

37) 『유림외사연구자료』, 129면의 이 소설에 대한 진허金和의 서와 135면, 1881년 선바오관申報館본에 있는 장원후張文虎의 지識 참조.

38) [옮긴이 주] 원문은 다음과 같다. "『列國志』中有許多壞人, 也有許多好人. 但好人也有若干好法, 壞人也有若干壞法. 讀者須細加體察, 逐個自分出他的等第來, 方於學問之道有益, 不可只以好壞二字, 囫圇過了."

우沙漚, 『일엽헌만필一葉軒漫筆』, 『유림외사연구자료』, 263면).

통상적으로 사람의 진정한 가치를 알아보는 것에 대해 말할 때는 그 겉모습과 [처해 있는] 환경이 본래 갖고 있는 잠재력과 다를지라도 명마라는 것을 알아보는 감식안을 갖고 있는 사람들의 경우가 인용된다. 명마의 감정에서 가장 유명한 이는 보러伯樂라는 사람이다. 그는 질적인 면에만 몰두하고 겉으로 드러난 모습은 소홀히 여겼기에 진 목공秦穆公을 위해 찾아낸 우수한 말의 색깔과 심지어 성별에 대해서는 [오히려] 혼란스러워했다(위스予石 외 공편, 『상용전고사전常用典故辭典』, 10~12면). 진성탄은 특히 이 이야기를 즐겨 인용했는데, 그는 『수호전』에 대한 자신의 평점에서 몇 차례나 이것을 언급했다. 그 첫 번째가 홍신洪信이 소를 타고 있는 어린 아이가 장천사張天師인줄 몰라보는 것으로, 진성탄은 이것을 『수호전』의 모든 호한들의 운명에 대한 패러다임으로 보고 있다(『수호전회평본』, 46면, 협비). 후반부의 예 가운데 하나는 마의馬醫인 황푸돤皇甫端이 수호 무리의 마지막 일원이 된 것인데, 이로 인해 진성탄은 이 책 전체에 걸쳐 인정받지 못한 재능에 대해 주의를 기울이게 되었다고 말했다(『수호전회평본』, 69회 1,252면, 회평). 후대에 나온 많은 소설들도 이 주제를 다루었다.

전통적인 중국 소설 비평에서, 인물은 『수호전』 초기 평점본의 서문격인 글에서와 같이, 역사적 인물이나 다른 등장인물들과 비교 하에 제시되는 경우가 대부분이다. 진성탄 평점의 회평 가운데 하나에서, 쑹장宋江은 다른 모든 호한들과 하나씩 비교되(면서 그때마다 부족한 점이 발견되)고 있다(『수호전회평본』, 25회 485~486면, 회평). 왕시롄王希廉(1832년경에 활동)은 자신의 『홍루몽』에 대한 일반적인 평어들에서, 네 가지 다른 자질을 획득하는 성패 여부에 따라 등장인물의 등급을 매겼다(『평주금옥연』, 2b [24], 9조).

등급을 매기는 시스템에 따라 평가되고 배열되는 대상이나 사람들의 목록을 '보譜'라고 부른다(앤드루 힝분 로, 「역사 기술 맥락에서의 『삼국연의』와 『수호전』—해석적 연구」, 210~215면). 명말에는 『삼국연의』와 『수호전』의 합본이 『영웅보英雄譜』라는 제목으로 나왔다. 『수호전』의 희곡으로 극화한 속작 가운데 하나인 『선화보宣和譜』는 그 제목대로 똑같은 인물을 사용하고 있다. 소설 비평가들도 자신의 작품 속에 '보'라는 단어를 사용하기도 했다. 『홍루몽』에 대한 초기의 참고 저작은 『홍루몽보紅樓夢譜』라는 제목을 가졌다(아잉阿英, 『소설사담小說四談』, 59면). 하지만 가장 중요한 것은 소설 비평가 역시 소설을 '보'라고 불렀다는 것이다.[39]

앞서 우리가 보았던 대로, 많은 소설 판본들에는 주요 인물표가 들어 있다. 이런 목록 가운데 가장 먼저 나온 것은 『삼국지통속연의』인데, 『삼국지』의 목차를 모델로 하여 작호爵號나 관적貫籍에 대한 정보가 부가되었다. 인물의 나열 순서는 촉한蜀漢이 위魏나라 대신 첫 번째로 놓인 것을 제외하고는 『삼국지』의 목차에 따랐다. 역사소설인 『수양제염사隋煬帝艶史』에는 비슷한 방식으로 배열된 인물표가 들어 있다.

『수호전』의 많은 판본들의 앞 부분에 놓여 있는 것은 108호한의 표이다. 최초로 그렇게 한 것은 위안우야袁無涯본이다. 청대에는 소설 삽화의 주제가 일반적으로 본문에서 사건이 벌어지는 장회 앞에 놓여진 중요한 장면에 대한 묘사에서 단순히 책 앞에 모아진 주요 인물에 대한 배경 없이 그려진 초상으로 옮아갔다. 이런 초상들은 주요 인물에 대한 일종의 표를 이루고 있다. 바킨에 의해 시작된 『수호전』 일역본에서는 호한들의 이름이 사회적인 신분에 따라 배열되어 있다. 『영웅보』의 한 판본에서는 『수호전』 인물표가 108호한 뿐 아니라 무리의 적과 동지를 포함하는 것으로 확장되어 있으며, 이것들은 '간신奸臣'이나, '명군名君'과 같은 표제 하에 분류되어 있다. 야오셰姚燮는 자신의 『독『홍루몽』강령讀紅樓夢綱領』(자세한 서지 사항은 롤스톤, 『독법』, 482면 참조)에 포함시키기 위해 『홍루몽』 안의 많은 표들을 모았으며, 저장성도서관浙江省圖書館에 소장되어 있는 그가 옮겨 적은 평점이 달린 『홍루몽』의 인쇄본에는 서로 다른

---

39) 이를테면, 장주포는 『금병매』를 가리켜 『군방보群芳譜』라고 불렀다(『장주포 비평 제일기서 금병매』, 70회 1,069면, 회평 2).

방식으로 배열된 수많은 인물표가 들어 있는데, 이것은 손으로 써서 이 판본에 묶어 놓은 것이다(롤스톤, 「독법」, 319~320면). 이 가운데 가장 흥미로운 것은 주요 인물들의 이름이 그 앞에 그들을 묘사하는 짧은 형용사와 함께 배열된 『인물성정품人物性情品』이라는 것이다. 이를테면, 쟈정賈政의 이름 앞에는 '부腐'(진부한 현학자라는 뜻), 쟈환賈環의 경우는 '독毒'(악랄한)이라는 말이 붙어 있다.

많은 평점가들이 강조했던 하나의 현상은 주요 인물들이 연회나 다른 공동의 활동을 하기 위해 함께 등장한 뒤 그들의 이름을 조심스럽게 배열한 소설 속의 '단체 초상'의 출현이다. 이런 단체 초상에서는 진성탄 이전의 『수호전』 판본의 71회에서와 같이 클라이맥스에 도달할 때까지, 참석자의 포함 범위와 숫자가 종종 증가한다. 이와 유사하게 『홍루몽』에서는 53회에 그들의 조상에 대한 신년 제사에 참석하는 동안 쟈씨賈氏 집안의 모든 사람들을 묘사하는 것으로, 그리고 『유림외사』에서는 37회에 타이보泰伯에 대한 제사를 지내면서 정점에 이르게 된다. 『유림외사』 워셴차오탕臥閑草堂본 평점가는 이렇게 모이는 것을 '끝맺음結束'이나 '클라이맥스'라고 불렀다(이 책의 제10장 참조).

『수호전』이 나오기에 앞서, 36명의 호한들의 이름은 『선화유사宣和遺事』를 포함한 세 개의 초기 작품 속에서 첫 번째부터 36번째까지 순서대로 등급이 매겨졌다. 이 세 개의 목록에 나오는 36명의 이름과 순서는 『수호전』의 최초의 36명의 호한들과 약간 다르다(자오징선趙景深, 「수호전잡지水滸傳雜識」, 161면). 옌칭燕青이 71회의 목록에 등장할 때 36명을 제외한 나머지 호한들 가운데 가장 우위에 놓은 이 소설의 본문에 의해 반박되기는 했지만, 진성탄 이전의 독자와 비평가들은 목록 상의 호한들의 순서가 그들 사이의 도덕적인 위계를 함축하는 듯하다고 생각했다. 진성탄은 인물 목록을 바꾸지는 않았지만, 자신의 「독『제오재자서』법」과 또 다른 곳에서 다른 등급을 내놓음으로써 그것을 비꼬았다.

수호의 무리에 새로운 주요 멤버들이 들어올 때마다 그들의 소굴 내

본채에서의 좌석 재배치가 이루어졌고, 임무 할당이 재조정되었다. 심지어 71회 이후에도 호한들 사이의 경쟁적인 등급 매기기 관념을 유지하기 위해 전투에서의 공훈을 기록하는 일記功이 통상적으로 언급되었다.[40] 동시에 독자는 작품의 말미에서 사상자가 고지되고, 본문 자체 안에서 생존자 명단이 언급되는 것에 의해 수호 무리가 점진적으로 감소하는 것을 계속 지켜보게 된다(이를테면, 『수호전전』, 119회 1,789면, 120회 1,818면).

『수호전』 71회의 108호한의 목록은 동림당東林黨의 구성원[41]에서 건륭乾隆(1736~1795)과 가경嘉慶(1796~1820) 시기의 시인들에 이르는, 다른 부류의 사람들에 대한 목록이 나오게 만들었다(『수호전자료회편』, 502~503면, 533~534면, 544~545면). 『수호전』의 대부분의 속작들, 심지어 『고본수호전古本水滸傳』(120회 362~364면)에도 인물들과 절정의 순간의 그들의 임무에 대한 비슷한 표가 들어 있다.[42] 절정의 순간의 인물표는 항상 초자연적으로 드러나게 되는데, 『수호전』 71회에서는 그런 내용이 적혀 있는 석갈石碣이 하늘에서 떨어진다. 『경화연』에는 이 소설에 등장하는 100명의 재녀才女들의 이름과 별명을 부여하는 이런 류의 초자연적인 목록이 들어 있다(리루전, 『경화연』, 48회 347~351면). 이들이 배열되어 있는 순서는 나중에 재녀들이 경사京師에서 과거 시험을 치른 뒤 등급이 매겨질 때 다시 나타난다. 하지만 1등 재녀인 탕구이천唐閨臣이 정치적인 고려 때문에 급제한 응시생 명부에 올려진 첫 번째 위치에서 11번째 자리로 바뀐 것으로 보아, 정확한 순서는 그다지 심각하게 받아들여지지 않은 듯하다(리루전, 『경화연』, 64회[43] 492~494면, 76회 561면).

---

40) 『수호전전』, 83회 1,375면, 83회 1,378면, 84회 1,393면, 92회 1,490면, 93회 1,497면, 94회 1,511면, 97회 1,530면, 98회 1,548면, 100회 1,565면, 105회 1,605면, 106회 1,614면, 107회 1,620면, 116회 1,739면과 119회 1,789면 참조.

41) 웨이중셴魏忠獻이 자신의 적들의 목록 표를 이용한 것에 대해서는, 『도올한평檮杌閑評』, 32회 372면 참조. 이러한 목록의 정치적인 측면에 대해서는 앨버트 찬, 『명 왕조의 영광과 몰락』, 399면 참조.

42) 『후수호전』, 42회 428~430면; 천천陳忱, 『수호후전』, 사오위탕紹裕堂본 35 / 1b~4a, 38 / 11b~14a 면; 그리고 위완춘兪萬春, 「결자結子」, 1,035~1,036면 참조.

과거 시험 급제자의 명부는 '금방金榜'이라 불렸다. 이 목록의 중요성을 감안한다면, 많은 인명 목록이 그런 일반적 형식을 따른 것은 그다지 놀라운 일은 아니다. 이를테면 명말에는 세 가지 부류로 나뉜 '금방'의 형식을 사용해서 지방의 기녀들 등속을 평가하는 작품들이 있었다(해넌, 『중국백화소설』, 89~90면). 『육포단』의 주요 인물인, 웨이양성未央生은 '금방'의 구조와 용어들을 채용한 미인의 목록을 가지고 다녔다(5 / 45a~49a면). 아름다운 여인과 소년을 비슷한 방식으로 등급을 매긴 것이 리위李漁의 단편소설에도 나타난다.[44)]

『경화연』에는 『수호전』 형식의 초자연적인 목록과 '금방' 형식의 목록이 모두 나온다.[45)] 『봉신연의』 마지막 두 회에 나오는 목록들은 '금방'의 형식을 따른 것은 아니지만, 평점가는 이것 역시 '방榜'이라 불렀으며(『봉신연의』, 61회 563면과 82회 768면 회평), 이 소설의 다른 이름은 『봉신방封神榜』이다. 『홍루몽』에서 여성 인물들은 태허환경太虛幻境에 보관되어 있는 장부에 열두 명이 세 가지 위계적인 집단으로 등급이 매겨져 있는데, 그 내용은 제5회에 부분적으로 드러나 있다.[46)] 즈옌자이脂硯齋 평어에 따르

43) [옮긴이 주] 『경화연』의 본문을 확인한 결과, 과거 시험을 보는 것은 64회가 아니라 65회고, 탕구이천은 1등이 아니라 2등인 '아원亞元'으로 급제한다. 정식으로 방이 붙어 재녀들의 등급을 매기면서 탕구이천의 이름이 열한 번째로 바뀌는 것은 67회이다. 76회에는 재녀들의 놀이에서 '장원주狀元籌'를 얻는 것이 즐거움을 위해서이지 그 이상의 심각한 뜻은 없다는 말이 나온다. 작자인 롤스톤의 착오인 듯하다.

44) 리위, 『십이루』 「불운루拂雲樓」, 1회 128~130면과 역시 리위, 『무성희』, 6회 94~96면 참조. 기녀의 등급을 매기는 것은 그가 관여한 희곡인 『진루월秦樓月』, 5착에도 나온다.

45) 『경화연』에는 사물의 등급을 매겨 분류한다는 관념이 일찍부터 나오는데, 유명한 꽃들을 각각 12명씩의 구성원을 거느린 세 가지 범주로 나누었으며(리루전, 『경화연』, 5회 22~23면), 이것은 『홍루몽』 제5회의 세 묶음으로 된 열두 권의 장부의 잔재이다.

46) [옮긴이 주] 징환셴뉘警幻仙女는 태허환경에 들어선 바오위寶玉에게 『홍루몽』에 등장하는 여인들의 운명이 기록된 장부를 보여주면서 다음과 같이 말한다. "진링에 여자가 많기야 하지만, 그 중에서도 눈에 띌 만큼 훌륭한 여자만 가려낸 것이랍니다. 그 아래 두 궤짝의 것은 그 다음 가는 여자들의 장부입니다만, 나머지 것들이야 무지하고 몽매한 것들이어서 문서를 꾸밀 것이 못 되거든요貴省女子固多, 不過擇其緊要者錄之. 下邊二櫥則又次之. 餘者庸常之輩, 則無冊可錄矣."

면, 그들 각각을 묘사하고 있는 짧은 구절들과 함께 본래 순서대로 늘어서 있는 이름들의 전체 목록은 원래 계획된 대로라면 이 소설의 마지막 회의 일부가 될 예정이었다. 이 목록은 평점에서는 '정방情榜'이나 '환방幻榜'으로 지칭된다(하오옌린郝延霖, 『지평자전설고脂評自傳說考』, 53면). 거기에 얼마나 많은 이름이 등장하는지, 36인지 또는 60인지에 대해서는 약간의 혼란이 있다(량쭤梁左와 리퉁李彤, 「징환정방증산변驚幻情榜增刪辨」, 305~306면). 최근에 장즈張之는 즈옌자이 평어에서 『홍루몽』이 어떻게 끝나야 한다는 데 대해 제시한 실마리에 따라 마지막 40회를 다시 쓰는 작업을 하면서, '정방情榜'을 만들었다(『『홍루몽』신보紅樓夢新補』, 110회 399~401면). 천썬陳森의 『품화보감品花寶鑑』(여자 역을 연기하는 남자 배우[47])과 위다兪達(1884년 졸)의 『청루몽青樓夢』(기생들)[48]과 같은 『홍루몽』의 모방작에도 중요한 인물들에 대한 '방'이 들어 있다. 마지막으로 소설의 클라이맥스나 말미에 인물들의 목록을 집어넣는 것을 변형한 하나의 예로는 싼창三藏과 네 명의 제자들의 이름이 『서유기』 말미의 보살 목록에 통합되어 있는 것을 들 수 있다(吳承恩, 100회 1,362~1,364면).

『유림외사』 제56회에는 보통 '유방幽榜'으로 불리는 죽은 이들의 관직명 표가 나오는데, 이것의 진위는 진허金和가 그것을 비판한 이래로 의심을 받았다. 하지만 56회는 근대 이전에 나온 모든 판본, 심지어 진허의 발跋이 들어 있는 판본에도 들어 있다. [따라서] 이것을 이 소설의 전체 부분의 하나로 보지 않을 이유는 없다. '유방'이 『수호전』과 『홍루몽』에 있는 목록과 비슷하다는 사실은 오랫동안 알려져 왔다(이를테면, 후스胡適, 「발건륭경진본跋乾隆庚辰本」, 125면). 『유림외사』의 중간 부분에는 모처우후莫愁湖에서 열린 배우들의 경연에서 나온 '이원방梨園榜'도 있다. 상위 몇 명의

---

47) 천썬, 『품화보감』, 1회 5~10면. 배우들만이 『곡대화선曲臺花選』이라는 이 목록에 오르고 평가되는데, 이것은 완전한 목록이라기보다는 하나의 예를 의미하는 것일 따름이다.

48) 이 소설에서 주요 인물이 다루고 있는 36명의 기생들은 마지막 회에서 나열되고 등급이 매겨진다(위다, 『청루몽』, 64회 433~434면).

경쟁자를 지칭하는 전통적인 '금방'이라는 용어는 이러한 경쟁의 결과를 논하는 데 쓰였던 것이다. 이 '방'은 56회에서 좀더 중요한 인물과의 대비를 위한 방법과 실제 행위를 예비하고 있다.

『유림외사』의 '유방'에 나오는 91명의 사람들의 이름은 여자와 중, 그리고 일반 백성과 군인을 포함하는 극히 잡다한 구성원으로 이루어져 있다. 전통적인 비평가나 현대의 비평가들은 똑같이 이것을 비판했다. 하지만 목록의 이질적인 성격과 그 모든 구성원들이 흠잡을 데 없는 사람들은 아니라는 사실은 『유림외사』에서 이들을 사후에 추서한 데서도 알 수 있다(『유림외사회교회평본』, 56회 755면). 전통적인 작자들은 그러저러한 순서로 이런 저런 이름을 포함시키는 것에 반대했지만, 그들 가운데 『유림외사』가 이 책 곳곳에 등장하는 인물들을 비교 평가하는 데 주의를 기울이고 있다는 생각에 동의하지 않는 사람은 거의 없다. 치싱탕齊省堂본(이 판본에 대해서는, 롤스톤, 『독법』, 448~450면 참조)의 편자는 이 책이 어떻게 씌어져야 한다는 자신의 감각에 좀더 맞추기 위해 목록에 분식을 가했다.[49] 또 다른 반대자인 류셴신劉咸炘은 '작자의 의도를 완수'하기 위해, 반구班固의 「고금인표古今人表」의 스타일에 따라 이 소설의 인물들을 전체적으로 새롭게 비교하여 등급을 매겼다.[50]

앞서의 논의에서는 사건이나 시간보다 우위에 있는 인물에 대한 흥미가 점증하는 것을 충분히 보여줘야만 했다. 소설 비평가가 이러한 흐름에 책임이 있다고 주장하는 것은 부당한 일이 될 것이지만, 그들이 그것을 지지하는 입장에 있었다는 것과 그러한 발전에 직접적인 공헌을 하기도 했다는 것은 분명한 사실이다.

---

49) 치싱탕본의 「예언例言」 4조(『유림외사연구자료』, 132~133면)와 천신陳新과 두웨이모杜維沫, 「『유림외사』 오십육회 진위변儒林外史的五十六回眞僞辨」, 161면 참조.

50) 류셴신劉咸炘, 「소설재론小說裁論」, 『유림외사연구자료』, 292면. 이 표는 현재 전하지 않는다.

초기의 소설 비평가들이 꼭 사건에 비해 인물에 중점을 두는 것이 이론적으로 더 낫다고 생각한 것은 아니다. 많은 경우에 있어, 그리고 아마도 진성탄의 경우에 가장 분명한 것일텐데, 독자의 관심을 정절로부터 인물 형상화로 돌리려는 노력들은 전혀 순수한 것이 아니었다. 종종 이러한 것들은 해당 작품의 민감한 측면들을 도덕적으로 또는 정치적으로 다루는 좀더 복잡한 프로그램의 일부였다. 『수호전』에 대한 진성탄의 평점은 인물 형상화의 어떤 기교들을 선호했다. 그가 그렇게 한 동기는 더 이상 단순한 것이 아니었다. 우리는 다음 장에서 이러한 기교들과 후대의 작가들과 평점가들에 대한 영향에 대해서 보게 될 것이다.

제8장_ 관계론적 인물 형상화와 모호한 인물들

1. 관계론적 인물 형상화

정절로부터 인물로 초점이 옮아감에 따라, 인물 형상화에 대한 점증하는 흥미와 '깊이'와 '원만함roundness'[1]을 성취하기 위한 방법이 대두되었다. 백화소설 작자들이 (흔히 보통 사람들의 삶과는 다르다고 여겨졌던) '특별함'에서 관심을 거두고, (그 대신) '평범함 속에서의 특별함'을 추구하

1) **[옮긴이 주]** 여기에서 '원만함roundness'이란 인물 묘사에 대한 이. 엠. 포스터의 주장을 떠올리게 한다. 『인도로 가는 길』이라는 유명한 소설의 작가이자 소설이론가였던 포스터는 『소설의 이해』(이성호 역, 문예출판사, 1977)라는 저서에서 인물을 작품 속에서 처음부터 끝까지 성격이 변하지 않는 '평면적 인물flat character'과 그렇지 않고 변화하는 '입체적 인물round character'로 나누었는데, 이 책의 저자인 롤스톤은 아마도 이러한 '입체적 인물'을 염두에 두었던 듯이 보인다.

게 되자, 초기 백화소설 속의 '비인간적이고' '지나치게 엄숙한' 인물들[2]은 평범한 삶을 반영하는 인물들에게 밀려나기 시작했다.[3]

그리하여 등장인물들이 좀더 인간적이고 좀더 복잡하게 되고, 인물 형상화가 좀더 미묘하게 되는 것은 자연스러운 것이다. 소설 평점가들은 심지어 (『수호전』에서의) 가오츄高俅와 (『금병매』에서의) 판진롄潘金蓮과 같이 사악한 인물들이라 할지라도, 완전히 사악한 것은 아니라는 사실을 강조했다.[4]

즈옌자이脂硯齋 평점의 평어에서는 진정으로 재능 있고 아름다운 여인은, 스상윈史湘雲의 혀짜래기 말처럼 항상 결점을 갖고 있게 마련인데, 이것은 그녀를 더 사실적으로 만들어줌으로써 그녀의 아름다움을 더해 준다고 주장했다(『신편 『석두기』 즈옌자이 평어 집교』, 20회 382~383면, 기묘, 경진, 왕부王府와 유정有正 협비).

이것은 초기의 희곡과 소설로부터 많이 벗어난 것이다. 송대의 꼭두각시 공연장을 묘사한 것에 따르면, 충성스럽고 강직한 인물은 '똑바른' 용모를 부여받고, 반면에 사악한 인물들은 도덕적으로만 추악한 게 아니고, 물리적으로도 추악하게 묘사되었다(샤셰스夏寫時, 『중국 희극 비평의 탄생과 발전』, 8면). 비록 쿵상런孔尙任과 같은 후대의 극작가들이 이러한 체계의 경계선에서 그 한계를 확장했으며,[5] 전체 연극을 공연하지 않고

2) 초기 소설들 속에 나오는 신화에 가까운 인물들이 점차 사라져 간 것은 구술 문화의 영향의 쇠퇴와 관련이 있을 수도 있다. 옹[『구술문화와 문자문화*Orality and Literacy : The Technologizing of the Word*』(우리말 번역본은 이기우, 임명진 옮김, 『구술문화와 문자문화』, 문예출판사, 1995. [옮긴이 주]), 69~70면]은 구두 서사의 인물들이 일상적인 삶의 수준을 넘어서 초인적인 것은 그들을 좀더 기억하기 쉽게 만들기 때문이라고 주장했다.

3) 이 책의 제6장 참조. 독자와 주동 인물protagonist 사이의 관계가 열등/우월에서 극단적으로 우월/열등으로 바뀌었듯이, 소설가들은 노스럽 프라이의 신화에서 아이러니까지의 다섯 가지 '모방 양식'을 통해 자신의 길을 개척해 나간 듯 하다.

4) 『수호전회평본』, 6회 170면(위안우야袁無涯본의 미비에서 취한) 진성탄의 협비와 『장주포 비평 제일기서 금병매』, 58회 867면, 미비 참조.

5) 쿵상런孔尙任, 『도화선』, 12면의 「범례」 4조 참조. 위즈余治는 자신의 『득일록得一錄』에서 실제적인 이유를 들어 사악한 인물을 지나치게 사악하게 만드는 것을 비판했다.

청대의 다양한 희곡들의 정채로운 부분折子, 摘錦만을 재현하게 됨에 따라 배우들이 희곡 속의 인물들을 무대에서 재현할 때 개인의 특성이 드러나게 했지만, 희곡에서는 '선하고' '악한' 인물을 구분 짓는 상당히 엄격한 역할 유형 체계가 지속적으로 채용되었다.[6]

무대 위에서 배우의 얼굴은 인물의 정체성과 기질을 나타내기 위해 유형화된 '검보臉譜'로 분장한다. 이러한 행위는 확실히 중국에서의 관상학의 중요성과 얼굴의 특징으로 사람들을 도덕적 유형으로 분류할 수 있다는 생각과 연관이 있다. 이 가운데 마지막 관념은 『홍루몽』에서는 거부되는데, 이를테면, 부정적인 인물인 자위춘賈雨村은 전통적으로 저열한 인물을 연상시키는 얼굴 특징을 하나도 갖고 있지 않다(『신편 『석두기』 즈옌자이 평어 집교』, 1회 25면, 갑술 미비).

진성탄은 『수호전』의 작자가 36명의 주요 호한들에게 서로 다른 독특한 개성을 부여했다고 주장했다. 그의 선구자인 룽위탕容與堂본 평점가는 인물에 대한 묘사가 잘 개성화되어 있어 그 인물이 누구인지를 알기 위해 그 이름을 볼 필요가 없다고 강변했다(『수호전회평본』, 2회 97면 회평). 이것의 사실 여부는 논란의 여지가 있지만, 이와 같은 주장은 후대의 소설가들에게 하나의 표준으로 자리잡았다.

전통적인 중국 소설과 소설 비평에서, 등장인물은 다른 인물들과의 정체성의 변증적 과정과 그들 서로간의 차이를 통해 개성화된다. 비록

"옛날 희곡에서는, 불충한 신하와 불효한 아들이 항상 지나치게 가혹하게, 그리고 지나치게 비논리적인 방식으로 묘사되었다. 이 세상의 진짜 불충한 신하와 불효한 아들이 그들을 보게 되면, 실제로는 그와 반대로 자신들에 대해서 저들보다는 낫지 않은가라고 여기면서, '저런 이들의 죄악은 너무 극단적이다. 나는 내 스스로가 그렇게 좋은 사람은 아니지만, 저들에 비하면 나는 충분히 더 낫다고 할 수 있다奸臣逆子, 旧劇中往往形容太過, 出於情理之外, 世卽有奸臣逆子, 而觀至此則反以自寬, 謂此輩罪惡本來太過, 我固不甚好(원문은 [옮긴이 주])."(차이중샹蔡鐘翔, 『중국고전극론개요』, 133면)

6) 소설 비평가들은 때로 중국 희곡의 역할 유형이라는 용어를 사용해서 소설의 인물들에 대해 이야기하곤 하지만, 희곡 작가들이 『홍루몽』과 같은 후대의 소설을 상연하려고 할 때, 소설의 인물을 전통적인 역할 유형에 맞추는 데 상당한 어려움을 겪었다(쉬푸밍徐扶明, 『『홍루몽』과 희곡 비교 연구紅樓夢與戲曲比較硏究』, 243~244면).

인물들이 어떤 기본적인 유형에 속하는 것으로 생각된다 할지라도, 그들은 그런 유형에 속하는 다른 사람들과의 비교를 통해 명확하게 드러나는 특별한 특징에 의해 그 유형에 속하는 다른 이들과 구별된다. 『수호전』 룽위탕본의 평점가는 이것을 "같으면서도 같지 않은 곳에 변별되는 것이 있다同而不同處有辨"(『수호전회평본』, 2회 97면, 회평)라는 말로 표현했다. 진성탄은 이런 생각을 확장해 나갔는데,[7] 이것은 마오쭝강毛宗崗[8]과 장원후張文虎(『유림외사회교회평본』, 23회 325면과 49회 668면 회평)도 마찬가지였다.

중국 소설에서의 인물 형상화의 '관계론적'[9] 양상에 수반되는 것은 간접 묘사, 특히 한 인물을 이용해 다른 인물을 묘사하는 것을 각별히 선호하는 것이다. 대다수의 이런 과정에 대한 용어 가운데 몇 가지는 '친襯'과 결합된 복합어나 '홍운탁월烘雲托月'과 같은 문구와 같이, 회화 미학에서 가져온 것이다. 두 인물 사이의 관계는 '홍운탁월'에서와 같이 일방적일 수도 있고, 한 쌍의 인물이 그 중 한 사람의 묘사가 상대방의 묘사에 도움을 주거나 정반대로 도움이 되지 않게 묘사될 수도 있다.

---

7) '거친粗魯' 인물에 대해서는 『수호전회평본』, 18면 「독『제오재자서』법」 24조(존 왕, 「제오재자서 독법」, 136면) 참조. 스진史進과 루즈선魯智深에 대해서는 『수호전회평본』, 2회 81면, 회평 참조.

8) 『삼국연의회평본』, 11~12면 「독삼국지법」 10(로이, 「『삼국연의』 독법」, 170~173면). 마오쭝강이 원예학적인 비유로 '같은 줄기, 다른 가지'라고 말한 것은 진성탄이 선구이다(『수호전회평본』, 19회 361면, 회평).

9) 나는 이 용어를 마틴 황(「중국 전통 소설의 인물 형상화론을 위한 시론－패러다임으로서의 『홍루몽』Notes Toward a Poetics of Characterization in the Traditional Chinese Novel : Hung-lou meng as Paradigm」)에서 가져왔다. 참고로 조셉 니이덤(2 : 78)은 "유럽의 철학은 리얼리티를 본질substance에서 찾는 경향이 있는 반면, 중국의 철학에서는 그것을 관계에서 찾는 경향이 있다"고 말했다.

[옮긴이 주] 본질론에 입각해 '소설이란 무엇인가'라는 주제에 접근하는 것에 대한 비판으로는 조관희, 「중국소설의 본질과 중국소설사의 유형론적 기술에 대하여」(『중국어문학론집』 제9호, 서울 : 중국어문학연구회, 1997.8) 참조. 아울러 본질론에서 벗어나 관계론적 측면에서 중국소설사의 기술을 논한 것으로는 조관희의 「텍스트와 컨텍스트, 있음에서 됨으로－새로운 중국소설사 기술을 위한 이론적 탐색(2)」(『中國小說論叢』 第28號, 서울 : 韓國中國小說學會, 2008.09) 참조.

후자의 기교를 지칭하는 많은 이명들이 있는데, 대표적인 것은 '하나를 묘사한 것이 실제로는 둘을 묘사한 것이 되는 기교寫一是二之法'(『장주포 비평 제일기서 금병매』, 12회 178면, 회평 3)이다. 이렇게 다양한 기교들은 이 책의 앞 장에서 논의한 바 있는 인물의 대역과 대리인을 사용하는 경우와 부합한다.

'반복犯'과 '기피避'의 변증법 역시 중국 소설에서의 인물 형상화의 두드러진 특징이다. 원래, '반복犯'은 중국의 수사학에서는, 글의 동일한 장절 안에서 동일한 인물이 반복되는 것을 가리키는 데 사용된 용어로, 기피해야 하는 것이었다(류셰劉勰, 『문심조룡』「연자練字」, 625면 참조. 여기에서는 '반복犯'과 '기피避'가 모두 사용되고 있다). 한 글자의 반복이 다른 의미 층위와 연루되어 있다면, 이것은 더 이상 '반복犯'의 경우가 아니라, '부분적인 반복傍犯'이 되는데, 이것은 최소한 용납될 수 있으며, 심지어 어떤 집단에서는 가치 있는 것으로 여겨지기도 한다(차오훙曹虹, 「좌전 수사 중의 방범 문제左傳修辭中的傍犯問題」 참조). 유사한 상황이 중국 소설 미학에서도 일어난다. 등장인물들이나 사건들이 그대로 반복되는 것反復은 기피되었지만, 의미상 약간의 변화가 포함된 '반복'을 솜씨 있게 부분적으로 사용하는 것은 찬양되었다. '반복'이 진짜 반복되는 것이 아니고 의도적으로 그렇게 한 것이라는 관념은 '단순한 반복이 아닌 의도적인 반복特犯不犯'(이를테면, 『신편 『석두기』 즈옌자이 평어 집교』, 18회 327면, 기묘, 경진, 왕부王府와 유정有正 협비)과 같이 이 기교를 묘사한 구절에 분명하게 함축되어 있다. 진성탄은 반복의 정도에 따라, 좀더 완전하고 직접적인 유형正犯으로부터 좀더 간접적이고 부분적인 형태略犯까지 그 차이를 구분하였다(『수호전회평본』, 21면, 「독『제오재자서』법」 59조와 60조, 존 왕, 「제오재자서 독법」, 143~144면). 반복은 허용될 뿐만 아니라 구조상의 기교(이 책의 제10장 참조)와 좀더 미묘한 인물 형상화를 실현하는 기교로서 권장되기도 했다. 『수호전』과 같은 초기의 소설들에서의 반복은 어떤 의도를 가지고 그렇게 한 것은 아닌 듯한데, 진성탄과 여타의 평점가들은 이런 류의 (부분적인) 반복을 경이로운 기교라고 추켜세웠으며, 후대의 소설가들은 의식적으로 이것을 채용했다.

등장인물들은 대조가 되는 짝패反對(곧 그들의 유사성을 무색케 하는 차이점들)나 유사한 짝패正對(앞서와 반대 상황)로 배열될 수 있다. 소설 비평에서 대조가 되는 커플의 가장 영향력 있는 사례는 진성탄이 리쿠이李逵의 단순함과 쑹장宋江의 사악함 사이의 극단적인 차이를 통해 서로를 돌아보게 한 방식을 설명한 것이다.[10)]

독자는 되풀이되는 상황을 통해 대조적으로 제시되는 인물들과 반대편에 서 있다고 생각되는 인물들, 한 가지 유형에 속하는 인물의 많은 사례들을 비교하게 되는데, 물론 평점가는 우리가 그렇게 해야 한다고 우긴다. 이 모든 장치들은 독자로 하여금 읽고 있는 소설을 하나의 전체로 생각하게 하고, 인물들을 도덕적인 인물 위에 드리워져 있는 어떤 종류의 위계에 맞추도록 강요한다. 서로 다른 개별적 존재들과 연관된 반복되는 사건들을 통해 비교 대상의 대조가 이루어지게 되면 독자는 두 개의 인물을 함께 생각하고 일어난 사건들에서 보여진 그들의 반응에 따라 그들의 도덕적 가치를 비교할 수밖에 없다.[11)] 이것은 폭넓게 분리되어 있는 소설의 장절들을 한데 묶어주는 구조상의 효과를 낳기도 한다.

독자는 위에 열거된 것과 똑같은 일반적인 기교들을 통해 유사한 짝패들을 비교하게 인도되기도 하지만, 여기에서는 인물들 사이의 유사성이 거의 비슷한 지위를 갖고 있는 인물들을 비교해서 순위를 조율하는 데 유용한 그들 사이의 차별성보다 크다. 유사한 짝패들은 간접적인 인물 형상화에 있어 특히 중요하다.

몇몇 인물들 사이의 대조적이거나 유사한 비교는 시간이 겹치지 않

10) 이를테면, 『수호전회평본』, 18면, 「독『제오재자서』법」 27조(존 왕, 「제오재자서 독법」, 137면)와 『수호전회평본』, 42회 790면 회평 및 이하의 논의 참조.
11) 고전적인 선조들이 있다. 『세설신어』에서 이렇게 한 예칭빙葉慶炳(「『세설신어』에서 인물의 우열을 비교함世說新語比較人物優劣」) 참조.

는 한 인물의 인물 형상화에 적용할 수도 있다. 곧 한 인물이 앞서 했던 말과 나중에 한 말 사이의 비교는 그 인물의 신실함과 같은 긍정적인 모습과 위선과 같은 부정적인 모습을 보여주게 된다.

2. 인물의 내면으로 들어가기

전통적인 중국 소설에서 인물 형상화의 특징은 서구보다 좀더 유동적이고 '일관되지 못하다'는 것이다(이를테면, 플락스, 「중국 서사 비평이론을 향하여Towards a Critical Theory of Chinese Narrative」, 341면). 다른 한편으로 서구 소설 속의 인물들은 '객관화되어 있고objectivized' '결정되어 있으며finalized' '단성적monologic'이라고 비판되어 왔다(바흐친, 「도스토예프스키의 시학의 문제점들Problems in Dostoevsky's Poetics」, 55, 150면). 중국 소설에서 개성을 허구적으로 재현하는 동력은 무엇이고, 개인적인 정체성은 어떻게 발현되는가? 『수호전』의 초반부에 등장하는 루즈선魯智深은 사생 결단을 하고 술을 마신다. 그가 이 소설의 나중 부분의 몇 십 년 동안에 다시 등장할 때는, 술에 대해서는 한 마디도 하지 않는다. 그는 동일한 루즈선인가? 진성탄은 그렇다고 말했다(『수호전회평본』, 57회 1,054면, 회평). 어떻게 그가 똑같은가? 어떤 이는 중국에서는 소설의 인물들이 내면이 결여되어 있기 때문에 유동적이고, 소설가는 그들의 내부 삶에 대해 무관심하다고 말하기도 한다. 과연 그러한가?

서구에서는 개인과 외부 세계 사이의 관계가 양자 사이를 경계짓는 내면의 깊이라는 측면에서 급진적으로 바뀐 바 있고, 외부 묘사에서 내부의 독백으로의 서사 발전이 그러한 변화를 반영하고 있다는 것은 널리 받아들여지고 있는 관념이며, 이러한 사실은 이안 와트Ian Watt의 『소설의 발흥The Rise of the Novel』과 에릭 칼러Eric Kahler의 『서사의 내향적 전변The

Inward Turn of Narrative』과 같은 책에 예시되어 있다. 중국에서는 명말에 시작된 이와 유사한 사회적, 문학적 경향들의 존재를 보여주기 위한 많은 시도들이 진행되어 왔다.[12] 그러한 전변의 가장 눈에 띄는 증거는 '선서善書'의 초점이 객관적인 행위에서 의도로 변화한 것(라우스키Rawski, 「명청 시기 문화의 경제 사회적 기초Economic and Social Foundations of Late Imperial Culture」, 16면과 산탄젤로Santangelo, 「중국 명청 시대의 인간의 양심과 책임감Human Conscience and Responsibility in Ming-Qing China」, 54면 참조)인데, 이러한 변화는 근대 초기 유럽에서의 종교적인 발전과 어느 정도 비견되는 것이다. 하지만 중세 유럽에서조차 외부 인간의 행위와 육신은 "내부 인간의 근본적인 표지"(귈렝Guillén, 『체계로서의 문학*Literature as System*』, 90~91면)라는 인식이 있었다. 이와 유사한 생각이 중국에서의 소설 속 인물의 내적인 영역으로 들어가는 길로서 여겨지긴 했지만, 그것은 내적 독백이나 일인칭 서술, 직접적인 심리 묘사가 아니었다. 그런 기교가 크게 조명을 받았던 서구의 소설에서조차 많은 비평가들과 작가들은 한 인물의 외적인 행위와 말을 통해 그 또는 그녀의 내면 세계를 간접적으로 묘사하는 방법을 선호했다.[13] 우리가 이 책의 제5장에서 본 바와 같이, 중국에서 구체적인 행위에 대한 그리고 그것을 넘어서는 모티브에 대한 주의는 긴 역사를 갖고 있다.

중국에서 다른 사람의 마음을 아는 방법은 그 사람의 말을 들어보는 것이라는 생각은 쿵쯔孔子에게로 거슬러 올라가는데(장쉐청章學誠, 『문사통의』「변사辨似」, 338~346면), 양슝揚雄(기원전 53~기원후 18)의 다음과 같은 말에 간결하게 나타나 있다. "말은 마음의 소리이다言心聲也."(『중국역대소설논저선』 상권, 356면. 주7) 우리는 이미 중국의 역사기술에서 대화의 중요성과

12) 이를테면, 명말과 청초를 중국에서의 자전自傳 문학의 황금기로 규정하고 있는 페이 우Pei-yi. Wu의 『유가의 발전*The Confucian's Progress*』 참조.

13) 이를테면, 안톤 체홉Anton Chekhov의 「1886년 5월 10일 알렉산더 체홉에게 보내는 편지letter to Alexander P. Chekhov, May 10, 1886」(트라스크Trask와 부르크하르트Burkhart 편, 『이야기꾼과 그들의 기교*Storytellers and Their Art : An Anthology Garden City*』, 176면)와 션 오파올레인Sean O'Faolain의 『단편소설*The Short Story*』(트라스크와 부르크하르트 편, 앞의 책, 92면).

중국 소설에서의 그 효과에 대해서 본 적이 있다. 류천웡劉辰翁은 자신의 『세설신어』 평어에서, 인물 형상화의 목적으로 말의 인용을 사용하는 것에 대해 주의한 바 있고(『중국역대소설논저선』 상권, 78면), 심지어 『삼국연의』에서는 장페이張飛의 말을, 비록 문언으로 말하기는 하지만, 특화시키려고 시도했다. 소설 비평가들은 파격과 비 논리성과 같은 특화한 측면과 기록된 말 속에 있는 규범으로부터의 일탈을 강조했다. 진성탄은 때로 그런 특징들을 실현하기 위해 『수호전』의 텍스트를 개정했다(예랑葉郎, 『중국소설미학』, 79~80면과 팡정야오方正耀, 『중국소설비평사략』, 180~181면 참조). 진성탄이 대화 속에서 아직 끝나지 않은 문장의 사용(夾叙法)을 옹호한 것은 잘 알려져 있을 터인데, 그 가운데 몇몇 예들은 그가 『수호전』 텍스트 안에 적용해놓았다(『수호전회평본』, 20면, 「독『제오재자서』법」 52조, 존 왕, 「제오재자서 독법」, 140면). 진성탄은 이러한 기교를 사용해서 말의 동시성을 좀더 잘 전달했지만, 후대의 작가들은 이것을 이용해 할 말을 끝내지 않음으로써 한 인물이 하려는 말을 드러내는 데 주의를 끌도록 했다. 많은 소설 비평가들은 등장인물들의 말이 살아 있는 듯하고 개별화되어 있어 그들의 대화를 읽으면, 누구인지를 알 수 있다고 주장했지만, 이것은 아마도 『홍루몽』의 경우에만 사실일 것이다.[14)]

서구 소설의 인물 형상화에 대한 논의에서 중요한 범주는 성격의 '발전'이다. 이러한 관념은 중국의 전통을 유형화한 듯이 보이는 '유동성'에 대한 반대가 아니라 인간 성격의 물화되고reified[15)] 결정화된 개념에

14) 누구인지 알려져 있지 않은 두 하녀들의 대화가 기록된 한 장면에 대한 즈옌자이 평점의 평어에 대해서는 쑨쉰孫遜의 『『홍루몽』지평초탐紅樓夢脂評初探』, 225~226면 참조

15) [옮긴이 주] 인간이 형성하는 사회관계 및 거기에 참여하는 주체가 어느 일정한 메커니즘을 통해 마치 물질처럼 눈앞에 나타나는 현상이다. 이것은 대개 다음의 세 가지로 정리된다. 첫째는 인간 그 자체의 물화로, 이것은 인간이 노예상품이나 기계체계의 일부로서 구성되어 있는 사태를 가리킨다. 둘째는 인간행동의 물화로, 모든 개인의 자유의지로는 어쩔 수 없는 사람의 흐름이나 군집화群集化한 사람의 움직임, 또는 행동양식의 습관적 고정화 등과 같이, 자기의 행동을 개별 인간의 힘으로는 조정할 수 없다는 의미에서 인간행동을 물질로 간주한다. 세 번째는 인간능력의 물화로, 인간 정신을

속한다. 외부의 자극을 통해 성격을 변화시킨다는 관념은 특히 성리학의 교리에서는 기본적인 것인데, 이에 따르면 모든 사람은 그들의 최초의 선함에서는 똑같지만 개인적인 수행과 외부의 영향으로 인해 그러한 선함을 잃게 된다고 한다. 외부 영향의 효과는 멍쯔孟子의 어머니가 자신의 아들을 키우기에 적당한 환경을 발견할 때까지 세 번을 이사했다는 것(라우의 영역본, 『멍쯔』, 214~216면)과 같은 유명한 이야기에서 극적으로 드러난다. 널리 퍼져 있는 선한 본보기가 사람들을 변화시키는 효과가 있다는 데 대한 믿음은 나쁜 본보기가 아직 형성되지 않은 성격에 많은 악영향을 줄 수 있다는 확신과 어금버금하다. 이를테면, 두 종류의 변화가 『유림외사』에 나타나는데, 이것은 평점가 역시 지적한 바 있다. 『유림외사』에서 쾅차오런匡超人은 몇 회가 진행되면서 다양한 타입의 저열한 인간들과의 접촉을 통해 효성이 지극한 아들로부터 완전히 타락한 인물로 변화한다.[16] 다른 한편으로 난징南京의 국자감國子監에서 위위더虞育德의 영향 하에, 우수武書는 점차 그가 이 소설의 처음에 등장했을 때 그의 성격을 규정했던 자신의 학문적인 성취에 대한 한없는 자부심을 버리게 된다(이를테면, 황샤오톈黃小田, 『유림외사』, 36회 377면, 38회 352면 협비). 하지만 이것이 인물들이 자신의 행위에 대한 책임으로부터 해방된다는 것을 말하는 것은 아니다. 쾅차오런을 타락시켰던 것과 똑같은 유혹에 대해 긍정적으로 반응했던 많은 사례들이 바로 그런 유혹에 대해 정직하고 도덕적으로 대응하는 이들이 있다는 것을 보여주기 위해 이 소설에 제시되어 있다. 장주포가 말한 대로, "이 세상의 악한 행위는 그

물적物的으로 정재화定在化시킨 것이라고 보는 예술작품이나, 노동가치설에서 말하는 상품가치 등이 이에 해당한다.

16) 평점가인 워셴차오탕臥閑草堂은 쾅차오런을 접촉하는 어떤 것에 의해서든 물이 드는 가공되지 않은 비단에 비교했다(『유림외사회교회평본』, 17회 247면, 회평 2; 린순푸 역, 「워셴차오탕본 『유림외사』 회평」, 269면). 쾅차오런은 그가 접촉하게 되는 사람들의 가장 나쁜 측면들을 따라하는 데에만 익숙하다. 그가 처음 등장했을 때 보여주었던 백지상태tabula rasa가 아니라는 것은 다른 사람은 선배나 선생으로 모시다가 마춘상馬純上과는 결의형제를 맹세하는 것으로 증명된다.

것들을 행한 사람들의 책임이고 다른 사람을 탓할 수 없는 것이다."[17]
(『장주포 비평 제일기서 금병매』, 25회 375면, 회평 2조)

중국 소설에는 항상 주요 인물(들)의 모종의 전향적인 발전을 포함하는 각성에 이르는 과정을 묘사하는 전통도 있다. 이 소설에서 외견상 드러나는 도덕이 심각하게 받아들여지고 있다고 보기는 어렵지만, 『육포단』 마지막 회의 웨이양성未央生은 제2회에서 처음 만나게 되는 자신감에 차있고 자기 자신에 만족해하는 젊은 청년과는 동떨어져 있다. 이와 유사하기는 하지만 좀더 비 선형적인 '각성'에 이르는 경로가 『서유기』와 그 보완물인 『서유보』 내의 사적이고 내적인 과정으로 묘사되어 있다. 『유림외사』에서는 두사오칭杜少卿이 삶의 목적도 없고 기본적으로 어리석은 인간으로부터 자신의 삶에 대해 훨씬 많은 목적 의식을 갖고 소설에서 퇴장하는 만족스런 인물로 비슷한 발전과정을 겪는다.

자기 자신과 다른 인물들을 묘사해내는 소설가의 능력에 대해 소설 비평가는 어떻게 설명하는가? 비평가들은 키이츠Keats가 세익스피어의 '부정적인 재능negative capability'[18]이라고 불렀던 것과 오랜 연관을 맺고 있는 미학의 몇 가지 분야나 자기 자신의 개성을 포기하는 능력을 가져올 수도 있고, 다른 사람들의 그것을 창조하거나 제시할 수도 있다.[19] 앞서

17) [옮긴이 주] 원문은 다음과 같다. "天下壞事, 全是自己, 不可盡給他人也."

18) 마아스턴 앤더슨Marston Anderson(『리얼리즘의 한계―혁명기의 중국 소설*The Limits of Realism : Chinese Fiction in the Revolutionary Period*』, 14~15면)은 진성탄이 문학 작품과 세계 사이의 관계가 아니라 작자와 세계 사이의 상호 작용에 관심을 가졌던 것을 제외하고, '격물格物'과 '충서忠恕'라는 용어를 일종의 부정적인 재능으로 사용한 것에 대해 논의한 바 있다. 진성탄이 '격물'과 '충서'라는 용어를 사용한 것에 대해서는, 이 책의 제1장 참조. 진성탄은 기본적으로 같은 현상을 묘사하기 위해 '동심動心'이라는 또 다른 용어를 사용하기도 했다(천홍陳洪, 『중국소설예술론발미中國小說藝術論發微』, 30~31면).

19) 실제로 중국 철학에서 '체體embodiment'(한 사람의 자아를 다른 무엇에 투사하는 능력. 도널드 먼로Donald Munro, 『인성의 이미지들*Images of Human Nature : A Sung Portrait*』, 81면), '반관反觀'('객관적인 관찰'―성인들이 그들 자신의 원리理와 관점에 비추어 사물을 관찰하는 능력, 펑유란馮友蘭, 『중국철학사*A History of Chinese Philosophy*』 2권, 466~467면), '물아일리物我一理'(사물과 내가 똑같은 원리를 공유하는 것, 윙짓 찬陳榮捷, 『근사록―성리학 선집』 3장, 12조, 93면)와 같은 개념들을 받아들였기 때문에, 서구보다는 중국에서

도 언급한 바와 같이, '자신을 다른 사람의 처지에 서게 하는 것設身處地'과 같은 구절은 역사 기술에서 가져온 것이고, 회화에서 빌려온 일화로는 말 그림으로 유명한 화가인 자오멍푸趙孟頫(1254~1322)에 대한 이야기가 유명하다. 자오멍푸가 말을 그리기 위해 준비하는 것은 옷을 벗고 바닥에 엎드려 말이 되어 보는 것이라고 한다. 한번은 그의 부인이 이렇게 '공부하는' 동안 그의 방으로 들어왔는데, 그는 바로 말의 이미지 그대로였다고 한다.[20]

비평가들은 '다른 사람의 입장에서 말하는 것代人立言'과 개성화를 논의하는 데 도움을 받기 위해 희곡이나 팔고문과 같이 전혀 다른 장르로 눈길을 돌리기도 했다. 팔고문은 수험생이 시제試題인 인용문을 마치 그것을 쓴 성인이 된 것인 양 써야했다(롤스톤, 「자료 모음」, 17~28면). 희곡 비평의 경우, 리위李漁는 다른 어떤 사람을 위해 말하고 싶어하는 사람은 누구나(곧 한 인물의 희곡 대사를 쓰려는) 먼저 그 사람의 마음心을 힘써 이해해야 한다는 점을 강조했다[21](『리리웡곡화』 「어구초사」, 85~86면). 장주포는 누구나 그에게 할 말을 부여할 수 있는 그런 개성의 논리情理에 힘써야 한다고 말함으로써 그 과정을 확장시켰다(『금병매자료휘편』, 35면, 「비평제일기서 『금병매』 독법」 43조, 로이, 「『금병매』 독법」, 224~225면).[22] 이 모든

'부정적인 재능'을 실천에 옮기는 것이 아마도 이론적으로 더 쉬울 지도 모른다. 소설 비평가들은 부처가 다르마佛法를 설법하기 위해 다양한 모습과 사람들로 그 자신을 변형시켰다現身說法는 생각을 사용하기도 했다.

20) 이를테면, 『수호전회평본』, 22회 424면, 진성탄 협비. 자신이 그리고자 하는 대상에 몰입하는 화가들에 대한 다른 이야기에 대해서는 부시Bush와 스Shi의 『초기 중국의 회화에 대한 텍스트*Early Chinese Texts on Painting*』, 212면(대나무)과 219면(호랑이), 219~220면(벌레) 참조.

21) **[옮긴이 주]** 해당 부분에 대한 원문은 다음과 같다. "言者, 心之聲也, 欲代此一人立言, 先宜代此一人立心, 若非夢往神游, 何謂設身處地?"

22) **[옮긴이 주]** 『금병매독법』 43조의 원문과 번역문은 다음과 같다. "글을 짓다는 것은 정리 두 글자에 지나지 않는다. 지금 이 100회의 장편을 지은 것도 단지 정리 두 글자일 뿐이다. 한 사람의 마음에서 한 사람의 정리를 더듬어 내면 곧 그 사람을 마음으로 이해할 수 있다. 비록 앞뒤에 여러 사람의 말이 끼어 있지만 어느 한 사람이 입을 열면 그것은 그의 정리이다. 그가 입을 열면 곧바로 정리가 얻어지는 것이 아니라 그의 정리를 찾아

것을 비추어볼 때, 우리는 명청 소설 미학에서 인물 형상화의 과정을 작자의 편에서나 묘사된 인물 편에서나 내면적인 것으로 생각했다는 사실을 엿볼 수 있다.

3. 표리부동하고 위선적인 인물 찾아내기

'표리부동'과 '위선'은 이 세계 내에서의 행위와 그러한 행위를 배후에서 조종하는 일관된 도덕적 자아라는 개념 사이의 분열을 다루고 있지만, 그러한 분열을 드러내는 방식이 다른 것처럼 [그것이 나타나는] 위치 역시 약간 다르다. 내가 앞으로 '표리부동'이라는 용어를 쓸 때는 기본적으로 이중적으로 행동하거나 다른 사람에게 다른 모습으로 두 개의 얼굴을 보여주는 것을 가리킨다. 비록 사회화라는 것이 정확하게는 특별한 상황을 위해 적절히 준비된 가면을 쓰는 것을 배우는 과정이고, 통일된 자아라는 일반적인 관념이 현실에 있지 않은 신화에 불과한 것일지라도, 내면에 존재하는 일관된 자아와 외부에 투사되는 일관된 페르소나 사이의 완벽한 결합이라는 생각이 강하게 남아 있다. 세계에 대해서 두 개나 그 이상의 다른 얼굴을 보여준다는 관념은 상궤를 벗어난 것이고, 우리는 두 개의 얼굴 가운데 최소한 하나나 아마도 두 개 모두 신실하지 못한 것이라는 결론에 도달하게 된다. 이런 류의 사람은 두 개의 얼굴을 동시에 보여주는, 로마의 문지기인 야누스나 『경화연』(리루

낸 것으로부터 입을 열게 한 것이다. 때문에 수많은 사람을 묘사했어도 모두 마치 한 사람을 묘사한 것 같이 되었고 이렇게 방대해져 100회의 대작이 있게 되었다做文章不過是情理二字. 今做此一篇百回長文, 亦只是情理二字. 於一個人心中, 討出一個人的情理, 則一個人的傳得矣. 雖前後夾雜衆人的話, 而此一人開口, 是此一人的情理. 非其開口便得情理, 由於討出這一人的情理, 方開口耳. 是故寫十百千人, 皆如寫一人, 而遂洋洋乎有此一百回大書也."

전李汝珍, 『경화연』, 25회 176~179면)에서의 '양면국兩面國'의 두 개의 얼굴을 가진 사람처럼 우리에게 친숙하지 않다.

그런 양면성은 시간을 통해서만 드러나게 되는데, 그것은 서로 다른 얼굴이 서로 다른 시간에 제시되기 때문이다. 우리가 그 또는 그녀의 표리부동이 우리에게 외면적으로 드러나게 하기 위해 그 사람의 마음에 들어갈 필요는 없지만, 훌륭한 기억력은 필요하다. 다른 한편으로 위선은 관찰된 행위를 그 뒤에 감추어진 동기와 대조시키는 것으로만 감지할 수 있는 한 사람의 공적인 자아와 사적인 자아 사이의 분열이다.

확실히 자신의 인물들에서 위선과 표리부동을 드러내고자 하는 모든 소설가들이 『경화연』의 방식을 따라 그들을 말 그대로 두 개의 얼굴을 가진 것으로 묘사하지는 않는다.[23] 소설가는 얼굴 분장의 유형에서 청중들에게 내뱉는 자기 현시적인 말에 이르기까지 인물 내면의 개성을 드러내기 위해 중국 희곡에서 사용하는 많은 장치들을 사용하는 것 같지도 않다.[24]

중국 소설가에게 열려있는 등장인물의 위선을 증명해주는 하나의 장치는 직접적인 심리 묘사, 곧 인물의 머리 속으로 곧바로 뛰어들어가서 거기에서 벌어지고 있는 것을 보여주는 것이다. 소설에서 직접적인 심리 묘사가 명청 시기를 통해서 증가되기는 했지만, 대중적이거나 영향력이 있었던 것은 아니었다. 그렇게 된 하나의 이유는 다른 사람의 머리 속으로 뛰어드는 것이 그다지 현실적이지 않았기 때문인데, 일상적인 삶 속에서 우리는 다른 사람의 생각에 접근하지 않는다. 하지만 좀 더 중요하게는 중국 소설이나 중국 역사 모두 독서를 정당화하는 주된

---

23) 사적인 자아와 공적인 자아를 대조시키기 위해 『경화연』에서 사용된 다른 장치들은 '거인국'(리루전, 『경화연』, 14회 90~91면)에 대한 묘사에서 사악한 생각을 하게 되면 검게 변하는 인물들의 발아래 있는 구름들이거나 이 소설의 다른 신비한 나라에 사는 '무정한heartless' 사람들의 가슴에 뚫려 있는 구멍들이다(앞의 책, 26회 183면).

24) 희곡으로부터 이런 류의 기교를 실험적으로 차용한 것에 대해서는 롤스톤의 「구연문학」, 29~30, 48면 참조.

이유가 인간의 성격을 판단하는 능력을 계발하는 데 있다는 점에서 밀접한 연관을 맺고 있기 때문인데, 인물의 내면의 삶에 쉽게 접근하게 되면 이러한 교훈적인 목적을 깨뜨릴 수 있게 된다.[25]

표리부동과 위선 사이의 이러한 차이 말고라도, 우리는 문학 작품의 인물 내의 표리부동은 모순적인 행동이나 말을 통해 순차적으로 드러나는 데 반해, 위선은 인물의 마음에 직접적으로 접근하는 것이 거부되는 경우 인물의 진정한 믿음과 동기를 심사숙고하여 추론해야 한다고 말할 수 있다. 표리부동을 증명하기 위해서는 독자가 상당한 정도로 텍스트를 장악해야 하는데, 그는 태평하게 앞서의 페이지와 장에서 무슨 일이 일어났는지를 잊어서는 안 된다. 독자가 인물이 위선적이라는 것을 증명하려면 인물의 마음의 내적인 상태와 그 또는 그녀의 행위나 말 사이의 괴리에 대해 의혹을 불러일으키는 텍스트 내에서의 실마리를 찾아내야 하는 것이다.

전통적인 평점가들은 그들 자신을 특별히 높은 수준에서 텍스트를 장악하고 있는 존재로, 그리고 다른 사람들이 눈치채지 못하는 텍스트 내의 실마리들을 감지해내는 데 특별한 기술을 갖고 있는 존재로 내세웠다. 그들은 그것을 바탕으로 자신의 대량의 평점 판본을 정당화했다. [텍스트를 장악하고 실마리를 감지해내는] 이런 기교들은 표리부동하고 위선적인 인물들을 신빙성 있게 지적하는 것으로 가장 강력하게 제시될 수 있다. 이것과 비슷하게, [평점가가] 증거를 미묘하게 제시하면 할수록, 결론이 도달할 지점은 예측할 수 없게 되고, 그에 따른 명성이 평점가에

25) 이를테면, 장원후張文虎는 『유림외사』 내의 한 인물의 생각에 직접 접근하는 몇몇 경우 가운데 하나에 대해 그것이 함축적인 맛을 잃은 것이라 하여 반대했다(『유림외사회교회평본』, 30회 409면, 협비).

[옮긴이 주] 해당 내용에 대한 원문과 번역문은 다음과 같다. "「혼잣말을 했다」 이하의 열여덟 글자는 너무 졸렬하다. 차라리 '지웨이샤오는 잠시 침묵을 지켰다가 한 번 웃고는 말했다'라고 말한다면 다음 문장을 함축할 수 있어 원본보다 나을 듯하다「暗道」以下十八字太拙, 擬易云 : 季萎蕭沈吟了一回笑道云云, 含蓄下文, 似勝原本."

게 더 많이 돌아오게 된다. 나아가 그런 실마리를 가장 미묘하게 설정하는 것으로 드러난 작자는 가장 찬사를 받는 작자가 된다. [아울러] 우리는 이렇게 함으로써 한 무리의 의심 많은 독자와 비평가들이 어떤 식으로 만들어지고, 지나칠 정도로 따져가며 독서하는 것이 얼마나 피하기 어려운 것인지를 쉽게 볼 수 있다. 이런 식으로 미묘함을 강조하다 보면, 표나게 표리부동하거나 위선적인 인물들은 비교적 적은 흥미를 유발한다. 결국 누구나 아는 것을 주장해서 뭘 어쩌겠다는 건가? 진정한 관심은 더 큰 목표, 곧 일반적으로 도덕적으로 올바르다고 여겨지는 인물들에게 돌아가게 마련이다.

이제까지는 표리부동하고 위선적인 인물들을 '창조해내는 것'이, 최소한 초기 단계에는, 주로 소설가가 아니라 비평가와 독자들의 작품이라는 게 명백한 듯이 보인다. 하지만 이들 창조적인 비평가와 독자들은 여전히 그들이 증거로 인용할 수 있는 텍스트 내의 실마리를 필요로 한다. 이런 실마리들은 어디에서 오는가?

초기의 중국 소설들의 경우 단일한 작자가 자기 자신의 소재를 갖고 작업한 작품은 드물지만, [정작] 나중에 이러한 작품들을 읽은 이들은 작자가 텍스트의 가장 세세한 사항들 이면에 있는 것들까지도 완전히 장악하고 충분히 제시했다고 생각한 사람들이었다. 평점가들은 [그들 자신이] 표리부동과 위선의 증거를 삽입했지만, 공개적으로는 그와 같은 텍스트가 원본이고 작자의 붓에서 곧바로 나온 것이라 주장했다.

우리가 주목한 바와 같이, 중국의 소설과 역사를 읽으면서 내리는 도덕적인 평가는 주로 절대적인 기준에 의한 판단이 아니라 비교에 의한 것이었다. 평점가들은 작자가 신실하지 못한 인물들의 사악한 본성을 좀더 분명하게 두드러져 보이게 하기 위해 진솔한 인물들을 사용한 것이라고 강변했다. 19세기 마지막 사 반세기에 나온 한 일화는 이렇듯 의심을 품고 세세히 따져 읽는 분위기에서 한 쌍의 등장인물을 두고 그들 가운데 하나가 표리부동하고/거나 위선적이면, 다른 하나는 그렇지 않다고 생각하는 것이 얼마나 흔한 것이었나를 보여준다. 재미있는 사실은 서로 다른 독자들이 그들 가운데 누가 신실하고 누가 신실하지 않은지에 대해 정반대의 결론을 내릴 수도 있다는 것이다.

저우타오鄒弢라는 사람은 『홍루몽』의 두 여주인공인 린다이위林黛玉와 쉐바오차이薛寶釵를 놓고 가까운 친구인 쉬보첸許伯謙과 벌인 언쟁을 기록했다. 저우타오는 린다이위의 지지자였고, 쉐바오차이의 불구대천의 적이었다. 그는 쉐바오차이가 위선적이고 표리부동하며, 그녀의 모든 행위는 자씨 집안賈府에서의 그녀의 지위를 공고하게 하고 쟈바오위賈寶玉의 부인이 되려는 자신의 주장을 펼치기 위한 것이었다고 주장했다. 그의 친구인 쉬보첸은 정반대의 의견을 갖고 있었는데, 사악한 것은 린다이위라고 주장했다.

저우타오는 자신의 믿음에 대한 이유를 약간은 상세하게 개괄하는 것으로 이 싸움에서의 자신의 입장을 풀어나갔다. 그는 자신의 친구의 의견을 제시하는 데에는 별로 지면을 제공하지 않았다. 논쟁 그 자체와 여파에 대해서, 그는 다음과 같이 말했다.

> 1879년 봄, 쉬보첸이 책(『홍루몽』)에 대해 이야기를 시작했다. 우리는 의견이 일치하지 않게 되었고, 서로를 헐뜯기 시작했으며, 거의 서로를 공격할 지경에까지 이르렀다. (우리의 친구인) 위셴兪仙이 싸움을 뜯어말리고서야 우리 두 사람은 절대 『홍루몽』에 대해 같이 이야기하지 않겠다고 맹세했다. 그 해 가을, 우리가 같은 배를 타고 과거 시험을 치르러 가는 중에, 쉬보첸이 나에게 말했다. "왜 자네는 자네 관점에 빠져서 바꾸기를 거부하는가?" 내가 말했다. "왜 자네의 관점에 꽉 막혀서 마음을 열기를 거부하는가?" 우리 두 사람은 웃으며 그것으로 이야기를 끝냈다. 그 이후로 우리는 같이 이야기할 때마다, 이 이야기로 절대 돌아가지 않았다.
>
> ―「삼차려필담三借廬筆談」, 『『홍루몽』권』, 390면[26]

26) [옮긴이 주] 원문은 다음과 같다. "己卯春, 余與伯謙論此書, 一言不合, 遂相齟齬, 幾揮老拳, 而毓仙排解之, 於是兩人誓不共談『紅樓』. 秋試同舟, 伯謙謂余曰 : '君何爲

어떤 이들은 구식 '홍학紅學'의 어리석음을 입증하기 위해 이 일화를 이용했고, 다른 이들은 독자들이 진정으로 관심을 가질 수 있는 인물을 창조해냈다 하여 차오쉐친曹雪芹을 찬양하기도 했다. 하지만 왜 이 언쟁이 이런 형태를 띠게 되었는지, 어떻게 두 사람이 똑같은 두 인물에 대해 그렇게 근본적으로 다른 견해에 도달할 수 있었는지에 대해 발문한 사람은 거의 없었다.[27]

『홍루몽』의 평점본과 속작을 포함해서 이 소설에 대한 전통적인 여타의 비판적인 저작들에 대한 연구에 의하면 저우타오에 동의하는 사람도 있고, 쉬보첸에 동의하는 사람도 있다는 사실을 알 수 있다. 양측은 이들 두 사람 가운데 신실하지 못한 어느 한 쪽이 『수호전』의 쑹장宋江의 캐릭터를 모델로 하고 있다고 강변했다. 장신즈張新之는 그와 같은 '유형'의 다른 사람들과 마찬가지로 쑹장이 쉐바오차이의 청사진藍本이라는 입장을 고수한 반면(『평주금옥연』, 7 / 32b,[160] 회평), 청말의 어느 무명 작가는 그가 쑹장을 닮았다似고 말했다(쿵링징孔另境, 『중국소설사료』, 204~205면). 쟈바오위의 하녀인 화시런花襲人은 쉐바오차이의 대역으로 널리 알려져 있다. 카쓰부는 그녀의 '사악한 음모'와 표리부동으로 볼 때, 그는 '여자 쑹장'이라고 주장했다(『『홍루몽』자료휘편』, 780면, 그의 번역본 6회에 대한 평어). 우리가 다루고 있는 쑹장에 대한 특별한 해석은 쉐바오차이와 린다이위에 대한 다른 평어에서 명백하게 드러난다. "진성탄이 『수호전』에 평점을 가했을

泥而不化邪?' 余曰 : '子亦何爲窒而不通邪?'一笑而罷."

27) 다른 예들도 있다. 이를테면, 장주포張竹坡는 멍위러우孟玉樓가 긍정적인 인물이며, 작자의 대변인이고, 우웨냥吳月娘은 겉으로는 선하지만, 속으로는 교활하다고 주장했다. 원룽文龍은 이 두 인물에 대한 장주포의 견해에 격렬하게 반대하면서, 이전 평점가가 우웨냥의 특징을 규정한 것을 멍위러우에 적용하고 그 반대로도 적용시켰다. 멍위러우에 대한 장주포의 태도에 대해서는 이 책의 제4장 참조. 우웨냥에 대한 장주포의 평에 대해서는 특히 『장주포 비평 제일기서 금병매』, 84회 1342~1343면 회평 참조. 이 소설 속의 두 인물들에 대한 원룽의 평가와 장주포가 이들을 다룬 것에 대한 평어에 대해서는, 18회(2조), 26회 29회 32회 35회(2조), 89회와 95회에 대한 그의 평어 참조(류후이, 『금병매의 성서와 판본 연구』, 198~199, 207, 210~212, 217~218, 265~266, 271~272면).

때, 그는 쑹장을 몹시 저주했다. 내가 『홍루몽』을 읽었을 때, 나는 린다이위를 몹시 저주했다. 이 두 가지 경우에 있어 그대는 그들의 진짜 계획이 깊고 심오했다고 말할 수 있을 것이다."[28] 앞서 언급한 바 있는 무명의 청말 작가는 『수호전』에서 리쿠이李逵가 쑹장을 욕한 것을 쉐판薛蟠이 그의 누이동생 쉐바오차이를 비방한 것, 그리고 리마李媽가 화시런을 비방한 것(아마도 자바오위를 얻기 위한 계략 때문에)과 비교했다.[29] 진성탄은 『수호전』의 작자가 리쿠이를 특별한 목적으로 이용했다고 주장했다.

> 리쿠이에 대한 모든 에피소드는 사실 절대적으로 묘문妙文이지 않은가? 하지만 이 모든 에피소드들이 쑹장을 다루는 사건들 뒤에 막 바로 오기 때문에 그러한 에피소드들이 말할 수 없이 놀라운 것이라는 사실을 눈치챈 사람은 거의 없다. 작자는 송강의 간사함奸詐을 극도로 미워했기에, 그에 대한 각각의 에피소드 뒤에는 항상 (쑹장과) 대조를 이루는 아부하지 않는 리쿠이의 꾸밈없는 모습에 대한 에피소드가 뒤따르게 된 것이다.
>
> —『수호전회평본』, 18면, 「독『제오재자서』법」 27조, 존 왕, 「제오재자서 독법」, 137면[30]

28) 저장도서관浙江圖書館에 소장되어 있는 『홍루몽』 왕시롄王希廉본 위에 쉬촨징徐傳經이 베껴 써놓은 커젠라오런可見老人이라 제한 미비, 32 / 12a.
[옮긴이 주] 원문은 다음과 같다. "金圣嘆批水滸記痛罵宋江. 予讀紅樓夢痛恨黛玉. 皆爲其心計深也."

29) 쿵링징孔另境, 『중국소설사료』, 204~205면, 리쿠이가 쑹장을 솔직하지 못하다고 욕한 것에 대한 예로는 『수호전회평본』, 66회 1,207~1,208면 참조. 이 책의 제14장도 참조.

30) 「독『제오재자서』법」 27조의 전체 원문과 번역문은 다음과 같다. "다만 리쿠이를 묘사하더라도 어찌 문단마다 절묘한 문자가 아니겠는가만, (사람들은) 단락 단락이 모두 쑹장의 일 뒤에 있기 때문에 말할 수 없이 절묘한 것이라는 사실을 모르고 있다. 아마 작자가 쑹장의 간사함을 통한하여 곳곳에서 리쿠이의 소박하고 성실함을 뒤이어서 드러내어 비교시킨 것이리라. 그 의도는 쑹장의 악함을 드러내는 것에 있었지만 오히려 생각지 않게 리쿠이의 훌륭함을 이루어주는 격이 되었다. 비유하자면 창은 다른 사람을 죽이려 한 것인데 오히려 자기의 수완을 드러내게 된 것과 같다只如寫李逵, 豈不段段都是妙絶文字, 却不知正爲段段都在宋江事後, 故便妙不可言. 蓋作者只是痛恨宋江奸詐, 故處處緊接出一段李逵朴誠來, 做個形擊. 其意思自在顯宋江之惡, 却不料反成李逵之妙也. 此譬如刺槍, 本要殺人, 反使出一身家數."

『홍루몽』에 대한 익명의 여성 평점가는 이러한 관찰을 『홍루몽』에 대해서도 적용시켰다.

> 『수호전』에서는 리쿠이의 솔직함直이 쑹쟝의 간사함詐을 돋보이기襯 위해 사용되었고, 이것 때문에 이것은 모든 시대에 걸쳐 놀라운 작품으로 갈채를 받았다. 이제 이 작품(곧 『홍루몽』)에서는 쉐바오차이의 매일 매일의 간사함詐을 돋보이기襯 위해 쉐판의 솔직함直을 묘사하는 데 온 힘을 기울이고 있다. (…중략…) 나는 스나이안施耐庵이 이것을 보았다면, 자신의 붓을 내던져 버리지 않았을까 두렵다.31)
>
> —34회에 대한 손으로 쓴 회말 평어, 후원빈胡文彬, 「랑환산챠오 비평속서娘嬛山樵批評續書」, 148면

저우타오鄒弢와 그의 친구에 대한 일화로 돌아가자면, 우리는 저우타오가 쑹쟝과 리쿠이 사이의 상호 관계에 대한 진성탄의 생각에서 영향 받았다는 것을 알 수 있는데, 그것은 저우타오가 린다이위를 묘사하면서 일찍이 진성탄이 리쿠이를 '천진난만天眞爛漫'하다고 묘사한 것과 똑같이 말했기 때문이다.32)

진성탄 이전에는 보통 쑹쟝이 조정의 충성에 대해 저항했다는 설이 진지하게 받아들여졌었다. 쑹쟝의 이야기를 다룬 대부분의 희곡 작품이나 리즈가 쓴 이 소설에 대한 영향력 있는 서의 경우를 놓고 보면 이것은 사실이다. 단 하나의 예외는 『수호전』 룽위탕容與堂본인데, 여기에서

---

31) [옮긴이 주] 원문은 다음과 같다. "『水滸傳』中以李逵之直, 襯宋江之詐, 遂成絶世奇文. 今此篇極寫薛蟠之直, 以襯寶釵平日之詐; 極寫薛蟠之至情 (…중략…) 恐耐庵見此亦將擱筆矣."

32) 저우타오鄒弢, 「삼차려필담三借廬筆談」, 『『홍루몽』권』, 390면, 『수호전회평본』, 18면, 「독『제오재자서』법」 25조(존 왕, 「제오재자서 독법」, 136면). [옮긴이 주] 저우타오의 해당 원문과 번역문은 다음과 같다. "대저 다이위는 날카롭고 냉소적이라 한다. 그것이 맞는 말이긴 하나 그가 천진난만하기 때문이다夫黛玉尖酸, 固也, 而天眞爛漫." 「독『제오재자서』법」 25조의 원문과 번역문은 다음과 같다. "리쿠이는 최고의 인물로 그지없이 천진난만하게 그려져 있다李逵是上上人物, 寫得眞是一片天眞爛漫到底."

는 쑹쟝을 거짓 도덕군자이자 진정한 강도假道學, 眞强盜(『수호전회평본』, 54회 1,016면, 회평)라 부르고 있으며, 약간 뒤에 나온 '중싱鍾惺'의 평점은 이것에 바탕하고 있다. 중싱의 이름으로 제題한 중싱본 서에서는 쑹쟝을 은연중에 『삼국연의』의 유능한 '악당'인 차오차오曹操에 비유하고 있다[33](천시중陳曦鐘, 「중보징에 관하여關于鍾伯敬」, 44~45면).

차오차오는 '간웅'의 원형이지만, 그는 자신의 목표를 달성하기 위한 기만적인 음모와 조작을 위해 그의 동기에 관한 비밀이 요구됨에도 불구하고 자신의 파렴치한 모습을 비교적 솔직하게 드러냈다. 『삼국연의』와 이것이 바탕하고 있는 역사 저작에서, 차오차오는 쉬사오許邵가 자신을 '간웅'이라고 불렀을 때 기뻐했으며(천서우陳壽, 『삼국지』 1권 3면, 『삼국연의회평본』, 1회 9면), 이 소설에 나오는 "내가 천하를 저버릴지언정 천하가 나를 저버리지 않게 하겠노라"(『삼국연의회평본』, 4회 49면)[34]는 그 자신의 모토를 보더라도 어느 것 하나 솔직하지 않은 게 없다는 것을 알 수 있다.[35] 차오차오가 자신의 윤리 도덕의 결여에 대해 솔직히 인정하고 있으며, 통속적인 문학 작품에서 악한으로 나오고, 무대에서는 배반자를 의미하는 하얀 색 검보臉譜를 하고 있다는 사실 때문에, 차오차오는 다른 독자들이 놓치고 넘어간 텍스트 내의 무엇인가를 간파했다는 사실을 드러내고 싶어하는 평점가들의 그다지 내키지 않는 목표물이 되고 말았다.[36]

---

33) [옮긴이 주] 원문은 다음과 같다. "宋公明亂世奸雄, 治世能臣."

34) [옮긴이 주] 원문은 다음과 같다. "寧教我負天下人, 休教天下人負我."

35) 『수호전』의 좀더 긴 판본에서, 쑹쟝은 두 번씩이나 차오차오와 반대로 맹세한다. "설사 송나라 조정이 나를 저버릴지라도, 나는 결코 송나라 조정을 저버리지 않겠노라縱使宋朝負我, 我忠心不負宋朝(원문은 [옮긴이 주]."(『수호전전』, 85회 1,400면, 120회 1,811면)

36) 『삼국지통속연의』에 대한 작은 글자로 된 주의 작자는 독자들에게 차오차오의 행위의 진정한 동기 몇 가지를 지적해 주었다(이를테면, 뤄관중羅貫中, 『삼국지통속연의』 3권, 2칙則, 108면). 비록 차오차오에 대한 마오쭝강의 접근이 진성탄이 쑹쟝을 다룬 것에 바탕하고는 있지만, 그는 이것에 대해서 훨씬 더 직설적이며, 『삼국연의』에 대한 그의 해석에도 긴장을 일으킬 만한 것은 아니다.

비록 앤드루 플락스 같은 학자들이 최초의 현존하는 『수호전』 '완정본'에서조차, 쑹쟝은 작자나 편자에 의해 조금도 아이러니하게 다루어지지 않았다고 주장하기는 했지만, 나는 그러한 의견에 전적으로 수긍하지 않는다. 최소한 이것은 증명하기 어려운 명제이며, 상당히 영향력 있는 쑹쟝에 대한 비판적인 해석으로부터 자유로울 수 어렵기 때문이다. 쑹쟝의 특징을 규정하는 데 있어 약간의 문제가 될 만한 측면에 대한 또 다른 설명이 있다. 20세기의 전환점에 쓴 글에서, 샤쩡유夏曾佑는 쑹쟝이나 류베이劉備와 기타 인물들을 소설 속에서 (그가 그들을 묘사할 때 작자가 추구했던 목표라고 생각했던) 도덕적인 전범으로 묘사한 것은 설득력도 없고 성공적이지도 못한데, 그것은 "사소한 사람을 묘사하는 것은 쉽지만, 뛰어난 사람을 묘사하기는 어렵기寫小人易, 寫君子難" 때문이라고 말했다. 왜 그런가? 그에 따르면 작자를 포함한 대부분의 사람들은 도덕적인 인물로 말하자면 중간 정도에 해당하고 그들은 뛰어난 사람도 사소한 사람도 아니기 때문이다. 진정으로 뛰어난 사람을 올려다보고자 하는 사람은 그에 대한 완전한 시각을 얻는 대신 목에 경련이 일어나게 된다. 하지만 사소한 사람을 내려다 볼 경우에는 쉽게 그에 대한 훌륭한 시야를 확보할 수 있고, 검토해야 할 실제 예증이 부족한 경우가 없게 된다. 샤쩡유는 뛰어난 사람을 묘사하려는 경솔한 작자들은 결코 성공하지 못할 것이라고 결론을 내렸다[37](볘스別士, 「소설원리小說原理」, 『중국역대소설논저선』 하권, 110면).

진성탄은 쑹쟝의 성격을 규정할 때 일관성을 잃고 모순을 일으켰을 뿐만 아니라 그것을 확대하여, 자신의 평점을 통해 그런 문제가 갖고 있는 중요성을 강화하고, 필요한 경우 텍스트를 수정함으로써 그 효과를 제고시켰지만, 자기 자신의 천재성을 강변하기 위해 그러한 변화들

37) **[옮긴이 주]** 본문의 내용에 해당하는 원문은 다음과 같다. "寫小人易, 寫君子難. 人之用意, 必就已所住之本位以爲推, 人多中材, 仰而測之, 以度君子, 未必卽得君子之品性, 俯而察之, 以燭小人, 未有不見小人之肺腑也."

을 상대적으로 미묘하게 유지하게 했다. 이 게임은 독자 편에서도 미묘하게 유지되었어야 했는데, 그렇게 함으로써 진성탄은 그것을 비밀스럽게 놓아둠으로써 엘리트연하는 자부심을 가질 수 있도록 독자 편에서도 마찬가지로 미묘하게 유지되어야 했다. 진성탄은 그러한 상황을 다음과 같이 설명했다.

> 이 책(『수호전』)에서, 다른 107명의 사람들을 묘사하는 것은 매우 쉽다. 정말 어려운 것은 쑹쟝에 대한 묘사뿐이다. 따라서 이 책을 읽을 때, 마찬가지로 107명의 전기를 읽는 것은 매우 쉽고, 쑹쟝의 전기를 읽는 것만이 정말 어렵다. 107명을 묘사할 때, 이들은 직접적인 붓놀림으로 묘사된다. 선한 사람은 진정 선하고, 악한 사람은 진정 악하다. 쑹쟝의 경우는 다르다. 그대가 쑹쟝의 전기를 빨리 읽는다면, 그는 완전히 선한 사람이지만, 그대가 다시 읽는다면, 선하고 악한 것이 거의 같은 것이다. 그대가 다시 읽는다면, 선한 부분은 악한 부분에 의해 무색해 질 것이고, 마지막으로 읽을 때 그는 선한 구석이라고는 없는 아주 악한 사람이 된다. (…중략…) 이것은 『사기』의 경우에도 그러한가? 무제武帝에 대한 장절에는 그를 암시하는 말이 단 한 마디도 없지만, 후대의 독자들은 모두 무제의 잘못에 대해 완벽하게 알게 된다. 이것은 진실로 포폄이 절대적으로 행간에 존재하는 그런 경우이다.[38]
>
> —『수호전회평본』, 35회 658면, 회평

우리는 중국의 서사에서 표리부동과 위선이 드러난 흔적을 비교적 이른 시기부터 추적해갈 수 있지만, 명청 시기 소설의 독서와 비평에서 그런 점을 강화해야만 하는 요인들이 있다. 우리는 이미 진성탄과 쑹쟝의 성격에 대한 그의 해석이 갖고 있는 강력한 영향력에 대해 지적한

---

38) [옮긴이 주] 원문은 다음과 같다. "一部書中寫一百七人最易, 寫宋江最難. 故讀此一部書者, 亦讀一百七人傳最易, 讀宋江傳最難也. 蓋此書寫一百七人處, 蓋直筆也, 好卽眞好, 劣卽眞劣. 若寫宋江則不然, 驟讀之而全好, 再讀之而好劣相半, 又再讀之而好不勝劣, 又卒讀之而全劣無好矣. 夫讀宋江一傳, 而至於再, 而至於又卒, 而誠有以知其全劣無好. (…중략…) 史不然乎? 記漢武, 初未嘗有一字累漢武也, 然而後之讀者, 莫不洞然明漢武之非是, 則是褒貶固在筆墨之外也."

바 있다. 그는 차례로 리즈李贄와 같은 명말의 이단아들에게서 영향을 받았는데, 그들은 설사 성인들과 의견이 맞지 않는다 할지라도 자신의 의견에 대한 권리를 선언했으며, 다른 사람에 대한 영향은 고려하지 않고 주로 자신의 이익을 극대화하는 데에만 관심이 있으면서도 입으로는 도덕적인 교훈을 되뇌었던 사람들을 혹독하게 비판했다. 리즈는 자신의 후원자였던 겅딩샹耿定向(1524~1596)과 극렬한 논쟁을 벌였다. 그에게 보내는 편지에서 리즈는 다음과 같이 썼다.

> 그대가 설교하는 것은 그대가 실천하는 것과 꼭 일치하는 것은 아니다. 그대가 실천하는 것 역시 그대가 설교하는 것이 아니다. 이것과 한 사람이 말한 것을 그 사람의 행동과 일치시키고, 한 사람의 행위를 그 사람의 말과 일치시키는 것 사이에 큰 차이가 있는 것은 아니지 않은가? (…중략…) 이것을 잘 생각해 보면, 나는 그대가 자기가 경험한 것에 대해서만 이야기하는, 곧 장사치는 장사를 이야기하고 농부는 땅을 가는 것만을 이야기하는 들판이나 저잣거리의 대단치 않은 사람들과 심지어 똑같지 않다고 생각한다.
>
> —『분서』「겅딩샹에게 답함答耿司寇」1권, 30면[39]

그는 선언적인 의미만 남아 있는 도덕심과 실제 행위 사이의 괴리를 설파했던 것인데, 이러한 괴리는 사회적 삶 속에서의 인간의 열정의 역할을 부인했던, 갈수록 공고해지는 성리학적 정통성 하에 점점 더 명백

---

39) **[옮긴이 주]** 본문의 내용은 영역본을 옮긴 것이라는 사실을 상기하기 바란다. 참고로 한글 번역본의 내용과 원문은 다음과 같다. "이렇게 보자면 말로 표현했다 해서 반드시 공이 행하는 바일 리도 없고, 행하는 바는 또 공이 말하지 않은 것일 수도 있으니, '말은 행실을 돌아보고, 행실은 말을 돌아본다'는 쿵쯔의 말과 어찌 그리도 다르단 말입니까? (…중략…) 돌이켜 곰곰이 생각해 보면 도리어 저잣거리의 소인배만도 못한 일입니다. 그들은 직접 몸으로 때우는 일과 입으로 말하는 바가 일치합니다. 장사치는 다만 장사에 대해서만 말하고, 농사꾼은 오직 밭가는 일만을 이야기합니다. 그들의 말은 확실히 음미할 만하고 진정 덕이 담긴 말이어서 들으면 들을수록 싫증과 권태를 잊게 합니다以此而觀, 所講者未必公之所行, 所行者又公之所不講, 其與言顧行, 行顧言何異乎? 以是謂爲孔聖之訓可乎? (…중략…) 翻思此等, 反不如市井小夫, 身履是事, 口便說是事, 作生意者但說生意, 力田作者但說力田. 鑿鑿有味, 眞有德之言, 令人聽之忘厭倦矣." 번역문은 김혜경(한길사, 2004)과 홍승직(홍익출판사, 1998) 두 사람의 번역문을 참고하여 약간 손질을 했다.

해져 갔다. 리즈는 성실하지 못한 이들을 적대시 하면서, 종종 '거짓된 사람假人'이 '거짓된 말假言'을 하고 쓰는 것에 대해 언급하고, '위선적인 도덕주의假道學'와 그것을 실행에 옮긴 사람들을 공격했다.[40] 그는 백화 문학을 진지하게 다루어야 한다는 생각과 소설에 평점을 쓴다는 생각을 모두 애써 지지했다는 점에서 중국 소설에 커다란 충격을 주었다. 그의 이름으로 나온 소설 평점본들에서는 그의 문체와 말들을 흉내내어 똑같은 목표물들을 많이 공격했다.[41]

성리학의 도덕성은 집단의 필요에 따라서 개인적인 욕망의 억제를 요구한다. 명말에는 종종 '자본주의의 맹아'로 묘사되는 사회 전반에 걸친 경제적 발전과 연계되었을 수도 있는 사회 의식상의 부분적인 변화를 목도하게 된다. 자아와 사회 사이의 경계는 (양자간의 갈등에 대한 동시적인 강조가 수반되어) 좀더 날카롭게 그려지게 된 듯하다. 확실히 이로 인해 자아와 사회의 요구 사이의 기본적인 모순에 대한 의식이 제고되었다. 근대 이전의 중국에서 소설 쓰기와 읽기의 이단적인 성격은 그러한 주제를 탐구하는 데 훌륭한 도구가 되었다.

지속적으로 중요성을 갖고 있던 것은 전통적인 비평가들과 독자들이 인물 내면의 상태를 드러내는 데 대해, 특히 위선과 표리부동의 가면을 벗겨내는 데 대해 의견의 일치를 본 것이었는데, 이것은 소설에 대해 말하면서 거울의 비유를 반복적으로 사용하는 것에서 가장 잘 나타난다.

---

40) 리즈는 병중에 있는 그의 형인 무왕武王이 있는 자리에서 죽어버리겠노라고 맹세한 저우궁周公의 위선에 대해서도 공격했다(『초담집初潭集』, 10권, 113면). 장주포는 우웨냥吳月娘이 시먼西門 가의 후계자를 위해 기원하는 것에 대해 비슷한 의심을 품었으며, 『유림외사』에서는 첩실인 조씨가 죽어도 하녀의 신분을 지키겠노라고 기도하는 것이 묘사되고 있는데, 이것은 거의 확실하게 정실 부인의 지위를 얻기 위한 계략의 일부인 듯이 보인다(『유림외사회교회평본』, 5회 75면).

41) 『삼국연의』 '리즈' 평점본에서는 류베이劉備가 위선적이라고 공격했을 뿐 아니라 마찬가지로 주거량諸葛亮에 대해서도 가혹하게 굴었다. 황린黃霖은 주거량에 대한 평점가의 불만이 나중에 마오씨 부자에 의해 바뀐 주거량의 인물 형상화에 나타난 결함 때문이라고 주장했다(「리즈와 마오쭝강본에서의 주거량 형상 비교론李毛兩本諸葛亮形象比較論」, 92~109면).

중국에서는 문화 거울이 항상 단순한 외양을 반영하는 것만이 아니라, 거짓된 외양의 이면에 감추어져 있는 것을 드러낼 수 있었다.[42] 서구의 문화에서는, 드라큘라가 실수로 거울에 비춰짐으로써(그가 영혼이 없다는 증거로, 울프Wolf, 『주해본 드라큘라*The Annotated Dracula*』, 27면) 정체가 드러나게 된다면, 인간의 탈을 쓴 중국의 괴물과 정령들은 그들이 진정한 모습을 드러내도록 그들에게 거울을 돌려대는 것에 의해 정체가 드러난다. 거훙葛洪(281?~341)이 자신의 『포박자抱朴子』에서 험한 산중으로 들어가는 여행자들에게 거울을 갖고 가라고 조언하는 것은 이런 이유 때문이다(웨어Ware 역, 『기원후 320년 중국의 연단술과 의학, 종교—거훙의 『포박자 내편*Alchemy, Medicine, and Religion in the China of A.D. 320 : The "Nei p'ien" of Ko Hung("Pao-p'u tzu")*』, 281면). 괴물과 정령들은 자신의 모습을 숨기고 보통 인간의 모습으로 보여질 수 있는 바로 그 능력 때문에 위험한 것이다. 일단 그들의 진정한 모습(과 본성)이 드러나게 되면 해꼬지를 할 수 있는 그들의 능력은 현저하게 감소된다. 표리부동하고 위선적인 사람들도 이 점에서는 똑같다. 때로 평범한 거울은 강력한 괴물을 물리칠 만큼 강력하지 못하기에, '조요경照妖鏡'이라는 특별한 거울을 사용해야 한다(이를테면, 『서유기』, 6면, 45면, 58면 참조).

괴물들과 정령들의 진정한 본성을 드러내는 과정은 '현형現形'이라 부른다. 청말의 '폭로 소설'[43]의 작자들은 소설 속의 인물들의 표리부동과 위선을 폭로하는 데 주의를 기울이는 전통을 이어나갔다. 유력한 예는 『관장현형기官場現形記』가 될텐데, 제목에 앞서 언급한 '현형'의 의미를 사용하고 있다. 이 책을 찬양했던 어떤 이는 이 소설을 '조요경'이라고 추

---

42) 죽음의 신인 염라대왕閻羅大王은 '업경業鏡'을 이용해 죄인의 죄를 드러내고, 붓다는 죄와 공적을 찾아내기 위해 세 번째와 다섯 번째, 아홉 번째 달에 마술 거울을 중국으로 돌린다(황 류훙Huang Liu-hung, 「복혜전서福惠全書—17세기 중국의 지방관을 위한 지침서The Complete Book Concerning Happiness and Benevolence [Fuhuiquanshu] : A Manual for Local Magistrates in Seventeenth Century China」, 84면).

43) 이러한 유형의 소설에 대한 루쉰魯迅의 용어를 좀더 글자 그대로 번역하면 '견책소설譴責小說'이 되겠지만, 통상적인 번역은 우연하게도 여기에서 우리가 논의하는 것과 밀접한 관계가 있다.

어올렸다(무명씨, 『담영실수필潭瀛室隨筆』, 『유림외사연구자료』, 263면). 거울에 의해 폭로된 괴물들과 소설가의 붓에 의해 폭로된 표리부동하고 위선적인 인물들 사이의 유사성은 중국의 소설 비평에서는 통상적인 것이다. 또 다른 청말 소설인 『도올한평檮杌閑評』 서의 작자는 다음과 같이 썼다.

> 괴물들을 인간으로 그려내되 여전히 괴물의 마음을 갖고 있는 것으로 묘사할 수 있는 사람들로 말하자면, 『수호전』의 스나이안과 『홍루몽』의 차오쉐친만이 그런 일을 해낼 수 있다. 그들이 쑹쟝과 우융, 쉐바오차이, 먀오위 등을 묘사할 때, 그들은 완벽하게 훌륭한 사람인 듯하지만, 지각이 있는 사람이라면, 한 눈에 이들이 괴물들이라는 것을 알아챌 수 있다. 작자들은 (이런 인물들에 대한) 비평의 말을 한 마디도 덧붙이지 않았지만, (…중략…) 그들의 뱃속은 똑같이 드러난다.[44]
>
> —찬치츠런懺綺詞人, 「도올췌편서檮杌萃編序」, 쩡쭈인 외 공편, 『중국역대소설서발선주』, 296면

소설 창작에 등장하는 괴물들의 정체를 드러내는 것과 관련 있는 다른 고전적인 예로는 원챠오溫嶠(288~329)가 코뿔소의 뿔을 횃불 삼아 늪 속에 숨어 있는 괴물을 드러낸 것[45]과 신화에서 위禹 임금이 (괴물들과 정령들이 포함된) 모든 것들의 이미지가 그려진 '정鼎'을 그들에게 던진 이야기[46]를 들 수 있다. 괴물들의 모습을 드러내 보여주는 위禹 임금의 정鼎의 형상은 『품화보감品花寶鑑』의 서문 격인 글과 본문에 모두 나온다(천썬陳森, 위윈라오런臥雲軒老人의 서序 시詩, 1면과 60회 887면).

44) [옮긴이 주] 원문은 다음과 같다. "猶是具鬼之形狀, 居鬼之名稱者. 至其寫宋江, 寫吳用, 寫寶釵, 寫妙玉, 則固明明一完好之人也, 而有識者一見而知其爲鬼. 作者未嘗着一貶詞, 而紙上之聲音笑貌, 如揭其肺肝, 如窺其秘奧; 畫皮畫骨, 繪影繪聲, 神乎技矣."

45) 팡쉬안링房玄靈 편, 「원챠오전溫嶠傳」 57권, 1,785면. 장잉위張應兪의 『두편신서杜騙新書』의 삽화에는 원챠오와 그가 사용한 횃불의 그림과 여자의 마음 속에 있는 것을 보여주기 위해 궁정에서 사용된 거울의 그림이 들어 있다.

46) 원래의 전설은 훙예 외 공편, 『좌전』, 선공宣公 3년, 182면 참조(왓슨Watson 역, 『좌전』, 81~83면).

감추어진 것을 드러내는 것들 가운데 가장 강력한 것은 류방劉邦이 셴양咸陽을 탈환했을 때 진秦나라 궁전에서 발견된 것으로 추정되는 특별한 거울이다. 그것은 거대한 장방형 모양을 하고 있으며, 사람의 내부를 드러내는 데 현대의 엑스선 장비보다도 뛰어났다고 한다. 몸 속의 병의 위치를 정확하게 찾아낼 수 있을 뿐 아니라, 사람들이 마음 속에 사악한 마음을 갖고 있는지도 보여주었다. 이 전설에 의하면, 진시황秦始皇은 자신의 조정의 신하들의 충성심을 시험해 보는 데 이것보다 더 뛰어난 것은 없다고 생각했던 듯하다(위스予石, 『상용전고사전常用典故辭典』, 386면). 소설 비평에서 이 거울이 어떤 식으로 비유적으로 나오는지에 대한 예로는, 진성탄이 바로 이 거울을 바깥에서 쑹장의 속마음을 드러내 보여주기 위해 스나이안施耐庵이 사용했던 수사적인 기교와 비교한 것을 들 수 있다(『수호전회평본』, 57회 1,061면, 협비). 똑같은 비유가 진성탄 이후 다른 평점가들에 의해 사용되었는데, 청말 즈음에, 소설의 작가와 비평가들은 이 거울과 어떤 서구의 발명품 사이의 유사성을 인식하고 소설을 현미경(이를테면, 『이십년목도지괴현상二十年目睹之怪現狀』, 14회에서의 우젠런吳趼人의 말, 웨이사오창, 『우젠런 연구자료』, 49면)이나 엑스선 장비(이를테면, 디바오셴狄寶賢, 「문학에서의 소설의 지위를 논함論文學上小說之位置」, 궈사오위郭紹虞, 『중국역대문론선』 4권, 237면)라고 말하기 시작했다.

위선과 표리부동의 폭로는 청말 폭로 소설의 핵심이었다. 이때에 이르게 되면 진성탄의 시대와 마찬가지로, 표리부동하고 위선적인 인물들의 창조가 독자와 비평가들이 그랬던 것보다 원래 작자의 작품에서 첫 손가락 꼽는 최상의 것이 되었다. 이러한 전이의 축이 되는 소설이 『유림외사』이다. 우징쯔吳敬梓는 이 작품을 쓸 때, 신실한 인물을 드러내기 위해 앞선 시기의 비평가들과 독자들이 사용했던 수많은 기교들을 염두에 두었던 듯하다. 그의 소설에는 그들이 원래 그렇지 않은데도 그런 것처럼 행세하려는 인물들로 가득하다. 이러한 경향은 몇몇 학자들로 하여금 이 소설에는 긍정적인 인물이 없다고 생각하게 만들었지만, 자세히 살펴보면 우징쯔가 신실한 인물들을 신실하지 못한 인물들의 배경으로 삼았던 진성탄의 기교를 사용했음이 드러난다. 『유림외사』는 후대의 폭로 소설에 대해 극도의 영향력을 발휘한 것으로 알려져 있지만, 『유림외사』는 인물 형상화가 함축적이고, 독자에게 생각하고 있는 것을 직접 말해주는 서사적 개입에서 비교적 자유로운 반면에, 후대의 소설들에서 사용된 기교들은 다듬어지지 않아서 독자들이 어찌 해 볼 여지를 남겨놓지 않았다. 이러한 변화는 의심할 바 없이 좀더 근대적인 출판 형태, 특히 대량의 독자를 겨냥한 잡지나 신문에 연재된 소설의 영향력 하에 청말 소설의 독자나 작자 모두의 변화에 의해 영향 받은 것이었다.

제4부
중국 소설의 작법

제9장_ 소설 비평과 소설 작법

이 책의 주제는 여러 명의 작자가 집단으로 참여했던 초기 단계로부터 이러한 전통의 정점에 이른 청대까지의 변천과정에서 나타난 수많은 변화들이 비평가와 편집자라는 이중의 역할을 수행했던 중국의 전통적인 소설 평점가들의 노력과 긴밀하게 연결되어 있다는 것이다. 물론 이런 류의 폭넓은 변화들을 단일한 요인으로 돌리는 것은 어리석은 일이 될 것이나, 이 장에서는 소설 작법에 대한 전통적인 비평가들의 영향에 대해서 보게 될 것이다.

문학에서 인생의 재현은 대체로 자율적인 개인에 의한 직접적이고 개입되지 않은 관찰보다는 문학 자체의 관습에 의해 결정된다. 문학은 하나의 시스템이고, 각각의 문학 장르에는 글로 쓰여지지 않았거나 씌어진 그 나름의 시학이 있다. 독자들이 이해할 수 있게 하기 위해, 각각의 새로운 작품은 반드시 그 자체로 비판적이거나 무비판적으로, 포괄적이거나 부분적으로 (그 자체로 단선적이거나 복합적일 수 있는) 그런 시학의 시스템에 연결되어야 한다. 각각의 장르에 대한 시학의 두 가지 주요 구성 성분들은 모방해야 할 모델이거나 넘어서야 할 이정표인 유명하면서도 영향력 있는 문학 작품들과 정연하고 조직화된 서면 상의 시학을 구성하는 문학 비평가들의 저작이다. 전통적인 소설 비평가들은 평점과 편집 작업을 통해 소설의 규범과 장르의 필수 조건을 수립하는 데 커다란 공헌을 했다. 하지만 그들의 저작들은 원자화되고 특수화되는 경향이 있었다. [따라서] 우리가 할 일은 그들의 작업에서 시스템과 구조를 찾아내는 것이다.

'상식'에 의하면, 예술에 대한 비평가의 관계는 기생적이고 사후적ex post facto이다. 비평가는 항상 창조적인 예술가 뒷 켠에 한 걸음 물러나 있으되, 결코 따라잡을 수 없으며, 미래의 경향을 잘못 예언하는 것으로 악명이 높다. 그들의 역할을 이런 식으로 수동적으로 규정하면, 비평가들은 그들의 관심을 끄는 문학 작품들의 뛰어난 특징들을 다소 규칙적으로 기술하게describe 된다. 때로 이러한 기술은 규범적인prescriptive 형태로 또는 규범적인 것으로 받아들여지는데, 이것은 문학 비평가의 저작이 미래의 문학 작품의 내용이나 형식에 영향을 줄 수 있는 하나의 방법이기도 하다. 일례로 후대의 저작에 대한 아리스토텔레스의 『시학』의 영향을 들 수 있다. 그는 비극에 대한 논의에서, 특히 두 개의 개념을 강조했는데, 그것은 반전과 발견이다. 『시학』 16장에서는 다른 인물들(과 청중들), 또는 그 자신(외디푸스의 경우에서처럼)에 대한 주동 인물protagonist의 진정한 정체성의 발견에 대한 몇 개의 서로 다른 기교들을 분석하고 판단하고 있다. 3세기의 그리스 산문 로망스인, 헬리오도루스Heliodorus의 『아에티오피카*Aethiopica*』[1]에는 『시

---

1) [옮긴이 주] 『아에티오피카*Aethiopica*』는 『에티오피아 이야기*the Ethiopian story*』, 또는 『테아게네스와 카리클레아*Theagenes and Chariclea*』로 알려져 있는 고대 그리스의 로만스 또는 소설로, 기원 후 3세기 경의 소피스트인 에메사의 헬리오도루스Heliodorus of Emesa의 작품으로 알려져 있다. 이것은 호머와 유리피데스 작품에서 영향을 받았다고 알려져 있으며, 제목 자체는 이야기가 에티오피아에서 일어난 사건이라는 것을 의미한다. 하지만 정

학』에서 개괄된 다섯 가지 유형의 발견들이 포함되어 있는데, 이 작품의 클라이맥스에 대한 다섯 번째 유형(아리스토텔레스가 가장 긍정했던 것)은 유보되어 있다. 이 로만스의 등장인물들이 '발견'이라는 개념을 몇 차례나 말로 표현한 사실로 볼 때, 이것이 작자가 의식적으로 기획한 것이었다는 사실이 드러난다(하이저만, 『소설 이전의 소설』, 197~199면). 이 경우, 아리스토텔레스는 이미 발견의 유형의 등급을 매김으로써 기술의 수준을 넘어서 버렸다. 하지만 중요한 문학 비평가가 문학 작품에 나타난 특징들에 대해 기술한 것조차도 후대의 작가와 비평가들에 의한 규범으로 전환될 수 있다. 이것은 비극에서 유명한 '삼일치'의 경우인데, 르네상스의 극작가들은 이것을 아리스토텔레스의 것으로 돌렸고, 딱딱하게 굳어져버린 규칙으로 해석했다. 하지만 아리스토텔레스는 결코 '장소의 일치'의 순서에 대해서는 아무런 말도 한 적이 없으며, 그러한 규칙에 대해 드러내 놓고 지지한 적도 없었다.

이제까지 드러난 바와 같이, 전통적인 중국 소설 비평가들은 거의 언제나 규범적이었는데, 심지어 그러한 규범들이 편의상 그렇게 한 것이라는 구실에 대한 그릇된 믿음에서 나온 것이거나, 단순히 함축적인 것이었음에도 그러했다. 의심할 바 없이 소설에 대한 평점 비평가들은 그들이 좋아하는 소설들(과 그들의 평점)에 대한 독법이 후대의 창작에 영향을 주기를 기대했다. 장주포의 다음과 같은 언급을 보라. "『금병매』를 읽기 전에 자신의 문장이 그저 그랬는데 『금병매』를 읽은 후에도 자신의 문장이 여전히 그저 그렇다면 그 사람은 바로 자신의 필묵을 태워버리고 쟁기로 밭이나 일궈야 한다. 즐겁고 유쾌한 삶을 위해 다시는 필묵으로 글을 써 사서 고생하는 일이 없어야 한다."[2](『금병매자료휘편』, 41

작 이 작품을 유명하게 만든 것은 신속한 사건의 연속과 다양한 등장인물, 당시 풍속과 풍광에 대한 생생한 묘사, 그리고 단순하면서도 우아한 필치이다.

2) **[옮긴이 주]** 원문은 다음과 같다. "未讀『金瓶梅』, 而文字如是, 旣讀『金瓶梅』, 而文字猶如是. 此人直須焚其筆硯, 扶犁耕田, 爲大快活, 不必再來弄筆硯自討苦吃也."

면, 「비평제일기서 『금병매』 독법」 74조, 로이, 「『금병매』 독법」, 235면)

중국 소설 평점 비평의 정수는 꼼꼼하게 읽는 것精讀으로, 그 결과 독자는 세부 묘사나 언어의 뉘앙스에 세심한 주의를 기울이도록 길들여졌다. 이제까지 우리가 본 바와 같이, 독서의 과정은 자신의 흔적을 덮어버리는 교활한 작자와 경험 있고 꾀바른 독자 사이의 경연으로 여겨지는데, 이 경우 독자는 그와 동지인 평점가에 의지해 몇 가지 점을 드러낼 수 있지만, 평점가가 손대지 않고 남겨둔 수없이 많은 미묘한 사항들을 자신의 힘으로 까발려내야 한다. 역시 우리가 보았던 대로, 장주포張竹坡는 소설 평점가의 작품을 가까이 있는 작품의 재창조로 보았으며, 그리하여 어떤 면에서는 그 자체로 창작 행위에 비교했다. 여기서 전통적인 중국 소설 비평에 특유한 세 가지 요소들을 염두에 둘 만하다. ① 소설에 흥미를 가진 사람이라면 반드시 읽어야 하는 주요 작품들 가운데 평점본의 우세, ② 소설에 대한 새로운 관념과 일치시키기 위해 기왕의 텍스트를 편집하는 것, ③ 평점가가 독자로 하여금 새로운 소설 작품을 쓰게끔 명시적으로 또는 암시적으로 이끌어내는 것.

대다수를 차지하는 형식적인 기준, 특히 중국의 전통 소설에 알맞은 기준에 따라 이하에서 논의할 내용을 구성하기 위해, 나는 패트릭 해넌이 전통적인 중국 백화소설의 특질에 대해 기술한 것을 이용할 것이다. 그 주요한 특질들은 "이야기꾼이 구연하는 듯한 맥락"의 사용과 이른바 평점과 묘사, 재현이라는 세 가지 서로 다른 담론 양식을 조화롭게 사용하는 것이다.

1. 이야기꾼說話人 서술자

중국 백화소설에서는 어느 정도, 서술자가 항상 청중들에게 이야기하는 이야기꾼說話人의 페르소나에 그 자신을 감추고 있다. 해넌은 이것을 "이야기꾼이 구연하는 듯한 맥락simulated context of the oral storyteller"이라고 불렀다.[3] 원래 실제로 이야기를 들려주던 행위와 어떤 연관이 있든, 이것은 명말까지도 글로 씌어진 문학 작품의 관습이었고, 새로 등장한 작가들은 저잣거리나 찻집 순례가 아니라 초기의 모델에서 이것을 배웠다. 서술자는 (소설을 읽는) 청중에게 발문을 하고, 청중들이 제기할 지도 모르는 반대 의견에 대해 해명을 시도한다. 초기 백화소설의 예에서는 맹아적 형식으로만 나타났던 이러한 '구연하는 듯한 맥락'은 명말에 전성기를 맞는다.[4]

해넌의 도식에서, 이야기 그 자체는 다음의 세 가지 독특한 형식의 양식에 의해 [청중들에게] 들려지는데, 그것은 평점 양식(서술자의 요약과 [등장인물의] 행위에 대해 평을 하는 시사詩詞의 삽입, 그리고 서술자의 평점)과 묘사 양식(시간을 멈추어 놓고 등장인물들을 묘사하는 것과 거의 언제나 상투적인 말로 제시되는 통상적인 변문騈文이나 시사詩詞의 배치), 그리고 재현 양식(행위를 직접 모방하는 것)이다.[5] 가장 발전된 예에서라 할지라도, 묘사와 평점은 재현 양식을 통해 전달되었지만, 초기의 예들에서와는 달리, 평점과 묘사 양식은 재현 양식과는 별개의 것이었고 그것에 종속되지 않았다.[6]

---

3) 해넌, 「링멍추 소설의 특징The Nature of Ling Meng-ch'u's Fiction」, 87~89면 참조. 단편소설에서의 이렇게 '구연하는 듯한 맥락'의 변화에 대한 역사적 개괄은 그의 『중국백화소설』, 27면 참조.

4) 윌트 이드마Wilt Idema의 용어를 사용하자면, 만개한 '이야기꾼의 방식'은 펑멍룽馮夢龍의 「삼언三言」까지는 두드러지지 않았다(『중국백화소설』, 23~25면).

5) 해넌의 「초기 중국의 단편소설Early Chinese Short Story」, 305면 참조. 제궁조諸宮調의 세 가지 양식에 대해서는 천리리Ch'en Lili, 「제궁조의 외적, 내적 형식들Outer and Inner Forms of Chu-kung-tiao, with Reference to Pien-wen, Tz'u, and Vernacular Fiction」, 146~149면 참조.

'가상' 이야기꾼의 주요 임무 가운데 하나는 이러한 전이를 통해 하나의 양식에서 다음 양식으로 독자를 인도하는 것이었다.

중국의 백화소설에 독특한 것은 '이야기꾼說話人이 구연하는 듯한 맥락'의 존재와 (서구 소설에 존재하는 사례들과는 동떨어진)[7] 세 가지 서로 다른 양식들의 절묘한 조작뿐 아니라, 그것이 갖고 있는 생명력과 탁월함이다. 중국에서 가상의 이야기꾼은 직업적인 이야기꾼이 백화로 말한 이야기를 듣는 익숙한 상황을 빌어 백화로 된 소설을 쓰고 읽는 익숙하지 않은 과정을 자연스럽게 만드는 하나의 방법이다. 이것은 초기 백화소설의 '작자'의 부재를 다루려는 기능적인 시도로 보여질 수도 있다.[8] 서구의 작자들은 이것과 다른 문제에 직면했고, 다른 해법을 선택했다.[9] 하지만 중국에서 이야기꾼 시뮬라크럼[10]과 세 가지 양식이 오랫

6) 단편소설에 대한 가장 최근의 책에서, 해넌은 '대등한 평어와 묘사coordinate comment and description'라고 말하는 것을 선호하고 있지만(『중국백화소설』, 20~21면), 우리의 목적을 위해서는 세 가지 독특한 양식에 대한 이전의 공식화가 좀더 유용하고 후대의 공식화와 모순을 일으키지 않는다.

[옮긴이 주] 해넌의 용어는 어느 하나가 다른 하나에 종속되거나 하지 않고 대등한 관계에 있다는 것을 특히 강조하고 있다. 하지만 롤스톤은 그렇게까지 하지 않아도 이 세 양식의 관계는 충분히 설명이 가능하다는 입장에서 이렇게 말한 것이다. 참고로 김진곤의 『중국백화소설』 번역본에서는 이 내용을 밋밋하게 처리하고 넘어갔다. 우선 김진곤의 번역본에서 '대등한 묘사coordinate description'는 그냥 '묘사'(김진곤의 우리말 번역본 49면)로 '대등한 평어coordinate comment'는 '작가적 설명'(50면)으로만 번역이 되어 있다. 아마도 이러한 전후 맥락을 고려하지 않은 상태에서 번역이 이루어졌기 때문에 그렇게 한 것이라 사료된다.

7) 가장 두드러진 예는 고트프리트 폰 스트라스부르크Gottfried von Strassburg(1210년경)의 『트리스탄*Tristan*』과 같은 중세 소설에 있을 것이다.

8) 작자의 부재에 대해서는, 이 책의 제4장과 자오 이헝Zhao Yiheng의 「불편한 서술자—20세기 초 중국의 소설과 문화The Uneasy Narrator : Fiction and Culture in Early Twentieth Century China」, 20면 참조. 그는 초기 단계 백화소설의 특징을 직접 창작한 것이 아니라 '다시 쓴 것'으로 규정했다.

9) 유럽에서 라틴어에서 속어俗語vernacular로의 변화는 문학에 대한 구두의 영향이 쇠퇴하기 시작한 것과 동시에 일어났다. "사적인 독서가 점점 더 통상적인 것이 되어감에 따라, 중세의 작자들은 그 작품을 읽어주고, 의미를 결정하는 사람으로서의 이전의 역할, 곧 12세기의 세속 문학에 최초로 나타났던 허구적인 서술자—시인을 다시 만들어 내는 텍스트 자체 내에서의 기교적인 장치를 발전시켰다."(쉬바노프, 『초오서의 두 개

동안 존속한 것을 강조한다고 해서 이러한 것들이 명청 시기 내내 변화를 겪지 않았다는 것을 의미하지는 않는다. 이러한 변화들의 특징과 이것에 대한 소설 비평의 공헌은 아래에서 개괄될 것이다.

명말에 성숙한 단계에 이른 뒤, 이야기꾼이 구연하는 듯한 맥락은 두 가지 노선을 따라 발전했다. 하나는 『유림외사』에서와 같이 이야기꾼으로서의 서술자의 존재에 대한 표지가 최소한으로 사라지게 된 것이다. 다른 하나는 『화월흔花月痕』의 개장開場 부분이나 『아녀영웅전』 전체에서와 같이 이야기꾼 페르소나를 조금 더 앞으로 전진배치하고, 이야기하는

의 초기 평점에서의 새로운 독자와 여성 텍스트성』, 97면)

10) 20세기 들어 이러한 시뮬라크럼의 종언에 대한 통상적인 해명은 서구 소설의 중국으로의 유입이다(이를테면, 왕쭈셴王祖獻, 「외국 소설과 청말민초 소설 예술의 근대화外國小說與淸末民初小說藝術的近代化」, 287~290면)

[옮긴이 주] 시뮬라크럼은 순간적으로 생성되었다가 사라지는 우주의 모든 사건 또는 자기 동일성이 없는 복제를 가리키는 철학 개념으로, 포스트구조주의의 대표적인 철학자 프랑스의 들뢰즈Gilles Deleuze가 확립한 철학 개념이다. 시뮬라크르는 원래 플라톤에 의해 정의된 개념이다. 플라톤에 의하면, 사람이 살고 있는 이 세계는 원형인 이데아, 복제물인 현실, 복제의 복제물인 시뮬라크르로 이루어져 있다. 여기서 현실은 인간의 삶 자체가 복제물이고, 시뮬라크르는 복제물을 다시 복제한 것을 말한다. 그러나 엄밀한 의미에서 완전한 복제란 있을 수 없다. 사진을 찍을 때, 모델의 겉모습은 사진에 그대로 나타나지만 사진을 찍는 바로 그 순간의 모델의 진짜 모습을 담은 것은 아니다. 사진을 찍는 사건이 일어나는 순간적인 시점에 모델의 마음 속을 스쳐 지나간 수많은 생각·느낌까지 사진에 담을 수는 없기 때문이다. 따라서 복제되면 복제될수록 진짜와는 점점 거리가 멀어진다. 이 때문에 플라톤은 시뮬라크르를 한 순간도 자기 동일로 있을 수 없는 존재, 곧 지금 여기에 실재實在하지 않는 것이라 하여 전혀 가치가 없는 것으로 보았다. 시뮬라크르를 정의할 때, 최초의 한 모델에서 시작된 복제가 자꾸 거듭되어 나중에는 최초의 모델과 구분할 수 없을 정도로 뒤바뀐 복사물을 의미하게 된 것도 이러한 이유 때문이다. 그러나 들뢰즈는 역사적인 큰 사건이 아니라 우주에서 일어나는 모든 사건, 즉 순간적이고 지속성과 자기 동일성이 없으면서도 인간의 삶에 변화와 의미를 줄 수 있는 각각의 사건을 시뮬라크로로 규정하고, 여기에 커다란 가치를 부여하였다. 들뢰즈는 이를 '사건의 존재론'으로 설명하는데, 그가 말한 시뮬라크르는 위의 시뮬라크르 개념과 다르다. 들뢰즈가 생각하는 시뮬라크르는 단순한 복제의 복제물이 아니라, 이전의 모델이나 모델을 복제한 복제물과는 전혀 다른 독립성을 가지고 있다. 이는 모델의 진짜 모습을 복제하려 하지만, 복제하면 할수록 모델의 모습에서 멀어지는 단순한 복제물과는 다르다는 것을 의미한다. 들뢰즈의 시뮬라크르는 모델과 같아지려는 것이 아니라, 모델을 뛰어넘어 새로운 자신의 공간을 창조해 가는 역동성과 자기정체성을 가지고 있기 때문이다. 따라서 단순한 흉내나 가짜(복제물)와는 확연히 구분된다.

과정을 극화하는 것이나, (『육포단』을 포함한) 리위李漁의 소설과 『홍루몽』의 일부에서 그랬듯이 서술자를 개성화하고 이야기꾼이 구연하는 듯한 맥락을 아이러니컬하게 다루는 것이다. 이 책의 제13장에서는 『유림외사』와 같은 작품들에서 서술자는 독자에게 독자 자신의 평점을 쓸 공간을 허용하기 위해 뒤로 물러서고, 12장에서는 텍스트 바깥의 평점가가 새롭게 개성화된 서술자에 대한 중요한 모델이라는 사실을 다루게 될 것이다.

'이야기꾼' 서술자와 마찬가지로, 평점 비평가는 [이야기의] 전환점과 텍스트 내에서의 서술 초점의 변화, 이를테면 통상적으로 '이야기꾼'이 독자에게 명시적으로 알려주는 하나의 서사 실마리로부터 다른 실마리로의 전이를 통해 독자들을 편하게 해주는 것을 자신이 해야 할 일 가운데 하나라고 생각했다. 우리는 평점에서 그런 전이를 다루기 위해 사용되는 똑같은 유형의 언어를 발견하게 될 뿐만 아니라, 편집자 겸 평점가가 이야기꾼의 수사를 제거하고 그 자신의 협비 안에 비슷한 언어로 대체한 예들을 발견하게 된다(참고로 뤄관중, 『삼국지통속연의』, 5권, 10칙則, 245면과 『삼국연의회평본』, 25회 311면, 마오쭝강 협비). 비록 '이야기꾼'과 평점가의 관심이 약간 다르기는 하지만(전자는 자신의 독자가 텍스트를 따라오는 능력을 걱정하고, 후자는 어떤 곳에서 어떤 인물이 텍스트의 진정한 초점인가를 표시하는 데 좀더 관심이 있다), 어느 한 쪽이 다른 한 쪽을 대체할 수 있다. 평점은 남김없이 다 발휘된 적이 없었기 때문에, 독자가 그들에게 소개된 방법들을 내면화하고 그것들을 다른 곳에 적용시키기를 기대했다. 일단 그런 내면화가 성취되면, 이러한 '이야기꾼'의 특별한 기능을 제거하기 위한 단계로 넘어가게 된다.

다른 전술은 (시간과 장소를 가리지 않고, 또는 이 인물에서 저 인물로 뛰어드는) 이야기꾼 겸 서술자의 창조가 요구되는 서술적 전이를 일괄적으로 제거하는 것이다. 앤드루 플락스는 (진성탄에 의해 유보된) 『수호전』의 서두 부분에서 서사적 실마리들이 전이되는 것을 서술 초점에서의 '당구공' 전이로 규정했다(『사대기서』, 309면). 108호한의 구성원 가운데 한 사람(큐 볼)은 같은 집단의 다른 사람(빌리어드 볼)을 만난다. 큐 볼의 (서술) 모멘텀은 빌리어드 볼로 전이되고 이야기는 서술적 개입이 거의 필요 없는 새로운 인물들과 함께 계속 진행된다. 비록 진성탄이 드러내놓고 이러한 기교를 찬양하지는 않았지만,[11] 이것은 그가 힘써 옹호했던 『수호전』 70회 가운데 탁월한 부분이며, 후대의 소설 가운데서도 특히 『유림외사』에서 발전한 기교이다. 이를테면 전통적인 이야기꾼의 개입을 '상투적인 것俗套'(황샤오텐黃小田, 『유림외사』, 38회 358면, 협비)으로 기술한 황샤오텐은 『유림외사』의 이러한 측면을 찬양했는데, 그의 평어는 장주포가 똑같은 작업을 '해로운 상투성惡套'이라고 규정한 것에 대한 반향일 수도 있다(『장주포 비평 제일기서 금병매』, 1회 7면, 회평 27).

어떤 평점가들은 평어가 그들 자신의 정치적 견해와 일치한다면, 다양한 주제에 대한 의견을 내놓기 위해 가상의 이야기꾼의 성향을 받아들였다. 단도직입적으로 쑹쟝을 조정에 대한 충忠으로 해석한 『수호전』 위안우야袁無涯본 평점에서는 몇 차례나 서술적 개입의 사례를 찬양하였다. 과연 위안우야와 그의 동료들이 이 판본의 최종적인 형태에 삽입한 것으로 보이는 20회에 이르는 장회들에서는, 서술적 개입이 이 소설의 나머지 부분에서보다 훨씬 더 자주 나온다.[12] 하지만 진성탄은 이런 언급들 속에 함축된 해석에 단호하게 반대하는 입장에 섰다. 때로 진성탄은 서술자의 언급이 그들이 말하려 한 듯한 것과 정확하게 반대의 것을 의미한다고 강변하거나(이를테면, 『수호전회평본』, 57회 1,061면, 협비), 평점 양식의 언어를 그 자신의 평점에 있는 반대되는 말로 대체하기도 했다(이를테면, 『수호전전』, 68회 1,166면 주66과 『수호전회평본』, 67회 1,237면, 협비). 룽위

11) 하지만 그는 별도의 서술적 실마리를 삭감하는 것은 찬양했다(이를테면, 『수호전회평본』, 1회 63면, 협비).

12) 그렇다고는 해도, 이 판본의 한 협비에서는 소설 작가가 '이야기꾼의 말투說書人口氣'를 사용하지 않고도 간단한 설명을 첨가했다고 칭찬했다.

탕容與堂본의 평점가는 서술적 개입에 대해 경멸적으로 언급하고는(이를테면 『수호전회평본』, 61회 1,473면, 협비), 이것들을 삭제할 것을 요구했지만(이를테면, 「수호전회평본」, 45회 1,469면[두 개의 사례]와 100회 1,336면의 협비), 그러한 단계에 이르기 위해서는 진성탄의 등장을 기다려야 한다.[13]

가상의 이야기꾼의 서술적 개입은 종종 '독자들은 들어보시오看官聽說'라는 말로 시작된다.[14] 이 구절은 『금병매』 초기 판본에는 47번이 나오는데, 숭정본에서는 이 가운데 12개가 삭제되었고, 세 가지 부가적인 경우에는 '독자들은 들어보시오看官聽說'라는 구절을 제거함으로써 개입의 의미가 약화된다.[15] 어떤 연구자는 그렇게 함으로써 숭정본이 '독특한 새로운 스타일'을 창조했다고 주장하기까지 했다(자오 이헝, 「불편한 서술자-20세기 초 중국의 소설과 문화」, 41~42면). 몇몇 후대의 소설들에서 서술적 개입을 대량으로 이용하긴 했지만, 독자나 평점가들이 이것을 항상 좋게 받아들인 것은 아니었다. 『속금병매』는 거의 매 회를 윤리서善書인 『태상감응편太上感應篇』의 구절로 시작하고 있으며, 똑같은 시점에서 대

---

13) 이를테면, 『수호전전』, 21회 323면 주71과 72, 그리고 45회 748면의 주34('看官聽說'이 포함된) 참조. 하지만 그의 기호에 맞는 경우에는 진성탄도 초기의 비평가들이 비난한 서술적 개입을 찬양했다. 서술자의 평어 가운데 술에 탐닉하는 것을 룽위탕본에서는 '부패한 (도덕주의)'腐로 규정했지만(『수호전회평본』, 3회 112면, 협비), 진성탄은 다음과 같이 말했다. "무식한 사람이 이 구절을 보게 되면, 곧 작자가 이것을 빌어 술에 탐닉한 사람들을 설득하고 경고한 것이라고 말할 것이다. 내가 만약 이런 말을 들었다면, 나는 바로 그에게 가혹한 채찍질을 가했을 것이다不文之人見此一段, 便謂作書者借此卷戒酒徒, 以魯達爲殷鑒, 吾若聞此言, 便當以夏楚痛樸之." 그는 계속해서 개입의 진정한 목적은 루즈선魯智深이 술을 마신 것과 절에서 소란을 피운 것 두 가지 사이의 완충 역할을 한 것此處不少息幾筆, 以舒其氣而殺其勢, 則下文第二番使酒, 必將直接上來, 不惟文體有兩頭大中間勢之病, 兼寫魯達作何等人也?(원문은 [옮긴이 주])이라고 말했다(앞의 책, 협비).

14) (이를테면) 『수호전』 100회본에서는 비교적 드문, 이 구절은 『금병매사화金甁梅詞話』에서는 가장 많은 숫자에 도달하게 되지만, 이 소설의 후대의 판본과 펑멍룽馮夢龍이 출판한 단편소설 선집에서는 전체적인 숫자가 감소하게 되는데, 유일하게 증가하는 것은 링멍추凌濛初의 이야기들에서이다(테라무라 마사오寺村正男, 「금병매사화 중의 작자가 간관청설을 차입한 것을 논함金甁梅詞話中的作者借入文看觀聽說考」, 245~246면)

15) 이런 특징에 대해서는, 류후이劉輝의 『금병매의 성서와 판본 연구』(22~23면) 참조. 데이비드 로이에 따르면, 『금병매』에서 '독자들은 들어보시오看官聽說'라는 구절의 전체 숫자는 실제로는 47이 아니라 51이라고 한다.

량의 서술적 개입이 두드러지게 나타난다. 하지만 오래지 않아 이런 것들 대부분을 제거한 새로 단장한 판본이 나왔다(이 책의 제12장 참조)

평점 양식의 기능 가운데 하나는 도덕적 판단을 텍스트에 나오는 인물과 사건으로 넘기는 것이다. 이것은 중국의 역사 기술에서의 명시적인 평가와 중국 희곡에서 새로운 인물이 처음 등장하면서 스스로를 드러내는 노래를 부르는 것과 관련이 있다. 하지만 쓰마첸은 자신의 평가를 직접 언급하지 않고 함축적으로 드러내는 기교 때문에 찬양되었고, 그의 역사 기술의 전통 역시 명시적인 판단의 추가 없이 직접 사건을 제시하는 것을 찬양했다(이를테면, 류즈지劉知幾, 『사통史通』「서사敍事」, 궈사오위郭紹虞, 『중국역대문론선』 2권, 37면). 진성탄은 『수호전』 텍스트 내에서의 쑹장에 대한 공식적인 견해와 일반적인 태도 모두를 뒤엎으려고 했다. 암시적인 판단이라는 개념은 그에게 매우 유용한 것이었는데, 그는 이것을 무엇보다도 "사건을 제시하되 그에 대한 [명시적인] 판단을 하지 않는 역사가의 방법此史家案而不斷之式也(원문은 [옮긴이 주])"(『수호전회평본』, 40회 750면)이라 불렀다. 이를 통해 진성탄은 상당히 그럴 법하지 않은 많은 곳에서도 작자가 암시적으로 배치해 놓았음직한 쑹장에 대한 비판을 발견할 수 있었다.

암시적인 판단을 선호해 서술자가 명시적으로 등장인물들에 대해 판단을 내리는 것을 억제한다는 생각은 인기를 얻었고, 후대의 소설가들에 의해 채용되었는데, 가장 두드러진 예는 아마도 『유림외사』에서일 것이다. 워셴차오탕臥閑草堂본의 평점에서는 이 소설의 이러한 측면에 대해 찬양했고(『유림외사회교회평본』, 4회 67면, 회평 7과 7회 112면, 회평 3, 린순푸 역 「워셴차오탕본 『유림외사』 회평」, 258, 263면), '진부한' 작자들이 평점 양식을 사용한 것을 조롱했다.[16] 청말의 비평가들(이를테면, 만鬘, 「소설소화小說小話」, 『중국역

---

16) 『유림외사회교회평본』, 4회 66면, 회평 5와 51회 689면, 회평 4(린순푸 역, 「워셴차오탕본 『유림외사』 회평」, 258, 293면). 이 평점이 나온 것과 똑같은 세기에 미국의 소설 평자들은 '반성'(서술자의 입장에서 개입하는 윤리 도덕)에 대해 불평하기 시작했다(바엠Baym, 『소설과 독자 그리고 논평자—남북전쟁 이전의 미국 소설에 대한 반응들*Novels, Readers, and Reviewers: Responses to Fiction in Antebellum America*』, 122~128면).

대소설논저선』 하권, 262면)과 작자들(이를테면, 우젠런吳趼人의 『이십년목도지괴현상』 61회에 대한 그 자신의 평어, 웨이사오창, 『우젠런연구자료』, 67면) 역시 인물들에 대한 명시적인 판단이 소설 텍스트에서 억제되어야 한다고 주장했다. 그 밖의 많은 점에 있어 『유림외사』에 빚을 지고 있는 청말의 폭로 소설들은 이러한 원리를 적용하는 데 있어서는 훨씬 못 미치고 있다.

판단은 서술자의 입을 통해서가 아니라 등장인물의 입을 통해서 전달될 수도 있다. 진성탄은 이야기꾼의 입을 빌어 개별 인물들이 말을 하게 했다.[17] 이런 식의 간접적인 방법은 『홍루몽』 즈옌자이 평점에서 다음과 같이 찬양했다. "놀라운 것은 이 책(『홍루몽』)이 그 자체로는 '이 인물은 이러 저러한 종류의 사람이다'라고 말하는 비판적인 주석을 가하지 않고, 그 대신 책 속의 다른 인물들이 아무렇지 않게 내뱉은 한 두 마디를 빌어 그런 일을 하고 있다는 점이다. 그런 까닭에 책을 읽는 이가 지적할 만한 느슨한 구석을 찾아 볼 수 없는데, 이것이야말로 진정 교활한 글쓰기이다."[18](『신편 『석두기』 즈옌자이 평어 집교』, 49회 605면, 경진 협비) 우리는 이미 어떤 평점가들의 경우 특정 인물들이 작자의 대변인처럼 행동한다고 믿고 있는 것을 본 적이 있다. 『여선외사女仙外史』와 같은 후대의 소설들은 이러한 기교를 사용했지만, 작자의 판단은 일반적으로 긍정적이거나 부정적인 인물들을 통해서 전달될 수 있다(부패하고 아둔한 인물들은 그들 스스로에 대해 그런 것만큼 다른 사람들에 대해서 어두운 것은 아니다).

가상의 이야기꾼 겸 서술자는 플래쉬백과 등장인물을 소개하는 전기적인 묘사, 작자가 직접 재현의 양식으로 서술하고 싶어하지 않는 소재에 대한 요약을 다루기도 한다. 이러한 장치들은 『수호전』의 후반부에서보다는 진성탄의 전반부에서 훨씬 더 드물게 사용된다. 이를테면, 차

17) 이를테면, 『수호전전』, 59회 999면 주85 참조. 이보다 앞서 펑멍룽馮夢龍은 『육십가소설六十家小說』에서 가져와 「삼언」에 포함시킨 이야기들을 수정하면서 똑같은 일을 했다(이를테면, 탄정비譚正璧 편, 『청평산당화본淸平山堂話本』, 154면 주111 참조).

18) [옮긴이 주] 원문은 다음과 같다. "妙在此書從不肯自下評注, 云此人系何等人, 只借書中人閑評一二語, 故不得有未密之縫被看書者指出, 眞狡猾之筆耳."

이진柴進이 등장하기 전에 그의 이름이 다른 인물에 의해 언급됨으로써, 우리는 그의 명성에 대한 무엇인가를 알게 된다. 그가 최초로 등장했을 때는 린충林冲의 관점에서 묘사된다. 이렇게 간접적으로 묘사하는 두 단계의 방식은 서술적 개입의 필요성을 미연에 제거해준다. 진성탄은 차이진을 이런 식으로 소개하는 것을 찬양했으며(『수호전회평본』, 8회 193~194면, 협비), 『유림외사』와 많은 후대의 소설들에서도 충실히 그를 따랐다. 이것이 사용되지 않은 『유림외사』 내의 소수의 경우로는 좡사오광莊紹光이 처음 등장하는 것을 서술자가 언급한 것이나 제36회에서 위위더虞育德의 공식적인 전기를 제공하는 것을 들 수 있는데, 이것은 수사적인 효과를 위한 것이었다.

진성탄은 『수호전』에서 (이 소설의 전반부에서는 이미 상당히 드물게 사용된) 플래쉬백의 사용을 완전히 없애는 데까지 이르지는 않았지만, 플래쉬백을 강조했던 이야기꾼의 수사를 바꾸었다(『수호전전』, 49회 805면과 818면. 주4)). 우리는 진성탄과 후대의 평점가들이 긍정적으로 생각했던 평어들을 지적할 수도 있을 것인데, 그들의 텍스트에서는 등장인물의 말을 통해 그렇지 않았다면 플래쉬백에서 다루어졌거나(이를테면, 『삼국연의회평본』, 84회 1,020면, 마오쭝강 협비와 '리위李漁' 미비) 서술자의 요약에 의해 제시되었을(『삼국연의회평본』, 16면, 「독삼국지법」 19, 로이, 「『삼국연의』 독법」, 186~188면) 정보나 세부 묘사가 소급적으로 채워졌다. 후자의 경우는 타키자와 바킨이 자신의 일곱 가지 소설 창작의 원리 가운데 하나로 열정적으로 채용했던 것이다(아소 이소지麻生磯次, 『에도 시대의 문학과 중국 문학江戸文學と支那文學』, 461면).

비평가들은 요약이나 플래쉬백 정보가 서술자보다는 재현된 인물들의 중개를 통해 제시되어야 한다고 주창하기도 했지만, 개별 인물의 시점에서 서술적으로 묘사하는 것을 찬성하기도 했다(롤스톤, 「전통적인 중국 소설 비평 저작에서의 '시점'」, 128~141면). 이 점에서, 진성탄은 단순히 텍스트 자체를 수정하는 것을 주창하는 것(이미 그의 평점에 풍부하게 있는)을 넘어섰다. 이를테면, 리쿠이李逵가 한밤중에 뤄진인羅眞人을 공격한 것을 묘사한 대목에서 그는 서술이 리쿠이의 제한된 시각을 좀더 잘 반영하도록 하기 위해 수많은 작은 세부 사항들을 변화시켰다.[19]

때로 차오쉐친曹雪芹이 돌의 생각을 이 소설의 인식의 소재지locus of perception로 진지하게 받아들였을 때, 제한된 시점으로 대량의 실험을 진행했다(이 책의 제14장 참조). 그는 서술자가 직접 제시했다면 상당히 개입적이었을 엄청난 양의 묘사를 삽입하기 위해, 새로운 인물들을 그들의 특별한 시점으로 소개하기도 했다(이를테면, 다관위안大觀園의 내부를 묘사하는 류씨 할머니劉姥姥나 설날의 희생犧牲을 묘사하는 쉐바오차이薛寶釵의 경우) 비록 작품 전체를 관통하는 한결같은 시점의 제한이 『요재지이』의 「영녕嬰寧」과 같은 짧은 문언소설 작품에서보다는 훨씬 드물게 나타나지만, 비평가들과 소설가들은 좀더 제한된 장면들 속에서 성취될 수 있는 효과들에 상당한 흥미를 보였다.

2. 평점 양식에서의 시사詩詞와 묘사

초기 중국 소설들의 특징은 이야기꾼의 허울을 쓰고 있는 서술자가 평점과 묘사 양식에서 시사와 변문駢文을 자주 인용하는 것이다. 하지만 18세기가 되면, 우징쯔吳敬梓와 차오쉐친曹雪芹과 같이 가장 성공적인 작자들은 이런 것들을 포기하게 된다. 그나마 차오쉐친은 자신의 작품 속에 쟈바오위賈寶玉을 등장시킬 때 이러한 예들을 아이러니컬하게 사용했지만(『홍루몽』 3회 50면), 그에 비해 우징쯔는 훨씬 더 단호하게 그렇게 하기를 거부했다. 시사로 소설을 시작하고 끝내는 관습은 지속되었지만, 이러한 시들은 이야기꾼으로서의 서술자의 층위가 아니라 내포 작자

19) 『수호전전』, 53회 894면. 주100~112와 롤스톤, 「전통적인 중국 소설 비평 저작에서의 '시점'」, 130~131면(이와는 다르지만 유사한 예로는 140면) 참조.

쪽으로 좀더 기울어 있었다(이 책의 제10장 참조).

평점 양식에서의 시사에 대한 불만은 『수호전』 초기 평점본에서 나타난다. 그런 시들은 삭제를 위한 표지가 붙었고, 이것들이 서술의 흐름을 방해한다는 바로 그 한 가지 점에 대해 불만을 품었던 룽위탕容與堂본 평점가에 의해 폄하되었다(『수호전회평본』, 36회 1,467면, 이와 연관된 시의 말미에 있는 평어). 그와 같은 평점가들이 제안했던 개정은 대부분 바로 뒤에 나온 위안우야袁無涯본과 (진성탄 자신이 부분적으로 창작을 한 이 소설의 시작과 말미에서의 시사는 예외로 하고) 평점 양식의 모든 시사들이 아무런 흔적도 없이 삭제되어 버린 진성탄본에서 실행에 옮겨졌다. 마오쭝강은 『삼국연의』에서 그런 시사들을 전부 다는 아니지만, 대략 이백 여 수 가량을 삭제했다. 수많은 평점 양식의 시사들이 『금병매』 숭정본과 『서유기』 1663년본에서도 삭제되었다.

싸구려 고전 소설 축약본에서도 평점 양식의 시사를 삭제했지만, 그 동기는 미적인 것보다는 경제적인 것인 데 있었던 듯하다. 가능한 예외는 1594년에 나온 『수호전』 위샹더우余象斗 평점본이다. 자신의 서와 평점에서, 위샹더우는 많은 개장시開場詩들이 내용과 아무 관련이 없으며, 독자에게 방해가 되고 있다고 불평했다.[20] 그는 이런 시사 대부분(숫자에 대해서는 류스더劉世德, 「수호전 쌍봉당 간본의 인두시 문제를 논함談水滸傳雙峰堂刊本的引頭詩問題」, 52~53면 참조)을 자신의 평점이 있는 상변의 난으로 옮겨놓았는데, 이렇게 평점을 상변으로 옮겨 놓은 것은 평점본에서 텍스트 안과 바깥 사이의 경계를 넘나드는 또 하나의 사례이기도 하다. 위샹더우는 자신이 이 작품의 다른 곳에 있는 평점 양식의 시사들을 삭제한 것을 정당화하는 것을 꺼려하지 않았는데, 그는 단지 그 자신의 시대의

20) 이러한 태도는 현대의 독자와 중국 전통 소설의 직업적인 이야기꾼들 사이에서도 보편적인 것인데, 그들은 그러한 시사들을 건너뛰기 일쑤다. 무후이牧慧, 『중국소설예술천담中國小說藝術淺談』, 121면과 에버하르트Eberhard, 「중국의 이야기꾼에 대한 주석Notes on Chinese Storyteller」, 3면 참조.

독자가 의례 그렇게 나올 것을 기대했던 좀더 눈에 들어오는 개장 시사들을 설명하는 데에만 관심이 있었던 듯하다.

이와 유사한 과정이 묘사 양식의 시사와 변체騈體의 대구에서도 일어났다. 이런 류의 묘사는 이야기가 끊기는 시점으로 (최소한 처음에는) 일반화된 서술자의 시점에서 나온다. 한 무더기의 이미 만들어져 있는 상투어들과 개별적인 사례들이 이것들 자신의 생명력을 이끌어가면서, 몇 개의 서로 다른 이야기들과 소설에 나타났다. 이 점에 있어 이것들은 근대 초기 영국의 딱지본 소설[21]의 출판자들이 공통적으로 갖고 있었던 삽화의 목록과 유사한데, 이러한 삽화는 반복적으로 나타나는 전형적인 상황을 묘사하기 위해 서로 다른 출판물들 속에서 거듭 사용되었다. 작품의 개정자나 작자 자신이 지은 것으로 보이는 『서유기』와 같은 몇몇 예외적인 경우를 제외하고는, 상당한 양의 시사가 작품의 전체를 이루는 데 필요한 요소는 아니었다. 평점 양식과 마찬가지로, 우리는 후대의 소설들에서 이러한 것들을 아이러니컬하고 미묘하게 사용한 예들을 발견할 수 있지만(칼리츠, 『금병매의 수사학』, 92~93면), 일반적인 경향은 묘사 양식의 모든 시사와 대구로 이루어진 산문 부분이 평점 양식의 시사와 똑같은 운명을 겪은 『수호전』의 역사에 의해 가장 잘 예증된다. 먼저 룽위탕본 평점가는 비웃기 위해 이 가운데 몇 개를 골라 뽑아 삭제할 것을 요구했다. 위안우야본에서는 특정한 사례의 경우 이러한 권유에 따랐는데, 마지막에는 진성탄이 이 모든 것들을 통틀어 삭제했다. 『유림외사』의 경우에는 대구 이상의 길이를 갖고 있는 것은 그 어느 것도 전통적인 묘사 양식에 적용될 수 없었다.

어떤 소설가와 비평가들은 평점과 묘사 양식 모두에 있어 시사와 변체의 대구 인용을 계속 선호했다(이를테면, 『속금병매』의 「범례」 4조 참조, 『금병매자료휘편』, 461면). 하지만 심지어 그 전성기라 할 명말에도, 이렇게 하

21) [옮긴이 주] 여기에서 '딱지본 소설'이란 영리를 목적으로 펴낸 싸구려 소설책chapbook novel을 가리킨다.

는 것은 좀더 긍정적인 이유에서보다는 '구례舊例'[22]에 따른 것으로만 정당화되었다. 오래지 않아 소설에서 이런 것들을 인용하는 일은 평점 방식과 조금 동떨어진 것으로서 '구투舊套'(이를테면, 리루전李汝珍, 『회도경화연繪圖鏡花緣』, 89/4b, 수안蔬庵 회평)나 '상투적인 것俗套'으로 지칭되었다.[23]

3. 새로운 묘사 양식

비록 『유림외사』가 나온 시점에는 낡은 묘사 양식이 더 이상 우세를 보이지 못했지만, 묘사는 여전히 『유림외사』와 여타의 후대 소설들에서 중요한 것이었다. 진성탄이 『수호전』의 묘사 양식의 모든 시사와 대구 산문들을 삭제했을 때, 그는 그 자리에 다른 어느 것도 추가하지 않았다. 후대의 소설에서는 좀더 많은 묘사를 재현 양식으로 통합하는 것으로 낡은 묘사 양식의 몇 가지 기능들이 성취되긴 했지만,[24] 새로운 묘사 양식이라 부를 수 있는 발전도 있었다. 이러한 새로운 양식은 그 선조가 그랬던 것처럼 다른 양식들과 독립적인 것은 아니었고, 나아가 그 경계를 표시하기 위한 형식상의 표지가 요구되는 것은 아니었지만, 여전히 별개의 대등한 양식이었다. 시사와 대구 산문 대신에, 이 양식은 고전 산문에 기대고 있는 형식적이고 품위 있는 글쓰기 양식을 사용했

22) 링멍추凌濛初, 『박안경기拍案驚奇』 「범례」 3조 참조. 그렇다 하더라도 링멍추는 어떤 특별한 목적을 위해 제한적이긴 하지만, 항상 상투어들을 사용하였다(해넌, 『중국백화소설』, 151면 참조).

23) 『신편 『석두기』 즈옌자이 평어 집교』, 18회 319면, 수많은 다른 필사본에서 이 소설의 본문의 일부로 받아들여지고 있는 갑진甲辰 필사본의 평어 참조(이 책의 제14장 참조).

24) 크랄Král(「중국 고대소설 『유림외사』에서의 몇 가지 예술적 방법들」, 28면)은 심지어 18세기 중국의 고전소설에서는 서술 자체가 묘사적인 성격을 띠게 되었다고까지 말했다.

다. 묘사는 여전히 동시적으로 일어났지만(서사 시간의 흐름 바깥에서), 19세기 몇몇 서구 소설에서 만나게 되는 길고 긴(끝없이 이어지는 페이지들이라니!) 정지된 순간의 묘사와 같은 것으로 발전하지는 않았다. 이런 류의 묘사는 여전히 이것을 '흥미없는 것無味'으로 규정한 몇몇 중국의 비평가들에게 전혀 호소력이 없는 것들이다.25)

이러한 새로운 양식은 주로 외부의 배경을 묘사하는 데 사용되었는데, 사람들이나 집안 내부에 대한 묘사에 대해서는 드물게만 사용되었다. 비록 외부의 배경이 낡은 묘사 양식에서보다 좀더 구체적이고 좀더 특별하게 묘사되긴 했지만, 그 목적은 그것들을 그 나름으로 묘사하는 것이 아니었다. 차라리 이러한 묘사들은 일반적으로 긍정적인 인물들을 간접적으로 묘사하는 데 가장 많이 사용되었는데, [동시에] 이들 긍정적인 인물들은 그러한 묘사를 제시하는 시각의 제공자들이었다. 이것은 장면의 색조[또는 농담]을 높였고, 독자들을 텍스트로 끌어들여 등장인물의 옆에 있는 것처럼 느끼게 함으로써, 독자들과 이들 인물들 사이의 거리를 좁히는 데 사용되었다. 이런 구절들 안에서 서정적이면서 좀더 순수하게 묘사적인 요소들이 결합한 것은 전통적인 중국 시학과 일치한다. 이를테면 진성탄은 이렇게 서정적인 것과 묘사적인 것의 결합을 배경境과 묘사된 인물人 그리고 시인의 감정情의 종합으로 규정했다.26)

---

25) 쟈원자오賈文昭와 쉬사오쉰徐召勛, 『중국고전소설예술감상』, 115면 참조. 『수호전』 룽위탕본 평점가는 특히 집안 내부에 대한 정적인 묘사를 싫어했다. 이를테면, 그는 옌포시閻婆惜의 방 안에 있는 물건들에 대한 비교적 상세한 묘사들을 삭제할 것을 요구했다(『수호전회평본』, 20회 383면, 미비). 『금병매』 숭정본에서는 편자가 평점과 묘사 양식 모두의 시사와 대구 산문을 삭제했을 뿐 아니라 멍위러우孟玉樓의 옷과 같은 것들에 대한 산문으로 된 묘사들 몇몇도 삭제해 버렸다(『신각금병매』, 7회 87면과 『금병매사화』, 7 / 6a~b[1 : 49~150] 참조).

26) 『진성탄 비본 서상기』, 2.4.137면, 첫 번째 절節에 대한 평어, 여기에서 그는 추이잉잉崔鶯鶯의 노래의 모든 말들은 배경境과 그녀 자신人을 동시에 묘사하고 있다고 주장했다. 중국의 시사에서의 경과 정에 대한 일반적인 논의는 시슬리 쑨Ceclie C.C. Sun의 『여의주—중국 시사에서의 정과 경의 초혼*Pearl from the Dragon's Mouth : Evocation of Feeling and Scene in Chinese Poetry*』(Ann Arbor : University of Michigan, Center for Chinese Studies, 1996) 참조.

샤즈칭夏志清(『중국고전소설』, 13면과 215면)은 이렇게 새로운 종류의 묘사 산문을 중국의 백화소설에 끌어들여 사용했다는 점에서 『유림외사』를 높이 평가했지만, 엘런 위드머(『수호후전』, 158면)는 그러한 예가 『수호후전』에 이미 나타난 바 있다는 사실을 지적했다. 하지만 이런 류의 자연 배경에 대한 묘사는 진성탄과 같은 평점가들의 주목을 끌었던 『수호전』에서도 발견할 수 있다.[27]

새로운 묘사 양식은 위완춘兪萬春의 『탕구지蕩寇志』와 같은 후대의 소설에 채용되었는데(루쉰魯迅, 『중국소설사략』, 148면), 류어劉鶚(1857~1909)의 『노잔유기老殘遊記』는 가장 기억할 만하다. 이 소설에서 지난濟南과 다밍후大明湖, 그리고 제12회에서 얼어붙은 황허黃河를 묘사한 것이 유명한 것은 마땅한 일이다.

4. 모방적 시사詩詞

비록 서술자가 시사를 인용하는 것이 후대의 소설에서는 크게 쇠퇴했지만, 인물들이 시사를 짓거나 읊조리는 것은 중요한 특징으로 남아 그것을 짓고 인용하는 인물들의 특징을 드러내는 데 사용되었다. 대체로 문언소설, 특히 가정이나 로맨틱한 주제를 다룬 작품들의 경우에는 그 특징이 주인공들이 짓거나 이야기에 인용된 시의 숫자에 있다. 하지

27) 진성탄이 쑹장宋江의 반란에 대한 제벽시題壁詩에 앞서 창장長江의 묘사를 언급한 것 참조(『수호전회평본』, 38회 716면, 협비). 진성탄은 쑹장의 시점에서 제시되는 극히 짧은 이 묘사를 '비상한非常' 배경과 이 '비상한' 사람의 '비상한' 재능과 포부를 병치시켜 기술했다.

[옮긴이 주] 참고로 해당 부분의 원문은 다음과 같다. "將寫宋江吟反詩, 却先寫出此十個字來, 替他挑動詩興. 却又暗將世間無比, 天下有名八個字, 挑動宋江雄才異志, 眞是絶妙之筆."

만 문언소설 속에 나오는 이런 류의 시사의 양은 명말 이래로 줄어들기 시작했고, 『요재지이』가 나왔을 즈음에는 더 이상 중요하게 여겨지지 않았다.[28] 하지만 (등장인물의 능력과는 반대되는 것으로) 작자의 시작 능력을 과시하기 위한 수단으로서 이런 류의 시들을 포함시키는 것은 명말과 청대에 씌어진 많은 재자가인 소설에서 다시 등장했다. 그런 류의 소설은 『홍루몽』의 '돌'의 입을 통해서 차오쉐친曹雪芹이 비판한 바 있다. "후자의 연애 이야기의 병폐는 무엇보다 작자가 자신의 연애시를 뽐내기 위한 틀거리를 마련하기 위해 씌어진 데 있다오."[29]

재능 있는 젊은 학자와 미인이 지은 시사는 백화로 씌어진 어떤 단편소설에서는 중요한 역할을 하기도 했는데, 그 가운데 몇몇은 후대의 '재자가인' 소설의 선구로 볼 수도 있다. 하지만 주인공들이나 작자의 시작詩作 능력이 아니라 그들의 성격을 드러내기 위해 시의 사용을 좀더 강조하는 것은 진성탄이 처음 시작했다.[30] 진성탄은 바이슈잉白秀英이 공연 서두에 읊기 위한 시를 삽입했을 때, 그것을 한 행 한 행 분석하면

---

28) 누군가 세어본 것으로는, 『요재지이』에는 단지 23개의 시가 들어 있을 뿐이다(롄보連波의 「요재지이 중의 시사聊齋誌異中的詩詞」 참조).

29) 『홍루몽』, 1회 5면(영역본은 1회 50면). 쉬다이徐岱(「중국 고대 서사이론中國古代敘事理論」, 249면)는 『화월흔花月痕』 창작의 이면에 숨어 있는 전체적인 목적은 작자가 젊은 시절에 써놓은 시를 보존하기 위한 것이라고 주장했다. 즈옌자이 평점에서 차오쉐친 자신이 자신의 시사를 전달하기 위해 소설을 썼다고 말한 것은 충분히 흥미로운 일이다(『신편 『석두기』 즈옌자이 평어 집교』, 1회 25~26면, 갑술과 갑진 평점).

[옮긴이 주] 해당 부분의 원문은 의외로 짧다. 영역본의 역자David Hawkes가 중국어 원문을 영어로 옮기면서 길어진 것인 듯하다. 본래 원문과 번역문은 다음과 같다. "(그런 것들은) 작자가 자기가 지은 연애시 한두 편을 책 속에 끼워 넣기 위해 쓴 것이라오不過作者要寫出自己的那兩首情詩艷賦來."

30) 등장인물이나 작자의 재주를 과시하는 유형의 시들은 『수호전』에서는 중요한 특징이 아닌데, 이것들은 108호한 대부분의 사회적 배경을 확실히 이해할 수 있도록 해주고 있다. 하지만 쑹장이 심양루潯陽樓의 벽에 쓴 반역시(『수호전전』, 37회 619~620면)와 그가 초안招安을 갈망했다는 것을 드러내 보여주는 듯한 후대의 시(『수호전전』, 71회 1,206면)와 같은 몇 편의 시는 이 소설에서 중심적인 역할을 하고 있다. (비록 이보다 앞서 누군가를 고용해 그 대신 이혼장을 쓰게 해야 했지만) 린충林沖은 다른 사람이 운영하는 여관의 벽에 율시를 씀으로써 주구이朱貴의 주의를 끈다(진성탄이 이러한 불일치를 다룬 것에 대해서는 『수호전회평본』, 10회 223면, 협비 참조).

서 각각의 행이 그녀와 청중들 속에 있던 레이헝雷橫에 대한 새로운 정보를 암시하고 있다는 사실을 강변했다(『수호전전』, 51회 849면 주16, 『수호전회평본』, 50회 934면, 협비). 진성탄은 서술자가 인용한 사를 많이 삭제했지만, 이 소설의 주인공들이 읊조리고 노래하는 시사와 노래에 대해서는 찬양을 했는데(이를테면, 『수호전회평본』, 50회 934면, 협비), 이것은 당연하게도 이러한 시사나 노래가 최종적인 형태를 갖추는 데 그가 전혀 관여하지 않았기 때문이었다. 그는 특히 사회적인 지위나 교육 수준에 맞추기 위해 술도가의 주인이 부른 노래가 어법에 맞지 않은 것을 찬양하기도 했다[31](『수호전회평본』, 3회 108면, 협비).

진성탄의 시대 이후에는 재자가인 소설의 예외가 있긴 하지만, 소설가들은 일반적으로 한 두 가지 경로를 통해 주인공들의 시사를 인용했다. 첫 번째 경우는 진성탄의 태도의 연장으로 볼 수도 있는데, 시를 우리가 다른 사람의 입에서 나온 것이라고는 생각할 수 없도록 그렇게 인물과 가깝게 부합시키게 하는 것이다. 차오쉐친이 자신의 주요 인물들 각각으로 하여금 이런 류의 시사를 쓰게 하는 능력을 갖고 있었다는 것은 일반적으로 널리 인정받고 있는 사실이다.

다른 경로는 재현 양식에서조차, 그리고 심지어는 많은 시인과 시인 지망생들이 등장하고 시사의 창작이 그들의 정상적인 사회 활동의 일부였던 『유림외사』에서와 같은 소설에서조차 시사의 인용을 억제하는 것이다. 이러한 발전 역시 그 나름의 역사를 갖고 있다. 차오차오曹操를 추종하는 사람들이 그를 찬양하기 위해 지은 시를 제거했던 것처럼, 마오쭝강은 미학적인 이유가 아니라 정치적인 이유에서 재현 양식의 시들을 삭제했다.[32] 초기 판본에서의 모방적 시사에 대한 그의 주요한 불

31) [옮긴이 주] 참고로 해당 부분에 대한 원문은 다음과 같다. "第三句如何比出第四句來, 不通之極, 然精妙於如此. 蓋如此方恰好也. 不然, 竟是名士歌詩, 如旗亭畵壁一絶句故事矣."

32) 이를테면, 『삼국연의회평본』, 68회 843면, 왕찬王粲의 시. 다른 곳에서 마오쭝강은 원래 댜오찬貂蟬이 불렀던 노래를 특별히 시사를 인용하기 전에 사용되는 평점 양식

만은 삼국시대의 인물이 어떻게 율시律詩를 지을 수 있는가 하는 점에서 보여지듯 시간 순서가 뒤죽박죽이라는 것이었다[33](『삼국연의회평본』, 21면, 「범례」 9조). 『금병매사화』에서 숭정본으로 넘어가는 과정에서도 모든 유형의 시사들이 아마도 텍스트를 다듬고 좀더 싼 판본을 만들려는 사뭇 허탈한 이유 때문에 대량으로 삭제되었다. '산파양山坡羊' 곡패曲牌의 두 노래 가운데 두 번째가 삭제된 부분을 지적하면서, 장주포는 그렇게 삭제한 것을 찬양하고는 가수가 그것을 다시 노래하면 '밀랍을 씹는 것嚼臘'같은 게 될 것이라고 말했다.[34]

작자가 소설 쓰기를 자신의 시사를 출판하는 도구로 삼았다는 사실을 비난할 수 없는 경우에서조차, 후대의 몇몇 평점가들은 좀더 직설적이고 무조건적으로 주인공들의 시사 인용에 대해 불만을 토로했다. 『린란샹林蘭香』의 평점가는 우리가 주인공들이 썼다고 들은 바 있는 그 어떤 시사도 인용하지 않았다는 점에서 이 소설의 작자가 '삼가고 조심했다'고 추켜세웠다. 그는 "모두 아홉 개 주제의 시사가 있지만, 작자는 그 시들 가운데 하나도 인용하지 않았다. 이것은 작자가 자신이 시작詩作에 대한 재능이 없다는 것을 감추려고 한 경우가 아니다. 차라리, 그는 소설에서 오랫동안 유지되어온 속된 상투적인 일(주인공들의 시사를 인용하는 것)을 피하기 위한 것이었다."[35](『린란샹』, 53회 414면 주67, 협비) 『유림외사』의 비평가들 역시 이와 유사한 태도를 보여주었다. 황샤오톈黃小田은 그렇게 많은 가짜 시인들이 소설에 등장했음에도 그들이 지은 시가 그 전체로 인용된

으로 옮아간다는 것을 나타내주는 전통적인 표지인 '바로 이러하다正是'라는 말을 삽입함으로써 서술자가 인용한 시로 바꾸어버리는 상당히 흥미로운 행위를 했다(뤄관중, 『삼국지통속연의』 2권, 5칙, 74면과 『삼국연의회평본』, 8회 89면 참조).

33) [옮긴이 주] 해당 부분에 대한 원문은 다음과 같다. "七言律詩, 起於唐人, 若漢則未嘗有七言律也."

34) 『장주포 비평 제일기서 금병매』, 50회 740면, 협비. 장주포가 봤을 것이라 믿을 만한 이유가 하나도 없는 두 번째 노래의 본문에 대해서는 『금병매사화』, 50 / 8a(3 : 47) 참조.

35) [옮긴이 주] 원문은 다음과 같다. "共九題而不錄一詩者, 非特作書者自藏其拙, 亦以避向來小說之陋習也."

예는 하나도 없다고 지적했다. 그가 보기에는, 두사오칭杜少卿이 인용하고 비판한 샤오진쉬안蕭金鉉이 지은 시 두 줄[36]이 그런 '시인들'이 만든 시사의 질을 보여주기에 더할 나위 없이 충분한 것이었다(황샤오톈, 『유림외사』, 29회 273면, 협비). 마찬가지로 그는 독자들이 큰 기대와 호기심을 가졌을 선츙즈沈瓊枝의 경우에서조차도 그를 여류 시인이라고 부를 만하다는 사실을 입증하기 위해 지현知縣 앞으로 호출되었을 때 그가 지은 시는 인용되지 않았다(황샤오톈, 『유림외사』, 41회 386면, 협비)고 했다. 『유림외사』의 영향을 받은 폭로소설들에서는, 그 시인이 재능이 있는 사람이건, 그렇지 않으면 그렇게 보이고 싶을 뿐이건, 주인공들이 지은 시사가 인용되는 경우는 상당히 드물다. 하나 기억할 만한 예외가 있다면, 우젠런吳趼人의 『이십년목도지괴현상』의 젊은 영웅이 지은 시사가 인용된 적이 있다. 그 결과는 작자의 평어에 작자가 개인적으로 이 장면에 대해 만족하고 있다는 게 드러나 있음에도, 사뭇 당황스러운 것이었다(웨이사오창, 『우젠런연구자료』, 40회 58면,에 대한 평어 가운데 하나).

최소한 부분적으로는 소설 비평가들로부터의 압력에 대한 반응으로, 평점과 묘사 양식은 초기 모델을 아무 생각 없이 흉내내거나, 최초의 두 양식을 아이러니컬하게 사용한 경우를 제외하고는, 궁극적으로 재현 양식에 길을 내주게 되었다. 재현 양식 그 자체는 암시적인 판단, 초점화가 점증적으로 사용된 것을 제외하고는 그다지 많은 변화가 없었다. 주요한 변화는 다른 양식들과의 관계에서, 특히 『유림외사』와 같은 작품들에서, 우리가 다른 두 가지에 대해 우월한 지위를 성취했다고 말할 수 있는 재현 양식의 그토록 많은 기능들이 점증적으로 채택된 것이 그 특징이었다. 이야기꾼과 평점 양식의 몇몇 기능들은 평점가들과 궁극적으로는 독자들만의 것이 되었다.

---

36) [옮긴이 주] 참고로 시의 원문은 다음과 같다. "眼前一笑皆知己, 不是區區陌路人."

제10장_ 부분에 대한 조율

1. 개장시開場詩와 수장시收場詩

소설은 등장인물의 세계로 직접 뛰어들어 느닷없이 시작할 수도 있고, 그렇지 않으면 내포 작자가 직접 독자에게 이야기해주는 전이 부분으로 시작할 수도 있다. 전통적인 중국 소설에서는 작자에게 많이 치중되어 있는 관계로, 우리는 비평가들과 작자들이 후자의 과정을 선호할 것이라고 기대할 수도 있는데, 이것은 상황에 따른 문제로 판명되었다. 이러한 시작 부분과 마찬가지로, 대부분의 소설들은 독자가 그 자신의 세계로 돌아가기 위한 준비로서 등장인물의 세계에서 내포 작자의 세계로 되돌아가는 전이를 위한 비슷한 단락으로 마무리된다. 이런 개장開場과 수장收場 부분들은 길 수도 있고, 짧을 수도 있지만, 내포 작자의 시점에서 서정적인 톤의 개장시와 수장시로 이루어진 최소한의 형태를 갖춘 형식이 선호되었다. 소설 비평가들은 이런 류의 개장을 찬양하였고,[1] 실제로 그렇게 하기 위해 초기의 텍스트들을 편집하였다.

[소설에서] 시로 시작하는 것은 전기 희곡에서 첫 번째로 등장하는 배우가 앞으로 진행될 희곡을 소개하는 시나 시들을 노래하는 관습과도 비견된다. 최소한 명말까지는, 작자가 자신의 이름을 개장시에 넣는 것이 통상적인 일이었다. 전기 희곡에서는 이런 서장에 대한 일반적인 명칭을 가문家門이라 일컬었다.[2] 등장인물들이 최초로 무대에 등장할 때, 그들은 항상 자기 자신과 가족 관계를 소개한다自報家門. 이런 서장은 작자가 자신의 희곡과 스스로를 소개하는 장소이다. 리위李漁는 가문에서의 첫 번째 시가 전통적이긴 하지만 직접적으로 희곡의 주제와 연결된 것은 아니고, 대부분 관객으로 하여금 '술로써 근심을 잊도록對酒忘憂' 종용하고 '속세에 초연한 태도逢場作戲'를 취하게 하는 '진부한 표현套話'을 전달하는 것이라고 말했다(리위, 『리리웡곡화』「가문」, 99면). 이러한 생각들은 진부한 것이든 아니든, 중국의 전통 소설의 개장시에서도 자주 나타난다.

초기의 역사소설들에서 서정적인 톤의 시로 시작하는 경우가 비교적 드문 것은 아마도 그 작자들이 스스로를 창조적인 작자들이라기보다는 편찬자라고 생각했기 때문인 듯하다. 초기의 평화平話 서사에서는 거의 언제나 앞서의 모든 역사를 요약해줌으로써 앞으로 진행될 이야기에 대한 배경을 설정해주는 시로 시작된다. 하지만 이런 시가 서정적이거

1) 저우타오鄒弢는 이 기교를 고정된 '구조 원리章法'로 묘사했다. 위다兪達, 『청루몽青樓夢』, 1회 1면, 회평. 마지막 시 뒤에 있는 그의 비슷한 언급도 참조. 앞의 책, 64회 436면, 협비.

2) 전기의 서장에 대한 다른 이름에 대해서는 쑨융쉬孫永旭의 「차오쉐친의 초기 전기 창작曹雪芹的早期傳奇創作」, 109면 참조. 이런 류의 서장의 발전에 대해서는 이드마, 「문경원앙회刎頸鴛鴦會와 원명 전기에서의 가문The Wen-ching Yüan-yang Hui and the Chia-men of Yüan-Ming Ch'uan-ch'i」, 96~97면.

나 내포 작자를 투사하는 내용을 담는 경우는 매우 드물다. 『삼국연의』 초기 판본에는 개장시가 없으며, 사뭇 느닷없이 시작하지만, 1522년 서에는 초기의 평화를 열어주었던 것과 비슷한 시가 들어 있다.

『수호전』의 개장시에는 이 소설의 역사적 배경이 설정되어 있다. 하지만 바로 앞에 속세에 초연할 것을 주창하는 긴 사詞가 있는데, 이것은 리위가 전기 희곡의 가문 개장시에서는 통상적인 것이라고 인정한 것이다. 『수호전』 초기 '번繁'본은 두 편의 시로 끝난다. 룽위탕容與堂본에서는 오왕吳王을 도와 초왕楚王을 패퇴시키지만 충간忠諫하다가 자신의 주군을 거슬러 결국 자루에 넣어 꿰매져 강물에 던져졌던 우쯔쉬伍子胥의 비극적인 운명이 거부되는데, 그것은 판리范蠡가 월왕越王을 도와 오나라를 멸했지만 오왕이 우쯔쉬에게 했던 식으로 월왕이 자신을 대하기 전에 물러났던 사례와 비교되었기 때문이었다(『수호전전』, 120회 1,822면 주77).

진성탄은 『수호전』 서두 부분에 있던 시들은 남겨두고 자신의 판본을 마무리짓기 위해 자신의 시 두 편을 추가했다. 이 가운데 두 번째 시에서, 그는 내포 작자의 페르소나를 빌어 이 소설의 창작에 대해 이야기하고 있다.[3] 그는 서두의 긴 사를 설자에 대한 자신의 평점이 달린 사시史詩로부터 분리하기도 했는데, 이것은 사의 메타 텍스트적인 속성을 강조하는 포맷이다. 진성탄은 소설을 시로 시작하고 끝내는 것은 어느 정도 그것에 대한 종결이 된다고 주장했다(『수호전회평본』, 39면[4]과 70회 1,273면, 협비[5]).

진성탄이 이끄는 대로, 마오쭝강은 자신의 『삼국연의』 판본을 술을 통

---

3) 자신의 『서상기』 판본에서, 그는 내포 작자가 바로 표면 근처에 있는 독자에게 직접 이야기하는 것으로 끝내기 위해, (그가 이 희곡의 진정한 결론이라 여겼던) 4본의 네 번째 절 말미 부분을 변경했다(『진성탄 비본 서상기』, 4.4. 268면).

[옮긴이 주] 진성탄의 관화탕貫華堂본 『수호전』 제70회의 말미에 있는 두 번째 시의 내용은 다음과 같다. "大抵爲人土一丘, 百年若個得齊頭! 完租安穩尊於帝, 負曝奇溫勝若. 子建高才空號虎, 莊主於達以爲牛. 夜寒薄醉搖柔翰, 語不驚人也便休!"

4) [옮긴이 주] 원문은 다음과 같다. "一部大書詩起詩結, 天下太平起天下太平結."

5) [옮긴이 주] 원문은 다음과 같다. "以詩起, 以詩結, 極大章法."

한 망각을 이야기하고 인간사와 역사의 덧없음을 자연 세계의 영원함에 대비시킨 속세에 초연한 서정적인 톤의 사로 시작했다.[6] 마오쭝강은 자신의 회평을 그 사이에 위치시켜 개장시를 텍스트로부터 분리하기도 했다.[7] 『삼국연의』 초기 판본들은 이 소설의 내용과 주제를 되짚어주는 고풍 시로 끝나는데, 마오쭝강은 이 시를 그대로 남겨 두었다. 그는 시로 시작하고 끝내는 것이 『삼국연의』에 대한 종결의 느낌을 더해준다고 주장하기도 했다(『삼국연의회평본』, 1회 1면,[8] 120회 1,457면, 협비[9]). 그가 '공空'이라는 단어를 마지막 시에 삽입한 것은 이 글자가 개장시에 나온 것과 호응하게 하고, 종결의 느낌을 증가시키기 위한 것이었다(뤄관중羅貫中, 『삼국지통속연의』 24권, 10칙, 1,162면과 『삼국연의회평본』, 120회 1,456~1,457면[10] 참조).

『수호후전』의 개장시에서, 천천陳忱은 역사와 서정성을 결합시켰다. 송대 역사를 대량으로 요약한 뒤, 그는 이 소설을 쓰고 있는 그 자신에 대한 묘사로 끝을 맺는다. "영원히 영원히, 나의 슬픔은 끝이 없고, 흰 머리에, 외로운 등불에 의지해, 나는 옛날 책에 대한 속작을 쓰노라."[11](『수호후전』, 『수호속집水滸續集』 1권, 3면, 위드머의 「수호후전」, 37면의 영역에 바탕함) 이 소설을

---

6) 사 자체는 양선楊愼(1488~1559)이 지은 통속적인 역사 저작에서 나온 것이다(좡인莊因, 『화본설자휘설話本楔子彙說』, 82면과 앤드루 힝분 로, 「역사 기술 맥락에서의 『삼국연의』와 『수호전』-해석적 연구」, 233면 참조). 장주포의 평점이 달린 작품, 『동유기東游記』 말미에도 약간 변형된 채 나온다.

[옮긴이 주] 사의 원문은 다음과 같은데, 송대 시인 쑤스蘇軾가 지은 「염노교-적벽회고念奴嬌-赤壁懷古」와 분위기가 비슷하다. "詞曰 : 滾滾長江東逝水, 浪花淘盡英雄. 是非成敗轉頭空 : 青山仿舊在, 幾度夕陽紅. 白髮漁樵江渚上, 慣看秋月春風. 一壺濁酒喜相逢 : 古今多少事, 都付笑談中." 참고로 쑤스의 「적벽회고」는 다음과 같다. "大江東去浪濤盡, 千古風流人物, 古壘西邊, 人道是三國周郎赤壁, 亂石崩雲, 驚濤裂岸, 捲起千堆雪, 江山如畫, 一時多少豪傑, 遙想公瑾當年, 小喬初嫁了, 雄姿英發, 羽扇綸巾, 談笑間强虜灰飛煙滅, 故國神游, 多情應笑我, 早生華發, 人生如夢, 一尊還酹江月."

7) 회평이 달린 『금병매』의 장주포본에서도 그렇게 했다.

8) **[옮긴이 주]** 원문은 다음과 같다. "以詞起, 以詞結."

9) **[옮긴이 주]** 원문은 다음과 같다. "一部大書以詞起, 以詩收, 絶妙章法."

10) **[옮긴이 주]** 해당 내용의 원문은 다음과 같다. "此一篇古風將全部事迹隱括其中, 而末二語以一'夢'字, 一'空'字結之, 正與首卷詞中之意相合."

11) **[옮긴이 주]** 원문은 다음과 같다. "千秋萬世恨無極, 白髮孤燈續舊編."

끝맺는 두 편의 시에서, 그는 내포 작자로서 독자에게 말을 걸기도 하는데, 명백하게 작자로서의 그의 역할에 대해 논의하고 있는 것이다. 엘런 위드머가 지적한 대로, 이 두 편의 우울한 마지막 시들은 개장시를 되돌아보게 만들고, 이 소설의 후반부에서 섬라국暹邏國에 세웠던 유토피아를 파괴하는 데 기여한다(위드머, 「수호후전」, 66면). 위드머는 심지어 개장시와 수장시에 힘입어 이 소설이 '일인칭 소설'로 여겨질 수도 있는데, 그것은 "이 작품이 불만을 품은 사람들을 형상화하는 것으로 제시되고, 처음과 끝에서 자기 자신을 소개하는 사람을 자전적으로 드러내 보여주기 때문"이라고 주장했다(위드머, 「수호후전」, 154~155면).

소설가들이 시로써 각각의 장회를 시작하는 것을 중단한 뒤에도 소설을 시작하고 끝내기 위해 시를 사용하는 방법은 그대로 남아 있었다.[12] 이런 시들은 거의 언제나 독자가 등장인물의 세계와 어떤 거리를 유지해야 한다는 생각을 강조했다. 이를테면 『유림외사』의 개장시는 독자에게 이 소설에 등장하는 대다수의 인물들이 저지르는 '부귀공명'에 빠져들지 말 것을 경고하고 있다.[13] 이 시 뒤에는 이보다 앞선 시기의 소설과 이야기 모델에 대한 짧은 서술적 언급이 뒤따른다.[14] 수장사收場詞에서, 우징쯔는 일인칭

12) 시로 장회를 시작하려는 소망이 몇몇 『홍루몽』 즈옌자이 평점본에서와 같이 어떤 평점가들에 의해 시가 딸려 있는 회수 평어回首評語를 끝내는 방식으로 다시 떠오른 것은 충분히 흥미로운 일이다(이 책의 제14장 참조).

13) [옮긴이 주] 이 시의 원문과 번역문은 다음과 같다. "인간 세상 남북으로 갈림길이 가득하여, 장군이나 재상이나 신선들도 본시는 범인들이었노라. 백대의 흥망은 조석이 바뀌듯 하고, 세찬 강바람 전조前朝의 나무 넘어뜨린다. 부귀공명은 본시 실속 없는 일이라. 심혈을 다하여도 세월을 허송할 따름일세. 탁주 석 잔에 거나히 취할 제 낙화유수 갈 곳을 알소냐?(人生南北多歧路, 將相神仙, 也要凡人做. 百代興亡朝復暮, 江風吹倒前朝樹. 功名富貴無憑據, 費盡心情, 總把流光誤. 濁酒三杯沈醉去. 水流花謝知何處?)"

14) 이를테면, 『금병매』 다른 판본의 개장시에 대한 공들인 설명 참조. 개장시와 서술적 평점 대부분을 초기의 단편소설에서 가져 온 『금병매사화』에도 역시 목차 앞에 독자로 하여금 네 가지 죄악(술과 섹스, 돈 그리고 분노)에 탐닉하지 말고 속세와 초연하게 살 것을 종용하는 시가 들어 있는 완전히 별개의 장절이 있다. 숭정본의 개장시 가운데 하나는 시먼칭西門慶의 죽음에서 반복되고 있는데, 이 판본의 평점가(『신각금병매』, 79회 1,143면, 미비)와 장주포(『장주포 비평 제일기서 금병매』, 79회 1,278면, 미비)는

목소리로 그가 난징南京으로 이사한 것을 다시 말하면서, 술과 불교 때문에 과거 시험을 포기했으며,[15] 자신이 소설을 쓴 것은 자신의 감정을 위로하기 위한 방편에서 그리 한 것이라고 말했다.[16] 작자가 개장시와 수장시에서 직접 독자에게 말을 건네는 다른 소설들로는 위안위링袁于令의 『수사유문隋史遺文』, 추런훠褚人穫의 『수당연의』,[17] 둥웨董說의 『서유보』,[18] 위완춘兪萬春의 『탕구지』와 천썬陳森의 『품화보감』(60회 888면)이 있다.

이것이 진성탄과 마오쭝강이 각자의 소설의 개장시와 수장시 사이의 '호응' 효과를 기꺼운 마음으로 받아들이기 위해 사용했던 것과 똑같은 맥락에서 구조적으로 중요하다고 주장했다. 숭정본과 장주포본에서의 서술자는 독자에게 이 시가 이 소설의 처음 부분에도 나온다는 사실을 일깨워주고 있다.

15) 많은 평점가들이 지적한 대로, 불교를 지칭하는 것은 종교적인 수행이라기보다는 속세로부터 초연한 것을 상징한다.

16) [옮긴이 주] 원문과 번역문은 다음과 같다. "사에 이르기를, 당시 일을 기억하노라. 친화이(난징을 가리킴)를 사랑했기에, 문득 고향을 등지고 메이건예(난징의 명승지)로 향한 뒤 수없이 읊조렸고, 싱화춘(역시 난징의 명승지)에서 걸음걸음 배회했노라. 오동나무 높은 곳에 앉은 봉황, 뜰의 누대 위에서 울어대는 벌레, 세상 사람과 장단을 비한 적이 있었노라. 지금은 이미 지나갔노라. 의관을 매미 허울인양 벗어 던지고, 창랑의 흐름에 발 씻는다. 무료하여 술잔을 기울여 새로 사귄 벗과 함께 취할까보다. 백년도 눈 깜짝할 새 흘러가는 법. 어찌하여 수심 겨워할까 보냐. 천추에 이름을 남기려는 건 생각 뿐 되지 않을 일. 강남의 좋은 경치, 화이난의 옛집, 글로 적어 여기에 남기니, 일일이 생각해보면 애가 끊노라. 이로부터 앞으로는 약 달이는 가마와 경전을 벗삼아 부처님 봉양하리 詞曰 : 記得當時, 我愛秦淮, 偶離故鄉向梅根冶后, 番嘯傲; 杏花村里, 度風止高梧, 蟲吟小檄, 也共時人較短長今已矣!把衣冠蟬, 濯足滄浪無聊且酌霞觴, 喚個新知醉一場共百年易過, 底須愁悶千秋事大, 也費商量江左煙霞, 淮南耆舊, 寫入殘編總斷腸!從今后, 伴藥爐經卷, 自禮空王."

17) 『수사유문』의 개장시는 『수당연의』의 개장시로 다시 나온다.

18) 우리가 1853년 서가 있고 왕원페이王文濡의 『설고說庫』에 수록된 이 소설의 판본에 나오는 개장시의 마지막 줄 첫 글자인 '긍肯'을 다양하게 읽을 수 있다는 사실을 받아들인다면, 이것은 특히 그런 경우이다. 비록 이 판본이 1641년본보다는 나중에 나왔지만, 여기에 기록된 '원평原評' 가운데 몇몇은 초기의 판본에서는 발견되지 않으며, 이와는 다른 전통에 바탕한 것일 수가 있다.

2. 입화入話

개장시는 작자와 독자를 등장인물의 세계로 더 가까이 데려가지만, 어떤 거리감은 감추어진 채로 남아 있다. 이것은 단번에 또는 단계적으로 행해질 수 있다. 입화에서는 내포 작자의 세계와 등장인물의 세계 사이의 일종의 중간 지점을 제시한다. 내포 작자의 영역은 독자에게 직접적으로 말을 건네는 것으로 개장시 이후까지 확장될 수 있다. 때로는 개장시를 설명해주는 부분이 있다. 때로는 『육포단』과 『성세인연전』에서와 같이 소설의 첫 번째 전체 부분(전자의 경우는 제1회, 후자의 경우는 입화이라고 이름 붙인)에서 독자에게 직접적으로 말을 건네는 형식을 취하기도 한다. 『린란샹林蘭香』의 서두에 나오는 내용은 이 소설의 제목과 주요 등장인물의 이름을 설명해주고 있는데, 이것은 명백하게도 『금병매』에 대한 장주포 독법의 서두 부분 이후 유형화된 것이었다.[19] 『홍루몽』의 몇몇 속작에서는 (설자楔子라는 이름이 붙은) 입화가 바로 서론처럼 읽힌다.[20] 이런 입화들 가운데 몇몇은 『홍루몽』의 예를 따라, 이 소설의 본문이 씌어지게 된 내력을 설명해주고 있다(이 책의 제14장 참조).

극화된 등장인물이 나오는 입화는 때로 (등장인물이나 정절의 연속성을 통해) 소설의 나머지 부분의 세계와 직접적으로 연계되어 있기도 한데, 이것과 소설의 관계는 대체로 직접적이거나 간접적인 것일 수 있다. 하지만 정확한 관계가 무엇이든, 일반적인 운동 방향은 바깥에서 안으로, 주변에서 중심으로 똑같다.

『수호전』은 입화가 있는 최초의 주요 소설이다. 진성탄이 정의한 대

19) 『린란샹』, 1회 1~2면. 『여선외사』는 이 소설의 제목의 의미에 대한 논의로 시작한다.
20) 『『홍루몽』권』, 45~46면, 49~50면 참조. 여기에서 두 개의 '설자楔子'는 서문에 포함된 부분에서 인용되고 있다. 이런 류의 설자를 번역한 것으로는 랭카셔Lancashire, 『리보위안李伯元*Li Po-yüan*』, 63~65면 참조.

로, 이것은 '인수引首'로부터 이전 판본의 제2회 시작 부분까지 걸쳐 있다. 진성탄은 이것을 (형식적으로는 이 소설의 나머지 부분과 분리되어 있는)[21] 단일한 장회로 묶어, '설자楔子'라고 불렀다. 이 용어를 소설의 입화에 적용한 것은 진성탄이 최초였다. 그가 이 소설의 시작 부분을 형식적으로 분리된 단원으로 재구성한 것은 이 부분의 개별성을 강조하기 위한 것이었는데, 시간적으로 상당히 동떨어져 있었기에 입화에 등장하는 인물 가운데 이 소설의 이후 부분에 다시 나오는 사람이 아무도 없다는 것을 고려한다면 이것은 이 소설의 몸통으로부터 이미 분리되어 있는 것이나 마찬가지였다.

진성탄은 '설자'를 '하나를 이용해 다른 것을 소개하거나 이끌어내는 과정以物出物'(『수호전회평본』, 39면, 회평)으로 정의했다. 두 개의 사물 사이의 관계는 동일한 사물이 아니고, 어떤 직접적인 연계가 있는 것도 아니다. 그의 시대 이전에는 '설자'(원래 목공 일에서 사용하는 '쐐기'라는 뜻)라는 말은 '잡극'에서의 장절을 비유적으로 부르기 위해 사용되었었다. 직접적으로 말을 건네는 입화가 '전기'의 '가문'에 비교된다면, 진성탄 식의 입화는 둘 다 등장인물들에 대한 담론의 일부라는 점에서 '잡극'의 '설자'에 비교될 수 있다.

하지만 진성탄이 '설자'라는 말을 구조적인 도구로 정의한 것은 '잡극'에서 사용된 '설자'라는 용어와 아무런 상관이 없다. 우리는 이것을 진성탄의 탓으로만 돌려서는 안 되는데, 어쨌든 그는 『수호전』 입화와 무관한 평어에서 '설자'를 희곡적인 맥락에서 딱 한번 사용했을 따름이다.[22] 그의 시대까지, 왕지더王驥德와 리위李漁 같은 희곡 비평가들조차도 '설자'를 '전기'의 시작 부분과 뒤섞어버리는 경향이 있었는데(이를테면, 왕지더,

---

21) 위안우야袁無涯본에서는 '인수'가 목차와 120개의 삽도에 의해 제1회와 분리되어 있다.

22) 『수호전회평본』, 50회 931면, 미비. 하지만 그는 이 '설자'가 희곡의 나머지 부분과는 별개라는 생각을 강조했다. **[옮긴이 주]** 원문은 다음과 같다. "前不接, 後不續, 忽然一現, 如院本之楔子."

『왕지더 곡률』, 41면의 「조명調名」, 리위, 『리리웡곡화』 「가문」, 99면), 새롭게 창작된 '잡극'에 '설자'가 적어지면 적어질수록, 『서상기』와 같이 원래부터 설자를 갖고 있던 많은 작품들의 경우에는 바로 뒤에 나오는 절에서 이것들을 구분해서 나누지 않고 그대로 출판했다. '전기'에서의 개장 부분은 입화 이후에 뒤이어 나오는 연기나 등장인물에 의해 진행되는 희곡과 직접적으로 관련이 없다. [이에 비해] 원 잡극에서의 '설자'는 항상 첫 번째 절 앞에 오지만 다른 여늬 절 앞에 나올 수도 있으며, 이것들은 중첩되는 등장인물들과 행동을 통해 항상 뒤따르는 절과 희곡의 나머지 부분과 연결되어 있으면서, 똑같은 수준의 담론의 일부가 된다.

'설자'와 이 소설의 나머지 부분의 관계에 대한 진성탄의 생각은 주시朱熹가 『시경』의 몇몇 시구를 시작하는 데 사용된 방법인 '흥興'을 묘사한 것과 유사하다. 주시는 시인은 이 방법을 이용해 "무엇보다 그의 시로 인도하기 위해 다른 사물을 말한다先言他物以引起所詠之詞也(원문은 [옮긴이 주]"고 말했다.[23] 진성탄은 '설자'가 텍스트의 나머지 부분과 직접 연결되어 있지 않다는 사실(『수호전회평본』, 50면, 협비)과 그가 항상 이 소설을 '설자'를 제외한 70회로 지칭했던 점을 강조했다. 어떤 이들은 이것을 『수호전』 서두 부분에 있는 초자연적인 요소로부터 의도적으로 '차단하기' 위한 시도로 보기도 했다(이를테면, 장궈광張國光, 『수호와 진성탄 연구』, 222, 265면). 다른 사람들은 진성탄이 자신의 판본 제1회 서두에 나오는 가오츄高俅와 휘종徽宗의 관계와 "난은 위에서부터 일어난다亂自上作"는 말로 요약되는 교훈을 돋보이게 하기 위해 그렇게 한 것이라고 말했다.[24](『수호전회평본』, 1

23) 주시朱熹, 『시집전詩集傳』, 1면, 첫 번째 시의 첫 번째 시구에 대한 언급. '흥'이 이 시의 나머지 부분과 직접적으로 연계된 것이 아니라는 주시의 생각에 대해서는, 저우전푸周振甫, 『시사예화詩詞例話』, 218면 참조.

24) [옮긴이 주] 해당 부분에 대한 원문과 번역문은 다음과 같다. "이 한 부의 훌륭한 책은 70회로, 108인에 대해 쓰려고 한다. 하지만 책을 펼치매 108인에 대해 쓰지 않고 먼저 고구에 대해 쓴 것은 다음의 이유에서이다. 대저 고구에 대해 쓰지 않고 108인에 대해 쓰게 되면 반란이 밑에서부터 일어난 것이 되지만, 108인에 대해 쓰지 않고 먼저 고구에 대해 쓰게 되면 반란이 위로부터 생겨난 것이 되기 때문이다. 반란이 밑에서부터

회 54면, 회평) 하지만 서장에 나오는 홍신洪信이라는 인물은 이 소설의 나머지 부분에 나오는 탐관오리들의 전신前身으로 보는 편이 나을 것인데, 진성탄은 서장 내의 요소들과 이 책의 나머지 부분 사이의 범례적paradigmatic인 연관 관계를 강조했다(이를테면, 『수호전회평본』, 44면, 협비).

이와 같이 형식적으로 그리고 범례적으로 서장과 여전히 관련을 맺고 있는 등장인물이나 시간과 장소의 연속성이라는 측면에서 서장이 이 소설의 주요 부분과 분리되어 있다는 생각이 후대의 수많은 소설들에 영향을 준 것은 분명하다. 특히 『유림외사』의 제1회에서, 우징쯔가 진성탄에게 신세를 졌다는 것은 널리 알려져 있다.[25] 양자의 서장에는 진성탄이

생겨나게 되면 교훈이 될 수 없으니, 이것은 작자가 반드시 피해야 할 것이요, 반란이 위로부터 일어나는 것은 조장할 수 없으니, 이것은 작자가 심히 두려워하는 바이다. 70회로 되어있는 이 훌륭한 책이 책을 펼치자 마자 먼저 고구에 대해 쓴 것은 다 그럴 만한 까닭이 있어서이다一部大書七十回, 將寫一百八人也, 乃開書未寫一百八人, 而先寫高俅者, 蓋不寫高俅, 便寫一百八人, 則是亂自下生; 不寫一百八人, 先寫高俅, 則是亂自上作也. 亂自下生不可訓也, 作者之所必避也 : 亂自上作不可長也, 作者之所深懼也. 一部大書七十回而開書先寫高俅, 有以也."

25) 첫 회는 '설자'라고 이름 붙이지 않았지만, 회목과 회말에 있는 것 가운데 하나로 묘사되었다. 1803년본의 평점가(워셴차오탕臥閑草堂을 가리킴. [옮긴이 주])는 모든 '잡극'은 '설자'로 시작된다고 말했는데, 이는 틀린 것이다. 진성탄의 해석이 들어 있는 문장에서도 그 평점가는 '설자'를 하나를 빌어 다른 것을 소개하는 것으로 정의했지만, 간접적인 것이기만 하다면, '설자'와 이 소설의 몸체와의 유기적인 연계가 필요하다는 사실을 강조했다(『유림외사회교회평본』, 1회 16면, 회평 1, 「워셴차오탕본 『유림외사』, 회평」(린순푸 역), 252면). 물론 (통상적으로 '입화入話'라 부르는) 서장은 초창기부터 백화 단편소설話本에서 쓰였다. 하나의 단편소설의 서장 부분에는 직접적인 방식으로 '정화正話'에 연계되지 않는 몇 개의 이야기나 일화들이 담겨있는 경우도 있다. 이런 서장들은 진성탄이 주장한 모델을 포함해서 매우 다양한 방식으로 '정화'에 연계되어 있다. 이런 관계에 대한 분류에 대해서는, 좡인莊因, 『화본설자휘설話本楔子彙說』, 140~147면 참조. 133~134면에서, 좡인莊因은 '흥興'과 같은 전통적인 용어에 따라 이것들을 분류하기도 했다. 화본 소설의 출판에서 아주 중요한 위치를 차지하고 있던 펑멍룽馮夢龍은 『수호전』의 옛날 판본의 예에 따라, 자신이 출판한 『평요전平妖傳』(1620)에 '설자'를 추가하면서, '인수引首'라고 이름 붙였다. 아마도 이 소설의 나머지 부분에 너무 느슨하게 연계되어 있었던 탓에, 이것은 후대의 통속본에서는 삭제되었다(쑨카이디孫楷第, 『일본 토쿄에서 본 소설서목日本東京所見小說書目』, 92면). '인수'가 『수호전』의 몇몇 판본에서 따돌림을 당했다는 것 역시 진성탄 이전에 이런 류의 서장이 진정으로 한 소설의 전체 구성 요소를 이루는 것으로 여겨지지 않았다는 사실을 드러내 보여준다. [옮긴이 주] 참고로 『유림외사』

나 우징쯔 모두 구조적인 도구 이상으로 받아들이지 않았던 듯하지만 별의 신이 지상에 떨어져 나중에 주요 인물로 환생한다는 생각이 담겨 있다. 진성탄은 지금 읽고 있는 것은 서장일 따름이고, 진짜 이야기는 앞으로 나오게 된다고 확약하면서 자신의 서장을 끝맺음하는데, 이 말은 우징쯔의 소설 제1회의 말미에서도 똑같이 울려 퍼지고 있다.[26]

서장을 텍스트의 본문에서 분리시키는 것은 어디에서 시작할까 하는 문제를 해결하는 것이 아니라 그것을 지연시키는 것이다. 진성탄은 '설자'라는 말로 서장을 폭넓게 지칭했을 뿐 아니라, 새로운 요소들을 조목조목 좀더 작은 스케일로 소개하는 것도 지칭했다. 그러한 항목들의 연쇄는 서장에서 역병疫病의 창궐로부터 별의 신들이 풀려나는 것까지의 일련의 사건들에서와 같이(『수호전회평본』, 39면, 회평), 대충 연결된 것일 수도 있고, 그렇지 않으면 이미 강도 노릇을 하고 있었으며, 108호한 가운데 최초로 소설 속에 등장하는 '호랑이'와 '뱀'이라는 말이 그들의 별명에 들어 있는 천다陳達와 양춘楊春[27]을 예시하는 호랑이와 뱀의 경우에서와 같이, 연결이 범례적이고 근접하지 않은 것일 수도 있다(『수호전회평본』, 39면 회평).

따로 분리되어 서장이라고 표시된 장절 이외에도, 때로는 전체 작품의 십분의 일이나 그 이상에 이르는 다른 장절들이 종종 서장으로 기능하는 경우도 있다.[28] 이런 경우와 중심 인물이 나중에 등장하는 것은 강조점이

제1회에 대한 워셴차오탕臥閑草堂의 회평 원문은 다음과 같다. "元人雜劇開卷率有楔子. 楔子者, 借他事以引起所記之事也. 然與本事毫不相涉, 則是庸手俗筆; 隨意塡湊, 何以見筆墨之妙乎? 作者以史漢才作爲稗官, 觀楔子一卷, 全書之血脈經絡無不貫穿玲瓏, 眞是不肯浪費筆墨."

26) 『유림외사회교회평본』, 1회 16면. 이와 비슷한 언어가 『아녀영웅전』 제1회 앞에 있는 서장의 말미에 나오기도 한다. 『수호전』과 『유림외사』 사이의 다른 연관 관계에 대해서는 이 책의 제13장 참조. **[옮긴이 주]** 진성탄본 『수호전』의 「설자」 말미에는 "독자들이여 조급해하지 말 것이니, 이것은 설자에 불과할 뿐 앞으로 펼쳐질 내용은 다음과 같다看官不要心慌, 此只是個楔子, 下文便有"라는 말이 있고, 『유림외사』 제1회는 다음과 같은 말로 끝난다. "이것은 설자에 지나지 않으니 본격적인 이야기는 다음에 펼쳐질 것이다這不過是個「楔子」, 下面還有正文."

27) **[옮긴이 주]** 천다의 별명은 '도간호跳澗虎'이고, 양춘의 별명은 '백화사白花蛇'이다.

작은 것으로부터 큰 것으로, 바깥에서 안으로 옮겨가는 에둘러 가는 것과 농담법gradation이 선호되었다는 것에 대한 증거라 할 수 있다. 이것을 비유적으로 설명하는 좋은 방법은 다음과 같은 글귀를 인용하는 것이다. "바람은 파란 개구리밥 끝에서 시작되어 큰 동굴의 입구에서 거세졌다."[29]

3. 연결

한 편의 소설에 어떤 종류의 서장이 필요한 것처럼, 소설 비평가들에 따르면 각각의 중요한 사건이나 인물은 미리 예시되거나 그렇지 않으면 예견된다. 이것은 제라르 쥬네트Gérald Genette가 '미리 언급하기Advance Mention'

28) 이를테면, 『삼국연의』 장회에서 최초의 10년 동안 두드러졌던 둥줘董卓의 이야기는 그보다 더 중요하고 중심적인 인물인 차오차오曹操에 대한 선구로 받아들여질 수 있다. 마찬가지로 『수호전』 장회의 최초의 10년이 거의 다 걸려서야, 108호한들 가운데 초기의 인물들이 수호 산채에 확고한 뿌리를 내리게 된다.

29) 일반적으로 쑹위宋玉(기원전 3세기 경에 활동)의 이름으로 가탁되어 있는 「풍부風賦」에서 인용(샤오퉁蕭統, 『문선』 13권, 582면). 이 구절은 다른 이들 가운데, 진성탄(『수호전회평본』, 21면, 「독『제오재자서』법」 57, 존 왕, 「제오재자서 독법」, 142면), 마오쭝강(『삼국연의회평본』, 49회 609면, 회평), 천천(『수호후전』, 사오위탕紹裕堂본, 24/5a, 협비)과 『유림외사』 치싱탕齊省堂본의 평점가(『유림외사회교회평본』, 2회 20면, 협비)가 사용했다. 진성탄은 바람(서사) 역시 동굴로부터 개구리밥의 끝으로 돌아와야 한다고 말하기도 했다(『수호전회평본』, 12회 246면, 회평). **[옮긴이 주]** 『문선』의 해당 원문은 다음과 같다. "起於青蘋之末." 진성탄의 독법 57조의 원문과 번역문은 다음과 같다. "농인법이라는 것이 있는데, 커다란 문단 하나를 갑자기 끄집어내는 것이 좋지 않아 먼저 작은 문단을 만들어 앞에서 끌어내는 것을 말한다. 쒀차오 앞에 먼저 저우진을 그리고 모두 드러내 보여주기 전에 먼저 다섯 가지 일을 말하는 것 등이 그것이다. 『장자』에서는 "바람은 땅에서 생겨 푸른 개구리밥에서 일어나 계곡으로 차츰차츰 배어 들어가 동굴의 입구에서 울부짖네"라고 하였고 『예기』에서는 "노나라 사람들은 태산에 제사지낼 때 반드시 먼저 배림에서 제사를 지냈다"라고 하였다有弄引法, 謂有一段大文字, 不好突然便起, 且先作一段小文字在前引之. 如索超前, 先寫周謹, 十分光前, 先說五事等是也. 『莊子』云 : "始於青萍之末, 盛於土壤之口."[1] 『禮』云 : "魯人有事於泰山, 必先有事於配林."

(이야기 전체의 일부가 되거나 그 중요성이나 의의가 독자들에게 분명해지기 전에 사람들이나 장소의 이름과 같은 것들을 짧고 미묘하게 삽입하는 것)나 그가 '준비'라고 부른 좀더 일반적인 기교의 형태를 취한다(『서사 담론—방법론*Narrative Discourse : An Essay in Method*』, 75~76면). 진성탄은 텍스트의 모든 중요한 부분에 앞서 '실마리가 될 만한 것消息'을 약간 미리 슬쩍 흘려주는 것이 필수적인데, 그렇게 함으로써 점차 이야기가 만들어지게 되고(『수호전회평본』, 3회 101면, 협비),[30] 그의 「독『제오재자서』법」 안에 있는 세 가지 기교들은 최소한 부분적으로는 이름과 사물을 미리 끼워 넣고 서문 격인 글을 추가하는 것을 통해 본문의 뒷부분에 나오는 장절에 대한 근거를 준비하는 데 주의했다고 주장했다(51, 53, 57조 참조. 『수호전회평본』, 20~21면, 존 왕, 「제오재자서 독법」, 140~142면).[31] 마찬가지로 마오쭝강은 모든 주요 장절들 앞에 '선성先聲'을 요구했다(『삼국연의회평본』, 14면, 「독삼국지법」 13, 로이, 「『삼국연의』 독법」, 179면).

이러한 실마리들과 예시들은 솜씨 있는 것으로 여겨지기 위해 눈에 띄지 않게 삽입되어야 했다. 장주포는 『금병매』의 작자에 대해 다음과 같이 만족스러운 듯 말했다. "작자가 복선伏線를 깔았을 때, 그는 사람들이 그것들을 알아차릴까 봐 항상 그것들을 덮어두었다."[32](『장주포 비평

---

30) [옮긴이 주] 원문은 다음과 같다. "此書每欲起一篇大文字, 必於前文先露一個消息, 使文情漸漸隱隆而起, 猶如山川出雲, 乃始膚寸也."

31) [옮긴이 주] 「독『제오재자서』법」 제51조의 내용은 다음과 같다. "도삽법이라는 것이 있는데, 뒤쪽에서 중요한 글자를 갑자기 먼저 앞쪽에 놓는 것을 말한다. 우타이산 아래 대장간 옆의 부자가 하는 객점, 다샹궈쓰와 웨먀오 옆의 채원, 우다의 아내가 왕첸냥과 함께 호랑이를 보러 가려고 한 것, 리쿠이가 대추 떡을 사러가서 탕룽을 얻는 것과 같은 것 등이 그것이다有倒挿法, 謂將後邊要緊字, 驀地先挿放前邊, 如五臺山下鐵匠間壁父子客店, 又大相國寺岳廟間壁菜園, 又武大娘子要同王乾娘去看虎, 又李逵去買棗餻, 收得湯隆等是也." 「독『제오재자서』법」 제53조의 내용은 다음과 같다. "초사회선법이라는 것이 있는데, 징양강에서 몽둥이라는 글자를 수없이 많이 연이어 서술한다든지 차이스제에서 주렴라는 글자를 이어 쓴다든지 하는 것과 같은 것으로 얼핏 보면 아무것도 없는 것 같지만 자세히 찾아보면 그 속에 실마리가 있어 그것을 당기면 전체가 움직인다有草蛇灰線法[1], 如景陽岡連敍許多哨棒字, 柴石街連寫若干簾子字等是也. 驟看之, 有如無物, 及至細尋, 其中便有一條線索, 拽之通體俱動."

제일기서 금병매』, 2회 40면, 회평 15) [하지만] 이것들이 완전히 보이지 않게 감추어져 있는 것은 아니다. 이것을 읽을 때는 주의를 끌지 못하고 있다가, 독자가 이것이 예시한 장소에 이르게 되었을 때에만 진정한 의미를 드러내게 된다. 그리하여 이러한 일반적인 수준의 수사적 장치들은 전통적인 중국 소설에 어느 정도의 구조적인 통일성을 부여하는데, 독자는 별다른 의미가 없을 것 같아 보이지만 오히려 그 때문에 뭔가를 의미하는 것처럼 보이는 미묘한 표지들을 해명하기 위해 [앞으로 벌어질 일들을] 내다보고 이러저러한 가설을 세우거나(이런 게 왜 여기에 있지?), 작자가 깔아놓은 실마리들을 연결하기 위해 뒤돌아보도록 강요받게 되기 때문이다.[33] 비록 실제로 나타날 때까지는 그런 예측 가능성이 유보된 상태로 있기는 하지만, 이것은 본문에서 나중에 나오는 사건들을 예측 가능하게 만들고 나중에 사건들을 재구성할 때 거의 필수불가결한 것인 듯 보이게 한다. 다른 한편으로 예시나 준비가 지나치게 기계적이고 명시적이게 되면,[34] 예기치 않은 느낌이 상실되고 나중에 이러저러하게 전개될 거라는 기대를 확인하기 위해 읽어나갈 필요가 거의 없게 된다.

진성탄 이후의 대다수 소설 평점가들은 이야기에서 요구되기 훨씬 전에 중요한 이름과 주제들을 끼워 넣는 것이 필수적이라는 데 동의했으며, 우리는 이런 생각을 커다란 규모로 실행에 옮기는 소설가들을 보

32) [옮긴이 주] 원문은 다음과 같다. "作者每於伏一線時, 每恐爲人看出, 必用一筆遮蓋之"

33) 이야기를 개괄적으로 이해하는 데 대한 루이스 오 밍크Louis O. Mink의 언급은 적절한 설명이 될 수 있다. "일시적인 연속을 이해한다는 것은 한번에 두 개의 방향을 고려한다는 것을 의미한다. 그렇게 되면 시간은 더 이상 우리를 데리고 가는 강물이 아니라 공중에서 내려다 볼 때 흐름을 따라 내려가기도 하고 거슬러 올라가기도 하는 강물이 된다(「이해의 양식으로서의 역사와 소설History and Fiction as Modes of Comprehension」, 102~121면).

34) 『수호전』 룽위탕 평점에는 앞질러 삽입하고 소급해서 되돌아보는 것을 너무 조심스럽게 사용하고 있는 것에 대해 경멸하는 언급이 들어 있지만(『수호전회평본』 「수호전일백회문자우열」, 27면), 그런 언급들은 후대의 소설 평점에서는 드문 것들이다. [옮긴이 주] 해당 부분의 원문과 번역문은 다음과 같다. "그 가운데 치밀하게 구성되고, 고심하며 자세히 묘사된 것은, 또한 사소하게 느껴져 오히려 싫증나게 한다與其中照應謹密, 曲盡苦心, 亦覺瑣碎, 反爲可厭."

게 된다. 그리하여 주요 관심사는 어떤 사람이 이러한 게임을 얼마나 미묘하게 진행해 나가는가 하는 데 있게 된다.

중국의 소설 비평가들은 독자로 하여금 해당 소설의 앞 부분에 대해 되돌아 볼 수 있도록 해주는 '조응照應'과 '보補'와 같은 몇 가지 기교의 사용을 권장했다. 이런 기교들에는 그것보다 앞선 '역언법paralipsis'[35]의 사례에 의해 설정된 환기evocation나 '회상의 완성completion of analepsis'[36]과 같은 것들 뿐 아니라, 일찌감치 설정된伏 사건이나 '반응應'을 포함시킬 수도 있다(쥬네트, 『서사 담론』, 56~57, 51~52면). 역언법에서 어떤 상황의 한 요소(어떤 정보와 인물 이름)는 그 상황이 처음 묘사될 때, 의도적으로 무시된 채 남겨진다. 빠뜨려진 채 남겨진 정보는 '회상의 완수' 부분으로 나중에 채워지게 된다. 이런 식으로 시간을 거슬러 정보를 여기 저기 흩뿌리게 되면 앞서 묘사된 소재에 대한 우리의 인식이 변하게 된다. 이렇게 시간을 거슬러 올라가는 기교는 등장인물들이나 사건들이 '냉담하게 잊혀지지 않게冷落' 하는 데에도 쓰인다(이를테면, 『신편 『석두기』 즈옌자이 평어 집교』, 37회 552면, 기묘, 경진, 왕부王府와 유정有正 협비).

'관계론적 인물 형상화'(이 책의 제8장 참조)를 버팅겨 주는 반복犯과 회피避의 변증법도 구조적으로 적용된다. 진성탄은 『수호전』에서 린충林冲과 루쥔이盧俊義가 유배되는 일련의 장면들sequences 사이에 유사성이 있다는 것을 강조하면서, 작자가 이 소설의 두 개의 마무리를 함께 걸어 잠그기鎖 위해[37] 한 마디도 바꾸지 않았다고 주장했다.[38] [이런 식으로] 『수

---

35) [옮긴이 주] '역언법paralipsis'은 쥬네트의 용어로 역설적 표현법, 곧 옆으로 빼놓는 게 오히려 의미를 더 강조하는 게 되어버리는 것을 말한다. 쥬네트의 용어에 대한 설명은 이 책의 제6장 주59에 소개되어 있는 권택영의 번역본을 참고했음을 덧붙인다.

36) [옮긴이 주] '회상analepsis'은 어떤 주어진 순간에서 스토리에서의 시점보다 일찍 일어난 사건을 그 후에 언급하는 것을 지칭한다. 참고로 나중에 일어날 사건을 미리 환기시키거나 서술하는 것으로 구성되는 모든 서사 작업을 지칭하는 '예상prolepsis'(이 책의 제4장 주89 참조)도 있다(권택영, 30면).

37) 『수호전회평본』, 61회 1,123면, 회평. 루쥔이를 호송하는 것을 묘사한 것에 대한 유사한 평어도 참조. 『수호전회평본』, 61회 1,136면, 1,139면, 협비. 린충의 호송은 『수호

호전』 초기 텍스트 안에서 사건들이 중복되는 것은 구두의 전통[39]이나 상상력의 결핍, 또는 밋밋하고 서투른 편집의 영향으로 설명될 수 있을 것이다.[40] 진성탄 이전의 소설 비평가들은 『수호전』과 『삼국연의』에서의 중복에 반대했다(이를테면, 『삼국연의회평본』, 112회 1,367면, '리즈' 회평). 하지만 진성탄과 후대의 비평가들은 구조적인 반복의 사용을 처음 부분과 나중 부분들을 연결시켜 한 편의 소설이 갖고 있는 통일성을 증가시키기 위해 고안된 대담한 장치로 보아 이것을 소설 미학에 포함시켰다.[41] 이러한 구조적 반복은 오버랩(부분적인 것에서 완전한 반복까지)의 양과 그러한 반복들을 분리시켜주는 거리(텍스트의 양)에 따라 분류될 수 있다. 연결은 묘사와 언어적 공명이나 등장인물들 자신에 의한 사건들 사이의 유사성을 인지함으로써 이루어진다. 진정한 중복 없이 낡은 주제를 다루는 능력은 좀더 어렵긴 하지만 완전히 새로운 주제들을 생각해내는 것보다 바람직하다고 믿어졌다(이를테면, 천천陳忱, 『수호후전』, 사오위탕紹裕堂본, 5 / 15b, 회평). 심지어 1925년까지도 비평가들은 여전히 소설

전』의 첫 번째 10년 부분에서 일어난다. 일반적으로 이 소설의 구조적인 사이클에 대해서는 사무엘 충Samuel N.H. Cheung, 「『수호전』의 구조적 순환성－자아에서 결의형제로Structural Cyclicity in Shuihu zhuan : From Self to Sworn Brotherhood」, 1～16면 참조.

38) 실제로는 진성탄이 그런 구절들 사이의 언어적 공명verbal echoing을 상당량 증가시키기 위해 텍스트를 바꿨다. 이를테면, 『수호전회평본』, 43회 833면, 44회 844면과 『수호전전』, 65회 1,115면 주7 참조.

39) "초기의 구두 문학에서 파생된 소설의 특징들 가운데 하나는 구조뿐 아니라 주제 역시 끝없이 반복된다는 것이다(해넌, 「『평요전』의 창작The Composition of the P'ing Yao Chuan」, 218～219면)."

40) 이와 유사한 고대 그리스와 로마의 로망스에서 거의 강박적인 중복에 대해서는 하이저만, 『소설 이전의 소설』, 58면 참조.

41) 『홍루몽』의 평점가 가운데 한 사람은 이 소설에서의 반복의 사용을 찬양하면서, 이것이 '수호의 기교水滸筆法'를 채용한 것이라고 기술했다. 화스주런話石主人, 「『홍루몽』본의 약편紅樓夢本義約編」(1878), 『『홍루몽』권』, 183면. 진성탄은 작자가 고의로 반복을 사용했다는 생각을 강조한 반면에, 마오쭝강은 반복은 저절로 그렇게 된 것(이거나 조물자가 고안한 것)이라고 주장했다(천훙陳洪, 『중국고대소설예술론발미中國古代小說藝術論發微』, 124면). 『성세인연전』에서의 반복의 사용에 대해서는, 우 옌나Wu Yenna, 「『성세인연전』에서의 반복Repetition in Xingshi yinyuan zhuan」, 55～87면 참조.

가들이 비슷한 주제를 다양한 방식으로 다룬 것을 찬양하면서, "만약 작자가 『수호전』에 정통해 있지 않다면, 그는 결코 그렇게 할 수 없었을 것"42)이라고 주장했다.

예시foreshadowing와 구조적 반복은 항상 텍스트의 연결되지 않는 단락들을 이어주기 위해 채용된다. 비슷한 소재를 분리하고 단조로움을 방지하기 위해 서로 다른 소재들의 완충 지역이 지나치게 긴 서사 부분들뿐 아니라 반복되는 사건들 사이에 삽입되는 것이다. 그리고 나서 소설 비평가에 따르면 텍스트의 연이어 있는 부분들은 어떻게 연결되는가? 단락들 사이의 전이는 그러한 전이가 고의적으로 느닷없이 묘사될 때조차도 천의무봉으로 여겨진다. 조금 더 조사를 해보면 느닷없음은 단지 방향 전환을 예비하기 위해 깔려있는 실마리의 미묘한 점이 갖는 하나의 기능일 따름인 것으로 생각된다. 곧 제한된 시각에서는 새롭게 비트는 것만이 느닷없는 것처럼 보인다(이를테면, 장원후張文虎의 '돌접突接' 참조. 『유림외사회교회평본』, 24회 329면, 협비). 심지어 이야기의 발전을 새롭고 예측되지 않은 길로 몰고 가는 듯한 사건이나 이야기의 실마리라 할지라도 이야기의 궁극적인 목표나 주제에 관해 에둘러갔다가 되돌아오는離合, 開合 일반적인 리듬이나, 궁극적으로는 해결에 이르게 될 '낚시 줄을 풀어줬다 당기는 과정綜合' 사이의 갈마듦 안에 포섭된다. 한편으로는 접점tangent의 삽입에 의해 창조된 예측 불가능한 상황과 다른 한편으로는 일반적인 소설의 외형이 그런 접점들이 충분히 발전하는 것을 허용하지 않는 많은 상반된 표지들 사이의 긴장은 비평가들이 지적한 생동감을 불어넣는 원리들 가운데 하나이다(이를테면, 『비파기자료휘편』, 343~344면, 14착 착전 평어齣前評語). 이러한 긴장을 말로 표현해내는 또 하나의 방법은 여전히 조리가 서지 않아 보이는 텍스트의 인접한 부분들이 실

42) 후위안주런壺園主人, 「독이원외사만필讀梨園外史漫筆」, 판징푸潘鏡芙, 천모샹陳墨香, 『이원외사梨園外史』, 12면. 이 소설에서는 재난을 피하기 위해 베이징으로 피신한 인물들의 세 가지 사례를 다루고 있다.

제로 연결되었다고 말하는 것似斷却連이다(이를테면, 『수호전회평본』, 50회 941면, 진성탄 협비).

이야기의 전이와 연결에 대해 논의하는 소설 비평가들이 사용한 다양한 용어들 가운데, 어떤 것은 한 쪽에서 다른 쪽으로 건너가거나過, 가로질러渡 가는 것을 강조한다. 그 밖의 다른 것은 바느질에서 한데 꿰매는 것縫과 같이 이야기 내 각각의 부분들의 인접한 '측면'들을 매우 근접한 것으로 만드는 개념을 다루거나, 목공 일에서 장부筍43)를 삽입하는 것과 같이 어떤 수준에서의 상호 침투와 연관이 있다. 연결은 인체나 땅의 '맥脈'(풍수의 원 과학proto-science에 따르면)과 같이 한 부분에서 다른 부분으로 가로질러 가는 요소들에 의해, 그렇지 않으면 바느질하고 천을 짜거나 수놓을 때의 침선線에 의해, 또는 텍스트의 일부분들을 한데 걸어 잠궈 묶어놓는鎖 그런 것들로부터 완전히 분리된 요소들에 의해 영향 받는 것으로 보여지기도 한다. 몇 개의 일련의 사건들에서 다시 나타나는 사물들物件 역시 분리되어 있는 사건들을 연결시키는 것으로 볼 수 있다.

진성탄이 『수호전』에서 확인해 '초사회선草蛇灰線'(『수호전회평본』, 20면, 「독『제오재자서』법」 53, 존 왕, 「제오재자서 독법」, 140~141면)이라 부른 예시 시스템 요소는 최소한 시간이라는 요소, 곧 일부 텍스트 내의 어떤 사물들이 그 일부가 되는 좀더 큰 일련의 사건에서의 클라이맥스와 대단원을 통해 첫 번째 사건에서 말로 표현된 연쇄 고리를 이루는 텍스트 내의 어떤 사물의 반복된 출현을 불러일으킨다. 그 하나의 예가 우쑹武松의 몽둥이梆子인데, 우리는 그가 징양강景陽岡을 넘어갈 때 이것을 유용하게 쓸 것이라 기대하지만, 실제로는 짐승을 때리는 데 사용하기도 전에 몽둥이는 반으로 동강이 나고 만다. 진성탄은 호랑이와 싸우기 전후로 이 몽둥이에 대해 열여덟 번을 헤아린다(『수호전회평본』, 22회 417~425면, 존 왕, 『진성탄』, 75~80면). 독자의 주의를 몽둥이를 언급하는 데 집중시킴

43) [옮긴이 주] 이 책의 제3장 주54 참조.

으로써, 진성탄은 우쑹이 차이진柴進의 장원에서 떠나는 것으로 시작되는 일련의 사건 전체를 호랑이를 죽이는 것을 통해 연결시키고 있다. 후대의 평점가들은 자신들이 평을 한 텍스트에서, 등장인물들을 연결해 주는 좀더 전통적인 물건의 사용[44] 못지 않게 이러한 장치도 지적하면서, 유사한 일련의 사건들에서 사물의 언급을 착실하게 헤아렸다.[45]

4. 장회들

전통적인 중국의 장편소설에서 장회 구분의 중요성은 현대에 이 장르를 명명하기 위해 '장회소설章回小說'이라는 용어를 사용한 데서 알 수 있다. '화본'과 다른 형태의 단편소설들은 보통 단일한 것으로 여겨져 일반적으로 장회로 나눠지 않는다.[46] 역사소설들은 원래는 '칙則'(어떤

44) 이러한 물품은 전기傳奇에서 특히 중요하다. 쉬진방許金榜(「장생전의 예술 구조長生殿的藝術構造」, 72면)은 물품의 사용이 희곡을 구조화하는 두 가지 방법 가운데 하나라고 주장했다(다른 하나는 오인된 정체성이다).

45) 『금병매』 평점에서, 장주포는 판진롄潘金蓮이 창문의 발을 걷어올리는 데 사용하는 막대로 우연히 시먼칭西門慶의 머리를 맞추었을 때까지 그리고 그 이후에도 '주렴簾'이라는 말을 언급한 것(『장주포 비평 제일기서 금병매』, 2회 44~4회 82면에서 이것을 열네 번 지적했는데, 이것은 『금병매』의 해당 장회에 해당하는 『수호전』의 진성탄 협비를 모방한 것이다)을, 그리고 판진롄의 신발 가운데 하나를 잃어버렸다가 쑹후이롄宋蕙蓮의 신발 하나를 찾는 것(『장주포 비평 제일기서 금병매』, 27회 417면~29회 435면, 79번을 헤아린다)을 다루는 일련의 사건에서 신발을 언급하는 것을 계속 헤아리고 있다. 이러한 방대한 숫자는 위다兪達의 『청루몽青樓夢』의 한 회인 49회에서 '나비蝶'라는 말을 80번에 언급하는 것에서 뛰어넘게 되는데, 이것들 각각은 평점가가 헤아린 것이다(『청루몽』, 49회 335~338면, 협비).

46) 몇몇 초기의 이야기들은 내부의 장회의 제목이나 숫자 없이 텍스트의 중간에서 장이 끝나는 형식을 갖고 있기도 하다(후스잉胡士瑩, 『화본소설개론』, 143면). 후대의 이야기들은 각각의 장회 제목과 장으로 끝나는 형식으로 된 6회 정도의 길이를 가질 수 있었다. 『조세배照世盃』와 최소한 리위의 『무성희無聲戲』의 한 판본에서는 각각의 이

때는 '절節'이나 '단段'으로, 매클라렌, 「명의 상떼파블彈詞과 초기 중국 소설」, 54면 주24)으로 나누었는데, 통상적으로 하나의 장회를 만들기 위해 두 개의 '칙'을 합쳤다. 각각의 '칙'에는 거기에 묘사된 주요 사건을 나타내는 대략 일곱 글자로 된 그 나름의 제목이 있었다. [따라서] 이것들이 결합되고 난 뒤에는 장회의 제목이 항상 대구의 형식을 띠게 되었으며,[47] 장회들은 연속적으로 번호가 매겨졌다.[48] 『수호전』이나 『금병매』와 같이 이러한 전환을 앞당겨서 실행한 여타의 소설들의 장회들은 항상 두 개의 서로 다른 사건들을 지칭하는 두 줄로 구성된 제목을 사용했지만, 17세기에는 이것들 역시 대구로 전환되었다.[49] 이로 말미암아 몇몇 비평가들, 특히 장주포의 경우 한 편의 소설의 각각의 장회는 다양한 방식으로 서로 연결된 별도의 두 요소들로 구성되어 있다고 주장했다. 장주포에 따르면, 장회들은 각각의 부분에 똑같은 공간이 주어지거나 또는 그렇지 않더라도 두 개의 요소들 사이에서 연속으로 나뉠 수 있거나, 그렇지 않은 경우에는 그러한 요소들이 교직될 수 있었다.[50] 특히 초기

야기에 그 이야기의 본문 자체에는 나오지 않는 대구로 된 '세목細目'이 달려 있었다. 이 『무성희』는 이토 쇼헤이伊藤漱平가 소장한 것으로 리위, 『무성희』, 편자의 서, 219면에 기술되어 있다.

47) 각각이 한 줄로 된 제목을 갖고 있는 스무 개의 장회로부터 각각의 장회 제목을 대구로 만들어 열 개의 장회로 편집한 『춘류영春柳影』이라는 소설의 예에 대해서는 린천林辰, 『명말청초소설술록』, 194면 참조.

48) 예외가 있다면, 두 개의 부분으로 나뉜 웨이중셴魏忠獻에 대한 명말 소설인 『경세음양몽警世陰陽夢』을 들 수 있는데, 여기에서는 두 개의 부분에 대한 장회가 별도로 번호가 매겨졌다.

49) 마오쭝강은 『삼국연의』에 대한 이러한 변천 과정을 매조지했다. 『삼국연의회평본』, 20면의 「범례」 5조 참조. 장회의 대구는 『금병매』 숭정본에서도 다시 행해졌다. 링멍추凌蒙初는 『고금소설』에서와 같이, 기계적으로 이야기를 병렬로 짝짓는 데 반대하긴 했지만, 처음으로 자신의 단편소설 제목에 대한 대구를 사용했다. 링멍추, 『박안경기』, 영인본 1a면, 「범례」 1조 참조.

50) 『금병매자료휘편』, 25면, 「비평제일기서 『금병매』 독법」 8 참조(로이, 「『금병매』 독법」, 204면). 이를테면, 아마도 우리는 『홍루몽』에 대한 즈옌자이와 장신즈의 평점에서 장주포가 한 말에 대한 메아리를 들을 수 있을지도 모른다(이를테면, 『신편 『석두기』 즈옌자이 평어 집교』, 37회 557면, 기묘와 경진 협비와 『신편 『석두기』 즈옌자이 평어 집교』, 103 / 42b[1,334], 회평).

소설의 경우에 이론과 당면한 문제의 현실 사이의 갭은 (각각의 장회를 두 개의 개별적인 부분으로 쪼개야 한다고 고집했던) 바킨과 그의 『수호전』 일역본의 동료 번역자들로부터 어떤 종류의 너저분함도 싫어했던 차이위안팡蔡元放(『수호전자료회편』, 566면, 「수호후전독법」 6)에 이르기까지 많은 사람들에게 골칫거리였다. 다른 한편으로 각각의 장회가 두 개의 사건들을 진지하게 다루어야 한다는 생각을 갖고 있던 소설가가 최소한 한 사람은 있었다.[51]

『수호전』의 장회 제목에서, 대구에서 언급된 사건들의 순서는 해당 장회의 본문에서 다루어지는 순서와 언제나 맞아떨어지지 않는데, 때로는 장회 제목에서 약속된 사건들이 다음 장으로 넘어갈 때까지 나오지 않는 경우도 있다. 몇몇 비평가들의 불평을 사긴 했지만, 『홍루몽』과 『유림외사』에서도 일어났다(이를테면, 『유림외사연구자료』, 132면, 치싱탕齊省堂본 「예언例言」 1조). 우리는 우징쯔吳敬梓나 차오쉐친曹雪芹이 어떤 특별한 목적을 갖고 이렇게 했는지에 대해서는 확실하게 말할 수 없지만, 후대의 작가인 한방칭韓邦慶은 자신이 쓴 『해상화열전』의 장회 가운데 두 회의 내용이 그 회의 제목과 아무런 연관이 없다고 당당하게 밝혔는데, 이것을 자신보다 앞선 선례들을 지적하는 것으로 정당화했다(한방칭, 「예언」 6조, 2~3면). 하지만 그는 어떤 유리한 점 때문에 그렇게 했는지에 대해서는 보여주지 못했다.

아마도 우리는 중국소설에서는 장회들 사이의 불연속성을 없애거나 경감시키기 위해 많은 장치들이 사용되었다는 사실을 지적함으로써 이 마지막 질문에 대한 대답에 다가갈 수 있을 것이다. 천츄陳球(1808년경 활동)와 같은 몇몇 소설가들은 자신들의 소설을 장회로 나누기를 상당히

---

51) 예스주런也是主人, 『대인기원곽공전帶印奇冤郭公傳』(1912), 「범례」 2조 참조. 여기에서는 각각의 장회마다 각각 '말하자면話說'과 '각설하고却說'로 시작되는 두 개의 부분을 갖고 있다고 말했다. 「범례」의 7조에서는 각각의 장회가 두 개의 시와 대구로 끝날 것이라고 약속하고 있다. 이러한 규칙들은 텍스트 안에서 엄격하게 지켜지고 있다.

꺼려했거나,[52] 차오쉐친이 그랬던 것처럼 최후의 순간까지 미루어두었다(이 책의 제14장 참조). 서스펜스나 의혹이 이는 대목에서 한 회를 끝내는 경향은 항상 직업적인 이야기꾼說書人에게서 물려받은 유산으로 설명되었지만, 우리는 이것을 독자가 장회들 사이에 어쩔 수 없이 존재하는 갭을 빠른 시간 내에 뛰어넘을 수 있게 하기 위한 도구로 볼 수도 있다. 또 이렇게 하는 배후에는 명백하게 한 회의 시작 부분에서 새로운 문제를 다루고 싶어하지 않는 의도가 숨어 있는 지도 모른다. 최소한 바로 앞선 회의 끝 부분에서 일어난 상황을 짧게 다시 정리해주는 것으로 시작하는 것이 좀더 통상적이며,[53] [이렇게 함으로써] 한 회의 마지막과 다음 회의 시작 부분 사이의 시간이나 장소의 갭은 드물게 나타난다.[54]

5. 매크로 구조Macrostructure

처음부터 끝까지 등장하는 단일한 인물들이나 또는 명백한 중심 정절(플롯)이 결여되어 있는, 『유림외사』에는 전통적인 중국 소설을 구조적으로 조직하는 좀더 독특한 몇 가지 요소들이 제시되어 있다. 통상적으로 이 소설은 청말부터 후스胡適와 루쉰魯迅을 거쳐 지난 몇 십 년까지도 느슨하고 에피소드적인 구조를 가졌다는 이유로 비판 받았다. 아리

52) 그의 『연산외사燕山外史』 「범례」 3조(쩡쭈인曾祖蔭 외 공편, 『중국역대소설서발선주』, 210면) 참조. 『수양제염사隋煬帝艶史』를 장회로 나눈 것은 이 소설의 「범례」 안의 마지막 조항에서 속된 습관에 대해 양보한 것으로 묘사되었다(니인호이저, 「삽도본 『수양제염사』의 시사詩詞 표제 읽기」, 30면).

53) 이것은 때로 『아녀영웅전』의 경우에서와 같이 상당히 기계적이고 자의식적으로 행해진다.

54) 『속금병매』는 두드러진 예외이다. 이 책의 제12장 참조.

스토텔레스는 그의 『시학』에서 에피소드적인 정절을 사건들 각각이 필수불가결하지 않거나 그럴싸하지 않은 것으로 정의했다(도르쉬, 『고전 문학 비평』, 9장, 45면). 『유림외사』의 사건들은 일반적으로 그럴싸하지 않다고 비난할 수 없는 것들이며, 하나의 사건이 필수불가결한 것인가의 여부는 분명하게 작자가 책 전체에 대해서 염두에 두고 있었던 것이나 이 책의 개별적인 부분들이 서로 어떠한 상호작용을 일으키느냐는 것에 달려 있는데, 이것은 확실히 엄격하게 선형적인 형태를 띨 필요가 없다. 우리는 어떤 책이 독자에 끼치는 수사적인 효과를 고려하기 위해 정절(플롯)이란 개념을 다시 생각해 보는 게 좋을 듯하다. 진성탄은 『서유기』의 구조가 후대의 비평가들이 『유림외사』에서 발견했던 것과 같은 류의 잘못들을 많이 가지고 있다고 비판했지만, 전통적인 해석가들은 어떤 식으로 그런 에피소드들을 진성탄이 깨닫지 못했던 알레고리적인 도식에 맞춰 넣을 수 있는지를 보여줄 수 있었다.

인과가 하나의 소설의 요소들 사이에서 허용될 수 있는 유일한 유형의 관계라면, 오데뜨Odette에 대한 스완Swann의 사랑이 『지나간 사물들의 기억*Remembrance of Things Past*』의 나머지 부분과 맺고 있는 관계는 에피소드적인 것으로 기술되어야 할 것이며(쥬네뜨, 『서사 담론』, 242면), 조이스의 후기 소설들은 단순히 소재를 되는 대로 뒤섞어 놓은 게 될 것이다.[55] 클레이튼 해밀튼Clayton Hamilton에 따르면, "소시지가 매달려 있는 듯한 정절(플롯)sausage-string plots"의 미덕은 이것들이 "굴곡진 삶의 모습에 대한 방대한 인상vast impression of the shifting surge of life"(『소설의 기술 매뉴얼*A Manual of the Art of Fiction*』, 66~67면)을 전달할 수 있다는 것이다. 확실히 『유림외사』의 주요 목적 가운데 하나는 작자가 알고 있는 바대로 중국 사회의 넓은 시야를 보여주는 것이다. 해밀튼은 한 소설에는 '긍정적인' 사건과 '부정적인' 사건이 있다고도 말했다. 부정

55) 프라이Frey(『비평의 해부』, 313면)는 조이스에서 보이는 무질서의 인상이 '해부anatomy'와 같은 그가 소설의 소재를 조직화해내는 데 사용한 하나의 기능이 가장 그럴 듯하게 적용된 경우라고 주장했다.

적인 사건은 정절(플롯)의 목표(클라이맥스)를 향해 나아가는 것을 방해하지만, 삶에 대한 실감을 증대시킨다(『소설 기교 입문』, 64~65면). 이런 시각에서 볼 때, 『유림외사』에서 19세기 서구에서 이해되었던 용어로서의 정절(플롯)과 닮은 그 어떤 것의 발전이 지속적으로 '지연되었던 것'은 아이러니컬하게도 '현실적인' 효과에 기여하는 것으로 보여질 수 있다. 하지만 좀 더 리버럴하게 플롯이라는 것을 하나의 평형 상태로부터 불균형한 상태를 통해 새로운 평형 상태로 옮겨가는 것으로 정의한 것(컬러Culler, 『구조주의 시학*Structuralist Poetics*』, 221면)을 받아들인다면, 『유림외사』는 확실히 제56회의 진위를 받아들이느냐의 여부와는 상관없이, 이런 속성의 정절(플롯)을 갖고 있다고 말할 수 있다.

선형적인 발전을 반대하는 전통적인 비평가들과 소설가들이 소재와 스타일의 갈마듦을 선호했던 것은 순전히 다양성만을 위해서였거나, 나아가 우주가 선형적인 발전보다는 그런 갈마듦에 의해 구조화된다고 생각되었기 때문이었다.56) 『수호전』에서 집단의 행동은 개인의 전공에 부수적으로 따라오는 경향이 있다. 『유림외사』에서는 '부귀공명'에 탐닉하는 것을 다루는 에피소드들이 서로 갈마들면서 그것들 사이의 서로 다른 밸런스가 이 소설의 각각의 장절들을 다른 색깔로 물들이고 있다(류셴신劉咸炘, 「소설재론小說裁論」, 『유림외사연구자료』, 292~294면). [이 소설에서] 구조는 그런 소재의 배열을 통어하기 위한 것이긴 하지만, 작품 속에 포함된 다양한 유형의 소재에도 일정 부분 이바지하고 있다.

소설 비평가가 한 편의 소설의 부분들이 전체와 맺고 있는 관계를 지칭하기 위해 사용한 비유의 유형들은 거의 언제나 선형적이라기보다는 공간적이다. 유일하게 있을 법한 예외는 지리학적인 비유 몇 가지이다. 한 편의 소설에서 여러 요소들이 한데 합쳐지는 것이 마치 작은 지류들

56) 이런 갈마듦(운동/정지, 열熱/한寒 등등)이 『홍루몽』에서 어떻게 풀려나가는지에 대한 도해적인 설명에 대해서는, 플락스의 『원형과 알레고리*Archetype and Allegory*』에 부록으로 붙어 있는 도표 참조.

이 더 큰 물줄기로 합류하다가 궁극적으로는 바다로 합류하는 것과 같다고 말하는 것은 다양한 이야기의 실마리들이 모두 한데 모이는 클라이맥스를 향하여 선형적으로 나아가는 것을 함축하는 듯하다.[57] 사실 이러한 비유와 (산에 오를 때 작은 봉우리들이 주봉을 예비하는 동시에 그것을 가리고 있는 것과 똑같은 방식으로 작은 클라이맥스들이 주요 클라이맥스와 상호 작용한다는) 이와 유사한 비유(이를테면, 『유림외사회교회평본』, 37회 515면, 회평 3, 린순푸 역 「워셴차오탕본 『유림외사』 회평」, 286면)는 대체로 소설 작품에서의 선형적인 발전이 아니라 이러한 클라이맥스의 기능과 위치에 주의를 집중케 하는 데 주로 사용된다. 진주에 구멍을 뚫어 끈이나 실로 그것들을 꿰는 이미지는 때로 한 편의 소설 속의 사건들이 조직되는 방식을 이야기하는 데 사용되지만, 이것은 거의 언제나 공간적인 차원에 똑같은 주의를 돌리게 하고 선형적인 발전의 개념을 필요로 하지 않는 맥락에서 행해진다.[58]

가장 통상적으로 사용된 비유들은 완전한 정체整體를 구성하기 위해 좀더 작은 요소들을 공간적으로 배치하는 방법들을 참고하고, 또 회화[59]나 건축,[60] 그리고 재봉[61]과 같은 미학의 영역으로부터 가져온 것

57) 이를테면, 이런 유형의 비유는 『유림외사』의 구조를 묘사하기 위해 사용된다(『유림외사회교회평본』, 33회 461면, 회평 3, 「워셴차오탕본 『유림외사』 회평」(린순푸 역), 283면). 하지만 이런 특별한 비유조차도 비선형적으로 읽을 수 있는 가능성이 있다(스위하트 더-안 우Swihart, De-an Wu, 「중국 소설 형식의 진화The Evolution of Chinese Novel Form」, 100~102면).

58) 이를테면, 왕시롄王希廉은 『홍루몽』의 구조에 대해 논의할 때, 진주를 꿴 끈의 이미지를 쟁반 위에 아무렇게나 굴러다니는 진주의 이미지와 짝 지웠다(『신편 『석두기』 즈옌자이 평어 집교』 「총평」 1조, 1b[22])

[옮긴이 주] 원문은 다음과 같다. "至於各大段中, 尙有小段落, 或夾叙別事, 或補叙舊事, 或埋伏後文, 或照應前文, 禍福倚伏, 吉凶互兆, 錯綜變化, 如線穿珠, 如珠走盤, 不板不亂."

59) 비록 희곡이나 고문 비평에서도 사용되고 있지만, 좀더 큰 스케일의 단위에 구조적으로 배치시키는 것을 지칭하기 위해 소설 비평에서 사용했던 '장법章法'이란 용어는 원래는 회화 용어였다.

60) 문학의 구조를 묘사하기 위해 건축의 비유를 사용한 것은 최소한 『문심조룡』의 '장

들이다. 공간적으로 분리되어 있는 부분들을 배치하고 또 동맥에 의해 핵심부로 모아들인다는 개념을 형상화한 비유들은 전통적인 생리학과 풍수로부터 가져온 것이다.62) 따로 떨어져 있는 부분들이 동맥에 의해 한데 모이는 것을 보여준다는 것은 두 개의 항목이 연루되어 있는 경우 이런 부분들의 연결이 선적인 것으로 생각될 때에만 나타날 수 있기는 하지만, 이것은 더 큰 그림을 고려할 경우 가뭇없이 스러지게 된다.63)

문학 작품에서 이야기의 전반적인 발전을 묘사해주는 도식들 가운데 가장 일반적으로 만나는 것은 전통 시기 중국에서 시사詩詞와 회화로부터 팔고문의 창작에 이르기까지 공간적이거나 선형적인 발전과 관련 있는 거의 모든 분야의 예술적 시도에 대한 비평에서 발견되는 '기승전합起承轉合'이라는 4단계의 시퀀스이다.64) 이러한 시퀀스는 위에서 언급한 바 있는 '이합離合'이나 '개합開合'과 같은 2단계 시퀀스의 확장으로 볼 수 있다. 4단계 시퀀스는 서구 음악에서 주제 제시부exposition와 전개부development, 재현부recapitulation, 종결부coda와 같은 소나타 형식65)(여기에서 세 번

구章句'와 '부회附會'장으로까지 거슬러 올라가는데(류셰劉勰, 『문심조룡』, 570면과 650면), 이것들은 희곡 비평에서 두드러지게 사용되었다(이를테면, 왕지더王驥德, 『왕지더곡률』, 121면과 리위, 『리리웡곡화』 「결구結構」, 7면). 소설 비평에서의 예에 대해서는, 『장주포 비평 제일기서 금병매』, 2회 40면, 회평 15와 『유림외사회교회평본』, 33회 461면, 회평 3 참조(「워센차오탕본 『유림외사』 회평」(린순푸 역), 282~283면).

61) 문학 창작을 재봉과 비교하는 것 역시 최소한 류셰劉勰에게로 거슬러 올라가며, 소설 비평에서뿐만 아니라, 희곡 비평에서도 중요하게 다루어졌다(이를테면, 리위, 『리리웡곡화』 「밀침선密針線」, 26면). 텍스트를 천을 짜거나 요소들을 한데 엮는 것으로 개념화하는 것 역시 바로 '텍스트text'와 '텍스춰texture'라는 용어에서와 같이 서구 비평에서는 상당한 정도로 중요하게 다루어졌다. 그런 공간적이고 복수적인 개념과 '전통적인' 선형성 사이의 긴장에 대한 논의에 대해서는, 바르트Barthes의 『S/Z』, 160면과 역시 바르트의 「작품에서 텍스트로From Work to Text」, 76면 참조.

62) 미학과 사상의 다른 영역에서 나온 소설 비평 용어에 대한 적용에 대해서는 롤스톤, 『독법』, 504면, 「소설 비평, 여타의 담론으로부터의 용어 수용Fiction criticism, adaptation of terminology from other discourses」이라는 부제 하의 색인 항목 참조.

63) 그런 비선형적인 '동맥들'이 때로 회상에서만 그들 스스로를 드러내 보여주는 예에 대해서는, 리위, 『리리웡곡화』 「중기취重機趣」, 42면 참조.

64) 『육포단』에서는 이 네 단계의 시퀀스가 사랑 행위를 묘사하는 데에도 쓰이고 있다(『육포단』, 7/2a, 해넌 역, 『육포단*Carnal Prayer Mat*』, 7회 115면).

째 단계는 좀더 다른 효과를 지향하고 있다는 예외가 있긴 하지만)과 거의 완벽하게 똑같다. 하지만 우리는 아래에서 재현부가 중국 고대소설에서는 바로 클라이맥스와 끝이라는 개념의 일부라는 사실을 보게 될 것이다.

장주포는 소설이 희곡과 똑같은 구조 계획에 따라 씌어져야 한다고 믿었다(이를테면, 『금병매자료휘편』, 37면, 「비평제일기서 『금병매』 독법」 48, 로이, 「『금병매』 독법」, 229면). 중국 희곡에서의 구조 개념은 희곡의 종류와 해당 시기에 따라 아주 다르다. 일반적으로는 원 잡극이 좀더 단일하고 선형적인 데 반해, [명대] 전기는 갈마듦alternation과 병행parallelism의 패턴으로 몇 개의 가닥들이 한데 얽혀 있는 경향이 있다. '삼언' 가운데 첫 번째인 『고금소설』에 대해 평멍룽馮夢龍이 쓴 짧은 언급題詞에서, 이 책의 짧은 이야기들은 '잡극'과 비교되고 있으며 『수호전』과 같이 긴 소설들은 '전기'와 비교되고 있다[66](『중국역대소설논저선』 상권, 228면). 전기에서의 정절(플롯)의 진행은 인과라는 측면에서 볼 때 상당히 느슨하게 연결되어 있을 수도 있다. 이를테면, 『모란정牧丹亭』에서는 두 개의 연속된 착에서 똑같은 무대

65) [옮긴이 주] 소나타는 16세기 중엽의 바로크 초기 이후에 유행하던 곡으로 이탈리아어의 'sonare'(악기를 연주하다)를 어원으로 해, 노래하는 곡(칸타타)과 쌍을 이루는 말이다. 한편 바로크 시대의 소나타와 고전파의 그것은 구별을 해야 한다. 고전파의 소나타는 소나타 형식의 악장을 포함하는(주로 제1악장에) 대규모적인 다악장 악곡을 특징으로 한다. 전기 고전시대(17세기)의 악곡에서는 대개 완 · 급 · 완 · 급의 순으로 4개의 악장으로 되어 있는 반면 18세기 중엽 이후의 하이든 · 모차르트 · 베토벤의 고전소나타는 대개 2악장~4악장으로 구성되어 제1악장은 알레그로의 빠른 악장(소나타 형식), 제2악장은 느리고 서정적인 리트 형식, 제3악장은 미뉴에트 또는 스케르초 형식, 4번째의 종악장은 소나타 또는 론도 형식으로서 일반적으로 빠른 곡으로 나열되어 있다. 그 규모가 작은 것이 소나티나sonatina이다. 고전소나타는 일반적으로 1~2개의 악기를 위해 쓰였으며 연주하는 악기 이름을 붙여서 피아노 소나타(피아노), 바이올린 소나타(바이올린과 피아노) 등으로 부른다. 피아노와 바이올린과 첼로를 위한 3중주, 현악 4중주(바이올린 2, 첼로 · 베이스각 1), 교향곡, 협주곡도 악식이나 악장 배치는 소나타와 같다. 이와같이 소나타는 18세기부터 19세기의 기악곡 중에서 가장 중심적인 악곡 구성이었다.

66) [옮긴이 주] 원문과 번역문은 다음과 같다. "(사람들은) 『삼국지』, 『수호전』과 같은 소설을 대작이라 칭한다. 그 안에는 한 사람의 한 가지 사건이 기록되어 있어 족히 담소자들이 읽을 만하니, 잡극과 전기의 관계와 같아 어느 한쪽만을 버릴 수는 없다小說如『三國志』, 『水滸傳』稱巨觀矣. 其有一人一事, 足資談笑者, 猶雜劇之於傳奇, 不可偏廢也)."

배경을 공유하고 있는 경우가 없고, 다섯 개의 착에서만 바로 앞 장면에서 넘어온 인물들이 등장한다(버치Birch, 「모란정의 구성The Architecture of The Peony Pavilion」, 615면). 희곡을 소설이나 단편소설로 최소한도로 개작한 것[67]과 (그가 살았던 시대에는 소설가로서보다 극작가로서 더 잘 알려져 있었을지도 모르는) 딩야오캉丁耀亢(이 책의 제12장 참조)의 『속금병매』와 같은 예외가 있기는 하지만, 소설의 장회나 부분들은 전기의 착들보다 상호간에 좀더 긴밀하게 통합되어 있는 경향이 있는데, 연결되지 않은 전개의 실마리들을 한데 끌어 모으는 것인 듯 보인다. 리위李漁는 청대에 들어 희곡 공연이 전체가 아니라 다양한 희곡에서 하이라이트만 골라 무대에 올리는 것으로 전환된 것을 반대했다. 그는 좀더 밀도 있는 구조를 가진 짧은 희곡을 쓸 것을 주창했지만,[68] 이 싸움에서 그는 졌다.

장회 다음으로 큰 단위는 동등한 숫자의 장회들을 포함한 단락들이다. 이것들은 항상 명시적이 아니고 함축적으로 구분되며, 구획들은 종종 텍스트들이 묶여져 있는 방식으로 가장 극명하게 모습을 드러낸다. 초기의 주요 소설들은 항상 100회나 120회의 길이를 갖고 있으면서 몇 십 회의 장회들로 나뉘어 있었다. 이런 몇 십 회에서의 구조는 그런 소설들을 이루고 있는 구조 발전의 유형들을 좀더 작은 규모로 본뜬 것이었다.

어떻게 이런 것이 실행에 옮겨졌는지는 아마도 『금병매』에서 가장 쉽게 드러날 것이다. 이 소설에서 이야기 발전의 일반적 흐름에서의 고비는 매 십 년마다의 일곱 번째 회에서 일어나는 경향이 있는데, 아홉 번째에는 클라이맥스에 이르고 열 번째에는 해결에 이르게 된다(로이, 『금병매』 「서론」, xxxv면). 진성탄이 『수호전』을 편집한 것은 이 소설에서 몇 십 년

---

67) 내가 알고 있는 가장 최소의 예는 메이딩쭈梅鼎祚(1548~1615)의 『옥합기玉合記』 전기를 희곡에서 불려지는 창사唱詞를 제거한 것 이외에는 거의 아무 것도 하지 않고 『장태류章台柳』라는 이름의 단편소설로 각색한 것이다.

68) 리위, 『리리웡곡화』 「축장위단縮長爲短」, 113~114면. 그의 시대 이전의 극작가들은 이미 배우들이 자기들이 필요한 대로 자신들의 희곡을 편집하는 것에 대해 불평을 늘어놓고 있었다.

단위로 장회가 발전해나가는 유사한 도식을 보여주는 효과가 있었다.[69] 이와 유사한 구조적 패턴들이 『육포단』[70]이나 『린란샹林蘭香』[71]과 같은 후대의 소설들에서 보여진다. 저우루창周汝昌은 이것들이 『홍루몽』의 원래 기획의 일부였을 것이라는 의견을 제시했다. 서구 소설의 경우에는 19세기에 이르면 이렇게 숫자를 통해 균형과 구조를 성취하려는 것이 시대에 뒤떨어진 일이 되어버렸지만, 그보다 앞선 시기에는 소설을 구조화하는 데 있어 중요한 요소로 여겨졌으며, 모더니스트와 포스트 모더니스트의 작품들에서 다시 나타나기도 했다.

소설의 구조는 '작은 클라이맥스小結束'에 의해서도 구획된다. 전통적인 중국 소설에서, 클라이맥스는 그러한 클라이맥스에 이르는 행위에 의해서라기보다는 언제나 대량의 이야기 실마리나 인물이 연루되는 것이 그 특징이다. 소설 비평가들이 그런 클라이맥스를 명명하기 위해 사용하는 용어는 그것이 큰 것이든 작은 것이든 막론하고 '결속結束'이라는 것인데, 이것은 문자 그대로 별개의 대상들을 하나의 꾸러미로 한데 묶어버리는 것을 의미한다. 이를테면, 『금병매』 제20회에서 시먼칭西門慶의 여섯 아내들이 한데 모이는 것이 완수된 것을 원룽文龍은 '소결속小結束'이라 불렀는데,[72] 똑같은 용어가 '타이보츠에서의 제사祭泰伯祠'에서

---

69) 플락스, 「『수호전』과 16세기 소설 형식-해석적 분석Shui-hu chuan and the Sixteenth Century Novel Form : An Interpretive Analysis」, 21면 참조. 『삼국연의』를 몇 십 년 구조로 나눈 것에 대해서는, 앤드루 힝분 로, 「역사 기술 맥락에서의 『삼국연의』와 『수호전』-해석적 연구」, 56면 참조. 『사대기서』에서 플락스는 이런 류의 초 장회적인supra-structual 구조가 16세기 '문언소설'의 장르적 특질이라고 주장했다.

70) 근대 이전의 『육포단』 판본에서, 텍스트는 각각 다섯 회로 된 네 개의 '책冊'으로 묶여졌다. '책'은 전통적인 순서에 따라 네 개의 계절 이름으로 번호가 매겨졌는데, 단지 한 '책'의 앞머리에 있는 장회들만 '사詞'로 시작된다. 해넌의 『육포단*Carnal Prayer Mat*』 영역본 「서론」에 따르면, 그의 번역이 기초하고 있는 일본에 소장되어 있는 이 소설의 필사본은 약간 다른 (이를테면, 매 회의 앞머리마다에 시가 있는) 구조를 갖고 있다고 한다.

71) 『린란샹』을 여덟 개의 장회를 묶어 여덟 개의 부분으로 구획한 것에 대해서는, 루다웨이陸大偉, 「린란샹과 금병매林蘭香與金瓶梅」, 115~116면 참조. 평점가는 이 소설의 이러한 구조적 측면을 지속적으로 강조했다. 『린란샹』의 몇몇 판본들은 각각 여덟 개의 장회를 포함하고 있는 '책'으로 묶여졌다.

크게 모이기 이전에 『유림외사』의 등장인물들이 다양한 작은 집단을 이루어 모인 것을 묘사하는 데에도 쓰였다.[73] 『아녀영웅전』에서는 서술자가 텍스트의 장절들의 '정점結束'에 대해 드러내놓고 논의했다(이 책의 제12장 참조).

정확하게 둘로 나누는 것은 종종 전통적인 중국 소설의 전반적인 발전에서 의미심장한 전환점을 제시하고 있다. 이것은 아마도 전기를 이틀 동안 연속으로 공연할 수 있도록 똑같은 길이의 두 부분으로 나누었던 것과 고조점에 이른 전반부에서 끝내야 할 필요성으로 인해 영향 받은 것인 듯하다.[74] 『금병매』의 중간 지점에서, 리핑얼李瓶兒과 시먼칭의 죽음에 결정적인 역할을 했던 최음약이 우웨냥吳月娘이 샤오거孝哥를 임신케 했던 마술적인 수단과 마찬가지로 소개된다.[75] 장주포는 이 소설의 전반부와 후반부 사이의 차이와 병행 관계를 상당히 집요하게 강조했다.[76] 그가 선도하는 대로, 장신즈張新之는 조심스럽게 『홍루몽』의 전

72) 제20회에 대한 그의 평어 참조(류후이劉輝, 『금병매의 성서와 판본 연구』, 201면). 장주포는 이 소설에 간헐적으로 등장하는, 특히 제29회에서 시먼칭의 부인들의 운명에 대해 말해주는 '단체로 관상 보는 것'에 대해 상당히 주의를 기울였다(이 책의 제7장 참조). 강도들이 모이는 것聚義은 『수호전』의 단락을 나누는 기능을 하고 있으며, 진성탄은 자신의 『수호전』 평점에서 그러한 모임의 사용을 강조했다.

73) 이를테면, 『유림외사회교회평본』, 37회 515면, 회평 3(린순푸 역, 「워센차오탕본 『유림외사』 회평」, 286면). 이 조목에 대한 평어에서, 황샤오톈黃小田(『유림외사』, 37회 351면)은 이러한 '소결속小結束'의 목록을 만들기 위해 선택된 '클라이맥스'들에 대해 불만을 표시했다.

74) 전기傳奇는 통상적으로 두 개의 '권卷'(상과 하)으로 인쇄된다. 리위李漁(「소설화小說話」, 『리리웡곡화李笠翁曲話』, 101면)는 첫 번째 전반부의 마지막 장면을 '소수살小收煞'이라 부르면서, 그 특징들을 기술하였다. 그 자신의 희곡 가운데 하나에서의 '소수살'의 예에 대해서는, 그의 『리리웡십종곡』에 있는 「내하천奈何天」의 15착 참조.

75) **[옮긴이 주]** 제50회는 시먼칭이 호승胡僧에게서 얻은 최음약을 먹고 과도하게 교접을 하는 내용이 장황하게 이어지다가 말미에 우웨냥이 초산初産 사내아이의 태로 만든 약을 구해 장차 샤오거를 임신하게 되는 내용으로 마무리된다.

76) 이를테면, 『장주포 비평 제일기서 금병매』, 50회 732~733면, 회평 1, 4. 이보다 앞서, 진성탄은 자신의 『수호전』 판본에서 39회를 이 책의 '허리腰'라고 부름으로써 그 중요성을 지적한 바 있다. 제39회는 그의 70회 판본의 정확한 중간은 아니며, 희곡의 전반부와 후반부의 길이가 똑같지 않은 전기의 예도 있다. 마오쭝강은 그의 『삼국연의』 120회

반부는 제60회에서 마무리되고 후반부는 제61회에서 시작된다고 기록했다(『평주금옥연』, 60 / 23b [794], 회평)

소설 비평가들은 지리와 계절의 순환으로 구조를 설명하는 것을 강조했다. 장주포는 칭허현清河縣에 있는 두 개의 절인 위황먀오玉皇廟와 융푸쓰永福寺가 어떤 식으로 이 소설의 주인공들의 중요한 만남의 장소로 기능하고 있는가를 개괄하면서, 작자가 지속적으로 그곳으로 돌아가는 행위들을 만들어내고 있다는 사실을 지적해냈다.77) 이런 류의 매듭은 후대의 소설에서는 중요한 것이었다(우 옌나, 「『성세인연전』에서의 반복」, 65면). 이를테면, 『유림외사』의 앞 부분에서 저우진周進이 [학동들을] 가르치던 관인쓰觀音寺는 제2회와 7회에서 주의를 끄는 중요한 중심지이고, 타이보츠太伯祠와 이것이 위치해 있는 위화타이雨花臺를 방문하는 일은 타이보츠에서의 제사祭泰伯祠를 전후로 해서 텍스트에 산재해 있다.

선형적이고 순환적으로 이야기를 구조화하는 도구는 일년의 사계에 따라 사건들을 정절(플롯)화하는 것이다. 서로 다른 계절의 연회들은 상징적인 연상 작용을 일으킨다. 이를테면, 연등燃燈과 청명절淸明節은 평소에 사교적인 관계를 통어하는 억압적인 규율이 상당히 느슨해지는 시절로, (불륜이나 정치적인 반란과 같은) 사회적인 일탈과 관련 있는 이야기들 안에서 강하게 형상화된다. 진성탄은 신선한 제비 똥(제비는 이른 봄 돌아온다)과 같이 텍스트 안에서 계절을 미묘하게 나타내 주는 표지들을 찬양하면서, 특정 시기에만 개화하는 꽃을 인물의 머리에 꽂음으로써(『수호전회평본』, 5회 143면과 14회 274면), 『수호전』에서의 계절의 진행에 대한 주의를 환기시켰다. 판진롄潘金蓮과 팡춘메이龐春梅의 이름에는 각각 뜨거운 여름과 쌀쌀한 겨울에 피는 꽃 이름이 들어가 있다. 장주포는 판진롄이 이 소설의

본에서의 61회를 이 소설의 '눈眼'이라 불렀다(『삼국연의회평본』, 61회 752면, 회평).

77) 『금병매자료휘편』, 24면, 「비평제일기서 『금병매』 독법」 2(로이, 「『금병매』 독법」, 202면). 장주포 평점의 영향을 크게 받은 『삼속금병매三續金甁梅』에서도 이 두 개의 절이 두드러지게 묘사되고 있다.

여름(또는 중간 부분)에 꽃피지만(또는 권력이 상승하지만) 이 소설의 끝이 오기 전에 시들어버리는 반면, 팡춘메이는 이 책의 종결 부분이나 겨울에 해당하는 단계에 자기 자신을 드러낸다는 점을 강조했다.[78]

6. 클라이맥스, 대단원 그리고 종결

'대단한 클라이맥스'와 마찬가지로, 어떤 딜레마나 갈등이 최고조에 이르는 것은 절대 다수의 인물들이 한데 모이는 것과 주제만큼 중요하지 않다. 진성탄은 자신의 판본의 제70회를 이 소설의 클라이맥스로 보았는데, 그것은 그 숫자로 보나 무력으로 보나 이 회에서 무리의 발전이 최고조에 이르기 때문이었다. 이보다 앞서 나온 판본에서는, 70회에 무리의 구성원들의 이름이 모두 올라가 있는 몇 가지 목록이 들어있었는데, 진성탄은 그러한 목록의 숫자를 넷으로 증가시켰다. 그는 이 모든 목록들을 앞서 '클라이맥스'라고 번역한 바 있는 '결속結束'이라 명명했지만, 아마도 '정점'이라는 게 더 나을 지도 모른다.

많은 소설들에는 이런 류의 정점이 들어 있는데, 이들 가운데에는 『경화연』의 71회에서 100명의 재녀들이 경사京師에 모이는 것과 같이 『수호전』의 그것을 모델로 한 게 분명한 것들이 몇몇 있다. 『금병매』의 클라이맥스조차도 과도한 섹스와 금전적 낭비로 인한 시먼칭의 섬뜩한 죽음은 그곳에 살고 있는 사람들의 전체 숫자로 보나, 소재로 보나, 시먼西門가의 운명의 '정점'으로 볼 수 있다. 이 마지막 지점을 강조하기 위해, 그

---

78) 이를테면, 『장주포 비평 제일기서 금병매』, 83회 1,332면, 회평 1. 봄부터 겨울까지의 계절의 순환에 따라 『홍루몽』의 구조를 다룬 것에 대해서는 얼즈다오런二知道人의 『『홍루몽』설몽紅樓夢說夢』(『『홍루몽』권』, 84면) 참조.

의 세속의 부의 전체 장부가 그가 죽은 침상 위에서 만들어진다(『금병매사화』, 79 / 20b~21a[4 : 76~777]). 그의 시체가 차가워지기도 전에, 그의 '왕국'의 해체는 이미 진행되고 있었던 것이다.[79]

『유림외사』에서는 타이보츠에서의 제사祭泰伯祠가 이 소설에 등장한 학자들이 집단적으로 행하는 가장 야심적인 기획으로, 제56회의 에필로그의 예외가 있긴 하지만, 이것에 대한 묘사는 절대 다수의 인물들의 이름이 함께 등장하는 곳이다. 진성탄본 『수호전』 70회에서의 맹세와 같이, 절에서 거행되는 의식은 참여하는 사람들의 목록이 작성되는 것을 전후로 하여 기획된다.[80] 평점가들은 이 의식에 대한 준비 단계를 제29회에 앞서 밝혀냈지만(이를테면, 황샤오톈, 『유림외사』, 29회 271~272면, 협비), 그러한 의식 자체에 대한 묘사를 통해 볼 때 그들의 필치는 이례적으로 정적인데, 이것은 본문의 해당 장절에 대한 협비가 눈에 띌 정도로 빠져 있다는 것으로 입증된다. 평점가들이 그러한 의식에 대한 묘사를 건너뛰었다거나 의식이 진행되는 동안 잠이 들어 있었을 거라는 의혹은 전후로 그들의 평어를 검토하고 나면 없어질 지도 모른다. 이것은 [실제로] 많은 독자들이 그렇게 했으며, 영역본 번역자들 역시 자신들의 독자에게 일어날 지도 모른다고 우려했던 것이었다. 아마도 그들의 침묵은 공손한 것으로 해석될 수 있을까?

작가나 비평가들은 전통적인 중국 소설들의 클라이맥스와 결론 부분에 의례적이고 고상한 글을 배치하는 것을 선호했다.[81] 『수호전』에 대

79) 원룽文龍은 78회에 대한 자신의 평어에서, 그가 죽기 전의 장회에서 시먼칭과 관계를 맺었던 사람들을 '일일이 점고하고點' 있다는 사실을 지적했다(류후이, 『금병매의 성서와 판본 연구』, 256면).

80) 『유림외사회교회평본』, 37회 503면, 510면. 진성탄이 수호 무리의 네 가지 목록으로 그렇게 했던 것처럼(『수호전회평본』, 70회 1,267, 1,268, 1,270, 1,271면, 협비), 장원후張文虎는 『유림외사』 제37회에서의 이들 목록들을 '정점結束'이라고 지칭했다. 이것을 치싱탕齊省堂본 평점가는 「총결總結」이라 부르고(『유림외사회교회평본』, 37회 510면, 협비), 황샤오톈黃小田은 '대총결大總結'이라 불렀다(『유림외사』, 37회 347면, 협비).

81) 이를테면, 당 태종唐太宗(재위 기간은 627~649)의 「성교서聖教序」(삼장법사가 불경

한 문헌학적인 평점을 쓴 최초의 사람인 청무헝程穆衡(1779년경 활동)은 71회가 이 소설에서 하나뿐인 주요 정점이라고 주장한 진성탄의 의견에 동의하지 않고, 그 대신 무리의 모든 구성원들이 경사京師에 들어가 황제가 그들을 위해 연회를 베푸는 것을 묘사한 좀더 긴 판본에서의 제82회가 그것이라고 주장했다.[82] 82회에는 황제의 칙령에서 변려체 산문으로 된 대량의 묘사에 이르기까지 많은 의례적인 문건들이 포함되어 있고, 무리의 구성원들의 완전한 명단이 들어있다(『수호전전』, 82회 1,356면). 명말 또는 청초의 재자가인 소설인 『호구전好逑傳』의 끝에서 두 번째 회에는 황제에게 올리는 다섯 편의 주의奏議가 들어 있고, 마지막 회에는 이 소설의 전체 이야기를 되짚어 주는 황제의 칙령과 주의가 들어 있다. 리루전李汝珍은 자신의 『경화연』에서 '아주' 긴 부賦를 이용해 고조점 가운데 하나(88회에서 달의 여신과 꽃의 정령들 사이의 대결)를 강조했다. 하지만 그는 독자들 사정도 봐줘야 한다고 설득 당해, 원래 2,400명이 넘었던 인물들을 1,200명 이하로 반을 줄였다.[83]

'결結'은 한데 묶는 것말고 결론짓는 것을 의미하기도 한다. 이런 의미에서, 이것은 '료了'와 동의어로 쓰인다(이를테면, 위완춘兪萬春의 『탕구지蕩寇志』 마지막 장절을 '결자結子'라 이름한 것). 진성탄의 경우 이렇게 긴 소설을

을 번역한 것을 기념한 변려체 산문으로 된 역사 문건. 우청언吳承恩, 『서유기』, 100회 1357~1359면)와 『홍루몽』 53회에서 새해 희생에 대한 의례적이고 상세한 묘사, 『화월흔花月痕』(웨이슈런魏秀仁, 51회 426~428면)에서 죽은 웨이츠주魏痴珠를 위한 그의 친구 한허성韓荷生의 추도의 글을 들 수 있다. 전기傳奇에서는 전체 정절을 되짚어주고 주요 인물들의 행위를 평가하는 황제의 칙령이 끝나는 장면의 통상적인 특징이다(이를테면, 『비파기』의 42착). 하지만 천치타이陳其泰는 『홍루몽』에서의 새해 희생에 대한 묘사가 "완전히 김빠진 것"이라고 선언했다(천치타이, 『동화봉각평『홍루몽』집록桐花鳳閣評紅樓夢輯錄』, 53회 168면, 회평).

82) 청무헝程穆衡, 『수호전주략水滸傳注略』, 『수호전자료회편』, 492면. 이 평점에 대한 상세한 서지사항은 롤스톤, 『독법』, 429면 참조.

83) 수안疏庵 회평에서는 이것이 일반적인 장회 길이였기 때문에 작자가 어떤 식으로 부賦를 삭제했는지에 대해 상세하게 언급했다. 원본은 리루전李汝珍의 선집에서 찾아볼 수 있다고 말하기도 했다(리루전李汝珍, 『회도경화연繪圖鏡花緣』, 88 / 4a~b).

끝내기了 위해서는 70회에서의 일련의 '결속結束'(무리의 구성원들의 명단)이 필수 불가결한 것이었다(『수호전회평본』, 70회 1,267면, 협비). 장주포의 경우에는 시먼칭이 자행한 다양한 일탈들이 시먼칭에게 벌이 내려지고, 그의 집안의 구성원들이 응보를 받았을 때에야 끝날 수 있었다(이를테면, 『장주포 비평 제일기서 금병매』, 81회 1,309면, 회평 1). 대부분의 평점가들의 경우에는 한 인물을 결정적으로 요약해주는 언급으로 그와 연관된 사안을 충분히 마무리지을 수 있었다(이를테면, 황샤오톈, 『유림외사』, 48회 447면). 앞서 일어난 일련의 사건들이나 인물들을 명시적으로 언급하는 것은 소설에서 하나의 국면에 '종지부를 찍는 것'의 일부였다. 이것은 진성탄본 『수호전』 제70회가 진성탄이 덧붙인 악몽으로 끝나는 것과 같이 해당 소설의 클라이맥스에서 일어날 수도 있고, 그렇지 않으면, 『린란샹』에서와 같이 본문의 본질적인 부분에 대해 세심하게 행해진 점진적인 과정일 수도 있다.[84] 이러한 과정은 『금병매』의 100회에서 이 작품에 등장했다가 이미 죽은 인물들이 영적으로 점고를 받듯이, '신뢰할 수 없는' 방법을 통해 이루어지기도 한다. 죽었다고 해서 한 인물이 마지막으로 등장하는 것을 면제받지 못하는 것이다. 『유림외사』에서는 제56회의 유방幽榜에서 똑같은 목표가 이루어지게 된다.

진성탄이 『수호전』을 요참한 데 대해서는 상당한 논란이 있어 왔다. 그의 입장에서 보면, 이렇게 함으로써 이 소설에서 초안招安을 받아들이기 전과 받아들인 후의 장절들 사이의 몇 가지 모순을 제거할 수 있었지만, 『수호전』의 좀더 긴 판본들에서 그랬던 것처럼 수호의 무리가 서서히 분산될 것을 기대했던 전통 시기의, 나아가 현대의 많은 비평가들은 일종의 배반감을 느꼈다. 이런 사람들 가운데 몇몇은 이런 '문제'를 '바로잡기' 위해 속작을 쓰기도 했다.[85] 하지만 진성탄본 『수호전』의

84) 49~56회에 대한 회평들 참조. 이 장회들에서는 1~48회를 '거두어들이고收' 있다(『린란샹』, 49회 380면, 50회 388면, 51회 396면, 52회 404면, 53회 414면, 54회 420면, 55회 429면과 56회 435면).

미완의 속성不結之結을 좋아하는 사람들도 있다. 수호 무리의 구성원들의 항복과 궁극적인 분산, 그리고 죽음을 포함하는 대단원은 이미 그가 70회에 추가한 악몽을 통해 진성탄이 분명하게 암시하고 있다는 것인데, 이것은 장수예張叔夜를 대신하는 인물을 통해 수호 무리의 역사적인 운명을 지적한 것이다.[86]

전통적인 중국의 소설 비평가들은 (자신들의 작품을 제외한) 주요 소설들의 종결이 상당히 약하다고 주장하곤 했다.[87] 시작을 하기가 어려웠던 만큼, 선택권이 심각하게 축소되고 수정할 여지가 거의 남아있지 않은 소설의 마지막 부분에 이르기까지 시작이 나쁘거나 그렇게 지속된 데 대한 책임을 질 필요는 없는 것이다. 이것을 염두에 두더라도, 독자 스스로 이것을 해결하라고 내버려두는 것은 전혀 나쁜 생각만은 아니다. 어느 경우든, 『금병매』나 『유림외사』와 같은 소설의 마지막 부분이 상당히 다른 톤으로, 상당한 가속이 붙은 속도로, 사뭇 다른 소재를 다루고는 있지만, 이런 장절들은 병행이나 다른 장치를 통해 앞선 장절들에 조심스럽게 연결되어 있으며, 그 기능은 진성탄이 함축적으로만 남겨놓

85) 얼 마이너(『비교 시학 : 문학이론에 대한 간 문화적 에세이』, 141면)는 서구에서는 미완의 속성에도 불구하고 중요하게 여겨지는 작품(이를테면 『페어리 퀸』)이 있는 반면에, 중국과 일본의 서사들은 작자가 아니면, 다른 사람에 의해서라도 항상 끝을 맺게 된다고 했다.

86) 이 책의 제1장 참조. 진성탄은 『서상기』가 4본 4절의 말미에서 경사京師로 가는 도중에 장쥔루이張君瑞가 잉잉鶯鶯을 다시 보게 될지 확신하지 못하는 것으로 종결되어 뭔가 여운을 남기는 것을 선호했지만. 전통적인 희곡의 종결로 마무리되는 5본을 삭제하지는 않았다.

87) 이러한 느낌은 서구에서도 공유되었다. 이 엠 포스터E.M. Forster는 "거의 모든 소설들이 종결이 미약한 것"은 소설가들이 "모든 것을 마무리해야 하기 때문인데, 그래서 그가 작품을 쓰는 동안 작중 인물은 보통 죽어가고 그들에 대한 우리의 마지막 인상은 죽음을 통해 남기" 때문이라고 주장했다(포스터, 『소설의 이해』, 95면). 리위李漁는 약한 종결은 모든 종류의 글쓰기에 고유한 것이라고 생각했다(리위, 『한정우기閑情偶寄』 「금전金錢」, 267면).

[옮긴이 주] 리위의 해당 부분의 원문은 다음과 같다. "究竟一部全文, 終病其後來稍弱. 其不能弱始勁終者, 氣使之然, 作者欲留餘地而不得也."

고 만족해했던 포물선을 해결하는 것이다. 비 선형적인 세계관에 의해 거칠게 정의되는 문화에서는 어떤 휴식 지점도 갈마드는 순환의 일부가 아니고 그와 같은 연속물의 지속을 함축하고 있지 않는다면, 그것 자체로는 종결감을 줄 수 없다.

7. 통일성의 부여

중국의 소설 비평가들이 최소한으로 요구하는 것은 작품의 시작과 끝이 서로 호응하는 것이다首尾相應. 이렇게 하는 한 가지 방법은 다른 곳에서보다 작자의 목소리가 좀더 직접적으로 들리는 것이 허용된 비슷한 시들로 소설을 시작하고 끝맺는 것이다. 평점가들에 따르면, 소설의 시작과 끝에서 진성탄본 『수호전』에서의 '천하태평天下太平'과 같은[88] 구절을 반복하는 것으로도 시작과 끝이 호응할 수 있다. 시작과 끝의 관계는 범례적paradigmatic일 수 있다. 『홍루몽』 제1회에서 전스인甄士隱이 속세로 돌아오는 것은 인쇄본 120회에서 그리고 우리가 이렇게 말할 수 있다면, 원래 이 소설을 위해 기획된 마지막 장회에서 쟈바오위賈寶玉에 의해 반복된다. 『유림외사』는 서술자가 짧지만 직접적으로 소개하는 기인王冕으로 시작되는데, 이 사람은 똑같은 방식으로 소개되는 몇 명의 유사한 인물들에 의해 에필로그 앞 회에서 다시 등장한다(『유림외사회교회평본』, 55회 739면, 치싱탕齊省堂본 참조). 진성탄은 자신의 『수호전』 판본의 설자와 70회에 나오는 이름이 씌어져 있는 돌 비석石碣들 사이에 연관성이 있다고 보았으며, 『유림외사』에서도 사실 약간 아이러니컬한 면이

88) 『수호전회평본』, 50면, 70회 1,273면. 이 구절들에 대한 진성탄의 협비도 참조.

있기는 하지만, 제1회에서 별이 떨어지는 것을 묘사한 것과 제56회에 삽입된 유방幽榜 사이에는 이와 유사한 호응이 이루어지고 있다.

아리스토텔레스가 시작과 끝뿐만 아니라 중간이 있는 플롯을 주창했듯이, 전통 시기 중국의 소설 비평가들 역시 중간 지점과 이 중간 지점이 어떻게 한 작품의 전반적인 구조에 연계되는지에 대해 주의를 기울였다. 이것을 비유하는 데 잘 인용되는 인물이 선진 시기에 나온 군사 전략에 대한 책인 『쑨쯔孫子』에 묘사된 전투대형이다. 이 대형은 창산常山에서 발견된 것으로 추정되는 뱀의 이름을 따서 창산사진常山蛇陣이라 불린다. 『수호전』에는 바로 이 대형이라고 주장하는 것에 대한 묘사가 있지만(『수호전전』, 77회 1,280~1,281면), 이것을 소설의 단위를 위한 비유로서 가장 공들여 사용한 것은 『삼국연의』에 대한 마오쭝강의 평어이다.[89] 이 뱀과 거기에서 이름을 따온 전투대형은 꼬리가 공격받으면 머리로 반격하고, 반대로 머리를 공격받으면 꼬리로 반격한다. 이러한 이미지와 이 작품이 어느 한 부분이 자극을 받았을 때 전체 길이가 그에 따라 '덤벼들動' 수 있도록 구성되었다는 다른 여타의 이미지들로 인해 소설 비평가들은 자신들의 소설이 모든 부분들이 전체에 긴밀하게 연결되어 있는 유기적인 정체整體를 이루고 있다고 생각하게 된다. 한 작품의 통일성은 앞서 기술한 바 있는 예시와 회고伏應[90]를 조심스럽게 삽입함으로써 부여된다.

하지만 대부분의 비평가들은 독자가 분리되어 있는 세부 묘사들이 어떤 방식으로 좀더 광범위한 유형의 병행이나 호응과 조화를 이루는가 하는 것을 보지 못하고 그 대신 비연속적이거나 고립된 방식으로 텍스트를 읽는다면, 자신들의 소설이 상당히 조리가 서지 않게 보일 수

---

89) 『삼국연의회평본』, 94회 1,145면, 회평. 이 비유는 주시朱熹도 사용한 바 있다(가드너, 『현인 학습법-주제별로 정리된 『주자어류』 선집』, 130면 4.13 참조. 여기에서는 문학 텍스트에 대한 묘사보다는 독서에 적용되고 있다).

90) 이를테면, 『삼국연의회평본』, 53회 653면, 마오쭝강 회평. 그는 '복응伏應'을 사용함으로써 전체 작품이 단일한 문장의 통일성을 갖게 된다고 말했다.

있다는 사실을 인정했다.91) 그들에 따르면, 당연한 것으로 받아들여지는 복합적인 다시 읽기multiple rereading를 제외하고, 이것을 극복하는 방법은 본문 전체에 걸쳐 있는 장기적인 발전에 주의하면서 소설을 가능한 짧은 시간 내에 읽는 것이다.92) 이것이 해석학 계열의 다른 요소인 세부에 대한 주의가 경시되어야 한다는 것을 의미하지는 않는다. 균형 잡힌 시각이라는 것은 항상 전반적인 구조를 봐야 한다고 요구하는 동시에 가장 미세한 사항에 대해 심사숙고하면서 작품을 오랜 동안 주의 깊게 검토하게 종용하는 것을 의미한다.93) 나무 때문에 숲을 보지 못하는 문

91) 이를테면, 『금병매자료휘편』, 38~39면, 「비평제일기서 『금병매』 독법」 52조(로이, 「『금병매』 독법」, 232면)과 같은 소설의 98회에 대한 원룽文龍의 평어들(류후이, 『금병매의 성서와 판본 연구』, 274면).

[옮긴이 주] 「비평제일기서 『금병매』 독법」 52조의 원문과 번역문은 다음과 같다. "『금병매』를 부분 부분 보아서는 안 된다. 만약 그렇게 보게되면 음란한 곳만을 보게 된다. 따라서 며칠 동안 한꺼번에 다 보아야 작자가 의도한 작품 속에 내재된 기복의 흐름이 기맥을 관통하여 일관되는 것을 알게 된다『金甁梅』不可零星看. 如零星, 便止看其淫處也. 故必盡數日之間, 一氣看完, 方知作者起伏層次, 貫通氣脈, 爲一線穿下來也."

92) 『수호전회평본』, 16면, 「독『제오재자서』법」 8(존 왕, 「제오재자서 독법」, 133면), 『진성탄 비본 서상기』, 21면, 「독법」 65와 『금병매자료휘편』, 34면과 38~39면, 「비평제일기서 『금병매』 독법」 38과 52(로이, 「『금병매』 독법」, 221면과 224면).

[옮긴이 주] 「독『제오재자서』법」 8조의 원문과 번역문은 다음과 같다. "무릇 사람이 책을 읽을 때는 시야를 멀리 두어야 한다. 『수호전』 70회는 한 눈에 이천 여 장의 글이 한편의 문장이라는 것을 알 수 있다. 중간의 많은 사건들은 모두 기승전결의 방법으로 연결되어 있어 만약 길게 끌어 본다면 모두 보이지 않게 된다凡人讀一部書, 須要把眼光放得長. 如『水滸傳』七十回, 只用一目俱下, 便知其二千餘紙, 只是一篇文字. 中間許多事體, 便是文字起承轉合之法. 若是拖長看去, 却都不見."

93) 『진성탄 비본 서상기』, 21면, 「독법」 66과 『금병매자료휘편』, 40~41면, 「비평제일기서 『금병매』 독법」 71 참조(로이, 「『금병매』 독법」, 234~235면).

[옮긴이 주] 「비평제일기서 『금병매』 독법」 71조의 원문과 번역문은 다음과 같다. "어려서 서당에서 책을 읽을 때 선생님께서는 내 급우를 회초리로 때리시며 다음과 같이 말씀하셨다. '글을 읽을 때에는 한 자씩 생각하며 읽으라고 가르쳤지 한꺼번에 뭉뚱그려서 삼키라고 했더냐?' 나는 그 때 아직 어렸으나 곁에서 이 말씀을 듣고서 깊이 마음 속에 되새기고는 글을 읽을 때 한 글자 한 글자를 마치 곤곡을 하듯 긴 소리로 늘어뜨리고 어조를 바꿔가며 수 차례 거듭 읽었고 반드시 스스로 그 글자를 응용할 수 있겠다는 생각이 들 때까지 읽고 나서야 이를 멈추었다. 때문에 아직도 논어 술이편의 '옛 것을 좋아하여 민첩하게 그것을 구한다'라는 구절이 생각이 난다. 이렇게 한지 사흘이 채 안되었을 때 선생님께서는 '군자는 행동을 신중히 하고 남과 다투지 아니한

제에 대해 비평가들이 제안하는 또 다른 해결 방안은 해당 소설의 평점본을 사서, 일반 독자들보다는 텍스트를 훨씬 더 잘 다룰 지도 모르는 평점가들의 언급에서 배우는 것이다.

어느 경우든, 이렇게 단번에 작품 전체를 마치 단일한 문장인 것처럼 받아들이도록 종용하다 보면, 서정성과 많은 것을 공유하고 있는 개념 쪽에 서느라 우리가 가장 잘 알고 있는 본질적으로 연속적인 서사의 개념을 거부하게 된다.[94] 그것은 소설의 통일성이나 본질이 거의 동시적인 방식으로 파악되는데, 그러한 통일성은 해당 소설에서 찾아볼 수 있으며, 소설의 어느 한 부분에 함축되어 있기 때문이다.[95] 그런 단계에

다'라는 제목의 시험문제를 내셨는데 글을 쓸 때 별반 힘이 들지 않는 것을 느낄 수 있었다. 글이 완성되었을 때 선생님께서는 이를 보시고 크게 놀라시며 말씀하셨다. '다른 사람의 문장을 베꼈구먼. 그렇지 않다면 어째서 배우는 속도가 이렇게 빠르겠나?' 나 또한 이러한 물음에 대답할 수 없었다. 그 이후로 선생님께서는 나의 동향을 주의 깊게 살피시다 내가 글을 읽을 때 책상에 엎드려 손으로 글자를 가리키며 한 자씩 소리 내어 읽는 것을 보시고는 크게 기뻐하시며 내가 당신을 속이지 않았다고 말씀하셨다. 또한 고개를 돌려 급우들을 보시고는 그들이 나만 못하고 또한 내가 했던 것처럼 하지 않아 지금껏 문장의 의미를 모르고 있다고 훈계하셨다. 따라서 책을 읽을 때에는 절대로 책을 조각조각 읽어 넘겨서는 안 된다고 생각한다. 어찌 다만 (전아한) 문장을 읽을 때뿐이겠는가? 『금병매』와 같은 소설을 읽을 때에도 만일 띄엄띄엄 읽어 내려간다면 그 맛이 초를 씹듯 무미건조할 것이고 또한 작품 속에는 여인네들에 관한 내용만 가득 보일 테니 어찌 그 훌륭한 문장을 알 수 있겠는가? 그 훌륭한 문장을 보지 않고 잘된 내용만을 본다면 이는 조롱할 만한 것이다幼時在舖中讀文, 見窓友爲先生夏楚云: 我敎你字字想來, 不曾敎你囫圇吞. 予時尙幼, 旁聽此言, 卽深自儆省, 于念文時, 卽一字一字作崑腔曲, 拖長聲, 調轉數四念之, 而心中必將此一字, 念到是我用出的一字方罷. 猶記念的是 好古敏以求之 一句的文字. 如此不三日, 先生出會課題乃, 君子矜而不爭. 予自覺做時, 不甚怯力. 而文成, 先生大驚, 以爲抄寫他人, 不然, 何進益之速. 予亦不能白. 後先生留心驗予動靜, 見予念文, 以頭伏棹一手指文二字一字唱之, 乃大喜曰 : 子不我欺. 且回顧同窓輩曰 : 爾輩不若也. 今本不通. 然思讀書之法, 斷不可成片念過去. 豈但讀文, 卽如讀金瓶梅小說, 若連片念去, 便味如嚼蠟, 止見滿篇老婆舌頭而已, 安能知其爲妙文也哉. 夫不看其妙文, 然則止要看其妙事乎, 是可一大挪揄."

94) 최근까지도 그러하다. 토마스 만의 『마의 산』과 윌리엄 포크너의 『분노의 소리』에 대해서는 밍크Mink, 「이해의 양식으로서의 역사와 소설」, 114면 참조.

95) 작자가 덧붙이고 비평가들이 갈채를 보낸, 독자가 단번에 작품 전체를 생각하도록 도와주기 위해 고안된 또 다른 장치는 노래의 연쇄나 짧은 희곡, 또는 다른 여타의 짧은 장르의 형태로 전체 소설을 반영하는 텍스트에 삽입시키는 것이다. 앙드레 지드를 좇아서, 우리는 이러한 삽입을 '텍스트 안의 거울들'이라고 부를 수 있다. 롤스톤, 「구

도달하기 위해서는 많은 작업과 준비가 요구되지만, 그런 일이 일어난다면, 또는 일어났을 때, 그러한 파악은 돌연히 찾아오며 해당 소설의 모든 부분들을 감싸안는다. 결국 이것은 전통적인 중국인의 세계관에서 우주 그 자체를 파악하는 방식이다. 소설이라고 다를 게 있겠는가?[96]

연 문학』, 58면과 65~66, 75, 98면 참조.

96) 리쾨르의 『시간과 이야기*Time and Narration*』(우리말 번역본은 김한식, 이경래 옮김, 『시간과 이야기』, 문학과지성사, 1999), 67면에서는 '종결되는 지점end point'을 '이야기를 하나의 전체로 볼 수 있는 지점'으로 정의했다. 전통적인 중국의 비평가들이 볼 때, 이것은 텍스트 내의 어느 지점도 될 수 있다.

제5부
평점의 도전에 대한 네 가지 해법

제11장_ 자기-평점

『서유보』와 『수호후전』

중국 소설가 가운데 몇몇은 그들[이 쓴 작품]의 작자가 진성탄과 장주포에게 가탁되어 후대의 사람들이 자신들의 작품을 이해하지 못할 지도 모른다는 걱정에 휩싸였던 게 분명한데, 그것은 그들이 자신들의 소설과 단편소설에 대해 자신의 평점을 제공하는 실제적인 단계에 들어섰기 때문이었다. 이 장에서 우리는 특히 작자가 소설 작품을 하나의 예술 작품으로 보는 데 있어 평점이 수행하는 통합적인 역할에 대해 주의하면서 이러한 예들을 몇 가지 검토하게 될 것이다.

중국 문학에서는 창조적인 작가들이 독자의 이해를 돕기 위해 보충적인 정보를 제공하는 오랜 전통을 갖고 있다. 많은 중국의 시가들은 경우에 따라 다양한 모습으로 나타나는데, 시인들은 종종 길고 상세한 제목이나 서문을 통해 [자신들의] 처지를 구체적으로 밝히거나 행간의 주석에서 장소나 사람을 확인해주곤 했다(이를테면, 더드브리지Dudbridge, 『리와전-9세기 중국 이야기의 연구와 비판적 판본』, 21면과 웨일리Waley, 『위안메이*Yuan Mei*』, 171면).
현대 중국의 학술 저작에 주석이 결여되어 있다는 사실을 개탄하다가 최근 이 분야에서 이루어진 성취에 대해 갈채를 보내는 서구의 학자들은 한 사람의 역사 저작에 주석을 가하는 전통이 『사기』와 『한서』까지 거슬러 올라간다는 사실을 잊어서는 안 된다.[1] 일반적으로 이런 주석들은 보완적인 정보를 제공하거니와, 작자의 삶과 작품에 대한 작자 자신의 해석과 연관된 소재들은 종종 역사나 철학 저작의 마지막 장에 포함된다. 역사와 철학 저작 각각에 대한 적절한 예는 『사기』와 왕충王充(27~97?)의 『논형』이다. 하지만 이런 것들 역시 평점 타입의 해석적인 평점에는 포함되지 않는다.

문언소설, 특히 전기에서는, 작자 자신이 이야기에 대해 논평하고, 이야기의 출처에 대해 설명하고/거나, 자기 자신을 소개하는 에필로그를 붙이는 게 통상적이다. 이런 구절들은 거의 언제나 이야기의 마지막에 나오지만, 서문의 몇 가지 기능을 수행하고 있기도 하다. 송대와 명대에는 문언으로 된 이야기 선집에 대한 인기 있는 작자의 서문이 등장했다.

백화소설 작품으로 자기-평점의 가장 중요한 예 가운데 두 작품인 『서유보』와 『수호후전』에 앞서 이보다 작은 실험들이 많이 선행되었다. 우리는 이미(이 책의 제2장에서) 1522년본 『삼국연의』의 협비가 작자의 것이긴 하지만, 이 평점은 본문을 해석하는 것interpretive이라기보다는 정보를 제공하기 위한 것informational이었다고 믿었던 사람이 일부 있었다는 사실을 지적한 바 있다. 아마도 소설 평점본을 만든 최초의 출판업자였을, 위샹더우余象斗는 (그보다 나이 많은 친척인 위사오위余邵魚가 쓴) 『열국

1) 장쉐청章學誠은 작자 자신에 대해 주석을 단自注 최초의 역사가로 쓰마첸司馬遷을 꼽았다(장쉐청, 『문사통의』 「사주史注」, 238면). 『사기』와 그 이후의 예에 대해서는, 『문사통의』, 243면 주24 참조. 어우양슈歐陽修의 『신오대사新五代史』에 대한 자신의 주에 대해서는, 양 롄성Yang Liensheng, 「중국의 관찬 사서의 편찬-당대에서 명대까지의 표준 사서의 원칙과 방법들The Organization of Chinese Official Historiography : Principles and Methods of the Standard Histories from the T'ang Through the Ming Dynasty」, 52면 참조.

지』의 최초본에 대한 평점을 썼으며, 그가 펴낸 많은 백화소설들 가운데 한 작품의 텍스트와 평점에 대해 책임을 져야 할지도 모른다. 하지만 그의 평점들은 너무 단순해서 흥미를 끌지 못한다.

평멍룽馮夢龍과 링멍추凌濛初는 그들 자신이 쓴 서와 평점이 있는 단편소설 선집을 출판했다. 평멍룽은 이미 위안우야袁無涯본 『수호전』의 준비에 참여했던 사람으로 언급된 바 있다(이 책의 제1장 참조).[2] 백화소설을 극단적으로 적극 지지했던 평멍룽은 [자신이 직접] 희곡을 쓰고 개정했으며, 두 개의 소설(『평요전平妖傳』[3]과 『열국지列國志』)을 확장 개편했고, 아마도 세 번째 작품의 개정[4]에 연루되어 있는 듯하며, 민가民歌와 일화 선집을 출판하고, 그를 가장 유명하게 만들었던, 각각의 제목의 마지막 글자가 '언言'으로 끝나기 때문에 집합적으로 '삼언三言'[5]으로 알려진 각각 40개의 백화소설로 된 세 편의 선집을 펴냈다. 그는 아마도 성이 시席이었을 랑셴浪仙이라는 이름으로 알려져 있는[6] 「삼언」을 같이 엮은 사람이 펴낸 백화 단편소설 선집 『석점두石點頭』의 서와 평점도 썼다. 평멍룽이 「삼언」과 링멍추의 선집(곧 「양박」이라고 알려진)에서 잘된 이야기들만 골라 뽑아 담아 놓은 『금고기관今古奇觀』의 편집에도 참여했다고 생각하는 이들도 있는데, 이것이 성공을 거두자 원래의 선집 자체는 오히려

---

2) 푸청저우傅承洲(「평멍룽과 충의수호전馮夢龍與忠義水滸全傳」)는 그가 이 판본의 중간에 삽입된 20회와 평어들의 작자라고 생각하고 있다.

3) 그는 1620년에 20회를 40회로 늘려 놓았다.

4) 학자들은 오랫동안 『금병매사화』의 눙주커弄珠客 서를 그가 쓴 것으로 생각했다. 어떤 이들은 그가 이 소설의 숭정본 개정과 평점의 추가와 연관이 있다고 생각하기도 했다(황린黃霖, 「평멍룽과 금병매의 간인馮夢龍與金瓶梅的刊印」, 324~327면). 평멍룽이 이 소설 자체의 작자라는 천창헝陳昌衡의 이론은 일반적으로 심각하게 받아들여지고 있다(하지만 여전히 평멍룽이 눙주커이고 사화본 53~57회 수정본의 작자라고 믿고 있는 루거魯歌의 「『금병매』의 작자는 평멍룽이 아니다金瓶梅作者不是馮夢龍」 참조).

5) 그 제목은 『유세명언喩世明言』(원래 1620년대 초에 출판되었을 때에는 '고금소설古今小說')과 『경세통언警世通言』(1624), 그리고 『성세항언醒世恒言』(1627)이다.

6) 양샤오둥楊曉東(「랑셴구침浪仙鉤沉」, 107면)은 그의 실제 이름이 스사오신施紹莘(1588년 생)이라고 주장했다. **[옮긴이 주]** 스사오신의 자는 쯔예子野이고, 상하이上海 사람이며, 제생諸生으로 사곡詞曲에 뛰어났다고 한다.

희귀본이 되어버렸다.[7] 평멍룽은 애정에 관한 중요한 문언소설 선집(『정사情史』)에 대한 서문을 쓰기도 했는데, 이 서에서 그는 작자의 진위에 대한 반대 의견을 애써 무시하고 자신이 이 작품을 펴냈다고 주장했다. 약간 신빙성이 없기는 하지만, 그의 이름은 다른 여타의 문언소설 선집과 상당한 양의 역사소설들의 작자로도 거론된 바 있다.[8]

평멍룽의 문학 기획들 가운데 다수는 그 자신이 쓴 텍스트 바깥의 평점이 포함되어 있다. 문언으로 된 일화와 이야기 선집에서 이런 평점들은 (유형에 따라 나누어진) 장절의 시작 부분에 있는 서문 격인 평어와 함께 이야기나 일화를 좇아가는 평어의 형태를(비록 그런 선집 가운데 몇몇에는 미비가 있기도 하지만) 취하는 경향이 있다.[9] 때로 이런 평어는 일화보다도 길고 어떤 경우에는 그런 일화들이 평어가 없으면 요령부득이 되거나 밋밋해지기도 한다.

평멍룽의 희곡 작품들은 특히 재미있다. 그 자신이 쓴 희곡도 몇 편 있기는 하지만, 대다수는 다른 사람이 쓴 희곡을 개정한 것이나 '대대적으로 재구한 것'으로, 이 가운데 몇몇은 「삼언」의 이야기를 희곡으로 바꾼 것이다. 평멍룽은 자신의 개정을 통해 희곡이 좀더 훌륭하게 무대에서 상연될 수 있게 되었다고 주장했다. 그는 확실히 작품들을 논리적

---

7) 『평멍룽시문초편馮夢龍詩文初編』에 대한 쥐권橘君의 서 참조. 몇몇 『금고기관』 판본에서는, 제목이 나오는 페이지에 편자를 평멍룽으로 가탁한 것도 있다(팡정야오方正耀, 『중국소설비평사략』, 89면). 평바오산馮保善(「금고기관 편집자 바오웡라오런 고今古奇觀輯者抱甕老人考」, 125~126면)은 평멍룽의 이름을 상업적인 이유에서 빌려온 것이며, 편찬자는 구유샤오顧有孝라고 주장했다.

8) 부분적인 목록에 대해서는 왕셴페이王先霈와 저우웨이민周偉民의 『명청소설이론비평사』, 193면 참조. 평멍룽의 『신열국지新列國志』의 제목 페이지에서는 그가 이전에 『신평요전新平妖傳』을 편집했었다는 언급이 나오며, 그가 양한兩漢에 대한 더 많은 역사소설을 낼 것처럼 약속했지만, 그 작품은 출판되지 않은 듯하다. 이 언급에 대해서는 『평멍룽시문초편』, 31면 참조.

9) 때로 이들 평어들에서는 그와 연관이 있는 백화본들이 언급되어 있으며, 때로는 똑같은 구절들이 그런 언급들과 「삼언」의 이야기와 일치하는 미비에 나타나기도 한다(해넌, 『중국단편소설』, 91면).

인 것으로 만들고 내부적으로 일관성 있게 하는 데 흥미를 갖고 있었다.[10] 이들 작품은 그가 쓴 '총평總評'이나 미비와 함께 출판되었는데, 여기에서 그는 자신이 개정한 것 가운데 몇 가지를 정당화하려고 했다. 그의 평어들은 이례적인 것이기도 했는데, 혹자는 그것을 무대 지시처럼 읽었고, 또 다른 이들은 감독이 어떤 인물을 어떻게 연기하거나 어떤 장면을 어떻게 하라고 지시하는 것처럼 들었기 때문이었다(가오위高宇, 『고전희곡도연학논집古典戲曲導演學論集』, 79~162면).

비록 「삼언」의 서문들에서는 펑멍룽을 이야기의 작자가 아니라 편자로 내세우고 있기는 하지만, 다른 곳에서는 펑멍룽이 그런 작품들 가운데 하나를 썼다는 사실을 인정하고 있다(해넌, 『중국백화소설』, 116, 230면 주 45). 현대의 학자들은 펑멍룽이 삼언에 실린 작품들 대부분의 개정에 대해 책임이 있고,[11] 아마도 많은 작품의 작자였을 것[12]이라는 의견을 제시한 바 있다. 「삼언」 판본을 같은 이야기가 들어 있는 초기 백화 번역본들과 비교하면, 펑멍룽은 종종 평점 양식의 시사詩詞와 묘사 양식의

10) 탕셴쭈湯顯祖의 『모란정牧丹亭』은 펑멍룽의 판본인 『풍류몽風流夢』과 다음과 같은 점에서 비교된다. "탕셴쭈의 희곡을 읽으면, 누구나 유추에 의해 상호간에 아무런 필연적인 관계가 없어 보이는 사건들(사랑을 하고, 전시殿試를 치르고, 무덤을 열고, 포위를 풀고)에 깔려 있는 패턴을 발견하게 된다. 『모란정』에서는 발견의 과정이 상당히 개방적인 데 반해, 펑멍룽의 경우에는 사건들이 분명하게 조율된 인과의 틀 안에서 서로 연결되어 있으며, 궁극적으로 밑에 깔려 있는 패턴들을 발견하는 일은 훨씬 더 제한적이다."(스와텍의 『펑멍룽의 낭만적 꿈*Feng Menglong's Romantic Dream*』, 229면)

11) 후스잉(『화본소설개론』, 417~425면)은 펑멍룽이 당시 현존했던 이야기들을 「삼언」에 통합시켰을 때, 이것들에 대해 가한 변화의 유형을 다음의 여섯 가지 표제로 분류했다. ① 각 편의 제목을 개정하는 것, ② 이야기꾼說書人의 술어를 제거하는 것, ③ 짧은 이야기를 덧붙여 '입화'로 삼은 것, ④ 개별적인 자구를 덧붙이거나 빼고, 옮기고 바꾼 것, ⑤ 구본에 근거하여 증보한 것(이를테면, 『고금소설』, 30번째 이야기), ⑥ 구본을 채용하긴 했지만 개편의 폭이 상당히 커서 창작이나 다름없는 것(이를테면, 『고금소설』 12번째 이야기)

12) 해넌(『중국백화소설』, 116~119면)은 첫 번째 소설집의 여섯 개의 이야기와 두 번째 소설집의 열 세 개의 이야기가 펑멍룽이 지은 것이라는 사실을 밝혀냈다. 비슷한 증거에 기대어, 사토 테루히코佐藤晴彦(「언어적 특징으로 논의하는 고금소설과 펑멍룽의 창작」) 역시 첫 번째 소설집 가운데 몇 편의 이야기는 아마도 펑멍룽이 지은 것일 거라는 사실을 밝혀냈다.

변려체 산문의 양을 감소시켰는데, 그의 주요 관심사는 진성탄이 나중에 그렇게 했던 것처럼, 그것을 전체적으로 제거하기보다는 그 양을 줄이려는 것(탄정비譚正璧, 『청평산당화본』, 128면 주73, 130면 주87, 12면 주100과 135면 주36)이었던 듯하다.[13]

「삼언」의 원본에서 [다른 사람의 이름으로] 가탁되지 않은 미비들은 펑멍룽 자신이 쓴 게 거의 확실하다.[14] 그런 평어들에서, 펑멍룽은 자신을 이야기들의 작자로 내세우지 않았고, 심지어는 자신의 이름을 편집상의 변화에만 내세웠지만, 그는 이야기들의 초기 판본들을 비판했고,[15] 종종 조사 결과 그가 새롭게 기틀을 마련한 것으로 판명된 이야기 부분을 찬양했다.[16] 그런 의미에서 미비는 그 자신이 기여를 했다는 사실을 명시적으로 드러내지 않으면서 당대의 기호에 맞추기 위해 좀더 오래된 소설과 소설 장르를 개작했던 전반적인 노력의 일부였다.[17]

---

13) 펑멍룽이 묘사 양식의 구절의 특정한 경우들을 찬양하기 위해 여백을 사용한 경우(이를테면, 『고금소설』 5 / 3a). 그의 『열국지』의 「범례」 5조에서, 그는 소설 속의 시사의 질이 열악한 데 대해 불만을 토로하면서 이 소설의 자신의 판본에서는 모두 새로운 시사를 추가할 것을 주장했다(『펑멍룽시문초편』, 31면). 웬디 젤딘Wendy Zeldin(「신열국지－중국의 소설화된 역사의 출처와 서사 구조'New History of the states' : The Sources and Narrative Structures of a Chinese Fictionalized History」, 195면)은 이 소설의 약 500여 편의 시의 질을 평가하면서 반 이상이 펑멍룽 자신이 쓴 것일텐데, 그 가운데 몇몇은 하나의 텍스트로서 소설에 대해 평한 것이라고 말했다(젤딘, 217~218면).

14) 「삼언」의 평어들을 다른 작품들에 대한 펑멍룽의 평어들과 비교함으로써, 후완촨胡萬川은 그가 이것들에 대한 가장 그럴싸한 작자라는 사실을 보여주었다(「펑멍룽의 생애와 소설에 대한 공헌馮夢龍生平及其對小說之貢獻」, 85a, 역시 후완촨이 쓴 「삼언의 서와 미비의 작자 문제三言序及眉批的作者問題」, 281~294면도 참조).

15) 이를테면, 『고금소설』의 12번째 이야기는 명말의 몇 가지 소품들과 『육십가소설』에 나오는 '완쟝러우翫江樓'에 기초한 것이다. 펑멍룽은 이 이야기를 근본적으로 개작하면서, 작품 내의 주요 인물인 유명한 사詞 작가 류융柳永(987?~1053)의 인물 형상화를 완전히 뒤바꿔버렸다. 미비(이를테면 『고금소설』, 12 / 5a)에서는 초기 판본을 비판하고 자신의 것을 찬양했다.

16) 이를테면, 『고금소설』 일곱 번째 이야기에서, 펑멍룽은 남아 있는 아홉 명의 가녀歌女들을 양안쥐楊安居의 속관에게 주는 궈중샹郭仲翔에 대한 상세한 묘사를 덧붙이고는, 이것에 대해 미비에서 다음과 같이 찬양했다. "아주 깔끔하게 처리했다."(『고금소설』, 8 / 7a) 펑멍룽 자신이 이야기들에 (알아채지 못하게) 기여한 바를 찬양한 다른 평어의 예에 대해서는, 앞의 책, 4 / 4a, 4b와 『경세통언』 33 / 20a 참조.

일반적으로 평점은 어려운 글자에 독음을 달아주고(이를테면, 『고금소설』, 1 / 6b, 9a), 역사적인 인물들을 밝혀내고(『고금소설』, 28 / 1a), 역사적이고 지리적인 정보를 보충해주고(『고금소설』, 8 / 1b, 3a, 7a), 독자를 위해 이야기 속의 사건들의 궤적을 놓치지 않는 등, 상당히 실제적인 길잡이 역할을 한다.[18] 비록 본질적으로는 여전히 보완적이지만(『고금소설』의 20번째 이야기와 같은 몇 가지 경우에는 평어가 전혀 없지만), 때로 「삼언」의 평점은 평멍룽이 개정한 것과 매우 밀접하게 관련을 맺고 있어, 이러한 평점들은 이야기에 대한 그의 생각에 통합되어 있는 일부로 볼 수도 있다.[19] 평멍룽이 남들이 눈치채지 못하게 작품을 개정해놓고 자화자찬한 것은 분명 진성탄의 선구가 된다. 평멍룽은 그것이 그럴싸하게 보이는 한 상상의 소산을 포함하기 위해 소설의 개념을 느슨하게 하는 수고를 아끼지 않기도 했다.

평멍룽이 여백을 사용해 개인적인 평어를 달아 놓은 것은 전체적으로 이야기들에 새로운 차원을 부여하였다. 이를테면, 『고금소설』의 여덟 번째 이야기와 그 출처는 두 사람 사이의 믿기 어려운 우정에 관한

---

17) 우리는 그가 가장 초기의 이야기들에서만 발견되는 연속된 시로 된 입화와 같은 고풍스러움을 보존하고, 특히 자신의 미비(이를테면, 『고금소설』, 33 / 2a)에서 보이는 고풍스러움을 지적한 것을 발견하게 되는데, 이것은 아마도 이것들을 바꾸지 않았다는 것을 정당화하기 위한 것인 듯하다.

18) 이를테면, 일곱 명이 목숨을 잃는 『고금소설』 26번째 이야기의 미비에서는 죽음들을 하나씩 헤아리고 있다(『고금소설』, 26 / 2a, 4b, 6a, 8a, 9a). 좀더 오래된 이 이야기에 대한 문언 버전에서는 단지 다섯 명만이 목숨을 잃는데, 이것은 평멍룽이 개편하면서 죽은 이의 숫자 가운데 둘을 증가시킨 것을 강조하고 싶어했기 때문일 가능성이 있다. 평점가는 죽음이나, 비슷하게 중요한 일련의 정절 연쇄plot sequence의 궤적을 따라갔다(『경세통언』의 13번째(9a, 13a), 18번째(11a, 12b), 20번째(13a) 40번째(49a, 69b)와 『성세항언』의 4번째(7a, 8a, 8b, 9b, 10b, 13a)와 29번째(6b, 7b, 8a, 10a, 10b, 11a)). 평멍룽이 이렇게 한 것은 진성탄이 평점에서 사물이나 어떤 개념의 언급을 좀더 공들여 헤아린 것과 일련의 연관성이 있으며, [사실상] 이런 것들은 진성탄이 평멍룽에게서 영향 받은 것이다.

19) 이를테면, 『육십가소설』 가운데 한 이야기를 개정(그의 『고금소설』 일곱 번째 이야기)하면서, 그는 징커荊軻(기원전 227년 졸)의 유령이 춘추 시기(기원전 722~481)에 살았던 인물들에게 원한을 품는 이야기에 내재한 시대착오적 성격을 바꾸지 않았다. 그러기는커녕, 그는 이야기의 말미에 작자가 징커에게 빠져 있어 이러한 시대착오를 의도적으로 무시한 게 틀림없다고 설명한 평어를 달아 놓았다(『고금소설』, 7 / 5b, 미비).

것이다. 이 이야기를 각색하면서, 펑멍룽은 당대의 우정이 예전의 그것에 비해 훨씬 못 미친다는 취지의 서술적인 평어들을 다량으로 덧붙였다. 그런 평어들 위에, 그는 자신의 고향인 쑤저우蘇州에서는 이 점에서 얼마나 나쁜 일들이 벌어지고 있는지, 그리고 그 자신도 이야기에 등장하는 영웅과 같은 자질을 가진 친구를 단 한 명도 가져본 일이 없다는 데 대해 한탄하는 미비를 달아 놓았다.[20]

링멍추淩蒙初는 잘 알려진 작자이자, 출판가이며 희곡 비평가였다. 그의 첫 번째 백화 단편소설 선집인 『박안경기拍案驚奇』는 1628년경에 나왔다. 서문에서 그는 펑멍룽을 찬양하면서도, 펑멍룽이 좋은 자료들은 모두 잡아 채갔다고 불평을 늘어놓기도 했다.[21] 이 두 사람은 서로 만났을 가능성도 있다(해넌, 『중국백화소설』, 145면). 링멍추는 두 번째 이야기 집을 1632년에 앞머리에 '이각二刻'이라는 말을 붙여 내놓았다. 이 두 개의 선집은 『이박二拍』이나 『양박兩拍』이라는 집합적인 이름으로 알려졌다. 여기에는 모두해서 거의 80개의 이야기들이 들어 있으며,[22] 그 각각에는 링멍추 자신의 미비와 협비를 내세우고 있다. 첫 번째 선집의 제목 페이지에는, 링멍추의 필명 가운데 하나로 그가 서와 「범례」에 서명하는 데 사용했던 지쿵관卽空觀이라는 이름으로 평점의 저자를 가탁했다. 두 번째 선집의 서

20) 『고금소설』, 8 / 1a, 5a~b, 6b, 7a. 『금병매』 숭정본의 평점가처럼, 그는 때로 등장인물들이 도를 넘어서는 때라 할지라도 그들과 기꺼이 동일시하고자 했다. 이를테면, 롼싼阮三이 자신의 연인인 위란玉蘭과 혼전 섹스를 하다가 죽었을 때, 펑멍룽은 미비에 다음과 같이 썼다. "롼싼은 죽어 마땅하고, 죽을만하다. 하지만 위란이 그와 함께 죽을 수 있도록 했다면, 그는 더할 나위 없이 만족했을 것이다(편안하게 눈을 감았을 것이다阮三該死, 也直得的死. 若得玉蘭同死, 更目瞑也. 원문은 [옮긴이 주])"(『고금소설』, 4 / 13b~14a)

21) 링멍추는 자신이 쓴 「범례」 1조에서 『고금소설』의 두드러진 특징인 대구의 제목을 사용해서 백화 이야기들을 한 쌍으로 정리한 것에 대해서도 비판적인 생각을 드러냈다.

22) 원래 계획은 「삼언」에서의 개별적인 선집의 예에 따라, 각각 40개의 이야기를 담아 내려 했던 게 분명한데, 첫 번째 선집에서 마지막 '이야기'는 실제로는 희곡(공공연하게 링멍추의 이름으로 가탁된)이고, 두 번째 선집에는 첫 번째 선집에 있는 것과 똑같은 이야기가 들어 있다. 나중에 나온 판본에서는 두 번째 선집의 마지막 이야기가 첫 번째 선집의 희곡으로 대체되었다.

는 링멍추가 지은 것인지 분명하지 않은데, 이것은 그와 관련이 없는 필명으로 서명되었기 때문이다(천훙陳洪, 『중국소설이론사』, 122~123면).

평멍룽과 마찬가지로, 링멍추는 '평선가評選家'라는 호칭이 붙을 만큼, 적극적인 평점 작가였다(왕즈중王枝忠, 「명말 저명한 통속소설가 링멍추와 그의 박안경기明末著名的通俗小說家凌濛初及其拍案驚奇」, 237면). 첫 번째 선집의 서에서, 그는 이것이 나오게 된 데 대해 몇 개의 평어를 썼다. 「범례」에서 그는 환상적인 이야기로부터 선회해 일상생활에서의 기이함(하지만 작품 속 이야기 자체는 완벽하게 그렇다고 볼 수 없다)에 대해 주목할 것을 주장하면서, 그의 이야기에는 점잖지 못하거나 음탕한 것이 들어 있지 않다(하지만 작품 속 이야기들을 보면 최소한 부분적으로는 거짓이라는 게 드러난다)는 사실을 천명했다. 아울러 펑멍룽이 「삼언」의 이야기에 대한 자신의 평어에서 그랬던 것처럼, 링멍추 역시 자화자찬하는 평어들이 높은 비율을 차지하고 있다.

문학적인 출처는 링멍추의 거의 모든 이야기들에서 발견되고 있는데, 그가 이것들을 백화 이야기로 개작하는 데 책임이 있는 것은 분명하다. 평점 양식은 아낌없이 사용했지만, 링멍추는 묘사 양식의 경우에는 상투적인 것을 자제하는 경향을 드러냈는데, 그래서 특별한 상황에서만 묘사 양식을 사용했다.[23] 이야기에 나타나는 오류들을 원래 이야기의 출처 탓으로 돌려버리는 방어적인 평어가 상대적으로 결여되어 있는 것으로 미루어 볼 때(예외는 링멍추, 『이각박안경기』, 6회 143~144면 참조), 그는 자신의 창조물에 대해 상당히 만족했던 듯이 보인다.

23) 해넌의 『중국백화소설』, 151면 참조. 후대의 판본에서는 그의 이야기들 속의 묘사 양식의 소재 가운데 몇몇을 삭제했다. 리톈이李田意가 편집한 판본과 『청평산당화본』(이를테면, 11회 120면 주13)에서 대조를 위해 사용된 것들을 비교할 것. 링멍추는 극화된 대사에서 변려체의 산문을 지나치게 사용하는 것에 대해 반대했지만, 『비파기』의 15착에서 환관이 궁정을 묘사하는 것과 같은 묘사 구절에서 그것을 사용한 것에 대해서는 그렇지 않았다(링멍추, 『담곡잡차譚曲雜箚』 참조, 『중국고전희곡론저집성中國古典戲曲論著集成』 4권, 259면).

링멍추의 평점은 펑멍룽의 것만큼 강하게 독자를 거들어주는 것을 지향하지는 않았지만,[24] 그의 서술자들은 거의 할 말을 다했다. 마찬가지로 그의 서술자는 펑멍룽의 서술자보다 좀더 개성화되었기에, 그가 여백을 통해 개인적인 평어를 만들 필요가 더 적었다.[25] 우리는 다음 장에서 그의 이야기 속의 평점이 텍스트 바깥의 평점을 본뜬 것일 수도 있는 방식에 대해 살펴보게 될 것이다.

비록 펑멍룽이 궁극적으로는 벼슬길에 오르기는 했지만, 그의 서와 다른 증거로 볼 때, 출판에서 벌어들인 것이 그의 대부분의 삶에 있어 중요한 수입의 일부였던 것은 틀림없는 듯하다. 그가 한번은 돈이 딱 떨어져 식탁에 저녁거리를 올려놓을 수 없었지만, 자신의 가족들에게 걱정하지 말라고 그랬는데, 그럴 때마다 그와 같이 쑤저우에 살고 있던 위안위링袁于令[26]이 항상 도와주곤 했기 때문이라는 일화가 전해 오기도 한다. 그 이야기에 따르면, 상당히 부유했고 나중에 지부知府가 된 위안위링이 자신의 희곡 가운데 하나인 『서루기西樓記』에 대한 펑멍룽의 조언에 대한 대가로 금 백 냥을 가지고 나타났다고 한다.[27] 위안위링 역

24) 예외가 있다면, 『박안경기』, 10회 197~198면, (어떤 시의 출처를 밝혀주는) 미비나 『이각박안경기』, 19회 422면, (등장인물들의 이름의 상징성을 설명해주는) 미비 참조. 비록 그가 펑멍룽이 그랬던 것처럼 항목들의 궤적을 일일이 따라가지는 않았지만, 어떤 경우에는 독자들이 입화에 나오는 인물과 주요 인물 사이의 아이러니컬한 대조에 주목하도록 하기 위해 양자 모두에게 최소한 똑같은 정도로 평가할 만한 평어를 달았다(『박안경기』, 3회 60, 65, 67면, 미비).

25) 하지만 그는 때로 뻔뻔스런 말을 늘어놓기 일쑤였다(이를테면, 『박안경기』, 6회 111면, 17회 328면, 23회 490면, 미비).

26) **[옮긴이 주]** 위안위링(1592~1674)은 위안윈위袁韞玉라고도 부르며, 진晉이라고도 부른다. 자는 링자오令昭이며, 호는 매우 많은데 바이빈白賓, 튀안籜庵, 푸궁鳧公, 지이주런吉衣主人 등이 있다. 명말 청초 우현吳縣(지금의 장쑤江蘇 우현吳縣) 사람으로 명대에는 생원生員이었다가 청조에 들어선 뒤에는 징저우 지부荊州知府를 역임하면서 전기인 『서루기西樓記』등 8종과 잡극 1종을 지었다.

27) 추런훠褚人穫, 『견호집堅弧集』「속집」, 「서루기」, 2 / 15a(버취Birch 역, 『명대 선집에서 나온 이야기들*Stories from a Ming Collection*』, 9~10면). 아마도 펑멍룽은 그 희곡의 새로운 착齣을 써주었던 듯하다.

시 소설가였고, 자신의 평점이 달려 있는 서한과 동한에 대한 두 권의 역사소설말고도, 좀더 야심찬 『수사유문隋史遺文』을 썼다. 『수사유문』에 대한 미비와 회말 평어는 통상적으로 위안위링 자신이 쓴 것으로 생각되고 있다.[28] 평점에서는 몇 차례에 걸쳐 작자가 이야기의 출처와 서사 기교를 사용한 것에 대해 논의하고 있다(이를테면, 위안위링, 『수사유문』, 35회 270면[출처를 다룬 것]과 49회 404면[서사 기교], 회평). 그의 서는 작자가 자신이라는 것을 인정하고 그 안에서 만들어진 이론적인 관점들이 소설 속에서 그대로 시행되었다는 점에서 이례적이다(천첸위陳謙豫, 『중국소설이론비평사』, 51면). 그가 각각의 장회의 시작 부분에 짧은 '서문'들을 포함시킨 것은 다음 장에서 논의될 것이다.

1. 『서유보西遊補』

『서유보』의 최초본은 1641년, 둥웨董說가 스무 살 되던 해에 나왔다. 이 소설을 그가 지었다는 주요한 증거는 그가 1650년에 쓴 다음과 같은 내용이 들어 있는 시이다. "내 일찍이 위추虞初[29]의 붓으로 『서유기』를 보충했었지, 만경루萬鏡樓는 비어있고, 나는 영예로 보상받았네."[30] 이

---

28) 회말 평어에는 '원평原評'이라는 이름이 붙은 평어와 '원본原本'이나 '구본舊本'에 대한 이야기가 들어있다. 위안위링, 『수사유문』, 3회 27면, 4회 79면, 15회 125면, 29회 222면, 35회 278면(두 개의 사례) 회평 참조. 학자들은 이것들이 무엇에 대한 것인지에 대해 그다지 확신을 못 갖고 있다. 위성팅于盛庭은 그런 언급들이 『수양제염사隋煬帝艷史』에 대한 것일 거라는 의견을 제시했다(그 가운데 일정 부분이 『수사유문』으로 합병된 것으로. 「수양제염사의 작자에 관하여關於隋煬帝艷史的作者」). 헤겔(『17세기 중국 소설』, 124, 238~239면)은 위안위링 소설의 초기 판본을 의미한다고 믿고 있다.

29) 위추虞初는 전한 시기(기원전 206~기원후 8년)에 살았으며, 전통적으로 소설 창작의 역사에서 기초를 마련한 인물로 여겨지고 있다.

대구에 대한 그의 주석自注에서는 "십 년 전에 나는 『서유기』에 대한 보충하는 글을 쓴 적이 있는데, 거기에 『만경루』가 들어 있다"[31]고 말했다. 최근에 어떤 연구자는 이 대구와 주석이 단지 둥웨가 『서유보』에 대한 보충을 덧붙였을 뿐, 16회로 된 이 소설의 다른 15회는 펑멍룽의 친구이자 둥웨의 아버지인 둥쓰장董斯張(1587~1628년)이 썼다는 것을 의미한다고 해석하기도 했다.[32]

이 이론은 최초의 판본의 몇 가지 의문스러운 점들을 설명해준다. 1641년본에는 16회가 들어 있지만, 목차에는 15회만 올려져 있다(11회가 빠져 있음). 만약 둥쓰장의 당호인 징샤오자이주런靜嘯齋主人이라 제題한 판본의 서문 격인 글에서 15회라고 말하지 않고(「서유보답문西遊補答問」 마지막 조, 둥웨, 『서유보』[1955], 3b[40]),[33] 같은 글의 13회에 대한 언급에서본문의 내용대로 12회의 장회 제목[34]을 인용하지 않았다면(「서유보답문」 7조, 둥웨, 『서유보』, 2b[38]), 우리는 이것을 단순한 실수로 치부하고 넘어갈 수도 있을 것이다. 반면에 이 책에서 유일하게 날짜가 언급되어 있는(1641년) 이루쥐스嶷如居士의 서에서는 이 소설이 16회라고 말했다. 또 제1회의 첫

30) [옮긴이 주] 원문은 다음과 같다. "西遊曾補虞初筆, 萬鏡樓空及第歸."

31) 류푸劉復, 「서유보 작자 둥뤄위 전西遊補作者董若雨傳」, 96면 참조. 이 소설의 작자가 둥웨董說라는 사실을 최초로 밝혀낸 것은 「독서유보잡기讀西遊補雜記」라는 무명씨의 글인데, 왕원루王文濡의 『설고說庫』에서 찾아볼 수 있는 이 소설의 판본(1853년 서)에 나와 있다. [옮긴이 주] 원문은 다음과 같다. "余十年前曾補西遊, 有萬鏡樓一則."

32) 가오훙쥔高洪鈞, 「서유보의 작자는 누구인가西遊補作者是誰」와 역시 그가 쓴 「펑멍룽과 둥쓰장의 교류馮夢龍與董斯張的交往」, 55~56면 참조. 이러한 가오훙쥔의 생각에 대해 푸청저우傅承洲는 「서유보 작자 둥쓰장 고西遊補作者董斯張考」에서 지지했고, 펑바오산馮保善은 「서유보를 다시 논함也談西遊補」에서 거부했다. 둥쓰장과 펑멍룽에 대해서는 푸청저우의 「서유보 작자 둥쓰장 고」, 120면과 가오훙쥔의 「펑멍룽과 둥쓰장의 교류馮夢龍與董斯張的交往」, 그리고 왕셴페이王先霈, 저우웨이민周偉民의 『명청소설 이론비평사』, 197면 참조.

33) 린순푸와 슐츠의 영역본, 『서유보*Tower of Myriad Mirrors*』, 191~195면, '15fifteen' 앞에 '최초의the first'라는 말이 삽입되어 있다. [옮긴이 주] 원문은 다음과 같다. "今『西遊補』十五回所記鯖魚模樣."

34) [옮긴이 주] 원문은 다음과 같다. "關睢殿唐僧墮淚, 撥琵琶季女彈詞"

번째 면에는 이 책의 작자가 징샤오자이주런靜嘯齋主人 또는 둥쓰장董斯張으로 되어 있다.

1641년본의 장회 대부분에는 (항상 아주 짧은) 회말 평어가 있는데, 목차에서 생략된 것(곧, 앞서 말한 11회를 가리킴. [옮긴이 주])을 포함하고 있다. 이 11회에도 다른 회와 마찬가지로 미비와 강조를 위한 권점圈點이 들어 있다. 우리가 살펴본 바와 같이, 서문 격인 글과 전체 텍스트는 같은 사람이 쓴 것으로 되어 있다. 글의 스타일, 내용과 평점의 나머지 부분은 비슷한데, 일반적으로 평점은 이 소설의 작자가 쓴 것으로 받아들여지고 있다. [하지만] 아들이 여덟 살밖에 되지 않았을 때 아버지가 죽었어도 아버지와 아들이 합작하는 경우가 있는가? 그런 상황이야 어떻든 간에 평점과 텍스트는 통합적인 전체를 이루고 있다.

『서유보』는 쑨우쿵孫悟空이 알레고리적인 풍경을 통해 꿈속에서 헤매는 과정을 추적한 어려운 소설이다. 내용과 형식이라는 측면에서 볼 때, 이 소설은 매우 대담하며, 이야기꾼 형식과 관습적인 '사실적' 묘사에 덜 의존하고 있다는 점에서 초기의 소설과는 분명하게 차별성을 드러내고 있다. 작자는 독자가 궤적을 따라가게 하고 온당한 해석에 이를 것이라는 사실을 확신시키기 위해 두 가지 전략을 사용하고 있다. 그 가운데 하나는 본문 속에서 신뢰할 만한 대변인을 통해 설명하는 것인데, 가장 두드러진 예는 '쉬쿵주런虛空主人Buddha Lord of Emptiness'이 제16회에서 쑨우쿵에게 소설 속에서 그를 내내 현혹시키는 '정욕情欲'이라는 개념에 대한 알레고리적 인물인 칭위鯖魚[35]의 내력과 본성을 설명해주는 것이다. 다른 전략은 똑같은 유형의 설명을 평점과 서문 격인 글의 언급을 통해 하는 것이다.[36] 이 소설의 번역자 가운데 한 사람은 다음과 같이 말했다.

---

35) [옮긴이 주] 중국어로 '정욕情欲'과 '청어鯖魚'는 모두 '칭위qingyu'로 발음되기 때문에 동음이의어pun의 효과를 거둘 수 있다.

36) 각각의 장회의 시작 부분에서 독자에게 직접 말을 거는 평어는 곧바로 폐기되었는데, 이것은 제1회와 2회에서만 행해졌다. 이러한 언급의 내용과 스타일은 기본적으로는 회말 평어와 똑같다(이 책의 제12장 참조).

작자가 자신의 기교와 서술이 기발한 것이라는 사실을 의식하고 있었다는 것은 그가 이 소설의 서두 부분에 쓴 「서유보답문西遊補答問」에서, 그리고 각각의 회에 따라오는 비판적인 평어들에서 증명된다. 의심할 바 없이 그는 이야기꾼의 기예에 뿌리를 둔 전통적인 형식에 의해 길들여져 왔던 청중들의 소설적 취향으로는 자신의 작품이 제대로 평가받기 어려울 것이라는 사실을 감지하고 있었다.

―린순푸와 슐츠의 영역본 『서유보*Tower of Myriad Mirrors*』 「서론」, 9면

이 소설의 메시지는 기본적으로 불교적이며 네 가지 단계로 구분할 수 있다. ①불교의 심오함을 탐구함으로써 욕망을 비우고, ②슬픔과 욕망의 연관성을 깨닫고, ③참과 거짓을 구분하고, ④네 자신의 진정한 본성을 깨닫는 것이다(안드레스Andres, 「서유보의 선禪 상징성―원숭이의 깨달음 Ch'an Symbolism in Hsi-yu pu : The Enlightenment of Monkey」 참조). 불교의 많은 분파들 가운데 특히 선 불교는 지적인 경로를 통해 깨달음에 이르는 것보다는 경험적인 경로를 통한 것을 선호했다. 특히 원숭이가 깨달음으로 이르는 첫 번째 단계 동안, 수사적으로 가장 효과적인 것은 독자가 직접 원숭이의 의식을 통해 가능한 가장 높은 정도까지 이야기를 경험하게 하는 것이다. 그런 까닭에 처음부터 9회까지는 독자와 원숭이 사이의 거리가 좁혀지고, 본문에서의 전통적인 평점 양식이 억제되며, 이야기꾼 서술자의 개입이 사라짐으로써, 독자는 원숭이와 똑같이 당혹감을 느끼게 된다. 이로 말미암아 우리는 그와 마찬가지로 바다에 남겨지게 된다(물론 우리에게는 붙잡고 버틸 수 있는 평점이라는 구명 밧줄이 있기는 하지만).

원숭이가 전진함에 따라, 더 이상 그의 의식에 가깝게 머물 필요가 없게 되고, 이에 따라 서술은 뒤로 물러서고, 쉬쿵주런虛空主人에 의해 본문에서 제시되는 좀더 포괄적인 시점을 이끌어내기 위한 준비로서 원숭이 개인의 시점의 한계가 상당히 분명하게 강조되기 시작한다. 이러한 과정은 이야기꾼 공식으로의 회귀와 마지막 클라이맥스에서의 전투 이전에 원숭이가 이야기에서 사라지는 것으로 두드러지게 나타난다.

팡루하오方汝浩의 『선진일사禪眞逸史』(「교점후기校點後記」, 팡루하오, 625면), 무명씨의 『초사연의樵史演義』(치위쿤齊裕焜, 『중국고대소설연변사』, 204면), 『평산냉연平山冷燕』(편자編者 서, 263면)과 『주춘원駐春園』과 같이 『수호후전』보다 앞서면서 작자가 쓴 것으로 추정되는 평점이 달린 소설의 다른 예들도 있다.[37] 리위 역시도 『육포단』과 그의 짧은 백화소설에 대한 평점에 손을 댔을 거라 생각되는데, 하지만 그의 경우에는 텍스트 바깥의 평점이 어떻게 소설 자체로 편입되어 들어갔는가 하는 점에서 좀더 흥미롭게 지켜볼 필요가 있고, 이 점에 대해서는 다음 장에서 다루게 될 것이다.

2. 『수호후전水滸後傳』

『서유보』와 『육포단』의 경우를 복잡하게 만든 것은 텍스트와 평점 모두 작자 문제가 확실치 않다는 것인데, 천천陳忱의 『수호후전』의 경우에는 그가 이 소설의 작자를 송 유민宋遺民이라 부르고 자신을 뤄관중羅貫中이나 스나이안施耐庵과 동시대 사람으로 내세움으로써 부주의한 독자를 우롱하는 연막을 치긴 했지만 그리 문제가 되지 않는다(류춘런柳存仁, 『런던에서 본 중국 소설 서목 제요』, 170면). 서문 격인 글과 평점에서 그는 자신을 원대로부터 내려온 오래된 필사본을 발견한, 1608년(그가 태어나기 6년 전)에 글을 쓴 누군가로 제시했다. 사태를 모호하게 하려는 이런 노력들과는 대조적으로, 그는 다른 글을 쓸 때 사용했던 옌당산챠오雁宕山樵라는 필명으로 널리 알려졌는데, 이 이름을 평점에 사용했다.

그가 이 소설과의 관계를 모호하게 가리려 했던 표면적인 이유는 단

37) 그 당시 작자들이 하나의 필명으로 소설을 쓰고 다른 필명으로 평점을 쓴 것이 얼마나 보편적이었는가 하는 것을 강조한 린천林辰, 『명말청초소설술록』, 237면 참조.

순히 신중을 기하기 위한 것이었다. 천천은 명의 유신遺臣이었고, 그의 소설은 청의 중국 정복에 대한 저항을 암시하고 있었다. 이것은 그가 묘사한 '섬라暹羅'국이 마치 정청궁鄭成功(1624~1662)이 망명 정부를 세운 타이완臺灣인 것처럼 보이는 데서 가장 극명하게 나타난다. 천천이 작품을 쓰고 있을 때 정청궁의 아들이 타이완에서 이끌고 있던 조정은 명 유민들이 조직한 저항의 마지막 중심지였다.

우리는 진성탄과 그에게서 영향을 받은 평점가들이 내포 작자를 만들고는, 자신이 만든 내포 작자와 친밀하게 스스로를 동일시했다는 것을 보았다. 아이러니컬하게도 천천은 이와 상당히 비슷한 일을 했다. 그는 실재하는 역사적인 작자(그 자신)와 내포 작자 사이의 유사한 이분법을 만들어내었는데, 이러한 이분법은 그 자체로 논쟁의 여지가 없는 '카무플라쥐保護色'의 일부였다.[38] 누구라도 예상하듯이, '1608'년 서에 표현되어 있는 대로, 평점가와 작자는 매우 밀접하게 동일시되었다.

> 나는 송 유민의 마음을 알고 있다. 좌절하고 내몰리고, 운이 다하여 그의 눈에 들어오는 것 모두에 불만을 품었다. 그의 가슴을 짓누르는 짐을 덜어줄 술이 없기에,[39] 그는 아직 끝나지 않은 (『수호전』)의 결말을 떠맡아 완성시켰다. 하지만 그의 마음은 눈처럼 깨끗하고, 그의 의도는 구름처럼 순수하다. 그의 뜻은 충성스럽고 신실하니, 스스로를 낮추어 적과 합작을 하였다. 그의 자신감은 공손함에서 나오고, 은밀한 비판은 그의 정직함에 담겨 있다. (그의 책에서는) 중요한 생각들이 잇달아 나오니, 그것을 바라볼 때마다 경이로움을 느끼게 된다. 여기에는 (후한의) 쉬칭許慶과 같이 세상에 대해 통곡하거나 (당대의) 류

38) [옮긴이 주] 곧 청대에 살면서 청대를 비판하기 위해 현실의 작자 자신과 내포 작자를 구분해 내포 작자의 입을 빌어 현실을 알레고리적으로 은유하고 비판했다는 것을 말한다.

39) 이 구절은 류이칭劉義慶의 『세설신어』 51조, 23권, 409~410면(매더Mather, 390면)에 있는 「임탄任誕」 편의 롼지阮籍에 대한 묘사에 기초하고 있다("롼지의 가슴은 거칠고 황량한 땅이다. 이것이야말로 그가 그것의 물꼬를 틀기 위해 술이 필요했던 이유였다. 阮籍胸中壘塊, 故須酒澆之." 원문은 [옮긴이 주]). 나중에 리즈李贄는 문학을 이용해 한 사람의 마음의 짐을 덜어주는 것으로 이 개념을 확장했다.

쓰劉四와 같이 다른 사람을 저주하는 부주의한 말은 없다.[40]

—『중국역대소설논저선』 상권, 307면

평점가는 작자를 취위안屈原에 자주 비유했는데, 그는 일반적으로 천천과 명의 유신들에게 중요한 인물이었다(위드머, 『수호후전』, 16, 33~38, 43면). 『수호전』 속작에서, 천천은 다른 사람의 생각과 용어를 많이 빌어 왔음에도[41] 진성탄의 사례를 표면상으로는 거부했다(1664년본의 제목 페이지 참조, 류춘런, 『런던에서 본 중국 소설 서목 제요』, 170면). 그는 진성탄본 『수호전』이 모호하게 끝난 것에 대해 불만이었고, 심지어 120회본의 종결마저도 뭔가 빠져 있는 것으로 보았다. 천천히 생각하는 종결의 개념은 미래의 사건의 모든 실마리가 제대로 해결되고, 모든 주요 인물들이 그에 걸맞은 최후를 맞이하며, 악은 벌을 받고, 선은 보상을 받아야 하는 것이었다. 그가 이런 원리들을 약간은 기계적으로 적용시킨 것은 진성탄본 『수호전』과 분명하게 대조를 이루고 있는데, 이와 똑같은 원리들 가운데 많은 것들이 진성탄의 「독『제오재자서』법」에서는 형식적이면서도 상당히 범주적으로 처방되어 있다.

천천의 평점에는 일정한 수준의 아이러니가 등장인물들과 그들의 세계를 희생해가며 추가되었다. 이것은 특히 이 소설의 '로맨틱'한 요소들, 이를테면 아마도 '재자가인' 소설에서 빌어 왔음직한, 막 바로 작품의 종결로 이어지는 갑작스런 결혼과 여타의 상당히 개연성 없는 돌발적인 사건과 같은 것들로 미루어볼 때, 사실인 듯이 보인다.[42] 평점은 독자로 하여금

40) [옮긴이 주] 원문은 다음과 같다. "我知古宋遺民之心矣. 窮愁潦倒, 滿眼牢騷, 胸中快磊, 無酒可澆, 故借此殘局而著成之也. 然肝腸如雪, 意氣如雲, 秉志忠貞, 不甘阿附; 傲慢寓謙和, 隱諷兼規正; 名言成串, 觸處爲奇 : 又非漫然如許伯哭世, 劉四罵人而已."

41) 엘런 위드머(『수호후전』, 110~113면)는 천천이 진성탄이 사용한 것과 똑같은 용어를 피하려 했음에도, 천천의 소설과 평점에 진성탄의 문학 기교에 대한 개념들이 살짝 감추어진 형태로 남아 있다는 사실을 보여준 바 있다.

42) 여기에서 나는 위드머의 『수호후전』, 특히 9면과 145면에 개괄되어 있는 이 소설의 평점과 텍스트 사이의 상호작용에 대한 위드머의 해석에 많은 것을 빚지고 있다.

섬라暹邏의 '유토피아'에서 누리는 호한들의 행복한 상황을 작자 자신의 가망 없는 대의를 향한 유신遺臣으로서의 쓰라린 삶과 대조하도록 인도한다. 이렇듯 우울한 이미지는 이 소설을 시작하는 긴 시의 결구結句에 나오는 그의 자화상과 맞아떨어진다. "천년 동안, 그리고 수 없는 세대의 끝없는 후회 / 외로운 등불에 머리카락은 모두 세고, 나는 옛 책(곧, 『수호전』)에 대한 속작을 쓰고 있다네."[43](천천, 『수호후전』, 『수호속집水滸續集』 1권, 3면)

자기-평점은 천천의 시대 이후에도 계속되었다. 청말 이전의 좀더 중요한 사례 가운데 하나는 위안위링袁于令의 사례에서 영향 받은 것으로 보이는 추런훠褚人穫의 『수당연의隋唐演義』이다.[44] 우리는 두 사람이 친구였고, 일찍이 위안위링이 추런훠에게 자신의 『수사유문隋史遺文』을 보여줬다는 사실을 알고 있다(왕셴페이, 저우웨이민, 『명청소설이론비평사』, 358~359면). 어찌 되었든, 『수사유문』은 추런훠가 베껴서 자신의 소설에 부분적으로 편입시킨 많은 소설작품들 가운데 하나이다.[45] 어떤 경우에는, 『수사유문』의 회말 평어를 『수당연의』가 베낀 것도 있다.[46] 하지만 『수당연의隋唐演義』에 대한 평점의 작자 문제는 확정되지 않았는데,[47] 그것은 아

43) **[옮긴이 주]** 흥미로운 것은 이 시가 이 책의 제10장(413쪽 주11)에서도 인용되었는데, 양자의 영어 번역이 다르다는 사실이다. 앞서 10장의 영어 번역은 위드머의 것을 그대로 인용한 데 반해, 이것은 롤스톤 자신이 번역한 것인 듯하다. 참고로 앞서 위드머가 번역한 것과 원문은 다음과 같다. "영원히 영원히, 나의 슬픔은 끝이 없고, 흰 머리에, 외로운 등불에 의지해, 나는 옛날 책에 대한 속작을 쓰노라千秋萬世恨無極, 白髮孤燈續舊編."

44) 그가 진성탄에게서 영향 받은 것은 확실해 보인다. 천훙陳洪의 『중국소설이론사』, 304면과 헤겔, 「『수당연의』와 17세기 쑤저우 엘리트의 미학」, 157면 참조. "『수당(연의)』는 진(성탄)에게서 시작된 비평 학파의 직접적인 영향 하에 씌어진 최초의 중국 소설인 듯하다."

45) 위안위링에게 빚을 졌다는 것은 『수당연의』의 제목 페이지에 위안위링의 필명(다른 소설의 작자의 가명과 함께 폭넓게 인용된)이 나오는 것으로 알 수 있다(헤겔, 「출처와 서사 기법」, 19면).

46) 이를테면, 『수사유문』 제3회, 7회와 8회의 회말 평어들을 베껴서 『수당연의』 제4회, 9회에 대한 회말 평어에 편입시켰다. 다른 회말 평어들은 부분적으로 『수사유문』에서 베꼈다.

47) 이를테면, 헤겔(「출처와 서사 기법」, 189~190면)은 이 소설의 마지막 회평은 추런훠가 지은 것으로 '생각되지만', 어떤 친구가 지은 것일 가능성이 더 크다고 생각했다.

마도 추런훠가 다른 작품들을 많이 베꼈기 때문일 것이다.

어떤 작자들은 자신들의 손으로 자기-평점을 쓰려고 했지만, 어떤 한 가지, 또는 다른 이유로 실행에 옮기지 못했다. 이를테면, 류장劉璋(1667~1736년 이후)의 『참귀전斬鬼傳』의 현존하는 최초의 판본에는 나중에 나온 판본에서는 빠져 있는 제1회와 2회에 대한 작자의 회평이 들어 있다.[48]

어떤 작자들은 그들 자신의 평어를 친구나 지인들의 평어에 기꺼운 마음으로 포함시켰다. 합작을 한 경우에는 이렇게 한 것이 확실하다. 그 실례는 뤼숑呂熊의 『여선외사女仙外史』의 원본인데, 여기에는 작자의 친구들이 지은 합평合評에 '외사外史'라는 이름으로 작자 자신의 몇몇 언급이 포함되어 있다(뤼숑, 『여선외사』, 99회 1,079면[두 개의 조목]과 100회 1,091~1,093면). 비록 입증하기는 훨씬 더 어렵지만, 일반적으로 『홍루몽』 즈옌자이 평점 가운데 몇몇 언급들은 차오쉐친이 지은 것으로 받아들여지고 있기도 하다(이 책의 제14장 참조). 청대의 지괴 소설 선집에서는 이들 작품들을 만들어낸 아마추어적인 설화 부분에 참여한 사람들이 지은 이야기나 일화들에 대한 언급을 포함시키는 것이 관습이 되었지만, 이 선집들에는 그 선집의 작자(또는 편자)가 쓴 텍스트 바깥의 평점 역시 포함되어 있다.[49] 작자들이 다른 사람들이 지은 평점을 자신들의 작품에 포함시키는 것에 동의했을 경우, 나는 그것을 간접적인 자기-평점으로 다룰 수 있다고 생각한다.[50]

소설 쓰기가 좀더 존경받을 만한 일이 되어감에 따라, 작자들이 그들 자신의 소설에 서를 쓰고, 창작 과정을 묘사하는 것이 점점 더 용인되

---

48) 최초본(1688)은 작자의 최초본初稿으로 확인되고 있다. 회말 평어에 대해서는 류장劉璋, 『참귀전』, 1회 15면과 2회 32면 참조.

49) 이를테면, 허방어和邦額, 『야담수록夜譚隨錄』, 4~5면, 「전언前言」 참조. 푸쑹링蒲松齡의 『요재지이』에 대한 텍스트 바깥의 평어들 가운데 최소한 하나는 그가 지은 것으로 여겨지고 있다(위안스숴袁世碩, 「푸쑹링 본사 저서 신고蒲松齡本事著書新考」, 432면).

50) 『야수폭언野叟曝言』에 대한 1882년 서에 의하면, 이 소설에 대한 평점은 샤징취夏敬渠의 요구로 타오써우韜叟가 썼다고 한다. 왕충링王瓊玲, 『야수폭언연구野叟曝言研究』, 5면.

었다(이를테면, 자신의 『품화보감』에 대한 천썬陳森의 서, 『중국역대소설논저선』 상권, 574~575면). 어떤 사람이 쓴 소설의 필사본에 그 자신이 쓴 조목들을 덧붙이는 것 역시 점점 유행하기 시작했다. 이를테면 리루위안李綠園의 『기로등歧路燈』의 몇몇 판본에는 자신이 쓴 집안의 가훈'家訓淳言'이 들어 있다(롼싱欒星, 『기로등연구자료歧路燈硏究資料』, 141~152면). 중국의 백화소설과 평점 비평이 중국 외부로 유통되기 시작함에 따라, 그것의 가치를 알아보는 사람들이 나타났다. 자신들의 소설에 평점 비평을 덧붙인 모방자들에는 타키자와 바킨Takszawa Bakin과 같은 일본 작가들이나 인자나시Inzanasi와 같은 몽골의 소설가들이 포함된다.[51]

3. 청말의 자기-평점

청말 소설은 상하이에서 꽃을 피웠는데, 이곳은 단편소설이나 연재소설이 실린 정기적으로 나오는 잡지를 포함한 새로운 매체의 중심지로서의 역할을 다하고 있었다. 특히 『홍루몽』의 경우처럼 여러 사람의 손에서 나온 합평合評이 달린 판본이 인쇄되었듯, 평점이 달린 초기 소설들을 석판과 활판으로 출판하는 것이 유행했다. 때로는 서로 연합하는 듯이 보이는 라이벌 출판사들에 의해 해당 소설이 배포 금지되는 것을 피하기 위해, 몇 개의 다른 제목으로 출판되기도 하였다. 이런 새로운 제목 가운데 하나로 나온 『홍루몽』 판본들은 한 달에 2,500 질이나 팔려나갔다(롤스톤, 『독법』, 320~321면).

---

51) 게릴레이투Gerileitu格日勒圖, 「몽골 문학에서 카쓰부가 차지하고 있는 역사적 위치論哈斯寶在蒙古文學中的歷史地位」, 6면 참조. 몽골 작가의 다른 예에 대해서는 샐먼, 『문학의 이주 : 아시아에서의 중국 고대소설(17세기에서 20세기까지)』, 22면 참조.

이 시기에 자신의 소설에 주로 회평의 형태로 자기가 지은 평점을 덧붙인 작자들의 몇 가지 실례가 있다. 앞서 논의한 바와 같이, 소설이 대량으로 팔리는 잡지에 연재되기 시작했을 때, 거기에 평어가 부수되어 인쇄하는 것이 상당히 유행했지만, 이런 행위는 곧 사라지고 말았다.

작자들이 그 평점이 자신의 것이라고 인정하는 경우는 드물었지만, 많은 경우 그 점에서는 의심의 여지가 없었다. 우젠런吳趼人의 『양진연의兩晋演義』와 『이십년목도지괴현상二十年目睹之怪現狀』(웨이사오창魏紹昌, 『우젠런연구자료』, 46~78, 144~146면), 류어劉鶚의 『노잔유기老殘遊記』[52]와 량치차오梁啓超의 『신중국미래기新中國未來記』[53]의 경우가 그런 경우에 속한다. 그렇지 않으면 리보위안李伯元이 지은 산문과 운문으로 된 몇 가지 소설과 같이 상황이 조금 덜 명확한 경우도 있다(웨이사오창魏紹昌, 『리보위안연구자료李伯元研究資料』, 149~179, 201~218, 246~255, 315~318면).

이 시기 자기-평점의 사례에서 좀더 쉽게 감지되는 통상적인 특징은 이러한 평점이 몇 회 이후에 중단되어 전체 소설을 다룬 경우가 드물다는 것이다. 이를테면, 『양진연의』의 경우 제6회 이후에는 평어가 사라지고 만다. 때로 이런 일은 별도로 출판하기 위해 연재를 중단하는 것과 동시에 일어나기도 하지만, 몇몇 경우에는 평점가의 능력이 당초 기획했던 것에 대한 사람들의 흥미를 지속적으로 유지시키기에 부족했다는 것을 반영하는 것일 수도 있다. 아울러 연재되는 동안에는 회마다 평어가 덧붙여졌더라도, 이 작품이 일단 책의 형태로 출판될 때는 이러한 평점을 생략하는 것이 거의 상례가 되었다.

---

52) 출판 정보에 대해서는 류더룽劉德龍 외 공편, 『류어와 노잔유기 자료劉鶚及老殘遊記資料』, 25~28, 412~415면과 536~545면 참조. 74~79면의 평어들에는 '자비自批'라는 이름이 붙어 있다. 비록 장야취안張亞權(122~123면)은 모든 평어가 한 사람의 손에서 나온 게 아니라고 생각하긴 했지만, 편자들이 류어의 친척들이었다는 사실로 볼 때, 류어 자신이 쓴 것이라는 데 좀더 무게가 실린다.

53) 다섯 회가 『신소설新小說』 제1호와 2, 3, 7호(1902~1903)에 협비와 미비, 회평이 달린 채로 출판되었다.

평점 그 자체의 특징은 도를 넘어서는 자화자찬(물론 제삼자의 이름으로)에 있는데, 아마 이 가운데서도 가장 당혹스러운 사례는 자신의 작품을 제대로 마무리한 적이 없는 량치차오와 『노잔유기』의 작자(곧 류어 자신)야말로 최초로 자신의 청렴함을 확신하고 있는 관리淸官의 위험성을 지적한 사람이라고 주장한 류어劉鶚일텐데, 사실 류어가 지적한 것은 이미 『사기』의 혹리酷吏에 대한 합전合傳에서 이미 인지된 바 있는 것(『사기』 122권)이다.

량치차오의 평점은 잡탕이라는 점 때문에 흥미롭다. 어떤 평어는 '평점가'批者에게로 돌려졌지만, 다른 것들은 '작자'에게로 돌려졌다.[54] 어떤 평어는 작자의 마음에 근접했다고 주장하기도 했는데, 반면에 어떤 것은 그렇게 하지 않은 척했다. 이 평점가는 외국 시 전체를 번역하지 않은 게으른 작자를 규탄했고(『신소설』 3호(1902), 4회 84~85면, 협비), 혁명의 필요성에 대한 토론에서는 진성탄을 흉내내어 44개의 반론 모두를 계속해서 헤아리기도 했다(『신소설』 2호(1902), 3회 72면, 협비). 이 소설의 전제는 공개 강연에서 유명한 학자가 60년의 역사를 자세히 설명하고 있는 미래의 바로 그 시간들인데,[55] 평점가는 이런 생각을 비웃었다.

비록 이런 청말 자기-평점들에는 어느 정도의 복잡성이 있지만, 단지 초기의 평점들에 집중되어 있는 표면과 감추어진 의미 사이의 이분법을 주변적으로만 다루고 있기 때문에, 상대적으로 흥미를 거의 끌지

54) 각각의 예에 대해서는, 『신소설』 제1호(1902) 2.9면 협비 참조. 어떤 평점가들은 '저자안著者按'이라는 구절로 시작하기도 했다. 『신소설』 3호(1902), 4권, 100면 협비.

55) **[옮긴이 주]** "미완성인 이 소설은 광서 28년(1902) 이후 60년에 걸친 중국 정치의 변영을 기록하고 있다. 때는 1962년 대중화민주국의 국민은 바로 유신 50주년을 경축하고 있다. 남경에서는 만국태평회의가 열리고 상해에서는 대박람회가 거행되는데, 전국교육회장 곡부선생 공홍도孔弘道를 정중히 초청해 강연이 이루어지고 있었다. 강연 제목은 '중국근육십년사'였다. 이날 수천 명의 각국 학자들과 수만 명의 학생들이 강연을 들으러 왔고, 곡부선생은 당당하고 차분하게 중국의 민주입헌과정을 설명하니, 동석한 모든 사람들은 이에 감동하였다."(왕더웨이(송진영 옮김), 「가보옥이 잠수정을 타다」, 『과학소설이란 무엇인가』, 국학자료원, 2000, 227면)

못하고 있다. 아울러 짧은 전성기 이후에, 이것들은 최근 몇 십 년이래 재발견될 때까지 어둠 속으로 사라졌다. 짧은 시간 동안 지속되었던 또 다른 현상 역시 최소한 언급하고 지나갈 만한 가치가 있다. 전통 시기의 끝자락에서 우리는 자신의 소설에 대한 평점을 간청하는 작자들을 발견하게 된다. 이런 예로는 한방칭韓邦慶(왕셴페이, 저우웨이민, 『명청소설이론비평사』, 638면), 리보위안李伯元(웨이사오창魏紹昌, 『리보위안연구자료』, 296면)과 쉬전야徐枕亞(천핑위안陳平原, 샤샤오훙夏曉虹, 『이십세기중국소설이론자료 제일권二十世紀中國小說理論資料第一卷』, 526면)가 있다. 질정叱正을 바란다는 현대 중국 저작들의 서문 말미에 있는 진부한 말과 반대로, 이런 요구들은 상당히 진지하다. 대부분의 경우 이것은 평어를 모아, 해당 작품의 새로운 판본에 포함시키려는 기획 하에 이루어진 것이다. 아무런 보상도 이루어지지 않았지만, 당시 평점을 간청하는 광고들은 글자 당 얼마씩 내고 출판되었다.[56]

청말 자기-평점의 최후의 사례는 언급할 만하다. 차오쉐친曹雪芹과 비슷한 이른 시기에, 소설가들은 자신들의 작품을 [읽기 위한] 텍스트로 받아들였기 때문에, 전통적으로 독자에게 이야기를 전달하는 도구로서 "이야기꾼이 구연하는 듯한 맥락"에 의존해왔던 것을 포기하기 시작했다. 하지만 차오쉐친과 창작자라기보다는 단순한 편자였다고 할 수 있는 『홍루몽』 속작의 몇몇 작자들은 그 상태 그대로 남아 있었다. 청말에는 약간 새로운 안이 추가되었다. 한 사람의 '편자'가 텍스트가 아니라 그 텍스트에 대한 평점의 작자가 되기를 받아들였던 것이다.[57]

비록 항상 적용되었던 것은 아니지만, 소설 텍스트에 수반되어 읽혀졌던 연속적인 평점을 제공하는 선택사항option은 중국의 소설가에게는

---

56) 『홍루몽』의 한 판본에 대한 새로운 미비를 간청하고 있는 유정서국有正書局의 주인이었던 디바오셴狄寶賢이 출판한 광고를 재 출간한 것 참조(롤스톤, 『독법』, 2면).

57) 『자유결혼自由結婚』에 대해 쯔유화自由花가 쓴 서 참조(『중국역대소설논저선』 하권, 123면).

새로운 기회를 열어주었다. 그러한 도전에 가장 혁신적으로 반응을 보였던 사람들이 『서유보』와 『수호후전』의 작자들이었다. 나는 이 책의 제13장에서 독자나 작자 모두 평점 비평에서 배운 독법과 해석의 스타일들을 내면화함으로써 자기-평점의 효과를 성취하는 길을 열었는데, 이것은 독자가 자신에게 제공하기 위해 남겨놓은 '숨어 있는latent' 자기-평점들을 통해서였다는 것에 대해 논의할 것이다.

제12장_ 평점가 겸 서술자

리위李漁, 딩야오캉丁耀亢과 원캉文康

앞서의 9장에서, 우리는 백화소설의 서술자가 일단 '이야기꾼의 방식'이 명말에 정점에 이르고 나서 어떻게 두 가지 방향으로 발전해왔는가 하는 것에 대해서 살펴보았다. 발전의 첫 번째 노선에서, 서술자는 시야에서 사라지는 경향이 있다. 이렇게 사라져서 텍스트 바깥의 평점과 관계를 맺는 것은 다음 장에서 중점적으로 다루게 될 것이다. 발전의 다른 노선에서는, 서술자가 좀더 개성화되고 두드러진다. 어떤 경우에는 '이야기꾼이 구연하는 듯한 맥락'이 매우 진지하게 받아들여졌으나, 그렇지 못한 경우도 있다. 발전의 두 번째 노선이 어떻게 소설 비평과 연관을 맺고 있는가 하는 것이 이 장에서의 우리의 관심사가 될 것이다. 앞서의 장에서와 마찬가지로 기본적인 접근은 특별한 예증들에 대한 상세한 고찰과 함께 연대순이 될 것이다.

전통적인 백화소설에서는, 서술자가 이야기로부터 한 발짝 떨어져서 직접 독자에게 말을 하는 것이 일반적이다. 이러한 평점 양식은 이야기가 글로 씌어진 말의 간섭 없이, 이야기꾼 서술자로부터 자신의 청중(독자)에게 직접 전달되는 척하는 이야기꾼이 구연하는 듯한 맥락의 일부였다. 이야기꾼들은 자신들의 청중들에게 도덕적이고 실제적인 지혜를 전달하기를 좋아한다고 생각되었다.

[그런데] 텍스트 바깥의 평점의 추가는 서술적인 평점 양식이 아닌 이야기에 대한 또 다른 층위의 평점을 창조해냈다. 특히 텍스트 바깥의 평점이 단지 덧붙여진 것이 아니라 작품의 본질적인 부분으로 간주되었을 때, 이 두 가지 양식이 실행 과정과 관심 영역에 있어 서로 겹치고 상호작용하면서 영향을 주게 된 것은 당연한 것이었다. 원래부터 텍스트 바깥의 평점에만 국한되어 있던 관심사와 어휘는 텍스트 내의 평점 양식으로 들어가 버렸으며, 이보다는 정도가 약하지만, 그 반대의 경우도 일어났다.

텍스트 바깥의 평점과 평점의 서술 양식의 주요한 차이는 전자는 이야기꾼의 맥락이 아니라는 것이다. 이로 인해 텍스트 바깥의 평점가는 이야기를 텍스트로 다룰 수 있을 뿐 아니라 작자와 작자가 특정한 목적을 위해 서술을 조작하는 것에 대해 마음대로 언급할 수 있는 여지가 남게 되었다. 다른 한편으로 서술자는 작자가 없고, 글로 씌어지지 않았으며 이미 존재하는 이야기를 구두로 이야기하고 있다는 생각에 묶여 있었다. 개별 작품에서는 어느 정도의 융통성이 허용되기도 했는데, 그것은 (리위李漁의 소설에서처럼) 이야기를 글로 씌어진 의사소통으로 생각해 부분적으로 또는 전체적으로 구연하는 듯한 맥락을 포기하거나, 그렇지 않으면 글로 씌어진 텍스트 곳곳에 이야기꾼이 포진해 있다고 생각하는 것에 의해서였다. 이 두 번째 전략은 초기 백화소설의 판본들이 직업적인 이야기꾼들이 사용했던 '대본promptbook'이었을 것이라는, 현재는 널리 의혹의 눈길을 받고 있는 생각 때문에 잘 알려져 있다. 하지만 명말 이전의 백화소설에서는, 서술자와 작자 사이의 차이뿐만 아니라 서술자가 공을 들인 이야기의 텍스트본을 명시적으로 지칭하는 것은 드문 경우였다.

16세기 중엽부터 백화소설을 상업적으로 출판하는 일이 유행하기 시작함에 따라, 직업적인 이야기꾼들이 글로 씌어진 텍스트에 의해 영향 받고 또 그것을 이용했던(현대의 사례로는 에버하르트, 「중국의 이야기꾼에 대한 주석」 참조) '모의-설서說書pseudo-oral' 전통이라 부르는 것이 발전했다(위블 Wivell, 「중국의 설서와 모의 설서 전통The Chinese Oral and Pseudo-Oral Narrative Traditions」, 115~120면). 이 서술자들은 작자를 창조적인 천재로서 [작품 속에] 불러낼 수 있었고, 그들 스스로를 재치 있는 이야기꾼으로 묘사하면서 동시에 자신의 텍스트 우수성에 대해서 언급할 수 있었다. 원캉文康의 『아녀영웅전兒女英雄傳』은 이것의 가장 발전된 예이다.

백화소설에서 텍스트 바깥의 평점을 서술자의 '입'으로 옮기는 한 가지 방법은 문언소설의 예를 흉내내는 것이다. 초기부터 작자나 여타의 사람들이 이야기의 말미에 평어를 덧붙이는 전통 하에서 이것은 하나의 선택 사항이었다.1) 이런 것들은 형식적으로 『사기』를 모델로 한 서문 격인 공식('그러저러해서 어떻게 되었다')에 의해 맞춰졌을 수도 있다. 아마도 전자의 가장 유명한 예가 될 푸쑹링蒲松齡의 『요재지이』에서는, 이야기에 덧붙여져 있는 평점이 정절이나 인물에 대한 언급에서부터 유비類比나 대조 또는 양자의 혼합을 통해 주요한 이야기에 연결된 짧은 일화나 이야기들을 인용하는 일반적인 원리에 대한 심사숙고까지 두루 걸쳐 있다. 이런 평어들이 이야기들에 통합되어 있었는지 여부는 확실치 않은데, 그것은 이야기 선집이 만들어지거나 변형될 때 통상적으로 평어를 생략하는 것으로 알 수 있다. 이런 유형의 평점은 리위의 소설

1) 16세기의 끝자락에 갑자기 엄청난 숫자로 출판된 공안 이야기 선집의 경우처럼 어떤 장르의 대중소설에도 회말 평어가 들어 있었다. 비록 이런 이야기들이 평이한 문언으로 씌어졌던 경향이 있긴 하지만, 좀더 설득력 있는 것은 이렇게 평어를 덧붙인다는 생각이 정커鄭克(1124년에 진사)의 『절옥귀감折獄龜鑑』과 같이 실제 역사에서 일어났던 사건들을 바탕으로 한 공안 선집의 틀에서 비롯되었을 거라 추측하는 것이다.

에 에필로그와 에필로그 이야기가 포함된 것과 아마도 어떤 연관이 있는 듯하다. 어떤 경우든 백화소설에 직접적인 담론을 포함시키는 것은 때로 문언의 전통을 언급하는 것으로 정당화되기도 한다(이를테면, 예스주런也是主人의 『대인기원곽공전帶印奇冤郭公傳』 「범례」 6조).

앞서의 9장에서, 우리는 텍스트 바깥의 평점가가 일반적으로는 서술 평점 양식의 확대를 선호하지 않는다는 것을 보았다. 낡은 이야기꾼 겸 서술자 방식으로 씌어진 몇몇 작품들은 저속하다는 딱지가 붙여지거나 삼류작가의 것으로 치부되었다. 두 가지 형식의 평점은 어느 정도 서로 경쟁 관계에 있었다. 평점가들은 때로 평점 양식의 구절들을 제거함으로써 자신들의 주장을 전면에 내세웠다. 때로 그들은 그들이 좋아하는 것을 찬양하고 좋아하지 않는 것에 대해서는 불평을 늘어놓는 것으로 만족해했다. 다른 한편으로 작자들은 독자들에게 열려 있는 해석의 영역을 제한하기 위해 평점 양식을 사용함으로써 자신들의 텍스트가 '왜곡'되는 것으로부터 보호했다.

하지만 어떤 소설 비평가들은 서술적인 개입을 드러내놓고 찬성했다. 이를테면, 차이위안팡蔡元放은 『수호전』보다 더 많은 개입을 포함시켰다는 이유로 『수호후전』을 추켜세웠다. 그는 이런 '기교'를 '도신서외법跳身書外法([서술자로 하여금] [평어를 만들어내기 위해] 책으로부터 뛰쳐나오게 하는 법)'[2]이라 명명했는데, 흥미로운 점은 이런 방식에서는 [작품에] 개입하는 서술자를 텍스트 바깥의 서술자로 생각한다는 것이다. 비록 비평가들이 서술적 담론을 자신들의 텍스트에 끌어들인 것을 찬성하거나 그 안에서 평점 양식을 강화시키는 것이 드문 일은 아니었지만,[3] 일반적으

2) 『수호후전』 「독법」 17조(『수호전자료회편』, 569면) 참조. 천천陳忱의 소설에는 이미 상당한 양의 서술적 개입이 들어 있는데, 이 가운데 어떤 것은 자기 자신의 평점에서 추켜세운 것이다(이를테면, 『수호후전』, 사오위탕紹裕堂본, 25 / 7a, 협비). 차이위안팡蔡元放은 자신의 평점 바깥의 평점을 덧붙일 때 서술적 개입을 추가했다(위드머, 『수호후전』, 191면).

3) 이를테면, 『홍루몽』의 번역자이자 평점가인 카쓰부는 『금고기관』을 몽골어로 번역할 때, 텍스트 바깥의 평점을 추가하는 대신, 자신의 평점을 그가 번역한 텍스트 안으로 집어넣었다

로는 긍정적인 언급을 찾기가 쉽지 않다.

텍스트 바깥과 내부의 평점이 수렴된다는 증거는 다양하다. 평점 양식으로 된 부분들은 텍스트 바깥의 평점으로 복제될 수 있고(이 책의 제9장 참조), 텍스트 바깥의 평점가들은 때로 평점 서술자의 언어를 사용하기도 한다.[4] 소설의 개장開場은 점차적으로 내포 작자의 영역이 되어갔으며, 작자가 서문을 쓰는 것은 서문에서 좀더 통상적으로 행해지는 것들, 곧 그 작품의 출처과 제목에 대해 의론하기 위해, 또는 해당 작품을 다른 작품과 비교하기 위해, 그리고 작자의 의도들을 나타내기 위해 자신들의 소설의 개장 부분을 이용했던 것과 비견된다.[5]

1. 초기의 발전들

텍스트 바깥의 평점과 평점 양식 사이의 가장 단순한 관계는 평점가가 서술자의 언급을 찬양하거나 후원하는 것이다. 초기의 사례는 「삼언」에 대한 펑멍룽의 자기-평점에서 발견할 수 있고(이를테면, 『고금소설』, 2 / 6a~b), 링멍추의 『양박』에서는 좀더 자주 나타난다. 자신이 개작하면서, 펑멍룽은 때로 『신평요전新平妖傳』에서와 같이[6] 서술자의 존재를 증가시

(게릴레이투, 「몽골 문학에서 카쓰부가 차지하고 있는 역사적 위치」, 11~12면).

4) 이를테면, 전통적인 회말 형식인 '다음 회를 읽으면 알 수 있다'라는 것은 『해공대홍포전전海公大紅袍全傳』(제1회 7면)의 본문에서가 아니라 제1회의 회말 평어에 나온다. 이와 비슷하게, 두강杜綱의 『오목성심편娛目醒心編』(1792, 15 / 16a)에서는 평점가가 백화소설에서의 서술자가 자주 인용하는 "너의 머리 세 발 위에 (그대를 주시하고 있는) 영혼들이 있다"라는 말을 인용하고 있다.

5) 『주춘원駐春園』의 개장 부분의 목소리가 어떤 식으로 여타의 열 편의 소설 작품과 그 인물들에 대해 평을 한 평점가로부터 이야기꾼에 바탕한 전통적인 서술자의 목소리까지 걸쳐 있는가 하는 데 대해서는 린천林辰의 『명말청초소설술록』, 237면 참조.

키기도 했지만 마찬가지로 『육십가소설六十家小說』 가운데 자신의 판본으로 옮겨놓은 몇몇 이야기에서와 같이 약간 감소시킨 경우도 있다. 이를테면, 초기 선집의 스무 번째 이야기에서, 그는 서술적 개입을 두 차례 삭제하고 서술자의 자기 반성적 일인칭 지칭自家을 제거하였다.[7] 서술자에 의한 일인칭 지칭들(我, 自家, 在下 등)은 펑멍룽의 「삼언」에, 심지어는 아마도 펑멍룽 자신이 썼을 지도 모르는 이야기에서조차 나오고 있지만, 이것들은 링멍추의 이야기들에서처럼 통상적인 것은 아니다.

패트릭 해넌은 링멍추의 서술자를 혁신적인 것으로 차별화했는데, 그것은 그의 작품 개장 부분의 언급과 평어에서 링멍추 자신을 "대부분의 이전 소설들에서의 일반적인 서술자와 구분되는 개별적인 서술자"로 제시했기 때문이었다(『중국백화소설』, 150면). 해넌에 따르면, 링멍추의 서술자는 펑멍룽보다 더 직접적인 방식으로 내포 작자에게 말을 건넨다. 이런 식으로 새롭게 내포 작자와 서술자 사이를 일치시킴으로써 서술자는 "이전에는 갖고 있지 않았던 이야기를 해석하는 힘을 부여받아 그 자신에게 뚜렷한 개성을 허락하게 되었다."(148면) 해넌의 분석에서 링멍추의 서술자는 "그 자신을 작자와" 동등하게 놓고, "우리가 서문이나 작자 자신의 편집자 주에서 발견하기를 기대할지도 모르는 그런 종류의 평어"를 만들었다(150면).

링멍추의 이야기 대부분은 최소한 하나의 서술적인 자기-지시self-reference를 갖고 있으며, 많은 경우 하나 이상을 갖고 있다.[8] 이런 자기-

6) 패트릭 해넌(『중국백화소설』, 99면)은 펑멍룽이 이 소설에 대한 자신의 확장본에서 "평어 양식을 지나치게 많이 사용했다"고 말했다. 서술적 개입 가운데 몇몇은 통상적으로 편자의 평어에 대한 서로 쓰이고, 때로 평점 비평에서 발견되는 '안按'이라는 말로 시작되지만(「삼언」의 평점에 그 예가 있다), 백화소설의 서술자들의 입에서는 드물게 발견된다.

7) 탄정비譚正璧, 『청평산당화본清平山堂話本』, 247면(260면 주67, 73 참조), 245면(259면 주5 참조).

8) 그런 자기 - 지시를 하나 이상 갖고 있는 것에는 『박안경기』의 18번째(18회 364면, 365면), 22번째(22회 445면, 458, 474면), 23번째(23회 480면, 481면), 24번째(24회 500면),

지시들은 대부분 서장 이야기나 서술자가 주요 이야기를 소개하는 이야기의 뒤에 오는 짧은 구절인, '맛뵈기teaser'에서 나오는 경향이 있다. 링멍추의 서술자는 펑멍룽이 좀더 오래된 백화 이야기들을 다시 인쇄할 때 삭제했던 몇몇 '이야기꾼 꼬리표storyteller tag'를 이용했으며, 링멍추의 두 개의 단편소설 선집에만 「삼언」에서 쓰인 모든 것보다 많은 '독자들은 들어보시오看官聽說'라는 말이 들어 있다(테라무라 마사오, 「금병매사화 중의 작자가 간관청설을 차입한 것을 논함」, 245~246면).

비록 두 가지 경우에, 링멍추의 서술자가 "경사의 직업적 이야기꾼京師老郎(원문은 [옮긴이 주])"(『박안경기』, 21회 445면, 『이각박안경기』, 29회 612면)이 특별한 이야기를 전해준다고 주장하기는 했지만, 이 가운데 첫 번째 경우의 진정한 출처는 (그 자체는 구두로 전해온 것이 아니라 글로 씌어진 것에 기초한) 『육십가소설』의 11번째 이야기이고, 두 번째 경우의 출처는 전해져 온 이야기가 아니라 한 사건事에서 나온 것이다. 링멍추 자신의 이야기 대다수는 그 출처가 글로 씌어진 것에 바탕했을 뿐 아니라, 그의 서술자는 종종 그러한 출처를 명시적으로 인정하거나,[9] 자신의 판본의 주요한 특징 몇몇은 그것을 직접 베낀 것이라고 주장했고(이를테면, 『이각박안경기』, 22회 491면), 다른 판본에는 빠져 있는 것에 대한 평어를 지어냈다(이를테면, 『박안경기』, 12회 249면, 28회 585면). 링멍추의 서술자는 종종 자신의 작품이 경쟁작보다 우위를 점하도록 하기 위해 기획된 평어들에서 다른 소설이나 희곡 작품들을 언급하기도 했다(이를테면, 『비파기』와 『서상기』의 '비사실적인 것'에 대해서는 『박안경기』, 28회 585면, 『태평광기』에 대해서는 『이각박안경기』, 37회 759면~760면).

링멍추의 서술자가 이야기들에 대한 자신의 판본이 어떻게 만들어졌는지를 묘사할 때, 선호했던 동사는 '선宣'(이를테면, 『박안경기』, 21회 445면,

---

28번째(28회 583면, 585면), 29번째(29회 598면, 600면), 30번째(30회 361면, 362면)와 『이각박안경기』 1번째(1회 3면, 20면), 2번째(2회 21면, 24면), 10번째(10회 217면, 219면), 33번째(33회 680면), 34번째(34회 696면, 698면) 이야기가 포함된다.

9) 후스잉胡士瑩, 『화본소설개론』, 569~610면 참조. 서술자에 의해서 출처가 확인된 목록에 대해서는 해넌의 『중국백화소설』, 234면 주38 참조.

33회 704면, 33회 716~717면)과 '부연敷演'(이를테면, 『이각박안경기』, 2회 24면, 19회 420면, 37회 760~761면)인데, 이런 맥락에서 이 두 동사는 글로 씌어진 출처를 공들여 다듬는다는 의미를 함축하고 있다.10) 펑멍룽의 이야기 대다수가 글로 씌어진 텍스트에 의존하지 않고 구두의 창작이라는 인상을 주기 위해 기획되었던 데 반해, 링멍추의 이야기들은 텍스트와 좀 더 밀접한 연관을 맺고 있을 뿐 아니라, 서술자의 말(이를테면, 『박안경기』, 25회 531면)과 첫 번째 선집의 서 모두에서 그러한 관계에 대해 터놓고 의론하고 있다.11)

문언 이야기에는 우리가 본 바와 같이, 종종 작자가 그 이야기의 의미와 출처에 대해 언급하는 에필로그가 있다. 이런 종류의 에필로그로 출처를 개작할 때, 때로 링멍추는 그런 자료 몇 가지를 이용해 이야기를 시작하고, 또 그것이 진짜라는 것을 '입증'했다(이를테면, 『이각박안경기』, 37회 760~761면). 때로 그는 원래의 에필로그 몇 개를 이야기 자체에 집어넣기도 했다(이를테면, 『박안경기』, 19회 402면). 링멍추의 이야기들 가운데 하나에는 '야사씨왈野史氏曰'이라고 시작되는 그 자신의 에필로그가 있는데, 마치 이야기 말미의 텍스트 바깥의 평점인 것처럼 이야기 전체를 요약하고 코멘트하고 있다(『이각박안경기』, 29회 626면).

링멍추의 이야기들은 복잡한 서장으로 알려져 있는데, 이것은 그 길이가 본문의 이야기와 맞먹고, 일곱 개나 되는 서로 다른 일화를 담아내고 있으며,12) 또 의론적인 부분이 두드러진다는 것으로도 유명하다(이를테면, 『박안경기』, 29회 597~598면의 과거 제도에 대한 서론적인 언급들). 그의 자

---

10) 때로 이것은 "텍스트에 근거하여 공들여 다듬었다據者傳文敷演(원문은 [옮긴이 주])."(『이각박안경기』, 37회 760~761면)에서와 같이, 분명하게 밝혀져 있다.

11) 『박안경기』에 대한 자신의 서에서, 링멍추는 '부연敷演'과 '연의演義' 모두에 나오는 '연演'이라는 동사를 사용했다(후스잉, 『화본소설개론』, 404면).

12) 『이각박안경기』 40번째 이야기의 서장에 대해서, 판밍선潘銘燊(『삼언양박제요三言兩拍提要』, 120면)은 아홉 개의 서로 다른 부분들을 밝혀냈고, 미셸 까르띠에(레비Lévy, 『중국 백화 단편소설에 대한 분석과 비평』, 3권, 1,092면)는 일곱 개를 밝혀냈다.

기-평점은 소설 속 인물들과 서술자에게서 나온(『박안경기』, 4회 86면, 미비) '의론議論'을 추켜세우고 있다.[13] 때로 그의 서술자는 일반적인 평점이나('안按', 『박안경기』, 2회 31면), 특별히 소설 평점에서 나온('총평總評', 『박안경기』, 12회 225면) 기술적인 용어들을 사용했지만, 이러한 현상은 리위와 그 후계자들이 나오고 나서야 중요한 것이 되었다.

링멍추 이후 명말과 청초의 백화 단편소설 작자들은 계속해서 자신들의 서술자들을 개성화시켰고, 그들이 대량의 의론적인 대목에 끼어들도록 했다. 저우칭위안周清原의 『서호이집西湖二集』은 (특히 선집의 서에서 불러내어진 작자의 형상과 연결시켜 읽는다면) 손쉽게 자기-위안적인self-consolatory 시로 볼 수 있는 것으로 시작해, 취유瞿佑의 문언 이야기 선집인 『전등신화』의 작품을 다루고 있는 서장으로 이어진다.[14] 저우칭위안의 서술자는 자기 자신을 일인칭으로 지칭했으며, 자신의 이야기를 '소설'이라고 불렀다(천빙량陳炳良, 「화본 상투어의 예술話本套語的藝術」, 169면). 이보다 약간 뒤에 나온 『취성석醉醒石』에는 이야기꾼이 구연하는 듯한 맥락을 재담식으로 지칭하는 것이 담겨 있고(이를테면, "나는 너무 게을러 장면을 마감하는 시를 지을 수 없고, (그 대신) 제가 '꾀꼬리' 소리에 맞춰 노래 부르는 것을 들어보시기 바랍니다." 6권 91면), 종종 선집에 실린 이야기의 반 이상을 마무리하기 위해 '나는 이렇게 생각합니다我想'(이를테면, 12권 191~192면, 13권, 211면)로 시작되는 대량의 에필로그 평어를 사용하기도 했다.[15]

단편소설에서의 의론적인 서장들은 같은 시기에 씌어진 소설에서 서

13) 이를테면, 부자들이 축첩하는 어리석음에 대한 의론에 대해서는 『박안경기』, 34회 696면, 미비. 미비에서의 "독자들은 들어보시오看官聽說" 구절에 대한 칭찬에 대해서는, 『박안경기』, 34회 731~732면과 『이각박안경기』, 32회 666면 참조. 링멍추는 서술자의 평점 양식으로 자주 나오는 종류의 대구를 기록하기 위해 여백을 사용하기도 했다(『박안경기』, 40회 863면, 미비).

14) 저우칭위안周清原, 『서호이집』 1권, 1~3면(해넌, 『중국백화소설』, 163면 참조).

15) 후대의 단편소설 선집인 『오목성심편娛目醒心編』에서는 서술자와 평점가가 모두 주요 이야기들 뒤에 그와 유사한 이야기들을 덧붙이기를 좋아했다(특히 8번째, 14번째와 16번째 이야기 참조).

장의 사용이 증가한 것과 비견된다. 이러한 경향은 위안위링袁于令의 『수사유문隋史遺文』에서 시작되었으며, 이것은 아마도 궁극적으로는 『수호전』과 같은 전통 소설의 장회에 도입부致語가 들어 있다는 생각과 밀접한 연관이 있는 듯한데, 그러한 도입부는 현존하는 판본에서는 사라진 것이다. 이러한 믿음으로 인해 펑멍룽은 자신의 『평요전』 개정본에 일반적인 서장과 약간의 장회 서장을 포함시켰다.16) 위안위링의 소설 속 모든 장회들에는 짧은 의론적인 서장이 들어 있다. 위안위링의 서술자는 때로 일인칭으로 자기 자신을 지칭하지만(이를테면, 1회 1면, 21회 161면, 22회 172면), 그렇지 않은 경우에는 아주 개성화되거나 의론적인 언급을 하는 것이 허락되지 않는다.17) 장회 서장들은 주로 도덕적인 주제와 인물들의 비평에 관심이 있으며 자기 반성적self-reflexive이지 않다. 이것들은 소설이나 그것의 출처, 또는 서술, 곧 위안위링의 회말 평어에서 상당히 두드러진 특징을 이루는 주제들에 대해서는 평을 하지 않았다.18)

다른 많은 것들과 함께, 추런훠褚人穫는 『수사유문』의 장회 서장이라는 개념을 자신의 『수당연의』로 베껴 넣었다. 추런훠의 소설 가운데 단지 한 회에만 장회 서장이 없다. 또 이런 서장들은 텍스트로서 이 소설에 관심이 있지 않았으며, 아마도 이런 서장들을 "유명한 이야기꾼이 구연하는 것을 의식적으로 모방한 것"(헤겔, 「출처와 서사 기법」, 2면의 「제요」)으로 묘사하는 편이 맞을 지도 모른다. 『수사유문』과 『수당연의』 모두에서는 장회 서장과 작자의 회말 평어 사이에 분업이 이루어지고 있는 듯하다.

『여개과전女開科傳』(1728년 이전, 린천林辰, 『명말청초소설술록』, 382면)과 『속금

---

16) 헤겔, 「『수당연의』와 17세기 쑤저우 엘리트의 미학」, 149~150면 주66 참조. 펑멍룽의 『신평요전』 제3, 4, 16, 27, 35와 39회에는 장회 서장이 들어 있다(이드마, 『중국백화소설』, 36~37면).

17) 이것이 그런 언급들을 만들어내는 장회 서장과 회말 평어의 유용성과 연결될 수 있을까?

18) 이를테면, 이 가운데 하나는 해당 장회에서의 의론을 칭찬하고 있다. 35회 279면 2조 참조. [옮긴이 주] 원문은 다음과 같다. "回中議論點染, 非尋常可及."

병매』(이하의 내용 참조)같은 여타의 소설들 역시 장회 서장이 들어 있다. 하지만 스타일이나 내용상 회수 평어와 기본적으로 구분이 가지 않는 『서유보』의 제1회와 2회에 대한 장회 서장은 텍스트 바깥의 평점과 좀더 가깝게 연결되어 있다. 이런 평어들은 이야기꾼 시뮬라크럼[19]의 일부가 아니라, 간략한 문언으로 씌어진 이야기꾼 구절이 결핍된 것으로 이 소설을 텍스트로 지칭하고 있다.[20] 하지만 이것들은 제2회 이후에 사라진다. 작자가 장회의 말미와 자신의 첫 번째 회말 평어 앞에서 직접적으로 약간의 길이를 갖고 독자에게 이야기할 필요성을 느꼈을 수도 있다.

2. 리위李漁, 작자와 평점가로서의 서술자

리위는 소설 작가라는 사실을 부끄러워하지 않았다. 그는 자신의 단편소설에 대한 저작권을 강화하였고, 자신이 작자라는 사실을 드러내놓고 자랑스러워했다. 이것과 연관해 그의 친구이자 평점가인 두준杜濬은 다음과 같이 말한 적이 있다. "순수 문학에 대해 내 스스로 분투노력하

19) 이 책의 제9장 주10 참조.

20) 제1회는 개장시開場詩 다음에 다음과 같은 말로 시작된다. "이 회에서는 칭위鯖魚가 마음 속의 원숭이心猿를 어떻게 혼란에 빠뜨리고 미혹시켰는지에 대해 묘사하고 있다. 누구나 그것을 통해 세계의 정감의 모든 인과는 뜬구름이나 환상과 같은 것이라는 사실을 보게 된다此一回書, 鯖魚擾亂心猿, 總見世界情緣, 多是浮雲夢幻!(원문은 [옮긴이 주])"(린순푸와 슐츠, 1회 23면, 둥웨[1955], 1 / 1a). 이 구절에 대한 미비에서는 "이것이 이 소설의 (전체) 구조를 세우는 데 기여하고 있다擬出結構(원문은 [옮긴이 주])"고 주장했다. '화설話說'이라는 상투어가 나오고 이야기의 서술이 시작되는 건 바로 이 구절 다음에서이다. 제2회의 개장開場은 다음과 같이 시작된다. "여기서부터는 우콩悟空이 다른 사람을 미혹시키기 위한 천 가지 계략을 사용하지만, 오히려 스스로 미혹되게 된다自此以後, 悟空用盡千般計. 只望迷人却自迷."(린순푸와 슐츠, 2회 33면, 둥웨[1955], 2 / 1a) 이 구절 뒤에, 이야기꾼의 상투적인 꼬리표인, '각설却說'이 나오고 서술이 정상적으로 시작된다.

지 않은 것은 아니지만, 나를 가장 만족시켰던 장르로 말하자면, 나는 소설과 같은 것은 없었다고 말하고 싶다."[21](리위, 『무성희無聲戲』, 두준杜濬 서, 1면) 리위는 평점의 상업적 가치에 대해 잘 알고 있었다. 그는 자신의 작품들에 대한 평어를 간청했고(해넌, 『리위의 창조』, 24면), 자신의 선집 제목에 "유명한 이들의 합평이 들어 있다名家合評"고 광고했다(해넌, 『리위의 창조』, 247면). 그는 소설과 희곡에 대한 텍스트 바깥의 평점에 대해 문외한이 아니었으며, 다른 작가들을 위해 약간의 평어를 썼던 적도 있고(이 책의 제2장 참조), 그런 평점이 달린 그 자신의 소설과 희곡 모두를 출판했다. 우리는 심지어 그가 진성탄의 소설과 희곡에 대해 잘 알고 있었고, 『삼국연의』에 대한 마오씨毛氏 부자의 평점에 대한 후원자 역할을 할 정도의 전문적인 감식안을 갖고 있었다고 말할 수도 있다(이 책의 제1장과 2장 참조). 역설적으로, 그는 진성탄이 작자를 구속받지 않는 천재로 규정한 것과 마오씨 부자가 소설의 이상적인 작자로 조물자造物者를 내세웠던 것을 결합시켰다.

리위의 서술자는 특별하다. 그는 등장인물들을 자신의 이야기 속에서 왜소하게 만들었다. 해넌은 리위가 근대 이전 중국의 백화소설에서의 전통적인 서술자의 목소리를 자기 자신의 목소리로 대체한 것을 두고, "가장 사적이고, 아마도 가장 만족스러운 것일 수도 있는" 해결책이라 불렀다(해넌의 영역본 『육포단Carnal Prayer Mat』 「서론」, vi~vii). 해넌은 리위의 서술자가 장르를 넘나들며 상호 소통시키거나, 산문가로서의 리위가 소설 작자로서의 리위에게 영향을 주었다는 점에 그 독특함이 있다고 했지만, 나는 그가 본받은 주요 모델이 그 자신의 산문이 아니라 진성탄과 다른 사람들의 소설 평점이었다고 주장하고자 한다.

리위는 장르를 혼합하고 하나의 장르에서 나온 똑같은 소재를 다른 장르로 각색한 것으로 유명하다. 해넌이 주목한 리위의 공식적인 산문들과

---

21) [옮긴이 주] 원문은 다음과 같다. "文章經千百世而不磨者, 未嘗以時爲高下. 然亦有十餘年之間難易相去霄壤者, 如今日之小說是矣."

그 자신의 소설의 서장들 사이의 유사성으로는 유머의 사용과 고전의 인용을 잘못 적용한 '고풍의 산문'에 대한 패러디, 그리고 개념의 공유가 있다(해넌, 『리위의 창조』, 188면, 해넌의 영역본 『육포단*Carnal Prayer Mat*』 「서론」, v). 이를테면 리위는 똑같은 일화(예전에 죄수였던 이가 부자이지만 마음이 편하지 않은 사람에게 그가 모기에게 물렸을 때 기뻐 춤을 추었는데, 그것은 그로 인해 지금 차꼬를 차고 있지 않아 마음대로 돌아다닐 수 있다는 사실을 상기할 수 있어 이전에 비해 상황이 얼마나 좋아졌는가 하는 것을 알 수 있었다는 사실을 설명해주는)를 『한정우기閑情偶寄』(「빈천행락지법貧賤行樂之法」)와 『십이루十二樓』(1권, 172면, 해넌 역, 『십이루*A Tower for the Summer Heat*』, 175면) 안의 단편소설 「학귀루鶴歸樓」에서 이야기하고 있다. 하지만 유일하게 공통된 요소는 자신의 몫에 대해 행복해 하라는 주제이다. 일화 자체에 대한 서술이나 그 중요성에 대한 설명 사이에 공통점은 거의 없다. 특히 단편소설에서 찾아 볼 수 있는 일화의 사적인 층위는 산문에서는 그와 유사한 것을 찾아 볼 수 없다. 궁극적으로는 단편소설이 10년 이상 『한정우기』에 앞서기 때문에, 시간적인 우선 순위 역시 고려해야만 한다.

이러한 시간적인 관계는 산문과 단편소설 사이에 공유되는 소재의 다른 예인 『대학』의 한 줄에 대한 분석에서 분명해진다. 리위는 산문에서 그것을 『한정우기』에 포함시키기 전에 자신의 어떤 소설 작품說部,[22]에 자신의 설명을 포함시켰다는 사실을 언급한 바 있다. 그는 고전에 대한 그런 식의 주석이 일반적인 소설 작자나 비공식적인 산문의 수준을 넘어서는 것이라는 말을 덧붙였다[23](『한정우기』 「치복治服」, 119면).

리위의 백화소설들(『무성희』, 『연성벽連城璧』, 『십이루』)과 그의 이름으로 가탁된 소설(『육포단』) 모두에는 텍스트 바깥의 평점이 들어 있지만, 그

---

22) 이 일화는 리위, 『십이루』 「생아루生我樓」 1권, 214면(해넌 역, 『십이루A Tower for the Summer Heat』, 224면)에 나온다.

23) [옮긴이 주] 본문의 해당 부분에 대한 전체 원문은 다음과 같다. "余嘗以此論見之說部, 今復叙入閑情. 噫! 此等詮解, 豈好閑情, 作小說者所能道哉?"

어느 것도 리위 자신에게 직접 돌려진 것은 없다. 단편소설들에 대한 평점은 한 평어에서 자신의 당호堂號로 스스로를 지칭했던(짧은 글에서 그 당호가 자기 자신을 지칭한다는 것을 밝힌 바 있다. 리위, 『십이루』「합영루合影樓」1권, 21면, 회말 평어)[24] 그의 친구 두준에게 가탁되었는데, 그렇다고 해서 리위가 최소한 몇 개의 평어들을 쓰는 데 참여했을 거라 생각할 수 없는 것은 아니다(이를테면, 해넌 역, 『무성희*Silent Opera*』「서론」, xi면, 해넌 역 『십이루』「서론」, xii면). 최소한 그는 이러한 평어들이 자신의 소설에 나오는 것을 허용할 정도로 그것들을 인정했다.

『육포단』의 경우 인쇄본에는 평점이 들어 있지 않았지만, 필사본에는 회말 평어뿐 아니라 미비도 들어 있는데, 작자가 속한 시회詩會의 한 동료가 쓴 것이라 한다(해넌 역, 『육포단』「서론」, xii~xiv면). 이 필사본이 '발견'되기 전에는 통상적으로 이 평점이 리위의 다른 작품들과 많은 특징들을 공유하고 있다는 점 때문에, 리위 자신이나(이를테면, 해넌, 『리위의 창조』, 127~128면), 그의 작품과 밀접한 연관을 맺고 있는 지인(위드머, 『수호후전』, 287면 주42, 추이쯔언崔子恩, 『리위소설론고李漁小說論稿』, 97, 100면)이 쓴 것으로 가정했다. 심지어 필사본의 발견에도 불구하고, 몇몇 평어들의 경우 리위가 작자일 거라는 의혹이 여전히 남아 있다(이를테면, 해넌, 『육포단』「서론」, viii면). 이 소설의 인쇄본은 완정본과 축약본으로 나눌 수 있는데, 묘하게도 장회의 평어 역시 그렇게 나뉜다. 모든 인쇄본에서 발견되지 않는 장회 평어들은 일반적으로 좀더 드러내놓고 작자를 추어올리고, 좀더 뻔뻔스럽게 상업성을 추구하고 있다.[25] 그렇다고는 해도 이것은 리위가 이 평어들의 작자라는 점에 대한 충분한 반론이 못 된다. 그것은 그 자신의 작품, 곧 그가 개정한 『비파기』와 『명주기明珠記』의 착齣(『한정우기』, 68~80면)에

24) [옮긴이 주] 원문은 다음과 같다. "杜于皇(두준을 가리킴. [옮긴이 주])曰 : (…중략…) 鱟雅堂中人是也. 吾堂名. (…중략…) 杜陵野老呑聲望之."

25) 축약본에서는, 세 개의 장회들(제1, 5, 9회)에 장회 평어가 빠져 있고, 네 개의 회(2, 4, 8, 16회)에는 축약된 평어들이 있으며, 다른 것들에는 의미 있는 변형들이 들어있다.

대해 그가 쓴 것이 분명한 평점의 유일한 특징이 자화자찬하는 것이라는 사실은 논란의 여지가 없기 때문이다.

비록 리위가 '이야기꾼이 구연하는 듯한 맥락'으로 상연을 하긴 했지만,[26] 그의 서술자는 우리가 읽고 있는 작품의 작자가 자기 자신이며,[27] 작품은 입으로 구연하는 것이 아니라 '필묵筆墨'[28]에 의해 만들어진 것이라고 말했다. 이러한 점이 분명하게 드러난 곳은 여러 장회로 이루어진 자신의 단편소설들에서 장회를 마무리하는 몇 가지 공식들이었다. 관습적으로 장회는 서스펜스에 이른 곳에서 끝날 것으로 예상되었는데,[29] 서술자는 독자가 사태가 어떻게 판명이 날지 알 수 있게 다음 회를 듣도록 인도했다.[30] 하지만 리위의 공식에서는 독자가 청자인 전통적인 패러다

---

26) 이를테면, 『십이루』「하의루夏宜樓」, 3회 73면(해넌 역, 『십이루*A Tower for the Summer Heat*』, 30면)에서, 서술자가 『서상기』의 구절들을 인용한 것은, "『서상기』의 두 곡조가 바로 그의 사정에 잘 들어맞기에, 독자看官들이 (나를/그를 위해) 노래하기를 요청한다『西廂記』上有兩句曲子, 正合着他的事情, 求看官代唱一遍(원문은 **[옮긴이 주]**)"는 말이 앞서 나왔기 때문이다.

27) 작자를 가리키는 자기 지시적인 용어로는 '작자作者'(이를테면, 『십이루』「췌아루萃雅樓」, 1회 112면, 『육포단』, 18회 28a면), '소설을 지은 이作小說的'(『육포단』, 13회 26b면), '소설 지은이作小說者'(『십이루』「불운루拂雲樓」, 1회 126면)가 있다. 『육포단』의 두 사례에서 서술자는 독자에게 비록 두 인물이 자신들의 이름을 바꾸기는 했지만, 혼란을 피하기 위해 여전히 예전 이름으로 그들을 부르겠노라고 말한다. 이 소설의 첫 회에서, 서술자는 '이 소설을 지은이作這部小說的人'라고 지칭된다(1회 3b, 5b면).

28) 이를테면, 『육포단』, 14회 31b면. 여기에서 서술자는 그가 이 이야기의 한 가닥을 쓰는 데 바빠 다른 것에 힘쓸 수 없었다는 사실을 해명하고 있다. 똑같은 상황에서 이야기꾼 타입의 서술자들은 자신들이 할 수 없었던 것은 입이 하나라서 두 개의 실마리를 동시에 계속해 나갈 수 없었기 때문이라고 발명했다.

29) 진성탄은 이것이 순전히 관습적인 성격을 띠고 있다는 사실을 알고 있었다. 『수호전 회평본』, 14회 284면, 협비에서 그는 특히 다음과 같이 온전치 못한 사례에 대한 변명을 늘어놓고 있다. "이것은 이와 같이 어린애 같은 일이 벌어질 곳이 아니다. 매회 이야기가 멈추는 곳은 모두 큰 서스펜스가 있는 곳인데, 이곳에는 이야기가 멈출 만한 서스펜스가 없으니, 그런 까닭에 특별히 한 대목을 지어내어 한 회의 마무리로 삼으니 독자는 이것을 양해하기를 바란다非眞有此等兒戱之事, 只爲每回住處, 皆是絶奇險處, 此處無奇險可住, 故特幻出一段, 以作一回收場耳, 讀者諒之(원문은 **[옮긴이 주]**)."

30) 몇몇 전통적인 수장收場의 공식에서 동사 '간看'을 사용한 것과 마찬가지로 낭송을 들었던 사람을 '간관看官'이라 불렀던 것은 아마도 원래는 텍스트를 읽는 게 아니라 공연을 보는 것을 지칭하는 것이었던 듯하다.

임도 다루면서, 이를테면 다음 회를 시작하기 전에 서술자는 독자가 '자신의 눈을 쉬는 것'을 기다릴 것이라 말하기도 한다.[31] 이런 식으로 독자가 텍스트를 읽고 있다는 사실을 인지하는 것말고도, 서술자는 몇몇 이야기가 허구라는 사실을 지적하기도 했다.[32] 링멍추의 소설에서와 같이, 리위의 소설에는 텍스트의 작자와 그것을 공들여 다듬는 서술자 사이의 분리가 없다. 구두성을 강조하는 학자들이 옳다면, 하나의 문화가 입말로부터 글말로 옮아갈 때에야 서술자를 개성화하는 일이 진정으로 가능하게 될 것이다(옹, 『구술문화와 문자문화』, 159면).

리위의 서술자는 텍스트의 작자로서뿐 아니라, 종종 리위 자신을 투사한 인물로 제시되기도 한다.[33] 그의 몇몇 이야기에서 이야기의 서술 시간은 (그 배경과는 상반되게) 리위가 살아 있는 동안 일어나는 것으로 나타난다(이를테면, 『무성희』, 5회 78면). 서술자는 자주 일인칭 대명사로 그 자신을 지칭할 뿐 아니라,[34] 세 가지 이야기에서는 서술자가 리위의 시

---

31) 『십이루』 「학귀루鶴歸樓」 1권, 176~177면(해넌 역, 『십이루*A Tower for the Summer Heat*』, 183면). 마찬가지로 『십이루』 「합영루合影樓」, 2회 12면과 「불운루拂雲樓」, 4회 148면(해넌 역, 『십이루*A Tower for the Summer Heat*』, 154면)의 경우에도 장회의 말미에서 서술자는 독자가 눈을 쉬라고 요구하거나 그렇게 하게 허락한다. 『육포단』의 장회 말미에서는 이런 식으로 텍스트의 서면적인 속성이 강조되고 있지 않지만, 때로 독자가 이야기가 해결되기(12회 23a면) 전에 다음에 이어지는 두 회의 다른 몇 가지 사건에 대한 서술을 들을 것을 요구하거나, 멀찍이 떨어져 있는 특정의 장회에서 서술적 긴장이 다시 시작될 것이라는 사실을 약속하고 있다(14회 38b면).

32) 여기에 사용된 용어들로는 '소설小說'(이를테면, 『무성희』, 4회 76면, 11회 189면, 『십이루』 「합영루合影樓」, 1회 20면, 「학귀루鶴歸樓」, 1회 171면, 「봉선루奉先樓」, 1회 200면, 「문과루聞過樓」, 3회 248면, 『육포단』, 1회 3a면)과 '야사野史'(이를테면, 『무성희』, 2회 45면, 4회 77면)가 있다. 이런 용례 몇 가지(『무성희』, 2회 45면, 11회 189면)는 소설의 효용을 직설적으로 옹호한 것 가운데 일부이다. 서술자는 독자가 그의 이야기들을 단순한 허구'小說'로만 여기지 말 것을 요구하기도 했다.

33) 이 점에 대해 해넌(『리위의 창조』, 134면)은 서술자에게 독특한 작자의 페르소나를 부여함으로써 작자와 서술자 사이의 갭을 좁히는 것으로 기술했다.

34) 이상에서 언급한 것들 이외에도, 리위의 서술자는 그 자신을 지칭하기 위해 '구구한 존재區區'라는 겸손한 용어를 사용하기도 했다. 그가 이 용어를 사용한 두 가지 사례에서, 그는 자신이 묘사하고 있는 사건을 목도했노라고 주장했는데(『무성희』, 10회 164~166면), 그는 특정한 연도(숭정 9년)를 꼽았다.

를 자신이 지은 것으로 인용했다.[35)]

리위의 시를 인용한 세 이야기 가운데 마지막 이야기(「문과루」)에는 내포 작자가 가장 분명하게 나타나 있다.[36)] 리위는 이 시를 긴 분량의 서장에서 인용했는데, 여기에서는 그가 이 시들을 썼던 '이십 년 전'에 시골에서 은퇴해 살았던 자신의 10년 동안의 시간에 대해 논의했다(1권, 231~232면). 개장시開場詩 이외에도 리위는 시골에 은퇴해서 사는 '편리함便'에 대한 열 편의 시 가운데 여덟 개를 어떤 틀에 구애받지 않고 인용했다. 다른 곳에서는 '모든 사람들이 전할 만하다고 말하는' 자신의 '우스운 이야기笑話'를 상세하게 설명하기도 했다(『십이루』「하의루」 1권, 58~59면, 해넌 역, 『십이루*A Tower for the Summer Heat*』, 5~6면). 이렇듯 내키는 대로 어느 것에도 구애받지 않고 살았던 것은 진성탄의 『서상기』 평점에 열거되어 있는 유명한 33개의 통쾌한 일들快事 목록의 잔재이다(『진성탄 비본 서상기』, 4.2.225~229면, 린위탕林語堂, 『생활의 발견』, 131~136면). 내키는 대로 어느 것에도 구애받지 않는 것은 리위가 쓴 거의 모든 글에 나타나는 특징이긴 하지만, 리위가 자신이 쓴 소설의 서장에 접근하는 방식은 진성탄의 회수 평어, 회말 평어(종종 느슨하게 조직되어 있는)와 별도의 산문들의 영향을 받았을 수도 있는데, 이런 산문에는 통쾌한 일들의 목록이나 똑같이 잘 알려져 있는 말재간口技[37)]에 대한 묘사와 같은 상투어들이 뒤섞여 있다. 우

35) 『십이루』「하의루」, 1회 57~58면(작자는 '불초不肖'라고 일컬어진다)과 「췌아루」, 1회 105면(작자는 리위가 선집 전체에서 사용했던, 그리고 평점에서 그 자신을 지칭했던 '줴스바이관覺世稗官'으로 일컬어진다. 『십이루』의 「생아루」, 4회 230면), 「문과루聞過樓」, 1회 231면(작자는 '나余'로 일컬어진다). 이 시사詩詞는 리위의 선집인 『일가언一家言』에서도 발견된다. 「문과루聞過樓」에는 선집에 없는 리위(1권, 232~233면)가 지은 편 당 열 수씩 모두 여덟 편 80수의 시가 들어 있다. 단지 여덟 개만이 인용된 것은 서술자의 설명대로, 원래의 초고가 분실되어 그가 나머지를 기억할 수 없었기 때문이다.

36) 이것은 가장 자전적인 것으로 간주되기도 한다. 이를테면, 쑨카이디孫楷第(「리리웡과 십이루李笠翁與十二樓」, 306~310)는 서장의 자전적인 속성을 강조하면서, 주요한 이야기를 리위의 '꿈'으로 기술했다.

37) 『수호전회평본』, 65회 1,191면, 회평. 순수 문학을 진성탄의 평점 글에 통합시킨 것에 대해서는, 천훙陳洪의 『중국소설이론사』, 1,158면과 존 왕의 『진성탄』, 74~75면 참조.

리는 소설 평점가들이 종종 자신들의 작품에 일반적으로 나타나는 동음이의어pun와 유머의 역할에 빠져들었었다는 사실을 염두에 두어야 한다(롤스톤, 「역사적 발전」, 339면, 롤스톤, 「형식적 측면들」, 69~70면).

리위의 소설에는 서술적 담론이 담지되어 있으며, 이러한 담론은 각각의 작품의 처음과 끝에서 가장 두텁게 나타난다. 텍스트 바깥의 평점의 경우, 각각의 이야기와 장회의 앞과 뒤에 있는 공간에도 가장 일관되고 조직화된 평어들이 들어 있다. 『육포단』의 제1회 전체는 서술적 담론으로 이루어져 있다. 이것은 '범상치 않은 혁신extraordinary innovation'(해넌, 『육포단 *Carnal Prayer Mat*』「서론」 10면)이고 '미증유의 것unparalleled'(해넌, 『리위의 창조』, 129면)이긴 하지만, 독특한 것은 아닌데, 여기에는 아무런 서사도 담겨 있지 않기 때문이다. 『성세인연전醒世姻緣傳』과 같은 여타의 소설들도 별개의 의론적인 부분으로 시작하지만, 이것들은 이 소설이 씌어진 방식을 해명하거나 정당화하기 위해 제시된 것이 아니었다. 『육포단』의 서장은 이보다 앞에 있는 서문들과 텍스트 바깥의 평점에 의해 충족된 기능들을 오로지하고 있다.[38] 독자 편에서 볼 때, 『육포단』은 포르노그라피라는 생각이 들지 않도록 상당한 정도의 창조적인 재간을 요구하는 작품으로, 서장의 역할은 그러한 창조성을 계발하는 데 할애되었다. 여기에서 소설가作這部小說的人(1 / 3b)는 자신의 독자들이 도덕적인 메시지를 받아들일 수 있도록 그들의 주의를 끌기 위해 성적인 묘사를 사용한 것으로 기술했는데,[39] 이것은 사람들이 심지어 거저 줘도 읽으려 하지 않는 '도학서道學書'와 대조를 이루고 있다.[40] 서술자는 이러한 접근이 소설稗官野史 이외의 다른

---

38) 또 다른 모델은 전기 희곡의 서장들이 될 것이다(이 책의 제10장 참조). 리위 자신의 희곡에서 서장들은 상당히 자기 반성적인 것일 수 있다. 『교단원巧團圓』은 자신의 이전의 여덟 편의 희곡이 어떻게 환영받았는지에 대해, 그럼에도 그는 만족하지 않고 다시 시도하고 싶어 한다고 말하는 사詞로 시작된다(리위, 『리리웡십종곡李笠翁十種曲』「교단원」 1착, 1 / 1a). **[옮긴이 주]** 원문은 다음과 같다. "浪播傳奇八種, 賺來一波虛名. (…중략…) 再爲悅己效娉婷, 似覺後來差勝."

39) 그런 방식으로 사람들을 끌어들이는 것을 묘사하기 위해 사용된 똑같은 언어가 『한정우기』「수식首飾」, 121면에도 (약간 변형된 채) 나온다.

장르에서도 사용될 수 있다고 주장했으며, 『멍쯔孟子』에서 인용한 구절을 열거함으로써 이것을 '입증'하였다(『육포단』, 1/4b~5b, 『멍쯔』 IB. 5). 그는 자신의 소설을 『시경』의 첫 번째 두 장과 동등한 것으로 보기도 했는데, 그에 따르면, 이것들이 똑같은 수사 기교를 사용했기 때문이었다.[41] 이것은 서술자가 소설을 소설이라기보다는 유가 경전이나 역사 저작인 것처럼 읽을 것을 간청하는 것과 같이,[42] 소설 평점가가 소설을 경전적인 작품들과 비교함으로써 그 지위를 높이려고 시도했던 것과 관련이 있다. 서술자는 멀찌감치 떨어져 있는 별도의 장절들을 동시에 염두에 두는 것과 같이 텍스트 바깥의 평점가들이 제공한 소설에 대한 독법에 대해 조언을 하기도 했다(『육포단』, 1/5b면).

『육포단』에서의 담론의 사용은 장회 평어의 하나에서 다음과 같이 찬양되었다.

> 이전의 소설가들은 아무런 의론도 없이 서술하기만 했다. 심지어 의론이 있다 하더라도, 주요 이야기의 서술 앞에 주변적으로만 덧붙여졌는데, 한 대목을 부연하여 서장으로 삼았다. 일단 주제가 선 뒤에는 거침없이 이야기를 풀어나갔으나 엉망이 되어 수습하기 어려울까 두려워하기도 했다. 어찌 날카롭게 대치하는 가운데 고담준론을 끼워 넣을 수 있었겠는가? 이 책의 작자만이 바쁜 가운데 한적함을 뽐내고 열기를 뿜을 때 냉기를 낼 수 있었다. 이야기가 긴급하게 돌아갈 때

40) 『십이루』 「봉선루奉先樓」 1권, 200면에 표출되어 있는 이와 비슷한 두려움 참조. 재미만을 추구하는 대중들은 은밀한 미덕隱德이 감추어져 있는 이러한 이야기를 무시하게 될텐데, 그들은 바로 그러한 윤리적 주제 때문에 그 이야기가 얼마나 솜씨 있고 빼어나게 진행되는가 하는 점마저도 간과하게 될지도 모른다.

41) 『육포단』, 1/4a. 『무성희』 첫 번째 이야기와 이것에 바탕한 희곡에 대한 평점에서는 리위의 글쓰기를 이 두 편(「주남周南」과 「소남召南」)과 맞먹는 것으로 추켜세웠다(『무성희』 1권, 26면, 회말 평어와 『리리웡십종곡李笠翁十種曲』 「내하천奈何天」 23착, 34a면, 미비). 해넌 역 『무성희Silent Opera』(42면 주23)에 있는 『무성희』 평어 번역에 대한 주석에 나타나 있듯이, 「국풍國風」의 첫 번째 두 장에 대한 언급에는 수많은 연가를 포함하고 있는 전체 장을 지칭하는 의미가 담겨 있다.

42) 『육포단』, 1/4a. 리위의 단편소설에서의 서술자는 독자에게 특별한 이야기들을 소설로 보지 말 것을 요구하기도 했다(이를테면, 리위, 『연성벽連城璧』 3권, 38면).

한 대목의 의론을 서서히 풀어내되, 자문자답하는 것이 조리가 서서 보는 이로 하여금 번거롭고 싫증나게 하지 않을뿐더러 오히려 그 이야기가 끝날 것을 두려워하게 하였다. 이야기를 다 마치고 나면 바로 이어서 앞의 이야기를 풀어내니 앞뒤 이야기가 조금도 어긋남이 없이 서로 연결되어 진정 신이 내린 고수라 할 만하다. 작자가 이러한 방법을 창안해냈고, 작자만이 이렇게 할 수 있으니, 다른 사람이 이 방법을 배워 쓰면 공연히 독자로 하여금 싫증나게 만들 따름이라.[43)]

—쓰신斯欣, 「『육포단』 이야기의 줄거리」, 576~577, 해넌 역, 『육포단』, 5회 87면

이런 류의 창의성은 리위의 서술자가 주장한 것이기도 하다. 어떤 이야기에서 그는 자기가 막 만들어낸 두 가지 의론議論이 통상적인 소설 작품에서 베껴온 상투적인 문구가 아니라 그 자신만의 것이라 강변했다(『연성벽』, 3회 38면).

리위의 소설에 대한 텍스트 바깥의 평점이 유난스러운 점은 작자를 극도로 추켜세울 뿐만 아니라 드러내놓고 독자들에게 책을 팔려고 했다는 것이다. 『육포단』 제1회에 대한 장회 평어는 다음과 같이 시작된다. "이 소설은 얼마나 유혹적인가! 나는 이 작품이 완료되면, 모든 독자들이 사서 읽을 것이라 확신한다."[44)](쓰신, 「『육포단』 이야기의 줄거리」, 571면, 해넌 역, 『육포단』, 1회 12면) 몇 회 뒤의 장회 평어는 다음과 같다. "비록 그대가 그렇게 하고 싶어도 그대는 이것들이 널리 유통되는 것을 막을 수 없을 것이다."[45)] 필사본의 미비에서는 다음과 같이 강변하고

43) [옮긴이 주] 원문은 다음과 같다. "從來小說家, 止有叙事, 幷無議論; 卽有議論, 旁在本事未叙之先, 敷衍一段做個冒頭, 一到入題之後, 卽茫茫說去, 猶恐散亂難收, 豈能于交鋒對壘之時, 作揮麈談玄之事. 爲此書者, 獨能于忙中騁暇, 熱發冷賣, 每在緊急叙事中間, 夾一段舒徐議論, 自問自答, 井井有條, 使觀者不僅不厭其煩, 亦且惟恐其盡; 及至說完之後, 接叙前事, 又覩筋骪相聯, 毫無間隔, 眞神手也. 此法自此公創之, 亦惟此公能之. 他人學用此法, 徒取厭倦而已."

44) [옮긴이 주] 원문은 다음과 같다. "這部小說惹看極矣. 吾知書成之後, 普天之下, 無一人不買, 無一人不讀."

45) 쓰신, 「『육포단』 이야기의 줄거리」, 575~576면(해넌 역, 『육포단Carnal Prayer Mat』, 4회 75면). 이 소설은 『수호전』이나 『금병매』와 같은 급이라고도 했다(쓰신, 「『육포단』 이야기의 줄거리」, 573면, 해넌 역, 『육포단Carnal Prayer Mat』, 2회 32면). [옮긴이 주] 4회 평어의 원문

있다. “누구든 『육포단』보다 더 훌륭한 소설이 있다는 사실을 내게 말한다면, 나는 그의 얼굴에 침을 뱉을 것이다.”(해넌, 『육포단Carnal Prayer Mat』 「서론」, viii) 자기 광고 역시 리위의 소설에서 빼놓을 수 없다. 『무성희』의 목차에서는 이야기가 전기 희곡으로 각색된 것을 만날 수 있거나 곧 그렇게 될 거라고 광고하고 있다.[46] 이야기 가운데 두 개는 이 작품이 소설이 속세에 대해 무용한 것이라는 통념에 반하는 증거라고 강변하는 것으로 끝난다(『무성희』, 2회 45면,[47] 11회 189면[48]). 『육포단』의 서술자는 “하늘 아래 모든 독자들이 이 책을 살 것”이라는 바람을 표출하고 있다(『육포단』, 1/5b면). 이것은 리위가 다른 작품에서도 실행에 옮겼던 것 가운데 일부이다. 『한정우기』에서 그는 변함 없는 디자인을 찬양했고, 독자에게 이것들을 살 수 있는 곳을 알려주었다.[49] 리위의 서술자는 바로 소설 평점가들이 그들 스스로를 위해 설정한 과업이라 할, 그의 이야기가 서술되는 방식에 대해 어떤 측면이 독특한 지를 지적하는 데도 과묵하지 않았다(이를테면, 『연성벽』, 1회 2면,[50] 7회 134~135면). 리위는 비록 그러한 교묘한 솜씨를 그 자신이 아니라 조물자에게로 돌리기는 했지만, 텍스트 바깥 평점의 언어로 자신의 이야기들의 교묘함을 추켜세우기도

은 다음과 같다. “卽欲不傳, 其可得乎?” 2회의 평어 원문은 다음과 같다. “『水滸』而外, 未見其儔. 有謂與『金瓶』伯仲者, 無乃淮陰絳灌乎.”

46) 이것은 『수호전』 룽위탕容與堂본과 위안우야袁無涯본에 대한 서문 격인 글들에서 리쿠이李逵와 다른 수호 호한들의 ‘전기’를 광고했던 것의 잔재이다. [옮긴이 주] 제1회의 제목 아래에는 작은 글자로 “此回有傳奇卽出”이라고 나와 있고, 제2회와 제12회의 제목 아래에는 “此回有傳奇嗣出”이라 나와 있다.

47) [옮긴이 주] 원문은 다음과 같다. “一舉而三善備焉, 莫道野史無益於世.”

48) [옮긴이 주] 원문은 다음과 같다. “這等看來, 小說就不是無用之書了.”

49) 『한정우기』 「전간箋簡」, 209~210면. (리위가 자신의 소설과 희곡들을 추켜세운 편지들을 그가 출판한 서간 선집에 포함시킨 것에 대해서는) 해넌, 『리위의 창조』, 14~15, 24~25면 참조. [옮긴이 주] 원문은 다음과 같다. “海內名賢欲得者, 倩人向金陵購之.”

50) [옮긴이 주] 여기에서 서술자는 다른 소설과 달리 도입부에 ‘입화’를 두지 않은 것이 독특한 점이라 여기면서 이것은 일반적인 소설의 문법을 일신한 것이라 주장했다. 원문은 다음과 같다. “別回小說, 都要在本事之前另說一柱小事, 做個引子; 獨有這回不同, (…중략…) 就從糞土之中, 說到靈芝上去, 也覺得文法一新.”

했다(이를테면, 『십이루』 「생아루」, 4회 228면).

『육포단』의 서장에서와 같이, 이야기들을 소설 작품과 텍스트로 지칭하는 것은 리위의 단편소설의 경우 상당히 통상적인 것이다. 『무성희』와 『십이루』에서 서술자는 선집에 들어 있는 다른 이야기들(이를테면, 「무성희」, 1회 26면, 4회 56면, 『십이루』 「생아루」, 1회 214면)과 선집 전체(이를테면, 『연성벽』, 16회 320면, 『십이루』 「문과루」, 3회 248면)를 지칭하고 있다. 그의 이야기들 가운데 대다수가 마찬가지로 이전 시기의 소설이나 희곡을 드러내놓고 패러디하는 것으로 그것이 갖고 있는 텍스트적인 속성에 주의하고 있기도 하다.[51]

서술자가 이야기들을 현실 세계의 출처와, 텍스트로부터 구전으로 연결시키려는 시도는 진지하면서도 장난기어린 것이었다. 이를테면, 서술자는 웨이제衛玠(286~312)가 잘 생겼다는 이유로 죽음을 눈앞에 두었다고 설명한 뒤, 이 이야기가 『세설신어』에서 나왔다고 말하면서, 자신은 그것을 멋대로 고치지 않았다고 강변했다(『연성벽』, 9회 199면).[52] 서술자는 우리에게 어떤 인물들의 전체 이름을 말해줄 수 없는 경우도 있다고 말했는데, 그 이유는 그런 사람들을 찾아낼 수 없거나(『십이루』 「문과루」, 1회 234면),[53] 그것을 꾸며내게 되면 진짜 이야기가 가짜가 되어버리고 말거나(『십이루』 「봉선루奉先樓」, 1회 200면),[54] 그렇게 하면 '편리하지' 않을 것이기 때문이었다(『무성희』, 4회 77면).[55] 『무성희』의 서술자는 그가 말하는 이야기들이 그 자신이 목격한 것이거나 자신의 생애나 근접한 시기에 일어

---

51) 『무성희』의 일곱 번째 이야기는 「리와전李娃傳」과 『성세항언』의 세 번째 이야기인 「수유기繡襦記」와 「서루기西樓記」에 바탕한 희곡을 희화화한 것으로 두 이야기는 각각 친절한 마음씨의 창기들을 다루고 있다. 희곡의 이름들은 이야기 속에도 나온다.

52) [옮긴이 주] 원문은 다음과 같다. "這段事實也出在『世說新語』, 不是做小說的人編造出來的."

53) [옮긴이 주] 원문은 다음과 같다. "但知姓殷, 不曾訪得名字"

54) [옮긴이 주] 원문은 다음과 같다. "但知其姓, 不記其名, (…중략…) 因是一樁實事, 不便扭捏其名, 使眞事變爲假事也."

55) [옮긴이 주] 원문은 다음과 같다. "因是野史, 不便載名."

난 것이라고 주장했다. 다른 한편으로 『십이루』의 서술자는 자신의 이야기들의 출처를 문언의 텍스트로 돌렸는데, 그 대부분은 확실히 그럴 듯해 보이긴 하지만 실상은 그렇지 않았다.[56] 『십이루』 이야기 가운데 두 편은, 이야기의 출처가 거기에 연관된 인물들 가운데 한 사람으로 밝혀졌다.[57] 그 가운데 하나는 어느 도둑의 비밀스런 행위들에 대한 것이고 다른 하나는 접신接神하는 것이었기에, 이것은 확실히 이런 비밀스런 일들에 대한 서술자의 지식을 설명하는 데 편리한 방법이었다.

하지만 우리에게 가장 흥미로운 것은 리위의 서술자가 전통적인 소설 비평에서 나온 용어와 개념들을 채용했다는 사실이다. 이러한 사실이 그의 작품에서 완벽하게 자연스러운 것은 이야기들이 글로 씌어지고 허구라는 사실이 공개적으로 인지되고 있으며, 서술자와 소설과 희곡의 비평자로 알려져 있는 리위 사이에 밀접한 연관이 있기 때문이다. 리위가 자신의 서술자의 입을 통해 제시한 용어와 개념들은 이론적인 것에서 구체적이고 실제적인 것까지 걸쳐있었다.

『육포단』 제1회에서의 서술자의 몇몇 언급은 소설을 쓰는 목적과 일반적인 기교 모두를 다루고 있다는 점에서 이론적인 것으로 받아들여질 수도 있다. 다른 곳에서 리위는 독법에 대한 조언을 하였다. "독자들은 충이나 효, 정절과 정의를 담고 있는 이야기를 마주할 때, 존재하지 않는 것을 마치 존재하는 양 여기고, 꾸며낸 것虛的을 실제實인 양 여겨야 한다. 그렇게 해야만 그들 자신 안에서 그들 (속의 좋은 본보기를) 흉내내겠다는 소망을 발전시키게 될 것이다."[58] 『육포단』의 평점가는 문학적인 효과를 위

---

56) 첫 번째 이야기는 『호씨필담胡氏筆談』(엉뚱한 이의 필담이라는 말의 동음이의어pun)에서 나온 것이라 한다(『십이루』 「합영루合影樓」, 3회 20면). 「학귀루」는 주요 인물의 가족사를 기록한 텍스트인 「돤씨가승段氏家勝」(4회 197면)에 바탕한 것이라 한다. 이런 식으로 백화소설로 편집할 때, 전자의 경우는 '편編'이라는 동사를 썼고, 후자의 경우에는 '부연성서敷演成書'라는 동사를 사용했다.

57) 「귀정루歸正樓」, 1회 81면, 「봉선루」, 1회 200면. 다른 이야기에서는 이런 식으로 밀접한 이야기에 대한 출처를 설명하는 것이 명시적으로 드러나 있지 않고 함축적이다(『무성희』, 2회 45면).

해 직접적인 담론을 사용해 서술을 지연시키는 것을 이해하고 있었다는 것을 드러내 보여주었지만, 리위의 서술자는 이것을 명시적으로 (어느 정도의 장난기가 포함되긴 했지만) 다음과 같은 말에 포함시켰다.

> (취지런瞿吉人은) 꽃 편지지 위에 [잔소저詹小姐의 시를] 베껴 써놓고 매파에게 건네준 뒤 그더러 급히 가서 한 걸음도 늦지 말라고 당부했다. 하지만 어쩌겠는가? 길을 가는 사람이야 급히 갔는지 모르지만 소설의 작자는 오히려 부러 늑장을 부려 다음 회에 따로 이야기하려 하니, 잔소저가 지은 시는 다른 사람에 의해 방해를 받은 뒤에야 이어질 것이라. 단숨에 일을 마무리하는 것보다 이렇게 하는 것이 훨씬 더 재미있지 않은가?[59]
>
> ―『십이루』「하의루」, 2회 70면, 『십이루*A Tower for the Summer Heat*』(해넌 역), 26면 참조

비록 이러한 일화가 다음에 이어지는 것과 연결되기는 하지만, 나는 잠시 여기에서 이것을 멈추고자 한다. (내가 그렇게 하면) 특별히 재미있을 것이기 때문이다. 이것은 바로 수수께끼를 내는 것과 같다. 그대가 생각 없이 사람들이 그것에 대해 추측할 시간을 기다리지 않고 답을 제시하게 되면, 그대의 청중들은 기대와 달리 하나도 재미 없어할 것이다.[60]

---

58) 『무성희』, 4회 77면. '허'와 '실'에 대해서는 이 책의 제6장 참조. 독자가 소설 속의 좋은 본보기를 흉내내야 한다는 관념은 『삼국지통속연의』 장다치蔣大器의 1494년 서에서 이미 발견된다(『중국역대소설논저선』 상권, 105면). **[옮긴이 주]** 원문은 다음과 같다. "但凡看書的, 遇着忠孝節義之士, 須要把無的人作有, 虛的人做實, 才起發得那種愿慕之心." 장다치의 서의 내용은 다음과 같다. "무릇 역사란 역대에 일어나는 사건만을 기록하는데 그치는 것이 아니라 지난날의 성쇠를 밝히고, 군신의 선악을 살피며, 정사(政事)의 득실을 기록하고, 인재의 길흉을 살피며, 크고 작은 나라의 화복을 깨닫게 하고자 함이니, 춥고 더움과 재앙과 상서로움, 포폄과 상벌 등을 적지 않는 바가 없는 까닭에 대의가 거기에 담겨져 있다夫史, 非獨紀歷代之事, 蓋欲昭往昔之盛衰, 鑒君臣之善惡, 載政事之得失, 觀人才之吉凶, 知邦家之休戚, 以至寒暑灾祥, 褒貶予奪, 無一而不筆之者, 有義存焉."

59) **[옮긴이 주]** 원문은 다음과 같다. "寫入花箋, 就交付媒婆, 叫他急急的送去, 一步也不可遲緩. 怎奈走路之人倒急, 做小說者偏要故意遲遲, 分做一回另說. 猶如詹小姐做詩, 被人隔了一隔, 然後連續起來, 比一口氣做成的又好看多少."

60) 『십이루』「불운루拂雲樓」, 3회 142면(해넌 역, 『십이루*A Tower for the Summer Heat*』, 146면 참조). 이상의 두 구절의 기본적인 생각은 진성탄이 긴 서술을 해체하게 조언하는 것(『수호전회평본』, 22면, 「독『제오재자서』법」 64, 존 왕, 「제오재자서 독법」, 144~145면 참조)

리위의 인물들은 미학적인 이유로 정절의 지체에 흥미를 보이기도 했다.[61)]

독자에게 다음에 무슨 일이 일어날 것인가를 추측하게 요구하는 것은 소설 평점에서 중요한 부분이다(이 책의 제4장 참조). 텍스트 바깥의 평점가가 독자에게 책을 덮고 추측할 것을 요구한 반면, 리위의 서술자는 독자가 특별한 인물이 몇몇 특별한 정보를 어떻게 얻게 되는가 하는 것을 추측하기 위해 장회 사이의 휴지를 이용하게 요구했다. 독자가 애를 먹을 것이 확실하다고 생각한 서술자는 다음과 같이 말한다. "그대가 답을 추측할 수 없다면, 다음 회로 넘어가서 보도록 하라."[62)]

소설 비평가들이 사용하는 많은 용어들은 다른 담론들이나 심지어는 일상적인 대화에서 가져온 것이기 때문에, 소설 작품에 이런 용어가 나타난다고 해서 그 자체로 해당 소설의 작자가 소설 비평가의 영향을 받았다는 증거가 되지는 않는다. 이것은 이런 용어들이 일상적인 대화의

과 '망중한필忙中閑筆'(이를테면, 『수호전회평본』, 2회 93면과 6회 167면, 진성탄 협비, 『삼국연의회평본』, 87회 1,065면, '리위' 미비)과 모두 관련이 있다. 소설 비평에서의 정靜과 동動 사이의 변증법에 대해서는, 플락스의 「용어와 중심 개념」, 102~103면 참조. **[옮긴이 주]** 「불운루」, 3회의 원문은 다음과 같다. "這番情節雖是相聯的事, 也要略斷一斷, 說來分外好聽. 就如講謎一般, 若還信口說出, 不等人猜, 反覺得索然無味也." 「독『제오재자서』법」 64조의 원문과 번역문은 다음과 같다. "횡운단산법이라는 것이 있는데, 두 번 주쟈좡을 친 것 뒤에 갑자기 졔전·졔위가 호랑이와 싸우고 감옥에서 탈출하는 것을 끼워 넣고, 막 다밍푸를 치고 있을 때 갑자기 졔쟝구이 유리츄가 재물 때문에 목숨을 잃는 일을 끼워 넣는 것 등과 같은 것이다. 글이 너무 길기 때문에 (글이) 지저분하게 될까봐 중간에 갑자기 나와서 간격을 둔 것이다有橫雲斷山法, 如兩打祝家莊後, 忽插出解珍解寶爭虎越獄事; 又正打大名府時, 忽插出截江鬼油里鰍謀財傾命事等是也. 只爲文字太長了, 便恐累墜, 故從半腰間暫時閃出, 以間隔之."

61) 『연성벽』 첫 번째 이야기에서의 남자 주인공은 그와 장모 사이의 신속하고 단순한 만남을 좀더 복잡한 대단원을 위해 회피하고 있는데, 그것은 후자가 '뜨겁고 열정적熱鬧'이게 될 것인데 반해, 전자는 지나치게 '차갑고 조용할冷靜'할 것이기 때문이었다. 『연성벽』, 1회 22면과 해넌, 『무성희Silent Operas』, 194면 참조.

62) 『십이루』 「하의루」, 1회 64면(해넌 역, 『십이루*A Tower for the Summer Heat*』, 14면 참조) 비슷한 요구가 「합영루」의 2회의 말미(『십이루』, 2회 12면)에서 이루어졌다. 진성탄 평점의 이와 비슷한 경우에 대해서는 『수호전회평본』, 66회 1,219면, 협비 참조. **[옮긴이 주]** 원문은 다음과 같다. "且等猜不着詩再取下回來看."

일부로 등장인물들의 입을 통해 나올 때 특히 그러하다.[63] 리위는 자신의 희곡 작품들에서 이와 똑같은 용어 몇 개를 사용하기도 했다. 하지만 나는 이보다 앞선 소설 비평가들의 용법들을 꼼꼼하게 기록할 수 있을 때 소설 비평이 리위의 서술자에게 특정한 영향을 주었다고 주장할 수 있고, 서술자는 그런 용어를 이용해 자신의 이야기를 풀어나간 방법에 대해 말할 수 있다고 생각한다. 이러한 기준들을 충족시키는 리위의 소설에서의 실례들로는 서술자가 다음과 같은 사항들을 언급하기 위해 사용한 소설 비평 용어가 있다. 그것은 서사 전이[64]와 결론,[65] 서사 변

63) 이를테면, 비롄碧蓮이 가시 돋친 대화를 가리키기 위해 '솜 안에 감춰진 침綿裏藏針'이란 구절을 사용한 것(『무성희』, 12회 208면). 좀더 완정한 형태('綿裏藏針, 泥中帶刺')로 된 똑같은 구절이 『무성희』, 1회 12면에도 나온다. 양자는 진성탄이 이 소설에서 찾아냈다고 공언한 쑹장宋江에 대해 적대적인 미묘한 비평을 논하기 위해 사용한 '면침니자법綿針泥刺法'이란 말과도 유사하다(『수호전회평본』, 20면, 「독『제오재자서』법」 55조, 존 왕, 「제오재자서 독법」, 141~142면).

[옮긴이 주] 「독『제오재자서』법」 55조의 원문과 번역문은 다음과 같다. "면침니자법이라는 게 있는데, 화룽이 쑹장에게 칼을 풀라고 하자 쑹장이 하려하지 않고 또 차오가이가 여러 번 산을 내려가려 하자 쑹장이 계속 만류하다가 최후에는 그렇게 하지 않은 것이 그것이다. 문자 밖에 예리한 칼날이 있어 곧바로 치고 들어온다有綿針泥刺法, 如花榮要宋江開枷, 宋江不肯; 又晁蓋番番要下山, 宋江番番勸住, 至最後一次便不動是也. 筆墨外, 便有利刃直戳進來."

64) ① '텍스트의 전이過文', 『십이루』 「불운루拂雲樓」, 3회 142면(해넌 역, 『십이루*A Tower for the Summer Heat*』, 146면). '텍스트의 전이過文'는 '과접過接'(문자 그대로 지나가서 연결하기. 『이를테면, 『수호전회평본』, 95회 1,327면, 룽위탕본 미비와 『삼국연의회평본』, 38회 480면, 리위 미비)과 '전이 지점過節' '전이의 필치過筆'(이를테면, 『수호전회평본』, 43회 824면, 진성탄 협비), '전이過渡'와 관련이 있다. ② '꽃을 옮겨 나무에 접붙이기移花接木', 『십이루』 「하의루」, 1회 59면(해넌 역, 『십이루*A Tower for the Summer Heat*』, 6면). 이 용어는 후대의 평점가들의 작품에서 뿐 아니라 『삼국연의회평본』, 15회 187면, '리위' 미비에도 나온다. ③ '합쳐서 장부를 지른다(合 …… 筍)', 『십이루』 「하의루」, 1회 59면(해넌 역, 『십이루*A Tower for the Summer Heat*』, 6면). 진성탄 평점에서의 이 용어에 대한 용례에 대해서는, 『수호전회평본』, 8회 189면, 협비 참조. 리위는 『한정우기』 「점염點染」, 117면에서 이 용어를 사용하기도 했다. 이런 기본적인 비유의 사용에 대한 논의에 대해서는 플락스의 「용어와 중심 개념」, 94면 참조.

65) '결結', 『십이루』 「생아루」, 2회 222면(해넌 역, 『십이루*A Tower for the Summer Heat*』, 235면). 이 용어는 '결속結束'과 연관이 있다(이를테면, 『수호전회평본』, 43회 814면, 진성탄 협비). '결'은 『삼국연의회평본』, 15회 186면의 '리위' 미비에도 나온다.

환,[66] 등장인물들의 상대적인 중요성,[67] 명명의 의의,[68] 어떤 인물이 이야기의 초점인가 하는 것,[69] 등장인물들에 대한 평가[70]와 등장인물들이 다른 등장인물들과 우리를 위한 전범으로 봉사하는 방식이 포함된다.[71]

해넌이 리위에 대해서 "오랫동안 서술자와 작자가 암묵적으로 겹쳐져 있었던 것이 명시적으로 작자 겸 서술자와 비평가가 겹쳐진 것으로 대체되었다"고 말했을 때(『리위의 창조』, 134면), 그는 『육포단』을 말하면서 리위의 서술자와 텍스트 바깥의 평점에서의 평점가 사이의 차이를 염두에 두었던 듯하다.[72] 나는 이상의 논의에 비추어 볼 때, 우리가 리위의 서술자가 작자와 비평가를 그 자신 안에 결합시켰다고 말할 수 있을 것이라 생각한다.

---

66) '파란곡절波瀾曲折', 『십이루』「봉선루」, 1회 200면. '파란'의 초기의 용례에 대해서는 『수호전회평본』, 22회 426면, 룽위탕본 미비 참조. 진성탄은 '곡절'을 글쓰기에서 가장 소중한 특질이라 찬양했다(진성탄 비본 서상기』, 3.3. 177면, 착전 평어).

67) '주인과 객主客', 『십이루』「문과루聞過樓」, 3회 248면, '손님 모시기陪客foil(다른 것과의 대조로 돋보이게 함. **[옮긴이 주]**)', 『연성벽』, 3회 38면. 이 책의 제7장 참조.

68) '명명命名', 『십이루』「문과루」, 3회 248면. 『수호전회평본』, 31면, 위안우야본에 대한 「발범」 2조 참조.

69) '본전本傳', 『연성벽』, 3회 38면. 리위는 이것을 부분적으로는 좀더 보편적인 '정전正傳'의 대용으로 사용하고 있는 듯한데, 하지만 진성탄이 역사적인 전기와 연관이 있는 용어를 소설의 인물을 다루는 데 적용한 것과 관련이 있는 듯하다(이 책의 제5장 참조). 진성탄이 '본전'을 사용한 사례에 대해서는 『수호전회평본』, 51회 948면, 회평 참조.

70) ①'의도를 징벌하는 방법誅心之法', 『십이루』「생아루」, 1회 213면(해넌 역, 『십이루 *A Tower for the Summer Heat*』, 223면). 진성탄은 이 개념을 사용했다(이를테면, 『수호전회평본』, 36회 674족, 회평). ②'중상中上'과 '중하中下', 『무성희』, 5회 78면(이 책의 제7장 참조). ③'다른 사람의 입장에 서보기設身處地', 『무성희』, 11회 184면. 이 용어는 진성탄(『수호전회평본』)과 리위의 희곡에 대한 저작(『리리웡곡화李笠翁曲話』「어구초사語求肖似」, 86면, 「사별번간詞別繁簡」, 86면과 「성용聲容」, 108면)에서 사용되었다. ④'간웅奸雄', 『십이루』「췌아루萃雅樓」, 1회 110면. 이 책의 제5장 참조.

71) '선례前車', 『십이루』「불운루」, 5회 153면(해넌 역, 『십이루*A Tower for the Summer Heat*』, 164면). 좀더 앞선 용례의 실제 사례에 대해서는 『삼국연의회평본』, 72회 893면과 120회 1,457면, '리즈' 평어 참조. 이에 대한 논의는 이 책의 제7장 참조.

72) 앞서 언급한 대로, 해넌은 나중에 『육포단』의 작자 문제에 대해 자신의 마음을 바꾸었다.

3. 딩야오캉丁耀亢, 『속금병매』와 평점으로서의 소설

만약 리위의 서술자가 전통적인 서술자와 소설 평점가의 수렴을 대표한다고 한다면, 딩야오캉의 서술자(그의 소설 속의 내포 작자뿐 아니라)는 그 자신을 공공연하게 평점가로 내세웠다. 하지만 평점의 목적은 딩야오캉의 소설이 아니라 도덕서인 『태상감응편太上感應篇』이었다.

우리는 딩야오캉이 자신의 이름과 그 자신을 어떻게 자신의 소설에 집어넣었는가 하는 것에 대해 살펴본 바 있다(이 책의 제4장 참조). 원본에는 그의 초상이 들어있다(쑨옌청孫言誠, 「속금병매의 각본 초본과 개사본續金瓶梅的刻本抄本和改寫本」, 320면). 그는 자신의 시에서 자기가 이 소설의 작자라는 사실을 언급했다(스링石玲, 「속금병매의 창작 시기 및 기타續金瓶梅的作期及其他」, 335면). 그는 희곡에 대해 대단한 흥미를 보였을 뿐 아니라,[73] 자신이 소설에 대해 행한 활동들을 이런 식으로 공개한 점에서 리위와 동공이곡同工異曲이었다. 사실 두 사람은 서로 잘 알고 있었다.[74]

딩야오캉의 소설은 그가 항저우杭州에 석 달 동안 머물 때 씌어졌으며(친화성, 「딩야오캉의 극작론 초탐」, 66면), 아마도 1660년 말이나 1661년 초에 인쇄되었을 것이다(스링, 「속금병매의 창작 시기 및 기타」, 335면). 성적인 내용에 대한 정부의 금제(와 만주족의 조상들인 여진족에 대한 비판) 때문에 1665년 딩야오캉은 백 일 넘게 투옥되었는데(장후이젠, 『명청대 쟝쑤 문인 연표』, 727면), 그로 인해 실명했다. 이 소설 자체는 불태워져, 원본은 희귀한 책

---

73) 딩야오캉은 전기 작품(많은 경우 자기 자신을 투사하였고, 몇몇 경우 자기 자신의 평점이 있는)과 희곡 이론(친화성秦華生, 「딩야오캉의 극작론 초탐丁耀亢劇作劇論初探」, 62, 66~67, 70, 73면)을 쓴 바 있다.

74) 장후이젠張慧劍, 『명청대 쟝쑤 문인 연표明淸江蘇文人年表』, 694면과 해넌, 『리위의 창조』, 21면 주37 참조. 딩야오캉과 리위의 평점가, 두쥔杜濬은 『조세배照世盃』, 105면에 있는 셰예다오런諧野道人 서에서 함께 언급되고 있다. 1면에 있는 이 작품에 대한 출판자의 언급도 참조.

이 되고 말았다. 대부분의 독자들은 다른 제목으로 나온 후대의 판본을 통해 이 책을 접했다.[75] 몇몇 사람들은 딩야오캉이 『성세인연전醒世姻緣傳』의 작자라고 생각하기도 한다.[76]

『속금병매』에는 이 소설을 씀으로 해서 나타나는 사회 파괴적인 행위에 대한 정치적, 도덕적 엄폐물로서 고안된, 또는 그렇게 보이는, '참고 저작들借用書目'의 목록이 들어 있다(하지만 이 목록에는 당시에는 공식적으로 금지됐던 리즈의 『분서』가 들어 있기도 하다).[77] 『태상감응편』의 경우에는 앞 부분에 참고 서목이 있다. 『속금병매』가 『태상감응편』을 '주해'한 것이라는 주장은 이 소설의 서(딩야오캉, 1, 3면)와 제1회와 마지막 회에 나온다(1회 3면, 64회 650면). 서문에는 도덕서善書의 방식을 본뜬 좋은 행위와 나쁜 행위의 목록을 제시한 '글자 없는 주석無字解'이라는 표제가 붙은 글이 들어 있다. 보통의 제목 이외에도 장회에는 해당 장회의 일반적인 관념을 나타내주는 듯한 때로 하나의 장회 이상에 적용되기도 하는 짧은 표제가 붙어있기도 하다(린천林辰, 『명말청초소설술록』, 344~345면). 표제들은 모두 '품品'이라는 글자로 끝나는데, 이것은 '보권寶卷'과 같이 인기 있는 교훈적인 작품에서도 발견되는 것이다(이를테면, 류인보劉蔭柏 편, 『서유기연구자료西遊記研究資料』, 240~246면, 이랑신二郎神에 대한 보권에서의 인용).

---

75) 『속금병매』 텍스트의 역사에 대해서는 쑨옌청孫言誠, 스링石玲의 글과 롤스톤의, 「구연문학」, 38~39면 참조. 상하이에서 나온 미비가 달린 불완전한 판본과 제목이 있는 페이지에 장주포 평점본이라고 밝힌 판본이 반복적으로 나오고 있지만, 이에 대해 상세한 조사를 할 수 없었다. 나는 엘런 위드머(『수호후전』, 287면 주46)가 이 소설에 작자가 쓴 평점이 있다고 말한 것에 대해 확신을 못 갖고 있다.

76) 장칭지張清吉의 「성세인연전의 작자 딩야오캉醒世婚緣傳作者丁耀亢」 참조. 『성세인연전』에는 의론적인 서장이 있는데, 작자는 말미에서, 필명으로 개입했으며(『성세인연전』, 100회 1,434면), 서술자는 초기 인쇄본(구연된 것과 대비하여)의 구절들로 독자의 관심을 되돌렸다(20회 293면, 27회 393면). 플락스의 「몰락 이후－『성세인연전』과 17세기 중국 소설After the Fall : Hsing-shih yin-yüan chuan and the Seventeenth Century Chinese Novel」, 562면과 우 옌나, 「『성세인연전』에서의 반복」, 60면 참조.

77) 「속금병매차용서목續金瓶梅借用書目」, 딩야오캉, 7~9면. 이 목록은 『태상감응편』에서 불교의 경전, 도교의 경전, 사서들, 철학서들(문언으로 된 약간의 이야기들을 비롯해서), 선집(『분서』가 여기에 나온다), 희곡과 백화소설로 내려가면서 이어지고 있다.

이 소설의 64개 장회들 가운데 48개는 『태상감응편』을 인용하는 것으로 시작된다.78) 이 소설 자체에는 성적인 내용이 많이 들어 있다. 딩야오캉은 『육포단』의 서장에서 발견되는 것들과 매우 비슷한 방식으로 이 소설의 「범례」(5면)에서 이런 식으로 섹스와 도덕성이 어울리지 않게 혼합되어 있는 것에 대해 해명했다. 이 소설에서 딩야오캉은 이런 사실이 어떤 이들에게는 얼마나 어울리지 않거나 심지어 우습게 보일 것可笑이라는 것을 알고 있는 듯하다(이를테면, 29회 265~266면). 서술자는 그 자신을 이 소설의 작자와 동등하게 놓고 있는데, 이 소설의 작자는 자신을 텍스트('서書', 이를테면, 34회 314면)와 동일시했다. 하지만 서술자는 자기 자신을 모의-설서說書pseudo-oral 전통에서와 같이 자신의 이야기를 구두로 정교하게 다듬는 존재로 제시하기도 했다. 이런 과정에서 그가 좋아하는 동사는 '강講'(이를테면, 1회 3면)이었다.

리위의 서술자와 마찬가지로, 딩야오캉의 서술자는 촌평를 하기 위해 휴지를 갖는 것을 반대하지 않았지만(이를테면, 50회 483~484면), 리위의 소설과 달리 『속금병매』의 의론적인 중단은 혼란스러운 것으로 여겨져 나중에 이 소설을 개작한 『격렴화영隔簾花影』에서는 대폭 삭감되었다.79) 『격렴화영』의 작자는 『속금병매』의 다른 문제를 언급하기도 했는데, 유달리 딩야오캉의 소설에서만큼은 서사 흐름이 이어지지 않는다는 것이었다. 똑같은 배경의 똑같은 인물들이 두 개의 장회에 걸쳐 다루어지는 경우는 드물고(아마도 이것은 전기의 영향 때문인 듯하다), 몇몇 장회들은 주요 이야기로부터 완전히 고립되어 있다. 때로 이런 식으로 창작하게 되면 서사라기보다는 산문에 가깝게 된다. 아마도 딩야오캉은 사건들을 함께

---

78) 황린黃霖, 「딩야오캉 과 그의 속금병매丁耀亢及其續金瓶梅」, 57면. 이 소설에는 『태상감응편』의 반 이상이 직접 인용되고 있다(오가와 요이치小川陽一, 「명대 소설과 선서明代小說與善書」, 338~340면 참조).

79) 그의 「범례」 가운데 한 조목에서, 딩야오캉 자신은 이 소설의 담론과 이야기 사이의 균형이 '손님 격인 담론은 많은 데 비해, 주인 격인 이야기는 적다客多主小'는 사실을 인지하고 있었다(『속금병매』, 5면).

묶어 주는 이제껏 존재해 왔던 서술자에 의존함으로써 그런 구조상의 무정부 상태가 받아들여질 수 있을 거라 생각했던 듯하다.80) 어떻든지 간에 서술자의 날개들을 잘라내는 것말고도, 『격렴화영』에서는 서사의 흐름을 똑바로 바로잡았다(쑨옌청, 「속금병매의 각본 초본과 개사본」, 331면).

딩야오캉의 서술자는 장회의 숫자로 이 소설의 다른 부분들을 지칭하면서, 독자에게 소설이 결말로 치달아가고 있는 순간에 직면해 있다는 사실을 알려주고 있다(이를테면, 55회 557면). 그의 소설에는 그 자체뿐 아니라 원래의 『금병매』를 드러내놓고 지칭하고 있는 내용도 들어 있다(이를테면, 33회 311~312면). 그는 그런 식으로 지칭하는 것이 그러한 이야기의 신뢰성을 보장할 것이라고 기대하면서(진지하든 그렇지 않든) 텍스트들을 이야기의 출처로 인용하였으며(12회 91면, 13회 119면), 자신의 다른 저작들 가운데 몇몇도 자신의 소설에 합병시켰다(쑨옌청, 「속금병매의 각본 초본과 개사본」, 317면).

딩야오캉의 서술자가 『금병매』와 그 속작이 [독자들을] '오도誤導'할지도 모른다는 것에 대해 우려했던 것은 이해할 만하다. 그는 『금병매』를 계고戒告하는 작품으로 해석하는 것으로 제1회를 시작했으며, 그가 결론을 내린 바대로 대중이 그런 작자의 노력을 배신하고 잘못된 방향으로 나아가는誤導 위험들에 대해 개괄하였다(제1회 3면). 그리고 나서 그는 자신의 속작이 그러한 노력을 성취하게 될 것이라고 해명했다. 그보다 뒤에 나온 장주포와 같이, 딩야오캉의 서술자는 보통의 독자들이 인과응보가 대부분을 차지하고 있는 『금병매』의 후반부를 읽기 싫어하는 것에 대해 열을 냈다(31회 285면). 역시 장주포와 마찬가지로, 그는 어떤 수준의 통찰력을 갖추지 못한 독자가 자신의 소설을 읽는 것을 제한했다(36회 336면).

나는 딩야오캉의 어떤 소설 평점도 본 적이 없다. 하지만 그의 희곡에

80) 이를테면, 50회 484면. 여기에서 서술자는 우리에게 그가 제26회에서 놓친 서사의 실마리를 수습하고 있다는 사실을 알려주고 있다.

대한 글에서, 그는 가장 훌륭한 글이라면 앞뒤로 일어난 일들 사이의 호응照應이 '밀접密'하게 이루어져야 하며, 작품을 한데 묶어 주는 실마리들線索은 드러나지 않게 대화에 삽입되어야 한다고 강변했다.[81] 『속금병매』에서, 그의 서술자는 리위의 소설에서 보이는 소설 비평에서 나온 두 개의 용어[82]와 그렇지 않은 두 개의 용어를 사용했다.[83]

4. 원캉文康 - 서술자 겸 평점가 대 작자

'모의-설서' 전통은 원캉의 『아녀영웅전兒女英雄傳』에서 가장 극단적인 형태를 띠게 된다. 이런 전통에서는 서술자가 작자가 창조한 서면 텍스트를 공들여 다듬게 되며, 서술자와 작자는 완전히 다른 두 사람이다. 작자는 언제나 필명으로 지칭되는 데 반해, 서술자는 무명으로 남아 있으면서, 자기 자신을 일인칭이나 '서술자'로 지칭한다.[84] 『아녀영웅

---

81) 그의 「소태우저사례嘯台偶著詞例」(희곡 작법에 대해 되는 대로 지어본 규칙들) 7번째 원리 참조(천둬陳多와 예창하이葉長海, 『중국역대극론선주』, 269면).

82) '본전本傳', 2회 17면과 '결結', 64회 652, 653면. 바로 앞 절의 각주 참조.

83) ①'초사회선草蛇灰線'(51회 497면)과 ②'매복埋伏'(51회 497면, 59회 603면). 딩야오캉의 용례에서 양자는 서사를 한데 묶어주기 위해 앞으로 올 것에 대해 미묘한 암시를 깔아두는 것을 의미하고 있다. 첫 번째 용어에 대해서는 『수호전회평본』, 20면, 「독『제오재자서』법」 53조 참조(존 왕, 「제오재자서 독법」, 140~141면). 두 번째에 대한 앞선 시기의 예에 대해서는, 『수호전회평본』, 25회 501면, 위안우야袁無涯본 협비 참조.

84) 초기의 예로는 『경세음양몽警世陰陽夢』 참조. 이 소설은 웨이중셴魏忠獻에 대한 것인데 그가 죽은 해보다 앞선 시기에, 『아녀영웅전』과 똑같은 시기에 씌어진 웨이슈런魏秀仁의 『화월흔』에서는 이러한 개념에 대한 재미있는 '전환'이 이루어졌다. 이 소설의 제1회는 서술자가 말미에서 땅 밑에 묻혀 있는 텍스트를 어떻게 발견하는가 하는 것을 기술한 내용을 제외하고는 대부분이 의론적인데, 그가 지금 이 작품을 구연하기 위한 작품으로 개작해 지방의 차관茶館에서 돈을 벌기 위해 이용할 것이라는 것이다. 이런 무명의 텍스트의 신비한 출처는 마지막 회에서 설명된다. 하지만 제1회 이외에는

전』과 이러한 개념을 이용한 여타의 소설들은 전통적인 중국 소설에서 서술자와 작자 사이에서 일관되게 분명한 구분이 지어진 유일한 예이다(롤스톤, 「전통적인 중국 소설 비평 저작에서의 '시점'」, 120~124면).

처음에는 『아녀영웅전』의 작자에 대해서 약간 불확실하게 언급하긴 했지만(원캉, 『아녀영웅전』, 1면), 내포 '작자'라 할 옌베이셴런燕北閑人을 지칭하는 말은 이 작품의 여기 저기에 산재해 있다. 서장에서는 이 소설에 등장하는 주요 인물들의 화신에 대한 꿈을 묘사하고 있는데, 그들은 자신의 '진정한 모습本來面目'을 보기 위해 마술 거울을 들여다본다(『아녀영웅전』, 3~4면). 우리가 현재 보는 대로, 이 소설에서의 마지막 이미지 가운데 하나는[85] 다 닳은 붓을 들고 자신의 일로 피곤에 지친 상태로 외롭게 타들어가는 등불 옆에 앉아 있는 작자이다.[86] 그리하여 작자는 빈둥거리는閑人[87] 한편으로 이야기의 미묘함에 자신의 심혈을 쏟는 존

서술자가 그렇게 두드러지지 않는다. 이 소설에서 등장인물들은 『홍루몽』의 평점을 쓰는 것에 대해 이야기하고, 그 과정에서 소설 비평의 용어들을 사용하고 있다(이를테면, 웨이슈런魏秀仁, 『화월흔』, 25회 213~214면, 여기에서는 '주뇌主腦'라는 용어를 등장인물 가운데 한 사람이 사용하고 있다).

85) 39회 짜리 불완전한 필사본에서의 언급뿐만 아니라 이 소설의 서에서는 원래 이 소설이 모두 108개의 문장으로 된 회목을 갖춘 (서장을 포함해서) 54회 길이였다는 것을 나타내주고 있다. 1면과 5면의 마충산馬從善과 우랴오웡吾了翁의 서와 10면 주4(여기에 필사본이 인용되어 있다), 그리고 1,068~1,070면의 편집자 후기 참조. 필사본의 서장의 말미에서 장회 제목의 숫자를 언급한 것은 진성탄이 자신의 『수호전』에 대한 새로운 서문의 말미에서 장회 제목들을 나열한 것을 모방한 축약된 방식이다(『수호전회평본』, 50~53면). 심지어 40회 판본에서의 서장의 마지막 문장은 진성탄의 『수호전』 서장 결론의 메아리라 할 수 있다(『수호전회평본』, 53면과 원캉, 『아녀영웅전』, 9면 참조). 쩡푸曾樸(1872~1935)의 『얼해화孽海花』의 원래 신문 연재본의 서장은 전체 작품에 대한 회목을 나열함으로써 진성탄의 서장을 흉내낸 것이다(웨이사오창魏紹昌, 『얼해화자료孽海花資料』, 6~10면).

86) 원캉, 『아녀영웅전』, 40회 1,043면. 다 닳은 붓은 28회 614면에서도 언급되고 있다. 다른 곳에서 서술자는 작자가 "냄새나는 땀을 흘리듯燕北閑人這身臭汗可不枉出了(원문은 [옮긴이 주])." 자신의 소설을 지었다고 말했다(40회 980면, 1,019면). [옮긴이 주] 원문은 다음과 같다. "這燕北閑人守着一盞殘燈, 拈了一枝禿筆, 不知爲這部書出了幾身臭汗, 好不冤枉!"

87) 9면에서 그의 꿈이 좌절되었다는 것은 어떤 것을 성취하는 데 실패한 것을 상징적으로 드러내 보여주며, 그가 왜 빈둥거리는 사람이 되었는가 하는 것을 해명하는 것으

재로 제시되었다.[88)]

비평가들은 이 소설이 상당히 자전적이며, 작자와 몇몇 등장인물들, 특히 이 소설이 초점을 맞추고 있는 집안의 가장인 안쉐하이安學海 사이에는 강한 일체감이 있다는 데 동의하고 있다(이를테면, 주스쯔朱世滋, 『중국고전장편소설백부상석中國古典長篇小說百部賞析』, 653면). 원캉은 몇 대에 걸쳐 고관을 배출한 명망 있는 만주족 가문 출신이었지만, 그 자신의 관직 경력은 상당히 불안정했다. 그는 이 소설 이외에는 어떤 소설이나 어떤 소설 평점도 쓰지 않은 듯하지만, '몇 백 자' 정도의 평점이 들어 있는 시사 선집을 출판하기도 했다(원캉, 『아녀영웅전』 편자 서, 1,062면).

원캉은 흥미로운 문건인 이 소설의 관졘워자이觀見我齋 〈서〉의 작자라고도 추측되어 왔다(이를테면, 팡정야오方正耀, 『중국소설비평사략』, 143면 주1). 여기서는 글쓰기의 탄생을 비롯하여 쓰마쳰과 '주심誅心'의 개념'(이 책의 제5장 참조)[89)]을 언급하고, 몇 편의 유명한 소설들(곧, 『수호전』, 『금병매』, 『서유기』와 『홍루몽』)이 지고한 역사 저작들과 비슷한 것이라 말하고 있다. 작자는 계속해서 이 몇몇 소설들은 다행스럽게도 진성탄과 장주포 그리고 천스빈陳士斌과 같은 사람들로부터 평점상의 관심을 얻을 수 있었던 데 반해,[90)] 『홍루몽』은 어떤 중요한 평점가도 이에 대한 평어를 남

로 언급되었다. 그가 빈둥거리는 것은 다른 곳에서보다 28회 614면과 32회 722면에서도 강조되었다. 원캉의 이러한 생각은 의심할 여지없이 진성탄이 『수호전』을 위해 창조한 내포 작자에 의해 영향 받은 것이다(이 책의 제4장 참조).

88) 이를테면, 『아녀영웅전』, 28회 614면. 다른 곳에서 서술자는 작자가 한가로울閑 때일지라도, '한가로운' 글쓰기閑筆閑墨에 시간을 보내려 하지 않았다고 말했다(30회 676면). 어떤 회의 장황함에 대해서 서술자는 작자가 달리 할 일이 없어서閑著沒的作, 자기 자신을 성가시게 하기 위해 이렇게 까다롭고 교활한狡猾 문장을 짓기로 작정한 것이라고 주장하는 것으로 해명했다. 협비에서 둥쉰董恂은 "그대를 성가시게 하는 것으로 말하자면, 글쓰기만한 것이 없다"고 말했다(22회 456면).

89) [옮긴이 주] 이 책의 제5장 주62 참조.

90) 『아녀영웅전』에 대한 진성탄의 영향은 명백한 것임에 틀림없다. 서술자의 몇몇 언급들은 장주포의 영향을 보여주는 듯하다. 이를테면, 서술자가 일종의 논리적인 방식으로 작자의 선택을 풀이해나가는 방식(이를테면, 29회 645~646면)은 『금병매자료휘편』, 37~38면, 「비평제일기서 『금병매』 독법」 48(로이, 「『금병매』 독법」, 228~230면)

기지 않았다는 이유로 인해 불우한 경우라는 사실을 강조했다. 언급된 소설들은 표면적인 의미와 진정한 의미 사이의 어긋남으로 인해 평점이 필요한 것으로 묘사되었다. 서문의 작자는 이것이 『아녀영웅전』의 경우에는 문제가 안되고 있는데,[91] 평점이 필요하지 않다고 이야기할 수 있는 한 가지 이유는 바로 그 자신이 평점을 제공했기 때문이라고 주장했다.

전통적으로 '수놓는 사람(작자)'은 자신의 비밀이 드러나지 않게 하기 위해 자신의 '바늘(기교)'을 다른 사람들에게 보여주지 않으려 한다는 통념과 반대로, 소설 평점가들은 자신들의 작업이 '수놓는(텍스트)' '바늘(기교)'을 독자에게 보여주는 것이라 말했다.[92] 이 소설에 대한 현존하는 최초의 평점의 작자[93]인 둥쉰董恂에 따르면,[94] 옌베이셴런燕北閑人은 아무

과 같은 장주포의 평점 속의 구절들 가운데 하나를 떠올리게 한다. 비록 『서유기』가 한번 언급되기는 하지만(10회 181면), 『서유기』 작품 자체나 평점가들이 원캉에게 많은 영향을 직접 준 것 같지는 않다. **[옮긴이 주]** 「비평제일기서 『금병매』 독법」 48조의 내용은 작자가 작중 인물 가운데 리핑얼李瓶兒을 막 바로 제시하지 않고 그 남편인 화쯔쉬花子虛를 그보다 먼저 제시한 까닭에 대해 여러 가지 이유를 들어 해명하고 있다.

91) 원캉, 『아녀영웅전』, 2~4면. 서문은 옹정雍正 년간으로 날짜가 소급되어 있으며, 이 이야기가 끝나는 시기라고도 이야기되고 있다(이를테면, 1회 11면, 40회 1,034면). 이렇듯 특별한 이 이야기의 서술(이하 참조)은 만주족이 입관入關한 뒤 100년 이내로 날짜가 고정되었다(29회 637면).

92) 이러한 생각을 공식화한 "원앙을 수놓는 것이 완료되면, 나는 그대에게 그것들을 보여줄 것이다. 하지만 나는 그대에게 바늘을 보여주지는 않을 것이다鴛鴦綉出從君看, 不把金針度與君(원문은 **[옮긴이 주]**)"라는 것과 이런 태도에 대해 항의하는 것에 대해서는 『진성탄 비본 서상기』, 15면, 「독법」 23 참조. 이에 대한 변형된 형태가 『아녀영웅전』(21회 441면)에 회말 대구로 나온다(원문은 다음과 같다. "鴛鴦繡了從頭看, 暗把金針度與人." **[옮긴이 주]**).

93) 39회 필사본에서는 우랴오웡吾了翁의 "종결하는 평점歸結批語"을 약속하고 있지만(10면 주4), 이와 비슷한 것은 그 어느 것도 현존하는 것이 없다. 우랴오웡은 제목 페이지에서는 서문들 가운데 하나의 작자로(편자의 서, 1,067면), 서장에서는(1회 9면) 텍스트의 편자로서 언급되고 있다.

94) 둥쉰은 다음과 같은 점에서 소설 평점가 치고는 상당히 이례적이다. 그는 진사가 되어, 고관을 지냈는데, 자신의 평점에서 자신의 관직 생활에 대해 구체적이고 자세하게 언급을 했으며(이를테면, 1회 19면, 협비), 이 소설의 다른 부분들을 지칭하는 특정한 페이지들을 인용하고(이를테면, 24회 505면), 평점이 완료된 날짜를 밝혔다(40회 1,043

런 망설임 없이 다른 사람들에게 자신의 바늘들을 보여주었다고 한다(『아녀영웅전』, 21회 439면, 협비).

바로 첫 번째 산문 문장에서(1면), 서술자는 『아녀영웅전』을 폭넓게 소설 작품小說, 좀더 특정하게는 '평화平話'라고 기술하고 있다. 종종 소설 평점에서 하는 대로, 서술자는 비록 이 소설이 허구적인 작품이긴 하지만, 일반적인 소설과는 조심스럽게 구분해야 한다고 말했는데, 그들이 말하는 일반적인 소설에서는 입증할 수 없는 초자연적인 사건들(5회 96면, 24회 500면)이나 섹스(40회 1,024면) 등과 같은 것을 이야기하고 상투적인 언어(36회 848면)와 정절(plot)의 공식(16회 319면)을 사용하는 것으로 알려져 있었다. 서술자나 등장인물들이 내뱉는 수많은 말들은 가장 흔하게는 '고사鼓詞'로 지칭되는 대중적인 구연 서사의 언어와 허구 세계를 비판하고 있다(9회 178면, 11회 206면[서술자], 16회 311면, 20회 407면[서술자], 21회 429면[서술자], 33회 765면[서술자], 36회 849면, 40회 997면).

모의-설서 모델을 사용했다는 사실을 감안할 때, 서술자의 구두 해설과는 반대로, 이 소설에 옌베이셴런燕北閑人이 텍스트의 서면성textuality을 지칭하는 내용이 다수 포함된 것은 자연스러운 일이다.[95] 작자가 마음에 들어했던 텍스트를 지칭하는 용어는 '문장文章'이었는데,[96] 이것은

면, 여기에서 그는 자신의 나이를 74세로 언급했다). 하지만 다른 많은 평점가들과 마찬가지로, 그는 자신이 평점을 달고 있는 텍스트를 편집했다(35회 820면, 833면 주10과 1,068면의 편자의 서 참조).

95) 때로 서술자는 그가 텍스트에 대한 '주소注疏'라고 부른 것(이것들이 글로 씌어지지 않고 구두로만 제시되고 있기는 하지만)에 빠져들었다(이를테면, 37회 878~880면). 어떤 경우(4회 78면)에는, 그가 조사한 항목에 양슝揚雄의 『방언方言』에서 어떤 용어를 뒤져보는 일도 포함되었다. 그는 이것을 '고증적인 학문'을 하는 학자들의 행위에 대한 용어인 '고찰考察'이나 '고거考據'라는 용어로 기술하기도 했는데, 그리 대단한 의미가 있는 것은 아니다.

96) 이를테면, 10회 182면, 12회 231면, 13회 239면, 21회 418면, 28회 624면, 37회 866면, 37회 887면, 38회 905면. '문장'은 텍스트가 아니라 내용이나 한 이야기의 구조를 가리킬 수도 있는데, 이것은 서술자(이를테면, 9면, 19회 379면)와 소설 속의 등장인물들(23회 473면, 36회 583면) 모두에 의해 채용된 용례이다.

통상적으로 존중받는 산문 장르를 지칭한다. 이 소설은 심지어 '독자들'도 제공했는데, 서장에서 등장인물들의 화신을 주재하는 천상의 인물은 자신의 배우자에게 다음과 같이 말한다. "그대와 내가 이곳 천상에서 완벽하게 자유로운 상태에서 이들 영웅적인 연인들兒女英雄[97]의 경우를 읽거나 볼 수 있도록 하세나. 그렇게 되면 진정 흥미로운 일이 될 걸세."(『아녀영웅전』, 5면)[98]

『아녀영웅전』은 작품 자체를 『홍루몽』을 바로잡는 것으로 설정함으로써 이 작품이 『홍루몽』의 원문에 바탕하고 있다는 사실을 인정하기도 했다.[99] 『홍루몽』의 그림자는 『아녀영웅전』 전체에 드리워져 있는데,[100] 그것은 본문에서 언급되고 있는 이름이나 등장인물들과 장소, 그리고 때로는 『아녀영웅전』에 호의적으로 맞추어진 이 두 소설들 사이의 상세한 비교의 형태로 나타난다.[101] 두 개의 작품들 사이의 관계는 다름 아닌 왕징웨이汪精衛가 지은 『홍루몽』에 대한 평점에서의 이름 없는 대담자들에 의해 요약되었다. 그 대담자들은 『홍루몽』에서의 모든 주요 인물들이 『아녀영웅전』에서 그에 상응하는 인물들과 마찬가지 방식으로 행동할 수 있었더라면, 아무런 사랑의 비극도 없고 자유연애도 필요치 않았을 것이라는 사실을 언급했다(「『홍루몽』신평紅樓夢新評」, 『중국역

---

97) "영웅적인 연인들"의 범주에는 뉘와女媧와 부처가 포함된다(『아녀영웅전』, 5~6면).

98) **[옮긴이 주]** 원문은 다음과 같다. "正好發落這班兒入世, 作一場兒女英雄公案, 成一篇人情天理文章, 點綴太平盛事."

99) 이 두 소설 사이의 관계에 대해서는, 잉비청應必誠의 「『홍루몽』과 아녀영웅전紅樓夢與兒女英雄傳」과 엡스타인Epstein, 「미녀는 야수다 — 네 편의 청대 소설에서의 여성의 이중적 면모The Beauty Is the Beast : The Dual Face of Woman in Four Ch'ing Novels」, 281~289면과 맥마흔McMahon의 『구두쇠와 악처, 그리고 일부다처자 — 18세기 중국 소설에서의 성과 남 — 녀 관계*Misers, Shrews and Polygamists : Sexuality and Male-Female Relations in Eighteenth Century Chinese Fiction*』, 265~282면 참조.

100) 이것은 『홍루몽』의 '모방작仿書' 가운데 하나로 열거되었다. 『『홍루몽』서록紅樓夢書錄』, 147면 참조.

101) 이를테면, 원캉, 『아녀영웅전』, 23회 469면, 24회 557~558면, 34회 786~787면. 쉐바오차이薛寶釵를 음험하게 해석하는 것은 이 소설(『홍루몽』, **[옮긴이 주]**)에 대한 평점에서 나왔다(이 책의 제8장 참조).

대소설논저선』 하권, 427면). 서술자는 등장인물들을 다른 소설들의 인물들과 비교하기도 하고(이를테면, 10회 181면),[102] 그 소설들은 서안書案에 방치된 채 발견되며(39회 959면),[103] 어떤 인물은 소설 한 권을 참고문헌인양 언급하고(38회 920면),[104] 등장인물들의 생각은 특정한 소설 작품을 읽은 것에 의해 영향 받은 것으로 이야기된다(28회 602면).[105]

이 소설은 아주 '말이 많은데', 많은 부분들이 소설의 등장인물들이 앞선 사건들을 장황하게 다시 설명하는 것으로 구성되어 있으며,[106] 그런 식으로 다시 설명하고 있는 인물들은 종종 서술자와 다른 등장인물들에 의해 이야기꾼說書人으로 비유된다.[107] 이렇게 끼워 넣어진 이야기들 가운데 가장 긴 것은 두 회에 걸쳐 있으며(15회 292~16회 307면), 회목에서 '연설演說'(15회 278면)이라는 말로 묘사되고 있는데,[108] 이것은 서장의 회목에서 텍스트 전체를 묘사하는 데 사용된 것과 똑같다(1면).[109]

---

102) [옮긴이 주] 원문은 다음과 같다. "這位十三妹姑娘是天生的一個俠烈機警人, 但遇着濟困扶危的事, 必先通盤打算一個水落石出, 才肯下手, 與那『西游記』上的羅刹女, 『水滸傳』里的顧大嫂的作事, 卻是大不相同."

103) [옮긴이 주] 원문은 다음과 같다. "最奇不過的是這老頭兒家里竟會有書, 案頭還給擺了幾套書, 老爺看了看, 卻是一部『三國演義』, 一部『水滸』, 一部『綠牡丹』, 還有新出的『施公案』合『於公案』."

104) [옮긴이 주] 원문은 다음과 같다. "安老爺道 : '東岳大帝是位發育萬物的震旦尊神, 你卻怎的忽然稱他是黃老爺, 這話又何所本?' 程相公道 : '這也是那部『封神演義』上的.' 老爺愣了一愣, 說 : '然則你方才講的那風、調、雨、順, 也是『封神演義』上的考據下來的? 倒累我推敲了半日. 這卻怎講!'"

105) [옮긴이 주] 원문은 다음과 같다. "原來姑娘平日也看過『聊齋志異』, 此時心里忽然想起,"

106) 이렇듯 과중할 정도로 되풀이 설명하는 것에 의해 직면하게 되는 서사적인 도전들은 비록 그러한 인식이 교활한(그럼에도 상당히 투명하게) 방식으로 표현되고 있기는 하지만, 이 소설에서 분명하게 인식되고 있다. 이를테면, 서술자가 한 인물이 다른 인물의 이야기를 우연히 들은 것은 그 인물이 그것을 또 다른 사람에게 직접 이야기하는 것으로 일을 덜어주는데(省), 둥쉰董恂은 여기에 끼어 들어 다음과 같이 말한다. "거짓말! 거짓말! 진정으로 일을 덜어준 것은 옌베이셴런의 필묵이다."(23회 479면)

107) 이를테면, 18회 371면(서술자), 15회 296면(다른 인물들), 25회 525면(자기 지시적인 것). 둥쉰董恂(33회 758면, 협비)은 인물 가운데 한 사람을 유명한 직접적인 이야기꾼說書人인 류징팅柳敬亭(약 1587~1670)과 비교했다.

108) [옮긴이 주] 이를테면 제15회의 회목은 다음과 같다. "第十五回 酒合歡義結鄧九公 話投機演說十三妹"

『아녀영웅전』에서는 서술이라는 행위의 그 어떤 측면도 실험의 대상이 되는 데 실패한 것이 없다. 서술자가 인물들에 대해 의론하지 않으면, 인물들 자신이 언급을 하는데, 그것은 소설 속 이야기에서 자신의 존재를 넌지시 일깨우는 방식을 통해서 이루어진다(이를테면, 8회 147면, 9회 162면, 15회 296면, 16회 313면, 19회 376면, 20회 411면, 36회 836면). 서술자는 때로 자신이 묘사하고 있는 사건들이 실시간으로 벌어지고 있는 체하기도 한다. 예를 들어 서술자는 어떤 인물이 다른 무엇인가를 끝마치고 자신의 이야기로 돌아올 때까지 기다려야 한다거나(24회 500면),[110] 그가 자신의 말로 등장인물의 대화(30회 677면)[111]나 애징 행위(40회 1,010면)[112]를 심술궂게 방해하고, 그들이 종이 한 장을 찾는 틈을 타 무언가에 대해 청중들이 궁금해하는 것을 채워줄 것이라고 말한다(16회 318면).[113] 때로 서술자는 등장인물들이 자율적이고, 그들의 행위가 작자의 계획을 훼방놓거나 작자에게 정정을 요구할 수도 있는 것처럼 이야기한다(28회 617면, 40회 1,041면).

심지어 서술자가 작자의 텍스트를 읽고 있는 것으로 추측되는 데도 불구하고, 그는 한 곳에서는 작자가 그가 지금 말하고 있는 이야기의 일부를 쓴 것까지는 손이 미치지 않았다고 말한다(33회 757면). 다른 한편으로 수 차례에 걸쳐 서술자는 앞으로 일어날 일을 무시하라고 주장하면서

---

109) [옮긴이 주] 참고로 서장의 회목은 다음과 같다. "緣起首回 開宗明義閑評兒女英雄 引古證今演說人情天理"

110) [옮긴이 주] 원문은 다음과 같다. "且請消停, 這話非一時三言五語可盡. 如今等說書的先把安家這所莊園交代一番, 等何玉鳳過來, 諸公聽着方不至辨不清門庭, 分不出路徑."

111) [옮긴이 주] 원문은 다음과 같다. "且住! 安家的家事怎的安公子不知底細, 何小姐倒知底細? 何小姐尙知打算, 安公子倒不知打算? 何小姐精明也精明不到此, 安公子蒙懂也蒙懂不到此. 這個理怎么講?"

112) [옮긴이 주] 원문은 다음과 같다. "列公, 你看, 這等一個 '扛七個打八個' 的何玉鳳, '你有來言我有去語' 的張金鳳, 這么句 '嫁而后養' 的話, 會鬧得嘴里受了窄, 直挨到這個分際, 還是繞了這半天的彎兒, 借你口中言, 傳我心腹事, 話擠話, 兩下里對擠, 才把句話擠出來!"

113) [옮긴이 주] 원문은 다음과 같다. "如今我們拿分紙筆墨硯來, 大家作個筆談."

자신의 청중에게 문제가 해명될 때까지 기다려야 할 것이라고 말하고 있다(이를테면, 20회 406면, 23회 474면). 이것은 서술자가 앞서 이야기를 말한 것, 특히 식견 있는 청자가 나중에 반대했던 텍스트를 '정정'한 사건을 다시 헤아리면서 한 다른 언급들과 충돌을 일으킨다(34회 774면). 이러한 사례와 나머지 다른 곳에서(31회 680면), 서술자의 청자는 그 어느 작품보다도 훨씬 더 개성화되어 있는데, 예외가 있다면 한 무리의 인물들이 번갈아 가며 서로에게 이야기를 말하고 있는 『두붕한화豆棚閑話』[114]를 들 수 있다. 때로 『아녀영웅전』의 서술자는 이야기의 어떤 요소를 자신의 청자들 모두가 그 이야기를 처음부터 들을 수 없다는 이유로 되풀이 이야기하는 것을 정당화하고 있다(이를테면, 12회 231면, 16회 318~319면).

『아녀영웅전』의 서술자는 단순히 소설적 기교에 대해 평을 했다는 이유 때문에 독특한 것이 아니라, 얼마나 공개적이고 빈번하게 그런 일을 했는가 하는 점에서 유별난 데가 있다. 이러한 특징은 일찌감치 알려졌으며,[115] 계속해서 주목받고 있다(이를테면, 천훙陳洪, 『중국소설이론사』, 342면). 하지만 소설 평점과 이 소설의 서술 평점 사이에 밀접한 관계가 존재한다는 것은 비록 몇몇 사람들에 의해 인지되기는 했지만, 여전히 보완되어야 할 것으로 남아 있다.

소설 평점가들과 마찬가지로, 『아녀영웅전』의 서술자는 다른 산문 글쓰기와 마찬가지로 소설에는 창작의 규칙法則이 있다고 주장했다.[116]

---

114) 해넌(『중국백화소설』, 20면)은 이 이야기 선집이 청자가 개성화되어 있는 백화소설의 유일한 예라고 주장했다.

115) 둥쉰董恂(29회 629면 협비)은 이 소설을 『성세인연전』과 '글에 대해 의론하기論文' 위해서라기보다는 '사건에 대해 의론하기論事' 위해 담론을 이용한 다른 무명의 작품들과 대조시켰는데, 그는 이러한 행위가 『아녀영웅전』에서 비롯된 것으로 보았다. 그는 실례를 들어 글쓰기를 가르치고現身說法, 진지함莊과 유모諧를 뒤섞었다는 이유로 이 소설을 추켜세우기도 했다.

116) 원캉, 『아녀영웅전』, 16회 318면(원문은 다음과 같다. "這稗官野史雖說是個頑意兒, 其爲法則,則與文章家一也" 원문은 [옮긴이 주]). 이것을 대신할 수 있는 용어인 '문법文法'은 소설 창작의 관습을 가리키는 아이러니컬한 맥락에서 사용된다(38회 902면).

평점가들과 마찬가지로, 서술자 역시 소설은 역사에 비견되며, 그의 소설은 소설의 법칙과 일치하는 것말고도, 진성탄 역시 비판했던 쑹치(宋祁)의 지나치게 간결한 스타일에 반대되는(이 책의 제5장 참조) 쓰마첸의 역사 글쓰기에 고유한 창작 법칙들과 일치한다[117]고 주장했다. 평점가들처럼 서술자는 텍스트의 어떤 부분들을 특별한 인물의 '전傳'이라고 말했다.[118] 평점가들처럼, 서술자는 이야기에서 마땅히 묘사되었어야 하는 것을 묘사하기 위해 회화에서 가져온 예증으로 주의를 돌리기도 했다.[119] 평점가들처럼 서술자는 소설이 본질적으로는 메시지를 전달하기 위해 화제를 빌어온借題目 것이고, 텍스트의 표면적인 의미와 그 아래 깔려 있는 심층적인 의미 사이의 불일치가 존재한다고 믿었다(이를테면, 10회 181면, 29회 655면, 33회 748면, 38회 905면)

서술자는 이 소설의 부분들이 전체와 맺고 있는 관계에 대해 매우 관심을 갖고 있다.[120] 그는 이후에 나오는 사건들에 대한 예시(이를테면, '복

117) 원캉, 『아녀영웅전』, 26회 588면, 29회 629면, 37회 896면. 소설 비평에서의 쓰마첸의 중요성에 대해서는, 이 책의 제5장 참조. 서술자는 여기에서 논의된 다음과 같은 용어들을 사용하기도 했다. '법칙法則' 8면, 37회 896면, '선선악악善善惡惡' 32회 722면과 '여탈予奪' 37회 896면.

118) 소설 비평에서의 이 용어의 중요성에 대해서는 이 책의 제5장 참조. 『아녀영웅전』의 서술자가 사용한 그곳에서 논의된 역사 기술에 관련한 용어들로는 '정전正傳', 14회 255면, 16회 318면, 25회 538면, 29회 629면, 29회 654면, '소전小傳', 18회 369면, '세가 체례世家 體例', 29회 629면과 '부전附傳', 16회 318면. 서술자는 많은 시간을 할애해 하나의 부분이 진정으로 어떤 인물의 '정전'의 일부인가에 대해 상상 속의 반대자와 논쟁을 벌이고 있다(이를테면, 29회 654면).

119) 이를테면, 33회 740면, 여기에서 서술자는 한 그루의 나무의 일부분들이 그림 속에서 연결되는 방식과 이 소설의 부분들이 어떻게 서로 연결되고 있는가 하는 것을 비교하고 있다. 롤스톤, 『독법』, 504면, 소설 비평에서 그런 비유들의 중요성 때문에 '그림'과 '정원 만들기'와 '원예'에 대해 "소설 비평이 여타의 담론에서 용어를 채용한 것 Fiction criticism, adaptation of terminology from other discourses"이라는 부제 하의 글 참조. **[옮긴이 주]** 33회의 해당 원문은 다음과 같다. "譬如家樹, 本干枝節,次第穿插, 布置了當, 仍須絢染烘托一番, 才有生趣如書中的安水心儒人, 其本也; 安龍媒金玉妹, 其干也,皆正文也 鄧家父女張老夫妻舅太太諸人, 其枝節也, 皆旁文也這班人自開卷下一回直寫到上回, 才算一一的穿插布置妥貼, 自然還須加一番烘托絢染, 才完得這一篇造因結果的文章."

필伏筆', 16회 318면과 '장본張本', 23회 467면, 25회 527면)와 전후 호응과 보충,[121] 그리고 이야기의 좀더 큰 부분의 중간에 사건들을 삽입하는 것(이를테면, '천삽穿揷', 20회 404면, 23회 471면, 32회 727면, 37회 893면, 40회 1,033면, 40회 1,036면)과 이야기의 부분들이 꼭 들어맞거나 함께 결합되는 것(이를테면, '도두挑逗', 17회 337면, 대묘순對卯筍, 26회 557면, 두묘순逗卯筍, 33회 757면), 기맥氣脈(이를테면, '근맥筋脈', 16회 319면, '기맥氣脈', 21회 438면)이나 사물들物件[122]에 의해 연결되는 방식에 대한 소설 평점 용어를 사용해서, 이 소설의 부분들이 어떻게 앞서 나오거나 앞으로 나오게 될 것들과 연관을 맺게 되는지를 강조했다. 서술자가 요약이나 클라이맥스, 대단원에 대해 이야기하기 위해 사용한 말들은 전통적인 소설 비평에서와 마찬가지로 통상적인 것이었는데,[123] 서술자는 자신의 청중(독자)이 유기적인 정체整體를 지각하기 위해 광범위한 시각으로 이야기의 개략적인 형세를 파악하도록 조언했다(이를테면, 16회 319면, 26회 558면).

소설 비평가들은 서사의 속도pace와 양식mode의 변주를 찬양했는데, 『아녀영웅전』의 서술자 역시 그렇게 했다. 두 사람[124]이 인식한 변주의 기둥들은 매우 유사한데, 여기에는 활동忙과 여가閑(이를테면, 8회 164면), 서사의

120) 그는 이 소설의 전반적인 구조를 묘사해주는 통상적인 소설 비평 용어인 '결구結構'와 '간가間架'(12회 231면, 16회 318면)를 이용했다.

121) 이를테면, '조족找足' 12회 231면, '응필應筆', 16회 318면, '보補', 31회 680면과 '응應', 40회 1,036면. 모든 초기의 암시들을 추적해서 나중에 매조지해야 한다는 생각이 너무 강해서 서술자는 언젠가 앞서 언급했던 것을 단번에 잊어먹은 작자를 지적하고 있는데(29회 645~646면), 이것은 바로 독자로 하여금 사건을 상기하게 하는 또 다른 방법이다.

122) 이를테면, 21회 418면, 26회 558면, 37회 893면. 두 번째 경우에는 『홍루몽』에서의 '물건'과의 비교가 포함되어 있다(엡스타인, 「미녀는 야수다—네 편의 청대 소설에서의 여성의 이중적 면모」, 287~288면)

123) 이를테면, '결속結束', 12회 21면, 20회 415면, 28회 624면, 29회 629면, 36회 862면, 37회 866면, '귀결歸結', 37회 887면, 38회 914면, '수장收場', 21회 438면, 24회 519면, 40회 1,043면, '여파餘波', 37회 866면. 소설 비평에서의 구조에 대한 용어와 개념에 대해서는, 이 책의 제10장 참조.

124) [옮긴이 주] 소설 비평가와 『아녀영웅전』의 서술자를 가리킴.

간결함省과 풍부함繁(이를테면, 12회 231면, 23회 479면)과 직접적實이고 간접적인虛 묘사[125])가 포함되어 있다. 소설 평점가와 서술자는 똑같은 종류의 용어를 사용해 정절plot 진행 흐름의 부차적인(이를테면, '파波', 6회 122면) 변주와 주요한[126]) 변주를 지칭했다.

이런 용어들 가운데 많은 것들이 일상적인 대화에서나[127]) 소설 비평이 아닌 다른 전통적인 미학 논의[128])에서 충분히 공유되고 있는 것이라는 사실이 반대에 부딪힐 지도 모른다. 의심의 여지가 없는 것은 이런 용어들(과 개념들)이 초기의 소설 평점들에서와 정확하게 똑같은 방식, 똑같은 목적으로 채용되었다는 사실이다. 서술자는 자신의 청중(독자)이 소설 비평에 의해 수립된 기준에 의해 소설을 평가하고 [자신의 작품이] 경쟁 상대보다 우월하다는 것을 알아줬으면 하는 데 관심이 있는 게 분명하다. 텍스트 내에 만들어진 내포 독자 역시 소설 평점의 세계 안에서 안온함을 느끼는 독자라는 것 역시 분명하다. 서술자가 청중(독자)에게 들려주는 다음과 같은 류의 조언들, 곧 이를테면 불신을 계속 유지시켜 나가고(이를테면, 29회 646면), 자신을 등장인물의 입장에 서도록 하고(이를테면, 37회 896면), 반드시 이것인지 저것인지 기억하게 하고(이를테면, 21회 426면), 좀더 넓은 맥락에서 텍스트 내의 사건을 바라보고(이를테면, 26회 558면), 반드시 교활한 작자에 의해 우롱당하지 말고(이를테면, 29회 645면), 아직 드러나지 않은 사실을 추측하게 하는 것 등은 소설 평점 속

125) 이를테면, 16회 319면. 서사 양식과 속도를 다룬 용어에 대해서는, 플락스, 「용어와 중심 개념」, 102~111면 참조.

126) 이를테면, '환두이성換斗移星', 6회 122면. 이것과 마오쭝강毛宗崗의 '성이두전星移斗轉' 사이의 유사성에 주목할 것(『삼국연의회평본』, 12~13면, 「독삼국지법」 11, 로이, 「『삼국연의』 독법」, 173~178면).

127) 어떤 것들은 소설 속의 인물의 생각이나 말에 나타나기도 한다. 이를테면 9회 162면(繁, 收場)과 16회 313면(穿插).

128) 예를 들어, 이 소설에서 상당히 명시적으로 제기되는 두 개의 의론, 곧 시문時文에 대한 비판과 구연口演을 묘사할 때 이 두 분야에 대해 적절하게 인용된 용어들이 소설 비평가들의 저작에도 나온다.

의 독자들에게 가해지는 요구들과 완전히 일치한다.[129)]

서술자 겸 평점가들이 『아녀영웅전』 이후에 완전히 사라진 것은 아니었다. 이를테면 이 책의 앞서의 장들에서 언급한 대로, 민국 시기에 들어서도 소설의 서두를 해당 텍스트의 출처를 설명하고 이 소설의 독법에 대한 지남을 제공하기 위해 서로 사용하는 일이 유행했다.[130)] 하지만 『아녀영웅전』은 확실히 소설 평점을 자신의 텍스트에 합병시켜버림으로써 소설 평점에 대해 반응하는 작자의 결정에 대한 가장 완벽하게 발전된 사례를 제시하고 있다.

---

129) 앞서 이 책의 제4장 참조. 소설 평점가와 마찬가지로 『아녀영웅전』의 서술자는 자신의 독자에 대한 어떤 수준에서의 우위를 유지하고 있다. 이를테면 자신의 청중(독자)가 놓칠지도 모른다고 생각하는 그런 것들을 지적해줌으로써 뿌듯해한다(이를테면, 5회 94면).

130) 때로는 한 소설의 마무리 부분이 똑같은 목적을 수행하는 데 사용되기도 한다. 상당히 이른 시기의 예로는 그의 작품이 『수호전』의 여타의 속작들과 비교되고 있는 위완춘兪萬春의 소설 「결자結子」에서 작자의 자字로 시작되는仲華曰 마무리 부분 참조.(1,037~1,038면)

제13장_ 숨어 있는 평점

『유림외사』

앞 장에서는 몇몇 작자들이 한때 텍스트 바깥에 평점을 다는 평점가들의 영역이었던 기능들을 서술자 겸 평점가의 창조를 통해 텍스트 자체로 편입시켰으며, 이러한 가정을 뒷받침하는 구체적이면서도 주목할 만한 특징들을 그들 평점가들에게서 많이 찾아냈다고 주장했다. 이 장에서의 작업은 훨씬 더 힘들 것인데, 그것은 이 장의 중심적인 논제에 대한 객관적인 증거가 아무 것도 없기 때문이다. 여기에서 말하는 중심적인 논제는 소설 평점의 영향 하에 놓여 있던 몇몇 작자들이 해당 텍스트 안에 있는 조심스러운 단서들에 바탕해 그들 자신의 평점을 구축함으로써 의도적으로 독자들이 채울 해석의 공간을 남겨 놓았다는 것이다. 나는 우리가 상당한 정도의 정확성을 가지고 이들 텍스트들 속에 있는 몇 가지 범주의 구멍들을 묘사할 수 있을 뿐 아니라 이러한 구멍들은 소설 평점의 영향 하에 준비되어진 모르타르로 메워지도록 고안된 것이라는 사실을 제시해 보여줄 수 있을 거라 생각한다.

우선 입증되어야하는 것은 이들 텍스트들에 독자들이 메워야 하는 구멍들이 있다는 것과 이것이 평소에 소설 평점을 읽어 왔던 독자가 채울 수 있도록 준비된 종류의 구멍들이라는 사실이다. 마찬가지로 우리는 개별 작품들이 소설 평점에 의해 영향 받은 것이라는 사실을 입증할 필요가 있을 것이다. 이것은 또 의문에 싸여 있는 작품들이 전통적인 소설 평점에 정통한 독자들에게는 쉽게 이해되고 받아들여졌지만 그렇지 못한 독자들에게는 문제를 일으킬 뿐이라는 사실을 드러내 보여주는 데에도 도움이 될 것이다.

이 장에서는 이렇게 숨어 있는 평점으로 씌어진 소설의 예로 『유림외사』를 제시할 것인데, 그것은 이 작품이 가장 설득력 있는 경우로 여겨지기 때문이다. 이 장에서 내가 다른 작품들을 논의하지 않겠다고 결정했다는 사실이 그만큼 『유림외사』가 독특하다는 것을 의미하는 것은 아니다. 그것은 단지 지금으로서는 다른 작품들과의 대비를 통해 신빙성 있는 논쟁거리를 제시할 만한 능력과 지면이 내게 허락되지 않기 때문이다(하지만 이 책의 제14장에서 우리는 숨어 있는 평점이 어떻게 텍스트 바깥의 평점에 대한 몇몇 반응들 가운데 하나로서 『홍루몽』 속에 나타나는지 보게 될 것이다).

『유림외사』는 수많은 이유들에 대한 좋은 사례이다. 우선 이것은 아마도 전통적인 서술자의 압박을 가장 극명하게 발전시킨 것을 대표하는 것일 것이다(이 책의 제9장 참조).[1] 둘째, 『유림외사』의 창작은 『수호전』 진성탄 평점본의 영향을 받은 것이 분명하다. 셋째, 『유림외사』에 대한 수많은 전통적인 평점들이 살아남았고 또 그것을 확인할 수 있는데, 이것은 근대 이전의 독자들이 현대의 독자가 이 텍스트에 대해 품었던 의문을

1) 이 책의 제11장에서 우리는 『서유보』에서 전통적인 평점가의 압박에 의해 남겨진 구멍들이 어떤 식으로 작자에 의한 텍스트 바깥의 평점으로 채워졌는지를 본 적이 있다.

갖고 있지 않았다는 사실을 보여준다. 이러한 사실들은 우리가 텍스트 내에 구축된 내포 독자라는 개념을 이해하는 데 도움을 주기도 한다.

소설 작품 속에 숨어 있는 평점이 있을 수 있다는 사실을 놀라운 것으로 여겨서는 안 된다. 그것은 독서라는 행위가 일종의 정신적인 평점을 만들어나가는 것이기 때문이다. 방주marginal commentary의 신봉자인 폴 발레리는 다음과 같이 말한 바 있다. "한 권의 책을 주의 깊게 읽는다는 것은 지속적으로 평점을 다는 것, 내부의 목소리로부터 탈출하는 일련의 노트에 불과하다는 사실을 눈치채게 될 것이다. 방주는 순수한 사유에 대한 노트의 일부이다."(리프킹, 「방주—포에 대한 노트와 여담, 발레리, '고대의 선원', 여백의 시련」, 610면) 마찬가지로 (정신적인 것이든 글로 씌어진 것이든) 텍스트 내부와 외부의 평점 사이의 전도된 관계라는 개념은 새로울 게 없다. 로스 챔버스Ross Chambers의 다음과 같은 말을 보기로 하자.

> 만약 평점이 [텍스트 내에] 제공되지 않는다면, 텍스트 내에는 일종의 '평점' 잠재태degré zéro—또는 아마도 '평어를 불러일으키는 것appel d'commentaire'(이것은 누군가 'appel d'air'라 부른 것과 같은 것이다)이 더 좋은 용어가 될 것이다—가 있게 된다. 왜냐하면 메시지를 받아들이는 사람은 빠져 있음직한 평어를 제공해야 할 것만 같은, 곧 그 자신의 '해석' 행위로 텍스트 안에 비어 있는 '평어'를 대체하고자 하는 강한 충동 하에 놓이게 될 것이 분명하기 때문이다.2)

2) 챔버스, 「문학 텍스트에서의 평점Commentary in Literary Texts」, 327면. 같은 면에서 챔버스는 "또 다른 형태의 빠져 있는 평점인 내포적 평점을 언급"하기도 했다. "아이러니가 그 한 예이다. (…중략…) 빠져 있는 평점은 신비로운 효과를 자아낸다. (…중략…) '현대' 문학의 명백한 특징 가운데 하나는 해석에 관해 정확하게 모호한 태도를 취하는 것이다." 그는 또 해넌의 용어를 사용하여 스스로를 '재현 양식mode of presentation'에 국한시킨 작가인 알랭 로브—그리예Allain Robbe-Grillet의 소설 속에 나타난 평어의 '부정否定'을 지적하기도 했다.

1. 『유림외사』와 텍스트 바깥의 평점

『유림외사』의 현존하는 가장 이른 판본은 1803년에 워셴차오탕臥閑草堂이 간행한 것이다.3) 유일한 서문은 1736년으로 되어 있는 셴자이라오런閑齋老人의 서이다. 이 판본에는 방점이 찍혀 있지 않은데, 드물게나마 짤막한 형태로 되어 있는 협비를 제외하고, 유일한 평어는 회말 총평의 형태로 총 56회 가운데 50회에 걸쳐 있다. 평어는 출처가 밝혀져 있지 않지만, 30회에 대한 평어에 있는 한 권의 저작의 간행4)에 대한 언급으로 미루어볼 때, 이것은 1785년 이후의 어느 시점에 완결되었다.5)

셴자이라오런의 「서」는 짧은 분량 속에서 이 소설과 경쟁 관계에 있는 소설들과 이 소설을 차별화시키고, 이 소설의 주제와 관심사를 소개하고 있다는 점에서 흥미롭다. 작자는 독자에게 집합적으로 사대기서라 부르는 그때까지 가장 유명한 소설들과 『유림외사』를 비교하게 부추기고 있다. 이 가운데 두 작품인 『서유기』와 『삼국연의』는 재빨리 이 논의에서 제외되었는데, 이 작품들은 『유림외사』와 같은 풍속 소설과 사

---

3) 이 소설은 필사본抄本으로 유통되었지만, 유일한 현존본은 1803년의 인쇄본이 나온 뒤에 펴낸 것이다. 이 소설의 발문에서 진허金和는 이보다 먼저 인쇄된 판본을 언급하고 있는데, 이것은 1768년에서 1779년 사이에 우징쯔의 친구인 진자오옌金兆燕(1718~1789년 이후, 리한츄李漢秋, 『유림외사연구자료』, 130면)이 양저우揚州에서 간행한 것이다. 하지만 쉬윈린徐允臨이 『유림외사』가 몇 회로 이루어져 있는가 라는 중요한 문제를 완전히 무시하고 있는 그의 집교본輯校本에 쓴 발문에서 '양저우의 원 각본' 가운데 하나를 모호하게 언급한 것(繼復假得揚州原刻覆勘一過., 徐允臨 「跋」, 『儒林外史研究資料』, 上海古籍出版社, 1984. 141면. 원문과 서지사항은 [옮긴이 주])을 제외하고는 일찍이 그런 판본이 존재했다는 사실을 뒷받침할 만한 어떤 징표도 찾아 볼 수 없다.

4) [옮긴이 주] 해당 사항에 대한 원문은 다음과 같다. "明季花案, 是一部『板橋雜記』, 湖亭大會, 又是一部『燕蘭小譜』." (30회 회말 총평) 여기에서 『판교잡기』는 청대에 명의 유로遺老인 위화이余懷(생졸 년은 분명치 않으나 강희 년간에 활동했던 것으로 추측됨)가 지은 필기로 명말 사대부들의 유락游樂을 묘사한 저작이다.

5) 롤스톤, 『독법』, 281면 주159. 같은 책(446~447면)에 이 판본에 대한 서지 사항에 대한 기술과 린순푸林順夫가 번역한 회말 총평(252~294), 그리고 서론과 셴자이라오런 서문의 번역(244~251)이 실려 있다.

뭇 다르기 때문이었다. 하지만 이 서문의 작자는 이 두 권의 '특별한 책들'의 구조와 기교, 성공적인 인물형상화를 칭송하는 사람들은 아직 『유림외사』를 읽어보지 않았기 때문에 그런 것이라는 믿음을 갖고 있었다.[6] 네 권의 소설에 대한 이와 같은 논의는 이들 소설의 가장 대중적인 평점본의 영향을 보여준다. 이 서문이 몇몇 사람들이 주장하는 대로 과연 우징쯔吳敬梓 자신이 쓴 것이라면,[7] 이것은 어떤 범위 안에 독자들의 해석을 붙들어 두기 위해 텍스트 바깥의 평점을 사용한 하나의 사례가 될 뿐 아니라, 그가 소설 평점 전통에 대해 정통했었다는 사실을 증명해주는 일이 될 것이다.

[하지만 결론적으로] 우징쯔는 1754년에 죽었기 때문에, 그는 이 소설에 대한 워셴차오탕 평점 전체를 보지(또는 쓰지) 않았다.[8] 어떻든지 간에 이 평점은 서문과 몇 개의 협비, 그리고 완결되지 않은 회평으로 구성되어 있다. 이후에 평어가 늘어났다는 사실이 입증하듯이, 이것은 모든 독자들을 만족시키기에 충분하지 않았다.

황샤오톈黃小田(이름은 푸민富民이고 호는 핑써우萍叟)의 평점은 최근에 간행

---

6) [옮긴이 주] 셴자이라오런 서의 해당 부분의 내용은 다음과 같다. "『수호전』과 『금병매』는 도둑질과 음란한 것을 가르친다 하여 오랫동안 금서로 묶여 있었다. 그러나 사람들은 그 구성의 기이함과 묘사의 뛰어남을 과찬하고 그 인물과 사건을 그려냄이 일상의 사소한 것에 이르기까지 그 진실함을 다하여 마치 '화공畵工(장인의 성취)'과 '화공化工(성스러운 경지에 도달한 예술가의 성취)'이 하나가 되어 만들어 놓은 것 같아 패관 중에 지금껏 이들에 견줄 만한 것이 없다고 말한다. 아아! 그들은 틀림없이 아직 『유림외사』를 보지 못한 것이다至『水滸』『金瓶梅』, 誨盜誨淫, 久干例禁, 乃言者津津誇其章法之奇, 用筆之妙, 且謂其摹寫人物事故, 卽家常日用米鹽瑣屑, 皆各窮神盡相, 畵工化工合爲一手, 從來稗官無有出其右者. 嗚呼! 其未見『儒林外史』一書乎?"

7) 이를테면 야오쉐인姚雪垠, 「『유림외사』의 사상성을 논함試論儒林外史的思想性」, 50면과 류스더劉世德의 「우징쯔吳敬梓」, 323면 참조. 예쑹葉松은 서문의 서법조차도 우징쯔의 것이라 주장했다. 이런 학자들은 이 서문의 초기 시기(이 소설은 1749년에 처음으로 언급되었다) 문제를 다양한 방법으로 다루고 있다.

8) 황린黃霖과 한퉁원韓同文은 이 서문과 평점이 같은 사람의 손에서 나왔다고 주장했다(『중국역대소설논저선』 상권, 463면 주1). 그들은 둘 다 아마도 우징쯔와 가까운 친구에 의해 나왔을 것이라 주장하기도 했다(상권, 474면 주1). 천훙陳洪(『중국소설이론사』, 278~279면)은 평점 자체는 한 명의 작자에게서 나온 게 아니라고 주장했다.

되었다. 황샤오톈의 평어들은 장원후張文虎 평점의 1881년본과 함께 이 소설의 1869년 췬위자이본群玉齋本의 일부로 옮겨졌다(롤스톤, 『독법』, 447~448면). 장원후는 황샤오톈의 이름을 몇 번인가 언급하기도 했는데, 『유림외사』에 대한 장원후 평점의 1885년 판본인 『『유림외사』신평儒林外史新評』에는 황샤오톈의 아들인 황안진黃安謹이 쓴 서문이 실려 있다. 그 서문과 장원후의 몇몇 언급은 장원후 평점의 두 개의 판본(1881년과 1885년)에 황샤오톈의 말이 실려 있다는 사실을 나타내 보여주는데, 과연 '핑써우萍叟'라고 서명된 평어 세 개가 두 판본 모두에 들어있다. 하지만 황샤오톈이 장원후에 미친 영향은 그것이 다가 아니다. 황샤오톈과 장원후 평점들을 비교하면 상당한 분량의 장원후 평어들이 원래는 그보다 앞선 사람들의 평어들을 참조한 것이거나 가져온 것이라는 사실을 보여주고 있다(황샤오톈, 『유림외사』「편자 서문編者序文」, 4~7면). 황샤오톈은 특히 『유림외사』와 『수호전』의 관계에 흥미를 가졌다.

『유림외사』에 대한 장원후의 평점은 이 소설의 1881년의 (상하이) 선바오관申報館 제2차 배인본[9]에서 처음으로 간행되었지만(롤스톤, 『독법』, 448~449면), 이에 앞서 이것은 상하이에 있는 장원후의 친구들과 다른 『유림외사』의 애호가들 사이에 이리저리 유포되었다. 장원후는 특히 이 소설에 등장하는 인물들의 원래 모델들에 흥미를 가졌다. 그는 서사 기교에 주의를 기울이기도 했다. 평점의 1881년 판본은 짧은 주석識과 협비, 회평으로 이루어져 있다.

장원후와 같은 상하이 사람인 쉬윈린徐允臨은 그의 평점을 높이 평가했다. 1881년 장원후가 그의 평점의 간행을 언급한 기록에서도 쉬윈린이 그것을 간행하는 데 흥미를 보였다는 사실이 나타나 있는데(『유림외사연구자료』, 139면), 쉬윈린이 1881년에 이 평점을 간행하는 데 배후 역할을 했는지도 모른다. 쉬윈린이 이 소설의 배인본으로 옮겨놓은 장원후

9) [옮긴이 주] 일반적으로 '신이본申二本'이라 약칭함.

평어의 집교본은 상하이사범대학 도서관에 여전히 남아 있다. 이 판본에도 그 자신과 그의 몇몇 친구들이 달아놓은 평어 몇 개가 보존되어 있다(모든 것은 『유림외사회교회평본』에 실려 있다).

장원후의 평어들은 1885년에 『『유림외사』신평』이라는 이름으로 두 번째로 간행되었다. 이 판본에는 이 소설의 완정한 텍스트가 담겨 있지 않다. 대신에 각각의 평어 앞에는 독자들이 그들 나름의 맥락을 이루어 나갈 수 있게 해주는 실마리가 제공되었다. 일년 뒤 쉬윈린은 그 자신의 주석을 달고 제목에서 '신'이라는 글자를 뺀 개정판을 출판했다.[10]

학자의 서재에서 나온 것이라기보다는 길거리나 골목에서 돌아다니는 말街談巷語의 잔재로 보이는 (편자일 수도 있는) 무명의 평점가의 평어들은 이 소설의 1874년 치싱탕본齊省堂本에 나타난다(자세한 설명은 롤스톤, 『독법』, 448면 참조). 이 판본에는 협비와 회평뿐만 아니라 이 판본에서 자행된 몇 차례의 개정과 이것이 다시 간행한 1803년의 원래 평점들을 정당화하는 내용이 담겨 있는 「예언例言」이 포함되어 있다(『유림외사연구자료』, 132면. 특히 두 번째 항목). 1888년에 상하이의 훙바오자이鴻寶齋에서 간행한 이 소설의 60회본에는 새로운 네 개의 장[11]에 대한 평어를 추가하지 않고, (약간의 수정을 거친) 「예언」과 1874년본의 평어를 옮겨놓았다.

왕셰王瀣(자는 보항伯沆, 1884~1944)가 펴낸 『유림외사』 필사본 평점도 존재하는데, 그는 (몇 가지 다른 색깔의 먹으로) 『홍루몽』에 평어를 달기도 했

---

10) 간략한 설명은 롤스톤의 『독법』, 449면 참조. 장원후의 평점이 있는 두 개의 주요한 판본들에 있는 평어들은 『유림외사회교회평본』에 들어 있다. 아래에 있는 그의 평어들에 대한 언급들은 그렇게 한 특별한 이유가 있을 경우 처음 나온 것과 나중에 나온 평점본들을 구별해 줄 것이다.

11) 간략한 서지 사항에 대한 설명은 롤스톤의 『독법』, 449~450면 참조. 삽입된 네 개의 장절(『유림외사회교회평본』, 794~824면)들은 이것들을 상당히 기계적으로 56회에 연결시키려하고 있으며, 우징쯔가 거의 완벽한 정도로 서술자의 목소리와 사건을 시간적으로 배열한 것을 무시하고 있다. **[옮긴이 주]** 『유림외사』의 여러 판본 가운데 하나인 60회본에 대한 설명이다. 현재 통용되고 있는 것은 56회본인데, 60회본은 여기에 누군가 4회를 덧붙여 펴낸 것이다. 이 4회의 내용은 원본의 필력에 미치지 못하기 때문에 거의 대부분의 학자들에 의해 위작으로 판명이 났다.

다(롤스톤, 『독법』, 450, 490~491면). 『유림외사』에 대한 평어들은 60회본에 옮겨져 있는데, 이들 거의 모든 평어들은 『『유림외사』평』에서 직접 옮겨 온 것으로, 삽입된 네 개의 장에 대한 평어들의 경우 예외로 하고, 새로운 것은 거의 없다. 가장 마지막에 나온 『유림외사』 원평原評과 가장 최근에 나온 천메이린陳美林의 『신비『유림외사』新批儒林外史』(1989년)와는 거의 한 세기 정도의 시간의 격절이 있는데, 『신비『유림외사』』에는 광범위한 협비와 회말총평이 있다.

『유림외사』의 평점가들의 숫자는 비록 『홍루몽』에 비해서는 손색이 있긴 하지만, 그 숫자 역시 결코 적다고 볼 수 없다.[12] 대다수의 다른 소설들은 단지 한 명의 평점가의 흥미만을 끌었을 뿐이다. 후대의 평점가들은 자신보다 앞선 시기의 평점가들을 알고 있었다. 이를테면 장원후는 황샤오톈의 평어를 인정하기는 했지만, 그는 이전 시기의 평점이 남김없이 다 발휘된 적이 없었다고 생각한다고 말했다.[13] 비록 후대의 평점가들이 때로 그들의 선임자들에 대해 비판적이긴 했지만, 그들은(심지어 천메이린마저도) 모두 명확하게 규정되고 기본적으로 견고한 전통 안에 속해 있었다.

청말이 되면서 후스胡適와 루쉰魯迅으로부터 지난 몇 십 년 전까지는 느슨하거나 에피소드적 구조인 구조를 갖고 있다는 이유로 『유림외사』를 비판하는 것이 일반적이었다(린순푸의 「의례와 서사 구조Ritual and Narrative Structure」, 244~248면 참조). 이 소설의 주제에 대해서는 지속적인 논의가 이루어지기도 했다(이를테면 푸지푸傅繼馥의 「일대 문인의 액운, 『유림외사』의 주제에 대한 새로

---

12) 전해지지 않는 『유림외사』의 평점들은 1874년 치싱탕본(『유림외사연구자료』, 131면)의 서문에 언급되어 있다. 그리고 "문창지군유금음서천율증주文昌地君諭禁淫書天律證注"는 왕리치王利器의 『원명청삼대금훼소설희곡사료』, 425면에 인용되어 있다.

13) 진허金和의 발跋에 대한 그의 간기 참조(『유림외사연구자료』, 137면). 핑부칭平步青은 『유림외사』에 대한 별도의 평점을 쓰진 않았지만, 장원후의 평점에 감동을 받아 그것과 『유림외사』에 대한 평어들을 자신의 『하외군설霞外攟屑』에 수록했다. 서지 사항은 롤스톤의 『독법』, 450면 참조.

운 탐색一代文人的厄運儒林外史的主題新探」와 상다샹尚達翔의 「『유림외사』의 주제 사상은 결국 무엇인가儒林外史的主題思想就竟是甚麽」 참조). 일본과 서구의 학자들은 누가 긍정적인 인물이고, 작자가 실제로 인정하는 게 무엇인지 판정하기 어렵다는 점에 대해 불만을 제기했다.[14]

현대의 많은 학자들은 이 소설이 한때 50회[15]거나 55회[16]였다는 사실에 대해 별로 실속 없는 주의를 기울이고, 후대에 삽입된 것이라는 이유로 그들이 싫어하는 부분을 삭제하려 함으로써, 『유림외사』 56회본에 대한 불만을 표출했다.[17] 그러한 행위는 전통적인 비평에서는 거의 완전히 찾아 볼 수 없다.[18]

전통적인 소설 미학 용어로 『유림외사』에 대해 조직적인 분석을 시

14) '서사 권위의 문제'를 운위하고 있는 슬럽스키Slupski의 「현대 중국 문학에서의 『유림외사』에 대한 문학적, 이데올로기적 반응들Literary and Ideological Responses to the Rulin waishi in Modern Chinese Literature」, 124면과 『유림외사』에 대한 이나다 타카시稻田孝(『유림외사』 일역자)의 해석 참조(롭Ropp, 『근대 초기 중국의 이의 제기-『유림외사』와 청대 사회 비평』, 212~213면, 티모시 웡Timothy Wong, 『우징쯔*Wu Ching-tzu*』, 66~69면).

15) 우징쯔의 친구인 청진팡程晉芳이 쓴 전기 참조(『유림외사연구자료』, 12~13면). 50회본에 대한 후대의 모든 언급들은 이것에 기초하고 있다. 그러한 맥락과 청진팡이 우징쯔의 다른 저작에서의 장이나 권의 숫자 문제를 언급하는 것으로 볼 때, 50회라는 것은 단지 개수일 뿐이라는 사실은 상당히 명백하다(천메이린陳美林, 「『유림외사』에 관하여關于儒林外史」, 282면).

16) 이러한 주장은 진허의 발에서 나온 것으로 다른 곳에서는 찾아볼 수 없다. 많은 학자들은 그의 일반적인 정확성에 대해 공박하고 있다. 그의 주장은 우징쯔의 결혼에 의한 친척(진허의 어머니는 우징쯔의 종형인 우칭吳檠의 손녀이다)이라는 특별한 관계 속에서 얻어진 정보에 기초한 것이지만, 그는 우징쯔가 죽은 뒤 100년이 넘어서야 서문을 썼다.

17) 우쭈샹吳組緗(「『유림외사』의 사상과 예술儒林外史的思想和藝術」, 31면)은 아마도 56회를 벗어난 본문의 확대된 장절들이 우징쯔의 손에 의해 나온 게 아닐 것이라는 주장을 최초로 한 사람일 것이다. 현재 판본의 여섯 개 장은 우징쯔의 것이 아니라고 야심찬 주장을 시도한 것에 대해서는 장페이헝章培恒의 「『유림외사』의 원래 모습儒林外史原貌」과 같은 이의 「『유림외사』 원서儒林外史原書」 참조.

18) 물론 예외가 있다면, 56회와 진허金和가 될 것이다. 장원후는 원래부터 56회에 의심을 갖고 있었다고 주장했는데, 진허의 발은 장원후를 위해 그것이 믿을 수 없다는 사실을 입증해 주었다. 근대 이전의 평점가들은 대부분 56회를 칭송했는데, 그들의 문제는 특정한 인물을 유방幽榜에 포함시키는 것에만 한정되어 있다는 것이다.

도한 최초의 현대 학자는 린순푸(「『유림외사』에서의 의식과 서사 구조」)이다. 그의 논문은 중국(1982)과 타이완(1984)에서 모두 번역되었고, 상당한 반향을 일으켰다. 린순푸는 그가 청말과 민국 시기의 『유림외사』의 구조에 대한 비판에서 서구 지향적인 편견이라고 기술했던 것을 인과율보다 우위에 있는 동시성synchronicity이 그 특징인, 좀더 사실에 가까운 고유의 조직 유형으로 상정했던 것과 대비시켰다(「『유림외사』에서의 의식과 서사 구조」, 250면). 몇몇 경우에만 직접 인용되긴 했지만, 워셴차오탕 평점의 범주와 관점은 그의 『유림외사』에 대한 분석의 특별한 특징들 대다수의 이면에서 찾아볼 수 있는데, 그는 뒤에 [영역본] 『중국 소설 독법』에서 [『유림외사』의] 회평을 번역하기도 했다.

위에서 제시한 자료는 세 가지 점을 드러내 보여준다. [첫째] 우징쯔가 자신의 소설의 1803년본에 나오는 텍스트 바깥의 평점에 손을 댔을 수도 있지만, 그 사실은 입증할 수 없다. 둘째, 수많은 평점들이 존재했었다는 것이 꼭 이 소설이 그 자신을 전혀 설명해 주고 있지 못하는 것을 의미하는 것은 아니다. 셋째, 근대 이전의 시기에 구조와 주제, 그리고 이 소설에 대한 해석에 대한 비판적인 우려가 없었다는 것은 이것들이 전통적인 소설 평점에 빠져 있던 해석가들의 문제가 아니었다는 사실을 보여준다는 것이다.

1736년 서문에서는 『유림외사』가 그 우수성에서 명대 소설의 '사대기서'를 능가한다고 주장했다. '우수성'이라는 개념은 이들 소설의 평점본에 의해 강한 영향을 받은 것이다. 하지만 『유림외사』가 이러한 소설들에 의해 영향 받았다는 사실은 어떻게 증명할 것인가?

우징쯔가 문언으로 된 출처source에 빚을 지고 있다는 사실은 잘 알려져 있는데, 이것은 심지어는 이 소설에 대한 원 자료source materials의 선집들(이를테면, 허쩌한何澤翰의 책과 『유림외사연구자료』)을 아주 거칠게 훑어보더라도 쉽사리 드러난다. 그에 반해서 그가 백화문학으로부터 영향을 받았는지 여부는 이보다 덜 알려져 있다. 희곡에 대한 우징쯔의 흥미는 그의 소설 속에서 배우들이 연기하는 부분과 우리가 난징에서의 그의 삶에 대해 알고 있는 것(루더차이魯德才, 「소설에는 희극적 요소가 섞여 있다小說摻合了戲劇因素」, 특히 280~281면)으로 쉽게 입증할 수 있다. 희곡 작품들을 수없이 많이 드러내놓고 언급한 것 말고라도, 어떤 희곡의 정절을 암암리에 차용한 흔적도 있다.[19] 장편소설이나 단편소설의 경우에는[20] 『유림외사』에 등장하는 어떤 인물도 그것을 읽거나 드러나게 언급한 적이 없다. 그러나 이 소설의 일부를 이루고 있는 문언의 출처들 가운데 몇몇 소재들stuff material은 백화 번역본들에도 있는데,[21] 이것은 이 소설의 근접한 소재들proximate sources of material인 듯하다. 이를테면 취센푸遽跣夫의 아내인 루씨魯氏가 그를 쩔쩔매게 하는 것은 쑤씨蘇氏의 자매들과 남편들에 대한 이야기들과 많은 유사점을 갖고 있다. 이러한 이야기들은 문언이나 백화본 모두에 존재하지만(탄정비譚正璧, 『삼언양박자료三言兩拍資料』, 436~441면), 가장 유명한 것은 펑멍룽의 『성세항언』 「쑤샤오메이가 신랑을 세 번 골탕먹이다蘇小妹三難新郎」이다.[22] 이 이야기의 제목에 영향 받은 흔적이 이 소설의 11장에 "루소저가 팔고문으로 신랑을 골탕먹이다魯小姐制義難新郎"

19) 이를테면 핀냥聘娘의 꿈(53회)과 유명한 '치몽癡夢' 사이의 유사성 참조. 장원후는 '치몽'을 이 꿈에 대한 남본으로 지칭한 바 있다(『유림외사회교회평본』, 53회 717면. 협비).

20) [옮긴이 주] 서구의 중국소설 연구자들은 백화 장편소설을 가리키는 말로 'novel'을, 백화 단편소설을 가리키는 말로 'short story'를 사용하고 있는데, 롤스톤 역시 마찬가지로 이런 예를 따르고 있다.

21) 일례로 전갈이 물어서 우위비吳與弼(1392~1469)가 천자에게 건의하는 것을 방해한 것이 『유림외사』에서는 좡사오광莊紹光에게 일어나는 것(제35회)으로 되어 있다. 이것은 문언 자료와 소설 사이의 정절상의 유사성일 뿐만 아니라 언어적인 반향verbal echo이기도 하다. 우위비의 이야기를 이런 식으로 다룬 것은 『서호이집西湖二集』의 세 번째 이야기에 대한 입화에 보인다. 하지만 언어적인 유사성의 숫자The number of verbal similarities는 이 짧은 이야기와 소설 사이에서보다 문언의 출처와 이 소설 사이에서 더 커 보인다(『유림외사연구자료』, 184~187면).

22) 패트릭 해넌(『중국의 단편소설*Chinese Short Story*』, 243면)은 이 이야기를 '후대'(1550~1620년대)로 분류했으며, 이것은 『소설전기小說傳奇』로 알려져 있는 동일한 지면에 백화 이야기와 문언 이야기로 함께 인쇄되었던 미완의 작품에서 발견된 조기 백화 판본을 채용한 것이라는 사실을 나타내 보여준다.

라는 이름으로 남아 있다. 학자들은 백화 출처에서만 이 소설의 사건들을 찾아내기도 하였다(『유림외사연구자료』, 181~182면).

『유림외사』는 여러 소설들 가운데 『수호전』에서 가장 많은 영향을 받았다. 그러나 학자들은 종종 우징쯔가 류베이劉備가 주거량諸葛亮을 삼고초려三顧草廬한 것(『삼국연의』, 37회)을 러우씨婁氏 형제가 양즈중楊執中의 집을 세 번 방문한 것으로 패러디했다는 사실을 강조하고 있다. 비록 유사한 이야기들이 많긴 하지만, 어떤 일반적인 특징들은 『삼국연의』가 주요한 출처라는 사실을 나타내 보여주는 듯하다.

전통적인 소설 평점이 『유림외사』에 영향을 주었다는 가장 분명한 증거는 진성탄 평점본 『수호전』에 대한 구조상의 모방인데, 이것은 설자라는 개념에서 특히 그러하다. 이 두 소설은 소설의 나머지 부분에 기술되어 있는 유혹들에 경도되어 있는 독자들이 [그런 유혹들로부터] 거리를 둘 수 있도록 고안된 시의 인용으로 시작된다. 『유림외사』의 설자는 진성탄의 『수호전』에서처럼 작품을 미리 설명해주는 것이 아니라 1장에 해당하지만, 우징쯔는 진성탄이 자신의 분리된 서장을 가리키는 데 사용했던 용어楔子로 작품의 개장開場을 두 번씩이나 지칭했다(『유림외사회교회평본』, 1회 1면, 16면). 우리는 일찍이 두 개의 설자가 시간적인 지속성과 일관된 인물의 부재로 인해 여타의 수많은 작품들과 구별되며, 두 작품 모두 막 읽고 난 것이 단지 설자에 불과하며, 본격적인 이야기가 막 바로 이어진다는 사실을 독자들에게 유사하게 밝히는 것으로 끝맺고 있다는 것을 지적한 바 있다(이 책의 제10장 참조).

『수호전』의 시작에서 오만한 황제의 관원[23]은 108명의 사악한 별의 신들을 가두고 있는 석갈石碣을 치울 것을 고집한다. 그것을 치우자마자, "검은 연기가 하늘로 솟구쳐 오르더니, 백여 개의 금빛으로 변해 사방팔방으로 흩어졌다."[24] 『유림외사』에서 왕멘王冕은 과거제도가 시행될

23) [옮긴이 주] 홍신洪信을 가리킨다.
24) 『수호전전』, 1회 9면(『수호전회평본』, 49면). 『유림외사』의 제56회에서 산양옌單颺言

것이라는 소식을 듣고 학자들이 문행출처文行出處라는 전통적인 미덕을 잊게 될 것이라 생각하는데, 그 날 밤 왕멘은 관삭성貫索星이 문창성文昌星을 범하는 것을 목격하게 된다. 왕멘과 그의 친우들은 하늘 위에 떠 있는 "백 개가 넘는 작은 별들이 일제히 하늘의 동남쪽으로 떨어지는 것을 본다."[25](『유림외사회교회평본』, 1회 15면)

별의 신의 화신은 두 소설 모두에서 직접적으로 묘사되지는 않는다. 하지만 『수호전』에서 우리는 때때로 영웅들의 초자연적인 근원에 대해서 일깨움을 받는다.[26] 『유림외사』에서는 위위더虞育德가 문창성의 화신으로 등장한다(『유림외사회교회평본』, 36회 490면). 나머지 다른 곳에서는 주인공들이 별의 신의 화신이라는 생각이 아이러니컬하게 다루어지고 있는 경향이 있다.[27]

우징쯔와 진성탄의 유사점은 그들이 초자연적 요소를 경시했다는 데 있다.[28] 『수호전』의 초자연적인 측면에 대한 진성탄의 천착은 그의 소

은 나라가 혼란에 빠지는 것은 과거 시험 제도에 좌절한 선비들이 죽어 사악한 신이 되는 것과 연관이 있다고 풀이하고 있다. 황샤오톈(『유림외사』, 56회 509면, 협비)은 이것들이 『수호전』에서의 검은 연기로부터 나온 마귀들과 유사한 것임에 틀림없다고 빈정대고 있다.

[옮긴이 주] 원문은 다음과 같다. "那道黑氣直衝到半天里, 空中散作百十道金光望四面八方去了. "

25) [옮긴이 주] 원문은 다음과 같다. "只見天上紛紛有百十個小星, 都墜向東南角上去了."

26) 이를테면 루즈선魯智深이 우타이산五台山의 주지 스님의 제자가 되고 난 뒤, 스님은 루즈선이 하늘의 별이었다고 말해준다(『수호전전』, 4회 64면과 『수호전회평본』, 3회 104면 참조).

27) 이를테면 후투후胡屠戶는 자기 사위가 과거에 급제하기 전에는 과거 시험에 급제한 사람들은 문창성의 화신이라고 선언한다. 사위인 판진范進이 자기가 거인이 되었다는 소식을 듣고 약간 정신이 돌아버리자, 이웃 사람들은 후투후더러 그의 정신이 돌아오도록 그의 따귀를 갈기라고 설득하는 데, 그가 판진을 때리는 데 사용했던 손은 바닥이 하늘을 향한 채 다시 뒤집지 못한다. 그제서야 후투후는 생각한다. "하늘의 문창성을 때려서는 안 된다는 게 사실이구나. 이제 신들이 내게 앙갚음을 한 것이야果然天上文曲星是打不得的, 而今菩薩計較起來了!(원문은 [옮긴이 주])"(『유림외사회교회평본』, 3회 41면, 45~46면)

28) 합리주의자와 미신에 대한 적대자로서의 우징쯔의 명성은 과장된 측면이 있다. 이것은 작자의 사상의 진보적인 성격을 입증하기 위한 시도로서 『유림외사』에 대한 관심을 정

설에서 쑹장宋江의 형상을 뒤틀어놓고 있는 그의 움직임의 일부에서 가장 잘 나타나 있는 듯하다. 『유림외사』에는 시체들이 걸어다니고(『유림외사회교회평본』, 35회 482~483면), 꿈에 예시되고(제7회 109면, 제8회 117~118면), 점쟁이들에 의해 실현되는 등의 사건들이 들어 있다. 하지만 진성탄의 평점에서와 마찬가지로 이런 사건들은 그것이 제시되고 해석되는 과정을 통해 작자에 의해 조심스럽게 평가절하된다.[29]

왕멘은 미래를 예언할 수 있는 존재로 묘사되고 있으며, 이 점에서 그는 『수호전』에서의 '예언자' 천퇀陳摶과 유사한데, 진성탄은 이 인물을 긍정적으로 생각하고 있다. 미래를 예지하는 지각 능력이라는 개념은 『유림외사』에서 부정되고 있지는 않다. 왕멘은 한때 점쟁이로 생계를 이어가는데(『유림외사회교회평본』, 1회 11면), 진성탄 역시 그랬던 적이

당화하려는 운동의 일환이다. 우징쯔 사후 200주년을 기념하기 위해 씌어진 『『유림외사』 연구론집』에 실린 논문들은 대부분 이 논의에 동참하고 있는데, 이 소설에 대한 폴 롭 Paul Ropp의 책(『근대 초기 중국의 이의 제기-『유림외사』와 청대 사회 비평』)에는 이에 대한 반향들이 실려 있다.

29) 시체들이 걸어다니는 에피소드는 그것을 목격한 사람이 자신이 놀라고 두려워 한 것은 단순히 경험이 부족하고 배움이 얕기 때문이라고 스스로 반성하는 것으로 "탈신비화한다."(제35회 482~483면) 왕후이王惠와 쉰메이荀玫가 미래에 같은 시험에서 급제하는 것을 예시하는 꿈은 왕후이가 자신의 표절을 호도하기 위해 들먹여진 또 다른, 날조된 것이 분명한 꿈에 의해 뒤틀려진다(제2회 28~29면). 꿈을 들먹이는 것 자체는 예언을 현실로 전환시키는 데 도구적인 역할을 하고 있다. 마찬가지로 저우진周進이 쉰메이의 아버지에게서 더 많은 돈을 얻어내기 위해 꿈 이야기를 한 것이라는 의심은 마을 훈장에서 쫓겨나는 것으로 귀결되고 그 꿈을 실현하기에 필요한 일련의 사건들을 파생시키고 있다. 이 소설에서 가장 유명한 예언의 예인 천리陳禮가 왕후이의 미래를 '예언'하는 것은 그 예시가 누군가의 영혼에 의해 사詞의 형식으로 씌어진다. 하지만 실제로는 그 사람이 그런 형식이 만들어지기 수세기 이전에 이미 죽었다는 사실로 인해 평가절하되는데, 이러한 아이러니는 이 소설의 초기 평점본에서 지적된 것이다(『유림외사회교회평본』, 7회 112면, 회말 총평; 린순푸, 「회말 총평」, 262면). 천리가 어떻게 예언을 할 수 있게 됐는지를 '합리적으로' 설명하는 것은 이 소설에 등장하는 한 인물(러우씨婁氏댁 넷째 공자[옮긴이 주])이 다음과 같이 말하는 것으로 제시된다. "다가올 사건들은 사전에 그 전조를 드리웁니다. 점쟁이는 이러한 거의 감지 못할 표지들에 민감한 것이지요. 이것은 신선이나 영혼들과 상관없습니다几者, 動之微, 吉之先見.' 這就是那扶乩的人一時動乎其機. 說是有神仙, 又說有靈鬼的, 都不相干.(원문은 [옮긴이 주])"(『유림외사회교회평본』, 10회 145면)

있다고 전해진다.

이러한 문제들에 대한 우징쯔와 진성탄의 접근 방식의 유사점은 『유림외사』를 진성탄 평점본 『수호전』에 깊은 영향을 받은 또 다른 소설인 천천陳忱의 『수호후전』에 비유하는 것에서도 보여진다. 천천은 그의 영웅들이 벌여놓은 사업을 정당화하고 자신의 소설이 꼴을 갖추게 하기 위해 하늘에서 떨어진 천서天書로부터 꿈과 다른 예언들에 나타난 계시에 이르기까지 『수호전』에서 사용되었던 초자연적인 징후들을 모두 늘어놓았다. 우징쯔는 몇 가지 비슷한 유형의 소재를 사용했지만, 그것을 아이러니컬하게 또는 다른 목적으로 돌려서 다루었는데, 나는 이것이 진성탄 자신이 『수호전』을 편집하고 평점했던 작업에서 수행되었던 것과 똑같은 과정이라고 믿는다.

『수호전』이나 『유림외사』 두 작품 모두에서 독자를 텍스트로 이끄는 인물들의 이름은 모두 '진進'이다.[30] 『수호전』에서 우리는 핍박으로 인해 몸을 피해 경사京師를 떠난 왕진王進이 스진史進을 만날 때까지 그를 뒤쫓게 되는데, 스진은 왕진이 제자로 받아들였던, 이 책에 최초로 등장하는 108호한 가운데 한 명이었다. 진성탄은 이러한 세밀한 정황을 크게 강조했다. 『유림외사』에서 과거 시험이라는 사다리를 제일 먼저 오르는 인물은 저우진周進이다. 머지 않아 그는 판진范進을 제자로 맞아들인다. 두 소설에서 제자들은 자신의 어머니를 죽음에 이르게 하는데,[31] 그들의 스승들은 똑같이 아주 효성스러운 사람으로 묘사되어 있다. 왕

30) 제10회 이후 참조. 플락스(『사대기서』, 309면 주91)는 『삼국연의』에서의 허진何進의 역할을 인용하면서 소설을 시작하는 한 개인의 이름으로 진 자를 사용하는 것을 '소설적인 조크'라고 말한 바 있다.

31) 스진은 자신의 어머니가 뇌졸중으로 죽게 만들고(『수호전회평본』, 1회 68면). 판진의 어머니는 아들의 과거 급제로 인해 갑작스럽게 부자가 되었다는 사실 때문에 정신을 잃고 쓰러져 돌아올 수 없는 길을 떠나고 만다(『유림외사회교회평본』, 3회 50면과 제4회 54면). 비록 그 사실이 판진의 효성에 대해 아무것도 이야기해주는 게 없는 듯하긴 하지만, 자신의 어머니에 대한 복상 기간 동안 보여준 그의 행동으로 볼 때 그 점에 대해서는 의심의 여지가 전혀 없다.

진과 왕멘은 성이 똑같으며, 두 사람은 각각의 소설에서 사라진 뒤 다시는 돌아오지 않는다.[32] 우징쯔는 왕진王進이라는 인물을 왕멘王冕과 저우진周進으로 나누어 모델이 되는 인물로 제시하고 이야기를 이끌어 가는 도구로 삼은 듯하다.

두 소설에서는 중심 인물들의 주변을 이루고 있는 방대한 인물 배역들을 다루고 있다(제7회 이후 참조). 현대의 비평가들은 우징쯔가 중심 인물격인 두사오칭杜少卿을 '진정한 주인공眞正主角'(천루헝陳汝衡, 『우징쯔전吳敬梓傳』, 150면)으로 만들어내지 않았다는 사실에 실망했지만, 이 소설에서 그가 차지하고 있는 몇 가지 독특한 점은 『수호전』의 중심 인물인 쑹장에 대한 진성탄의 평어들을 참고하는 것으로 설명이 가능하다. 이를테면, 진성탄은 쑹장이 나중에 나타나는 것[33](『수호전회평본』, 16회 「독『제오재자서』법」 9, 존 왕, 「제오재자서 독법」, 133면)을 높이 평가했는데, 이것은 홍신洪信과 왕룬王倫이라는 부정적인 사례들에 의해 설정된 것이다. 작금에는 『유림외사』의 첫 번째 부분에 등장하는 부정적인 다양한 인물들 대다수는 그 존재 이유가 그들과의 대비를 통해 두사오칭의 등장을 예비한 데 있다고 보는 비평가들이 점점 더 늘어나고 있다(이를테면 판쥔자오潘君昭, 「『유림외사』의 주제사상과 구조예술을 논함論儒林外史的主題思想和結構藝術」 참조).

진성탄과 같은 소설 비평가들이 이미 그런 기교들을 선전한 뒤이긴 하지만, 『유림외사』가 사람들[34]이나 장소[35]와 사건들[36]을 예시하거나

---

32) 위안우야본 『수호전』의 '발범發凡' 제6조(『수호전회평본』, 31면, "如本內王進開章而不復收繳, 此所以異於諸小說, 而爲小說之聖也歟!" 원문은 [옮긴이 주])와 진성탄(『수호전회평본』, 1회 54면. 회수 평어)는 왕진이 작품에서 빠지는 것을 높이 평가했다.

33) [옮긴이 주] 원문은 다음과 같다. "『水滸傳』不是輕易下筆, 只看宋江出名, 直在第十七回, 便知他胸中已算過百十來遍. 若使輕易下筆, 必要第一回就寫宋江, 文字便一直帳, 無擒放."

34) 이름을 부여받은 인물이 사건에 앞서 삽입되는 예는 뉴부이牛布衣의 짧은 등장(『유림외사회교회평본』, 1회 68면)에서 볼 수 있는데, 이보다 훨씬 뒤에 그는 다시 등장해 러우씨婁氏 공자 형제들의 손님 가운데 한 사람과 잉더우후鶯脰湖에 모인 참석자 가운데 한 사람이라는 훨씬 중요한 역할을 수행하게 된다. 그의 등장은 너무도 짧아서 그 사실은 이 소설의 인물표에도 기록되지 않았다(주이쉬안朱一玄, 「『유림외사』인물표儒

미리 보여주는 기교들을 사용하지 않았다면 시원찮은 소설로 취급되었을 것이다. 『유림외사』가 소설의 앞부분에서 언급한 바 있는 인물들이나 사건들을 회상하고,37) 앞서 일어난 사건의 내용을 거꾸로 거슬러 올라가는 방식으로 보충설명하기 위해 노력했던38) 방식 역시 마찬가지로 사실인데, 이것들은 전통적인 소설 평점가들이 장편소설의 유기체적인 총합에 대한 생동감을 불어넣는 것으로 강조했던 기교들이었다. 진성탄은 그가 똑같은 정절의 연계plot sequence들을 반복한 것을 솜씨 있고 대담한 것으로 여겼던 것에 주의를 기울였는데, 『유림외사』에도 이러한 예가 없지는 않다.39)

林外史人物表」, 47면). 제10회에 뉴부이가 재등장하는 것에 대해서 황샤오톈은 그의 이름이 앞서 삽입된 적이 있기 때문에, 여기에서의 그의 등장이 사전에 준비되지 않은 것은 아니라는 사실을 지적한 바 있다. 황샤오톈의 평점의 도움을 받지 못했거나, 뉴부이가 이 소설의 앞 부분에 등장했다는 사실을 잊은 독자를 위해, 우징쯔는 취셴푸蘧跣夫를 통해 러우씨 공자가 어떻게 뉴부이의 이름을 알게 되었는지를 설명하고, 또 뉴부이를 통해 그의 이름이 최초로 독자에게 등장했던 쑤스蘇軾에 대해 농담을 했던 일화로 거슬러 올라가 언급하게 했다(『유림외사회교회평본』, 10회 143~144면).

35) 장소가 사건에 앞서 삽입되는 예는 마춘상馬純上이 훙한셴洪憨仙을 만나기(『유림외사회교회평본』, 15회 216면)도 전에, 마춘상이 훙한셴이 미래에 묻힐 자리를 제시하는 경우(『『유림외사』사회평본』, 14회 204면)이다.

36) 사소한 사건들이라도 예시된다. 이를테면, 쾅차오런匡超人(실제로는 쾅차오런의 형, **[옮긴이 주]**)의 행상 광주리 속 내용물이 경쟁자에 의해 엎질러지는 것(『유림외사회교회평본』, 17회 236면)은 앞서 그 내용물들이 일일이 열거되는 것에 의해 예비되고 있다(『유림외사회교회평본』, 16회 229면).

37) 심지어 제12회의 잉더우후에서의 집회는 뉴푸랑牛浦郎이 뉴부이의 시 선집에서 그것을 언급한 시를 발견했을 때(『유림외사회교회평본』, 21회 288면)와 그런 경우에는 어떤 시를 써야 하는지를 놓고 딩옌즈丁言志와 천쓰롼陳思阮 사이에 벌어진 언쟁(제54회 727~728면)을 통해 회상되고 있다.

38) 이를테면 우리는 훙한셴이 첫 번째 만남에서 마춘상의 이름을 알았던(제14회 210면) 것이 다름 아닌 마춘상이 자신의 선본에 대해 서점 주인과 대화를 나누는 것을 어쩌다 듣게 되었기 때문이었기에 하나도 신비할 게 없다는 사실을 나중에(제15회 216면) 알게 된다.

39) 연루된 인물들을 자극적으로 대조시킴으로써 인물형상화를 미세하게 조율하기 위해 『유림외사』에서는 기본적으로 일련의 사건들을 나란히 대비시키고 있다. 일례로 경사에서 두사오칭과 좡사오광이 박학홍사과博學鴻詞科에 참여할 것인가를 놓고 그들이 내린 결정을 그들의 부인에게 설명할 때(『유림외사회교회평본』, 34회 463면과 471~

진성탄과 같은 비평가들은 때로 다양성을 위해 서사 작품들 내의 제재와 스타일이 서로 갈마드는 것을 선호했는데, 다른 한편으로 이것은 사람들이 선형적인 발전이 아니라 그러한 갈마듦에 의해 이 세계가 조직된다고 생각했기 때문이기도 했다. 『유림외사』에서는 '부귀공명'에 심취해 있는 것을 다루는 에피소드들이 서로 서로 갈마들고 있는데, 부와 귀, 공과 명 이런 네 가지 요소에 대한 주목이 다양하게 변하면서 균형 상태를 이루고 있는 것이 이 소설의 서로 다른 장절들의 색깔을 만들어내고 있다.[40]

『유림외사』의 서사는 『수호전』의 그것과 마찬가지로, 동지들의 만남으로 점철되어 있다. 이런 만남의 묘사에는 참석자의 명단과 좌석의 배분을 둘러싸고 벌어지는 약간의 소동이 포함되어 있다. 오래 전부터 우리는 두 소설에서 가장 긴 인물 목록이 서로 유사성을 갖고 있다는 사실을 알고 있는데, 그것은 『유림외사』의 마지막 장에 나오는 유방幽榜과 『수호전』의 석갈에 새겨진 호한들의 명단이다. 무엇보다 진성탄본 『수호전』과 마찬가지로, 『유림외사』는 작자가 직접 독자에게 말하는 것을 암시하고 있는 시로 끝을 맺고 있다.

우징쯔가 『유림외사』를 쓰고 있을 때, 사적이면서도 가정적인 삶보다는 남자와 여자들의 공적인 관계를 묘사하는 데 주의를 기울이기에 가장 적절한 구조상의 모델은 『수호전』이었다.[41] 『수호전』의 구조는

472면) 나타난 대조적인 태도를 들 수 있다. 일반적으로 나란히 대비가 되거나 반복적인 사건들을 사용하는 데에서는 『유림외사』가 『수호전』보다 훨씬 더 치밀하다.

40) 이런 용어로 이 소설을 간략하게 해석한 것으로는 류셴신劉咸炘의 『소설재론小說裁論』, 『유림외사연구자료』, 292~294면 참조.

41) 『수호전』이 『유림외사』에 남겨놓은 흔적은 황샤오톈에게 사뭇 명백하게 드러난다. "장회를 조직하는 것은 『수호전』의 그것을 모방했다. (…중략…) 이 책(『유림외사』)에는 각 인물에 대한 전도 있다."(황샤오톈, 『유림외사』, 16면, 셴자이라오런 서 뒤에 있는 평어) 자신의 전傳을 갖고 있는 각각의 인물에 대한 언급은 『수호전』에 대한 진성탄의 평어에 바탕하고 있다(이 책의 제5장 참조). 황샤오톈 역시 각각의 장절들(특히 제38회~39회)은 『수호전』에서의 장절들을 의도적으로 모방한 것이라고 믿었다(이를테면, 제39회 361면, 협비).

사람들이 그것을 최초로 언급한 이래로 높이 평가되어져 왔다. 나아가 정절에서 인물 형상화로의 전이는 이미 진성탄본에서 분명하게 드러나고 있는데, 『수호전』에 대한 해석은 『유림외사』에서 매우 분명하게 나타나 있다.

『사기』는 『유림외사』에 주요한 영향을 준 또 다른 예이다. 우징쯔가 역사상의 쓰마첸을 잘 알고 있었던 만큼,[42] 그는 자신의 소설 창작에 있어 소설 비평에서의 서사의 '수호 성인patron saint', 특히 진성탄의 수호 성인으로까지 격상된 쓰마첸에게서 가장 직접적인 영향을 받은 듯하다.[43]

어떤 면에서 『유림외사』와 『수호전』 사이의 관계는 조이스의 『율리시즈』와 호머의 『오딧세이』 사이의 그것과 유사한 데가 있다. T. S. 엘리엇은 조이스가 기본적으로 자신의 소설의 얼개를 짜는 방법으로 고대와 현대 세계 사이의 병치 관계를 솜씨 있게 다루었다고 생각하면서 다음과 같이 말했다. "이것은 단순히 제어하고, 질서 있게 만들며, 당대 역사라 할 공허와 무정부 상태의 거대한 파노라마에 외양과 의미를 부여하는 방법이다."[44] 『유림외사』와 『율리시즈』는 비록 하나는 백년이 넘는 기간 동안에 벌어졌던 사건들을 기술하고, 다른 하나는 단 하루 동안에 일어났던 사건들을 다루고 있기는 하지만, 다양한 유형의 사람들을 포함한 한 사회의 방대하면서도 세밀한 초상을 제시하려 했던 포부에서는 유사점을 갖고 있다. 두 작품의 작가들은 자신들의 제재를 어

---

42) 핑부칭平步青은 자신의 『하외군설霞外捃屑』에서 우징쯔가 『사한기요史漢紀疑』라는 제목의 미완성인 책을 썼다고 말했다(『유림외사연구자료』, 249면).

43) 일반적인 역사와 특정해서 『사기』를 지칭하고 있다는 것은 이 소설의 제목에서 볼 수 있는데, 똑같은 두 글자가 『사기』의 121회를 이루고 있는 「유림열전儒林列傳」이라는 제목에 공유되고 있다. 『유림외사』와 「유림열전」은 나라가 바뀐 이후에 학문이 왜곡되고 멋대로 조작된 것을 다루고 있기 때문에, 양자를 동일한 시각으로 읽어내는 것은 비교적 쉬운 일이다.

44) 티 에스 엘리엇T. S. Elliot, 「'율리시즈', 질서와 신화'Ulysses', Order, and Myth」(마크 쇼러Mark Schorer, 조세핀 마일즈Josephine Miles와 고든 맥켄지Gordon McKenzie 공편, 『비평—현대적인 판단의 기초*Criticism : The Foundation of Modern Judgment*』, New York : Harcourt Brace and Company, 1948), 270면.

떻게 다룰 것인가 하는 문제에 봉착해 있었다. 볼프강 이저Wolfgang Iser는 조이스의 『율리시즈』와 호머의 『오딧세이』 사이의 관계에 다음과 같은 특징을 부여했다.

> 소설이 의도하는 바가 인간 존재의 새로운 차원을 드러내고자 하는 데 있다면, 이것은 독자에게 친숙한 비유나 전거들을 기초로 하여 공감대를 형성하는 토대나 배경을 거부하는 의식적 사유를 통해서만 가능하게 될 것이다. 하지만 소설이 형상화해야 하는 "아직 존재하지 않는 [독창적인] 의식"은 이미 알려져 있는 무엇인가의 되풀이일 수는 없다. 달리 말해서 이것을 호머의 '오딧세이'와 순수하고 단순하게 일치시켜서는 안 된다는 것이다. 해리 레빈이 지적한 바, 조이스와 호머의 연계는 '결코 만날 수 없는' 평행선들이다. 호머 식의 인유들이 [조이스의] 텍스트 속에 친숙한 문학적 레파토리로 들어가 있기는 하지만, 이러한 평행선들은 수렴하기보다는 발산하는 듯한 특징을 보이고 있다. 여기서 우리는 유추와 영속성 이론에 의해 주장된 해석의 경계를 훨씬 뛰어넘는 어떤 풍요로운 상호작용을 위한 조건들과 접하게 된다. 과연 까마득히 멀리 떨어져 있는 고대의 과거와 매일 매일의 현재 사이에 명백하게 정식화된 아무런 연결고리가 없다는 바로 그 사실에서 어떤 긴장이 발생하게 되는데, 그리하여 이 두 개의 평행선 사이의 간극을 메움으로써 [그러한 텍스트가] 제시한 유사성의 동기를 찾는 것은 독자의 몫으로 남겨지게 된다. 이러한 과정이 단지 문제로 대두될 수 있는 것은 독자가 실제로 [양자간의] 평행선이라는 생각을 버리고, 그 대신 근대 세계와 호머의 세계를 그림과 바탕의 관계로 여기는 때일 것이다. 여기에서 바탕이란 배경을 의미하는 것으로 일종의 고정된 조망대로서 역할을 수행하게 되는데, 독자는 이를 통해서 현재의 혼돈스러운 동향을 인식하게 된다.[45)]

45) 이저Iser, 『내포 독자*The Implied Reader*』, 182~183면. 리프킹은 "율리시즈의 계속 이어지는 함축적인 방주"와 "『오딧세이』를 조이스의 『율리시즈』에 대해 실시간으로 대조할 수 있는 방주로 함께 인쇄하면 얼마나 경제적이겠는가" 하는 점에 대해 언급한 바 있다(「방주—포에 대한 노트와 여담, 발레리, '고대의 선원', 여백의 시련」, 631면).

2. 서술자의 소멸과 독자 겸 평점가

『유림외사』에서는 서술자의 존재를 나타내는 표지가 최소화되었다.[46] 이야기꾼으로서의 전통적인 서술자가 수행하는 한 가지 일은 평점과 묘사, 재현이라는 세 가지 양식 사이의 전환(이 책의 제9장 이후 참조)과 시간적이거나 공간적인 서사 초점의 변화를 통해 독자를 인도하는 것이다. 아래에서 논의하게 될 많은 이유 때문에, 『유림외사』에서는 이런 류의 전환과 전이들이 최소화되고 있는데, 그것은 전통 시기의 여타의 중국 소설에 비해 서사적인 간섭을 줄이기 위해서이다.

『유림외사』에서 서사 초점이 변화하는 방식은 아마도 전례가 없을 정도로 '당구공'의 기교와 잘 어울어져 있는 듯하다(이 책의 제9장 참조). 서사의 모멘텀은 첫 번째 배경과 연관 있는 한 인물을 물리적으로 두 번째로 옮김으로써 하나의 배경으로부터 다른 것으로 전이된다. 이러한 기교는 진성탄본 『수호전』의 장절들에서 두드러진다. 『유림외사』의 도당들에게 이것은 서사적인 전이들을 다루는 입증된 방법이었다. 그러한 서사적 전이들을 다루기 위해 전통적인 이야기꾼이 억지로 개입한 것들에는 '통속적인 상투어俗套'(황샤오톈, 『유림외사』, 38회 358면, 협비)라는 딱지가 붙여졌다.

『유림외사』에서 서술자의 개입을 최소화하는 또 다른 전략은 서사시간이 전향적이고 지속적으로 흘러가는 것을 방해하는 거의 모든 것들을 제거하는 것이다. 『수호전』에서는 때로 서술자가 새로운 것으로 건너뛰기 전에 서사의 오래된 실타래의 느슨해진 가닥들을 단도리하기 위해 멈추곤 하는데, 그것은 똑같은 시간의 묶음을 두 번 다루도록 채

---

46) 『유림외사』의 이러한 특질은 확실히 허만쯔何滿子가 그대가 개장시開場詩와 인수引首를 제거한다면 그 결과 '근대 소설'과 구분할 수 없게 될 것이라고 언급한 것 이상이다(「문학의 각성文學的覺醒」, 36면).

근한다(이를테면, 『수호전회평본』, 51회 950~951면). 진성탄은 『수호전』에서 (이미 이 소설의 전반부에서는 비교적 드물게 나타나는) 플래쉬백을 사용하는 사례들을 제거하는 데까지 이르지는 않았지만, 시간적인 배경의 변화를 강조하는 이야기꾼의 수사를 변화시켰다(이를테면, 『수호전전』, 49회 805면, 818면 주4).

『유림외사』에서는 등장인물들이 서술자에 의해 직접 소개되는 법이 거의 없고, 그 대신에 인물들은 다른 인물의 입을 통해 독자에게 소개되거나, 그렇지 않으면 그 자신이나 소설 속의 다른 인물이 소개하는 식으로 막 바로 서술 속에 등장한다. 이렇듯 억지스럽지 않게 인물들을 소개하는 기교들은 진성탄이 칭송했던 것인데(이를테면, 『수호전회평본』, 8회 193~194면), 『유림외사』에서도 이것을 충실하게 따르고 있다. 드물게 나타나는 예로는 수사적인 효과를 위해, 서술자가 좡사오광莊紹光의 첫 번째 등장을 두고 한 말들이나 제36회에서 위위더虞育德의 정전正傳을 준비하는 것 등을 들 수 있다.

다른 많은 소설들과 마찬가지로, 『유림외사』는 내포 작자가 표면에 근접해 있는 단락들로 시작되고 끝이 난다. 하지만 앞서의 장에서 논의된 사례들과 확연하게 대조를 이루는 것은, 『유림외사』의 서술자가 자신의 언급에 대해 인색하다는 점이다. 독자에 대해, 또는 그 자신이나 자신의 텍스트를 스스로 언급하는 것(후자에 대한 단 하나의 사례는 전자의 드물게 보이는 사례에 나타난다. 『유림외사회교회평본』, 55회 749면)에 대한 수사적인 질문들은 거의 완벽하게 존재하지 않는다. 정보를 제공해주는 류의 서술적인 개입은 드물고(천메이린陳美林, 「『유림외사』의 예술구조를 논함論儒林外史的藝術結構」, 251면, 단지 아홉 개의 사례만을 나열하고 있음), 행위나 개별적인 인물에 대해 언급하는 시사詩詞와 대련對聯을 서술적으로 인용하는 것은 회말의 대구를 제외하고는 전혀 없다.

『유림외사』의 서술자가 소설 속의 인물을 직접 언급하는 경우도 역시 드문데, 직접 언급하는 경우는 도덕적으로 전혀 의심의 여지가 없는 고결한 인물들을 가리키는 경향이 있다. 서술자는 인물들이 거짓말하고 있다는 것을 독자에게 알려주지 않으며,47) 다른 이름이나 가명으로 등장하는 인물들의 본래 모습도 마찬가지로 명시적으로 드러내지 않는다.48) 즈비그뉴 슬럽스키Zbigniew Slupski의 말에 의하면, "독자는 서술자에 의해 인도되지 않는다. 그는 단지 그 자신의 힘으로 해석해야 하는 모티프와 장면들로 제시되는 것이다(「현대 중국문학에서의 『유림외사』에 대한 문학적, 이데올로기적 반응들」, 125면)."

이 책의 제10장에서 우리는 서술자가 평범하게 만들어낸 언급들이 소설 속의 인물의 입으로 옮겨지는 경향에 대해 주의한 바 있는데, 바로 자신이 개정한 『수호전』 판본에서 진성탄이 그러한 작업을 수행하였다는 사실도 지적한 바 있다. 이러한 장치는 『유림외사』에서 많이 사용되고 있지만, 독자는 가오학사高學士가 두사오칭杜少卿을 비판한 경우에서처럼49)(『유림외사회교회평본』, 34회 466~467면), 이러한 언급들이 믿을만한

47) 가장 빈번하게 인용되는 예는 다른 사람을 속인 적이 없다는 옌공생嚴貢生의 주장이 옌공생에게 속임수로 빼앗긴 돼지 주인이 그것에 대해 항의하러 왔다고 보고한 하인의 말에 의해 (그 허위성이) 까발겨지는 것이다(『유림외사회교회평본』, 4회 61~62면). 1803년본에서는 평점가가 다음과 같이 썼다. "이 사건은 독자로 하여금 많은 말을 하지 않고도 (옌공생이라는 인물에 대해) 이해할 수 있게 해준다. 만약 서투른 사람이 했다면, 다음과 같이 말했을 게 분명하다. '독자들께서는 주의하시라. 옌공생은 실제로는 이러 저러한 사람이다.' 그렇게 되면 묘사가 완전히 맛을 잃게 될 것이다令閱者不繁言而已解. 使拙筆爲之, 必且曰：看官聽說, 原來嚴貢生爲人是何等樣, 文字便索然無味矣(원문은 [옮긴이 주])."(『유림외사회교회평본』, 4회 66면. 평어 5; 영문 번역은 린순푸 역 「워셴차오탕본 『유림외사』 회평」, 258면에 근거했음.)

48) 이를테면, 독자는 장쥔민張俊民(그는 실제로는 앞서 '장톄비張鐵臂'라는 이름으로 만난 적이 있는 인물이다)이 서사에 등장할 때(『유림외사회교회평본』, 31회 426면), 그에 대해 기이한 무엇인가가 있다는 매우 미묘한 실마리만을 제공받는다. 그는 제37회까지 본색이 드러나지 않는다.

49) [옮긴이 주] 원문은 다음과 같다. "가오 선생이 말했다. 우리 톈창현은 류허현과 이웃이니 왜 모르겠소. 여러분들은 제가 하는 말을 괴이쩍게 듣지 마시오. 그 사오칭이라는 이는 두씨 가문에서도 으뜸가는 패물이오. 그의 조상님들은 몇십 대를 내려오면서 의원을 하여 널리 음덕을 쌓고 가산을 장만했던 것이외다. 그리고 톈위안공의 대에 이르러서는 신분이 매우 높아져 몇십 년 벼슬을 하였지만 웬일인지 그 분은 돈 한 푼 못 벌고 집에 돌아오셨소. 사오칭의 부친은 학력이 높아 진사에 급제하고 태수 벼슬을 하

것인지, 또는 정확하게 반대되는 의미가 내포되어 있는지에 대해 주의를 기울여야만 한다.

『유림외사』에서 서술자가 등장인물들을 드러내놓고 판단하는 것을 자제하고, 표현되지 않은 것이든 또는 제시된 인물의 입을 통한 것이든, 암묵적으로 판단하는 것을 선호한 것은 서술자가 따로 없는 희곡에서 영향을 받은 것과 연관이 있다는 주장이 제기되어져 왔다(루더차이魯德才, 「소설에는 희극적 요소가 섞여 있다」, 280~281면). 하지만 훨씬 더 그럴듯한 근거는 소설 비평과 다른 경우, 이를테면 쓰마첸이 자신의 『사기』에서 비평과 서술을 교묘하게 뒤섞어 놓은 방식(이 책의 제5장 참조)에서 찾아 볼 수 있는 통속적인 개념이다. 워셴차오탕본에서는 『유림외사』의 이러한 측면에 대해 이 소설에는 "사안의 진실이 스스로 드러나게 하기 위하여 어느 한 사람의 판단을 표출하지 않고 사건을 직접 서술"하는 예증이 들어 있다고 칭찬했다.[50]

셨는데, 그 분 역시 우둔하셨거든. 그 분은 벼슬을 하면서도 상관을 존중할 줄 모르고 백성들이 좋아라 할 것만 생각하였고 날마다 그 따위 '효제나 농잠에 힘쓰라는 어리석은 소리만 하셨소. 이런 말들은 '교화'라는 제목같은 걸로 문장을 쓸 때 수식하는 말고 쓰는 데 불과한 것이오. 그것을 진짜로 여겨 처사하였기에 상관의 미움을 받고 마침내 벼슬에서 떨어지고 말았던 것이오. 그 분의 아들은 더 맹탕이니, 마음대로 입고 먹고 중이거나 도사거나 장인이거나 거지거나를 꺼리지 않고 사귀면서도 신분 높은 훌륭한 사람과는 사귀려 하지 않소. 십 년이 못 가서 육칠만 냥의 은전을 몽땅 써 버렸던 게요. 그리고는 톈창현에서 있지 못하게 되자 난징으로 와서는 매일 여편네 손을 잡고 술집에 들어가 술을 먹고 손에 구리잔을 들고 있는 꼴이 마치 거지나 진배 없으니, 그 집안에서 그런 자식이 생길 줄이야 생각이나 할 수 있었겠소.. 나는 집에서 아들이나 조카애들을 공부시킬 때 그 사람을 본받지 말라 하고 책상머리에는 '톈창현의 두이를 본받지 말라'고 써 붙였소이다.(高老先生道: 我們天長六合是接壤之地, 我不知道. 諸公莫怪學生說, 這少卿是他杜家第一個敗類! 他家祖上十代行醫, 廣積陰德, 家里也了許多田產到了他家殿元公, 發達了去, 雖做了十年宮, 不會尋一個錢來家到他父親, 還有本事中個進士, 做一任太守, 已經是個子了: 做官的時候, 全不曉得敬重上司, 只是一味希圖着百姓說好; 又逐日講那些敎孝弟, 勸農桑的話這些話是敎養題目文章里的詞藻, 他竟拿着當了眞, 惹的上司不喜歡, 把個官弄掉了. 他這兒子就更胡說, 混穿混吃, 和尙道士工匠花子, 都拉着相與, 不肯相與一個正經人! 不到十年內, 把六七萬銀子弄的精光天長縣站不住, 搬在南京城里, 日日着乃眷上酒館吃酒, 手里拿着一個銅盞子, 就像討飯的一般. 不想他家竟出了這樣子弟! 學生在家里, 往常敎子侄們讀書, 就以他爲戒每人讀書的子上寫一紙條貼着, 上面寫道: 不可學天長杜儀.)"

50) 『유림외사회교회평본』, 4회 67면. 평어 7. 영문 번역은 린순푸 역, 「워셴차오탕본 『유

독자가 소설 속의 인물들을 평가하는 것은 『유림외사』의 주된 초점으로, 독자가 실제 인물을 평가하기 위한 하나의 보조 자료로서 『유림외사』를 이용했다고 말한 것(이 책의 제7장 이후에서 언급하고 있는 선바오전沈葆貞에 대한 일화 참조)은 전혀 과장이 아니다. 『유림외사』에서 작자는 인물들의 도덕적인 가치를 판단하기 위해 부정적인 판단 기준과 긍정적인 판단 기준 모두를 설정하고 있다. 부정적인 잣대는 소설의 인물들이 어느 정도까지 '부귀공명'에 사로잡혀 있는가 하는 것과 연관이 있다. 그런 것에 집착하지 않는 것은 역시 작자가 인정한 가치인 효를 고수하고 있는가 하는 것을 통해 긍정적으로 표출되고 있다. 하지만 인물들에 의해 취해진 행위들은 어느 경우에서든 이러한 행위를 일러주는 태도나 동기만큼이나 위험스럽게 여겨지고 있지 않다.

이 소설 속의 행위들에 대한 우징쯔의 태도를 하나씩 그 맥락에서 검증한다면, 우리는 그의 태도에 대해 혼란에 빠지기 쉽다. 하지만 이것은 그 맥락과 이 소설의 나머지 다른 곳에서 비슷한 행위들을 다루고 있는 것에 그에 합당한 주의를 기울인다면 비교적 문제가 되지 않는다. 두말할 필요 없이 이것이야말로 텍스트 바깥의 평점의 주요한 기능 가운데 하나, 곧 독자가 마음 속에 이 소설을 하나의 총체로 그리면서 이 소설의 개별적인 장절들을 읽어나가게 만드는 것이다.

인물들의 행위 뒤에 숨어 있는 동기들이 실제 행위보다 더 중요한 것이라는 사실을 기억하는 것은 중요한데, 그것은 똑같은 행위라도 다른 동기 하에 행해졌다면 다르게 평가해야 하기 때문이다. 위위더虞育德는 우징쯔의 이상을 가장 완벽하게 체현하고 있는 이 소설의 중심적인 인물로 제시되고 있다. 어떤 사람은 그가 다른 사람들과 맺고 있는 관계 속에서 선한 인물과 악한 인물을 분별해내지 못했다고 비판했는데(이를

림외사』 회평」, 258면에 근거했음. 비슷한 말이 『유림외사회교회평본』, 7회 112면, 평어 3(린순푸 역, 「워센차오탕본 『유림외사』 회평」, 263면)에도 보인다. [옮긴이 주] 워센차오탕의 원문은 다음과 같다. "所謂直書其事, 不加斷語, 其是非自見也."

테면, 천메이린, 『우징쯔연구吳敬梓研究』, 208면), 그는 '악인들'을 지나치게 관대하게 다룸으로써 다른 사람들로 하여금 악행을 저지르도록 부추겼을 수도 있다는 점에서 특히 비판을 받았다(이를테면, 우쭈샹吳組緗, 「『유림외사』의 사상과 예술」, 25면). 이렇게 되면 『유림외사』에서 그와 같은 관대한 처분과 일반적인 선한 사례들에 돌려져야 할 교정의 힘이 아무 것도 아닌 게 되어버린다. 위위더의 행위들은 어떤 사람이나 배후의 동기들에서 나온 것으로 제시된 적이 없으며, 그러한 행위로 인해 혜택을 받는 사람들에 대해 강력한 영향력을 발휘하는 것으로 보인다. 덕德이라는 중국어 단어에는 다른 사람들에 대해 영향을 주기 위해 노력하는 가운데 생기는 힘이라는 관념이 포함되어 있다. 위위더의 특별한 행위들은 이 소설의 다른 곳에서 긍정적인 인물이 행하는 비슷한 행위들에 의해 뒷받침된다.

전통적인 텍스트 내적인 평점 양식이 『유림외사』에 광범위하게 존재하지 않는 것과 마찬가지로, 전통적인 묘사 양식 역시 거의 완벽하게 존재하지 않는다. 이 소설에는 그런 양식으로 치부될 수 있는 대련對聯 정도의 길이를 넘어서는 것이 아무 것도 없다. 평점 양식의 퇴보가 소설 평점의 성장과 밀접한 관계가 있는 것처럼, 묘사 양식의 퇴보 역시 그러하다(이 책의 제9장 참조).

『유림외사』에서 '오래된 묘사 양식의 기능들 가운데 몇몇은 묘사를 재현 양식으로 통합함으로써 성취되고 있다. 이 소설에서는 새로운 묘사 양식을 이용하기도 했는데, 이것은 그 경계를 나타내기 위한 형식적인 표지들을 필요로 하지 않는 고전 산문을 모델로 한 것이었다. 『유림외사』에서는 묘사의 서정성과 묘사된 배경들에 대한 인물들의 반응(또는 무반응)이 그러한 장면들과 조우하는 인물들에 대한 평어들을 만들어내는 데 사용되고 있다. 이를테면, 유명한 마춘상馬純上이 시후西湖를 여행하는 동안 작자는 그 지역의 자연의 아름다움을 마춘상의 사뭇 제한된 시야 범위와 대비시켜 가며 보여주고 있는데, 마춘상은 먹을거리 주위를 어슬

렁거릴 뿐 (여인들과 같은) 다른 유혹의 장면은 피하고 있다. 우산吳山의 정상에 올라 바라다 보이는 광경에 감흥이 일었을 때도 그가 한 것이라곤 사서四書 가운데 하나에서 두 구절[51]을 인용한 것뿐이다(『유림외사회교회평본』, 14회 202~207면).

『유림외사』에서 평점이나 묘사 양식 모두를 억제한 것은 몇 가지 재미있는 결과를 낳았다. 가혹할 정도로 평점 양식을 삭제함으로써 독자는 적극적으로 인물들의 도덕적인 가치를 판단하고 평가하는 중대한 과정에 참여할 수밖에 없었다. 묘사 양식을 인물 형상화에 종속되어 있는 좀더 덜 개입적인 형태로 바꿈으로써 독자들이 좀더 깊이 텍스트에 몰입하고, 소설 속 인물들을 평가하는 데 도움이 되었다. 재현 양식이 우위를 점하게 됨에 따라 독자는 매개되지 않은 형태로 이야기를 인지하게 되고, 그리하여 그 자신과 등장인물들의 세계와의 거리가 좁혀졌다는 환상을 심어주긴 했지만, [이와 동시에] 작자는 (평점이 붙어 있는) 전통적인 소설의 경험 있는 독자들이 좀더 복잡한 독서 전략을 내면화하고 있다는 사실에 의지할 수 있었다. 이러한 전략들로 말미암아 독자는 책을 읽을 때 그들의 머리 속에 [소설 속 등장인물들의] 행위에 대한 평점을 동시에 쓰라는 자극을 받고, 그들 자신과 텍스트 안에서 그들이 목도한 사건들 사이의 적절한 '비평적 거리'를 유지하게 인도된다.

텍스트 안에서 작자를 찾는 일에 익숙해 있는 전통 시기의 중국 독자에게, 『유림외사』에서 외견상 작자가 사라져버린 것은 [작품을 읽는 것이] 좀더 힘들게 보이게 자극하는 것이었는데, 이렇게 함으로써 독자는 『유림외사』 본문의 좀더 미묘한 세부 묘사로 관심을 돌렸다. 작자는 외견

---

51) [옮긴이 주] 『중용中庸』 가운데 한 구절을 인용한 것을 말하며, 14회의 해당 대목은 다음과 같다. "내려다보니 한쪽은 강이고 다른 한쪽은 호수인데, 산으로 둘러쳐져 있고, 강 건너 멀리로는 높고 낮은 봉우리들이 아득히 바라보였다. 마얼선생은 '화악을 업고도 무거운 줄 모르고 강과 바다를 담고도 새지 않으니, 천하의 만물이 모두 그 위에 실리는구나' 하고 찬탄을 금치 못했다兩邊一望, 一邊是江, 一邊是湖, 又有那山色一轉圍着, 又遙見隔江的山, 高高低低, 忽隱忽現馬二先生嘆道: 眞乃載華岳而下重, 振河海而不洩, 萬物載焉!"

상으로만 존재하지 않았기에, 작자와 친밀하게 이야기를 나누는 일은 좀더 도전적인 것이긴 했지만 전혀 불가능한 것은 아니었다. [『유림외사』의] 작자는 말을 하지 않고 보여주는 체하면서 배후에서 조용히 있을 따름이었다. 이렇듯 독자가 작자의 시점을 받아들일 용의가 있다는 사실을 확신시키려고 노력하는 분위기에서, 설사 『유림외사』와 같은 소설의 경우에도 작자의 본심은 독자를 조종하려는 데 있었다. 유일한 차이는 그러한 과정이 미묘하게 이루어졌다는 것이고 이 소설에서는 작자가 그와 같은 일은 아무 것도 하지 않은 데 있다.[52]

---

52) 헨리 제임스의 소설과 비평가들이 그의 소설을 말하는 것보다 보여주는 것으로 강조한 것을 받아들임에 따라 서구에서도 이와 유사한 발전이 일어났다. 플로베르와 조이스의 소설에서는 작자의 개성이 텍스트의 표면에서 물러나 있다. 플로베르와 조이스는 이에 대해 이신론자理神論者들이 신을 시계 제조자로 묘사하기 위해 사용했던 것과 똑같은 용어로 말하고 있다. 하지만 그러한 사실이 이러한 작자들의 개인적인 삶에 대한 흥미를 감소시키는 것은 아니다.

제14장_ 집대성

『홍루몽』

『홍루몽』이 근대 이전의 중국에서 나온 가장 복잡한 소설이라는 것은 분명한 사실이다. 그리하여 텍스트 바깥의 평점의 도전에 대해 가장 복잡한 해답을 제시하고 있는 것 역시 이해할 만하다. 많든 적든 앞서의 세 장에서 살펴본 모든 해답들은 이 한 권의 소설 창작에 채용되었다. 아마도 『홍루몽』은 근대 이전의 중국에서 텍스트와 평점 사이의 경계가 가장 유동적인 소설일 것이다. 이것은 부분적으로는 역사적인 사건을 다루고 있다. 거의 반 세기 동안, 『홍루몽』은 다양한 길이와 완성도를 가진 판본들이 필사본의 형태로 유통되었다. 필사본들에 대한 평어에는 차오쉐친曹雪芹이 죽을 때까지 작자의 수정이 진행되었다는 사실이 드러나 있으며, 청웨이위안程偉元(약 1745~1819)과 가오어高鶚가 이것을 출판하고 편집하기 전까지도 텍스트를 가지고 주물럭거렸다는 증거가 있다. 여러 가지 면에서 『홍루몽』은 집체적인 기획이었던 것이다.

유통되었던 필사본들은 최소한 처음에는 가족이나 친구들과 같이 선별된 청중을 위해 준비된 것이었는데, 편집은 [그와 같이 소수를 위한] 생산 양식에 걸맞은 것은 아니었다. 평점은 특별히 자기 만족적인 동기에 의해 수행된 것인 듯이 보이는데, 이것을 조직화하거나 이에 대한 논의를 발전시키는 데 대해서는 거의 주의를 기울이지 않았다. 필사본 시대의 막바지에 이르러서야 원본과 평점에 편집이라 부를 만한 어떤 것이 따라붙게 되었다.[1] 1791~1792년 이 소설이 인쇄되기 전에, 텍스트의 일부 장절이 어떤 필사본에서는 텍스트 바깥의 평점으로, 그리고 또다른 필사본에서는 본문의 일부로 나왔을 것이다[2].

『홍루몽』과 이전 소설과 소설 평점 사이의 관계는 상당히 복잡하지만, 아마도 전통 안에서의 혁신으로 가장 잘 묘사될 수 있을 것이다. 소설 자체에는 그 경쟁상대로부터의 명시적인 비판이 대량으로 담겨 있다. 텍스트 내에서는 공개적으로 인정하고 있지 않지만, 이전 소설들에게서 진 빚은 초기 필사본에 대한 평점에서 종종 언급되었다.

『홍루몽』에 대해 가장 영향을 준 소설은 『금병매』이며, 이 두 소설 사이의 관계는 『홍루몽』이 등장한 이래로 중요한 논의의 주제가 되어 왔다. 비록 어떤 학자들은 『금병매』의 나쁜 평판으로부터 『홍루몽』을 고립시키기 위해 양자 사이의 관계를 부인하려고 했는데(이를테면, 푸쩡샹傅憎享, 「『홍루몽』과 금병매의 같은 점을 구하고 비교하며 이의를 제기하면서 겸하여 차오쉐친이 거울로 삼은 것과 창작에 대해 다시 논함紅樓夢金瓶梅求同比較異議兼再論曹雪芹的借鑑與創作」 참조), 『금병매』의 강한 영향은 우리가 여전히 이 주제를 결정적으로 다루는 데에는 약간의 유보가 필요하긴 하지만, 거의 보편

---

1) 내가 지칭한 것은 '유정有正' 계열의 필사본인데, 이 가운데 하나가 20세기의 전환기 이후에 상하이의 유정서국有正書局에 의해 변형된 채로 나중에 영인되었다(롤스톤, 『독법』, 469~471면)

2) 가오어高鶚와 청웨이위안程偉元이 자신들의 판본에 평점을 포함시키지 않기로 결정한 주된 이유는 분량과 비용 문제 때문이었다. 그들이 같이 쓴 서문引言 참조. 『『홍루몽』권紅樓夢卷』, 32면(『석두기』, 4 : 387~388면, iv)

적으로 받아들여지고 있다.[3] 즈옌자이脂硯齋 평점의 평어에서는 차오쉐친이 "『금병매』의 신비스러운 비밀을 깊이 체득했다"[4]고 추켜세웠다. 학자들 역시 차오쉐친이 가장 잘 알고 있었던 것이 장주포본 『금병매』였다는 사실에 동의하고 있다.[5]

『홍루몽』과 『수호전』 사이의 공통점[6]들은 『홍루몽』과 『금병매』 사이의 그것보다 훨씬 약하기는 하지만, 소설 평점가들은 마찬가지로 『수호전』에 대한 『홍루몽』의 유사점들을 강조하기를 좋아했다. 즈옌자이 평점에서의 평어는 사건이나 문학적 기교라는 측면에서 두 소설 사이의 인지된 관계를 나타내고 있으며,[7] 진성탄의 이름이 두 번씩이나 언급되었다(이 책의 제1장 참조). 후대의 평점가들은 『홍루몽』을 『수호전』에 연결시키려는 시도를 상세하게 기술할 수 있었다.[8] 이런 평어들 대부분에서,

---

3) 날짜를 확정할 수 있는 가장 완전한 시도는 스콧Scott의 「청출어람-『홍루몽』이 『금병매』에게 진 빚Azure from Indigo : Honglou meng's Debt to Jin Ping Mei」이다.

4) 『신편 『석두기』 즈옌자이 평어 집교』, 13회 238면, 갑술甲戌 미비. 평어는 『금병매』에서의 리핑얼李瓶兒의 장례식을 모델로 한 친커칭秦可卿의 장례에 대한 세부 묘사를 지칭하고 있다. 천시중陳曦鐘의 「금병매의 오묘함을 깊이 체득함深得金瓶壺奧」 참조.
[옮긴이 주] 원문은 다음과 같다. "深得『金瓶』〈壺〉[壼]奧."

5) 장주포의 아버지와 차오쉐친의 조부와 증조부 사이의 교유와 차오씨 집안과 리위 그리고 그가 좋아하는 평점가인 두준杜濬 사이의 관계에 대해서는 이 책의 제2장 참조. 차오쉐친에 대한 장주포의 영향에 대해서는 왕루메이王汝梅, 「장주포張竹坡」와 역시 왕루메이의 「장주포 평본의 차오쉐친의 창작에 대한 영향張評本對曹雪芹創作的影響」 참조.

6) 이 가운데 하나는 그 위에 뭔가 써있는 석갈石碣 주위를 맴돈다는 것이다(징 왕Jing Wang, 「『석두기』-상호텍스트성, 고대 중국의 돌에 대한 전승과 『홍루몽』에서의 돌의 상징성The Story of Stone : Intertextuality, Ancient Chinese Stone Lore, and the Stone Symbolism in Dream of the Red Chamber」 참조).

7) 즈옌脂硯이라고 제題한 평어에서는 『홍루몽』의 쟈윈賈芸과 니얼倪二을 『수호전』 제12회에서의 양즈楊志와 뉴얼牛二과 비교했다(『신편 『석두기』 즈옌자이 평어 집교』, 24회 441면). 또 다른 평어에서는 제한된 시점의 사용을 '수호의 문학적 기교'라고 확증했다(『신편 『석두기』 즈옌자이 평어 집교』, 26회 479면, 갑술 협비). 진성탄이 등장인물들의 시점을 반영하기 위해 『수호전』의 장절들을 어떤 식으로 개정했는지에 대해서는, 롤스톤, 「전통적인 중국 소설 비평 저작에서의 '시점'」, 130~131면 참조.

8) 아마도 청말로 추정되는 무명씨의 평어에서 다음과 같이 말한 것과 같을 것이다. "어떤 이는 『홍루몽』의 인물 묘사가 『수호전』으로부터 발전해 온 것脫胎이라고 말한다. 이

우리는 진성탄의 『수호전』 해석의 영향을 쉽게 엿볼 수 있다.[9)]

현대의 학자들은 『수호전』과 진성탄이 『홍루몽』에 영향을 주었을 지도 모른다는 사실에 대해 흥미를 갖고 있었다. 이 주제에 대한 미발표 논문을 중국의 『수호전』 학술발표회에서 궈잉더郭英德가 발표했다. 같은 학술발표회에서 장궈광張國光은 『홍루몽』이 『서상기』에 대한 진성탄의 '비극적인' 해석을 확장한 것이고 그의 소설이론을 실행에 옮긴 것이라고 말했다(『제3회第三屆』, 136면). 그는 『홍루몽』의 '연기緣起'가 『수호전』에 대한 진성탄의 스나이안施耐庵 서를 모방한 것이라고 주장하기도 했다(장궈광, 「진성탄은 수호전의 가장 흉악한 적인가金聖歎是水滸最凶惡的敵人嗎」, 41면). 장궈광은 마오쩌둥의 사후에 진행된 진성탄의 '복권'에 폭넓게 책임을 지고 있으며, 그의 당파성은 종종 명확하게 눈에 띄지만, 이 점에 대한 그

것은 맞다. 바오차이寶釵는 쑹쟝宋江이고, 시런襲人과 시펑熙鳳은 우융吳用과 같으며, 다이위黛玉와 칭원晴雯은 차오가이晁蓋와 같고, 탄춘探春은 린충林冲과 같으며, 샹윈湘雲은 루즈선魯智深과 같고, 쉐판薛蟠은 리쿠이李逵와 같다. 차오가이晁蓋가 화살에 맞았을 때(제60회), 쑹쟝만 우는데, 칭원이 쫓겨났을 때에는(제77회), 시런만 운다. 리쿠이는 쑹쟝을 저주하고, 쉐판은 바오위를 저주하고 리마李媽는 시런을 저주한다. 이 것은 모두 어떤 모델을 따른 경우들이다依樣葫蘆(『紅樓夢』, 9회). 「말썽꾸러기 녀석이 학당에서 소란을 일으킨다起嫌疑頑童鬧學堂」를 놓고 말하자면, 여기에서는 다밍푸大明府를 세 번 공격하는 것(『수호전』에서의 63~66회)을 '남본'으로 삼고 있다. 진구이金桂가 쉐커薛蝌를 유혹하려고 시도하는 것은 두 판씨潘氏(곧 판진롄潘金蓮과 판챠오윈潘巧雲)의 (유혹하는) 계략에서 본을 받은 것이다有謂『紅樓夢』描寫人物, 脫胎水滸者, 確也. 寶釵似宋江, 襲人, 熙鳳似吳用, 黛玉, 晴雯似晁蓋, 探春似林冲, 湘雲似魯達, 薛蟠似李逵. 晁蓋中箭, 宋江獨哭; 晴雯被逐, 襲人獨哭. 李逵罵宋江; 薛蟠罵寶釵, 李媽媽罵襲人, 乃依樣葫蘆之筆. 至起嫌疑頑童鬧學堂, 則以三打大明府爲藍本, 金桂戲薛蝌則師二潘之故智(원문은 [옮긴이 주])."(쿵링징孔另境, 『중국소설사료』, 204~205면). 진성탄의 영향을 보여주는 두 소설의 특징을 연결시키는 유사한 평어에 대해서는 이 책의 제8장 이하에서 언급한 바 있는 『홍루몽』의 19세기본 34회 이후에 쓴 이름 없는 여인의 평어 참조(후원빈胡文彬, 「랑환산챠오 비평 속서娘嬛山樵批評續書」, 148면).

9) 이것은 확실히 장신즈張新之가 최초로 이 소설의 예술적 기교를 『사기』의 그것과 동등하게 놓았던 그의 평어의 한 부분에 암시되어 있다. 그는 다음과 같이 말했다. "하지만 사실상 이것은 (작자가) 『수호전』을 실제로 읽을 수 있는지善讀의 문제에 지나지 않는다. 나는 이렇게 말함으로써 『홍루몽』을 얕보고 싶지는 않지만, 또한 『수호전』을 잊고자 할 수도 없다而其實不過善讀『水滸傳』而已. 我於此不敢輕『紅樓』, 又不敢忘『水滸傳』. (원문은 [옮긴이 주])"(『評注金玉緣』, 2회 12b[94], 회평)

의 생각은 다른 학자들에 의해 지지를 받고 있다.[10)]

1. 자기-평점과 합작

몇몇 학자들은(이를테면, 리 와이이Li Waiyee, 『매혹과 각성-중국 문학에서의 사랑과 환상*Enchantment and Disenchantment : Love and Illusion in Chinese Literature*』, 230면) 『홍루몽』에 대한 초기 평점, 이른바 즈옌자이 평점(자세한 서지사항은 롤스톤, 『독법』, 456~471면 참조)의 일부가 차오쉐친 자신이 쓴 것이라고 주장했다. 이것들은 몇몇 필사본에 있어야 온당한 평어들을 본문에 베껴 넣은 것[11)](『신편 『석두기』 즈옌자이 평어 집교』「도론」, 52~55면)이거나(이런 일은 상당히 흔히 일어나는 경우이다), 다른 평어들과의 대화이긴 하지만 작자의 시각에서 나온 평어들이다(『신편 『석두기』 즈옌자이 평어 집교』「도론」, 98~100면). 그러나 우리가 합리적으로 차오쉐친에게 돌릴 수 있는 평어의 총 숫자는 그다지 많지 않다. 하지만 우리는 차오쉐친과 초기의 평점가들 사이에 많은 합작이 있었다는 사실을 확신할 수 있다.[12)]

---

10) 이를테면, 린원산林文山, 「어디로 구를 것인가那輾」, 103면 참조. 진성탄의 차오쉐친에 대한 영향에 대하여 출판된 고찰로는 헤겔, 『17세기 중국 소설』, 227면, 루더차이魯德才, 『소설예술론小說藝術論』, 153면, 무후이牧慧, 『중국소설예술천담』, 6, 37, 120, 196면, 류후이劉輝, 「사화본에서 설산본까지從詞話本到說散本」, 38면, 왕셴페이王先霈와 저우웨이민周偉民, 『명청소설이론비평사』, 300, 542면, 천훙陳洪, 『중국소설이론사』, 100면, 린원산, 「진성탄 서상기의 『홍루몽』에 대한 영향論金西廂對紅樓夢的影響」과 지즈웨季稚躍, 「진성탄과 『홍루몽』 즈옌자이 비金聖歎與紅樓夢脂批」, 291면 참조.

11) 위핑보兪平伯, 『즈옌자이 홍루몽 집평脂硯齋紅樓夢輯評』, 23~24면과 왕셴페이와 저우웨이민, 『명청소설이론비평사』, 538~539면 참조.

12) 『신편 『석두기』 즈옌자이 평어 집교』「도론」, 96~103면 참조. 평점가들의 합작에는 텍스트의 사본을 만들고, 작자가 채워야 할 공백을 표시하는 것 등이 포함된다. 후자의 예에 대해서는, 『신편 『석두기』 즈옌자이 평어 집교』, 75회 669면, 경진 회수 평어 참조.

초기 필사본의 평점은 가장 중요한 기여자인 '즈옌자이脂硯齋'의 당호를 따서 즈옌자이 평점으로 알려져 있다. 평점에는 필사본의 후대의 소유자와 독자의 이름을 배제하고도 열 개 정도의 다른 이름으로 서명된 언급들이 들어 있다. 서명이 된 평어들 대부분은 즈옌자이나 지후써우畸笏叟가 지은 것으로 되어 있는데, 우리는 서명이 없는 평어들 가운데 더 많은 것의 경우에도 그러할 것이라 추측한다. 평점가가 누구인지, 그리고 그들과 차오쉐친과의 정확한 관계는 의문으로 남아 있다(심지어 즈옌자이와 지후써우가 두 사람인지에 대한 약간의 논란도 있다). 이런 필사본들이 재발견되어 연구가 진행되었을 때, 후스胡適와 위핑보兪平伯(1900~1991) 두 사람은 즈옌자이와 차오쉐친이 같은 사람이라고 주장했다(후스, 「건륭 경진본 발跋乾隆庚辰本」, 121면과 펑수젠馮樹鑑, 「이백년 이래 『홍루몽』 현안, 차오쉐친과 즈옌자이가 한 사람일 것이라는 수수께끼에 대한 새로운 탐색兩百年來紅樓懸案新探談一芹一脂之謎」, 69면). 위핑보는 작자 이외에는 그 누구도 작자의 마음을 알 수 없었을 것이라고 주장했다.[13] 대부분의 학자들은 즈옌자이가 작자와 같은 세대의 친척이고,[14] 지후써우는 아마도 그보다 앞선 세대에 속했을 거라 생각했다.[15]

즈옌자이 평점가들 몇몇은 이 소설 속 에피소드의 모델이 되는 사건들을 경험했으며,[16] 그들은 종종 등장인물들이 그들이 알고 있는 사람

---

13) 펑수젠, 「이백년 이래 『홍루몽』 현안, 차오쉐친과 즈옌자이가 한 사람일 것이라는 수수께끼에 대한 새로운 탐색」, 69면. 차오쉐친과 즈옌자이가 누구인지에 대해 펑수젠이 첫 번째로 꼽은 반론은 그 어떤 자존심이 강한 작자라도 그런 식으로까지 자기 자신을 추켜세우지는 않았을 것이라는 것이었다. 펑추이중馮粹仲은 마찬가지로 즈옌자이가 나중에 차오쉐친과 결혼하게 된 어떤 여인이었을 거라는 저우루창周汝昌의 이론을 거론한 바 있다.

14) 이를테면, 천홍陳洪, 『중국소설이론사』, 253면, 여기에는 즈옌자이가 그들이 같은 세대인 것처럼 작자 자신을 지칭하는 증거가 인용되어 있다.

15) 주요한 증거는 지후써우가 차오쉐친으로 하여금 자신의 뜻에 거스르는 소설의 텍스트를 바꾸도록 강요했다는 것이다(이 책의 이하의 내용 참조).

16) 많은 평어들에서 얼마나 오래 전에 그들이 생각한 사건들이 소설 속에서 일어난 사건들에 대한 모델이었는지에 대해 언급했다. 이를테면, 『신편 『석두기』 즈옌자이 평어

들에 기초한 것이라 주장했다. 1762년의 한 평어에서는 다음과 같이 말했다. "한 사람 한 사람 주를 달아 밝혀놓지 않은 것은 안타까운 일이다."[17](『신편 『석두기』 즈옌자이 평어 집교』, 24회 443면, 경진 미비) 한 곳에서 평점가들 가운데 한 사람이 작자에게 화를 냈는데, 그것은 바오위寶玉에 대한 묘사 때문이었다. "내가 처음 이 (부분)을 봤을 때, 나는 그에게 화가 나서 참을 수가 없었다. 왜냐하면, 작자가 내 어린 시절의 과거사를 묘사하고 있었기 때문이다. 하지만 그가 자신의 자화상을 쓴 것이라고도 생각했는데, 어찌 나 한 사람만을 염두에 두고 묘사한 것이었겠는가?"[18](『신편 『석두기』 즈옌자이 평어 집교』, 17회 293면, 경신 협비)

즈옌자이 평점가들은 종종 삶과 예술의 차이를 망각했다는 이유로 비판받았지만, 그들은 때로 그것들을 분리하기도 했다. 이를테면, 서명이 없는 다음의 평어는 리얼리티와 허구 사이의 관계에 대한 상당히 단순한 관념과 소설과 독자 사이의 관계에 대한 좀더 복잡한 개념을 모두 보여주고 있다.

> 더구나, 이 (사건)은 내가 개인적으로 예전에 보고들은 것이기도 하고, 작자가 경험한 바 있는 기성의 문장이기도 하다. 이것은 그가 꾸며낸 것이 아니기에 그대가 보통의 소설에서 발견하게 되는 이별과 만남 그리고 슬픔과 기쁨離合悲歡과 같은 진부한 움직임들과는 사뭇 다르다. 나는 지금 어려운 처지에 놓여 있는 큰 집안의 아들들이 이것을 읽는다면, 그 사안은 각기 다르더라도, 거기에 깔려 있는 감정들과 원리들情理은 그들 마음 속에 있는 것과 완벽하게 맞아떨어질 것이라 생각한다.[19]

집교』, 13회 231면, 갑술과 경진본 미비.

17) **[옮긴이 주]** 원문은 다음과 같다. "惜不便一一注明耳."

18) **[옮긴이 주]** 원문은 다음과 같다. "余初看之, 不覺怒焉, 蓋謂作者形容余幼年往事, 因思彼亦自寫其照, 何獨余哉?"

19) 『신편 『석두기』 즈옌자이 평어 집교』, 77회 679면, 경진 협비. 독자로 하여금 텍스트 안에 묘사되어 있는 사건들이 실제로 일어났는지에 대해 관심을 갖지 말 것을 종용하거나(이를테면, 『신편 『석두기』 즈옌자이 평어 집교』, 7회 155면, 갑술 협비), 이 소설의 장절들의 리얼리티를 믿고 있는 독자는 작자에 의해 우롱 당하고 있는 것(이를테

평점가들 가운데 한 사람脂硯齋?은 비교적 긴 평어를 썼는데, 여기에서 그는 자신을 바오위寶玉의 모델들 가운데 하나로 보는 동시에, 바로 그 바오위가, 허구적인 인물로서, 전혀 새로운 존재라는 것도 인지하고 있었다. 그는 비록 바오위가 그 자신과 동료 평점가들에게 완벽하게 인지 가능한 인물이긴 하지만, 그 세계나 그 이전의 소설 또는 희곡에서 그와 닮은 사람은 본 적이 없다고 주장했다.[20)]

즈옌자이는 『홍루몽』에 나오는 몇 개의 꿈과 그 제목을 언급한 뒤, 평점가와 독자로서의 그가 꿈 속에 있는 것이라 선포했다(『신편 『석두기』 즈옌자이 평어 집교』, 48회 601면, 경진, 협비). 하지만 즈옌자이 평점가들은 소설 속에 묘사된 사건들의 그럴싸함plausibility을 강조하는 경향이 있다. 이것이 가능하지 않을 때는, 그들은 그럴싸해 보이지 않는 사건들을 작자의 비밀스런 기획으로 돌렸다. 이를테면, 명부에서 온 저승사자들이 친중秦鍾의 영혼을 거두어가려 나타나자, 평어에서는 다음과 같이 말한다.

> 『석두기』 전체에서, 모든 사건들과 이야기는 합리적이고, 그럴싸하며, 절대적으로 필수적인 부류의 것이다. 때로는 이와 같이 터무니없고 비규범적인 사건들이 그것들 사이에 산재해 있기도 하다. 이것은 작자가 고의로 유희적인 붓을 놀린 것이다. 이것은 독자가 외양에 마음을 뺏기는 것을 타파하고 풍자적인 효과를 위해 그렇게 한 것으로, 시종 진지하게 유령의 이야기를 하고 있는 다른 책들과는 다른 것이다.[21)]

면, 『신편 『석두기』 즈옌자이 평어 집교』, 5회 115면, 갑술, 협비)이라 주장하고 있는 평어들도 있다. **[옮긴이 주]** 원문은 다음과 같다. "況此亦〈此〉[是]余舊日目睹親〈問〉[聞], 作者身歷之現成文字, 非搜造而成者, 故迥不與小說之離合悲歡窠〈舊〉[臼]相對. 想遭〈令〉[零]落之大族〈見〉[兒]子見此, 〈難〉[雖]事有各殊, 然其情理似亦有〈點〉[默]契於心者焉."

20) 『신편 『석두기』 즈옌자이 평어 집교』, 19회 337~338면, 기묘 협비. 천시중陳曦鐘(「실제로 그런 일이 있었는지에 대해 말하자면說眞有是事」)은 평점에서 반복되는 언급인 '실제로 그런 일이 있었는지眞有是事'가 실제로 이 사건이 평점가나 작자에게 일어났다는 것을 의미하는 것은 아니지만, 그와 같은 일이 일반적인 차원에서 보통 사람들에게 일어날 수도 있다고 주장한 바 있다. **[옮긴이 주]** 원문은 다음과 같다. "按此書中寫一寶玉, 其寶玉之爲人, 是我輩於書中見而知有此人, 實未目曾親睹者."

즈옌자이 평점은 매우 긴 시간 동안 씌어졌다. 평점에서 언급된 시간은 1754년에서 1771년에 이른다. 1754년은 즈옌자이가 자신의 두 번째 순환의 평어를 시작한 해이기 때문에, [사실상] 평점은 그 이전에 시작되었을 것이다. 어떤 학자에 따르면, 즈옌자이는 이 소설을 다섯 번이나 읽고 평을 했으며, 지후써우는 그와 같은 일을 여섯 번이나 했다고 한다(자오진밍趙金銘, 「즈옌자이 초평 『석두기』의 연대는 언제인가脂硯齋初評石頭記是在甚麼年代」, 297~298면). 즈옌자이는 자신의 독서와 평점하는 일을 비조직적인 일로 묘사했으며, 자신의 초기의 평어들과 갈등을 일으키는 것도, 처음에 시작해서 그때마다 늘상 똑같은 작업을 진행한 것도 개의치 않았다[22](『신편 『석두기』 즈옌자이 평어 집교』, 2회 37면, 갑술 미비, 롤스톤, 「형식적 측면들」, 68면에 부분적인 번역이 있음). 이것은 아마도 지후써우의 경우도 마찬가지였을 것이다.[23] 비록 어쩌다 평점가들 사이의 또는 같은 평점가의 초기와 후기의 언급들 사이의 불일치뿐 아니라, 비판적인 언급이 있기는 했지만, 대체적으로 평점은 창조적인 기획 전체를 지지하는 편이었다.

작자가 사용한 놀라운 기교를 지적하는 것말고도(저우전푸周振甫, 「즈옌자이 평 『석두기』 작법 풀이脂硯齋評石頭記作法釋」), 즈옌자이 평점은 『홍루몽』과 그 작자의 특성에 대한 세 가지 최우선적인 개념을 제시하였다. 그 하

---

21) 『신편 『석두기』 즈옌자이 평어 집교』, 16회 288면, 경진, 미비. 다른 한편으로 이 구절에 대한 또 다른 평어에서는 이런 류의 소재를 포함시켜야만, 우리가 진정으로 이 텍스트를 '허구小說'로 이야기할 수 있다고 말했다(갑술, 협비). **[옮긴이 주]** 원문은 다음과 같다. "『石頭記』一部中皆是近情近理必有之事, 必有之言, 又如此等荒唐不經之談, 間亦有之, 是作者故意游戲之筆耶? 以破色取笑, 非如別書認眞說鬼話也."

22) **[옮긴이 주]** 해당 부분에 대한 원문은 다음과 같다. "余閱此書, 偶有所得, 卽筆錄之. 非從首至眉閱過, 復從首加批者, 故偶有復處. 且諸公之批, 自是諸公眼界; 脂齋之批, 亦有脂齋取樂處."

23) 때로 평점에 나오는 날짜들로 우리는 그들이 작업한 대략적인 속도를 알 수 있다. 이를테면, 1762년의 봄부터 여섯 번째나 일곱 번째 되는 달까지 지후써우는 이 소설[의 필사본]을 한 벌 만들었는데, 그는 여덟 번째 되는 달부터 그것에 평어를 달기 시작했다. 그 달의 첫 번째 아홉 번째 날에는 아홉 개의 장회 모두에 평어를 달았다(『신편 『석두기』 즈옌자이 평어 집교』 「도론」, 100~101면).

나인 『홍루몽』에서의 혁신을 강조한 것(천첸위陳謙豫, 『중국소설이론비평사』, 139~146면과 왕셴페이와 저우웨이민, 『명청소설이론비평사』, 525~531면 참조)은 아마도 이 평점에서 언급하고 있는 리위의 영향과 연관이 있을 것이다(이 책의 제2장 참조). 다른 두 가지는 마찬가지로 이 평점에서 언급하고 있는 진성탄이 강조한 소설에 대한 개념들과 연관이 있다(이 책의 제1장 참조). 이것들은 ① 작자가 솜씨 있고 교활한 사람이라는 생각(차오위성曹毓生, 「지평만폐변脂評滿蔽辨」, 73면, 이런 유형의 평어 30개에 대한 목록)과 ② 텍스트의 표면正面이 아래에 깔려 있는 진정한 의미反面로부터 분리된 위험한 환상이라는 것이다.[24]

즈옌자이와 지후써우는 평점을 쓰는 일뿐만 아니라 텍스트를 베끼고 편집하며 새로 짓는 일에도 참여했다.[25] 즈옌자이의 이름은 수많은 필사본들의 제목과 서명이 된 평어들에서뿐만 아니라, 갑술 필사본의 텍스트에도 나온다.[26]

비록 『홍루몽』의 탄생에 합작이 기여한 바가 이 소설을 이해하려는 그 어떤 시도보다 즈옌자이 평점의 중요성을 제고시켰지만, 몇몇 학자

---

24) 제12회에서, 마술 거울(곧 『풍월보감』)은 손짓을 하는 왕시펑王熙鳳이 보이는 '앞쪽'을 보지 말라는 엄격한 지시와 함께 쟈루이賈瑞에게 주어진다. 반대편 쪽은 싱긋 웃는 해골이 보인다. 쟈루이는 앞쪽을 선택한 뒤 사정을 반복하다 죽는다. 이 거울은 평점에서의 『홍루몽』에 대한 비유로 나온다(이를테면, 『신편 『석두기』 즈옌자이 평어 집교』, 8회 183면, 갑술 미비, 12회 227~228면, 기묘, 경진, 왕부王府와 유정有正본에서의 세 개의 협비, 43회 588면, 경진 협비).

25) 앞서 이 책의 제3장에서 언급된 바 있는 『여선외사』의 합평은 즈옌자이 평점에 대한 모델로 제시되어 왔다(왕셴페이와 저우웨이민, 『명청소설이론비평사』, 363면). 하지만 류팅지劉廷璣의 예외에도 불구하고, 『홍루몽』 평점가들은 누구도 이것의 창작에 그다지 많은 기여를 하지 않은 듯하다. 『홍루몽』이 작자와 평점가 사이의 합작의 산물이라는 것을 나타내주는 즈옌자이 평점에서의 평어들에 대해서는, 펑수젠, 「이백년 이래 『홍루몽』 현안, 차오쉐친과 즈옌자이가 한 사람일 것이라는 수수께끼에 대한 새로운 탐색」, 71~72면 참조. 학자들은 이 소설의 텍스트 가운데 어떤 구절들은 즈옌자이가 덧붙인 것이라 주장하기도 했다(이를테면 메이제梅節의 「석평졔점희즈옌집필析鳳姐點戲脂硯執筆」 참조).

26) 이 판본의 영인본, 『신편 『석두기』 즈옌자이 평어 집교』, 1/8b면(이어지는 페이지 번호로는 9면)과 영역본, 1회 51면 참조.

들은 자신들의 저작을 '훼방干預'이라 지칭했다.[27] 때로는 평점가들이 차오쉐친으로 하여금 자신의 뜻에 거슬러 소설을 바꾸도록 하는 데 성공했던 것 역시 분명한 사실이다. 가장 분명한 경우는 시아버지인 쟈전賈珍과의 근친상간이 들통난 뒤 자신의 손으로 죽음에 이른 친커칭秦可卿이다. 한 평어에서 지후써우는 작자에게 친커칭의 죽음을 처리하는 것을 바꾸도록 명령命해서, 5쪽 짜리 텍스트 가운데 모두 네 쪽을 제거하게 했다고 말했다.[28]

2. 흐릿해진 경계들

『홍루몽』에는 하나가 아니라 많은 서장들이 있는데, 이것은 독자가 텍스트로 깊이 들어갈수록 하나씩 벗겨진다. 평점가들은 서장이 끝나는 곳에서 본문이 시작한다는 데 동의하지 않았다. 즈옌자이 평점가들은 본문이 시작되는 것을 빠르면 제3회, 늦으면 제12회로 보았고(『신편『석두기』 즈옌자이 평어 집교』, 3회 58면, 갑술 협비, 12회 229면, 경진 회말 평어), 장신즈張新之는 17회가 되어서야 시작된다고 생각했다.[29] 필사본들에는 서장

27) 그는 내용상의 주요한 점들이 이 책에 대한 제목과 쉐바오차이와 시런에 대한 평가와 이 가족에 대해 경의를 표하는 것이라고 주장한 류상성劉上生의 「『홍루몽』 창작 중의 중요한 사안인 즈옌자이의 훼방과 차오쉐친의 곤혹紅樓夢創作中的一樁重要公案脂硯齋的干預和曹雪芹的困擾」 참조. 류상성은 차오쉐친이 평점가들에게 완전히 양보하지 않았다면, 그 결과 『홍루몽』은 읽을 만한 책이 되지 못했을 것이라고 말했다.

28) 일실된 쪽 수는 주묵硃墨으로 씌어진 서명이 없는 미비에서 언급되어 있는데(『신편『석두기』 즈옌자이 평어 집교』, 13 / 11b[137b]), 삭제한 이유는 이 회의 말미인 같은 쪽의 주묵으로 된 평어에 기록되어 있다. 비록 이 평어에는 서명이 없지만, 평점가는 자기 자신을 지후써우가 서명된 평어에서 자신을 지칭하는 방식으로 지칭했다.

29) 『평주금옥연評注金玉緣』, 17 / 44a(259면), 회평. 그는 이 회를 전기傳奇의 서장과 비교했고, 제19회는 그에 해당하는 희곡의 시작에 비교했다.

이라는 딱지가 붙은 제1회 앞에 별도의 장절이 없다. 두 번째 인쇄본(1792년)에서는, 서술자가 전스인甄士隱의 인언引言 앞에 있는 본문 부분을, 즈옌자이 평점에서의 '설자'와 같고(『신편 『석두기』 즈옌자이 평어 집교』, 1회 12면, 갑술 미비, 12회 229면, 경진 회말 평어, 54회 619면, 경진 회수 평어), 다른 소설들의 서장에 사용되는 용어인, '연기緣起'로 칭했다(텍스트의 출처에 대해 설명하는 부분, 차오쉐친과 가오어高鶚, 『홍루몽』[1964년], 1회 4면).

'갑술' 필사본에는 「범례」가 있다. 수장시收場詩의 앞에는 각각 이 소설의 다양한 이름들, 지리적인 배경과 규방에 대해 맞춰진 초점, 정치적 내용의 결여와 출처에 대해 논의하고 있는 다섯 개의 조항들이 있다(『신편 『석두기』 즈옌자이 평어 집교』 「범례」, 1~2면, 1회 1~4면). 마지막 조항은 몇몇 필사본에서는 제1회에 대한 회수 평어로서, 그리고 이 소설의 인쇄본에서 뿐 아니라 다른 필사본에서는 본래의 텍스트의 시작으로 (약간 변형된 본문과 함께) 나타난다(『신편 『석두기』 즈옌자이 평어 집교』, 1회 1~4면). 이 조항은 원래는 회수 평어였던 게 틀림없는데, 그것은 이것이 회수 평어나 본래의 텍스트의 일부로서 나타날 때는 축약된 형태로, 그리고 「범례」 판본에서는 좀더 완전한 형태로 인용되고 있는 제1회의 두 개의 제목 대구의 절반 부분을 해설해주고 있기 때문이다.[30] 본래의 텍스트에 나올 때에는 거의 완전하게 평어가 빠져있던 것은 이것이 즈옌자이 평점가들에 의해 텍스트의 일부로 받아들여지지 않았다는 사실을 보여준다.[31]

제목 대구를 설명해주는 과정에서, '작자作者'가 그의 실패와 곤궁함으로 인해 그가 어렸을 때 알고 있던 소녀들의 이야기를 전달하지 못하게 결정한 내용이 대량으로 인용되었다.[32] 이것은 우리가 서문에서 발

30) 제2회에 대한 회수 평어들 역시 많은 필사본들에서는 본래 텍스트의 일부로 나온다(『신편 『석두기』 즈옌자이 평어 집교』, 2회 34~36면과 『홍루몽』, 2회 34~35면 주1 참조).

31) 여기에 덧붙여진 세 개의 평어들은 모두 왕부王府 필사본에서 나왔으며, 그 평어들 모두 즈옌자이 그룹과 그 시기에 나온 것은 아니다(『신편 『석두기』 즈옌자이 평어 집교』, 1회 2면 주1~2와 3면 주1).

32) **[옮긴이 주]** 해당 부분에 대한 원문은 다음과 같다. "我之罪固不免. 然閨閣中本自歷

견하기를 기대하는 부류라 할 수 있으며, 「범례」의 작자가 이것이 소설에서 지시하는 대상을 첫 번째 회가 아니라 소설 전체로 끌어올린 것은 이해할 만하다(「범례」는 시작하는 문장에 '서書'라는 단어를 삽입하기도 했다. 『신편 『석두기』 즈옌자이 평어 집교』, 1회 1면).

창작 동기에 대해 이런 식으로 작자를 인용한 것은 기능적인 면에서 보자면 내포 작자가 표면 근처에 있는 서정적인 문구들이 있는 초기 소설들의 소설 평점에 의해 영향 받은 행위에 상응한다고도 볼 수 있다(이 책의 제10장 참조). 그러나 「범례」를 종결짓는 시가 소설과 창작에 대해 상당히 간명하게 요약해주고 있기는 하지만, 차오쉐친이 이것을 지은 것 같지는 않다(차이이장蔡義江, 「갑술본 『석두기』 범례 교석」, 284~286면에서는 다섯 가지 이유를 나열했다).

즈옌자이 평점에서는 '설자'로, 그리고 인쇄본에서는 '연기'로 지칭한 텍스트 부분에는 신령한 돌이 어떻게 창조되어 불사의 세계를 갈망했으며, 중과 도사의 중재로 현신 했는가 하는 내용이 묘사되어 있다. 속세에 머문 이후에, 그는 쿵쿵다오런空空道人이라는 중이 그 돌 위에 새겨진 돌 이야기의 내력을 읽어 주었던 원래의 자리로 되돌아간다. 쿵쿵다오런의 첫 번째 의혹이 돌의 주장에 의해 해소된 뒤에, 그는 책으로 펴낼 이야기를 짓는다. 이것이 어떻게 차오쉐친의 손에 들어갔는지는 명확하지 않지만, 우리는 인용되어 있는 대로 차오쉐친이 어떤 식으로 10년 동안 텍스트를 자세히 읽고 다섯 번을 편집하고, 목차를 덧붙였으며, 텍스트를 장회로 나누고, 제목을 부여하고, 거기에 4행시를 새겨 넣었는가 하는 것을 듣게 된다(『홍루몽』, 1회 6~7면). 그리하여 독자는 쿵쿵다오런이나 차오쉐친이 쓴 책을 읽게 될 것이라 기대하지만, 이야기가 다시 시작되면, 서술자는 돌에 대한 텍스트에서 직접 인용할 것을 요구한다(『홍루몽』, 1회 7면).[33]

歷有人，万不可因我之不肖，自護己短，一并使其泯滅也."

33) [옮긴이 주] 이상에서 이 작품이 쿵쿵다오런의 손에 의해 기록되었다가 차오쉐친에 의해 『홍루몽』으로 정착될 때까지의 과정에 해당하는 내용은 다음과 같다. "쿵쿵다오런

쿵쿵다오런은 인쇄본 120회로 되돌아와 최종적인 시 이후에 있는 이전에 그가 읽은 적이 있는 돌에 새겨진 글에 덧붙여진 새로운 내용 전체를 발견한다[34](『홍루몽』, 120회 1,646면, 영역본 『석두기』, 5권 374면). 기술된 내용은 명백하게 제1회에서 몇 페이지에 걸쳐 최초로 쿵쿵다오런이 그 이야기를 비판하고 돌이 그것에 대해 반론을 제기했던 그 무엇(『홍루몽』, 1회 4~6면)을 의미한다. 전체 소설에 상응하는 현신과 환상의 전체 이야기가 함축되어 있는 것이다. 마찬가지로 쿵쿵다오런은 자신이 만든 텍스트를 가지고 아직 아무 것도 하지 않았지만, 이제 새로운 텍스트를 만들어 차오쉐친에게 가져가는데, 그는 이 소설의 서두에서 작자가 한 말의 잔재인 듯한 방식으로 그것에 대해 이야기하고 책으로 펴내는 것에 동의하는 것으로 결말을 짓는다.[35] 이 회는 '후대의 작가'가 지은 것

은 이렇게 말하는 것을 듣고는 잠시 생각에 잠겼다가 『석두기』를 다시 죽 읽어보았다. (…중략…) 비록 이야기의 내용이 주로 남녀간의 사랑을 서술한 것이기는 하지만, 역시 사실 그대로 그린 것으로 거짓 꾸몄거나 허투루 맞춰 넣은 것이 아닌지라, 남녀간의 유혹이나 사통을 그린 그런 방탕한 것들과는 비할 것이 아니었다. 시국에는 조금도 연루될 것이 없겠다고 여긴 쿵쿵다오런은 마침내 그 기록을 모조리 베껴서 세상에 널리 전하기로 하였다. (…중략…) 다시 그 뒤에 차오쉐친이란 이가 댜오훙위안에서 이 책을 10년 동안 연구하면서 다섯 번이나 고쳐 쓴 다음 목록을 엮고 장회를 나누어 『진링십이차』라 이름하고는 책머리에 시 한 수를 적어넣었다. '이야기는 모두 허튼 소리 같지만, 실로 피눈물로 씌어진 것이어늘. 모두들 작자를 미쳤다고 하나 이 속의 참맛을 아는 이 그 누구더뇨?' 이야기의 유래를 이만큼 밝혔으니, 이제부터는 그 바위에 씌어있는 이야기를 직접 읽어보기로 하자空空道人聽如此說, 思忖半晌, 將『石頭記』再檢閱一遍, (…중략…) 雖其中大旨談情, 亦不過實錄其事, 又非假擬妄称, 一味淫邀艷約, 私訂偷盟之可比. 因毫不干涉時世, 方從頭至尾抄彔回來, 問世傳奇. (…중략…) 後因曹雪芹於悼紅軒中披閱十載, 增刪五次, 纂成目錄, 分出章回, 則題曰『金陵十二釵』. 并題一絶云:

滿紙荒唐言, 一把辛酸泪!
都云作者痴, 誰解其中味?

出則旣明, 且看石上是何故事. 按那石上書云."

34) [옮긴이 주] 해당 부분의 내용은 다음과 같다. "이날 쿵쿵다오런이 다시금 칭정봉 앞을 지나다 보니 하늘을 고이다 남은 돌이 여전히 버림을 받은 채 제자리에 놓여 있는데, 돌에 새겨진 글자도 의연히 옛날 그대로였다. 다시 처음부터 돌에 적힌 글을 자세히 읽어보니 돌의 뒤쪽 게문 뒤에 새로 여러 가지 사연이 적혀있는지라, 고개를 끄덕이며 감탄을 했다這一日空空道人又從青埂峰前經過, 見那補天未用之石仍在那裏, 上面字跡依然如舊, 又從頭的細細看了一遍, 見後面偈文後又歷敘了多少收緣結果的話頭, 便點頭嘆道:"

으로 되어 있는 시 한 편으로 끝이 나는데,[36] 이 시는 필사본에 씌어져 있고 제1회에서는 차오쉐친이 쓴 것으로 되어 있는 오언 절구[37]에 대한 메아리라 할 수 있다(『홍루몽』, 120회 1,646~1,648면).

(아마도 차오쉐친이 아닐) 120회본 작자가 두 개의 상당히 다른 텍스트에서 묘사된 쿵쿵다오런에 의한 두 가지 독법을 고집스럽게 집착한 것은 그렇지 않으면 완벽했을 『홍루몽』 120회본의 시작과 끝 사이의 순환을 파괴하고 있다. 아마도 120회본의 작자는 차오쉐친이 미처 끝맺지 못한 필사본을 마무리지은 사람(가오어高鶚가 용의자)일 것이며, 그는 자신의 속작을 베일에 싸인 듯 지칭함으로 해서 자신의 기여한 바를 돋보이게 하기를 원했던 듯하다.[38] 어느 경우든, 서장이 서문과 같은 기능을 했듯이 끝 부분은 발跋과 유사하다.[39]

장회로 구획하는 것은 중국 백화소설의 결정적인 특징 가운데 하나이다. 하지만 『홍루몽』의 경우에는 이것이 서장에서 나중에 추가된 것으로 제시되는데, 이러한 주장은 초기 필사본에서 장회의 구획을 다루었던 방식에 의해 뒷받침되었다. 이를테면, 17~18회는 이 소설의 경진

35) 이 소설이 말 그대로 사실이라고 고집하고 있는 쟈위춘賈雨村은 이것이 허구라는 사실을 강조하고 있는 차오쉐친과 대조를 이룬다.

36) [옮긴이 주] 구슬프게 씌어진 이 이야기가 / 황당할수록 더더욱 구슬프도다. / 처음부터 모두가 꿈이었던 것을 / 세인들의 어리석음 웃지를 말라說到辛酸處, 荒唐愈可悲. 由來同一夢, 休笑世人痴!

37) [옮긴이 주] 주 34의 시 참조.

38) 서술자가 마지막 시를 소개하면서 이것이 제1회에서 명백하게 차오쉐친이 지은 것으로 되어 있는 시와 관련이 있다고 설명했을 때, 그는 앞서 나온 시(와 이 소설)의 작자를 삼인칭으로 지칭했으며, 그렇게 함으로써 120회의 작자와 나머지 부분의 작자 사이에 어떤 거리가 생겨났다(『홍루몽』, 120회 1,648면). [옮긴이 주] 해당 내용은 다음과 같다. "후세의 사람들이 이 소설을 보고 일찍이 네 구절의 게를 써놓았는데, 그것은 작자가 이 소설을 쓰게 된 까닭을 말한 것보다도 한층 더 인생의 허무를 찌른 것이었다後人見了這本奇傳, 亦曾題過四句爲作者緣起之言更轉一竿頭云."

39) 120회본의 마지막 부분은 이것과 이 소설의 시작 부분이 맺고 있는 연관을 강조하기도 했던 야오셰姚燮에 의해 '작자의 후기自跋'로 묘사되었다(『평주금옥연』, 120/54b[1,550], 회평).

필사본에서는 장회가 나뉘어 있지 않았다. 두 장회 사이를 구획 짓는 선은 본문이 아니라 즈옌자이 평점의 평어에 나타나 있다(『홍루몽』, 17~18회 258~259면 주1). 이것이 다른 소설과 달리 『홍루몽』에서 좀더 자연스럽게 느껴지는 것은 차오쉐친의 장회들이 어떤 규칙이나 공식을 갖는 방식으로 시작되고 끝나지 않기 때문이다.

『홍루몽』 이전에는, 장회가 개장시開場詩로 시작되어 독자가 이야기가 어떻게 전개될 것인가 하는 것을 알게 하기 위해 다음 회를 듣게 하거나 읽게 하는 공식으로 끝나는 게 상례였다. 마무리하는 공식은 통상적으로 평점 양식의 시나 대구로 시작했다. 『홍루몽』의 초기 필사본들에는 시로 시작하는 장회의 예가 없는 것은 아니지만, 필사본 가운데 어느 것도 이런 사례가 다섯 개 이상 있는 게 없고, 아울러 모든 사례들은 18회 이전에 발견된다(류멍시劉夢溪, 「『홍루몽』 조기 필사본의 회전 시와 회말 시의 대를 논함論紅樓夢早期抄本的回前詩和回末詩對). 이 가운데 최소한 하나, 곧 제2회 이전의 하나는 차오쉐친 자신이 지은 것이라는 데 의견이 일치하고 있다.[40] 다른 것들에 대한 의심이 제기된 것은 이 가운데 몇몇이 몇몇 필사본의 회수 평어에 나타났기 때문이다. 의문은 이것들이 차오쉐친이 쓴 것인지 그렇지 않으면 다른 평점가들이 쓴 것인지 하는 것이다.[41] 차오쉐친이 모든 장회들에 대해 개장시를 쓰려고 했든 그렇지 않았든, 평점가들은 자신들의 회수 평어에 그 시들을 인용하기를 좋아했는데, 이것은 개장시 없이 남겨진 '서정적인 진공 상태lyric vacuum'를 채우려는 시도로 볼 수 있다(『신편 『석두기』 즈옌자이 평어 집교』 「도론」, 71~72면). 이러

---

40) 이 시에 대한 즈옌자이 평점의 평어에서는 이것을 차오쉐친이 지은 것이라 하였다(『신편 『석두기』 즈옌자이 평어 집교』, 2회 36면, 갑술 필사본에서의 시 아래 씌어 있는 「특필特筆」).

41) 이 시들을 평점이나 본문으로 확정하는 데 있어서의 어려움에 대해서는 『신편 『석두기』 즈옌자이 평어 집교』 「도론」, 55~56면 참조. 류멍시(「『홍루몽』 조기 필사본의 회전시와 회말시의 대를 논함」)는 그가 개장시로 확인한 여덟 편의 시 대부분을 평점가들이 지은 것이라 생각했던 반면에, 차이이장蔡義江(「지본 『석두기』 회전 시 선평脂本石頭記回前詩選評」, 376~397면)은 이들 대다수를 작자가 지은 것으로 생각했다.

한 경향은 유정서국有正書局본과 관련한 필사본에서 극에 달했다. 이것들 가운데 시 한 편은 리쑹쉬안立松軒이라는 이름으로 서명되어 있는데,[42] 혹자는 그가 유정본 자체가 나오기 이전의 유정 계통의 모든 새로운 평점에 대해 책임이 있다고 주장한다(정칭산鄭慶山, 「리쑹쉬안본 『석두기』 고변立松軒本石頭記考辨」). 가오어高鶚가 인쇄본을 준비하기 위해 편집한 것인 듯이 보이는 초고에서는 이 초고의 후대의 소장자 가운데 한 사람인 양지전楊繼振(약 1832~1892)이 찬양했던 모든 개장시가 제거되었다(『신편 『석두기』 즈옌자이 평어 집교』, 765면, 제83회에 대한 '특필特筆', 1889년).

『홍루몽』 인쇄본이 나오고 나서야 장회의 말미 부분이 의문이나 신비감을 불러일으키고 그에 대한 설명을 듣거나聽 보려거든看 다음 회를 보라는 단순한 형식으로 규격화되었다.[43] 이러한 규칙성은 필사본에서의 사정과는 사뭇 다른 것이다. 가장 완전한 것 가운데 하나인 경진 필사본에서 장회들은 단순히 이야기가 서서히 사라지는 것부터 짧은 서론적인 구절正是로 시작되는 대구와 그 뒤에 아무 것도 수반되지 않는 도입 구절, 단순한 공식, 도입 구절들에 의해 인도되는 대구가 앞에 오는 공식에 이르는 서로 다른 열 네 가지 방식으로 끝이 난다(류멍시, 「『홍루몽』 조기 필사본의 회전시와 회말시의 대를 논함」, 49면). 열두 개의 장회에는 끝 부분에 대구나 시가 있는데, 개장시의 경우와 마찬가지로, 이것들은 이 소설의 앞 부분의 장회들에 집중되어 있다.[44] 비록 많은 사람들이 인쇄본의 따분한 규칙성보다 필사본의 무정부 상태를 선호하기는 하지만(이를테면, 류멍시, 「『홍루몽』 조기 필사본의 회전시와 회말시의 대를 논함」, 56면),

---

42) 『신편 『석두기』 즈옌자이 평어 집교』, 41회 571면. 리쑹쉬안은 『홍루몽』에 대한 원래의 평점가 집단의 일원으로 보지 않는다.

43) 때로는 '듣고聽' '보는看' 것에 상응하는 아무런 동사도 나오지 않는 경우도 있다. 이런 세 가지 경우의 수 가운데, '듣는聽' 것이 가장 선호되었고, 그 다음이 '보는看' 것이었으며, 그리고는 아무런 동사도 없는 것이다.

44) 류멍시, 「『홍루몽』 조기 필사본의 회전시와 회말시의 대를 논함」, 49면. 그는 이것 모두 차오쉐친이 지은 것이라는 데 확신을 갖지 못하고 있다. 수장 대구나 시의 목록에 대해서는, 『신편 『석두기』 즈옌자이 평어 집교』, 766~769면 참조.

예를 들어, 필사본에서의 실험성은 리위의 복수 장회multi-chapter 소설보다 떨어지는 편이다(이 책의 제12장 참조).

심지어 『홍루몽』의 최초 80회에는 좀더 큰 맥락에 걸맞지 않는 장절들이 상당히 많이 있다. 이를테면, 11회와 12회에서의 쟈루이賈瑞와 '풍월보감風月寶鑑' 이야기는 친커칭秦可卿이 병이 난 이야기 속에 삽입되어 있으며, 완결되는 데 거의 일 년이 필요했는데 반해, 친커칭이 병이 난 것을 최초로 언급한 것에서 그가 죽을 때까지의 기간은 그것보다 훨씬 짧다. 즈옌자이 평점에서의 평어는 차오쉐친이 한때 '풍월보감'이라 불렸던 책을 썼다는 사실을 보여준다.45) 이 구절들의 [전체와] 어울리지 않는 성격에 대한 가장 통상적인 설명은 이것들이 초기의 작품에서 삭제되지 않고 살려진 뒤 크게 수정되지 않은 채 나중에 나온 작품에 합병된 것이라는 것이다(이를테면, 『석두기』, 3권 620~623면, 「부록 III」).

비록 이른바 가오어高鶚 초고라는 예외가 있음에도, 『홍루몽』의 필사본 가운데 그 어느 것도, 특정하게 즈옌자이 평점에서의 장회보다 나중에 나온 장회들을 구체적으로 지칭하는 것이 많이 있음에도 불구하고, 80회를 넘는 것이 없다. 80회는 앞서 79회까지의 회와 약간 다른 보통의 회이다. 상당히 우둔한 독자만이 린다이위林黛玉가 더 이상 이 세상 사람이 아니라는 사실을 깨닫지 못한다. 이 소설의 비극적인 여주인공인 린다이위는 제80회에서 여전히 살아 있다. 이러한 사태는 대부분의 독자들에게는 참을 수 없는 것이었으며, 좀더 관습적인 끝맺음에 대한 그들의 갈증은 1791~1792년에 나온 120회의 '완전한全' 인쇄본과 그것에 뒤이은 한 무리의 속작들의 등장으로 어느 정도 충족된다. 하지만 80회의 필사본이 그 자체로 완전하다고 주장하는 비평가들이 없는 것

45) 『신편 『석두기』 즈옌자이 평어 집교』, 1회 12면, 갑술 미비. 평어에는 차오쉐친의 동생이 이것에 대한 '소서小序'를 썼다는 사실도 드러나 있다. 통상적으로 '소서'들은 장회 평어로, 그리고 이것들 가운데 몇몇은 『홍루몽』 필사본에서의 장회 평어들로 보존되었다고 주장된다.

은 아니다. 가장 잘 알려진 사례가 『홍루몽』 80회본의 서문들에 나오는 것은 당연한 일이지만,[46] 현대의 학자들 가운데에도 이러한 견해를 견지한 이가 있다(이를테면, 왕이산王宜山, 「장편소설의 구조 형식 발전으로 『홍루몽』의 종결을 논함從長篇小說構造形式的發展看紅樓夢的止筆」, 247면). 우리는 명백하게 완결되지 않은 작품을 이런 식으로 기꺼이 감수하려 한 것의 선례를 진성탄의 『수호전』 요참본에서 시작된 소설 비평에서의 '끝나지 않은 결론不結之結'에 대한 흥미 탓으로 돌릴 수 있다.

3. 서술자는 누구(또는 무엇)인가?

차오쉐친의 서술자는 『아녀영웅전』에서처럼 그 자신이 줄곧 [작품 속으로] 침범하지도 않고, 『유림외사』에서와 같이 독자를 방해하지 않기 위해 사라지지도 않는다. 그렇게 하는 대신 그는 우리가 그를 잊지 않을 정도의 빈도로 침범하고, 독자가 그에 대해 생각하게 만들 정도로만 숨어 있다. 『홍루몽』에서의 서술자는 리위의 소설에서와 같이 엷은 분장을 한 작자의 투사도 아니고, 『아녀영웅전』에서 발견되는 작자와 날카롭게 구분되는 '모의-설서pseudo-oral' 서술자도 아니다.

46) 유정본에서 발견된 치랴오성戚蓼生 서와 갑진 필사본에 대한 멍쥐주런夢覺主人 서 참조(『중국역대소설론저서』 상권, 492면과 514면). 120회본에 대한 평점을 쓴 장신즈는 82회가 이 소설의 클라이막스이고 그 이후는 단지 늘어진 부분을 마무리하는 것了事에 지나지 않는다고 말했다. [옮긴이 주] 치랴오성의 서 가운데 해당 부분의 원문은 다음과 같다. "乃或者以未窺全貌爲恨, 不知盛衰本是回環, 萬緣無非幻泡. 作者慧眼婆心, 正不必再作轉語, 而萬千領悟, 便具無數慈航矣. 彼需需焉刻楮葉以求之者, 其與開卷而寤者幾希." 멍쥐주런 서의 해당 부분의 원문은 다음과 같다. "書之傳述未終, 餘帙杳不可得; 旣云夢者, 宜乎留其有餘不盡, 猶人之夢方覺, 兀坐追思, 置懷抱於永永也." 장신즈 평어의 원문은 다음과 같다. "書至此回已爲圓滿, 此後無非了事而已."

작자의 말을 인용하고 제1회의 장회 제목에 대해 설명한 뒤, 경진 필사본의 서술자는 다음과 같은 질문과 약속으로 말을 시작한다. "독자 여러분看官, 그대는 질문할 수도 있습니다. 이 책의 근원이 무엇이냐고. 근원으로 말하자면, 비록 황당한 것에 가까운지 모르겠지만, 조심스럽게 되돌아보면 그 안에 깊이 잠겨 있는 무엇인가를 찾을 수 있을 것입니다. 이제부터 서술할 내력을 모두 밝히게 되면, 이 책을 읽는 이는 환하게 밝아져 미혹됨이 없을 것입니다."[47](『홍루몽』, 1회 1면). 바로 이 짧은 구절에서 서술자는 독자('이야기꾼 시뮬라크럼'의 '청자'가 아닌)[48]에게 말을 걸고, 우리가 이야기를 듣는 게 아니라 읽고 있다는 사실을 인지하고 있으며, 그 자신을 지칭하고 있고, 자신의 이야기가 상당히 환상적이라는 사실을 받아들임으로써 자신의 비평가들의 기선을 제압하고 있다.[49]

차오쉐친이 지은 것으로 가탁된 시를 인용한 부분에서, 서술자는 쿵쿵다오런이 돌에서 텍스트를 어떻게 베끼고, 차오쉐친이 편집했는지에 대해 우리에게 이야기해주고 있는데, 이미 언급한 대로, 서술자는 차오쉐친이 편집한 것이 아니라 돌 위에 있는 텍스트를 인용하는 것으로 이야기를 다시 시작하고 있다. 그게 아니라면 서장의 서술자는 소설의 나머지 부분과 같은 서술자가 아니라는 것인가?

풀리지 않는 또 하나의 의문은 독자가 돌의 화신을 이야기해주는 텍스트가 어떻게 그 돌 위에 각인되었는지에 대해 전혀 들은 바가 없다는 것이다.[50] 다른 한편으로 두 가지 경우에 대해 서술자는 (우리가 그와 돌

---

47) **[옮긴이 주]** 원문은 다음과 같다. "列位看官, 你道此書從何而來? 說起根由雖近荒唐, 細諳則深有趣味. 待在下將此來歷注明, 方使閱者了然不惑."

48) '간관看官'이 이야기꾼說書人의 청중을 지칭할 수 있는 반면, '열자閱者'는 텍스트의 독자만을 지칭할 수 있다. 충분히 흥미로운 것은 '가오어高鶚 초고'에는 좀더 모호한 '간자看者'(독자 / 방관자)라는 것이 있는데, 인쇄본에는 여기에 상응하는 말이 전혀 없는 것이다. 초기의 열 개의 필사본 모두를 최초의 인쇄본과 합집으로 낸 것에 대해서는 펑치융馮其庸, 『중평 『석두기』 휘교본重評石頭記彙校本』, 1회 6면 참조.

49) 다른 곳에서 즈옌자이 평점은 이 마지막 기교를 '기선을 제압하다自占地步'는 것으로 지칭하고 있다. 이하의 내용 참조.

을 약간 분리해 놓을 수 있다면) 자신의 행위들을 다른 곳에서 수많은 경우에 대해 사용한 용어인 '서술(述, 說, 등)'이 아니라 '글쓰기寫'[51]로 묘사하고 있다. 그 두 가지 경우 가운데 첫 번째에서, 자씨 집안賈府과 멀리 연결되어 있는, 아마도 그들 자신의 가문으로 추정되는 특별한 가문의 등장으로 서술자의 문제가 해결되었을 때,[52] 서술자는 자기 자신이 이제 절묘한 것妙을 설명하기 위해 수많은 서사의 실마리頭緒[53] 가운데 하나를 선택해야 하는 딜레마에 빠져 있다고 고백한다[54](『홍루몽』, 6회 94면). 두 번째 경우에서, 서술자는 자신의 선택이 종이와 먹紙墨을 어떻게 절약하고 있는지[55]에 대해 말하고 있다(『홍루몽』, 17~18회 245면).

소설이 시작된 뒤에 자기를 가리키는 겸손한 용어인 '재하在下'는 다시 나타나지 않으며, 서술자는 그 자신의 호칭을 '어리석은 존재蠢物'로 바꾼다.[56] 이것이 중과 도사(『홍루몽』, 1회 5면), 그리고 그 자신(『신편 『석두기』 즈

---

50) 돌이 서술자가 인용한 소재의 짧은 한 도막을 기록하거나 베낀 사람이라는 두 개의 언명은 아래에서 다루어지고 있다.

51) 『홍루몽』, 5회 69면, 6회 94면. 즈옌자이 평점(『신편 『석두기』 즈옌자이 평어 집교』, 5회 110면, 갑술 협비)에서는 서술자와 텍스트 사이의 관계라는 이 개념의 이례적인 속성에 대해 언급하고 있다將兩個行止攝總一寫, 實是難寫, 亦實系千部小說中未敢說寫者(원문은 [옮긴이 주]).

52) [옮긴이 주] 해당 부분의 내용은 다음과 같다. "때마침 먼 천리 밖의 시골에서 쬐쬐한 집안의 하찮은 인물이 촌수가 먼 친척이라면서 룽궈푸에 찾아왔다. 그러니 이 손님에 대한 이야기로 시작한다면 그것을 실머리로 이야기를 엮어갈 수 있을 것 같다. 그러다면 이 손님의 성씨는 무엇이고 이름은 무엇이며 룽궈푸와는 어떤 친척 관계를 갖고 있는가? 자세한 사정을 들어볼 것이다恰好忽從千里之外, 芥荳之微, 小小一個人家, 因與榮府略有些瓜葛, 這日正往榮府中來, 因此便就此一家說來, 倒還是頭緒. 你道這一家姓甚名誰, 又與榮府有甚瓜葛? 且聽細講."

53) 소설 비평상의 기술적인 용어(이를테면, 『금병매자료휘편』, 26면, 37면 「비평제일기서 『금병매』 독법」, 13과 48면, 로이, 「『금병매』 독법」, 206, 229면)

54) [옮긴이 주] 원문은 다음과 같다. "竟如亂麻一般, 並無個頭緒可作綱領. 正尋思從那一件事自那一個人寫起方妙."

55) [옮긴이 주] 원문은 다음과 같다. "所以倒是省了這工夫紙墨"

56) (『홍루몽』, 17~18회 246면), 펑치융, 『중평 『석두기』 휘교본』, 6회 289면(갑술과 유정본에서만). 17~18회에서의 이 구절은 갑진 필사본에서는 텍스트 바깥의 평점으로 필사되었지만, '어리석은 존재蠢物'는 '작자作者'(『신편 『석두기』 즈옌자이 평어 집교』, 18회 319면, 협비)로 바뀌었다. 제6회의 구절은 명백하게 우리가 책으로 읽고 있는 것

옌자이 평어 집교』, 1/4b)이 '어리석은 존재蠢物'라 부른 돌 자신에 대한 연결고리이다. 자신을 '어리석은 존재蠢物'라 부른 이 서술자는 즈옌자이 평점의 평어에서 돌로 확인된다.[57] 어느 지점에서 서술자는 다황산大荒山에 있는 자신의 전신前身을 기억하지만,[58] 그가 말하기를 원래 돌이 기록한 텍스트를 인용한 두 가지 경우가 있어, 서술자 자신과 돌을 구분하게 된다.[59] 하지만 서술자가 자신의 전신이 다황산에 있는 돌이었다는 사실을

을 지칭하고 있다. 이렇게 '재하在下'에서 '어리석은 존재蠢物'로 바뀌는 것은 첫 번째 페이지의 서술자와 이 소설 전체의 서술자가 같은 사람이 아니라는 표지가 될 수도 있는데, 이러한 가능성은 이미 앞서도 제기된 바 있다.

57) 『신편 『석두기』 즈옌자이 평어 집교』, 6회 135면, 갑술 미비, 18회 320면, 기묘, 경진, 왕부와 유정 협비. 바오위寶玉는 서술자(『홍루몽』, 28회 385면)와 자정賈政(『홍루몽』, 17~18회 232면)과 다이위黛玉(『홍루몽』, 3회 49면)를 포함한 다양한 사람들로부터 '어리석은 존재蠢物'라 불린다. 비록 평점가들은 바오위를 '석형石兄'이 아니라 '옥형玉兄'이라 부르는 경향이 있긴 하지만, 바오위를 돌과 옥 모두와 연결짓는 것은 흥미롭다. 이를테면, 다이위와 바오위가 함께 꾼 꿈에서, 바오위는 그에게 보여주기 위해 자신의 마음을 찾으려 하지만, 아무 것도 찾지 못한다(『홍루몽』, 82회 1,184면, 83회 1,191~1,,192면). 나중에 꾼 꿈에서 한 남자가 그의 가슴에 돌을 던진다(『홍루몽』, 98회 1,262면). 113회에서, 다이위와 바오위의 꿈에 대해 생각하는 누군가가 그들은 무정한 식물이나 돌로 있는 게 더 나을 것이라고 말한다(『홍루몽』, 113회 1,558면).

58) 『홍루몽』, 17~18회 245면. 자신을 가리키는 용어는 '자기自己'이며, 이것은 분명한 선행사가 있다면 삼인칭으로 누군가를 지칭할 수도 있는데, 여기에서는 그런 경우는 아니다. 갑진 필사본에서, 이 구절은 텍스트 바깥의 평점으로 씌어졌는데, 다음과 같은 말로 시작된다. "이것은 돌의 자술이다."(본문은 실제로는 '석두石頭'가 아니라 '『석두기』石頭記'이지만, 이것은 별 다른 의미가 없다, 『신편 『석두기』 즈옌자이 평어 집교』, 18회 319면, 협비). 즈옌자이 평점에서는 여기에 있는 서술자가 돌이라는 것을 확인하고, 그가 직접 말하게 하는 기교를 찬양했다(『신편 『석두기』 즈옌자이 평어 집교』, 18회 319면, 경진 미비와 기묘, 경진, 왕부와 유정 협비).

59) 『홍루몽』, 4회 59면(4회 68면 주6도 참조), 8회 124면. 첫 번째 경우에는 돌이 '호관부護官符'의 '사본을 만들었다'는 말을 듣게 되는데, 서술자는 돌 위에 베껴 쓴 텍스트를 인용한 것이라 주장한다石頭亦曾抄寫了一張, 今據石上所抄云(원문은 **[옮긴이 주]**). 두 번째 경우, 서술자는 '큰 바위의 화신頑石'이 '변형된 모양幻相'(곧 돌이 속세에서 바오위의 탄생 때 그의 입안에서 취했던 모양)과 중이 그 위에 새겨놓은 전서체 글자(언급은 했지만, 제1회에서 인용되지는 않은; 『홍루몽』, 1회 3면)를 모두 '기록했다記下'고 말한다 那頑石亦曾記下他這幻相並癩僧所鐫的篆文(원문은 **[옮긴이 주]**). 왜 돌이 중이 그 위에 새겨놓은 글자의 사본을 만들 필요가 있었는지는 설명이 안 되어 있다. 우연하게도 이 전서체 글자의 내용은 확대된 글자로 제8회의 본문에서 다시 제시된다. (아마도 우리의 시력을 고려해서 그렇게 한 것일) 이 글자를 확대한 사실과 그렇게 한 목적은 서술자

기억했을 때, 그는 자신을 단순한 기록자가 아닌 이 이야기의 작자로 제시하고, 그가 왜 이야기의 한 부분을 다룰 때 소설적인 관습을 따르지 않기로 결심했는지를 설명하고 있다(『홍루몽』, 17~18회 245면).

『홍루몽』의 평점 양식의 소재는 두 가지 유형으로 나눌 수 있다. 하나는 기능적이고 중뿔나게 개입하지 않는 언급들로, 새로운 인물이나 첫 번째로 언급되는 사건들에 대해 독자에게 직접 이야기하는 구절과 같은 것들이다. 이런 구절들은 종종 '원래(原來)'라는 말로 시작되며, 『유림외사』의 경우와 대비해 볼 때, 때로 이것들은 한 페이지에 몇 번씩 나오기도 한다. 이런 구절들에서 서술자는 개성화되어 있지 않다. 다른 범주의 언급들은 [이보다] 훨씬 더 특이하며 중뿔나게 개입한다. 이것들 대다수는 그 취지나 내용으로 볼 때 텍스트 바깥의 평점에 가까운데, 이러한 사실은 왜 현존하는 몇몇 판본에서 그렇게 많은 언급들을 텍스트 바깥의 평점으로 필사했는지를 설명해준다(이를테면, 『홍루몽』, 8회 124면). 때로 이 구절들은 그 자신을 주注라고 지칭하는데, 이것은 즈옌자이 평점의 몇몇 평점가들이 지지하는 관념이다(이를테면, 『신편 『석두기』 즈옌자이 평어 집교』, 3회 60면과 3회 64면, 갑술 협비).[60]

에 의해 조심스럽게 설명된다. 서술자는 은연중에 바오위가 그와 같이 확대된 글자를 그 위에 새길 수 있을 정도로 큰 무엇인가를 입 안에 물고 태어났다는 사실로 인해 사람들의 비판을 받고 싶어하지 않았으며, 그와 같이 터무니없이 큰 물건은 '어리석게 큰 것蠢大之物'이라 지칭했다. 즈옌자이 평점에서도 역시 돌을 기록자記로 묘사하고 이것을 서술자述者(『신편 『석두기』 즈옌자이 평어 집교』, 21회 395면, 경진 협비)와 구분했다. **[옮긴이 주]** 제8회의 해당 내용은 다음과 같다. "큰 바위의 화신인 그 옥돌에는 비루먹은 중이 새겨넣은 전서체 글자가 기록되어 있었다. 지금을 그것을 그림으로써 여기에 옮겨놓겠지만, 실물은 아주 작은 것이었다. 하긴 그래야 태 안에 있는 아이의 입 안에 들어 있었을 것이다. 그러나 이것을 실물 크기로 옮긴다면 글씨가 너무 작아 보는 이의 눈이 못쓰게 될 것이므로, 원 모양을 살리면서 다만 크기를 확대하여 등불 밑에서나 취중에도 쉽게 알아볼 수 있도록 한 것이다. 혹시 아기의 입이 얼마나 크기에 이런 것을 물었느냐고 나무랄 사람이 있을까 보아 미리 이렇게 말해두는 바이다那頑石亦曾記下他這幻相並癩僧所鐫的篆文, 今亦按圖畫於後. 但其眞體最小, 方能從胎中小兒口內銜下. 今若按其體畫, 恐字跡過於微細, 使觀者大廢眼光, 亦非暢事. 故今只按其形式, 無非略展些規矩, 使觀者便於燈下醉中可閱. 今注明此故, 方無胎中之兒口有多大, 怎得銜此狼犺蠢大之物等語之謗."

좀더 중뿔나게 개입하는 서술상의 침범을 많이 삭제했거나 이것들을 좀더 관습적으로 제시한 『홍루몽』 인쇄본에서는 서술자의 평점적이고 개성화된 측면이 감소되는 경향이 있다. 이를테면, 필사본에서는 서술자가 정원의 곳곳에 대해 바오위가 지은 대련과 편액 제목들이 어째서 왜 남겨져 있는가 하는 것을 설명해주는 구절이 텍스트 바깥의 평점가들이 선호하는 '안按'이라는 글자로 시작된다(『홍루몽』, 17~18회 245면). 이것은 두 번째(로 나온 동시에 가장 대중적인) 인쇄본에서는 초기 텍스트의 평점 양식에서 빈번하게 사용되는 '독자들은 들어보시오看官聽說'라는 말로 대체된다(차오쉐친과 가오어, 『홍루몽』[1964년], 18회 203면). 필사본에서 서술자는 외견상으로는 이 문제를 자씨 집안賈府의 높은 신분과 그들 집안의 젊은 이[61]가 글 짓는 것을 이용해 마치 [천박한] 벼락부자가 자기 집안의 누각과 정자 등을 장식하기 위해 아주 속된 대련를 붙여놓고 흐뭇해하는 것 사이의 모순으로 제시한다. 서술자는 말한다. 어떻게 『석두기』에 묘사된 자씨 집안의 닝궈푸寧國府와 룽궈푸榮國府가 이렇게 속된 짓을 기꺼이 할 까닭이 있는가? 그렇다면 이것은 '대단한 모순'이 아니겠는가?[62](『홍루

60) [옮긴이 주] 이를테면 다음과 같은 예 참조. "書中人目太繁, 故明注一筆, 使觀者省眼." "是作書者自注"

61) [옮긴이 주] 원문은 '소아小兒'로 바오위를 가리킨다.

62) [옮긴이 주] 본문에 해당하는 내용은 다음과 같다. "자정의 가문으로 말하면 대대로 시와 글로 이름이 높은 터이고, 또 드나드는 손님이나 사랑 출입을 하는 문객들만 해도 글재주가 이만저만이 아닌 재사들이거늘 어떻게 편액의 제사題詞 하나 제대로 쓸 사람이 없어서 나이 어린 소년의 일시 장난으로 지은 글귀를 가져다가 정말로 편액이나 대련으로 쓰고 있는 것일까? 그렇다면 그것은 벼락부자가 된 사람이 돈을 물 쓰듯 하면서 되는 대로 어디에다나 칠이나 옻칠을 해 놓고 큰 글씨로 '대문 밖에 푸른 버들이 금 사슬을 드리웠노라' '뒷문 밖 청산은 금 병풍을 둘렀어라'라고 써 붙이고는 아주 멋지다고 좋아하는 격일 것이다. 그러나 이 『석두기』 전편에 걸쳐 묘사된 닝궈푸와 룽궈푸에서 이와 같이 속된 짓을 할 까닭이 있겠는가? 정말 그렇다고 한다면 그것은 대단한 모순일 것이다. 독자들은 이제 이 미거한 것의 설명을 들어 보면 그 까닭을 알게 되리라況賈政世代詩書, 來往諸客屛侍座陪者, 悉皆才技之流, 豈無一名手題撰, 竟用小兒一戲之辭苟且搪塞? 眞似暴發新榮之家, 濫使銀錢, 一味抹油塗朱, 畢則大書「前門綠柳垂金鎖, 後戶青山列錦屛」之類, 則以爲大雅可觀, 豈『石頭記』中通部所表之寧榮賈府所爲哉! 據此論之, 竟大相矛盾了. 諸公不知, 待蠢物將原委說明, 大家方知."

몽』, 17~18회 246면). 인쇄본에서는 이 소설의 제목의 언급과 내부 모순에 대한 언명을 크게 삭감하고 생략했다(차오쉐친과 가오어, 『홍루몽』[1964년], 18회 203면).

비록 서술자가 항상 자기 자신을 전지전능한 존재로 제시하고는 있지만, 독자에게 '미묘한 대목'(『홍루몽』, 5회 91면, 보옥의 첫경험)이나 [서술자 자신의] 명백한 무지로 인해 몇 가지 세부적인 사항에 대한 정보를 제공하기를 거절했다.[63] 서술자는 바오위가 어떤 사건을 직접 눈으로 볼 수 있는 위치에 있지 않을 때는 그것에 대해 추측하기를 거부하기도 했는데(이를테면, 『홍루몽』, 15회 207면), 이것은 실제로 진행되는 것 이상으로 암시되면서, 옥寶玉과 돌石頭이야말로 우리가 소설의 세계에 이르는 통로라는 착상과 연결되어 있다.[64]

텍스트의 서술과 창작을 반영하고 있는 『홍루몽』의 서술자가 달아놓은 좀더 특이한 평어들 대다수는 상당히 흥미롭고 실험적이긴 하지만, 그 숫자는 오히려 그렇게 많지 않다. 이 소설에 평점을 끌어들이는 데 선호되었던 기교는 소설에 등장하는 인물의 입으로 말하는 것으로 이것은 서술자가 인물을 평가하는 것과 연관해 즈옌자이 평점에서 분명하게 인지되었던 기교이다(이 책의 제9장 참조).

『홍루몽』은 다른 후대의 문인 소설들처럼, '수다스러운' 사건으로, 그

---

63) 서당에서의 다툼의 '원인'이 되었던 두 어린 소년들의 집안 배경과 같은 것(『홍루몽』, 9회 138면). 서술자는 그가 그들이 쟈씨 집안의 어느 쪽 집안과 연관이 있는지 모르고 있으며, 고찰을 통해 그들의 실제 이름들을 알아내지 못했다고 말한다. **[옮긴이 주]** 이에 해당하는 내용은 다음과 같다. "이 서당에는 누구의 일가인지 또 이름이 무엇인지는 몰라도 얼굴이 처녀같이 예쁘게 생긴 두 아이가 있었다. 서당 아이들은 모두 이 두 아이에게 계집애의 이름을 붙여 하나는 샹롄이라 하고 하나는 위아이라 불렀다更又有兩個多情的小學生, 亦不知是那一房的親眷, 亦未考眞名姓, 只因生得嫵媚風流, 滿學中都送了他兩個外號, 一號「香憐」, 一號「玉愛」."

64) 롤스톤의 「전통적인 중국 소설 비평 저작에서의 '시점'」, 133~134면 참조. 『신편 『석두기』 즈옌자이 평어 집교』 「도론」, 119~120면에서는 '돌의 시점에서 본 객관적인 서사'로부터 주관적으로 바오위에게 집중되어 있는 서술로, 그리고 양자의 종합으로 움직여간 것은 텍스트의 장절들이 서로 다른 근원에 기대고 있기 때문이라고 서술했다.

인물들은 시작詩作(차이이장蔡義江, 「『홍루몽』 시사곡부 평주紅樓夢詩詞曲賦評注」, 398~416면)이나 회화65)로부터 '음陰'과 '양陽'의 차이66)에 이르기까지 모든 종류의 주제에 대해 평어를 다는 것이 허용되었다. 인물들은 종종 그들이 논의하는 특별한 미학 분야에서 나온 기술적인 용어를 사용하지만, 이런 용어들은 때로 소설 비평에도 나온다.67) 소설 속의 인물들 역시 다른 사람들의 작품에 대한 구두나 서면상의 평점을 하는 것으로 제시되는데,68) 그 가운데 몇몇은 평점의 기교로 인해 칭찬을 받는다(『홍루몽』, 42회 584면).

중국 백화소설에서 전통적인 서술자는 독자에게 암시나 심지어 이야기가 어떻게 진행될 것인가에 대해 상세한 평어를 제공하는 사람이다. 『홍루몽』에서는 그런 기능이 서술자의 손에 의해 다루어지며, 미래에 대해 잘 알고 있음직한 '초자연적인' 존재(비루먹은 중, 절름발이 도사, 징환셴뉘警幻仙女 등과 같은)와 제22회에서 어린 사촌이 지은 상서롭지 못한 수

---

65) 시춘惜春은 다관위안大觀園을 그리라는 부탁을 받는데, 그가 그림에 몰두할 수 있도록 시회詩會에 빠질 수 있게 해달라고 요구했을 때, 이 계획은 일반적인 의론의 대상이 되었다.

66) 스샹윈史湘雲과 그의 하녀(추이뤄翠縷. [옮긴이 주])는 어떻게 항상 '음陰'인 것이 다른 것과의 연관 하에 '양陽'이 될 수 있는지에 대해 이야기한다(『홍루몽』, 31회 438~439면). [옮긴이 주] 원문은 다음과 같다. "湘雲道 : '陰陽可有什麽樣兒, 不過是個氣, 器物賦了成形. 比如天是陽, 地就是陰; 水是陰, 火就是陽; 日是陽, 月就是陰.' 翠縷聽了, 笑道 : '是了, 是了, 我今兒可明白了. 怪道人都管著日頭叫『太陽』呢, 算命的管著月亮叫什麽『太陰星』, 就是這個理了.'"

67) 이를테면, 시사詩詞에 대한 의론에서, '배면부분背面傅粉'(『홍루몽』, 38회 529면)과 '분주분빈分主分賓'(『홍루몽』, 42회 586면). 소설 비평에서의 이런 용어들의 예에 대해서는, 『수호전회평본』, 20~21면, 「독『제오재자서』법」 56(존 왕, 「제오재자서 독법」, 142면)과 『삼국연의회평본』, 9~10면, 「독삼국지법」 9(로이, 「『삼국연의』 독법」, 166~170면) 참조.

68) 이를테면, 전스인甄士隱은 절름발이 도사의 「호료가好了歌」에 대해 구두의 평점을 짓고(『홍루몽』, 1회 18~19면), 바오위는 자신이 갖고 있는 『좡쯔莊子』에 대한 미비를 쓴다(『홍루몽』, 21회 292~293면). 바오위의 평어에 대해 다이위黛玉가 쓴 평어에 따르면, 바오위의 『좡쯔』는 린윈밍林雲銘(활동 기간은 17세기 경)의 평점본인 "좡쯔인莊子因』으로, 여기에는 소설 평점의 「독법」에 의해 영향 받은 서론 부분이 들어 있으며, 별도의 「독법」으로 출판되기도 하였다(롤스톤, 「형식적 측면들」, 72~73면 주71).

수께끼에 대한 자정賈政의 반응(『홍루몽』, 22회 312~315면)[69] 등과 같이, 어쩌다 그들 주위에 있는 이들이 놓쳐버린 조짐들을 읽어낼 수 있는, 보통의 인물들을 포함해 수많은 인물들의 손으로 분산된다. 바로 이러한 진술들이 이 소설과 등장인물들과 맺고 있는 연관은 항상 해석상의 문제이며, 처음 읽는 독자들은 쉽사리 그 중요성을 넘겨버리기 일쑤다. 하지만 만약 그 독자가 다행히도 평점이 있는 필사본을 읽게 된다면, 그는 텍스트의 이러한 측면을 그냥 넘겨버릴 수 없을 것인데, 그것은 이런 암시들에 대한 설명이 즈옌자이 평점가들의 주요한 활동들 가운데 하나이기 때문이다.

텍스트 바깥의 평점가들이 자신의 일로 삼은 것은 자신의 작품을 다른 백화문학 작품과 비교할 때 어떤 면을 내세울 것인가 하는 것이었다. 『홍루몽』에서는 이러한 관심사들이 텍스트 자체에 합병되었는데, [전적으로] 서술자에게만 말을 하게 하지 않고, 개별 인물들에게도 평어가 할당되었다.[70] 때로 이 평어들은 진지하게 제시되기도 하고, 때로 이것들은 아이러니에 의해 도려내어졌는데, 그것은 우리가 그것을 말해주는 사람이 착각을 하고 있거나 오해하고 있다는 것을 알고 있기 때문이다.[71]

---

69) [옮긴이 주] 해당 내용은 다음과 같다. "자정은 잠깐 자기 생각에 빠져들었다. '위안춘 귀비가 지은 폭죽은 한번 소리를 내어 터지기가 무섭게 산산조각이 나는 물건이요, 잉춘이 지은 수판은 한번 튕기기 시작하면 삼같이 헝클어지기 일쑤인 것이 아닌가. 그리고 탄춘이 지은 연은 바람에 날려 정처없이 떠다니는 물건이요, 시춘이 지은 해등은 또 얼마나 고독한 것인가. 오늘과 같은 정월 초하룻날 하필이면 이런 불길한 물건들을 골라서 즐기고 있는 것일까賈政心內沉思道:「娘娘所作爆竹, 此乃一響而散之物. 迎春所作算盤, 是打動亂如麻. 探春所作風箏, 乃飄飄浮蕩之物. 惜春所作海燈, 一發淸淨孤獨. 今乃上元佳節, 如何皆作此不祥之物爲戲耶?"

70) 제1회에서 돌에 새겨진 텍스트에 대한 돌 자신의 평어는 약간의 문제를 제시하고 있는데, 그것은 우리가 보았던 대로, 어떤 점에서 돌과 서술자는 하나이면서 동일한 존재라고 주장할 수 있기 때문이다.

71) 이것은 대중적인 구두 서사와 소설에 대한 자씨 마님賈母의 언급의 경우이다(『홍루몽』, 54회 758~759면). 자씨 마님이 이것들을 상투적이고 그럴싸하지 않다고 비판한 것은 제1회에서 돌이 말한 비슷한 발언과 일치하지만, 그는 이런 류의 대중적인 문학이 어떻게 자신의 집안 사람들에게 영향을 미쳤는지에 대해서는 착각을 하고 있다. [옮긴이 주] 54회의 자씨 마님의 발언 내용은 다음과 같다. "'그런 이야기들이란 모두 판에 박은 것처

백화 문학, 특히 희곡은 집안 사람들이 원할 때마다 희극 공연을 할 수 있을 정도로 부유한 자씨 집안에서는 늘상 있는 대화의 주제였지만, 집안 내부의 보안은 '존중받을 만하지 못한' 읽을 거리를 막을 정도로 강하지 못했다(롤스톤, 「구연 문학」, 58~66면). 비록 어느 한 학자가 차오쉐친이 『홍루몽』을 이용해 『서상기』에 대한 비평을 썼고, 또 이 소설에서는 『모란정牧丹亭』을 위시한 희곡이 가장 두드러지게 부각되었다고 말하긴 했지만, 가장 흥미로운 구절은 제1회에서 돌이 쿵쿵다오런에게 자신의 텍스트를 비호하는 것이다.

돌의 언급은 『홍루몽』 앞 부분의 장회들에 나타나는 일반적인 전략의 일부로, 이것은 다른 이들에 앞서 자신의 비평을 제시하고 가능한 빨리 자리잡게 함으로써 잠재적인 비평가들에게 선제 공격을 가하는 것이다.[72] 즈옌자이 평점의 평점가들은 이러한 기교를 '스스로 우월한

럼 한 가지 격식이거든. 뛰어난 재자가인들에 대한 이야기라고 하지만 역시 그 식이 그 식이어서 재미가 없어. (…중략…) 그러니 앞뒤의 사개가 맞지 않는단 말이야.' (…중략…) '거기엔 또 그럴 만한 까닭이 없는 건 아니야. 그따위 이야기를 꾸미는 사람들 가운데는 두 가지 유형이 있어. 그 하나는 남의 부귀를 시기하거나 자기도 그렇게 돼 볼 욕심이 있지만 뜻대로 되지 않으니까 남들을 욕되게 하기 위해서 그런 이야기들에 반해 가지고 그런 가인을 사모하던 나머지 그따위 이야기를 꾸며내어 스스로 도취해 보는 거야. 그러니 그런 인간들이 어떻게 대대로 벼슬을 살고 학문을 하는 집안의 가도를 알 수가 있겠어? 그런 책 속에 나오는 훌륭한 대갓집은 그만 두고라도 지금 우리같이 중간쯤 되는 집들을 놓고 말해도 그런 일은 없거든. 그러니 그게 모두 엉터리 소리지 뭐야. 그래서 우리는 집에서 절대로 그런 이야기를 못하게 하고 시녀들까지도 그런 이야기는 통 모르고 있는 거야 這些書都是一個套子, 左不過是些佳人才子, 最沒趣兒. (…중략…) 那些不答後語? (…중략…) 這有個原故 : 編這樣書的, 有一等妒人家富貴, 或有求不遂心, 所以編出來汚穢人家. 再一等, 他自己看了這些書看魔了, 他也想一個佳人, 所以編了出來取樂. 何嘗他知道那世宦讀書家的道理! 別說他那書上那些世宦書禮大家, 如今眼下眞的, 拿我們這中等人家說起, 也沒有這樣的事, 別說是那些大家子. 可知是謅掉了下巴的話. 所以我們從不許說這些書, 丫頭們也不懂這些話."

72) [옮긴이 주] 돌이 자신의 작품을 비호하는 내용은 다음과 같다. "그러므로 저는 이 이야기를 세상 사람들이 '참으로 묘할진저'하고 칭찬해 주기를 바라거나 책장 속에 고이 간직해 두고 애독해 주었으면 하고 바라는 것이 아니에요. (…중략…) 이 이야기는 한 남녀간의 추잡한 관계나 종작없는 이별이요, 상봉 따위의 이야기라든가, 한 장 건너 나온다는 것이 쯔젠과 원쥔이 아니면 홍냥과 샤오위와 같은 선비나 숙녀들로서 누구나 다 아는 판에 박은 투의 케케묵은 책들과는 전혀 다른 것이니 사람들의 견해를 새

지점에 서고自占地步', 또는 '우월한 지점을 선점하는 것先占地步'[73]이라 불렀는데, 그들은 이것을 서술자(『신편 『석두기』 즈옌자이 평어 집교』, 1회 4면, 갑술 협비)와 개별적인 소설 속의 인물들 모두에 적용시켰다(『신편 『석두기』 즈옌자이 평어 집교』, 14회 246면, 갑술과 경진 협비).

쿵쿵다오런은 소설에 날짜가 없고 조정의 일이나 고상한 도덕을 다루지 못한다고 반대한다.[74] 돌은 대중적인 소설에 날짜가 없는 것은 의미 없는 관습에 불과하고, 그가 한때 알고 있던 소녀들에 대한 이야기는 기분전환 거리가 될 만하거나, [이야기 속에 감추어져 있는] 교훈에 주의하기만 한다면 독자들이 약간의 활력과 자극을 받을 수 있다고 대답한다.[75] 돌은 역사소설野史과 포르노 소설風月筆墨, 재자가인 소설, 이렇게 세 가지 소설이 갖고 있는 결점들을 지적하면서 자신의 텍스트에는 그러한 것들이 없다고 강변한다[76](『홍루몽』, 1회 4~6면). 그의 말은 기대했던 효과를 발휘해,

---

롭게 할 수도 있을 것입니다所以我這一段故事, 也不願世人稱奇道妙, 也不定要世人喜悅檢讀, (…중략…) 再者, 亦令世人換新眼目, 不比那些胡牽亂扯, 忽離忽遇, 滿紙才人淑女、子建文君紅娘小玉等通共熟套之舊稿."

73) 19세기의 수사학자인 퐁타니에Fontanier가 다음과 같은 방식으로 정의한, 유럽 수사학에서의 전통적인 용어인 '점유'와의 유사성을 주목할 것. "이것은 야기될 지도 모르는 반대에 대해 기선을 제압하거나 앞질러 거부하는 데 있다."(토도로프, 『산문 시학The Poetics of Prose』, 22면)

74) **[옮긴이 주]** "그런데 내가 보기에는 첫째로 어느 때 있었던 일인지 그 왕조와 연대가 밝혀져 있지 않고, 둘째로 이야기 가운데 어진 재상이나 충신이 나타나 나라를 잘 다스렸다든가 풍속을 바로잡았다는 따위의, 이를테면 정치에 관한 이야기는 전혀 없구려據我看來, 第一件, 無朝代年紀可考; 第二件, 並無大賢大忠理朝廷治風俗的善政."

75) **[옮긴이 주]** "다만 제가 보기에는 지금까지의 이야기책들은 전부 판에 박은 형식을 취하고 있으니 그런 케케묵은 냄새는 피우지 않는 것이 도리어 새 맛이 나지 않을까요? 그저 내용이 진실하고 사리에 맞으면 그만이니 왕조나 연대에 구애될 필요야 없겠지요. 게다가 도회지의 속된 사람들 가운데는 정치에 관한 딱딱한 책을 즐기는 이보다 인정에 맞고 생활에 가까운 이야기를 좋아하는 이들이 훨씬 더 많거든요 但我想, 歷來野史, 皆蹈一轍, 莫如我這不借此套者, 反倒新奇別致, 不過只取其事體情理罷了, 又何必拘拘於朝代年紀哉! 再者, 市井俗人喜看理治之書者甚少, 愛適趣閑文者特多."

76) **[옮긴이 주]** "지금까지의 역사소설을 보면 그 태반이 임금과 재상을 비방하거나 남의 집 아녀자의 행실을 힐난하는 것이 아니면 남녀간의 치정 관계를 취급한 음탕한 이야기들뿐이거든요. 그리고 연애 소설이라는 것은 색정적인 저속한 필치로 더럽고 부정한 것들을 글에 담아서는 젊은 남녀들을 그르치고 있는데, 그 예는 이루 다 헤아릴 수

쿵쿵다오런은 텍스트를 다시 읽고 그것을 출판하기로 결정한다.

묘사 양식은 『홍루몽』에서 제한적으로 쓰인다. 중요한 인물과 경치는 변려체의 산문 구절들로 묘사되고 있지만, 이것들은 초기의 소설에서와 같이 고정된 공식에 의해 소개되는 일이 거의 없고, 궁극적으로는 이전에 비해 훨씬 덜 눈에 띈다.77) 예외가 있다면 특별한 인물들을 진지하게(이를테면, 징환셴뉘警幻仙女가 처음 등장하는 것을 묘사한 부賦, 『홍루몽』, 5회 73~74면), 아이러니컬하게(이를테면, 바오위가 처음 등장할 때의 두 개의 사詞, 『홍루몽』, 3회 50면), 또는 특정의 인물의 시각을 통해 걸러진 채(이를테면, 다이위와 바오위가 서로에 대해 최초로 호감을 갖는 것, 『홍루몽』, 3회 49, 51면) 소개하는 평점과 묘사 양식이 혼합된 다량의 구절들이다.

서술자와 즈옌자이 평점에 따르면, 『홍루몽』에서의 묘사 양식의 감소는 고의적인 것이다. 쟈위안춘賈元春이 황제의 후궁으로서 자신의 부모를 방문할 때, 쟈씨 집안賈府은 그가 머물 '임시 궁궐'로 사용하기 위해 공을 들여 정원을 짓는다. 위안춘이 정원에서 유람을 시작할 때는 겨울의 끝자락을 향해 가는 원소절元宵節이었지만, 쟈씨 집안 사람들은 나뭇잎과 꽃을 흉내낸 초목에 등불을 다는 수고를 아끼지 않는다(『홍루몽』, 17~18회 245면). 서술자는 이 모든 것에 대한 묘사를 시작하면서, 다음과 같이 말한다.

> 아 이 몸이 그 옛날 다황산 칭겅봉 기슭에 있을 적에는 얼마나 쓸쓸하고 적막한 나날을 보내었던가! 만일 그 머리에 비루먹은 중과 절름발이 도사가 나를 이곳에 데려다 주지 않았더라면 어떻게 이런 꿈같은 세상 구경을 할 수 있었

가 없지요. 재자가인에 대한 소설 또한 천 편이면 천 편이 다 똑같은 형식이며, 이야기마다 판안이 아니면 쯔젠이요, 시스가 아니면 원쥔이라, 어느 것이나 잡스러운 내용에서 벗어나지 못하거든요.歷來野史, 或訕謗君相, 或貶人妻女, 奸淫兇惡, 不可勝數. 更有一種風月筆墨, 其淫穢汚臭, 屠毒筆墨, 壞人子弟, 又不可勝數. 至若佳人才子等書, 則又千部共出一套, 且其中終不能不涉於淫濫, 以致滿紙潘安、子建、西子、文君."

77) 이를테면, 제3회에서 왕시펑王熙鳳과 바오위寶玉, 다이위黛玉를 묘사하는 변체 산문으로 된 짧은 구절들 참조(『홍루몽』, 3회 41면, 49회 51면).

으랴! 생각 같아서는 『등월부』나 『성친송』[78] 같은 것을 한 편 지어서 오늘의 이 경사를 기념하고 싶지만, 혹시 잘못하여 다른 책들과 같은 속된 틀에서 벗어나지 못할까 주저되는구나. 그래서 그만두기는 하지만 어쨌든 지금의 이 광경은 한 수의 시나 한 편의 글로써 그 절묘함을 그려낸다는 것은 도저히 불가능한 일이다. 그러니 그런 시나 글을 쓰지 않더라도 그 호화로운 정경만은 독자 여러분께서도 얼마든지 상상할 수 있을 것이므로 거기에 드는 시간과 필묵은 절약하기로 하고 어서 이야기의 본 줄거리로 돌아가려 한다.[79]

즈옌자이 평점에서 서명이 없는 평어는 애써 『홍루몽』에서 묘사 양식으로 된 가장 긴 문장인 징환셴뉘警幻仙女에 대한 부賦와 바오위에 대한 두 편의 시를 정당화했다.

이 책의 일반적인 원리凡例[80]에 의하면, '찬'이나 '부'와 같은 한가한 문장閑文은 없어야 한다. 앞서 바오위에 대한 두 편의 사가 있었고(『홍루몽』, 3회 50면), 이제는 이와 같은 부가 있다. 이것을 어떻게 설명할 것인가? 이 두 사람들이 작품 전체通部大綱의 구조와 연관이 있기 때문에 이런 식의 공식套을 사용할 수밖에 없는 것이다. 앞서 사의 경우에는, 작자가 (그것들을 포함시키기 위한) 자신의 깊은 의미를 갖고 있었다. 그리하여 이것들이 뛰어났던 것이다. 이

78) 같은 회에서 위안춘元春은 그들이 「성친송省親頌」을 지어야 한다고 말하며, 자정賈政은 그에게 「귀성송歸省頌」을 바치지만, 첫 번째 것은 아무 것도 없고, 두 번째 것은 인용되지 않았다(『홍루몽』, 17~18회 250, 256면).

79) 『홍루몽』, 17~18회 245면. 본문은 두 번째 '나'인 경우에만 명시적으로 드러나 있고 다른 모든 것들은 중국어에서 항용 그러하듯, 단지 함축되어 있을 따름이다. 초기의 다섯 개 필사본의 해당 텍스트의 일부인 이 구절은 갑진 필사본에서는 협비로 나온다. 이 판본에는 텍스트의 변형이 수없이 많이 나오는데, 여기에는 '다른 책들의 상투적인 공식' 대신에 '소설 작가의 상투적인 공식小說家俗套'이 포함되어 있다(『신편 『석두기』 즈옌자이 평어 집교』, 18회 319면). **[옮긴이 주]** 원문은 다음과 같다. "此時自己回想當初在大荒山中, 青埂峰下, 那等淒涼寂寞; 若不虧癩僧、跛道二人攜來到此, 又安能得見這般世面. 本欲作一篇『燈月賦』、『省親頌』, 以誌今日之事, 但又恐入了別書的俗套. 按此時之景, 卽作一賦一贊, 也不能形容得盡其妙; 卽不作賦贊, 其豪華富麗, 觀者諸公亦可想而知矣. 所以倒是省了這工夫紙墨, 且說正經的爲是."

80) 갑술 필사본의 「범례」에는 여기에서 말한 것에 상응하는 것이 들어 있지 않다. 평점가는 아마도 이 소설에 대한 함축되어 있는 일반적 원리들을 염두에 두고 있는 것 같다.

부로 말하자면, 비록 위대하지는 않지만, 여전히 없어서는 안될 것이다.[81]

—『신편 『석두기』 즈옌자이 평어 집교』, 5회 117면, 갑술 미비와 유정 계통의 협비

즈옌자이 평점의 평어들에서는 단순하면서도 통합된 묘사들이 부賦의 묘사와 별반 다를 게 없다고 주장하기도 했다(이를테면, 『신편 『석두기』 즈옌자이 평어 집교』, 3회 81면, 갑술 협비, 18회 317면, 기묘와 경진 협비).

4. 모든 독자가 평점가

처음에 이 소설이 작은 무리의 친구들 사이에서 필사본의 형태로 유통되었을 때, 아마도 『홍루몽』의 모든 독자가 평점가였다는 것은 말 그대로 맞는 말이었을 것이다. 우리는 이 초기의 한 무리의 평점가들에 실제 작자인 차오쉐친과 본문에서의 '작자'인 돌과 본문에서의 독자인 쿵쿵다오런과 같이 즈옌자이 평점에 자신들의 평어를 서명해 넣은 사람들을 추가해넣을 수 있다. 이 소설이 출판되고 독자층이 확대되고 난 뒤에는, 독자들 중 평점가의 비율이 계속적으로 높아졌다. 어떤 이들은 자신들이 갖고 있는 책에 휘갈겨 쓰는 것으로 만족하기도 하고, 어떤 이들은 이것들을 출판할 필요를 느꼈으며, 어떤 이들은 자신들의 친구들에게 말로 평어를 전했고, 어떤 이들은 그것들을 담아내기 위해 속작이나 모방작을 쓰기도 했다. 이러한 속작과 모방작에서 우리는 종종 『홍루몽』에 대해 구두나 서면상의 평점을 만들어내는 소설 속의 인물들을 발견하게

81) [옮긴이 주] 원문은 다음과 같다. "按此書凡例本無贊賦閑文, 前有寶玉二詞, 今復見此一賦, 何也? 蓋此二人乃通部大綱, 不得不用此套. 前詞却是作者別有深意, 故見其妙. 此賦則不見長, 然亦不可無者也."

된다(『화월흔花月痕』과 『후『홍루몽』後紅樓夢』에 대해서는 이미 언급한 바 있다). 현재 남아 있는 순수하게 이 소설에 대한 달아놓은 평점의 양은 엄청나다.[82]

그렇게 많은 독자들이 『홍루몽』에서 그들이 거주할 집을 발견했던 것은 거기에 거주할 만큼의 방이 있을 것이기 때문인데, 무엇보다도 명백하게 완결되지 않은 상태가 독자로 하여금 들어와서 수리를 시작하게 유혹했다. 또 다른 이유는 비록 서술자가 때로 독자에게 특별한 인물에 대해 생각할 것을 일러주는 것에 대해 완전히 반대하고 있지 않지만, 이것은 일반적으로 다소 일차원적인 인물들에 대해 행하여졌다는 것이다. 서술자가 바오위나 바오차이와 같은 주요 인물들에 내해 직접적인 평을 할 때는 아이러니컬하거나 모호한 경향을 보이고 있다.[83] 독자에게는 이들 인물들에 대해 최소한 두 개의 선택적인 독법이 제시되었으며, 세부묘사와 소설이 씌어졌던 당시의 소설 창작과 비평의 상황에 대해 조심스럽게 주목함으로써 작자가 그것들을 대했던 태도를 상당히 정확하게 파악하는 것이 가능하다 할지라도, 이 소설에서는 평점가들이 인물 군에 대해 완전히 상반된 평가를 할 수 있기에 충분한 그 무엇이 있다(이 책의 제8장 참조).

최근에 『홍루몽』은 "고의적으로 독자가 작자나 작자들의 비전과 목적에 대해 혼란에 빠지도록" 고안된 것으로 기술되었다(민포드Minford와 헤겔Hegel, 「『홍루몽』Honglou meng」, 454면). 전통적인 평점가들은 혼란의 가능성을 인정하기는 했지만, 작자의 메시지가 적극적이고 견인불발하는 독자에

82) 주요한 전통적인 평점과 『홍루몽』에 대한 독립적인 저작들에 대한 상세한 서지사항은 롤스톤의 『독법』, 456~484면 참조. 다른 판본이나 속작들, 독립적인 저작들, 신구 홍학과 홍학에 대한 연표에 대해서는 펑치융馮其庸과 리시판李希凡의 『『홍루몽』대사전紅樓夢大辭典』, 918~958, 968~977, 1,088~1,156, 1,169~1,245면과 1,247~1,302면 참조.

83) 즈옌자이 평점가들은 이 소설의 이러한 측면에 대해 매우 민감하다(이를테면, 『신편 『석두기』 즈옌자이 평어 집교』, 19회 349면, 355면, 기묘, 경진, 왕부, 유정 협비). 물론 바오위는 모든 사람들이 사랑하는 인물이 아니다. 베이징대학의 학생들의 설문에서, 그는 가장 짜증나는討厭 문학 인물로 선정된 바 있다(훠쑹린霍松林, 『중국고전소설육대명저감상사전中國古典小說六大名著鑑賞詞典』, 1,155~1,156면).

게 미묘하게 전달되는 것을 강조하고 있다(이를테면, 『신편 『석두기』 즈옌자이 평어 집교』, 16회 283면, 경진 미비). 텍스트 자체는 독자에게 이런 작업에 접근하는 방법에 대해 약간의 암시를 제공하고 있다.

이렇게 하는 한 가지 방법은 독자들의 이미지를 텍스트 자체 내에서 제시하는 것이다. 돌과 그가 자신의 텍스트를 말하지 않고 읽는 것을 제외한다면, 이 가운데 가장 중요한 것은 돌의 도움으로 초기의 피상적인 독서에서 말 그대로 그를 다른 사람으로 변형시키는 이차적인 독서로 나아가는 쿵쿵다오런이다.[84] 돌이 이야기의 맥락을 잘 설명하여 쿵쿵다오런으로 하여금 평점의 중요성을 강조하게 하는 이 작품의 비전통적인 특질을 좀더 잘 평가할 수 있도록 구체적으로 시도한 것은 차치하고라도, 독자는 한번 읽는 것으로는 충분치 않다는 것을 강조하는 말을 듣게 된다. 바오위는 제5회에서 자신이 사랑하는 사람들의 운명을 개괄해주는 치부책과 노래들의 "나쁜 독자"로부터 제116회에서의 좀더 능력있는 독자로 진보한다. 이것은 다시 읽기의 또 다른 경우이지만, 116회에서의 보옥이 제5회의 바오위와 마찬가지로 지금 여기에 고착되어 있지 않은 것 역시 중요하다. 그는 이제 좀더 준비가 잘 된 상태에서 이 세계와 이것을 넘어선 세계에서의 자신의 위치에 대한 좀더 총체적인 시각에 도달하게 된다. 즈옌자이 평점가들이 때로 빠뜨린 것 때문에 서로를 꾸짖고[85](이를테면, 『신편 『석두기』 즈옌자이 평어 집교』, 14회 245면, 경진 미비), 텍스트와 평점가들이 계속해서 우리를 앞으로 내모는 것은 바로 이렇듯 시간에 속박되지 않은 모든 것을 감싸안는 시각인 것이다.

---

84) "그대가 『논어』를 읽는데, 읽기 전의 그대의 사람됨과 읽고 나서의 사람됨이 같다면, 그대는 진정으로 그것을 읽은 것이 아니다如讀『論語』, 舊時未讀是這個人, 及讀了後來又只是這個人, 便是不會讀也(원문은 [옮긴이 주])."(주시朱熹와 뤼쭈쳰呂祖謙의 『근사록』, 3/10b~11a, 30조; 윙짓 찬W. Chan陳榮捷, 『근사록–성리학 선집』, 100면.)

85) [옮긴이 주] 원문은 다음과 같다. "彩明系未冠小童, 阿鳳便於出入使令者. 老兄幷未前後看明, 是男是女, 亂加批駁, 可笑."

참고문헌

1. 중국/일본

『警世陰陽夢』, 沈陽 : 春風文藝出版社, 1985.
『金瓶梅詞話』, 東京 : 大安, 1963.
『金聖歎全集』, 全4卷, 南京 : 江蘇古籍出版社, 1985.
『金聖歎批本西廂記』, 張國光 編, 上海: 上海古籍出版社, 1986.
『大字足本三國志演義』, 香港 : 上海印書館, 1977.
『林蘭香』, 沈陽 : 春風文藝出版社, 1985.
『明淸小說序跋選』, 沈陽 : 春風文藝出版社, 1983.
『毛澤東哲學批注集導論』, 北京 : 中共中央黨校, 1988.
『西京雜記』, 『燕丹子西京雜記』, 程毅中 編, 北京 : 中華書局, 1985.
『西廂記雜劇』, 台北 : 世界書局, 1976.
『西遊證道書』, 日本 東京 內閣文庫 所藏 마이크로필름본.
『醒世姻緣傳』, 上海 : 上海古籍出版社, 1981.
『隋煬帝艶史』, 鄭州 : 中州古籍出版社, 1986.
「水滸寫了多少人物」, 『人民日報海外版』, 1985.10.5.
『水滸研究資料』, 南京大學中文系 編, 南京 : 南京大學出版社, 1980.
『新小說』, 上海 : 上海書店, 1980.
『沈石田先生文集』, 上海 : 同文圖書館, 1915.
『十三十經經文』, 台北 : 開明書店, 1955.
『儒林外史研究論文集』, 合肥 : 安徽人民出版社, 1982.
『儒林外史研究論集』, 北京 : 作家出版社, 1955.
『肉蒲團』, 香港 : 聯合, n.d.
『李桌吾先生批評西遊記』, 內閣文庫 소장 마이크로필름, 東京.
『箋詮第六才子書釋解』, 致和堂 本.
「第三屆全國水滸學術討論會情況綜述」, 『湖北大學學報』 1985.6.
『照世盃』, 上海 : 上海古籍出版社, 1985.
『中國古代近代文學研究』, 北京: 中國人民大學 reprint series.
『中國古典戲曲論著集成』, 北京: 中國戲劇出版社, 1959.
『中國美學史資料彙編』, 北京: 中國書局, 1985.
『脂硯齋甲戌抄閱再評石頭記』, 上海: 上海古籍出版社, 1985.
『醉醒石』, 上海 : 上海古籍出版社, 1985.
『鐵花仙史』, 沈陽 : 春風文藝出版社, 1985.
『評注金玉緣』, 台北 : 鳳凰出版公司, 1974.
『韓非子』, 『四部叢刊』 本.

『海公大紅袍全傳』, 北京 : 寶文堂書店, 1984.
『好逑傳』, 廣州 : 廣東人民出版社, 1980.
『紅樓夢三家評本』, 北京: 中華書局; 上海: 上海古籍出版社, 1998.
『紅樓夢硏究』, 北京 : 中國人民大學 reprint series.
『後水滸傳』, 沈陽: 春風文藝出版社, 1985.
가오밍청高明誠, 『金甁梅與金聖歎』, 台北 : 水牛出版公司, 1988.
가오위高宇, 『古典戲曲導演學論集』, 北京 : 中國戲劇出版社, 1985.
가오훙쥔高洪鈞, 「馮夢龍與董斯張的交往」, 『天津師大學報』, 1991.2.
____________, 「西遊補作者是誰」, 『天津師大學報』, 1985.6.
거르레이투格日勒圖, 「論哈斯寶在蒙古文學中的歷史地位」, 『內蒙古大學學報』, 1988.2.
관구이취안官桂銓, 「嚴復曾批點過明版金甁梅」, 『文獻』, 1990.3.
관더둥關德棟 編, 『聊齋誌異話本集』, 濟南 : 齊魯書社, 1991.
구칭顧靑, 「談金甁梅崇禎本」, 『文獻』, 1993.3.
궈광위郭光宇, 「李漁的編劇理論與創作實踐」, 『中國藝術硏究院首屆硏究生碩士學位論文集戲曲卷』, 北京 : 文化藝術出版社, 1985.
궈사오위郭紹虞 編, 『中國歷代文論選』, 全4卷, 上海 : 上海古籍出版社, 1980.
궈위스郭豫適, 『紅樓夢硏究小史稿』, 上海: 上海文藝出版社, 1980.
나인쥐스訥音居士, 『三續金甁梅』, 北京 : 北京大學出版社, 1988.
나카무라 유키히코中村幸彦, 「瀧澤馬琴の小說觀」, 『近代小說硏究と資料』, 東京 : 至文堂, 1963.
두강杜綱, 『娛目醒心編』, 潄經堂 本, n.d.
두구이천杜貴晨, 「毛宗崗擁劉反曹意在反淸復明」, 『三國演義學刊』 1, 1985.
두수잉杜書瀛, 『論李漁的戲劇美學』, 北京 : 中國社會科學出版社, 1982.
둥웨董說, 『西遊補』, Photoreprint of 1641 ed, 北京 : 文學古籍出版社, 1955.
______, 『西遊補』, 王文濡, 『說庫』, Photoreprint, 杭州 : 浙江古籍出版社, 1986.
둥중수董仲舒, 『春秋繁露』, 『四部備要』 本.
딩시건丁錫根, 「校點後記」, 李漁, 『無聲戲』, 211~222면.
딩야오캉丁耀亢, 『續金甁梅』, 黃霖 編, 『金甁梅續書三種』, 濟南: 齊魯書社, 1988.
량쭤梁左, 『孫崧甫抄評本紅樓夢記略』, 『紅樓夢學刊』 1983.1: 252~265면.
량쭤梁左 · 리퉁李彤, 「驚幻情榜增删辨」, 『紅樓夢硏究集刊』 9, 1982.
레이간雷感 編, 『中國歷代史要籍序論文選注』, 長沙 : 岳麓書社, 1982.
롄보連波, 「聊齋誌異中的詩詞」, 『河南師大學報』, 1982.
롼싱欒星 編, 『歧路燈硏究資料』, 鄭州 : 中州書畵社, 1982.
루거魯歌, 「金甁梅作者不是馮夢龍」, 루거 · 마정, 『金甁梅縱橫談』.
루거魯歌 · 마정馬征, 『金甁梅縱橫談』, 北京 : 北京燕山出版社, 1992.

______________, 「談金甁梅的四種版本」, 『金甁梅縱橫談』.
루궁路工, 『訪書見聞錄』, 上海: 上海古籍出版社, 1985.
루다웨이陸大偉, David Rolston, 「林蘭香與金甁梅」, 『文學遺産』, 1987.5.
루더차이魯德才, 「小說摻合了戱劇因素」, 『儒林外史硏究論文集』.
____________, 『中國古代小說藝術論』, 天津 : 百花文藝出版社, 1987.
루서우쥔陸壽鈞, 「毛批紅樓夢」, 『解放軍日報』, 1990(Reprinted in 『紅樓夢硏究』, 1990).
루쉰魯迅, 『魯迅全集』, 16卷 本, 上海: 人民文學出版社, 1981.
_______, 「談金聖歎」, 『南腔北調』, 『魯迅全集』 4卷.
_______, 『中國小說史略』, 『魯迅全集』 9卷.
루칭빈盧慶濱, Andrew Hingbun Lo, 「八股文與金聖歎之小說戱曲批評」, 『漢學硏究』 6.1, 1988.
뤄관중羅貫中, 『三國志通俗演義』, 上海 : 上海古籍出版社, 1980.
뤼숑呂熊, 『女仙外史』, 大津 : 百花文藝出版社, 1985.
류더룽劉德龍・주시朱禧・류더핑劉德平 共編, 『劉鶚及老殘遊記資料』, 成都 : 四川人民出版社, 1985.
류더쉬안劉德烜, 「孟子文論思想及其對後世的影響」, 『西南師範大學學報』, 1989.
류멍시劉夢溪, 『紅學』, 北京 : 文化藝術出版社, 1990.
__________, 「論紅樓夢早期抄本的回前詩和回末詩對」, 『中華文史論叢』, 1981.
류상성劉上生, 「紅樓夢創作中的一椿重要公案脂硯齋的干預和曹雪芹的困擾」, 『湖南敎育學院社會科學學報』, 1988(Reprinted in 『紅樓夢硏究』, 1989).
류세劉協, 『文心雕龍注』, 范文蘭 注, 北京 : 人民文學出版社, 1978.
류슈예劉修業, 『古典小說戱曲叢考』, 北京 : 作家出版社, 1958.
류스더劉世德, 「施耐庵文物史料辨析」, 『施耐庵硏究』, 南京 : 江蘇古籍出版社, 1984.
__________, 「談水滸傳雙峰堂刊本的引頭詩問題」, 『文獻』 1993.3: 34-53쪽.
__________, 「吳敬梓」, 『中國歷代著名文學家評傳』, 濟南 : 山東敎育出版社, 1985.
__________, 「鍾批水滸傳的刊行年代和版本問題」, 『文獻』 1989(Reprinted in 『中國古代近代文學硏究』, 1989).
류시자이劉熙載, 『藝槪箋注』, 王氣中 注, 貴陽 : 貴州人民出版社, 1986.
류이칭劉義慶, 『世說新語校箋』, 徐震堮 注, 香港 : 中華書局, 1987.
류인보劉蔭栢 編, 『西遊記硏究資料』, 上海 : 上海古籍出版社, 1990.
류장劉璋, 『斬鬼傳』, 王靑平 編, 太原 : 北岳文藝出版社, 1989.
류중수劉中樹・위차오강喩朝剛・왕루메이王汝梅・리원환李文煥 共編, 『金甁梅藝術世界』, 長春 : 吉林大學出版社, 1991.
류즈중劉致中, 「鐵冠圖爲李漁所作」, 『文學遺産』 1989(Reprinted in 『中國古代近代文學硏究』, 1989).
류즈지劉知幾, 『史通通釋』, 浦起龍 注, 台北 : 里仁書局, 1980.

류징치劉敬圻, 「三國演義嘉靖本和毛本校讀扎記」 1, 『求實學刊』, 1981.
류춘런柳存仁, 『倫敦所見中國小說書目題要』, 北京 : 書目文獻出版社, 1982.
__________, 「羅貫中講史小說之眞僞性質」, 『中國文化硏究所學報』 8.1, 1976.
__________, 「全眞教和小說西遊記」, 『明報月刊』, 5分冊 : 5(1985); 6(1985); 7(1985); 8(1985); 9(1985).
류푸劉復, 「西遊補作者董若雨傳」, 『西遊補』(董說), 上海 : 上海古籍出版社, 1983.
류후이劉輝, 「從詞話本到說散本」, 『金甁梅成書與版本硏究』.
_________, 「金甁梅硏究十年」, 『金甁梅論集』.
_________, 「金甁梅的歷史命運與現時評價之一非淫書辨」, 『金甁梅論集』.
_________, 「論明代小說戲曲空前興盛之成因」, 『小說戲曲論集』.
_________, 「論新刻繡像批評金甁梅」, 『文學遺産』, 1987.
_________, 「李漁評點過金甁梅嗎」, 『金甁梅之謎』(劉輝 · 楊揚), 北京 : 書目文獻出版社, 1989.
_________, 「題材內容的單向吸收與雙向交融」, 『小說戲曲論集』.
_________, 「從三婦評牡丹亭談起」, 『小說戲曲論集』.
_________, 『金甁梅論集』, 台北 : 貫雅出版社, 1992.
_________, 『金甁梅成書與版本硏究』, 沈陽 : 遼寧人民出版社, 1986.
_________, 『小說戲曲論集』, 台北 : 貫雅出版社, 1992.
리루전李如珍, 『繪圖鏡花緣』, 北京 : 中國書店, 1985, 1888年 點石齋 版 影印.
__________, 『鏡花緣』, 北京 : 人民文學出版社, 1955.
리뤼위안李綠園, 『歧路燈』, 鄭州 : 鄭州書社, 1980.
리스런李時人, 「關於中國小說史上仿作和續書問題的思考」, 『光明日報』, 1986.
리웨이스李偉實, 「三國志通俗演義夾注及詩文論讚何人所加」, 『社會科學戰線』, 1989.
리위李漁, 『李笠翁曲話』, 陳多 編, 長沙 : 湖南人民出版社, 1980.
_______, 『無聲戲』, 北京 : 人民文學出版社, 1989.
_______, 『十二樓』, 北京 : 人民文學出版社, 1986.
_______, 『連城璧』, 杭州 : 浙江古籍出版社, 1988.
_______, 『李笠翁十種曲』, 上海 : 朝記書莊, 1918.
_______, 『閑情偶寄』, 杭州: 浙江古籍出版社, 1985.
리즈李贄, 『藏書』, 北京 : 中華書局, 1959.
_______, 『焚書』, 『焚書 · 續焚書』, 北京 : 中華書局, 1975.
_______, 『世說新語補』, 台北 : 廣文書局, 1980.
_______, 『初潭集』, 北京 : 中華書局, 1974.
리진더李金德, 「金聖歎的典型理論是中國典型理論的成熟」, 『水滸爭鳴』 4, 1985.
리한츄李漢秋 編, 『儒林外史會校會評本』, 上海 : 上海古籍出版社, 1984.
______________, 『儒林外史硏究資料』, 上海 : 上海古籍出版社, 1984.

린원산林文山, 「論金西廂對紅樓夢的影響」, 『紅樓夢學刊』, 1987.
__________, 「那輾」, 『學術硏究』 1984.
린천林辰, 『明末淸初小說述錄』, 沈陽: 春風文藝出版社, 1988.
링멍추淩濛初, 『二刻拍案驚奇』, 李田意 編, 香港: 友聯出版社, 1980.
__________, 『拍案驚奇』, 李田意 編, 香港: 友聯出版社, 1966.
마에노 나오아키前野直彬, 陳曦鐘 譯, 「明淸時期兩種對立小說論金聖歎與紀昀」, 『古代文學理論硏究』 5(1981).
마티지馬蹄疾 編, 『水滸書錄』, 上海 : 上海古籍出版社, 1986.
____________, 『水滸資料彙編』, 北京 : 中華書局, 1980.
멍판런孟繁仁, 「許貫中是羅貫中的虛像」, 『晉陽學刊』, 1990.
메이제梅節, 「析鳳姐點戱脂硯執筆」, 梅節・馬力, 『紅學耦耕集』, 香港 : 三聯書店, 1988.
메이칭지梅慶吉, 「新發現的金聖歎著作小題才子文」, 『北方論叢』, 1990.
모리 준사부로森潤三朗, 「曲亨馬琴翁と和漢小說の批評」, 日本文學硏究資料刊行會 編, 『馬琴』, 東京 : 有精堂, 1974.
무후이牧慧, 『中國小說藝術淺談』, 海口 : 海南人民出版社, 1987.
반구班固, 『漢書』, 北京 : 中華書局, 1962.
사오밍전邵明珍, 「中國古代小說批評的史學意識」, 『華東師範大學學報』 1988(Reprinted in 『中國古代近代文學硏究』 1988).
사토 테루히코佐藤晴彦, 「古今小說與馮夢龍的創作從語言特微方面進行探論」, 『靑海民族學院學報』 1990(Reprinted in 『中國古代近代文學硏究』 1990, Originally published in Tōhōgaku 東方學 72(1986)).
상다샹尙達翔, 「儒林外史的主題思想就竟是甚麽」, 『殷都學刊』 1987(Reprinted in 『中國古代近代文學硏究』 1987).
샤셰스夏寫時, 『中國戱劇批評的產生和發展』, 北京: 中國戱劇出版社, 1982.
샤오둥파蕭東發, 「明代小說家刻書家余象斗」, 『明淸小說論叢』 4, 1986.
샤오샹카이蕭相愷, 「三國演義毛評的出發點和基本傾向」, 『三國演義學刊』 1, 1985.
____________, 「中國小說的近代化」, 『明淸小說硏究』, 1990(Reprinted in 『中國古代近代文學硏究』, 1990).
샤오야오쯔逍遙子, 『後紅樓夢』, 台北 : 天一出版社, 1985.
샤오퉁蕭統 編, 『文選』, 上海 : 上海古籍出版社, 1986.
샤징취夏敬渠, 『野叟曝言』, 台北 : 天一出版社, 1985.
선신린沈新林, 「稗官爲傳奇藍本李漁小說戱曲比較硏究之一」, 『明淸小說硏究』 1992.
쉬다이徐岱, 「中國古代敘事理論」, 『浙江學刊』, 1990(Reprinted in 『中國古代近代文學硏究』 1991).
쉬리徐立・천위陳瑜, 『文壇怪傑金聖歎』, 長沙 : 湖南敎育出版社, 1987.

쉬쉬팡徐朔方, 「論金聖歎其人其業,文藝」, 『文藝理論研究』 1989(Reprinted in 『中國古代近代文學研究』, 1989).
쉬안샤오둥宣曉東, 「許貫中之原型卽羅貫中辨」, 『晉陽學刊』, 1991.
쉬진방許金榜, 「長生殿的藝術構造」, 『山東師大學報』, 1983.
쉬타오徐濤, 「略論魯迅先生對金聖歎的批評及其他」, 『水滸爭鳴』 1, 1983.
쉬푸밍徐扶明 編, 『牡丹亭研究資料考釋』, 上海 : 上海古籍出版社, 1987.
__________, 『紅樓夢與戲曲比較研究』, 上海 : 上海古籍出版社, 1984.
__________, 「明清女劇作家和作品初探」, 『元明清戲曲探索』, 杭州 : 浙江古籍出版社, 1986.
슝두熊篤, 「關於毛宗崗對三國演義的評改」, 『重慶師院學報』 1983(Reprinted in 『中國古代近代文學研究』, 1983).
스링石玲, 「續金瓶梅的作期及其他」, 『金瓶梅藝術世界』(劉中樹 · 喩朝剛 · 王汝梅 · 李文煥 共編), 長春 : 吉林大學出版社, 1991.
스멍時萌, 『曾樸研究』, 上海 : 上海古籍出版社, 1982.
쑤싱蘇興, 「淺談夜雨秋燈錄與三言」, 『社會科學戰線』, 1989.
쑨더첸孫德謙, 『古書讀法略例』, 上海 : 上海書店, 1983.
쑨쉰孫遜, 『紅樓夢脂評初探』, 上海 : 上海古籍出版社, 1982.
쑨쉰孫遜 · 쑨쥐위안孫菊園 共編 『中國小說美學資料彙粹』, 上海 : 上海古籍出版社, 1991.
쑨옌청孫言誠, 「續金瓶梅的刻本抄本和改寫本」, 『金瓶梅藝術世界』(劉中樹 · 喩朝剛 · 王汝梅 · 李文煥 共編), 長春 : 吉林大學出版社, 1991.
쑨위밍孫玉明, 「丁耀亢其人其事」, 『金瓶梅藝術世界』(劉中樹 · 喩朝剛 · 王汝梅 · 李文煥 共編), 長春 : 吉林大學出版社, 1991.
쑨융쉬孫永旭, 『曹雪芹的早期傳奇創作』, 蘭州 : 敦煌文藝出版社, 1991.
쑨자쉰孫佳迅, 『鏡花緣公案辨疑』, 濟南 : 齊魯書社, 1984.
쑨카이디孫楷第, 「李笠翁與十二樓」, 李漁, 『十二樓』.
__________, 『日本東京所見小說書目』, 北京 : 人民文學出版社, 1985.
__________, 『中國通俗小說書目』, 北京 : 人民文學出版社, 1982.
쑹민宋民, 『中國古代書法美學』, 北京 : 北京體育學院出版社, 1989.
쓰마쳰안司馬遷, 『史記』, 北京 : 中華書局, 1959.
쓰신斯欣, 「肉浦團故事梗概」, 李漁, 『李漁全集』, 杭州 : 浙江古籍出版社, 1990.
아소 이소지麻生磯次, 『江戶文學と支那文學』, 東京 : 有精堂, 1974.
아이나쥐스艾納居士, 『豆棚閑話』, 北京 : 人民文學出版社, 1984.
아잉阿英, 「紅樓夢書錄」, 『小說四談』, 73~103면.
______, 『小說談四種』, 上海: 上海古籍出版社, 1985.
야마자키 푸테이코山崎芙紗子, 「源氏物語評釋の方法」, 『國語國文』 51.3, 1982.

야오쉐인姚雪垠, 「試論儒林外史的思想性」, 『儒林外史硏究論集』.
야오위티안姚宇田, 『史記菁華錄』, 武漢 : 武漢古籍, 1986.
양다녠楊大年 編, 『中國歷代畵論採英』, 開封 : 河南人民出版社, 1984.
양샤오둥楊曉東, 「浪仙鉤沉」, 『學術硏究』 1991.
양옌치楊燕起 · 천커핑陳可靑 · 라이창양賴長揚 共編, 『歷代名家評史記』, 北京 : 北京師範大學出版社, 1986.
양웨이하오楊位浩, 「主腦的本義及其嬗變」, 『中州學刊』, 1988.
양청푸楊成孚, 「論司馬遷的曲筆」, 『南開學報』, 1986.
어우양젠歐陽健 · 샤오샹카이蕭相愷 共編, 『中國通俗小說總目提要』, 北京 : 中國文聯出版社, 1991.
예랑葉朗, 『中國小說美學』, 北京 : 北京大學出版社, 1982.
예쑹葉松, 「吳敬梓名字考釋淺識」, 『文匯報』, 1988(Reprinted in 『中國古代近代文學硏究』, 1989).
예스주런野史主人, 『帶印奇冤郭公傳』, 天津 : 百花文藝出版社, 1986.
예웨이쓰葉維思 · 마오신冒炘, 『三國演義創作論』, 南通 : 江蘇人民出版社, 1984.
예쥬루葉九如, 「甘作附庸爲何本對中國古典長篇小說續作現象的探討」, 『浙江學刊』 1991.
예칭빙葉慶炳, 「世說新語比較人物優劣」, 『古典小說論評』, 台北 : 幼獅文化事業公司, 1985.
오카와 요이치小川陽一, 「明代小說與善書」, 『漢學硏究』 6.1, 1988.
오카와 타마키小川環樹, 胡天民 譯, 「三國演義所依據的史書」, 『明淸小說硏究』 2, 1985.
__________, 「三國演義の毛聲山批評本と李笠翁本」, 『中國小說史の硏究』, 東京 : 岩波書店, 1968.
왕루메이王汝梅, 「李漁評改金甁梅考辨」, 『吉林大學出版社社會科學學報』, 1992(Reprinted in 『中國古代近代文學硏究』, 1991).
__________, 「張竹坡」, 『中國古代文論家評傳』(牟世金 編), 鄭州 : 中州古籍出版社, 1988.
__________, 「張評本對曹雪芹創作的影響」, 『金甁梅探索』, 長春 : 吉林大學出版社, 1990.
왕루메이王汝梅 · 리자오쉰李昭恂 · 위펑수于鳳樹 共編, 『張竹坡批評第一奇書金甁梅』, 改訂版, 濟南 : 齊魯書社, 1988.
왕뤄王若, 「淺談明淸小說的續書問題」, 『遼寧師範大學學報』 1990(Reprinted in 『中國古代近代文學硏究』, 1991).
왕리나王麗娜, 『中國古典小說戲曲名著在國外』, 北京 : 學林, 1988.
왕리치王利器, 『元明淸三代禁毁小說戲曲史料』, 改訂版, 上海 : 上海古籍出版社, 1981.
왕멍롼王夢阮 · 선핑안沈甁庵, 『紅樓夢索隱』, 上海 : 中華書局, 1916.
왕보항王伯沆, 『王伯沆紅樓夢批語彙錄』, 南通 : 江蘇古籍出版社, 1985.

왕샤오핑王曉平, 『近代中日文學交流史稿』, 長沙 : 湖南文藝出版社; 北京 : 中華書局, 1987.
__________, 「水滸傳影響的江戶小說」, 『中日比較文學』 4, 1987.
왕셴페이王先霈, 「金聖歎論人物塑造中的藝術思維」, 『水滸爭鳴』 3, 1984.
왕셴페이王先霈・저우웨이민周偉民, 『明淸小說理論批評史』, 廣州 : 花城出版社, 1988.
왕이산王宜山, 「從長篇小說構造形式的發展看紅樓夢的止筆」, 『文苑縱橫談』 7, 1983.
왕즈중王枝忠, 「明末著名的通俗小說家凌濛初及其拍案驚奇」, 『銀川師專學報』, 1989(Reprinted in 『中國古代近代文學硏究』, 1989).
왕지더王驥德, 『王驥德曲律』, 陳多・葉長海 共編, 長沙 : 湖南人民出版社, 1983.
왕지민王濟民, 「中國古代小說批評與傳統文化」, 『華東師範大學學報』, 1990(Reprinted in 『中國古代近代文學硏究』, 1991).
왕쭈셴王祖獻, 「外國小說與淸末民初小說藝術的近代化」, 『安徽大學學報』, 1989(Reprinted in 『中國古代近代文學硏究』, 1990.2).
왕충링王瓊玲, 『野叟曝言硏究』, 台北 : 學海, 1988.
왕펑汪澎, 「紅樓夢的夢人物和被拍成的影片」, 『人民日報海外版』, 1987.
우간吳敢, 『金甁梅評點家張竹坡年譜』, 沈陽 : 遼寧人民出版社, 1987.
_______, 「張竹坡年譜簡編」, 『徐州師範學院學報』 1985.
_______, 「張竹坡評本金甁梅瑣考」, 『張竹坡與金甁梅』.
_______, 「張志羽與張竹坡」, 『張竹坡與金甁梅』.
_______, 『張竹坡與金甁梅』, 天津 : 百花文藝出版社, 1987.
우성시吳聖昔, 「大略堂釋厄傳古本之謎試解」, 『明淸小說硏究』, 1992.
__________, 「邱處機寫過西遊記嗎」, 『復旦學報』, 1990(Reprinted in 『中國古代近代文學硏究』, 1990.
__________, 「西遊證道書原序是虞集所撰嗎」, 『明淸小說硏究』, 1991.
우언위吳恩裕, 『曹雪芹叢考』, 上海 : 上海古籍出版社, 1980.
우젠런吳趼人, 『二十年目睹之怪現狀』, 北京 : 人民文學出版社, 1959.
우젠리吳堅立, 「三國演義考述」, 碩士論文, 台北 : 東吳大學, 1976.
우젠쓰吳見思, 『史記論文』, 上海 : 中華書局, 1916.
우쭈샹吳組緗, 「儒林外史 的思想和藝術」, 『儒林外史硏究論集』.
우청언吳承恩, 『西遊記』, 北京 : 人民文學出版社, 1973.
원캉文康, 『還讀我書室主人評兒女英雄傳』, 爾弓 編, 濟南 : 齊魯書社, 1989.
웨이사오창魏紹昌 編, 『李伯元硏究資料』, 上海 : 上海古籍出版社, 1980.
_________________, 『孽海花資料』, 改訂版, 上海 : 上海古籍出版社, 1982.
_________________, 『吳趼人硏究資料』, 上海 : 上海古籍出版社, 1980.
웨이슈런魏秀仁, 『花月痕』, 福州 : 福建人民出版社, 1981.
위다兪達, 『靑樓夢』, 北京 : 北京大學出版社, 1990.

위성팅于盛庭,「關於隋煬帝艷史的作者」,『徐州師範學院學報』, 1989.
위스予石・왕광한王光漢・쉬청즈徐成志 共編,『常用典故辭典』, 上海 : 上海辭書出版社, 1985.
위안스쉬袁世碩,『蒲松齡本事著書新考』, 濟南: 齊魯書社, 1988.
위안위링袁于令,『隋史遺文』, 北京 : 人民文學出版社, 1989.
위안황袁黃・왕스전王世貞,『鋼鑑合編』, 北京 : 中國書店, 1985.
위완춘兪萬春,『蕩寇志』, 北京 : 人民文學出版社, 1985.
위중산于忠善,『歷代文人論文學』, 北京 : 文化藝術出版社, 1985.
위창구兪昌谷,「典型理論的歷史性突破淺論金聖歎的人物性格說」,『阜陽師範學院學報』, 1984(Reprinted in『中國古代近代文學研究』, 1984).
위청余誠,『重訂古文釋義新編』, 漢口 : 武漢古籍出版社, 1986.
위핑보兪平伯,『脂硯齋紅樓夢輯評』, 香港 : 太平書局, 1975.
이쑤一粟 編,『紅樓夢卷』, 上海 : 上海中華書局, 1963.
__________,『紅樓夢書錄』, 上海 : 上海古籍出版社, 1981.
이타사카 노리코板坂則子,「稗史七法則の發表をめぐって」,『國語と國文學』55.11, 1978.
이핑易平,「左傳敍事體例分析」,『江西大學學報』1983.4, 48~55면.
인자나시尹湛納希, Injanasi,『一層樓』, 甲乙木 譯, 呼和浩特 : 內蒙古人民出版社, 1983.
잉비청應必誠,「紅樓夢與兒女英雄傳」,『紅樓夢研究集刊』1, 1979.
잉젠應堅,「古本水滸傳眞僞問題研究述評」,『龍岩師專學報』, 1990(Reprinted in『中國古代近代文學研究』, 1990).
자오진밍趙金銘,「脂硯齋初評石頭記是在甚麼年代」,『紅樓夢學刊』, 1986.
자오징선趙景深,「品花寶鑑考證」, 陳森,『品花寶鑑』.
____________,「水滸傳雜識」,『中國小說叢考』, 濟南 : 齊魯書社, 1980.
자오징선趙景深・장정위안張增元 共編,『方志著錄元明清曲家傳略』, 北京 : 中華書局, 1987.
장궈광張國光,「金聖歎是水滸最凶惡的敵人嗎」,『上海師範學院學報』, 1982(Reprinted in『中國古代近代文學研究』, 1982.
__________,「僞中之僞一百二十回古本水滸傳剖析」,『湖北大學學報』, 1992(Reprinted in『中國古代近代文學研究』, 1992).
__________,『水滸與金聖歎研究』, 鄭州 : 中州書畫社, 1981.
장런랑張稔穰・뉴쉐수牛學恕,「史傳影響與中國古典小說民族特徵的宏觀考察」,『齊魯學刊』, 1988.
장바오취안張葆全・저우만장周滿江 共編,『歷代詩話選注』, 西安 : 陝西人民出版社, 1984.
장비보張碧波,「試論評點派在中國文學史上的歷史地位」,『中國古代小說理論研究』, 무창 : 華中工學院, 1985.
장세章燮 編,『唐詩三百首注疏』, 合肥 : 安徽人民出版社, 1983.

장수선張書紳, 『新說西遊記圖像』, 北京 : 中國書店, 1985[1888].
장쉐청章學誠, 『文史通義校注』, 葉瑛 編, 北京 : 中華書局, 1985.
__________, 「與陳觀民工部論史學」, 王宗炎 編, 『章氏遺書』, 14/23b-30a, 吳興 : 嘉業堂, 1922.
장야취안張亞權, 「老殘遊記原評考索」, 『文學遺産』, 1988.3 : 122~123면.
장잉張穎 · 천쑤陳速, 「有關三國演義成書年代和版本演變問題的幾點異議」, 『明清小說研究』 5, 1987.
장잉위張應兪, 『睹騙新書』, 台北 : 天一出版社, 1985.
장즈張之, 『紅樓夢新補』, 太原 : 山西人民出版社, 1984.
장즈둥張之洞, 「輶軒語」, 『張文襄公文集』, 『近代中國史料叢刊』 482卷, 台北 : 文海, 1970.
장충센張聰賢 編, 『長安縣志』, 台北 : 學生書局, 1967.
장칭지張清吉, 「醒世婚緣傳作者丁耀亢」, 『徐州師範學院學報』, 1989(Reprinted in 『中國古代近代文學研究』, 1990).
장페이헝章培恒, 「論金瓶梅詞話」, 『金瓶梅研究』, 上海 : 復旦大學, 1984.
__________, 「儒林外史原貌初探」, 『學術月刊』, 1982.
__________, 「儒林外史原書應爲五十券」, 『復旦學報』, 1982.
장후이전張慧珍, 「朱子讀書說淺論」 2, 『孔孟學刊』 28.3, 1989.
장후이젠張慧劍, 『明清江蘇文人年表』, 上海 : 上海古籍出版社, 1986.
쟈원자오賈文昭 · 슈자오쉰徐昭勛, 『中國古典小說藝術欣賞』, 合肥 : 安徽人民出版社, 1982.
장루이짜오蔣瑞藻, 『彙印小說考證』, 台北 : 商務印書館, 1975.
쟝싱위蔣星煜, 「曹雪芹用小說型式寫的西廂記批評史」, 『中國戲曲史探微』, 濟南 : 齊魯書社, 1985.
__________, 「李卓吾批本西廂記的特徵眞僞與影響」, 『明刊本西廂記研究』, 北京 : 中國戲劇出版社, 1983.
쟝쥐룽江巨榮, 「無聲戲與劉正宗張縉彥案」, 『中國古典文學論叢』 2, 1987.
저우루창周汝昌, 「紅樓夢原本有多少回」, 『獻芹集』, 太原 : 山西人民出版社, 1985.
저우먀오중周妙中, 『清代戲曲史』, 鄭州 : 中州古籍出版社, 1987.
저우쉬안周旋, 「爲甚麽我國歷史小說多西方歷史小說少」, 『天府新論』, 1990(Reprinted in 『中國古代近代文學研究』, 1991).
저우자오신周兆新, 「三國演義與十七史詳節的關係」, 『文學遺産』, 1987.
저우전푸周振甫, 『詩詞例話』, 北京 : 中國青年出版社, 1962.
__________, 「脂硯齋評石頭記作法釋」, 『河北師院學報』, 1989(Reprinted in 『紅樓夢研究』, 1989).
__________, 『文章例話』, 北京 : 中國青年出版社, 1983.
__________, 『小說例話』, 北京 : 中國青年出版社, 1988.

저우치즈周啓志·양례룽羊列容·셰신謝昕, 『中國通俗小說理論綱要』, 台北: 文津, 1992.
저우칭위안周清源, 『西湖二集』, 杭州: 浙江文藝出版社, 1985.
정밍리鄭明娳, 「小說評點學」, 『古典小說藝術新探』, 台北: 時報文化出版企業, 1987.
정전둬鄭振鐸·우샤오링吳曉鈴·왕리치王利器 共編, 『水滸全傳』, 北京: 人民文學出版社, 1954.
정주인曾祖蔭·황칭취안黃清泉·저우웨이민周偉民·왕셴페이王先霈 共編, 『中國歷代小說序跋選注』, 咸寧: 長江文藝出版社, 1982.
정지자鄭繼家, 「論金瓶梅林蘭香紅樓夢題材主題的繼承和發展」, 『鹽城教育學院學刊』, 1988(Reprinted in 『紅樓夢硏究』, 1989).
정칭산鄭慶山, 『立松軒本石頭記考辨』, 北京: 中國文聯出版社, 1992.
정푸曾樸, 『孽海花』, 上海: 上海古籍出版社, 1979.
좡인莊因, 『話本楔子彙說』, 台北: 國立臺灣大學 文學院, 1965.
주스쯔朱世滋, 『中國古典長篇小說百部賞析』, 北京: 華夏出版社, 1990.
주시朱熹, 『詩集傳』, 北京: 中華書局, 1961.
_______, 『四書集注』, 『四部備要』 本.
주시朱熹·뤼쭈쳰呂祖謙, 『近思錄集解』, N.p.: Peiyuan tang, 1736.
주쑤천朱素臣, 『秦樓月』, 『古本戲曲叢刊』 3輯.
주이쉬안朱一玄 編, 『紅樓夢資料彙編』, 天津: 南開大學出版社, 1985.
_______________, 「金瓶梅詞話人物表」, 『金瓶梅資料彙編』(朱一玄·劉毓忱 共編), 天津: 南開大學出版社, 1985.
_______________, 「儒林外史人物表」, 『古典小說版本資料選編』, 太原: 山西人民出版社, 1986.
_______________, 『聊齋誌異資料彙編』, 鄭州: 中州古籍出版社, 1985.
주이쉬안朱一玄·류위천劉毓忱 共編, 『金瓶梅資料彙編』, 天津: 南開大學出版社, 1985.
______________________________, 『三國演義資料彙編』, 天津: 百花文藝出版社, 1983.
______________________________, 『西遊記資料彙編』, 鄭州: 中州書畫社, 1983.
______________________________, 『水滸傳資料匯編』, 天津: 百花文藝出版社, 1981.
중궈구다이진다이원쉐옌쥬, 『中國古代近代文學硏究』, 北京: 中國人民大學 reprint series.
중궈구뎬시취룬주지청, 『中國古典戲曲論著集成』, 北京: 中國戲劇出版社, 1959.
중궈메이쉐스쯔랴오후이볜, 『中國美學史資料彙編』, 北京: 中國書局, 1985.
중창忠昌, 「論中國古代小說的續衍現象及其成因」, 『社會科學輯刊』, 1992(Reprinted in 『中國古代近代文學硏究』, 1993).
즈옌자이자쉬차오웨짜이핑스터우지, 『脂硯齋甲戌抄閱再評石頭記』, 上海: 上海古籍出版社, 1985.
지즈웨季稚躍, 「金聖歎與紅樓夢脂批」, 『紅樓夢學刊』, 1990.

진성탄촨지,『金聖歎全集』, 全4卷, 南京 : 江蘇古籍出版社, 1985.
진성탄피번시샹지,『金聖歎批本西廂記』, 張國光 編, 上海 : 上海古籍出版社, 1986.
진핑메이츠화,『金瓶梅詞話』, 東京 : 大安, 1963.
징스인양멍,『警世陰陽夢』, 沈陽 : 春風文藝出版社, 1985.
쭈이싱스,『醉醒石』, 上海 : 上海古籍出版社, 1985.
차오쉐친曹雪芹 · 가오어高鶚,『紅樓夢』, 北京 : 人民文學出版社, 1964.
__________,『紅樓夢』, 北京 : 人民文學出版社, 1982.
차오위성曹毓生,「脂評滿蔽辨」,『湖北師範學院學報』, 1987(Reprinted in『紅樓夢研究』, 1988).
차오훙曹虹,「左傳修辭中的傍犯問題」,『南京大學學報』, 1986.
차이위안팡蔡元放,『東周列國志』, 北京 : 中國書店, 1986.
__________,『西游證道奇書』, Microfilm (dufa, preface, and illustrations only), Gest Oriental Library, Princeton University.
차이이蔡毅 編,『中國古典戲曲序跋彙編』, 濟南 : 齊魯書社, 1989.
차이이장蔡義江,「甲戌本石頭記凡例校釋」,『論紅樓夢佚稿』, 杭州 : 浙江古籍出版社, 1989.
__________,「脂本石頭記回前詩選評」,『紅樓夢詩詞曲賦評注』.
__________,『紅樓夢試詞曲服評注』, 北京 : 北京出版社, 1979.
차이중샹蔡鐘翔,『中國古典劇論概要』, 北京 : 中國人民大學出版社, 1988.
천다캉陳大康,「論明清之際的時事小說」,『華東師範大學學報』, 1991(Reprinted in『中國古代近代文學研究』, 1991).
천둔푸陳敦甫,『西遊記釋義龍門心傳』, 台北 : 全眞出版社, 1976.
천둬陳多 · 예창하이葉長海 共編,『中國歷代劇論選注』, 長沙 : 湖南文藝出版社, 1987.
천랑陳朗,『雪月梅傳』, 濟南 : 齊魯書社, 1986.
천루헝陳汝衡,『吳敬梓傳』, 上海 : 上海文藝出版社, 1981.
천메이린陳美林,「關於儒林外史幽榜的作者及其評價問題」,『吳敬梓硏究』.
__________,「論儒林外史的藝術結構」,『吳敬梓研究』.
__________,「紅樓夢史筆散論」,『河北師院學報』, 1985;『紅樓夢研究』, 1985.
__________,『新批儒林外史』, 南京 : 江蘇古籍出版社, 1989.
__________,『吳敬梓研究』, 上海 : 上海古籍出版社, 1984.
천밍陳鳴,「紅樓夢史筆散論」,『河北師院學報』, 1985.
천빙량陳炳良,「話本套語的藝術」,『小說戲曲研究』 1, 1988.
천샹陳香,「論金聖歎式的批評方法」,『書評書目』 4分冊, 1974.
천샹화陳翔華,「毛宗崗的生平與三國演義毛評本的金聖歎序問題」,『文獻』, 1989(Reprinted in『中國古代近代文學研究』, 1989).
천서우陳壽,『三國志』, 北京 : 中華書局, 1959.

천시중陳曦鐘, 「關於鍾伯敬先生批評水滸忠義傳」, 『文獻』 15, 1983.
__________, 「說眞有是事」, 『紅學三十年論文選』(柳夢溪 編) 3, 天津 : 百花文藝出版社, 1984.
천시중陳曦鐘, 「深得金瓶壺奧」, 『求實學刊』 1982.4: 95-97쪽.
천시중陳曦鐘 · 허우중이侯忠義 · 루위촨魯玉川 共編, 『水滸傳會評本』, 北京 : 北京大學出版社, 1981.
천시중陳曦鐘 · 쑹상루이宋祥瑞 · 루위촨魯玉川 共編, 『三國演義會評本』, 北京 : 北京大學出版社, 1986.
천신陳新 · 두웨이모杜維沫, 「儒林外史的五十六回眞僞辨」, 『儒林外史研究論文集』.
천썬陳森, 『品花寶鑑』, 北京 : 寶文堂, 1989.
천완이陳萬益, 『金聖歎的文學批評考述』, 台北 : 台大文學院, 1976.
천진자오陳錦釗, 『李贄之文論』, 台北 : 嘉新水泥公司, 1974.
천천陳忱, 『水滸後傳』, 紹裕堂 編, n.d, Copy in 北京圖書館.
_______, 『水滸後傳』, In 『水滸續集』, 上海 : 亞東圖書館, 1924.
천첸위陳謙豫, 『中國小說理論批評史』, 上海 : 華東師範大學出版社, 1989.
천춘陳淳, 『北溪字義』, 北京 : 中華書局, 1983.
천치신陳其信, 「讀紅樓夢隨筆考」, 『江蘇教育學院學報』 1988(Reprinted in 『紅樓夢研究』, 1988).
천치타이陳其泰, 『桐花鳳閣評紅樓夢輯錄』, 劉操南 編, 天津 : 天津人民出版社, 1981.
천칭하오陳慶浩 編, 『新編石頭記脂硯齋評語輯校』, 改訂版, 北京 : 中國友誼出版社, 1987.
천핑위안陳平原 · 샤샤오훙夏曉虹 編, 『二十世紀中國小說理論資料第一卷, 1897~1916』, 北京 : 北京大學出版社, 1989.
천후이쥐안陳慧娟, 「文學創作與文學批評的合流中國古代評點小說初探」, 『天津社會科學』, 1993.2(Reprinted in 『中國古代近代文學研究』, 1989).
천훙陳洪, 「釋水滸金批因緣生法說」, 『南開學報』, 1984.
_______, 『中國古代小說藝術論發微』, 天津 : 南開大學出版社, 1987.
_______, 『中國小說理論史』, 合肥 : 安徽文藝出版社, 1992.
청돤리程端禮, 『程氏家塾讀書分年日程』, 『四部叢刊』 本.
첸다신錢大昕, 『潛研堂文集』, 『四部叢刊』 本.
첸중수錢鍾書, 『管錐編』, 北京 : 中華書局, 1979.
__________, 『談藝錄』, 改訂版, 北京 : 中華書局, 1984.
추기수이코덴카이, 『忠義水滸傳解』, In 『唐話辭書類集』, vol 3.
추런훠褚人獲, 『堅瓠集』, 杭州 : 浙江人民出版社, 1986.
__________, 『隋唐演義』, 北京 : 中國書店, 1986.
__________, 『隋唐演義』, 長春 : 時代文藝出版社, 1985.
추이쯔언崔子恩, 『李漁小說論稿』, 北京 : 中國社會科學出版社, 1989.

치옌齊煙·왕루메이王汝梅 共編, 『新刻繡像批評金瓶梅』, 香港 : 三聯書店; 濟南 : 齊魯書社, 1990.
치위쿤齊裕焜 編, 『中國古代小說演變史』, 蘭州 : 敦煌文藝出版社, 1990.
친쯔천秦子忱, 『秦續紅樓夢』, 沈陽 : 春風文藝出版社, 1985.
친화성秦華生, 「丁耀亢劇作劇論初探」, 『戲曲研究』 31, 1989.
칭스레이뤠, 『情史類略』, 長沙 : 岳麓書社, 1983.
쿵링징孔另境, 『中國小說史料』, 上海 : 上海古籍出版社, 1982.
쿵상런孔尙仁, 『桃花扇』, 台北 : 學海, 1980.
타기가와 카메타로瀧川龜太朗, 『史記會注考證』, Reprinted 台北 : 樂天出版社, 1972.
타오우셴핑, 『檮杌閑評』, 北京 : 人民文學出版社, 1983.
타오쥔치陶君起, 『京劇劇目初探』, 改訂版, 北京 : 中國戲劇出版社, 1963.
타카다 마모루高田衡, 『八犬傳の世界』, 東京 : 中央公論社, 1980.
타키자와 바킨瀧澤馬琴, 『新編水滸畵傳』. 東京 : いてふ本, 1953.
탄정비譚正璧 編, 『淸平山堂話本』, 上海: 上海古籍出版社, 1987.
__________, 『三言兩拍資料』, 上海古籍出版社, 1980.
탕셴쭈湯顯祖, 『牡丹亭』, 徐朔方·楊笑梅 編, 香港 : 中華書局, 1976.
탕푸링唐富齡, 「文言小說高峰的回歸及其成因」, 『武漢大學學報』 1989(Reprinted in 『中國古代近代文學研究』 1990).
테라무라 마사오寺村正男, 「金瓶梅詞話中的作者借入文看觀聽說考」, 黃霖·王國安 共編, 『日本研究金瓶梅論文集』, 濟南 : 齊魯書社, 1989; Originally published in chūgoku bungaku kenkyū 中國文學硏究 2, 1976.
톄화셴스, 『鐵花仙史』, 沈陽 : 春風文藝出版社, 1985.
토와지소루이수, 『唐話辭書類集』, 全20卷, 東京 : 汲古書院, 1969~1976.
판밍선潘銘燊, 『三言兩拍提要』, 香港 : 中國學社, 1988.
판성톈范勝田 編, 『中國古典小說藝術技法例釋』, 杭州 : 浙江古籍出版社, 1989.
판예范曄, 『後漢書』, 北京 : 中華書局, 1963.
판쥔자오潘君昭, 「論儒林外史的主題思想和結構藝術」, 『南京大學學報』 1985(Reprinted in 『中國古代近代文學研究』, 1983).
팡루하오方汝浩, 『禪眞逸史』, 濟南 : 齊魯書社, 1986.
팡마오方旄, 「可悲的歷史倒轉評紅學索隱派的復活」, 『山頭大學學報』, 1988(Reprinted in 『紅樓夢研究』 1989).
팡쉬안링方玄齡 編, 『晉書』, 北京 : 中華書局, 1974.
팡정야오方正耀, 「中國古代小說的史體結構」, 『華東師範大學學報』, 1986.
__________, 『中國小說批評史略』, 北京 : 中國社會科學出版社, 1990.
펑멍룽馮夢龍, 『馮夢龍詩文初編』, 橘君 編, 福州 : 海峽文藝, 1985.

__________, 『警世通言』, Photoreprint ed, 台北 : 世界書局, 1958.
__________, 『警世通言』, Typeset ed, 台北 : 鼎文書局, 1971.
__________, 『古今小說』, 北京 : 文學古籍出版社, 1955.
__________, 『醒世恆言』, Photoreprint ed, 台北 : 世界書局, 1959.
__________, 『醒世恆言』, Typeset ed, 台北 : 鼎文書局, 1978.
__________, 『喩世明言』, 台北 : 鼎文書局, 1980.
펑바오산馮保善, 「董說交流考」, 『文獻』 1992.
__________, 「今古奇觀輯者抱瓮老人考」, 『文學遺產』 1988.
__________, 「也談西遊補的作者」, 『明淸小說硏究』 1988.
펑선옌이, 『封神演義』, 廣州 : 廣東人民出版社, 1980.
펑수젠馮樹鑑, 「兩百年來紅樓懸案新探談一芹一脂之謎」, 『大學文科園地』, 1988(Reprinted in 『紅樓夢硏究』 1988).
펑웨이민馮偉民, 「張勻父子與平山冷燕」, 『文學遺產』, 1989(Reprinted in 『中國古代近代文學硏究』, 1990).
펑치융馮其庸 編, 『脂硯齋重評石頭記彙校本』, 北京 : 文化藝術出版社, 1989.
펑치융馮其庸 · 리시판李希凡 共編, 『紅樓夢大辭典』, 北京 : 文化藝術出版社, 1990.
푸슈옌傅修延 · 샤한닝夏漢寧, 『文學批評方法論基礎』, 南昌 : 江西人民出版社, 1986.
푸지푸傅繼馥, 「一代文人的厄運儒林外史的主題新探」, 『社會科學戰線』, 1982(Reprinted in 『中國古代近代文學硏究』, 1982).
푸쩡샹傅憎享, 「紅樓夢金甁梅求同比較異議兼再論曹雪芹的借鑑與創作」, 『社會科學輯刊』, 1987.
푸청저우傅承洲, 「馮夢龍與忠義水滸全傳」, 『明淸小說硏究』, 1992.
__________, 「西遊補作者董斯張考」, 『文學遺產』, 1989.
핀징푸潘鏡芙 · 천모샹陳墨香, 『梨園外史』, 北京 : 寶文堂, 1989.
핑산렁옌, 『平山冷燕』, 北京 : 人民文學出版社, 1983.
핑주진위위안, 『評注金玉緣』, 台北 : 鳳凰出版公司, 1974.
하오옌린郝延霖, 「脂評自傳說考」, 『學術月刊』, 1982.
하오츄좐, 『好逑傳』, 廣州 : 廣東人民出版社, 1980.
하이궁다훙파오취안좐, 『海公大紅袍全傳』, 北京 : 寶文堂書店, 1984.
한무루韓慕廬 編, 『繪圖增批左傳句解』, 上海 : 廣益書局, n.d.
한방칭韓邦慶, 『海上花列傳』, 北京 : 人民文學出版社, 1982.
한자오치韓兆琦, 「史記書法例釋」, 『史記評議賞析』, 呼和浩特 : 內蒙古人民出版社, 1985.
한진롄韓進廉, 『紅學史稿』, 石家莊 : 河北人民出版社, 1981.
한페이쯔, 『韓非子』, 『四部叢刊』 本.
허구리何谷理, Robert E, Hegel, 「章回小說發展中涉及到的經濟技術因素」, 『漢學硏究』 6.1, 1988.

허리주何力柱, 「古典長篇人情小說的結構」, 『求索』, 1991(Reprinted in 『中國古代近代文學硏究』 1991).
허만쯔何滿子, 「文學的覺醒」, 『江海學刊』, 1985.
허방어和邦額, 『夜譚隨錄』, 上海 : 上海古籍出版社, 1998.
허우바이펑侯百朋 編, 『琵琶記資料彙編』, 北京 : 書目文獻出版社, 1989.
허우수이후좐, 『後水滸傳』, 沈陽 : 春風文藝出版社, 1985.
허우중이侯忠義 編, 『中國文言小說參考資料』, 北京 : 北京大學出版社, 1985.
허우중이侯忠義 · 왕루메이王汝梅 共編, 『金甁梅資料彙編』, 北京 : 北京大學出版社, 1985.
허쩌한何澤翰, 『儒林外史人物本事考略』, 上海 : 上海古籍出版社, 1985.
홍예洪葉 · 녜충치聶崇崎 · 리수춘李書春 · 마시융馬錫用 共編, 『春秋經傳引得』, 上海 : 上海古籍出版社, 1983.
황린黃霖, 「丁耀亢及其續金甁梅」, 『復旦學報』, 1988.
_______, 「關於金甁梅崇禎本的若干問題」, 『金甁梅硏究』 1, 1990.
_______, 「滿文本金甁梅的譯者」, 『金甁梅考論』, 330~335면.
_______, 「李毛兩本諸葛亮形象比較論」, 『三國演義學刊』 2, 1986.
_______, 「張竹坡及其金甁梅評本」, 『中國古典文學叢考』, 上海 : 復旦大學出版社, 1985.
_______, 「馮夢龍與金甁梅的刊印」, 『金甁梅考論』.
_______, 『金甁梅考論』, 沈陽 : 遼寧人民出版社, 1989.
황린黃霖 · 한퉁원韓同文 共編, 『中國歷代小說論著選』, 上 · 下 2卷, 南昌 : 江西人民出版社, 1982, 1985.
황샤오티엔黃小田, 『黃小田評點紅樓夢』, 李漢秋 · 陸林 共編, 合肥 : 黃山書社, 1989.
_______________, 『儒林外史黃小田評本』, 李漢秋 編, 合肥 : 黃山書社, 1986.
황저우싱黃周星, 「補張靈崔瑩合傳」, 成伯泉 編, 『古代文言短篇小說選注』, 上海 : 上海古籍出版社, 1984.
____________, 「人天樂」, 『古本戲曲叢刊』, 3集.
황중모黃中模, 「論毛宗崗評改三國演義的主要思想意義」, 『明淸小說硏究』 3, 1986.
황창黃强, 「八股文與明淸戲曲」, 『文學遺産』 1990.
_______, 「肉蒲團爲李漁所作內證」, 『許昌師專學報』 1992(Reprinted in 『中國古代近代文學硏究』 1992).
_______, 「李漁無聲戲硏究的幾個問題」, 『楊洲師院學報』 1990.2.
후샤오웨이胡小偉, 「曹雪芹與李漁」, 『北方論叢』 1983.
후스胡適, 「跋乾隆庚辰本脂硯齋重評石頭記」, 易竹賢 編, 『胡適論中國古典小說』, 武漢 : 長江文藝出版社, 1987.
_______, 「水滸傳考證」, 『中國章回小說考證』
_______, 「紅樓夢考證」, 『中國章回小說考證』
_______, 『中國章回小說考證』, 上海 : 上海書店, 1979.

후스잉胡士瑩, 『話本小說槪論』, 北京 : 中華書局, 1980.
후완촨胡萬川, 「馮夢龍生平及其對小說之貢獻」, 碩士論文, 台北 : 國立政治大學, 1973.
__________, 「三言序及眉批的作者問題」, 『中國古典小說硏究專集』 2, 1980.
후원빈胡文彬, 「娘嬛山樵批評續書」, 『紅邊脞語』, 沈陽 : 遼寧人民出版社, 1986.
후이민胡益民, 「女仙儒林合說」, Paper presented at the 1986 conference on the Rulin waishi, Anhui province.
훙러우멍싼자핑번, 『紅樓夢三家評本』, 北京 : 中華書局, 上海 : 上海古籍出版社, 1998.
훙러우멍옌쥬 『紅樓夢硏究』, 北京 : 中國人民大學 reprint series.
훙츄판洪秋蕃, 『讀紅樓夢隨筆』, 成都 : 巴蜀書社, 1984.
훠쑹린霍松林 編, 『中國古典小說六大名著鑑賞詞典』, 西安 : 華岳文藝出版社, 1988.

Western-Language Works

Abrams, M. H., *The Mirror and the Lamp*, New York : W, W, Norton, 1958.
Anderson, Marston, *The Limits of Realism : Chinese Fiction in the Revolutionary Period*, Berkeley : University of California Press, 1990.
Andres, Mark F., "Ch'an Symbolism in *Hsi-yu pu* : The Enlightenment of Monkey", *Tamkang Review* 20.1, 1989.
Bailey, Catherine Diana Alison, "The Mediating Eye : Mao Lun, Mao Zonggang, and the Reading of the *Sanguo zhi yanyi*", Ph.D, diss., University of Toronto, 1991.
Bakhtin, Mikhail, "Problems in Dostoevsky's Poetics", trans., R, W, Rostel, Ann Arbor, Mich. : Ardis, 1973.
Bantly, Francisca Cho., "Buddhist Allegory in *The Journey to the West*", *Journal of Asian Studies* 48.3, 1989.
Barthes, Roland, "From Work to Text", In Josué V, Harar ed., *Textual Strategies : Perspectives in Post-Structuralist Criticism*, Ithaca : Cornell University Press, 1979.
__________, *S / Z,* trans., Richard Howard, New York : Hill and Wang, 1974.
Bawden, Charles R., "Injanasi's Novel Nigen Dabqur Asar", In Wolfgang Bauer, ed., *Studia Sino-Mongolica, Festschrift für Herbert Franke*, Weisbaden : Franz Steiner Verlag, 1979.
Baym, Nina, *Novels, Readers, and Reviewers : Responses to Fiction in Antebellum America*, Ithaca : Cornell University Press, 1984.
Benstock, Shari, "At the Margins of Discourse : Footnotes in the Fictional Text", *Publication of the Modern Language Association* 98, 1983.
Birch, Cyril, "The Architecture of The Peony Pavilion", *Tamkang Review* 10.3~4, 1980.
__________, *Stories from a Ming Collection*, New York : Grove Press, 1958.
Booth, Wayne, *The Rhetoric of Fiction*, Chicago : University of Chicago Press, 1961.
Borges, Jorge Luis, "Pierre Menard, Author of the Quixote", In idem, *Labyrinths*, New York :

New Directions, 1964.

Brandauer, Frederick P., *Tung Yüeh*, Boston : Twayne, 1978.

Buck, Pearl S., *All Men Are Brothers*, New York : John Day, 1937.

Bush, Susan, and Hsiao-yen Shih, *Early Chinese Texts on Painting*, Cambridge, Mass. : Harvard University Press, 1985.

Campany, Robert, "Cosmogony and Self-Cultivation : The Demonic and the Ethical in Two Chinese Novels", *Journal of Religious Ethics* 14, 1986.

__________, "Demons, Gods, and Pilgrims : The Demonology in *the Hsi-yu chi*", *CLEAR* 7.1~2, 1985.

Carlitz, Katherine, *The Rhetoric of Chin p'ing mei*, Bloomington : Indiana University Press, 1986.

Chambers, Ross, "Commentary in Literary Texts", *Critical Inquiry* 5, 1978.

Chan, Albert, *The Glory and the Fall of the Ming Dynasty*, Norman : University of Oklahoma Press, 1982.

Chan, Hok-lam, "'Comprehensiveness'(T'ung) and 'Change'(Pien) in Ma Tuanlin's Historical Thought", In idem et al., eds., *Yüan Thought : Chinese Thought and Religion Under the Mongols*, New York : Columbia University Press, 1982.

Chan, Leo Tak-hung, "To Admonish and Exhort : The Didactics of the Zhiguai Tale in Ji Yun's *Yuewei caotang biji*", Ph.D, diss., Indiana University, 1991.

Chan, Wing-tsit, trans., *Instructions for Practical Living and Other Neo-Confucian Writings by Wang Yang-ming*, New York : Columbia University Press, 1963.

__________, *Reflections on Things at Hand : The Neo-Confucian Anthology*, New York : Columbia University Press, 1967.

Chang, Chun-shu, and Shelley Hsüeh-lun Chang, *Crisis and Transformation in Seventeenth Century China : Society, Culture, and Modernity in Li Yü's World*, Ann Arbor : University of Michigan Press, 1992.

Chatman, Seymour C., *Coming to Terms : The Rhetoric of Narrative in Fiction and Film*, Ithaca : Cornell University Press, 1990.

Ch'en, Li-li, "Outer and Inner Forms of Chu-kung-tiao, with Reference to *Pien-wen, Tz'u*, and Vernacular Fiction", *Harvard journal of Asiatic Studies* 32, 1972.

Cheung, Samuel H. N., "Structural Cyclicity in Shuihu zhuan : From Self to Sworn Brotherhood", *CHINOPERL Papers* 15, 1990.

Concordance to Chuang Tzu, Cambridge, Mass. : Harvard University Press, 1956.

Crump, J. I., *Intrigues : Studies of the Chan-kuo ts'e*, Ann Arbor : University of Michigan Press, 1964.

Crump, J. I., trans., *Chan-kuo ts'e*, San Francisco : Chinese Materials Center, 1979.

Culler, Jonathan, *Structuralist Poetics*, Ithaca : Cornell University Press, 1975.

Davis, Lennard J., *Factual Fictions : The Origins of the English Novel*, New York : Columbia University Press, 1983.

DeVoe, Sally C., "Historical Event and Literary Effect : The Concept of History in the

Zuozhuan", *Stone Lion* 7, 1981.
Doležel, Lubomir, "Literary Text, Its World and Its Style", In Mario Valdés and Owen Miller, eds., *Identity of the Literary Text*, Toronto : Toronto University Press, 1985.
Doleželová-Velingerová, Milena, "Pre-Modern Chinese Fiction and Drama Theory", In Michael Groedon and Martin Kreisworth, eds., *The Johns Hopkins Guide to Literary Theory and Criticism*, Baltimore : Johns Hopkins University Press, 1994.
Donoghue, Denis, *Ferocious Alphabets*, New York : Columbia University Press, 1984.
Dorsch, T, S., trans., *Classical Literary Criticism*, Harmondsworth, Eng. : Penquin Books, 1965.
Dudbridge, Glen, *The Tale of Li Wa : Study and Critical Edition of a Chinese Story from the Ninth Century*, London : Ithaca Press, 1983.
Eagleton, Terry, *Literary Theory : An Introduction*, Minneapolis : University of Minnesota Press, 1983.
Eberhard, Wolfram, *Guilt and Sin in Traditional China*, Berkeley : University of California Press, 1967.
______________, "Notes on Chinese Storytellers", *Fabula* 11, 1970.
Egan, Ronald C., "On the Origin of the 'Yu Hsien K'u' Commentary", *Harvard journal of Asiatic Studies* 36, 1976.
Elman, Benjamin A, "Where is King Cheng?", *T'oung Pao* 79.1~3, 1993.
Epstein, Maram, "The Beauty Is the Beast : The Dual Face of Woman in Four Ch'ing Novels", Ph.D, diss., Princeton University, 1992.
Fitzgerald, John, "Continuity and Discontinuity : The Case of Water Margin Mythology" *Modern China* 12.3, 1986.
Forster, E. M., *Aspects of the Novel*, New York : Harcourt, Brace, and Co., 1954.
Foucault, Michel, "What Is an Author?", In Josué V, Harari, ed., *Textual Strategies : Perspectives in Post-Structuralist Criticism*, Ithaca : Cornell University Press, 1979.
Frye, Northrop, *Anatomy of Criticism*, Princeton : Princeton University Press, 1957.
Fung Yu-lan, *A History of Chinese Philosophy*, 2 vols, trans., Derke Bodde, Princeton : Princeton University Press, 1959, 1960.
Gardner, Daniel K., *Learning to Be a Sage : Selections from the Conversations of Master Chu, Arranged Topically*, Berkeley : University of California Press, 1990.
Genette, Gérard, *Narrative Discourse : An Essay in Method*, trans., Jane E, Lewis, Ithaca : Cornell University Press, 1980.
Gimm, Martin, "Bibliographic Survey : Manchu Translations of Chinese Novels and Short Stories, An Attempt at an Inventory", *Asia Major* 1.2, 1989.
Graham, A. C., *Two Chinese Philosophers,* London : Lund Humphries, 1978.
Guillén, Claudio, *Literature as System*, Princeton : Princeton University Press, 1971.
Hamilton, A. C., *The Philosophy of the Footnote*, In A, H, de Quehen, ed., Editing Poetry from Spenser to Dryden, New York : Garland, 1981.
Hamilton, Clayton, *A Manual of the Art of Fiction*, Garden City, N, Y. : Doubleday, Page, &

Co., 1919.
Hanan, Patrick, *The Chinese Short Story : Studies in Dating, Authorship, and Composition*, Cambridge, Mass. : Harvard University Press, 1973.
__________, *The Chinese Vernacular Story*, Cambridge, Mass. : Harvard University Press, 1981.
__________, "The Composition of *the P'ing Yao Chuan*", *Havard Journal of Asiatic Studies* 3, 1971.
__________, "The Early Chinese Short Story : A Critical Theory in Outline", In Cyril Birch, ed., *Studies in Chinese Literary Genres,* Berkeley : University of California, 1974.
__________, *The Invention of Li Yu*, Cambridge, Mass. : Harvard University Press, 1978.
__________, "The Nature of Ling Meng-ch'u's Fiction", In Plaks, *Chinese Narrative : Critical and Theoretical Essays*.
__________, "The Text of the *Chin p'ing mei*", *Asia Major*, n.s., 9.1, 1962.
Hanan, Patrick ed., *Silent Operas*, HongKong : Chinese University of HongKong, 1990.
Hanan, Patrick, trans., *The Carnal Prayer Mat*, New York : Available Press, 1990.
______________, *A Tower for the Summer Heat*, New York : Ballantine Press, 1992.
Hawkes, David, and John Minford, trans., *The Story of the Stone*, 5 vols, Harmondsworth, Eng. : Penguin Books, 1973~86.
Hawkes, Terence, *Structuralism and Semiotics*, Berkeley : University of California Press, 1977.
Hegel, Robert E., *The Novel in Seventeenth Century China*, New York : Columbia University Press, 1981.
__________, "*Sui T'ang yen-i* and the Aesthetics of the Seventeenth Century Suchou Elite", In Plaks, *Chinese Narrative : Critical and Theoretical Essays.*
Hegel, Robert E., "*Sui T'ang yen-i* : The Sources and Narrative Techniques of a Traditional Chinese Novel", Ph.D, diss., Columbia University, 1973.
Heiserman, Arthur, *The Novel Before the Novel*, Chicago : University of Chicago Press, 1977.
Henderson, John B., *Scripture, Canon, and Commentary : A Comparison of Confucian and Western Exegesis*, Princeton : Princeton University Press, 1991.
Henry, Eric P., *Chinese Amusements : The Lively Plays of Li Yü*, Hamden, Conn. : Archon Books, 1980.
Hightower, James R., "Yüan Chen and 'The Story of Ying-ying'", *Harvard Journal of Asiatic Studies* 33, 1973.
Hightower, James R., trans., "Letter to Jen An(Shao-ch'ing)", In Cyril Birch, ed., *Anthology of Chinese Literature*, New York : Grove Press, 1965.
Hollander, Robert, "The Validity of Boccaccio's Self-Exegesis in His Teseida", *Medievalia et Humanistica : Studies in Medieval and Renaissance Culture* 8, 1977.
Hornblower, Simon, *A Commentary on Thucydides*, Oxford : Clarendon Press, 1992~.
Hsia, C. T., *The Classic Chinese Novel*, New York : Columbia University Press, 1968.
________, "The Scholar-Novelist and Chinese Culture : A Reappraisal of Ching-hua yüan", In

Plaks, *Chinese Narrative : Critical and Theoretical Essays.*

Hsu, Tao-Ching, *The Chinese Conception of the Theatre*, Seattle : University of Washington Press, 1985.

Huang Liu-hung, *"The Complete Book Concerning Happiness and Benevolence[Fuhuiquanshu] ": A Manual for Local Magistrates in Seventeenth Century China,* trans., Djang Chu, Tucson : University of Arizona, 1984.

Huang, Martin W., "Author(ity) and Reader in Traditional Chinese Xiaoshuo Commentary", *CLEAR* 16, 1994.

______________, *Literati and Self-Re / Presentation : Autobiographical Sensibility in the Eighteenth Century Chinese Novel*, Stanford : Stanford University Press, 1995.

______________, "Notes Toward a Poetics of Characterization in the Traditional Chinese Novel : *Hung-lou meng* as Paradigm", *Tamkang Review* 21.1, Autumn 1990.

Idema, Wilt L., *Chinese Vernacular Fiction : The Formative Period*, Leiden : E, J, Brill, 1974

___________, *The Dramatic Oeuvre of Chu Yu-tun*(1379~1439), Leiden : E, J, Brill, 1985.

___________, "The Wen-ching yüan-yang hui and the Chia-men of Yüan-Ming Ch'uan-ch'i", *T'oung Pao* 67.1~2, 1981.

Iser, Wolfgang, *The Implied Reader*, Baltimore : Johns Hopkins University Press, 1974.

James, Henry, "The Art of Fiction", In George Perkins ed., *The Theory of the American Novel*, New York : Holt, Rinehart, and Winston, 1970.

Jameson, Frederick, *Marxism and Form*, Princeton : Princeton University Press, 1971.

Johnson, David, Andrew J, Nathan, and Evelyn S, Rawski, eds, *Popular Culture in Late Imperial China,* Berkeley : University of California Press, 1985.

Juhl, P. D., *Interpretation : An Essay in the Philosophy of Literary Criticism,* Princeton : Princeton University Press, 1980.

Kahler, Erich, *The Inward Turn of Narrative*, trans., Richard and Clara Winston, Evanston, Ill. : Northwestern University Press, 1987.

Kao, Karl S. Y., "An Archetypal Approach to *the Hsi-yu chi*", *Tamkang Review* 5.2, 1974.

___________, "Aspects of Derivation in Chinese Narrative", *CLEAR*, 1985.

Keene, Donald, *World Within Walls*, New York : Holt, Rinehart, and Winston, 1976.

Kimlicka, Paul Frances, "The Novel San-kuo chih t'ung-su yen-i as Literature : Uses of Irony by Its Author Lo Kuan-chung", Master's thesis, Indiana University, 1986.

Král, Oldřich, "Several Artistic Methods in the Classic Chinese Novel *Ju-lin waishih*", *Archiv Orientální* 32, 1964.

Kundera, Milan, *The Art of the Novel*, trans., Linda Asher, New York : Harper & Row, 1998.

Lancashire, Douglas, *Li Po-yüan*, New York : Twayne, 1981.

Lau, D. C., trans., *Mencius,* Harmondsworth, Eng : Penguin Books, 1970.

Lee, Leo Ou-fan, and Andrew Nathan, "The Beginnings of Mass Culture : Journalism and

Fiction in the Late Ch'ing and Beyond", In Johnson et al., *Popular Culture in Late Imperial China*.

Legge, James, trans., *The Chinese Classics*, 5 vols, Reprinted-HongKong : HongKong University Press, 1960.

Lévy, André, "Introduction to the French Translation of *Jin Ping Mei cihua*" trans., Marc Martinez, *Renditions* 24, Autumn 1985.

__________, "On the Question of Authorship in Traditional Chinese Fiction", *Chinese Studies*(Hanxue yanjiu) 6.1, June 1988.

Lévy, André ed., *Inventaire analytique et critique de conte chinois en langue vulgaire*, 4 vols to date, Paris : Collège de France, Institut des Hautes Études Chinoise, 1978~.

Levy, Howard S., *Two Chinese Sex Classics*, 台北 : Oriental Cultural Service, 1975.

Li, Wai-yee, *Enchantment and Disenchantment : Love and Illusion in Chinese Literature,* Princeton : Princeton University Press, 1993.

Liao, Ping-hui, "Words and Pictures : On Lyric Inscriptions on Chinese Paintings", *Tsing Hua Journal of Chinese Studies* 18.2, Dec, 1988.

Lin, Shuen-fu, "Ritual and Narrative Structure in Rulin waishi" In Plaks, *Chinese Narrative : Critical and Theoretical Essays*.

Lin, Shuen-fu, trans., "The Chapter Comments from the Wo-hsien ts'ao-t'ang Edition of The Scholars" In Rolston, *How to Read the Chinese Novel*.

Lin, Shuen-fu and Larry Schultz, trans., *Tower of Myriad Mirrors*, Berkeley, Calif. : Asian Humanities Press, 1978.

Lin Yutang, *The Chinese Theory of Art*, New York : Putnam Sons, 1967.

__________, *The Importance of Living*, New York : John Day, 1937.

Lipking, Lawrence, "The Marginal Gloss : Notes and Asides on Poe, Valéry, 'The Ancient Mariner', The Ordeal of the Margin, Storiella as She Is Syung, Versions of Leonardo, and the Plight of Modern Criticism", *Critical Inquiry* 3.4, 1977.

Liu, James J. Y., *Chinese Theories of Literature*, Chicago : University of Chicago Press, 1975.

_____________, *Language-Paradox-Poetics : A Chinese Perspective*, Princeton : Princeton University Press, 1988.

Liu, Xiaolian, "A Journey of the Mind : The Basic Allegory of *Hou Xiyou ji*", *CLEAR* 13, Dec, 1991.

__________, *The Odyssey of the Buddhist Mind : The Allegory of The Later Journey to the West* Lanham, Md. : University Press of America, 1994.

Lo, Andrew Hing-bun, "*San-kuo yen-i* and *Shui-hu chuan* in the context of Historiography : An Interpretive Study", Ph.D, diss., Princeton University, 1981.

Lu, Sheldon Hsiao-peng, *From Historicity to Fictionality : The Chinese Poetics of Narrative*, Stanford : Stanford University Press, 1994.

Lu Tonglin, *Rose and Lotus* : *Narrative Desire in France and China*, Albany : State University of New York Press, 1991.

Lubbock, Percy, *The Craft of Fiction*, New York : The Viking Press, 1957.

Ma Tai-loi, "Censorship of Fiction in Ming and Ch'ing China(ca.1368~ca.1900)", Master's thesis, University of Chicago, 1972.

Ma, Y. W., "The Textual Tradition of Ming Kung-an Fiction", *Harvard Journal of Asiatic Studies* 35, 1975.

Mao, Nathan, trans., *Twelve Towers*, 2d, rev ed., HongKong : Chinese University Press, 1979.

Mao, Nathan, and Liu Ts'un-yan, *Li Yü*, Boston : Twayne, 1977.

Mather, Richard B., trans., *Shih-shuo Hsin-yü : A New Account of Tales of the World*, Minneapolis : Minnesota University Press, 1976.

McLaren, Anne Elizabeth, "Chantefables and the Textual Evolution of the *San-kuo chih yen-i*", *T'oung Pao* 71.4~5, 1985.

__________________, "Ming Chantefables and the Early Chinese Novel : A Study of the Cheng-hua Period Cihua", Ph.D, diss., Australian National University, 1983.

McMahon, Keith, "A Case for Confucian Sexuality : The Eighteenth Century Novel *Yesou puyan*", *Late Imperial China* 9.2, Dec.1988.

McMahon, Keith, *Misers, Shrews and Polygamists : Sexuality and Male-Female Relations in Eighteenth Century Chinese Fiction*, Durham, N.C. : Duke University Press, 1995.

McMullen, I. J, *Genji gaiden : The Origins of Kumazawa Banzan's Commentary on the Tale of Genji*, London : Ithaca Press / Oxford Oriental Institute, 1991.

Miller, Lucien, "Sequels to The Red Chambre Dream : Observations on Plagiarism, Imitation and Originality in Chinese Vernacular Literature" *Tamkang Review* 5.2, 1974.

Miner, Earl, *Comparative Poetics : An Intercultural Essay on Theories of Literature*, Princeton : Princeton University Press, 1990.

Minford, John, and Robert E., Hegel, *Honglou meng* In William Nienhauser, Jr, ed., *The Indiana Companion to Traditional Chinese Literature*, Bloomington : Indiana University Press, 1986.

Mink, Louis O., "History and Fiction as Modes of Comprehension", In Ralph Cohen, ed., *New Directions in Literary History*, Baltimore : Johns Hopkins University Press, 1974.

Minnis, A.J., and A. B., Scott, *Medieval Literary Theory and Criticism, ca, 1100~ca, 1375 : The Commentarial Tradition*, New York : Oxford University Press, 1988.

Morse, Ruth, *Truth and Conversation in the Middle Ages : Medieval Rhetoric and Representation*, New York : Cambridge University Press, 1990.

Munro, Donald J., *Images of Human Nature : A Sung Portrait*, Princeton : Princeton University Press, 1988.

Naquin, Susan, and Evelyn Rawski, *Chinese Society in the Eighteenth Century*, New Haven : Yale University Press, 1987.

Needham, Joseph, *Science and Civilisation in China*, 7 vols, Cambridge, Mass. : Cambridge University Press, 1954~.

Nienhauser, William, Jr., "A Reading of the Poetic Captions in an Illustrated Version of the *Sui Yang-ti Yen-shih*", *Chinese Studies*(Hanxue yanjiu) 6.1, 1988.

Ong, Walter J., *Orality and Literacy : The Technologizing of the Word*, London : Methuen, 1982.

Owen, Stephen, "Poetry and Its Historical Ground", *CLEAR* 12, 1990.

Palmeri, Frank, "The Satiric Footnotes of Swift and Gibbon", *Eighteenth Century* 31.3, 1990.

Plaks, Andrew H., "After the Fall : *Hsing-shih yin-yüan chuan* and the Seventeenth Century Chinese Novel", *Harvard Journal of Asiatic Studies* 45.2, 1985.

______________, "Allegory in *Hsi-yu chi* and *Hung-lou meng*", In idem, *Chinese Narrative : Critical and Theoretical Essays*.

______________, *Archetype and Allegory in the Dream of the Red Chamber*, Princeton : Princeton University Press, 1976.

______________, "The Chongzhen Commentary on the *Jin Ping Mei* : Gems Amidst the Dross", *CLEAR* 8.1~2, 1986.

Plaks, Andrew H., *The Four Masterworks of the Ming Novel*, Princeton : Princeton University Press, 1987.

______________, "*Shui-hu chuan* and the Sixteenth Century Novel Form : An Interpretive Analysis", *CLEAR* 2.1, 1980.

______________, "Terminology and Central Concepts", In Rolston, *How to Read the Chinese Novel*.

______________, "Towards a Critical Theory of Chinese Narrative", In idem, *Chinese Narrative : Critical and Theoretical Essays*.

Plaks, Andrew H. ed., *Chinese Narrative : Critical and Theoretical Essays*, Pinceton : inceton University Press, 1977.

Plaks, Andrew H., trans., "How to Read the Dream of the Red Chamber" In Rolston, *How to Read the Chinese Novel*.

Prince, Gerald, *A Dictionary of Narratology*, Lincoln : University of Nebraska Press, 1987.

Rawski, Evelyn S., "Economic and Social Foundations of Late Imperial Culture" In Johnson et al., *Popular Culture in Late Imperial China*.

Ricoeur, Paul, *Time and Narration*, vol. 1, trans., Kathleen McLaughlin and David Pellauer, Chicago : University of Chicago Press, 1984.

Roddy, Stephen John, "Rulin waishi and the Representation of Literati in Qing Fiction. "Ph.D, diss., Princeton University, 1990.

Rolston, David L., "The Authenticity of the Li Chih Commentaries on the Shui-hu chuan and Other Novels Treated in This Volume" In idem, *How to Read the Chinese Novel*.

______________, "Formal Aspects of Fiction Criticism and Commentary in China", In idem, *How to Read the Chinese Novel*.

______________, "The Historical Development of Chinese Fiction Criticism Prior to Chin Sheng-t'an" In idem, *How to Read the Chinese Novel*.

______________, "Introduction : Chang Hsin-chih and his 'Hung-lou meng dufa'" In idem, *How to Read the Chinese Novel.*

______________, "Oral Performing Literature in Traditional Chinese Fiction : Nonrealistic Usages in the *Jin Ping Mei Cihua* and Their Influence", *CHINOPERL* Papers 17, 1994.

______________, "'Point of View' in the Writings of Traditional Chinese Fiction Critics", *CLEAR* 15, 1993.

______________, Review of Patrick Hanan, *The Invention of Li Yu*, *Ming Studies* 29, Spring 1990.

______________, "Sources of Traditional Chinese Fiction Criticism" In idem, *How to Read the Chinese Novel.*

Rolston, David L., ed, *How to Read the Chinese Novel*, Princeton : Princeton University Press, 1990.

Rolston, David L., trans., "The Hsien-chai lao-jen(Old Man of Leisure Studio) Preface to the Wo-hsien ts'ao-t'ang Edition of The Scholars" In idem, *How to Read the Chinese Novel.*

Ropp, Paul S., *Dissent in Early Modern China : Ju-lin wai-shih" and Ch'ing Social Criticism*, Ann Arbor : University of Michigan Press, 1981.

Roy, David T., "Chang Chu-p'o's Commentary on the Chin P'ing Mei" In Plaks, *Chinese Narrative : Critical and Theoretical Essays.*

Roy, David T., trans., "How to Read the Chin P'ing Mei" In Rolston, *How to Read the Chinese Novel.*

________________, "How to Read The Romance of the Three Kingdoms" In Rolston, *How to Read the Chinese Novel.*

________________, *The Plum in the Golden Vase, or, Chin P'ing mei*, Vol. 1, The Gathering Princeton : Princeton University Press, 1993.

Salmon, Claudine ed., *Literary Migrations : Traditional Chinese Fiction in Asia(17th~20th Centuries)*, Beijing : International Publishing Corp.,1987.

Santangelo, Paul, "Human Conscience and Responsibility in Ming-Qing China" trans., Mark Elvin, *East Asian History* 4, 1992.

Schibanoff, Susan, "The New Reader and Female Textuality in Two Early Commentaries on Chaucer" *Studies in the Age of Chaucer* 10, 1988.

Scott, Mary Elizabeth, "Azure from Indigo : Honglou meng's Debt to Jin Ping Mei", Ph.D, diss., Princeton University, 1989.

Seaman, Gary, *Journey to the North : An Ethnohistorical Analysis and Annotated Translation of the Chinese Folk Novel of "Pei-yu chi"* Berkeley : University of California press, 1987.

Slupski, Zbigniew, "Literary and Ideological Responses to the Rulin waishi in Modern Chinese Literature" In Göran Malmqvist, ed., *Modern Chinese Literature and Its Social Context,* Stockholm, 1975(Nobel Symposium Number 32).

Sontag, Susan, *A Susan Sontag Reader*, New York : Random House, 1982.

Spence, Jonathan D., *Ts'ao Yin and the K'ang-hsi Emperor*, New Haven : Yale University Press,

1966.
Stang, Richard, *The Theory of the Novel in England, 1850~1870*, New York : Columbia University Press, 1959.
Strassberg, Richard E., *The World of K'ung Shang-jen*, New York : Columbia University Press, 1983.
Suzuki, Teitaro, and Paul Carus, trans., *T'ai-shang Kan-ying p'ien : Treatise of the Exalted One on Response and Retribution,* La Salle, Ill. : Open Court, 1944.
Swatek, Catherine C., "Feng Menglong's 'Romantic Dream' : Strategies of Containment in His Revision of 'The Peony Pavilion'", Ph.D, diss, Columbia University, 1990.
Swihart, De-an Wu, "The Evolution of Chinese Novel Form", Ph.D, diss., Princeton University, 1990.
Todorov, Tzvetan, *The Poetics of Prose*, trans., Richard Howard, Ithaca : Cornell University Press, 1977.
Trask, Georgianne, and Charles Burkhart, eds, *Storytellers and Their Art : An Anthology Garden City*, N.Y. : oubleday, 1963.
Ueda, Makoto, *Literary and Art Theories in Japan,* Cleveland : The Press of Western Reserve University, 1967.
Uspensky, Boris, *The Poetics of Composition*, trans., Valentina Zavarin and Susan Wittig, Berkeley : University of California Press, 1974.
Waley, Arthur, *Yuan Mei*, Stanford : Stanford University Press, 1956.
Waley, Arthur, trans., *The Analects of Confucius*, New York : Vintage Books,1938.
Wang, Jing, *The Story of Stone : Intertextuality, Ancient Chinese Stone Lore, and the Stone Symbolism in "Dream of the Red Chamber," "Water Margin," and "The Journey to the West"*, Durham, N.C. : Duke University Press, 1992.
Wang, John C. Y., *Chin Sheng-t'an*, New York : Twayne,1972.
_______________, "Early Chinese Narrative : The Tso-chuan as Example" In Plaks, *Chinese Narrative : Critical and Theoretical Essays*.
Wang, John C. Y., trans "How to Read The Fifth Book of Genius" In Rolston, *How to Read the Chinese Novel*.
Ware, James R., trans., *Alchemy, Medicine, and Religion in the China of A.D, 320 : The "Nei p'ien" of Ko Hung("Pao-p'u tzu")*, Cambridge, Mass. : M.I.T, Press, 1966.
Waston, Burton, trans., *Records of the Grand Historian of China*, 2 vols, New York : Columbia University Press, 1989.
Watt, Ian, *The Rise of the Novel*, Berkeley : University of California Press, 1957.
West, Stephen, and Wilt L., Idema, trans., *The Moon and the Zither : The Story of the Western Wing*, Berkeley : University of California Press, 1991.
White, Hayden, "The Value of Narrativity in the Representation of Reality", In W, J, T, Mitchell, ed., *On Narrative*, Chicago : University of Chicago Press, 1981.

Widmer, Ellen, "Chinsetsu Yumiharizuki in Sino-Japanese Perspective", Unpublished paper, 1987.
__________, "*Hsi-yu cheng-tao shu* in the Context of Wang Ch'i's Publishing Enterprise", *Chinese Studies* 6.1, 1988.
__________, *The Margins of Utopia : Shui-hu hou-chuan and the Literature of Ming Loyalism*, Cambridge, Mass., : Harvard University Press, 1987.
Wilson, W., Daniel, "Readers in Texts", *Publications of the Modern Language Association* 96.5, 1981.
Wivell, Charles J., "The Chinese Oral and Pseudo-Oral Narrative Traditions", *CHINOPERL Papers* 5, 1975.
Wolf, Leonard, *The Annotated Dracula*, New York : Ballantine Books, 1975.
Wong Siu-kit, and Lee Kar-shui, "Poems of Depravity : A Twelfth Century Dispute on the Moral Character of The Book of Songs", *T'oung Pao* 75.4~5, 1989.
Wong, Timothy C., *Wu Ching-tzu*, Boston : Twayne, 1978.
Wu, Hua Laura, "Jin Shengtan(1608~1661) : Founder of a Chinese Theory of the Novel", Ph.D, diss., University of Toronto, Toronto, 1993.
Wu Pei-yi, *The Confucian's Progress*, Princeton : Princeton University Press, 1990.
Wu, Yenna, "Repetition in Xingshi yinyuan zhuan", *Harvard Journal of Asiatic Studies* 51.1, 1991.
Yang Hsien-yi and Gladys Yang, trans., *Records of the Historian*, HongKong : Commercial Press, 1974.
____________________, *The Scholars,* Peking : Foreign Languages Press, 1957.
Yang, Lien-sheng, "The Organization of Chinese Official Historiography : Principles and Methods of the Standard Histories from the T'ang Through the Ming Dynasty.548" In W, G, Beasley, ed., *Historians of China and Japan*, Oxford : Oxford University Press, 1961.
Yu, Anthony C., "History, Fiction, and Reading Chinese Narrative", *CLEAR* 10.1~2, 1998.
Yu, Anthony C., trans., "How to Read The Original Intent of *the Journey to the West*", In Rolston, *How to Read the Chinese Novel.*
____________, *The Journey to the West*, vol. 1, Chicago : University of Chicago Press, 1977.
Yu, Pauline, *The Reading of Imagery in the Chinese Poetic Tradition*, Princeton : Princeton University Press, 1987.
Zeitlin, Judith T., "Shared Dreams : The Story of the Three Wives' Commentary on The Peony Pavilion", *Harvard Journal of Asiatic Studies* 54.1, 1994.
Zeldin, Wendy I., "'New History of the states' : The Sources and Narrative Structures of a Chinese Fictionalized History", Ph.D, diss., Harvard University, 1983.
Zhao Yiheng, "The Uneasy Narrator : Fiction and culture in Early Twentieth Century China", Ph.D, diss., Berkeley, University of California, 1988.
Zolbrod, Leon M., *Takizawa Bakin*, New York : Twayne, 1967.

부록 : 원서의 정오표*

p.33 SHZZLHB 31(X) ➡ SHZHPB 31(0)

p.59 n23) Ji tiansai 忌添塞 ➡ 忌塡塞

p.74 n81) shangjuan ➡ 上卷(not in the glossary)

p.79 Jinhua ➡ 金化(not in the glossary)

p.93 jiaohua 教化 ➡ 狡猾

p.93 n6) anonymous ➡ Liang Gongchen(梁恭辰)

p.108 SSZZLHB ➡ SHZZLHB

p.110 n20) The Newcomers ➡ The Newcomes

p.116 n39) Hong Shen ➡ Hong Sheng

p.121 Master of Ceremonies ➡ 贊禮(not in the glossary)

p.136 juren ➡ 擧人(not in the glossary)

p.140 n16) 與陳觀民工部論史學(not in the glossary)

p.142 Duke Xiang ➡ 襄(not in the glossary)

p.147 Wu jian ➡ 物件(not in the glossary)

p.149 liudu ➡ 流毒(not in the glossary)

p.150 Tianyin ➡ 莄隱

p.150 n41) Nayin jushi ➡ 訥音居士(not in the glossary) 不是Nayin, 而是Neyin.

p.150 Zeng Zuyin et al., p, 279 ➡ Zeng Zuyin et al., p, 297

p.155 Lunwen ouji; quoted in Guo Shaoyu, 3 : 346 ➡ Lunwen ouji; quoted in Guo haoyu, 3 : 436

p.157 n50) Juan6, item 136, ➡ Juan 6, item 130,

p.163 史公文子 ➡ 史公文字

p.164 Shuihu xuji ➡ 水滸續集(not in the glossary)

p.173 (SHZHPB 13.258, cc; 13.268, ic) ➡(SHZHPB 13.258, cc)

p.174 香草吟傳奇序 ➡ 香草亭傳奇序

p.175 xin ➡ not 新 but 心

p.179 n8) Zhang Qixin ➡ 張其信 (not in the glossary)

Hongloumeng Ouping ➡ 紅樓夢偶評(not in the glossary)

p.184 xuanxu huangmiao ➡ 玄虛慌謬(not in the glossary)

---

* 이 정오표는 롤스톤의 원서를 번역하면서 발견한 오류들을 바로잡은 것이다. 원서를 읽고자 하는 독자들에게 길잡이가 될 것이다.

p.192 JSTXXJ 20 ➡ JSTXXJ 19
p.196 n7) Lü Simian ➡ 呂思勉(not in the glossary)
p.202 Dong Zhou Lieguo zhi, df 17 ➡ Dong Zhou Lieguo zhi, df 21
p.205 (1796～20) ➡(1796～1820)
p.205 Li Ruzhen, Jinghuayuan, 64 ➡ Li Ruzhen, Jinghuayuan, 65
p.205 n32) Shaoyu tang ➡ 紹裕堂(not in the glossary)
p.211 jimo ➡ jimao 己卯
p.222 n27) Chutan ji ➡ 初潭集(not in the glossary)
p.223 n29) King Yama ➡ 閻羅(not in the glossary)
p.224 n31) Fang Xuanling ➡ 房玄靈(not in the glossary)
p.240 Daming Lake ➡ 大明湖(not in the glossary)
p.270 n4) Chen Chang-heng ➡ 陳昌衡(not in the glossary)
p.240 n6) Shi Shaoxin ➡ 施紹莘(not in the glossary)
p.271 n7) Ju jun ➡ 橘君(not in the glossary)
p.273 n20) Chen San(陳三) ➡ Ruan San(阮三)
p.294 n29) ququ ➡ 區區(not in the glossary)
p.302 jieyong shu ➡ jieyong shumu
p.306 n77) sui ➡ 歲(not in the glossary)
p.308 n88) xie ➡ 諧(not in the glossary)
p.311 zi ➡ 字(not in the glossary)
p.322 n29) 匡超人 ➡ his brother
p.342 n47) huanxiang 幻像 ➡ 幻相
p.400 jieshu 263(should be added)
p.401 Jingui 金桂, 330n ➡ 331n
p.405 Lu Xiaojie sannan xinlang 魯小姐三難新郎 ➡ 魯小姐制藝新郎 Lu Xiaojie zhiyi inlang
p.424 yiwen yunshi 因文運事 ➡ 以文運事
p.424 Yu Chu 虞初 476 ➡ 276
p.425 zan 讃 ,.., 161,.., ➡ 162

찾아보기

1. 용어

ㄷ

ㄹ

ㅁ

ㅂ

ㅈ

ㅊ

ㅋ

ㅌ

ㅍ

ㅎ

2. 인명

ㄹ

ㅁ

ㅂ

ㅅ

ㅇ

ㅈ

ㅊ

ㅋ

ㅌ

ㅍ

ㅎ

3. 서명

ㄱ

ㅅ

ㅇ

ㅈ